世界经典文库

图文珍藏版

世界二十大名著

飘

一首人类经典的爱情绝唱　一幅深刻宏大的历史画卷

[美]米切尔⊙著

马博⊙主编　湛本军⊙译

第十二册

世眎名篇

线装书局

图书在版编目（ＣＩＰ）数据

飘 /（美）米切尔著；马博主编. -- 北京：线装
书局，2016.1（2021.6）
（世界二十大名著）
ISBN 978-7-5120-2006-1

Ⅰ.①飘… Ⅱ.①米… ②马… Ⅲ.①长篇小说－美
国－现代 Ⅳ.①I712.45

中国版本图书馆CIP数据核字(2015)第258791号

飘

作　　者：	［美］米切尔
主　　编：	马　博
责任编辑：	高晓彬
出版发行：	线装书局

地　址：北京市丰台区方庄日月天地大厦B座17层（100078）
电　话：010-58077126（发行部）010-58076938（总编室）
网　址：www.zgxzsj.com

经　　销：	新华书店
印　　制：	北京彩虹伟业印刷有限公司
开　　本：	710mm×1040mm　1/16
印　　张：	56
字　　数：	680千字
版　　次：	2021年6月第1版第2次印刷
印　　数：	3001－9000套

线装书局官方微信

定　　价：	4980.00元（全二十册）

目　　录

世界经典文库

世界二十大名著

目录

图文珍藏版

世界经典文库

世界二十大名著

目录

图文珍藏版

导 读

米切尔(1900~1949)创作的《飘》一问世，顷刻轰动全球，这是作者始料不及的，她毕生只写过这一部小说，但仅凭这部小说，就使她成为家喻户晓的名人。有人形容，米切尔在晚上睡觉时尚不为人知，第二天早上醒来却成为全国第一号名人，接踵而来的荣誉是，1938年获博尼派格纪念奖，同年又获纽约南方社会金质奖章，1939年获斯密斯女子学院文学博士学位，米切尔于1900年11月8日出生在佐治亚州亚特兰大市，父亲是一位历史学家，曾任亚特兰大市历史学会主席，米切尔曾就读华盛顿高级中学马萨诸塞州北安普敦市史密斯女子学院学医，丧母后照料父亲和兄弟而休学回家，1922年任《亚特兰大日报》记者专栏作家，后因踝骨受伤离职。米切尔从小受家庭的影响，一向喜欢钻研历史，辞职后就开始研究关于1861年至1865年间的南北战争史，米切尔想把研究体会和成果用小说的形式反映出来。经过十年的努力，小说《飘》终于完成，小说出版，立即轰动世界。

《飘》作为米切尔的唯一小说作品。它以南北战争时期南方动乱的社会现实为背景，以"乱世佳人"思嘉为主线，描写了几对青年的爱情纠葛，自问世以来，这部作品已成为享誉世界的爱情小说。《飘》是一部描写爱情的小说，米切尔以她女性的细腻精确地把握住了青年女子在追求爱情过程中的复杂心理活动，成功塑造了思嘉这一复杂的人物形象，这一人物有时使人觉得面熟，有时又很陌生，有时你能谅解她，有时却觉得莫名其妙，然而你始终都会觉得她真实，这就是这本书最大的成就，郝思嘉年轻貌美，但她的所作所为显示了她残酷、贪婪、自信，为了振兴家业，她把爱情和婚姻作为交易，三次婚姻没有一次出于真心，后来她才终于明白她一直念念不忘的艾希礼懦弱无能，倒是自称与她同类的瑞德值得爱，从审美判断来讲，性格复杂的思嘉还不能简单纳入反面人物的模式，小说极富于浪漫情调的构思、细腻生动的人物和场景的描写以及优美生动的语言、个性化的对白都使整部作品极具魅力，从而确立了《飘》在美国小说史上的重要地位，一部爱情佳作本属令人赏心悦目之事，而在南北战争的腥风血雨中绽放的爱情之花更是残酷而美丽，几度悲欢离合，情仇交织，情节跌宕起伏，紧紧抓住了读者的心，美国对于我们来说，本是梦幻而陌生的国度，《飘》却掀开了她温情脉脉的面纱，看见了许多肮脏和美丽并存的事物。这对于我们如今的青年人来说，可能更具有特殊的意义。

第一章

思嘉·奥哈拉长得算不上漂亮,可是男人们只要被她迷住,就如同塔尔顿家那对孪生兄弟,看不清这一点了。她脸上既有她母亲的妩媚,也有她父亲的粗犷,这两种特征不太调和,可这张脸,连同那尖尖的下巴和方方正正的牙床骨,是非常招人关注的。她那双浅绿色的眼睛纯净迷人,搭配乌黑的睫毛和稍稍上翘的眼角,显得别有特色。两撇墨黑的浓眉给她白皙的皮肤划了一条十分惹眼的斜线。这样白皙的皮肤对南方妇女是相当少见的,她们经常用帽子、面纱和手套把皮肤细心保护起来,不让受到佐治亚灼热太阳的曝晒。

1861年4月一个晴朗的下午,思嘉同塔尔顿家的孪生兄弟斯图尔特和布伦特坐在她父亲的塔拉农场阴凉的走廊里,她俊俏的面容叫一派春光显得愈加春意盎然了。她穿一件全新的绿花布衣裳,长长的裙子轻轻地飘展着,搭配她父亲刚刚给她买的绿色山羊皮鞋,显得格外相称。她的腰围只有十七英寸,是临近三个县里最纤细的了,而这身衣裳更把腰肢衬托得纤细美丽,再加之里面那件紧紧的小马甲,她的即便只有十六岁但已成熟了的乳房便显山露水了。不过，不管她散开的长裙多么朴素，发髻梳在后面的发型多么端庄，那放在膝头上的雪白的小手多么文静，她本真面目还是稍微显露出来。那双绿色的眼睛生在一张娇羞的脸上，骚动不安，而且是任性的，生意盎然的，与她的打扮截然相反。她的举止是由她母亲的孜孜教诲和嬷嬷的严厉管教赋予她的，可她的眼睛显露了她自己的本性。

在她两侧，孪生兄弟一面一个懒懒的倚靠在椅子上，斜着眼睛看那从窗玻璃透过来的阳光谈笑着，四条穿着高筒靴的长腿随便交叠在那里。他们十九岁，身高七英尺二英寸，骨骼长大，肌肉坚实，黑黝黝的脸膛，深褐色的头发，眼神灵动而骄傲。他们穿着相同的蓝上衣和深黄色裤子，连长相都相差无异。

外面，傍晚的阳光斜投到场地上，映照得雪白的山茱萸花，在新绿的背景中显得格外艳丽。孪生兄弟骑来的马就拴在车道上，那是两匹健壮的骏马，毛色发红；马腿旁边有一群一直跟随着主人的猎犬在聒噪。远一点的地方躺着一条黑花斑的白色随车大狗，只有贵族人家才有的，它的鼻子贴在前爪上，毫不焦躁地等待着两个小伙子回家去吃晚饭。

这些猎犬、马匹和两个孪生兄弟，有着一种颇为相近的东西。那就是他们全富有活力、健康而茫无思虑，也一般世故、大方、兴致勃勃；两个小伙子和他们所骑的马一样精气神十足，而又危险，可对于那些知道如何驾驭他们的人又是温驯可爱的。

这三个年轻人，即便都出生在富足的庄园主家庭，从小由仆人贴心服侍着，可他们既不散漫也不娇气。他们如同一辈子生活在野外、不曾读书的乡下人一般，健壮而又活泼。在北佐治亚的克莱顿县，尚处新开辟阶段的生活中，所以带有一些狂野的味道。南部那些开化得较早的居民瞧不起内地佐治亚人，但在北佐治亚这儿，人们并不感觉缺少高雅的文化素养是什么羞耻的事儿，只要在那些重要的事情上别出错就行了。而种出好棉花，骑马技术一流，枪打得准，舞跳得娴熟，善于体面地追逐女人，喝酒时如同文雅的绅士，就是他们心目中的一等大事儿。

这对孪生兄弟在这些方面都是行家里手,就好比他们知识的缺乏也一样是出众的。他们家拥有大量的钱、马和奴隶,但是两个小伙子胸中的文墨却正好少得吓人。

正因如此,斯图尔特和布伦特现在就待在塔拉农场天南海北扯闲篇,打发这四月傍晚的大好时光。他们才刚被佐治亚大学开除,这所大学是两年内开除他们的第四所大学了。因此他们的两个哥哥,汤姆和博伊德,也同他们一路回到了家里,因为这所学校既然开除了他们的孪生兄弟,两位做哥哥的也就气愤地离开那里了。斯图尔特和布伦特把这次除名当作一件不值一提的事;而思嘉呢,她自从去年离开费耶特维尔女子学校以后就再也不去读书,因此也和他们一样觉得这是好玩的事。

"我知道你们俩对于被学校开除根本无所谓,汤姆也是这样,"她说。"可是博伊德怎么样? 他挺想读点儿书的,而你们俩接二连三地把他从大学拉出来,如今又从佐治亚大学回来了。这样下去,他永远也毕不了业了!"

"唔,他可以到费耶特维尔那边的帕马利法官事务所去学法律嘛。"布伦特漫不经心地答道,"而且,这没什么要紧,反正本来在学期结束之前我们也应该回家的。"

"那为什么?"

"打仗了,傻瓜! 战争随时可能打起来,难道你以为战争开始之后我们还能留在学校里吗,你说?"

"你明明知道不会打仗的,"思嘉生气地说,"那只是嘴上说说罢了。就在上个星期,艾希礼·威尔克斯和他父亲还对我爸说,咱们派驻华盛顿的官员将要同林肯先生达成——达成一个关于南部联盟的协议呢。况且不管怎样,北方佬害怕我们,不敢动手打的。根本不会打仗,谈它干什么,我可不愿意听。"

"根本不会打仗!"孪生兄弟也生气地喊起来,似乎他们上当了似的。

"怎么了？亲爱的，真的会打仗的啊！"斯图尔特说。"北方佬可能害怕咱们，可是自从前天波尔格将军把他们轰出萨姆特要塞以后，他们就只好打起来了，要不就会被全世界笑话。什么，南部联盟——"

听到这里，思嘉嘟起嘴来，显得很不耐烦的样子。

"只要你再说一声'战争'，我就要进屋去，把门关上了。我对'战争'这么一个词厌烦透了。爸爸从早到晚谈战争、战争，来看他的那些人也叫嚷着谈论什么萨姆特要塞、州权、亚伯·林肯，烦得我简直要大喊大叫！并且所有的男孩子也都在谈这些，还有他们的宝贝军队。今年春天，我没有听到过什么有趣的事情，因为男孩子只谈这个。我最高兴的是佐治亚要等到过了圣诞节以后才宣布脱离联邦，要不然会把圣诞晚会也糟蹋了。要是你再谈'战争'我马上就进屋去了。"

她说到做到，因为如果谈话不以她为主题，她是无法忍受的。不过她说话时仍带微笑，有意加深脸上的酒窝，同时扇动那黑黑的睫毛。小伙子们给迷住了，她这才满意。于是他们连忙向她道歉，说不该让她生气。他们并不因为她对战争不感兴趣而对她有丝毫的轻视。真的，他们更敬重她了，因为战争原本是男人的事，与女人无关，所以他们便把她的态度看成是极其女性化的见证了。

把从战争这个话题打发了以后，她便饶有兴味地回到他们眼前的处境上来。

"你们的母亲对于你俩再一次被开除的事说了些什么呀？"

小伙子们有点不好意思，想起三个月前他们被弗吉尼亚大学开除时母亲的那番表现。

"唔，她还没来得及说呢，"斯图尔特答道，"今天一清早她还没起床，汤姆和我俩就跑出来了。汤姆半路上去方丹家了，我们便直接到这儿来了。"

"昨天晚上你们到家时她也没说你们吗？"

"昨晚我们运气可好了。刚好我们快要到家的时候，妈妈上个月在肯塔基买下的那匹公马给送来了，家里正热闹着呢。那匹马——它长得可真来劲，思嘉，你一定得告诉你爸，叫他赶快去瞧瞧——那畜生一路上已经咬了马夫两大口，并且踏坏了我妈的两个黑小子。而且，就在我们刚要到家的时候，它差点儿一脚把马棚踢倒了。我们到家时，妈妈正在马棚里拿着一口袋糖哄它，让它慢慢平静下来。黑奴们躲得远远的，瞪着眼睛全给吓坏了，可妈妈还在跟那畜生说话，似乎他们是一家人似的，它正在吃她手里的东西呢。世界上谁也不如我妈那么会跟马打交道。那时她瞥见了我们，便说：'天哪，你们四个又回来干什么呀？你们简直比埃及的瘟疫还让人讨厌！'这时那匹公马开始喷鼻子直立起来，她赶紧说：'滚开吧，大宝贝生气了，等明天早晨我再来找你们四个！'这样，我们便上床睡觉了。今天一大早，趁她还来不及起床，我们便溜了出来，只留下博伊德一个人去对付她。"

"你们看她会打博伊德吗？"思嘉知道，瘦小的塔尔顿太太对她那几个已长大成人的儿子还是很粗暴的，在她认为必要的时候，还会用马鞭子抽他们的脊背；对于这种情形，思嘉和县里的其他人都有点不大习惯。

比阿特里斯·塔尔顿成天忙得要命，她手中有一大片棉花地，一百个黑奴和八个孩子，并且还有个在州里数一数二的养马场。她性情暴躁，动不动就大发雷霆。她一方面不许任何人打她的一匹马或一个黑奴，另一方面却认为偶尔打打她的孩子们倒没有什么不好。

"她不会打博伊德。她从来没有打过他，这不仅因为他年龄最大，还因为他个子太小了。"斯图尔特这样说，对自己那六英尺的个头儿洋洋得意。"所以我们才把他留在家里去向妈交代一切。老天爷明白，妈不应当打我们了！我们都十九了，汤姆二十一了，可她还把我们当六岁娃娃看待呢。"

"你母亲明天要参加威尔克斯家的野宴，她会不会骑那匹新买来的马？"

"她会的，不过爸说骑那匹太危险了。而且，不论如何，姑娘们不会同意她骑。她们说，至少像个贵妇人那样乘坐马车去参加宴会。"

"但愿明天别下雨,"思嘉说。"天天下雨,都快一星期了。要是把野宴改成在家里野餐,那才没意思呢。"

"唔,明天天准晴,还会像六月天那样热,"斯图尔特说,"你看那落日。我还从没见过比这更红的太阳呢。凭落日来预测天气,从来不会错。"

他们都朝远方望去,越过那无边无际的棉花地,直到红红的地平线上。太阳在弗林特河对岸的群山后面缓缓降落,四月白天的暖意也渐渐消退,隐隐透出丝丝的凉意。

那年春天来得很早,之后是几场温暖的急雨,粉红的桃花纷纷绽放,山茱萸也以雪白的繁花装点着山岗。

坐在走廊里的三个年轻人听到得得的马蹄声和黑奴们尖利的嬉笑声,知道这是那些干农活的人和骡马从田地里回来了。同时从屋子里传来思嘉的母亲爱伦·奥哈拉温和的声音,她在喊替她提着钥匙篮子的黑女孩,那女孩用尖脆的声调答道:"来啦,太太,"于是便传来脚步声,爱伦要去给那些田间劳动者分配食物。接着便听到瓷器当当和银餐具叮叮的响声,这时管衣物和伙食的男仆波克已经在摆桌子开晚饭了。

听到这些声响,那对孪生兄弟才明白他们该回家了。可是他们不愿意回去见母亲,便在塔拉农场的走廊里徘徊流连,希望思嘉邀请他们留下来吃晚饭。

"我说,思嘉,谈谈明天的事吧,"布伦特开腔了,"咱们明儿晚上多多地跳舞,你没有答应他们大家吧,是不是?"

"唔,我答应了!我怎么知道你们会回来呢?我哪能冒险在一边待着,专门等着你们两位呀?"

"你在一边待着?"两个小伙子放声大笑。

"你瞧,亲爱的,你得跟我跳第一个华尔兹,末了跟斯图尔特跳最后一个,然后跟我们一起吃晚饭。我们要像上次一样,让金西嬷嬷再来给咱们算命。"

"我可不喜欢金西嬷嬷算命。她说过我会嫁给一个黑头发的男人,而我是不喜欢黑头发男人的。"

"那么,亲爱的,你是喜欢红头发的喽,是吗?"布伦特傻笑着说。"现在,快说吧,答应跟我们跳所有的华尔兹,跟我们一道吃晚饭。"

"如果你答应,我们就告诉你一个秘密,"斯图尔特说。

"什么秘密?"思嘉嚷着,像个孩子似的活跃起来。

"斯图尔特,你是不是指昨天我们在亚特兰大听到的那个消息? 我们答应过不告诉别人的。"

"嗯,那是皮蒂小姐说的。"

"什么小姐?"

"你知道,就是艾希礼·威尔克斯的表姐。皮蒂帕特·汉密尔顿小姐,查尔斯和媚兰的姑妈,她住在亚特兰大。"

"这我知道,一个傻老太婆,我一辈子也没见过比她更傻的了。"

"对,昨天我们在亚特兰大等火车时,她的马车正好从车站经过,她告诉我们,明天晚上在威尔克斯家的舞会上她要宣布一门亲事。"

"唔,我也听说过,"思嘉失望地说,"她的那位傻侄儿查理·汉密尔顿和霍妮·威尔克斯。这几年大家都说他们快要结婚了,可是他本人似乎没什么热情似的。"

"他傻吗?"布伦特问,"去年圣诞节他在你身边嗡嗡地转个没完呢。"

"我有什么办法。"思嘉毫不在意地耸了耸肩膀。"我觉得他像个女人似的。"

"不过,明晚要宣布亲事与他不相干,"斯图尔特得意地说,"是艾希礼和查理的妹妹媚兰小姐订婚的事哩!"

思嘉脸上没什么反应,可是嘴唇发白了。就像冷不防受到当头一击,在震动的最初几秒钟她还不明白那是怎么回事。她注视斯图尔特时的脸色还那么平静,以致这位毫无分析头脑的人还以为她仅仅感到惊讶和很有兴趣呢。

"皮蒂小姐说,他们本来准备到明年才宣布订婚,因为媚兰小姐近来身体不怎么好;可是现在到处在谈论战争,两家人都觉得还是尽早成婚的好。因此决定明天晚上在宴会上宣布。你看,思嘉,我们把秘密告诉你了,你也得答应跟我们一道吃晚饭呀。"

"当然,我会的,"思嘉下意识地说。

"而且跳所有的华尔兹吗?"

"所有的。"

"你真好!我敢打赌,别的小伙子们会气疯的。"

"让他们去疯好了,"布伦特说,"我们俩能对付他们。瞧着吧,思嘉。明天上午的野宴也跟我们坐在一起好吗?"

"什么?"

斯图尔特将请求重复了一遍。

"当然。"

哥儿俩心里美滋滋地相互看着对方,可也有些惊异。虽然他们把自己看作思嘉所喜爱的追求者,可是以前他们还没这么轻易得到过这样的应允。她通常只听他们乞求、倾诉,然后敷衍他们,在他们气恼时便报以笑颜,在他们发怒时则略显冷淡。而现在她实际上已经把明天全部的活动都许给了他们——答应野宴时跟他们坐在一起,并且跟他们跳所有的华尔兹,然后一道吃晚饭。就为这些,被大学开除也值得了。

他们的成功使他们心中充满了热情,他们愈加流连忘返,谈论明天的野宴、舞会和艾希礼·威尔克斯与汉·媚兰,都抢着说话,开着玩笑,然后大笑不已,希望人家留他们吃晚饭。这样闹了好一会儿,他们才发现这时气氛有点变了。怎么变的却说不清楚,只觉得那番兴高采烈的光景已经消失。思嘉似乎并不怎么注意他们在说些什么,尽管她的回答也还得体。他们意识到了什么,感到沮丧和不安,但又难以理解,他们又赖着待了一会儿才看看手表,勉强站起身来。

　　这时太阳已经很低,河对岸高高的树林幽暗的轮廓已渐渐模糊。家燕轻快地飞来飞去,小鸡、鸭子和火鸡有的蹒跚而行,有的昂首阔步,有的左顾右盼,都纷纷从田地里回家来了。

　　斯图尔特吆喝了一声:"吉姆斯!"很快一个和他们差不多大的高个儿黑孩子气喘吁吁地从房子附近跑出来,向两匹拴着的马走去。吉姆斯是贴身用人,随时随地伴随着主人。他是他们儿时的玩伴,到他们十岁生日那一天便归他们自己所有了。那猎犬一见他便从红灰土中跳起来,站在那里恭候主子们驾到。两个小伙子躬身同思嘉握手告别,告诉她明天一早他们将赶到威尔克斯家去等候她。然后他们迅速走下人行道,骑上马,一口气跑上柏树夹道,一面回过头来,挥着帽子向思嘉高声喊叫。

　　他们拐过一个弯子以后,布伦特勒住马头,在一丛山茱萸下站住了。斯图尔特跟着停下来,吉姆斯也紧跑几步跟上了他们。两匹马觉得缰绳松了,便伸长脖子去啃柔嫩的春草,猎犬们重新在灰土中躺下,贪馋地仰望着在空中回旋飞舞的燕子。布伦特那张笨拙的宽脸上显出迷惑而生气的神情。

　　"听我说,"他说,"你不觉得她似乎要请我们留下吃饭吗?"

　　"我本来以为她会的,"斯图尔特答道,"我一直等着她呢,可是她竟没有说。你想这是为什么?"

　　"我可一点也不明白。不过我觉得她是应当留我们的。我们毕竟刚回家,她跟我们又有好久没见面了。何况我们还有许多的话要说呢。"

　　"我觉得刚开始她似乎很高兴。"

　　"我也这样想。"

　　"可后来,大约半个钟头以前吧,她就不怎么说话了,似乎有点头痛。"

　　"我也注意到了,可我没在意。你想她是哪儿不舒服了呢?"

　　"我不知道。难道我们说错了什么话吗?"

　　他们两人想了一会儿。

"我什么也想不起来。而且,思嘉一生气,谁都看得出来。她如果不是生气才不会那样闷声不响。"

"对,我就喜欢她这样。一定是我们说了或做了什么事,使得她默不作声,并装出不舒服的样子。我肯定,我们刚来时她是很高兴而且打算要留我们吃晚饭的"

"你不觉得那是因为我们被开除了吗?"

"见鬼,决不会的!别傻了。我们告诉她这消息时,她还满不在乎地笑呢。再说,思嘉对于读书也并不比我们重视呀。"

布伦特转过身去唤那个黑人马夫:"吉姆斯!"

"唔?"

"你听见我们对思嘉小姐讲的话了吗?"

"没有呀,布伦特先生!俺怎么会偷听白人老爷的话呢?"

"偷听,我的上帝!你们这些小黑鬼什么事都知道。你还骗我,我亲眼看见你偷偷绕过走廊的拐角,蹲在墙边茉莉花底下呢。好,你听见我们说什么惹思嘉小姐生气的话吗?"

经他这一说,吉姆斯也就不再骗下去了,皱着眉头回想起来。

"没啥,俺没听见您讲啥惹她生气的话。俺看她挺高兴的,挺惦记你们,还喊喊喳喳像只小鸟儿乐个不停呢。可是后来你们谈起艾希礼先生和媚兰小姐结亲的事,她才不说话了,像只雀儿看见老鹰打头上飞过一般。"

哥儿俩面面相觑,同时点了点头,可是又不懂为什么。

"吉姆斯说得对,可我不明白那究竟是为什么,"斯图尔特说,"我的上帝!艾希礼对于她并不重要,只不过是个朋友罢了。她对他不怎么感兴趣。她感兴趣的是我们。"

布伦特点点头表示同意。

"可能是这样,"他说,"也许艾希礼没有告诉她他明天晚上要宣布订婚,而她觉得别人都知道了,自己却不知道,所以气坏了呢?姑娘们总是挺看重这样的事的。"

"唔,也许。可这又有什么呢?本来就是要保密,叫人大吃一惊的嘛,一个男人就没有权利对自己订婚的计划保密吗?不是媚兰小姐的姑妈泄露出来,我们也不会知道呀。并且思嘉一定早已知道他总是要娶媚兰的。你想,我们知道也有好几年了。谁都知道他总有一天要娶她的,就像霍妮·威尔克斯总要同媚兰小姐的兄弟查尔斯结婚一样。"

"好了,我不想再说了。不过,我对于她不留我们吃晚饭感到遗憾。老实说,我不想回家听妈妈对我们大发脾气。"

"说不定博伊德已经把她的火气平息下来了。你明白那个讨厌的小个子是多么伶牙俐齿。他每次都能把她说得高高兴兴的。"

"是呀,他办得到,不过那挺费博伊德的劲。他要拐弯抹角绕来绕去,直到妈被弄糊涂了,情愿让步。可是眼下,他恐怕还没来得及准备好开场呢。你看,我敢跟你打赌,妈一定还在为那匹新来的马兴奋呢,说不定要到坐下来吃晚饭和看到博伊德的时候才会想起我们又回家了。只要晚饭不吃完,她就会越来越生气。所以要到十点钟左右博伊德才有机会去告诉她,咱们的校长粗暴地斥责你我二人,我们中间谁要是还留在学校也就太不光彩了。而要使得她转而对校长大发脾气,责问博伊德为什么不给他一枪,那就非到半夜不行。因此,我们要半夜过后才能回家。"

哥儿俩你瞧着我,我瞧着你,不知怎么办。他们对于烈性的野马,对于打架,以及邻里的公愤,都一点儿不害怕,唯独那位红头发母亲的责骂和偶尔的痛打,才叫他们感到不寒而栗。

"那么,就这样吧,"布伦特说。"我们到威尔克斯家去。艾希礼和姑娘们会让我们在那里吃晚饭的。"

斯图尔特显得有点不舒服的样子。

"不，算了吧。他们一定在忙着准备明天的野宴呢，并且……"

"唔，我忘记了，"布伦特连忙解释说，"不，我们别到那里去。"

他们对自己的马吆喝了两声，然后默默地骑着向前跑了一会，这时斯图尔特褐色的脸膛上有些泛红。直到去年夏天为止，斯图尔特曾经追求过英迪亚·威尔克斯。大家都觉得也许那位冷静含蓄的英迪亚会对他起一种镇定作用。不论如何，他们热切地希望这样。斯图尔特本来是可以匹配的，但布伦特不同意。布伦特也喜欢英迪亚，可是觉得她没什么意思，他自己简直无法对她产生爱情。这是哥儿俩头一次在兴趣上发生分歧，并且布伦特对于他兄弟居然会看上一个他认为毫不出色的姑娘，觉得很恼火。

后来，去年夏天在一个政治讲演会上，他们两人突然发现了思嘉。他们倒是早就认识她了，而且从童年时代起，她就讨人喜欢，因为她会骑马，会爬树，几乎比男孩子还厉害。可现在他们惊奇地发现她已经是个成年姑娘，并且还真迷人呢。

他们第一次注意到她那双绿眼睛怎样秋波流盼，她笑起来两个酒窝有多么深，她的手和脚多么娇小，而那腰肢又多么纤细呀！他们对她的巧妙赞扬使她乐得放声大笑，同时，一想到她把他们当作一对出众的小伙子，他们就不禁有点飘飘然。

那是哥儿俩一生中值得纪念的一天。每当他们谈起这件事来都觉得奇怪，为什么从前竟没有注意到思嘉的美貌。他们至今没有想明白，为什么思嘉偏偏决定要在那一天引起他们的注意。原来思嘉天生不能容忍任何男人爱上别的女人，所以她一见到英迪亚和斯图尔特在一起说话便觉得受不了，就产生了掠夺之心。她并不满足于单单占有斯图尔特，还要把布伦特也猎取过来，而且非常巧妙地把他们两人控制住。

如今他们两人双双坠入了她的情网，而英迪亚·威尔克斯和布伦特曾经半心半意追求过的一位来自洛夫乔伊的莱蒂·芒罗，都被他们忘在脑后了。至于如果思嘉爱上他们中的某一个时,那个落选的该怎么办,这个问题哥儿俩并不考虑。到时候再说吧。眼下他们爱上了同一位姑娘,这就相当满意了,因为他们并不相互嫉妒。这种局面引起了左邻右舍的注意,他们的母亲也苦恼不堪——她是不怎么喜欢思嘉的。

"要是那个小精灵挑上了你们中间的哪一个,那就够他受的了。"她说,"可万一把你俩都挑上呢,我唯一担心的是过不了几天,你们俩就会被这个绿眼小妖精弄得迷迷糊糊,彼此嫉妒乃至自相残杀起来。不过,要真的弄到那步田地倒也不坏。"

从演讲会那天起,斯图尔特每次见到英迪亚都觉得不舒服。这不是因为英迪亚责怪了他。她这个地道的正派姑娘决不会这样做。可是斯图尔特跟她在一起时总感到内心有愧,很不自在。因为他明白是自己设法让英迪亚爱上了他,也知道她现在仍然爱他,因此他觉得自己的行为不大像样。他倒也仍然非常爱她,对她那种贤淑的仪态,她的学识和她所具有的种种高尚品质,他都非常尊敬。然而,糟糕的是,只要与思嘉的光彩照人和千娇百媚一比起来,她就显得那么暗淡无味和平庸呆板了。跟英迪亚在一起时永远头脑清醒,而跟思嘉在一起就心烦意乱了,可这种烦乱还真有魅力呢。

"那么,咱们到凯德·卡尔弗特家去吃晚饭。思嘉说过凯瑟琳已经从查尔斯顿回来了。"

"唔,好极了!我喜欢凯瑟琳,她很好玩,我也想打听打听卡罗·莱特和其他查尔斯顿人的消息;可是要去跟她的北方佬继母坐在一起吃顿饭,那才真要我的命呢!"

"别那么刻薄,斯图尔特。她还是挺好的。"

"我并不是苛求她。我倒为她难过,可是我不喜欢那种让我为她难过的人。她在你周围转来转去,总想叫你感到舒适自在,可是正好相反,她简直让我坐立不安!她还把南方人当作蛮子。她甚至跟妈妈这样说过。她害怕南方人。我们每次去她家,她都像吓得要死似的。她让我想起一只蹲在椅子上的瘦母鸡,瞪着两只又亮又呆板的眼睛,似乎一听到有什么动静就要乱叫起来。"

"这个,你也不能怪她。你曾经开枪打伤过凯德的腿嘛。"

"对,可那次是我喝醉了,否则怎么会那样呢,"斯图尔特为自己辩护。"并且凯德自己从不怀恨。凯瑟琳和雷福德或者卡尔弗特先生也没有什么恶感。就是那个北方佬继母,她却大声嚷嚷,非说我是个蛮子不可,说文明人跟粗野的南方人在一起很不安全。"

"不过,你不能怪她。她是个北方佬,没有礼貌,并且你毕竟打伤了她的凯德呀。"

"可是,呸!那也不能侮辱我啊!你是我妈的亲生儿子,但那次托尼·方丹打伤了你的腿,她发火吗?没有,她只请老方丹大夫来给你包扎了一下,还问托尼的枪怎么会打不准哪。你还记得那句话使托尼多么难过吧?"

哥儿俩都哈哈大笑起来。

"妈真是有能耐!"布伦特衷心赞赏地说。"你可以永远指望她处事得当,不让你难堪。"

"对,不过今晚我们回家时,她很可能要当着父亲和姑娘们的面让我们狠狠丢脸呢,"斯图尔特快快不乐地说。"听我说,布伦特。我看这意味着咱们不能到欧洲去了。你记得妈说过,要是咱们再被学校开除,便休想参加去欧洲的旅游了。"

"这个嘛,见鬼去吧!咱们不管它,欧洲有什么好玩的?我敢打赌,那些外国人拿不出一样在咱们佐治亚还没有的东西来。我敢打赌,他们的马不如咱们的跑得快,他们的姑娘不如咱们的亮丽,并且我非常清楚,他们的哪一种稞麦威士忌都不能跟咱爷的酒相比。"

"可艾希礼·威尔克斯说过,他们那里有十分丰富的自然风景和音乐。"

"唔,你知道威尔克斯家是些什么样的人。他们对音乐、书籍和风景都喜爱得出奇。妈说那是因为他们的祖母是弗吉尼亚人。弗吉尼亚人是非常重视这类东西的。"

"让他们重视去吧。我只要有好马可骑,有好酒可喝,有好的姑娘可以追求,还有个坏姑娘好开玩笑,就任凭别人去赏玩他们的欧洲好了……咱们干吗要惋惜什么大旅游呢?就算我们如今是在欧洲,可战争发生了怎么办?要回家也来不及呀。我宁愿去打仗也不想到欧洲去。"

"我也是这样,随时都可以……喏,布伦特,我想起可以到哪儿去吃晚饭了。咱们骑马越过沼泽地,到艾布尔·温德那里去,告诉他我们又都回到了家里,准备去参加操练。"

"这是个好主意!"布伦特高兴得叫起来。"并且咱们能听听军营里的消息,弄清楚他们用哪种颜色做制服。"

"要是采用法国步兵服呢,那我再去参军就活该了。穿上那种红裤子,我会觉得自己像个娘儿们。我看那跟女人穿的红法兰绒衬裤一模一样。"

"少爷们想到温德先生家去吗?"吉姆斯问。"要是你们想去,那就吃不上好晚饭了。他们的厨子死啦,随便找了个女人在做吃的,那些黑小子告诉我她做得再糟不过了。"

"我的上帝!他们干吗不买个新的厨子呀!"

"这帮下流坏穷白人,还买得起黑人?他们家历来最多也只有四个。"

吉姆斯的口气中充满了公然的蔑视。他自己的社会地位倒是可靠的,因为塔尔顿家拥有上百个黑奴,他瞧不起那些只有少数几个奴隶的小农场主。

"你说这话,看我剥你的皮!"斯图尔特厉声喊道,"你怎么能叫艾布尔·温德'穷白人'呢。他穷是穷,可并不是什么下流坏。谁要是瞧不起他,我可决不答应。全县没有比他更好的人了,要不军营里怎么会选举他当尉官呢?"

"俺可弄不懂这个道理。"吉姆斯不顾主人的斥责硬是顶嘴说,"俺看他们的军官全是从有钱人里边挑的,谁也不会挑肮脏的下流货。"

"他不是下流货呀！你要拿他跟真正的白人下流坯像斯莱特里那种人相比吗？艾布尔只不过钱少些罢了。他不是大农场主，但毕竟是个小农场主。既然那些新入伍的小伙子可以选举他当尉官，那么哪个黑小子也不能肆意说他的坏话。营里自有公论嘛。"

骑兵营是三个月前在佐治亚州脱离联邦那天成立的，从那以后入伍的新兵便一直在盼望打仗。这个组织至今还没有命名，虽然已经有了种种方案。这也正像对于军服的颜色和式样的选择，每个人都有自己的主张。什么"克莱顿野猫"啦，"暴躁人"啦，"北佐治亚轻骑兵"啦，"义勇军"啦，"内地步枪兵"啦（虽然这个营将是用手枪、军刀和单刃猎刀而不是用步枪来装备的），"克莱顿灰衣人"啦，"血与怒吼者"啦，"莽汉和应声出击者"啦，所有这些名称都不乏附和的人。在问题没有解决之前，大家都称呼这个组织为"营"，而且，不管最终采用的名称多么响亮，他们用的都是简简单单一个"营"字。

军官由大家选举，因为全县除了少数几个参加过墨西哥战争和塞米诺尔战争的老兵外，谁也没有打仗经验；而且，如果大家并不喜欢和信任他，要让一个老兵当头领也只会引起全营的蔑视。大家全都喜欢塔尔顿家四个小伙子和方丹家三兄弟，不过又都不愿意选举他们，因为塔尔顿家的人常常酗酒和喜欢玩乐，而方丹兄弟性情又十分暴躁。结果艾希礼·威尔克斯被选做队长了，因为他是县里最出色的骑手，并且头脑冷静，大伙相信他还能维持某种表面的秩序。雷弗德·卡尔弗特是人人都喜爱的，被任命为上尉，而艾布尔·温德，那个沼泽地捕猎手的儿子（他本人是小农），则被选做中尉了。

艾布尔是个精明沉着的大个儿，不识字，心地善良，年龄较大，在妇女面前显得比较有礼貌。"营"里很少有骄下媚上的现象。他们的父亲和祖父大多是以小农致富的，不会有那种势利眼。并且艾布尔是"营"里最好的射击手，一杆真正的"神枪"，他能够在七十五码外瞄准一只松鼠的眼睛，也熟悉野外生活，会在雨地里生火，会捕捉野兽，会寻找水源。"营"里很尊重有真本事的人，并且由于大伙喜欢他，因此让他当了军官。

　　开始时，这个"营"只从农场主的子弟中招募营丁，可以说是个上层的组织；他们自备马匹、武器、装备、制服和随身仆人。但是有钱的农场主在克莱顿这个新辟的县毕竟很少，同时为了建立一支充实的武装力量，便有必要从小农和森林地带的猎户、沼泽地的捕兽者、山地居民，有时甚至从穷白人（只要他们在本阶级的一般水平之上）的子弟中招募更多的新兵。

　　后一部分青年人也和他们的富裕邻居一样，渴望着战争一爆发便去打北方佬，不过金钱这个微妙的问题却随之产生了。小农中很少有人有马的。他们使用骡子耕作，并且也没有富余的，最多不过四头骡子。即使营里同意接受，也不能放弃耕作呀。何况营里还口口声声说不要呢。并且那些穷白人，往往只有一头骡子，边远林区的人和沼泽地带的居民则既无马也没有骡子。他们完全靠林地的出产和沼泽中的猎物过活，做生意也是以物换物，一年看不见五元现金，要自备马匹、制服是办不到的。可是这些人身处贫困仍极其骄傲，就像那些拥有财富的农场主一样；他们决不接受来自富裕邻居的任何施舍。在这种局面下，为了保持大家的感情和把军营建成一个充实的组织，思嘉的父亲约翰·威尔克斯和巴克·芒罗、吉姆·塔尔顿、休·卡尔弗特，实际除安格斯·麦金托什以外，全县每个大农场主，都捐钱把军营全面装备起来，包括马匹和人员在内。经过适当的安排以后，营里那些不怎么富裕的成员也就能够坦然接受他们的马匹和制服而不觉得有失体面了。

　　营队每星期在琼斯博罗集合两次，进行操练和祈祷战争早日发生。马匹还没有备齐，但那些有马的人已经在县府背后的田野里搞起了他们想象中的骑兵演习，掀起满天尘土，扯着嘶哑的嗓子叫喊着，挥舞着从客厅墙上取下来的革命战争时代的军刀。那些还没有马匹的人便只好坐在布拉德仓库前面的镶边石上观看，一面嚼着烟草闲聊，要不他们就比赛打靶。因为大多数南方人生来就是玩枪的，他们平日消磨在打猎中的时间把他们全都练成了好射手。

从农场主家里和沼泽地的棚屋中，一队队年轻人携带着武器奔向每个集合点。

操练结束时，经常要在琼斯博罗一些酒馆里演出最后的一幕。到了傍晚，酒至半酣争斗便纷纷发生，这使得军官们非常棘手，不得不在北方佬打来之前便忙着处理伤亡事件了。就是在这样一场斗殴中，斯图尔特·塔尔顿开枪打伤了凯德·卡尔弗特，托尼·方丹打伤了布伦特。那时这对孪生兄弟刚刚被弗吉尼亚大学开除回到家里，营队成立，他们便热情地参加了。可是枪伤事件发生以后，也就是说两个月前，他们的母亲打发他们去进了州立大学，命令他们不要回来。他们痛苦地怀念着操练时那股兴奋劲儿，觉得只要能够和伙伴们一起骑着马，嘶喊，射击，哪怕牺牲上学的机会也是值得的。

"这样，咱们去找艾布尔吧，"布伦特提议说，"咱们可以穿过奥哈拉先生家的河床和方丹家的草地，很快就赶到那里。"

"俺到那里什么好的也吃不着，只有吃负鼠和青菜了，"吉姆斯不服气地说。

"你什么也休想吃。"斯图尔特奸笑道，"你得回家去，告诉妈我们不回去吃晚饭了。"

"不,俺不回去!"吉姆斯惊慌地嚷道。"俺不回去!回去会给比阿特里斯
小姐打个半死的。首先她会问俺你们怎么会又给开除了?其次,俺怎么今晚没
带你们回家,得让她好好揍你们一顿?末了,她还会突然向我扑过来,像鸭子扑
一只无花果虫似的。俺很清楚,她会把这件事通通怪在俺头上。要是你们带俺
到温德先生家去,俺就整夜蹲在外边林子里,没准儿巡逻队会逮住俺的,俺宁愿
给巡逻队带走,也不要在太太生气时落到她的手中。"

哥儿俩瞧着这个倔强的黑孩子,感到无可奈何。

"这傻小子可是做得出来,会叫巡逻队给带走的。果真这样,便又给妈添了
个话题,妈唠叨几个星期了。这些黑小子们真是麻烦。有时我甚至想,那帮废
奴主义者的主意倒不错呢。"

"不过嘛,总不能让吉姆斯去顶风险闹出事来吧!看来咱们只好带着他。
可是,当心,不要脸的黑傻瓜,你要是敢在温德家的黑人面前摆架子,敢夸口说
咱们经常吃烤鸡和火腿,而他们除了兔子和负鼠什么也吃不上,那我——我就
要告诉妈去。而且,也不让你跟我们一起去打仗喽。"

"摆架子?俺在那些不值钱的黑小子跟前摆架子?不,先生们,俺还讲点礼
貌呢。比阿特里斯小姐不是像教育你们那样也教育俺要有礼貌吗?"

"可她自己也没有做得很好呀,"斯图尔特说。"算了吧!咱们继续赶路。"

他让自己的大红马后退几步,然后用马刺在它腰上狠踢一下,叫它跳起来
轻易地越过篱栏,进入杰拉尔德·奥哈拉农场那片松软的田地。布伦特的马跟
着跳过,接着是吉姆斯的。

他们在愈来愈浓的暮色中横过那些红土垄沟,跑下山麓向河床走去。这时
布伦特向他兄弟喊道:

"我说,斯图!你觉得思嘉本来想留咱们吃晚饭吗?"

"我始终认为她会的,"斯图尔特高声答道,"你说呢……"

第二章

　　那对孪生兄弟离开时,思嘉站在塔拉农场的走廊上目送他们,直到飞跑的马蹄声已隐隐消失,她才像个梦游人似的回到椅子上去。她觉得脸部发僵,嘴巴酸痛,原因是刚才很长一段时间她在咧着嘴假装微笑,为了不让那对孪生子发觉她内心的秘密。她疲惫地坐下,将一条腿盘起来,感到心脏难受得发胀,似乎快要从胸腔里爆出来似的。它古怪地轻轻跳着;她的两手冰凉,一种大祸临头的感觉沉重地压迫着她。脸上流露出痛苦和惶惑的神情,这个娇宠惯了、常常有求必应的孩子现在可碰到生活中不愉快的事了。

　　艾希礼要同媚兰·汉密尔顿结婚了!

　　唔,这不可能是真的!那对孪生子准弄错了。他们又在开她的玩笑呢。艾希礼不会爱上她。谁也不会的,像媚兰这样一个耗子般的小个儿。思嘉怀着轻蔑的心情想起媚兰瘦小的身材,严肃而平淡得几乎有点丑陋的鸡心形的脸,并且艾希礼可能好几个月没见到她了。自从去年"十二橡树"村举行家中大宴会以来,他最多只到过亚特兰大两次。不,艾希礼不可能同媚兰恋爱,因为——唔,她决不会错的——因为他在爱她呀!她思嘉才是他所爱的那个人呢——她知道!

　　思嘉听见嬷嬷笨重的脚步在堂屋里把地板踩得嘎嘎响,便赶快将盘着的那条腿伸下来,放松脸部的表情,尽量显得平静一些。可万万不能让嬷嬷怀疑到出了什么事呀!嬷嬷总觉得奥哈拉家的人连身子带灵魂都是她的,他们的秘密就是她的秘密。只要有一丝异常,她就会像条警犬似的无情地追踪嗅迹。思嘉根据已往的经验,知道如果嬷嬷的好奇心不能立即满足,她就会去跟妈一起嘀咕,那时便只好向母亲交代一切,要不就得编出一个像样的谎话来。

嬷嬷从堂屋里出来了,她是个大块头老婆子,但眼睛细小而精明,活像一头大象。她长得黑不溜秋,是纯粹的非洲人,把整个身心献给了奥哈拉一家,成了爱伦的左右手,三个女孩子的煞星和其他家仆的阎罗王。嬷嬷尽管是黑人,但她的自豪感却和她主人的一样高甚至还要高些。她是在爱伦·奥哈拉的母亲索兰吉·罗毕拉德的卧室里养育大的,那位老太太是个文雅冷静的高鼻子法兰西人,不论对自己的儿女或者仆人只要触犯法规便给以应得的惩罚。她曾经做过爱伦的嬷嬷,爱伦结婚时跟着她从萨凡纳来到了内地。嬷嬷要是宠爱谁,就会严加管教。正由于她是那样宠爱思嘉和因思嘉而感到骄傲,她对思嘉的管教也就没完没了。

"那两位少爷走了吗?你怎么没留他们吃晚饭呀,思嘉小姐?你的礼貌到哪里去了呢?"

"唔,他们尽谈战争,我都听得烦死了,不想同他们一起吃晚饭,尤其怕爸爸也参加进来大叫大嚷,议论林肯先生。"

"你可像个女仆一般不知礼了,还亏你妈和俺辛辛苦苦教你呢。还有,你怎么没披上你的披肩呀?夜风快吹起来了!俺告诉过你,光着肩膀坐在夜风里要感冒发烧的。快进屋里来,思嘉小姐。"

思嘉故意装出一副冷淡的样子掉过头去,幸喜嬷嬷正在一个劲儿唠叨,不曾看见她的脸。

"不,我要坐在这里看落日。它多美呀。你去给我把披肩拿来。我要坐在这里,等爸爸回家来再进屋去。"

"俺听你这声音像是着凉了,"嬷嬷怀疑地说。

"唔,没有,"思嘉不耐烦地说,"你去把我的披肩拿来吧。"

嬷嬷蹒跚着走回堂屋,这时思嘉听到她轻声呼唤着上楼去。

楼梯格格作响,思嘉便轻轻站起身来。嬷嬷一回来又要重复那番责备的话了,可思嘉正心酸的时候,实在无法忍受再叨叨这种鸡毛蒜皮的小事。她犹豫不定地站着,不知该躲到哪里去让痛苦心情略略平息,这时忽然想起一个念头,给她带来了一线微弱的希望。下午她父亲骑马到威尔克斯家的农场"十二橡树"村去了,他是为了商量购买他那位管家波克的胖老婆迪尔茜到那里去的。

爸爸会知道这个可怕的传闻的情况的。就算他今天下午没有听到什么消息,他也会注意到某些迹象,感觉到威尔克斯家有什么叫人兴奋的事吧。要是我能在吃晚饭前一个人看见他,说不定就能弄个明白——原来不过是那哥儿俩的一个缺德的玩笑罢了。

杰拉尔德该回来了。她悄悄地走下屋前的台阶,又回过头来看看嬷嬷是不是在楼上窗口观望。她没有看见那张围着雪白头巾的黑色阔脸在晃动的帷帘间不满地窥探,便大胆地撩起那件绿花布裙,沿着石径向车道迅速跑去,只要那双镶有缎带的小便鞋允许,她是能跑多快就跑多快。

铺着碎石的车道两旁,茂密的柏树枝叶交错,形成天然的拱顶,使那长长的林荫路变成了一条阴暗的甬道。她一跑进这甬道里,便觉得自己已经安全了,家里的人望不见了,这才放慢脚步。她气喘吁吁,因为她的胸衣箍得太紧,不容许她这样飞跑,不过她还是尽快走去。她很快便到了车道尽头,走上了大路,她并不停步,直到拐了个弯,那里有一大丛树遮掩着她,使家里人再也看不见了。

她两颊发红,呼吸急促,在一个树桩上坐下来等待父亲。往常这时候,他应该已经回来了,不过她高兴今天他晚一些,这样她才能平静下来,不致引起父亲的猜疑。她期待着听到得得的马蹄声,看到父亲用他那吓人的速度驰上山冈。可是一分钟又一分钟过去了,杰拉尔德还是不见回来。她顺着大路望去,想找到他的影子,这时心里的痛处又膨胀起来了。

"唔,那不可能是真的!"她心想,"可他为什么不来看我呢?"

她沿着那条因早晨下过雨而变得血红的大路迤逦前行。她沉思着飞快奔下山冈,到那懒洋洋的弗林特河畔,越过荆榛杂乱的沼泽谷底,再爬上一个山冈来到了"十二橡树"村,艾希礼就住在这里。此刻,这条路的全部意义就在这里——它是通向艾希礼和那幢美丽的像希腊神殿般高踞于山冈上的白圆柱房子。

"啊,艾希礼!艾希礼!"她心里喊着,心跳更快了。

自从塔尔顿家那对孪生子把他们的闲话告诉她以后,一种惶惑和恐惧感一直沉重地压抑着她,可如今这种意识已被置之脑后,代之而起的是两年以来始终支配着她的那股狂热之情。

事情也真怪,当她还没有长大成人的时候,为什么从不觉得艾希礼有何动人之处呢?童年时,她看见他走来走去,可一次也不曾想过他。直到两年前那一天,当艾希礼刚从为期三年的欧洲大陆旅游回来,到她家来拜望,她才爱上了他。事情就这么简单。

那时她正在屋前走廊上,他骑着马从林荫道上远远而来,身穿灰色细棉布上衣,领口打着个宽大的黑蝴蝶结,与那件皱领衬衫很相配。直到今天,她还记得他那穿着上的每一个细节,锃亮的马靴,还有蝴蝶结别针上那个浮雕宝石的蛇发女妖的头,那顶宽边巴拿马帽子——他一看见她就立即把帽子拿在手里了。他跳下马,把缰绳扔给一个黑孩子,站在那里朝她望着,那双朦胧的灰色眼睛瞪得大大的,露着微笑;金黄色头发在阳光下闪烁,像一顶灿烂的王冠。他温和地说:"你都长成大人了,思嘉。"然后轻轻地走上台阶,吻了吻她的手。她永远也忘不了那怦然心动的感觉,似乎她是第一次听到这样稳重的、响亮的、音乐般的声音!

就在这最初一刹那,她觉得她需要他,像要东西吃,要马骑,要温软的床铺睡觉那样简单,说不出理由地需要他。

两年以来,他陪着她在县里各处走动,参加舞会、炸鱼宴、野餐,乃至法庭开庭日的听审,等等,虽然不像塔尔顿兄弟那样频繁,也不像方丹家的年轻小伙儿那样纠缠不休,可每星期他都要到塔拉农场来拜访,从不间断。

的确,他从来没有向她求过爱,他那双清澈的眼睛也从来没有流露过像思嘉在其他男人身上熟悉的那种炽热的光芒。可是仍然——仍然——思嘉知道他在爱她。在这点上她是不会错的。直觉比理智更可靠,经验告诉她他在爱她。她几乎经常叫他吃惊,那时他的眼睛显得既不朦胧又不疏远,带着热切而凄楚的神情望着她,使她不知所措。她知道他在爱她。他为什么不对她说明呢?这一点她无法理解。但是她无法理解他的地方还多着呢。

他常常很客气,可又那么冷淡,那么平静。谁也不明白他在想什么,而思嘉是最不明白的。在那里,人人都是直截了当,所以艾希礼的谨慎性格便更使人不理解。他对县里的种种娱乐,如打猎、赌博、跳舞和谈论政治等方面,都跟别的青年人一样精通,并且是最出色的骑手;可又与众不同,那就是这些愉快的活动对于他来说,都不是人生的目的。他单单对书本和音乐感兴趣,而且很爱写诗。

啊,他为什么要长得这么亮丽,可又这么彬彬有礼,并且一谈起欧洲、书本、音乐、诗歌以及那些她根本不感兴趣的事来,就那么兴奋得令人生厌——可是又那么令人爱慕呢?一个晚上又一个晚上,当思嘉同他坐在前门半明半暗的走廊上闲谈过以后,总要在床上翻来覆去好几个钟头,最后又自我安慰地设想下次他一定会向她求婚,这才渐渐睡着。可是,下次来了又走了,结果还是一场空——但那股令她着迷的狂热劲儿却升得更高更热了。

她爱他,她需要他,可是她不了解他。她是那么直率、简单,就像吹过塔拉上空的风和从塔拉身边绕过的河流一样,到老也不可能理解一件错综复杂的事。可如今,她却生平第一次碰上了一个性格复杂的人。

艾希礼天生属于那种类型,一有闲暇便用来思想,用来编织色彩斑斓而毫无现实内容的幻梦。他生活在一个比佐治亚美好得多的内心世界里流连忘返。他对人冷眼旁观,不喜不厌。他对生活漠然视之,无忧无虑。他对宇宙以及他在其中的地位,不论适合与否都坦然接受,只希望回到他的音乐、书本和那个更好的世界里去。

思嘉不明白，既然对他的心是那样陌生，为什么他竟会迷住她呢？也许是他的这个秘密像一扇既没有锁也没有钥匙的门引起了她的好奇心。他身上那些她所无法理解的东西使她更加爱他，他那种克制的求爱态度只能鼓励她下更大的决心去把他占为己有。她从不怀疑他总有一天会向她求婚，现在，好比晴天霹雳，可怕的消息从天而降。艾希礼要娶媚兰了！这不可能是真的呀！

就在上周一个傍晚他们骑马从费尔黑尔回家时，他还对她说过："思嘉，我有件非常重要的事要告诉你，可是不知怎么说好。"

她假装正经地低下头来，可高兴得心怦怦直跳，觉得那个愉快的时刻来了。接着他又说："可现在不行啊！咱们快到家了，没有时间了。唔，思嘉，你看我多么胆怯呀！"他随即用靴刺在马肋上踢了几下，赶快送思嘉越过山冈回塔拉来了。

思嘉坐在树桩上，回想着那几句曾叫她非常兴奋的话，可这时却又显示出一种可怕的意思。也许他打算告诉她的就是他要订婚的消息呢！

啊，只要爸爸回来就好了！她实在再也忍受不了啦。她又一次焦急地沿着大路向前望去，又一次大失所望。

这时太阳已经落到地平线以下，红霞已消退成淡粉色的暮霭。天空渐渐由浅蓝变为知更鸟蛋般淡淡的青绿，田园薄暮中的宁静也悄悄降落在她周围。

在奇异的朦胧暮色中，河边湿地上那些郁郁葱葱的高大松树，已变得黑糊糊的，与暗淡的天色两相衬托，似乎一排黑色巨人站在那里，把脚下缓缓流过的黄泥河水给遮住了。河对过的山冈上，威尔克斯家的白色烟囱在周围的茂密橡树林中渐渐隐去，只有远处点点的灯火还能照见那所房子依稀犹在。暖和而柔润的春之气息，带着新翻的泥土和草木的潮湿香味温馨地把她包围起来。

落日、春天和新生的草木花卉，对于思嘉来说都没有什么新奇之处。她毫不在意地接受它们的美，犹如呼吸和饮水一样，因为除了女人的相貌、马、丝绸衣服以外，她从来也不曾注意过其他事物的美。不过，塔拉农场田地上空这一静穆的暮景却给她那纷乱的心情带来了一些安宁。她如此热爱这片土地，却似乎并没发觉自己在爱它，就像爱她母亲在灯光下祈祷时的面容一样。

在蜿蜒的大路上仍然不见杰拉尔德的影子。如果她还要等候很久，嬷嬷就一定会来找她回去。可就在她眯着眼睛向那愈来愈黑暗的大路前头细看时，她听到了草山脚下得得的马蹄声，同时看见牛马在慌张地散开。杰拉尔德·奥哈拉飞奔着回家来了。

他跨着那匹腰壮腿长的猎马驰上山冈。长长的白发在他脑后飞扬着，他举着鞭子，吆喝着加速前进。

思嘉心中虽然充满了焦急不安的情绪，但仍然怀着无比的自豪感观望父亲，因为杰拉尔德真正是个出色的骑手。

"我不明白他为什么一旦喝了点酒便要跳篱笆，"思嘉心想，"并且去年他就是在这里把膝头摔坏的呀。你以为他会记住这个教训吗？虽然他还对母亲发过誓，答应再也不跳了的。"

思嘉不怕她父亲，觉得他比姐妹们更像是一个同辈，因为跳篱笆和向妻子保密使他感到一种孩子气的骄傲和略带内疚的愉悦，而这是可以和思嘉干了坏事瞒过嬷嬷时的高兴心情相比美的。现在她从树桩上站起身来看他。

那匹大马跑到篱笆边，弯着前腿纵身一跃，便像只鸟儿般毫不费力地飞了过去，它的骑手也高兴地叫喊着，将鞭子在空中抽得噼啪响，长长的白发在脑后飞扬起来。杰拉尔德并没有看见在树木黑影中的女儿，他在大路上勒住缰绳，赞赏地轻拍着马的颈项。

"在咱们县里没有谁比得上你，州里也没有，"他得意扬扬地对自己的马说。他那爱尔兰米思的地方口音依然很重，虽然到美国已三十九年了。接着他理了理头发，把揉皱的衬衫和扭到耳背后的领结整理好。思嘉明白这是为了让自己像个讲究的上等人模样去见母亲，像是拜访邻居后安安稳稳骑马回来的。

她明白自己的机会到了。

她大声笑起来。果然不出所料，杰拉尔德大吃一惊，但随即便认出了她，红润的脸上堆满了边讨好边挑战的表情。他艰难地跳下马来，把缰绳搭在胳臂上，蹒跚地向她走来。

"好啊，小姐，"他说着，拧了一下她的面颊，"那么，你是在偷看我了，并且想象苏伦上星期那样，到你母亲面前去告我的状了吧？"

他那沙哑低沉的声音里有些不悦，但同时也带有讨好的意味，这时思嘉便挑剔而又嗲声嗲气地伸出手来将他的领结拉正。她闻到了一股强烈的混合着薄荷香气的波旁威士忌酒味。他身上还散发着咀嚼烟草和擦过油的皮革以及马汗的气味——一股特殊的混杂的气味，她常常把它同父亲联系起来，以致在别人身上闻到时也本能地喜欢。

"不会的，爸，我不是苏伦那种搬弄是非的人。"她让他放心，一面略略向后退了一步，带着品评的神气端详他的服饰。

杰拉尔德是个矮个儿，身高只有五英尺多，但腰身很壮，脖子很粗，坐着还以为他是个高大魁梧的人呢。他那非常笨重的躯干由常常裹在头等皮靴里的短粗的双腿支撑着，并且常常大大叉开站着，像个摇摇摆摆的孩子。凡是自以为了不起的矮人，那模样大多是有点可笑的；可是一只矮脚的公鸡却也备受尊敬，杰拉尔德也就是这样。谁也不会有胆量把杰拉尔德当作可笑的矮个儿看待的。

他今年六十岁了，一头波浪式的鬈发已白如银丝，但是脸上还没有一点皱纹，两只蓝眼睛也明亮有神，这说明他从来不为什么抽象的问题伤脑筋，只想些简单实际的事，如打扑克时要抓几张牌，等等。他那张纯粹爱尔兰型的脸，同他已离别多年的故乡的那些脸一模一样，是圆圆的、深色的、短鼻子、宽嘴巴，满脸好战的神情。

杰拉尔德·奥哈拉尽管外表粗暴，但却非常善良。他不忍心看到奴隶们受惩罚时的可怜相，也不乐意听到猫叫或小孩啼哭。不过他很害怕别人发现他的这个弱点。他还不知道人家只要遇到他五分钟就知道他是好心肠的人了。如果他觉察到这一点，他的虚荣心就要大受伤害，因为他以为，只要自己大喊大叫地发号施令，谁都会战战兢兢地服从呢。他从来不曾想到，在这个农场里人人都服从的只有一个声音，那就是他太太爱伦的柔和的声音。这个秘密他永远也不会知道，因为自爱伦直到最粗笨的大田劳工都不约而同地，让他始终相信自己的话就是圣旨。

思嘉对他的脾气和吼叫比谁都更不在乎。她是他的头生孩子，并且杰拉尔德也清楚，在三个儿子相继死去以后，他不会再有儿子了，所以他已逐渐养成习惯，以对儿子的态度来对待她，而这是她所最乐意接受的。她比几个妹妹更像父亲，卡琳生来体格纤弱，多愁善感，而苏伦又自命不凡，觉得自己文雅，有贵妇人风度。

此外，思嘉和父亲之间还有一个相互制约的协议把彼此联系在一起。要是杰拉尔德看见女儿爬篱笆而不愿绕道到大门口去，他便当面责备她，但事后绝不向爱伦或嬷嬷提起。而思嘉要是发现他在向太太郑重保证之后还照样骑着马跳篱笆，或者听说他打扑克输了多少钱，她也不会在吃晚饭时像苏伦那样直说。思嘉和她父亲认真地彼此协议过：谁要是把这种事搬到母亲耳边，那只会使她伤心，而他们是不论如何也犯不着这样做的。

如今思嘉在漆黑的微光中望着父亲，也不知为什么她觉得一到他面前心里就舒服了。他身上有一种生气勃勃的粗犷气息吸引着她。她好似一个没有头脑的人，并不明白这是由于她自己身上也或多或少有着同样品性的缘故，虽然爱伦和嬷嬷花了十六年的心血想把它抹掉，也终归徒然。

"好了，你现在完全可以回家了，"她说，"我想除非你自己吹牛，谁也不会怀疑你在玩花招。不过我觉得，你去年已经摔坏了膝盖，现在又跳这同一道篱笆——"

"唔，要是我还得靠女儿来教训我什么地方该跳或不该跳，那可太糟糕了。"他叫嚷着，又在她脸颊上拧了一把。"脑袋是我自己的，就是这样。你光着肩膀在这儿干什么来着？"

她看到父亲在玩弄他惯用的手法来回避眼前这一次不愉快的谈话，便轻轻挽住他的胳臂，一边说："我在等你呢！我没想到你会这么晚才回来。我还以为你把迪尔茜买下来了。"

"买是买下来了，买了她和她的小妞儿普里茜。可约翰·威尔克斯几乎想把她们送给我，可我决不让人家说杰拉尔德·奥哈拉在买卖中占了朋友的便宜。我买她们两人共花了三千。"

"我的天，爸爸，三千哪！再说，你也用不着买普里茜呀！"

"难道该让女儿来批评我？"杰拉尔德用幽默的口吻喊道："普里茜是个满可爱的小妞儿，因此——"

"我知道。她是个又鬼又笨的小家伙，"思嘉不顾父亲的吼叫，接下去。"而且，你买下她的主要理由是，迪尔茜求你买她。"

杰拉尔德似乎倒了威风，显得很尴尬，就像他平常做好事时让人点破了那样，思嘉乐呵呵地笑话起他那伪装的坦率来了。

"不过，就算我这样做了又怎么样？只买来迪尔茜，要是她整天惦记孩子，又有什么用呢？好了，从此我再也不让这里的黑小子跟别处的女人结婚了。那太费钱。来吧，淘气包，咱们进屋去吃晚饭。"

周围的黑影愈来愈浓，春天的温馨已变成微微的寒意。可是思嘉还在踌躇，不知怎样才能把话题转到艾希礼身上而又不让杰拉尔德怀疑她的用意。这实在太难了，因为思嘉身上少了一根随机应变的弦；而杰拉尔德也和她非常相似，没有哪一次不识破她的诡计，犹如她猜透了他的一样。而且，他这样做时是很少拐弯抹角的。

"'十二橡树'村那边的人都怎样了？"

"和往常一样呀。凯德·卡尔弗特也在那里。我办完迪尔茜的事以后,大家在走廊上喝了几盅棕榈酒。凯德刚刚从亚特兰大来,他们正兴致勃勃,在那里谈论战争,以及——"

思嘉叹了一口气。只要杰拉尔德一谈起战争和脱离联邦这个题目,他不扯上几个小时是不会罢休的。她连忙拿另一个话头来岔开。

"他们有没有谈起明天的全牛野宴?"

"似乎是谈起过的。那位小姐——她叫什么名字来着?——就是去年到这里来过的那个小妮子,你知道,艾希礼的表妹——啊,对了,媚兰·汉密尔顿小姐,就叫这个名字——她和她哥哥查尔斯也从亚特兰大来了,而且——"

"唔,她果真来了?"

"她来了,真是个可爱的文静人儿,总是不声不响的,女人家就该这样嘛。走吧,女儿,别磨蹭了。你妈会着急的。"

思嘉一听到这消息心就沉了。她曾经一味希望媚兰·汉密尔顿还留在亚特兰大,可她都已经来了;并且连父亲也完全跟她的看法相反,满口赞赏媚兰那文静的品性,这就迫使她不得不摊开来谈了。

"艾希礼也在那里吗?"

"他在那里。"杰拉尔德放开女儿的胳臂,转过身来,用犀利的眼光凝视着她的脸。"如果你就是为了这个才出来等我的,那为什么不直截了当,却要兜这么大个圈子呢?"

思嘉不知说什么好,只觉得心中一片纷乱,脸都涨得通红了。

"好,说下去。"

她还是什么也不说,真希望父亲也就此沉默算了。

"他在那里,他和他的几个妹妹都非常亲切地问候了你,还说希望不会有什么事拖住你不去参加明天的大野宴呢。我当然向他们保证绝不会的。"他机灵地说。"现在你说,你和艾希礼,这到底是怎么回事呀?"

"没什么，"她简单地答道，一面拉着他的胳臂。"我们进去吧，爸。"

"现在倒是你要进去了。"他说，"可我偏要站在这里，直到明白你是怎么回事。唔，我想起来了，你最近显得有点奇怪。他跟你胡闹来着？他向你求婚了吗？"

"没有。"

"他是不会的。"杰拉尔德说。

她心中顿时火起，可是杰拉尔德摆了摆手，叫她平静些。

"别说了，姑娘！今天下午我在那里听说，艾希礼千真万确要跟媚兰小姐结婚。明天晚上就要宣布。"

思嘉的手从他的胳臂上滑下来。那果然是真的呀！

她心头一阵剧痛，似乎一只野兽用尖牙在咬着似的。这当儿，她父亲的眼睛死死盯住她，由于一个他不知该怎样解决的问题而觉得有点可怜，又颇为气恼。他爱思嘉，可是她竟把她那孩子的问题向他提出来，强求他来解决，这就使他很不舒服。爱伦懂得怎样回答这些问题。思嘉本来应当到她那里去诉苦的。

"你这不是在出自己的洋相——出咱们大家的洋相吗？"他厉声说，声音高得像平日发脾气时一样。"你是在追求一个不爱你的男人了？可这县里有那么多公子哥儿，你本来是谁都可以挑的呀！"

愤怒和受伤的自尊感反而排除了思嘉心中的一些痛苦。

"我并没有追求他。只不过——感到吃惊罢了。"

"你这是在撒谎！"杰拉尔德大声说，他凝视着她的脸，又转而非常慈祥地补充道："我很难过，女儿。但毕竟你还是个孩子，并且别的小伙子还多着呢。"

"妈嫁给你时才十五岁，现在我都十六了。"思嘉嘟嘟哝哝地说。

"你妈可不一样。"杰拉尔德说，"她可从来不像你这样胡思乱想。好了，高兴一点，下星期我带你到查尔斯顿去看尤拉莉姨妈。看看他们那里闹腾萨姆特要塞的事，包你不到一星期就把艾希礼忘了。"

"他还把我当孩子看。"思嘉心里想,悲伤和愤怒憋得她说不出话来,"以为只要拿着新玩具在我面前晃两下,我就会把伤痛全忘了呢。"

"好,不要跟我做对了,"杰拉尔德继续开导她。"你要是懂点事,早就该同斯图尔特或者布伦特结婚了。考虑考虑吧,女儿。同这对双胞胎中不论哪一个结婚,两家的农场便可以连成一片,吉姆·塔尔顿和我便会给你们盖一幢亮丽房子,就在两家农场连接的地方,那一大片松林里,并且——"

"别把我当小孩子看待了,好吗?"思嘉愤愤地嚷道,"我不去查尔斯顿,也不要什么房子,或同双胞胎结婚。我只要——"

"你唯一要的是艾希礼。"

杰拉尔德的声音出奇的平静,他慢吞吞地说道,似乎是从一个很少使用的思想匣子里把话一字一句地抽出来似的。

"可是却得不到他。并且即使他要和你结婚,我也未必就答应,不论我同约翰·威尔克斯家有多好的交情。"这时他看到她惊惶的神色,便接着说:"我要让我的女儿幸福,可你同他在一起是不会幸福的。"

"啊,我会的,我会的!"

"不会的,女儿。只有同一类型的人两相匹配,才有幸福可言。"

思嘉心里忽然生起一种恶意,想大声喊出来:"你不是一直很幸福呀,虽然你和妈并不是同类的人,"不过她把这念头压下去了,生怕他容忍不了,会打她的耳光。

"咱们家的人跟威尔克斯家的人不一样。"他字斟句酌地慢慢说,"威尔克斯家跟咱们所有的邻居都不一样。他们是些古怪的人,最好是让他们的表兄妹去结婚,让他们一起保持自己的古怪去吧。"

"爸爸,艾希礼可不是——"

"别急呀,姑娘!我并没说他的坏话嘛,因为我喜欢他。我说的古怪,并不就是疯狂的意思。他的古怪并不像卡尔弗特家的人那样,把一切都押在一匹马身上，也不像塔尔顿家的孩子那样每次都喝得烂醉如泥，并且跟方丹家那些狂热的小畜生也不一样，他们动不动就行凶杀人。那种古怪是容易理解的，而且，我也不是说，你要是做了他的妻子，艾希礼会跟别的女人私奔，或者揍你。可是他的古怪属于另一种方式，它使你对艾希礼根本无法理解。我喜欢他，可是对于他所说的那些东西，我几乎全都摸不着头脑。好了，姑娘，老实告诉我，你理解他关于书本、诗歌、音乐、油画以及诸如此类的事所说的那些废话吗？"

"啊，爸爸，"思嘉不耐烦地喊道，"要是我跟他结了婚，我会改变他的！"

"唔，你会，你什么都会？"杰拉尔德暴躁地说，狠狠地瞪了她一眼。"这说明你对世界上任何一个男人都知道得还很少，更何况对艾希礼呢。你可千万别忘了哪个妻子也不曾把丈夫改变一丁点儿啊。至于说改变威尔克斯家的某个人，那简直是笑话，女儿。他们全家都那样，历来如此。并且大概会永远这样下去。我告诉你，他们生来就这么古怪。瞧他们今天跑纽约，明天跑波士顿，去听什么歌剧，看什么油画，那个忙乎劲儿！还要从北方佬那儿一大箱一大箱地订购法文和德文书呢！然后他们就坐下来读，坐下来异想天开，这样的大好时光要是像正常人那样用来打猎和玩扑克，该多好呀！"

"可是县里没有人骑马骑得比艾希礼更好的呢。"思嘉对这满嘴诬蔑非常恼火，开始辩护起来。"至于打扑克，艾希礼不是上星期在琼斯博罗还赢走了你二百美元吗？"

"又是卡尔弗特家的小子们在胡扯了。"杰拉尔德不加辩解地说，"艾希礼能够跟最出色的骑手骑马，也能跟最出色的牌友玩扑克——我就是最出色的，姑娘！并且我不否认，他喝起酒来能使甚至塔尔顿家的人也醉倒在桌子底下。所有这些他都行，可是他的心不在这上面。这就是我说他为人古怪的原因。"

思嘉一声不响，她的心在往下沉。她知道杰拉尔德是对的。艾希礼的心的确不在所有这些他玩得最好的娱乐上。对于大家所最感兴趣的任何事物，他最多只不过出于礼貌，有所表示而已。

杰拉尔德明白她沉默的意思,便拍拍她的臂膀得意地说:"好啦,思嘉! 你承认我这话说对了。你要艾希礼这样一个丈夫干什么呢?"接着,他又用讨好的口气说:"刚才我提到塔尔顿家的小伙子们,那可是些好小子,不过,如果你想选择也完全一样。等到我过世的时候——别想呀,亲爱的,听我说! 我要把塔拉农场留给你和凯德——"

"你把凯德用银盘托着送给我,我也不要。"思嘉气愤地喊道,"我求求你不要硬把他推给我吧! 我不要什么塔拉农场。农场一钱不值,要是——"

她正要说"要是你得不到你所想要的人",可杰拉尔德被她那种傲慢的态度激怒了——她居然那样对待他送给的礼品,那是除爱伦以外他在世界上最宠爱的东西呢,于是他大吼了一声。

"思嘉,你真敢公然对我说,塔拉——这块土地——一钱不值吗?"

思嘉固执地点点头。她内心太痛苦了,已经顾不上是否会惹父亲大发脾气。

"土地是世界上唯一最值钱的东西啊!"他一面嚷,一面伸开两只又粗又短的胳臂做出十分气愤的姿势,"因为它是世界上唯一永恒的东西,并且它是唯一值得你付出劳动,进行战斗——牺牲性命的东西啊!"

"啊,爸,"她厌恶地说,"你说这话可真像个爱尔兰人哪!"

"难道我为这感到羞耻过吗? 不。我感到自豪。你可别忘了你是半个爱尔兰人,姑娘! 对于每一个身上有一滴爱尔兰血液的人来说,他们居住的土地就像他们的母亲一样。此刻我是在为你感到羞耻啊。我把世界上——咱们祖国的米思除外——最美好的土地给你,可你怎么样呢? 你嗤之以鼻嘛!"

杰拉尔德正准备痛痛快快发泄一下心中的怒气,这时他看见思嘉满脸悲伤的神色,便止住了。

"不过,你还年轻。将来你会懂得爱这块土地的。你现在还是个孩子,等到你年纪大一些,你就会懂得——如今你要下定决心,究竟是挑选凯德还是那对双胞胎,或者伊凡·芒罗家的一个小伙子,不论谁,到时候看我让你们过得舒舒服服的。"

"啊,爸!"思嘉实在是不想回答这样的问题。

这时杰拉尔德觉得这番谈话实在厌烦透了,一想到这个问题还得由他来解决,便非常恼火。并且由于思嘉对他所提供的最佳对象和塔拉农场居然无动于衷,也感到委屈和气愤。他多么希望这些礼物被女儿用鼓掌、亲吻来接受啊!

"好,姑娘,别噘着嘴生气了。不论你嫁给谁,这都没关系,只要他跟你情投意合,是上等人,又是个有自尊心的南方人就行。女人嘛,结了婚便会产生爱情的。"

"啊,爸!看你这观念有多旧多土啊!"

"这才是个好观念啊!那种美国式的做法,到处跑呀找呀,要为爱情结婚呀,这算什么事呢。最好的婚姻是凭父母给女儿选择对象。要不,像你这样的傻丫头,怎能分清楚好人和坏蛋呢?好吧,你看威尔克斯家。他们凭什么世世代代保持了自己的尊严和兴旺呢?不就凭的是跟自己的同类人结婚,跟他们家庭所希望的那些表亲结婚。"

"啊!"思嘉哀叹一声,由于杰拉尔德的话已表明事实的不可挽回,她的心痛苦不堪。杰拉尔德看看她低下的头,很不自在地把两只脚反复挪动着。

"你哭了吧?"他问她,笨拙地摸摸她的下巴,想叫她仰起脸来,而自己的脸却由于无奈而露出深深的皱纹来了。

"没有!"她猛地把头扭开,激怒地大叫了一声。

"你这是在撒谎,可我喜欢这样。巴不得你为人高一些,姑娘。但愿在明天的大野宴上也看到你这样。我不要全县的人都谈论和笑话你,说你成天痴心想着一个男人,而那个人却根本无意于你。"

"他对我是有意的呀,"思嘉想,"我敢断定。只要再有一点点时间,我相信便能叫他亲自说出来——啊,要不是威尔克斯家的人总觉得他们只能同表亲结婚,那就好了!"

杰拉尔德把她的臂膀挽起来。

"咱们得进去吃晚饭了。这件事就不要声张,只咱俩知道行了。我不会拿它去打扰你妈——你也用不着跟她说。擤擤鼻涕吧,女儿。"

思嘉用她的破手绢擤了擤鼻涕,然后他们彼此挽着胳臂走上黑暗的车道,那匹马在后面缓缓地跟着。走近屋子时,思嘉正要开口说什么,忽然看见走廊暗影中的母亲。她戴着帽子、披肩和手套,嬷嬷跟在后面,脸色阴沉得像满天乌云,手里拿着一个黑皮袋,那是爱伦出去给农奴们看病时常常带着装药品和绷带用的。

"奥哈拉先生,"爱伦一见父女俩在车道上走来便叫了一声——爱伦是地道的老一辈人,她虽然结婚十七年了,生育了六个孩子,可仍然讲究礼节——她说:"奥哈拉先生,斯莱特里那边有人病了。埃米的新生婴儿快要死了,可是还得给他施洗礼。我和嬷嬷去看看还有没有什么办法。"

她的声音带有明显的询问口气,似乎在征求杰拉尔德的同意,这无非是一种礼节上的表示,但从杰拉尔德看来却是非常珍贵的。

"真是天晓得!"杰拉尔德嚷了一句,"去吧,奥哈拉太太。我知道,只要外边出了点什么事,你不去帮忙是整夜也睡不好觉的。"

"她总是一点不休息,深更半夜给黑人和穷白人下流坏子看病,似乎他们就照顾不了自己。"嬷嬷自言自语咕哝着下了台阶,向等在道旁的马车走去。

"亲爱的,你就替我照管晚饭吧。"爱伦说,一面用戴手套的手轻轻摸了摸思嘉的脸颊。

不管思嘉怎样强忍着眼中的泪水,她一接触到母亲的爱抚,从她绸衣上隐隐闻到那个柠檬色草编香囊中的芳馨,便被那永不失效的魅力感动得震颤起来。对于思嘉来说,爱伦·奥哈拉身上有一种令人吃惊的东西,房子里也有一种不可思议的东西同她在一起,使她敬畏,使她着迷,又使她平静。

杰拉尔德扶他的太太上了马车,吩咐车夫一路小心。车夫托比驾驭杰拉尔德的马已经二十年了,他噘着嘴对这种吩咐表示抗议——还用得着你来教训我这个老把式哪!他赶着车动身了,嬷嬷坐在他身旁,刚好构成一副非洲人噘嘴使气的绝妙图画。

　　杰拉尔德目送马车离去,转过身来,他面露喜色,想起了一个玩笑:"来吧,女儿,咱们去告诉波克,说我没有买下迪尔茜,而是把他卖给约翰·威尔克斯了。"

　　他把缰绳扔给一个站在旁边的黑小子,然后大步走上台阶。他已经忘记了思嘉的伤心事,一心想去捉弄他的管家。思嘉跟在他后面,慢腾腾地爬上台阶,两只脚像铅一般沉重。她想,不论如何,要是她自己和艾希礼结为夫妻,至少不会比她父母这一对显得更不相称的。如往常那样,她觉得奇怪,怎么这位大喊大叫、没心计的父亲会设法娶上了像她母亲那样一个女人呢?因为从出身、教养和性格来说,世界上再没有两个人比他们彼此距离更远的了。

第三章

　　爱伦·奥哈拉现年三十二岁,按照当时的标准已是个中年妇人,她生过六个孩子,其中三个已经夭折。她长得高高的,举止文静,走起路来长裙摇曳。她那奶酪色的脖颈圆圆的,细细的,从紧身上衣的黑绸圆领中端端正正地伸出来,脑后戴着网套的丰盈秀发颇为浓重,经常显得略向后仰。她母亲是法国人,是一对从1791年革命中逃亡到海地来的夫妇所生,她给爱伦遗传了这双在墨黑睫毛的阴影下略略倾斜的黑眼睛和一头黑发。她父亲是拿破仑军队中的一名士兵,传给她一个长长的、笔直的鼻子和一个有棱有角的方颚,但在她两颊柔美曲线的调和下显得不那么惹眼了。并且爱伦的脸也由于生活养成了现在这副庄严而并不觉得傲慢的模样,以及优雅、忧郁而毫无幽默感的神态。

　　要是她的眼神中有一点焕发的光彩,她的笑容中有一点亲切的温情,她那使人听来感到轻柔的声音中有一点自然的韵味,那她就是一个十分亮丽的女人了。她说话用的是海滨佐治亚人那种柔和而有点含糊的口音,元音是流音,子音咬得不怎么准,略略带法语腔调。这是一种即使命令仆人或斥责儿女时也从不提高的声音,也是在塔拉农场人人都随时服从的声音,而她的丈夫的大喊大叫在那里却常常被悄悄地忽略了。

　　从思嘉记事时起,她母亲便一直是这个样子,她的声音,不论在称赞或者责备别人时,总是那么柔和而甜蜜,她的态度,虽然杰拉尔德在纷繁的家事中常常要出点乱子,却始终是那么沉着,应付自如;她的精神总是平静的,脊背总是挺直的,甚至在她的三个幼儿夭折时也是这样。思嘉从没见过母亲坐着时将背靠在椅子背上,也从没见她手里不拿点针线活儿便坐下来(除了吃饭),即使是陪伴病人或审核农场账目的时候。有客人在场时,她手里拿的是精巧的刺绣,旁的时候则是缝制杰拉尔德的衬衫、女孩子的衣裳或农奴们的衣服。思嘉很难想象母亲手上不戴那个金顶针,或她身影后面没有那个随身伺候的黑女孩。

思嘉从没见过母亲庄重安详的神态有被打扰的时候,她个人的衣着也总是那么整整齐齐,不论白天黑夜都一样。每当爱伦为了参加舞会、接待客人或者到琼斯博罗去旁听法庭审判而梳妆时,那就得花上两个钟头的时间,让两位女仆和嬷嬷帮着打扮,直到自己满意为止;不过到了紧急时刻,她的梳妆功夫也惊人的迅速。

思嘉的房间在她母亲房间的对面,中间隔着个穿堂。她从小就熟悉了:在天亮前什么时候一个光着脚的黑人的急促脚步轻轻走过,接着是母亲房门上匆忙的叩击声,然后是黑人那低沉而带惊慌的耳语,报告那一长排白棚屋里有人生病了、死了,或者养了孩子。她那时还很小,时常爬到门口去,从门缝里窥望,看到爱伦从黑暗的房间里出来,同时听到里面杰拉尔德平静而有节奏的鼾声;母亲臂下挟着药品箱,头发已梳得熨熨帖贴,紧身上衣的纽扣也全扣好了。

思嘉听到母亲踮着脚尖轻轻走过厅堂,并低声说:"嘘,别这么大声说话。你会吵醒奥哈拉先生的。他们还不至于病得要死吧。"这时,她总像在安慰谁。

早晨,经过抢救产妇和婴儿的忙碌——然后,爱伦又像通常那样作为主妇在餐桌旁出现了,她那黝黑的眼睛略有倦色,可是声音和神态都没有流露丝毫的紧张感。她那庄重的温柔下面有一种钢铁般的品性,它使全家包括杰拉尔德和姑娘们无不感到敬畏,虽然杰拉尔德宁死也不愿承认这一点。

有时思嘉夜里轻轻走去亲吻母亲的面颊,她仰望着那上唇显得太短太柔嫩的嘴,她不禁暗想它是否也曾像娇憨的姑娘那样格格地笑过,或者同知心的女友通宵达旦喁喁私语。不,这是不可能的。母亲从来就是现在这个模样,是一根力量的支柱,一个智慧的源泉,一位对任何问题都能够解答的人。

然而思嘉错了,多年以前,萨凡纳州的爱伦·罗毕拉德也曾像每一位十五岁的姑娘那样格格地笑过,也曾同朋友们通宵达旦喁喁私语,互谈理想,倾诉衷肠,只有一个秘密除外。就是在那一年,比她大二十八岁的杰拉尔德·奥哈拉闯进了她的生活——也是那一年,她那黑眼睛表兄菲利普·罗毕拉德从她的生活中隐退了。当菲利普连同他那闪闪发光的眼睛和放荡不羁的习性离开萨凡纳时,他把爱伦心中的光辉也带走了,只给后来娶她的这位罗圈腿矮个儿爱尔兰人留下了一个温驯的躯壳。

不过这对杰拉尔德也就够了,甚至还有受宠若惊之感呢。他是个精明人,懂得像他这样一个既无门第又无财产但好吹嘘的爱尔兰人,居然能娶到海滨各州中最富有最荣耀人家的女儿,也算得上是奇迹了。

杰拉尔德二十一岁那年来到美国。他像许多爱尔兰人那样,是匆匆而来的,除了身上穿的衣服就只有买船票剩下的两个先令,以及悬赏捉拿他的那个身价,并且他觉得这个身价比他的罪行所应得的还高了许多。世界上还没有一个奥兰治派分子值得英国政府出一百英镑的。如果政府对于一个英国的地租代理人的死会认真对待,那么杰拉尔德·奥哈拉就只有走为上策了。因为曾经骂过地租代理人为"奥兰治派野崽子",但这并不说明那个人就有权用《博因河之歌》那开头几句来侮辱他。

博因河战役是一百多年以前打的,但是在奥哈拉家族看来,就像昨天发生的事,那时他们的希望和梦想,他们的土地和钱财,都随着一位惊惶逃跑的斯图尔特王子的魔雾中消失了,只留下奥兰治王室的威廉和他那带着奥兰治帽徽的军队来屠杀斯图尔特王朝的爱尔兰依附者了。

由于这种种缘故,杰拉尔德的家庭并不想把这场争吵的毁灭性结果看得非常严重。多年来,奥哈拉家与英国警察部门的关系很不好,原因是被怀疑参与了反政府活动,是许多年前人们在奥哈拉家猪圈里发现一批埋藏的来福枪之后到美国来的。后来他们在萨凡纳做生意发了家,年轻的杰拉尔德就是给送到两位哥哥这里来的。

他离家出走时,母亲在他脸上匆匆吻了一下,并贴着耳朵说了一声天主教的祝福,父亲则给了临别赠言,"要记住自己是谁,不要学别人的样。"他的五位高个子兄弟羡慕而略带关注地微笑着向他说了声再见,因为杰拉尔德在这强壮的一家人中是最小和最矮的。

他父亲和五个哥哥都身高六英尺以上,其粗壮的程度也很相称,可是二十一岁的小个子杰拉尔德懂得,五英尺四英寸半便是上帝所赐。他从不以自己身材矮小而自怨自艾,也从不认为这会阻碍他去获得自己所需要的一切。更确切些不如说,正是杰拉尔德的矮小精干使他成为现在这样,因为他早就明白矮小的人要在高大者中间活下去就必须顽强。而杰拉尔德是顽强的。

他那些高个儿哥哥是些冷酷寡言的人,在他们身上,光荣的家族传统已经永远消失,沦落为默默的仇恨,爆裂出痛苦自我安慰来了。要是杰拉尔德也生来强壮,他也会走上奥哈拉家族中其他人的道路,在反政府的行列中悄悄地、神秘地干起来。可杰拉尔德却像他母亲钟爱地形容的那样,是个"高嗓门,笨脑袋",脾气暴躁,动辄使拳头,而且盛气凌人,叫人见了都害怕。他在那些高大的奥哈拉家族的人间,就像一只神气十足的矮脚鸡在满院子大个儿雄鸡中昂首阔步,而他们都爱护他,怂惠他,有时也敲他几下,让这位小弟弟不要太得意忘形了。

杰拉尔德到美国来之前,没有受过多少教育,可是他对此并不在意。他母亲教过他读书写字,做算术题。他的书本知识就限于此。他唯一懂得的拉丁文是作弥撒时应答牧师的用语,唯一的历史知识则是爱尔兰的种种神话传说。他在诗歌方面,只知道穆尔的作品,音乐则限于历代流传下来的爱尔兰歌曲。他虽然对那些比他较有学问的人怀有敬意,可是从来也不感觉到自己的缺陷。而且,在一个新的国家,在一个连那些最愚昧的爱尔兰人也在此发了大财的国家,在一个只要求你强壮和不怕干活的国家,他需要这些东西干什么呢?

詹姆斯和安德鲁也不认为自己很少受教育是一件憾事。他们收留杰拉尔德进了他们在萨凡纳的商店。他的字写得清楚,算数算得准确,与顾客谈起生意来也很精明,所以赢得了两位哥哥的器重。在本世纪初,美国对爱尔兰人还很和气。詹姆斯和安德鲁开始时用帆布篷车从萨凡纳往佐治亚的内地城镇运货,后来赚了钱便自己开商店,杰拉尔德也就跟着他们发迹了。

他爱南方,而且他自以为很快就成了南方人。的确,关于南方和南方人,有许多东西是他永远也不会理解的,不过,南方人的有些思想习惯,如玩扑克、赛马、争论政治和举行决斗,争取州权和咒骂北方佬,维护奴隶制和棉花至上主义,轻视下流白人和过分讨好妇女,等等,他很快便心领神会,身体力行。他甚至学会了咀嚼烟叶。至于喝威士忌,那是不用学的,因为他生来就已经具备。

然而,杰拉尔德还是杰拉尔德。他的生活习惯和思想变了,但他不愿改变自己的态度,他羡慕那些种稻米、棉花的富裕地主,羡慕他们慢条斯理、温文尔雅地骑着纯种马,后面是载着他们文质彬彬的太太们的马车和奴隶们的大车,从他们的古旧王国向萨凡纳迤逦而来。可是杰拉尔德永远也学不会文雅。他们那种懒洋洋的含糊不清的声音,他觉得特别悦耳,但他自己那轻快的土腔却总是吊在舌头上摆脱不了。他们处理重大事务时,在一张牌上赌押一笔财产、一个农场或一个奴隶,以及向黑人孩子撒钱币时,那种满不在乎的神气是他非常喜爱的。然而杰拉尔德懂得什么叫贫穷,所以永远学不会惬意而体面地输钱。他们是个快乐的民族,这些海滨佐治亚人,声音柔和,容易动怒,有时前后矛盾得非常可爱,因此杰拉尔德喜欢他们。不过,这位年轻的爱尔兰人充满了活泼好动的生机,他是刚从一个风冷雾湿不生热病的国家出来的,这便把他同这些出生在亚热带气候和瘴气湿地中的懒惰绅士们截然分开了。

他从他们那里学到的是有用的东西,他发现玩扑克牌是所有南方习俗中最有用的,只要会打扑克,加上一个喝威士忌的海量,就行了。玩牌和喝酒是杰拉尔德的天性,这给他带来了他三样宝贵的财富中的两样,即他的管家和他的农场。另一样是他的妻子,他把她看作是上帝的神奇赐予。

他的管家名叫波克,黑得又光又亮,举止庄严,且有全套出色的裁缝手艺,是他打了个通宵的扑克牌从一位圣·西蒙斯岛的地主手中赢来的。那个地主在敢于虚张声势方面与杰拉尔德不相上下,可是喝起新奥尔良朗姆酒来就不行了。虽然波克原先的主人后来要求以双倍的价钱把他买回去,杰拉尔德却断然拒绝了,因为这是他占有的第一个奴隶,是"海滨最好的管家",是他实现梦想的最好开端,怎么能放弃呢?杰拉尔德是一心要当奴隶主和拥有地产的上等人呢。

他已下定决心,不要像詹姆斯和安德鲁那样白天讨价还价,夜晚又对着灯光查账,他已深深感到社会上最被人瞧不起的是那些"生意人"。杰拉尔德要当一个地主。希望看到自己的田地绿油油地从眼前铺展开去。他无情地、一心一意地追求一个目标,就是要拥有自己的住宅,自己的农场,自己的马匹,自己的奴隶。但是,一个时期以来,他渐渐发现,怀抱这个雄心和实现这个雄心毕竟是两码事。滨海的佐治亚州是那样牢牢地掌握在一个顽强的贵族阶级手中,在这里,他就休想有一天会赢得他所刻意追求的地位。

过了一些时候,命运之神和一手扑克牌两相结合,给了他一个他后来取名为塔拉的农场,同时让他从海滨迁移到北佐治亚的丘陵地区来了。

那是一个很暖的春天夜晚,在萨凡纳的一家酒店里,邻座一位生客的偶尔谈话引起杰拉尔德的注意。那位生客是萨凡纳本地人,在内地居住了十二年之后刚刚回来。他是在州里抽彩分配土地时的一个获奖者。原来杰拉尔德来到美洲前一年,印第安人把佐治亚中部广大的一片土地放弃了,佐治亚州当局便以这种方式进行分配。他迁徙到了那里,并建立一个农场;但现在他的房子失火烧掉了,他对那个"可诅咒的地方"已感到厌烦,所以决意将它脱手。

杰拉尔德心中一直没有放弃那个念头,于是经过介绍,他同那个陌生人谈起来,当对方告诉他,那个州的北部已经从卡罗来纳和弗吉尼亚涌进大批的新人时,他的兴趣就更大了。他在处理"奥哈拉兄弟公司"的业务时访问过在萨凡纳河上游一百英里的奥古斯塔,并且旅行到了离萨凡纳很远的内地,看到了那个城市西面的古老城镇。他知道,那个地区也像海滨那样拥有不少居民,但是从陌生人的描绘来看,他的农场是在萨凡纳西北二百五十英里以外的内地,在查塔忽奇河以南不远的地方。他知道,河那边往北一带仍控制在柴罗基人手里,因此他听到陌生人提起与印第安人的纠纷,并叙述那个新地区有多少新兴的城镇正在成长起来、多少农场经营得很好时,便禁不住大吃一惊了。

一小时之后,谈话开始放慢,杰拉尔德想出一个诡计,他提议玩牌。夜渐渐深了,酒斟了一巡又一巡,这时其他几个牌友都歇手了,只剩下杰拉尔德和陌生人在继续对赌。陌生人把所有的筹码全都押上,外加那个农场的文契。杰拉尔德也推出他的那堆筹码,并把钱袋放在上面。如果钱袋里装的恰好是"奥哈拉兄弟公司"的款子,第二天早晨作弥撒时他也不会觉得良心不安而表示忏悔的。他懂得自己所要的是什么,而当他需要时便采取断然措施来攫取它。而且,他又是那样相信自己的命运和手中的那几张牌,因此他也就豁出去了。

"你这不是靠买卖赚来的,而我呢,也乐得不再纳税了。"陌生人输光了,叹了口气说,一面叫拿笔墨来。"那所大房子是一年前烧掉的,田地呢,已长满了灌木林和小松树。不过,这些都是你的了。"

"千万不要把玩牌和威士忌混在一起,"当天晚上波克服侍杰拉尔德上床睡觉时,杰拉尔德严肃地对他这样说,这位管家由于崇拜主人正开始在学习一种土腔,便用一种基希和米思郡的混合腔调做了回答,当然这种腔调只有他们两个人懂得,别人听来是莫名其妙的。

杰拉尔德站在那个原来有房子的小小圆丘上,对他来说,这道高高的绿色屏障既是他的所有权的一个看得见的证明,又像是他亲手建造用来作为私有标志的一道篱笆。他站在那座已烧掉的房子的焦黑基石上,俯视着那条伸向大路的林荫小道,一面快活地咒骂着,因为这种喜悦之情是那么深厚,已无法用感谢上天的祈祷来表达了。这两排阴森的树木,那片荒芜的草地,连同草地上那些缀满白花的木兰树和底下齐腰深的野草。还有那些尚未开垦的、长满了小松树和矮树丛的田地,那些连绵不断向周围远远伸展开去的红土地也都属于杰拉尔德·奥哈拉所有了——这一切都成了他的,因为他有个从不糊涂的爱尔兰人的头脑和将全部家当都押在一手牌上的勇气。

杰拉尔德面对这片寂静的荒地,闭上了眼睛,他觉得自己似乎回到了家里。在这儿,在他脚下,一幢刷白的砖房将拔地而起。大路对过将有一道新的栅栏把肥壮的牲口和纯种马圈起来,而那片从山腰伸到肥沃的河床的红土地,将像羽绒被似的在阳光下闪耀银光——棉花,大片大片的棉花啊!奥哈拉家的产业从此就要复兴了。

杰拉尔德用自己的一小笔赌本,从两位不很热心的哥哥那里借到的一点钱,以及典地得到的一笔现金,买了头一批种大田的黑奴,然后来到塔拉,在那四间房的监工屋里,像单身汉似的孤独地住下来。

他平整田地,种植棉花,并从詹姆斯和安德鲁那里又借了些钱买来一批奴隶。奥哈拉一家是家族观念很强的人,这并不是出于过分的手足之情,而是因为从严峻的岁月里懂得了,一个家族要生存下去就必须形成一致对外的坚固战线。他们把钱借给杰拉尔德,有朝一日钱还会连本带利回到他们手中的。这样,杰拉尔德不断买进毗连的地亩,农场也渐渐扩大,那幢白房子已不再是梦想而是现实了。

那是用奴隶劳动建筑的,它坐落在一块坡地上,俯瞰着那片向河边伸延下去的碧绿的牧场;它使杰拉尔德十分得意,因为它虽然是新建却显得有点古色古香。那些老橡树用它们巨大的躯干紧紧围住这所房子,同时用枝叶在屋顶上空撑起一片浓荫。那片荒芜的草地,如今已长满了苜蓿和百慕大牧草。从林荫道的柏树到奴隶区那排白色木屋,到处都能使人看到塔拉农场的坚实、稳固、耐久的风采。每当杰拉尔德骑马驰过大路上那个拐弯并看见自己房子从绿树丛中耸出的屋顶时,他就兴奋得连心都要膨胀起来,似乎每一个景观都是头一次看到似的。

他已经完成了这一切,这位矮小的、精明的、盛气凌人的杰拉尔德。

杰拉尔德同县里所有的邻居都相处得很好,但有两家除外,一是麦金托什家,他们的土地和他的在左侧毗连;二是斯莱特里家,他们那三英亩瘠地,沿着河流和约翰·威尔克斯家农场之间的湿地低处,伸展到了他的田地的右边。

麦金托什家是苏格兰和爱尔兰的混血,也是奥兰治派分子,他们已经在佐治亚生活了七十年,并且那以前有一代人是在卡罗来纳度过的,但这个家族中第一个踏上美洲大陆的人是从阿尔斯特来的。他们是一个缄默寡言、性格倔强的家族,与外人绝少往来,也只同卡罗来纳的亲戚通婚。杰拉尔德并不是唯一不喜欢他们的人,因为县里各家都相处融洽,乐于交往,谁也忍受不了像他们这种性格的人家。还有谣传说他们同情废奴主义者,但这并没有提高麦金托什家的声望。老安格斯从来没有解放过一个奴隶,并且由于出卖了一些黑人给一个到路易斯安那蔗田去的过路的奴隶贩子而不可饶恕地违背了社会公德,但谣言照样流传。

"毫无疑问,他是个废奴主义者。"杰拉尔德对约翰·威尔克斯说,"不过,在一个奥兰治党人身上,当一种主义跟苏格兰人的悭吝相抵触时,那个主义也就完了。"

至于斯莱特里家,那又是另一回事了。他们是穷白人,甚至还不如安格斯·麦金托什。老斯莱特里死死抱住他那几英亩土地不放手,刻板而又爱牢骚。他老婆是个蓬头散发的女人,体弱多病,形容憔悴,却养了一大窝家兔般的儿女。他家里没有奴隶,他和两个大儿子时作时停地种着那几英亩棉花,老婆和几个小儿子则照管那块号称菜园的土地。可是,不知怎的,棉花总是长不好;种出的菜蔬甚至还不够家里吃。

汤姆·斯莱特里还常赖在邻居家的走廊上,向人家讨棉花籽儿下种,或者要一块腌肉去"对付一顿",却又十分憎恨邻居们,认为他们表面客气却暗藏轻蔑;他尤其憎恨"阔人家的势利眼黑鬼"。县里那些帮佣的黑人总以为自己比下流坏白人还高一等,他们的公然蔑视刺痛了他,而他们比较稳定的生活又引起他的嫉恨。以自己的穷困相比,他们确实是吃得好,穿得好一些,病了还有人照看,老了有人供养。他们还为自己主人的好名声感到骄傲,而且还以自己归上等人所有而觉得光荣,而他呢,却是人人都瞧不起的。

斯莱特里很可以把自己的农场以高出三倍的价钱卖给县里任何一个大地主。为了不丢人现眼地居住在这老地方,花这笔钱还是值得的,可是他却执意不走,靠那每年一包棉花的收入和邻居们的施舍艰难地生活下去。

杰拉尔德同县里所有其他的人都相处得不错,愉快而又亲近。威尔克斯家、卡尔弗特家、塔尔顿家、方丹家,他们一看见这位骑着大白马的矮个儿便含笑相迎,微笑着招呼仆人拿高脚杯来,放一茶匙糖和少许薄荷叶,然后斟上威士忌酒。杰拉尔德是可爱的,邻居们很快便知道,连他们的孩子、黑奴和狗都一眼就看出这人虽然大喊大叫,举止粗野,但实在是个好心肠的人,乐意倾听别人的话,并且慷慨大方。

他每次来时,总要引起一群乱吠乱跳的猎狗和叫喊着的黑孩子跑去迎接他,吵吵嚷嚷抢着牵他的马,当他和蔼地训斥他们时便显得有点尴尬地傻笑起来。那些白人孩子也吵着坐到他的膝头上,甚至那些朋友的女儿也都把他当作知心人,向他吐露自己的恋爱故事。至于邻居的小伙子们,他们怕在父亲面前认错却把他当作无所不谈的知交。

"这么说,你这钱欠了一个月啦,你这小鬼头!"他会大声嚷嚷。"那么,我的上帝,你干吗不早点来跟我要呢?"

他那粗鲁的口气是大家都熟悉的,谁也不会反感,因此这只会使那些年轻人腼腆地傻笑两声然后答道:"是呀,大叔,可我害怕麻烦您呢,并且我父亲——"

"你父亲是个好人,这得承认,不过严格了一点。那么,把这个拿去,以后谁也别提起就是了。"

最后才接受他的是地主太太们。当威尔克斯太太——像杰拉尔德形容的"一位了不起的具有沉默天才的女士"——有天晚上在杰拉尔德的马已经跑上车道之后对她的丈夫说,"这人尽讲粗话,可毕竟是个上等人,"这时,杰拉尔德已肯定是成功了。

杰拉尔德四十三岁那年,他身强体壮,脸色红润,活像体育画报上的猎手,那时他想塔拉尽管很可贵,可只有它和那些心地坦荡、殷勤好客的朋友还是不够的。他还缺少一个妻子。

塔拉农场迫切需要一位女主人。现在这位胖厨子本来是管庭院的黑人杂工,因为迫切需要才到厨房工作的,可他从来没有按时开过一顿饭;而那位内室女仆原先也是在田里干活的,她任凭屋子里到处都是尘土,所以一有客人到来,便要手忙脚乱一番。波克是唯一受过训练和胜任的黑人管家,他现在负责管理所有的奴仆,但是几年来,在杰拉尔德乐呵呵的生活作风影响下,也变得怠惰和漫不经心了。作为贴身用人,他负责整理杰拉尔德的卧室,作为膳事总管,他要让饭菜安排得像个样子,不过在别的方面他就有点听之任之了。

那些具有非洲人精确本能的黑奴,都发现杰拉尔德虽然大喊大叫,但并不厉害,因此他们便肆无忌惮地利用这一点。表面上常常威胁,说要把奴隶卖到南方去,或者要狠狠地鞭打他们,但实际上塔拉农场从来没有卖过一个奴隶,鞭打的事也只发生过一次,那是因为没有把杰拉尔德的狩猎了一整天的爱马好好刷洗一下。

杰拉尔德那双锐利的天蓝色眼睛注意到左邻右舍的房子收拾得整齐清洁,那些头发梳得溜光、裙子窸窸窣窣响的主妇们从容地管理着他们的仆人。他不熟悉这些女人从早到夜忙个不停地监督仆人的劳碌情形,他只看到表面的成绩,而这些成绩给他留下了深刻的印象。

有一天早晨他准备进城去旁听法庭开审,波克把他心爱的皱领衬衫取来,可他一看便发觉已被那个内室女仆弄得穿不出去了。

"杰拉尔德先生,"波克眼看杰拉尔德生气了,便讨好地说,一面将那件衬衫卷起来,"你如今缺少的是一位太太,一位能带来许多家仆的太太。"

杰拉尔德责骂波克无礼,但他明白他是对的。这时,他多么迫切地感到需要一个妻子啊!他还需要儿女,而且,如果不很快得到他们,那将为时太晚了。但他也不想随便娶个女人,像卡尔弗特那样,把那个照管他的没娘孩子的北方佬女家庭教师讨来当老婆。他的妻子必须是一位夫人,一位出身名门的夫人,像威尔克斯太太那样端庄贤淑,能够像威尔克斯太太那样精明地把塔拉农场管理好。

但是要同这个县的大户人家结亲却有两个难处。第一是这里年轻的姑娘很少。第二,也是更不好办的是,杰拉尔德是个"新人"(虽然他在这里已居住了将近十年),又是外国人。谁也不了解他的家族情况。虽然佐治亚内地社会并不像海滨贵族社会那样难以接近,可是也没有哪个家庭愿意让自己的女儿嫁给一个来历不明的男人。

杰拉尔德明白,不管那些同他一起打猎、喝酒和谈论政治的本县男人多么喜欢他,但他还是很难找到一个情愿把女儿许配给他的人家。并且他又不想让人们闲谈时说起某某拒绝杰拉尔德的求婚等等。不过,他的这种自知之明并没有使他觉得自己低人一等。事实上,他不论如何也不会感到自己在哪方面不如人。那仅仅是因为县里的一种奇怪习俗,认为姑娘们只能嫁到那些至少在南部已居住二十年以上、已经拥有自己的田地和奴隶,而且时髦的门当户对的人家去。

"收拾行李吧。咱们要到萨凡纳去。"他告诉波克,"只要让我听到你说一声'嘘'或者'保证!'我就立即把你卖掉,因为这种字眼我自己是很少说的。"

詹姆斯和安德鲁会关心他的婚姻,并且他们的老朋友中可能有适合他的要求并愿意嫁给他的女儿吧。他们两人耐心地听完他的想法,可是谁也无能为力。他们在萨凡纳没有可以求助的亲戚。而老朋友们的女儿也早已出嫁了。

"你不是什么有钱人,又不是什么名门望族。"詹姆斯说。

"我已经挣了不少钱,我也能成为一个大户人家。我当然不能马马虎虎讨个老婆完事。"

"你太好高骛远了。"安德鲁干脆这样指出。

不过他们还是替杰拉尔德尽了最大的努力。詹姆斯和安德鲁上了年纪,在萨凡纳已颇有名望。朋友也不少,在一个月里带着他从这家跑到那家,吃饭啦,跳舞啦,参加野餐会啦,忙个不停。

最后杰拉尔德表示:"只有一个是我看得上的。"

"你看上的究竟是谁呀?"

"是爱伦·罗毕拉德小姐。"杰拉尔德故意装出漫不经心的样子答道,因为爱伦·罗毕拉德那双稍稍有些奄拉的黑眼睛实际上已叫他动心了。她外表上显得有点漠然,令人捉摸不透,这在一个十五岁的姑娘家身上尤其罕见。此外,她身上还有一种令人倾倒的略带忧郁的神态在深深地摇撼他的心灵,叫他在她面前变得分外温柔,而这是他和世界上任何其他人在一起时从来没有过的。

"可是你的年龄可以当她的父亲了!"

"可我正当壮年呀!"杰拉尔德被刺得大叫起来。

詹姆斯冷静地谈了自己的意见。

"杰里,你在萨凡纳再也找不到一个比她更难娶到的女人了。她父亲是罗毕拉德家族的人,这些法国人十分骄傲。至于她母亲那是位十分了不起的太太。"

"我不管这些,"杰拉尔德愤愤地说,"何况她母亲已经死了,而罗毕拉德那老头又喜欢我。"

"作为一个普通人是这样,可作为女婿就未必了。"

"那姑娘不论如何也不会要你的。"安德鲁插嘴说,"她爱她的一个表兄,那个放荡的叫菲利普的花花公子,已经一年了,虽然她家里还在没完没了劝阻她。"

"他已经到路易斯安那去了。"杰拉尔德说。

"你怎么知道的?"

"我知道,"杰拉尔德回答,他不想说出是波克向他提供了这一宝贵的信息,"并且我并不认为她爱他已经到了不可摆脱的地步。十五岁毕竟还太年轻,是不怎么懂得爱情的。"

"她宁愿要那个放荡的表兄也不会挑上你的。"

因此,当消息传来说皮埃尔·罗毕拉德的女儿要嫁给这个矮小的爱尔兰人时,詹姆斯和安德鲁不禁大吃一惊。整个萨凡纳都在纷纷议论,并猜测如今到西部去了的菲利普·罗毕拉德是怎么回事。为什么罗毕拉德家族中最可爱的一个女儿会跟一个大喊大叫、面孔通红、身高不及她耳朵的矮小鬼结婚,这对所有的人都始终是个谜。

连杰拉尔德本人至今也不大明白究竟是怎么回事。他只知道出现了一个奇迹。而且,一辈子也就这么一次,当脸色苍白而又非常镇静的爱伦将一只轻柔的手放在他的臂膀上而且说:"奥哈拉先生,我愿意嫁给你"时,他简直谦卑到五体投地了。

对这个神秘莫测的问题,连罗毕拉德家族中那些惊慌失措的人也有些莫名其妙。只有爱伦和她的嬷嬷心里明白。

爱伦收到一个从新奥尔良寄来的小包裹,上面的通信地址是陌生人写的,里面装着一张爱伦的小照(爱伦一见便惊叫一声把它丢在地上),四封爱伦写给菲利普·罗毕拉德的亲笔信,以及一位新奥尔良牧师附上的短简,它宣布她的这位表哥已经在一次酒吧的斗殴中死了。"他们把他赶走了,父亲、波琳和尤拉莉把他赶走了。我恨他们。我恨他们大家。我再也不要看见他们了。我要离开这里。我要到永远看不见他们的地方去,也永远不再见这个城市,或者任何一个使我想起——想起他的人。"她伤心地哭了一个晚上。

一直到天快亮的时候,本来伏在床头陪着她一起哭泣的嬷嬷这才对她提出警告:"这不行,小宝贝,你不能那样做呀!"

"我一定要这样,他是个好心人。我要这样办,要么就到查尔斯顿的修道院里去当修女。"

正是这去修道院的念头给皮埃尔·罗毕拉德带来了威胁,他终于在惶惑而悲痛的心情下表示了同意。与其让女儿当修女还不如把她嫁给杰拉尔德·奥哈拉好。最后,他对杰拉尔德这个人,除了门第欠缺之外,就不再抱什么反感了。

就这样,爱伦(已不再姓罗毕拉德)离开萨凡纳,从此一去不返,她随同一位中年丈夫,带着嬷嬷和二十个黑人家奴,动身到塔拉去了。

第二年,他们生了第一个孩子,取名凯蒂·思嘉,是随杰拉尔德的母亲命名的。杰拉尔德有点失望,因为他想要一个儿子,不过他还是很喜欢这个黑头发的女儿,高高兴兴地请塔拉农场的每个农奴都喝了酒,自己也喝了个酩酊大醉。

如果说爱伦对于自己仓促同杰拉尔德结婚有所懊悔的话,那是谁也不知道的,杰拉尔德更是如此。她一离开萨凡纳那个文雅的海滨城市,便把它和它所留下的记忆抛到了脑后;同样,她一到达北佐治亚,这里便成为她的家了。

她的老家,她父亲那所浅红色的住宅,原是那么幽雅舒适,有着美女般丰盈的体态和帆船乘风破浪的英姿;它是法国殖民地式的建筑,以一种雅致的风格拔地而起,里面是螺旋形楼梯,旁边的铁制栏杆精美得像花边似的。那是一所富丽、雅致而幽静的房子,是她的温暖的家,但如今她永远离开了。

她不仅离开了那个优美的住处,并且离开了那建筑背后的一整套文明,如今自己置身于一个完全不同的陌生世界,似乎跨过了一个大陆似的。

北佐治亚是个草莽未除、民情粗犷的地区。站在蓝岭山麓的高原上,她看见一望无际逶迤起伏的红色丘陵和底部突露的花岗岩,以及到处耸立的嶙峋的苍松。这一切在她眼里都显得粗陋和野性未驯,因为她看惯了满缀着青苔绿蔓的海岛上那种幽静的林薮之美,亚热带阳光下远远延伸的白色海滩,以及长满了各种棕榈的沙地上平坦辽阔的远景。

在这个地区,人们习惯了冬季的严寒和夏天的酷热,并且这些人身上有的是她从未见过的旺盛的生机和力量。他们为人诚恳、勇敢、大方,蕴藏着善良的天性,可是强壮、刚健,容易发火。她已离开的那些海滨人经常引为骄傲的是,他们对一切都是满不在乎的态度;可这些北佐治亚人身上却有一股子强暴劲儿。在海滨,生活已经传统化了——可在这里,生活还是稚嫩的,生气勃勃的。

爱伦在萨凡纳认识的所有人似乎都是从同一个模子里出来的,他们的观点和传统都那样相似,可在这里就不一样了。到北佐治亚定居的人来自不同的地方,如佐治亚其他地区、卡罗来纳、弗吉尼亚、欧洲,以及北美等等。有些人如杰拉尔德那样是到这里来碰运气的。有些人像爱伦则是觉得在老家待不下去了,便到这里来寻找避难所。也有不少人是盲目迁徙而来。

这些来自四面八方和有着种种不同背景的人给这个县的全部生活带来了一种不拘礼仪的风习,而这是爱伦所不曾见过,也是她难以适应的。她本能地知道海滨人在什么样的环境下应当如何行动。可是,谁知道北佐治亚人该怎样做呢!

另外,还有一种力量推动着这里的一切,那就是席卷整个南部的发展的浪潮。全世界都迫切需要棉花,而这个县的新垦地还很肥沃,正在大量生产。棉花便是本地区的命脉,植棉和摘棉便是这红土心脏的跳动。财富从弧形的垄沟中源源而来,还有骄矜之气——建立在葱绿棉林和广袤的白絮田野上的骄矜之气也随之而来。如果棉花能使他们这一代人富裕起来,那么到下一代该如何更加富裕啊!

这种对未来的绝对把握使生活充满了激情和热望,而县里的人都在以一种爱伦所不了解的态度尽情享受着这种生活。他们有了足够的钱财和奴隶,现在玩乐一番,何况他们本来就是爱玩的。他们永远也不会忘记放下工作来搞一次炸鱼野餐、一次狩猎或赛马,并且很少有一个星期不举行全牲大宴或舞会的。

爱伦永远不想也不可能完全成为他们中的一员,不过她尊重他们,并且渐渐也羡慕这些人的坦诚和直率,他们胸无城府,对人对事也总是从实际出发的。

她成了全县最受爱戴的一位邻居。她是个节俭而温厚的主妇,一个贤妻良母。她本来会奉献给教堂的那份悲痛和无私,如今都全部用来服务于自己的儿女和家庭以及那位带她离开萨凡纳的男人了。

到思嘉年满周岁而且长得十分健康活泼的时候,爱伦生了第二个孩子,取名苏珊·埃莉诺,人们常叫她苏伦;后来又生了卡琳,在家用《圣经》中登记为卡罗琳·艾琳。接下去是一连三个男孩,但他们都在学会走路之前便夭折了——三个男孩如今躺在离住宅一百来码的坟地里,在那些蜷曲的松树底下,坟头都有一块刻着"小杰拉尔德·奥哈拉"字样的石碑。

在爱伦来到塔拉农场的当天,这个地方就开始变了。她尽管刚刚十五岁,可是已经准备好担负起一个农场女主人的职责了。年轻姑娘们在结婚之前必须温柔可爱,美丽得像个装饰品,可是结婚以后就要料理家务,管好全家那上百个的白人黑人，而她们从小就在这方面受到了训练。

每个有教养的年轻太太都必须接受的这种婚前准备，爱伦早就接受过了；并且她身边还有一个精明能干的嬷嬷。她很快就使杰拉尔德的家中出现了秩序、尊严和文雅，给塔拉农场带来了前所未有的新风貌。

农场住宅不是按照什么设计图样建筑的，许多房子是根据需要和方便在不同地方陆续增添的。不过，由于爱伦的关注，却也形成了自己的迷人之处，弥补了设计上的欠缺。一条两旁栽着杉树的林荫道从大路一直延伸到住宅门前，不仅阴凉，并且比其他翠木显得更加明朗。走廊顶上交错的紫藤把粉白砖墙衬映得分外鲜艳，它同门口那几丛粉红的紫薇和庭院中开着白花的木兰连成一片，便把这所房子的粗笨外貌掩饰了不少。

在春夏两季，草地上的鸭茅和苜蓿长得翡翠般绿油油的，逗引着一群群本来只在屋后闲逛的吐绶鸡和白鹅，偷偷进入前院，来探访这片绿茵，并在甘美茂盛的茉莉花蕾和百日草苗圃的诱惑下流连忘返。为了防备它们的掠夺，前院走廊上安置了一个小黑人哨兵。那个黑人男孩坐在台阶上，手里拿着一条破毛巾当武器，构成了塔拉农场风景的一部分——他不断挥舞毛巾来吓唬这群越境过来的家禽。

爱伦先后给好几十个黑人男孩分派了这个差事，这是一个男性奴隶在塔拉农场得到的头一个职位。他们年满十岁以后，就打发到农场修鞋匠老爷爷那里，或者到制车匠兼木工阿莫斯那里，或者到牧牛人菲利普那里，或者到养骡娃库菲那里专门学手艺。要是他们表现得不适合任何一行手艺，就只得去当大田劳工，这么一来他们便觉得自己已完全丧失取得一个社会地位的资格了。

爱伦的生活既不舒适也不愉快，不过她并不期待这些。这就是女人的命运。这个世界是男人的，她承认这一事实。男人占有财产，然后由女人来管理。管理得好，男人享受名誉，女人还得称赞他能干。男人只要手上扎根刺便会像公牛般大声吼叫，而女人连生孩子时的阵痛也得忍着。男人们出言粗鲁，常常酗酒,女人们却装作没有听见,并一声不响地服侍醉鬼上床睡觉。男人们粗暴而直率,可女人们总是那么和善、文雅,善于体谅别人。

她是在上等妇女的传统教养下长大的,这使她学会怎样承担自己的职责而不丧失其温柔可爱之处。她有意要把自己的三个女儿也教育成高尚的女性但这只在那两个小的身上成功了,因为苏伦渴望当一名出色的闺秀,很听母亲的教诲,卡琳也是个腼腆听话的女孩。可是思嘉,杰拉尔德的货真价实的孩子,却觉得那实在太艰难了。

思嘉叫嬷嬷生气的是不喜欢跟那两个妹妹和姑娘们在一起玩,却乐意同农场的黑孩子或邻居家的男孩子们厮混,跟他们一样爬树,一样掷石子。嬷嬷感到非常难过,怎么爱伦的女儿会这样怪。但是爱伦对问题不这么看,她懂得从青梅竹马到终身伴侣的道理,而一个姑娘的头等大事无非结婚成家而已。她想这孩子只不过精力旺盛些罢了,至于教育她使之品貌兼备,成为一个使男人倾心的可爱姑娘,那还有的是时间呢。

从这个目的出发,爱伦和嬷嬷同心协力,所以到思嘉年龄大些时便在这方面学习得相当不错了。虽然接连请了几位家庭女教师,又在附近的费耶特维尔女子学校念了两年书,她受的教育仍是不怎么系统的。不过跳舞却是全县最出色的一位姑娘,真是舞姿翩翩,美妙无比。她懂得怎样微笑才能让两个酒窝轻轻抖动,怎样扭着走路才能让宽大的裙子迷人地摇摆,怎样首先仰视一个男人的面孔,然后垂下眼来,迅速地掀动眼帘,显出自己是在略带激情地颤抖。她最擅长的一手是在男人面前装出一副儿童般天真烂漫的表情,借以掩饰自己一个精明的心计。

爱伦用细声细气的训诫,嬷嬷则用滔滔不绝的唠叨,都在尽力将那些作为淑女贤妻所不可少的品质栽培到她身上去。

"你必须学会温柔一些,亲切一些,文静一些,"爱伦对女儿说。"男人们说话时千万别去插嘴,哪怕你真的比人家知道得多。男人是不喜欢快嘴快舌的姑娘的。"

"小姑娘家要是皱着眉头、嘟着嘴,说什么俺要这样不要那样,她们就休想找到丈夫。"嬷嬷忧郁地告诫说,"小姑娘家应当低着头回答:'好吧,先生,俺知道了,'或者说:'听您的吩咐,先生。'"

她们两人把凡是大家闺秀应该知道的东西都教给了她,可是她仅仅学到了表面的礼貌。至于这些皮毛所应当体现的内在文雅,她却既不曾学到也不要学。有外表就行了,因为上等妇女身份的仪表会给她赢来好名声,而她所需要的也不过如此而已。杰拉尔德吹嘘说她是周围五个县的美女,这话有几分真实,因为邻近一带几乎所有的青年,以及远到亚特兰大和萨凡纳某些地方的许多人,都向她求过婚呢。

到了十六岁,她就显得娇柔动人了,同时也变得任性、虚荣而固执起来。她有着和她的爱尔兰父亲一样容易感情冲动的气质,可是像她母亲那样无私而坚忍的天性却压根儿没有,只不过学到了一点点表面的虚饰。可爱伦从来不曾认识到这一点,因为思嘉在她跟前显示的是自己最好的一面,而且克制着自己,表现得如她母亲所要求的那样性情温婉。

但是嬷嬷对她不存幻想,倒是常常警觉地观察着这种虚饰上的破绽。嬷嬷的眼睛比爱伦的锐利得多,思嘉实在想不起来这一辈子有哪件事是能瞒过了她的。

这两位良师并不为思嘉的快乐、活泼和娇柔担忧。这些正是南方妇女引以自豪之处。她们担心的是杰拉尔德的倔强而暴躁的天性在她身上的表现,甚至想把这些掩盖起来,直到她选中一个如意郎君为止。可是思嘉想要结婚——要同艾希礼结婚——而且故意装出一副貌似庄重、温顺而没有主见的模样,她只明白,要是她如此这般地做了说了,男人们便会用如此这般的恭维来回报她。这像一个数学公式似的一点也不困难,因为思嘉在学校念书时数学这门功课学得相当轻松。

如果说她不懂得男人的心理，那么她对女人的心就更一无所知了，原因是她对她们更不感兴趣。从来不曾有过一个女朋友。对于她来说，所有的女人，包括她的两个妹妹在内，在追逐共同的猎物——男人时，都是天然的仇敌。

所有的女人，除她母亲以外，都是如此。

爱伦·奥哈拉却不一样，思嘉把她看作一个高于其他所有人的神圣人物。当思嘉还是个小孩时，她就把母亲和圣母马利亚混淆在一起了，如今她虽已长大成人，也看不出有什么理由要改变这种看法。对她来说，爱伦代表着只有上帝或一位母亲才能给予的那种安全感。她认为她的母亲是正义、真理、慈爱和睿智的化身，是个伟大的女性。

思嘉十分希望做一个像母亲那样的人。但为难的是，要做一个公正、真诚、慈爱、无私的人，你就得牺牲许多人生乐趣并且一定会失掉许多亮丽的男人。可是人生太短，要丧失这些就未免太可惜了。等到有一天她嫁给了艾希礼，而且年纪老了，有了这样做的机会时，她便会去模仿爱伦。可是，在那以前……

第四章

那天晚上,思嘉因母亲不在而代为主持晚餐,可她心中一片纷繁,怎么也放不下关于艾希礼和媚兰的那个可怕的消息。她焦急地盼望母亲从斯莱特里家回来,母亲一不在场,她便感到孤单和迷惘了。斯莱特里家有什么权利就在她思嘉那么迫切需要母亲的时候把爱伦从家中拉走呢?

这顿不愉快的晚餐自始至终只有杰拉尔德那低沉的声音。他已经完全忘记了下午同思嘉的谈话,一个劲儿地在唱独角戏,讲那个来自萨姆特要塞的最新消息,一面还用拳头在餐桌上敲击,不停地挥舞臂膀。杰拉尔德已养成了在餐桌上垄断谈话的习惯,但思嘉往往不去听他,只默默琢磨自己的心事。可是今晚她再也挡不住他的声音了,不管她多么紧张地在倾听是否有由远而近的马车辚辚声。

当然,她并不想将自己的心事向母亲倾诉,因为爱伦要是知道了她的女儿想嫁给一个已经订了婚的男子,一定会大为震惊和非常痛苦的。不过,她此刻正沉浸在前所未有的痛苦之中,很需要母亲的安慰。每当母亲在身边时,思嘉总觉得安全可靠,只要爱伦在,什么糟糕的事都可以弄得好好的。

她一听到车道上吱吱的车轮声便忽地站起身来,接着又坐了下去,因为马车显然已绕到屋后院子里去了。那不可能是爱伦,她是会在前面台阶旁下车的。这时,从黑暗的院子里传来了黑人们兴奋的谈话声和尖锐的笑声,思嘉朝窗外望去,看见波克高举着一个熊熊的松枝火把,照着几个模糊的人影从大车上下来了。笑声和谈话声在黑沉沉的夜雾中时高时低,显得愉快、亲切、随便。接着是后面走廊阶梯上嘈杂的脚步声,渐渐进入通向主楼的过道,直到餐厅外面的穿堂里才停止了。经过片刻的耳语，波克进来了，他那严肃的神色已经消失，眼睛滴溜溜直转，一口雪白的牙齿闪闪放光。

"杰拉尔德先生，"他气喘吁吁地喊道，满脸喜气，"您新买的那个女人到了。"

"新买的女人？我可不曾买过女人呀！"杰拉尔德声明，装出一副瞠目结舌的模样。

"是的，您买的，杰拉尔德先生！她就在外面，要跟您说话呢。"波克回答说，激动得搓着两只手，吃吃地笑。

"好，把新娘带进来。"杰拉尔德说。于是波克转过身去，招呼他老婆走进饭厅，这就是刚刚从威尔克斯农场赶来，要在塔拉农场当一名家属的那个女人。她进来了，后面跟着她那个十二岁的女儿——她怯生生地紧挨着母亲，几乎被那件肥大的印花布裙子给遮住了。

迪尔茜身材高大，腰背挺直。她的年纪从外表看不出来，少到三十，多可到六十，怎么都行。她的面貌显然带有印第安人血统，这比非洲黑人的特征更为突出。她那红红的皮肤，窄而高的额头，高耸的颧骨，以及下端扁平的鹰钩鼻子（再下面是肥厚的嘴唇），所有这些都说明她是两个种族的混种。她显得神态安详，走路时的庄重气派甚至超过了嬷嬷，因为嬷嬷的气派是学来的，而迪尔茜却生来就是这样。

她说话不会那样含糊不清，并且很注意选择字眼。

"您好，小姐。杰拉尔德先生，对不起打扰您了，不过俺要来再次谢谢您把俺和俺的孩子一起给买过来。有许多先生要买俺，可就不肯把俺的普里茜也买下，这会叫俺伤心死的。因此俺要谢谢您。俺会尽力给您干活儿，让您知道俺不会忘记您的大德。"

"嗯——嗯，"杰拉尔德应着，不好意思地清了清嗓子，因为他这番做的好事又被当众揭开了。

迪尔茜转向思嘉露出了一丝微笑。"思嘉小姐，波克告诉了俺，您要求杰拉尔德先生把俺买过来。今儿个俺要把俺的普里茜送给您，做您的贴身丫头。"

她伸手往后把那个小女孩拉了出来。那是个棕褐色的小家伙，两条腿细细的，头上蘯着无数条小辫儿。她有一双尖锐而懂事的、不会漏掉任何东西的眼睛，可是脸上却装出一副傻相。

"谢谢你，迪尔茜，"思嘉答道，"不过我怕嬷嬷要说话的。我一生下来就由她一直在服侍着呢。"

"嬷嬷也老啦，"迪尔茜说，她那平静的语调要是嬷嬷听见了准会生气的。"她是个好嬷嬷，不过像您这样一位大小姐，如今应当有个好使唤的丫头才是。俺的普里茜倒是在英迪亚小姐跟前干过一年了。她会缝衣裳，会梳头，很能干呢。"

普里茜在母亲的怂恿下突然向思嘉行了个屈膝礼，然后咧着嘴朝她笑了笑；思嘉也只好回报她一丝笑容。

"好一个机灵的小娼妇。"她想，于是便大声说："谢谢你了，迪尔茜，等嬷嬷回来咱们再谈这事吧。"

"谢谢您，小姐。这就请您晚安了。"迪尔茜说完便转过身去，带着她的孩子出去了，波克蹦蹦跳跳地跟在后面。

晚餐桌上的东西已收拾完毕，杰拉尔德又开始讲演。他令人吃惊地预告战争即将爆发，同时巧妙地询问听众：南方是否还要忍受北方佬的侮辱呢？大家都颇不耐烦的回答——"是的，爸爸"，或者"不，爸爸"，如此而已。卡琳这时坐在灯底下的矮凳上，深深沉浸于一个姑娘在情人死后当尼姑的爱情故事中。苏伦一面在她自己称之为"嫁妆箱"的东西上刺绣，一面思忖着在明天的全牲大宴上她可不可能把斯图尔特·塔尔顿从她姐姐身边拉过来。而思嘉呢，她早已被艾希礼的问题搅得六神无主了。

既然爸爸知道了她的伤心事，怎么这样喋喋不休地尽谈萨姆特要塞和北方佬呢？她奇怪人们居然会那样自私，毫不理睬她的痛苦，并且不管她多么伤心，地球仍照样转动。

她心里似乎刚刮过了一阵旋风，可奇怪的是他们坐着的这个饭厅竟显得这么平静。那张笨重的红木餐桌和那些餐具柜，那块铺在光滑地板上的鲜艳的旧地毯，全都照常摆在原来的地方，就似乎什么事也不曾发生似的。这是一间亲切而舒适的餐厅，平日思嘉很喜爱一家人晚餐后坐在这里时那番宁静的光景。可是今晚她恨它的这副模样，而且，要不是害怕父亲的厉声责问，她早就想溜走了，溜到爱伦小小的办事房去，倒在旧沙发上痛哭一场。

那是整个住宅里思嘉最喜爱的一个房间。在那儿，爱伦每天早晨坐在高高的写字台前写农场的账目，听监工乔纳斯·威尔克森的报告。那儿也是全家休憩的地方，当爱伦忙着在账簿上唰唰写着时，杰拉尔德躺在那把旧摇椅里养神，姑娘们则坐在下陷的沙发垫子上——这些沙发已破旧得不好摆在前屋里了。此刻思嘉渴望到那里去，单独同爱伦在一起，把头搁在母亲的膝盖上，放纵地哭一阵子。难道母亲就不回来了吗？

不久，车轮轧着石子道的嘎嘎响声终于传来了，接着是爱伦打发车夫走的声音，随即就进屋里来了。大家一齐抬头望着她走近的身影，她的裙箍左右摇摆，脸色显得疲倦而悲伤。她还带进来一股淡淡的柠檬香味。嬷嬷相隔几步也进了饭厅，手里拿着皮包，嘴唇噘得老长，眉毛耷拉着。她阴沉地自言自语着蹒跚而来，有意把声音放低到不让人听懂，同时又保持一定的高度，她叫人家知道她的不满。

"很抱歉这么晚才回来。"爱伦说，一面将披巾从肩头取下来，递给思嘉，同时顺手在她面颊上摸了摸。

杰拉尔德一见她进来便容光焕发了。

"那娃娃给施了洗礼了？"

"施了，也死了，可怜的小东西。"爱伦回答说，"我本来担心埃米也会死，不过现在总算抢救过来了。"

姑娘们都朝她望着,流露出满脸惊疑的神色,杰拉尔德却表示达观地摇了摇头。

"唔,对,还是孩子死了好,可怜的没爹娃——"

"时候不早了,现在咱们做祈祷吧。"爱伦机灵地打断了杰拉尔德的话头,要不是思嘉很了解母亲,谁也不会注意她这一招的用意呢。

究竟谁是埃米·斯莱特里的婴儿的父亲呢?这无疑是个很有趣的问题。不过思嘉心里明白,要是等母亲来说明,那是永远也不可能的。思嘉怀疑是乔纳斯·威尔克森,因为她经常在天快黑时看见他同埃米在一起。乔纳斯是北方佬,没有老婆,而他既当了监工,便一辈子也参加不了县里的社交活动。没有哪个正经人家会招他做女婿,也没有什么人,除了像斯莱特里那一类的下等人之外,会同他交往的。由于他在文化程度上比斯莱特里家的人高出一头,他自然不想娶埃米,当然也不妨经常在暮色苍茫中同她一起玩玩。

思嘉叹了口气,因为她生性好奇。事情经常在她母亲的眼皮底下发生,可是她从不注意,似乎根本没有发生过似的。爱伦对于那些她认为不正当的事情总是不屑一顾,而且想教导思嘉也这样做,可是没有多大效果。

爱伦向壁炉走去,想从那个小小的嵌花匣子里把念珠取来,这时嬷嬷大声而坚决地说:"爱伦小姐,你还是先吃点东西再去做你的祷告吧!"

"谢谢你,嬷嬷,可是我不饿。"

"俺这就给你弄晚饭,你准备吃吧。"嬷嬷说,她气恼地皱着眉头,走出饭厅要到厨房去,一路上喊道:"波克,叫厨娘把火捅一捅。爱伦小姐回来了。"

地板在她脚下一路震动,她在前厅唠叨的声音也越来越高,叫饭厅里全家人都清清楚楚听见了。

"俺说过多回了,给那些下流白人做事没啥意思。他们全是懒虫,不识好歹。爱伦小姐也犯不着辛辛苦苦去伺候这些人。他们果真值得人伺候,怎的没买几个黑人来使唤呢,俺还说过——"

她的声音跟着她一路穿过那条长长的过道。嬷嬷总有办法让主子们懂得她对种种事情的态度。就在她独自嘟哝时她也清楚,要叫上等白人来听一个黑人的话有失身份的,为了保持尊严,他们必须不理睬她所说的那些话。这样既可以保证她不受责备,同时又能使任何人都明白她对每个问题的想法。

波克进来了,手里拿着一个盘子、一副刀叉和一条餐巾。

爱伦在杰拉尔德递过来的那把椅子上坐下,这时四个人一齐向她挑起了话头。

"妈,我那件新跳舞衣的花边掉了,明天晚上得去'十二橡树'村。请给我钉钉好吗?"

"妈,思嘉的新舞衣比我的亮丽。我穿那件粉红的太难看了。怎么她就不能穿我那件粉的,让我穿她那件绿的呢?"

"妈,明儿晚上我也要等到舞会散了才走行吗? 现在我都十三了——"

"奥哈拉太太,你相不相信——别响,姑娘们,我要去拿鞭子了! 凯德·卡尔弗特今天上午在亚特兰大对我说——你们安静一点好吗? ——他说他们那边简直闹翻了天,大家都在谈战争、民兵训练和组织军队一类的事。还说从查尔斯顿传来了消息,他们再也不会容忍北方佬的欺凌了。"

爱伦疲倦得不想说话,只微微一笑,不过作为妻子,她得首先跟丈夫说几句。

"要是查尔斯顿那边都这样想,我想大家也会这样看的,"

"不行,卡琳,明年再说吧,亲爱的。明年你就可以留下来参加舞会了,亲爱的。你可以去参加全牲野宴,请记住这一点,而且一直待到晚餐结束;至于舞会,可要满十四岁才行。"

"思嘉,把你的舞衣给我吧。做完祷告我就替你把花边缝上。"

"苏伦,我不喜欢你这种腔调,亲爱的。你那件粉红舞衣挺好看,同你的肤色也很相配,就像思嘉配她的那件一样。不过,明晚你可以戴上我的那条石榴红的项链。"

苏伦在她母亲背后向思嘉得意地皱了皱小脸,因为做姐姐的正打算恳求戴那条项链呢。思嘉也对她吐了吐舌头,表示无可奈何。苏伦是个喜欢抱怨而自私厌烦的妹妹,要不是爱伦管得严,思嘉不知会打她多少次耳光了。

"好了,奥哈拉先生,现在再给我讲讲关于查尔斯顿都谈了些什么吧。"爱伦说。

思嘉知道母亲根本不关心战争和政治,没有哪个妇女会乐意伤这个脑筋。不过杰拉尔德倒是乐得亮亮自己的观点,而爱伦对于丈夫的乐趣总是很注意的。

杰拉尔德正在发布他的新闻时,嬷嬷把几个盘子推到女主人面前,那是焦皮饼干、油炸鸡脯和切开了的热气腾腾的黄甘薯,上面还淌着融化了的黄油呢。嬷嬷站在餐桌旁,望着一叉叉食品从盘子里送到爱伦口中,似乎是在监视着她,爱伦努力地吃着,但思嘉看得出她实在太疲乏了,根本不知道自己在吃什么,只不过嬷嬷那毫不通融的脸色在迫使她这样做罢了。

盘子里空了,可杰拉尔德才说了一半呢,他在批评那些要解放黑奴可又不付出任何代价的北方佬做起事来那么偷偷摸摸时,爱伦站起身来了。

"咱们要做祷告了?"他很不情愿地问。

"是的。这么晚了——你看,已经整十点了。"时钟恰好闷声闷气地敲着钟点。"卡琳早就该睡了。波克,请把灯放下来;还有我的《祈祷书》,嬷嬷。"

嬷嬷用沙哑的嗓音低声吩咐了一句,就到碗柜抽屉里去摸爱伦那本破旧的《祈祷书》。波克踮着脚尖去开灯,他抓住链条上的铜环把灯慢慢往下放,直到桌面上一片雪亮而天花板变得阴暗为止。爱伦散开裙裾,在地板上屈膝跪下,然后把打开的《祈祷书》放在面前的桌上,再合着双手搁在上面。杰拉尔德跪在她旁边,思嘉和苏伦也在桌子对面各就各位地跪着。卡琳年纪小,跪在桌旁不方便,所以就面对一把椅子跪下,两只臂肘搁在椅垫上。她喜欢这个位置,因为每逢做祈祷时她很少不打瞌睡的,而这样的姿势却容易不让母亲发现。

家仆们急急忙忙拥进穿堂,跪在门道里,嬷嬷大声哼哼着倒伏在地上,波克的腰背挺直得像根通条,罗莎和丁娜这两个女仆摆开亮丽的印花布裙子,跪的姿势很好看。厨娘戴着雪白的头巾,更加显得面黄肌瘦了。杰克正打瞌睡,可是为了躲避嬷嬷那只常常拧他的手指,他没有忘记尽可能离她远些。他们的黑眼睛都焕发着期待的光辉,因为同白人主子们一起做祈祷是一天中的一桩大事呢。至于祷文中那些古老而生动的语句,尽管对他们并没有多大意义,但也能够给予他们内心以各种满足。所以当他们念到"主啊,怜悯我们","基督啊,怜悯我们"时,也总是极为感动似的。

爱伦闭上眼睛开始祷告,声音时高时低,又像催眠又像抚慰。当她为自己的家庭成员和黑人们的健康与幸福而感谢上帝时,那昏黄灯光下的每一个人都把头低了下来。

接着她又为她的父母、姐妹、三个夭折的婴儿以及"涤罪所里所有的灵魂"祈祷,然后用细长的手指握着念珠开始念《玫瑰经》。宛如清风流水,所有黑人和白人的喉咙里都唱出了应答的圣歌声:

"圣母马利亚,上帝之母,为我们罪人祈祷吧,现在,以及我们死去的时候。"

虽然思嘉正在伤心,她还是深深领略到了这个时刻所特有的那种宁静的和平。白天经历的恐惧顿时消失了,留下来的是一种希望的感觉。但这种安慰不是她那颗升腾到上帝身边的心带来的。给她带来安慰的是母亲仰望上帝天使、祈求赐福时那张宁静的脸。当爱伦同上帝对话时,思嘉相信上帝一定听见了。

爱伦祷告完,轮到杰拉尔德了。他常常在这种时候找不到念珠,只好偷偷掐着指头计算自己祷告的遍数。他正在嗡嗡地念着时,思嘉的思想便开了小差。爱伦教育过她,每一天结束时都必须把自己的良心彻底检查一遍,承认自己所有的过失,祈求上帝宽恕并给以力量,做到永不再犯。但是思嘉只检查她的心事。

她把头搁在叠合着的双手上,使母亲没法看见她的脸,于是她的思想便伤心地跑回到艾希礼那儿去了。当他真正爱她思嘉的时候,他又怎么打算娶媚兰呢?何况他也知道她多么爱他?他怎么能故意伤她的心啊?

接着,一个新的念头突然像颗彗星似的在她脑子里掠过。

"怎么,艾希礼并不知道我在爱他呀!"

这个突如其来的念头把她震动得几乎要窒息。她的思想木然不动,默无声息,似乎瘫痪了似的,好一会才苏醒过来。

"他怎么能知道呢?我在他面前常常那么拘谨,那么庄重,一副'别碰我'的神气,所以他认为我一点也不把他放在心上,只当作普通朋友而已。对,这就是他从不开口的原因了!他觉得他的爱是没有希望了,因此才会显得那样——"

她的思路迅速回到了过去的情景,她发现他在用一种奇怪的态度瞧着她,那双最善于掩藏思想的灰色眼睛睁得大大的,毫无掩饰,里面饱含着一种痛苦绝望的神情。

"他已经伤心透了,因为他觉得我在跟布伦特或斯图尔特或凯德恋爱呢。也许他以为如果得不到我,便同媚兰结婚也一样可以叫他家里高兴一阵的。可是,如果他知道我在爱他——"

她那轻易多变的心情已经从沮丧的深渊飞升到快乐的云霄中去了。这就是对艾希礼沉默的解释。只因为他不明白呀!她的虚荣心赶来给她所渴望的信念帮了大忙,使这一信念变成了千真万确的事。如果他知道她爱他,他就会赶忙到她身边来。她只消——

"啊!"她乐不可支地想,用手指拧着低垂的额头。"瞧我多傻,竟一直没有想到这一点!我得想个办法让他知道。他要是知道我爱他,便不会去娶媚兰了呀!"

这当儿,她猛地发觉杰拉尔德已祷告完了,母亲的眼睛正盯着她呢。她赶快开始她那十遍的诵祷,机械地掐着手里的念珠,不过声音中带有深厚的激情,引得嬷嬷直瞪着眼睛。她念完祷告后,苏伦和卡琳相继照章办事,这时她的心已离不开那条诱人的新的思路了。

即使到了现在,也还不晚吧!在这个县,那种所谓丢人的私奔事太常见了,何况艾希礼连订婚还没宣布呢?是的,还有的是时间!

如果艾希礼和媚兰之间并没有爱情而只是以前的一个承诺,那他为什么就不可能废除那个诺言来同她结婚呢?他准会这么办的,要是他知道她思嘉爱他的话。她必须想法让他知道。她一定要想出个办法来!然后——

思嘉忽然从欢乐梦中惊醒过来,因为她忘了接腔,母亲正用责备的眼光瞧着她呢。她一面重新跟上仪式,一面迅速环顾周围,那些跪着的身影、那柔和的灯光、那阴暗的人影,甚至那些在一个钟头之前她看来还很讨厌的熟悉家具,此刻都蒙上了她自己明朗的情绪色彩,整个房间又显得可爱了!她永远也不会忘记这个时刻和这番景象!

"最最忠贞的圣母,"母亲吟诵着。现在开始念圣母连祷文了,爱伦用轻柔的低音赞颂圣母的美德,思嘉便随声应答:"为我们祈祷吧。"

对于思嘉来说,从小以来,这个时刻与其说是崇敬圣母还不如说是崇敬爱伦。虽然这有点亵渎神圣,但思嘉阖着眼睛常常看见的还是爱伦那张仰着的脸,而不是圣母的面容。"病人的健康""智慧的中心""罪人的庇护""神奇的玫瑰"——这些词语之因此美好,就因为它们是爱伦的品性。可是此刻,由于自己情绪昂扬,她发现整个仪式中这些低声的词语和含糊不清的应答声有一种她从未经历过的崇高的美。她的心已升腾到了上帝身边,而且真诚地感谢上帝为她开辟了一条新路——一条摆脱痛苦和径直走向艾希礼怀抱的道路。

最后一声"阿门"说过了,大家有点僵硬地站起身来,嬷嬷还是由丁娜和罗莎合力拉起来的。波克从炉台上拿来一根长长的纸捻儿,在灯火上点燃了,然后走入穿堂。那螺旋形楼梯的对面摆着个胡桃木碗柜,宽阔的柜顶上放着几只灯盏和长长一排插在烛台上的蜡烛。波克点燃一盏灯和三支蜡烛,然后以一个皇帝寝宫中头等侍从照着皇帝和皇后进卧室的庄严神气,高高举起灯盏领着这一群人上楼去。爱伦挎着杰拉尔德的臂膀跟在他后面,姑娘们也各自端着烛台陆续上楼了。

思嘉走进自己房里,把烛台放在五斗柜上,然后从壁橱里摸索那件需要修改的舞衣。悄悄走过穿堂。她父母卧室的门半开着,她正要去敲时,忽然听到爱伦在说话,声音很低,也很严肃。

"杰拉尔德先生,你得把乔纳斯·威尔克森开除。"

杰拉尔德一听便发作起来,"那叫我再到哪里去找个不会搞鬼的监工呢?"

"必须开除他,明天早晨就开除。大个儿萨姆是个不错的工头,可以让他暂时顶替一下。"

"啊哈!"杰拉尔德大声说,"我明白啦,原来是这位宝贝乔纳斯生下了——"

"必须开除他。"

"这么说,他就是埃米·斯莱特里那个婴儿的父亲喽。"思嘉心想,"唔,好呀。一个北方佬跟一个下流白人的女孩,他们还能干出什么好事来呢?"

稍稍停顿了一会,让杰拉尔德的吐沫星子消失,思嘉才敲门进去,把衣裳交给母亲。

到思嘉脱掉衣服、吹熄了蜡烛时,她准备明天实行的那个计划已经安排得非常周密了。这个计划很简单,因为她怀有杰拉尔德那种刻意追求的精神,把注意力集中在那个目标上,只要考虑达到这个目标所能采取的最直接的步骤就行了。

首先,她要装出一副"傲慢"的神气。从到达"十二橡树"村那一刻起,就要摆出最快乐最豪爽的本性来。让谁也不能想到她因艾希礼而沮丧过。她还要跟那里的每一个男人调情。不放过一个处于结婚年龄的男人，从苏伦的意中人黄胡子的老弗兰克·肯尼迪，一直到羞怯寡言、容易脸红的查尔斯·汉密尔顿，即媚兰的哥哥。他们会聚在她周围，像蜜蜂围着蜂房似的，而艾希礼也一定会被吸引从媚兰那边跑过来。然后，她当然要要点手腕，安排他离开那一伙，单独同她待几分钟。

等到他们终于单独在一起时，他对于别的男人挤在她周围那番情景当然记忆犹新，于是深深感到他们每个人都确实很爱她，于是他便会流露出那种悲伤绝望的神色了。到这时她才告诉他，虽然受到那么多人爱慕，她却只喜欢他一个人，这样他就会重新愉快起来。这样，她便会显得身价百倍，更叫人看重了。当然，她要以一种很高尚的姿态来做这些。当然不能公然对他说她爱他！不过，究竟用什么样的态度告诉他，这只是枝节问题，根本用不着太操心。她以前不知处理过多少这样的场面，如今再来一次就是了。

她躺在床上，全身沐浴着朦胧的月光，心里揣摩着通盘的情景。她似乎看见他明白她真正爱他时脸上流露的那种又惊又喜的表情，还似乎听见他向她求婚时要说的那番话。自然，那时她就得假意地说，一个男人既然已经跟别的姑娘订婚，她便根本谈不上同他结婚了，不过他会坚持不放，最后她只得表示自己被说服了。于是他们决定当天下午就逃到琼斯博罗去，而且——

瞧，明天晚上这时候她可能已是艾·威尔克斯夫人了！

这时她索性翻身坐起来，双手紧抱着膝盖，一味神往地想象着，俨然做起艾·威尔克斯夫人——艾希礼的新娘来了！可是，一丝凉意掠过心头。假如事情这样发展呢？假如艾希礼并不恳求她一起逃走呢？随后她又断然把这个想法否定了。

"我现在不去想它，"她坚定地说。"要是我现在就这样想，那便会把我的整个计划推翻。没有任何理由不让事情按照我所要求的方式去发展——要是他爱我的话。而我知道他是爱我的!"

　　她抬起下巴,那双暗淡而带黑圈的眼睛在月光下闪烁着。爱伦从没告诉过她愿望和实现是两件不同的事;生活也没教育过她捷足者不一定先登。她怀着百倍的勇气躺在银白的月色中,设想自己的计划。她过惯了惬意顺心的日子,不知道有什么失败,她以为只要有一件亮丽的衣裳和一张清秀的面孔当武器,就能无往而不胜哩!

第五章

　　早晨十点钟。4月金色的阳光穿过宽大窗户上的天蓝色帷帘灿烂地泻入思嘉的房间。那些奶油色墙壁都闪闪发亮,桃木家具也泛出葡萄酒一般深红的光辉,地板也像玻璃似的耀眼了,连铺着旧地毯的地方也洒满了光辉。

　　空气中已经有点夏天的气息。一股芬芳柔和的暖意已倾注到房间里来,它饱含着种种花卉、刚抽枝叶的树木和湿润的新翻红土的香味。思嘉能从窗口看到石子车道两旁的水仙花和一丛丛像花裙子般纷纷披满地的黄茉莉在那里竞相怒放。模仿鸟和坚鸟为争夺她窗外一棵山茱萸在打闹斗嘴,坚鸟的声音尖锐而昂扬,模仿鸟则娇媚而凄婉。

　　这样一个明朗的早晨通常总会把思嘉引到窗口,倚在窗棂上领略塔拉农场的花香鸟语。可今天早晨她无暇欣赏旭日和蓝天,只有一个想法匆匆掠过心头:"谢谢老天爷,总算没有下雨。"她床上放着一件苹果绿的镶着淡褐花边的纹绸舞衣。这是准备带到"十二橡树"村去,等舞会开场时穿的。但思嘉一瞥见它便不由得想到,如果计划成功,今晚她就用不着穿这件衣裳了。等不到舞会开始,她和艾希礼早就启程到琼斯博罗结婚去了。现在的麻烦是——她穿什么衣裳去参加野宴呢?

　　什么样的衣裳才能使她窈窕的身材显得更为动人和最使艾希礼倾倒呢?从八点钟开始她一直在试衣裳,试一件丢一件,还是没有中意的,穿着镶边的宽松内裤、紧身布褡和三条波浪式的镶边布衬裙站在那里。那些被她舍弃的衣服成堆地丢在地板上、床上、椅子上,五彩缤纷,一片凌乱。

　　那件配有粉红长饰带的玫瑰红薄棉布衣很合身,可去年夏天媚兰去"十二橡树"村时已经穿过,他一定还记得的,也许还会故意提起呢。那件泡泡袖、花边领的黑羽缎衣裳同她的白皙皮肤十分相称,不过她穿在身上又显得老成了一点。思嘉对镜而望生怕看到皱纹和松弛的下巴。在媚兰那娇嫩的姿色前可千万不能显得稳重和老气呀!那件淡紫色条纹细棉布的,配上宽宽的镶边和网缘,倒是非常亮丽,可这对她的身段很不合适。它最好配卡琳那种纤细的身材和淡漠的容貌,可思嘉觉得要是她穿起来便像个女学生了。在媚兰那泰然自若的姿态旁边,显得学生气可绝对不行呀!还有一件绿方格丝纹绸的,饰着荷叶边,每条荷叶边都镶入一根绿色天鹅绒带子,这是最适合的,实际上是她中意的一件衣裳,因为它能叫她的眼睛显得黑一点,像绿宝石似的,只可惜紧身上衣的胸口部分有块显而易见的油渍。当然,她可以把别针别在那里,但媚兰眼尖,可能会看出来。如今只剩下几件杂色棉布的了,思嘉觉得这些都不够鲜丽,不适宜在野宴上穿。此外便是些舞衣和她昨天穿过的那件绿花布衫了。但这件花布衫是下午穿的衣服,领口低得像舞衣。上午穿这种袒胸露臂的衣服不怎么合适,但她是不怕将自己的脖子、臂膀和胸脯露出来的。

她在镜前端详自己的侧影,实在看不出浑身上下有何值得挑剔之处。她的脖子短,但浑圆可爱;两臂丰腴,也很动人;乳房隆然突起,也十分可爱。她很高兴自己继承了爱伦那纤细白嫩的双手和小巧玲珑的双足,还希望能长到爱伦那样高,虽然目前她已经够高了。只可惜,不能把腿露出来,她想着,一面提起衬裙遗憾地打量宽松内裤里那双丰腴而白净的腿。至于她的腰肢,在费耶特维尔、琼斯博罗,或者所有三个县里,谁也不如她这样纤腰袅袅,令人着迷呢!

一想到腰肢,她就又回到现实中来了。那件绿花布衫的腰围是十七英寸,但嬷嬷却把她的腰身束成了十八英寸。她推开门一听,嬷嬷沉重的脚步声在楼下穿堂里轰轰震响,便连忙高声喊她,因为她知道这时爱伦正在薰腊间给厨子分配当天的食物,放肆大叫也不碍事的。

"有人当俺会飞呢,"嬷嬷抱怨着爬上楼来。她噘着嘴走进屋里,像是要跟谁打架似的。她那双又大又黑的手里端着个托盘，上面放着热气腾腾的食物，那是两只涂满黄油的大山芋、一摞淌着糖浆的荞麦面饼和一大片泡在肉汤里的火腿。思嘉一看见嬷嬷手上的东西，便立时恼火起来。她正忙着试衣裳，忘记了嬷嬷的铁规矩，即奥哈拉家的女孩子动身去赴宴会之前，必须先在家里把肚子填得满满的，这样她们在宴会上就会非常斯文用不着多吃什么了。

"我不吃。你把它拿回厨房去吧。"

嬷嬷把托盘放到桌上，然后两手叉腰，摆出一副毫不退让的架势。

"你就得吃！俺不想再看见前次野宴上发生的那种事了。那次俺病得厉害，没在你们出发前拿吃的来。今天你可得给俺全吃下去。"

"我不吃嘛！快，过来，给我把腰扎得更紧一点，眼看咱们已经晚了。我听见马车都绕到前门来了。"

嬷嬷的口气像是在哄孩子了。

"那么，思嘉小姐，听俺的话，就吃一点点吧。卡琳小姐和苏伦小姐可全都吃了。"

"她们要吃就吃去。"思嘉不屑地说,"她们一点气派也没有,像只兔子,可我不行!我再也不吃这种垫底的东西了。那次到卡尔弗特家去之前吃了一整盘,谁知他们家有冰激凌,还是用从萨凡纳带来的冰做的,结果我只吃了一勺。今天我可要好好享受一番,高兴吃多少就吃多少。"

嬷嬷听了这放肆的荤话,气恼得皱紧了眉头。在嬷嬷心目中年轻姑娘该做什么和不该做什么,那是明摆着的。没有什么可通融的。苏伦和卡琳是她手中的两团面泥,可以任她强劲的双手随意搓捏,她们对于她的告诫也总是侧耳恭听。可是要开导思嘉,指出她那些感情用事的做法有违上流社会的风习,那就会引起一场争吵。嬷嬷对思嘉的每一次胜利都来之不易,这还得归功于一种白人所不懂得的狡猾心计。

"就算你不在乎人们怎样谈论这个家庭,可俺还在乎呢。"她嘟哝着,"俺不想让宴会上的每个人都说你那么没有家教。俺一次又一次告诉过你,你只要看见某人吃东西像小雀子那样斯斯文文的,你就能断定她是个上等人。俺可不打算叫你到威尔克斯先生家去,在那儿粗鲁地猛吃猛喝,馋得像只老鹰。"

"母亲是上等人,可她照样吃呢。"思嘉表示反对。

"等你嫁了人,你也可以吃,"嬷嬷辩驳说,"爱伦在你这个年龄,在外面从来不吃什么,你波琳姨妈和尤拉莉姨妈也是。年轻姑娘们凡是馋嘴的,大都找不到男人。"

"我就不信。在你生病的那次野宴上,我事先并没有吃东西。艾希礼·威尔克斯还告诉我,他很高兴看见一个姑娘胃口好呢。"

嬷嬷不信地摇着头。

"男人家说的和想的是两码事。俺看不出艾希礼先生有多大的意思要娶你。"

思嘉顿时皱起了眉头,眼看要发作了,但随即克制住自己。嬷嬷击中了要害,没有什么好辩驳的了。嬷嬷见状便端起托盘,以本能的温和而狡狯的方式叹息着向门口走去。

"那好吧。'一个女孩子是不是上等人,看她吃什么就知道啦。'俺还没见过一个白人小姐比媚兰小姐吃得更少的呢,像她上次去看艾希礼先生和英迪亚小姐时那样。"

思嘉怀疑地瞪了她一眼,可嬷嬷脸上只流露出天真而惋惜的神情,好像在惋惜思嘉不如媚兰·汉密尔顿那样像个大家闺秀。

"把盘子放下,过来替我把腰扎紧点儿。"思嘉自我解嘲地说,"我想过会儿再吃一点。要是现在就吃,那就扎不紧了。"

嬷嬷掩饰着得意之情,把盘子放下。

"俺的小宝贝儿打算穿哪一件呀?"

"那件,"思嘉答道,一面指着那团蓬乱的绿花布。这立即遭到嬷嬷的反对。

"不行,那不能穿。那不是早晨穿的衣服。你不到下午三点不能露出胸口,况且那件衣服既没领,也没袖。你要是穿上,皮肤上就会出斑点,去年你在萨凡纳海滩上出了那些斑点,俺整个冬天都在用奶油擦呢。你要穿,俺就去告诉你妈。"

"只要你在我穿好衣裳之前去对她说上半句,我就一口也不吃你的,"思嘉冷冷地说。"可等我穿好了,妈就来不及叫我再回来换了。"

嬷嬷中计了,只好通融地叹了口气。与其让思嘉到野宴上去狼吞虎咽,还不如任凭她在早上就穿起下午的衣裳来算了。

"现在给我紧紧抓住个什么,使劲儿往里吸气。"她命令道。

思嘉照她的吩咐紧紧抓住一根床柱,站稳了身子。嬷嬷狠狠地使劲抽拉着,直到束着鲸须带的小小腰围收得不能再小了,她眼睛里才露出骄傲而喜悦的神色。

"谁也没有俺小宝贝儿这样的腰身。"她赞赏地说,"俺每回给苏伦小姐扎到二十英寸以下，她就要晕过去了。"

"呸!"思嘉喘着气，轻蔑地说，"我这一辈子可还从未晕过呢。"

"唔，不过偶尔晕那么几回也不碍事。"嬷嬷告诉她，"你有时候也太性急胆大了，思嘉小姐。俺几次对你说，你见了蛇和耗子也不在乎，那样子可并不体面。当然，俺不是说在家里，而是说在外边大伙儿面前，俺还跟你说过——"

"唔，快! 别说这么多的废话了。我会抓到男人的。我就是不嚷嚷也不晕倒，看我能不能抓到。天啊，我的胸褡太紧了! 快穿上衣裳吧。"

嬷嬷小心地把那件十二码细纱布做的绿花裙子罩在衬裙上，然后把低领紧胸衣的后背钩上。

"在太阳底下你得把披巾披在肩上，热了也不要把帽子摘下来，"她吩咐说。"要不，你就会晒得像老斯莱特里小姐一样黑了。现在来吃罢，亲爱的，可别吃得太急，要是吃了又马上吐出来，那可不行啊。"

思嘉听话地面对托盘坐下来，不知自己肚子里要是再塞进去一点东西还能不能呼吸。嬷嬷从盥洗架上摘下一条大毛巾，小心地将它的一端系在思嘉脖子上，另一端盖住她的膝头。思嘉从那片火腿开始，因为她喜欢吃火腿，但也只能勉强咽下去。

"我真恨不得早就结婚了。"她怨怨地说，一面无奈地向山芋进攻。"我再也忍受不了这样没完没了地勉强自己，永远也不能凭自己高兴做事。在自己想吃东西时偏装得像小雀子那样只能吃一点点。在自己想跑时偏要慢慢地走，在自己能够连跳两天也不觉得累时偏要装得跳完一场华尔兹就晕倒，这真叫人腻烦透了! 我再也不想说'您真了不起呀!'来愚弄那些比我还无知得多的男人;再也不想假装自己什么都不懂，让男人们来对我讲些什么，并且感到自命不凡……我实在不能再吃了。"

"吃个热饼试试。"嬷嬷求她。

"为什么一个女孩子要找男人就该装得那么傻呢?"

"俺想,那是因为他们男人都有自己的主张。他们都知道自己要什么样的人。只要你跟了他们,你就省掉了一大堆心事,也省得一辈子当老处女。他们想要的是耗子般的小姑娘,胃口小得像雀子,一点儿见识也没有。要是一位先生疑心你比他更有见识,他就不乐意同你这位大家小姐结婚了。"

"你以为男人们结婚之后发现他们的太太是有见识的,他们会感到惊奇吗?"

"是呀,可那就晚了。他们已经结婚了。但先生们总是不愿意他们的老婆有见识的。"

"到时候我偏要照我所想做的去做,说我所想说的话,不论人家怎样不喜欢,我都不管。"

"不行,你不能这样。"嬷嬷担忧地说,"只要俺还有一口气,就不许你这样。现在吃饼吧。泡着肉汤吃,亲爱的。"

"我看北方佬姑娘就用不着做这种傻瓜。去年我们在萨拉托加时,我注意到她们在男人面前也显得很有见识似的。"

嬷嬷轻蔑地一笑。

"北方佬姑娘嘛!当然,她们想啥说啥,不过俺没见在萨拉托加有人向她们求婚的。"

"可是北方佬也得结婚呀,"思嘉争辩说。"她们也会结婚,生孩子。她们的孩子多着呢。"

"男人家是为了钱才娶她们的。"嬷嬷断然说。

思嘉把烤饼放在肉汤里泡了泡,再拿起来吃。也许嬷嬷说的有些道理吧。因为爱伦也说同样的话,不过更委婉一些。事实上,她那些女友的母亲全都教给自己的女儿必须做那种不能自立的、依恋别人的、小牝兔般怯生生的可怜虫。也许她是太鲁莽了。她常同艾希礼争论,坦白地说出自己的意见。也许就是这种态度和她喜欢散步和骑马的好动习惯,使艾希礼害怕而转向娇弱的媚兰那边去了。要是她改变一下艾希礼竟也跟着转回来了,她也许就不会像现在这样敬佩了。任何一个男人,只要他愚蠢到了居然为一个假笑、一次晕倒和一声"你真了不起呀"所诱惑,便是不值得要爱的人。可是他们竟然还全都喜欢这一套呢。

如果她以前对艾希礼采用了错误的策略——当然,这已经是过去的事了。如今她要采取另一种手法。她需要他,如果晕倒,便能达到目的,那就晕倒好了。如果微笑,卖弄风情,或者装傻,就能够把他引诱回来,她倒也是乐意的,甚至装得比凯瑟琳·卡尔弗特更傻。如果需要更加大胆的办法呢?她也乐意采用。总之,成败在此一举了!

谁也不会告诉思嘉,说她的个性比她的任何伪装都更有吸引力。要是有人这样说,她会感到高兴但同时也不会相信的。并且她所处的这个文明世界也同样不会相信,因为与以前或以后不论什么时候比起来,这种文明对于女性天然的评价都是最低的了。

马车载着她在红土大路上向威尔克斯农场驰去,思嘉心里暗暗感到高兴,因为母亲和嬷嬷都没跟他们一起去。这样,在野宴上便没有人耸着眉头或撅着下唇来干涉她的行动了。当然,明天苏伦一定会向她们描述的,不过要是一切都按计划进行,那么家里因她与艾希礼订婚或者私奔而引起的激动和不安就难以想象了。的确,她很庆幸爱伦被迫留在了家里。

杰拉尔德早晨喝了几杯白兰地,乘兴把乔纳斯·威尔克林开除了,于是爱伦便在威尔克森离开之前留在塔拉农场检查账目。当她坐在小办事房里那高高的写字台前忙碌时,思嘉进去吻了吻她表示告别。乔纳斯·威尔克森拿着帽子站在爱伦身旁,他那绷紧的黄面皮上流露着无法掩饰的气恨,因为他觉得自己被这样无礼地从一个全区最好的监工位置撵走,实在是难以忍受。何况这只是区区一桩风流韵事所引起的呢。他已经一而再再而三地告诉杰拉尔德,对于埃米·斯莱特里的娃娃,有嫌疑认作父亲的不下十来个,当然也很可能包括他本人在内。这个看法杰拉尔德表示同意，但爱伦却认为决定并不能所以有所改变。乔纳斯恨所有的南方人。他恨他们对他态度冷淡并轻视他的社会地位。他最恨爱伦·奥哈拉，因为她是他所恨的那些南方人的典型。

嬷嬷留下来协助爱伦，只派了迪尔茜跟来，她坐在托比旁边的赶车人座位上，那个装有姑娘们舞衣的长匣子就在她膝上搁着。杰拉尔德跨着那匹大猎马在车旁缓缓地走着，他酒兴未消，由于迅速处理完了威尔克森那桩不愉快的事，正在自鸣得意。根本没想到爱伦因错过野宴和朋友欢聚的良机会感到多么失望；因为这是个春日良辰，他的田地显得那样美丽，鸟儿又歌唱得那样动听，他自己也觉得心情特别好。有几回他忽然哼起了《矮背马车上的佩格》和其他爱尔兰小曲，或者更加阴郁的"罗伯特·埃米特挽歌"。

他很愉快，一想到今天一整天都将在谈论北方佬和战争中度过，更是兴奋极了。同时他也为自己那三个穿着亮丽裙子、打着小花阳伞的女儿感到骄傲。他不再去想昨天同思嘉的那番谈话，只觉得她很美，足以使他非常自豪，并且今天她的眼睛绿得像爱尔兰山林呢。这使他更加悠然自得，因为其中颇有诗意。于是，他便给姑娘们放声而略略走调地唱起她心爱的《身穿绿军装》来了。

思嘉用母亲对一个自命不凡的儿子那种钟爱又藐视的神情看着他，到日落时他又要喝得酩酊大醉了。天黑回家时又将如往常那样跳过归途中那一道道篱笆，不过她希望由于上帝的仁慈，他不要摔断了脖子才好。他会偏偏不走桥上却策马蹚水过河，然后一路嚷着回家，让波克搀扶着躺到办事房的沙发上，因为这时候波克常常擎着灯在前厅等候着。

他会把那套簇新的灰毛料衣服糟蹋得又绉又脏的，可第二天早晨他又会赌咒发誓般详细告诉爱伦，说他的那匹马在黑暗中从桥上掉到河里去了——这样一个明明谁也骗不了的谎话却会为大家所接受，而他呢——又觉得自己就是很高明。

爸爸是个可爱、自私、不负责任的宝贝。思嘉暗想，心头不由得涌起一股热爱之情。今天早晨她感到又兴奋又愉快,似乎整个世界连同杰拉尔德都包容在她那博爱的胸怀里了。她很亮丽,这一点她很清楚;她今天就要把艾希礼占为己有。阳光温暖而柔和,佐治亚明媚的春光在她眼前展现开来。大路旁一丛丛黑莓已一片嫩绿,切罗基蔷薇和淡紫色的野罗兰斑斑点点。河岸高处林木葱茏的小山上,山茱萸开满了晶莹的白花,像还留在万绿丛中不舍似的残雪。山楂子树上的花正迎风怒放,在树下闪耀着光斑的枯松枝间,野忍冬织成了一张猩红、橘红和玫瑰红的三色地毯。微风里飘散着灌木和野花的淡淡清香,整个世界都显得秀色可餐了。

"我将终生记住这一天有多么美丽。"思嘉想,"也许这就是我结婚的日子呢!"

她怀着兴奋的心情想着自己也许就在这天下午或者晚间的月下,同艾希礼一起坐车穿过这花香叶绿之地,到琼斯博罗的一家教堂去。当然,她还得在一位亚特兰大牧师的主持下再举行一次婚礼,那可又要叫爱伦和杰拉尔德烦恼了。她想到爱伦听到女儿同另一个姑娘的未婚夫私奔时气得脸色灰白的模样,不觉有点畏缩起来,但是她知道,只要爱伦再看看女儿的幸福光景,也就会原谅她了。至于杰拉尔德,他是会大声咒骂的。不过,虽然他警告过她不要嫁给艾希礼,他还是会因为自己家同威尔克斯家做了亲戚而感到说不出的高兴的。

"不管怎样,这些都是我结婚以后的事,先不必想它。"这样,她就把烦恼丢在一边了。

在这么暖洋洋的阳光下,在这样明媚的春天,当"十二橡树"村的烟囱在那边小山上出现时,你除了尽情欢乐,是不可能有旁的什么感觉的。

"我将一辈子住在那里,我将看见五十个这样的春天,也许还要多呢。我将告诉我的儿女和孙儿孙女,这个春天多么美丽,比他们所看到的都更为可爱。"想到这最后一点时她快活极了,便加入了《身穿绿军装》末尾的合唱,而且赢得了杰拉尔德的高声称赞。

"我不明白你今天为什么这样快活。"苏伦表示反感地说,因为她心里还在痛苦地嘀咕:要是她穿上思嘉那件新的绿色绸舞衣,她会比思嘉好看得多。思嘉为什么总那样自私,不肯把衣服和帽子借给她呢?妈为什么也总是那样护着她,说绿色同苏伦不相配呢。"你和我一样清楚,艾希礼的亲事要在今晚宣布,爸今天早晨这样说的。你可是对他表示亲昵已经好几个月了呢?"

"你就知道这些。"思嘉说着,吐了吐舌头,不准备让自己的兴致给破坏了。到明天这个时候,请看你苏伦小姐吃惊的模样吧。

"苏伦,事情并不是那样的。"卡琳表示异议,"思嘉喜欢的是布伦特。"

思嘉那双笑盈盈地绿眼睛朝妹妹望着,心想她怎么会这样可爱呢。全家都知道,卡琳这个十三岁的姑娘已经倾心于布伦特了,可布伦特却全不在意,只把她当作思嘉的小妹妹看。每当爱伦不在场时,大家总喜欢拿布伦特来捉弄她,直到她哭出来为止。

"亲爱的,我一点也不喜欢布伦特。"思嘉乐得慷慨地说,"并且他也一点不喜欢我。他正在等着你快快长大呢!"

卡琳那张圆圆的小脸红了,她心里又高兴又怀疑。

"唔,思嘉,你这话当真?"

"思嘉,你知道母亲说过,卡琳还太小,还不该想有什么男孩子,可你偏偏去逗引她。"

"她吧,你走着瞧,看我究竟喜欢不喜欢。"思嘉答道,"你是不要妹妹露脸,因为你知道再过一两年她就会长得比你更亮丽了。"

"你们得小心,今天讲话该文明些,要不然我回去抽你们。"杰拉尔德警告说。"嘘!别响,我听听,这是马车声吧?准是塔尔顿家或者方丹家的。"

他们驶近一个从茂密的山冈下来的交叉道时,马蹄声和车轮声听得更清楚了,同时从树林背后传来喊喊喳喳的女人争吵声和欢笑声。杰拉尔德勒住马向托比打了个手势,叫他把马车在交叉路口停下来。

"那是塔尔顿家的姑娘们。"他向他的女儿们宣布,他红润的脸上泛起了光彩,因为除了爱伦,他在全县的太太们中就最喜欢这位红头发的塔尔顿夫人。"并且是她亲自驾车呢。噢,居然有位玉手纤纤的太太在摆弄马儿啦。那么轻盈灵巧,又结实有力,可仍然那么丰美动人。你们谁也没有这样好看的手,真太可惜了!"他补充说,一面又钟爱而略带责备地向他的女儿们瞟了一眼。"卡琳害怕牲口,苏伦的手一碰缰绳就像摸着了熨斗似的,而你这个淘气鬼——"

"我吗,我可从来没有给摞下来过,"思嘉不服气地嚷道,"可塔尔顿夫人每次打猎都摔跤呢!"

他从马镫上欠起身,一扬手把帽子摘下来,这时塔尔顿家的马车满载着穿得漂漂亮亮、撑着阳伞、飘着面纱的姑娘们出现了。车上挤着她的四个女儿和她们的嬷嬷,以及几只装着跳舞衣的长匣子,已再也容不下一个车夫了。加之,比阿特里斯·塔尔顿只要自己闲着便从不愿意让任何人来驾车,塔尔顿夫人就坐在车夫座位上驾车了。看来外表娇弱,骨骼纤秀,皮肤白皙得似乎她全部血色都集聚到这一丛头发里来了,可她却有着充沛的精神和不倦的体力。她养了八个孩子,都和她一样头发火红,精力旺盛。她把他们教养得非常成功,全县的人都这样说,因为像对待她的那些马驹似的,把同样的爱和最严格的训练都用到他们身上了。"勒住他们,但不要伤了他们的锐气。"这就是塔尔顿夫人的箴言。

她爱马,也常常谈论马。她了解它们,把它们掌握得比全县任何人都好。她蓄养的小马驹越来越多,已挤出圈门跑到前面草地上来了,就像她的八个孩子挤出了散乱的房子一样,于是每当她在农场里转悠时,马驹、儿女和猎狗,都成群地尾随着她。她相信她的马具有人性,尤其那匹名叫乃利的枣红母马。如果由于家务忙,她来不及在规定时间去骑马散心时,她便把糖碗交给一个黑小子:"给乃利一把糖吃,告诉她我马上就出来。"

除了某些特殊场合,她常常穿着骑装,每天早晨,不论晴雨,乃利都身着鞍辔，在屋前走来走去，等着塔尔顿夫人从家务中抽出一小时来骑它。可她难得有空闲时间，所以乃利往往会驮着空鞍一小时又一小时地在那里来回走动，比阿特里斯·塔尔顿则把骑装的衣襟高高扎起来，露出六英寸高的锃亮的马靴整天忙乎。

今天，她穿一件下摆不合时宜的窄小的深黑色绸衣，头上戴的又是一顶小黑帽，上面那支长长的黑羽毛把一只热情的亮闪闪的褐色眼睛遮住了，这和她打猎时戴的那顶又破又旧的帽子一模一样。

她看见杰拉尔德，便挥了挥鞭子，勒住那两匹像在跳舞似的枣红马，马车停下了。马车后座的四位姑娘一齐探出身来，叽里呱啦地喧嚷着打招呼，把一对辕马都吓得蹦跳起来。这在旁观者看来，会觉得他们大概是多年不见了，其实他们两天前还见过呢。不过塔尔顿家是个好交际的家庭，喜欢和邻居尤其奥哈拉家的姑娘们来往。他们喜欢苏伦和卡琳。至于思嘉，除了那个没有头脑的凯瑟琳·卡尔弗特之外，全县没有哪位姑娘真正喜欢她。

在夏天，这个县里差不多平均每星期要举行一次全牲野宴和跳舞会，可是对于塔尔顿家那些红头发的最会享乐的人来说，每次野宴和舞会都十分兴奋。她们是一支健美而活泼的四人小分队，挤在马车里衣裙压着衣裙，阳伞遮着阳伞，连宽边草帽上簪着的红玫瑰花和系在下巴底下的天鹅绒带子也都在相互碰撞着，纠缠着。四顶草帽底下露出了各色的红头发：赫蒂的是大红，卡米拉的是草莓金红，兰达的是铜赭红，贝特西的是胡萝卜红。

"好一窝亮丽的云雀呀，太太！"杰拉尔德殷勤地说，一面让自己的马靠近塔尔顿家的马车。"不过她们要赶上母亲，那还差得远呢。"

塔尔顿夫人滴溜溜转着一对红褐色的眼睛，把下嘴唇往里吸着，露出一副自我陶醉的模样，这边的姑娘们就嚷嚷开了："妈，别飞媚眼了，要不我们告爸去！""我发誓，奥哈拉先生，妈只要有个像您这样亮丽的男人在身边，她就决不会让我们沾边儿了！"

思嘉听了这些俏皮话，和旁的人一起笑起来，塔尔顿家的姑娘们对待母亲的那种放肆态度使她大为惊骇。她们把她当作一个跟她们自己一样的同龄人，似乎她刚满十六岁呢。对于思嘉，不要说跟母亲说这种话，就连这样一个念头几乎也是亵渎的呢。不过——不过——人家姑娘们同母亲的那种关系还是很有意思的。她们虽然那样指责和取笑她，可对她还是崇拜的。不，思嘉立即暗自说，这并不是喜欢一个像塔尔顿夫人那样的母亲，只是觉得同母亲开开玩笑也很有趣罢了。她知道甚至这种想法也是对爱伦的不敬，因而感到有点内疚。她知道，那四个红头发姑娘是不会这样胡思乱想的，于是像往常一样她又深感自己跟人家不同，又被一片懊恼而惶惑的心情所笼罩了。

思嘉的头脑虽然敏锐，可并不善于分析，不过她朦胧地意识到，尽管塔尔顿家的姑娘们像马驹一样顽皮，像三月的山兔一样撒野，她们身上还是有一股天生无忧无虑的直率劲儿。她们的父母都是佐治亚人，而且是佐治亚南部的人，离那些开拓者还只有一代。他们对自己和周围环境都充满信心。并且没有那种常常在思嘉心中激化的冲突，因为思嘉身上有一种温和的非常讲究教养的滨海贵族血统和一种精明而凡俗的爱尔兰农民血统混合在一起，那是互不相容的。思嘉既要尊敬母亲，把她作偶像来崇拜，又想和母亲做朋友，甚至取笑她。她明白她只能要么这样，要么那样，二者不能兼而有之。跟男孩子一起时，也是同一种感情冲突在作祟，使得她既想装得像个很有教养的温顺文静的闺秀，又想做一个顽皮女孩，不妨跟人来几次亲吻。

"今天早上爱伦在哪儿？"塔尔顿夫人问。

"她刚把家里的监工开除了，她留在家里同他交接账目。你家先生和小伙子们哪儿去了？"

"唔，他们几个小时前就骑马到'十二橡树'村去了——我敢说是去品尝那边的混合饮料看够不够劲儿，我想叫约翰·威尔克斯留他们过夜，即使只能让他们睡在牲口棚里也好。五个喝醉了的酒鬼可够我受的了。要是只有三个，我

世界经典文库

世界二十大名著

飘

图文珍藏版

还能对付得了,可是——"

杰拉尔德连忙打断她,把话题岔开。他能感觉到自己的三个女儿正在背后暗笑,因为她们肯定还记得去年秋天他参加了威尔克斯举办的那次野宴之后,是在什么样的情景下回家来的。

"你今天怎么没骑马呢,说实在的,你没有骑上乃利,简直便不像你自己了。你这人就是个斯坦托嘛。"

"斯坦托? 好个糊涂的汉子!"塔尔顿夫人模仿他的爱尔兰土腔嚷道。"你的意思是说那个半人半马的怪物吧? 斯坦托是个嗓门像铜锣的人呀。"

"不管它是什么,这没关系。"杰拉尔德回答说,对自己的失言毫不在意。"只要你驱赶起猎狗来,太太,你的嗓门就像铜锣啦。"

"这话可对了,妈,"赫蒂说,"我告诉过你,你每回看到一只狐狸都要像个印第安土人那样大喊大叫的。"

"可还不如你让嬷嬷洗耳朵时叫得响呢。"塔尔顿夫人回敬她,"你都十六了! 唔,至于说我今天怎么没骑马,那是因为乃利今天清早下驹儿了。"

"真的?"杰拉尔德高兴地嚷道,他那爱尔兰人爱马的激情在眼睛里闪闪发亮,同时思嘉从自己母亲和塔尔顿夫人的比较中又大吃一惊。对于爱伦来说,母马从不下驹儿,母牛从不产犊儿,当然,母鸡也几乎是不生蛋的。她根本不谈这种事。可是塔尔顿夫人却没有这样的忌讳。

"是匹小母马喽?"

"不,是个亮丽的小驹子,腿有两码长。你一定得过来看看,奥哈拉先生。它可真是一匹好马。红得像赫蒂的头发呢。"

"并且长得也很像赫蒂,"卡米拉说,这惹得长脸的赫蒂动手来拧她,她尖叫一声就躲到一大堆裙子、长裤和晃动的帽子中去了。

"我的这几匹小母马今天早晨都快活极了。"塔尔顿夫人说,"我们今天早晨听到艾希礼和他那个从亚特兰大来的小表妹的消息以后,她们都一直在发疯似的闹个不停。那个表妹叫什么来着？媚兰？上帝保佑，那个怪疼人的小妮子,可我连她的名字和模样总是记不起来。我家厨娘是威尔克斯家膳事总管的老婆,他们谈起了那桩新闻,说今天晚上要宣布这门亲事。这几年谁都知道艾希礼要娶她,奥哈拉先生,请告诉我,要是威尔克斯家的人同他们家族以外的人结婚,是不是就不合法呢？因为如果——"

思嘉没有听见其余那些说笑的话。顷刻间似乎太阳钻到一团冷酷的乌云背后去了。世界陷入了黑影之中,万物都失去了光彩。那些新生的绿叶也失去了生气,山茱萸变得苍白了,开花的山楂刚才还那么娇艳,现在也突然凋谢了。思嘉把手指伸进马车的帷帘里,她的阳伞也跟着抖动了好一会儿。原来,知道艾希礼订婚是一回事,可别人这样谈起来又是另一回事了。但是不久,她的勇气又汹涌地回来了,她知道艾希礼爱她,这是千真万确的。于是她微笑着想象,要是今天晚上并没有宣布什么亲事,而是发生了一次私奔,塔尔顿夫人会怎样大惊失色啊！从此以后,塔尔顿夫人会对邻居们说,思嘉这丫头多么狡猾,她居然一声不响坐在那里听她谈媚兰,而她和艾希礼却一直在——想着这些,她的两个酒窝也微微颤抖起来。这时,赫蒂始终在观察母亲这番话的效果,见思嘉这模样,便有点迷惑不解地皱起眉头往后一靠,不再操这份心了。

"我不管你的意见怎么样,奥哈拉先生,"塔尔顿夫人强调说,"这种中表婚姻是完全错误的。艾希礼要娶汉密尔顿家的姑娘是够糟的了,还有霍妮要嫁给那个脸色苍白的查尔斯·汉密尔顿——"

"可霍妮要是不嫁给查理,她就谁也捞不到。"兰达说,她是个对人刻薄的人。"除了查理,她从来没有过男朋友。并且他对她也从不怎么亲热。思嘉,你还记得,去年圣诞节他怎么追求你来着——"

"可别使坏呀,姑娘。"她母亲说,"表兄妹不应该结婚,就是从表兄弟也不应该。那会削弱血统的。如果你懂得血统的话,这是不行的。外表也许不错,但精神儿就不行。你——"

"不过,太太,这我可要跟你唱反调了。你能举出比威尔克斯家更好的人来吗?他们家从布赖恩·博鲁小时候起就一直是中表结亲呀。"

"他们早该停止了,因为如今已露出迹象来了。唔,艾希礼还没什么,他还是长得挺英俊,可就连他——不过,请看看他家那些没精打采的姑娘吧,真可怜呀!孩子,一个个没精打采的。再看媚兰那妮子,瘦得像根棍儿,弱不禁风,一点精神也没有。自己也没个主张,只会说,'不,太太!''是的,太太!'你明白我的意思吗?那个家族需要新的血液,像我家这些红头发姑娘或你家思嘉那样优美强壮的血液。不过,请不要误解。威尔克斯家都是些好人,但他们太讲究教养,也太习惯于近亲结婚了。他们在一条平坦大路上,会走得很好,可请听我说,我不相信威尔克斯家的人能够走烂泥路。我认为他们的精气神儿已经耗尽了,所以一旦发生危机,我就不相信他们能经得起风险。他们是个过太平日子的家族。至于我,我要的是一匹任何天气都能闯的马。而他们整天要么弹钢琴,要么钻书本。艾希礼就是宁愿读书不愿打猎的。我真的相信这一点,奥哈拉先生!你再看看他们的骨骼,太纤细了!他们家需要强壮有力的男女——"

"啊——啊——嗯,"杰拉尔德若有所思地支吾着。他突然颇为内疚地意识到这番谈话尽管很有意思,可是对爱伦就完全是另一回事了。他明白,如果爱伦得知她的女儿听了这样毫不忌讳的一次谈话,她一定会永远不舒服的。可是塔尔顿太太只要一谈起不论是马或人的生育这个话题,便会滔滔不绝而根本不顾别人的了。

"我说这些是有感而发的,因为我的一些表亲也有中表结婚的,他们的孩子都长得像鼓眼牛蛙,真可怜哪!因此,家里要我跟一位表兄结婚时,我便像只马驹似的跳了起来,坚决反对。我说,'不,妈。我不能这样。我的孩子会像马那样得大关节病和气喘病的。'我妈一听说大关节病便晕倒了,可我岿然不动。我奶奶也支持我,还夸我说得对呢。于是她帮助我跟着塔尔顿先生逃走了。现在,你看我的这些孩子!又高大又健康,没有一个是带病或矮小的,虽然博伊德只有五英尺十英寸高。可是，他们威尔克斯家——"

"你不想换换话题吗？太太。"杰拉尔德赶紧插嘴，因为他已注意到卡琳的惶惑和苏伦脸上流露的贪婪好奇，恐怕再这样下去她们以后可能会向爱伦提出这些问题，那便暴露出他是多么不称职了。至于思嘉，她好像在想旁的事情，像个大家闺秀的样子。

赫蒂·塔尔顿把他从困境中救了出来。

"我的天哪，妈，咱们走吧！"她不耐烦地喊道。"看这太阳把我烤的，我痱子都要在脖子上暴出来了。"

"等等，太太。"杰拉尔德说。"关于卖给我们马匹交营里的事，你究竟是怎么决定的？战争眼看随时可能爆发，那是一支克莱顿县的军队，我们要的也是克莱顿县的马匹。可是你这位太太也实在固执，至今还不同意把你的好马卖给我们。"

"也许并不会发生战争呢。"塔尔顿夫人的心思已经从威尔克斯家古怪婚姻习惯中跳出来了。

"太太，你不能——"

"妈！"赫蒂又一次插进来，"你等到了'十二橡树'村再谈马匹的事不好吗？"

"对了，对了，赫蒂小姐，"杰拉尔德说，"我一分钟也不敢耽搁你们啦。咱们一会儿就到'十二橡树'村了，那里的每一个人，都关心马匹的事。可像你母亲这样的太太居然那样固执地不肯卖自己的马，我可真伤心呀！请问，塔尔顿夫人，你的爱国心到哪里去了？难道南部联盟对你就毫无意义？"

"妈，"小贝特西喊道，"兰达坐在我衣裳上，弄得我浑身都皱巴巴的了。"

"唔，把兰达推开，贝特西，别嚷嚷。现在，杰拉尔德先生，你听我说，"她准备反驳，眼睛闪闪发光。"你犯不着用南部联盟来压我嘛！我认为南部联盟对我像对你一样重要；我有四个男孩子到了营里，可你一个也没有呢。不过我的孩子们能照管自己,而我的马却不行。要是我的马是给那些我认识的小伙子,那些惯于骑纯种马的上等人骑的,我将乐意把它们无偿地献出来。我不会有片刻的犹豫。可是,要让我的宝贝们去任凭那些惯于骑骡子的林区和山地人摆布,那可不行,先生!我一想起它们背上长了鞍疮和喂养得不好就要犯梦魇的。你瞧,我只要想到这些,就浑身起鸡皮疙瘩了!不行,奥哈拉先生。你想要我的马,这是好意,不过你最好还是先到亚特兰大去买些老废物来给你们的庄稼汉去骑吧。反正他们永远也分不出好歹来的。"

"妈,咱们继续赶路不好吗?"卡米拉也加入了这个等得不耐烦的合唱。"你明明知道最后你还是会把你的那些宝贝交给他们的。只要爸和几个男孩子跟你仔细谈谈南部联盟是多么需要马匹,你就会哭着把它们交出去了。"

塔尔顿太太咧嘴一笑,抖了抖缰绳。

"我不会做那种事的。"她说着用鞭子在那两匹马背上轻轻甩了一下。马车又飞速地行驶了。

"真是个好女人。"杰拉尔德说,一面把帽子戴上,回到自己的马车旁。"走吧,托比。我要把她说服了,还是会弄到那些马的。当然喽,她说得也对。谁要不是上等人,他就没资格骑马。他应当去当兵。不过糟糕的是这个县还没有足够的农场主子弟来编成一个整营呢。你说怎么样,小妞儿?"

"爸,请你要么走在我们前头,要么在后面。看你踢起这么一大堆的尘土,都快把我们呛死了。"思嘉说,她觉得再也无法忍受这种谈话了。因为别人的谈话使她不能好好思索,而她又急于要在抵达"十二橡树"村之前整理好思想,同时准备一副光彩动人的面容。杰拉尔德顺从地刺了刺马肚子,一溜烟跑到前头追赶塔尔顿家的马车去了,到那里他还可以继续关于马匹的谈话。

第六章

　　他们过了河,马车向山上驶去。甚至在"十二橡树"村还没进入眼帘之前,思嘉就已经看见一团炊烟在那些高高的树顶上悠闲地飘起,甚至还闻到了那燃烧的山胡桃木和烤猪肉羊肉的香味。

　　那些从头天晚上便在缓缓燃着的烤全牲的火坑里,估计现在已成为暗红的灰烬了,兽肉在上面的叉子上转动着,肉汁徐徐地滴落到炭火中,发出咝咝的声音。思嘉知道微风吹送的那股香味是从那幢大房子背后的大橡树林里飘来的。约翰·威尔克斯经常是在那里,在那缓缓而下通向玫瑰园的斜坡上,举行他的全牲野宴。这个阴凉宜人的佳境要比别家好得多。像卡尔弗特太太就不喜欢野宴上的食品,而且声称好几天之后房子里都还有那些气味,因此她的客人经常被安排在一个离住宅四分之一英里的平坦而没有遮荫的地点热汗淋漓地吃着。也许只有这位以好客闻名全州的约翰·威尔克斯才真正懂得怎样举行野宴。

　　那些长长的带有支架的野餐桌上铺着威尔克斯家最亮丽的亚麻布,这些餐桌经常摆在最阴凉的地方,两旁是没有靠背的条凳;空地上还放着一些椅子、矮脚凳和坐垫。在离宴席较远的地方才是那些长长的烤兽肉的火坑和炖肉汁的大铁锅,这里散发的油烟和种种浓烈的香味是家人们闻不到的。威尔克斯先生家的十来个黑人,端着托盘来回跑动为客人提供食品。那边仓房背后还设有另一个野宴火坑,专供家仆、车夫、侍女们使用,他们吃的是玉米饼、山薯和黑人最喜欢的牲畜内脏,时令碰巧时还有足够的西瓜。

　　当思嘉远远闻到新鲜猪肉的香味时,她欣赏地皱起鼻子嗅了嗅,此刻她的肚子还是饱饱的，并且腰扎得很紧，生怕自己随时都会打出嗝来。如果真的打嗝儿，那就要命了。

他们驶上了山顶，这时那座白房子已整整齐齐出现在她面前。你看那高高的圆柱，宽阔的游廊，平坦的屋顶，美丽得像一个十分相信自己魅力的美人儿，显得雍容大方，亲切可爱。思嘉喜爱"十二橡树"村胜过喜爱塔拉农场，因为它有一种堂皇的美，一种柔和的庄严，而这是杰拉尔德的住宅所不具备的。

宽阔弯曲的车道上到处是马和马车，宾客们正纷纷下马下车，向朋友打招呼。咧着大嘴傻笑的黑人对宴会总是那么兴奋，他们把牲口牵到仓场上去卸鞍解辔，让它们好好休息一下。成群的孩子，有黑的，有白的，在新绿的草地上嚷着跑着，那间从前头一直延伸到屋后的宽敞大厅里已经挤满了人，当奥哈拉家的马车驶到前面台阶边停下时，思嘉看见那些亮丽的姑娘们摇摆着裙裾在二楼的楼梯上走上走下，有的还搂着腰肢倚在栏杆上，笑着召唤下面大厅里的小伙子们。

从那敞开的法国式窗口，她瞥见那些年龄较大的妇女穿着深色绸衣端端正正坐在客厅里，摇着扇子，谈笑着。威尔克斯家的膳事总管汤姆在大厅和门厅里穿梭般忙乎着。他手里端着一只银托盘，不停地鞠躬微笑，向那些身穿淡米色或灰色裤子和皱边亚麻布衬衫的青年人奉献高脚酒杯。

阳光灿烂的前廊上也拥挤着宾客。塔尔顿家四个小伙子和他们的父亲倚着高高的圆柱，孪生兄弟斯图尔特和布伦特照例肩并肩站在那儿，博伊德和汤姆则同他们的父亲詹姆斯·塔尔顿在一起。卡尔弗特先生贴近他的北方佬老婆，她尽管已在佐治亚生活了十五年之久，可仍然显得有点陌生。每个人对她都非常客气，觉得她可怜。卡尔弗特家的小伙子雷福德和凯德，同那个白白胖胖的妹妹凯瑟琳在一起，向黑脸乔·方丹和他的亮丽的未婚妻萨莉·芒罗开玩笑。亚历克斯和托尼·方丹在向迪米蒂·芒罗耳语，惹得她一次又一次格格大笑。有些家庭是远道来的，如十英里外的洛夫乔伊、费耶特维尔、琼斯博罗，少数几家甚至来自亚特兰大和梅肯。整个房子像要被挤垮了,而不停地高谈阔论和哗然大笑,以及妇女们格格的笑声、尖叫声和喧嚷声,更是此起彼落,热闹无比。

约翰·威尔克斯站在走廊台阶上,他一头银丝般的头发,腰背挺直,焕发着宁静和蔼的容光,像佐治亚夏天的太阳一般永不衰败。他旁边站着霍妮·威尔克斯(人们之因此这样称呼她,是因为她对于从父亲到大田劳工所有的人都用同样亲切的口气说话),她正在不停地欢笑着迎接每一位来宾。

霍妮那种显然渴望对谁都显得亲切动人的劲儿,同她父亲的姿态形成了鲜明的对照。威尔克斯家的男人们无疑有自己的家族特征。那种把约翰·威尔克斯和艾希礼的灰眼睛衬托得更显著的赤金色浓睫毛,在霍妮和她妹妹英迪亚的脸上便变得稀疏而没有什么光泽了。霍妮像只野兔似的睫毛很少,而英迪亚则更是平淡无奇。

英迪亚的踪影哪里也找不到,可能是在厨房里对仆人们做最后的指示吧!可怜的英迪亚,思嘉心想,自从她母亲去世以后,她得为家务操不少的心呢,所以除了斯图尔特·塔尔顿,便没有机会去交别的男朋友了。

约翰·威尔克斯走下台阶,伸出手臂去搀扶思嘉。她下马车时瞥见苏伦在得意地傻笑,便知道她已经从人丛中找出弗兰克·肯尼迪来了。

弗兰克·肯尼迪赶快向马车走来搀扶苏伦,苏伦那得意劲儿更叫思嘉恨不得抽她一鞭子。弗兰克·肯尼迪可能拥有比县里任何人都多的土地,并且可能心地很好,可他已是一个年过四十的人了,并且既瘦小又神经质,长着稀稀拉拉几根黄胡子,是个婆婆妈妈、唯唯诺诺的人。

这时,思嘉记起了自己的心事,便打消了这种轻蔑,反而向他飞了个嫣然的微笑,这使他不由得一怔,一面向苏伦伸出手臂,一面高兴得不知所措地把两只眼睛朝思嘉身上骨碌碌乱转。

思嘉的两只眼睛在人群里搜索艾希礼,可是他不在走廊上。周围是一片欢迎的招呼声，斯图尔特和布伦特·塔尔顿这对孪生兄弟一齐向她走来。芒罗家的姑娘们也对她的衣服大声称赞，她很快便成了这个圈子的中心。可是艾希礼在哪里？还有媚兰和查尔斯呢？她若无其事地环顾周围，并一直朝大厅那里笑闹的人群中望去。

她闲谈着，笑着，迅速向屋子里、庭院里搜索着，忽然发现一个陌生人独自站在大厅里用一种淡漠而不怎么礼貌的神情注视着她，她一面由于自己吸引了一个男人而非常得意，一面又想到自己领口太低露出了胸脯而有点难为情。他看来年纪不小，至少有三十五岁。个子高高的，体格很强壮。思嘉心想，还从没见过如此腰圆膀阔、肌肉结实的男人呢。当她的眼光和那人的眼光接触时，他笑了，一口雪白的牙齿，在修剪得短短的髭须底下闪闪发光。他脸膛黑黑的，颇像个海盗，一双又黑又狠的眼睛冷漠而鲁莽，连对她微笑时嘴角上也流露出嘲讽的意味，这使思嘉紧张起来。人家这样无礼地瞧着她简直是一种侮辱，可自己竟没有受辱的感觉。她不知道这究竟是个什么人，但他黑黑的脸膛无可否认地有着上等人家的血统。两片饱满的红嘴唇上那细长的鹰钩鼻子、高高的前额和宽阔的天庭，都说明了这一点。

她努力把眼光挪开，而他也回过头去，因为有人在叫他："瑞德，瑞德·巴特勒！到这里来！我要你见见佐治亚一个心肠最硬的姑娘。"

瑞德·巴特勒？这名字有点耳熟，似乎同某个不体面的趣闻有关似的，不过她正一心想着艾希礼，便不去细究了。

"我得上楼去理理头发。"她告诉斯图尔特和布伦特，他们正想把她从人群中带走。"你们俩可得等着我，别跟旁的女孩子跑掉，惹我生气啊。"

她看得出来，要是她今天跟任何别的人调情，斯图尔特是不会善罢甘休的。他刚刚喝了几杯，正摆出一副找人打架的神气。她在过厅里跟朋友们说话，英迪亚正从后屋里出来，已忙得头发不整，两鬓流汗。可怜的英迪亚！一个姑娘长着不灰不白的头发和眼睫毛，以及一个显得性情固执的下巴，这就够糟的了，何况二十岁了还没嫁人呢！她不知英迪亚是否怀恨她把斯图尔特从她身边夺走了。有不少的人还在说她仍然爱他。即使她怀恨这件事,她也决不会露出痕迹来,仍一如既往地用那种稍觉疏远又颇为亲切的态度对待思嘉。

思嘉愉快地跟她交谈了几句,便走上楼梯。这时,一个羞答答的声音在后面叫她的名字,她回过头来,看见了查尔斯·汉密尔顿。他是个俊俏的小伙子,满头柔软的褐色鬈发覆盖在白皙的前额上,眼睛也是深褐色的,明亮,温柔,像一只聪敏的长毛牧羊犬。他穿着很合身的芥末色裤子和黑色上衣,带皱褶的衬衫领口打着个很宽很时髦的黑领结。她转过身来时,他脸上泛起薄薄的红晕,他在女孩子面前总有点怯生生的。像大多数怕羞的男人那样,他十分爱慕思嘉这样快活、开朗而落落大方的姑娘。那嫣然一笑和高兴地伸出的两只手,就使他惊喜得透不过气来了。

"怎么,查尔斯·汉密尔顿,你这亮丽的小家伙,是你呀！我敢说你是专门从亚特兰大老远赶来,这可真叫人心疼啊！"

查尔斯激动得结结巴巴,几乎说不出话来了。他抓住她那双温暖的小手,痴痴地望着那双滴溜溜转的绿眼睛。姑娘们是惯用这种态度跟男孩子说话的,可对查尔斯却从来没有过。他真不明白为什么她们老是待他当作小弟弟看待,又总是那么亲切,但从不跟他开玩笑。他常常看见姑娘们跟那些比他难看又笨得多的男孩子在一起调情说笑,早就巴不得她们也跟他这样闹着玩儿。跟她们在一起时往往不知道说什么好,窘困得难受极了。事后,他夜里躺在床上,倒想起许多俏皮逗人的话来,可是机会没有了,姑娘们经过这么一两次以后,便把他撂在一边了。

至于霍妮,他同她已经有了默契,准备来年秋天他继承了遗产的时候结婚,可是他跟她在一起时同样也很不自在,没什么好说的。有时候他有一种不怎么爽气的感觉,觉得霍妮有点卖弄风情和自作主张,对男孩子有股狂热劲儿,他担心她会随便跟哪个男人玩这一套的。因此查尔斯对于娶霍妮一直不怎么热心。

世界经典文库

世界二十大名著

飘

图文珍藏版

他渴望有个美丽、大胆、感情炽热、善于戏谑的女人来爱他。

可如今思嘉·奥哈拉用她所说的对他心疼的话,在跟他开玩笑呢!

他想说说什么,可是想不出来,接着他便默默祝福思嘉,因为她在一个劲儿地说下去,他也就用不着开口了。

"现在,你就站在这儿,等我回来,到时我跟你一起吃野宴。可不要走开去跟别的女孩子胡闹呀,那样我可要吃醋了!"这些话从那张两旁各有一个酒窝的樱桃小口里说出,乌黑的睫毛在碧绿的眼睛上方假装严肃地飞舞着。

"我不会的。"他终于使劲喘过气来,可是绝没有想到她是在待他当作一只小玩物呢?

她拿那把合着的折扇在他肩膀上轻轻敲了敲,然后转身上楼,这时她的视线又落到那个名叫瑞德·巴特勒的人身上,他正站在离查尔斯几步远的地方。他显然从旁听见了刚才的全部谈话,他仰头对思嘉咧嘴笑了笑,那模样邪恶得像只公猫似的,在思嘉浑身上下打量着。

"真见鬼!"思嘉用杰拉尔德惯用的那句粗话气恼地暗自思忖说。"他看来似乎——似乎知道我没穿内衣是什么模样似的。"接着把头一甩,径自上楼

世界经典文库

世界二十大名著

飘

图文珍藏版

去了。

在放着包裹的那间卧室里，她发现凯瑟琳·卡尔弗特正站在镜前打扮。她的饰带上佩着新鲜的玫瑰花，这同她的两颊相互辉映，那双矢车菊般的蓝眼睛更是兴奋得神采飞扬了。

"凯瑟琳，"思嘉说，一面把她那件紧身上衣拉高了一点，"楼下那个姓巴特勒的讨厌家伙是谁？"

"唔，亲爱的，你不知道吗？"凯瑟琳兴奋地低声说，"我真想不到威尔克斯先生怎么会让他到这里来了，他本来在琼斯博罗同肯尼迪先生商谈买棉花的事。肯尼迪先生要把他带在身边，就一起来了。他不能丢下他就走啊。"

"他究竟是怎么回事呢？"

"亲爱的，人家谁也没有招待过他呢！"

"真的没有吗？"

"没有。"

思嘉默默地寻思这件事，因为她还从不曾跟一个不受招待的人在一起待过呢。这倒是一件新鲜事。

"他干过什么？"

"唔，思嘉，他的名声坏极了！他叫瑞德·巴特勒，是查尔斯顿人，他的朋友本来都是那里最上等的人，可现在都不理他了。去年夏天卡罗·雷特跟我谈了他的情形。她跟他家没有亲属关系，可她了解他的一切。他是从西点军校开除出来的，实在太糟糕了。此外就是关于他没有娶那个姑娘的事——"

"快告诉我！"

"亲爱的，你真的什么也不知道？唔，这位巴特勒先生带着一个查尔斯顿姑娘坐马车出去玩。不知道她究竟是谁，不过她一定不是什么好东西，否则便不会在那么晚还跟他出去了。并且亲爱的，他们在外面几乎待了个通宵，最后才步行回家，据说是马跑了，车摔坏了，他们在树林里迷了路。后来你猜怎

世界经典文库

世界二十大名著

瓢

图文珍藏版

99

么样——"

"我猜不着,你说吧。"思嘉很热心地说,巴不得发生最糟糕的事。

"第二天他居然拒绝同她结婚!"

"啊,"思嘉的希望破灭了。

"他说他没——嗯——没跟她有过什么,为什么就非得娶她。于是,她哥哥把他叫出来,这时巴特勒先生声称他宁愿给枪毙也不要娶一个蠢货。这样一来,他们就只有进行决斗,结果巴特勒先生击中了那姑娘的哥哥,他死了,同时巴特勒先生也只好离开查尔斯顿,至今没有人接待他。"凯瑟琳得意地结束了她的故事,并且很及时,因为这时迪尔茜回房照料思嘉梳妆来了。

"她怀孕了没有?"思嘉在凯瑟琳的耳边悄悄地问。

凯瑟琳拼命摇头。"不过她同样给毁了。"她有点厌恶地低声回答。

但艾希礼别毁了我才好,思嘉突然这样想。像他这样一个十足的正人君子,是决不会不娶我的。可是,不知怎的,她情不自禁地对瑞德·巴特勒产生了一种敬意,因为他还坚决拒绝跟一个蠢女人结婚哩。

思嘉坐在树荫下一张高高的花梨木褥榻上,衣裙上的荷叶边和皱襞向周围荡漾着,底下那双绿羊皮软鞋露出了大约两英寸,这是大家闺秀坐着时双脚所能露出的最大部分了。她手里捧着一个几乎没有动过的盘子,两旁站着七位骑士。野宴已达到高潮,暖烘烘的空气中洋溢着笑声、谈话声、餐具碰着杯盘的叮当声,以及烤肉和黏稠肉汤的浓烈香味。间或一阵风吹过,便从烤牲火坑那边向宾客们飘来了一股股轻烟,使小姐太太们讨厌地尖叫起来,一面使劲挥舞手中的棕榈叶扇子。

大多数年轻小姐同她们的男伴坐在餐桌两旁长长的条凳上。唯独思嘉,她明白在这种座席上只能每边各坐一个男人,便另外挑了个位置,这样她就可以引来尽可能多的男人聚在自己周围了。

已婚妇女都坐在凉亭里，主妇们不论年龄大小，经常坐在一起，稍稍离开那些明眸皓齿的小姐、情郎和他们的喧笑声。在南方，妇女一结婚就不算美人了。从那倚老卖老公然在打嗝儿的方丹老太太到初次怀孕正在极力忍住不呕吐的十七岁的艾丽斯·芒罗，她们正交头接耳不停地讨论着家务和产科方面的问题，这才使得这样的集会更加愉快而富于教育意义了。

思嘉朝她们轻蔑地瞥了一眼，觉得她们活像一群肥老鸦。已婚妇女都是没有什么趣味的。可她就不想想，要是她嫁给了艾希礼，不也得自动跟这些庄重主妇们一起，坐到凉亭下和前屋客厅里去，而且跟她们一样庄重，一样呆板，不再属于那快活的一群了。原来她像大多数女孩子那样，她的想象力只能把她带到结婚的礼坛上去，不近也不远，到此为止。

她垂下眼睛看看手里的盘子，灵巧地拿起一片薄薄的饼干送到嘴边轻轻咬了一点，模样是那么文雅，似乎根本没有食欲似的，要是嬷嬷见了准会大加赞赏的。她虽然周围有了那么多献殷勤的小伙子，可是从没像现在这样难受过。她自己也不明白是怎么回事，昨天晚上她想好的那计划至少在艾希礼身上没有实现。她吸引来几十个男人，可偏偏艾希礼没有来。所以昨天下午她所感到的那些恐惧现在又都卷土重来，笼罩住她了，使她的心忐忑直跳，脸色也红一阵白一阵，难看得很。

艾希礼不想加入她周围的那个圈子，实际上她来到以后还没有单独跟他说过一句话，也再没有机会对他说话了。当她走进后花园时，他上前来欢迎过她，但当时媚兰正挎着他的胳膊——她几乎还没有他的肩膀高呢。

媚兰是个娇小脆弱的姑娘，还像个躲在母亲裙子里玩耍的孩子，加上她那双褐色大眼睛流露的怕羞而惊恐的神色，就更给人以这样的印象了。她长着一头稠密乌黑的鬈发，罩着发网，一丝不乱。鸡心形的脸上，由于两个颧骨隔得太远，下巴太尖，脸虽娇怯可人，但仍非常平淡，并且她又不会讨好卖乖来诱惑男人。不过，不论她的相貌多么平淡，身材多么娇小，她的举止行动中仍包含着一种沉静而十分动人的庄重美,这使她看起来远不止十七岁的大姑娘了。

　　她穿一件灰色细棉布衣,上面配有樱桃色缎带,裙裾荡漾,皱襞粼粼,而那顶垂着鲜红的细长饰带的黄帽子,则使她的奶油色皮肤更加光莹夺目了。那对沉甸甸的耳坠子吊在长长的金链上,从整整齐齐网着的鬓发中垂下来,在眼睛近旁摆荡着,这对眼睛像冬天林中波光皎洁的湖水,两片褐色的叶子从宁静的湖水中闪映出来。

　　她用怯生生的喜悦心情微笑着欢迎思嘉,称赞她那件绿色衣裳多么亮丽,这时思嘉神不守舍,装不出一点礼貌的笑容来,因为她那么迫切地需要同艾希礼单独谈话呀!从那以后,艾希礼就离开宾客坐在媚兰脚边一只小凳上,同她悄悄地谈着,悠闲地微笑着,媚兰眼中也焕发着一闪一闪的光辉,以致连思嘉也不得不承认她几乎是美丽的了。当媚兰望着艾希礼时,她那平淡的脸上也似乎被一支内心的火炬照耀得容光焕发了,似乎一颗热恋的心现在正在媚兰的脸上显现。

　　思嘉想把目光从这两个人身上挪开,不再看他们,可是办不到,并且每看一眼她便与周围的骑士们加倍地逗乐,跟他们一起笑着,对他们的奉承话拼命摇头,摇得那双耳坠狂跳不止。可是艾希礼似乎根本没有注意到她。他只一味地仰望着媚兰不停地说,而媚兰则俯视着他,脸上的表情明显表示出她是属于他的。

　　这样,思嘉便觉得难堪极了。

　　她无疑是这次野宴上的美人,是大家注意的中心。她在男人们中间激起的那阵狂热,加上其他姑娘们心中的妒火,如果在任何别的时候都会叫她心满意足了。

　　查尔斯·汉密尔顿由于受到她的青睐,仍牢牢地站在她右边。他一手拿着她的扇子,另一只手端着自己那盘连碰也没碰的烤肉,固执地不去跟霍妮的眼光接触,这叫霍妮伤心得快要哭了。她左边是凯德懒洋洋地待在那里,他不时拉拉她的衣角让她注意,同时用一双怒气冲冲的眼睛直瞪着斯图尔特。他和这对孪生兄弟之间的敌对气氛已达到了一触即发的程度,而且已开始斗起嘴来。弗兰克·肯尼迪像只带小鸡的母鸡似的在瞎忙着,在橡树树荫下的餐桌旁来回奔跑,替思嘉挑拣好吃的东西,后来,苏伦已实在按捺不住满腔怨愤,顾不得大家闺秀的忍让风度,公然地向思嘉怒目而视。小卡琳也早就想哭的,布伦特只对她说了声"好啊,小妹",拨了拨她头上的发带便转身去全心全意奉承思嘉。往常他总是那么亲切,自然地敬重她,让她感到自己已经是个大人,便暗想有一天她将绾起发髻,放下裙裾,把他当作一个真正的情人来接待。可现在思嘉已经把他捞到手了!至于芒罗家的几位姑娘,她们眼看方丹家那些黑皮肤小伙子已公然背叛她们,可是仍极力掩饰着心头的懊恼,但看到托尼和亚历克斯随时准备靠近思嘉的那副讨厌相时就叫她们忍无可忍了。

她们微妙地扬起眉头将自己对思嘉的反感告诉赫蒂·塔尔顿。现在对于思嘉来说,唯一的要诀是"快"。这时,那三个年轻姑娘不约而同地举起花边阳伞,说她们已吃够了,一面用手指轻轻扶着身边男人的胳膊,娇声笑嚷着到玫瑰园、清泉和夏季别墅参观去了。这种战略性撤退对女人是不会不生产效果的,可男人就看不出来。

思嘉看见三个男人被拉出了她的魅力圈,跟着女孩子们去了,便咯咯地笑起来,同时狠狠盯住艾希礼。可是他正在玩媚兰的那条缎带,一面微笑地望着她。思嘉感到揪心般一阵剧痛。她恨不得立刻跑过去将媚兰的乳白色皮肤狠狠地抓呀,掐呀,直到鲜血淋漓才痛快哩。

她的眼光从媚兰身上移开,便瞥见了瑞德·巴特勒,他已跟众人厮混在一起,同约翰·威尔克斯交谈。他一直在观察她,但一旦接触到她的目光便笑起来。思嘉感到很不自在,觉得他是在场唯一知道她那狂欢背后隐藏着什么心事的人,并且这只能给他以讥消的乐趣。那么,她也可以抓住他来取乐呀!

"只要熬过这个野宴,坚持到午后,"她想,"女孩子便会上楼去午睡,准备精神饱满地参加晚上的舞会,那时我要留在楼下找机会跟艾希礼说话。他一定已经注意到我是多么受人爱慕了。"接着,她又自我宽慰地推测:"当然,他必须照顾媚兰,她毕竟是他的表妹,并且又不引人注目,如果他不关照她,她简直就要做无人问津的'墙花'了。"

想到这里她又重新鼓起勇气,而且对查尔斯加倍下功夫,这时他那双褐色的眼睛正炽热地俯视着她。对于查尔斯来说,这真是绝妙的一天,美梦般的一天,他已经毫不费力地同思嘉恋爱起来了。由于这种新的感情,霍妮的形象便暗淡模糊了。霍妮是一只尖叫的麻雀,而思嘉则是只闪烁的蜂鸟。她逗弄他、疼爱他,向他提问题,然后又自己回答,这样他无须开口便显得十分聪明。别的小伙子显然被她对查尔斯的这种偏爱所激怒,而给弄得糊里糊涂,可是出于礼貌,他们不得不强压着心头的怒火。谁都敢怒而不敢言,这对思嘉是个很大的胜利,可在艾希礼身上却是例外。

最后一叉子猪肉、鸡肉、羊肉都吃完了,思嘉希望的时机已经来到,英迪亚会建议小姐们进屋去休息。这时是下午两点,太阳直照头顶,有点炎热,可是英迪亚由于准备野宴接连忙了三天,实在太劳累了,便乐得留下来坐在凉亭里歇一会,一面朝那位来自费耶特维尔的聋老头儿高声说话。

一阵睡意向人群袭来。黑人们慢悠悠地收拾长桌上的残羹剩菜。谈笑声渐渐低沉,三五成群的人也开始静默。大家都在等待女主人来宣布结束午前的野宴活动。棕榈扇子摇得愈来愈慢,有些先生由于炎热和吃得过饱,已经打起瞌睡来了。大野宴已经结束,所有的人都要趁太阳正旺的时刻休息一下了。

在这段空隙中,人们都显得安静而平和。只有年轻小伙子们仍保持着不甘寂寞的精力,他们不断地走动,慢吞吞地低声谈论着,懒洋洋的气氛下也许潜伏着一些暴躁因素,它们可能突然爆发,上升到凶残的顶点,而且迅速蔓延,成为燎原之势。男人和女人,他们既是美丽的,又是放荡的,那可爱的外表下面都有一点火爆性,其中已经驯服了的只是很小一部分而已。

过了一会,太阳越发热了,思嘉和其他人又朝英迪亚看了看。谈话已渐沉寂,这时所有的人忽然听到了杰拉尔德的激昂的声调。原来他站在距离野宴席不远的地方,同约翰·威尔克斯争论得正起劲呢。

"真是活见鬼,你这人哪! 祈求跟北方佬和平解决吗? 咱们已经在萨姆特要塞向那些流氓开了火了! 还能和平? 南方应当以武力表明它不能让人侮辱,而且它不是凭联邦的仁慈而是凭它自己的力量在脱离联邦!"

"啊,我的上帝! 他又喝够了!"思嘉心想,"这样,我们都得在这里坐到半夜去了。"

顷刻之间,瞌睡从懒洋洋的人群中逃之夭夭,一种像电流般敏感的东西迅速掠过周围。男人们从条凳和椅子上跳起来,挥动着两臂,同时拼命提高嗓门,本来整个上午都没有谈起政治和迫在眉睫的战争,是因为威尔克斯先生要求大家不要打扰那些太太小姐。如今杰拉尔德吼出"萨姆特要塞"这几个字来了,在场的每一个人便都忘记了主人的告诫。

"咱们当然要打——""北方佬是贼——""咱们一个月就能把他们报销——""是啊,一个南方人能打掉二十个北方佬——""给他们一次教训,叫他们不要很快就忘了——""不,你看林肯先生怎么侮辱咱们的委员吧!""他们要战争,咱们就让他们厌恶战争——",在所有这些声音之上,杰拉尔德的嗓门在隆隆震响。但思嘉能够听到的全是"州权、州权"的反复叫喊。杰拉尔德真是得意极了,可他的女儿并不得意。

脱离联邦、战争——这些字眼的不断重复,思嘉已觉得非常刺耳,不过现在她更恨这些声音,因为那些男人将站在那里激烈地争论好几个小时,而她就没有机会去单独见艾希礼了。

查尔斯·汉密尔顿没有跟着别人站起来,他发现思嘉身边人已经很少了,便挨得更近一些,凭着那爱情的勇气,低声表白起来。

"奥哈拉小姐——我——我——,如果战争打起来,我就到南卡罗来纳去加入军队。据说韦德·汉普顿先生正在那里组织一支骑兵,我当然愿意去跟他在一起。他为人很好,还是我父亲最要好的朋友呢。"

思嘉想,查尔斯是在向她袒露内心的秘密。她想不出什么话来,只好默默地看了看他,觉得男人真笨,他们还以为女人会对这种事感兴趣呢!他把她的这种表情看作是惊慌和嘉许之意,于是索性大胆而迅速地说下去——

"要是我走了,你会——你会感到难过吗,奥哈拉小姐?"

"我会每天晚上偷偷哭泣的。"思嘉说,那口气显然是在开玩笑,可他只从字面理解,便一阵脸红乐得不行了。她的一只手本来藏在衣服里,这时他故意把自己的手轻轻探进去碰它,后来索性紧紧握住了,连他自己都不明白哪来这么大的勇气,也不知她怎的就默许了。

"你会为我祈祷吗?"

"瞧这个傻瓜!"思嘉刻薄地想道,一面偷偷向周围瞥了一眼,希望能找到机会回避这种对话。

"你会吗?"

"唔——会,真的,汉密尔顿先生。每晚祈祷三轮念珠,至少!"

查尔斯迅速看了看周围,屏住气。实际上他们是单独在一起了,真是千载难逢的机会。而且,即使再一次遇到这样的天赐良机,他的勇气也许要不济事呢!

"奥哈拉小姐——我要告诉你一件事。我——我爱你!"

"嗯?"思嘉心不在焉地说,一面将眼光穿过正在辩论的人群朝艾希礼坐的那个地方望去。

"真的!"查尔斯低声说。"我爱你!你是世界上最——最——"这时他才有生以来头一次找到自己的舌头了,"我所认识的最美丽的姑娘和最可爱最亲切的人,并且你有最高贵的风度,我以我的整个心灵爱着你。我不能指望你会爱一个像我这样的人,但是,我亲爱的奥哈拉小姐,只要你能给我一点点鼓励,我愿意做世界上任何的事情来使你爱我。我愿意——"

查尔斯停住了,因为他想不出一桩足以向思嘉证明自己爱情的行动来,于是他只好简单地说:"我要跟你结婚。"

思嘉听到"结婚"这个字眼,便猛地从幻想中回到现实里来。她刚才正在梦想结婚,梦想着艾希礼呢,如今只好懊恼她望着查尔斯发怔了。怎么恰好在今天,她苦恼得几乎要发狂的时候,这个傻瓜却来求爱呢?思嘉注视着那双祈求的褐色眼睛,可是看不出羞怯,看不出崇拜。思嘉已经见惯了向她求婚的男子,一些比查尔斯·汉密尔顿诱人得多灵巧得多的男子,他们绝不会在这种时候提出这种问题的。她只看到一个二十岁的傻男孩子。她真想告诉他,说他显得多么傻气。不这,母亲教导她在这种场合应当说的那些话自然而然地来到了嘴边,于是她把眼睛默默地向下望,然后低声说:"汉密尔顿先生,我明白了你的好意,要我做你的妻子,这使我感到荣幸,不过这来得太突然了,我不知说什么好呢。"

这是一种干净利落的手法,既可以安抚一个男人又可以继续向他垂钓。

"我会永远等待!除非你拿定了主意,我不会强求。奥哈拉小姐,请你说我可以抱这种希望吗?"

"唔!"思嘉漫不经心地应着,眼睛继续盯住艾希礼,他没有参加关于战争的议论,仍在望着媚兰微笑。要是查尔斯能安静一会儿,说不定她能听清楚他们的话呢。她必须听清楚。究竟媚兰说了些什么,才使他眼睛里流露出那种趣味盎然的神色来?

查尔斯的话把她正在聚精会神地谛听着的声音给搅和了。

"唔,别响!"她轻轻说,连看也不看他,在他手上拧了一下。

查尔斯吓了一跳,先是觉得惭愧,满脸通红,接着看到思嘉的眼睛紧盯在他妹妹身上,便微笑了。思嘉恐怕有人会听见他的话。她自然觉得不好意思,有点害羞。查尔斯心中涌起了一股从未体验过的感觉,因为这是他平生第一次让一个女孩子感到难为情呢。他显出一副毫不介意的样子,故意在思嘉手上拧了一下作为回报。

她甚至没有发觉他在拧她,因为这时她能清楚地听见媚兰娇滴滴的声音了:"我不同意你对于萨克雷先生作品的意见。他是个愤世嫉俗的人。我想他不是狄更斯先生那样的绅士。"

对一个男人说这种话有多傻呀!思嘉这样想,心里顿感轻松,几乎要格格笑起来。原来,她不过是个女学究罢了。……要使男人感兴趣,最好的办法是拿他做谈话的中心,然后渐渐把话题引到你自己身上来,而且保持下去。这时思嘉的前景已显得更加明朗,她回过头来,向查尔斯嫣然一笑。查尔斯以为这是她的爱情的明证,便乐得忘乎因此地将她的扇子夺过来使劲挥打,把她的头发都扇得凌乱不堪了。

"艾希礼,你可没有发表意见支持我们呀,"吉姆·塔尔顿回过头来说。这时艾希礼只得表示歉意,而且站起身来。再也找不到像他这样亮丽的人了!——思嘉注意到他从容不迫的样子多么优雅,他那金色的头发和髭须在阳光下多么辉丽,便在心中暗暗赞美。接着,甚至那些年长些的人也要安静下来听他的意见了。

"怎么,先生们,如果佐治亚要打,我就跟它一起去。不然的话,我为什么要进军营呢?"他说着,一双灰眼睛睁得大大的,平时那朦胧欲睡的神色已经消失了。"但是,跟上帝一样,我希望北方佬将让我们获得和平,不至于发生战争——"这时从方丹家和塔尔顿家的小伙子们中爆发出一阵嘈杂的声音,他便微笑着举起手来继续说:"是的,是的,我知道我们是受侮辱了,被欺骗了,但是如果我们处在北方佬的地位,是他们要脱离联邦,那我们会怎么办呢?大概也是一样吧。我们也是不会答应的。"

"他又来了,"思嘉想。"总是设身处地替人家说话。"据她看来,任何一次辩论中都只能有一方是对的。有时候,艾希礼简直就不可理解。

"我们头脑还是不要太热,还是不要打起来的好。世界上的苦难大多是由战争引起的。等到战争一结束,谁也不知道那究竟是怎么回事了。"

思嘉听了嗤之以鼻。艾希礼周围已爆发出一片表示强烈抗议和愤慨地叫嚷了。

凉亭里,那位来自费耶特维尔的聋老头儿也在大声向英迪亚发问。

"这究竟是怎么回事呀? 他们在说什么?"

"战争!"英迪亚用手拢住他的耳背大声喊道。

"战争,是吗?"他边嚷边摸索身边的手杖,同时从椅子里挺身站起来,显示出一股劲头。"我要告诉他们战争是什么样的,我打过呢。"

他跟跄着向人群走来,一路上挥着手杖叫嚷着。

"你们这班火暴性子的哥儿们,听我说。你们别想打仗吧。我打过,我很清楚。我先是参加了塞米诺尔战争,后来又参加墨西哥战争。你们全都不明白战争是怎么回事。你们以为那是骑着一匹亮丽的马驹子,让姑娘们向你们抛掷鲜花,然后作为英雄凯旋回家吧。噢,不是这样。不,先生,那是挨饿,是出疹子、得肺炎。要不就是拉痢疾。"

小姐太太们听得有点脸红了。麦克雷先生让人们记起一个更为粗野的时代,而那个时代是人人都愿意忘掉的。

"快去把你爷爷拉过来。"这位老先生的一个闺女轻轻对站在旁边的小女孩说。接着她又低声嘟哝:"我说呢,他就是一天比一天不行了。你们相信吗,今天早晨他还跟玛丽说——她才十六呢——'来吧,姑娘……'"这以后声音便听不清了,那位小孙女正溜出去,想把麦克雷先生拉回到树荫里去坐下。

所有的人都在树下乱转,姑娘们兴奋地微笑着,男人们在热烈地争论,他们中间只有一个人很平静地观望这一切,那就是瑞德·巴特勒。他靠着大树站在那儿,双手插在裤兜里。因为威尔克斯离开了他,他便独自站着,眼看大家谈得越来越热火,也不发一言。他的嘴唇在修剪得很短的黑髭须底下往下弯着,一双黑溜溜的眼睛闪烁着取乐和轻蔑的光芒——就像是在听小孩子争吵似的。多么令人不舒服的微笑呀,思嘉心想。他静静地听着,直到斯图尔特·塔尔顿抖着满头红发、瞪着一双火爆眼睛又一次重申:"我们只消一个月就能干掉他们!绅士们总是会战胜暴徒的。一个月——喏,一个战役——"

"先生们,"瑞德·巴特勒慢悠悠地说,仍然靠着大树站在那儿,两手照旧插在裤兜里,"让我说一句好吗?"

他的态度也带着几分轻蔑,使那些先生们显得滑稽可笑。

人群向他转过身来。

"先生们,你们有没有人想过,在梅森—狄克森线以南没有一家大炮工厂?有没有想过,在南方,铸铁厂那么少?或者木材厂、棉纺厂和制革厂?你们是否想过我们连一艘战舰也没有,而北方佬能够在一星期之内把我们的港口封锁起来,使我们无法把棉花运销到国外去?不过——当然啦——先生们是想到了这些情况的。"

"怎么,他把这些小伙子们都看成傻瓜了!"思嘉厌恶地想道,气得脸都红了。

好几个男孩子也翘起下巴,显得很不服气。约翰·威尔克斯却迅速地回到了发言人旁边的位置上。

"我们大多数南方人的麻烦是,我们没有多到外面去走走,也没有从旅行中汲取足够的见识。不过,你们看见什么呢?"你们看见了旅馆、博物馆、舞会和赌场。然后你们回来,相信世界上再没有像南部这样的好地方了。至于我,我是在查尔斯顿出生的,但最近几年住在北方。"他笑了笑,"我见过许多你们没有见过的东西。成千上万为了吃的和几个美元而乐意替北方佬打仗的外国移民、工厂、铸铁厂、造船厂、铁矿和煤矿——一切我们所没有的东西。而我们有的只是棉花、奴隶和傲慢。他们会在一个月内把我们干掉。"

接着是一个紧张的片刻,全场沉默。瑞德·巴特勒从上衣口袋里掏出一块精美的亚麻布手绢,悠闲自在地掸了掸衣袖上的灰尘。人群中发出一阵不祥的低语声,同时从凉亭里传来了嗡嗡声。思嘉尽管感到愤怒,可是她心里却觉得这个人所说的话毕竟是对的,听起来就像是常识那样。不是吗,她还从来没见过一个工厂,也不曾认识一个见过工厂的人呢。然而,虽然这是事实,可他到底不是个宜于发表这种谈话的上等人,何况是在谁都高高兴兴的聚会上呢。

斯图尔特·塔尔顿皱着眉头走上前来,后面紧跟着布伦特。当然,塔尔顿家这对孪生兄弟是颇有礼貌的,他们也不想在一次大野宴上闹起来,虽然自己已实在被激怒了。女士们也全都一样,她们兴奋而愉快,因为很少看见过这样争吵的场面。

"先生,"斯图尔特气冲冲地说,"你这是什么意思?"

瑞德用客气而略带嘲笑的眼光瞧着他。

"我的意思是,"他答道,"像拿破仑——你大概听说过他的名字吧?——像拿破仑有一次说的,'上帝站在最强的军队一边!'"接着他向约翰·威尔克斯转过身去,用客气而真诚的态度说:"你答应过让我看看你的藏书室,先生。能不能让我现在就去看看?我必须在下午早一点的时候回琼斯博罗去,那边还有点小事要办。"

他又转过身来面对人群,咔嚓一声并拢脚跟鞠了一躬,显得很是得体,同时又相当鲁莽,然后他同约翰·威尔克斯横过草地,昂着头,一路上发出的令人不舒服的笑声随风飘回来,落到餐桌周围的人群里。

人群像吓了一跳似的沉默了好一会,然后才再一次爆发出嗡嗡的议论声。凉亭里的英迪亚从座位上站起身来,向怒气冲冲的斯图尔特走去。思嘉听不见她说些什么。

斯图尔特低头向英迪亚笑了笑,接着又点了点头。也许英迪亚刚才是在求他不要去跟巴特勒先生找麻烦吧。这时客人们站起来抖落衣襟上的碎屑,太太们在呼唤保姆和孩子,把他们召集在一起,准备告辞了,同时一群群的姑娘陆续离开,一路谈笑着进屋去,到楼上卧室里去闲聊,并趁机午睡一会儿。

除了塔尔顿夫人,所有的太太小姐都出了后院,塔尔顿夫人是被杰拉尔德·卡尔弗特先生和其他有关的人留下来过夜,要求她在卖给军营马匹的问题给一个明确的回答。

艾希礼慢慢地向思嘉和查尔斯坐的地方走过来,脸上挂着一缕深思而快乐的微笑。

"这家伙也太狂妄了,不是吗?"他望着巴特勒的背影说。"他那神气活像个博尔乔家的人呢!"

思嘉连忙寻思,可是想不起什么地方有这样一个姓氏的家族。

"我不知道这家人呀。他是他们的本家吗? 他们又是谁呢?"

查尔斯脸上露出一种古怪的神色,一种怀疑与羞愧之心同爱情在激烈地斗争着。但是他认为一位姑娘只要可爱、温柔、美丽就够了,不需要有良好的教育,他迅速答道:"博尔乔家是意大利人呢。"

"啊,原来是外国人,"思嘉显得有点扫兴了。

她灿烂地朝艾希礼微笑了一下。可不知为什么他这时没有注意她。他正看着查尔斯,脸上流露出理解和一丝怜悯的表情。

思嘉站在楼梯顶上。楼上卧室里传来没完没了的低声细语,时起时落,还有一阵阵尖锐的笑声,以及"唔,你没有,真的!"和"那么他怎么说呢?"这样简短的语句。在六间大卧室里的床上和睡椅上,姑娘们正在休息。午睡本是南方的一种习惯。开头半小时姑娘们总是闲谈嬉笑,然后仆人进来把百叶窗关上,于是在半明半暗中谈话渐渐变为低语,最后归于沉寂,只剩下柔和而有规律的呼吸声了。

思嘉确信媚兰已经跟霍妮和赫蒂·塔尔顿上床躺下了,这才溜进楼上的穿堂,动身下楼去。她从楼梯拐角处的一个窗口看见那群男人坐在凉亭里潇洒地喝酒,她的目光在人群中热情地搜索,可是艾希礼不在里面。她侧耳倾听,听到了他的声音,原来正如她所希望的,他还在前面车道上给那些离去的太太和孩子们送别呢。

她兴奋得心狂跳不止,便飞速跑下楼去。可是,假如她碰上威尔克斯先生,她怎样解释为什么别的姑娘们都美美地午睡了,她却还在屋子里到处溜达呢?好吧,反正这个风险是非冒一下不可了。

她跑到楼下时,听见仆人们正在为晚上的舞会做准备。大厅对面藏书室的门敞着,她连忙悄悄溜了进去。她可以在那里等着,直到艾希礼把客人送走后进屋来,她就把他叫住。

藏书室里半明半暗,因为要挡阳光,把窗帘放下来了。那里塞满了黑乎乎的图书,使她感到压抑,笨重的家具兀立在那里,座位很深、扶手宽大的高背椅,前面配有天鹅绒膝垫的柔软天鹅绒矮椅。房间尽头的火炉前面摆着一只七条腿的沙发,那是艾希礼最喜欢的座位,它像一头巨兽耸着脊背在那儿睡着了。

她把门掩上,只留下一道缝,然后极力镇定自己,让心跳渐渐缓和。她要把头天晚上计划好准备对艾希礼说的那些话从头温习一遍,可是一点也想不起来了。她急促的心跳偏偏这时加快了,因为她已经听见艾希礼说完最后一声再见,走进前厅来了。

她唯一爱的就是他——爱他所有的一切,从高昂的金色头颅到那双细长的黑马靴;爱他的笑声,即使那笑声令她迷惑不解;爱他的沉思,虽然它难以捉摸。啊,只要他这时走进来把她一把抱在怀里,她就是最幸福的人了。他一定是爱她的,她紧紧闭上眼睛,喃喃地念起"仁慈的圣母玛利亚——"来。

"怎么,思嘉!"艾希礼的声音突然冲破她耳朵里的轰鸣,使她显得很狼狈。他站在大厅里,从虚掩着的门口注视着她,脸上流露出一丝疑惑的微笑。

"你这是在躲避谁呀——是查尔斯还是塔尔顿兄弟?"

她哽塞着说不出声来。看来他已经注意到有那么多男人在她的周围了!

他站在那儿,眼睛熠熠放光,似乎没有注意她很激动,那神态是多么可爱呀!她不说话,只伸出一只手来拉他进屋去。他进去了,觉得又奇怪又有趣。她浑身紧张,眼睛里闪烁着动人的光辉,即使在阴暗中他也能看见她脸上泛着玫瑰色的红晕。他把背后的门关上,然后把她的手拉过来。

"怎么回事呀?"他说,几乎是耳语。

她一接触到他的手便开始颤抖,事情就要像她所梦想的那样发生了。可是她编不出一句话来。她只能浑身哆嗦,仰视着他的面孔。他怎么不说话呀?

"这是怎么回事?"他重复说,"是要告诉我一个秘密?"

她突然能开口了。

"是的——一个秘密。我爱你。"

霎时间,一阵沉重的沉默,似乎他们都屏住呼吸了,她的战栗渐渐消失,快乐和骄傲之情从她胸中涌起。她为什么不早就这样办呢?她的眼光径直向他望去。

他的目光里流露出狼狈的神色,那是怀疑和别的什么——别的什么呢?艾希礼究竟为什么显得这么古怪,一言不发呢?这时,他殷勤地笑了。

"难道你今天赢得了这么多的男人的心,还嫌不够吗?"他带着戏谑而亲切的口吻说。"你想来个全体一致?那好,你早已赢得了我的好感,这你知道。你从小就那样嘛。"

看来有点不对头——完全不对头了!这不是她所设想的那个局面。

"艾希礼—艾希礼——告诉我——你必须——啊,别开玩笑嘛!我赢得你的心了吗?啊,亲爱的,我爱——"

他连忙用手掩住她的嘴。

"你不能这样说,思嘉!你决不能。你不是这个意思。你会恨你自己说了这些话的,你也会恨我听了这些话的!"

她把头扭开。一股滚热的激流传遍她的全身。

"我永远不会恨你,我是爱你的,我也知道你对我有意,因为——"她停了停。"艾希礼,你是不是有意——你有的,难道不是吗?"

"是的。"他阴郁地说。

她吃了一惊,她拉住他的衣袖,哑口无言。

"思嘉,"最后他无力地说,"我们还是远远走开,从此忘记我们曾说过这些话吧?"

"不,"她低声说。"我不能。你这是什么意思? 难道你不要——不要跟我结婚吗?"

他答道,"我快要跟媚兰结婚了。"

她心中一片空白,刚才还势如潮涌的思想此刻已无影无踪了,同时他所说的话也没有留下什么印象。

媚兰这个名字的声音使她一下子恢复了意识,她静静注视着他那双水晶般的灰眼睛,从中看到了那种经常使她迷惑不解的遥远缥缈的感觉。

"父亲今晚要宣布我们的婚事。我们很快就要结婚。我本来应当早告诉你,可是我还以为你知道了——几年前就知道了呢。我可从没想到你——因为你的男朋友多着呢。我还以为斯图尔特——"

"可是你刚才还说对我有意呢。"

他那温暖的大手把她握痛了。

"亲爱的,难道你一定要我说出那些叫你难过的话来吗?"

她不作声,逼得他不得不说下去。

"亲爱的,我怎么才能让你明白呢? 你这么年轻,又不怎么思考问题,因此还不懂得结婚是什么意思呢。"

"我知道我爱你。"

"像我们这样完全不同的两个人,要想成为一对美满夫妻,只有爱情是不够的。你需要的是一个男人的全部,包括他的躯体、感情以及灵魂和思想。如果

你没有完全得到这些,你会痛苦的。可是我无法把整个的我给你,也无法把整个的我给予任何人。而且,我也不会要你的思想和灵魂,所以你就会难过,然后就会恨我——会恨透了的!你会恨我所读的书和所喜爱的音乐,因为它们把我从你那儿抢走了,即使只抢走那么一会儿也罢。因此我——也许我——”

“你爱她吗?”

“我们俩极为相似,她是我的血脉的一个部分,我们互相了解。思嘉!思嘉!难道我就不能使你明白,除非两个人彼此相像,否则结了婚也是无法平稳地过下去的。”

“但是你说过你对我有意呢。”

“我本不该说的。”

她感到愤怒。

“好吧,这样说反正是够混蛋的——”

他的脸发白了。

“我这样说是混蛋的,因为我就要跟媚兰结婚了。我本来就不该说的,因为我知道你不会理解。”

思嘉想起了媚兰,看到她那双宁静出神的褐色眼睛,她那双戴着黑色花边长手套的温和小手和那种高雅文静的神态。于是她的怒火爆发了,再也不能忍受下去。

"你为什么不说,你这个懦夫！你是害怕跟我结婚喽！你是宁愿同那个愚蠢的小傻瓜过日子,再养出一群像她那样百依百顺的小崽子来呢！为什么——"

"你不能把媚兰说成这样！"

"什么'你不能',去你的吧！你是什么东西,来教训我？你是个胆小鬼,你混蛋。你让我相信你准备娶我——"

"你要公道些,"他用恳求的口气说。"我何尝——"

她可不要什么公道,虽然知道他的话是一点不错的。他从来没有跨越过跟她的友谊关系的界限,可是她想到这一点,怒火就更旺了,因为这有伤她的自尊心和女性的虚荣。她一直在追求他,可他一点也不动心。他宁愿要媚兰这样脸色苍白的小傻瓜也不要她。啊,她要是连一丝喜欢的意思也不向他透露,那会好得多呢——比面对这种羞死人的场面更不知要好到哪里去了！

她一跃而起,两只手紧紧握拳,同时他也起身俯视着她,脸上充满着无言的痛苦。

"我要恨你一辈子,你这混蛋——你这下流——下流——"她要用一个最恶毒的字眼,可是怎么也想不出来。

"思嘉——请你——"

他向她伸出手来,可她使出全身力气狠狠地打了他一个耳光,紧接着她的怒气突然消失,心中只剩下一片凄凉。

她那红红的手掌印明显地留在他白皙而疲倦的脸上。他一句话也没说,拿起她那只柔软的手放到自己唇边吻了吻。没等她说出话来便走了出去,随手把门轻轻关上。

她膝头一软坐到椅子上,艾希礼走了,可是他那张被抽打的脸孔将终生留在她的记忆中。

她听见他徐缓而低沉的脚步声在大厅尽头渐渐消失,这才觉得她已永远失去了他。从此还会恨她。

"我像霍妮·威尔克斯一样下贱了。"她突然这样想，并记起每个人，首先是她自己，曾怎样轻蔑地嘲笑霍妮的鲁莽行为。她大生其气，生自己的气，生艾希礼的气，生人世间的气。她恨自己，恨这一切，这是出于一种因为她那十六岁的爱情遭到挫折和屈辱而产生的怨愤。她的爱中有那么一点点真正的柔情，更多的是虚荣心混杂着对自己魅力的迷信。现在她失败了，而比失败感更沉重的是她的恐惧，惧怕自己被耻笑。会不会人人都耻笑她？想到这里她就浑身战栗起来。

她的手落在身旁一张小桌上，无意触摸一只小巧的玫瑰色瓷碗，房间里静极了，为了打破这沉寂，她几乎想大叫一声。她拿起那只瓷碗，狠狠地砸向对面的壁炉，可它掠过了那张沙发的高靠背，只砸到大理石炉台上，哗啦一声就摔碎了。

"这就太过分了。"沙发深处传来声音说。

她从来没有这样惊恐过，可她已经说不出话来了。她紧紧抓住椅背，觉得两腿发软，站不住了，这时瑞德·巴特勒从他一直躺着的那张沙发里站出来，用客气得过分的态度向她鞠了一躬。

"睡个午觉也要被你吵醒，被迫恭听那么一大段精彩的对话，这已经够倒霉了，可为什么你还要危及人家的生命呢？"

他是个实实在在的人，他不是鬼。可是，神灵保佑我们，他一切都听见了！她只得努力装出一副端庄的模样。

"先生，你待在这里，应当让人家知道才好。"

"是吗？"他露出一口雪白的牙齿，一双勇敢的黑眼睛在嘲笑她。"你才是个不请便来的闯入者呢。我是被迫在这里等候肯尼迪先生，我觉得我在后院也许是个不受欢迎的人，几经考虑才识相地来到这里。我想这下大概可以不受干扰了吧。可是，真不幸！"他耸耸肩膀，温和地笑起来。

一想起这个粗鲁无礼的人听见了一切,听见了那些她现在宁死也不会说的话,她怒火中烧。

"窃听!"她愤愤地说。

"窃听者听到的总是一些很动听而有益的东西。"他故意傻笑着说。"从长期窃听的经验中,我——"

"先生,你不是上等人!"

"你的眼力很不错,"他轻松地说,"可你,小姐,也不是上等女人哟!"他好像觉得她很有趣,他又温和地笑了。"不论谁,只要她说了和做了我刚才听到的那些事情,她就不能再算个上等女人了。不过,上等女人对于我来说没有什么魅力,我清清楚楚地知道她们在想些什么,可是她们从来就没有勇气说出她们心里真正的想法。这种态度到时候最使人厌烦了。可是你,亲爱的奥哈拉小姐,你很不平凡,很值得钦佩,所以我要向你脱帽致敬。我不明白,那位文绉绉的威尔克斯先生有什么可爱之处,能叫你这样一位急风暴雨的姑娘着迷呢?他应当跪下来感谢上帝给了他一个有你这种——他是怎么说的?——对'生活倾注着全部热情'的姑娘,谁知他竟是个畏畏缩缩的可怜虫——"

"你还不配给他擦靴子呢!"她气愤地厉声说。

"可你是准备恨他一辈子啦!"说罢他又在沙发上坐下了,思嘉听见他还在笑。

如果她能够把他杀了,她是做得出来的。她尽力装出庄重的样子走出藏书室,砰的一声把沉重的门关上。

她一口气跑上楼去,到达楼梯顶时她觉得简直要晕倒了。她想深深地喘几口气,可是嬷嬷把腰身扎得实在太紧了。要是她果真晕过去,人们便会在这楼梯顶上发现她,那他们会怎样想呢。

渐渐地,那种难受的感觉开始消失了。她设法让自己的心跳缓和下来,并力图使脸色平静,显得泰然自若,千万千万不能让任何人知道出过什么事了。

从楼顶上的窗户里,她能看到男人们在树下和凉亭的椅子上斜躺着休息。她真羡慕他们啊!作为一个男人,永远不用经受她刚才所经历的那种痛苦,该多快活呀!她站在那里看着他们,觉得有点眼酸头晕,这时忽然听见屋前车道上急速而沉重的马蹄声、石子飞溅声、大声询问的嗓音。很快她就看见一个男子骑马驰过绿油油的草地,向那群在树下消闲的人飞奔而来。

她认不出他,但是当他从鞍上翻身下马,一手抓住约翰·威尔克斯的胳膊时,她看到了他浑身激动的模样。人群立即把他包围起来,把那些高脚玻璃杯和棕榈叶扇子丢在桌上和地上不管了。在嘈杂声中传来斯图尔特·塔尔顿的一声兴奋的喊叫:"咳——呀——咳!"似乎他是在猎场上奔跑似的。

她正在看时,塔尔顿家四兄弟和方丹家的小伙子们跟着从人群中挤出来,匆匆向马棚跑去,一路高喊:"吉姆斯,来,吉姆斯,赶快备马!"

"一定是谁家着火了。"思嘉心想。但是不管有没有着火,她的头一桩事情是在自己被发现之前赶快回到卧室里去。

现在她心里平静些了,她踮着脚尖上楼梯,走进安静的厅堂。她小心翼翼地推开梳妆室的门,随即溜了进去。她的一只手还放在背后握着门把,这时霍妮低柔的声音轻轻地传过来了。

"我看思嘉今天的行动那么迅速,怕是使出了一个女孩子最大的劲儿来了!"

思嘉觉得她的心又狂跳起来,不由得用一只手紧紧抓住胸口,像要把它压服似的。"窃听的人经常听到一些很有益的东西。"她忽然记起这句带嘲讽的话。她要不要重新溜出来呢?或者索性闯进去,让霍妮活该下不了台?但接着传来第二个声音,这使她呆住不动了。她听见了媚兰的声音。

"啊,霍妮,别这样!别这么刻薄了。她无非是高兴罢了,很活泼,我认为她是非常可爱的。"

"啊,"思嘉想,几乎把手指甲掐透了胸衣。"还用得着这油嘴滑舌的小妖精来袒护我!"

媚兰这话比霍妮那种痛痛快快的挖苦更令她难受。思嘉除了母亲以外,从来不相信其他任何女人,也不相信任何女人会不是自私自利的。媚兰以为她对艾希礼已经十拿九稳了,因此才乐得炫耀一下这种基督精神。思嘉觉得这正是媚兰在夸耀自己的胜利,同时取得美名。思嘉自己在同男人们议论别的女孩子时也经常玩这种把戏,而且每次都叫那些蠢男人相信她多么可爱和多么宽宏大量呢。

"唔,小姐,"霍妮尖酸地说,同时提高声音,"你准是瞎了眼啦!"

"小声点,霍妮,"萨莉·芒罗的声音插进来,"满屋子的人都要听见你的话了。"

霍妮放低声音,但继续说下去。

"喏,你们都看见的,她跟每一个身边的人都搞得很欢,甚至那位肯尼迪先生——他还是她妹妹的男友呢。我可从没见过这号人哪!并且她一定在追求查尔斯。"霍妮有点难为情地咯咯笑起来。"可你们知道,查尔斯和我——"

"你这是当真吗?"几个声音兴奋地低声说。

"唔,别跟任何人说,姑娘们——还没有呢!"

接着又是格格的笑声和弹簧床架嘎嘎的响声,因为有人在挤着霍妮了。媚兰嘟哝了句什么,大致是说她多么高兴霍妮将成为她的嫂子。

"嗯,我可不愿意让思嘉当我的嫂子,因为她是我见过的第一号浪荡货。"这是赫蒂·塔尔顿着恼的声音。"但是她跟斯图尔特已经等于订婚了。布伦特说她对他一点也不在乎。当然,布伦特也是很喜欢她的。"

"要是你问我,"霍妮用故作神秘的口气说,"我说只有一个人是她中意的。那就是艾希礼!"

低声细语混作一团,有的在提问,有的在打岔;思嘉听着又害怕又羞愧,心都凉了。思嘉在藏书室先后跟艾希礼和巴特勒一起时受到的那种痛苦和侮辱，跟这里的情况比起来只不过是小小的针刺罢了。男人毕竟是让你信得过，能给你保密的，即使像巴特勒那样的人也不例外。可是有了霍妮这张快嘴，等不到六点钟事情便会人人尽知。昨天晚上她父亲杰拉尔德还说过，他不愿意让人家笑话他的女儿呢。可现在他们全都要笑话她了！

这时传来媚兰的声音，她的声音有分寸并且那么平和，略带责备的口气。

"霍妮，你知道事情并不是那样，这样说多不厚道呀！"

"就是那样嘛，媚兰，只要你不总是把那些不怎么好的人当好人看，你就会明白了。至于我，我还巴不得就是那样呢。那会够她受的。思嘉·奥哈拉总是制造麻烦和争夺别人的情人。你很清楚她从英迪亚身边抢走了斯图尔特，可她又不爱他。今天她又想抢肯尼迪和艾希礼，还有查尔斯——"

"我一定得马上回家去！"思嘉想。"我得马上回家去！"

她恨不得用一种魔法把自己立即送回塔拉，送到那个安全的地方。她恨不得跟母亲在一起，就那么瞅着她，拉着她的衣襟，倒在她怀里哭诉今天的全部经历。

她用双手使劲压住裙子，不让它发出窸窣的声音偷偷摸摸朝后退了出来。"回家吧，"她一路念叨着，迅速跑过厅堂，经过那些关着的门和静悄悄的房间，"我必须回家去。"

她已经跑到了前面的回廊里，这时一个新的念头使她突然停下来——她不能回家！她不能逃走！她有必要在这里坚持到底，忍受姑娘们所有的恶言恶语和她自己的羞愧与悲伤。逃走，只会使她们更恶毒地来攻击她。

她握着拳头捶打身边那根高高的白柱子，恨不得把"十二橡树"村摧垮，并毁灭其中的每一个人，她要让他们后悔，她就是要做给他们看看。她并不明白究竟怎样做给他们看，不过她反正是要做的。她要伤害他们，比他们伤害她还要厉害。

此刻,艾希礼已经被遗忘了。他已不再是她所爱的那个高高的睡眼蒙眬的小伙子,对于一个十六岁的姑娘来说,虚荣比爱情更有力量,她愤怒的心中除了恨已经什么也容纳不下了。

"我不回去,"她想,"我要留在这里,叫他们难堪。我永远不告诉妈,不,我永远不告诉任何人。"她鼓起勇气回到屋里,爬上楼梯,走进另一间卧室。

她转过身,看见查尔斯正从穿堂的那一头走进屋来。他一瞥见她就急忙走过来了。他的头发凌乱不堪,那张脸也激动得发红。

"你知道发生了什么事吗?"他来不及到她跟前便大声嚷道。"你听说了没有?保罗·威尔逊刚刚从琼斯博罗赶来报信了!"

他停了停,气喘吁吁地走近她。她一句话也没说,只呆呆地凝视着他。

"林肯先生已经招募,招募士兵——我的意思是志愿兵——七万五千人了!"

又是林肯先生!男人们究竟想过什么真正重要的事情没有?这不又来了一个傻瓜想叫她也对林肯先生的胡闹发火吗?可她正在为自己伤心呢!

查尔斯凝望着她。她的脸色惨淡得苍白,她那双狭窄的眼睛像绿宝石一样闪亮。他从没见过哪位姑娘这么生气过,哪双眼睛有这样的光焰。

"我这人真笨,"他说。"我应当慢慢对你说才对。我忘记了姑娘们总是那么娇嫩。很抱歉把你吓成了这个模样。你不觉得要晕倒吧,会吗?要不要我给你倒杯水来?"

"不,"她说,设法挤出一丝微笑来。

"我们到那边条凳上去坐坐好吗?"他挽住她的胳膊问。

她点点头,于是他小心地搀着她走下屋前的台阶,领她穿过草地走到前院最大的一株橡树底下的铁条凳去。女人是多么脆弱而娇嫩啊,当他扶着她坐下时格外地温柔。她此刻的表情那么奇怪,惨白的脸上有的是一种野性的美,这叫他心神不安起来。难道是她想到他可能要去打仗而发愁了?不,这未免有点

图文珍藏版

太自负了，不可信。那她为什么这样古怪地瞧着他呢？为什么她的手指拨弄花边手绢时会颤抖呢？

他接连三遍清了清嗓子准备说话，可是每次都没说出来。他垂下眼睛，跟思嘉那双锋利得像要刺透他又好像没有看见他的绿色眼睛刚刚相遇了。

"他有很多钱。"她匆匆地想，一个念头出现了。"他也没有父母来干涉我，而他又住在亚特兰大。如果我马上同他结婚，那会叫艾希礼明白我根本不在乎他，这样也可以把霍妮活活气死，她永远永远也休想再弄到一个情人，而别人则会笑死她的。这还会叫媚兰痛心，因为她是最爱查尔斯的。同时斯图尔特和布伦特也会难过。"这样，等到我坐着亮丽马车，带着大批华丽的衣服，有了一幢自己的住宅，再回到这里来拜访时，他们就要感到不好受了。他们就会永远永远也不笑话我了。"

"当然了，这意味着真要打起来了。"查尔斯终于说出这话，"不过你不用担忧，思嘉小姐，一个月便会完事的，我们要打得他们嚎着求饶。我怕的是今天晚上的舞会要开不成了，因为营里要在琼斯博罗集合呢。塔尔顿家的哥儿们已经去通知大家了。我知道小姐太太们会感到遗憾的。"

她只"哦"了一声，因为想不出更好的词来，不过这也就够了。

她已经开始恢复冷静，思想也在逐渐集中。她的满怀激情已被覆盖上一层霜雪，她认为永远也不会再有什么温暖的感觉了。

"我现在还不能决定究竟是参加韦德·汉普顿先生的南卡罗来纳兵团呢，还是加入亚特兰大的城防警卫队。"

她又"哦"了一声，两人的眼光碰在一起，她那颤动的眼睫毛立刻使他神魂颠倒了。

"你会等我吗，思嘉小姐？只要——只要知道你在等我，那就简直像天堂一样幸福了！"他静静地等待她回答，他看着她嘴角上的动静，同时第一次注意到她的酒窝，心想要是吻它一吻，那该多么美妙啊！这当儿，她那只手心冒着热气的手已溜进他的手里了。

"我倒不想等呢。"她说,眼睛蒙眬地微闭起来。

他握住她的手坐在那里,嘴张得大大的。他结巴了好几次,满脸通红。

"你可能爱我吗?"

她一声不吭,只低头望着自己的衣襟,这又把查尔斯弄得时而异想天开,时而困惑莫解。他想喊叫,想唱歌,想吻她,想在这块草地周围跳跃,然后跑去告诉所有的人,包括白人和黑人,说她爱他。可是他坐在那里一动不动,只紧紧握住她的手,把她的戒指都快掐进肉里去了。

"你愿意很快跟我结婚吗,思嘉小姐?"

"唔,"她哼着鼻子应了一声。

"我们要不要同时举行婚礼,跟媚兰——"

"不,"她连忙说,两只熠熠生光的眼睛好像有些生气地仰望着他。查尔斯明白又是自己犯错误了。当然,一个女孩子要的是自己单独的婚礼——不能与别人共享荣耀。他恨不得此刻早已天黑,让他敢于在夜色中拿起她的手来吻吻,而且把自己想说的话都说出来。

"我什么时候对你父亲说好呢?"

"越快越好。"她说。

他一听便跳起来,这时她还以为他已顾不得什么体面,要去欢蹦乱跳一番了。可是他却笑容满面地俯视着她。以前从没有人这样看过她,以后也再不会有别的人来这样看她了,可是此刻在她那古怪的心态下,她反而只想到他很像一只小牛犊。

"我现在就去找你父亲。"他喜气洋洋地说,"我不能等了。亲爱的,请原谅我好吗?"

"好吧,"她说,"我在这里等你。这里很凉快,很舒服。"

他走开了,穿过草地拐到屋后去了,她独自坐在瑟瑟有声的橡树下。马棚那边,男人们正骑着马飞奔而过,方丹家和卡尔弗特家的已经喊叫着沿大路跑去了。塔尔顿家四兄弟也冲过来,穿过思嘉身边的草地,布伦特喊道:"妈妈就要给咱们马啦! 咳——呀——咳!"草皮纷纷飞扬,他们一溜烟走了,又剩下思嘉独自坐在那里。

那幢白房子将它的高高圆柱竖立在她面前,庄严而疏远地渐渐向后隐退,现在它已永远不会属于她了。艾希礼永远也不会带着她作为新娘跨过它的门槛了。啊,艾希礼,艾希礼! 我究竟干了些什么啊? 她内心深处,一种成年人的情感正在诞生,它比她的虚荣心或固执的自私心更为强大。她爱艾希礼,可是对于这一点,她还从来没有像看见查尔斯在那弯弯的碎石路上消失时那样放在心上。

第七章

不过两星期工夫,思嘉便由一位小姐变成了人家的妻子,再过两个月又变成了寡妇。她再也没有尝过未婚日子那种无忧无虑的自由滋味了。寡居生活紧随着新婚而来,更叫她惊慌的是很快便做了母亲。

听说艾希礼的婚礼已经从秋天提前到5月1日,以便在营队应召服役时他能立即随同出发,思嘉这时便把自己的婚礼定在他的前一天。爱伦不同意,但是查尔斯提出了新的理由来恳请同意,因为他急于要动身去南卡罗来纳加入韦德・汉普顿的兵团,同时杰拉尔德也支持他们。杰拉尔德已被战争狂热激动得坐卧不宁,也很高兴思嘉选中了这么好的配偶,他怎能在战机已发时给这对青年恋人挡路呢?爱伦心乱如麻,终于让了步。

南方沉醉在热情和激动之中。谁都知道只消一个战役便能结束战争,每个青年人都急急忙忙去报名投军,生怕战争很快就结束了。他们同样急急忙忙跟自己的心上人结婚,好立即赶到弗吉尼亚去给北方佬打一棒子。县里举行了好几十桩这样的战时婚礼,并且很少有时间来为送别伤心,因为谁都太忙、太激动,来不及认真思考和相对流泪了。一列列载运军队的火车每天经过琼斯博罗往北向亚特兰大和弗吉尼亚驶去。县里的小伙子们陷入一片恐慌,生怕在他们到达弗吉尼亚之前战争已经打完了,所以军营出发前的准备活动在加速进行。

在这片混乱中,思嘉婚礼的准备工作也在进行,并且她几乎还没来得及弄清,母亲的结婚礼服和披纱已经穿戴在她身上,她已经从塔拉农场的宽阔楼梯上走下来,去面对那满屋的宾客了。

她看见艾希礼,心想:"这不可能是真的。这不可能。这是一个噩梦。我会醒过来并发现这纯粹是一场噩梦。我现在决不去想它，不然我就会在这些人面前喊叫起来了。我现在不能想。我要到以后再想，到那时我就会受得了——那时我就看不见他的眼睛了！"

一切都很像是在梦里，从那两排微笑的人中一路穿过，查尔斯的绯红的脸和结结巴巴的声音，以及她自己的回答，那么惊人清晰和冷淡的回答。然后是祝贺，是亲吻，是干杯，是跳舞——一切的一切都像是在梦中。甚至连艾希礼在她脸颊上的轻吻，连媚兰的低语——"你看，我们已经是真正的姑嫂了"——也不是真实的。

直到跳舞和祝酒都终于结束，黎明开始降临时，那种梦一般的恍惚状态在现实面前像玻璃似的粉碎了。

一想到这个她并没真正想和他结婚的陌生的小伙子就要钻进她被窝里来，而自己的心还在为过去的鲁莽行为痛悔，为永远失掉艾希礼感到非常难过，这叫她如何承受得了啊？当查尔斯犹豫不决慢慢挨近床来时，她粗鲁地低声喝住了他。

"你真要挨近，我就大声喊，我会喊的！我要——放开喉咙喊！给我走开！看你敢碰我一下！"

这样，查尔斯便坐在椅子上度过了这个新婚之夜，当然不怎么愉快，因为他了解，或者自以为了解，他的新娘是多么羞怯，多么娇嫩。他愿意等待，直到她的恐惧心理慢慢消失。

思嘉自己的婚礼已经是噩梦一般够受的了，可艾希礼的还要坏。

她对于这一切多么后悔！如今，当她迫切希望能摆脱查尔斯，自己一个人作为未婚闺女平平安安地回到塔拉去，这时才明白她真的是自作自受，无话可说了。母亲曾设法阻止她，可她就是不听呢。

思嘉在艾希礼结婚的那天晚上迷迷糊糊地跳了一个通宵的舞，机械地说着，微笑着，同时似乎与己无关似的感到奇怪，不知为什么人们会那愚蠢，居然把她当作一个幸福的新娘而看不出她是多么伤心。

那天晚上，嬷嬷服侍她脱了衣裳之后自己走了，查尔斯又羞涩地从梳妆室出来了，心里正在纳闷要不要再到那张马鬃椅子上去睡一夜，这时她哭起来了。她一言不发地哭着，一直哭到查尔斯钻进被窝，在她身边躺下，试着安慰她，同时她的眼泪也哭干了，她这才终于将头枕在查尔斯的肩头静静地抽泣。

可是因为这场战争现在没有晚会，也没有蜜月旅行了。结婚一星期后，查尔斯便动身去参加韦德·汉普顿上校的部队了。再过两星期，艾希礼和军营便出发开赴前线，全县都陷入送别亲人的悲恸之中了。

在那两个星期里，思嘉从没有单独见到过艾希礼，从未私下跟他说过一句话。甚至在告别时刻，那时他在去火车站的途中经过塔拉停留了片刻，她也没有私下跟他谈话。媚兰戴着帽子，围着围巾，挽着他的臂膀，俨然一副新少奶奶端庄文静的模样。

媚兰说："艾希礼，你得亲亲思嘉。她现在已经是我的嫂子了。"艾希礼弯下腰用冰冷的嘴唇在她脸上亲了亲，他的面孔是板着的，思嘉从这一吻中几乎没有感到什么喜悦，并且是媚兰的提醒这使她郁郁不乐了。媚兰临别时给她的拥抱更叫她闷得透不过气来。

"你要到亚特兰大来看看我和皮蒂姑妈呀，好不好？啊，亲爱的，我们都很想念你！我们很想更多地了解查尔斯的太太呢。"

五个星期过去了，这期间查尔斯从南卡罗来纳写来了不少羞怯、狂喜和亲昵的信，倾诉他的爱情、他对战争结束后的计划、他要为她而当英雄的渴望，以及他对他的司令韦德·汉普顿的崇拜，等等。到第七个星期，汉普顿上校以他个人的名义发来一个电报，接着又寄来一封亲切、庄严的吊唁信。查尔斯死了。上校本来要早些来电报的，可是查尔斯觉得他的病不要紧，不愿意让家里担忧。这个不幸的小伙了，他不仅被剥夺了他自以为赢得的爱情，并且在战场上获得荣誉的崇高理想也被骗走了。他先是患肺炎，接着是麻疹，很快便屈辱地死去了,连北方佬的影子也没看见就在南卡罗来纳军营里死了。

后来,查尔斯的儿子也不适时地诞生了,他取名为韦德·汉普顿·汉密尔顿。思嘉曾因发觉自己怀孕而绝望地哭泣,并宁愿自己死掉。她对孩子不怎么钟爱,虽然嘴里不这样说。她本来是不想要他的,对他的出世感到懊恼。

虽然她生了韦德以后,在一个很短时间内身体便复原了,但是心理上有些恍惚和病态。她精神萎靡,即使全农场的人都设法要让她振作起来,也没有用。爱伦整天蹙额皱眉地转来转去,杰拉尔德愈来愈动辄骂人,同时从琼斯博罗给她带来些无用的礼物。老方丹大夫暗暗告诉爱伦,那是因为伤透了心才使思嘉这样没精打采、反复无常的。可是思嘉本人,要是她高兴说话,她会告诉他们,那是因为她对于做母亲一事感到十分厌烦和非常苦恼,最重要的是因为艾希礼走了,使她更愁苦不堪了。

她的厌烦情绪是强烈而常常的。自从军营开赴前方以后,县里就没有什么娱乐和社交生活了。所有有趣的年轻男子全都走了。只有那些年纪较大的男人、残疾人和妇女留了下来,他们整天编织缝纫,加紧种植棉花和玉米,为军队饲养更多的猪羊牛马。只有由苏伦的中年情人弗兰克·肯尼迪率领的那支补给队为了收集军需品每月经过这里,补给队的那些男人也并不怎么令人兴奋。

即使补给队更加有趣些,那也不会给她的处境以任何改变。她是一个寡妇,她的心已经进入坟墓。至少别人认为她的心已经在坟墓里,并期望她就这样处世行事。这使她很恼火,因为她尽管尽了自己的力量也记不起查尔斯的什么事来,只记得当她答应可以同他结婚时他脸上那种表情。现在连这个印象也愈来愈模糊了。不过她毕竟是个寡妇,不得不遵守寡妇的规矩。未婚姑娘的那些娱乐已经没她的份儿了。她必须严肃而冷漠。

"只有天晓得,"思嘉想,一面顺从地听着母亲的谆谆教诲,"做了少奶奶便已经毫无乐趣了,那么寡妇就简直像死人哪。"

一个寡妇必须穿难看的黑色衣服,上面连一点点装饰也不能有,不能有花、丝带或镶边,乃至珠宝,只能有条纹玛瑙的丧服胸针或用死者头发做的项链。而她帽子上缀着的那幅黑纱必须长垂到膝盖。寡妇决不能开怀畅谈和欢声大笑,连微笑也只能是愁苦的、悲戚的。还有,最可怕的是,她们不能跟先生们在一起玩乐了。要是有位先生缺乏教养,竟至于表示对她感兴趣,她就得严肃而措辞适当地谈起她的亡夫,使对方听了肃然起敬,并从此死了这条心。

结婚就够倒霉的了,而当寡妇,那真是完了!人们常谈到,查尔斯死了以后韦德·汉普顿对她是一个多好的安慰,这话多么愚蠢!他们还愚蠢地说什么现在她活着有了指望呢!谁都说她是多么幸福,她自然也不去纠正他们的看法。但实际上她对韦德几乎没有什么兴趣,有时甚至要记起他确实是她的孩子也不容易哩。

每天早晨醒来后,有那么一个朦胧的片刻她又成了思嘉·奥哈拉,一个无忧无虑的少女。她听见焦急的饥饿的哭叫声,——经常还要经过片刻的惊讶,这才想起:"怎么,屋里有个小毛头呢!"于是她记起这是她的婴儿。这一切都令人迷惑不解,不知究竟是怎么回事。

然后就是艾希礼!啊,最难忘的是那英俊的艾希礼,有生以来第一次,她恨起塔拉农场来了,恨那条长长的通向山冈、通向河边的红土大道,恨那些密植着棉苗的红色田地。每英尺土地,每一棵树和每一道小溪,每一条小径和驰马的大路,都使她想起艾希礼来。只要听见马蹄声在那条从"十二橡树"村过来的河边大道上一路得得而至,便没有一次不想起艾希礼的!

"十二橡树"村这个她曾经爱过的地方,如今她也恨起它来了。她恨它,但是她的心给拴在那里,每次从"十二橡树"村回到家里,都要怏怏不乐地躺在床上,拒不起来吃晚饭。

这种拒不吃饭的态度使母亲和嬷嬷着急得不行。嬷嬷端来了盛有美味的托盘,哄着她说,已经是寡妇了,可以凭自己高兴尽量吃了,可是思嘉一点也没有食欲。

方丹大夫严肃地告诉爱伦,伤心忧郁症往往导致身心衰退,女人便会渐渐消耗而死。爱伦听得脸都白了,因为这正是她担心的事。

"难道就没有办法了吗,大夫?"

"最好的办法是让她换一下环境。"大夫说。

这样,思嘉便勉强带着孩子离开了塔拉,先是去走访在萨凡纳的奥哈拉和罗毕拉德两家的亲戚,然后去看在查尔斯顿的爱伦的两个姐妹,波琳和尤拉莉。不过她比爱伦的安排提早一个月便回来了,也没有说明是什么缘故。萨凡纳的两位伯伯还是很殷勤的,只是詹姆斯和安德鲁以及他们的夫人都上了年纪,喜欢静静地坐着谈过去的事,而思嘉对此不感兴趣。罗毕拉德家也是这样。至于查尔斯顿,思嘉觉得那个地方实在太可怕了。

波琳姨妈和她丈夫住在河边一个农场里,那里比塔拉要僻静得多。姨父是个小老头儿,表面上还算客气,可是也有了老年人那种漠不关心的神态。在波琳姨妈家,除了白天编织、晚上听凯里姨父朗读布尔瓦·李顿的作品之外,就没有什么事好做了。

尤拉莉姨妈家的住宅是坐落在查尔斯顿"炮台"上的一所大房子,前面有个墙壁高耸的园子荫蔽着,可是也并不怎么好玩。思嘉习惯于连绵起伏的红土丘陵地带那样开阔的视野,所以在这里便觉得被禁锢起来了。这儿虽然比波琳姨妈家有较多的交往,但思嘉不喜欢那些来访的人,不喜欢他们的传统风俗和装模作样、讲究门第的习气。这种情况使她恼火了,因为她和父亲一样是不怎么重视门第的。他为杰拉尔德和他单凭自己作为一个爱尔兰人的精明头脑而白手起家的成就感到骄傲。

那些查尔斯顿人太看重他们自己在萨姆特要塞事件中所起的作用了。思嘉听惯了佐治亚高地人的脆亮声音,觉得沿海地区的语音有点假里假气。她甚至想只要她再听到这种声音,她就会被刺激得尖叫起来了。不久她就回到了塔拉。与其整天去听查尔斯顿口音,还不如在这里为回忆艾希礼而痛苦呢。

爱伦在昼夜忙碌，要加倍提高塔拉农场的生产力来支援南部联盟。她看见她的长女从查尔斯顿回来显得这样消瘦、苍白而又语言尖锐时，不禁吓坏了。她自己也尝到过伤心的滋味，便夜夜思量，要想出个办法来减轻思嘉的愁苦。查尔斯的姑妈皮蒂帕特·汉密尔顿小姐已经来过好几次信，要求她让思嘉到亚特兰大去住一个较长的时间，现在爱伦第一次在认真考虑了。

皮蒂帕特小姐在信中说，她同媚兰住在一所大宅子里，"没有一个可以保护的男人，很孤单，也很害怕。如今亲爱的查理已经去世。要是思嘉跟我们在一起，媚兰和我都会觉得方便得多，安全得多。并且亲爱的思嘉在这里也许能找到某种消愁解忧的办法，譬如，看护这边医院里的勇敢的小伙子们。当然喽，媚兰和我都急于想看看那个亲爱的小乖乖……"

这样，思嘉又把她居丧用的那些衣服重新装进箱子里，然后带着韦德·汉普顿和他的小保姆普里茜，还有杰拉尔德的一百元联盟纸币，动身到亚特兰大去了。她不怎么愿意到那里去。但她目前已不能再住在县里想那些伤心事，因此换换环境总是好的。

世界经典文库

世界二十大名著

飘

图文珍藏版

133

第八章

　　1862 年 5 月的一个早晨，火车载着思嘉北上了。她怀着好奇心想象着亚特兰大的景象，从前年冬天战争爆发前她最后一次拜访这里以来，这个城市究竟变得怎样了。

　　亚特兰大历来使她感兴趣，因为她小时候听父亲说过，她和亚特兰大恰巧是同年诞生的。后来她长大了一些，才发现父亲夸张了一些，因为他认为夸张才能使故事有趣。不过亚特兰大的确只比她年长九岁，它与任何别的城市比起来仍显得惊人的年轻。萨凡纳和查尔斯顿有着一种老成的庄严风貌，一个已经一百好几十年，另一个正在跨入它的第三个世纪，这从思嘉年轻人的眼里看来已经十分老迈了。可亚特兰大是她的同辈，带有青年时代的莽撞味，而且像她自己那样倔强而浮躁。

　　杰拉尔德讲给她听的那个故事也不全是夸张，那就是她和亚特兰大是在同一年命名的，这个城市先后有好几个名字，直到思嘉诞生那年才成为亚特兰大。

　　杰拉尔德开初迁到北佐治亚来时，亚特兰大根本还不存在，只是一大片荒原。不过到第二年，即 1863 年，一条铁路修建起来了，同时亚特兰大也就正式诞生、成长起来。

　　亚特兰大伴随着一条铁路诞生，也和铁路同时成长，亚特兰大渐渐成长为一个拥有上万人口的繁荣小城，成为全州瞩目的中心。

　　思嘉一直喜欢亚特兰大，这个市镇像她自己一样是佐治亚州新旧两种成分的混合物。而且，这里面还有她自己的个人情感因素——它是和她同一年诞生，至少是同一年命名的。

头天晚上是整夜的狂风暴雨,但是到思嘉抵达亚特兰大时天气已经转晴,车站旁边的泥地,由于车辆行人来来往往,快要成一个烂稀稀的大泥塘了,也时常有些车轮陷在那里面动弹不得。军用大车和救护车川流不息,车夫大声咒骂,骡马跳着叫着,泥浆飞溅到好几丈远,这就使那场面一团混乱。

思嘉站在车厢门口下面的那个梯级上,她穿着黑色丧服,绉纱披巾几乎飘垂到了脚跟,那纤弱的身材相当亮丽。她犹豫着不敢走下地来,生怕泥水弄脏了鞋子和衣裙,便向周围匆匆看了一眼,寻找皮蒂帕特小姐。可是那位胖乎乎红脸蛋的太太连个影儿也没有,思嘉十分焦急,这时一个瘦瘦的花白胡子的黑人老头,手里拿着帽子,显出一种庄重不凡的气度,踩着泥泞向她走过来。

"这位是思嘉小姐吗?俺叫彼得,是皮蒂小姐的马车夫。你别踩在这烂泥地里。"他厉声命令着,因为思嘉正提起裙子准备跳下来。"你跟皮蒂小姐同一个毛病,像小孩似的也不怕弄湿了脚。让俺来背你吧。"

他虽然看来年老体弱,却很轻松地就把思嘉背了起来,这时,他瞥见普里茜怀抱着婴儿站在车厢梯台上,他又停下来说:"那孩子是你带来的小保姆吗,思嘉小姐?她太年轻了,看不好查尔斯先生的孩子呢!不过以后再说吧。你这小妞儿,跟俺走吧,可当心别摔着娃娃。"

思嘉乖乖地让他驮着向车走去,一面不声不响听着他的批评。这时思嘉回想起查尔斯说过的有关彼得大叔的话来。

"他跟着父亲经历了墨西哥的全部战役,父亲受了伤他就当看护——事实上是他救了父亲的命。彼得大叔实际上抚养了我和媚兰,因为父母亲去世时我们还小呢。大概就是那个时候,皮蒂姑妈同她哥哥亨利叔叔发生了一次争吵,因此她就过来同我们住在一起。皮蒂姑妈是个很软弱的人——活像个可爱的大孩子,彼得大叔也就这样对待她。为了不负责任,她事事都不自己做主,要由彼得大叔来替她决定。总之,他是我所见过的最能干的黑人老头,也可以说是最忠心的一位。唯一不好的是他把我们三个,连精神带肉体,都当作他个人所有,这一点他自己也是清楚的。"

这时,彼得大叔又开口了:

"皮蒂小姐因为不能来接你而不大高兴。她怕你见怪,但是俺告诉她,她和媚兰小姐如果来的话,只会溅一身泥水,弄脏了新衣裳,并且俺会解释清楚的。思嘉小姐,你最好自己抱那娃娃。瞧那黑小鬼快把他给摔了。"

思嘉瞧着普里茜叹了口气。普里茜确实不太能干,她原来只是一个穿短裙子、翘着小辫儿、瘦得皮包骨头的黑小鬼,现在成了身穿印花布长裙、头戴白头巾的保姆,正洋洋得意呢。普里茜还从没到过离农场一英里的地方,所以这次乘火车旅行,加上又成了保姆,便使她那小小黑脑瓜越发吃不住了。从琼斯博罗到亚特兰大这二十英里的旅程使她太兴奋了,以致思嘉一路上只好自己来抱娃娃。此刻,这么多的高楼和人更把她迷惑住了。她扭着头东看西看,又蹦又跳,把个娃娃颠簸得哇哇大哭起来。

思嘉渴望着老嬷嬷那双肥大老练的臂膀。嬷嬷的手只消往孩子身上一搁,孩子马上就不哭了。可如今嬷嬷留在塔拉,思嘉已毫无办法,她即使把小韦德抱过来也没有用。他还是会那么大声啼哭。此外,他还拉扯她帽子上的饰带,当然也会弄皱她的衣裙。因此她便索性装作没有听见彼得大叔的话了。

"也许,过些时候我会摸准孩子的脾气。"她烦躁地想着,"不过,我永远也不会喜欢逗他们玩。"这时韦德已哭叫得脸都发紫了,她这才怒气冲冲地呵斥了一声:"把糖奶头给他,普里茜。别让他哭。我知道他是饿了。可现在我一点办法也没有。"

普里茜把早晨嬷嬷给她的那个糖奶头拿出来塞进婴儿嘴里,孩子果然不哭了。由于耳边恢复了清静,思嘉的情绪开始好转。到彼得大叔终于把马车驶上了桃树街时,她觉得几个月来终于有点高兴了。

过去一年她完全沉浸在悲痛之中,只要一提到战争就不胜烦恼,所以她不明白亚特兰大如今在战时已具有重大的战略意义。

思嘉环顾周围，想寻找那个她记忆中的小市镇。它不见了。她现在看见的这个城市就像是一个婴儿一夜之间长成了巨人似的。

亚特兰大一片喧嚣，像个嗡嗡不休的大蜂窝。

他们在这座城市的主要大街上穿过泥洼缓缓前进，思嘉很有兴致地观望着新的建筑和面孔。人行道上拥挤着穿军服的人；狭窄的街道塞满了各种车辆——马车、短程运输车、救护车；受伤的士兵拄着拐杖一瘸一拐地走动，有的还由小心的护士小姐在一旁搀扶着。喇叭声、军鼓声和吆喝的口令声从训练新兵的操场上远远传来。思嘉还心惊肉跳地头一次看见了北方佬的制服，那就是彼得大叔用鞭子指给她看的一队战败的北方兵，他们将被运往俘虏营。

"啊，我会高兴在这里住下去了！多有生气，多刺激啊！"思嘉这样想。自从大野宴以来，这还是头一次她真正感到乐趣呢。

这座城市实际上比她所发现的还要富有生气。这里有好几十家新开的酒吧，有随着军队蜂拥而至的妓女。每一家旅店、公寓和私人住宅都挤满了客人，他们是来探望住在亚特兰大医院中的受伤亲属的。每星期都有宴会、舞会、义卖会和无数的战时婚礼。

马车在大街上碾着泥泞缓缓驶着，思嘉不停地问这问那，彼得大叔用鞭子指点着一一回答，很高兴显示一下自己的见识。

"那边是兵工厂。是的，小姐，他们在那里造枪炮什么的。不，小姐，那不是商店，是实施封锁办事处。那办事处是给外国人住的，……思嘉小姐，行礼呀。梅里韦瑟太太和埃尔辛太太在给你鞠躬呢。"

思嘉似乎知道这两位太太的名字，她们从亚特兰大到塔拉去参加过她的婚礼。她还记得她们是皮蒂小姐最要好的朋友。于是她赶快朝彼得大叔指的方向鞠了一躬。梅里韦瑟太太是个人高马大的女人，她的脸圆圆的，皮肤微黑，流露出和善精明而习惯于指挥别人的神情。埃尔辛太太年轻些，身材纤细瘦弱，她曾经是个美人儿，至今风韵犹存，看上去还有些骄傲。

图文珍藏版

这两位太太再加上另一位，即惠廷太太，是亚特兰大的三根台柱子。她们管理着自己所属的那三家教堂、牧师、唱诗班和教区居民。这三位太太互相猜忌，但也许正因为这样她们才结成了紧密的联盟。

"我对皮蒂说了要你加入我的医院。"梅里韦瑟太太微笑着高声说。"你可别答应米德太太或惠廷太太啊！"

"当然。"思嘉说，也不明白梅里韦瑟太太说的什么，只觉得人家竟这样欢迎和需要自己，心中很舒服。"我希望很快就能去看你。"

马车又行驶了一程，就在这时思嘉偶尔瞥见了人行道上一个人影，她穿着颜色鲜艳的衣裳，披着华丽的披巾。思嘉转过身来，发现那是一个亮丽的高个女子，一头浓密的头发红得令人难以相信，她这是平生第一次看见这种显然"在头发上下了不少功夫"的妇女，所以仔细打量着她，有点着迷了。

"彼得大叔，那人是谁呀？"她低声问。

"俺不知道。"

"你知道的，我敢说。究竟是谁嘛？"

"她叫贝尔·沃特琳。"彼得大叔答道，撅起嘴来。

思嘉立即抓住了他没有称人家"小姐"或"太太"这一事实。

"她是谁？"

"思嘉小姐，"彼得沉着脸说，一面往马背上抽了一鞭子，"皮蒂小姐不会乐意让你到处打听。她们是这个城里一些不值钱的人，谈起来没什么意思。"

"哎呀！我的天！"思嘉心想，被顶得不再作声了。"那一定是个坏女人！"

她以前从没见过一个坏女人，便好奇地回过头去盯住她的背影看，直到看不见为止。

他们经过一幢盖得凌乱不堪但装有绿色护墙板的房子时，米德大夫和他太太以及那个十三岁的小费尔随即走了出来，一齐嚷着表示问候。

大夫同她拉拉手，在韦德的肚子上拍了拍并称赞了几句，便告诉思嘉皮蒂帕特姑妈已经应允,让思嘉除了米德大夫那里外不要到任何别的医院和看护会去了。

"啊,亲爱的,可是我已经答应了上千位太太呢!"思嘉说。

"一定有梅里韦瑟太太吧,我敢担保!"米德太太气愤地大声嚷道,"讨厌的女人!"

"我答应了,因为我不明白那都是干什么的。"思嘉承认。"看护会是怎么回事呀?"

"唔,当然了,你一直在乡下,因此不懂。"米德太太为她解释道,"我们给不同的医院分别组织了看护会,分班轮流每天去护理病人。我们看护伤病员,做绷带和衣服,等到他们可以出院时便把他们带到家里来调养,直到他们能返回部队去为止。"

彼得大叔见大家说个没完,便清了清嗓子。

"俺出门时皮蒂小姐正在生气,要是俺再不早些回家,她会晕过去的。"

"那再见吧,我今天下午就过去看你。"米德太太大声说。"你替我告诉皮蒂,要是你不上我的看护会来,那就跟她没完!"

马车连溜带滑地在那泥泞的道路上向前驶去,思嘉往后靠了靠微笑着。此刻她觉得十分舒服。亚特兰大,它那么拥挤,那么匆忙,生活中激荡着一股振奋的潜流,比起那个孤独的农场来,真不知好多少呢。是的,它甚至比塔拉还好,虽然塔拉是那么可爱。"

这座街道狭窄而泥泞的城市坐落在连绵起伏的红色丘陵中,它有某种令人兴奋,生涩而粗糙的东西,这与思嘉优美外表底下那种生涩而粗糙的本质恰好彼此呼应,气味相投。她顿时觉得这才是她所适合的地方了,而那些幽静古老的城市却是她生来就不习惯的。

房子愈来愈稀疏,思嘉探身向外看见了皮蒂帕特小姐的红砖石瓦的住宅。这几乎是城市西边最末的一所房子了。皮蒂小姐住宅门前的木板围墙漆成了

世界经典文库

世界二十大名著

飘

图文珍藏版

白色。门前台阶上站着两位穿黑色衣裳的妇女,后面是一个肥胖的黄皮肤女人,她的两只手笼在围裙底下,笑得露出了一口雪白的牙齿。矮胖的皮蒂帕特姑妈兴奋地不断挪动着那双小巧的脚,思嘉看见媚兰站在她身旁,心中顿生反感,如果说亚特兰大美中不足,像油膏上叮着只苍蝇,那准是因为这个身穿丧服的瘦小人物造成的。她满头乌黑的鬈发压得服服帖帖,很适合一个少奶奶的身份,一张清秀的脸上流露着可爱的微笑。

思嘉这次到亚特兰大来,事先没有想过要在这里住多久。如果她发现在这里也像在萨凡纳和查尔斯顿那样沉闷无聊,那她一个月后就回家去。如果住得开心,她就无限期地住下去。但是她一到这里,皮蒂姑妈和媚兰就积极地劝说她永久地住下去。她们找了许多理由来说服她。她们挽留她,首先是为了她自己,因为她们是爱她的。并且她们住在这幢大房子里感到孤单,晚上更是害怕,而她很勇敢。她又那么可爱,能使她们在愁闷时受到鼓舞。既然查尔斯已经死了,她和她的儿子就理应跟他老家的人住在一起。还有,按照查尔斯的遗嘱,这房子的一半是属于她的。

查尔斯的叔叔亨利·汉密尔顿独身住在车站附近的亚特兰大旅馆,他也认真的跟她谈了这个问题。亨利叔叔性情暴戾,矮个儿,大肚子,脸红红的,一头蓬乱的银白长发。他十分看不惯那种女性的怯弱和爱说大话,所以,他和自己的妹妹皮蒂帕特小姐没有多少话好说。他们从小就是水火不相容的。媚兰和查尔斯跟叔叔相处很好,并经常安慰姑妈,可是皮蒂经常要孩子脾气,噘着嘴不说话,拒绝他们的一片好心。

亨利叔叔一见思嘉就喜欢她了,因为他说思嘉虽然看上去有点儿傻,但总算还有点头脑。他不仅是皮蒂和媚兰的不动产保管人,也是查尔斯遗留给思嘉的不动产的保管人。思嘉又惊又喜地发现她如今是个不大不小的年轻女财主了,因为查尔斯不但留下了那半所房子给她,并且留下了农田和市镇上的财产。同时车站附近沿铁路的一些店铺和栈房也是属于她的一部分遗产,它们的价格自从战争爆发以来已上涨了两倍。亨利叔叔就是所以建议她在这里永久定居的。

"等韦德·汉普顿长大以后,他将成为一个年轻财主。"他说。"照亚特兰大目前发展的形势看,再过二十年他的财产会增加十倍,因此应该让孩子长久在这儿居住,这样他才能学会照管它——是的,还要照管皮蒂和媚兰的财产。他不久就将是汉密尔顿家族留下的唯一男丁了,因为我是不会永远待在这里的。"

至于彼得大叔,他以为思嘉已经要在这里住下去了。但对于所有这些主张,思嘉只报以微笑,不说话,因为她还不很清楚自己究竟喜不喜欢亚特兰大,愿不愿意跟这些人长久相处,不好轻易答应。她也明白,还必须争取到杰拉尔德和爱伦的支持。此外,她离开塔拉还没几天就十分想念那儿了,十分想念那红土田地和正在猛长的绿色棉苗,以及傍晚时那可爱的幽静。她想起杰拉尔德说过她的血液中有着对土地的爱,这句话的意思她现在才模模糊糊地意识到了。

因此她暂时巧妙地回避着,不明确答复她的生活安排。

思嘉跟查尔斯的亲人们住在一起,看到了他的家庭,如今才对她这位辞世的丈夫了解得稍稍多了一点,理解他为什么那样羞怯,那样单纯,那样不切实际了。他的男子汉品质被这个环境的闺门气氛消磨掉了。他一生最爱这位孩子气的皮蒂姑妈,同时也密切地接近媚兰,而这两位却是世上罕见的怪僻女人。

皮蒂姑妈原名叫萨娜·简·汉密尔顿,但是自从溺爱她的父亲针对她那啪哒啪哒到处乱跑的小脚给了她这个绰号以来,就谁不也叫她的原名了。过了几十年以后,原先那个飞快地跑来跑去的孩子,现在留下的只有那双肥胖身体下的小脚,以及漫无目的的喋喋不休。她身体结实,两颊红彤彤的,头发银光闪闪。她的心脏稍稍有点兴奋就怦怦直跳,以致一遇到刺激就要晕倒。人人都知道她的昏厥通常只是假装娇弱而已,可大家都很爱她,总是忍着不说出来。人

人爱她,简直把她当作一个孩子给宠坏了,也从来不跟她认真——唯独她的哥哥亨利例外。

她最喜欢聊天,世界上再没有叫她这样喜欢的事了。她可以喋喋不休地谈上几个小时,主要是谈别人的事,不过并没有什么恶意。她从来记不清人名、日期和地点,不过别人并不所以而被搅乱,因为谁也不会愚蠢到把她的话当真呢。虽然她已是六十岁的人了,可朋友们仍然好意地让她继续做一个受到庇护和宠爱的老小孩。

媚兰在许多方面像她的姑妈。她也有些羞怯,动辄脸红,为人谦逊。媚兰也像姑妈那样有一张可爱的娃娃脸,她只知道单纯和亲切,诚实和爱,从没注意过粗暴和邪恶。因为她常常是愉快的,她要周围所有的人也都愉快,至少感到舒适。怀着这一目的,她经常只看见身上最好的一面,并高兴地赞美着。

由于她具备这些诚恳并且宽容的品德,所有的人便都拥戴她,因为她既然能在别人身上发现他们连自己也不曾梦想到的优良品质,谁还能抵挡她那诱人的魅力呢？她比城里任何人都有更多的女友和男友。不过追求她的人却很少，因为她缺乏那种最能迷惑男人的任性和自私的特点。

媚兰的所作所为不外乎让周围的人感到自在和惬意。正是这种令人愉快的女性的情操，才使南方社会如此令人高兴。女人们懂得，任何一个地方，只有男人们在那里感到满足、顺利和自尊心不受威胁，女人们才能在那里愉快地生活下去。因此，不论在哪儿，女人们始终努力让男人过得舒服，而满意的男子则以殷勤和崇拜来慷慨地回报她们。事实上，男人们乐意将世界上的一切都给女人，只是不乐意让她们具有聪明才智。

查尔斯在这个温柔的家庭成长起来，因此从来不会粗暴。这个家庭跟塔拉比起来，显得是那样安静，那样旧式文雅。思嘉觉得，这幢房子缺少的是白兰地、烟草和望加锡头油的男性阳刚的气味，缺少粗野的声音和偶尔的咒骂，缺少枪支和胡子。她很怀念在塔拉常常听到的那些争吵声，嬷嬷同波克争吵、罗莎跟丁娜斗嘴、她自己和苏伦激烈争论，以及杰拉尔德大喊大叫的恐吓声，等等，毫不奇怪，查尔斯出身于这样一个家庭，便变得像个小女孩了。这里从来温和文雅，说话也是细声细气的，人人尊重别人，结果就使得厨房里那个黑老头发号施令起来。

在这样一家庭里，思嘉渐渐恢复了常态，并且几乎不知不觉地情绪也正常了。她还不过十七岁，身体健康，精力充沛，查尔斯家的人又在千方百计让她快活。如果他们有一点点没有注意到，那也不能怪他们，因为她每次一听见谈起艾希礼的名字就要心悸，而这种痛苦是谁也无法帮她去掉的。何况媚兰又总是常常提到他！不过媚兰和皮蒂还是不断在设法宽慰她。她们忙着给她准备吃的，安排她的午睡，让她坐马车出外消遣。她们十分羡慕她，羡慕她勇敢的性格，她美丽的身段，她小巧的手脚，她白皙的皮肤。

思嘉受到恭维时心里觉得暖乎乎的。在塔拉，谁也没有对她说过这么多好听的话。实际上，嬷嬷把大多数时间都用来给她的骄傲泼冷水了。如今小韦德已不再是个累赘了,因为全家的人,不论白人黑人,以及左邻右舍,都把他当作宝贝,而且总是盼着争着要抱他,媚兰尤其疼爱他。在他大哭大叫闹得最凶的时候,媚兰也觉得他是可爱的,她这样说了以后还要补充一句:"啊,你这让人心疼的小心肝! 我巴不得你就是我自己的呢!"

有时候思嘉发现很难掩饰自己的情感,她觉得皮蒂姑妈是最愚蠢的一位老太太,她那种含糊不清和爱说大话的毛病简直叫人厌恶。她怀着一种越来越强烈的妒忌心理讨厌媚兰。有时媚兰正眉飞色舞地谈论艾希礼或者朗读他的来信,她会默不出声地突然站起来走开了。但是,总的说来,在这样的环境下生活算是过得够愉快的了。亚特兰大比萨凡纳或查尔斯顿或塔拉都要有趣得多,它有许多新奇的事,以致她很少有工夫去思索或发闷了。不过有时候她吹灭蜡烛,把头埋到枕头里准备入睡时,会不由得叹息一声想起来:"要是艾希礼没有结婚,那才好呢! 要是我用不着到那倒霉的医院里去护理,那才好呢! 啊,要是我能找到个情人,那才好呢!"

她很快就厌恶护理工作了,可是她无法逃脱这项义务,因为她同时参加了米德太太和梅里韦瑟太太的看护会。这意味着每星期有四个上午,她要头上扎着毛巾,在那热得发昏、臭气扑鼻的医院里干活。在亚特兰大,每一位年老或年轻的已婚妇女都在护理伤员,她们那么热情地干着,在思嘉看来几乎要发疯了。除了每时每刻都在担心艾希礼的生命安全外,她对战争漠不关心;她之因此参加护理工作,只不过没有办法而已。

的确,护理工作,对她来说,这意味着呻吟、眩晕、死亡和恶臭。医院里到处是肮脏的、长着大胡子的、满身虱子的男人,他们臭气熏天,身上的伤口令人作呕。大群大群的苍蝇、蚊子和白蛉子在病房里嗡嗡歌唱着,将病人折磨得大声诅咒或无力地哭泣。思嘉呢,她搔着自己身上被蚊子咬成的肿块,这时她恨不得让那些伤兵都干脆死掉算了。

媚兰却似乎对那些臭气、伤口乃至赤身露体的情景都不在乎。有时媚兰端着盘子和手术器械站在那里,看米德大夫给伤兵剜烂肉,她的脸色也苍白极了。有一回,做完这样一次手术之后,思嘉还发现她在卫生间里悄悄呕吐呢。不过,只要是在伤兵看得见的地方,她总是那么亲切、温和,那么富于同情心,那么笑容满面,以致医院里的人都叫她仁慈天使。思嘉也很喜欢这个称号,可这意味着要接触那些满身虱子的人,要给断肢残臂裹绷带,要从化脓的伤口中挑蛆虫,等等。不,她厌恶这样的护理工作。

如果她被允许在那儿施展自己的女性魅力,那倒还可以忍受,因为他们中有许多人长相、出身都不错,可惜她是寡妇,不能这样做。城里的年轻小姐,负责康复院的工作。她们既未结婚又非守寡,便趁机向那些康复者大举进攻,于是连那些长相一般的姑娘,据思嘉冷眼旁观,也是不难找到订婚对象的了。

思嘉接触到的,除了那些病情险恶和伤势很重的男人之外,全都是女的,这一点叫她十分苦恼,因为她既不喜欢也不信任和自己同性别的人,甚至还厌恶她们。每星期有三个下午她必须出席由媚兰的朋友们组织的缝纫会和卷绷带委员会。这两个组织中那些认识查尔斯的姑娘们,尤其是本城两位富商的女儿范妮·埃尔辛和梅贝尔·梅里韦瑟,对她特别亲切,也非常照顾。不过她们总似乎故意尊敬她似的,似乎她已经老了。而她们常常谈跳舞,谈情人,这使她既妒忌又恼恨,妒忌姑娘们的快乐自由,恼恨自己的寡妇身份害了自己。她比范妮和梅贝尔亮丽三倍呢!啊,生活多么不公平呀!

不过,虽然有这些不称心的事,亚特兰大仍使她感到十分满意。于是,她在那里便一个星期又一个星期地住下去了。

第九章

那年夏天的一个早晨,思嘉坐在卧室的窗前,满肚子不高兴地看着街上,好些大车和马车载着姑娘们、大兵,兴高采烈地到林地去采集松柏之类的装饰物,准备给当天晚上为医院福利举办的义卖会使用。有辆大车走在最前面,载着四个粗壮的黑人,他们正在热情奔放地演奏《骑士詹恩,如果你想过得快乐》。他们后面滚滚而来的是大队人马。女孩子们穿着薄薄的花布衣裳,年纪大一些的太太们心平气和,笑容满面。军官们骑着马懒洋洋地在马车旁边慢慢移动,金色的穗带闪闪发光。人人都离开桃树街去采集青枝绿叶,举行野宴去了。除了我,人人都去了,思嘉郁郁不乐地想。

他们经过时都向她挥手致意,她也尽量做出高兴的样子来回答。她心里开始隐隐刺痛,伤心地流出了眼泪。除她以外,人人都去野餐了,除了她、皮蒂帕特和媚兰以及城里其他正在服丧的不幸者之外,所有的人都去啊!可是媚兰和皮蒂似乎并不在意,她们并不爱参加这样的活动。只有思嘉才想呢。她可真的十分想去呀。

这简直太不公道了。她比城里的任何一个姑娘都加倍努力,为义卖编织了袜子、婴儿帽、毯子、围巾,织了不少的花边,她还做了好几个上面绣有美国国旗的沙发枕套。昨天她在肮脏的旧军械库里,给排列在墙边的展品摊悬挂帷布,直累得筋疲力尽。这是一桩平凡而艰苦的工作,绝不是好玩的。要知道,在梅里韦瑟太太、埃尔辛太太和惠延太太左右,由她们管着,你简直就成了黑人劳工队中的一员,一点也马虎不得。你还得听她们吹嘘自己的女儿有多少人在爱慕。而且,最糟糕的是,思嘉在帮皮蒂帕特和厨娘烙千层饼时,她的手指上给烫起了两个水泡呢。

现在，她已经苦干了许久，好玩的时候眼看就要开始了，可是她却不得不乖乖地退下来。啊，这世界多不公道，她偏偏有一个死了的丈夫，还有一个婴儿在哇哇大哭，以致被排除在一切娱乐之外。刚刚一年多一点以前她还在跳舞，还在穿鲜艳的衣裳，而且同三个英俊的小伙子恋爱。现在她才十七岁，还有许多的舞好跳呢。啊，这是不公平的！生活在她面前欢乐地走过，沿着一条夏季的林荫大道。

她正在向窗外那些她曾护理过的士兵们点头和挥手，皮蒂帕特已走进屋来，她像平常那样因爬楼梯而气喘吁吁，而且很不礼貌地把她从窗口拉开。

"难道你发疯了，宝贝，居然向你卧室窗外的男人挥起手来了？我说，思嘉，你吓死我了！要是你母亲知道了会怎么说呢？"

"唔，他们不知道这是我的卧室呀。"

"可是他们会猜想这是你的卧室，宝贝，你可不能做这种事。人人都会议论你，说你不规矩——并且不论如何梅里韦瑟太太知道这是你的卧室嘛。"

"并且我想她会告诉所有的小伙子，这只老猫！"

"宝贝，别说了！多丽·梅里韦瑟可是我最要好的朋友啊。"

"唔，老猫总归是老猫——啊，对不起，姑妈，你不要哭！我忘了这是我卧室的窗口了。我再也不这样了——我——我是想看看他们从这儿走过。我也挺想去呢。"

"宝贝！"

"唔，我真的想呀。我不喜欢老坐在家里。"

"思嘉，请答应我以后不说这样的话了。人们会议论纷纷的。他们会说你对查理缺乏应有的尊重——"

"啊，姑妈，你别哭了！"

"啊，我惹得你也哭起来了。"皮蒂帕特抽泣着说，稍稍有点高兴似的，一面伸手到裙兜里去掏手绢。

思嘉心中本来那点隐隐的刺痛终于使她放声痛哭起来——不,皮蒂帕特心想,这不是为可怜的查尔斯,而是因为那些车轮声和笑声已走远了。这时媚兰从自己的房间里窸窸窣窣地走进来,她懊恼地蹙着眉头。

"亲爱的,怎么回事呀?"

"查理!"皮蒂帕特哽咽着说,似乎想痛痛快快地悲伤一番似的,一面把头紧伏在媚兰的肩窝里。

"唔,勇敢些,亲爱的!"媚兰一听到她哥哥的名字便嘴唇哆嗦起来,"别哭了。唔,思嘉!"

思嘉倒在床上放开嗓门痛哭着,哭的是她丧失了的青春和被剥夺了的欢乐。像一个孩子,她曾经一哭就能得到任何自己所要的东西,而如今知道哭已经不管用了,所以她感到愤怒和绝望。她把头埋在枕头里,一面哭一面用双脚乱踢着被子。

"我还不如死了好!"她伤心地哭着说。这时媚兰赶紧跑到床边去安慰她。

"亲爱的,别哭了! 只要想想查理多么爱你,你也就会感到安慰了。还要想想你有那么个宝贝儿子呢。"

思嘉既因自己被误解而感到愤慨,又因失去了一切而觉得孤独,这两种情绪混在一起,她便开不得口了。这真不幸,因为如果她能勇敢地开口,她就会用父亲那种爽直的口吻把一切真情都大声讲出来。媚兰拍着她的肩膀,皮蒂帕特踮着脚尖吃力地在房里走动,她想把窗帘放下来。

"别这样!"思嘉从枕头上抬起哭肿了的面孔喊道。"我还没断气呢,用不着把帘子放下来。啊,请离开这里,让我一个人待一会儿吧!"

她又把脸埋到枕头里。媚兰和皮蒂帕特俯身看了看她,然后悄悄出去了。接着,她听见她们下楼时媚兰轻轻对皮蒂说:

"皮蒂姑妈,你不要再对她谈起查尔斯了。你知道这会叫她伤心的。可怜的人儿,每次一谈起,她的模样就那么古怪,我看是拼命忍住痛哭。我们可不能再加重她的痛苦呀。"

思嘉气得一脚踢开被子,想找一句最难听的话来咒骂一声。

"真是见你妈的鬼!"她终于骂了出来,随即觉得舒服了一点。媚兰才十八岁,怎么就能安心待在家里,什么乐趣也没有,还为她哥哥佩戴黑纱呀? 媚兰似乎并不知道,或者不关心,年轻的生活正一路驶过去了呢。

"可她就是这么个木头人嘛。"思嘉想,一面捶着枕头,"她从来也不像我有这么多人在捧着追着,因此并不怀念我怀念的那些东西。而且——而且她已经有了艾希礼,而我呢——我可一个也没有呀!"想起这段伤心事,她又放声痛哭起来。

她闷闷不乐一个人关在房间里,直到下午,看见那些出外野餐的人回来,大车上高高地堆放着松枝、藤萝和蕨类植物,她仍然不觉得高兴。人人都显得既疲乏又快活,再一次向她挥手致意,她只郁郁地回答。生活已经没有什么希望,并且肯定不值得过下去了。

午睡时,梅里韦瑟太太和埃尔辛太太坐着马车登门拜访来了。媚兰、思嘉和皮蒂帕特姑妈都对这种不适时的来访感到吃惊,于是赶快起来,掠了掠头发,下楼迎接客人。

"邦内尔太太的几个孩子出疹子了!"梅里韦瑟太太突如其来地说。

"并且麦克卢尔家的姑娘们又被叫到弗吉尼亚去了,"埃尔辛太太用慢条斯理的口气补充说,一面懒懒地摇着扇子。"达拉斯·麦克卢尔也受伤了。"

"多可怕呀!"几位女主人齐声喊道。"难道可怜的达拉斯——"

"没有。只打穿了肩胛。"梅里韦瑟太太轻松地说。"不过在那样的时候发生,可再坏不过了。如今姑娘们正到北边去接他。皮蒂,我们要你和媚兰今晚去顶替邦内尔太太和麦克卢尔家几位姑娘呢。"

"唔,不过,多丽,我们不能去。"

"别说什么能不能的,皮蒂帕特·汉密尔顿,"梅里韦瑟太太认真地说,"我们要你去照管那些弄点心的黑人。这本来是邦内尔太太的事。至于媚兰,你得把麦克卢尔家姑娘们的那个摊位接过来。"

"唔,我们真的不能——可怜的查理去世还刚刚——"

"我理解你的心情,不过,就现在这种状况,不论做出什么样的牺牲都是应当的。"埃尔辛太太插嘴说,她那温和的声音似乎就这样把事情决定下来了。

"唔,我们是很乐意帮忙的,可是——你们怎么不找几个亮丽姑娘来管这些摊位呢?"

梅里韦瑟太太用鼻子嗤了一声。

"我想我们应当去。"思嘉说,一面努力克制自己的热情,尽量显得诚恳单纯一些。"能够替医院做些最微小的事,我很愿意。"

两位来访的太太本来根本没想到她,这时才转过身来严峻地瞧着她。她们虽然极为宽容,可是还没有考虑到叫一位居丧刚刚一年的寡妇到社交场合去服务呢。思嘉像个孩子,瞪着两只眼睛承受着她们犀利的目光。

"我想我们大家都应当去帮助把义卖会办好。我看最好我同媚兰一起去管那个摊位,因为——嗯,我觉得我们两个人去比一个人更好一些。你不这样看吗,媚兰?"

"好吧。"媚兰无可奈何地说。还在服丧期间就公然到公众集会上去露面,这简直是前所未闻,所以她不知道该怎么办好。

"思嘉是对的。"梅里韦瑟太太说,她注意到媚兰有点软下来了。她站起身来,整了整裙腰。"你们俩——你们大家,都得去。好,皮蒂,不要再解释了。"

"好。"皮蒂帕特说,她在一个比自己强硬的人面前就毫无办法,"只要你觉得人们会理解,那就行了。"

"太好了!太好了!好得叫人难以相信!"思嘉在心中欢乐地唱着,谨慎地钻进那个帷布围着的摊位,这本来应该归麦克卢尔家的姑娘们管理的。现在她真的来到一个集会上了!经过这寂寞的一年的蛰居,她现在真的又来到了一个集会上,一个亚特兰大前所未有的最大规模的集会上。她在这里能够看到许多人和无数的灯光,能够听到音乐,而且自在地观赏美丽花边、绉边等装饰品。

她坐在摊位柜台后面一条小凳子上,前前后后地看那个长长的展览厅,这地方直到今天下午以前还是个空空荡荡难看的大厅呢。姑娘太太们今天花了多少力气才把它收拾得这样亮丽。它显得很可爱了。亚特兰大所有的蜡烛和烛台今天晚上都聚集到这里来了,有银烛台,也有古铜的烛台,在装饰着鲜花的桌子上,在摊位柜台上,甚至在敞开的窗棂上,蜡烛的火光欢快地跳跃着。

大厅中央是那盏又大又难看的吊灯,已经用盘绕的常青藤和野葡萄藤打扮得完全变样了,四壁墙脚摆放着许多清香扑鼻的松枝。到处垂挂着长串的常青藤、葡萄藤和牛尾藤,在墙壁上围成花环。

给乐队布置的那个平台尤其亮丽。它完全隐蔽在周围的青枝绿叶和缀满星星的旗帜当中,思嘉知道,全城所有栽在盆里的花草,如锦紫苏、天竺葵、绣球花、夹竹桃、秋海棠,等等,都摆在平台的四个角上了。

乐队登上平台,他们穿一色的黑衣服,咧着嘴,胖胖的脸颊上汗光闪闪,接着大家便听见小提琴、大提琴、手风琴、班卓琴和骨片呱嗒板儿配合着奏起了一曲缓慢的《罗琳娜》。思嘉一听到那支忧伤而优美的华尔兹舞曲,便觉得心脏已怦怦跳起来了:

岁月缓缓流逝,罗琳娜!

雪又落在草上。

太阳远在天边,罗琳娜……

多美妙的华尔兹!她微微伸出双手,闭着眼睛,身子随着那悲伤的节奏摇摆着,她的心里又一次充满了悲伤。

接着,大街上飘进一些声响,一些得得的马蹄声和辚辚的车轮声,暖风中荡漾着的笑声,以及黑人们激烈的争吵声。楼梯上一片嘈杂,包括轻松的欢笑,女孩子们的清脆的声音。

大厅突然活跃起来。那里到处都是女孩子,像一群蝴蝶般纷纷飘进来,鲜艳的衣裙、花边的披巾、精美的扇子,天鹅毛和孔雀毛的扇子。有些姑娘的黑发梳成光滑的髻儿;有些将大堆的金色发卷披散在肩上。花边、绸缎、辫绳、丝带,所有这些都是偷过封锁线进口的,所以显得越发珍贵,穿戴起来也越发自豪,何况如此华丽的装饰也是对北方佬的一种特殊的侮辱,会更加使人感到骄傲。

人群中有许许多多穿制服的人,其中不少是思嘉认识的,是她在医院的病床上、在大街上或者在训练场上见到的。他们的制服华丽,胸前缀着亮晶晶的扣子,袖口和衣领上盘着闪闪发光的金色穗带,裤子上钉着红黄蓝三色条纹,大红和金色的绶带前后摆动,闪闪的军刀碰撞着雪亮的长筒靴,马刺叮叮当当地响着。

"多么亮丽的男人。"思嘉心中暗暗赞赏,看着他们向朋友们挥手致意,躬身吻着老太太们的手。他们全都那么年轻,那么亮丽,那么洒脱,胳臂挂在吊带里。他们有的拄着拐杖,跟在姑娘们后面,这使得姑娘们十分自豪,并故意将脚步放慢。这些穿制服的人中有一个穿得特别俗丽,颜色特别鲜艳,像只热带鸟一样,连姑娘们的华丽服饰也黯然失色了——他是个路易斯安那义勇兵,一个肤色微黑、满脸奸笑的小个子,一只胳臂挂在黑绸吊带里。他是梅贝尔·梅里韦瑟的昵友,名叫雷内·皮卡德。整个医院的人,至少是每个能行走的人,全都来了。女士们会何等的高兴啊!今晚医院要挖出个银矿来了。

下面大街上传来低沉的鼓声、脚步声和马夫们赞赏的喊叫声。随即,身穿鲜艳制服的乡团和民兵部队拥了进来,挤进大厅,鞠躬、敬礼、握手,好不热闹。

几分钟以前这里还显得那么宽敞的一个地方,现在挤得满满的,弥漫着香水、香粉、头油和月桂树蜡烛燃烧的气味,还有花的芳香。

思嘉开始观看这拥挤的人群时,由于自己参加了这样热闹的集会而感到异常刺激,心脏禁不住怦怦直跳,不过当她一次次地看见周围人们那兴高采烈的面容,她的喜悦便开始消失。在场的女人个个都焕发着炽热激情。这使她感到迷茫和沮丧起来。

她意识到她并没有分享这些女人的强烈自豪感。在她看来,战争不是什么崇高的事,只不过是盲目的戕杀人类、耗费金钱。

啊,她怎么就不能跟这些女人有同样的感受呢!她们的忠诚是全心全意的,是真挚的。她们的一切言行出于至诚。

可是她见别的女人大谈什么爱国心和主义,只觉得愚蠢可笑而已,而那些谈论战争的男人也几乎是一样的货色。她认为战争应当停止,好让每一个人都回家去,去照管他们的棉花,去欢乐地举办宴会,去爱自己的情人。

思嘉仍然在厌恶地环顾着大厅,嫉妒地望着快乐的人群。媚兰注意到她的阴郁情绪,以为她是在怀念查理,便不去打扰她。思嘉却仍坐在那里闷闷不乐地四处张望。

是的,她现在很不愉快,虽然开始时她曾为自己能参加这个盛会而感到高兴。可是她来到了这里,却并不是其中的一部分。谁也不注意她,她是唯一没有情人的年轻已婚妇女。可她以前总是占据舞台中心的位置。这真不公道呀!人人都觉得她应当安分守己了,跟在场的任何一个女孩子比起来,她的胸脯更白,腰肢更细,双脚更小巧,但是,不管怎么样,她仍然只配躺在查理身旁,墓碑上刻着"某某爱妻"的字样。

她已经不是一个姑娘,不能跳舞和调情了,也不是一个妻子,不能同别的妻子坐在一起品评那些跳舞调情的姑娘了。但是,她的年纪还轻,还不该当寡妇呀!啊,她刚刚十七岁,就得端端正正坐在这里,当亮丽的男人过来买东西时,她也必须低声说话,两眼望着下面,这多么不公道呀!

思嘉像只乌鸦坐在那里,一身黑衣服的袖子长到手腕,纽扣一直扣到下巴底下,连一点点亮丽的饰物都没有。她眼睁睁地看着那些俗不可耐的女孩子吊着亮丽男人的胳臂走来走去。

她看见梅贝尔·梅里韦瑟吊在一个义勇兵的身上向隔壁那个摊位走来,她身上那件苹果绿薄纱衣裳,把她的腰身衬托得纤细极了。衣服上镶着大量奶油色的上等花边,那是从查尔斯顿最后一艘封锁舰上弄来的。

"我要是穿上这件衣裳,会显得多好看呀!"思嘉心想,满腔妒火。"她那腰粗得像头母牛。这种绿色对我很合适,它会使我的眼睛变得——像她这样的人怎配穿这种颜色呀?她那皮肤干又干瘪了。真可惜,我再也不能穿这种亮丽的颜色了,即使服丧期满了也不能穿。我只能穿倒霉的老灰色,穿褐色和淡紫色了。

对于这一切不公平的事,她考虑了不一会儿也就过去了。本来嘛,人生在世,属于玩乐、穿亮丽衣裳、跳舞、调情的时间是何等短促,只有很少很少几年呢!

啊,这人生多么荒唐!为什么她会这么傻,偏偏同查尔斯结了婚,十六岁时就断送了自己的一生呢？

这时，乐队忽然奏起《约翰尼·布克，帮助这个黑人！》的欢乐的曲调，思嘉一听几乎要惊叫起来。她想跳舞。她真的想跳舞啊！她瞧着眼前的地板，合着乐调用脚尖轻轻地拍打，同时她的绿眼睛焕发着炽烈的光辉，似乎就要燃烧起来似的。这时有个新来的男人从对面看见了她们，而且突然认出来了，于是仔细观察着思嘉那张带着怒气的脸孔和那双斜斜的眼睛。接着，他暗自咧嘴一笑，因为弄清了对方暗示欢迎的表情，这种表情当然是每个男人都看得出来的。

他穿一套黑色毛葛衣服，个子高大，肩膀很宽，往下渐渐瘦削，形成一个细细的腰身和一双小巧的脚，脚上是锃亮的皮靴。他那一身纯黑的衣服，一件带褶边的亮丽衬衫和一条笔挺的直罩脚背的裤子，把他修饰得像个花花公子，减少了他的强壮和隐隐流露的危险性。他的头发乌溜溜的，两撇小小的黑髭须修剪得非常精致，看他那神气，他分明是个浪荡的人。他显得十分自负，给人以傲慢无礼的感觉，并且他凝望思嘉时那双放肆的眼睛中有一种不怀好意的神色，直到思嘉终于感觉到了他的注视而向他望去为止。

她觉得自己好像认识他，可一时想不起他究竟是谁。不过他是几个月来头一位对她颇有兴趣的男人，于是她抛给他一个快乐的微笑。他向她鞠躬，她也轻轻回了一礼，接着他就挺直身子，以一种特别柔和的步态向她走来，这吓得她不觉用手去捂住自己的嘴，因为现在她想起来他是谁了。

她似乎被雷电击中了似的，站在那里木然发呆，他却穿过人群走了过来。这时她才赶紧转过身子，一心想赶快跑进后面卖点心的房间里去，可是她的裙子被摊位上的一只铁钉挂住了。她生气地拼命拉扯着，但顷刻之间他已经来到了她身旁。

"让我来帮你吧。"他说着，便弯下腰来解裙子上的那条荷叶边。"我真没想到你还记得我，奥哈拉小姐。"

他那声音，在她听来觉得分外愉快，是一个上等人的节奏抑扬的调子，响亮而带着平稳、和缓、悠长的韵味。

她恳求地仰望着他，由于上次见面的情景而羞得满脸通红，面对着那两只她平生所见最亮丽的、如今欢蹦乱跳的眼睛。这世界上有那么多人，怎么偏偏是他来了呢，这个可怕的家伙曾经目睹过她与艾希礼演出那一幕，那至今仍使她害怕的一幕呀！这个糟蹋过女孩子的坏蛋，早已是正经人家不肯接待的人了，可他还理直气壮地说过她不是个上等女人呢！

媚兰听到了他的声音，便转过身来。

"怎么——这是——是瑞德·巴特勒先生，不是吗？"媚兰微露笑容说，一面伸出手来。"我见过你——"

"在宣布你们订婚的喜庆日，"他补充说，同时低下头来吻她的手。"谢谢你还记得我。"

"你从查尔斯顿跑来有何贵干啊，巴特勒先生？"

"为一桩生意上的麻烦事，威尔克斯太太。从今往后我就得常常在这儿出现了。我发现我不仅得把货物运进来，并且得照料它们的处理情况。"

"运进来——"媚兰皱着眉头，但随即露出欢快的微笑。"怎么，你——你一定就是那位大名鼎鼎的巴特勒船长——跑封锁线的人物了。这里每个女孩子都穿着你运进来的衣裳呢。思嘉，你不觉得激动吗——怎么了，亲爱的？你头晕了？快坐下吧。"

思嘉坐到小凳子上。她的呼吸急促而激烈，以致她担心胸衣上的纽带要绷断了。啊，多么可怕，她从没想到还会碰见这个人呢。这时他从柜台上拿起她的那把黑扇子，开始关切地给她扇起来，但他的面容显得很严肃，只是眼睛仍在跳动。

"这里可真热呢。"他说。"难怪奥哈拉小姐要发晕了。让我领你到窗口去好吗？"

"不用。"思嘉说，口气那么粗鲁，叫媚兰都愣了。

"她已经不再是奥哈拉小姐了。"媚兰说,"她如今是汉密尔顿夫人,是我的嫂子。"媚兰同时亲昵地看了她一眼。思嘉看着巴特勒船长那张海盗般黝黑的脸,只觉得自己快要给闷死了。

"我深信这对于两位迷人的太太是可喜可贺的事。"他说着,微微鞠了一躬。这样的恭维话每个男人都讲过,可是从他嘴里说出,思嘉便觉得完全是相反的意思了。

"我想,你们两位的先生今晚一定都来了吧,在这个愉快的盛会上?真想再一次见见他们呢。"

"我丈夫正在弗吉尼亚。"媚兰骄傲地昂了昂头。"只是查理——"她的声音中断了。

"他死在军营里了。"思嘉硬邦邦、怒冲冲地甩出这句话来。这家伙难道永远不走了?媚兰瞧着她,大为惊异,那位船长则打了一个自责的手势。

"亲爱的太太们——我这样冒昧的问话!请你们务必宽恕。不过,也请接受我的一点慰问,我是说,为了国家,虽死犹生嘛。"

媚兰流着眼泪对他笑了笑,但思嘉只觉得一阵怒火和仇恨在狠咬她的脏腑。他又一次说了句得体的恭维话,不过他的意思则完全是另一回事,他是在嘲笑她呢。他明明知道她不爱查尔斯。她又惊慌又恐惧地思忖着。他会说出他所知道的情况吗?他无疑不是个上等人,既然这样,就很难说他会怎样了。对这种人是没有什么规范的。她抬起头来望着他,只见他做出一副假惺惺的同情的样子,仍在继续替她打扇。他的表情在向她的精神挑战,这引起她的憎恶之情,同时力量也恢复了。她突然从他手中把扇子夺了过来。

"我好了,"她严厉地说,"用不着这样扇,把我的头发都扇乱了!"

"思嘉,亲爱的!巴特勒船长,请你一定原谅她。她——她一听到可怜的查理的名字,就要失去理智——也许,说到底,我们今晚不该到这里来的。早晨我们还安安静静的,你瞧,可后来太紧张了——这音乐,这热闹劲儿,可怜的孩子!"

"我很理解。"他严肃地说,可是当他回过头来仔细凝望媚兰,看到媚兰那可爱而忧郁的眼睛,这时他的表情就变了,那黑黑的脸孔上流露着勉强尊敬而温和的神色。"我相信你是位勇敢的少奶奶,威尔克斯太太。"

"对我一字不提呢!"思嘉生气地想,而媚兰只是勉强笑笑,然后道:

"哎哟,别这样说,巴特勒船长!医院委员会只不过要我们照管一下这个摊位。"

媚兰回过头去接待柜台边的骑兵。有一会儿,媚兰心想巴特勒船长为人真好。

思嘉一声不响地坐在小凳上挥着扇子,也不敢抬头,只希望巴特勒船长快些回他的船上去。

"你丈夫去世很久了?"

"嗯,是的,很久了。快一年了。"

"就像千秋万代似的,我相信。"

思嘉不明白他的意思,但听那口气无疑是引诱的味道,因此她默不作声。

"那时你们结婚很久了吗?请原谅我这样问,可是我离开这一带太久了。"

"两个月。"思嘉不大情愿地说。

"一个悲剧,不折不扣的。"他用轻松的口气继续说。

啊,该死的家伙,她愤愤地想。如果不是他而是任何别的人,我就命令他立即滚开。可是他知道艾希礼的事,并且还知道我并不爱查理。这样,我就不敢怎么样了。她默不作声,仍旧低着头看她的扇子。

"那么,这是你头一次在公众场合露面了?"

"我知道不太合适,"她连忙解释说,"不过,负责这个摊位的麦克卢尔家的姑娘们临时有事到外地去了,又没有别的人,因此媚兰和我——"

"为了主义嘛,多大的牺牲也是应该的。"

这不是埃尔辛太太说过的话吗？可是她说的时候听起来不一样。她真想回敬他几句，不过话到嘴边又憋了回去。毕竟，她到这里来只是因为在家里待腻了。

"我经常想，"他沉思道，"服丧这个制度，让女人披着黑纱关在屋子里度过她们的余生，这简直就像印度寡妇自焚殉夫一样野蛮。"

"自焚殉夫？"

他笑了笑，她因为自己的无知而脸红了。她痛恨那些说起话来叫她听不懂的人。

"在印度，一个男人死了就烧掉，而不是埋葬，同时他的妻子也要同他一起被烧死。"

"多惨啊！为什么呢？难道警察也不管吗？"

"当然不管。一个不自焚的老婆会被社会遗弃，所有高贵的印度太太们都要因为她没有教养而纷纷议论呢。这好比那个角落里有身份的女士们会议论你似的，如果你今天晚上穿着红衣裳来领跳一场苏格兰舞的话。不过，据我个人看来，我认为自焚殉夫比我们南方活埋寡妇的习俗还要人道得多。"

"你怎么敢说我被活埋了呢！"

"你看你把那根捆住你的锁链抓得多紧！你觉得印度的习俗很野蛮——可是，如果不是南部联盟需要你们，你会有勇气今天晚上在这里露面吗？"

这样的辩论总是叫思嘉感到迷惑不解。巴特勒现在说的更使她糊涂了，但她也模糊地觉得其中有些道理。不过，现在该是压倒他的时候了。

"当然喽，我是不会来的。因为那样是不名誉的——就会显得似乎我并不爱——"

他瞪着眼睛等她说下去，眼光里流露出嘲讽的乐趣，这叫她说不下去了。他知道她不爱查理，并且偏不让她加以解释。要同这样一个家伙打交道，是一件多么多么可怕的事啊！一个上等人，即使他明明知道一位女士在说谎，也往往显得是相信她的,这才是南方骑士的风度。一个上等人总是光明正大,说起话来总是规规矩矩,总是设法使女人感到舒服一些。可是这个男人似乎并不理睬什么规矩,而且显然很高兴谈一些并不令人高兴的事情。

"我急着要听你说下去呢。"

"我想你这人真是讨厌透顶。"她眼睛向下无可奈何地说。

他从柜台上俯过身来,直到嘴靠近了她的耳朵,然后轻轻地说道:"别害怕,我的好太太! 你的秘密在我手里是绝对安全的!"

"哦,"她狂热地低语说,"你怎么能这么说!"

"我只是想让你放心嘛。你还要我说什么呢?'依了我吧,美人儿,要不我就给捅出来!'——难道要我这样说吗?"

她不大情愿地面对着他的目光,看见它就像个淘气孩子在捉弄人似的。她忍不住笑起来。这场面毕竟太可笑了。他也跟着笑,笑得那么响,以致角落里几个人都朝这边观看。发现原来查尔斯·汉密尔顿的遗孀在跟一位素不相识的陌生人亲热得不亦乐乎,她们便把脑袋凑在一起议论开了。

米德大夫登上乐台,摊开两只手臂叫大家安静。

"今天,我们大家,"他开始讲演,"得衷心感谢美丽的女士们,是她们的爱国的努力,不但把这个义卖会办得圆满成功,并且把这个简陋的大厅变成了一座优美的花园,一座与我周围的玫瑰花蕾相称的花园。"

大家都拍手赞赏。

"女士们付出的,不仅仅是她们的时间,还有她美丽的双手,所以这些摊位上的精良物品是格外美丽的,因为它们出自我们迷人的南方妇女的灵巧的双手。"

又是一阵热烈的欢呼声。这时,一直懒洋洋地斜靠在柜台上的瑞德·巴特勒却低声说:"一只神气活现的山羊,你看他像吗?"

思嘉首先是大吃一惊,他怎么对亚特兰大这位最受爱戴的公民如此大不敬呢？她用责备的眼光注视着他。不过,这位大夫下颌上那把不停地摇摆着的灰色胡子,也的确使他看上去像只山羊,她瞧着瞧着便忍不住格格地笑了。

"医院委员会里那些好心的女士们,她们用镇静的双手抚慰了苦难者的心灵,把那些受伤的勇士从死神的手里抢救了出来。我们必须有更多的钱用来向英国购买药品。今天晚上还承蒙那位勇敢的船长也来到了这里,他在封锁线上成功地跑了一年,并且还要继续跑下去,给我们带来所需的药品。瑞德·巴特勒船长!"

尽管这是出其不意,这位著名的人物还是很有礼貌地鞠了一躬——太彬彬有礼了,思嘉想,他过分表示礼貌,恰恰因为他对所有在场的人极为轻蔑。他鞠躬时全场爆发出热烈的喝彩声,连坐在角落里的太太们也伸长脖子在看他。这就是可怜的查尔斯·汉密尔顿的遗孀在勾搭的那个人呀！可怜的查理死了还不到一年呢！

"我们需要更多的黄金,我此刻正在向你们请求,"大夫继续说,"我请求你们做出牺牲,不过这种牺牲,是微不足道的,简直是可笑的了。女士们,我要你们的首饰。联盟需要你们的首饰,联盟号召你们献出来,我知道没有人会拒绝的。一颗亮晶晶的宝石戴在一只美丽的手腕上,多美丽呀！金光闪闪的别针佩在我们爱国妇女的胸前,多高贵呀！但是,为主义做出的牺牲比所有这些金饰和宝石要美丽多少倍呢。金子要熔化,宝石要卖掉,把钱用来买药品和其他医药物资。女士们,现在有两位英勇的伤兵提着篮子来到你们面前——"但是他讲话的后一部分被暴风雨般的掌声和欢呼声淹没了。

思嘉首先是深深庆幸自己正在服丧,不允许她戴外祖母留下的那副珍贵的耳坠和那条沉甸甸的金链,以及那对镶黑宝石的金手镯和那个石榴石别针。她看见那个小个子义勇兵用那只未受伤的胳臂挽着一只橡木条篮子在人群里转来转去,还看见老老少少的妇女热情地嬉笑着在摘取首饰。

现在,那个笑呵呵的义勇兵胳臂上挽着沉甸甸的篮子向她们的摊位走来了。他从瑞德·巴特勒身边走过时,他把一只亮丽的金烟盒随随便便地丢进了篮子。他一来到思嘉面前,思嘉摇摇头摊开两手,表示什么也没有。要作为在场的独一无二毫无捐献的人,真是太难堪了。这时她看见了自己手上那只金光闪烁的结婚戒指。

她迟疑了一会儿,回想起查尔斯的面孔——他把戒指套上她手指时的那副表情。可是记忆已经模糊,查尔斯——那个断送她的一生、让她变成了一个可怜的妇人的原因就在他身上呢。

她突然狠狠掐住那只戒指想把它捋出来,可是它箍得很紧,动不了。这时义勇兵正要向媚兰走去。

"等等!"思嘉喊道。"我有点东西要给你呢?"戒指捋出来了,她准备把它丢进篮子里去,这时她瞥见了瑞德·巴特勒的眼睛。他那撇着的下唇露出一丝浅浅的微笑。她似乎偏要反抗似的把戒指抛在那堆首饰上了。

"啊,亲爱的!"媚兰低声说,一面抓住她的胳膊,眼睛里闪耀着爱和骄傲的光辉。"你真勇敢,真是个勇敢的姑娘! 等等——喂,请等等,皮卡德中尉! 我也有东西给你呢!"

她也使劲地捋自己的结婚戒指,这戒指思嘉知道,自从艾希礼给她戴上后从没离开过她。世界上也只有思嘉知道,它对媚兰多么重要。它好不容易给取下来了,接着在媚兰的手心里紧紧握了一会,然后才轻轻地落到那首饰堆上。两位姑娘站在那里目送义勇兵走到别处去,思嘉是一副倔强的神态,媚兰则凄楚悲伤。这两种表情都被站在她们身边的那个男人看得一清二楚了。

"要不是你勇敢地那样做了,我是不论如何也做不到的。"媚兰说着,伸出胳臂抱住思嘉的腰肢,而且温柔地紧搂了一下。有一会儿思嘉很想挣脱她的胳臂,并放开嗓子大叫一声"天知道!"就像她父亲感到恼怒时那个样子,但是她瞥见了瑞德·巴特勒的眼光,于是装出一个酸溜溜的微笑来。媚兰总是误解她的动机,这使她感到非常懊恼——不过这总比猜出她的本意要好得多。

"多么亮丽的一个举动。"瑞德·巴特勒温和地说。"你们这样的牺牲,鼓舞了我们军队中那些勇敢的小伙子们。"

思嘉正想狠狠地回敬他几句,但好不容易才克制住。他的每一句话里都含有讽刺。她从心底里厌恶这个懒洋洋地斜靠在柜台边的家伙。可是他身上分明有种刺激性的东西,某种热烈的、富有生命力的、像电流一般的东西。她全部的爱尔兰气质都被鼓动起来迎接他那双黑眼睛的挑战了。她下定决心要把这个男人的锐气打下去。但他知道她的秘密,这使她处于劣势,并且是非常厉害的,所以她必须改变这种局面。她把想要破口大骂的冲动使劲压了下去。糖浆往往比酸醋能抓到更多的苍蝇,像嬷嬷常常说的,她必须抓住而且降服这只苍蝇,使得他再也休想来控制她了。

"谢谢你"。她温柔地说,故意装作不懂他的意思似的。"能得到巴特勒船长这样赫赫有名人物的夸奖,真是荣幸之至啊!"

他掉过头来放声大笑——多么刺耳的笑声,就像嗥叫一般,于是她的脸又红了。

"怎么,难道你真是这样想的吗?"他似乎逼着她回答,"你为什么不说我不是上等人而是个该死的流氓,如果我不自己滚开你就要叫一个勇敢的大兵把我撵出去呢?"

她真想狠狠地回敬他几句,但话到嘴边又咽了回去,并换了个腔调说:"怎么,巴特勒船长! 你说到哪里去了! 似乎没人知道你是多么有名、多么勇敢的一个——一个——"

"我真对你感到失望了,"他说。

"失望?"

"是的。在头一次不平凡的见面时,我心想总算遇到了一个不但亮丽并且勇敢的姑娘。可如今我发现你也只不过亮丽罢了。"

"你的意思是说我是个胆小鬼了?"

"正是这样,你没有勇气说出你想说的话。头一次见到你时,我想:这是个万里挑一的女孩子。她不像旁的小笨蛋那样专门听妈妈的话,照着去做,也不管自己心里的感觉如何。她们把自己的感情、希望和伤心用一大堆亮丽话掩藏起来。那时我想:奥哈拉小姐是个独特的姑娘。她知道自己需要什么,她也不害怕说出自己的心事——或者摔花瓶。"

"啊!那我此刻就要说出我的心事了。"她满腔的怒火冲口而出。"要是你还有一点点教养,你就滚吧,再也不要跟我说话了。你早就应当知道,我是绝不想再来理睬你的!你可不是个上等人!你是个讨厌的没教养的东西!你以为有那几条小小的破船可以逃过北方佬的封锁,你就有权到这里来嘲弄那些正在为主义做出牺牲的勇敢的男人和女人了——"

"得了,得了——"他奸笑着央求她。"你开头讲得挺不错,说出了心里的话,但是请不要跟我谈什么主义嘛,我不高兴听人家谈这些,并且我敢打赌,你也——"

"怎么,你怎么会——"她赶快打住。

"你发现我之前,我就站在那边门道里,一直观望着你。"他说,"我同时观望别的女孩子。她们全都是一样的面孔。可你不一样。你脸上的表情是容易理解的。你没有把你的心思放在事业上,而且我敢打赌,你是想要跳舞,要好好玩乐一番,可是又办不到,因此你都要发疯了。讲老实话吧,难道我说得不对吗?"

"我没有什么要跟你说的了,巴特勒船长。"她尽可能一本正经地对他说,努力想把已经丢掉了的面子挽回来一些。"仅仅凭一个'伟大的跑封锁线的冒险家'的身份,你没有权利侮辱妇女。"

"伟大的跑封锁线的冒险家!这简直是笑话。请求你再给我一点点时间,然后再叫我不明不白地走开吧。我不想让这么可爱的一个小小爱国者,对于我的贡献茫然无所知呢。"

"我没有兴趣听你的吹嘘!"

"跑封锁线对我来说无非是赚钱,我从中赚了不少钱。一旦我不再从中赚钱了,我就会撒手不干的。你看这怎么样呢?"

"我看你是个要钱不要脸的流氓——跟那些北方佬一模一样。"

"一点不错,"他咧着嘴笑笑,"北方佬还帮我一起赚钱呢。可不,上个月我还把船径直开进纽约港,装了一船的货物呢。"

"什么!"思嘉惊叫一声,不由得大感兴趣,非常激动。"难道他们不轰你吗?"

"我可怜的天真娃娃!怎么会呢?那边有的是联邦爱国者,他们并不反对卖东西给联盟来赚大钱呀。我把船开进纽约,向北方佬公司买进货物,当然是非常秘密的,然后再开回来。等到这样做有点危险了,我就换个地方,到纳索去,那里同样如此,不过有时候,要把它运进查尔斯顿或者威尔明顿,倒有点困难——不过,你万万不会想到一点点黄金能起多大的作用呀!"

"唔,我知道北方佬很坏,可是不知道——"

"北方佬出卖联邦赚几个老实钱,这有什么不好啊?这可是一点关系也没有。结果反正都一样。他们知道联盟总是要被打垮的,那又为什么不趁机捞几个钱呢?"

"给打垮——我们?"

"当然喽。"

"请你赶快走开好吗——难道我还得叫马车拉我回家去,才能摆脱你吗?"

"好一个火热的小叛徒!"他说,又咧嘴笑了笑。接着他鞠了一躬,便悠然自得地走开了,让她一个人气鼓鼓地站在那里,一种失望之情涌上心头,好比一个孩子眼看自己的幻想破灭时一样。他怎么敢把那些跑封锁线的人说得那么迷人,他怎么竟敢说联盟会被打垮!他应该作为叛徒枪毙。她环顾大厅,望着所熟悉的面孔,那么自信、那么勇敢、那么忠诚的面孔,可是不知怎的一丝凄冷的凉意向她心头袭来。给打垮吗?这些人——怎么,当然不会!

"你们俩说什么呢?"媚兰见顾客都走开了,便转过身来问思嘉。"我看见梅里韦瑟太太始终在盯着你,都觉得不好意思了。亲爱的,你知道她会怎么说呀!"

"唔,刚才这个人太差劲——是个没教养的家伙。"思嘉说,"至于梅里韦瑟那老太太,她爱怎么说就怎么说吧。我可不耐烦就专门为她去做个傻里巴几的人呢。"

"怎么,思嘉!"媚兰生气地喊道。

"嘘——嘘,"思嘉提醒她注意,"米德大夫又要讲话了。"

人群听到大夫提高了声音,便再次安静下来。他首先感谢女士们踊跃捐出她们的首饰。

"那么现在,女士们和先生们,我要提出一个惊人的建议——也许会使你们感到震惊,不过我请你们记住,这纯粹是替医院、替我们躺在医院里的勇士们来着想的。"

人人都争着挤上前去,想猜猜这个惊人建议究竟是什么。

"舞会就要开场了,第一个节目当然是弗吉尼亚双人舞,因此——"大夫擦了擦他的额头,向角落里投去一个滑稽的眼色,他的太太就坐在那些人中间。"先生们,如果你们想同你所挑中的一位女士领跳一场弗吉尼亚双人舞,你就得出钱来请她。我充当拍卖人,卖得的钱都归医院。"

所有正在挥动的扇子都突然停止了,一片激动的嗡嗡声在整个大厅响开来。埃尔辛太太、梅里韦瑟太太和惠廷太太气得脸都红了。可是突然从乡团中爆发出一阵欢呼,并立即获得其他军人的附和。年轻姑娘们都热烈鼓掌,兴奋得跳起来。

"你不觉得这是——这简直是——简直有点像拍卖奴隶吗?"媚兰低声说,疑惑地凝视着那位大夫,而他在她眼中一直是完美无缺的。

思嘉什么也不说,但是她的眼睛在发光,她的心紧缩得有点疼痛。如果她不是寡妇就好了。如果她又是从前的思嘉·奥哈拉,穿着苹果绿衣裳,胸前飘着深绿色天鹅绒饰带,黑头发上簪着月下香,袅袅婷婷地走在外面舞场里,那她肯定会领那场弗吉尼亚双人舞。是的,那是一定的!会有十几位男子来争夺她,争着将自己所出的价钱交给大夫。啊,如今只能坐在这里当墙花,眼看范妮或梅贝尔作为亚特兰大的美人儿领跳第一场双人舞了!

从那一片嘈杂中忽然冒出了义勇兵的声音,他用非常明显的法兰西腔调说:"请允许我——用二十美元请梅贝尔·梅里韦瑟小姐。"

梅贝尔唰地一下脸红了,赶紧伏在范妮的肩上,两个人相互把脸藏起来,吃吃地笑着,这时已经有许多别的声音在喊着别人的名字,提出不同的价额。

开头,梅里韦瑟太太断然大声宣布,她的女儿梅贝尔绝对不参加这样一种活动;可是,等到梅贝尔的名字喊得最多、价额也提高到七十五美元时,她的口气就渐渐软了。思嘉撑着两只臂肘倚在柜台上,望见这与己无关的一切,不禁眼红得要冒火了。

如今,他们大家都要跳舞了——除了她和那些老太太们。如今,人人都要享乐一番了,只有她例外。这时忽然听见有人喊她的名字——用明显的查尔斯顿口音喊她的名字,声音压倒了所有其他名字。

"查尔斯·汉密尔顿太太——一百五十美元——金币。"

人群一听到那个金额和那个名字便顿时鸦雀无声了。思嘉更是惊骇得动不了。她坐在那里,双手捧着下巴颏,眼睛瞪得大大的。人们一齐转过身来瞧着她,她看见大夫从台上俯下身来在瑞德·巴特勒耳旁低语些什么,也许是说她还在服丧,不宜出来跳舞吧。她看见瑞德懒洋洋地耸了耸肩膀。

"请你另挑一位美人,好不好?"大夫问道。

"不,"瑞德明白地回答,他毫不在意地朝人群扫了一眼,"汉密尔顿太太。"

"我告诉你,那是不可能的,"大夫不耐烦地说。"汉密尔顿太太不会——"

思嘉听到一个声音,是她自己脱口而出的声音。

"行,我愿意!"

她一跃而起,心脏猛烈地撞击着,她生怕站不稳。她那么激动,是因为自己又成了大家注目的中心,又成了全场最为人渴望的姑娘,而且,最妙的是,又可以跳舞了。

"哦,我不在乎,我不在乎他们!"她低声喃喃着,浑身有一股美妙的狂热劲儿。她头一扬迅速走出了摊位,两只脚跟像响板一般敲打着,同时哗的一声把那把黑绸扇子甩开。霎时间,她瞥见了媚兰那张惊疑的脸孔,那些老人脸上的表情,那些焦急的女孩子,以及士兵们热烈赞扬的神色。

接着她就来到了舞场上,同时瑞德·巴特勒穿过人群向她走来,脸上挂着一丝嘲讽的微笑。但是她不在乎——哪怕他就是亚伯·林肯本人她也不在乎!她要重新跳起舞来了。她要领跳那场弗吉尼亚双人舞呢。她轻捷地给他一个低低的屈膝礼和一丝娇柔的微笑。他将手放在他穿着皱边衬衣的胸口上鞠了一躬。吓呆了的乐队指挥利维这时想起应该掩盖这个场面,便大叫一声:"挑好舞伴,准备跳弗吉尼亚双人舞呀!"

于是乐队哗的一声奏起了最美妙的舞曲《迪克西》。

"巴特勒船长,你怎么敢叫我出这样的风头呀?"

"可是,汉密尔顿太太,你不就是想出这个风头的嘛。"

"你怎么会在众人面前把我的名字喊出来的呀?"

"你不也可以拒绝的嘛。"

"不过——我这是为了主义呢。既然你出了这许多金元,我就不能只顾自己了。请别笑,大家都在瞧着我们呢。"

"他们反正是要看的。请不要拿出什么主义之类的话来跟我胡扯了。你就是想跳舞,我才给了你这个机会。这是双人舞最末一种舞步的进行曲吧,是不是?"

"对——真的,我该停下来休息了。"

"为什么,是我踩了你的脚吗?"

"没有——不过他们会议论我的。"

"你当真顾虑这些——你真是这样想的吗?"

"唔——"

"你又不是在犯什么罪,是吗? 干吗不跟我跳华尔兹?"

"可是如果我妈会——"

"原来还拴在妈妈的裙带上呢。"

"唔,你总是把品德说得不值钱,真可恶。"

"可品德本来就是一钱不值嘛。你怕人家议论吗?"

"不——但是——好,我们别谈这个了。谢天谢地,华尔兹开始了。双人舞总是叫我跳得喘不过气来。"

"不要回避我的问题。究竟你害怕旁人的议论吗?"

"唔,如果你一定要我回答,我就说——没什么关系! 不过,一个女孩子通常还是应该注意。只是今晚嘛,我不管了。"

"好样的! 你这才是在用自己的脑子,而不是让旁人替你思想呢。这就开始聪明起来了。"

"唔,可是——"

"一旦你像我这样已经惹起了那么多议论,你就会明白这根本是无所谓的。想想看,在查尔斯顿就没有哪家人家愿意接待我。即使我对我们正义神圣的主义做出了这么多贡献,也改变不了他们的禁忌啊。"

"多可怕呀!"

"唔,一点也不可怕。只要你还没有丢开名誉,你就永远也不会明白名誉是个多大的负担,也不会明白自己究竟意味着什么。"

"你这话说得太难听了!"

"难听可又是千真万确。只要你有足够的勇气——或者金钱——你就用不着什么名誉了。"

"金钱并不是能买到一切的啊。"

"大概是别人告诉你这句话的吧。你自己决不会想出这种胡扯的东西。他买不到什么呀？"

"唔，这我不明白——反正，幸福或爱情是买不到的。"

"一般说来，它也能买到。就算偶尔买不到，它也可以买一种最出色的代用品。"

"你真有那么多钱吗，巴特勒船长？"

"这问题显得好没涵养啊，汉密尔顿太太。我简直是有点吃惊了。不过嘛，是这样，作为一个从小就被剥夺了继承权的我，我干得是蛮不错的。我有把握在封锁线上捞到一百万。"

"唔，不可能吧！"

"唔，会的。要知道，从一种文明的毁灭中也像从它的建设中那样，能捞到大量的金钱。可这个道理大多数人似乎并不明白。"

"那么你真的认为我们会被打垮了？"

"当然。为什么要做鸵鸟呢？"

"啊，亲爱的，我最不爱谈这样的事了。你能不能也说些有趣的事呢，巴特勒船长？"

"要是我说你的眼睛满满地盛着最清澈的绿水，当金鱼就像现在这样游到水面上来时，你就美丽得要命了——这样说你会高兴吗？"

"唔，我不高兴这样……你听这音乐不是很美妙吗？唔，我可以跳一辈子华尔兹？可以前我并不觉得那么需要它呢。"

"你是我最亮丽的舞伴了。"

"巴特勒船长，你别把我搂得这么紧呀。大家都在看呢。"

"要是没有人看着我们，你会高兴我这样搂着吧？"

"巴特勒船长，你有点乱来了。"

"一点儿也没有。我怎么会呢，把你搂在我怀里？……这是什么曲子，是新的吗?"

"是的,不是很美吗?是我们从北方佬手里缴获的。"

"叫什么名字?"

"《到这场残酷战争结束时》。"

"好了,下一场双人舞我还要投你的标,还有再下一场,再下一场。"

"唔,别这样,不行。你可千万不要投了!我的名声眼看就毁了。"

"本来就够坏的了,再跳一场又有什么关系呢?等我跳过五六场之后,兴许让给别的小伙子跳那么一场两场,不过最后一场还得归我。"

"唔,好的。我知道自己是疯了,但我不管了。不论人家怎么说,我都不在乎了。我在家里坐腻了,我就是要跳,要跳——"

"也不再穿黑衣服了?我讨厌丧服。"

"可是我总不能脱掉这丧服呀——巴特勒船长,你别把我搂得这么紧呀。你再这样,我可要生气了。"

"你生气的模样才好看呢。我偏要搂得再紧一点——你瞧——就想试试你会不会生气。你自己不知道,那天在'十二橡村'你气得摔家伙时,那模样有多迷人呀!"

"啊,请你——你能不能把那件事忘掉?"

"不,那是我平生最珍贵的记忆之一——一位娇气的带有爱尔兰人坦率品性的南方美人——你很有爱尔兰人气质,你知道。"

"唔,亲爱的,音乐结束了,皮蒂帕特姑妈也出来了。我知道梅里韦瑟太太一定会告诉她。啊,千万千万,我们快到那边去,也好朝窗外看看。我不想让她看见我。她那眼睛睁得像碟子一样大呢。"

第十章

第二天早晨吃鸡蛋饼的时候,皮蒂帕特姑妈伤心地抹着眼泪,媚兰一声不响,思嘉则是一副倔强的神气。

"不管他们怎么说,我不在乎。我敢打赌,我给医院挣的钱比不论哪个女孩子都多——比我们卖出那些旧玩意儿所有的收入还多。"

"唔,亲爱的,钱又怎么样呢?"皮蒂帕特一面哭泣,一面绞着两只手说。"我简直不相信自己的眼睛,可怜的查理死了还不到一年……这可恶的巴特勒船长就让你那么抛头露面,而他又是个坏极了的家伙,思嘉。惠廷太太的堂姐科尔曼太太,她丈夫刚从查尔斯顿来,跟我说起了这个人的情况。他是个败类——啊,巴特勒家怎么会养出像他这样的不肖子来呀!他在查尔斯顿没人理,名声坏透了,还牵涉到一个女孩子——那种坏事连科尔曼太太都不好意思去听呢——"

"唔,我不信他会那么坏。"媚兰温和地说。"他看起来完全是个上等人嘛,而且,你只要想想他曾那么勇敢地跑封锁线——"

"他并不是勇敢。"思嘉执拗地说,一面把半缸糖浆倒在鸡蛋饼上。"他是为了赚钱才干的。他跟我这样说的。他对南部联盟毫无兴趣,他还说我们肯定会被打垮呢。不过,他的舞跳得好极了。"

她的这番话把听的人吓得目瞪口呆,不敢吭声了。

"老在家里待着我已腻了,也不想再这样下去了。要是他们全都在议论我,那么反正我的名声已经坏透了,他们再说什么别的也就没关系了。"

她没有意识到这正是巴特勒的观点。这观点来得那么巧,而且十分适合她现在的想法。

"啊！要是你母亲听见了,她会怎么说呀?她又会怎样看我呢?"

思嘉一想起母亲听到这一切时会出现的惊慌失措的神色,便觉得有股冰凉的罪恶感袭上心头。但她再一想,亚特兰大和塔拉相距二十五英里呢,于是又鼓起勇气来了。皮蒂姑妈决不会告诉妈妈的。因为那会使她处于很不体面的地位。只要皮蒂不嚼舌头,她就没事了。

"我看——"皮蒂说,"是的,我看我最好是给亨利写封信去谈谈——虽然我极不愿意这样做——可他是我们家唯一的男人,让他去责备巴特勒船长——啊,亲爱的,要是查理还活着多好——你可千万千万别再理睬那个人呀,思嘉!"

媚兰一声不响地坐在那里,两只手放在膝上,盘子里的鸡蛋饼早已凉了。她站起身来,走到思嘉背后,伸出胳臂抱住她的脖子。

"亲爱的,"她说,"你不要难过。我明白,你昨晚做了件勇敢的事,这对医院帮助很大。如果有人敢说你什么,我会起来对付他们的……皮蒂姑妈,你别哭了。思嘉也实在够苦的了,哪儿也不能去,她还是个孩子呢。"她用手指抚弄着思嘉的黑发。"要是我们偶尔出去参加一点社交活动,那兴许要好一些。也许我们太只顾自己了,总是闷闷不乐地关在家里。我们应当立即收三个正在康复的伤员到家里来,像别的人家那样,同时请几个士兵来这里吃饭。好了,思嘉,你不用着急,人们一旦了解了事情的原委就不会说什么了。我们知道你是爱查理的。"

思嘉本来根本不着急,倒是对于媚兰在她头发里摆弄的那两只手感到不耐烦。她真想使劲将脑袋一摆,说一声:"简直是瞎扯!"在这世界上谁都可以,就是不要媚兰来充当她的保护人。她能保护自己,谢谢你了。

皮蒂帕特正在媚兰的安慰下慢慢止住了哭,这时普里茜拿着一封厚厚的信跑进来了。

"给你的,媚兰小姐。一个黑小子给你带来的。"

"我的？"媚兰诧异地说，一面拆信封。

思嘉正在吃她的鸡蛋饼，因此不曾注意，直到发觉媚兰呜呜咽咽地哭了，才抬起头来。

"艾希礼死了？"皮蒂帕特尖叫一声，她的头往后一仰，两只胳臂便瘫软地垂下去了。

"啊，我的上帝！"思嘉也叫了一声，浑身的血都冷了。

"不是的！不是的！"媚兰喊道，"快！思嘉！拿她的嗅盐来，闻吧，闻吧，亲爱的，好些了吗？使劲吸呀。不，不是艾希礼。真抱歉，我把你吓坏了。我哭了，是因为太高兴了，"她忽然把那只紧握着的手松开，把手里的一件东西放到嘴唇上亲了亲。"我多么高兴。"说着，又是一阵呜咽。

思嘉匆匆瞥了一眼，发现那是金戒指。

"读吧，"媚兰指着地板上的信说。"啊，他多可爱，多好的心啊！"

思嘉紧张地把那张信笺拾起来，只见上面用粗黑的笔迹写道："南部联盟也许需要它的男士们的鲜血，但还不索要它的女士们的爱情的血液。亲爱的太太，请接受我对你的勇气表示的敬意，并请你不要以为你的牺牲没有意义了。因为这只戒指是用十倍于它的价值赎回来的。瑞德·巴特勒船长。"

媚兰把戒指套在手指上，然后珍惜地看着它。

"我告诉过你他是个上等人，不是吗？"她回过头去对皮蒂帕特这样说，一丝明朗的微笑挂在脸上。"只有一位崇高而用心的上等人才会想到我有多么伤心——我愿意拿出我的金链子来代替。皮蒂帕特姑妈，请你务必写个条子去，请他星期天来吃午饭，我要当面谢谢他。"

由于心情激动，旁的人似乎谁也不曾想起巴特勒船长没有把思嘉的戒指也退回来。可是思嘉想到了，而且很恼火。她知道那不是由于巴特勒船长为人高尚才这样做的，他只是希望获得邀请到皮蒂帕特家里来，而且精确无误地算准了怎样才能得到这一邀请。

"我听说了你最近的行为,心中极为不安,"爱伦的来信中这样写道,思嘉坐在桌前阅读,不由得皱起了眉头。一定是那个讨厌的消息迅速传开了。是哪个缺德的老婆子自告奋勇给爱伦写了信呢?她怀疑到皮蒂帕特身上,可是立即打消了这种想法。可怜的皮蒂帕特,由于害怕因思嘉举止不当而受到指责,一直心惊胆战,她是不会把自己作为监护人的失职行为告诉爱伦的。说不定是梅里韦瑟太太干的吧。

"我很难相信你会这样不顾自己的身份和教养。对于你在服丧期间到公众场合去露面这一过失,考虑到你是想对医院有所帮助,我还可以原谅。但是你居然去跳舞了,并且是同巴特勒船长这样一个人!我听到过许多他的事情,而且波琳上星期还写了信来,说他名声很坏,在查尔斯顿,连他自己家里也没人理他,当然他那位伤透了心的母亲例外。他这样一个品性恶劣的人准会利用你的年幼无知,让你出风头,破坏你和你家庭的名誉。怎么皮蒂帕特小姐会这样疏忽大意,没有好好监护你呀?"

思嘉可怜巴巴地望着桌子对面的姑妈,老太太认出了爱伦的手迹,她那张肥厚的小嘴胆怯地嘟着,像个想凭眼泪来逃避惩罚的小孩子一般。

"我一想起你这么快便忘记了自己的教养,就伤心透了。我已经打算立即把你叫回家来,但这要由你父亲去处理。他星期五到亚特兰大去跟巴特勒船长交涉,并把你接回家来。我担心他会不顾一切对你发火。我祈望你的轻率行为只是由于年轻和欠考虑而引起的。没有人比我更希望为我们的主义服务了,我也希望我的几个女儿都像我这样,可不要辱没——"

信中还有更多这类的话,但思嘉没有读完。她平生第一次给彻底吓坏了。她现在已不想再那样存心反抗了。她觉得自己的确是年幼胡来,就像十岁时的餐桌旁向艾伦摔了一块涂满黄油的饼干那样。她思量着,她那慈祥的母亲如今也在严厉地责备她,而她严厉的父亲就要到城里来跟巴特勒船长办交涉了。她感到了问题的严重性。父亲会很凶的。她终于知道自己已不再是个可爱的淘气孩子,不能坐在他膝头上扭来扭去赖掉一场惩罚了。

"不是——不是什么坏消息吧?"皮蒂帕特紧张得直哆嗦。

"爸爸明天就要来了,他会恶狠狠扑过来呢。"思嘉忧心忡忡地回答。

"普里茜,把我的嗅盐拿来。"皮蒂帕特不安地说,接着把椅子往后一推,丢下刚吃一半的饭不管了。"我——我觉得要晕了。"

"嗅盐在你的裙兜里呢。"普里茜说,她在思嘉背后跳来跳去,欣赏着这幕戏剧。她知道,杰拉尔德先生发起脾气来经常是相当好看的,只要不发在她的头上就好了。皮蒂从裙腰上把药瓶摸了出来,赶快送到鼻子跟前。

"你们大家都留在我身边,一刻也不要丢下我单独同他在一起。"思嘉喊道。"他挺喜欢你们俩的,只要你们在场他就不敢跟我闹了。"

"我可不行,"皮蒂帕特胆怯地说,一面站起来。"我——我觉得不大舒服。我得休息。明天我要躺一整天。你们向他转达我的歉意。"

"胆小鬼!"思嘉心想,生气地瞪了她一眼。

媚兰一想起要面对奥哈拉先生那怒气冲天的模样,也吓得脸发白了,可是她仍然鼓起勇气来保护思嘉。"我会——我会帮助说明你完全是为了医院。他会谅解的。"

"不,他不会,"思嘉说,"而且,唔,如果硬叫我这么丢脸地回塔拉去,我就要死给他看!"

"啊,你不能回去,"皮蒂帕特一声惊叫,又哭起来了。"要是你回去,我就只好——是的,只好请亨利来跟我们住在一起,可是你知道,我不愿意跟他一起住。我只跟媚兰两个人在屋里时,一到晚上就吓死了,因为有那么多男人在城里呀。可是你这个人很勇敢,有你在,家里没有男人我也不怕了!"

"唔,他不会把你带回塔拉去!"媚兰说,看样子她也快要哭了。"如今这就是你的家了。我们要是没有你,怎么办呢?"

"你要是知道我真正的心思,就会巴不得让我走了。"思嘉满不高兴地想,但愿除媚兰之外还有别的人能帮助她躲过这一关。要由一个你最讨厌的人来保护你,那真受不了。

"也许我们应当取消对巴特勒船长的邀请——"皮蒂首先提出来。

"唔,那不行!那就太不礼貌了!"媚兰着急地嚷道。

"扶我上床去吧。我要犯病了。"皮蒂帕特哼哼着。"啊,思嘉,你怎么让我受这个罪呀?"

第二天下午杰拉尔德抵达时,皮蒂帕特已经病倒在床上了。她好几次从紧闭的卧室里传出道歉的口信,并让那两个惊慌失措的女孩子主持晚餐。杰拉尔德虽然也吻了吻思嘉,并在媚兰的脸颊上亲切地拧了一下,叫了声"媚兰姑娘",可始终保持一种令人不安的沉默的态度。思嘉心里很不舒服,觉得还不如让他大喊大叫。媚兰坚守诺言,像个影子似的寸步不离地紧挨着思嘉,而杰拉尔德又是那么讲究的一个上等人,不好在她面前责骂自己的女儿。思嘉不得不承认媚兰机灵聪明,似乎她压根儿不知道怎么回事似的,而且一开始吃晚饭就巧妙地让他忙于说话,不得空。

"我很想听听县里的情况。"她笑容满面地对他说,"英迪亚和霍妮太不爱写信了,可我知道你是了解那边一切动静的,给我说说乔·方丹的婚礼吧。"

杰拉尔德被恭维得高兴起来。他说那次婚礼不怎么热闹,"不像你们几位姑娘当初办的那样。"因为乔的休假很短。芒罗家的小女儿萨莉长得很亮丽。可惜他记不起她穿的什么衣服了。

"第二天乔便回弗吉尼亚去了,"杰拉尔德赶忙补充一句。"以后也没有搞什么活动了。塔尔顿那对孪生兄弟如今也还待在家里。"

"我们听说了,他们恢复健康了吗?"

"他们伤得不重。斯图尔特伤在膝头上,布伦特被一颗米尼式子弹打穿了肩胛。你们也听说过他们在快报上列名了吗?"

"没有呀!给我们说说吧!"

"两个都是冒失鬼。我想他们身上一定有爱尔兰人血统。"杰拉尔德得意地说。"我忘记他们干了些什么,不过布伦特现在是个中尉了。"

思嘉听了他们的功绩心中很高兴,似乎觉得这功绩也属于自己。一个男人只要曾经追求过她,她就永远忘不了他是属于她的,他所做的一切好事也就增添了她的荣誉。

"我还有个消息是你们两人都感兴趣的,"杰拉尔德说。"听说斯图又在'十二橡树'村求婚了。"

"是霍妮还是英迪亚?"媚兰兴奋地问,而思嘉几乎是愤怒地瞪着眼珠子等待下文。

"唔,当然了,是英迪亚小姐。她不是一直牢牢地抓住他,直到我们家这个小妞儿去勾引他为止吗?"

"唔,"媚兰对于杰拉尔德这股直率劲儿感到有点难堪。

"还不只这样呢,如今小布伦特又喜欢到塔拉来转悠了!"

思嘉不好说什么。她的这位情人的背叛在她看来几乎是一种侮辱。尤其她还记得,当她告诉这对孪生兄弟,她快要和查理结婚时,他们多么粗野。斯图尔特甚至威胁要杀死查理或思嘉,或者他自己,或者所有这三个人。那一次闹得可真够吓人呀!

"是苏伦吗?"媚兰问,脸上流露出高兴的微笑。"不过我想,肯尼迪先生——"

"唔,他呀?"杰拉尔德说,"弗兰克·肯尼迪还是那样缩手缩脚,连见了自己的影子也害怕。他要是再不说清楚,我就要问问他究竟安的什么心。不,布伦特的主意是打在我那小妞儿身上。"

"卡琳?"

"她还是个孩子呢!"思嘉尖刻地说,终于又开口了。

"她比你结婚的时候只小一岁多一点点呢,小姐。"杰拉尔德反驳道。"你

不愿意你过去的情人看上你的妹妹？"

媚兰脸红了，她很不习惯这样的坦率态度，于是示意彼得去把甘薯馅饼拿进来。她在心里拼命寻找别的话题，可她什么也想不出来，不过奥哈拉一打开话匣子，只要有人听他，也用不着你去说什么。他谈到物资供销部的需求每月都在增加，谈到杰斐逊·戴维斯多么奸猾愚蠢，以及那些被北方佬以重金招募到军队的爱尔兰人怎样耍流氓，等等。

酒摆到桌上了，两位姑娘站起来准备走开，这时杰拉尔德皱着眉头严峻地看了他女儿一眼，叫她单独留下来一会儿。思嘉无可奈何地瞧着媚兰，媚兰也毫无办法，绞着手里的手绢，悄悄走出去，把门轻轻拉上了。

"好啊，姑娘！"杰拉尔德大声说，一面给自己倒了一杯葡萄酒。"你干得好嘛！你这是想再找一个丈夫啦，刚当了几天寡妇？"

"别这么大声嚷嚷，爸爸，佣人们——"

"他们早知道了，一定的，大家都知道咱们家的丑事了。你那可怜的母亲给气得躺倒了，我也抬不起头来。真丢人呀！不，小家伙，这一回你休想再用眼泪来对付我了，"他快快地说下去，口气中微微流露着惊恐，因为看见思嘉的眼睑已开始眨巴眨巴，嘴也撇了。"我了解你。你是丈夫一死就会跟别人调情的。不要哭嘛。今天晚上我也不想多说了，因为我要去看看这位亮丽的巴特勒船长，这位拿我女儿开玩笑的船长。但是明天早晨——现在你别哭了。我已经决定,你明天早晨就跟我回塔拉去,省得你在这儿丢脸。别哭了,好孩子。瞧我给你带来了什么!这不是很亮丽的礼物吗?瞧呀!你怎么尽给我惹事呢,叫我在忙得不可开交时老远跑到这里来?别哭了!"

媚兰和皮蒂帕特睡着好几个小时了,可思嘉仍然瞪着眼睛躺在闷热的黑暗中,她那颗心显得很沉重。要在这生活刚刚重新开始的时候就离开亚特兰大,就回家去,去见母亲,这该多可怕呀!她死也不愿意回去。她但愿自己此刻就死了,那时大家都会后悔自己狠心。她的头在枕头上转过来转过去,直到隐隐听见寂静的大街上有个声音远远地传来。那是一个怪熟悉的声音,虽然那样模糊,听不清楚。她从床上溜下来,走到窗口。声音愈来愈近,那是车轮的声响,马蹄的得得声和人声。她忽然咧嘴一笑,因为她听到一个带浓重爱尔兰土腔和威士忌酒味的声音在高唱《矮背马车的佩格》,她明白了。这一回又是杰拉尔德。

思嘉隐约看见一辆马车在屋前停下来,似乎有个什么人跟着他,那两个影子在门前站住,随即,思嘉便清清楚楚地听到了杰拉尔德的声音。"现在我要给你唱《罗伯特·埃米特挽歌》,这支歌你肯定熟悉,小伙子。让我教你唱吧。"

"我很想学呢。"他的那位同伴答道,他那拖长的声调中似乎忍着笑似的。"不过,以后再说吧,奥哈拉先生。"

"啊,我的上帝,这就是那个巴特勒呀!"思嘉心里想,开始觉得懊恼,但随即高兴起来。至少他们没有决斗,并且他们一定很投机,才在这个时刻在这种情况下一道回家来。

"我要唱,你就得听,要不我就宰了你,因为你是个奥兰治分子。"

"不是奥兰治分子,是查尔斯顿人。"

"那也好不到哪里去。并且更坏呢。我有两个姨姐妹就在查尔斯顿,我很清楚。"

"难道他想让所有的邻居都听见吗?"思嘉惊恐地想道,一面伸手去找自己的披肩。可是她能怎么样呢? 她不能深更半夜下楼去把父亲从大街上拖进来呀!

这时倚在大门上的杰拉尔德二话不说,便昂着头用低音吼着唱起《挽歌》来。思嘉靠在窗前听着,心里很不是滋味,这本来是支很美的歌,只可惜她父亲唱得很不好听。

歌声在继续,皮蒂帕特和媚兰都给吵醒了。她们不习惯像杰拉尔德这样充满血性的男人。歌唱完了,两个人影叠在一起从过道上走来,登上台阶。接着是轻轻地叩门声。

"只好我去开门了。"思嘉想。"他毕竟是我父亲,而皮蒂是死也不会去的。而且,她不想让佣人们看见杰拉尔德这副模样。要是彼得去扶他上床,他准会发脾气的。"

她用披肩紧紧围着脖子,点起蜡烛,然后迅速从黑暗的楼梯上下去。她把蜡烛插在烛台上,开了门,在摇曳不定的烛光下看见瑞德·巴特勒衣着整齐地搀扶着她那位矮矮胖胖的父亲,他老老实实地挂在这位同伴的臂膀上。他的帽子不见了,那头波浪式的长发乱成一堆白马鬃似的,领结歪到了耳朵下面,衬衫胸口上满是污秽的酒渍。

"是你父亲吧,我想?"巴特勒船长说,黝黑的脸膛上闪烁着两只笑模样的眼睛。他一眼便看遍了她那宽松的睡衣,似乎把那条披肩都看穿了。

"把他带进来。"她毫不客气地说,对自己的装束感到难为情,同时恼恨父亲使她陷入了任人嘲笑的尴尬境地。

巴特勒把杰拉尔德推上前来。"我把他送上楼去好吗? 你是弄不动他的。他沉得很呢。"

她听到这一大胆的提议,便吓得说不出话了。试想果真巴特勒船长上楼去了,此刻正畏缩着躲在被子里的皮蒂帕特和媚兰会怎么样呢!"

"哎哟,不用了!就放到这里,放在客厅里好了。"

"要不要替他脱掉靴子?"

"不要,他本来就是穿着靴子睡的。"

她不小心说溜了嘴,恨不得咬断自己的舌头,因为他把杰拉尔德的两条腿交叉起来时轻轻地笑了。

"现在请你走吧。"

他走过黑暗的穿堂,拿起那顶掉在门槛上的帽子。

"星期天来吃午饭时再见吧。"他边说边走出门去,随手轻轻把门带上。

思嘉五点半钟起身,这时仆人们还没有起来做早餐。她溜进静悄悄的楼下客厅里。杰拉尔德已经醒过来,坐在沙发上,双手捧着圆圆的脑袋。思嘉进去时,他便呻吟起来。

"哎哟,真要命了!"

"你干的好事呀,爸爸!"她愤愤地低声说。"那么晚回来,还唱歌把所有的邻居都吵醒了。"

"我唱歌了?"

"唱了!把《挽歌》唱得震天响呢!"

"可我一点儿也不知道。"

"邻居们会到死还记得的。皮蒂帕特小姐和媚兰也是这样。"

"真倒霉,"杰拉尔德呻吟着,"一玩儿起来,我就什么都忘了。"

"玩儿?"

"巴特勒那小子吹牛说他玩儿扑克天下无敌——"

"你输了多少?"

"怎么,我赢了,当然。只消喝一两杯我就准赢。"

"拿出你的荷包来我看看。"

杰拉尔德好不容易才从上衣口袋里取出荷包,把它打开。他一看里面是空的,这才愣住了。

"五百美元,"他说,"准备给你妈买东西用的,如今连回塔拉的车费也没了。"

思嘉气恼地瞧着那个空荷包,心中渐渐形成一个念头,而且很快就明确了。

"我在这里再也抬不起头来了,"她开始说,"你把我们的脸都丢尽了。"

"闭嘴,孩子。你没看见我的头都快炸了吗?"

"喝得醉醺醺的,带着巴特勒船长这样一个男人回来,扯开嗓子唱歌给大家听,还把口袋里的钱输得精光。"

"这个人太会玩牌了,简直不像个上等人。他——"

"要是妈听到会怎么说呢?"

他忽然惊慌失措地抬起头来。

"你总不至于告诉你妈让她难过吧,你会吗?"

思嘉只嘟着嘴不说话。

"试想那会叫她多伤心,像她这么个柔弱的人。"

"那么你也得想想,爸,你昨晚还说我辱没了家庭呢! 我,只不过可怜巴巴地跳了一会舞,给伤兵挣了点钱嘛。啊,我真想哭。"

"好,别哭,"杰拉尔德用祈求的口气说。"我这可怜的脑袋受不了呀,它真的就要炸了!"

"你还说我——"

"得了,得了,小家伙,别为你这可怜的老爸的话伤心了,他是完全无心的,而且什么也不懂! 当然,你是个又乖又好心的姑娘,我很清楚。"

"还要带我回家去丢脸吗?"

"噢,亲爱的,我不会这样做。那是逗你玩儿的。你也不要在妈跟前提这事,她已经在为家里的开支发急了,你说呢?"

"不提,"思嘉爽气地说,"我不会提的,只要你让我还留在这里,而且告诉妈说,那只不过是些刁老婆子嚼舌根罢了。"

杰拉尔德伤心地看着女儿。

"这是敲诈嘛。"

"昨晚的事也很不名誉呢。"

"好吧,"杰拉尔德只得哄着她说,"我要把那件事统统忘掉。现在我问你,像皮蒂帕特这样一位体面的女士,家里会有白兰地吗?要是能喝一杯解解昨晚的醋醉——"

思嘉转过身来,踮着脚尖经过穿堂,到饭厅里去拿那瓶白兰地酒,这是皮蒂帕特心跳发晕或者似乎要晕时喝的。思嘉脸上是一片得胜的神色,对于自己这样不孝地摆弄父亲一点不觉得羞耻。如今她可以继续待在亚特兰大了,可以凭自己高兴做事了,因为皮蒂帕特本来就是个没主见的女人。她打开酒柜,拿出酒瓶和玻璃杯,把它们抱在胸前站了一会儿,想象着美妙的远景。

她似乎看见举行野餐情景,还有招待会、舞会、坐马车兜风,以及星期日晚上在小店吃晚餐,等等。所有这些活动她都要去,而且成为其中的核心,成为一群群男人爱的焦点。男人们会很快坠入情网,只要你在医院里给他们稍稍做点事情就行。现在她不再讨厌医院了。男人生病时特别容易感动。他们很轻易就会落到一位机灵姑娘的手里,就像在塔拉农场,只要你把果树轻轻一摇,一个个熟透了的苹果就掉下来了。

图文珍藏版

第十一章

那以后一个星期的一天下午,思嘉从医院回来,感到又疲倦又气愤。疲倦,是因为整个上午都站在那里,而气愤的是梅里韦瑟太太狠狠地责备了她,因为她替一个伤兵包扎胳臂时坐在他的床上。皮蒂姑妈和媚兰都戴好了帽子,准备出外作每周一次的访问活动。思嘉不愿去便径直上楼进入自己的房间。

思嘉听见马车轮的声音已远远消失,知道现在家里已没有人了,便悄悄溜进媚兰的房里,拿钥匙把门反锁好。这是一间整洁的小小闺房。

思嘉毫不犹豫地向屋子里床旁边那张桌子走去,桌上摆着一个四方的花梨木信匣。她从匣子里取出一束用蓝带子扎着的信札,那是艾希礼写来的。最上面的一封是那天上午才收到的,思嘉把它打开了。

思嘉头一次来偷看这些信时,感到很不安,也生怕被发觉,双手哆嗦得几乎取不出信来。偶尔之间她也会心一沉,想到"母亲要是知道了会怎么说呢?"她明白,母亲宁愿让她死也决不容许她干出这种无耻的事来。可是这些信的诱惑力实在太强大,使得她渐渐地不顾一切起来,现在她已经成了老手,偷看艾希礼的信这件事也就不再是她良心上的一个负担了。

媚兰对于艾希礼的信向来是慷慨大方的,往往要给皮蒂姑妈和思嘉朗读几段。可那些没有读的段落呢,那正是思嘉感到痛苦的地方,并促使她去偷看这些邮件。她必须弄清楚究竟艾希礼从结婚以来是否已经爱媚兰了。她必须弄清楚他是不是在假装爱她。他在信里给她写温柔亲昵的话吗?他是用怎样热烈的口气表达的呢?

她小地把信笺摊开。

世界经典文库

世界二十大名著

瓢

图文珍藏版

艾希礼的细小匀整的笔迹展现在她眼前,她开始读,"我亲爱的妻",这个称呼立即使她松了一口气。他毕竟还没有称呼媚兰为"宝贝"或"心肝"呢。

"我亲爱的妻:你来信说你害怕我隐藏自己的真实思想,问我近来在想什么——"

"哎哟,我的天!"思嘉深感歉疚地想道。"隐藏他的真实思想。媚兰了解了他的心思吗?或者我的心思?她是不是猜疑他和我——"

她把信更凑近一些,紧张得双手发抖,但是读到下一段时又开始轻松了。

"亲爱的妻,如果说我向你隐藏了什么,那是因为我不想让你为我担忧。不过我什么也瞒不住你,因为你对我太了解了。请不用害怕。我没有受伤,也没有生过病。我有足够的东西吃,间或还有一张床好睡。作为一个士兵,这就够好了。不过,媚兰,我心头压着许多沉重的想法,我愿意向你诉说。

"入夏以来,我晚上总睡不好,一次又一次仰望星星,心里这样想:'你怎么到了这里,艾希礼·威尔克斯?你为什么而打仗呢?'

"当然不是为名誉和光荣。战争是肮脏的事业。我是个天生的地地道道的乡下书呆子!因为,媚兰,军号和战鼓都无法令我激动,我已经清清楚楚看出我们是被出卖了,被我们南方人狂妄的私心所出卖了——我们相信我们一个人能够击垮十个北方佬,相信棉花大王能够统治世界。我们被那些高高在上的人们出卖了,他们用空谈、花言巧语、偏见和仇恨,用什么'棉花大王'、'奴隶制'、'州权'、'该死的北方佬'把我们引入了歧途。

"所以,每当我躺在地上仰望着天空追问自己'为了什么而打仗'时,我就想起州权、棉花、黑人和我们从小被教导去憎恨的北方佬,可是我知道所有这些都不是我来参加战争的理由。另一方面,我却看见了我们美丽宁静的村庄,我们甜蜜的生活。也许这就是所谓的爱国心,就是对家庭和乡土的爱吧。我是在为以往的日子,为我们珍爱的旧的生活方式而战斗。但这种生活方式,不论战争的结局怎样,它都将一去不复返了。因为,不论胜也罢,败也罢,我们同样是要丧失的。

"如果我们打赢这场战争，建立我们梦想的棉花王国，我们也仍然是失败了，因为我们会变成一个与以往不同的民族，旧的宁静的生活方式被打碎了，世界会来到我们的门口吵着要买棉花，我们制定着价格。那时，我们就会变得跟北方佬一模一样，像他们那样利欲熏心，贪得无厌，而这些都是我们现在所蔑视的。如果我们失败了，啊，媚兰，如果我们失败了呢？

"我并不是怕危险，怕被俘，怕受伤，甚至死亡，我怕的是一旦战争结束，我们就永远也回不到原来的时代去了。我不知道未来会是什么样，不过可以肯定不会像过去那样美丽和令人满意了。

"当我向你求婚时，我不曾想到今天。我只想到平和、舒适而安定地生活下去。可没有想到会像今天这样，从来也没有想到啊！没有想到我们竟会碰到这种血腥的屠杀和仇恨！如果北方佬打垮了我们，前景就不堪设想了。而且，亲爱的，他们还很可能把我们打垮呢！"

但是思嘉没有继续读下去，小心地把信折起来，装进封套，因为读得实在有点厌烦了。而且，信中用的那种语调，那些谈论失败的蠢话，使她隐隐感到压抑。她毕竟不是要从媚兰的这些信件中来了解战争呀。

她唯一想知道的是，艾希礼给不给妻子写那种感情热烈的信。看来至今还没写过。她读了读信匣里的每一封信，发现信写得很亲切，幽默而随便，但绝不是情书。像每回偷看之后那样，思嘉都感到称心如意的感觉，因为她确信艾希礼还在爱着她。

"他怎么会写出这样没意思的信来，"思嘉想，"要是我有个丈夫给我写这种无聊的废话，看我怎样教训他！怎么，连查理写的信也比这些强呢！"

她思索着刚刚读过的那封信中的话："没有想到会像今天这样，从来也没有想到啊！"它们似乎是一个痛苦的灵魂面对着某种他无法回避的东西在发出呼叫似的。这使她感到困惑，因为他既然不害怕受伤甚至死亡，还害怕什么呢？

"战争把他搅乱了——他不喜欢那些使他困扰的事情……例如我……他爱我,可是他害怕跟我结婚,因为——因为怕我打乱他的宁静的思想和生活方式。不,他不见得就是害怕。艾希礼并不是胆小鬼。不过——他这人是生活在自己的思想里而不是在外界人世间,他极不愿意出来深入现实,而且——唔,我不明白那是怎么回事! 要是我早几年就了解他这个特点,我想他一定跟我结婚了!"

她把那束信贴在胸口上站了一会儿,恋恋不舍地想着艾希礼。自从她初次爱上他那天以来,她对他一往情深。当时她才十四岁,那一天她站在农场走廊上,看见艾希礼骑在马上微笑着缓缓而来,他的头发在早晨的阳光下银光闪闪,那时这种感情便涌上心头,使她激动得说不出话来了。她的爱情仍然是一个年轻姑娘对一个她所不能理解的男人的仰慕,这个男人的许多品质都是她所欠缺却非常敬佩的。他仍然是一个年轻姑娘梦想中的完美的骑士,而她的梦想只不过是他爱她,所希望的只不过是一个吻罢了。

读完那些信后,她深信即使他已经跟媚兰结婚,但爱的仍然是她思嘉;只要明确了这一点,她就没有别的奢望了。她对艾希礼的爱情是不一样的,那是与情欲或婚姻无关系的,是一种神圣而非常惊人的美丽的东西,一种在长期被迫默不作声,但时常以回忆和希望来维持着的过程中越来越浓烈的激情。

她叹息着用带子把那一大束信小心地捆好。她向对面的镜子走去,在那里得意扬扬地理了理头发。她又精神抖擞起来了。她看见自己的白皙皮肤和斜斜的绿眼睛,微笑着漾出那两个酒窝来。这时,她愉快地瞧着镜中的影像,记起艾希礼喜爱她的酒窝,便把巴特勒船长从心中打发走了。

她开了门,心情舒畅地走下阴暗的螺旋形楼梯,走到一半便开始唱起《到这场残酷战争结束时》来了。

图文珍藏版

第十二章

战争在继续进行,尽管胜利了大部分,但人们已不再说"再来一个胜仗就可以结束战争"这样的话了,也不再说北方佬是胆小鬼了。现在大家都已明白,北方佬远不是胆小鬼,并且也不是再打一个胜仗就能击垮的。并且胜利都付出了重大的代价。亚特兰大各个医院和一些居民家里,伤病员迅速增多,同时有愈来愈多的女人穿上了丧服。

南部联盟政府的货币在惊人地贬值,商品价格随之急剧上涨。白面极贵又很难买到,所以普遍以玉米面包代替饼干、面包卷和蛋糕。肉店里没有牛肉,连羊肉也很少,而羊肉的价钱又贵得只有阔气人家才买得起。好在还有充足的猪肉,鸡和蔬菜也不少。

北方佬的封锁已加紧了,所以像茶叶、咖啡、丝绸、香水、时装杂志和书籍等奢侈品,就既稀少又很贵了。甚至最便宜的棉布的价格也在飞涨,以致许多人家又开始织布了。

各个医院已经在为缺乏药物而发愁了。纱布和棉布绷带现在也很贵重,用后不能丢掉要清洗后再用。

但是,对于刚刚从寡妇寂寞的生活中跑出来的思嘉来说,战争只不过是一个愉快和兴奋的时候而已。甚至生活艰苦她也一点不以为然,只要重新回到这广阔的世界里便心满意足了。

她回想过去一年的沉闷日子,一天又一天毫无变化,便觉得眼前的生活变得太快,快得令人难以相信。每天都是一个新的激动人心的日子,她会遇到一些新的人,他们要求来拜访她,说她多么亮丽。她能够并且的确爱着艾希礼直到自己生命中的最后一息,可是这并不妨碍她去引诱别的男人来向她求婚。

战争给了后方人们一个不拘常规地进行社交活动的机会,这使老人们大为吃惊。做母亲的发现陌生男人来拜访女儿,更可怕的是她们的女儿竟与这些人手携手地坐在一起!梅里韦瑟太太觉得南方的道德正迅速而全面地崩溃,而且常常提出这样的警告。

可是那些说不定什么时候就会牺牲的男人,是不耐烦等待一年才去和姑娘亲热的。他们也不会履行原先那种冗长的正式求婚礼节。至于女孩子们,她们本来很清楚上等人家的姑娘一般要拒绝男方三次,而如今却在头一次就急忙接受了。

这种不正规的状况使思嘉觉得战争还是相当有趣的。除了护理工作太肮脏和卷绷带太麻烦以外,她不怕战争这样拖延下去。事实上,她现在对医院几乎没有什么厌恶了,那里还是一个很好很愉快的狩猎场呢。那些无依无靠的伤兵会乖乖地屈服于她的魅力之下。啊,经历了过去一年的暗淡日子,这里就是天堂了!

思嘉又回到她结婚以前的生活,还似乎根本没有嫁给他,根本没有感受过他死亡的打击,根本没有生过韦德似的,她一点也没有改变。她有一个孩子,可是有人在仔细照料着他,她简直可以把他忘了。她在思想和情感上又成了原来的思嘉,原来那个美女。她不顾皮蒂姑妈那些朋友们的非议,仍然像结婚以前那样为人处事,如参加宴会啦,跳舞啦,同士兵一起骑马外出啦,彼此调情啦。她对自己的姿容和到处招人爱慕是非常得意的。

在这个几周以前还令人痛苦的地方,如今她感到愉快起来了。她高兴又有了一些情人,高兴听他们说她仍然那么美丽。

1862年秋天就这样在欢乐的生活中飞快地过去了,连回塔拉小住几回也来去匆匆。在塔拉的小住是令人失望的,因为很少有机会跟母亲倾心长谈,也没有时间陪着她做针线活儿,闻闻她香囊中散发的隐隐香味,或者让她的温柔的手在自己脸颊上轻轻抚摩一番。

母亲瘦了，似乎有满腔的心事，并且从清早忙起，一直要到全农场的人都入睡以后许久才得休息，她的任务是设法让塔拉农场拼命生产。连杰拉尔德也不得闲，每天都得亲自骑马到田里去来回巡视。甚至她的两个妹妹也各有各的心事，不得清闲。

虽然思嘉每回都是怀着愉快的心情到塔拉老家去的，但她要回去时也并不觉得难过。倒是母亲在这种时候，想到她的长女和唯一的外孙即将离开她，总要长吁短叹，默默地伤心一番。

"我不能只顾自己把你留在这里，既然那边需要你参加护理工作，"母亲说，"只是——只是，亲爱的，我总觉得还没有来得及跟你好好谈谈，没有好好地重新叙一叙母女之情，而你很快就走了。"

"我永远是你的小女儿。"思嘉总是这样说，一面把头紧靠在母亲胸口，内心深感歉疚。她没有说，她急于回到亚特兰大去不是要为南部联盟服务，而是因为在那里可以跳舞，还有许多情人。近来有许多事情她向母亲隐瞒了，其中最重要的是瑞德·巴特勒常常到皮蒂特姑妈家来这件事。

在义卖会之后几个月里，瑞德每次进城都要来拜访皮蒂帕特姑妈家，然后带着思嘉一起坐马车外出，陪她去跳舞和参加义卖会，并在医院外面等着把她送回家来。她也不再担心他会泄露她的秘密了，不过在意识深处仍然不安，即他目睹过她那件最丢人的事，知道她和艾希礼之间的真正关系。正是这个缘故，他每次跟她过不去时，她都不说什么。可是他却时常跟她过不去。

他已经三十五六岁了，比她曾经有过的任何情人都大，因此她在他跟前简直毫无办法，不能像对待那些年龄与她相近的情人那样来对待和支配他。他总是显得若无其事，似乎世界上没有什么令人惊奇之处反而非常好玩似的；所以她即使被气得说不出话了，也觉得自己给他带来了莫大的乐趣。她在他的巧妙引逗下往往会勃然大怒,在这以前,她除非在母亲跟前,是从来不控制自己的脾气的,可如今为了避免他那得意的冷笑,便不得不忍着气把嘴边的话憋了回去。她恨不得他也发起脾气来,那时她就不会总处于这种不利地位了。

她几乎每次跟他斗嘴都没有占到便宜,事后总是狠狠地说这个人不行,没有教养,不是上等人,她再也不同他交往了。可是过一段时间,他又回到了亚特兰大,又假装拜访皮蒂姑妈,殷勤地送给思嘉一盒糖果。或是在社交性的音乐会上抢先占一个思嘉身旁的座位,或者在舞会上紧盯着她,而她对他这种殷勤的态度感到高兴,总是笑呵呵的,宽恕了他过去的冒失,直到下一次再发生为止。

虽然他的有些品性叫人很恼火,她还是喜欢他来拜访。他身上有一种她无法理解而令人兴奋的东西,一种与众不同的东西。他那挺拔的身躯不乏惊人之处,所以只要他走进屋来,就能让你觉得受到冲击,同时那双黑眼睛流露着无礼和暗暗嘲笑的神色,这给思嘉以精神上的挑战,使她下决心要把他降服。

"这几乎像是我已经爱上他了!"她心中暗想,有点莫名其妙。"不过,我并没有,只是不明白究竟是怎么回事。"

可是那种兴奋的感觉依然存在。他每次来看她们,他那全副的男性刚强之气总要使得皮蒂姑妈的这个有教养的上等人家显得狭小暗淡,并且颇有点酸腐味儿。思嘉并不是这个家庭中唯一对他产生奇异感觉的人,因为连皮蒂姑妈也被他逗得心慌意乱了。

皮蒂明明知道爱伦会反对巴特勒来看她的女儿,也知道查尔斯顿上流社会对他的排斥是一件不容忽视的事,可是她抵制不住他那精工设计的恭维和殷勤,就像一只花蝇经不起蜜糖缸的引诱那样。加之,他往往送给她一两件从纳索带来的小礼品,口称这是他冒着生命危险专门为她买来的——这些礼物无非是别针、织针、纽扣、丝线、发夹之类。不过,这种小小奢侈品现在格外难得,而皮蒂又缺乏道德上的毅力,只好接受巴特勒的馈赠了。此外,她还有一种孩子般的嗜好,喜欢亮丽的包装,一看见礼品便忍不住要打开来看看,既然打开了又怎么好再退还呢?于是,收下礼品之后,她就再也鼓不起勇气来说什么了。

"我不明白他究竟是怎么回事。"她时常无可奈何地叹息。"可是——说真的,我觉得他是个亲切的好人,如果只凭感觉来说的话——嗯,他在内心深处是尊重妇女的。"

媚兰自从收到那只退回的结婚戒指以后,便觉得瑞德·巴特勒是个文雅而精细的上等人,现在听皮蒂这样评论,还不免感到震惊呢。他一向对她很有礼貌,可是她在他面前总有点怯生生的,这是因为她跟每一个不是从小认识的男人在一起时,都会感到羞涩。她还暗暗地为他十分难过。她深信一定有段伤心事把他的生活给毁了,才使他变得这样强硬而苛刻,而他目前最需要的是一个好女人的爱。媚兰一向生活在深闺之中,没见过什么恶人恶事,很难相信它们的存在,所以当她听到人们悄悄谈论瑞德和那个女孩子在查尔斯顿发生的事情时,便大为震惊,不敢相信。她不仅没有对他产生恶感,反而更加暗暗地同情他,觉得他蒙受了重大的冤屈,她为之愤愤不平。

思嘉默默地同意皮蒂姑妈的看法。她也觉得巴特勒不尊重女人,只有对媚兰或许是例外。每当他的眼光从上到下打量着她的身躯时,她总觉得自己像没穿衣服似的。他那双可恶的眼睛肆无忌惮地向你瞧着,似乎所有的女人都不过是他任意享用的财产罢了。这副神情只有跟媚兰在一起时才不会出现。他望着媚兰时脸上从没有过那种冷冷的神态,眼睛里从没有嘲讽意味;他对媚兰说话时,声音也特别客气,尊敬,似乎很愿意为她效劳似的。

"我不明白你为什么对媚兰比对我好得多,"有天下午思嘉不耐烦地对他说,当时媚兰和皮蒂睡午觉去了,她单独跟他在一起。

"我比她亮丽得多,"她继续说道,"你为什么偏偏对她更好一些。"

"你是在妒忌吗?"

"啊,别胡猜!"

"你又使我失望了。如果说我对威尔克斯太太好一些,那是因为她值得我这样做。她是我平生很少见过的一个温厚、亲切而不自私的人。不过你或许忽视了她的这些品性。而且,虽然她还年轻,她却是我有幸结识过的很少几位伟大女性之一呢?"

"那么你不认为我也是一位伟大女性吗?"

"我想,在我们头一次遇见时,我们就彼此同意你根本不是个上等女人了。"

"啊,看你再敢那么可恨,那么放肆地提起这件事来!你怎能这样任性地说我的坏话呢?并且那是许久以前的事了,如今我已经长大,要是你不常常提起来说个没完,我就压根儿把它忘记了。"

"我并不认为那是小孩子脾气,也不相信你已经忘了。即使今天,只要你一不如意,你还会像当时那样摔花瓶的。不过你现在大体上是惬意的,因此用不着摔那些小古董了。"

"啊,你这——我真恨不得自己是个男人!那样我就要把你叫出去,把你——"

"把我宰了,以解你心头之恨。可是我能在五十码之外打中一个银币呢。最好还是抓住你自己的武器——酒窝呀,花瓶呀,等等。"

"你简直是个流氓!"

"你想用辱骂来激怒我吗?很遗憾,我只能叫你失望。你说得这么对,我怎么能生气呢?我的确是个流氓,又怎能不是呢?像你这样的人,亲爱的女士,明明心是黑的却偏要掩盖它,并且一听到别人这样骂你,你就大发雷霆,那才是虚伪呢。"

在他那冷静的微笑和不动声色的批评面前,她毫无办法,因为她以前从没碰到过这样难以对付的人。她的武器诸如蔑视、冷漠、谩骂,等等,现在都不管用了,因为不论她怎么说都不能让他感到羞耻。他承认你所说的一切,而且笑嘻嘻地鼓励你再说下去。

在这几个月里,他常常来来去去,来时不预先通报,去时不说再见。思嘉从来不知道他究竟到亚特兰大来干什么。并且她也感到很疑惑,如果他曾经表示过爱她,妒忌那些成天围着她转的男人,甚至拉着她的手,向她讨一张照片或条手绢来珍藏的话,她就会得意地认为他已经被自己的魅力迷住了。可是,他却仍然故意烦你,不像个恋爱的样子,而最糟糕的是他好像已经识破她引诱男人的手腕了。

他每次进城来都会在女性当中引起一阵骚动。这不仅仅由于他身上有股冒险的罗曼蒂克气息,还因为这中间夹杂着一种危险和遭禁的刺激性。他的名声太坏了! 可这只能使他对年轻姑娘们具有更大的魅力。因为这些姑娘都很天真,想不出他究竟是怎么个"放荡"法。她们还听见别人悄悄地说,女孩子跟他接近是危险的。可是,虽然名声这样坏,他自从第一次在亚特兰大露面以来,却连一个未婚姑娘的手也没有吻过,这不很奇怪吗? 当然,这使他显得更神秘和更富于刺激性了。

除了军队中的英雄,他是亚特兰大最瞩目的人物。人人知道,他是由于酗酒和"跟女人的某种瓜葛"而被西点军校开除的。那件关于他连累了一位查尔斯顿姑娘并杀了她兄弟的可怕丑闻,早已是家喻户晓的了。人们还进一步了解到,他的父亲是位意志刚强、性格耿直和令人敬爱的他把二十岁的瑞德分文不给地赶出了家门,甚至从家用《圣经》中画掉了他的名字。从那以后,瑞德加入1849 年采金的人潮到过加利福尼亚,后来到了南美洲和古巴。他在那些地方的经历据说都不怎么光彩,譬如,为女人闹纠纷啦,决斗啦,给中美洲的革命党人私运军火啦,等等,其中最坏的是赌博,像亚特兰大人所听说的。

在佐治亚,几乎每个家庭中都有男人在参加赌博,输钱,甚至输掉房子、土地和奴隶,使得全家痛苦不堪。不过,这与瑞德的情况不同。一个人可以赌得倾家荡产,但仍不失其上等人身份,可是一旦成了职业赌徒就是被社会遗弃的了。

有谣传说,巴特勒船长是南方最出色的舵手之一。又说他行动起来是不顾一切和镇定自若的。他生长在查尔斯顿,熟悉海港附近任何一个小港小湾、沙洲和岩礁,同时对威尔明顿周围的水域也了如指掌。他从没损失过一只小船或被迫抛弃哪怕很小一批货物。当战争爆发时,他突然从默默无闻中崭露头角,用手头的钱买了一条小小的快艇,而现在,封锁线货物的价钱已涨了二十倍,他也拥有四条船了。他那几条船在为南部联盟政府运出棉花和运进南方所迫切需要的战争物资两方面都是特别幸运的。所以,那些太太们对于这样一位勇敢人物便宽容多了,而且把他的许多事情都忽略了。

他身材魁伟,在他面前走过的人都不觉要回头看看。他大把地花钱,骑一匹野性的黑公马,衣着也是极考究的。这最后一点就足以引人注目了,因为现在军人的制服已经又脏又破,老百姓即使穿上最好的衣裳也看得出是仔细修补过的。思嘉觉得还从没见过像他身上穿得这么雅致的裤子呢。至于他的那些背心,则都是非常亮丽的货色,尤其那件白纹绸上面绣有小小粉红蔷薇花蕾的,更是无比精美。这样的衣着配上他那潇洒的风度,显得十分相称。

只要他着意显示自己的魅力,那是很少有女人能够抗拒的,结果连梅里韦瑟太太也殷勤地邀请他星期天到家里来吃午饭了。

梅贝尔·梅里韦瑟准备同那位小个儿义勇兵结婚,她一想起这件事就伤心,因为她想要穿一件白缎子衣服结婚,可是现在根本找不到白缎子。连借也没处借,因为多年以来所有的缎子结婚礼服都拿去改作军旗了。爱国的梅里韦瑟太太想批评自己的女儿,并想指出对于一位拥护南部联盟的新娘来说,穿家织布的结婚礼服是很光荣的。梅贝尔非要穿缎子不行。为了主义,她可以没有发夹,或者没有纽扣和好的鞋子,没有糖果和茶,但就是要穿一件缎子的结婚礼服。

瑞德从媚兰那里听到了这件事,便从英国带回来许多闪亮的白缎子和一条

精美的网状面纱,作为结婚礼品送给她。梅贝尔高兴得几乎要吻他了。但梅里
韦瑟太太知道,送这么昂贵的礼品——并且是一件衣服料子——不太好,可是
当瑞德以非常亮丽的措辞说,对于我们一位出色英雄的新娘来说,用不论多么
美丽的衣饰来打扮她都应该,这样她就无法拒绝了。于是梅里韦瑟太太便邀请
他到家里来吃午饭。

他不仅给梅贝尔送来了精美的缎子,并且能对礼服的式样提出宝贵的
建议。

假如他不是那样很有大丈夫气概,他这种善于描述衣服帽子和头饰的本领
简直像个最精明的女人。太太们纷纷向他提出关于流行服装款式和发型的问
题,连她们自己也觉得奇怪,不过她们仍然这样做。她们与时髦世界完全隔绝
了,就像那些流落在荒岛上的水手。瑞德能留意妇女所最敏感的那些细节,每
次回来都会被一群妇女包围,告诉她们今年帽子小了,戴得高了,几乎遮盖着最
大部分头顶,用羽毛做装饰;告诉她们,法国皇后晚上已不梳发髻,而是把头发
几乎全堆在头顶上,将耳朵全露出来,同时晚礼服的领口又惊人地低了。

这几个月他成了最出名和最富浪漫色彩的人物,尽管他的名声不好,而且
传说他不仅跑封锁线并且做粮食投机生意。不过,即使有这么多闲言碎语,如
果他认为值得的话,他还是可以保持自己的声望的。可是不,他身上那种怪癖
的东西渐渐又发作起来,使得他抛弃了原来的态度而公然与那些爱国公民
作对。

看来他似乎对南方怀有一种并非出于个人好恶的轻蔑。正是他那些对于
南部联盟的评论,引起了亚特兰大人的惊讶、冷淡和愤怒。等不到进入 1863
年,每当他出现,男人们便以敬而远之的态度去应付他,妇女们则立即把她们的
女儿叫到自己身边来了。

而他似乎很高兴让自己以一个糟糕的形象出现。他不接受别人的称赞,以

轻蔑的口吻谈起勇敢的士兵,而且公开宣称自己只是赚钱。

他与每个人交谈时都隐隐约约带有嘲讽的意味了。凡是人家称赞他为南部联盟效劳时,他总忘不了说那只是他的一桩生意。他会用眼睛盯着那些与政府签有合同的人平静地说,要是能从政府合同中赚到同样多的钱,那么他肯定要放弃跑封锁线的危险,转而向南部联盟出售劣等布、掺沙的白糖、发霉的面粉和腐烂的皮革了。

他的评论大多是无可置疑的,这就更叫人恼火了。本来就已经传出了一些关于政府合同的丑闻,那些令人敬仰的上等人一方面热心地捐钱捐物,一方面狠狠地大发战争财。

他与亚特兰大人作对,不仅讽刺那些身居高位的人贪污受贿,前方的战士胆小厌战,并且幸灾乐祸地施展手腕,叫一般体面的市民也处于非常尴尬的境地。他禁不住要狠狠地讽刺周围那些人的自负、伪善和神气十足的爱国心,就像一个孩子忍不住手痒要刺破一个气球似的。

在亚特兰大城接待瑞德的那几个月中,思嘉对他没有存任何幻想。她知道,他那些殷勤和花言巧语只是嘴上说说而已。

她虽然非常清楚他是不诚心的,但仍然十分喜欢他扮演的那个罗曼蒂克的封锁线冒险家。因为这使得她同他交往很方便。因此,当他一旦取下那个假面具、公然跟亚特兰大人的善意作对时,她便大为恼火了。她感到恼火,是因为这种做法显得非常愚蠢,并且有些对他的严厉批评落到了她的身上。

那是在埃尔辛太太为康复期伤兵举行的一次银圆音乐会上,瑞德与亚特兰大彻底绝交了。

在音乐会上,每个有一技之长的姑娘,都唱的唱了,弹的弹了。这其间,民兵威利·吉南的声音清楚地传出来:"那么我想,先生,你的意思是我们的英雄们为之牺牲的那个主义并不是神圣的?"

"假如你给火车轧死了,你的死不见得会使铁路公司更神圣,是吗?"瑞德这样反问,那声音听起来似乎他在虚心讨教似的。

"先生,"威利说,声音有点颤抖,"如果我们此刻不是在这所房子里——"

"我想象不出那会发生什么,"瑞德说,"因为,当然喽,你的勇敢是有名的。"

威利气得满脸通红,谈话到此中止。人人都觉得很尴尬。威利健康而强壮,并且正当参军年龄,可是没有上前线。的确,他是他母亲的独生子。不过当瑞德说到勇敢时,在场那几位康复的军官中便有人在鄙夷地窃笑了。

"唔,他为什么不闭嘴呢!"思嘉生气地想。"他简直是在糟蹋这整个集会呀!"

米德大夫的眉头皱得要发火了。

"对你来说,年轻人,世界上没有什么是神圣的。"他以演讲时用的那种声调说。"不过,有许多事物对于南方爱国的先生太太们是神圣的呢。"

瑞德似乎懒得搭理似的,声音中也带有厌烦的感觉。

"一切战争都是神圣的,"他说。"对于那些发动战争的人来说就是这样。如果发动战争的人不把战争奉为神圣,那谁还那么愚蠢要去打仗呢?但是,不论演说家们喊出什么样的口号,不论他们给战争说出什么样的崇高目的,战争从来就只有一个原因,那就是钱。一切战争都是对于钱的争吵。"

思嘉急忙向那愤怒的人群走去,她看见瑞德正得意扬扬地穿过人群走向门口。她跟在他后面,但埃尔辛太太一把抓住她的裙子,拦阻她。

"让他走吧,"她清清楚楚地说道,这使得全屋子里突然沉默下来的人群都听见了。"让他走。他简直是个卖国贼,投机家!他是在我们怀里养育过的一条毒蛇!"

瑞德站在门厅里,手里拿着帽子,正如埃尔辛太太所希望的那样听见了她的话,然后转过身来,向屋里的人打量了一会。他锋利地逼视着埃尔辛太太平板的胸脯,突然微微一笑,鞠了个躬,走出去了。

梅里韦瑟太太搭皮蒂姑妈的马车回家,四位女士几乎还没坐下,她便大喊起来了。

"你瞧,皮蒂帕特·汉密尔顿!我想你该感到满意了吧!"

"满意什么?"皮蒂惊恐地喊道。

"那个你一直庇护的巴特勒的德行呀!"

皮蒂帕特一听就急了,气得竟想不起梅里韦瑟太太也招待过巴特勒这回事。倒是思嘉和媚兰想了起来,因为要尊敬长辈,她们只得忍着不去计较,都低下头来瞧着自己的手。

"他不只侮辱了我们大家,还侮辱了整个南部联盟呢。"梅里韦瑟太太说,她那结实的前胸猛烈地起伏着。"说什么我们是在为金钱而战!说什么我们的领袖们欺骗了我们!应该把他关进监狱!是的,就是应该!要是梅里韦瑟先生还活着的话,他准会去收拾他的!现在,皮蒂·汉密尔顿,你听我说,你决不能再让这个流氓到你们家来了!"

"嗯,"皮蒂没奈何地咕哝着,她觉得无地自容,还不如死了的好。她乞求似的望着那两位低头不语的姑娘，叹了口气，说："好吧，多丽，如果你认为——"

"我就这样认为。"梅里韦瑟太太坚决回答说。"我不知道你中了什么邪竟去接待起他来了。从今天下午起，城里没有哪个体面人家会欢迎他进家门的了。你得禁止他到你家来。"

她向两位姑娘狠狠地瞪了一眼。"我希望你们俩也记住我的话，"她继续说，"因为你们在这个错误中也有份儿，竟对他那样好！要毫不含糊地告诉他，他本人和他的那些混账话在你们家里是绝对不受欢迎的。"

这时思嘉火了，眼看要暴跳起来了。可是她忍住不开腔。她不能冒这个风险让梅里韦瑟太太再给母亲写封信去。

"你这头老水牛！"她想，怒火把脸孔憋得通红。

"我从没想到这辈子还能听到这种卑鄙的话。"梅里韦瑟太太继续说，但这次用的是一种激于义愤的口气。"他这样的人，都应该绞死！从今以后，你们两个女孩子不能再跟他说一句话了——怎么，媚兰，我的天，你这是怎么了？"

媚兰脸色灰白，两只眼睛瞪得圆圆的。

"我还要跟他说话，"她低声说，"我决不对他无礼。我决不禁止他到家里来。"

梅里韦瑟太太气得似乎给当胸刺了一锥子。皮蒂姑妈那张肥厚的嘴巴吓得合不拢来。连彼得大叔都回过头瞪着眼发呆了。

"唉，我怎么就没敢说这话呢？"思嘉又是妒忌又是佩服，心里很不是滋味。"怎么这小兔子居然鼓足勇气站起来了，跟人家老太太抬杠了？"

媚兰激动得两手发抖，但她赶紧继续说下去，似乎生怕稍一迟缓勇气就会消失似的。

"我决不因他说了那些话而对他无礼，因为那也是艾希礼的想法。我不能把一个跟艾希礼有同样看法的人拒之门外。那是不公道的。"

梅里韦瑟太太已缓过气来。

"媚兰·汉密尔顿,我还从没听人这样胡扯过呢!威尔克斯家可绝没有这样的胆小鬼——"

"我没说艾希礼是胆小鬼!"媚兰说,她那两只眼睛在开始闪烁。"我是说他也有巴特勒船长那样的想法,只是说得不一样罢了。他不会跑到一个音乐会上去说,不过他在信里是对我说过的。"

"艾希礼在信中说我们不该跟北方佬打仗。说我们被那些政治家和演说家煽动人心的口号和偏见所蒙蔽了,"媚兰急速地说下去。"他说在这场战争中根本没有什么光荣可言——有的只是苦难和肮脏而已。"

"我不相信这些,"梅里韦瑟太太固执地说,"是你误解了他。"

"我永远不会误解艾希礼,"媚兰冷静地回答,虽然她的嘴唇在颤抖。"我完全了解他。他的意思与巴特勒船长说的意思相同,只不过他没说得那样粗鲁罢了。"

"你应当为自己感到羞耻,居然把高尚的艾希礼去跟一个像巴特勒那样的流氓相比!我想,你大概也认为我们的主义一钱不值吧!"

"我——我不明白自己是怎么想的。"媚兰犹疑不定地说,这时火气渐渐消了,对自己的直言不讳开始感到惊慌。"我——我愿意为主义而死,就像艾希礼那样。不过——我的意思是——我的意思是,应该让男人们去想这些事。"

"我还从没听说过这样的话呢。"梅里韦瑟太太用鼻子哼了一声,轻蔑地说。"停车,彼得大叔,你都过了我们家门口了。"

彼得大叔一直在专心听着背后的谈话,所以忘记在梅里韦瑟家门前停车了,于是只得退回来。梅里韦瑟太太下了车。

"你们是要后悔的。"她说。

彼得大叔抽一鞭子,马又向前跑了。

"你们两位年轻小姐应当感到羞耻,让皮蒂小姐气成了这样。"他责备说。

"我并不生气呀。"皮蒂惊讶地回答,"媚兰,亲爱的,你及时帮助了我,因为说真的,我很高兴有人来把多丽压一下。她多么霸道呀!你怎么会有这股勇气的?可是你觉得你应当说关于艾希礼的那些话吗?"

"可那是真的,"媚兰回答,同时开始轻轻地哭泣起来。"并且我也并不觉得他的想法可耻。他认为战争完全错了,可是他仍然愿意去打,去牺牲,而这就比你自愿去打仗需要更大的勇气。"

思嘉一声不响。这时媚兰将一只手塞进了她的手里,似乎在寻求安慰似的,可是她连捏都没有捏它一下。她偷看艾希礼的信时只有一个目的——让自己相信他仍然爱她。现在听了媚兰的话,这是思嘉读信时压根儿没有看出来的。这使她大吃一惊地发现,原来一个像艾希礼这样完美的人,也居然会跟一个像瑞德·巴特勒那样的无赖汉想法相同呢。她想:"她们两个都看清了这场战争的实质,但艾希礼愿意去为它牺牲,而瑞德不愿意。我觉得这表示瑞德的见识是高明的。""他们两个看见了同一件不愉快的事实,但是瑞德·巴特勒正面逼视它,而且公之于众。而艾希礼呢,却几乎不敢向它正视。"

这真是叫人迷惑不解的事啊!

第十三章

在梅里韦瑟太太的怂恿下,米德大夫给报纸写了封信,尽管没有点瑞德的名,但意思是很明显的。

米德大夫的信在南方普遍展开了一个声讨投机家、牟取暴利者和政府合同商的高潮。

亚特兰大人读着这封信,知道讨伐巴特勒的檄文已经发布,于是他们这些忠诚的南部联盟拥护者齐心协力起来完成这件事。

所有在1862年秋天接待过巴特勒的人家中,几乎唯独皮蒂姑妈家到1863年还容许他进入。而且,如果没有媚兰,他很可能那里也进不去了。

"我就是不知道怎么办好。"皮蒂姑妈诉苦说。"只消他看着我,我就——我就吓得没命了,不知他会干出什么事来。他的名声已坏到了这个地步。你看,他会不会打我——或者——或者——啊,要是查理活着就好了。思嘉,你一定得告诉他不要再来了。好声好气地告诉他。媚兰,你不要对他那么好了。要冷淡疏远一些,那样他自己就会明白的。"

"不,"媚兰说。"我也决不会对他无礼。我想人们对于巴特勒船长都在瞎嚷嚷。我相信他不至于那么坏,他不会囤积粮食让人们挨饿。噢,他还给了我一百美元的孤儿救济金呢。我相信他也是忠诚和爱国的,只不过他过于骄傲,不屑为自己辩护罢了。你知道男人们一旦激怒了会变得多么固执的。"

皮蒂姑妈只能摇着那双小小的胖手表示没办法。至于思嘉,她很久以来就对媚兰那种专门从好的方面看人的习惯不存希望了。媚兰是个傻瓜,在这一点上谁都对她没有办法。

思嘉知道瑞德并不爱国，而且，她也毫不在乎，倒是他带来的那些小礼品，她却非常重视。在物价如此昂贵的情况下，如果还禁止他进门，她到哪里去弄到针线、糖果和发夹呀？思嘉知道全城都在议论巴特勒的来访，也在议论她；可是她还知道，在亚特兰大人眼中媚兰·威尔克斯是不会做错事的，那么既然媚兰还在护着巴特勒，他的来访也就不至于太不体面了。

不过，要是瑞德放弃他的那套胡说八道，生活就会惬意得多。

"即使你有这些想法也罢，又何必说来出呢？"她这样责备他。"你爱想什么就想什么，可就是闭着嘴毫不声张，那就一切都会好得多了。"

"那是你，是不是，我的绿眼睛伪君子？思嘉，思嘉！我希望你拿出更多的勇气来。请老实告诉我，难道你闭着嘴不说话时不觉得心里憋得要爆炸吗？"

"唔，是的，"思嘉勉强承认。"当人们一个劲地谈什么主义时，我就厌烦死了。可是我的天，瑞德·巴特勒，如果我承认了这一点，就谁都不跟我说话，哪个男孩子也不会跟我跳舞了！"

"噢，对了，总得有人伴着跳舞，我要佩服你这种自我克制的精神，不过我觉得我办不到。我不能披上罗曼蒂克和爱国的伪装，不论那样会多么方便。那种愚蠢的爱国者已经够多的了，他们把手里的每一分钱都押在封锁线上，到头来，战争一结束，只落得一个穷光蛋。"

"你居然说出这样的话来，你明明知道英国和法国很快就会来帮助我们，并且——"

"怎么，思嘉！你准是看过报纸了！可不要再看了。那会把你的脑子弄坏的。不到一个月以前我还在英国，英国决不会帮助南部联盟，他们绝不会把赌注压在一条落水狗身上。他们也决不会为奴隶制而斗争的。至于法国，正在墨西哥抢占地盘呢，哪顾得上为我们操心了。思嘉，国外援助只不过是报纸用以维持南方士气的一个发明物而已。南部联盟的命运已经注定了，它现在像一匹骆驼，靠驼峰维持生命，可是连最大的驼峰也会消耗净尽的。我再跑六个月，以后就完了，再下去就太冒风险了。我已经赚了够多的钱，都存在英国的银行里，并且全是金币。这不值钱的纸币与我毫不相干。"

他还是像往常那样，话听起来很有道理。别人可能说他的话是叛国言论，但思嘉听来却是真实的，合乎情理的。她知道自己应当感到震惊和愤怒才是。但她既不震惊也不愤怒，不过她可以装成那样，那会使她显得更像个上等人家的闺秀。

"我认为米德大夫写的有关你的那些话都是对的，巴特勒船长。唯一挽救的办法是你卖掉船之后立即去参军。你是西点军校出身的，并且——"

"你这话很像是个招兵演说。要是我不想挽救自己又怎么样？我干吗要去拼命维护那个把我抛弃了的制度呢？我要眼看着它被彻底粉碎才高兴呢。"

"我可从来没听说过什么制度。"她很不以为然地说。

"没听说过？可你自己就是属于它，并且我敢肯定你也像我这样，并不喜欢它。我再告诉你，我为什么成了巴特勒家族中的不肖子呢？就因为我跟查尔斯顿不一致，也没法跟它一致。就说我没有娶那位你大约听说过的年轻女人吧，我为什么要娶一个讨厌的傻瓜，仅仅因为一次意外未能把她在天黑之前送到家里吗？又为什么要让她那个凶暴的兄弟来开枪打死我呢？当然，假如我是个上等人，我就会让他把我打死，这样就可以洗刷我们家族的污点了。可是——我要活呀！我就是这样活了下来，而且活得很舒服呢。思嘉，我们南方的生活方式陈旧不堪。它早就该消亡，而且正在消亡。我难道会在隆隆的鼓声中激动起来，以致会抓起枪杆子冲到弗吉尼亚去流血吗？你认为我是这样的傻瓜吗？"

"我看你这个人很卑鄙，唯利是图。"思嘉说，不过口气不强硬。她也觉得生活中的确有许多愚蠢的事情。譬如说，她在那次义卖会上跳舞时人人都大为震惊呢。又比方，她每次做了或说了些什么稍稍特别的事，人家就会气得要死过去。不过，她听到他攻击实际上她自己也厌恶的传统时，还是觉得刺耳的。

"唯利是图？不，我只是有远见罢了。"

思嘉每次参加社会活动，瑞德总是指出这同她的黑色丧服极不协调。他喜欢鲜艳的颜色，所以思嘉身上的丧服和那条从帽子一直拖到脚跟的绉纱头巾使他感到既好玩又不舒服。可是她坚持穿戴这些东西，因为她知道如果现在就改穿颜色亮丽的，全城的人就会比现在更加疯狂地议论起来。何况，她又怎样向母亲交代呢？

瑞德坦率地说，那条绉纱头巾使她活像只乌鸦，而那身黑衣服则使她显得老了十岁。

"我觉得你应当把自己看重些，不要去学梅里韦瑟太太那样。"他揶揄地说。"趣味要高尚一点，不要用一条纱巾来表现自己从未有过的悲哀。我真希望在两个月内就叫你戴上一顶巴黎式的。"

几星期后，一个晴朗的夏天早晨，他拿着一只装潢亮丽的帽匣子来了。这时只有思嘉一个人在屋里，他便把匣子打开。里面用一层层薄绢包着的是一顶精致的帽子，思嘉一见便惊叫起来："啊，这宝贝儿！"很久很久没看见新衣裳了，更何况这样一顶她从没见过的最可爱的帽子呢！它是用暗绿色塔夫绸做成的，里面衬着淡绿色水纹绸。系在下巴上的绸带，也是淡绿色的。而且，这件绝妙精制品的帽檐周围还装饰着骄傲的鸵鸟毛呢。

"把它戴上。"瑞德微笑着说。

她飞也似的跑到镜子跟前，把帽子噗的一下戴到头上，系好下巴底下的带子。

"好看吗？"她边嚷边旋转着让他看最好的姿势，同时晃着脑袋让那些羽毛跳个不停。她的确显得又妩媚又俏皮，而那淡绿色衬里更把她的眼睛衬得像翡翠一般闪闪发亮了。

"唔，瑞德，这帽子是谁的？我想买。我愿意把手头所有的钱都拿出来。"

"就是你的呀，"他说。"还有谁佩戴这种美丽的绿色呢？你不觉得我把你这眼睛的颜色记得非常精确吗？"

"你真的是替我选配的吗?"

"真的。"

她一味朝镜子里的影像微笑。在这个时刻,她觉得任何事情都无所谓了。可是随即她的笑容渐渐消失了。

"你喜欢它吗?"

"唔,这简直像个梦,不过——唔,可我不得不用黑纱罩住这可爱的绿色并把羽毛染成黑的。"

他即刻站到她身边,用熟练的手指把她下巴底下的结带解开,不一会儿帽子就放回到盒子里了。

"你这是干什么? 你说过这是我的呀!"

"可它并不是给你改做丧帽的。我会找到另一位绿眼睛的亮丽太太,她会喜欢的。"

"啊,你不能这样! 我宁死也得要它! 啊,求求你,瑞德,别这样小气! 给了我吧!"

"把它改成丧帽一样的丑八怪? 不行。"

她抓住盒子不放。要把这个宝贝给别的女孩子? 啊,休想!

"我不会改它。我答应你。就给了我吧。"

他把盒子给她,脸上带着嘲讽的笑容,望着她把帽子再一次戴上并端详自己的容貌。

"这要多少钱?"她突然沉下脸来问。"我手头只有五十美元,不过下个月——"

"按南部联盟的钱算,它大约值两千美元左右。"

"啊,我的天——好吧,就算我现在给你五十,以后,等我有了——"

"我不要钱,"他说。"这是礼物。"

思嘉的一张嘴张开不响了。在接受男人的礼物方面,母亲曾经严格地教导过她。

"糖果和鲜花,亲爱的,"爱伦曾经屡次说,"也许一本诗集,或者一个相片本,一小瓶香水,男人送给你时可以接受。凡是贵重的礼物,哪怕是你的未婚夫送的,都千万不能接受。千万不要接受首饰和穿戴的东西,连手套和手绢也不能要。你如果收了,男人们就会认为你不是个上等女人,就会对你放肆了。"

"啊,乖乖!"思嘉心想,"我宁愿让他放肆一下,如果不太要紧的话。"这时她不禁对自己也觉得惊恐,怎么这样想呢,于是脸红了。

"我要——我要给你那五十美元——"

"如果你这样,我就把它扔了。"

"你究竟要对我怎么样呢?"

"我是在用好东西引诱你,然后让你服从我的支配。"他说。"'从男人那里只能接受糖果和鲜花呀,亲爱的!'"他取笑似的模仿着,她也格格地笑了。

"你真是个狡猾的坏蛋,瑞德·巴特勒,并且你明明知道这帽子太亮丽了,我不会拒绝。"

他的两只眼睛在嘲笑她,即使同时在称赞她的美貌。

"只要我觉得喜欢,只要我认为能增加你的魅力,我还要继续送给你礼物。我要给你带些暗绿色水纹绸来做一件长袍,好跟这顶帽子相配。不过我要警告你,我这人并不慷慨大方,我是在用帽子和镯子引诱你,引你上钩。请时刻记住,我每做一件事都有动机,从来不做那种没有报酬的傻事。我总是要得到报偿的。"

他的黑眼睛在她脸上搜索,移到了她的嘴唇上。思嘉垂下眼来,浑身激动。现在,他要吻她,或者试图吻她,可是她心慌意乱打不定主意,不知怎么办才好。

但是他没有来吻她,她垂着眼睛瞟了他一眼,并用挑逗的口气低声说:"你总是要得到报偿的,是这样吗?那么你想从我这里得到什么呢?"

"那得等着瞧了。"

　　"唔，要是你觉得为了帽子我便会嫁给你，那是不会的。"她大胆地说，同时俏皮地把头晃了晃，让帽子上的羽毛抖动起来。他那雪亮的牙齿微微一露，似乎要笑似的。

　　"太太，你太抬高自己了。我并不想娶你或任何别的女人。我是不准备结婚的。"

　　"真的！"她吃惊地叫了一声，"我连吻也不想吻你呢。"

　　"那你为什么把嘴撮成那么个可笑的模样呀？"

　　"啊！"她向镜子里瞥了一眼，发现自己的红嘴唇的确是个准备亲吻的姿势，不禁气得连连顿脚。"你是我所见过的最可怕的人了，我真的再也不想见到你了！"

　　"要是你真的这么想，你就会把帽子丢在地上踩起来。哎哟哟，来，思嘉，把帽子踏几脚，好让我看看你对我和我的礼物是怎么想的吧。"

　　"看你敢把这顶帽子碰一下。"她抓住帽带慢慢往后退。他跟上去，笑着把她的手握住了。

　　"唔，思嘉，你真像个孩子，可把我的心都揪痛了，"他说。"我要吻你的，"说着他随随便便俯下身来将髭须在她脸上擦了擦。"现在，你是不是觉得该打我一个耳光来保持你的体面呀？"

　　她噘着嘴，抬头注视着他的眼睛，看见那黑眼珠里饱含着乐趣，便扑哧一声笑了。她想这家伙也太爱戏弄人，太叫人恼火了！如果他并不想跟她结婚，甚至不想吻她，那他要怎样呢？如果他并不爱她，那为什么送给她礼物呢？

　　"这就好了，"他说，"思嘉，我是会教你干坏事的。我这人可是很难摆脱掉的啊。不过我对你只有坏处。"

　　"是这样吗？"

　　"难道你看不出来？自从我在义卖会上遇到你那一天起，你的出格的行为，大部分应当归咎于我。是谁怂恿你跳舞的呢？又是谁引诱你收受一件上等女人不能接受的礼物呢？"

"你这是在恭维你自己了，巴特勒船长。我根本没有干过什么可耻的事，而且，没有你我也会做你提到的那些事呢。"

"我不相信。"他说这话时脸色平静而阴沉。"你肯定仍然是查尔斯·汉密尔顿的伤心的遗孀，而且因你做的那些好事在伤兵中享有好的名声。可是万一——"

第二天，思嘉站在镜前，手里拿着一把梳子，正在试着做一种新的发型，因为瑞德今天要来吃晚饭，而他很注意衣服和头发的式样，而且最爱品头论足。

她正在努力地夹着头发，这时忽然听到楼下响起轻快的脚步声，便知道是媚兰回来了。接着，她听见媚兰飞快地跑上楼来，她走到门口，看见媚兰满脸的兴奋和惊慌，像个做了错事的孩子似的。

她脸上满是泪珠，帽子挂在头颈上，裙子还一荡一荡的。

"啊，思嘉！"她边喊边把门关好，随即在床上坐下。"姑妈回来了吗？还没有？啊，谢天谢地！思嘉，我差点羞死了！我都快要晕过去了，你看，彼得大叔正在那里威胁说要告诉姑妈呢！"

"告诉她什么呀？"

"说我跟那个——跟那位小姐说话了——"媚兰用手绢使劲扇着，"那个红头发的贝尔·沃特琳呀！"

"是吗？媚兰！"思嘉嚷着。

贝尔·沃特琳就是她刚到亚特兰大在街上看见的那个红头发女人，现在她很可能是城里名声最臭的女人了。有许多妓女跟随着大兵涌进了亚特兰大，而贝尔凭着她那火红的头发和俗丽时髦的衣着成了她们中的佼佼者。凡是体面人家都躲着她，避免同她接近。可是媚兰跟她说话了。难怪彼得大叔大发脾气呢。

图文珍藏版

"要是皮蒂姑妈发现，我就活不成了！你知道她会到处嚷嚷的，这样我就没脸见人了。"媚兰抽泣着说。"可这不是我的过错。我——我不能硬从她面前跑开呀，那样太不礼貌了。再说，我也替她感到难过。你是不是觉得我这样想太不应该了呢？"

"她想要干什么？她说什么了？"

"唔，我从医院里出来，她正躲在篱笆后面呢！当我经过时，她说：'威尔克斯小姐，你跟我说一会儿话好吗？'我不明白她是怎么知道我的名字的。我想我应当尽快走开，可是——可是思嘉，她显得那么可怜——是的，似乎是在哀求我。她穿着一身黑衣裳，戴着黑帽子，也没有涂脂抹粉，要不是那头红头发就真正像个规矩人了。她没有等我开口又赶紧说：'我知道，我是不应当跟你说话的，不过当我跑去对那只年老的母孔雀埃尔辛太太说时，她竟把我从医院里撵出来了！'"

"她管她叫母孔雀吗？"思嘉乐呵呵地笑了。

"唔，别笑嘛。这不是好玩的。看来这个女人，是想替医院做点什么——你能想到吗？她想要每天上午来当看护呢！当然，埃尔辛太太肯定给吓坏了，于是就命令她离开医院。思嘉，我真的被她那要求帮助的模样感动了。你知道，她要是想为主义作点努力，就不能说全是个坏人了。你觉得这样很坏吗？"

"看在上帝面上，媚兰，谁管你坏不坏的？她还说了些什么呢？"

"她说她觉得我——我的面貌很和气，因此就拦住了我。她有些钱要给我，让我交给医院。什么样的钱呀！说到这点我真要晕倒了呢！那时我感到很为难，急于要离开她，只得随口应着'唔，是的，当真，你多好'，或者旁的傻话，她就把这条脏手帕塞到我手里。喏，你闻闻这香味！"

媚兰拿出一条男人用的手帕来，那是又脏又带强烈香味的，里面包着一些硬币。

"她正在说'谢谢你'并表示以后每星期要托我交些钱给医院时，彼得大叔赶着车迎面跑来看见我了！"说到这里，媚兰又哭了起来。"他大喊道，'你就在这里赶快给俺上车吧！'我上了车，他便一路上没完没了地骂我，也不能让我解释一句，还说要去告诉皮蒂姑妈。思嘉，请下去求求他不要去告诉姑妈，好吗？说不定他会听你的。你知道，姑妈听说了这事，她会给活活吓死的呀！思嘉，你愿意去跟得皮大叔说说吗？"

"好，我去。不过，让我们先瞧瞧这里有多少钱。还沉着呢。"

她解开手帕，一大把金币滚了出来，撒落在床上。

"思嘉，有五十美元呢！还是金币！"媚兰惊叫着，数了数那些亮晶晶的硬币，显然给吓住了。

思嘉注视那条脏手帕，心里充满着羞辱和愤怒。原来手帕角上有个图案，其中包含着 RKB 三个字母。而她的抽屉里也有一块跟这一模一样的手帕，那是瑞德·巴特勒昨天借给她用来包鲜花的。她正准备今晚他来吃饭时还给他呢。

这样看来，瑞德是在同沃特琳那个贱货来往并给她钱了。想想看，瑞德居然有胆量在跟那个贱货鬼混过以后，再来同一位正经妇女会面呢？她还以为他爱上了她呢。这证明他是绝不会的了。

她要将这条手帕摔到他脸上去，并指着门口叫他滚出去，并且永远不再理他了。可是，她当然不能那样做。她永远不能让他知道她明白有这个女人存在。一个上等女人是决不能这样做的。

"唔，"她愤怒地想，"假如我不是个上等女人，我还有什么不能对这个混蛋说的呢！"

于是，她把那条手帕揉成一团捏在手里，下楼去寻找彼得大叔。她从火炉旁走过时，随手把手帕丢到火里，憋着一肚子无处可发的怒气望着它燃烧。

第十四章

　　1863 年夏天到来时，每个南方人心里也升起了希望。南部联盟的几个胜利使人们对战后的幸福生活又开始了期待。但战争带来的焦虑和恐惧也渐渐蔓延到每个人的心中。

　　灾难的阴影笼罩着全城，使炎热的太阳都显得昏暗了。人们挤在一起，彼此安慰，装出一副勇敢的模样。可是谣言暗暗流传，像蝙蝠似的在人们心头往来飞掠。

　　成群结队的人聚集在车站旁边，希望列车带来消息，或者在电报局门口，在苦恼不堪的总部门外，在上着锁的报馆门前，悄悄地等待着。

　　城里几乎每家每户都有人上前线，他可能是儿子、兄弟、父亲，或者情人、丈夫。他们可能正在牺牲，甚至就在此时此刻。南方的士兵可能正在纷纷倒下，像冰雹下的谷物一般，但是他们为之战斗的主义永远不会倒。人们怀着坚定而悲壮的信念这样等待着。

　　思嘉、媚兰和皮蒂帕特小姐坐着马车停在《观察家日报》社门前，等待消息，思嘉的手在发抖，头上的阳伞也晃个不停。皮蒂激动得很，圆脸上的鼻子不停地颤动。只有媚兰像一尊石雕，坐在那里一动不动，但那双黑眼睛瞪得愈来愈大了。在两个小时之内她只说过一句话，那是她把嗅盐瓶递给姑妈时说的，并且是她有生以来第一次毫不亲切地对姑妈说话。

　　"拿着吧，姑妈，要是你快晕倒了，就闻一闻。如果你真的晕倒，那我也没有办法，只好让彼得大叔把你送回家去。因为我不会离开这里，直到我听到有关——直到我听到消息为止。而且，我也不会让思嘉离开我。"

思嘉才不会离开呢，因为她不想让自己离开以后得不到有关艾希礼的消息。不，即使皮蒂小姐死了，她也决不离开这里。艾希礼正在打仗，也许正在死亡呢，而报馆是她得到信息的唯一地方。

她环顾人群，认出了自己的朋友和邻居，只见米德太太歪戴着帽子让那个十五岁的费尔搀扶着站在那里；麦克卢尔姐妹颤抖着嘴唇；埃尔辛太太尽管站得笔直，不过那几绺垂下来散乱的灰白头发泄露了她内心的混乱情绪；范妮·埃尔辛则脸色苍白得像个幽灵。

这时，人群外围起了一阵骚动，瑞德·巴特勒骑着马过来了。思嘉心想：他怎么敢骑着这么一匹亮丽的马，穿着锃亮的靴子和雪白笔挺的亚麻布套服，叼着昂贵的雪茄，那么时髦，那么健康，可这时艾希礼和所有其他的小伙子却光着脚、冒着大汗、饿着肚子、患着胃溃疡在作战——他怎么敢这样呀？"

他慢慢穿过人群，不少人向他投来仇恨的目光。老头们吹着胡子发出咆哮。可是他对谁都不理睬，只举起帽子向媚兰和皮蒂姑妈挥了挥，随即来到她们身边。

"我是来告诉你们几位的，"他大声说，"我刚才到过司令部，第一批伤亡名单已经来了。"

他这话在周围的人中顿时引起一阵骚动，准备向司令部跑去。

"你们不要去，"他在马鞍上站起身来，举起手喊道。"名单已送到两家报馆去了，正在印刷。你们就在这儿等吧！"

"唔，巴特勒船长，"媚兰喊道，一面回过头来眼泪汪汪地望着他。"真该谢谢你跑来告诉我们！名单几时张贴呢？"

"很快会公布的，太太。交给报馆已半个小时了。"

正说着，报馆侧面的窗户打开了，一只手伸出来，手里拿着一叠窄长的印刷品，上面印满了密密麻麻的姓名。人群拥上前去抢，瑞德跳下马，把缰绳扔给彼得大叔。拼命推搡着挤过去。一会儿他回来了，手里拿着好几张名单。他扔给媚兰一张，其余的分发给周围的人。

"快，媚兰，"思嘉急不可耐地喊道。因为媚兰的手在嗦嗦发抖，使她没法看清楚，恼火极了。

"你拿去吧，"媚兰低声说，思嘉便一把抢了过来。从打头的名字看起，可是它们在哪里呢？"怀特，"她开始念，嗓子有点颤抖，"威肯斯……温……泽布伦……啊，媚兰，他不在里面！他不在里面！啊，你怎么了，姑妈？媚兰，把嗅盐瓶拿出来！扶住她，媚兰。"

媚兰高兴得当众哭起来，一面扶住皮蒂小姐的头，同时把嗅盐放到她鼻子底下。思嘉从另一边扶着胖老太太，心里也在欢乐的歌唱。艾希礼还活着。他甚至也没受伤呢。上帝多好，把他放过来了！多好——"

忽然，她听到一声低低的呻吟，回头一看，只见范妮·埃尔辛把头靠在她母亲胸口，那张伤亡名单飘落在地上，埃尔辛太太的薄薄的嘴唇颤抖着，她把女儿紧紧抱在怀里，一面平静地吩咐车夫："回家去，快。"她有个情人在前线，现在死了！人群怀着同情默默地给她们让路，后面跟着麦克卢尔姐妹那辆小小的柳条车。赶车的是费思小姐，她的脸板得像石头似的。霍普小姐的脸像死灰一样苍白，她紧紧抓住妹妹的裙子，她们都已经很老了。她们的弟弟达拉斯是她们珍爱的宝贝，也是这两位老处女在世界上的唯一亲人。但是达拉斯死了。

"媚兰！媚兰！"梅贝尔喊道，声音显得很快活。"雷内没事！还有艾希礼，啊，感谢上帝！"这时披肩已从她肩上掉下来，显出她的肚子。但是这一次不论梅里韦瑟太太或者她自己都没有去管它。

米德太太垂着两眼凝望着自己的衣襟，听到有人叫她也没有抬起头来，不过小费尔坐在旁边，只要看看他的表情便一切都明白了。

"唔，妈。妈。"他可怜巴巴地说。米德太太抬起头来，正好触到媚兰的目光。

"现在达西再也不需要靴子了。"

"啊，亲爱的！"媚兰惊叫一声，哭泣起来，一面把皮蒂姑妈推到思嘉肩上，爬下马车，向米德太太的马车走去。

"妈，你还有我呢，"费尔极力安慰身旁脸色苍白的老太太。"只要你同意，我就去把所有的北方佬都杀掉——"

"不！"米德太太哽咽着说，一面紧紧抓住他的胳臂，似乎决不放它了似的。

"费尔·米德，别说了！"媚兰轻声劝阻他，一面爬进马车，在米德太太身旁坐下，把她搂在怀里。

费尔抓起缰绳，这时媚兰又回过头去对思嘉说话。

"你把姑妈送到家里，就马上到米德太太家来。巴特勒船长，请你给大夫捎个信去，他在医院里呢。"

马车纷纷散了。有些高兴得在哭泣，但大多数是目瞪口呆地站在那里。思嘉低着头在看那张模糊的名单，飞快地读着，这名单好长呀！亚特兰大和全佐治亚付出了多大的牺牲啊！

瑞德脸色平静而略显忧郁，眼睛里已没有了那种嘲讽的意味，"可是名单还没完呢，"他说。"这仅仅是头一批，不是全部。明天还会有一张更长的单子。"他放低声音，不让旁边马车里的人听见。"思嘉，李将军打了败仗。我在司令部听说他已撤回到马里兰了。"

她惊恐地朝他望着，但她害怕的不是李的失败。她害怕的是明天更长的伤亡名单呀！明天。她可没有想到明天，只不过一见艾希礼的名字不在上面就乐起来了。明天，难道，他可能现在已经死了，而她要到明天才会知道，也许还要等到一个星期以后呢。

"唔，瑞德，为什么一定要打仗呢？要是当初让北方佬去付钱赎买黑人

——或者干脆我们把黑人交给他们，就不会有这场战争，那不是会好得多吗？"

"问题不在黑人，思嘉，那只是借口罢了。战争之所以经常发生，就是因为人们喜欢战争。女人不喜欢，可是男人喜欢——对，胜过喜欢女人。"

他又歪着嘴轻轻笑起来，脸上不再有严肃的神色了。他把头上那顶巴拿马帽摘下来向上举了举。

"再见。我得去找米德大夫了。我想，他儿子的死讯由我这个人去告诉他，这颇具讽刺意味。"

思嘉让皮蒂姑妈服了一杯甜酒后，在床上躺下，自己便出门去米德大夫家了。媚兰正坐在客厅里跟几个前来慰问的邻居低声谈话，她同时在忙着干针线活儿，修改一件丧服。

"她现在怎么样？"思嘉小声问。

"一滴眼泪也没有，"媚兰说。"女人不流眼泪才可怕呢。她说她要亲自到宾夕法尼亚去把他领回家来。"

"那对她太可怕了！为什么不让费尔去呀？"

"她怕他一离开她就会去加入军队。你瞧他年纪虽小可个儿长得那么大。军队里现在连十六岁的人也要呢。"

邻居们陆续离开了，只剩下思嘉和媚兰两人留在客厅里缝衣服。媚兰虽然忍不住伤心，眼泪还是一滴滴落在手上。她显然没有想到战争还在进行，艾希礼或许就在此刻牺牲了。

她们静静地缝了一会儿，忽然听见外面有声音，只见米德大夫正从马背上下来。他垂着两肩，耷拉着脑袋，慢慢走进屋来，放下帽子和提包，默默地吻了吻两位姑娘。然后疲乏地上楼去。一会儿费尔下来了，他的腿和胳臂都又瘦又长，显得那么笨拙，他径直向前廊走去，在那儿的台阶上坐下，双手捧着头一声不响。

媚兰长叹一声。

"他给气疯了，因为他们不让他去打北方佬。他才十五岁呀！啊，思嘉，要是有这样一个儿子，倒是好极了！"

"好叫他去送死吗？"思嘉没好气地说，同时想起了达西。

"有一个儿子，哪怕他给打死了，也比没有儿子强。"媚兰说着又哽咽起来。"你理解不了，思嘉，这是因为你有了小韦德，可我呢，我多么想要一个儿子啊！我知道，我不该公然说出这句话来，但这是真的，是每个女人都需要的，并且你也明白这一点。"

思嘉竭力控制住自己，才没有对她冷笑。

"万一上帝想连艾希礼也——也不放过，我想我是忍受得住的，虽然我宁愿跟他一起死。可是，如果他死了，我又没有一个他的儿子来安慰我，那我就受不了啦。啊，思嘉，你多幸运呀！虽你失去了查理，可是你有他的儿子。可要是艾希礼没了，我就什么也没有了。思嘉，请原谅我，我有时候真对你非常妒忌呢——"

"妒忌——我？"思嘉吃惊地问，一种负疚感突然袭上心头。

"因为你有儿子，可我没有呀！我有时甚至把韦德当作是我自己的儿子。你不知道，没有儿子可真不好受呢！"

"简直胡扯！"思嘉觉得放心了，故意这样说她，同时朝这个红着脸低头缝纫的女人匆匆瞥了一眼。一想到媚兰也会有孩子，思嘉便觉得心里不舒服。这会引起许许多多她无法对付的想法来。如果媚兰真的跟艾希礼生个孩子，那她怎么受得了呢！

"请原谅我说了那些关于韦德的话。你知道我多么爱他。你没有生我的气吧？"

"别傻了，"她不耐烦地打断她，"快去安慰安慰费尔。他在哭呢。"

图文珍藏版

第十五章

圣诞节即将到来，艾希礼可以回家休假。思嘉两年多以来第一次看见他，那火一般炽热的感情连她自己都不曾料到。当初她站在"十二橡树"村的客厅里看着他跟媚兰结婚时，曾以为今生今世再也不会比那时更伤心更强烈地爱他了。可如今她才知道，长期以来她在梦想着他，同时又强忍着不说出来，这才把她的感情磨炼得更锐利，更浓烈了。

艾希礼·威尔克斯穿着一身褪色的破旧军服，一头金发已被晒成亚麻色，看来与以前大不相同，不再是战前她拼命爱着的那个随意、懒散的小伙子了。他以前皮肤白皙，身材细长，现在变成褐色和干瘦的了，加上那两撇金黄的骑兵式样的髭须，便成了一个十足的大兵。

他穿着一身旧军服，用军人的姿势笔挺地站在那儿。这就是南部联盟陆军少校艾希礼·威尔克斯。他现在有了发布命令和一种镇静自恃与尊严的神气，两个嘴角也长出了严厉的皱纹。他那又宽又厚的肩膀和冷静明亮的目光，如今也变了。他以前是散漫的，懒洋洋的，可现在像猫一样机警，似乎每一根神经都时刻紧绷着，像小提琴上的琴弦那样。他的眼神疲倦而困惑。他还是她所爱的那个亮丽的艾希礼，不过已显得很不一样了。

思嘉早已打算回塔拉去过圣诞节，可是艾希礼的电报一来，世界上就不论什么力量，哪怕是爱伦直接发来的命令，都不能把她从亚特兰大拉走了。难道要她放弃这时隔两年后与他相逢的机会，回到塔拉去吗？哪怕世界上所有的母亲都来命令她，她也不会回去的。

艾希礼和一群同时休假的本县小伙子一块儿回来了，有消瘦、憔悴的凯德·卡尔弗特，有头一次获得休假，满怀兴奋的芒罗家两兄弟，还有经常喝醉、喜欢争吵的亚历克斯和托尼·方丹。艾希礼把他们一起带到皮蒂姑妈家来，休息几个小时，因为他们还要赶路。

一进屋，方丹兄弟就像两只斗鸡似的争着要去吻皮蒂姑妈。

思嘉跟艾希礼坐到了同一个房间，高兴得如醉如痴了。她怎么会在这两年里还想起别的男人呢？她怎么能容忍艾希礼还在世就允许他们向她求爱呢？如今他又在家里了，和她只隔着这客厅里的地毯。他坐在对面沙发上，一边是媚兰，一边是英迪亚，还有霍妮抱着他的肩膀。这时她每看他一眼，都要拼命才能使自己不至于眼泪汪汪。要是她也能坐在他身边，挽着他的胳臂，那多好啊！要是她能够摸摸他的袖子，或者拉着他的手用他的手绢擦拭泪水，那多好啊！因为媚兰就可以大胆地这样做啊！你看她那样高兴，已没有什么羞怯和含蓄的意思了，用她的眼神、微笑和泪水在表示自己的欢喜。可是思嘉此刻太快活，太高兴，对这样的情景也不觉得恼恨和嫉妒了。艾希礼终于回家了！

她不时用手摸摸自己的脸颊，并对他笑笑，因为那儿是他吻过的，至今还保留着他的嘴唇颤抖的感觉。媚兰正拼命往他怀里钻，一面抽抽搭搭地哭，紧紧地抱住他，似乎永远也不放他走似的。后来，英迪亚和霍妮也走上前去紧紧抱住他。接着他吻了他父亲，同时敬重而亲切地抱了抱，充分显示了他们之间那种深沉强烈的感情。然后是皮蒂姑妈，她激动得用那双小脚一跳一跳地接受他的亲吻和拥抱。最后，他来到她面前，他先是对她说："唔，思嘉，你真美，真美！"随即在她脸上吻了一下。

经他这一吻，她原先想好的话全都忘了。直到好几个小时以后，她才想起他没有吻她的嘴唇。于是她痴痴地设想：如果他们单独在一起，他便会那样吻的。他会弯下高高的身子，轻轻捧起她的脸颊，让她踮着脚尖，相互吻着，紧紧地长时间的拥抱。不过没关系，整整一个星期的休假时间，什么事都好办呢。她一定能让他单独跟她在一起，而且对他说："你还记得我们时常在我们那条秘密的小路上一起骑马的情形吧？""你还记得我们坐在塔拉农场台阶上，你朗读那首诗的那个夜晚，月亮是什么模样吗？""你还记得那天下午我扭伤脚脖子，你抱着我在暮色中回家的情景吗？"

啊，有多少珍贵的回忆可以把他带回到那些可爱的日子，那时他们像无忧无虑的孩子一样到处转悠！而且，她或许还能从他的眼神中发现爱的感情；或者得到某种暗示，说明他对她还有所眷恋。只要知道他的确还在爱她，就足够了……是的，她能够等待，能够容忍媚兰去享受拥有他的幸福。她的时机一定会来的。说到底，像媚兰这样一个女孩子，她懂得什么爱啊？

"亲爱的，你简直像个叫花子了。"媚兰说，这时刚到家的那种兴奋场面已渐渐过去。"是谁给你补的衣服，为什么有蓝布呢？"

"我还以为自己满时髦呢。"艾希礼说，一面看了看自己的衣服。"要是拿我跟那些破衣烂衫的人比一比，你就会满意些了。至于说像个叫花子，那你还得庆幸自己的命好，你丈夫总算没有光着脚丫跑回来。我那双旧靴子上个星期就坏得没法穿了，要不是我们运气，打死了两个北方佬侦察兵，我就会脚上绑着一双草鞋回家啦。这双靴子倒是很合我的脚呢。"

说到这里，他把两条长腿伸出来，让她们欣赏那双已经遍体伤痕的长统靴。

"另一个侦察兵的靴子给我就不合适。"凯德说。"靴子比我的脚小两号，夹得我的脚痛极了。不过我照样穿着体面地回来了。"

"他太小气，自己穿着小，也不肯给我们俩。"托尼说。"其实对我们方丹家的贵族式小脚是十分合适的。真见鬼，我得厚着脸皮穿这靴子去见母亲了。没打仗的时候，这种东西她是连黑奴也不让穿的。"

"别着急，"亚历克斯说，一面向凯德脚上的靴子瞥了一眼。"咱们回家时，在火车上把他的靴子剥下来。我倒不怕见母亲，可是我——我不想我的脚趾头全露在外面。"

"怎么，这是我的靴子，是我先说的。"托尼说着，朝他哥哥瞪了一眼。这时媚兰吓得慌了手脚，生怕发生一场有名的方丹家族式的争吵，赶紧插进来调解了。

"我本来蓄了满满一脸络腮胡子要给你们女孩子看的。"艾希礼一面说一面用力摩擦他的脸，脸上剃刀留下的伤痕还没有全好呢。"那是一脸很亮丽的胡须，可是我们一到里士满，那两个流氓，"他指方丹兄弟，"说既然他们在刮胡子，我的就也得刮掉。他们按着我坐下，便动手给我剃开了，奇怪的是居然没把我的脑袋一起剃掉。"

"别听他这些鬼话，威尔克斯太太！你还得感谢我呢。要不然你就压根儿识不出他，也不会让他进门了。"亚历克斯说。

当艾希礼出门送几个小伙子到车站去时，媚兰抓住思嘉的胳臂唠叨起来。

"你瞧他那件军服多难看。等我拿出那件上衣来，他准会大吃一惊吧？要是还有足够的料子给做条裤子就好了！"

给艾希礼做的那件上衣，一提起来思嘉就心烦意乱，因为她多么渴望那是她而不是媚兰送给艾希礼的圣诞礼物啊！做军服的灰色毛料如今比红宝石还要珍贵，几乎是无价之宝。可是媚兰碰上了罕见的运气。原来她在医院里护理过一个小伙子，他后来死了，她剪下他的一绺金黄头发，连同一小包遗物和一份关于他死亡前情况的抚慰书，寄给了他母亲。后来，当那位母亲听说媚兰的丈夫在前线时，便把自己买给儿子的那段灰细布和一副铜纽扣寄来了。那是一段很亮丽的衣料，又厚实又暖和，还带有隐隐约约的光泽。这块料子现在在裁缝手里，媚兰催他赶快在圣诞日早晨之前做好。

思嘉也有一件给艾希礼的圣诞礼物，不过跟媚兰做的那件灰上衣比起来就差远了。那是一只用法兰绒做的"针线包"，里面有瑞德从纳索带来的一包针和三条手绢，还有两卷线和一把小剪刀。但是她还想送给他一些更亲近的东西，就像妻子送给丈夫的东西，如衬衫、手套、帽子之类的。唔，是的，不论如何要弄到一顶帽子。现在艾希礼头上戴的平顶步兵帽实在太不像样子。思嘉一向厌恶这种帽子。

她一想到帽子，便想起瑞德·巴特勒。他有那么多帽子，各种场合用的不同的帽子。他怎么就需要那么多的帽子，而她的宝贝艾希礼在雨中行走时却不得不让雨水从那顶步兵帽上滴里答拉往衣领里流呢？

"我要瑞德把他那顶黑毡帽给我。"她打定主意。"我还要给帽边镶一条灰色带子，把艾希礼的花环镶在上面，那就很好看了。"

那天整个下午思嘉都在设法同艾希礼单独待一会儿。哪怕几分钟也好，可是媚兰始终在他身边，同时英迪亚和霍妮也睁着眼睛热情地跟着他在屋子里转。

吃晚饭的时候还是那样，艾希礼跟大家长久地闲聊，不停地笑，支配着谈话的整个场面，他讲了一些笑话和关于朋友们的有趣故事。

已经很晚了，当思嘉跟着艾希礼、媚兰和皮蒂帕特，由彼得大叔擎着蜡烛照路一齐上楼去时，她感到一阵凄凉涌上心头。直到这时，他们站在楼梯口，艾希礼还一直是她的，也仅仅是她的，虽然整个下午他们并没有单独说过一句话。可如今，她们互道晚安时，她才突然发现媚兰满脸通红，并且在激动得全身颤抖。她两眼俯视地毯，似乎自己的浑身激情不胜惊恐似的，但同时又流露出娇羞的愉快。接着，艾希礼把卧室门推开，媚兰头也不抬进屋去了。艾希礼也匆匆进去，甚至没有触到思嘉的目光就跟着进去了。

他们随手把门关上，剩下思嘉一个人孤独站在那里。艾希礼不再属于她了，他是媚兰的。只要媚兰还活着，她就能和艾希礼双双走进卧室，把门关上——把整个世界关在门外，什么都不要了。

休假结束了，现在艾希礼要走了，要回到弗吉尼亚去，回到艰难困苦中去，在那里，他那金发灿烂的头颅和颀长的身躯——整个光辉美丽的生命，都有可能顷刻化为乌有。过去的一星期，那闪光的、梦一般美妙的、洋溢着幸福的时时刻刻，现在都已经消失了。

这一星期过得飞快，像一个梦，一个充满着馨香、闪烁着烛光的梦，一个飞逝而去的梦。

思嘉坐在客厅里的沙发椅上等着，那件她精心准备的礼物放在膝头。这时艾希礼正在跟媚兰话别，她希望他会一个人下楼来，她就可以单独跟他待几分钟了。她侧耳听楼上的声音，可是整个屋子静悄悄的，静得连她自己的呼吸也好像响亮起来。皮蒂姑妈正在她房里趴在枕上哭泣，因为艾希礼半小时前就向她告别过了。媚兰紧闭的卧室里没有传出任何声音。思嘉觉得他在那间房里已待了好几个小时，一直在恋恋不舍地跟媚兰话别，每一分钟都使她更为恼恨，因为时间溜得那么快，他马上就要动身了。

她反复想着自己在这个星期里一心一意要对他说的话。可是一直没有机会说啊！并且她现在觉得或许永远也没有机会说了。

其实也尽是些琐碎的傻话："艾希礼，你得小心一些，知道吗?""不要打湿了脚，容易着凉的。""别忘了在衬衣底下放一张报纸在胸脯上，这很能挡风呢，"等等。

有那么多的话要说，可是没有时间了！甚至最后短短几分钟也很可能被夺走，要是媚兰跟着出来的话。这些日子，除了像哥哥对妹妹，或者对一个朋友那样的态度之外，他从来没有向思嘉透露过一个亲昵的眼色或一句体己的话。她不能让他离开——说不定是永远离开，除非明白他仍在爱她。因为只要清楚了这一点，她就可以从他这一点点爱中获得亲切的安慰，直到生命的最后一息也死而无憾了。

似乎等了一辈子似的，她终于听到他走下楼梯。是独自一人！谢天谢地！媚兰一定是被离别的痛苦折磨得出不了门了。如今她可以在这宝贵的几分钟内占有他了。

他走进客厅时，眼神阴郁、脸色苍白，又绷得很紧。她迎着他站起来，

图文珍藏版

怀着一种骄傲心情，深深觉得他是她平生所见的最亮丽的军人。他那长长的枪套和皮带闪闪发光，雪亮的马刺和剑鞘也晶莹耀眼，因为它们都经彼得大叔仔细擦拭过了。

"艾希礼，我送你到车站去好吗？"她匆匆忙忙地提出这一要求。

"不必了吧，父亲和妹妹们都会去的。而且，我情愿你在这里跟我话别，不要到车站去挨冻，这会留给我一个更好的记忆。已经有那么多的东西可以做纪念的了。"

"那我就不去了。"她说。"你瞧，艾希礼，我还有件礼物要送给你。"

如今临到真要把礼物交给他时，她反而有点害羞起来。她解开包裹，那是一条长长的黄腰带，用厚实的中国缎子做的，两端镶了稠密的流苏。几个月前瑞德·巴特勒给她带来一条黄围巾，一条用紫红和蓝色绒线刺绣着花鸟的围巾。这星期她细心把上面的刺绣全都挑掉，用那块缎子作了一条腰带。

"思嘉，这亮丽极了！是你亲手做的吗？太珍贵了。给我系上吧，亲爱的。小伙子们看见我穿着新衣服，系着腰带，满身的锦绣，一定会嫉妒呢。"

思嘉把这条亮丽的腰带围到他的细腰上，把腰带的两端在皮带上方系成一个同心结。媚兰尽可以送给他那件新上衣，可这条腰带是她的礼物，是她亲手做的秘密礼物，它会叫他一看见就想起她来。她退后一步，怀着骄傲的心情端详着他。

"真亮丽。"他扶摩着腰带上的流苏重复说。"但是我知道你是拆了自己的一件衣服或披肩做的。你不该这样，思嘉。这年月很难买到这样亮丽的东西呢。"

"唔，艾希礼，我情愿——"

她本来想说："我情愿剖开我的心让你穿上，如果你需要的话，"结果却说："我情愿为你做任何事情！"

"真的吗？"他阴郁的面容开朗了些。"那么，有件事倒想拜托你。思嘉，这件事情会使我在外面也放心一些。"

"什么事？"思嘉欢喜地问。

"思嘉，你愿意替我照顾媚兰吗？"

"照顾媚兰？"

她突然痛感失望，心都沉了。原来这就是他对她的最后一个要求，她要发火了。这本是他们单独在一起的时刻，是她一人所专有的时刻。可是，虽然媚兰不在，她那灰色的影子仍然插在他们中间。他怎么会向她提出这样的要求呢？

"是的，关心她，照顾她一下。她很脆弱，可是她自己不明白这一点。整天护理伤员，缝缝补补，会把自己累垮的。她又是那么温柔、胆小。这世界上除了皮蒂姑妈、亨利叔叔和你，她没有别的亲人。媚兰十分爱你，这不仅因为你是查理的妻子，还因为——唔，因为，她把你当成妹妹在爱。思嘉，我经常做噩梦，想到如果我被打死了，媚兰无依无靠，会怎么样。你答应我的要求吗？"

这最后一个请求，她根本没听见，因为她给"如果我被打死了"这句不吉利的话吓坏了。

她每天都读伤亡名单，心惊胆战地读着，知道如果艾希礼出了什么事就整个世界都完了。可现在他竟说出这样可怕的话来！一阵深深的恐怖感，一种近似迷信的惊悸，把她彻底镇住了。她成了地地道道的爱尔兰人，相信人有一种预感，尤其是对于死亡的征兆。

"你不能这样说话！连想也不能去想。平白无故谈死是要倒霉的！啊，快祷告一下吧，快！"

"你替我祷告并点上些小蜡烛吧，"他见她惊慌失措觉得好笑，便这样逗她。

"正是这个原因，我才向你提出要求的，思嘉。我不知道我会不会发生什么意外。并且一旦末日到来，我离家这么远，即使活着也太远了，无法照顾媚兰。"

"末——日？"

"战争的末日——世界的末日。"

"可是艾希礼，你总不会认为北方佬能打垮我们吧？这个星期你一直在谈李将军怎样厉害——"

"我全是在撒谎，像每个回家休假的人一样。我为什么去吓唬媚兰和皮蒂姑妈呢？是的，思嘉，我认为北方佬已经拿住我们了。后方的人还不了解情况，不明白我们处于什么样的局面，不过——思嘉，我们那个连队的人还在打赤脚，而弗吉尼亚的雪已下得很厚了，雪地里满是带血的脚印。我每看到这些，然后再看看北方佬，就觉得一切都完了。怎么，思嘉，北方佬在花大钱从欧洲雇来成千的士兵呢！我们最近抓到的俘虏大多数连英语也不会讲。他们都是些德国人、波兰人和爱尔兰人。可是我们每损失一个人就没有人来补充了。我们的鞋一穿破就没有鞋了。我们被四面包围了，思嘉。我们不能跟整个世界作战呀。"

她胡思乱想起来：就让南部联盟被打得粉碎吧。让世界完蛋吧，可是你千万不能死！要是你死了，我也活不成了！

"思嘉，我希望你不要把我这些话去对别人说，我不愿意吓唬别人。而且，亲爱的，我本来也不该说这些话来吓唬你，只是为了解释我为什么要求你照顾媚兰才只好说了。她那么脆弱胆小，而你却这样坚强。只要你们俩在一起，即使我出了什么事也可以放心了。你答应我吗，思嘉？"

"啊，答应！"她大声说，因为当时觉得艾希礼很快就会死的，任何要求她都得答应。"艾希礼，艾希礼！我不能让你走！我没有这个勇气了！"

"你必须鼓起勇气。"他的声音洪亮而深沉，话也说得干净利落，似乎有种内心的急迫感在催促他似的。"你必须勇敢，不然，叫我怎么受得了呢？"

她用高兴的眼光观察他脸上的表情，不知他这话是否意味着不忍心跟她分手，如同她自己的心情那样。他的面容仍然绷得很紧，眼睛里没有什么含义。他俯下身来，双手捧着思嘉的脸，轻轻在额上吻了一下。

"思嘉，思嘉！你真美，真坚强，真好！亲爱的，你的美不仅仅在这张可爱的脸上，而在于你的一切，你的思想和你的灵魂。"

"啊，艾希礼，"她愉快地低声叫道，他的话和他那轻轻一吻使她浑身激动。"只有你，再没有别人——"

"我经常想，或许我比别人对你更加了解，我能看见你心灵深处的美，而别人却过于大意和轻率，往往注意不到。"

他没有再说下去，同时把手从她脸上放下来，不过仍凝视着她的眼睛。她屏住气等待他说出"我爱你"，可是他没有说，他已经不作声了。

她的希望再一次落空，泪水禁不住夺眶而出。接着她听见车轻微地响了一下，这使她更加紧张地感觉到他们的分别已迫在眉睫，她心中一阵凄楚。

艾希礼轻轻说了声"再见"，向阴暗的穿堂里走去。他抓住客厅门上的把手，又一次回过头来凝神望着她，似乎要把她的一切都刻在心里带走似的。她也用模糊的泪眼注视着他的脸，喉咙哽咽得透不出气来，因为知道他转眼就要走了，从她的生命中匆匆地走了，也许永远不再回来了。时间快得像一股激流，现在已经太晚了。她猛地跑过客厅，跑进穿堂，一手抓住他的腰带。

"吻吻我，"她低声说。"给我一个告别的吻。"

他伸出胳臂轻轻抱住她，然后朝她的脸俯下头来。他的嘴唇一触到她的嘴唇，她的两只胳臂就紧紧箍住了他的脖颈。在无法计量的短短瞬间，他将她的身子紧贴着自己，可是他随即一扬头，把她的两只胳臂从他脖子上松开。

"不，思嘉，不要这样，"他低声说，用力抓住她的两只手腕不放。

"我爱你，"她哽咽着说，"我一直在爱你。我从没爱过别人。我跟查理结婚，只是想叫你——叫你难过。啊，艾希礼，我爱你，我愿跟着你走到弗吉尼亚去，好待在你身边！我要给你做饭，给你擦皮靴，给你喂马——艾希礼，你说吧，说你爱我！有了这句话，我就一辈子靠它活着，死也心甘啊！"

她朝他的脸看了一眼，这是她平生所见最愁苦的一张脸，但它的表情不再是淡漠的了，脸上流露出对她的爱和由于她的爱而感到的喜悦，可同是也有羞愧和绝望的斗争。

"再见！"他用沙哑的声音说。

门嘎的一声开了，一阵冷风袭进屋来，把窗帘吹得乱摆。思嘉站在冷风中瑟瑟发抖，望着艾希礼向马车跑去，腰上的军刀在冬天微弱的阳光下闪烁不已，腰带的流苏也欢快地飘舞着。

图文珍藏版

第十六章

1864 年 1 月和 2 月接连过去了，那是寒冷而阴沉的季节，人们的心也是阴沉沉的。随着葛底斯堡和维克斯堡两大战役的惨败，南方阵线的中心已经崩溃。不过虽然如此，南方的精神并没有被摧垮，一种严峻的决心取代了当初雄心勃勃的希望，人们仍能从阴云密布中找到一线胜利的光辉。

现在已没有人否认北方佬会打仗了，并且终于承认他们也有优秀的将军。格兰特，谢里丹的名字叫南方人听了胆寒。还有个名叫谢尔曼的人，正在人们口头日益频繁地出现。

当然，他们中间没有谁能比得上李将军的。南方的人们对这位将军和他的军队仍抱有坚强的信念，对于胜利的信心也从不动摇。可是战争已拖得太久了，那么多的人死了，那么多的人受伤和残废了，那么多的人成了寡妇孤儿。

更糟糕的是，老百姓当中已在开始流传一种对上层人物不信任的情绪。许多报纸公开指责戴维斯总统和他进行这场战争的方式。南部联盟内阁中存在着很大分歧，总统和将军们之间也不融洽。货币急剧贬值。军队供给不足。随着货币最近一次贬值，物价又飞涨起来。实际上，北军已经把南方团团地围困起来，虽然大多数人还不明白这种形势。

从前，思嘉要是穿着这样破旧的衣裳和补过的鞋，一定会觉得很难堪，可是现在她顾不上这些了，因为她觉得最重要的那个人已不在这里，看不见她这个模样了。这两个月她很愉快，比几年以来任何时候都愉快些。当她伸开双臂搂住他的脖子时，她不是感觉到他的心在急促地跳动吗？她不是看见他脸上那绝望的表情，那种胜过任何语言的表情吗？他爱她。现在她已深信这一点，并为此感到非常愉快，以致对媚兰也更宽容了。她甚至觉得媚兰可怜，其中也有些轻蔑的意思，认为她没有眼力，愚蠢，配不上艾希礼。

"到战争结束再说！"她想，"战争一结束——就……"

她放宽了心想，总之，等到战争一结束，就什么都好办了。要是艾希礼真的那么爱她，他就会想出办法来。随着时间一天天过去，她愈来愈相信艾希礼对她的钟情，越发觉得到北方佬被最后打垮时他一定会把一切都安排得好好的。

接着，当三月的飞雪下个不停、人人躲在家中的时节，一个可怕的打击突然降临。媚兰眼里闪着喜悦的光辉，骄傲而又羞涩地低着头，轻轻告诉思嘉她快要有娃娃了。

"米德大夫说，八月底到九月初要生呢。我也曾想到这一点，可直到今天才相信了。唔，思嘉，这真是太好了！我本来就眼红你的小韦德，很想要个娃娃。我还生怕我也许永远不会生呢，亲爱的。我要他生上十个看看！"

思嘉本来正在梳头，准备上床睡觉了，现在听媚兰这么一说，惊呆了，拿着梳子的那只手也似乎僵住不动了。

　　"我的天哪！"她这样叫了一声，可一时间还没明白是怎么回事，接着她才想起媚兰将要闭门坐月子的情景来，顿觉浑身痛楚难忍，似乎艾希礼是她自己的丈夫而做了对不起她的事似的。一个娃娃。艾希礼的娃娃。唔，怎么能呢，既然爱的是她而不是媚兰？

　　"我知道你是吃惊了。"媚兰喘着气喋喋地说。"可是你看，这不是十分好的事吗？啊，我真不知道怎么给艾希礼说才好呢！要是我明白告诉他，那可太难为情了，或者——或者我什么也不说，让他慢慢注意到，你知道——"

　　"啊，我的天！"思嘉差一点哭起来，手里的梳子掉到地上，她不得不抓住梳妆台，免得自己站不稳。

　　"亲爱的，你不要这样！你知道有个孩子并不坏呀！你自己也这样说过嘛。你不用替我担心，尽管你的关心是很令人感动的。当然，米德大夫说过我是——"媚兰脸红了，"我是小了一点，可这没关系，并且——思嘉，你当初发现自己怀上了韦德时，是怎么写信对查理说的呢？或者是你母亲或者奥哈拉先生告诉他的？哦，亲爱的，要是我也有母亲来办这件事，那就好了！可我真不知怎么办好——"

　　"你闭嘴吧！"思嘉恶狠狠地说，"闭嘴！"

　　"啊，思嘉，我真傻！真对不起你。我看凡是快乐的人都只顾得上自己。我忘记查理的事了，一时疏忽了。"

　　"你别说了！"思嘉再一次命令她，同时极力控制自己的脸色，把怒气压下去。

　　媚兰很敏感，她觉得自己不该惹思嘉伤心，所以非常内疚，急得又要哭了。她怎能让思嘉去回想查理去世后才生下韦德那些可怕的日子呢？她怎么会粗枝大叶到这个地步，居然说出那样的话来呢？

"亲爱的，让我给你脱衣裳，快睡觉吧。" 媚兰低声下气地说。

"我替你按摩按摩头颈好吗？"

"别管我了。" 思嘉说，脸绷得像石板似的。这时媚兰越发觉得内疚，便真的哭着离开了房间，让思嘉独自一人躺在床上。思嘉可并没有哭，她只是满怀屈辱、绝望和妒忌，不知怎样发泄才好。

她想，既然媚兰肚子里怀着艾希礼的孩子，她就无法再跟她在一起住下去了，她不如回到塔拉自己家里去。她不知怎样在媚兰面前隐藏自己内心的隐秘，不让她看出来。到第二天早晨起床时，她已打定主意，准备吃过早点就即刻收拾行装。吃早饭时，思嘉一声不响，神情阴郁，皮蒂姑妈手足无措，媚兰很痛苦，他们彼此谁也不看谁，这时送来一封电报。

电报是艾希礼的侍从莫斯打给媚兰的。

"我已到处寻找，但没有找到他。我是否应该回家？"

谁也不明白这封电报是什么意思，三个女人惊恐地瞪着眼睛面面相觑，思嘉立刻把回家的念头忘得一干二净了。她们来不及吃完早点便赶进城去给艾希礼的长官发电报，可是一进电报局就发现那位长官的电报已经到了。

"威尔克斯少校于三天前执行任务时失踪，深感遗憾。有情况当随时奉告。"

从电报局回到家里，皮蒂姑妈用手绢捂着鼻子哭个不停，媚兰脸色灰白，直挺挺坐着，思嘉则靠在马车的一个角落里发呆，似乎彻底垮了。一到家，思嘉便踉踉跄跄爬上楼梯，走进自己的卧室，拿起念珠跪下来准备祈祷。她似乎掉进恐惧的深渊，觉得自己犯了罪。她爱上了一个已婚的男人，想把他从他妻子的怀中夺走，所以上帝要惩罚她，把他杀了。她想祈祷，可是抬不起头来仰望苍天。她想痛哭，可是没有眼泪。泪水好像灌满了她的胸膛，火辣辣的在那里燃烧。

门开了，媚兰进走房来。她的脸像用白纸剪成的一颗心，衬着那丛乌黑的头发，眼睛瞪得很大，像个迷失在黑暗中吓坏了的孩子。

"思嘉，"她边说边伸出两只手来，"请你饶恕我昨天说的那些话，因为你是——你是我现在所有的一切了。啊，思嘉，我知道我心爱的艾希礼已经死了！"

不知怎的，她倚在思嘉怀里了。也不知道怎的，她们两人都倒在床上，彼此紧紧地抱着，两人脸贴着脸痛哭，两人的眼泪流在一起。她们哭得那样伤心。艾希礼死了——死了，她想，是我用爱把他害死的呀！想到这里她又哭起来，媚兰从她的眼泪中获得安慰，所以更紧地抱住她的脖子不放了。"至少，"她低声说，"至少——我怀上了他的孩子。"

"可我呢，"思嘉心想，此刻的悲伤使她忘记了嫉妒。"我却什么也没有得到——什么也没有——除了他向我道别时脸上的那番表情，什么也没有啊！"

最初的一些报道是"失踪——据信已经死亡"，这出现在伤亡名单上。

后来，"失踪——据信被俘"的消息又出现在伤亡名单上了，这悲伤的一家人又开始怀抱乐观的心情和希望了。媚兰整天守在电报局里，等候每一班火车，希望收到信件。她现在病了，同时妊娠期的反应也愈来愈明显，但她拒不按照米德大夫的吩咐卧床休息。

有天下午，她由惊慌的彼得大叔赶着马车、瑞德·巴特勒在身旁扶持着从城里回来。原来她在电报局晕倒了，幸好瑞德从旁边经过，发现了，才护送她回到家里。这时全家人都吓得手忙脚乱，连忙弄来毯子和威士忌，让她完全苏醒过来。

"威尔克斯太太，"瑞德突然地问，"你是怀孩子了，对吗？"

要不是媚兰晕过去刚刚苏醒，还那样虚弱，那样心痛，她一定会害羞死的。因为她连对女朋友也不好意思说自己怀孕的事，每次去找米德大夫都觉得很难为情，怎能设想一个男人，尤其是瑞德·巴特勒这样的男人，问她这样一个问题呢？可如今她软弱无力地躺在床上，便只得点了点头，算是默认了。

"那么，你一定得好好保重。这样到处奔跑，日夜焦急，会伤害婴儿的！只要你允许，威尔克斯太太，我愿意利用我在华盛顿的影响，把威尔克斯的下落打听清楚。如果他当了俘虏，北军公布的名单上一定会有他的。不过你必须答应我，一定好好保重自己的身体，否则我就什么也不管了。"

"啊，你真是个好人。"媚兰喊道。"人们为什么把你说得那么可怕呢？"接着，她想起自己没有用，又觉得跟一个男人谈怀孕的事实在太可怕了，便难过得又哭起来。

瑞德说到做到。一个月以后，他就得到了消息，他们听到时简直高兴得要发疯了，可是随即又焦虑起来。

艾希礼没有死！他只是受了伤，被抓起来当了俘虏，看来目前在伊利诺斯州的罗克艾兰一个战俘营里。

"啊，巴特勒船长，还有没有办法——你能不能帮助我们把他交换过来呢？"媚兰叫嚷着问。

瑞德撇着一张嘴说："命令已经宣布——不交换。我以前没有跟你说过，威尔克斯太太，你丈夫本来有个机会可以出来，但是他拒绝了。"

"啊，怎么会呢！"媚兰不相信有这种事。

"有，真的。北方正在招募军队到边境去打印第安人，主要是从南军俘虏中招募。凡是宣誓效忠并报名去作战两年的俘虏，都可以获释并被送到西部去。威尔克斯先生拒绝这样做。"

"啊，他怎么会呢？"思嘉嚷道。"他为什么不宣誓离开俘虏营，然后立刻回家来呢？"

媚兰好像有点生气地转向思嘉。

"你怎么会认为他应该做那种事呢？叫他背叛自己的祖国去对北方佬宣誓，然后又背叛自己的誓言吗？我倒是宁愿他死在罗克艾兰也不愿意他宣誓。如果他真的那样做了，我就永远不再理睬他了。永远不！当然，他拒绝了。"

　　思嘉送瑞德出去，在门口愤愤不平地问他："如果是你，你会不会答应北方佬，首先保住自己的性命，然后再伺机逃走呢？"

　　"当然。"瑞德咧着嘴，露出髭须底下那排雪白的牙齿，狡狯地说。

　　"那么，艾希礼为什么不这样做呢？"

　　"他是个上等人嘛！"瑞德答道。思嘉惊异地想，他怎么能用这个高尚的字眼来表达如此讥诮而轻蔑的意味呢？

第十七章

1864 年的 5 月来到了，那是个又热又干燥的 5 月。一天早晨，皮蒂姑妈遗憾地做出决定，把最后一只公鸡宰掉，省得它一直在为那只早已被吃掉的老伴伤心。然而，皮蒂姑妈忽然想起她的许多朋友都好几个星期没尝到鸡味了，所以她建议请些客人来吃饭。可是媚兰怀孕已到了第五个月，有好几个星期既不外出，也不在家接待宾客了，因此对这个主意感到很不安。可是皮蒂姑妈这次很坚决。

"怎么，媚兰，你再这样反对我，我可要气哭了。不管怎么说，我总是你姑妈，也不是不明事理。我一定要请客吃饭。"

于是，皮蒂姑妈请客了，并且到最后一分钟来了一位她没有请也并不希望的客人，瑞德·巴特勒鬼使神差地出现了。他腋下夹着一大盒用花纸包着的糖果，嘴里满口伶俐的奉承话。皮蒂姑妈见瑞德的言谈举止都彬彬有礼，便渐渐放心了。这顿饭吃得非常愉快，可以说是一顿丰厚的美宴。凯里·阿什伯恩队长带来了一点茶叶，那是从一个北军俘虏的烟叶袋里找到的，每人都喝了一杯茶，可惜略略有点烟草味。每人都分到一小块老公鸡肉，一份充足的用玉米片加葱头制作的调味品，一碗干豆，以及大量的米饭和肉汤，外加瑞德带来的糖果。当瑞德把真正的哈瓦那雪茄拿出来，供男客们一面喝黑莓酒一面抽雪茄时，大家异口同声说这简直是一次豪华的盛宴了。

然后男客们来到前廊上的女士们中间，又谈起了战争。唯独瑞德一直没说话，他从吃过晚饭以后一直默默地坐在一边，撇着两个嘴角，听大家说话。这时，也问了一句：

"我听到谣传，说谢尔曼的增援部队已经到了，他现在有十万多人了？"

"嗯，怎么样，先生？"大夫的回答很简单，他气冲冲地反问了一句。

"我刚才听阿什伯恩队长说，约翰斯顿将军只有四千人左右，还包括那些逃兵在内。"

"先生，联盟军里可没有逃兵呀！"米德太太愤怒地插嘴说。

"请原谅，"瑞德用谦卑的口吻说。"我指的是那些回来休假却忘记归队，还有那些养好伤半年了，但是还待在家里的人"。

他得意地说着，眼睛闪闪发亮，把米德太太气得喘不上气来。思嘉看她这副狼狈相忍不住要笑，因为瑞德抓住他的要害了。现在有成百上千的男人躲在沼泽地或山区，不让宪兵抓回部队去。他们声称"这是一场富人的战争，穷人的厮杀"，他们已受够了。

士兵们收到的家信里也满是抱怨："你的老婆，你的娃娃们，你的父母，我们都在饿肚子。你几时回来？我们已经饿得不行，饿得不行了。"

米德大夫发现瑞德·巴特勒的话引起了尴尬的沉默，便赶忙用冷冷的口气说："巴特勒船长，尽管咱们部队和北军人数有很大差别，但从来就不起什么作用。一个联盟军士兵能抵挡一打的北方佬呢。"

妇女们纷纷点头表示同意。这是人人都清楚的嘛。

"这在战争初期是真的，"瑞德说。"也许现在也还是如此，如果联盟军士兵的枪膛里有子弹，脚上有鞋子，肚子也是饱的话。嗯，阿什伯恩队长，你看呢？"

他的声音还是那么温和，带着点谦卑。可凯里·阿什伯恩并不怎么高兴，因为他明明讨厌瑞德。他非常愿意站在米德大夫一边，可是又不能说假话，只好默不出声。

阿什伯恩一声不响，这激怒了米德大夫，他怒冲冲地说："我们的军队就是光着脚饿着肚皮打仗也能取得胜利。他们还要这样打下去，还要这样战胜敌人！我告诉你，约翰斯顿将军是谁也无法攻克的！"

见大家吵得生起气来，皮蒂姑妈赶紧站起来，吩咐思嘉给大家弹一曲钢琴，唱一支歌。她早就知道，把瑞德留下来吃晚饭，那准会惹出事来。不论何时何地，只要他在场，就往往出麻烦。

思嘉听从皮蒂姑妈的吩咐，走进客厅，她先弹了几段曲子，接着她的歌声便从客厅里飘荡出来了，那么动人、凄切，唱的是一首流行歌曲：

在雪白的病房里，
躺着已死和濒死的伤兵——
他们挨了刺刀或炮弹的袭击——
抬进的是谁的心上人。

谁的心上人哟，那么年轻，那么勇敢！
他的脸温柔而苍白——
那即将被坟土掩盖的脸——
少年俊美的风华犹存。

"金黄色的鬈发缠结在一起，"思嘉用不太准确的女高音哀婉地继续唱着，这时范妮欠起身来轻声细气地说："请唱点别的吧！"

思嘉听了大为惊讶，也有些难堪，于是钢琴声戛然而止。接着，她又匆匆地唱起《灰夹克》的头几小节来，可是又觉得太凄惨，便草草结束了。

瑞德连忙站起身来，进客厅去了。

"弹《我的肯塔基老家》吧，"他似乎随随便便地说道，思嘉也立刻高兴地弹唱起来。她的歌声由瑞德优美的男低音伴和着。

挑着这副重担再走几天，

不管它的重量永远不会减！

再过几天，我们将蹒跚着走上大路！

回到我的肯塔基老家，好好安眠！

后来的事实证明，南部联盟军已经难以抵抗住北军凌厉的攻势了，他们疲乏得边行军边打瞌睡，绝大部分人已什么也不想了。他们不断地在后撤，但也知道并没有被打垮，他们只不过没有足够的兵力来坚守自己的阵地，粉碎谢尔曼的进攻。

当军队沿着山谷撤退时，他们看见有一大队难民正在溃逃。那是些农民和山民，有穷的，也有富的，有白人，也有黑人，受伤的挂着拐杖，濒死的躺在担架上，大肚子妇女，白发苍苍的老人，还有走不稳的孩子，他们或坐车或步行，连同那些堆满箱柜和家用什物的马车和大车，使道路拥挤不堪。

南部联盟军的伤亡是惨重的。伤兵由一列列火车运到亚特兰大，全城惊恐不安，这个城市从没见过这么多的伤兵。医院里挤满了，伤兵就躺在空店铺里的地板上和仓库里的棉花包上。所有的旅店、公寓和私人住宅都住满了伤病员。皮蒂姑妈家也分来了一些人。家里一住了伤兵，事情就多了，不断的做饭，不停地洗涤和卷绷带，并且晚上炎热睡不着时，伤兵痛苦的呻吟会闹得你通宵不安。

这些像潮水般退下来的伤兵，以及纷纷逃来的难民大量增加，亚特兰大这个城市简直沸腾起来了。

忽然有一天，从肯尼萨山运来的第一批伤兵快要到了，有人来请思嘉立即穿好衣服到医院去。范妮·埃尔辛和邦内尔家的姑娘们也给从睡梦中叫起来，正在马车后座上打哈欠，埃尔辛家的嬷嬷则满脸不高兴地坐在车夫座位上，膝头上放着一篮新浆洗过的绷带。思嘉更不乐意，但也只得勉强起身，因为她头天夜里在舞会上跳了个通宵，腿还酸痛着呢。她暗暗咒骂着，匆忙地咽下几口玉米粥，吃了几片甘薯干，然后走出家门上医院去了。

她厌恶这里的护理工作。就在这一天她要告诉梅里韦瑟太太，说爱伦写信叫她回去一趟。可根本没有用，那位可敬的老太太正卷着袖子，系着大围裙，在忙着干活呢。她狠狠地瞪了思嘉一眼，说："少废话，思嘉·汉密尔顿。我今天就给你母亲写信，告诉她我们十分需要你。我相信她会理解并让你留下来的。好，赶快系上围裙到米德大夫那里去。他要人帮忙扎绷带呢。"

"啊，上帝!"思嘉沮丧地想，"确实如此。母亲会要我留在这里，可是我宁死也不愿再闻这些臭气了!"

她对医院，对那些恶臭，对虱子，对那种痛苦的伤员，对那些肮脏的身体，都厌恶极了。如果说她对护理工作曾经有过一些新奇感和浪漫意味的话，那也在一年前就已经消磨完了。

天气很热，苍蝇成群结队地飞进来。恶臭和惨叫声在她周围此起彼伏。她端着盘子跟随米德大夫走来走去，浑身热汗，把衣裳都湿透了。

啊，要站在大夫身边，看着他那把雪亮的手术刀切入血肉模糊的肌肤，还要强忍住呕吐，这是多么可厌的事啊!并且耳边一片惨叫，又是多么可怕的时刻啊!

一到中午，她就赶紧从医院溜出来，思嘉觉得她再也无法忍受了。她觉得这是强加在她身上的一种负担，并且午班火车一到，新的伤兵会拥入医院，她就又有大量的工作一直要忙到晚上才能走了——甚至还可能没有东西吃呢。

她急急忙忙横过两条马路，大口大口呼吸着新鲜空气。她在一个街角上站住，不知往哪里去，因为既不好意思回家去见皮蒂姑妈，又决定了再不回医院去，恰好这时瑞德坐着马车从旁边经过。

"你像个捡破烂的小女孩呢，"他这样说，两只眼睛打量着她身上那件破破烂烂的衣裳，上面满是汗渍和污斑。思嘉觉得又尴尬又懊恼，简直气坏了。他怎么总注意女人的衣裳，甚至粗鲁到评论她此刻整洁的穿着来了呢?

"我不要听你说话。赶快下车来扶我坐上去，然后把我送到没人看得见的地方。我不想回医院了，哪怕把我绞死也不回去！天知道，不是我发起这场战争，也看不出有任何理由要让我被折磨死，并且——"

"你成了背叛我们伟大主义的罪人了！"

"得了，饭锅莫说菜锅黑。快把我扶上去。你往哪里赶都行，我不管。就带着我兜兜风吧。"

他从马车上一跃而下，这时思嘉突然觉得，一个完整的男人，一个四肢完整、五官俱全的男人，他既没有因痛苦而脸色苍白，也没有被疾病折磨得皮肤焦黄，他营养很好，健康强壮，这让人看着多么舒服啊！并且他穿着讲究，上衣和裤子十分合身。他似乎对世界上的事漠不关心，这种态度本身就足以令人惊讶了，因为别人都是满脸忧虑和阴沉的表情呢。他那褐色的脸膛是温和的，而那张嘴，唇红齿白，像女人一样轮廓鲜明而富于肉感，当他搀扶她上马车时，更浮出随随便便的微笑，动人极了。

他自己也上了车，坐在她身旁，这时他那高大的身躯显得饱满匀称，并且很吸引人，像往常那样，她感觉到了它那巨大的魅力，似乎受到了冲击似的。她望着他那副有力的肩膀，那充满诱惑和令人不安的肩膀，不由得害怕起来。他的身体壮实而坚韧，这同他那敏锐的思想一样是很不寻常的。他浑身洋溢着一种轻松优美的力量，平静时像一只黑豹懒懒的躺在阳光下，机警时就像这只豹子正准备一跃而起向前猛扑。

"你这个小骗子，"他揶揄道，一面喝马向前。"你整夜跟大兵跳舞，给他们送鲜花、送丝带，说你愿意做出任何牺牲，可是一旦要你替几个伤兵包扎和捉虱子时就赶快跑开了。"

"你能不能讲点别的，能不能把马车赶得快些呢？要是碰上梅里韦瑟爷爷他从小店里出来看见了我，然后回去告诉那位老太太——我指的是梅里韦瑟太太，那我就倒霉了。"

"我对这种医院工作已经腻烦透了，"她说着，一面整理坐下时撒开的裙子，并把下巴底下的帽带系紧。"每天都有无数的伤兵涌进城市。"

"瑞德，你看，街那头，一大群的人！他们不是士兵。是怎么回事？……啊，全是些黑人！"

红色的尘土滚滚而来，从飞扬的尘土中传来脚步声和上百个黑人唱着《赞美诗》的深沉而雄浑的声音。瑞德把马车停在路旁，思嘉好奇地看着那些汗流浃背的黑人，他们肩上扛着鹤嘴锄和铁锹，由一位军官和一小队佩着工程团标记的人领着一路走来。

"这是怎么了……？"她又一次问。

接着，她的眼光落在队伍前边一个高唱《赞美诗》的黑人身上。他身高达六英尺半左右，简直是个巨人，浑身乌黑，姿势灵活优美，像一头猛兽似的向前迈步走着，他露出雪白的牙齿，领着全队高唱《去吧，摩西》。她相信世界上除了塔拉农场的工头大个儿萨姆之外，再找不到哪个黑人有这么高的身材和这么响亮的嗓子。可是大个儿萨姆到这里来干什么呢？离家这么远，现在正缺人照管农场呢，而他又是杰拉尔德的得力助手？

她从座位上欠起半个身子来仔细观看，这时那个巨人瞥见了她，即刻咧嘴一笑。他站住脚，放下铁锹，向她走来，一面对那几个最靠近的黑人喊道："我的天！这是思嘉小姐呢！来啊，这是咱们的思嘉小姐呀！"

队伍里顿时一片混乱。大家都不知所措地咧着嘴站住了，大个儿萨姆领着另外三个高大的黑人横过大路向马车走去，后面紧跟着那位不知所措、大声叫嚷的军官。

"回到队伍里来，你们这几个家伙！回来，我命令你们，要不我就——哦，是汉密尔顿太太。早晨好，太太，还有你，先生。你们干吗在这里煽起骚动和叛乱呀。天知道，整个上午我已被这帮人闹得够呛了。"

"唔，兰德尔队长，请不要责备他们！都是我们的人呢。这是大个儿萨姆，我们的工头，他们当然要跟我说话呀。你们好啊，小伙子们？"

　　她跟他们一一握手，那只雪白的小手握在他们的又大又黑的手掌中，四个人都美滋滋地跳着笑着，在他们的伙伴们面前骄傲地炫耀自己有多么亮丽的一位小姐。

　　"你们大老远从塔拉跑来干什么？我敢打赌，你们是逃出来的。难道你们不怕巡逻队逮住你们吗？"

　　他们知道思嘉在开玩笑，都乐得大叫起来。

　　"逃走！"大个儿萨姆说。"不是，小姐。俺不是逃出来的。俺是塔拉最好的四个劳力，他们才挑中，送俺到这儿来的，"他骄傲地露出一口雪白的牙齿笑着说。"他们特别看中了俺，就因为俺唱得好。是的，小姐，是弗兰克·肯尼迪先生过来把俺挑上了。"

　　"但是挑来做什么呢，大个儿萨姆？"

　　"啊，思嘉小姐！你听见了吗？俺是来给白人先生挖沟的，好让他们躲避北方佬。"

　　兰德尔队长和马车里的人听着这种天真的解释，都忍不住笑了。

　　"的确，他们把俺带走时，杰拉尔德先生差点儿发火，他说缺了俺，农场就不行了。可爱伦小姐说：'让他去吧，肯尼迪先生。联盟比我们更需要大个儿萨姆呢。'他还给了俺一个美元，叫俺好好听吩咐去做。因此俺就到这儿来了。"

　　"这到底是怎么回事呀，兰德尔队长？"

　　"唔，很简单嘛。我们必须加固亚特兰大的防御工事，挖掘更多的散兵壕，可是将军没有更多的士兵来干这种事。因此我们只得从农村征调一些强壮的黑人来干了。"

　　"可是——"

　　"可是——我们已经有很好的防御工事，为什么还要再修新的呢？"

　　"我们现在的防御工事距离市区只有一英里远，"兰德尔队长简洁地说。

"这太近了，很不安全。眼下要挖的会离城市更远一些。你瞧，如果军队再后撤一次，有许多士兵就要进入亚特兰大城了。"

他随即后悔不该说最后这句话，害怕得瞪大了眼睛。

"唔，队长，你是不是认为——"

"怎么，当然不会的！你一点也不用害怕。将军只不过相信凡事以预防为好。因此我们要修筑更多的防御工事……不过我得走了。有机会和你聊聊，真叫人高兴……小伙子们，给你们的女主人说再见呀，好，现在我们归队去。"

"再见吧，小伙子们。要是你们病了，或者受了伤，或者遇到什么麻烦，就赶紧通知我一声。我就住在那边桃树街尽头，几乎是市区最末了的那幢房子。等一等——"她伸手到提包里摸索起来。"哎哟，我一分钱也没带。瑞德，请借给我一点钱。给，大个儿萨姆，买些烟草你们抽吧。你们要好好的，按照兰德尔队长的吩咐去做呀。"

那个松松垮垮的队列重新整顿好了，他们又向前行进，尘土又弥漫开来，大个儿萨姆领着大家又唱起来："去吧，摩西……"

> "去吧，摩西！到埃及地方去！
> 去见法老，
> 使你可以将我的百姓领出来！

瑞德吆喝着那匹母马动身往前走。

"军队缺员缺得厉害呢。不然为什么要把乡团调出去？至于挖壕沟嘛，嗯，这种防御工事到围城时是会有用的。将军准备在这里做最后的抵抗了。"

"围城！唔，请赶快掉转车，我要回家了，要回塔拉去，马上回去！"

她马上就为自己的慌张懊恼起来，便高声喊道："我真不明白你干吗待在这里！你成天考虑的就是要过得舒适，吃得好——如此等等。"

"除了吃喝一类的事，我不知道还有什么更惬意的方法能消磨时光，"他说。"至于说我干吗待在这里——嗯，我读了许多有关被困的城市的书，可是从没亲眼见过，因此我想留在这里看看。我没有参加战斗，不会有什么危险，而且，我需要有点实际经验。思嘉，遇到新鲜事就别放过。它们会使你的思想丰富起来的。"

"我的思想已经够丰富了。"

"关于这一点，可就不太好说了。也许，我留下来主要是想救你。我还从没救过一个落难的女子呢。那也将是一种新的经验呀。"

她知道他在奚落她，可是又意识到他的话背后有一种严肃的意味。她扬起头来。

"用不着你来救我。我能照顾自己。谢谢你了。"

"别这么说，思嘉！千万不要对一个男人说这种话，这正是北方女孩子爱说的，如果她们少说几句'我能照顾自己，谢谢你'，就是最可爱的姑娘了。但她们说的也是真话，所以，男人们就让她们自己去照顾自己好了。"

"看你扯到哪里去了，"她冷冷地回敬一句，因为她觉得将自己跟北方佬姑娘相比，是一种莫大的侮辱。"我看你谈到的围城是在骗人吧？你明明知道北方佬是决不会打到亚特兰大来的。"

"我敢跟你打赌，一个月内就会打到这里。我跟你赌一盒糖果——"他那双乌溜溜的眼睛瞟着她的嘴唇。"赌个吻好吗？"

刚才短短的一刹那，思嘉因害怕北方佬入侵而惊慌失措，可现在听到"亲吻"这个字眼就什么都忘了，她好不容易才克制住自己没有露出喜悦的笑容来。自从送给她那顶翠绿色帽子以来，瑞德至今没有表示过爱她。他这个人是决不让你牵着鼻子来谈私情的，不论你怎样诱惑也罢。可是如今，用不着思嘉引诱，他却主动谈起亲吻来了。

"我对这种私人谈话不感兴趣，"她故意皱起眉头冷冷地说。"而且，我宁愿吻一只猪猡。"

"何必谈个人爱好嘛，并且我经常听说爱尔兰人是偏爱猪的——他们实际上把猪养在床底下。不过，思嘉，你是迫切需要接吻的。这就是目前你的心病。你所有的情人不知为什么都太尊敬你了，或者是太害怕你了，以致都不能真正满足你，结果使你盛气凌人。你应当让人吻你，让一个知道怎样亲吻的人来吻你。"

谈话没有按照她所设想的方式进行，那往往是两人之间的一次决斗，而她总是输的。

"那么，你大概以为自己就是那个适当的人选了？"她挖苦地质问他，一面竭力控制自己不要发脾气。

"唔，是的，如果我高兴去努力这样做的话，"他漫不经心地说。"人们常说我很会亲吻呢。"

"唔，"她发现对方把她的魅力不当一回事，立即火冒三丈，"怎么，你……"可是突然又觉得很难为情，便低眉不语了。这时他却满面笑容，眼睛里偶尔闪出一点光辉，像野火苗似的。

"的确，你肯定觉得奇怪，为什么从我送给你帽子那天轻轻吻过你一下之后，一直没再找机会吻你——"

"我从来没有——"

"那么说，你就不是个好姑娘了，思嘉，并且我听了很难过。所有的好姑娘看见男人不想来吻她们都会觉得奇怪。她们知道自己不应该这样想，可归根结底她们都希望男人想来吻……好了，亲爱的，鼓起勇气来。有一天我会吻你，你也会高兴的，可现在还不是时候，我求你不要太性急了。"

她知道他在奚落她，不过像往常那样，这种奚落使她兴奋若狂。他说的那些话总是那么真实，叫你无法否认。

"请你把马掉转头来好吗，巴特勒船长？我想回医院去了。"

"你真的想回去了，我的救护天使？你宁愿去跟虱子和脏水打交道，也不愿跟我交谈了？好吧，我不想拖住你这双勤奋的手不让它去为我们的光荣事业效劳呢。"说着，他掉转马头，往回驶去。

"至于说我为什么没有进一步追求你嘛，"他冷淡地继续说，似乎她并没有表示过要结束这次谈话似的，"我是在等你再长大一点。你看，要是我现在就吻你，那就没什么意思，并且我在享乐方面从来就只顾自己。我从没想过要和小孩子亲吻。"

他勉强克制住没有笑，因为他瞥了一眼，看见她已经气得胸鼓鼓的了。

"除此以外，"他温柔地继续说，"我还在等你对那位可敬的艾希礼·威尔克斯的记忆渐渐消失。"

一听到艾希礼的名字，她立刻感到浑身一阵疼痛，感到泪水在刺激眼帘。消失？对艾希礼的记忆是永远不会消失的，哪怕他死后一千年也不会。她想着艾希礼受了伤，在远处一个北方佬监狱里奄奄一息，濒于死亡，身上没有盖毯子，旁边没有亲人照料。她对身边这个养尊处优的男人，这个用慢悠悠的声调嘲弄人的男人，顿时满怀仇恨，忍不住要发作了。

可是她愤怒得说不出话来，只好由他赶着车默默地跑了一程。

"现在我对你和艾希礼的一切全都明白了，"瑞德继续说。"我从见到你们在'十二橡树'村的那一幕开始；后来我一直注意观察你，又了解到许多情况。什么情况呢？譬如说，你仍对他怀有一种罗曼蒂克的热情，而他也在他那高尚天性所允许的范围内予以报答。又如，威尔克斯太太对此毫无察觉，而你对她玩了一个巧妙的诡计，等等。实际上，我什么都了解，只有一点除外，并且引起了我的好奇心。那便是：高尚的艾希礼有没有冒着玷污他那不朽灵魂的危险亲吻过你呢？"

她给他的回答是转过头去，同时固执地沉默不语。

"啊，原来他吻过你了。我猜想那是他休假的时候。那么，如果他可能已经死了，你就要抱着这种感情终生不渝了？不过，我相信你会忘记的。等到你忘记他的吻时，我就会——"

她愤怒地转过头来。

"你给我滚——滚得远远的!"她恶狠狠地说，那双绿眼睛冒出了怒火。"赶快让我下车，要不然我就跳下去。我永远也不再跟你说话了。"

他停住马车，她就立刻跳下去，一句话也不说，甚至头也不回，就愤然而去，这时瑞德才轻轻笑着赶起马车走了。

第十八章

自从战争开始以来，亚特兰大第一次听得见炮声了。

人们拼命掩饰着恐慌。随着军队后撤而一天天越发紧张起来的神经，如今要爆炸了，没有人谈到恐惧，公众情绪已达到狂热的程度。谢尔曼已经到了亚特兰大的门口。如果再后退，南部联盟的军队就要进城了。

远处隆隆的炮声已充满了整个城市，号称布朗州长的"宝贝儿郎"的民兵，以及本州的乡团，才开出亚特兰大，去保卫桥梁和渡口。

思嘉和梅贝尔·梅里韦瑟·皮卡德向医院请了假，来到这里欢送队伍出发，因为亨利叔叔和梅里韦瑟爷爷也参加了乡团呢。她们和米德太太一起挤在人群里，踮着脚尖仔细观望。毫无疑问，连这些由老头和孩子组成的乌合之众都得出去打仗，局势的严峻就可想而知了！那些老头和孩子，他们的模样叫人看了又怜悯又担心，很不好受。有些白发苍苍的人比她父亲还老，他们在闲闲细雨中步履踉跄地往前走着。梅里韦瑟爷爷肩上披着梅里韦瑟太太那条最好的方格呢围巾当雨衣，走在最前列，做出笑脸向姑娘们表示敬意。梅贝尔紧紧抓住思嘉的臂膀，低声说："啊，可怜的老头儿，要是真下起大雨来，他就完了！他的腰疼——"

亨利·汉密尔顿叔叔在梅里韦瑟爷爷后面一排里走着，他的旁边是一个年纪与他差不多的黑人跟班，替他打伞遮雨。青年小伙子们同这些老头肩并肩地走着，看上去没有一个满了十六岁，他们中间有许多是从学校逃出来参军的。这里面有费尔·米德，他骄傲地佩戴着已故哥哥的马刀和马上用的短枪，故意把帽子歪戴着，显得非常神气。米德太太勉强微笑着向他挥手，直到他走过去以后才把头搁在思嘉的肩上，似乎要瘫倒似的。

还有许多人是完全没有武装的，因为南部联盟政府既无枪支又无弹药可以分发。这些人希望能从被俘和阵亡的北方兵身上弄到衣服和武器来装备自己。这时思嘉忽然注意到一个骑着骡子的黑人。他年轻，表情严肃，思嘉一见便惊叫道："那是莫斯！艾希礼的莫斯！他在这里干什么呀？"她拼命挤过去，一面呼喊着："莫斯！停一停。"

"俺动身再上前线去，思嘉小姐。这次是跟老约翰先生，不是跟艾希礼先生了。"

"跟威尔克斯先生！"思嘉惊呆了。威尔克斯先生都快七十了！"他在哪儿？"

"在后面最后一门大炮旁边，思嘉小姐。在后面呢！"

思嘉在齐脚踝深的泥里站了一会，后来，她看见他了，那个瘦高而笔挺的身躯，银白的头发湿漉漉地垂挂在头颈上。

威尔克斯先生看见她站在泥泞里，便高兴地跳下马向她走来。

"我本来就希望见到你，思嘉。我替你们家的人带来许多消息呢。不过现在来不及了，我们今天早晨才奉命集合。"

"啊，威尔克斯先生，"她拉着他的手绝望地喊道，"你别去了！你干吗要去呀？"

"啊，你是觉得我太老了吧！"他微笑着，这笑容跟艾希礼一模一样，只不过面色苍老些。"也许叫我走路是老了些，可骑马打枪却一点不老。"他这时乐呵地笑起来，思嘉也轻松了一些。"你父母和几个姐妹都很好，他们叫我给你带来了问候。你父亲今天差点跟我们一起来了。"

"啊，我爸也要来！"思嘉惊恐地喊道。"我爸不会！他不会去打仗的，是吗？"

"不，可是他本来想去。当然，他那膝盖有毛病，走不了远路，不过他打算一起骑马走呢。你母亲同意了，可是要他先试试能不能跳过草场上那道篱笆。你父亲觉得那不难，可是——你信不信？他的马一跑到篱笆跟前就死死地站住，而你父亲从马头上翻过去了。上帝保佑，居然没有摔断他的脖子！你知道他多么固执。他立刻爬起来又跳。就这样，思嘉，他接连摔了三次，奥哈拉太太和波克才搀着他躺到床上去了。你也用不着为这感到丢脸。毕竟，总得有人留下来给军队种庄稼呀。"

思嘉倒不觉得羞耻，反而感到很放心了。

"我把英迪亚和霍妮送到梅肯跟伯尔家的姑娘们住在一起了，奥哈拉先生则来回照料着塔拉和'十二橡树'村……我必须走呀，亲爱的。让我吻吻你的亮丽脸蛋儿吧。"

思嘉把小嘴翘起来，同时感到想大哭起来。她很喜欢威尔克斯先生。很久以前，她还希望当他的儿媳妇呢。

"你一定要把这个吻带给皮蒂帕特，这一个给媚兰，"他说着又轻轻吻了两下。"媚兰怎么样？"

"她很好。"

"啊！"他的眼睛盯着她，并且像艾希礼那样越过她，那双漠然若失的灰眼睛在凝望着另一个世界。"我要是能看到我的大孙子就好了。再见，亲爱的。"

他跃上马背，缓缓地跑起来。

亚特兰大拥挤着游客、难民、伤兵的家属，以及前线士兵的妻子和母亲，她们希望自己的亲人受伤时能在身边护理。此外，还有一群群年轻貌美的姑娘从乡下涌进城来，因为乡村只剩下十六岁以下和六十岁以上的男人了。

在炎热潮湿的夏夜，亚特兰大的各个家庭都敞开大门欢迎保卫城市的士兵，所有的大厦巨宅都灯火通明，招待那些从前线下来的战士。悠扬的管弦乐声、嚓嚓嚓的舞步声和轻柔的笑声在夜雾中飘荡到很远的地方。当全城卷入一片欢腾时，姑娘们争先恐后涌入了结婚的浪潮。在约翰斯顿将军把敌人堵截在肯尼萨山的那个月内，无数对青年男女结成了眷属。那么多的兴奋场面，那么多的晚会，那么多令人激动、令人欢呼的情景！约翰斯顿将军把北方佬堵截在二十二英里之外啊！

但是南部联盟军打一阵，退一程！打一阵，退一程！每次后退都使敌军逼近亚特兰大一步。现在离城不过五英里了！将军心里究竟打的什么主意哟？

如果亚特兰大陷落，整个战争也就完了，所以，约翰斯顿将军被撤下来，他的一个兵团司令胡德取代了他。但可怕的消息还是不断传来，它最初是由一些受伤的士兵带回来的。这些伤兵有的成群、有的孤零零地陆续流散回来，一瘸一拐地走着。很快伤员们便形成了一股滔滔不绝的人流痛苦地涌进城来，向各个医院涌去。

皮蒂姑妈家是最先接纳伤兵的几户人家之一，这些伤兵一个又一个蹒跚着来到大门口，随即躺倒在青草地上，大声呼唤起来："水！"

在那整个炎热的下午，皮蒂姑妈和她的一家，包括白人黑人，都不停地提来一桶桶的水，弄来一卷卷的绷带，分送一勺勺喝的，包扎一个个创口，直到绷带全部用完，连撕碎的床单和毛巾都用光了。皮蒂姑妈早已忘记自己血晕的毛病，甚至大腹便便的媚兰也忘记自己的不方便之处，与普里茜、厨娘和思嘉肩并肩地拼命工作，后来，她终于累晕倒了，可是除了厨房里那张桌子，她没有地方躺下，因为全家所有的床铺、椅子和沙发都被伤兵占了。

在忙乱中大家把小韦德忘了，他一个人蹲在走廊的栏杆后边，像只受惊的野兔，两只恐惧的眼睛睁得圆圆的，嘴里噙着大拇指，正在打嗝儿。思嘉一看见他便大声喝道："韦德·汉普顿，到后面院子里玩去！"可是他被眼前这片混乱的情景吓呆了，一时还不敢到后院去。

接着，在盛夏漫长的黄昏里，连绵不断的救护车从战场上一路开来，满载着受伤和垂死的人在坑坑洼洼的大路上颠簸着行驶，鲜血从车上流下来，

滴落在干燥的尘土里。那些开车的人一看见妇女们提着水桶拿着勺子在张望就停下来，随即发出了一片呼喊声："水啊！"

思嘉捧着伤兵颤抖的头，让他们焦裂的嘴唇喝个痛快，接着又把一桶桶的水浇在那些肮脏发烧的躯体上，也流入裂开的伤口中，让他们享受到暂时的服适。她还踮起脚尖把水勺送给车上的车夫，一面胆战心惊地问他们："有什么消息？什么消息？"

所有的回答全是："还不怎么清楚，太太。一时还说不上来。"

天黑了，闷热，没有一丝风，灰尘堵塞了思嘉的鼻孔，使她的嘴唇也干裂了。她那件淡紫色的衣裳是刚刚浆洗过的，现在又沾满了鲜血、污秽和汗渍。这就是艾希礼在信上说的，战争只是肮脏和苦难。

由丁浑身疲乏，这一切都有一层梦魇般的迷幻色彩。这不可能是真实的——或者说，如果真实，就意味着全世界都发疯了。

她从一辆牛车上堆满伤兵的底层发现了队长凯里·阿什伯恩，他头部中了颗子弹，她只得让他赶紧送往医院去。后来她听说，他没来得及见到医生就死去了，也不知被埋在什么地方。

炎热的夜渐渐深了，她们已累得腰酸腿疼。思嘉和皮蒂挨个儿大声询问从门口经过的人："有什么消息？怎么样？"

"我们正在败退。""我们只得后退了。""他们的人数比我们多好几千呢。""我们的小伙子们马上就会全部进城。"

思嘉和皮蒂彼此紧紧抓住对方的胳臂，以防跌倒。

"难道——难道北方佬就要来了吗？"

第二天下着闷热的大雨，败军成千上万地涌进城来，他们又饿又累，被七十六天的战斗和撤退拖得精疲力竭，连他们的马也饿得皮包骨头了。那些满脸胡须、服装褴褛的队列和着《马里兰！我的马里兰！》的乐曲，汹涌而来。全城居民都挤到大街两旁来向他们欢呼。不论战胜也好，战败也好，这毕竟是他们的子弟啊！

人群向部队欢呼，似乎在欢迎他们的凯旋。每个人心中都怀着恐惧，但是既然他们已了解了真相，既然战争已打到了眼前，整个城市就彻底变样了。人人都显得兴高采烈，尽管那只是强颜欢笑。人人都对军队装出勇敢而充满信心的模样，重复约翰斯顿卸任时说过的那句话："我能够永远守住亚特兰大。"

现在胡德也不得不后撤了，许多人便跟士兵一样希望能让老约翰回来，可是他们克制着没有说，只能从老约翰的名言中汲取勇气了："我能够永远守住亚特兰大！"

在亚特兰大战役那一天，当炮弹开始在大街上落地开花时，人们纷纷往地窖里逃避，并且从当晚起，妇女、小孩和老人就陆续大批地离开城市。梅肯是他们的目的地。他们大多只携带一个提包和一顿用手帕包着的简便午餐。

　　梅里韦瑟太太和埃尔辛太太不肯离开。医院需要她们，而且，她们骄傲地宣称，她们一点也不害怕，北方佬是没法把她们赶出家门的。但是梅贝尔和她的婴儿，以及范妮·埃尔辛都到梅肯去了。米德太太拒不接受大夫的命令，没有搭火车去逃难，她说大夫需要他，并且费尔还待在战壕里，她要留在他附近，以防万一……

　　皮蒂姑妈本是头一个谴责退却政策的人，如今却早早就打好了行李。她说她神经脆弱，忍受不了惊吓。她要到梅肯去同自己的表姐伯尔老夫人住在一起，她还要两位姑娘跟着她一同去。

　　思嘉不想到梅肯去，因为她从心底里痛恨伯尔老夫人。多年以前，伯尔夫人在威尔克斯家的一个晚会上发现思嘉在吻她的儿子威利以后，曾说过她为人"放荡"。于是，思嘉告诉皮蒂姑妈，她要回塔拉去，就让媚兰跟你到梅肯去好了。

　　听到思嘉这样讲，媚兰就惊恐而伤心地哭了，她抓住思嘉的手恳求道：

　　"亲爱的，请不要离开我呀！没有你，我太害怕了。哦，思嘉，要是我生孩子时没有你在身边，我就活不成了！是的——是的，我知道，我有皮蒂姑妈，她对我很好。可是，她毕竟从没生过孩子，我会害怕的。请不要丢下我吧，亲爱的！你已经像是我的妹妹了，而且，"她黯然一笑，"你答应过艾希礼要照顾我的呀。他说过他要向你提出这个请求。"

　　思嘉不胜惊讶地注视着她。她自己对这个女人厌恶极了，简直难以掩饰，可是媚兰怎么会这样喜欢她呢？是的，她答应过艾希礼要照顾媚兰。啊，艾希礼！艾希礼！你一定是死了，死了好几个月了！可现在许诺却把我牢牢抓住了！

　　"好吧，"她简洁地说，"我既然答应过他，就遵守我的诺言了。不过我不想到梅肯去跟那个老泼妇伯尔待在一起。我要回塔拉去，你可以跟我一起走。母亲会高兴你去的。"

"啊,太好了!你母亲多么可爱啊!不过你知道,要是不让皮蒂姑妈在我身边,她是死也不肯答应的,同时我知道她又不愿到塔拉去。那里离前线太近,而姑妈要的是安全呀。"

米德大夫这时来了,他说:"媚兰小姐,你不能到梅肯去。你要是随便走动,我就不负责了。火车上拥挤得很,又动荡不定,在你这种情况下——"

"但是,如果我跟思嘉到塔拉去——"

"我告诉你,我不让你走动。到塔拉去的火车跟去梅肯的情况也完全一样。这样艰苦的旅行,一个孕妇怎么能经受得住,此外,自从老方丹大夫参军以后,那个区里已经没有医生了。"

"可是还有接生婆——"

"我说的是医生,"他粗率地答道,一面下意识地打量着她那瘦小的身子。"我不会让你走动的,那太危险了。""你只能待在这里,好让我随时观察,并且还得卧床。好了,皮蒂小姐,你马上动身到梅肯去,把两位姑娘留在这里。"

"没有人陪伴吗?"她惊慌地嚷道。

"她们都是少奶奶了,"大夫不耐烦地打断她。"并且米德太太离这里只隔两户人家嘛。我们得替媚兰着想呀。"

他顿着脚走出房间,一个人愤愤地待在前廊里,直到思嘉来到他身边才平静下来。

"我要跟你坦白地谈谈,思嘉小姐,"他开口说,那把灰白胡子颤抖着。"看来你是个通情达理的年轻女子,请恕我直言。媚兰小姐绝对不能走。她经受不起这种旅行。并且她的臀部很窄,分娩时很可能得用钳子,因此我不要那种愚昧的黑人接生婆来动她。像她这样的女人本来是不该生孩子的,可是——不管怎样,你还是赶紧替皮蒂小姐打好行李,送她到梅肯去吧。她那么胆小，留在这里只会碍事，没什么好处。而你，小姐，"他用犀利的眼光盯着她，"我也不愿意再听到你谈回家的事。你就跟媚兰小姐一起留下来，等到她生了孩子再说。你不害怕，是吗？"

"啊，不怕！"思嘉勇敢地撒了个谎。

"这才是勇敢的姑娘呢！你们需要人陪伴，米德太太会随时来的，反正不要很久。据推算，再过五个星期孩子就该出生，不过，在这种环境里，哪一天都可能生呢。"

这么着，皮蒂姑妈便带着彼得大叔和厨娘泪淋淋地动身到梅肯去。思嘉和媚兰被留下来，带着韦德和普里茜在那所大房子里。

第十九章

围城初期，北方佬到处轰击原先修的那些防御工事，思嘉被震天的炮弹声吓得瑟瑟发抖，双手捂着耳朵，准备随时被炸得一命呜呼。她暗暗诅咒媚兰，怪媚兰连累她不能躲到安全的地方去。除了害怕被炮弹炸个粉碎以外，她还担心媚兰随时会生孩子。每回想起这个她就浑身冒汗，衣服都湿了。要是孩子偏偏在这个时候降生，她可怎么办呢？她想，在这满天炮弹的当儿，她宁愿让媚兰死掉也不能跑到大街上去寻找大夫。她也清楚，如果叫普里茜去冒这个险，那不等她出门就会被炸死的。要是媚兰生孩子了，她该怎么办啊？

这件令人担忧的事，有个下午她和普里茜在准备媚兰的晚餐时，曾低声商量过，普里茜倒一下子把她的恐惧打消了。

"思嘉小姐，等到媚兰小姐真的要生了，就算俺不能出去找医生，您也用不着着急。俺能对付。这接生的事，俺全知道。俺妈就是个接生婆。她不是教会俺也能接生了？您就把这事交给俺好了。"

思嘉听普里茜这样说，便觉得轻松了些。她盼望着离开这炮火连天之地，回到塔拉去。她每天晚上都在祈祷，希望媚兰的孩子第二天就生下来，那样她就可以解脱自己的诺言，早日离开亚特兰大。塔拉是一个多么安全的地方，与这一切的苦难毫不相干！

思嘉渴望回家去看母亲，这样的焦急心情是从来不曾有过的。只要有母亲在身边，不论发生什么事情，她都不会害怕了。每天晚上，在熬过了一整天可怕的炮弹呼啸声之后，她上床睡觉时总是下决心要在第二天早晨告诉媚兰，她在亚特兰大一天也待不下去了，她一定要回家，让媚兰住到米德太太那里去。可是头一搁到枕上，她便想起艾希礼临别时的那副面容，那副因内心痛苦而绷得紧紧的面容："你会照顾媚兰，不是吗？你很坚强……请答应我。"她答应了他。如今艾希礼也许不知躺在什么地方死了。可是不论是在何处，他仍然在瞧着她，叫她恪守自己的诺言。生也罢，死也罢，她都决不能让他失望，不管自己要付出多高的代价。就这样，她一天天留下来了。

爱伦写信来催促女儿回家，思嘉回信时详细说明媚兰目前的苦境，并答应等媚兰分娩后便立即回去。爱伦是个很重情感的人，她回信勉强同意思嘉留下来，但要求将韦德和普里茜立即送回去。这个建议普里茜完全赞同，因为她现在一听到什么突然的响声，就会吓得牙齿格格打战。她每天大部分时间蹲在地窖里，如果不是米德太太家的贝特西过来帮忙，两位姑娘的日子就不知怎么过了。

思嘉也急于要让韦德离开亚特兰大，这不仅是为了孩子的安全，并且因为他整天惊恐的样子，令思嘉厌烦透了。韦德常常给大炮声吓得说不出话来，即使炮声停了，也总是一声不吭地牵着思嘉的裙子，哭也不敢哭一声。晚上他不敢上床，害怕黑暗，害怕睡着了北方佬会跑来把他抓走。到了深夜，他那神经质的哭泣声，也会把思嘉的神经折磨得难以忍受。实际上，思嘉自己也一样害怕。是的，塔拉是对韦德唯一有好处的地方。应当让普里茜送他到那里去，然后即刻回来料理媚兰分娩的事。

但是，思嘉还没来得及打发他们两人回去，便听到消息说北方佬已扑到南面，在亚特兰大和琼斯博罗之间的铁路沿线打起来了。要是北方佬把韦德和普里茜乘的那列火车截获了呢——想到这里，思嘉和媚兰不由得脸都白了，因为谁都知道北方佬对待儿童比对妇女还要残暴。这样一来，她也不敢把他送回家去，只好让他继续留下来，像个受惊的默默无声的小幽灵整天跟在母亲后面，紧紧抓住她的衣襟，生怕一松手就丢掉了自己的小命似的。

在炎热的 7 月，整整一个月，围城的战斗在激烈地进行，炮声隆隆的白天和寂寥险恶的黑夜连续不断，市民也渐渐适应这种局势了。大家似乎觉得最坏的情况已经发生，也不会有什么更可怕的了。当然，他们也知道自己就好比坐在火山口上，可是不到火山爆发他们是什么也做不成的。那么，现在又何必着急呢？

不过，虽然人们在遍地开花的炮弹和越来越短缺的粮食面前，仍装出无忧无虑的样子，虽然他们瞧不起就在半英里外的北方佬，虽然他们对战壕里那支破烂不整的联盟军部队坚信不疑，可亚特兰大人在内心里仍然是惶惶无主的，不知第二天会发生什么事情。

思嘉渐渐学会了鼓起勇气，因为事情既然已无法挽救，就要忍受。说真的，她每次听到爆炸声仍不免要惊跳一下，但她不再会吓得尖叫着跑去把头钻在媚兰的枕头底下了。她现在已能克制住自己并怯怯地说："这发炮弹很近，是不是？"

她不再像以前那样害怕了，这里还有一个原因，即生活已染上一种梦幻般的色彩，一种不真实的可怕的色彩！她思嘉·奥哈拉不可能沦至这样的苦境，这样每时每刻都有死亡的危险。那种平平静静的生活气息，不可能在这么短的时间里就彻底改变了。

那是不真实的，难道天亮时还那么湛蓝的晨空会被这些低悬在城市上空的大炮硝烟所污染，难道那弥漫着忍冬和蔷薇花的浓烈香味的温暖中午会这样可怖，让炮弹呼啸着飞入市区，像世界末日的雷声轰然爆炸，将铁片抛出几百丈远，把居民和一切活物都活活地炸得粉碎吗？这是不真实的啊！

以前那种安安静静、昏昏沉沉的午睡早已没有了，街道上整天嘈杂不堪，时而炮车和救护车隆隆驶过，伤兵从战壕里蹒跚而出；时而有的连队从市区一头的壕沟里奉命急忙跑到另一头去，防守那里受到严重威胁的堡垒；时而通信兵在大街上飞跑着赶到司令部去，似乎南部联盟的命运就系在他们身上似的。

炎热的晚上有时会稍稍安静一些，但这种安静也同样令人不安。太沉寂了——似乎雨蛙、蝈蝈儿和瞌睡的鸟儿都吓得不敢出声了。这寂静间或也被几声枪响所打破。

到下半夜，往往在灯火熄灭、媚兰已经睡熟、全城也一片寂静的时候，思嘉还清醒地躺在床上，听见前屋轻轻地叩门声。

经常，一些面貌模糊不清的士兵站在黑暗的走廊上，好几个人同时从黑暗中对她说话。"太太，请原谅我打扰你了。能不能让我和我的马喝点水呢？"有时是粗重的山区口音，有时是南方草原地区的鼻音；偶尔也有海滨那种平静而缓慢的声调，它使思嘉想起了母亲的声音。

"小姐，俺有个同伴儿，俺本想把他送到医院去，可是他似乎再也走不动了。你让他进来好吗？"

"太太，俺真的什么都能吃。如果可以，俺倒是很想吃点玉米饼呢。"

不，这些夜晚不是真的！它们是一场噩梦。打水、喂食、把枕头摆在前廊上、包扎伤口、扶着垂死者的头。不，所有这些都不可能是她真正干过的事！

有一次，一个深夜，亨利叔叔来叩门了。亨利叔叔的雨伞和手提包都没有了，他那肥胖的肚皮也瘪下去了。他那张又红又胖的脸现在松弛地下垂着，一头长长的白发脏得难以形容。他几乎是光着脚，满身虱子，一副挨饿的模样，不过他那暴躁的脾气却一点没有改变。

虽然他一个劲说："这是一场愚蠢的战争，连我这种人也背着枪上前线了，"可是大家都知道，亨利叔叔还是很乐意这样做的。因为战争需要他，犹如需要青年人一样，而他也在做一个青年人的工作。此外，他告诉思嘉，他不比青年人差，这一点，却是梅里韦瑟爷爷所办不到的。梅里韦瑟爷爷的腰痛病厉害得很，队长想叫他退伍，但他不肯走。他坦白地说他情愿挨队长的训斥，也不喜欢儿媳妇过分细心的照料，絮絮叨叨的叫他戒掉嚼烟草的习惯和天天洗胡子。

亨利叔叔待的时间很短，因为他只有四小时假。

"姑娘们，往后我怕会有很长一段时间不能来看你们了，"他这样说道，一面把那双打了泡的脚放在思嘉端来的一盆凉水里，尽情享受似的搓着。"我们团明天早晨就要开走了。"

"到哪儿去？"媚兰吃惊地问他，赶忙抓住他的胳臂。

"别碰到我，"亨利叔叔厌烦地说，"我身上满是虱子。战争要是没有虱子和痢疾，就成了野外旅行了。我到哪儿去？这个嘛，人家也没告诉我，不过我倒是猜得着。我们要往南去，到琼斯博罗去，明天早晨走，除非我完全错了。"

"唔，干吗到琼斯博罗去呢？"

"因为那里要打大仗呀，小姐。北方佬如果有可能，是要去抢那条铁路的。要是他们果真抢走了，那就再见了，亚特兰大！"

"唔，亨利叔叔，你看他们抢得着吗？"

"呸，姑娘们！不会的！有我在那儿，他们怎么抢得着呢？"亨利叔叔朝那两张受惊的脸孔咧嘴笑了笑，随即又严肃起来："那将是一场恶战，姑娘们。我们必须打赢它。你们知道，当然喽，北方佬已经占领所有的铁路，只剩下到梅肯去的那一条了，不过这还不是他们所抢的一切呢。他们还占领了每一条公路，每一条赶车和骑马的小道，除了麦克唐诺公路以外。亚特兰大好比在一个口袋里，这口袋的两条拉绳就在琼斯博罗。要是北方佬能占领那里的铁路，他们只要把绳子一拉紧，抓我们就像抓袋子里的老鼠一样。因此我们不允许他们去占那条铁路……我可能要离开一个时候了，姑娘们。我这次来就是向你们大家告别的，而且看看思嘉是不是还跟你在一起，媚兰。"

"当然喽，她跟我在一起，"媚兰亲昵地说。"你不用替我们担心，亨利叔叔，自己要多保重。"

亨利叔叔把两只脚在毯上擦干，然后哼哼着穿上那双破鞋。

"我要走了，"他说。"我还得走五英里路呢。思嘉，你给我弄点吃的东西带上。有什么带什么。"

他吻了吻媚兰，便下楼到厨房去了，思嘉正在厨房里用餐巾包一个玉米卷子和几只苹果。

"亨利叔叔，难道——难道事情会有这样严重了吗？"

"严重？我的天，不是开玩笑的！别再糊涂了。我们已退到最后一条壕沟了。"

"你看他们会打到塔拉去吗？"

"怎么——"亨利叔叔对于这种在大难当头时只顾个人私事的想法，感到很恼火，但看见她那惊慌的表情，也就心软了。

"当然，他们不会去。塔拉离铁路有五英里，而北方佬要的只是铁路。不过小姐，你这个人的见识也实在太短了。"说到这里他突然停顿了一下。"今天晚上我跑这么远到这里来，并不是要向你们告别。有一个坏消息要告诉媚兰。可是我刚要开口又觉得不能告诉她，所以我才下楼对你说，让你去处理好了。"

"艾希礼不是——难道你听说——他已经死了？"

"哎呀，我守着壕沟，半个身子埋在烂泥里，怎么能听到关于艾希礼的消息呢？"老先生不耐烦地反问她。"不，是他父亲，约翰·威尔克斯死了。"

思嘉颓然坐下，手里捧着那份还没包好的午餐。

"我是来告诉媚兰的——可是开不了口。你得替我办这件事而且把这些给她。"

他从口袋里掏出一只沉重的金表，表上吊着几颗印章，还有一幅早已去世的威尔克斯太太的小肖像和一对粗大的袖扣。思嘉一见那只金表，便完全明白艾希礼的父亲真的死了。她吓得出不了声。亨利叔叔一时也不知怎么办才好，坐立不安，接连假咳了几声，不敢看思嘉，生怕被她脸上的泪水弄得更加难受。

"他是个勇敢的人，思嘉。把这话告诉媚兰。叫她给他的几个女儿写封信去。他一生都是个好军人。一发炮弹打中了他，正落在他和他的马身上。马受了重伤——后来我把它宰了，可怜的畜生。那是一匹很好的小母马。好了，亲爱的，不要太伤心了。对于一个老人来说，做了一个青年人应当做的事，死了不也很值得吗？"

"啊，他不应该死的！他根本就不该上前线去。他本来可以好好活下去看着他的孙子长大，然后平平安安地终老。啊，他干吗要去呀？他本来就憎恨战争，并且——"

"我们许多人都是这样想的，可又怎么样呢？"亨利叔叔粗暴地擤了擤鼻子。"你以为我这一大把年纪还乐意去充当北方佬的枪靶子吗？可是这年月一个上等人别无选择。分手时亲亲我吧，孩子，不要为我担心。我会闯过这场战争平安归来的。"

思嘉吻了吻他，听见他走下台阶到了黑暗的院子里，接着是前面大门关上了。她在原地站了一会，凝望着手里的纪念物，然后跑上楼告诉媚兰去了。

到7月末，传来了不好的消息，那就是北方佬向琼斯博罗打去了。他们切断了城南四英里处的铁路线，但很快被联盟军骑兵击退；工程队在火热的太阳下赶忙修复了那条铁路。

思嘉焦急得快要疯了。她怀着恐慌的心情接连等待了三天，这才收到杰拉尔德的一封信，终于放了心。敌军并没有打到塔拉。

杰拉尔德的信中谈到北方佬被联盟军从铁路上击退时，用了整整三页纸描写部队的英勇，末了才简单地提到卡琳生病了。据奥哈拉太太说是得了伤寒，但并不严重，因此思嘉不必为她担心，但奥哈拉太太说思嘉必须到教堂里去为卡琳早日康复做些祈祷。

思嘉对母亲的吩咐感到非常内疚和惭愧，因为她已经好几个月不上教堂去了。要是在以前，她会把这种疏忽看成莫大的罪过，可是现在，似乎什么都顾不上了。不过她还是按照母亲的意愿走进自己房里，跪在地上匆匆念了一遍《玫瑰经》。她站起来时，并不觉得像过去念完经后那样心里舒坦。近来，她已感到上帝根本不理睬他们，虽然成百万的祈祷者每天都在祈求他的恩惠。

那天夜里她坐在前廊上，把杰拉尔德的信揣在怀里，她随时摸摸这封信，觉得塔拉和母亲就在身边似的。客厅窗台上的灯将金黄的光影投射在黑暗的挂满藤蔓的走廊上，黄蔷薇和忍冬交织在一起，在她身旁构成一道芳香四溢的围墙。夜静极了。从日落以来一直没有枪声，世界似乎离人们很远了。思嘉一个人坐在椅里前后摇晃着，因读了来自塔拉的信而心情更忧伤，很希望有个人，不论什么人，能跟她在一起。可是梅里韦瑟太太在医院里值夜班，米德太太在家里款待从前线回来的费尔，媚兰又早已睡着了。连一个偶尔来访的客人也不可能有。

她往常并不是这样孤独的，并且她很不喜欢这样。因为一个人待着就得思考，而在这样的日子思考不是怎么愉快的事。和别人一样，她已经养成回想往事和死人的习惯了。

今晚亚特兰大这样安静，她闭上眼睛就似乎回到了塔拉静穆的田野，生活一点也没有改变，并且永不会改变。她想起原来那些年轻的小伙子们，许多已经永远消亡在战争中了，再也听不见他们在林荫道上飞跑时那狂热的呼唤声了。

"啊，艾希礼！"她两手捧着头啜泣起来。"我永远也无法想象你已经没了啊！"

这时她听见前面大门哗啦一声响了，便连忙抬起头来，用手擦了擦泪水。她站起身来一看，原来是瑞德·巴特勒在人行道上走过来了，手里拿着那顶宽边巴拿马帽。自从她那次生气地突然跳下马车以后，她一直没有碰见过他。当时她就表示过，她再也不想同他见面了。可是她现在却十分高兴见到一个熟识的人，免得总在想艾希礼，于是她赶紧将心头的记忆搁到一边去了。瑞德在顶上一级台阶上她的脚边坐下来。

"原来你没逃到梅肯去呀！我听说皮蒂小姐已经走了，因此，当然喽，我以为你也走了。刚才看见你屋子里有灯光，想打听一下。你干吗还留在这里呢？"

"给媚兰做伴嘛。你想，她——嗯，她眼下没法出门呢。"

"嘿，"她看见他皱起眉头。"你是说威尔克斯太太还在这里？以她目前的状况，留在这里可相当危险啊！"

"你根本想不到，我也可能出事，这未免太不公平了吧，"她酸溜溜地说。

他乐得眼睛里闪闪发光了。

"我会随时保护你不受北方佬欺侮的。"

"我不知道这算不算一句恭维的话，"她用怀疑的口气说。

"当然不算，"他答道。"你什么时候才能够不到男人们最随便的表白中去寻找恭维呢？"

"等我躺到了灵床上才行，"她微笑着回答，心想有的是男人来恭维她呢，尽管瑞德从没有这样做过。

"虚荣心，虚荣心，"他说。"至少，你在这一点上是坦率的。"

他打开他的烟盒，拈出一支黑雪茄放到鼻子前闻了闻，然后划亮一根火柴。他靠在一根柱子上，双手抱住膝，静静地吸烟。思嘉又在躺椅里摇晃起来。他们周围一片静谧。栖息在蔷薇和忍冬密丛中的鸟儿偶尔吟唱几声。接着，似乎经过一番审慎的思考，它又沉默了。

这时，瑞德突然在黑影中笑出声来，低声而柔和地笑着。

"因此你就跟威尔克斯太太留下来了！这可是我从没想到的最奇怪的局面呢！"

"我不觉得有什么奇怪的。"思嘉不安地回答，立即引起了警惕。

"没有吗？你在撒谎吧！我知道你不喜欢威尔克斯太太，你认为她又傻气又愚蠢，同时她的爱国思想也使你感到厌烦。所以我自然会觉得非常奇怪，怎么你居然如此无私，会在这炮声震天的情况下陪着她留下来了。说吧，你究竟为什么这样做啊？"

"因为她是查理的妹妹嘛——并且对我也像姐妹一样，"思嘉尽可能庄重地回答，虽然她脸上已在发烧了。

"你是说因为她是艾希礼的遗孀吧。"

思嘉连忙站起来，极力压住心中的怒火。

"你上次对我那样放肆，我本来已准备饶恕你，可现在再也不行了。今天要不是我感到非常苦闷，我是决不会让你踏上这走廊来的。并且——"

"请坐下来，消消气吧，"他的口气有点变了。他伸出手拉着她的胳臂，把她拖回椅子上。"你为什么苦闷呢？"

"唔，我今天收到一封从家里来的信，北方佬离我家很近了，我的小妹妹又得了伤寒，因此——因此——就算我现在能够回去，妈妈也不会同意的，因为怕我也传染上呢！"

"嗯，不过你也别所以就哭呀，"他说，口气更温和了些。"你如今在亚特兰大，即使北方佬来了，也比在塔拉要安全些。北方佬不会伤害你的，但伤寒病却会。"

"北方佬不会伤害我？你骗人吧？"

"我亲爱的姑娘，北方佬不是魔鬼嘛。他们并不像你所想象的一样，他们也和南方人一样亮丽——当然喽，礼貌上要差一点，口音也不好听。"

"哼，北方佬会——"

"会强奸你？我想不会。尽管他们很可能有这种念头。"

"要是你再说这种粗话，我就要进屋了，"她厉声喝道，同时庆幸黑暗掩饰了她那羞红的脸。

"老实说吧，你心里是不是这样想的？"

"啊，当然不是！"

"可实际是这样嘛！不要因为我猜透了你的心思就生气呀。这都是我们这些娇生惯养和高贵的南方太太们的想法呢。她们老是担心这件事。我敢打赌，甚至像梅里韦瑟太太这样有钱的寡妇……"

思嘉强忍着没有出声，想起这些日子凡是有两个以上太太在一起的地方，都在谈论这样的事。北方佬强奸妇女，用刺刀捅儿童的肚子，焚烧还住有老人的住宅。人人都知道这些都确有其事，他们只不过没有在街角上大声嚷嚷罢了。如果瑞德还有点礼貌的话，他应该明白这样的事不应该谈论。何况这也不是开玩笑的事啊。

她听得见他在吃吃地暗笑。他有时很讨厌。实际上他在大多数时候都是讨厌的。一个男人居然懂得而且谈论女人心里想的东西，这太可怕了。这会叫一个姑娘觉得自己身上一丝不挂似的。并且也没有哪个男人会从正经妇女那里了解这种事情。思嘉因为他看透了她的心思而恼怒。她宁愿相信自己是男人无法了解的秘密，可是她知道，在瑞德眼里，她就像玻璃一样透明。

"谈到这种事情，我倒想问问，"他继续说，"你们身边有没有人保卫或监护呢？是令人钦佩的梅里韦瑟太太，还是米德太太？她们一直在盯着我，似乎知道我到这里来是不怀好意似的。"

"米德太太晚上常过来看看，"思嘉答道，很高兴能换个话题了。"不过，她今天晚上不能来。她儿子费尔回来了。"

"真是好运气，"他轻松地说，"碰上你一个人在家里。"

他话语里有一点东西使她感到愉快，心跳得快起来，同时也感到自己的脸发热。她听见了那种男人将要表白爱情的口气。唔，真有趣！现在！只要他说出他爱她三个字，她就要狠狠地折磨和报复他一下，把过去三年他对她的讽刺挖苦统统还给他。她要引诱他来一次苦苦的追求，把他亲眼见她打艾希礼耳光那一天她所受到的羞辱也洗刷掉。然后她要温柔地告诉他她只能像个小妹妹那样做他的朋友，而且以大获全胜来结束这场较量。她预想到这一美妙的结局时，不觉神经质地笑了。

"别笑呀，"他说，一面拉着她的手，把它翻过来，把自己的嘴唇紧压在手心里。这时一股强大热流通过他温暖的亲吻流注到她身上，震颤地爱抚着她的周身。接着他的嘴唇从她的手心慢慢向手腕上移动，她想试着把手抽回来。她想去抚摸他的头发，但是并不指望他会来吻她的嘴。

她并不爱他——她心慌意乱地对自己说。她爱的是艾希礼。可是，怎样解释她现在的感觉，这种使她激动得双手颤抖和心口发凉的感觉呢？

他轻轻地笑了。

"不要把手缩回去嘛！我又不会伤害你。"

"伤害我？我不怕你，瑞德·巴特勒，也不怕任何男人！"她大声嚷道，并为自己的声音也像手那样颤抖而恼怒。

"这是一种值得尊敬的情绪，不过把声音放低些吧。威尔克斯太太会听见的。求你冷静点。"他的话听起来似乎为她的激动感到高兴。

"思嘉，你是喜欢我的，不是吗？"

这话才比较符合她的心意。

"唔，有时候是这样，"她谨慎地答道。"当你的所作所为不那么像个恶棍的时候。"

他又笑起来，把她的手心贴在他面颊上。

"我想，正因为我是个恶棍，你才爱我呢。你这人很少出门，很少见过真正的恶棍，因此我的这个特点才对你最有吸引力。"

　　他这一手倒是她没有想到的，这时她想把手抽出来，没有成功。

　　"那才不是呢！我喜欢好人——喜欢那种令人信赖的上等人。"

　　"你的意思是那些能被你骗住的人喽。这只是说法不同罢了。可是不要紧。"

　　他又吻了吻她的手心，这时她又感到后颈上痒痒的难以忍受。

　　"不过你就是喜欢我。你会不会有一天爱上我呢，思嘉？"

　　"嘿！"她得意地暗想，"我总算逮住他了！"于是她故意冷漠地答道："不会的。这就是说——除非把你这德行大大地改变一下。"

　　"可是我不想改变。所以你就不会爱我了？这倒是件好事。因为虽然我十分喜欢你，却并不爱你。而且，如果你再一次在自己的爱情中得不到回报，那才真正可悲了。亲爱的，你说是这样吗？我可不可以称你'亲爱的'呢，汉密尔顿太太？不管你高兴不高兴，我反正要称你'亲爱'的；这没关系，只是还得讲礼貌才好。"

　　"那么你不爱我了？"

　　"不，真的。难道你希望我爱你吗？"

　　"你别痴心妄想吧！"

　　"你就是在希望嘛。真可惜，我把你的希望给毁了！我本来应当爱你，因为你又亮丽，又能干，有许多没什么用的本事。但是像你这样又亮丽又有本事的女人多着呢，她们也同样没什么用呀，不，我不爱你。不过我十分喜欢你，因为你那很少故意掩饰的自私，还有你身上精明的实用主义本性，这最后一点我想是从你那爱尔兰农民祖先那里继承下来的。"

　　农民！怎么，他这简直是在侮辱她嘛！于是她激怒得说不出话来了。

　　"请不要打断我，"他把她的手紧紧地捏了一下。"我喜欢你，还因为我身上也同样如此，所谓同病相怜嘛。我发现你还在惦念那位神圣而愚蠢的威尔克斯先生，虽然他可能躺进坟墓里已经半年了。不过我在你心里一定还有地位。思嘉，你不要回避了！我正在向你表白啊。自从我在'十二橡树'村的大厅里第一眼看见你以后，我就需要你了，那时你正在诱惑可怜的查理·汉密尔顿呢。我想要你的心情，比曾经想要任何女人的心情都更迫切——并且等待你的时间也比等待其他任何女人的时间都更长呢。"

她听到这末了一句话时，紧张得连气都喘不过来了。不管他怎样侮辱她，他毕竟是爱她的，并且他仅仅由于执拗才不想坦白承认，仅仅由于怕她笑话才没有说出来。好吧，她马上就给他点儿颜色看看。

"你这是要我跟你结婚吗？"

他把她的手放下，同时大笑起来，笑得她直往椅子靠背上退缩。

"我的天，不是！我不是告诉过你我这个人是不结婚的吗？"

"可是——可是——什么——"

他站起来，然后把手放在胸口，向她滑稽地鞠了一躬。

"亲爱的，"他平静地说，"我尊重你是个有地位的人，因此没有首先引诱你，只要求你做我的情妇。"

情妇！

她心里叫喊着这个词，觉得自己被卑劣地侮辱了。愤怒、屈辱和失望之情把她的心搅得一团糟，她已经来不及从道德立场上想出什么话去谴责他，便让来到嘴边的话冲口而出——

"情妇！那除了一群乳臭小儿之外，我还能得到什么呢？"

她刚一说完就发现这话很不像样，害怕得不敢再说了。他却哈哈大笑，笑得几乎接不上气来。

"正因为那样我才喜欢你！你是我认识的唯一坦率的女人，一个只从实际出发看问题，从不奢谈什么首先的女人。要是别的女人，她就会首先晕倒，

然后叫我滚蛋了。"

思嘉猛地站起，羞得满脸通红。她怎么居然说出这种话来呀！她，爱伦一手教养大的女儿，居然坐在这里听他说了那种下流话，然后还做出这样无耻的回答呀？她本来应当吓得尖叫起来的。她本来应当晕倒的，或者一声不响冷冷地扭过头去，然后愤愤地回到屋里去的。可现在已经晚了！

"我要叫你滚出去，"她大声嚷道，也不管媚兰或附近米德家的人会不会听见。"滚出去！你怎么敢对我说这样的话！我究竟做了什么不正当的事，才叫你——叫你认为……滚，永远也别来了。这回我可要说到做到的。你永远也不要再来，拿那些无用的小玩意儿，如别针、丝带什么的来哄骗我，满以为我会饶恕你。我要——我要告诉父亲，他会把你宰了！"

他拿起帽子鞠了一躬，这时她从灯光下看见，他那髭须底下的两排牙齿间流露着一丝微笑。他一点也不害臊，还觉得她的话很有趣，而且怀着浓厚的兴味看着她呢。

啊，他真是可恶极了！她迅速转过身来，大步走进屋里。她抓住门把，很想砰的一声把门关上，可是让门开着的挂钩太重了，她怎么使劲也拔不动，直弄得气喘吁吁，还没拔下来。

"让我帮你一下忙行吗？"他问。

她气得浑身的血管都要破裂了，她一分一秒也待不下去，于是便一阵风似的奔上楼去。跑到二楼时，她才听到他好像出于好意替她把门带上了。

第二十章

到炎热喧嚣的 8 月即将结束时，炮声也突然停息了。全城笼罩在一片寂静中，更让人倍感恐怖。这长期杀声不绝之后的平静，不仅没有令人松弛，反而增添了人们心中的不安。谁也不知道为什么北方佬的大炮不响了。

现在的消息是由人们口头上流传，报纸因缺乏纸张和油墨，从围城开始就相继停刊，所以谣言蜂起，传遍全城。

秋天在尘土和闷热中悄悄地来了，使这突然沉默下来的城市更令人窒息，使人们疲倦而焦急的心越发枯索和沉重，几乎喘不过气来了。思嘉得不到来自塔拉的信息，着急得快要发疯似的，可是仍努力保持一副勇敢的模样；她觉得从围城开始以来已经很长时间了，似乎自己一直生活在震耳欲聋的炮声中，直到这古怪的沉寂突然降临为止。不过从围城开始至今才过了三十天呢。

而且，从北方佬离开多尔顿南下以来，才过了四个月！才四个月呢！思嘉回顾过去那遥远的一天，觉得恍如隔世。

四个月以前啊！怎么，四个月以前，多尔顿、雷萨卡和肯尼萨山对人们来说，还仅仅是铁路沿线上一些地方的名字呢，如今它已经成了一个个战役的名称。还有那些宁静的乡村，那里有她不少殷勤的朋友。碧绿的田野，小河两岸如茵的浅草，这一切都已成为记忆，一去不复返了。她曾经坐过的草地已被沉重的炮车碾得七零八碎，被那些在痛苦中挣扎翻滚的垂死者反复压平了；而那缓缓地溪流已变得比佐治亚红土所赋予它们的本色更红了。

后来，从南方来的消息终于到达了紧张的亚特兰大城。谢尔曼将军正在准备又一次攻打琼斯博罗的铁路。这就是亚特兰大突然沉寂下来的原因。

"怎么，琼斯博罗？"思嘉心里无限焦急。她一想到塔拉离那里多近，便惊恐得心都凉了。"他们干吗总是打琼斯博罗呢？干吗不找个旁的地方去攻打铁路呢？"

她已经一个星期没有听到塔拉的消息，所以，再读杰拉尔德上次的那封短信，就更加害怕起来。卡琳的病情在恶化，变得十分严重了。啊，要是在围城以前就回家一次，管她媚兰不媚兰，那多好啊！

不，北方佬还没有打到塔拉。这是那个给胡德将军传送快报的通信兵告诉思嘉的。他动身亚特兰大的时候，在琼斯博罗遇见了杰拉尔德，后者曾央求他带封信给思嘉。

可是爸爸在琼斯博罗干什么呀？年轻的通信兵回答这个问题时有些不安，原来杰拉尔德是在那里找一位大夫跟他回塔拉去。

思嘉听到这样的消息，觉得两腿发软，似乎要站不稳了。如果连爱伦的医术都已经无能为力，而不得不让杰拉尔德出来找大夫的话，卡琳的病就一定十分危急了！当通信兵在一阵旋风掀起的尘土中离开时，思嘉用颤抖的手指把父亲的信撕开。

"亲爱的女儿，你母亲和两个姑娘都得了伤寒。她们的病很重，不过我们总是怀着最大的希望在设法治疗。你母亲病倒时让我写信给你，叫你不论如何不要回家，免得你和小韦德也染上这种病。她问候你，并盼你为她祈祷。"

"为她祈祷！"思嘉立即飞奔上楼，跑到自己屋里，然后在床边双膝跪下，用以前所未有的虔诚心情祈祷起来。她此刻念的不是正式的祈祷文，而是一遍又一遍地重复着："圣母呀，请别让我母亲死啊！只要你不让她死，我就一切从善了！求求你，别让她死了！"

那以后整整一星期，思嘉就像只被打得晕头转向的动物在屋里走来走去。她在等待着消息，一听到外面有马蹄声就心惊肉跳，可是一点没有塔拉来的音信。她觉得，在她和家庭之间横亘着的已不是二十五英里的土路，而是一个辽阔的大陆了。

　　对于伤寒病，思嘉在医院见得够多了，她明白一星期时间对这种病意味着什么。爱伦病倒了——也许快要死了。可是思嘉却在亚特兰大，负责照顾一个孕妇，一筹莫展。是的，爱伦病倒了——也许快要死了。但是爱伦不可能生病呀！她从来没有病过。即使别人全都病了，爱伦也决不会生病。爱伦一向都是照料别的病人，让他们都好起来，她是不可能病的。思嘉要回家去，她像一下吓坏了、渴望回到庇护所去的孩子似的，迫不及待地渴望回到塔拉去。

　　家啊！那幢白色的房子，那些飘拂着白色窗帘的窗户，那蜜蜂嗡嗡飞绕着的草地，那宁静的红色田野，以及那些广阔的、在阳光下白得耀眼的棉田啊！家啊！

　　如果在围城开始，别的人都在逃难时她就逃回家了，那该多好啊！那样，她就可以带着媚兰安全地过一段闲暇日子了。

　　"啊，该死的媚兰！"她心里不断地咒骂着。"她为什么就不能跟皮蒂姑妈一起到梅肯去呢？她应当去那儿，同她的亲属在一起。要是她当初到梅肯去了，我也早已到了母亲身边。即使现在——即使现在，如果不是因为她要生孩子，我也会不顾一切回家去。可是，我还等那个婴儿出生呢！……啊，母亲，母亲，你可别死啊！……这婴儿怎么老不出生呀？米德大夫说媚兰很可能难产，我的老天啊！说不定她会死呢！媚兰死了，那么艾希礼——不，我不能那样想，那样不好。可是艾希礼很可能也已经不在了。不过他曾经让我答应过要照顾她的。可是——如果我没有照顾她，她死了，而艾希礼还活着呢——不，我决不能这样想，这是罪过。我答应过上帝，只要他保佑母亲不死，我就要一切从善呢。啊，要是那婴儿赶快出生就好了。要是我能够离开这里——回到家中——到不论什么地方，只要不是这里就好了。"

　　9月1日早晨，思嘉怀着一种令人窒息的恐惧感醒来。虽然是清晨，空气也显得又压抑又热。外面路上静悄悄的。思嘉感到今天早晨呈现在她面前的寂静，比过去一星期的那种静谧更加奇怪可怕似的。

她倚在窗棂上，心突突直跳，听着那沉雷般的炮声。远方的响声似乎愈来愈大了。并且它正是从南边来的。

南边的炮声啊！琼斯博罗和塔拉——还有爱伦，不就在南边吗？

炮声在南边响起来了，这可能就是北方佬给亚特兰大敲起的丧钟啊！思嘉在房间里踱过来踱过去，不停地绞扭着两只手，第一次清晰地意识到南军可能被打败了。谢尔曼的部队离塔拉只有几英里了！这样，即使北方佬最终被打垮，他们也会沿着大路向塔拉退却，而杰拉尔德是肯定来不及带着三个生病的女人逃走的。

思嘉走到媚兰门口，把门轻轻推开，朝里边看了看。媚兰穿着睡衣躺在床上，闭着眼睛，眼睛周围现出一道黑圈。她的脸有些浮肿，本来苗条的身躯也变得畸形和丑陋了。思嘉恶意地设想，要是艾希礼现在看见了才好呢。媚兰比她所见过的任何孕妇都要难看。她正打量着，这时媚兰睁开眼睛亲切而温柔地对她笑了笑，脸色顿时明朗起来。

"进来吧"，她艰难地翻过身来招呼。"太阳一出来我就醒了。我正在琢磨，思嘉，有件事情我想问你。"

思嘉走进房来，在阳光明媚的床上坐下。

媚兰伸出手来，轻轻地握住思嘉的手。

"亲爱的，"她说，"这炮声使我很不安。是琼斯博罗那个方向，是不是？"

思嘉应了一声"嗯"。

"我知道你心里很着急。我知道，如果不是为了我，你就回去了，难道不是吗？"

"是的，"思嘉回答，态度不怎么温和。

"思嘉，亲爱的。你对我太好了。那么亲切，那么勇敢，连亲姐妹也不过如此。我十分爱你。我觉得是我在拖累你，心里很不安。"

思嘉瞪眼望着。爱她，是这样吗？傻瓜！

"思嘉，我躺在这里一直在想，打算向你提出一个非常重大的要求。"说着，她把手握得更紧了。"要是我死了，你愿意抚养我的孩子吗？"

媚兰瞪着一双又大又亮的眼睛，急切而温婉地瞧着她。

"你愿意吗？"

思嘉听了媚兰的话不知所措，不由得把手抽出来，说话的声音也变得硬邦邦的了。

"唔，别傻了，媚兰。你不会死的。每个女人生第一胎时都觉得自己会死。我曾经也是这样呢。"

"不，你没有这样想过。你从来就是什么也不怕的。你这样说只不过是要鼓起我的勇气罢了。我并不怕死，怕的是要丢下婴儿，而艾希礼又——思嘉，请答应我，如果我死了，你会抚养我的孩子。那样，我就不害怕了。皮蒂姑妈年纪太大，不能带孩子；霍妮和英迪亚很好，可是——我希望你带我的婴儿。答应我吧，思嘉。如果是个男孩，就把他教养得像艾希礼，要是女孩——亲爱的，我倒宁愿她将来像你。"

"你这是见鬼了！"思嘉从床沿上跳起来嚷道。"事情已经够糟的了，还死呀活呀的胡扯！"

"对不起，亲爱的。但是你得答应我。我看今天就会发生。我相信就在今天。请答应我吧。"

"唔，好吧，我答应你，"思嘉说，一面惶惑地低头看着她。

难道媚兰傻到这步田地，真不知道她一直爱着艾希礼？或者她一切都清楚，并且正因为这样才觉得思嘉会好好照顾艾希礼的孩子？思嘉忍不住想大声向媚兰问个明白，可是话到嘴边没有说出来，因为这时媚兰拿起她的手紧紧握住，并放到自己脸上贴了一会，现在她的眼神又显得宁静了。

"媚兰，你怎么知道今天就会出事呀？"

"天一亮我就开始阵痛了——不过不怎么厉害。"

"真的吗？可是，你干吗不早点告诉我？我会叫普西茜去请米德大夫嘛。"

"不，现在还不用去，思嘉。你知道他有多忙，他们大家都很忙呢。只要给他捎句话去，说今天什么时候我们需要他来一下。再叫人上米德太太家去一趟，请她过来陪陪我。她会知道什么时候该打发人去请大夫。"

"唔，别这样尽替别人着想了。你很清楚，你跟医院里的任何病人一样，目前迫切需要一位大夫。我马上打发人去叫他。"

"不，请你不要去。有时候，生个孩子得花一整天工夫呢。我不想让大夫坐在这里白等着，而那些可怜的小伙子都非常需要他呢。只要打发人上米德太太家去一趟就行了。她会明的白的。"

"唔，好吧，"思嘉说。

第二十一章

　　思嘉给媚兰端来早点之后，即刻打发普里茜去请米德太太，接着便和韦德一起坐下来吃早餐。但是，她好像平生第一次不想吃东西。她担心着媚兰已濒临分娩，神经质地感到恐慌，又经常不由自主浑身紧张地倾听远处的炮声，结果就什么也吃不了了。她的心脏急速地怦怦乱蹦，蹦得胃都要翻出来似的。

　　韦德倒是比平时安静了些，也不像每天早晨那样叫嚷着不肯吃他厌恶的玉米粥。她一勺勺地送到他嘴边，他也乖乖地吃着，和着开水一声不响地大口大口咽下去。他那双温柔的褐色眼睛瞪得像银币一样，追踪着她的一举一动，流露出童稚的惶惑，似乎思嘉内心的恐惧也传给他了。他吃完以后，思嘉把他打发到后院去玩，望着他蹒跚地横过凌乱的草地向他的游戏室走去，这才如释重负，心里轻松多了。

　　她起身来到楼梯脚下，犹豫不定地站着。她应该上楼去陪伴媚兰，免得她紧张！媚兰为什么不迟不早偏偏要在这个时候生孩子呢！并且偏偏要在这个时候谈起死呀活呀这样的话来！

　　她在最底下的一步楼梯上坐下来，试图让自己镇静一些。米德太太，她为什么还没来呢？普里茜到哪儿去了呢？

　　过了好一会，普里茜才来了，她独个儿慢悠悠地走着。

　　"你可是冬天的糖浆，好黏糊啊！"普里茜一进大门，思嘉便厉声说道。"米德太太怎么说的？她能不能马上就过来？"

　　"她不在。"普里茜说。

"她上哪儿去了？什么时候能回来？"

"唔，太太，"普里茜回答，"他们家的厨娘说，小费尔先生给打伤了，米德太太就坐上马车，带着老塔尔博特和贝特茜一起去了，要把他接回家来。厨娘说他的伤很重，米德太太大概不打算到咱们这边来了。"

思嘉瞪眼看着她，真想揉她几下。

"好了，那就别发呆了。赶快到梅里韦瑟太太家去一趟，请她过来，或叫她家的嬷嬷来一下。好，快去。"

"她们也不在，思嘉小姐。刚才俺回家碰到她家的嬷嬷，说她们也出去了，门都锁了。俺猜她们是在医院里。"

思嘉停下来苦苦思索。还有谁能来帮忙呢？有埃尔辛太太。当然，埃尔辛太太一向不喜欢她，可是对媚兰却始终很好。

"到埃尔辛尔太太家去，向她把事情仔细说清楚，请她赶快来一下。还有，普里茜，听我说，媚兰小姐的孩子快生了，她随时都可能要你帮忙。好，你快去快回。"

"是的，太太。"

思嘉走进媚兰房里，媚兰侧身躺在床上，脸色像白纸一样。

"米德太太上医院去了，"思嘉说。"不过埃尔辛太太马上就来。你痛得厉害吗？"

"不怎么厉害，"媚兰撒谎说。"思嘉，你生韦德时花了多久的时间？"

"很快，"思嘉不自觉地用愉快的口气回答。"当时我正在外面院子里，几乎来不及进屋。嬷嬷说那样很不体面——简直就像个黑人。"

"我倒是巴不得像个黑人呢，"媚兰说，一面努力做出一些微笑，可是这笑容随即消失，一阵剧痛把她的脸扭歪得不成样子了。

思嘉低头看看媚兰那窄小的臀部，用安慰的口气说："唔，看来也并不怎么样嘛。"

"唔，我知道，不怎么样。我只怕自己有点胆小。是不是——埃尔辛太太马上就会来吧？"

"是的，马上，"思嘉说，"我下楼去打盆清水来，用海绵给你擦擦，今天好热啊。"

她借口打水跑到前门去看看普里茜是不是回来了。可是普里茜连影子也没有，于是她只好回到楼上，用海绵给媚兰擦洗汗淋淋的身子，然后又替她梳理好那一头长长的黑发。

一小时后，她听见普里茜的脚步声从街上过来了。

"埃尔辛太太到医院去了。他们家的厨娘说，今天早上火车运来了大批伤兵。厨娘正在做汤给那边送去呢。她说——"

"别管她说什么了，"思嘉的心往下沉。"快去系上一条干净的围裙，你赶紧上医院去一趟，我写个字条，你给米德大夫送去。如果他不在那里，就交给琼斯大夫，或者别的不论哪位大夫。你这次要不赶快回来，我就要活活剥你的皮。"

"是的，太太。"

"顺便向那里的先生们打听一下战争的消息，问问他们，是不是在琼斯博罗或者附近打仗？"

"我的老天爷！"普里茜黝黑的脸上突然一片惊慌。"思嘉小姐，北方佬还没到塔拉吧，是吗？"

"我不知道。叫你去打听呀。"

"我的老天爷！他们会怎么对待俺妈呢，思嘉小姐？"

普里茜突然大声嚷叫起来，那声音使思嘉越发不安了。

"你别嚷了！媚兰小姐会听见的。现在快去换下你的围裙，快去。"

思嘉在杰拉尔德上次来信——这是家里唯一的一张纸了——的边沿上匆匆写了几句话。这时她偶尔瞥见信的简短的内容："你母亲——伤寒病——不论如何——回家——"她差点哭了。要不是为了媚兰，她会即刻动身回去了，哪怕走回家也行！

思嘉回到楼上，媚兰仰身躺着，面容平静而温柔，这情景使思嘉也暂时安心了。

媚兰每次阵痛过后总是说："不怎么样，真的，"可思嘉知道这是撒谎。她宁愿听到她的尖叫，她看不惯这样默默地忍受。她知道自己应当为媚兰感到难过，但是心里却不论如何也没有一丝温暖的同情，她的心被她自己的痛楚折磨得太惨了。有一回，她狠狠地盯着那张扭曲的脸，心想为什么在这个世界上千千万万人中，偏偏是她要在这个时候守在这里陪着媚兰，而她又这么厌恶而且憎恨这个女人，她恨这个人，甚至还巴不得她快点死呢。想到这里，她不觉打了个不祥的冷战，赶紧热切地对媚兰说起话来，连自己也不知在说些什么。末了，媚兰伸出一只滚烫的手放在她的手腕上。

"别费苦心来找话说了，亲爱的。我明白你心里多么着急。我很抱歉给你添了这许多麻烦。"

思嘉这才沉默下来，可是她静不下来。如果大夫和普西茜不能按时赶到，那她怎么办呢？她到窗口，看看下面的大街，然后又回来坐下。接着又站起身来，向屋里另一边的窗外看去。

一小时又一小时过去。到了中午越发炎热起来，没有一丝风。这时媚兰的阵痛更厉害了。思嘉悄悄用海绵给她揩脸，但心里非常害怕。老天爷，看来在大夫到达之前孩子就要降生了！她怎么办呢？对于接生的事她可一窍不通。这正是她一直在担心的紧急关头啊！她一直在指望着普里茜，可如今普里茜在哪里呢？她怎么还没回来呀？怎么大夫也没来呀？她又一次跑到窗口去看。

她终于看见普里茜沿大街匆匆走过来，这时普里茜也抬头看见了她，她正要张嘴乱喊。思嘉看见那张小黑脸上一片惊慌，生怕她喊出可怕的消息吓坏了媚兰，便赶快示意她不要作声，然后离开窗口。

"我再去打点凉水来，"她俯视着媚兰那双深陷的黑眼睛，勉强微笑着说。

普里茜气喘吁吁地坐在过厅的楼梯脚下。

"他们在琼斯博罗打起来了，思嘉小姐！他们说咱们的军队快完了。啊，上帝，思嘉小姐！要是北方佬到这儿来了，咱们会怎么样呢？啊，上帝——"

思嘉一手把那张哭嚷的嘴捂住了。

"看在上帝面上，你别嚷了！"

是呀，如果北方佬来了，他们会怎么样呢——塔拉会怎么样呢？她不敢再想，要是她还一心去想那些事情，她就会像普里茜那样嚎叫起来了。

"米德大夫呢，他什么时候来？"

"俺压根儿没看见他，思嘉小姐。"

"什么？"

"是的，他不在医院。梅里韦瑟太太和埃尔辛太太也不在。有个人跟俺说，大夫在车棚子里，可是，思嘉小姐，俺不敢到那车棚子里去——那里尽是些快死的人。"

"别的大夫怎么样呢？"

"思嘉小姐，天知道，俺找不到一个人来看你的字条。他们全都在医院里忙着，像发了疯似的。"

"你说米德大夫在火车站？"

"是的，太太。他——"

"好，仔细听着。我要去找米德大夫，你赶紧去陪在媚兰小姐身边，她叫你干什么就干什么。你要是向她透露哪怕一点点关于打仗的消息，我就要毫不含糊地把你卖到南部去。你也不要说大夫都不能来。听清楚了没有？"

"是的，太太。"

"擦干你的眼睛，赶快打桶清水送上楼去。用海绵给她擦擦身。告诉她我去找米德大夫去了。"

"她是不是快了呢，思嘉小姐？"

"我不知道。我怕是，不过我说不准。你应当知道的，快上去吧。"

思嘉一把抓起她的宽边草帽随手扣在头上。她心中那发冷的惊恐情绪在向外渗出，直至她抚摩面颊时才猛然发觉自己的手指凉了，虽然这时她身体的其余部分还在冒汗。她匆匆走出家门。

大街上全是一片纷纷攘攘，像个崩塌了的蚂蚁窝。黑人们惊慌失措地在街上跑来跑去，孩子坐在走廊上嚎叫。

"思嘉小姐。"

有人在喊她："你还没走呀，北方佬马上就要来了！"

她来不及答话急急忙忙往前赶。这时她瞥见一位骑马的军官飞跑而来，于是赶快跑到街心向他挥手。

"啊，站住！请站住！"

那位军官迅速勒住马头。

"太太！"

"告诉我，是不是北方佬真的就要来了！"

"我想是。"

"你真的知道吗？"

"是的，太太。我知道。半小时以前指挥部收到了快报，是从琼斯博罗前线来的。"

"琼斯博罗？你确信是这样？"

"我确信是这样。消息是哈迪将军发来的，他说：'我已失败，正全线退却。'"

"啊，我的上帝！"

那位军官的疲乏而黝黑的脸平静地俯视着。他重新抓起缰绳，戴上帽子。

"唔，先生，请稍等一会。我们该怎么办呢？"

"太太，我不好说。军队马上就要撤离亚特兰大了。"

"撤走了，把我们留给北方佬吗？"

"恐怕就是这样。"

北方佬就要来了。军队正在撤离。北方佬就要来了。她怎么办呢？往哪里跑呢？不，她不能跑。媚兰还躺在床上等着生孩子呀！唔，女人为什么要生孩子？要不是为了媚兰，她还可以带着韦德和普里茜到树林里去，那里北方佬是怎么也找不到他们的。但是她不能带着媚兰去啊。唔，要是她早一点，哪怕昨天把孩子生了。可现在——她只能找到米德大夫，叫他跟着她回家去。也许他能让孩子早些生下来。

她提起裙子沿大街飞跑。"北方佬来了！老方佬来了！"她一路念叨着，似乎在给脚步打节拍似的。

接着，她看见一场最奇怪的情景。大群大群的妇女肩上扛着火腿沿着铁路的方向走来。孩子们也头顶着一桶桶装得满满的饴糖急匆匆地跑着。年轻小伙子们拖着一包包的玉米和马铃薯。一个老头用手推车推着一袋面粉一路挣扎着前进。男人、女人和小孩，黑人和白人，都神情紧张地匆匆跑着，跑着，拖着一包包、一袋袋、一箱箱的食物——这么多的食物她已经整整一年没见过了。这时，人群突然给一辆歪歪倒倒的马车让出一条路，文弱而高雅的埃尔辛太太过来了，她站在她那辆四轮马车的车前，一手握着缰绳，一手举起鞭子。她没戴帽子，脸色苍白，散着一头灰色长发，像个复仇女神般抽打着马一路奔跑。她家的黑人嬷嬷梅利茜坐在后座上，一只手里紧紧抓着一块肥腊肉，另一只手和双脚用力挡住堆在周围的那些箱子和口袋不让倒下来。有个干豆大袋裂开了，豆子撒到街上。思嘉向埃尔辛太太尖声喊叫着，可是根本听不见。

她不明白这究竟是怎么回事。后来才明白原来是军队把仓库打开了，让人们在北方佬来到之前尽可能去抢一些粮食。

她从人群中挤出去，向车站赶去。这时她猛地站住被眼前的景象吓坏了。

成百上千的伤员，肩并肩，头接脚，一排排一行行地躺在酷热的太阳下，连绵不绝地一直延伸开去。成群的苍蝇在他们头上飞舞，在他们脸上爬来爬去，嗡嗡地叫。

汗渍、血腥，没有洗过的身体和粪便的臭味在一阵阵灼人的热雾中升起，令人作呕。救护车的医务人员在躺着的伤员中间急急忙忙地跑来跑去，经常踩在那些排列得太紧密的伤员身上，那些被踩着的人也只是迟钝地翻着眼睛望望，等着有人来搬运他们。

思嘉用手捂住嘴向后退了两步，她实在不敢再往前走。她曾在医院里接触过许多伤兵，可是还没见到这样的情景，这么多在毒热的太阳下烤着的浑身血污和恶臭的身体，她从来没有见过。这是一个充满了痛苦、恶臭、尖叫和忙乱的地狱——忙乱，多么忙乱啊！北方佬眼看就要到了！北方佬就要到了啊！

她耸耸肩膀振作起来，向这忙乱而凄惨的场面中走去，睁大眼睛从那些走动的人中辨认米德大夫。

她一面走，一面不断有一只又一只滚烫的手拉着她的裙裾，嘶哑地叫喊："太太—水！求求你给点水！看在上帝面上，给点水啊！"

她要用力把裙子从那一只只手里拽出来，已经弄得汗流满面了。

她要是不能很快找到米德大夫，就会疯狂地嚷起来了。她竭尽全力大声喊道："米德大夫！米德大夫在那里吗？"

人群里走出来一个人，朝她望着。那是大夫。他没穿外衣，袖子高高卷起。衬衫和裤了都像屠宰衣似的红透了，甚至那铁灰色的胡子尖儿也沾满了血。

"感谢上帝，你来了。我正需要人手呢。"

她惶惑地凝视着他，连忙把手里提着的裙子放了下来。

"赶快，孩子，到这儿来。"

她跨过那一排排伤亡人员，尽快向他走去。她握住他的胳膊，发觉它在疲乏地颤抖。

"啊，大夫，"她喊道，"你一定得去呀，媚兰要生孩子了。"

他望着她，好像没有听见，这时一个枕着水壶躺在她脚边的人咧开嘴对她友好地笑了笑。

"他们会对付过去的，"他高兴地说。

"是媚兰呀，要生孩子了。大夫，你一定得去。她那——"她觉得不好开口。

"阵痛愈来愈紧了。求求你了，大夫！"

"生孩子，我的天！"大夫的脸色突然因为恼恨而变得难看了。这怒火不是冲思嘉来的，也不是对任何其他人，而是对居然会发生这种事的世界。"你疯了吗？我不能丢下这些人呀。他们都快死了，成百上千的。我可不能为一个孩子而丢下他们。找个女人给你帮忙吧。找我的太太去。"

她张开嘴，想告诉他米德太太不能来的原因，可突然又闭口不言了。他还不知道自己的儿子受伤了呢！她不知道如果他知道了会不会仍留在这里，可是她又相信，即使费尔快死了，他也会坚持留在这个岗位上的。

"不，你一定得去，大夫。你知道你自己也说过，她可能难产——"啊，难道这真是思嘉在扯着嗓子说这些粗俗得可怕的话吗？"要是你不去，她就会死啦！"

他粗暴地甩脱了她的手。

"死？是的，他们都会死——所有这些人。没有绷带，没有药膏，没有奎宁，没有麻醉剂。啊，上帝，弄点吗啡来吧！就一点点，给那些最重的伤号。

一点点麻醉剂呀，该死的北方佬！天杀的北方佬！"

"让他们下地狱吧，大夫！"躺在地上的一个人咬牙切齿说。

思嘉开始发抖了，眼睛里闪着恐惧的泪花。看来大夫是不会跟她走了。

"看在上帝分上，大夫，求求你！"

米德大夫又沉下脸来，他咬着嘴唇，腮帮子也硬了。

"孩子，让我试试看。我不能答应你。不过我愿意试试。等我们安排好了这些人再说。北方佬快到了，军队正在撤离城市，我不知道他们会怎样对待伤员。火车已经根本没有了。你走吧。别打扰我了。养个孩子没什么大不了的。无非把脐带扎起来……"

思嘉急忙从伤兵中间穿过去往回走，她只得自己去对付这个场面了。感谢上帝，普里茜懂得接生的全过程。

走在拥挤的路上，思嘉忽然瞥见一个满头红鬈发的女子，不是别人，正是贝尔·沃特琳，她靠在一个踉踉跄跄的独臂大兵身上尖声傻气地狂笑着。

她左推右搡地穿过人群，提起裙子飞跑起来。要是这鬼地方有个人能够帮助她一下，那该多好啊！

她这一辈子还从未遇到过一件事非她自己独立去办不可的呢。总是有人替她办事，照顾她，庇护她，纵容她。可现在她居然陷入了这样的困境。真是令人难以置信。没有一个朋友，没有一个邻居来帮助她。在此时她迫切需要帮助的情况下，一个人也没有。她居然落得这样孤独无依，这样恐惧，这样远离家乡。

家啊！不管有没有北方佬，只要在家里就好了。家啊，她渴望看到母亲那张可爱的脸，渴望嬷嬷那双强有力的胳臂来搂着她。

她头晕眼花地往前走。快到家时，她看见韦德在那里攀着一扇大门晃荡。他一看见她，就歪着脸举着一个受伤的指头哭起来了。

"疼！疼！"他抽抽搭搭地嚷着。

"别哭！别哭！别哭！要不我就揍你。到后院玩去，别乱跑。"

"韦德饿了，"他哽咽着说，一面把那个受伤的指头放在嘴里。

"我不管。你到后院去——"

她抬起头来，看见普里茜倚在楼上的窗口，满脸惊恐焦急的神情。楼上的门一打开，便从里面传出凄惨的呻吟声，那显然是从剧痛中迸发出来的，这时普里茜三步两步从楼梯上跑下来。

"大夫来了吗？"

"没有。他不能来。"

"啊，上帝，思嘉小姐！媚兰小姐更惨了！"

"大夫不能来。谁也不能来。只好由你来接生了，我帮助你。"

普里茜张口结舌说不出话来了，她斜眼看着思嘉，一面在地上擦着脚，扭着瘦小的身子。

"别装出这副傻相了！"思嘉大声嚷道，感到非常生气。"你究竟是怎么回事？"

普里茜偷偷地往楼梯口退缩。

"说真的，思嘉小姐——，"普里茜又怕又羞，瞪着两只眼睛不敢说下去。

"说吧。"

"说真的，思嘉小姐！咱们还是得请个大夫来才行。俺——俺——思嘉小姐，俺一点也不懂接生。俺妈接生的时候，从来不让俺在旁边呢。"

思嘉听了大吃一惊，接着便气得肺都快炸了。普里茜偷偷从她身边走开，一心想溜掉，这时思嘉一把抓住她。

"你这骗人的小黑鬼——想怎么样？你说生孩子的事你全懂。到底怎么样？老实说！"她拽住她用力摇晃，直摇得她的黑脑袋像醉鬼一般摆来摆去。

"俺是撒谎，思嘉小姐！俺只看见生过一个孩子，俺妈似乎还怪我不该出来看呢。"

思嘉恶狠狠地瞅着她，吓得普里茜直往后退，准备溜走。等到她终于明白普里茜在接生方面就像她一样一窍不通时，她的满腔怒火再也遏制不住了。她有生以来还没打过奴仆，可此刻她使出了全部力气在普里茜的黑脸上抽了一记耳光。普里茜尖着嗓子大叫起来。

她一尖叫，二楼上的呻吟和呼唤声便停止了，过了片刻才听见媚兰微弱而颤抖的声音，她喊道"思嘉，是你吗？你快来呀，来呀！"

思嘉放开普里茜的胳臂，静静地站了一会，抬起头来倾听上面低低的呻吟和呼唤声。这时，她感到似乎有个牛轭沉重地落在她的头颈上，这重负使她每跨一步都无比吃力。

她试着回想自己生韦德时嬷嬷和爱伦替她做的每一件事。但是产前阵痛使一切都恍如雾中，弄不清楚了。她现在还记得少数几件事，便赶忙以权威的口气吩咐普里茜去做。

"把炉子生起来，烧一壶开水放在那里。把凡是你能找到的毛巾和那团细绳都拿来，给我一把剪刀。不许说找不到，一定都要找来，并且赶快找来，快去吧。"

第二十二章

　　再也不会有那么漫长和炎热的下午了。不会有这么多懒洋洋的苍蝇。这些苍蝇，不管思嘉怎样拼命地挥扇子，仍然成群地落在媚兰身上。她用力挥着那把大棕榈扇，胳臂都酸痛了，但只是白费力气，因为她刚把它们从媚兰汗湿的脸上赶开，它们即刻又在她那湿冷的双脚和腿上爬满了，媚兰不时无力地抖动着想赶走它们，并低声喊道："请搧搧吧，我的脚上！"

　　房间里热得像个烤炉，思嘉身上的衣服湿透了，并且始终没有干过。媚兰躺在床上，床单早已给汗渍弄脏，又因为思嘉有时溅上的水，斑斑点点地湿了。她不停地打滚，翻来覆去，滚个不停。

　　有时她挣扎着想坐起来，但向后一靠又躺倒了，于是又打起滚来。最初她还强忍着不喊，狠狠咬着嘴唇，直咬得皮都破了。这时思嘉的神经也快要崩裂了，才粗声嘎气地说："媚兰，看在上帝分上，别逞强了吧。除了我们没有别人能听见呢。"

　　到了后来，就由不得媚兰自己了，她终于呻吟起来，有时也大声尖叫。她一叫，思嘉便双手捧着头，捂着耳朵，转过身去，巴不得自己死了，眼睁睁地看着这种痛苦的情景却毫无办法。要守在这里，花这么多时间等一个孩子落地，世界上没有比这更可怕的事了。何况这时候，她很清楚北方佬实际上已经就在不远了。

　　她隐约记得皮蒂姑妈讲过，她的一个朋友生孩子整整生了两天，结果没生出来自己就死了。说不定媚兰也得生两天呢！可是媚兰身体这样娇弱，她一定经不起两天的折磨。要是孩子不快些下来，她很快就会死的。如果艾希礼还活着，她怎么有脸去告诉他媚兰已经死了——她曾经答应过要照顾她呀！

媚兰疼得厉害时就要握住思嘉的手，但是她抓得那么紧，几乎要把骨头都捏碎了。一个钟头以后，思嘉的手就青肿起来，几乎不能动弹了。她只得拿两条手巾扎在一起，系在床腿上，让媚兰的两手拉着。媚兰拉着它就像拉着自己的生命线似的，时而紧张地拽住，时而放松一下，随意地撕扯着。整个下午，她就像落在陷阱里垂死的野兽一般在嗥叫。她偶尔放下毛巾，无力地搓着双手，瞪着两只痛得鼓鼓的眼睛仰望着思嘉。

房间里又暗又热，充满了痛苦的喊叫和嗡嗡的苍蝇。时间那么漫长，思嘉连早晨的事也有点记不起来了。她觉得似乎自己在这个鬼地方已待了一辈子似的。每当媚兰喊叫时她也想大声喊叫，只有狠命地死咬着嘴唇不放才没有喊叫出来，并终于把内心的狂乱也遏制下去了。

壁炉上的钟已经停摆，她不知道是什么时候了，只有等到房里的热气渐渐消散时，她才把窗帘拉开，猛地发现原来已是傍晚了。

暮色降临时，媚兰显得更虚弱了。她开始一遍又一遍地呼唤艾希礼，似乎已经神志昏迷了。这种单调可厌的呼唤声使思嘉恨不得拿一只枕头把她的嘴捂住。也许大夫最终会来的吧。她转身打普里茜的主意，吩咐她赶快到米德太太家去，看看大夫或他太太在不在家。

"要是大夫不在，就问问米德太太或其他人，求他们赶快来一下！"

过了相当长一段时间，普里茜独自一个回来了。

"大夫整天不在家。思嘉小姐，费尔已经完了！"

"死了？"

"是的，太太，"普里茜说，"车夫塔尔博特告诉俺的。他给打中了——"

"别去管这些了。"

"俺没看见米德太太。厨娘说米德太太在给费尔洗身子，要赶在北方佬来之前把他安葬好。厨娘说媚兰小姐要是痛得不行了，只消在她床底下放把刀子，就会把阵痛劈成两半的。"

思嘉听了这些毫无用处的话，气得又要揍她了，可是媚兰睁着那双鼓胀的眼睛低声说："亲爱的，北方佬快来了吗？"

"不"，思嘉坚决地说。"普里茜撒谎。"

"是的，太太。俺就是这样，"普里茜急忙表示同意。

"他们快来了，"媚兰低声说，把脸埋在枕头里。

"我可怜的孩子。我可怜的孩子。"歇了一会儿又说："啊，思嘉，你别待在这里了。你得带着韦德一起离开。"

其实媚兰说的正是思嘉一直想着的事，可是思嘉听她说出来反而恼羞成怒了，似乎她内心的怯懦已明明白白地流露在脸上，被媚兰看透了似的。

"别傻了。我并不害怕。我是不会离开你的。"

"你走不走都一样，反正我快死了。"接着她又呻吟起来。

思嘉像个老太婆似的扶着栏杆慢慢从黑暗的楼梯上摸着走下来，两条腿像灌了铅一般沉重。她又疲劳又紧张，一路直哆嗦，同时因为浑身是汗而在不断地打冷战。她吃力地摸到前边走廊里，颓然坐下，斜倚在一根柱子上。夜色黑沉沉的，温暖而柔和，她侧身凝望着它，迟钝得像头老牛。

一切都过去了，媚兰没有死，那个像小猫似的哇哇叫的小东西正在普里茜手里接受头一次洗浴。媚兰这时睡着了，在经历了这样一场梦魇般的剧痛之后，她怎么还睡得着呢？她怎么没有死呀？思嘉知道，如果换了她，一定死了。可是事情一过，媚兰居然还能低声说："谢谢你了。"虽然她已奄奄一息，思嘉是俯身侧耳才听见的。

思嘉听见她自己的呼吸声渐渐转为痉挛性的抽泣，但她的眼睛是干枯而火辣辣的，似乎它们再也不会流泪了。她缓缓而吃力地抬起身来，将沉重的裙裾拉到大腿以上，不过现在她不管那么多了。她什么也不管了。时间已停滞不前。

她又静静地靠着柱子斜躺下去，过了好一会儿，思嘉的呼吸已渐渐缓和下来，心跳也平稳了。这时，她隐约听见前面路上从北边来的杂沓的脚步声。士兵！她慢慢坐起来。他们眼看来到了屋前，绵延不断的队伍就像影子一个个过去，这时她向他们喊起来。

"唔，请等一等！"

一个人影离开队伍来到大门口。

"你们要走了？你们把我们丢下不管了？"

黑暗中传来平静的声音。

"是的，太太。正是这样。我们是最后一批从防御工事中撤出来的，从北边大约一英里的地方。"

"难道你们——军队真的在撤退？"

"是的，太太。你看，北方佬就要来了。"

北方佬就要来了！她竟把这件事忘记了呢。她的喉咙突然发紧，什么话也说不出来了。北方佬就要来了啊！

"北方佬就要来了！"普里茜大声嚷着，缩着身子向思嘉紧靠过来。"唔，思嘉小姐，我们全会死的，他们会用刺刀捅进咱们的肚皮！他们会——"

"啊，别嚷了！"她心里又掀起一阵强烈的恐慌。她怎么办？她怎样才能逃走？谁能帮助她呢？所有的朋友都对她毫无用处了。

她突然想起瑞德·巴特勒，便觉得镇定下来，不再惶恐了。她固然恨他，可他是强壮而能干的，又不怕北方佬。他至今还在城里。他还有一匹马和一辆马车呢。啊，她怎么早没有想起他啊！他可以把他们全都带走，离开这个鬼城市，不受北方佬糟蹋，到别的什么地方去，到任何地方去都行。

她回头面对普里茜，非常急迫地吩咐她。

"你知道巴特勒船长住在哪里吧——在亚特兰大饭店?"

"是的,太太,不过——"

"那好,现在你尽快跑到那里去告诉他,我请他来一下。我要他尽快赶着他的马和马车来,或者来一辆救护车,如果找得到的话。把媚兰小姐生了娃娃的事也告诉他。就说我请他来帮我们离开这里。好,马上就去,赶快!"

她直着腰背坐起来,推了普里茜一把,叫她快跑。

普里茜害怕推脱着不肯去,但是在这位女主人坚决而无情的推搡之下,普里茜只得走下了台阶。思嘉高声喊道:"快跑,你这笨蛋!"

她听到普里茜啪哒啪哒小跑的脚步声,随即声音在柔软的泥土路上渐渐消失了。

第二十三章

普里茜走了以后，思嘉回到楼下过厅里，点上一盏灯，屋里热得像个蒸笼。她记起自己从昨夜到现在一直没吃东西，只喝了一勺玉米粥，于是端灯走进厨房。炉子里的火已经灭了，锅里还有半张硬玉米饼，便拿起来大口大口地啃着。盆里还剩下一点玉米粥，她便随手用大勺舀着吃起来。

她知道应当上楼去陪伴媚兰。要是出什么事，媚兰也没有那个力气叫人呢。可是一想起要回到那间可怕的房里去，她就厌烦得很，她永远也不要再见那个房间了。

她啃完玉米饼，体力恢复了些，揪心的恐惧也更多地涌上心头了。这时，世界上再没有别的事情叫她如此渴望的了，像现在那么渴望听到马蹄声，渴望看到瑞德那毫不在意和充满自信的眼光。瑞德会把她们带走，带到某个地方去。她不知道去哪里。

她看见树顶上升起一片隐隐的火光，那火光愈来愈亮，黑暗的天空发红了，先是粉红，随即变成深红，接着她突然看见一条巨大的火舌从树顶上一蹿而起，高高地升到半空中，她猛地跳起来，心又开始发紧了。

北方佬已经来了！她知道他们来了，正在焚烧市区。火焰升得越来越高，迅速扩展成一大片红光，一定是整条大街烧起来了。

她跑到楼上自己的房间里，把半个身子探出窗外，天空是一片可怖的殷红色，大团大团的黑烟旋转着挂在火焰上空。她设想北方佬向她冲过来，她要往哪里逃跑，她要怎么对付。似乎地狱里所有的魔鬼都在她耳边喊叫，她的脑子在极度的惶惑和惊恐中旋转起来。

她俯靠着窗棂站在那里，忽然一个震耳欲聋的爆炸声飞来，天空被巨大的火焰撕裂了。接着又是几声巨响。大地震撼着，她头上的窗玻璃被震碎了，纷纷落在周围。

一声又一声震耳的爆炸不断传来，世界变成了一个充满喧声、火焰和浑身颤抖的地狱。这时她似乎听到隔壁房里微弱无力的呼唤声，但是她顾不上了。她现在没有工夫去顾媚兰了。现在除了恐惧，再也没有别的东西要顾及的了。她像一个吓得发疯的孩子，想把头钻进母亲怀里。如果她是在家里，在家里跟母亲一起，那多好啊。

从这些惊心动魄的响声中她听到另一种声音，一阵惊惶地奔上楼来的脚步声。普里茜冲进来了，她奔到思嘉眼前，一把紧紧地抓住她的胳臂。

"不，太太，是咱们自己的军队！"普里茜上气不接下气地喊着，"他们在烧铁厂和军需站和仓库，还有，上帝，思嘉小姐，他们还有七十卡车的大炮炮弹和火药爆炸了，咱们都会被烧光呢！"

普里茜又尖叫起来，一面紧紧掐住思嘉的手臂，使她又痛又恼，思嘉使劲甩掉她的那只手。

原来北方佬还没到呢！还来得及逃跑呀！于是她把惊散了的全身力气重整起来。

她想："我一定要控制住自己！"同时普里茜那副可怜的惶恐相也帮助着她镇定下来，她抓住普里茜的肩膀使劲摇晃。

"北方佬还没来呢，你这傻瓜！你见到巴特勒船长了吗？他是怎么说的？他会不会来？"

普里茜不再号叫了，但是她的牙床还在打战。

"是的，太太。俺后来找到他了。像你吩咐的，在一个酒吧间。他——"

"他会来吗？你告诉他要把马带来吗？"

"上帝，思嘉小姐，他说咱们的军队把他的马和马车拉去当救护车了。"

"啊,我的天啊!"

"不过,他会来——"

"他怎么说的?"

这时普里茜不太喘了,已能稍稍控制自己。

"是这样,太太,正像你说的,俺在一家酒吧间找到了他。俺站在外面喊他,他就出来了,他奇怪地看着俺,俺说你说的,巴特勒船长,请赶快来,带着你的马和马车来。媚兰小姐生了个娃娃,思嘉小姐急着要走。他问你打算到哪里去呀?俺说,俺不知道,先生,不过你一定得去,因为北方佬就要来了,要他陪你一起走,他笑着说他的马已被拉走了。"

思嘉的心沉重起来,觉得最后一线希望也破灭了。她一时吓得目瞪口呆。

"后来他说,告诉思嘉小姐,叫她放心吧。他要到军队里去替你偷匹马来。他还说,在这以前他就偷过马呢,让我告诉你,他哪怕丢了性命也要给你弄匹马来。后来他又笑着说,赶快回家去吧。可是俺刚要动身,就扑通一声响起来了!俺吓得差点倒下了,他说这没有什么,只不过咱们自己人把火药炸了，免得落到北方佬手里，还有——"

"他会来吗？他会弄一匹马来？"

"他是这么说的。"

她长长地舒了口气，觉得轻松了些。只要能弄到一匹马，瑞德·巴特勒是一定会弄到的，瑞德是个能干人。要是他把她们救出去了，她就饶恕他一切的过错。逃跑呀！只要跟瑞德在一起，她就什么也不怕了。瑞德会保护她们。感谢上帝赐予了这个瑞德啊！她现在纯粹从安全着想，变得很实际了。

"把韦德叫醒，给他穿好衣裳，带上一包常用的衣裳。把它们装进箱子。别告诉媚兰我们要走了，还不到时候呢。用两条厚毛巾小心地把婴儿裹好，把他的衣服也包起来。"

普里茜还是拉着她的裙子不放，除了翻白眼她没有一点表情。思嘉推她一把，把她那紧抓着的手扔开。

"快去，"她喊道。这时普里茜才像兔子似的悄悄走开了。

思嘉知道她应当进屋去安慰安慰媚兰，媚兰一定被轰轰巨响和映红了整个天空的火光吓昏了，那光景就像世界的末日到了！

但是，她跑下楼去，想把那些瓷器和银器收拾一下。可是等她走进饭厅时，她的一双手却哆嗦不停，把三只碟子掉在地上打碎了，后来又把些银器当啷一声掉在地板上。不知怎的，她碰到什么就掉落什么。她慌慌张张地还在旧地毯上滑了一跤，扑通跌倒了呢，不过她即刻跳起来，一点也没觉到痛。她听得见普里茜在楼上像只野兽似的到处乱跑，那声音使她气极了，因为她自己也同样在乱跑。

她在走廊上坐下。要想收拾一点什么东西简直是不可能的。除了忐忑不安地在这里等待瑞德，看来什么也做不成了。可是左等右等，他就是不来。最后，从大路前头很远的地方，她听见车轴的吱吱嘎嘎声和缓慢而隐约不清的得得马蹄声。

那声音近了，思嘉一跃而起，呼喊瑞德的名字。然后，她隐约看见他从小货车的座位上爬下来，他朝她走过来了。他来到灯光下，他穿得整整齐齐，像要去参加舞会似的。雪白的亚麻布外衣和裤子熨得笔挺，绣边的灰色水绸背心，衬衫胸口镶着一点点褶边。他那顶宽边巴拿马帽时髦地歪戴在头上，裤腰皮带上插着两支象牙柄的长筒决斗手枪。外衣口袋里塞满了沉甸甸的弹药。

他像个野人似的轻快地大步走来，亮丽的脑袋微微扬起，神气得像个王子。那种能把任何人都吓疯的黑夜的恐怖，却像一帖兴奋剂似的使他更显得强悍了。他那黝黑的脸上有一丝勉强掩饰着的残暴无情的神色。

他那对黑眼睛眉飞色舞，似乎觉得眼前整个局面倒很有趣，似乎这震天撼地的爆炸声和满天恐怖的火光只不过是一场游戏。他走上台阶时，她摇摇晃晃地迎上前去，这时她脸色惨白，那双绿眼睛像在冒火似的。

"晚上好，"他拖长音调说，同时唰地一下摘了帽子。"咱们碰上了好天气啦。我听说你要旅行去呢。"

"你要是再开玩笑，我就永远不再理睬你了。"她用颤抖的声音说。

"你不见得真的被吓坏了吧！"他装出一副吃惊的样子微笑着，她真想把他推回到台阶下去。

"是的，我就是被吓坏了。我害怕得要死。不过咱们没时间闲扯了。咱们必须马上离开这里。"

"听你的吩咐，太太。不过你说到哪里去好呢？我是怀着好奇心跑到这儿来的，无非想看看你们打算往哪儿去。你们不能往北也不能往东，不能往南也不能往西。四面八方都是北方佬。只有一条出城的路北方佬还没拿到手，咱们的军队就是从这条路撤退的。你究竟要到哪里去呀？"

她站在那里浑身哆嗦，经他这一问，她突然明白她要到哪儿去了，那唯一的地方呀！

图文珍藏版

"我要回家去，"她说。

"回家？你的意思是回塔拉？"

"是的，是的！回塔拉去！啊，瑞德，我们赶紧走呀！"

他瞧着她，似乎她疯了似的。

"塔拉？我的天，思嘉！难道你不知道他们整天在琼斯博罗打吗？现在北方佬可能已经占领整个塔拉，占领整个县了。谁也不清楚他们到了哪里，只知道他们就在那一带。你不能回家！你不能从北方佬军队中间穿过去的呀！"

"我一定要回去！"她大喊道。"我要！我一定要！"

"你这傻瓜，"他的声音又急又粗。"你能走那条路。即使你不碰上北方佬，那树林中也到处是双方军队的散兵游勇。并且咱们的部队还在陆续从琼斯博罗撤退，他们会把你的马拉走。你唯一的办法是跟着部队沿麦克唐诺公路走，上帝保佑，黑夜里他们可能不会看见你。但是你不能到塔拉去。就算你到了那里，你也很可能发现它已经被烧光了。我不让你回家去。那样做简直是发疯。"

"我一定要回去！"她大声嚷着，嗓子高得尖叫起来了。"我一定要回去！你不能阻拦我！我要回去！我要我的母亲！你要是阻拦我，我就杀了你！我要回去！"

恐惧和歇斯底里的眼泪从她脸上淌下来，她在长时间紧张的刺激下终于爆发了。她挥舞着拳头猛击他的胸部，一面继续尖叫："我要！我要！走也要走回去！"

她突然被他抱在怀里了，她那泪淋淋的脸颊紧贴在他胸前，那捶击他的两个拳头也安静地搁在那里。他用两手轻柔地、安慰地抚摩着她的一头乱发。他的声音也是柔和的，那么柔和，那么宁静，似乎根本不是瑞德·巴特勒的声音，而是一个温和强壮的陌生人的声音。这个陌生人满身是白兰地、烟草和马汗味，使思嘉不由得想了自己的父亲。

"好了，好了，亲爱的，"他温柔地说。"别哭了。你会回去的，我勇敢的小姑娘。你会回去的。别哭了。"

她感到有什么东西在触弄她的头发，心中一动，模糊地意识到那可能是他的嘴唇。他那么温柔，那么令人无限地欣慰，她渴望永远待在他怀里。他用那么强壮的胳臂搂抱着她，她觉得什么也不用害怕了。

他从口袋里摸出一条手绢，替她擦掉脸上的泪水。

"来，乖乖地擤擤鼻子，"他用命令的口气说，眼里闪着一丝笑意，"告诉我该怎么办。我们得赶快行动了。"

她顺从地擤了擤鼻子，身上仍在哆嗦，他见她颤抖着嘴唇仰望着说不出话来，便索性自作主张了。

"威尔克斯太太已经分娩了？可不能随便动她呀！要让她坐这辆摇摇晃晃的货车颠簸二十几英里，太危险了。咱们最好让她跟米德太太一起留下来。"

"米德夫妇都不在家呢。我不能丢开她不管。"

"那很好。让她上车去。那个傻乎乎的小东西哪儿去了？"

"在楼上收拾箱子呢。"

"箱子？那车上什么箱子也不能放了。车厢很小，能装下你们几个人就不错了，并且轮子随时都可能掉。让她把屋里最小的那个羽绒床垫拿出来，搬到车上去。"

思嘉仍然紧紧依偎着。他紧紧抓住她的胳臂，他那浑身充溢着的活力似乎也流注到她身上。她想：要是我也像他这样冷静，什么也不在乎，那就好了！他扶着推着她走进过厅，可是她仍然站在那里可怜巴巴地望着他。他撇着下嘴唇嘲弄地说："难道这就是那个既不怕上帝也不怕人的女英雄吗？"

他突然哈哈大笑，同时放开了她的胳臂。她似乎被刺痛了似的，瞪大眼睛看着他，心里又恨起他来。

"我并不害怕。"她说。

"不，你是害怕的。再过一会儿你就要晕倒了，可我身边没有带嗅盐呢！"

她无可奈何地顿了顿脚，只好一声不响端起灯来，动身上楼去，他紧紧地跟在她后面，她还听见他在一路暗笑。这笑声促使他坚强起来。她走进韦德的育儿室，发现他抓住普里茜的胳臂坐在那里，衣服还没有穿好。普里茜抽噎着。

"来吧，"思嘉说着，向媚兰的门口走去，瑞德跟在后面，手里拿着帽子。

媚兰静静地躺在那里，被单一直盖到下巴底下。她的脸色惨白得可怕，但那两只深陷的带黑圈的眼睛却是安详的。她看见瑞德进来并不显得惊讶，倒似乎那完全是理所当然的事，她试着微微地笑了笑。

"我们要回家了，到塔拉去，"思嘉连忙说。"北方佬很快就要来了。瑞德准备带我们走。这是唯一的办法，媚兰。"这时瑞德来到床边。

"我会当心不让你难受的，"他悄悄地说，一面将被单卷起来裹着她的身子。"请试试能不能抱住我的头颈。"

媚兰试了试，但两只胳臂无力地垂下来了。他弯着腰，轻轻地把她托起来。她没有出声，但思嘉看见她咬紧嘴唇，脸色也更加惨白了。正朝门口走去，这时媚兰朝墙壁做了个无力的手势。

"要什么？"瑞德轻轻问道。

"请你，"媚兰像耳语似的，"查尔斯。"

思嘉明白了她的意思，有点不高兴了，她知道媚兰要的是查尔斯的照片，它挂在他的军刀和手枪下面。

"请你，"媚兰又耳语说，"那军刀。"

"唔，好的，"思嘉说。她又回去把那军刀和手枪连同皮带都取下。拿着这些东西还要抱着婴儿，同时又端着灯盏，实在是很狼狈。而媚兰，她一点不为自己濒临死亡和后面紧跟着北方佬而着急，却一心挂念查尔斯的遗物呢。

她取下相片时偶尔看了一眼查尔斯，她好奇地将照片端详了一会。这个男人曾经是她的丈夫，曾经跟她一起睡过几个晚上，让她生了个也像他那样有着温柔的褐色眼睛的孩子。可是她几乎不记得他了。

婴儿在她怀里挥动小小的拳头，像只小猫似的轻轻地叫着，她低头看着他。她这才意识到这是艾希礼的孩子，她突然希望他是她的婴儿，她和艾希礼的婴儿。

媚兰直挺挺地躺在马车的后座上，她旁边是韦德和毛巾裹着的婴儿。普里茜爬进来把婴儿抱在怀里。

车子很小，四周的挡板又很低。车轮向里歪着，好像一转就会掉的。思嘉朝那匹马瞥了一眼，心都凉了。那匹马又小又瘦，没精打采地站在那里，背上伤痕累累，连呼吸也显得病恹恹的。

"这可不是什么好马，是不是?"瑞德咧嘴笑笑。"不过，这是我能找到的最好的了。我会详详细细告诉你，我是从哪里和怎样把它偷来的，以及我怎样差一点吃了枪子儿。不为别的，单单出于对你的忠诚，我才在我事业上这个要紧的阶段当上了盗马贼——偷到了这样一匹宝贝马。好，让我扶你上车。"

瑞德将思嘉的身子一把抱起来，放到马车前座上。思嘉暗想，做一个像瑞德这样强壮的男人多好啊。她把宽大的裙子塞在大腿底下，端端正正坐好。如今有了端德在身边，她什么也不害怕，不论那火光，那爆炸声，乃至北方佬，都不怕了。

他爬上车来，坐在思嘉旁边的座位上，然后提起缰绳。

"啊，等等!"她惊叫道。"我忘记锁前面的大门了!"

他顿时哈哈大笑起来，一面抖动缰绳击打着马背。

"你笑什么?"

"笑你呀——你要把北方佬锁在大门外呢！"他说着，马已经慢悠悠地、很不情愿地向前走动了。

瑞德赶着那匹慢腾腾的马，摇摇晃晃地走上一条满是车辙的小道。他们头上是黑乎乎的树枝，两旁是在黑暗中隐隐约约的寂静的房屋。这条路又狭窄又阴暗，像条隧道似的。灼热的微风从市中心带来一片混乱的喧嚣、哭叫和军车滞缓的隆隆声响。瑞德抖着缰绳让马拐入另一条车道，这时又一声震耳欲聋的爆炸声传来。

瑞德突然从车上跳下去，回来时手里拿着一根小小的树枝，用它狠狠地向伤痕累累的马背上抽打。那可怜的畜生只得蹒跚地小跑起来，跑得非常吃力，气喘吁吁，马车也一路摇晃着，颠簸着，车里的人像爆玉米花似的来回晃荡。婴儿在放声啼哭，普里茜和韦德也因为在马车挡板上碰得鼻青脸肿而号啕大哭，可是媚兰一声不响。

他们驶近市区中心大街时，两旁的树木稀疏，高高的火焰呼啸而起，把街道和房屋卷入亮如白昼的熊熊火光中。

思嘉的牙齿在格格地打战，她在发冷，浑身哆嗦，连那几乎烧到脸上的大火也不起任何作用了。这是地狱，她已经陷在里面，要是她还能挪动自己的双腿，她就会跳下车尖叫着从原路奔回去，回到房子里去躲起来了。她畏缩地向瑞德靠得更紧，用发抖的双手抓住他的胳臂，仰望着他。他那黝黑的侧影被邪恶的红光映照得格外鲜明，就像古钱上的头像似的，那样美丽、残忍而带有颓废色彩。他在她的触摸下回过头来，眼里闪着烈火般吓人的光辉。在思嘉看来，他显得又快活又轻蔑，似乎对眼前的情景感到极大的乐趣似的，似乎他非常喜欢他们所面对的这个人间地狱。

"这儿，"他伸手摸摸皮带上的一支长筒手枪。"如果有人，不论什么人，只要他走到你身边来想抓这匹马，你就开枪把他毙了。不过，请千万不要一时激动把这宝贝马给打死了。"

"我——我也有一支手枪，"她小声说，一面抓住裙兜里的那件武器，但她相信，一旦死神来到面前，她会吓得不敢动的。

"你真有？哪儿来的？"

"是查尔斯的。"

"查尔斯？"

"是的，查尔斯——我的丈夫。"

"你难道真的有过丈夫吗，亲爱的？"他低声说，同时轻轻地笑着。

他要是认真一点就好了！

"那你说我怎么会有了孩子呢？"她恶狠狠地嚷道。

"唔，还有别的办法嘛，不一定要丈夫。"

"闭嘴，快点儿跑好不好？"

但是他突然勒住缰绳，因为已快到马里塔大街，马车在一家仓库旁边停住了。

"赶快啊！"这是她心里唯一的一句话。

"有大兵呢，"他说。

在两旁燃烧的建筑物当中，一队士兵沿马里塔大街走来，他们疲乏极了，步枪随便背在身上，低着头，已无力快跑。他们都穿得破破烂烂，许多人赤着脚，有的头上或胳臂上缠着肮脏的绷带。他们陆续走过，谁也不向两旁看一眼，默默无言，就像一队幽灵。

"仔细瞧瞧他们吧。"瑞德用嘲弄的口吻说，"这样你将来就能告诉你的孙子们，你见过这光荣事业的后卫军撤退时的情景。"

她顿时恨起他来，恨暂时超过了恐惧，她甚至觉得恐惧已是次要的和渺小的了。她明白他们的安全都要依靠他，并且只能依靠他。可是她恨他的嘲笑态度。她想已故的查尔斯和可能已不在人世的艾希礼，以及所有那些正在浅浅的坟塚里腐烂的快活英俊的青年。她说不出话来，恶狠狠地盯着他，眼睛里燃烧着憎恨和厌恶。

最后一名士兵走过来了，那是个小个儿，他的枪在地上拖着，他摇摇晃晃，那张肮脏的脸由于疲倦而麻木了，像个梦游人似的。看上去他至多只有十六岁。

她望着望着，那孩子的两个膝头便慢慢打弯，最后倒在尘土中了。后排有两个人一声不响地走出来，其中一人是个黑胡子的瘦高个儿，他把手中的枪连同孩子提起来扛到肩上。他跟在撤退的队伍后面缓缓地走着，可那孩子尽管虚弱，此时却尖叫起来："放下我，你这该死的家伙！放下我！我能走！"

那个长胡子毫不理睬，扛着他继续往前走，很快便消失了。

大大小小的火焰像旗帜般兴高采烈地蹿上天空。浓烟灼痛了思嘉的鼻孔。韦德和普里茜已开始咳嗽起来，连那小小的婴儿也在轻轻地打喷嚏。

"啊，我的上帝，瑞德！你发疯了？赶快走呀，赶快走呀！"

瑞德没有说话，只是拿那根树枝在马背上狠狠地抽了一下。

他们前面是一条火的隧道，两旁的建筑物在熊熊燃烧，他们闯进了这条隧道。一片比十几个太阳还要亮的火花使他们灼痛难忍，同时那巨大的呼啸声、爆裂声和倒塌声也震得他们头晕目眩，惶恐不安。他们觉得这火的激流中没有尽头似的，这时突然又进入那半明半暗的夜色里。

他们匆匆驶离大街，越过铁路，一路上瑞德始终在挥着鞭子。他的面容镇定而冷漠，似乎忘却了一切。他那宽阔的肩背向前弓着，下巴翘起来，灼热的火光使他满头满脸都是汗水。他们驶过一条又一条的小巷，然后又拐弯抹角地穿过一条条狭窄的街道，直到思嘉已完全辨不出方向，那呼啸的大火也在他们背后渐渐消失了。可瑞德仍旧一言不发，依旧有规律地挥着鞭子。天空的红光此刻在渐渐消隐，道路已变得又黑又吓人。思嘉很希望他能说说话，不论说什么，嘲讽的、或侮辱性的、伤人自尊心的也好。可是他一句话也不说。

不论他说不说话，她都要感谢上帝，因为有他在就是最大的安慰了。她紧紧地靠着他，感觉到他那结实牢靠的臂膀，知道他在挡住那一切恐怖。

"唔，瑞德，"她抓住他的胳臂小声说，"要是没有你，我们会怎么样？"

他回过头来看了她一眼，这一眼可吓得她连忙松开他的胳臂往后退缩。他眼睛里完全没有嘲弄的神色，他的目光是赤裸裸的，充满了愤怒和惶惑。他撇了撇上嘴唇，随即回过头来。他们颠簸着行驶了好一会，除了有时婴儿哭叫和普里茜大声唏嘘之外，一路上都默无声息。思嘉对普里茜的哭声实在已忍无可忍。便狠狠地掐了她一把，她拼命尖叫了两声，吓得不再作声了。

最后瑞德赶着马向右转了两回，不久便来到一条较宽广平坦的大路上。这时房屋已经没有了，而连绵不绝的树木却如墙壁般在两旁隐约出现了。

"我们现在已经出城，走上去拉甫雷迪的大路了，"瑞德简单地说，一面把缰绳收紧。

"快，别再停了！"

"让这牲口歇一会儿吧。"瑞德回过头来对她说，接着又慢吞吞地问："思嘉，你仍然决定要干这种发疯的事吗？"

"什么事？"

"你还想回塔拉去吗？那是自杀行为。北方佬的军队正在你前面阻挡着呢。"

啊，我的上帝！在她经历了这可怕一天的种种艰险之后，居然他还想拒绝她的要求，不送她回家去。

"啊，是的，是的！求求你了，瑞德，让我们快点走吧。马并不累呢。"

"稍等一等。你们不能走这条大路到琼斯博罗去。你们不能沿铁路走。他们成天在南面拉甫雷迪一带激战呢。你知道还有旁的路好走吗？马车路或小路，无须经过拉甫雷迪或琼斯博罗。"

"唔，有的，"思嘉像得救般地喊道。"只要我们能够到达拉甫雷迪附近，我知道有条马车路可以绕开琼斯博罗大道若干英里过去的。我和爸经常走那里，那儿离塔拉只一英里。"

"那好，也许你们可以平安通过拉甫雷迪了。"

"我——我能通过？"

"是的，你。"他的口气很干脆。

"可是，瑞德——你——难道你不送我们了？"

"不。我要在这里跟你们分手了。"

她惊慌失措地看看周围，看看身后那黑暗的天空，看看左右两旁茂密阴暗的树木，看看马车后座上吓呆了的人影——最后才回过头来凝望着他。难道她发疯了？难道她听不明白？

他这时咧嘴笑了。她在朦胧中看得见他那雪白的牙齿和隐藏在他眼光背后的嘲弄意味。

"跟我们分手？你——你到哪儿去呀？"

"我嘛，亲爱的，我到军队里去。"

她放心而又厌烦地叹了一声。他干吗偏偏在这个时候开玩笑呀？哼，瑞德到军队里去！

"啊，你把我吓死了，我恨不得把你掐死呢！咱们快走吧。"

"亲爱的，我可不是开玩笑。思嘉，你居然不理解我勇于牺牲的精神，这叫我太难过了。你的爱国心，你对于我们的光荣事业的忠诚，都到哪里去了呢？你快说呀，我可没有时间在赴前线参加战斗之前发表激昂慷慨的演说了。"

他那慢吞吞的声调，在她听来是带讽刺的。他是在讥笑她，甚至她觉得也是在讥笑他自己。他究竟在说些什么呢？在这条黑咕隆咚的路上，她身边带着一个濒死的女人、一个新生的婴儿、一个愚蠢的黑人小丫头和一个吓坏了的孩子，这时候，他居然如此轻松地提出要离开她，让她独自带他们从这天大的风险中穿过去，这简直是令人难以置信的事！

曾经有一次，她六岁的时候，从树上摔下来，脸朝下直挺挺地跌在地上。她至今还记得当时的感觉，现在她瞧着瑞德，内心的感受同当时完全一样：呼吸停止，不省人事，恶心。

"瑞德，你是在说着玩的！"

她拽住他的胳臂，眼泪簌簌地落下来。他把她的手举到唇边轻轻地亲了亲。

"自私透了，难道你不是这样吗，亲爱的？只顾你自己的宝贵生命，便不管联盟的生死存亡了。试想，如果我在最后时刻出现，咱们的部队会受到多大的鼓舞啊！"他说着，声音中带有一种不怀好意的亲切感。

"啊，瑞德，"她哭着说，"你怎么能这样对待我呢？你干吗要丢开我呀？"

"怎么，"他快活地笑道。"也许就因为我们所有南方人身上那种叛逆心理在作怪吧。也许——也许因为我觉得惭愧了。谁知道呢？"

"惭愧？你迟早会羞愧而死。把我们丢在这里，无依无靠——"

"亲爱的思嘉！你并不是无依无靠呀。每一个像你这样自私而坚决的人是决不会无依无靠的。北方佬要是能抓到你，那才是上帝保佑他们呢。"

她惊慌失措地望着他，只见他突然跳下马车。

"你下来吧，"他吩咐她。

她瞪大眼睛瞧着他。他鲁莽地伸出双臂，把她拦腰抱出来扔在地上。接着他又紧紧拽住把她拖到了离马车好几步的地方。

"我不想要求你了解或宽恕。我也毫不在乎你会怎样，因为我自己永远不会了解或宽恕我自己做这种傻事的。我深恨自己身上还残留着这么多不切实际的空想。没关系，反正我要上前线去了。"他忽然大笑起来，笑得那么响亮，那么放肆，连黑暗的树林里都发出了回响。

"'我要不是更爱荣誉，亲爱的，我不会这样爱你，'这话很恰当，不是吗？它太恰当了。因为我就是爱你，思嘉，不管以前我说过什么。"

他那慢悠悠的声音是温柔的，他的手，那双温暖而强有力的手，向上抚摩着她裸露的臂膀。"我爱你，思嘉，因为我们两人那样相像，我们都是叛教者，亲爱的，都是自私自利的无赖。要是整个世界都归于毁灭，我们都会不在乎的，只要我们自己安全舒适就行了。"

他在黑暗中继续说下去，她也听见了，可是根本没有听懂。

后来他用双臂搂住她的肩膀和腰肢，她感到他大腿坚实的肌肉紧贴在她身上，他的纽扣几乎压进了她的胸脯。一股令人迷惘和惊恐的热潮传遍了全身，把她的意识一下子全卷走了。她感觉自己像个布娃娃似的瘫软而温顺，娇弱而无所依靠，而他那搂抱的双臂又多么令人惬意啊！

"没有什么能像危险和死亡那样给人以刺激了。来一点爱国精神吧，思嘉。试想，如果你用美好的记忆送一名士兵去牺牲，那会怎么样啊！"

这时他在吻她，他的髭须扎着她的嘴，他用迟钝而灼热的嘴唇吻着，那么不慌不忙，似乎眼前还有一整天时间似的。查尔斯从来没有这样吻过她。那些热爱她的小伙子的吻，也从来不像这样叫她浑身颤抖。他将她的身子压向后面仰靠着，他的嘴唇从她喉颈上往下移动，直到那个浮雕宝石锁着她胸衣的地方。

"亲爱的，亲爱的，"他低声唤着。

她从黑暗中朦胧地瞥见那辆马车，接着又听见韦德刺耳的尖叫声。

"妈，韦德害怕！"

冷静的理智猛地回到她恍惚的心里，她一下子想起来了，她自己也吓住了，因为瑞德要抛弃她，抛弃她，这该死的流氓！尤其可恶的是，他居然如此下流，站在大路上提出无耻的要求来侮辱她。愤怒和憎恨在她心头涌起，使她的脊梁挺起来，她用力一扭挣脱出来。

"啊，你这流氓！"她喊着，一面心急如火，想找出更恶毒的话来骂他，"你这下流坯，卑鄙肮脏的臭东西！"她把手抽回来，使出浑身的力气在他脸上打了一巴掌。他向后倒退一步，忙用手抚摸自己的面孔。

"哎，"他平静地哼了一声，然后两人面对面地在黑暗中呆立着。她听得见他粗重的呼吸声，

"是的！大家说对了！你不是个上等人！"

"我亲爱的姑娘，"他说，"这多不合适啊。"

她知道他又在笑了，这刺痛了她。

"走吧！现在就走！你赶快走。我永远不要再见到你了。我希望一发炮弹正好落到你身上。我希望炮弹把你炸个粉碎。我——"

"不用说了。我已经明白了你的意思。等到我作为牺牲品摆在国家的祭坛上时，我希望你的良心会使你感到内疚。"

他听见他笑着走开了，便回到马车旁边来。她看见他站在那里跟媚兰说话，声音变了，变得那么谦和、恭谨。

"威尔克斯太太吗？"

普里茜惊恐地回答。

"我的上帝，原来是巴特勒船长呢！媚兰小姐早就晕过去了。"

"她还没死吧？还在出气吗？"

"是的，先生，她还有气。"

"那么，她晕过去了也许还好些。要是她清醒着，我倒担心她经受不了这许多痛苦呢。好好照顾她吧，普里茜。这张钞票给你。可千万不要变得愈来愈傻呀！"

"是的，先生。谢谢先生。"

"再见，思嘉。"

思嘉知道他已转过身来面对着她，可是她不吭声。她恨透他了，一时说不出话来。然后他就走了，她能听见他的脚步声，但不久便渐渐消失了。她慢慢回到马车旁，两个膝头在不停地哆嗦。

他怎么会走了呢，怎么会走进黑暗，走入战争，走向一桩业已失败的事业，走进那个疯狂的世界去呢？他怎么会走啊，瑞德，这个沉湎于女人美酒，只知吃喝享乐，追求时髦服饰，而又厌恶南方和嘲骂打仗的人，怎么会走呀？如今他那双锃亮的马靴踏上了苦难的道路，那儿只有饥饿、疲惫、行军、苦战、创伤、悲痛，像无数嗥叫的恶狼在等着他，最后的结局就是死亡。他是没有必要去的。他安全、富裕、舒适。然而他去了，把她孤零零地抛弃在这漆黑的夜里。

她把头靠在马的弯脖子上，放声痛哭起来。

第二十四章

清早，灿烂的阳光使思嘉从睡梦中醒了。太阳照得她睁不开眼，她身下的硬木板硌着腰背，又酸又疼，两条腿上还压着个什么东西，沉重得动弹不了。她勉强抬起上半身，原来是韦德把头枕在她的膝盖上。媚兰的两只脚几乎伸到她鼻尖上了，普里茜则睡在车座底下，像只猫似的蜷伏着，婴儿夹在她和韦德中间。

慢慢地她才又记起了一切。瑞德的脚步声消失后那段噩梦般的旅程，那漫漫长夜，他们在那条满是车辙和鹅卵石的黑暗道路上颠簸着，马车不时滑进路两旁的深沟，然后她和普里茜疯狂地把马车推出深沟，等等。她不寒而栗地记起，自己好几次把那匹倔强的马赶进了田里和林中，因为她听见士兵们走近了，她生怕一声咳嗽、一个喷嚏，或者韦德的一个嗝儿，会暴露自己，把他们引过来。啊，多可怕的时刻呀！

最后，他们终于到了拉甫雷迪附近，她看见远远的有堆营火在闪闪发光，她兜了个一英里的弯儿绕过一片耕地，直到背后那些营火看不见为止。可是接着她就在黑暗中迷路了，怎么也找不着她本来无比熟悉的那条马车道，便着急地哭起来。后来总算找到了，可那匹马却跪倒在地上一动不动，不管她和普里茜怎样拉呀拽呀。就是站不起来了。

这样，她只得把马卸下，浑身疲乏地爬进车的后部，伸着两条酸痛的腿躺了下来。她似乎记得在蒙眬入睡之前听见媚兰那么微弱，似乎很抱歉似的在那里恳求："思嘉，请你给一点点水，好吗？"

她当时说过："没有水了，"可是话音未落她就睡着了。

现在已是早晨，世界显得清静而肃穆，周围是一片碧绿，洒满灿烂的阳光。她觉得又饿又渴，浑身酸痛，而且满心狐疑：她思嘉·奥哈拉，生来只能在亚麻布床单和羽绒床垫上才能睡觉的，怎么居然像个大田劳工那样在硬木板上就睡着了呢。

她眨着眼睛，偶尔瞥见了媚兰，顿时吓得喘不上气来。媚兰躺在那里，无声无息，脸色惨白，她准是死了。她看起来像个死人，像个死了的老妇人，一张受尽了折磨的脸，披散着几绺蓬乱纠结的黑发。接着，思嘉发现她那微弱的隐隐起伏的呼吸，知道媚兰竟活了过来，这才放心了。

思嘉用手遮着眼睛向周围看了看。

"怎么，这是马罗里村呀！"她想，高兴得一阵心跳，因为可以找到朋友和帮手了。

可是农场上是一片死一般的寂静。她向房子望去，但没有看到她所熟悉的那幢古老的装有白色护墙板的住宅，只有一长条焦黑的花岗岩石和两个高高伸入树林枯叶中的熏黑了的砖砌烟囱。

她倒吸了口气，不由得打了个寒噤。塔拉会不会也是这副模样，只剩下一片废墟，像死一般沉寂呢？

"我现在不要去想这些，"她急急忙忙告诉自己。"我现在不能让自己去想。"不过，也由不得她自己，她的那颗心猛烈地跳动起来，一声声像轰雷似的："回家去！赶快！回家去！赶快！"

她们必须立即动身回家去。但是她们还得首先找些吃的和喝的，尤其是水。她把普里茜踢醒。普里茜转动着两只眼睛向四下里看了看。

"天晓得，思嘉小姐，俺还以为再也不会醒来了！"

思嘉试着把自己的一头乱发向后掠掠。她的脸是湿的，身上也满是汗水。她觉得自己又脏又乱，黏黏糊糊，已经发臭了。她的衣服因为穿在身上睡觉，皱巴巴的，乱成一团。她这辈子还从没感到这样浑身疲倦和酸痛过，浑身上下似乎不是她自己的，昨晚的过度劳累还在折磨她，动弹一下就针刺般的剧痛。

她低下头看看媚兰，发现她的黑眼睛已经睁开。这双眼睛发出不正常的火亮的光，下面各有一道弯曲的黑影。她张着干裂的嘴唇小声央求说："水。"

"快起来，普里茜，"思嘉命令说，"我们到井边去打点水来。"

"可是，思嘉小姐，那里一定有鬼。说不定有人死在那里呢。"

"你不去，我就打死你！"思嘉威胁着说，一面跛着脚从马车上爬下来，她实在没心思争辩了。

这时她想起了那匹马。天知道，也许它已经在夜里死掉了！昨晚马就像快死了。她赶忙绕到马车那边去，看见马侧身躺在那里。如果马真死了，她要诅咒上帝，然后自己也死掉算了。《圣经》上就有人这样做过，诅咒上帝，然后死掉。她很能体会那人当时的心情。不过，马还活着——还在沉重地呼吸！它半闭着眼，但还活着。好吧，只要给点水喝，一定也会缓过来。

普里茜很不情愿地从马车上爬下来，一路嘟哝，跟着思嘉胆怯地向那条林荫道走去。她们找到了水井，挂着的吊桶深深垂在井中。思嘉和普里茜一

图文珍藏版

齐动手，用力把绳子往上绞，等到那桶清凉的水出现在眼前时，思嘉禁不住低下头攀着桶咕嘟咕嘟畅饮起来，泼得满身都湿了。

她喝个没完，旁边的普里茜等急了："够了，思嘉小姐，俺也渴着呢，"她这才想起别人也要喝。

"把绳子解开，把吊桶提到马车上去，让大家都喝一点。剩下的留给马喝。难道你不想想媚兰小姐该奶孩子了？他会饿坏的。"

"可是，思嘉小姐，媚兰小姐没有奶——看来以后也不会有呢。"

"你怎么知道？"

"像这样的人，俺见的多了。"

"别再给我装什么内行了。昨天生孩子的事，你才懂得多呢！现在赶快走吧。我要想法弄点吃的去。"

思嘉找来找去一无所获，后来才在果园里拾到一些苹果。在这以前已有士兵到过那里，树上什么也不剩了；她在地上捡到的那些也大半是烂了的。她把最好的几个装满裙兜，一路走回来，有些小石子钻进她的便鞋里。她昨天晚上怎么没想起换上一双硬些的鞋呢？怎么没有带上些吃的东西呢！简直像个傻瓜！不过，当然喽，她原以为瑞德会照顾她们的。

瑞德！她往地上啐了口唾沫。她多么恨他！他的为人多么可鄙！可是她竟站在路上让他吻——还几乎很高兴呢！昨晚她简直是疯了。他这人多么卑劣呀！

她回来后，把苹果分给大家，剩下的扔到车子后边。那匹马现在已经站起来了，可是它虽然饮了些水也没好多少。在阳光下看来，它更显得糟了：两肋瘦得像搓衣板；至于脊背，那就只是一大片斑斑点点的伤痕罢了。思嘉套车时吓得不敢碰它。当她把嚼口塞进马嘴里，才发现原来马根本没牙了。都老掉牙了。

她爬上赶车的座位，用山胡桃树枝往马背上轻轻抽了一下。马喘息一声向前挪动了，可是它走得那么慢。啊，要是没有媚兰、韦德、普里茜和那个婴儿拖累她，那多好啊！她会很快跑回家去！真的，她宁愿一步步跑回去，一步一步愈来愈接近塔拉，接近母亲呀！

他们距离塔拉可能不过十五英里了，但是以这匹老马的速度，就还得花一整天，因为她不得不时常停下来让它休息。一整天啊！她还得过许多小时才能知道，究竟塔拉是不是安然无恙，母亲是不是还健在。还得过许多小时，她才能结束这9月骄阳下的痛苦旅程。

思嘉回过头去看看媚兰，她在阳光下闭着疲惫的眼睛躺在那里。思嘉扯开帽带，把自己的帽子扔给普里茜。

"把帽子盖到她脸上。"

她有生以来还从没有不戴帽子在太阳下待过，也从没有不戴手套用她那双胖乎乎的又白又嫩的小手拿过缰绳。可现在她却暴露在烈日下，赶着这辆由一匹又老又病的马拉着的破车，浑身肮脏汗臭，饿得发晕。短短几个星期以前，她还是那么安全舒适！那时候每个人都以为亚特兰大万无一失，佐治亚决不会被敌人入侵——这似乎就是昨天的事！然而，四个月前西北方出现的那一小片乌云，居然很快酿成一场风暴，接着又成为呼啸的飓风，把她的整个世界都卷走了。

塔拉会安然无恙吗？或者塔拉也已经随风飘逝，随着那场席卷佐治亚的飓风烟消云散了吗？

空气像死一般沉闷、寂静，那种不祥的宁静在思嘉心中引起了巨大的恐惧。那天他们经过的每一幢弹痕累累、空无人烟的房子，每一个竖立在废墟上的干瘦的烟囱，都使她愈来愈害怕了。从头天夜里以来，他们还没遇见过一个活人或一只活的动物。只有这匹马疲惫不堪的蹄声和媚兰的新生儿嘤嘤的啼哭，打破了周围的沉寂。

乡村似乎躺在某种可怖的魔法之下。思嘉不寒而栗地暗想,它像一位母亲的熟悉可爱的面孔,曾经那么美丽,可是终于在经历了死亡的痛苦之后宁静下来了。她觉得那熟悉的林地里一定飘荡着无数鬼魂。在琼斯博罗战役中死了成千上万的人呢。他们就在这阴森森的树林里,在傍晚斜阳中,不论朋友和仇敌,都用沾满鲜血和红土的眼睛,用呆滞而可怕目光,窥视着破马车里的她呢!

"母亲!母亲!"她小声呼唤着。要是她能安全到达爱伦身边,那就好了!要是上帝保佑,塔拉还安然无恙,她能够看见母亲那张慈祥亲切的面孔,能够再一次抚摩到那双柔软、能干、驱除一切恐怖的手,那就好了!母亲会明白该怎么办的。她不会让媚兰和她的新生儿死掉。她会平静地说:"别响,别响。"可是母亲病了,也许快死了呢!

她只要能回到塔拉和爱伦的温柔怀抱里就好了。那时她可以立即卸下肩头上的重负,那远不是她那年轻的肩膀所能胜任的沉重负担——那个濒死的妇人,那个迅速衰弱的婴儿,饥饿的小男孩,以及那个吓坏了的黑人,他们全都在向她索求力量,全都从她挺直的脊背上看到勇气,可这勇气是她并不具备的,这力量也早已用尽了!

那匹精疲力竭的老马已经对鞭子和缰绳毫无反映了,它只不过拖着四条腿在蹒跚地行走。不过,到暮色降临时,他们终于进入了最后一段路程。这里离塔拉只有一英里了。

那道山梅花篱笆的阴影在前面隐约出现。再往前一点,思嘉在一条林荫道前收紧了缰绳,这条林荫道通往老安格斯·麦金托什的住宅。可那里是一片黑暗,她看见两个高高的烟囱沉默地俯视着业已塌毁的二楼,几扇没有灯光的窗户像瞎了的眼睛嵌在墙壁上。

"喂!"她使出全身力气喊道。"喂!"

普里茜害怕极了,紧紧抓住她不放。

"别喊了，思嘉小姐！求求你，别再喊了!"她低声说着，嗓子在颤抖。"谁知道会喊出什么来呀。"

"我的上帝!"思嘉心里想，不由得浑身打了个寒噤。"我的上帝! 她这话说得对呢。从那里是什么都可能引出来的!"

她抖了抖缰绳，马又继续往前走了。这情景使她最后残余的一线希望也化为泡影了。那房子已被烧毁，沦为一片废墟，杳无人迹，和任何一个农庄一模一样。塔拉就在半英里之外，在这同一条大路的路边，也是军队经过的地方。塔拉一定被毁掉了! 她只能找到烧黑了的砖头，爱伦和杰拉尔德都不见了，几个姑娘不见了，嬷嬷不见了，黑人们不见了，天知道他们都到哪儿去了。那里只有一片死寂，笼罩一切。

她干吗这么傻，这么违背常情，居然拖着媚兰和她的孩子，跑回来了呢?他们还不如死在亚特兰大，何必吃着苦、担惊受怕地坐着破马车整日颠簸，跑到荒凉的塔拉废墟来送死呢?

但是，艾希礼把媚兰留给她照顾了。"请照顾她吧。"啊，那美好而伤心的一天，当时，在永远离去之前，他曾和她吻别呢! "你会照顾她，是吗?请答应我!"结果她答应了。她干吗要承担这一项诺言，这样一项由于艾希礼死了而具有更强束缚力的诺言啊? 此刻，她即使已疲惫极了，但仍然恨媚兰，恨那个婴儿像小猫似的声音，那声音愈来愈微弱了。不过她已经许下诺言，并且他们已属于她，就像韦德和普里茜那样属于她，所以，只要她还剩下一点点力气，还有一口气，她就得为他们挣扎、奋斗。她本来可以把他们留在亚特兰大，把媚兰塞进医院，再也不去管了。可是如果是那样，不论今生来世，她都永远不敢去见艾希礼，不敢告诉他她把他的妻儿丢在陌生人中间，让他们死去了。

啊，艾希礼! 今天晚上，当我携带着你的妻儿在阴森森的大路上奔波时，你自己在哪里呢? 还活着吗? 你在罗克艾兰监狱里躺下时还会想起我吗? 或者出天花死去已经好几个月了，如今正不知在什么地方的坟坑里腐烂？

　　思嘉紧张的神经几乎一下崩裂了，因为她听见附近灌木丛中突然冒出的一个声音。普里茜尖叫着，猛地扑倒在马车的底板上，把婴儿压在下面。媚兰无力地挪了挪身子，双手在寻找婴儿，韦德则用手捂着眼睛浑身哆嗦，但吓得哭不出声来了。一会儿，他们旁边那丛灌木哗啦啦地分开了，接着是一声低沉而凄楚的哞叫。

　　"原来是头母牛，"思嘉松了口气。"别傻了，普里茜。看你把婴儿给压坏了，媚兰和韦德都吓得不行了！"

　　"那是个鬼呢！"普里茜呻吟着说，扭动着身子不肯起来。

　　思嘉只得转过身，举起那根做马鞭用的树枝狠狠在普里茜背上抽了一下。她实在太累太虚弱，并且担惊受怕得够了，所以容忍不了别人身上更多脆弱的表现。

　　"坐起来，你这笨蛋，"她说，"省得我把鞭子抽断了。"

　　普里茜哭叫着抬起头来，朝外看了看，看见真是一头母牛，一头红白花的大母牛，这时母牛又张开嘴"哞——"地叫了一声，似乎有什么苦处似的。

　　"这牛是受伤了吧，叫声不太正常呢。"

　　"俺看这叫声像是奶袋发胀了，母牛急着要人给挤奶呢，"普里茜说，她这时已平静些了。"说不定是麦金托什先生家的，黑鬼们把牛赶进了树林，北方佬才没有把牛抓了去。"

　　"我们把它带走，"思嘉立即决定。"这样我们就有牛奶给婴儿吃了。"

　　"怎么带得走它呢，思嘉小姐？咱们可不能带头母牛走呀。母牛要是很久没挤奶了，就很不好办。那奶袋快胀破了。怪不得它这样叫唤呢。"

　　"你既然这么在行，那就把你的衬裙脱下，撕成布条，把它拴在马车后面。"

"思嘉小姐，你知道俺没什么裙子，后来有了一条，可俺不能白白拿来用在牛身上呀。俺也从没跟母牛打过交道。俺见了母牛都害怕呢。"

思嘉撂下手里的缰绳，把自己的裙子提起来。底下那镶花边的衬裙又亮丽又完整，那是她唯一的一条了。她解开腰带，把衬裙脱下来。这花边和亚麻布是瑞德用他通过封锁线的最后一艘船从纳索给她带来的。现在她断然抓住裙边狠狠地撕扯着，把它放到嘴里使劲咬着，直到它终于绽裂，随即哗的一声撕开了。她一次又一次咬呀，撕呀，结果衬裙变成了一堆布条摆在眼前。她把布条一条条联结起来，直累得起泡的手指流出血来，颤抖不已。

"把这布绳系在牛角上。"她吩咐普里茜。可是普里茜不干。

"俺怕牛，思嘉小姐。俺从来没跟牛打过交道。俺不是那种干场院活的黑仆。俺只干家务活呢。"

"你是个傻子。我爸干的最大一件错事就是把你给买来了，"思嘉慢吞吞地说，她实在太累，已经没有力气生气了。"不过，只要我这胳臂还能动弹，我就要拿这鞭子狠狠抽你。"

普里茜惶恐地转动着两只眼珠，先瞧瞧女主人板着的面孔，又看看那头母牛。比较起来，思嘉并不是更可怕的，所以普里茜抓住车上的挡板，待在那里一动不动。

思嘉挪动着两条发僵的腿从座位上爬下来，每个动作都使她肌肉胀痛。其实普里茜并不是这里唯一怕牛的人。思嘉也一直害怕牛，连最温驯的母牛她也害怕。不过，如今有那么多更可怕的事物摆在她面前，她就不能再屈服于这个小小的危险了。幸好这母牛还是温和的，它在痛苦中到处寻找人类来帮助它，因此当她把绳子系在牛角上时，牛也没有做出任何威胁的姿态。她把布绳的另一端系在马车背后。凭她那几个破指头所有的劲儿拉了拉，觉得牢靠了才松了手。这时，突然一阵难以抵御的疲惫涌上心来，她头晕眼花，天旋地转，只好双手用力抓住车厢板站住，才没有倒下。

媚兰睁开眼睛，看见思嘉站在她身旁，便低声说："亲爱的——我们到家了吗？"

家！思嘉一听家这个字眼便热泪盈眶了。家吗？媚兰还不明白已经没有什么家了，她们正无依无靠地飘落在一个狂暴而荒凉的世界上啊！

"还没有呢？"她用发紧的嗓子尽量温和地回答说。"不过很快了。我刚才找到一头母牛，我们很快就有牛奶给你和婴儿喝了。"

"可怜的小家伙，"媚兰低声说，一面无力地伸手去摸孩子，可是还没摸到手就瘫落了。

要爬回到座位上去，那是需要浑身力气的，不过她终于做到了，并且拿起了缰绳。可这时那匹马耷拉脑袋站在那里，拒不动身。思嘉无情地用鞭子抽它。她求上帝饶恕她抽打一只已经累坏了的牲畜。如果上帝并不饶恕，那她只好深感遗憾了。毕竟塔拉已经就在眼前。

马终于慢吞吞地挪动了四蹄，车轮吱吱嘎嘎地滚动，母牛跟在后面一步一声哀叫。这畜生痛苦的叫声使思嘉神经像针刺般难受，她想停下来把牛放开。要是在塔拉已经空无人迹，那么这头母牛还有什么用呢？她不会挤奶。不过，她既然有了这头牛，她就要养着它。如今在这世界上她没有旁的东西了。

他们终于到了一个斜坡脚下，这时思嘉感情激动，眼睛也模糊起来，越过这个斜坡就是塔拉了！可随即她的心又往下沉——这匹跛脚老马怎么爬得上去呀！以前总觉得这山坡又小又平缓，她经常跨着她的快脚母马飞驰而上，毫不费力。想不到，今天竟会显得这么陡峻了。无疑这老马破车，负载又重，是怎么也不上去的。

她疲惫地下了车，拉住马的缰辔。

"下来，普里茜，"她命令道，"带着韦德，抱着或是让他自己走都行。将婴儿放在媚兰小姐身旁。"

韦德吓得又哭又嚷："黑——黑——韦德害怕!"

"思嘉小姐,俺不能走。俺脚起泡了,俺的鞋也坏了。韦德和俺并不太重呢——"

"下来!赶快下来,省得我来拖你!否则就把你丢在这儿,让你一个人在这里。快!"

普里茜悲叹着,不过她还是把婴儿放到媚兰身旁,然后自己爬下车,再踮着脚尖把韦德抱出来。这孩子哭着,畏缩地紧偎着自己的保姆。

"叫他别哭了,我受不了!"思嘉说着,抓住马缰辔,拖着马一步步往前走。"要像个小伙子,韦德,不要再哭了。要不,我就抽你。"

上帝干吗要叫人生孩子呢?她胡乱想着,一面在黑暗的路上拼命向前挣扎——他们一点用也没有,只会哭哭啼啼,讨厌极了,还要你照管,常常拖累你。这时韦德在普里茜身边,拽着她的手,抽着鼻子,自己啪哒啪哒地走着,但思嘉早已筋疲力尽,实在没有怜悯这个受惊孩子的心肠了。她只觉得厌倦——居然生下他来!她又觉得迷惑不解——怎么会跟查尔斯·汉密尔顿结婚的呢?

"思嘉小姐,"普里茜抓住女主人的胳臂小声说,"咱们可别到塔拉去呀。他们不在那里,他们全都走了。说不定他们死了——俺妈她和所有的人。"

实际上思嘉自己也是这么想的,所以普里茜的话大大激怒了她,她立即甩脱普里茜抓住她胳臂的那只手。

"那么,把韦德的手给我吧。你在这儿待着,别动了。"

"不行,小姐,不行呀!"

"那就闭住你的嘴!"

可这马走得多慢啊!她心头不觉响起她曾经跟瑞德一起唱过的那句歌词——但其余的记不起了:

只要再过几天，就能把这副重担卸掉——

"只要再走几步，"她在脑子里一遍又一遍地哼着，"只要再走几步，就能把这副重担卸掉。"

后来，他们总算爬到了坡顶，塔拉的橡树就在眼前了，思嘉赶紧朝前望去，看有没有什么灯光，可是没有。

"他们都走了！"她心里想，胸口像压着冰冷的铅块。"走了！"

她们驶上车道，这时头顶上茂盛的橡树把他们荫蔽在一片漆黑中了。思嘉眯细眼睛仰望着这条黑暗的隧道，看见前面——啊，真的看见了？——啊，前面是塔拉农场的白砖房，虽然模模糊糊看不清楚。家！家！那些可爱的白色墙壁，那些飘着帘帷的窗户，那些宽敞的走廊——它们全都在她前面那一片朦胧之中吗？

林荫道好像有好几英里长，而她使劲地拖着的那匹马却愈来愈慢了。她瞪着眼睛在黑暗中搜索，屋顶好像还很完整呢。这可能吗——这可能吗——？不！这不可能。战争是毫不留情的，战争不可能放过塔拉的。

接着，朦胧的轮廓渐渐清晰了。那些白色墙壁真的从黑暗中露出来了，并且没有被烟火熏黑呢。塔拉逃过来了！家呀！她抛开缰辔，放脚跑了这最后几步。接着她看见了一个人影，看不太清楚，在黑暗中隐约出现，站在台阶顶上。塔拉并不是荒无人烟呢。还有人在家里啊！

她正要喊，要欢呼，可是却咽在喉咙里了。房子黑沉沉的，毫无声响，并且那个人影也呆呆地不动。这是怎么回事？塔拉完整无缺，可周围同样是可怖的寂静。这时那人影开始移动了，它僵硬地缓缓走下台阶。

"是爸？"她沙哑地低声喊道，可几乎还在怀疑究竟是不是他。"是我——凯蒂·思嘉。我回来了！"

杰拉尔德向她走来，像个梦游人似的一言不发，拖着他那条僵直的腿。

他走近了，用恐惧的神态看着她，似乎不相信眼前的一切。接着他伸出手来，搭在她的肩上。思嘉感到他的手在哆嗦，似乎他刚做了一个噩梦，还没有完全醒来。

"女儿，"他好不容易才叫出声来。"女儿。"

他随即又沉默了。

他已成了个老人了！思嘉心里想。

杰拉尔德的两肩耷拉着。脸上已没有活力；那双注视着她的眼睛里带着那种吓呆了的神情。他已经变成个小老头儿，并且很衰弱了。

如今，一种无名的恐惧抓住了她，她站在那里，瞪着眼睛朝他看着。所有的疑问像潮水般涌来，可是在她嘴边被堵住了。

从车里又传来微弱的啼哭声，杰拉尔德似乎在竭力让自己清醒。

"那是媚兰和她的婴儿，"思嘉赶紧小声说，"她病得很厉害——我把她带回家来了。"

杰拉尔德把他的手从她臂膀上放下来，挺了挺肩膀。他慢慢向马车边走去，那姿态使人突然地记起过去欢迎客人的塔拉农场主，似乎杰拉尔德是在模糊的记忆中说话似的。

"媚兰姑娘！"

媚兰含糊不清地咕哝着。

"媚兰姑娘，这就是你的家啦。'十二橡树'村已经给烧了。你得跟我们住在一起了。"

这时思嘉想起媚兰受了很久的折磨，得赶紧把媚兰和她的孩子安置在一张柔软的床上。

"得叫人把她抬出来。她不能走呢。"

一阵慌乱的脚步声伴着一个黑影钻了出来，波克跑下台阶。

"思嘉小姐！思嘉小姐！"他一路喊叫着。

思嘉抓住他的两臂。波克,塔拉的台柱子,那么宝贵呀!她感觉到他的眼泪簌簌地落在她手上,他一面笨拙地拍着她,大声说:"真高兴,你回来了!真——"

普里茜也放声大哭,断断续续地咕哝着:"波克!波克,亲爱的!"还有小韦德,他鼓起勇气来了,抽着鼻子嚷道:"韦德渴啦!"

思嘉把他们都抓在手里,听她使唤。

"媚兰小姐在车里,她的婴儿也在里面。波克,你把她非常小心地抬上楼去,安排在后面客房里。普里茜,你把婴儿和韦德带进屋去,给韦德一点水喝。嬷嬷在不在,波克?告诉她,请她来一下。"

波克听了思嘉这种命令的口气,赶紧走到马车边。他把媚兰半抱半拖地搬出来,媚兰忍不住呻吟了几声。随即波克用强大的两臂把她抱起来,她像孩子似的将头搁在他的肩上。普里茜一手抱着婴儿,一手牵着韦德,走进黑暗的穿堂去了。

思嘉迫不及待地用几个流血的手指摸索父亲的手。

"她们都好些了吗,爸?"

"两个女孩子好起来了。"

接着是沉默,在这沉默中可怕几乎要将思嘉吞噬了。杰拉尔德终于开了口。

"你母亲——"他刚要说下去又停顿了。

"唔——母亲?"

"你母亲昨天故去了。"

思嘉紧紧抱住父亲的胳臂,摸索着走过黑暗的穿堂,那里一片漆黑,但却像她自己的心一样熟悉。她觉得自己是在本能的驱使下向后面那间小小的房间走去,那是爱伦常常坐着不停地记账的地方。无疑,她一走进那个房间,便会发现母亲仍坐在写字台前，她又会抬起头来，手里握着笔，带着幽雅的香气和窸窣的裙圈起身迎接她这疲乏的女儿。爱伦不可能已经死了，即使爸这样说过，说无数遍。

奇怪的是她现在居然毫无感觉，一种沉重的铁链般锁住她的四肢的疲惫和使她哆嗦不停地饥饿之外，什么感觉也没有了。她过一会儿再去想母亲吧。

波克从宽阔黑暗的楼梯上走下来迎接他们。

"灯呢?"她问。"为什么屋里这么黑，波克? 拿蜡烛来。"

"思嘉小姐，所有的蜡烛都被拿走了，只剩下一支，咱们用来在夜里找东西的，也快用完了。嬷嬷晚上看护卡琳小姐和苏伦小姐，是拿根破布条放在一碟子油里点着呢。"

"把剩下的那点蜡烛拿来吧，"她命令他。"拿到母亲房里。"

波克连忙跑到饭厅去，思嘉摸索着进了那间漆黑的小屋，在沙发上坐下。这时父亲的胳臂仍然挽在她的臂弯里，显得那么无可奈何，那么可怜温顺，这种神态只有幼童和很衰弱的老人才会有的。

"他老了，并且很疲乏了。"她又一次想起，而且暗暗责备自己怎么就没能多关心他一点呢。

波克高高地端着半截的蜡烛进来了，房间里顿时亮堂起来，也恢复了生机。屋里的一切——所有这一切，全都是老样子，只有爱伦不在了。爱伦，连同她那香囊的隐约香味和眼梢微翘的美妙顾盼，现在都不见了。思嘉感到内心隐隐作痛，现在她决不能让这痛苦滋长，她还有大半辈子要活，到时候叫它尽量去痛吧。可现在不行! 求求你了，上帝，现在不行啊!

思嘉注视着杰拉尔德青灰色的面孔，她生来第一次发现他没有刮脸，他那本来红润的脸上现在长满了银白的胡须。波克把蜡烛放到烛台上，便来到她身边。思嘉觉得，假如他是一只狗，他就会把嘴伸到她膝腿上来，恳求她用温存的手抚摩他的头了。

"波克，家里还有多少黑人？"

"思嘉小姐，那些不中用的黑鬼都跑了，有的还跟着北方佬跑去——"

"还剩下多少？"

"还有俺和嬷嬷，思嘉小姐。嬷嬷整天伺候两位姑娘。还有迪尔茜，她如今陪伴姑娘们。就俺三个，思嘉小姐。"

"就俺三个，可以前有一百呢。"思嘉费劲地把头抬起来。她明白她必须保持一种坚定的口气。令她吃惊的是，她说起话来还是那么冷静自然，似乎压根儿没有发生过什么事，她还能一挥手就叫来上十个家仆似的。

"波克，我饿了。有什么吃的没有？"

"没有，小姐。全都给他们拿走了。"

"园子里呢？"

"他们把马赶到里面去了。"

"种甘薯的坡地也去了？"

波克的厚嘴唇上浮现出一丝欣喜的微笑。

"思嘉小姐，俺才没有忘记那山芋呢。它们可能还在那里。北方佬从没见过山芋，他们以为不是吃的，因此——"

"现在月亮快上来了。你出去给我们挖一点来烤烤。没有玉米片了？没干豆了？鸡也没了？"

"没了，没了，小姐。在这里没吃完的，他们就都挂在马鞍上带走了。"

他们——他们——他们，难道烧了杀了还不够？难道他们非得让女人孩子也饿死不行？

"思嘉小姐，俺弄到些苹果，嬷嬷把它们埋在地底下了。今天俺还吃过呢。"

"好，先把苹果拿来，然后再去挖山芋。还有，波克——我——我觉得头晕。酒窖里还有没有一点酒，黑莓酒也行。"

"唔，思嘉小姐，酒窖是他们最先去的地方呀！"

一阵恶心突然袭来，她迅速抓住椅子扶手，定一定神。

"不要了，"她茫然地说，一面记起过去地窖里那一排一排的酒瓶。

"波克，爸埋在葡萄架下大橡木桶里的那些玉米威士忌酒怎么样了？"

波克的黑脸上再次掠过一丝笑影，这是愉快而敬重的微笑。

"思嘉小姐，你真是他最好的孩子！我可不敢忘记那个大木桶。不过，思嘉小姐，那威士忌不怎么好。它埋在那里才一年左右，并且太太们喝威士忌也没好处呀。"

"对于我这位太太和爸来说，没有比那更好的了。快去，波克，把它挖出来，给我们斟上两杯，再加些薄荷和糖。"

他脸上露出很不以为然的神色。

"思嘉小姐，你知道在塔拉已经很久没有糖了，薄荷也全给他们的马吃掉了，玻璃杯也全都给他们打碎了。"

只要他再说一声"他们"，她就要尖叫起来。她实在受不了啦。接着，她高声说："好吧，快去拿威士忌，赶快！我们就这样喝好了。"于是，他刚一转过身去，她又说："等等，波克。该做的事情太多，我似乎想不起来……唔，对了，我带回一匹马和一头母牛，那牛该挤奶了，急得很呢。你赶紧把马卸下来，饮一下马，然后告诉嬷嬷，叫她去照顾那头母牛。媚兰小姐的娃娃，要是没有点吃的，就会死了。还有——"

"媚兰小姐难道——不能——"波克故意没有说下去。

"媚兰小姐没有奶。"我的上帝，要是母亲在，听了这粗鲁的话该吓坏了。

"唔，思嘉小姐，让俺家迪尔茜喂那孩子吧。俺家迪尔茜自己刚生了个孩子，她的奶够两个孩子吃还要多呢。"

孩子，孩子，孩子！上帝怎么尽叫人生孩子呀！可是不，不是上帝叫生的。是蠢人自己生的。

"去告诉迪尔茜，叫她别管那两个姑娘了。我会照顾她们的。叫她去喂媚兰小姐的孩子，她帮媚兰小姐做些事情。叫嬷嬷去照管那头母牛，同时把那匹可怜的马关进马厩里。"

"没有马厩了，思嘉小姐。他们拿它当柴烧了。"

"不许你再说'他们''他们'了。叫迪尔茜去吧。你呢，波克，快去把威士忌挖出来，然后弄点山芋。"

"不过，思嘉小姐，俺没有灯怎么去挖呀？"

"你可以点根柴火嘛，不行吗？"

"柴火也没了——他们——"

"想点办法嘛……怎样都行，我不管。赶快把那些东西挖出来，马上就挖。好，快去。"

波克听她的声音急了，便赶忙走出去，留下思嘉跟杰拉尔德坐在房里。她轻轻拍打着他的腿，这才注意到他那两条粗壮的大腿如今已萎缩得不成样子。她必须设法把他从目前的冷漠状态中拉回来——可是她不能问起母亲。

"他们怎么没有把塔拉烧了呢？"

杰拉尔德瞪大眼睛看了她一会，似乎没有听见似的，于是她又问了一遍。

"嗯，"他似乎在记忆中搜索，"他们把这用作司令部了。"

"北方佬——在这幢房子里？"

她突然觉得这些可爱的墙壁被玷污了。这幢房子，由于爱伦在里面住过而变得神圣的房子和里面这些——所有这些东西。

"就是那样呢，女儿。大家都逃到梅肯去了，可是我们不能到梅肯去。两个姑娘正病得厉害，还有你母亲，我们不能走。我们的黑人跑了——我还不知道都跑到哪里去了。他们偷走了车辆和骡子。嬷嬷和迪尔茜还有波克——他们没有跑。两个姑娘，还有你母亲，我们不能挪动她们啊。"

"北方佬向琼斯博罗扑过来了，来截断铁路。他们成千上万地拥过来。我在前面走廊上碰到他们。"

"啊，好一个英勇的小杰拉尔德！"思嘉心里想，她的心兴奋起来，杰拉尔德在塔拉农场的台阶上迎接敌人。

"他们让我走开，说他们马上要烧这幢房子。我就说他们烧房子时不妨把我埋在底下。我们不能走，两个姑娘，还有你母亲，都在——"

"后来呢？"

"我告诉他们，屋里有病人，是伤寒病，动一动就会死的。我说他们可以烧，把我们烧死在里面好了。反正我们死也不离开——不离开塔拉农庄。"

思嘉懂得父亲的意思，在杰拉尔德背后是许多爱尔兰祖先，他们都死守在小小一块田地上，宁愿战斗到最后一息也不离开家乡，不离开他们一辈子居住、耕种、恋爱和生儿育女的家乡。

"我说他们要烧房子，就把三个垂死的女人烧死里面。但是我们不离开。那个年轻军官是——是个有教养的人。"

"一个有教养的北方佬？，爸？"

"一个有教养的人。他跨上马跑了，很快带回来一位上尉，他看了看两个姑娘——还有你母亲。"

"你让一个该死的北方佬进她们的房间了。"

"他有鸦片。可我们没有。他救活了你的两个妹妹。那时苏伦正在大出血。他很懂道理，也很和气，见她们的确病了，结果便没有烧房子。他们搬了进来，有位将军，还有参谋部，都挤进来了。他们占了所有的房间，除了病人住的房间以外。而那些士兵——"

他又一次停下来，似乎累得说不下去了似的，过一会儿他又吃力地继续说下去。

"他们在房子周围搭起帐篷，牧场上尽是军人，一片的蓝色。晚上点起上千堆营火。他们把篱笆拆了拿来生火做饭，把所有的牛呀，猪呀，鸡呀，甚至我的那些火鸡，都给宰了。"

杰拉尔德越来越恼火。 "后来他们就从这里——从塔拉——发起进攻了。"

"那么——那么母亲呢？她知道北方佬在屋里吗？"

"她——始终什么也不明白。"

"感谢上帝。"思嘉说。母亲始终不清楚，始终没听见楼下的敌人的动静，没听见琼斯博罗的枪炮声，不知道她这块土地又受到北方佬的蹂躏了。

"我很少看见他们，因为我们总是待在楼上。我看见最多的是那个年轻医生，他为人和气，思嘉，真和气呢，有时上楼来看我们。还给留下些药品。他们临走时，他告诉我两位姑娘会渐渐好起来，可是你母亲——她太虚弱了，他说，恐怕最终熬不过去的。他说她的精力消耗完了……"

接着是一阵沉默，这时思嘉想象着母亲在最后一段日子里的样子。她作为塔拉农庄一根单薄的顶梁柱，肯定始终在那里护理病人，做事，整天不吃，整夜不眠，为了让别的人吃得够，睡得好……

他沉默了好一会儿，然后开始摸索她的手。

"你回来了，我很高兴，"他简单地说。

这时波克小心地提着两个葫芦走进门来，一股强烈的酒香飘进来了。

"波克，谢谢你。"她从波克手里接过湿淋淋的长柄葫芦勺，鼻孔立即被酒气刺激得皱起来。

"喝了这一勺，爸!"她将一勺威士忌酒塞到他手里，随即又从波克手里接过第二勺来。杰拉尔德像个听话的孩子，端起酒来咕咚咕咚喝下去，她递来第二勺时他摇摇头表示不要了。

她把那勺酒收回来，送到自己唇边，这时她看见父亲眼睛里隐约流露出不赞成的神色。

"我知道没有小姐太太喝酒的,"她简单地说。"不过今天我不是小姐,爸,并且晚上还有事要做呢。"

她端着勺子深深闻了一下,便咕咚咕咚喝起来。那热辣辣的酒像火一样通过喉咙直吞到肚子里,呛得她快流眼泪了。接着,她又一次闻了闻,把勺子端到嘴边。

"凯蒂·思嘉,一勺就够了,"杰拉尔德这种命令口吻,思嘉回来后还是头一次听到。"你不懂得酒性,它会让你醉的。"

"醉?"她古怪地笑了一声。"醉?我真希望醉倒呢。我真想喝醉了,把这一切都忘记得干干净净。"

她又喝了一勺,这时一股缓慢的暖流已进入她的血脉,渗透她的周身,这种温和的兴奋让人感到多么幸福啊!

"它怎能让我醉着呢,爸?我是你的女儿。难道我没有继承克莱顿郡那个最冷静的头脑吗?"

他那张憔悴的脸上几乎浮出微笑了。威士忌酒也在他身上引起兴奋。她又把酒递回给他。

"你再喝一点吧。然后我扶你上楼去,让你上床睡觉。"

她赶紧住口,没有再说下去,这是她对韦德说话的口气呢。她不该这样跟父亲说话。

"是的,服侍你上床睡觉,"她小声补充说,"再给你喝一口——或者就把这一勺都喝了,然后扶你去睡。你需要休息了,让凯蒂·思嘉留在这里,这样你就什么都不用操心了。喝吧。"

他又顺从地喝了一些,然后,她挽住他的胳臂,搀着他站起来。

苏伦和卡琳的房间里点着灯,是在一碟子腊肉油里放根布条,所以发出一股很难闻的气味。她俩躺在一张床上。思嘉头一次推开门进去,因为所有的窗都关着，那股浓烈的怪味，混合着病房药物和油腥味儿，迎面扑来，差一点叫她晕倒。

卡琳和苏伦消瘦不堪，面色苍白，她们时睡时醒，醒时便躺在那张高高的四柱床上，瞪着大眼低声闲聊。房间的角落里还有一张空床，一张法兰西帝国式的单人床，床头和床腿是螺旋形，那是爱伦从萨凡纳带来的，爱伦以前就睡在这里。

思嘉坐在两个姑娘身旁，痴呆呆地瞧着她们。那威士忌酒使她有些恍惚。有时候，她的两个妹妹似乎离她很远，形体很小，可随即她们变得巨大，以闪电般的速度冲着她来了。她疲倦了，彻骨地疲倦了。她可以躺下来，睡他个三天五天。

她要是能美美睡一觉，醒来时爱伦在轻轻摇着她的臂膀，说："晚了，思嘉。你不能这样懒呀。"——那多好啊！可是，再也不可能了。要是有个人可以让她把头钻进怀里，让她把自己身上的担子挪下来，该多好啊！

房门轻轻开了，迪尔茜走进屋来，她怀抱着媚兰的婴儿，手里提着酒葫芦。她在这烟雾沉沉、摇曳不定的灯光里显得比思嘉刚看见她时更瘦了。她那件褪色的印花布衣裳敞到腰部，青铜色胸脯完全裸露在外面。媚兰的婴儿偎在她怀里，那张玫瑰花蕾般的小嘴贪馋地，吮着吮着，一面抓着两个小拳头撑住那温软的肌肤，就像只小猫偎在母亲怀里似的。

思嘉摇摇晃晃地站起来，把手放在迪尔茜的肩膀上。

"迪尔茜，你留下来了真好。"

"俺怎能跟那些不中用的黑人一样呢，思嘉小姐？你爸心眼儿那么好，把俺和小普里茜买了来，你妈又那么和气！"

"坐下，迪尔茜。婴儿还好吧？媚兰小姐怎么样？"

"这孩子就是饿了，没什么毛病。俺有的是奶给这饿了的孩子吃。媚兰小姐好好的，她不会死的，思嘉小姐。你用不着操心。俺刚才拍了拍她，给她喝了点葫芦里剩的酒，她就睡了。"

媚兰不会死了！艾希礼回来时——要是他真会回来的话……唉，以后再想吧。这时，她突然听见外面一阵吱吱嘎嘎的声音和有节奏的喀嘣——喀嘣——的声响，打破了深夜的沉寂。

"那是嬷嬷在打水。"迪尔茜解释说。

思嘉恍然大笑起来。连她从小就熟悉的井台上的辘轳声也把她吓倒，她的神经一定是崩溃了。她笑的时候，迪尔茜在认真地看着她，她那威严的脸上纹丝不动，可是思嘉觉得迪尔茜是了解她的。她重新坐到椅子上。要是她能够把箍紧的胸衣、那塞满沙粒和石子的便鞋都脱掉，该多好啊！

当嬷嬷的笨重身躯一步步来到门口时，似乎楼道都震得颤抖了。她挑着两大桶水，把肩膀都压弯了。她黝黑的脸上流露着几分固执的哀愁。

她一看见思嘉，眼睛就亮起来，雪白的牙齿也异常光洁。她放下水桶，思嘉立即跑过去，把头偎在她宽阔松弛的胸口。这里是个安稳的地方，思嘉想，是永不变更的地方。

"嬷嬷的孩子回来了！唔，思嘉小姐，可是爱伦小姐已进了坟墓，咱们怎么办呀？哦，思嘉小姐，俺还不如也跟爱伦小姐躺在一起呢！俺没有爱伦小姐可不行。如今啥也没有，只有重担，宝贝儿，只有重担。"

思嘉把头紧紧靠在嬷嬷胸口，"重担"！这也就是整个下午在她脑子里不断嗡嗡响的那两个字，它们没完没了地重复，使她头昏脑涨。

"宝贝，看你这双手！"嬷嬷拿起她那双满是水泡和血块的小手，用挺生气的眼光打量着。"思嘉小姐，俺不是一次又一次告诉过你，凭一双手就能断定一位小姐太太吗？还有，你的脸也晒黑了！"

可怜的嬷嬷，虽然战争和死亡就在头上盘桓，她还会在这些无关紧要的事情上严格要求你呢。没准儿再过一会儿她就会说，手上起泡和脸上有斑点的年轻姑娘们永远找不到丈夫。于是思嘉连忙堵住这个话头。

"嬷嬷，我要你谈谈母亲的情况。我不敢让爸谈，他会受不了的。"

嬷嬷一面弯下腰去提那两桶水，一面伤心得流眼泪。她一声不响把水提到床边，揭开床单，用一块旧围裙残余的破布当海绵，擦拭着两个枯瘦的身子，一面悄悄地哭泣。

"思嘉小姐，都是斯莱特里家那些贱货、坏透了的下流白人，他们把爱伦小姐害死了。俺让她别理那些人，可是爱伦小姐就是心地好，心肠软，谁要是需要她，她都从来不拒绝。"

"斯莱特里家？"思嘉惶惑地问。"他们怎么进来的？"

"他们也害了这种病。"嬷嬷用破布指了指两个光着身子湿淋淋的姑娘。"老斯莱特里小姐的女儿埃米得这个病了，斯莱特里小姐求爱伦小姐。她干吗不自己照料女儿呀？爱伦小姐还有更多的事脱不了身呢。可是爱伦小姐还是去了，她在那里照料埃米。爱伦小姐自己身体也不怎么好，思嘉小姐，你妈不舒服已经有很久了。并且已经没有太多的东西可吃了。爱伦小姐像个雀儿似的总是吃一点点。俺对她说了，叫她别去管那些下流白人的事，可是她不听俺的。这倒好！大约埃米似乎快要好起来的时候，卡琳小姐就病倒了。是的，那伤寒病像飞也似的一路传过来，传给了卡琳小姐，接着苏伦小姐也得病了。这样，爱伦小姐就得同时护理她们了。

"她不许杰拉尔德先生进屋来。也不让罗莎和丁娜来，除了俺谁也不让进，因为俺是害过伤寒病的。接着，她自己就也得病了，思嘉小姐，俺一看就知道没办法啦。"

嬷嬷直起身来，拉起衣襟擦满脸的泪水。

"连那个好心的北方佬大夫也对她一点没有办法。她的脑子什么也不知道了。俺喊她，对她说话，可她连自己的嬷嬷也不认识了。"

"她有没有——有没有提起过我——叫过我呢？"

"没有，宝贝。她以为她还是在萨凡纳的那个小女孩呢。谁的名字也没叫过。"

迪尔茜挪动了一下，把睡着的婴儿横放在膝上。

"叫过呢，小姐。她叫过什么人的。"

"闭嘴吧，你这印第安黑鬼！"嬷嬷转过身去恶狠狠地骂迪尔茜。

"别这样，嬷嬷！她叫谁了？迪尔茜，是爸吗？"

"不是的，小姐。不是你爸。那是棉花被烧掉的那天晚上——"

"棉花都烧了——快说吧！"

"是的，小姐。北方佬把棉花一捆捆从棚子里滚出来，堆到后院里，大声嚷着'看这佐治亚最大的篝火呀！'一会儿就化成灰了！"

接连三年积存下来的棉花——值十五万美元，一把火全都完了！

"那火烧得漫天通红。那时这屋里一片雪亮，后来火苗伸进了窗子，把爱伦小姐给惊醒了，她在床上笔直坐起来，大声叫喊，一遍一遍地：'菲利普！菲利普！'俺可从没听见过这样的名字，不过那是个名字，她就在喊呢。"

嬷嬷站在那里像变成了石头似的，瞪大眼睛盯着迪尔茜，可是思嘉把头低下来寻思起来。菲利普——他是谁，他和母亲有什么关系，怎么她临终时这样叫他呢？

从亚特兰大到塔拉，这漫长的道路算是结束了，可是思嘉再也不能像个孩子似的安然待在父亲的屋顶下，再也不能让母亲的爱层层裹着她，保护她了。她已没有什么安全的地方或避风港可去躲藏的了，没有人可以接过她肩上的担子。父亲已经衰老痴呆，两个妹妹在生病，媚兰软弱无能，孩子们孤苦无依，几个黑人都怀着天真的信念仰望着她，依靠着她，希望爱伦的女儿会一如爱伦本人那样成为他们的庇护所呢。

从窗口向外望，月亮正冉冉上升，淡淡的月光照着塔拉农庄，但是黑人走了，田地荒芜，仓库焚毁，像个血淋淋的躯体躺在她的眼前。

她拿这一切怎么办呢？在梅肯的皮蒂姑妈和伯尔家可以把媚兰和她的婴儿接过去。如果两位姑娘病好了，爱伦的娘家也得收留她们，不管她们愿意与否。至于她自己和杰拉尔德，就可以投奔詹姆斯和安德鲁伯伯家去了。

她打量着两个妹妹的模样，她们在她眼前翻滚着。她不喜欢苏伦，她也并不特别爱卡琳。凡是懦弱的人，她都不爱。不过她们是她的亲妹妹，都是塔拉的一分子。不，她不能让她们作为穷亲戚在姨妈家里过一辈子。一个奥哈拉家的人作为穷亲戚，看人家施舍的脸色吗？啊，决不能这样！

她把葫芦拿过来，往葫芦里看了看，葫芦里还剩下些威士忌。她慢慢地喝着，但这一次也不觉得发烫，只不过带来一股缓缓地暖意。

她在用一双新的眼睛在看事物。在通往塔拉的漫长道路上，她把自己的少女时代抛弃了。她不再是一团可以随意捏塑的黏土了。这黏土突然在一天里变得坚硬起来。今天晚上是她平生愿意像个孩子般叫人伺候的最后一个夜晚。她从此成了个成年女人，青春已一去不复返了。

不，她决不能、也决不愿意投奔杰拉尔德或爱伦的家族。奥哈拉家的人决不接受施舍，她的负担是她自己的，负担只能用强壮的双肩去扛。她似乎站在高处俯视一切，毫不惊奇地觉得她的双肩已经承担过生平可能遇到的最大风险，现在足以挑起任何的重担了。她不会放弃塔拉；她属于这些红土地，她的根扎在这血红的土壤里吸取生机。她要留在塔拉农庄，经营它，赡养父亲和两个妹妹，赡养媚兰和艾希礼的孩子，以及那几个黑人。明天——啊，明天，她就要把牛轭套在自己颈上。明天——明天——她的脑子慢慢地转着，愈来愈慢，像一座发条在逐渐松散的时钟，可是仍然非常清晰。

突然，那些常常谈起的家族故事，她从小就听、虽然不耐烦但仍然似懂非懂地听着的故事，现在像水晶般清晰起来。身无分文的杰拉尔德在塔拉白手起家；爱伦勇敢地战胜了某种神秘的不幸遭遇；外祖父罗毕拉德在拿破仑王朝覆灭时幸存下来，到美国佐治亚肥沃的海滨重新建立了家业；外曾祖父普鲁多姆曾在海地黑暗的丛莽中开创出一个小小的王国。有些父系族人为自由爱尔兰而战斗，并勇敢地走上了绞架，也有些母系族人为争取自己的权利而在博伊恩英勇牺牲了。

　　他们全都遭受过毁灭性的灾难，但并没有被毁掉。他们从来没有在打击下一蹶不振。致命的厄运有时掐断了他们的头颈，但从不曾扼杀他们的勇气。他们从不抱怨，只有战斗。他们死了，那是消耗了全部精力之后死去，绝不是被征服而死的。思嘉看见他们，看见这些接受了悲惨命运但奋争不息的亲人们，一点也不觉得惊奇。塔拉就是她的命运，就是她所面临的战斗，她一定要征服它。

第二十五章

第二天早晨，思嘉浑身酸痛、发僵，每动一下都十分困难。她的脸被太阳晒得绯红，起泡的手掌也绽裂了，喉咙干得像被火烤焦了似的，不论喝多少水都干渴难受。她的头皮发胀，胃里经常有作呕的感觉。吃早点时，杰拉尔德端坐在餐桌上首，俨然一个须发花白的龙钟老人，他那双茫然若失的眼睛死死地盯着门口，脑袋略略偏着，显然在谛听爱伦的衣裙窸窣声，闻着那柠檬马鞭草的香味。

思嘉坐下后，他便喃喃地说："我们得等等奥哈拉太太。她晚啦。"思嘉抬起胀痛的头，用惊疑的目光望着他，她摇摇晃晃地站起身来，俯视着阳光下的父亲。他朝她茫然地仰望着，这时她发现他的手在颤抖，头也在微微晃着。

难道他连爱伦已经去世的事也不记得了吗？北方佬的到来和爱伦的死这双重打击把他打懵了。

"哦，难道爸神志不清了吗？"思嘉心想，她那本来就震颤的头在这新的刺激下好像就要爆裂了。"不，不。他只是头晕眼花罢了。看来他有点不舒服。但他会好的。他一定会好的。要是他不好，我怎么办呢？"

她一点没吃就离开饭厅，到后院走廊上去了。她在那里遇到了波克。她的脑袋还在轰鸣，而耀眼的阳光又刺痛了她的眼睛。她以自己最大的毅力才勉强站在那里，并尽量简短地跟波克交谈，把母亲平常教她对待黑人的那套规矩和礼貌全省掉了。

她一开口便突如其来提出问题，并断然发布命令。波克翻着眼睛不知怎么办了。爱伦小姐可从不曾用这样的口气对人说话，即使发现他们在偷小母鸡和西瓜也不这样呢。思嘉又一次问起田地、园子、牲口，那双绿眼睛闪着严峻的光芒，这是波克以前从未见过的。

"是的，小姐，那匹马死了。不，小姐，那头母牛没有死。你不知道吗？它昨天晚上下了个牛犊呢。这就难怪它那样叫了。"

"那很好，你说下去吧。有没有留下什么牲口？"

"没有，小姐。除了一头老母猪和一窝猪崽，啥也没有了。北方佬来的那天，俺把它们赶到了沼泽地里，可是如今，天知道上哪儿去找呢？那老母猪坏透了。"

"会找到的。你和普里茜马上就去找。"

波克大吃一惊，也有点恼火了。

"思嘉小姐，这种事情是干大田活的黑人做的，俺是干家务活的呀。"

"你们两个要把母猪逮回来——要不就滚开，像那些干大田活的人一样。"

波克顿时眼泪汪汪，忍不住要哭了。唔，要是爱伦小姐在，就好了。她为人精细，懂得干大田活和干家务活的黑人之间的巨大区别呢。

"滚开吗，思嘉小姐？俺滚到哪里去呀，思嘉小姐？"

"我不知道，我也不管。不过任何一个在塔拉的人，都别想不干活。"

"是的，小姐。"

"那么，我们的玉米和棉花怎么样了，波克？"

"玉米吗？我的上帝，思嘉小姐，他们在玉米地里放马，还把剩下的通通带走了。棉花也全毁了，只剩下那边小河滩上很少几英亩。"

"波克，你们有没有去过'十二橡树'村或麦金托什村，看看那边园子里还留下什么东西没有？"

"没人去过，小姐。俺没离开过塔拉。北方佬会逮俺呢。"

"让迪尔茜到麦金托什村去，说不定能在那里找到点什么。我自己就到'十二橡树'村去走走。"

"谁陪你去呢？"

"我一个人去。嬷嬷得留在家里照料姑娘们，杰拉尔德先生又不能——"

波克令人生气地大喝了一声。"十二橡树"村可能还有北方佬或下流黑人呢。她不能一个人去。

"我一个人就够了，波克。告诉迪尔茜，叫她马上动身。你和普里茜去把母猪和那窝猪崽找回来。"她斩钉截铁地吩咐，转身就走。

嬷嬷的那顶旧遮阳帽虽然褪色了但还干净，现在思嘉戴了它，一面恍如隔世地回想起瑞德从巴黎给她带来的那顶翠绿的帽子来。她拿起一只用橡树皮编制的篮子，每走一步脑子就震荡一次，她觉得从头盖骨到脊椎都似乎要碎裂了似的。

到河边去的那条路是红色的，发烫的，深深的车辙已把大路割得遍体鳞伤。

一颗尖石子扎破了她脚上的血泡，她痛得大叫了一声。她在这里干什么呢？她这个全县闻名的美人，思嘉·奥哈拉，塔拉农庄的宠儿，竟然在这崎岖的山道上几乎光着脚行走呢？她这双娇小的脚生来是要跳舞的，而不是瘸着走路的。她生来应当受到纵容和服侍，可如今却弄得憔悴不堪，衣衫褴褛，饿着肚子到邻居园子里去寻找吃的了。

十二棵大橡树高耸在那里，不过现在树叶被火熏黑了。树中间就是约翰·威尔克斯家住宅的遗址。这幢曾经显赫一时的大厦高踞在小山顶上，白柱长廊，可现在已沦为一片废墟。

思嘉坐下来；她面对这破败景象非常伤心，实在看不下去了，这片荒凉深深地触动了她。这里，在她脚下的尘土中，就是威尔克斯家族引以为自豪的家业啊！这就是那个亲切而彬彬有礼的家庭的悲惨命运，这个家庭曾经那么欢迎她，并且她还在天真的美梦里渴望过要当它的女主人呢。她在这里跳过舞，吃过饭，调过情，还满怀嫉妒地看媚兰怎样迎着艾希礼微笑。也是在这里，在风凉的树荫下，当她说愿意跟查尔斯·汉密尔顿结婚时，他曾多么狂热地紧紧捏过她的手啊！

"啊，艾希礼，"她心想，"你死了也好！我真不忍心让你回来看这光景啊！"

艾希礼是在这里跟他的新娘结婚的，可是他的儿子和儿子的儿子再也不会带着新娘到这个家来了。在这个她曾经那样热爱和盼望的地方，再也不会有人成亲和生儿育女了。

她到了后院又回来，一路喊着"喂！喂！"，但是寂然无声，连一声狗吠也没有。显然，黑人们都跑掉了，或者跟北方佬走了。她知道每个黑人都有自己的一片菜园子，所以她希望那些小小的菜地没有遭灾，还能留下些什么。

她没有白找，终于发现了萝卜和卷心菜，后者由于缺水已经蔫了；还有棉豆和青豆，尽管发黄，还是可以吃的。她坐在畦垄上，用颤抖的手掘着，慢慢装满了篮子。今天晚上塔拉农场会有一顿美餐了，也许迪尔茜用来点灯的那种腊肉油可以当作调味品用一点。她回去要告诉迪尔茜，叫她以后点松枝照明，好将油脂省下来炒菜吃。

在一间棚屋后面的台阶旁，她发现了短短一畦的红萝卜，这时她突然觉得饿了，她几乎没来得及用裙裾把泥土抹掉，半个萝卜就被一口咬下吞到肚里去了。这个萝卜又老又粗，刚刚吃下去，那饿坏了的空胃就产生了反感，她即刻伏在柔润的泥土上艰难地呕吐起来。

棚屋里隐隐飘出一股黑人所特有的气味，这使思嘉越发恶心，她无力反抗，只得继续干呕着，直弄得头晕眼花，觉得周围的棚屋和树木都在飞快地旋转。

过了好一阵，她虚弱地趴在地上，觉得泥土柔软又舒适，像个羽绒枕头

图文珍藏版

似的。她想到自己本来是什么也不做，连伸手从地板上拾一只袜子或系鞋带之类的小事也不做的，而现在却劳累虚弱地倒在田间。

她直挺挺地躺在那里，太虚弱了。所有记忆和烦恼，纷纷向她袭来、包围着她，像兀鹰等待着一个人咽气似的，它们在她头上盘旋并猝然扑将下来，把它们的尖嘴利爪戳进她的心里。她静静地躺着，也不知躺了多久，脸贴着尘土，太阳火辣辣地直射在身上，她回想着一去不复返的幸福生活，忧心忡忡地想着未来黑暗可怕的远景。

她终于站起来，头高高地扬着。过去的总归是过去了。死了的总归是死了。往日悠闲奢侈生活已经荡然无存。于是，当思嘉把沉甸甸的篮子挎在臂弯里时，她已经定下心来要过自己的生活了。

既然没有回头路好走，她就要勇敢地一直向前走去。

她走上回塔拉去的大道，一路上那只沉重的篮子把她的臂弯都快吊断了。她肚里空空，饿得不行了，这时她大声说："凭上帝作证，凭上帝作证，北方佬征服不了我。我要闯过去，以后就不会再挨饿了。不，家里的人谁也不会挨饿了。即使我被迫去偷，去杀人——凭上帝作证，我们也决不会再挨饿了。"

在以后的一段日子里，塔拉几乎成了鲁滨孙的荒岛，那么寂静，与世隔绝。世界就在几英里之外，可是似乎与塔拉隔着一片大洋似的。随着那匹老马死亡，他们丧失了交通工具，现在既没有时间也没有精力去步行那么远的路了。

离塔拉不远就是战争，就是纷纷攘攘的世界。可是在农场里，战争除了作为记忆已不复存在，这些记忆每当你精疲力竭时便像幽灵一般，你必须奋力击退。

但是，思嘉能够忘记伤心事，可就是忘不了饥饿，以致每天早晨半睡半醒地躺在床上，她就会迷迷糊糊地蜷在那里等待着煎腊肉和烤卷子的香味。每天早晨她总是使劲地闻着闻着，似乎真正闻到了食物的香味，这才完全醒过来的。

他们每天吃苹果、洋芋、花生和牛奶，但就这样的食品也总是量不够。每天三次，思嘉一看见它们便回想起往日的情形，那灯火辉煌的席面和香浓味美的食品。

那时他们对于食物是多么不在乎，多么奢侈浪费啊！卷子，玉米松饼，小甜面包，鸡蛋饼，滴滴答答的黄油，每顿饭都有。餐桌的一端摆着火腿，另一端是烤鸡。成锅的芥蓝菜炖得又烂又香，上面漂着一层放彩的油花。青豆在亮晶晶的花瓷盘里，堆得像一座小山。油炸果泥丸子，炖秋葵，拌在浓浓的奶油调味汁里的胡萝卜，等等。餐后有三样点心可以挑着吃，它们是巧克力饼干、香草奶油糕和堆满甜奶油的重油蛋糕。想起这些喷香可口的食物时，她禁不住要伤心得落泪。这种回忆也能使她的辘辘饥肠转而恶心欲呕。关于食欲，嬷嬷是很替她伤心的，因为一个十九岁姑娘的正常食欲，由于她从未经过的艰苦劳动而增加了四倍。

对于食欲的这种烦恼，在塔拉农场并不只她一个。实际上她不论走到哪里，所看到的人都是一张饥饿的脸。卡琳和苏伦也很快会有病愈时难以满足的饥饿感了。甚至小韦德也常常不断地抱怨："韦德不爱吃洋芋。韦德肚子饿。"

旁的人也在嘟嘟囔囔地叫苦。

"思嘉小姐。俺要是不多吃一点，俺就哪个孩子也奶不了了。"

"思嘉小姐，俺再不多吃点东西，俺就劈不动木柴了。"

"孩子，这种东西俺实在吃不下去了。"

"女儿，难道咱们就常常吃山芋吗？"

唯独媚兰默默无言。媚兰，她的脸愈来愈消瘦，愈来愈苍白，甚至睡觉时也在抽搐。可她总是说："思嘉，我不饿。把我那份牛奶给迪尔茜吧，她奶着两个孩子。生病的人不觉得饿的。"

但是，她的这种温柔的毅力比那些哀诉更加激怒了思嘉。思嘉对别人可以痛骂一阵，可是面对媚兰这种无私的态度却无可奈何——无可奈何又非常恼火。杰拉尔德、黑人们和韦德现在都靠近媚兰，因为媚兰即使虚弱也还是亲切和同情人的，可思嘉近来却既不亲切也没有一点同情心了。

韦德尤其爱到媚兰房里去。韦德看上去身体也不好，但究竟是什么毛病，思嘉没有工夫去琢磨。她听了嬷嬷的话，认为这孩子肚子里有蛔虫，便给他吃了爱伦常给黑人小孩吃的干草药和树皮。可这却使韦德越来越苍白。最近她就索性不把他当一个人放在心上了。韦德只不过是又一个累赘，又一张需要喂饱的嘴而已。如果有一天危机过去了，她会跟他玩，给他讲故事，教他拼音，可现在她还没有时间，也没有这个兴致。而且，韦德碍手碍脚的，她还时常严厉地训斥他呢。

思嘉感到难过的是，她的严厉训斥会把他吓得瞪大眼睛半天说不出话来，那样子实在又天真又可怜。她不明白，这孩子怎么一天到晚沉浸在恐怖气氛中，可以说恐惧每天和韦德做伴，这种恐惧震撼着他的心灵，使他在深夜也会惊叫醒来。

　　以前，他一直过的是愉快平稳而宁静的生活，虽然他母亲很少理他，他常常听到的仍然都是些宠爱亲切的话，直到有天夜里他突然从睡梦中惊醒，发现天上一片火光，外面是震耳欲聋的爆炸声。就在那天夜里和第二天白天，他头一次挨了母亲重重的耳光，听到母亲的高声叫骂。那可爱的生活，他所经历过的唯一生活，就在那天晚上消失了，这一损失是他永远也无法弥补过来的了。往塔拉的路上他什么也不清楚，只知道北方佬就在后面，他们会逮住他，把他砍成碎块，他至今仍然在害怕这个。

　　思嘉注意到她的孩子在开始回避她。有时她好不容易有一点空闲，想考虑考虑这个问题，可结果是引起了一大堆的苦恼。她最恼火的是韦德把媚兰的床边当避难所，在那里悄悄地玩着媚兰教给他的游戏，或听她讲故事。他喜欢姑姑，因为她声音温柔，笑容满面，从来不说："别闹，韦德！看你叫我头疼死了，"或者"别烦人了，韦德！看在上帝面上！"

　　思嘉没工夫也没心思来爱抚他，但是看到媚兰这样做又很妒忌。有一天她发现他在媚兰床上竖蜻蜓，倒下来时压到了媚兰身上，她便抽了他一个耳光。

　　"你就没有别的好玩，偏要跟生病的姑姑捣乱？好，快到后院玩去，别到这里来了。"

　　可是媚兰伸出瘦弱的胳臂，把哭泣的孩子拉了过来。

　　"好了，好了，韦德。你并不想跟我捣乱，是吗？思嘉，他没有烦我呢。就让他在这儿吧。让我来照看他。在我病好之前，我只能做这个了，而你手头已经够忙的了，哪能顾上他呀。"

　　"别傻了，媚兰，"思嘉干脆说。"你不会很快就好的。要再让韦德摔到你肚子上，又有什么好处呢？我说，韦德，我要是再看见你在姑姑床上胡闹，就狠狠揍你。现在别哭了。一天到晚哭。也该学做个大孩子了。"

韦德抽泣着飞跑到楼下去躲起来。媚兰咬着嘴唇，眼里闪着泪花，嬷嬷看见了这情景，也气得横眉瞪眼，直喘粗气。但是以后好几天谁都没有回驳思嘉一声。他们都害怕她，都害怕这个正在暗暗成长的新人物呢。

思嘉现在处于塔拉的最高统治地位，并且像别人一样突然建立了威信，她天性中那些欺压人的本能也显露出来了。这并非因为她本性残暴，而是因为她心里的恐慌，对自己缺乏信心，又深恐别人发现她无能而拒不承认她的权威，因此才采取了粗暴的态度。而且，她也觉得动辄训人并相信人家对她畏惧十分舒服。思嘉发现这可以使她紧张的神经放松一些。她并非看不到自己的个性正在改变，有时她随意发号施令，使得波克咬住下嘴唇表示不服，嬷嬷也嘟囔着："摆起架子来啦。"她这才惊讶自己怎么这样不客气了。爱伦曾经苦心灌输给她的所有那些礼貌与和蔼态度，现在全部都没有了，就像秋天第一阵凉风吹过后树叶都纷纷掉落了一样。

爱伦曾一再说："对待下人，尤其对黑人，要坚定又要和气。"可是她一和气，那些黑人就会整天坐在厨房里闲聊了，谈过去的好光景，说干家务活的黑人不作兴下大田，等等。

"要爱护和关心你的妹妹。对那些受苦特别是有病的人要和蔼一些，"爱伦说，"遇到人家伤心和处境困难，要给予安慰和温暖。"

可现在她哪儿顾得上爱护两个妹妹？她们是她肩上可怕的负担。至于照顾她们，她不是在给她们洗澡、梳头、喂饱她们，甚至每天跑得很远去寻找吃的吗？她不是在学着给母牛挤奶，即使提心吊胆怕那家伙会伤害她，也没有动摇过吗？说到和气，这完全是浪费时间。要是她对她们太和气了，她们就会赖在病床上，可她需要她们尽快健康起来，给她增添两双手帮着干活呢。

她们在慢慢康复，但仍然消瘦而虚弱地躺在床上。她们不知道就在自己失去知觉的那段时间里世界发生了什么变化。北方佬来过了，黑人跑了，母亲死了。难以置信的事是她们无法接受的。有时她们相信自己一定还处于精神恍惚的状态，这些事情根本不曾发生。思嘉竟变得这样厉害，这也不可能是真的。每当她坐在她们床脚边，说等她们病好以后去工作时，她们总是注视着她，似乎她是个妖魔似的。要说她们再也没有一百个奴隶来干活了，那她们是无法理解的。她们更无法理解，一位奥哈拉家的小姐居然要干起劳力活来了。

"不过，姐姐，"卡琳说，她那张幼稚得可爱的脸上充满了惶惑的神色，"我不会劈柴火呀！那会把我的手给毁了呢！"

"你瞧我的，"思嘉面带吓人的微笑回答，同时伸出一双满是血泡和茧子的手给她们看。

"我看你这样跟我们说话，实在太吓人了！"苏伦惊叫道，"你是在骗人，是在吓唬我们吧。要是母亲还在，她才不让你这样呢！劈柴火，真是！"

苏伦怀着无可奈何而又不屑的神色看着大姐，觉得思嘉说这些话太卑鄙了。她们是死里逃生，并且失去了母亲，现在又这样孤单害怕，她们需要爱抚和关怀呀！可思嘉每天只坐在床脚看着，那双绿眼睛里闪着可恶的光辉，称赞她们的病好多了，并一味谈什么铺床、做饭、挑水和劈柴火的事。看样子，她对这些可怕的事还津津乐道呢。

思嘉的确对此很有兴趣。她之因此威胁那几个黑人，折磨两个妹妹的情感，因为她太烦恼，太紧张，太疲乏，并且还因为这可以帮助她忘记自己的痛苦——她发现母亲告诉她的有关生活的一切都错了。

她母亲教给她的一切现在已经毫无用处了，爱伦不可能预料到她教养女儿时的那种文明会顷刻间崩溃，爱伦当时看到的只是一个平静岁月的未来远景，就像她自己经历的太平年代那样，所以教育思嘉要温柔善良，高尚厚道，谦虚诚实。爱伦说过，妇女们只要有这些品德，生活就会厚待她。

思嘉只是绝望地想道："没有，没有，她的教导一点用处也没有！当今世界，厚道能给我什么用处，温柔有什么好处？还不如当初像黑人那样学会犁田、摘棉花呢。啊，母亲，你错了！"

爱伦那个秩序井然的世界已经成为过去，取而代之的是一个残酷的社会，一切都迥然不同了。

但不论怎样，她对塔拉的感情不会改变。她每次疲乏地从田野里回来，看见那幢白房子时，总要感到满怀激情和归家的欢乐。她热爱这个起伏着红土丘陵的地方，热爱这片美丽的生长丛丛灌木的红土地。这种感情已成为思嘉生命中一个永不变更的部分。世界上任何别的地方都找不到这样的土地了。

塔拉那些被践踏的耕地现在是思嘉的唯一财富。她恍如隔世地记起一次与父亲之间关于土地的谈话，当时父亲说土地是世界上唯一值得用战争去夺取的东西，而她那时幼稚无知，根本不了解这话的含义。

"因为这是世界上唯一持久的东西……而对于任何一个有爱尔兰血统的人来说，他们所赖以生活的土地就是他们的母亲……它是唯一值得你为之工作、战斗和牺牲的东西。"

是的，塔拉是值得人们为之战斗的。她默默而坚定地接受这场战斗，谁也休想从她手中把塔拉夺走。谁也休想使她和家里人外出漂流，去投靠亲戚。谁要抓住塔拉，哪怕让这里的每个人都累断脊梁，也在所不惜！

第二十六章

思嘉回到塔拉已两个星期，脚上的血泡开始化脓，脚肿得穿不上鞋，只能踮着脚跟蹒跚地行走。她瞧着脚尖上的溃烂，一种绝望之情在心头涌起。要是它像士兵的创伤那样溃烂下去，又找不到医生，就得等死了？虽然现在生活艰难，可她还想活下去呢。如果她死了，谁来照管塔拉农场呀？

她刚回到家时，还希望杰拉尔德依然精神饱满地主持家政。可是两周以来这个希望逐渐幻灭了。现在她已非常清楚，不管她是否愿意，这个农场和这儿所有的人都得依靠她呢。因为杰拉尔德仍坐在那里一动不动，像个梦中人似的。每当征求他的意见时，他总是这样回答："你爱怎么办就怎么办吧，女儿。"要不就更糟，居然说，"孩子，跟你妈去商量呀。"

他再也不会有什么变化了，现在思嘉已经心安理得地承认，那就是说杰拉尔德将永远在那儿等待爱伦，他的生命的主发条已经在爱伦去世那天被拆掉了，同时消失的还有他的自信，他的鲁莽和闲不住的活力。

那天早晨屋子里很安静，除了思嘉、韦德和三个生病的姑娘，大家都到沼泽地里找母猪去了。就连杰拉尔德也稍稍来了点劲儿，一手扶着波克的肩膀，一手拿着绳子，在翻过的田地里艰难地走着。苏伦和卡琳哭了一阵睡着了，她们每天要来这么两次，因为一想起母亲便无限悲伤，觉得自己孤苦无依，眼泪也就簌簌地往下流。媚兰那天头一次抱着两个小婴儿，一个是浅黄色毛茸茸的头，另一个是黑色卷发的小脑袋，那是迪尔茜的孩子。韦德坐在床脚边，在听一个童话故事。

过一会儿，她心里烦躁起来，把下巴钻进了臂弯里。就在她需要拿出最大力气的时候，这只脚尖却溃烂起来了。那些蠢货们是抓不到母猪的。为了把小猪一只只捉回来，他们已经花了一星期，现在又过了两星期，可母猪还没抓到。思嘉想，如果她跟他们一起在沼泽地里，她就会高高卷起裤腿，拿起绳索，很快把母猪套住。

可是把母猪抓到以后——就算真的抓到了，又怎么样呢？好，把它和那窝小崽子吃掉，可是再往后呢？生活还得过下去，肚子不断地需要吃东西呀。冬天快到了，食物眼看就要吃光，连从邻居园子里找来的那些蔬菜也剩不下多少了。他们必须弄到干豆和高粱，玉米糁和大米，还有——啊，还有许许多多东西。明年春播的玉米和棉花种子，暖和的衣服都需要啊。所有这些东西从哪儿来，她又怎么买得起呢？

她已经偷看过杰拉尔德的口袋和钱柜，唯一能找到的只有一堆堆联盟政府的债券和大约三千元联盟的钞票了，这差不多够他们吃一顿丰足的午餐吧，她带讽刺意味地想，现在联盟的票子已经一文不值啦。不过，即使她有钱，也能买到食物，她又怎么把食物运回塔拉来呢？上帝为什么让那匹老马也死掉了？她又想起那些皮毛光滑的骡子，那些亮丽的用来驾车的高头大马，她自己的那匹小骝马，姑娘们的小驹子，以及杰拉尔德那像风一般飞奔的大公马——啊，只要剩一匹留下来，哪怕是脾气最坏的骡子，该多好啊！

但是，也不要紧——一旦她的脚好起来，她就可以步行到琼斯博罗去一趟，那将是她有生以来最远的一次步行，不过她愿意走着去。她一定能在那里找到一个能教她怎样弄食物的人。这时韦德那张痛苦的小脸浮现在她眼前。他天天嚷着他不爱吃山芋；他要一只鸡腿，一点米饭和肉汤呢。

想到这些，思嘉已经泪汪汪的了。她紧紧抱着头，强忍着不要哭出声来。但这时忽然一阵得得的马蹄声传来，不免暗暗惊讶。不过她并没有抬起头来。她的心在急跳，随即便断然告诫自己："别犯傻了。"

但是马蹄声很自然地缓慢下来，在石子路上咔嚓咔嚓地响着。她连忙抬起头来看着。原来是个北方佬骑兵。

她本能地躲到窗帘后面，同时急着从帘子的缝隙中窥探那人，心情紧张，呼吸急促，快要喘不过气来了。

他垂头弓背坐在马鞍上，那是个强壮粗暴的家伙。他在阳光里眯着一双小眼睛，冷冷地打量这幢房子。他不慌不忙地下了马，把缰绳撂在拴马桩上。这时思嘉突然痛苦地缓过气来，一个北方佬，腰上胯着长筒手枪的北方佬！而她是单独跟三个病人和几个孩子在家里呢！

他懒洋洋地走过来，一只手放在手枪套上，两只小眼睛左顾右盼。这时思嘉心中像万花筒般闪烁着一幅幅杂乱的图景，主要是皮蒂姑妈悄悄说过的关于坏人袭击妇女的故事，譬如，用刀子割喉咙呀，把病危的女人烧死在屋里呀，拿刺刀把哭叫的孩子捅死呀，种种恐怖场面，都与北方佬紧紧连在一起了。

她想赶紧躲到壁橱里去，或者钻到床底下，或者从后面飞跑下楼，一路惊叫着奔向沼泽地，反正只要逃得掉就行。接着她听见他小心翼翼地走上台阶，进了过厅，她才知道自己已经逃不出去了。她吓得浑身发冷，无法动弹，只听见他挨个儿搜寻房间，步子愈来愈响，愈来愈胆大，因为他发现屋里一个人也没有。现在他进了饭厅，到厨房去了。

思嘉一想到厨房，顿时怒火满腔，把恐惧都驱散得无影无踪了。厨房啊！厨房的炉火上正炖着两锅吃的，一锅是苹果，另一锅是千辛万苦从"十二橡树"村和麦金托什村园子里弄来的各种菜蔬的大杂烩，这些不一定够两个人吃，但却是几个挨饿的人的午餐呢。思嘉忍着饥饿等待别的人回来，已经好几个小时，现在想到这个北方佬会一下吃光，气得全身哆嗦了。

让这些家伙通通见鬼去吧！

她轻轻脱掉脚上的破鞋，光着脚匆匆向衣柜走过去，连脚尖上的肿痛也

感觉不到了。她悄悄地拉开最上面的那个抽屉，抓起那把她从亚特兰大带来的笨重手枪，这是查尔斯生前佩带但从没使用过的武器。她把手伸进那个挂在军刀下面的皮盒子里摸了一会，拿出一粒火帽子弹来。她竭力镇静着把子弹装进枪膛里。接着，她蹑手蹑脚，跑下楼梯，一手扶着栏杆定了定神，另一只手抓住手枪紧紧贴在大腿后面的裙褶里。

"谁"？一个带鼻音的声音喊道。这时她在楼梯当中站住，血脉在耳朵里轰轰地跳，她几乎听不见他在说什么。"站住，要不我就开枪了。"那声音在接着喊叫。

他站在饭厅里面的门口，弓着身子，一手瞄着手枪，另一只手里拿着一个花梨木针线盒，里面装满了金顶针、金柄剪刀和金镶小钻石之类的东西。思嘉觉得两条腿连膝盖都冷得站不住了，可是怒火烧得她满脸通红。他手里拿的是母亲的针线盒呀！她从楼梯栏杆上俯身凝视着他，望着那人脸上粗暴的紧张神色渐渐变为半轻蔑半讨好的笑容。

“那么这家里是有人了，”他说，把手枪塞回到皮套里，一面走进饭厅，差不多正好站在她下面。“就你一个人吗，小娘们？”

她突然地把手枪从栏杆上伸出去，对准他那满是胡须的脸。他还没明白怎么回事，这边枪机已经扳动了。手枪的后坐力使她的身子晃了一下，同时那个北方佬扑通一声仰天倒下，上半身摔在饭厅门里，把家具都震动了。针线盒也从他手里摔出来，撒了一地。思嘉几乎下意识地跑到楼下，站在他旁边，俯身看着他那张胡须蓬蓬的脸，只见鼻子那儿有个血糊糊的小洞，两只瞪着的眼睛被火药烧焦了。两股鲜血在发亮的地板上流淌，一股来自他的脸上，另一股出自脑后，思嘉瞧着瞧着，好像才恍然明白是怎么回事。

是的，他死了。毫无疑问，她杀死了一个人！

硝烟袅袅地向房顶上升，两摊鲜血在她脚边不断扩大。

她杀死了一个人。她，本来连打猎时都不忍追杀动物，是一个连牲畜被宰杀时的哀号都不忍听的姑娘。杀人了！她意识迟钝地思索着。她向地板上针线盒旁边那只毛茸茸的手瞟了一眼，突然又心中振奋起来，心中涌起了一种冷静而残忍的喜悦。她简直想用脚跟往他鼻子上那个伤口碾几下，她总算替塔拉农场——也替爱伦打出了复仇的一击了。

楼上穿堂里传来急速踉跄的脚步声，是虚弱而艰难的脚步。她抬头一看，看见媚兰在楼梯顶上，身上只穿了件当睡衣的破衬衫，一只瘦弱的手臂因拿了查尔斯的那把军刀而沉重地耷拉着。媚兰把楼下的全部情景通通看得一清二楚。

她默默地看着思嘉，那张一向温柔的脸上闪烁着严峻而骄傲、赞许和喜悦的微笑，这和思嘉胸中那团火热的混乱情绪正相匹配。

“怎么——怎么——她也像我一样啊！她是了解我的呢！”思嘉在长长的一段沉默中这样想着，“她也会这样做的啊！”

她浑身激动地仰望着那个虚弱的摇摇欲倒的女人，那个让思嘉从没好感，只有厌恶和轻蔑的姑娘。现在，思嘉竭力克制住自己对艾希礼妻子的憎恨，心中涌起了一股敬佩的友情。她突然看见了，在媚兰那轻柔的声音和鸽子般和善的眼光下有着一片锐利的无坚不入的钢刃，同时感到媚兰宁静的血液中也流淌着无比的勇敢。

"思嘉！思嘉！"苏伦和卡琳怯弱的尖叫声从关着的房间里传出来，同时韦德大声哭喊着"姑姑，姑姑！"媚兰连忙用一个手指摁着嘴，一面把军刀放在楼梯顶上，艰难地把病室的门推开。

"别害怕，姑娘们！"听声音她好像兴致很好。"你们大姐想把查尔斯的那支手枪擦擦，结果枪走火了，差点出事！"……"好了，韦德·汉普顿，妈妈不过把你爸的手枪打了一响嘛！等你长大些，她也会让你打的。"

"多冷静的一个撒谎家！"思嘉不由得钦佩地想。"我可不会这么快就编得出来啊。可是，干吗要骗他们呢？他们总会知道我干了些什么。"

她又低头看看那具尸体，满怀厌恶，同时两个膝盖也所以战栗起来了。这时媚兰又挣扎着过来，扶着栏杆，紧紧咬住灰白的下嘴唇，一步步走下楼来。

"回床上躺着去，傻瓜，你找死呀！"思嘉向穿得很少的媚兰嚷着，可媚兰还是艰难地走了下来。

"思嘉，"她小声说，"我们得把他弄出去埋起来才行。他不一定是单独一个人，要是旁的人发现他在这里——"她抓住思嘉的胳臂站稳了身子。

"他是单独一人，"思嘉说。"我在楼上窗口没看见有别人。他一定是个逃兵。"

"即使他是一个人，也不能让人知道。那些黑人会议论的，然后他们就会来抓你。思嘉，我们一定得赶在那些去沼泽地的人回来以前把他埋掉。"

"好吧，我可以把他埋在花园葡萄架底下的一个角落里。那里土很松，波克刚挖过酒桶的地方。可是我怎么把他弄去呢？"

"我们俩每人抓住一只腿，把他拖过去，"媚兰果断地说。

思嘉尽管不怎么赞成，可她对媚兰却越发敬佩了。

"你连只猫也拖不动呢。我一个人来吧，"她粗声粗气地说。"你回床上躺着去。你这会害了自己的。别想着给我帮忙了，否则我要亲自把你背回楼上去。"

媚兰苍白的脸上浮出一丝理解的微笑。"你真可爱，思嘉。"她说着便在思嘉脸颊上轻轻吻了一下。她又继续说："要是你能一个人把他拖出去，我就来擦地——擦这些脏东西，趁那些人还没回来，不过思嘉——"

"嗯？"

"你说我们不妨搜搜他的背包，好吗？他可能有什么吃的东西呢。"

"我看可以，"思嘉说，深恨自己竟没有想到这一点。"你去拿背包，我来搜他的口袋。"

她赶紧把他上衣剩下的几颗纽扣解开，然后挨个掏他的口袋。

"我的天，"她小声呼喊道，一面掏出一个用破布卷好的鼓鼓囊囊的钱包来。"媚兰——媚兰，我想这里面全是钱呢！"

媚兰默不作声地突然在地板上坐下，背靠着墙壁一动不动。

"你看，"她颤抖着，"我觉得有点发软了。"

思嘉把破布撕掉，两手哆嗦着打开皮夹子。

"你瞧，媚兰——你瞧呀！"

媚兰看了看，觉得眼睛发胀。那是一大堆乱糟糟的钞票，联盟的和联邦的票子混在一起，还夹着三枚闪闪发光的金币，一枚十美元和两枚五美元的。

"先别去数了，"媚兰看见思嘉动手数那些钞票，便这样说。"我们没时间——"

"媚兰，难道你不明白，这就意味着我们有东西吃了呢。"

"是的，是的，亲爱的，我明白，不过现在没有时间数。你再看看旁的口袋，我就去拿那个背包。"

思嘉很不愿意放下钱包。一幅美妙的远景就在她眼前摆着——钱，北方佬的马，食物！上帝不亏待我们，虽然他采取了一个奇怪的手段，但总算在救助我们了。她坐在那里望着钱包笑个不停，结果媚兰只得索性把钱包从她手里夺了过来。

"快！"

裤袋里没什么东西，只有一截蜡烛、一把小折刀、一小块板烟和一团绳线。媚兰从背包里取出一包咖啡，她贪馋地闻了闻，接着取出一袋硬饼干，一张嵌在镶珍珠的金框里的小女孩相片，看到相片时她的脸色变了。还有一枚石榴石别针、两只很粗的带细链条的金镯子、一只金顶针、一只小银杯、一把绣花用的金剪刀、一只钻石戒指和一副吊着梨形钻石的耳环，这钻石连外行一看都知道十分贵重。

"一个贼！"媚兰小声说，不由得从那尸体旁后退了两步。"思嘉，这些东西一定都是偷来的！"

"当然喽，"思嘉说。"他还想偷我们的东西呢。"

"幸亏你把他打死了，"媚兰温柔的眼睛严峻起来。"现在赶快，亲爱的，把他弄出去吧。"

思嘉弯下身去，抓住那具尸体脚上的靴子，使劲往外拖。她感到他那么沉重，而自己的力气实在太小了。于是她转过身去，背对着尸体，两只手各抓起一只靴子夹在两腋下，拼命往前拖。那尸体果然慢慢移动了，她咬着牙一步步挪动。就这样拖着、挣扎着，累得满头大汗，她把他弄到穿堂里，身后地板上留下一道血迹。

"要是这样一路血淋淋地穿过后院，我们就什么都瞒不住了，"她气喘吁吁地说。"媚兰，把你的衬衣脱下来，我要把他的头包上，堵住那个伤口。"

媚兰苍白的脸上陡地绯红了。

"别傻了，我不会看你的，"思嘉说。"我要是穿了衬裙或内裤，也会脱下来的。"

媚兰背靠墙壁蹲下，将那件破旧的亚麻布衬衣从身上脱下来，悄悄扔给思嘉，然后交抱着双臂尽可能遮住自己。

"感谢上帝，好在我还没羞怯到这个地步。"思嘉心想，于是她用破衣裳把那张血污的脸包起来。

歪歪倒倒挣扎好一阵，她才把那具尸体从穿堂拖到后面走廊上，回头看看媚兰，只见她背靠墙根坐在那里，两臂紧抱着膝遮掩着裸露的乳房。媚兰在这时候还一味地拘礼害羞，真是太愚蠢，思嘉想到这里就恼火了，因为正是这种作风令思嘉瞧不起她。不过她随即又觉得有点惭愧，因为毕竟——毕竟，媚兰在分娩后不久就挣扎着从床上爬起来，而且拿起一件连她也很难举起的武器赶来支援她了。这里表现了一种思嘉深知自己并不具备的勇气，一种犀利而坚韧的勇气，如同媚兰在亚特兰大陷落那天夜里和回家的艰苦旅程中所表现的那样，这种捉摸不着也不显眼的勇气，正是威尔克斯家的人所共有的，但思嘉却不理解，只不过勉强表示赞赏罢了。

"回床上躺着去，"她回过头来说了一声。"要不你就活不成了。让我一会儿来擦洗这些脏东西吧。"

"我去拿条破地毯来擦吧，"媚兰小声说，一面皱着眉头看看那摊血污。

"那好，你就自己找死去吧，我不管了。要是我还没弄完就有人回来了，你一定要把他们留在屋里，告诉他们那匹马是从别处跑来的。"

媚兰坐在早晨的阳光下瑟瑟发抖，一面捂住耳朵，免得听见死人脑袋一路敲着走廊台阶的砰砰声。

没有人问那匹马的来历，一看便知道它是从最近的战斗中跑散的，并且大家都很高兴它的到来。那个北方佬被思嘉埋在葡萄架下她刨的一个浅坑里。

好几个漫漫长夜，她躺在床上因过度疲劳而彻夜难眠时，也不见有鬼魂从那浅浅的坟穴里出来打扰她。她回想起来既不害怕也不懊恼。她纳闷地想，如果是一个月以前，她哪儿干得出这种事来呢。年轻美貌的汉密尔顿太太，两颊上漾着酒窝，戴着叮叮当当的耳坠子，看起来好像娇弱无力，却居然把一个男人的脸打得稀烂，然后赶忙刨了个坑把他埋了！思嘉咧着嘴狰狞地笑了笑，心想要是那些认识她的人知道了这件事，不知会吓成什么样子啊！

以后，凡是遇到什么难办的事，她心里就出现一个念头："我连人都杀过，这等事当然干得了。"她并非有意地这样想，而是一种深藏心底的想法，不过它的确能帮助她鼓起勇气来。

她的变化实际上比她自己想象的要大得多。她的心上已逐渐长起了一层硬壳，那是她在"十二橡树"村奴隶住宅区的菜地里躺着时开始形成的。

如今有了一匹马，思嘉可以去看看邻居们家里发生的事了。自从她回家以后，她就一直在想："我们是这个县里唯一留下的人家吗？难道别的人家都烧光了？他们全都逃到梅肯去了？"于是她决定首先骑马到方丹家去看看，她想到可能方丹大夫还在，媚兰需要请大夫看看呢。她本来应该逐渐恢复了，可现在仍很虚弱，思嘉有些担心。

这样，一等她的脚好了些能穿上鞋时，她就骑上北方佬的那匹马出发了。

她又惊又喜地看见那所褪色的黄灰泥房子仍站立在树林里，好像还跟过去一样。当方丹家的三个女人从屋里出来叫嚷着欢迎她吻她时，她感到又温暖又喜悦，兴奋极了。

可是，等到头一阵喜相逢的热烈劲儿过去，她们一起走进饭厅坐下之后，思嘉便觉得周围有点冷淡了。原来北方佬并没有到过这儿，因为这里离大路比较远。所以方丹家的牲口和粮食都还好好的，只不过也像塔拉一样寂静，因为除了四个干家务的女仆，所有的奴隶因为害怕北方佬跑掉了。庄子里已没有男人，只有萨莉的小男孩乔，可他才刚刚扔掉尿布，这所大房子里只住着七十多岁的方丹老太太，还有她的儿媳，一个已经五十来岁但大家都习惯称为少奶奶的女人，以及刚过二十的萨莉。他们和邻舍家隔得远，孤零零的。

这几个女人虽然没有血缘关系，年纪又相差很远，可她们有一个共同之处，她们三个都穿着家染的丧服，疲倦而忧伤，心里都忍受着一种悲痛。她们的奴隶都跑了，她们手中的钱也化为废纸。萨莉的丈夫乔已在葛底斯堡牺牲，年轻的方丹大夫在维克斯堡死后少奶奶也成了寡妇。至于另两个小伙子，亚历克斯和托尼，他们到了弗吉尼亚什么地方，不知道是死是活；连老方丹大夫也跟着上前线去了。

"老傻瓜都七十三了，可他自己想装得年轻一些。并且一身的风湿病就像猪身上的跳蚤一样，"老太太口里说着，但对自己的丈夫满怀骄傲。

"你们这里有亚特兰大的什么消息吗？"思嘉等她们心境平静了些才这样问。"我们完全被困在塔拉，什么都不知道呢。"

"唔，孩子，"老太太说，"我们也闭塞死了。除了听说谢尔曼终于占领了城市，就什么也不知道了。"

"唔，那他现在怎么样？仗打到了哪里呢？"

"三个女人孤零零地住在这乡下，几个星期也看不到一封信或一张报纸，还了解什么打仗的情况呀？"老太太尖刻地说。

"你们怎么样呢？"老太太又热心地问思嘉。"听说北方佬在塔拉到处都搭起了帐篷，接着，有一天夜里我们看见塔拉那边升起了一片火光，烧了好几个小时，这可把我们的傻黑人吓坏了，他们马上全跑了。那究竟烧的什么呀？"

"我们家全部的棉花——价值十五万美元的棉花。"

"还幸亏不是房子呢，"老太太说，她将下巴颏儿搁在拐杖把上，"你们家的棉花向来收得多，能够收满一屋子。顺便问一下，你们是大家都动手摘棉花的吧?"

"不,"思嘉说,"何况现在大部分棉花都毁了。我想剩下的也就三包了,都在很远的田里,管什么用场呢?我们家那些干田间活的人全都跑了,没人摘棉花了!"

"我的天,'我们家那些干田间活的人全都跑了,没人摘棉花了!'"老太太模仿着怪声怪气说了一遍,然后讽刺地向思嘉瞥了一眼。"小姐,你自己这双手,还有你那两个妹妹的,都出什么毛病了?"

"我?摘棉花?"思嘉惊讶地叫起来,似乎老太太要她干什么坏事。"像个干田间活的?像那些穷白人?"

"穷白人,真是!难道他们不是又温和又高尚吗?让我告诉你,小姐,我当姑娘的时候父亲彻底破产了,我就甘愿老老实实凭自己的一双手干活,也干田间活,直到父亲又攒下钱买了些黑人。我自己锄地,自己摘棉花,如果需要我今天还愿意做。看样子我还真得做呀。穷白人,真是!"

"唔,不过方丹妈妈,"她的儿媳喊道,"那是多年以前的事了,跟今天不一样,如今时代变啦。"

"但老老实实劳动这一点,是永远不会变的,"这位眼光犀利的老太太继续说,她根本不理边上的人,"并且思嘉,我很为你母亲害臊,让你站在这里说这种话,似乎老老实实的劳动会把穷白人排除在高尚的人之外似的。'在亚当和夏娃男耕女织的时候'——"

为了改变话题,思嘉赶快询问:"塔尔顿家和卡尔弗特家怎么样了?都给烧了没有?他们逃到梅肯了吗?"

"北方佬从来没到过塔尔顿家。不过北方佬到卡尔弗特家去过,把那里的牲口和家禽都给抢走了,黑人们也跟着他们走了——"萨莉开始这样说。

老太太插嘴接下去。

"嗨!他们答应给她们穿绸缎衣服,戴金耳坠子——这就是他们干的勾当。凯瑟琳还说过，那些骑兵竟把黑人傻子放在背后马鞍上带走呢。好吧，她们无非得到些混血娃娃罢了，我想北方佬的血统对这个种族也不会起什么改良作用的。"

"啊，方丹妈妈！"

"他们怎么没有把卡尔弗特家的房子烧掉呢？"

"那房子是靠了小卡尔弗特太太和她的北方佬监工希尔顿的求情获救的，"老太太说。

"'我们是坚决的联邦同情者，'"老太太用她又长又细的鼻子瓮声瓮气地模仿着说。"凯瑟琳说他们两人发疯一般发誓，说卡尔弗特一家全是北方人。凯瑟琳感到可耻极了，她宁愿那房子被烧掉呢。不过，这正是一个男人娶上北方老婆应得的报应——她们不知羞耻，不顾体面，只考虑自己的性命……可他们怎么会没有把塔拉烧掉呢，思嘉？"

思嘉迟疑了一会才回答。她知道老太太紧接着还会问："你们家的人怎么样了？你的亲爱的母亲呢？"她知道不能告诉她母亲死了。她知道只要说出那几个字，她就会放声大哭的。可她不能哭呀，她回家以后还没真正哭一次，她必须保持着勇气。不过她心里也很清楚，要是她瞒着不告诉她们真相，方丹全家人永远也不会饶恕她的。老太太特别钟爱爱伦，在全县妇女中还很少有人像爱伦那样受到她的赞赏呢。

"好，说下去，"老太太催她，两只眼睛严厉地盯着。"难道你还不清楚，小姐？"

"唔，你看，我是到这边的战争结束后才回家的，"她赶忙回答。"那时北方佬全都走了。爸——我爸对我说——说他使北方佬没有把房子烧掉，理由是苏伦和卡琳得了伤寒，正病得厉害，不能移动。"

"我这可是头一回听说北方佬做好事呢，"老太太说，似乎她很不高兴听人说北方佬的好话似的。"那么这两个孩子现在怎样了？"

"唔，她们好些了，好得多了，只不过还很虚弱，"思嘉回答。接着，眼看老太太就要问起爱伦来了，她急忙寻找别的话题。

"我——我想，不知你们家能不能借点吃的给我们？北方佬像蝗虫一样把我们家的东西全吃光了。不过，要是你们也短缺，那就不要勉强，并且——"

"叫波克赶辆车子过来，把我们家的东西，像大米呀，玉米粉呀，火腿呀，还有鸡，都拉一半过去，"老太太说，一面突然向思嘉犀利地盯了一眼。

"啊，那太多了！真的，我——

"别这样说！我不爱听这种话。如果这都做不到，还要邻居干什么？"

"你真是太好了，我怎么能——不过我得走了。家里的人会为我担心的。"

老太太忽地站起身来，抓住思嘉的胳臂。

"你们俩留在这里，"她命令儿媳妇和萨莉，一面推着思嘉到后面走廊去。"我要跟这孩子说句悄悄话。思嘉，扶我下台阶去。"

思嘉抓着缰辔站着，心中纳闷不知老太太要说什么。

"现在，"老太太盯着思嘉的脸孔严肃地说，"塔拉到底怎么样了？你还瞒着我什么吧？"

思嘉抬头注视着那双犀利的眼睛，"母亲死了，"思嘉低沉地说。

"这时老太太紧紧地抓住了她的手，使她觉得痛了，同时老太太那又黄又皱的眼皮在迅速眨动着。

"是北方佬杀了她？"

"是伤寒病。我回家前一天去世的。"

"别去想这些了，"老太太用严厉的口吻说，思嘉见她正竭力抑制自己的感情。"那么你爸呢？"

"爸已经——爸已经不正常了。"

"你这是什么意思？说下去，他病了吗？"

"他显得很奇怪——他不怎么——"

"不要说他不正常。你的意思是有点心理失常吧?"

听到难言的事就这样率直地说明了,思嘉顿时感到轻松,如释重负。这位老太太多好,她也不表示同情让你伤心呢。

"是的,"她沉思地说,"他心理失常了。他晕晕乎乎的,好像连母亲去世也不记得了。唔,老太太,看着他久久地坐在那里耐心等待着母亲,我真受不了。他以前急躁得像个孩子。不过,如果他清楚地知道母亲已经不在了,那就更糟了。他经常端坐在那里侧耳倾听母亲的动静,然后突然跳起来,笨拙地走出门去,一直走到墓地。过了一会,他拖着两条腿走回家,泪流满面地反反复复说:'凯蒂·思嘉,奥哈拉太太死了呢。你母亲死了,'有时在深夜,不停地呼唤她,我不得不从床上爬起来,走过去对他说她正在护理一个生病的黑人呢。他就像个孩子,啊,我真希望方丹大夫在家呢!我想他会有办法的。并且媚兰也需要请个大夫瞧瞧。她产了那个婴儿之后一直没有恢复过来,本来应当——"

"媚兰——婴儿?她跟你们在一起?"

"是的。"

"媚兰跟你们在一起干什么?她为什么不跟她姑妈和别的亲人住在梅肯?我从不认为你会喜欢她,小姐,虽然她是查尔斯的妹妹。那么,跟我说说吧。"

"说起来话长,老太太。你要不要回到屋里去,好坐下来细谈?"

"我能站嘛,"老太太简单地说。"并且如果你当着别人的面讲,他们便会大声嚷嚷。好,我们就谈吧。"

思嘉从围城和媚兰的怀孕开始讲起,最初还有点支支吾吾,但她讲着讲着,所有的情节历历在目。如婴儿诞生的那个大热天,全家逃跑和瑞德的中途抛弃。她谈了那天晚上的一片漆黑和遍野的炽旺营火,第二天清早看见的那些孤零零的烟囱，沿途的死人死马，饥饿，荒凉，以及生怕塔拉也被烧掉的焦急心情，等等。

"当时我想只要能回到母亲身边，就一切都好了，我就可以卸掉肩上的担子了。我在回家的路上觉得世界上最可怕的事都发生在我身上了。可是直到我听说母亲去世时，才意识到什么是最可怕的事了。"

她垂下了眼睛看着地上，等老太太说话。可接着来是一段相当长的沉默，最后老太太终于开了口，那声调是异常温和的。

"孩子，对于女人来说，如果她一旦对付了最坏的处境，以后就什么也不害怕了。可是一个女人要是什么也不害怕，那也很糟糕。你以为我不理解你刚才说的吧？不，我很理解。我在你这个年纪，碰上了印第安人的叛乱，正好是米姆斯要塞大屠杀之后——是的，"她若有所思地说，"就在你这个年纪，那是五十年前了。那时我设法逃到灌木林里躲起来，躺在那里看见我们的房子在熊熊大火中燃烧，还看见印第安人剥我兄弟姐妹们的头皮。可我只能一动不动地躺着，祈祷那火光不要照到我。他们把母亲拖到外面，在离我大约二十英尺的地方把她杀害了，接着又剥了她的头皮，还不断有印第安人跑回来用鹰头斧子砍她的头盖骨。我呢，我是母亲最宠爱的孩子，只能躺在那里眼睁睁看着这一切。第二天早晨，我动身到最近一个居留地去。到那里之后，他们还以为我发疯了呢。……我就是在那里碰见方丹大夫的。他照顾我……唉，是的，我说过，那是五十年前的事了。从那以后，我就什么也不怕了。因为我已经见过可能碰到的最坏情况了。但这种无所畏惧也给我带来了许多痛苦，剥夺了我大量的幸福。上帝有意要让女人胆小怕事，所以一个不怕事的女人总是不怎么正常的……思嘉，你还是应当保留一点东西让自己害怕——就像保留一点东西让自己珍爱一样……"

她的声音渐渐低了，似乎默默地站在那里回顾半个多世纪以前令她害怕过的年月。

"好，回家去吧，孩子，要不他们会着急了，"她突然这样说。"叫波克今天下午就赶着车子来……也不要以为你自己能放下担子。因为你无法放下嘛。我很清楚。"

那年的深秋季节一直持续到 11 月，温暖的天气使人们感到很舒适。最困难的时期已经过去。他们现在有了一匹马，外出不用步行了。他们早餐时有煎蛋，晚餐有火腿，再也不是干巴巴的山芋、花生和苹果干，甚至有一次过节还吃了烤鸡呢。那头老母猪已终于抓到了，和它的那窝小猪被关在猪圈里，正高兴地嘟哝呢。有时猪大声尖叫，闹得屋里的人没法说话，不过这声音听起来也是令人愉快的。这意味着冷天和宰猪季节一到，白人就有新鲜猪肉、黑人也有猪下水好吃了，同时还意味着大家冬季不会挨饿啦。

思嘉拜访方丹家以后受到很大鼓舞，只要知道了她还有邻居，她家的一些朋友和他们的旧居都还在，就足以把她的孤独感驱散了。方丹和塔尔顿两家的农场都没受什么损失，他们又很慷慨，把家里仅有的东西分了一部分给她。这是传统习惯，邻居们应彼此帮助，所以，他们不要思嘉一分钱，说如果是她也会那样做的，还说等到明年塔拉又有了收成以后，再偿还也可以。

思嘉现在有食物养家了，并且还有一匹马，还有从北方佬逃兵身上搜到的那些钱和珠宝。如今最需要的是衣服，她明白，如果打发波克到南边去买，那是很冒险的，因为不论北方佬还是联盟军队都很可能把马抢走。不过，她至少已有钱买衣服，有马和车子可以外出了。总之，最苦的时期已经过去了。

每天早晨思嘉一起来，就感谢上帝给了她一个晴天和暖烘烘的太阳，因为每一个好天气都可以使寒冷季节更迟一些到来，衣服的问题也能再推一推。如今，每天都有新的棉花收下来，田里的棉花实际上比思嘉和波克所估计的要多，大概收到四包。

思嘉不打算自己到田里去摘棉花，虽然方丹老太太曾尖刻地批评过。但是，要让她这位奥哈拉家的小姐，如今塔拉农场的女主人，亲自下大田去劳动，这毕竟是不可想象的。她的打算是让黑人干田间活，她和几位正在恢复健康的姑娘干家务。但这个打算碰到了强烈的等级制情绪的反抗，这情绪比她自己的还要强呢。波克、嬷嬷和普里茜一想到要下大田干活，便大声嚷嚷起来，他们反复强调自己是干家务的黑人，不是干田间活的。特别是嬷嬷，她激愤地喊道她连院子里的活也没干过，她是在老夫人卧室里长大的，晚上睡在夫人床脚边的一张褥垫上。唯独迪尔茜什么也没有说，而且瞪着眼睛狠狠盯住普里茜，叫这个小家伙不敢吭声。

思嘉对他们的抗议毫不理会，把他们通通赶到棉田里去。不过嬷嬷和波克慢吞吞的，又不停地唉声叹气，结果思嘉只得把嬷嬷叫回厨房做饭，叫波克到林子里捉野兔和松鼠，到河边钓鱼。

接着，思嘉将两个妹妹和媚兰安排到田里去干活。媚兰把棉花摘得又快又干净，高高兴兴地在大太阳下干了一个小时，可随即一声不响地晕倒了，于是只得卧床休息一周。苏伦闷闷不乐，哭个没完，也假装晕倒在田里，但思嘉往她脸上浇了一瓢凉水后她便立刻清醒，像只恶猫似的啐起唾沫来。最后她干脆拒绝不去了。

"我就不愿意跟黑人一样在田里干活嘛！你不能逼我。要是我们的朋友有人知道了怎么办呢？唔，如果母亲知道——"

"只要你敢再提一句母亲，苏伦·奥哈拉，我就把你揍扁，"思嘉大声喝道。"母亲干起活来比哪个黑人都辛苦，难道你不知道，你这千金小姐？"

"她没有！至少不是在田里。你也不能强迫我去干。我要到爸那里去告你，他不会让我干的。"

"看你敢去找爸，拿我们这些事打扰他！"思嘉既生妹妹的气，又怕父亲伤心，真是狼狈透了。

"我来帮你做吧，姐姐，"卡琳温顺地插嘴说。"我会把苏伦和我自己的活都干完的。她的病还没有全好呢，不该出门晒太阳呢。"

思嘉满怀感激地说："谢谢你，小乖乖，"但她瞧着这位小妹妹又发起愁来。卡琳一直很娇嫩，以前像花朵般白里透红，可现在红晕已经消失，只不过那张沉思可爱的脸上还流露着花一般的品性。她自从渐渐清醒后，发现母亲去世了，就变得沉默寡言，并且心神不定。她发现思嘉像个碎嘴婆婆似的，周围的环境已完全改变，不停地劳动已成为新的生活了。像卡琳这样天性娇弱的人，是很难适应这些变化的。她简直不理解怎么回事，只像个梦游人似的走来走去，做着分配给她做的活。她看来很脆弱，实际上也是这样，但她随和，听话，乐于帮助别人。

思嘉站在太阳下的棉田里，累得腰酸背痛，腰都直不起来，两只手也被棉桃磨粗了，真希望有个能把苏伦的体力跟卡琳的温柔品性结合起来的妹妹啊。因为卡琳摘得又卖力又认真，可是一个小时之后就可以看出她实际上身体还没有全好，还不宜干这种累活儿，结果思嘉只得把她也送回家去了。

现在跟她一起留在棉田里的只有迪尔茜和普里茜母女俩了。普里茜懒懒散散、慢吞吞地摘着，不断地抱怨脚痛背痛，还说肚子也疼，浑身都瘫了。直到她母亲拿起棉花秆抽她，她才尖叫几声完事。这以后她稍稍好一点，同时故意离得远远的，叫母亲再也打不着她。

只有迪尔茜不知疲倦、默默无言地干着，像一台机器。思嘉自己除腰酸背痛外，肩膀也因背棉花袋磨破了，所以更觉得迪尔茜可贵，就好比是金子铸的。

"迪尔茜，等到将来又过好日子了，我决不忘记你这样辛辛苦苦地劳动。你真是太好了，"她真诚地说。

这个青铜般的女巨人跟旁的黑人不一样，她受到夸奖时不会高兴得咧嘴笑，也不会兴奋得浑身哆嗦。她只把那张毫无表情的脸转向思嘉，并认真地说："谢谢你，太太。不过杰拉尔德先生和爱伦小姐都对俺很好。杰拉尔德先生把俺的普里茜也买了过来，省得俺惦记她，这俺总不能忘记吧。俺是个带印第安血统的人，印第安人对那些待他们好的人是不会忘记的。俺就担心俺的普里茜，她真没用啊。看样子纯粹是个黑人，像她爸一样。她爸就很不认真。"

虽然思嘉指派人摘棉花时碰到了困难，虽然她自己劳动时十分辛苦，可是眼看棉花一点点从田里搬进了棚屋，她的热情也就越来越高了。棉花这东西总能给人一种可靠和稳定的感觉。塔拉农场是靠棉花富起来的，可以说整个南方都是如此；而思嘉是个不折不扣的南部人，她充分相信南部会从这些红土壤的田地里重新强盛起来。

当然，她收获的这点棉花不算多，可还是有些用处，这可以换来一小笔钞票，所以北方佬钱包中的那些联邦货币和金币可以留下来，等以后需要时再用。明年春天她要想方法让联盟政府把他们征用的大个子萨姆和其他干田间活的黑人放回来；要是政府不放，就用北方佬的钱向邻居租用一些。明年春天，她将要播种啊，播种……想到这里，她把累弯了腰的背挺得直直的，眺望着那广阔的深秋原野，似乎看见第二年庄稼已经苗壮地、碧绿地一亩一亩绵亘在那里了。

明年春天啊！也许到明年春天战争就结束了，好日子又回来了。

现在有希望了，战争总不会永远打下去。思嘉有了一点棉花，有了吃的，有了一匹马，有了一笔小小的钱。是的，最困难的阶段已经过去了。

第二十七章

11月中旬的一个中午，他们围着餐桌聚在一起吃饭。户外已经有点凉意，这时波克站在思嘉的椅子背后，喜滋滋地搓着两只手问道："是不是该宰猪了，思嘉小姐？"

"你可以准备吃那些下水了，不是吗？"思嘉咧嘴一笑说。"好吧，我自己也可以吃新鲜猪肉，只要这种天气再持续几天，我们就——"

这时媚兰插嘴了，汤匙还放在嘴边。

"你听，亲爱的，有人来了！"

"有人在喊呢，"波克心神不安地说。

深秋的微风传来了清晰的马蹄声，同时一个女人在尖叫："思嘉！思嘉！"

全桌的人都安静下来，不知是怎么回事，接着才一齐站起来。虽然一时都吓得没敢说话，但毕竟听出了那是萨莉·方丹的声音。一个小时前她去琼斯博罗路过塔拉，还在这里闲聊了一会儿呢。如今大家争着奔出去，挤在那里观看，只见她骑着一匹汗水淋漓的马飞驰而来，她的头发披散在脑后，帽子也吊在帽带上迎风飘动，她没有勒马，但一路向他们挥着手臂，指着后面她来的那个方向。

"北方佬来了！我看见他们了！沿着这条大路来了！那些北方佬——"

他们一时像麻木了似的，呆呆地站在那里，随后苏伦和卡琳就紧紧抓住手哭开了。小韦德站着一动不动，浑身哆嗦，不敢哭出声来，自从那天晚上离开亚特兰大以来，他一直害怕的事情如今终于发生了，北方佬就要来把他捉去呢。

"北方佬?"杰拉尔德困惑不解地说。"可是北方佬已经到过这里呀。"

"我的天!"思嘉叫了一声,朝媚兰惊慌的眼睛看了看。这时她又想起了以往听说和经历的恐怖情景。她想:"我要死了。我就要死在这里了。还以为一切都熬过去了呢。我要死,我再也无法忍受了。"

这时她的眼光落到那匹已套上鞍辔拴在那里的马上,这是她的马,她惟一的马啊!北方佬会把它抢走,把那头母牛和牛犊也抢走。母猪和一窝猪崽——啊,辛辛苦苦花了多少工夫才把它们抓回来啊!他们还会把方丹家给她的那只大公鸡,那些正在孵蛋的母鸡,以及那些鸭子都抢走。还有放在食品柜里的苹果和山芋,还有面粉、大米和干豆,北方佬大兵皮夹里的那些钱呢。他们会把一切都抢走,让大家挨饿!

"他们休想得逞!"她大喊一声,旁边的人都吃惊地回过头来,担心消息把她气炸了。"我决不挨饿!他们休想得到这些东西!"

"怎么了,思嘉?怎么了?"

"那匹马!那头母牛!那些猪!他们休想得到!"

她急忙向躲在门道里的四个黑人走去,他们的黑脸早已吓灰了。

"到沼泽地去,"她火急火燎的命令他们。

"哪个沼泽地?"

"河边沼泽地嘛,笨蛋!把猪赶到沼泽地去。大家都去。快!波克,你和普里茜把猪赶出来。苏伦和卡琳去拿篮子装吃的东西,只要你们提得动就尽量多装一些,带到林子里去。嬷嬷,你把银餐具还是放到井里。还有波克!波克,你听着,别发呆了!你带着爸走。别问我往哪儿!哪儿都行!爸,你跟波克走吧。爸爸真好。"

她尽管急得要发疯了,可仍然想到杰拉尔德那惊惶莫定的心态会经受不住。她站在那里搓着两只手寻思,这时小韦德惊恐的抽泣声使她更加心乱如麻，不知所措了。

"让我干点什么呢，思嘉？"媚兰的声音在周围那一片惊慌和嘈杂中显得格外冷静。虽然她脸色惨白，浑身颤抖，但就是那种平静的声调已足以使思嘉镇定一些。

"那头母牛和牛犊子，"她赶紧说。"在原来的牧场里。骑马去把它们赶到沼泽地里去，而且——"

没等她说完，媚兰就摆脱韦德的手下了台阶，提着宽阔的裙裾向那匹马跑去了。就在马准备一跃而出时，她忽然又把马勒住，脸上露出十分惊慌的神色。

"我的孩子！"她惊叫道，"啊，我的孩子！北方佬会把他杀了的！快把他给我呀！"

她一手抓住鞍头，准备跳下马来，可这时思嘉厉声喝住她。

"你走吧！你走吧！去赶那头母牛吧！我会照料孩子的！走吧，我叫你走！我难道会让他们把艾希礼的孩子抓走吗？你走吧！"

媚兰绝望地回顾着，同时用后跟狠狠蹬着马的两肋，于是马驮着她一溜烟向牧场奔去了。

思嘉走进屋里，韦德紧跟在后面，一面哭泣，一面伸手去拉她飘荡的裙子。她看见苏伦和卡琳两人臂上挎着橡树皮的篮子向食品柜走去，波克则粗手笨脚地抓住杰拉尔德的臂膀，拖着他往后面走廊上跑。杰拉尔德一路喃喃地抱怨着，像个孩子似的总想挣脱他的手跑开。

她在后院里听到嬷嬷的尖叫声："喂，普里茜！你钻到屋底下去给俺把那些猪崽轰出来！你知道俺太胖了，钻不进那个格子门。迪尔茜，你来给我把这小坏蛋——"

"我想这可是个好主意，把猪养在房子底下，没有人能偷它们，"思嘉心里想，一面回自己房里去。"啊，我为什么不在沼泽地底下给它们盖个圈呢？"

　　她拉开衣柜顶上的抽屉，找着了那个北方佬的钱包。她急忙从针线篮里取出藏在那里的钻石戒指和耳坠，全都塞进钱包里。可是把钱包藏到哪里好呢？床垫里面？烟囱顶上？扔到井里？或者揣在自己怀里？不，不行！钱包鼓鼓囊囊的，会从胸衣底下鼓起一大块，要是北方佬看出来了，准会撕开她的衣服来搜呀！

　　"他们要是那样，我就宁愿死掉！"她愤怒地想。

　　楼下到处是奔忙的脚步声和哭泣声，一片混乱。思嘉暴躁极了，希望媚兰能在身边，因为媚兰的声音那么镇静，并且在她击毙北方佬那天显得那么勇敢。媚兰一人能顶上三个人。媚兰——媚兰刚才说什么来着？啊，是的，那婴儿！

　　思嘉一把抓起钱包，跑过穿堂，向小博睡觉的房间奔去，把他从矮矮的摇床里抱起来。

　　如今她听见苏伦在喊叫："来呀，卡琳！来呀！我们装够了。啊，妹妹，快！"后院里是一片尖叫声和愤怒的抱怨声。思嘉跑到窗口，看见嬷嬷两个臂弯底下各夹着一只小猪。她后面是波克，他也夹着两只小猪，同时推着杰拉尔德一路奔跑。杰拉尔德踉踉跄跄地挥舞着拐杖。

　　思嘉倚在窗棂上唤道："迪尔茜，把母猪带走！叫普里茜把它轰出来！"

　　迪尔茜抬起头来，她那青铜色的脸上显得很为难了，她围裙里兜着一堆银餐具呢。她只得指指房子下面。

　　"母猪咬了普里茜，俺把它关在房子下面了。"

　　"那也好，"思嘉心里想，连忙跑回房里，赶快把她那些值钱的宝贝一一取出来。可是藏到哪里去好呢？要一手抱着小博，一手抱着那只钱包和这些小玩意儿，多不方便呢？她决定先把婴儿放在床上。

　　婴儿一离开她的臂弯就哇地哭了，这时她忽然想出一个好主意来，要是将东西藏在婴儿尿布里，不是挺好吗？她连忙把他翻个身，拉起他的衣裳，把钱包塞进他后腰上的尿布底下。婴儿经这么一摆布,放声大哭起来,可是她顾不上那么多了。

"好了,"她深深地抽了一口气,"赶快跑。"

她一只胳臂紧紧搂着哭叫的婴儿,另一只手抱着那些珠宝,迅速跑出去,可是她突然停下来,吓得两腿发软。这屋里多么寂静啊!静得多么可怕!他们全都离开了,只剩下她一个人了吗?难道谁也没等她一会儿?

一个微弱的声音把她吓了一跳,她连忙转过身去,看见她那被遗忘的孩子蹲在栏杆旁边,两只受惊的眼睛瞪得老大,他想要说话,可是喉咙颤抖着发不出声。

"站起来,韦德·汉普顿,"她立即命令说。"起来自己走,妈现在不能抱你。"

他向她走过来,像只受惊的小动物,然后紧紧抓住她宽大的裙裾,把脸埋在里面。她开始下楼,但韦德在后面拉着,每走一步都不容易,她厉声喊道:"放开我,韦德,把手松开,自己走!"可是那孩子反而抓得更紧了。

她好不容易走到楼梯脚下。所有那些熟悉的、珍爱的家具好像都在低声说:"再见!再见!"一阵呜咽涌上她的喉咙,但她极力抑制住。

"北方佬会把它们通通烧掉——通通烧掉啊!"

现在也许是她最后一次看到这个家了,也许今后除了看见被烧黑的废墟之外,就什么也看不见了。

"我离不开你啊,"思嘉心里念叨着,一面害怕得牙齿直打战。"我离不开你。爸也不愿意离开你。他说过,要烧房子就先烧死他。那么,就让他们把我烧死在里面吧。"

下了这样的决心,她反而没有那么惊慌了,只觉得胸中堵得慌。这时她听见从林荫路上传来杂沓的马蹄声,和铿铿锵锵的军刀磕碰声,接着是一声粗嘎的口令:"下马!"她立即俯身嘱咐身旁的孩子,那口气尽管急迫但却温柔得出奇。

"放开我，韦德，小宝贝！你赶快跑下楼，穿过后院，跑到沼泽地去。嬷嬷和媚兰姑姑都在那里。赶快跑，亲爱的，别害怕！"

那孩子听出她的声调变了，便抬起头来看她，这时思嘉一见他那眼神就吓坏了，他活像一只陷阱里的小野兔呢。

"啊，我的上帝！"她暗暗祈祷。"千万别让他犯什么病呀！千万——千万不要在北方佬跟前这样。千万不能让他们看出我们在害怕呢。"可是孩子把她的裙裾拉得更紧了，她才毫不含糊地说："要像个大孩子了，韦德。他们只是几个该死的北方佬嘛！"

于是，她下了楼梯，迎着他们走去。

她站在楼梯脚下，手里抱着婴儿；韦德紧紧靠在她身边，头埋在她的裙子里。北方佬在屋里到处乱窜，从她身边粗鲁地拥挤着跑上楼，有的将家具四处乱拖，用刺刀和小刀插入椅垫，在里面搜寻贵重的东西。他们在楼上把床垫和羽绒褥子撕开，弄得到处羽绒纷飞，轻轻飘落到思嘉头上。她毫无办法地站在那里，眼看着他们连拿带抢，糟蹋破坏，满腔怒火不由得把恐惧也压下去了。

指挥这一切的那个中士是个罗圈腿，头发灰白，嘴里含着一大块烟草。他走到思嘉跟前，随随便便地朝地板上和思嘉裙子上啐唾沫，而且直截了当地说：

"把你手里的东西给我吧，太太。"

她忘记了那两件本来想藏起来的小首饰，这时只得故意发出一声动人的冷笑，索性把它们扔在地上，接着便怀着几乎是欣赏的心情看着他那副贪婪相。

"还要麻烦你把戒指和耳环取下来。"

　　思嘉把婴儿更紧地夹在腋窝下，让他脸朝她挣扎着啼哭起来，同时把那对石榴石耳坠子——杰拉尔德送给爱伦的结婚礼物——摘下来。接着又将查尔斯作为结婚纪念送给她的那只蓝宝石戒指。

　　"别扔在地上，就交给我吧，"那个中士向她伸出两手。"你还有什么?"他那双眼睛在她的胸衣上犀利地打量着。

　　那一刻思嘉几乎晕过去了，她已经感觉到那两只粗鲁的手伸进她怀里，在摸索怀里的带子。

　　"全都在这里了。难道还得把衣服脱下来吗?"

　　"唔，我相信你，"那中士好心地说，然后啐口唾沫走开了。思嘉把婴儿抱好，设法让他静下来。谢天谢地，媚兰竟有一个孩子，而这孩子又有一块尿布!

　　她听见楼上到处是笨重的皮靴声，那些家具被粗暴地拖过来拖过去，吱嘎乱叫。瓷器和镜子全被打碎了，中间还夹杂着下流的咒骂，因为找不到什么好东西了。院子里也传来士兵们的高声喊叫:"别让它跑了!"同时听见母鸡绝望地咯咯大叫，嘎嘎的鸭叫声和鹅叫声混成一片。突然砰的一枪响，母猪痛苦的尖叫停止了，母猪被打死了。该死的普里茜，她丢下母猪不管，自顾自跑啦!但愿那些小猪平安无事!但愿家里人都安全到达沼泽地!

　　她静静地站在那里，眼看着周围大兵在喊叫咒骂，乱成一团。韦德异常惊恐，狠狠抓住她的裙子不放。她感觉到他的身子在索索发抖，可是她也毫无办法。她鼓不起勇气来对北方佬说话，不论是祈求、抗议或是愤怒。她唯一要感谢上帝的是她的两条腿还有力量支撑着她，她的头颈还能把脑袋高高地托着。不过当一小队人扛着各种各样的东西笨拙地走下楼时，她看见其中有查尔斯的那把军刀，便不禁大声喊叫起来。

　　那把军刀是韦德的，是从他祖父那儿代代传下来的，后来思嘉又把他当作生日礼物送给了自己的儿子。授予这生日礼物时还举行了一个小小的仪式，当时媚兰哭了，她感到又骄傲又伤心，并吻着小韦德说他长大后一定要像父亲和祖父那样成为一名勇敢的军人。小韦德感到十分自豪，时常爬到桌上去看挂在墙上的这个礼物，用小手轻轻抚摩它。思嘉对于她自己的东西被抢走还能忍受，可是她孩子的珍贵纪念物就不行了。小韦德听见她喊叫，便从她的裙裾里探出头来偷偷看着，并鼓起勇气边哭泣边说起话来。他伸出一只手嚷道：

"我的！"

"那把刀你不能拿走！"思嘉赶紧说，也伸出一只手来。

"我不能，嘿？"那个拿军刀的矮小骑兵厚颜无耻地咧嘴一笑。"嗯，我不能！这是把造反的刀呢！"

"它是——它不是！这是墨西哥战争时期的军刀。你不能拿走。那是我孩子的。是他祖父的！唔，队长，"她大声喊着向那个中士求援，"请叫他还给我吧！"

中士听见有人叫他队长，心里挺高兴，便走上前来。

他说："鲍勃，让我瞧瞧。"

小个儿骑兵很不情愿地把军刀递给他，说："这刀柄是金子做的呢。"

中士把刀拿在手里转动了一下，又将刀柄举起对着太阳光读刀柄上刻的字：

"'给威廉·密尔顿上校，纪念其英勇战功。参谋部敬赠。1847 年于布埃纳维斯塔。'"

"嗬，太太，我本人那时就在布埃纳维斯塔呢。"

"真的？"思嘉冷冷地说。

"怎么不是呢？那是一场激战，我告诉你。从没见过那样激烈的战斗。那么，这把军刀是这个小娃娃的爷爷的了？"

"是的。"

"好，留着吧，"中士说，他有了他包在手帕里的那几件珠宝首饰，就已经非常满足了。

"不过那刀柄全是金的呀，"小个儿骑兵很不甘心情愿。

"我们把它留给她，好叫她记得我们，"中士咧着嘴笑笑。

思嘉接过军刀。

接着士兵们都从楼上和外面松松垮垮地回来了。

"找到什么没有？"中士问。

"一头猪，还有一些鸡鸭。"

"一些玉米和少量的山芋豆子。我们看见的那个骑马的臭女人一定来报过信了，这就完了。"

"保罗·里维尔，怎么样？"

"我看，这里没多少油水，中士。咱们凑凑合合拿到一点就算了。咱们还是快走，不要等大家都知道咱们来了。"

"你们挖过地下熏腊室没有？他们一般把东西埋在那里呢。"

"没有什么熏腊室。"

"黑人住的棚里挖过了没有？"

"棚屋里只有棉花，没别的。我们把它烧了。"

思嘉想起在棉田里那些漫长的炎热日子，又回想起腰酸背痛，两肩磨得皮开肉绽的可怕滋味。一切都白费了。棉花全完了。

"说真的，你们家没什么好东西，太太，是不是？"

"你们的部队以前来过了，"思嘉冷冷地说。

"那倒是，我们9月间来过这一带，"有个士兵说，一面在手里转动着一个什么东西。

思嘉看见他手里拿的是爱伦的金顶针。这个闪闪发光的顶针她以前经常看见母亲戴在手上。她睹物伤怀，想起母亲纤细的手指。可如今顶针却在这个陌生人多茧的肮脏的手心里，并且很快就会流落到北方去，戴在不知哪个北方佬女人的手指上，那个女人还会因为用掠夺来的物品而感到骄傲呢。爱伦的顶针啊！

思嘉低下头，免得让敌人发现她流眼泪。她模糊地看见那些人朝门道走去，听见中士洪亮而粗暴地喊口令。他们动身走了，塔拉农场安全了，可是她仍在伤心地回忆爱伦，高兴不起来。后来她闻到刺鼻的烟火味，才想到要去看看那些棉花，可是经过这一阵紧张之后特别虚弱，几乎无法动弹了。从饭厅窗口望出去，她看见浓烟缓缓地从棚屋里冒出来。棉花就在那里被烧掉了。纳税的钱和维持他们一家度过这个严冬的花销也化为乌有了。她没有办法，只能眼巴巴地看着。她以前见过棉花着火的情景，知道那是很难扑灭的，不管你有多少人来抢救都无济于事。

她突然僵直地转身，睁着一双惊恐的眼睛从穿堂、过道一直向厨房凝望过去。厨房里也在冒烟！

她把婴儿随手放下，随即又甩开韦德的小手，直甩得他撞在墙壁上。她冲进烟雾弥漫的厨房，可立即又退回来，连声咳嗽着，呛得眼泪直流。接着，她用裙裾掩住鼻子，又一次冲了进去。

厨房里黑沉沉的，烟雾太浓，她什么也看不见，只听到火焰的噼啪声。她一只手遮着眼睛向四周扫视了一下。

原来有人把炉子里烧着的木柴撒在地板上，干透了的松木地板便很快燃烧起来了。

她冲出厨房向饭厅里跑去，把那里的一块破地毯抓起来，把椅子哗啦啦全翻倒在地上。

"我怎么能把它扑灭——绝不可能！啊！上帝，要是有人帮忙就好了！塔拉农场完了——完了！啊，上帝！这就是那个小个子坏蛋干的，啊，我还不如让他把军刀拿走算了！"

在穿堂过道里，她从小韦德身边跑过，这孩子抱着那把军刀躺在墙角里。他闭着眼睛，脸色疲惫松弛，但却异常的平静。

"我的上帝！他死了！他们把他吓死了！"她心里一阵剧痛，但仍然迅速从他身边跑开，赶快拿水桶去了。

她把地毯的一端浸入水中，然后憋足力气提着它冲进黑烟滚滚的厨房，并把门关上。她一直在那里面摇晃着，咳嗽着，用地毯狠狠地抽打着一道道的火苗，可不等她抬头火苗又迅速蔓延开来。有两次她的长裙子着了火，她只得用手去把火扑灭。她闻见自己头发上愈来愈浓的焦臭味，因为头发已完全散下来，披在肩上。火焰跳得那么快，像些火蛇似的，向四壁和过道蔓延。她精疲力竭，浑身瘫软，感到完全绝望了。

这时门突然打开，一股气流涌入，火焰"忽"地蹿得更高。接着砰的一声门又关了，思嘉从烟雾中隐约看见媚兰在用双脚践踏火苗，同时拿着一件又黑又重的东西用力扑打。她看见她跌跌撞撞，听见她不住的咳嗽，偶尔还能看见她苍白而坚毅的面孔，看见她举起地毯用力抽打，那瘦小的身躯一俯一仰地扭动。她们两人并肩扑打着，极力挣扎，好不容易思嘉才看见那一道道火焰在逐渐枯萎。这时媚兰突然向她回过头来惊叫一声，用尽全身力气在她肩后猛抽了一阵。思嘉在一团浓烟中昏沉沉地倒下去。

她睁开眼睛，发现自己舒服地枕着媚兰的大腿，躺在屋后走廊上，午后的太阳在她头上暖洋洋地照着。她的双手、脸孔和肩膀都严重烧伤了。棚屋还在继续冒烟，周围弥漫着棉花燃烧的焦臭味。思嘉看见厨房里还有一缕缕黑烟飘出来，便疯狂地挣扎着要爬起来。

但是媚兰用力把她按住，一面用平静的声音安慰她："好好躺着，亲爱的。火已经熄了。"

她这才放心地长舒了一口气，闭上眼睛，静静地躺了一会。这时她听见媚兰的婴儿在旁边发出的咯咯声和韦德打嗝的声音。原来他还活得好好的，感谢上帝！她睁开眼睛，仰望着媚兰的面孔，她的卷发烧焦了，脸上被煤烟弄得又黑又脏，衬得眼睛闪闪发亮，并且还在微笑呢。

"你像个黑人了，"思嘉低声说，一面把头懒懒的钻进柔软的枕头里。

"你像个扮演黑人的滑稽演员呢，"媚兰针锋相对地说。

"你干吗那样抽打我呀？"

"亲爱的，你背上着火了。可我没有想到你会晕过去，虽然我知道你今天实在累得够呛了……我一把那牲口赶到沼泽地安置好，就赶快回来，想到你和孩子们单独留在家里，我快急死了。那些北方佬……他们伤害你了没有？"

"如果你指的是糟蹋，那倒没有，"思嘉说，一面哼哼着想坐起来。枕着媚兰的大腿尽管舒服，但身子躺在走廊地上并不好受。"不过他们把所有的东西全都抢走了。我们家的一切都丢光了——唔，什么好事让你这么高兴？"

"我们没有丢掉啊，我们的孩子都安然无恙嘛，并且还有房子住，"媚兰用轻快的口气说。"要知道，这是最重要的……我的天，小博尿了！我想北方佬一定把剩下的尿布都拿走了。他……思嘉，他的尿布里藏的是什么呀？"

她惊慌地把手伸到孩子的腰背底下，立即掏出那个钱包来。她茫然地注视着，似乎从来没见过似的，接着便哈哈大笑，笑得那么轻松，那么畅快。

"只有你才想得出来呀！"她大声喊道，一面紧紧搂住思嘉的脖子，连连地吻她。"你真是我的最淘气的妹妹啊！"

思嘉任凭她搂着，她实在太疲倦，挣扎不动了；媚兰的夸奖使她既感到舒服又大受鼓舞；并且刚才在烟雾弥漫的厨房里，她对这位小姑子产生了更大的敬意，一种更亲密的感情。

"她就是这种人，"她有些不情愿地想道。"一旦你需要她，她就会在身边。"

第二十八章

霜冻一开始，严寒天气就突然出现了。冷风从门槛下钻进屋里，将松动的窗玻璃刮得响个不停。光秃秃的树枝上没有一片叶子。满是车辙的红土大道冻得像火石一般坚硬，饥饿和寒冷在整个佐治亚州肆虐。

思嘉心酸地记起两个月前方丹老太太跟她的那次谈话，那就似乎是多年以前的事了，那时她说，她已经经历了最坏处境，这话是打心底里说出来的。可现在回想起来，那简直是幼稚得很呢。在谢尔曼的部队第二次经过塔拉之前，她本来有了一笔小小的财富，包括食品和钱在内，同时还有几家比她幸运的邻居，有一些可以让她度过冬天的棉花。可现在棉花烧光了，食品被抢走了，金钱也没有什么用处，并且几家邻居的处境更糟了。至少她还有那头母牛和那只牛犊子，有几只小猪，以及那匹马，而邻居家除了藏在树林里和埋在地底下的那点东西，就什么也没了。

塔尔顿家所在的费尔希尔农场被烧个一干二净，塔尔顿太太和四个姑娘现在只得住在监工的屋里。芒罗家在洛夫乔伊附近，现在也是一片废墟。米莫萨农场的木板厢房被烧掉了，正屋全靠它厚厚的一层坚实灰泥，亏得方丹家的妇女和奴隶们用湿毛毯和棉被拼命扑打，才幸存下来。卡尔弗特家的房子幸亏那个北方佬监工希尔顿从中调停，总算又一次幸免于难，不过那里已没有一头牲口、一只家禽和一粒玉米了。

在塔拉，以及全县，目前主要的问题是食物。大多数家庭除了剩下未收的一点山芋和花生，以及能在树林里逮着的一些猎物外，什么都没有。他们剩下的这点东西也得跟那些更不幸的朋友们分享。不过眼看也没有东西可分享的了。

在塔拉，如果波克运气好的话，他们有时能吃到野兔、松鼠和鲶鱼。旁的时候就只有少量的牛奶、山胡桃、炒橡子和山芋了。他们常常挨饿。思嘉觉得她成天遇到向她伸出的手和乞求的眼光，他们这副模样逼得她快要发疯了，因为她自己也一样在饿肚子！

她命令把牛犊宰掉，因为它每天要吃掉许多宝贵的牛奶。那一晚上人人都吃了过多的牛肉，结果生病了。她知道还得宰一只小猪，可是她一天天往后推，希望把猪崽养大点再说。猪崽还很小呢。要是现在宰了，没有多少好吃的，可是如果再过些时候，就会多得多了。每天晚上她都跟媚兰讨论，要不要打发波克骑马出去用联邦政府的钞票买些粮食回来。不过，由于害怕有人会把马掳去，把钱从波克手里抢走，她们才没敢下决心。她们不知道北方佬军队现在打到哪儿了，可能在千里之外，也可能就在河对岸。有一次。思嘉实在急了，便准备亲自骑马出门找吃的，可是全家人都害怕她遇上北方佬，这才迫使她放弃了。

波克到处搜寻食物，好几次整夜没有回家，思嘉也不问他到哪里去了。有时他带些猎物回来，有时带几个玉米棒子或一袋豌豆。有一次他带回来一只公鸡，说是在林子里捉到的。全家都吃得津津有味，不过心里总觉得有点不安，因为明明知道这是偷来的，正像他偷豌豆和玉米一样。就在第二天晚上，夜深人静时他来敲思嘉的门，露出一条受了严重枪伤的腿。思嘉替他包扎时他很难为情地说，他在费耶特维尔试图钻进一个鸡窝，结果被人发现了。思嘉也没有追问那是谁家的鸡窝，只含着眼泪轻轻拍了拍波克的肩膀。黑人有时惹人生气，并且又蠢又懒，不过他有一颗用金子也买不到的忠心，一种与主人一条心的感情，这驱使他们不惜冒生命危险去给一家人找吃的呢！

要是在从前，波克这种小偷小摸的行为会被当作一件严重的事了，说不定还得吃一顿鞭子。要是在从前，思嘉就至少得狠狠地责骂他一通。"亲爱的，你必须记住，"爱伦曾经说过，"对于那些由上帝托付给你照管的黑人，你在物质和道德两方面都是要负责的。你应该明白，他们就像小孩子一样无法约束自己，你得防止他们误入歧途，并且你要随时随地给他们做一个好的榜样。"

可现在思嘉把这些话完全抛到了脑后，现在她鼓励偷窃，哪怕是偷那些比她境况更坏的人家，而且毫不觉得良心上过不去，事实上，那些为人处世的道德准则在思嘉心目中已越来越淡。她不仅不惩罚或者责备波克，反而为他的受伤感到难过。

"你得更加小心，波克。我们可是少不了你啊。要是没有你，我们怎么办呀？你一直很好，很忠诚。等到我们又有了钱，我要给你买一只大金表，上面刻下一句《圣经》里的话：'完美、善良而忠实的仆人'。"

波克听了这句赞扬的话不觉眉飞色舞，小心翼翼地抚摩着那条包扎好了的腿。

"思嘉小姐，你可说得太好了。什么时候我们会有那笔钱呢？"

"我不知道，波克，不过我肯定会有的。"她俯身茫然地看了他一眼，那眼神显得热情而痛苦，波克被感动得不知所措了。"总有一天，这场战争一结束，我就会有许多钱，那时我们就不会再挨饿受冻了。我们人人都要穿得漂漂亮亮，每天都吃烤鸡，而且——"

她没有继续说下去。因为现在塔拉农场有一条非常严格的规矩，一条由思嘉制订和强迫执行的规矩，那就是谁也不许谈他们以前吃得多么好，或者，今天想吃什么。

波克看见思嘉在那里瞪着眼睛发呆，便从房间里悄悄溜出来。在那早已消逝了的岁月里，生活曾经是那么复杂，那么充满了彼此纠缠不清的问题。那时她一方面极力想赢得艾希礼的爱情，一方面又要维持那十来个围着她转，可心里又并不喜欢的男朋友。还有些小过错要设法瞒着大人，有些爱吃醋的姑娘要你去嘲弄或安慰；还要挑选各种式样的衣服和不同花色的料子，要梳各式发型，等等。此外，还有许许多多的事要想。可如今，生活倒是最简单不过了，那就是设法得到足够的食物以免挨饿，得到足够的衣裳以免受冻，还需要一个没有太多漏洞的屋顶来遮风避雨。

就是在这些日子里，思嘉开始接连做同样的噩梦，那是以后多年都经常做的。这个梦的内容始终一成不变，但梦中的恐怖气氛却一次比一次更强，以致思嘉连醒着时也因为生怕再做噩梦而非常苦恼。她十分清楚地记得第一次做这个梦那天所经历的意外遭遇。

那时连续几天阴雨，屋里多处漏风，又冷又潮湿。生炉子的木柴也是湿的，烟特别多，就是不暖和。吃过早餐后，除了牛奶就什么也没了，因为山芋已经吃完，波克打猎钓鱼也毫无所获。看来第二天如果他们还得吃东西，就只好宰一只小猪了。一张张发呆的饥饿的面孔，都在瞪眼睛看她，默默地请她拿出食物来。她差一点又想冒险打发波克去买吃的了。更糟糕的是韦德嗓子痛，正发高烧，可是既没有大夫，又买不到药。

思嘉久久地守着孩子，又累又饿，只得让媚兰照料一会，自己倒在床上打个盹儿。她冻得双脚冰冷，害怕和绝望使得心情分外沉重，所以在床上翻来覆去睡不着。她反复思量："我怎么办？世界上还有谁能帮助我吗？"为什么就没有一个人，一个强大而聪明的人，能够帮她挑起这副担子来呢？她不是生来挑这副担子的呀。她又不知怎样办。想着想着，她进入了一种不安的

微睡状态。

她到了一个荒凉古怪的地方，大雾迷漫，漆黑一片，伸手不见五指。她脚下的地面似乎在摇晃，时常有鬼怪出没，并且寂静得可怕；她迷了路，像黑夜里迷路和吓坏了的孩子一样。她又冷又饿，又很害怕浓烟中潜伏着可怕的东西，所以很想大喊大叫，可是喊不出声来。迷雾中似乎有什么怪物悄悄地伸出无情的双手，张开十指抓她的衣裙，要把她拖到底下去。后来，她知道有个什么地方可以躲避，可以得到帮助，是个安全而温暖的天堂。可是它在哪里呢？她能够赶在那双手抓住她，把她拖到脚下的流沙中去之前到达那里吗？

她飞跑起来，发疯似的穿过密雾，呼喊着，尖叫着，伸出两只胳臂在空中乱抓，但那潮湿的雾中什么也抓不着。天堂在哪里啊？它躲着她，但的确在什么地方，只是看不见罢了。她要是能找到它就好了！要是找到了，她就安全了！可是恐惧使她两腿发软，饥饿使她头脑发晕。她绝望地大叫一声醒过来，只见媚兰正焦急地俯身瞧着她，还在用手轻轻地摇她，让她完全清醒过来。

这个梦每天重复，每当她空着肚子睡觉就必然会重现。它太频繁了，使她害怕极了，以至于不敢去睡觉，即使她真心实意地不断告诉自己，这样的梦实际上什么可怕的东西也没有。可是她一想起要陷到大雾弥漫的地方就害怕极了，结果只得和媚兰在一起睡了，因为只要她一开始哼哼挣扎，就说明她又在受折磨了，媚兰就会把她摇醒。

在这种紧张心理的压迫下，她苍白了，消瘦了。她脸上已失去娇美的轮廓，颧骨突了出来，使那双翘着眼角的绿眼睛显得更加触目，她也越发像只急于要抓到猎物的饿猫了。

"即使不作噩梦，白天已像个噩梦了"，她怀着这样绝望的心情，开始每天把食物留到临睡前才去吃，看能不能减轻梦中可怖的程度。

圣诞节期间，有一支小小的联盟队伍从征购部慢慢来到塔拉，一路给军队搜集粮食和牲畜，但收获甚少。他们衣衫褴褛，人很凶暴，骑着又跛又乏、显然已派不上什么用场的马匹。就像这些牲口一样，他们也是从前线被淘汰下来的，并且除了头儿弗兰克，都是些残疾人，不是缺一条胳臂就是瞎了一只眼睛。他们大多穿着北军俘虏的蓝色上衣，所以一时间叫塔拉的人大为惊慌，以为是谢尔曼的人又回来了。

他们那天晚上在农场过夜，躺在客厅地板上，垫着暖和的地毯美美地睡了一觉，他们已很久不在屋里过夜了，长期睡在松针堆里和硬邦邦的土地上。他们虽然满脸肮脏的胡子，穿得破破烂烂，但却是些有教养的人，常常愉快地闲谈，开玩笑，恭维别人，很高兴能在这大宅子里围着亮丽的女人过圣诞节，就像很久以前那样。他们对战争不怎么认真，喜欢说些可怕的谎言来逗引姑娘们开心，给这所被洗劫一空的房子头一次带来轻松愉快的气氛，使它头一次接连好几天颇有节日的气氛。

"这就像我们从前开家庭晚会似的，你说是吗？"苏伦高兴地小声对思嘉说。苏伦异想天开，觉得屋子里又有一个她的情人，那双眼睛始终盯着弗兰克·肯尼迪不放。思嘉惊奇地发现苏伦居然亮丽起来了，虽然她那病后消瘦的容貌并没有完全好转，但她的两颊上有了红晕，眼睛也在熠熠发光呢。

"她准是看上他了，"思嘉不屑地想。"她要是有了丈夫，即使是弗兰克这样一个爱挑剔的人，她也很可能会变得有人情味的。"

卡琳也显得活泼了些，那天晚上她眼神中的梦游症状完全消失了。她发现他们中间有一个人认识布伦特·塔尔顿，并在布伦特牺牲的那天跟他在一起，所以她晚饭后要同这个人单独长谈一次。

吃晚饭时，媚兰一反羞怯的常态，忽然变得快活了，这叫大家非常惊讶。她又笑又乐，几乎在向一个独眼大兵卖弄风情，以致后者高兴得用过分的殷勤回报她。思嘉很清楚，媚兰在精神和生理两方面都是在勉强自己，因为她在任何男性的事情面前都是非常羞涩的。此外，她的身体还没有恢复，她尽管坚持说自己身体很好了，甚至比迪尔茜还要做更多的事情，可是思嘉知道她实际上还病着呢。每当她拿什么东西时，脸色就要发白，并且用力过多就会突然坐下来，似乎两腿支持不住似的。但是今天晚上她也像苏伦和卡琳那样，在尽力使那些士兵过一个愉快的圣诞节。只有思嘉对这些客人不感兴趣。

嬷嬷做的晚餐有干豌豆、炖苹果和花生，这些军人又加上他们自己的炒玉米和腌猪肉，摆了满满一桌子，因此大家都说这是他们好几个月以来吃得最好的一顿饭了。思嘉瞧着那些士兵快乐地吃着，心里很不舒服。她不但对于他们每吃一口都感到妒忌和心疼，并且提心吊胆，生怕他们会发现波克头天杀了一只小猪。小猪肉如今还挂在食品间，她已经警告过全家的人，谁要是对客人说了这件事或谈到沼泽地里的另外几只小猪，她就要把他的眼睛挖掉。这些饿痨鬼会把整只小猪一顿就吃光的，并且还会把剩下的活猪征调走。同时她也替那头母牛和那匹马担心，但愿当初把它们藏到了沼泽地里而不是拴在牧场那头的树林中。要是征购队把它们弄走了，塔拉农场就很可能过不了这个冬天。至于说军队吃什么，她可管不着。就让他们自己供养自己好了。她要供养自己的一家已经够困难的了。

那些军人又从背包里拿出一种叫作"通条卷子"的点心来，这是思嘉第一次看到这种联盟军的食品，这种食品曾经像虱子一样引起过许多笑话呢。这是一种像木头似的烤焦了的螺旋形食品。他们鼓励她咬一口尝尝，她真的咬了一点，发现熏黑的表层下面就是没放盐的玉米面包。士兵们把玉米面加水和好，有盐加点盐，没有就算了，然后把面团卷在通条上放到营火上烤，这就成了"通条卷子"。卷子像冰糖一样坚硬，像锯木屑似的毫无味道，因此思嘉咬了一口就在士兵们的哄笑声中还给他们了。她和媚兰对视了一眼，两人脸上的表情说明了同一个想法……"要是他们就吃这种东西，怎能去打仗呀？"

这顿饭吃得十分愉快，连心不在焉地坐着首席的杰拉尔德，也居然有了一点当主人应有的礼貌和不可捉摸的笑容。那些军人兴高采烈地谈论着，妇女们也满脸微笑，百般讨好。这时思嘉突然扭过头去想询问弗兰克·肯尼迪关于皮蒂帕特小姐的消息，但她立即发现他脸上有种异样的表情。

弗兰克的目光已经离开苏伦的面孔，正在向房子里四顾张望，他有时看看杰拉尔德惶惑而散乱的眼神，有时望着没铺地毯的地板，或者被抢劫一空的壁炉，或者那些弹簧松了、垫子被北方佬用刺刀割开了的沙发，被打碎的镜子，餐桌上的简陋餐具，姑娘身上仔细补缀的旧衣裳，以及已经给韦德改成苏格兰式短裙的那个面粉袋，等等。

弗兰克在回忆他战前熟悉的那个塔拉农场，脸上的表情有忧伤、厌倦和无可奈何的愤怒。他爱苏伦，喜欢她的姐妹，敬重杰拉尔德，对农场也真诚地热爱。自从谢尔曼的部队扫荡了佐治亚以后，他见过许多可怕的情景，可是从没有像塔拉农场这样使他深有感触。他想为奥哈拉一家尤其是苏伦做点什么，可是又毫无办法。他正摇头慨叹，啧啧不已时，忽然发现思嘉在盯着他。他看见思嘉的眼睛里闪烁着愤愤不平的神色，便感到非常尴尬，默默地垂下眼帘吃饭了。

姑娘们渴望得到一点新闻。因为亚特兰大陷落以来，邮路已经断绝四个月了。现在亚特兰大的情况究竟怎样，她们一无所知。弗兰克由于工作关系常常在这个地区到处跑动，无疑是个很好的信使。为了掩盖他遇到思嘉的眼光时那种尴尬局面，他乘机赶快谈起大家关心的新闻来。他告诉她们，联盟军队已在谢尔曼撤出之后夺回了亚特兰大，但是由于谢尔曼已经把它彻底烧毁，收复也就没有什么意义了。

"不过我想就是在我离开的那天晚上烧掉的，"思嘉有点迷惑不解地说。"我还以为那是我们的小伙子们烧的呢！"

"啊，不，思嘉小姐！"弗兰克吃惊地回答。"我们可没烧过我们自己的任何一个城镇！你看见烧的是仓库和军需品，以及兵工厂和弹药，免得落到北方人手里。谢尔曼占领城市时，那些住宅和店铺都还是好好儿的，他的军队就驻扎在里面呢。"

"可人们怎么样了？他——他杀过人吗？"

"他杀了一些，但不是用枪打死的。"那个独眼大兵冷冷地说。"他一开进亚特兰大就通知城里所有的人都离开，一个活人也不让留下。那时有许多老人经不起奔波，有许多病人也受不住折腾，还有小姐太太们，她们——她们也是不该移动的。结果在那天罕见的狂风暴雨中，成百上千的人被赶出城外，被扔在拉甫雷迪附近的树林里。所以有许多人经不起虐待，都患肺炎死了。"

"唔，他为什么要这样呢？他们不会有什么害处嘛，"媚兰大声嚷道。

"他说他要让他的人马在城里休整，"弗兰克说，"他让他们在城里一直待到11月中，然后才撤走。临走时他在全城纵火，把一切都烧光了。"

"唔，不会全都烧光了吧？"姑娘们沮丧地说。

很难想象她们所熟悉的那个热闹繁华的城市，那个人口众多，驻满了军队的城市，就这样完了。所有那些大树底下的亮丽住宅，所有那些大店铺和豪华旅馆——竟一下子化为乌有！媚兰似乎要哭出声来了，因为她出生在那里，从来不知道还有别的家乡。思嘉的心情也很沉重，因为除了塔拉，那是她最爱的地方。

"唔，差不多烧光了，"弗兰克显然对她们脸上的表情感到有点为难，才连忙纠正说。他想显得愉快一些，因为他不愿意叫小姐太太们烦恼。女人一烦恼，他自己就不高兴，不知怎么办好。

他感到很难开口说当他们军队开回亚特兰大，进城时所看到的情景，那孤单地耸立在废墟上的烧黑的烟囱，那一堆堆没有烧完的垃圾和堆积在街道上的残砖碎瓦，那些烧得焦黑的枝河在寒风中摇摆，等等。他更希望妇女们永远也不要听说北军挖掘墓地的惨状，因为，那将会使她们一辈子生活不安。查尔斯·汉密尔顿和媚兰的父母都埋在那里。墓地上的情景至今还经常使弗兰克深夜做噩梦呢。北方佬士兵希望抢走死者殉葬的珠宝，便挖掘墓穴，劈开棺木。他们抢劫尸体上的东西，撬掉棺材上的金银名牌，连上面的银饰品和银把手也不放过。尸体和骸骨被抛撒在劈碎的棺木中间，暴露在风吹日晒之下，景象凄惨。

弗兰克也不忍心告诉她们城里猫狗的遭遇。小姐太太们是很爱那些小宠物的，可是成千上万挨饿的小猫小狗由于主人撤走而无家可归。那些受惊的动物忍冻挨饿，变得粗野凶恶，它们弱肉强食，彼此等待着对方死后，供自己饱餐一顿。同时在那片废墟上头，有不少兀鹰嘴里叼着动物的腐尸残骸在盘旋飞舞。

弗兰克搜索枯肠，想说得缓和些，让小姐们高兴起来。

"那里有些房子还没有毁掉，"他说，"教堂和共济会会堂也还在，还有一些店铺。可是商业区和铁路两旁的建筑物——是的，女士们，城市的那个部分全都是一片残骸。"

"那么，"思嘉痛苦地喊道："铁路那头查理留给我的那个仓库也一起完了吗？"

"如果是靠近铁路，那就肯定没有了，不过——"他突然一笑，他开始怎么就没想到呢？"你们应当高兴起来，女士们！你们皮蒂姑妈的房子还在呢。它虽然损坏了一些，但毕竟还在嘛。"

"啊，它为什么幸免了呀？"

"我想是这样，那房是砖造的，并且是石板屋顶，所以虽然落上了不少火星也没有烧起来。加上它又是城市最北端的房子，那一带的火势并不特别猛，这不就幸免了？当然，驻扎在那里的北方佬军队把它弄坏了不少。他们甚至把护墙板和楼梯上的红木栏杆也拆下来当柴烧了，不过这都算不了什么！反正那房子从外面看上去还是完好的。上星期我在梅肯碰到皮蒂小姐时——"

"你看见她了？她怎么样？"

"不错。不错。我告诉她她的房子还在，她就决定立即回家去。就是说——如果那个老黑人彼得让她回去的话。大批大批的亚特兰大市民都回去了，因为他们在梅肯实在待得难受了。"

"不过，要是房子都没了，他们还跑回来，不也太傻了吗？"

"思嘉小姐，他们现在都是住帐篷、小木屋和棚屋，有的六七家挤在几间幸存的房子里。同时他们正在想办法重建。因此，思嘉小姐，你就不能说他们傻了，我们都很了解亚特兰大人。他们是死心塌地要待在那个城市里，哪怕北方佬再来，再烧一次，也不能阻止他们回去。亚特兰大人嘛——媚兰小姐，对不起——都固执得像骡子。我不明白这是为什么，因为我总觉得那个城市是个爱冲动和鲁莽冒失的地方。并且我要告诉你们，那些最早回来的人最聪明能干，而那些最晚才回来的呢，恐怕就连一根棍子、一块石头或一块砖都找不到了，因为人人都在到处找东西来重盖他们的房子。就在前天，我们看见梅里韦瑟太太和梅贝尔小姐，以及她们家的黑人老婆子，她们推着一辆独轮车在外面捡砖头。米德太太也说，她正在考虑等丈夫回来盖一所小木屋。她说她第一次到亚特兰大时，这地方还叫马萨斯维尔，当时住的就是小木屋，那么现在再住一次也不会有什么困难的。当然，她只是开玩笑，不过这也说明了大家的想法。"

"我看人们的精神都振作起来了，"媚兰骄傲地说。"思嘉，你难道不这样看吗？"

思嘉点点头，她也在为这个作为她第二故乡的城市暗暗地感到高兴和自豪。像弗兰克说的，那是个爱冲动和鲁莽冒失的地方，可正因为如此她才那么喜欢它。它不像那些历史长的城市那样顽固守旧，而是洋溢着一种大胆冒险的精神。"我就像亚特兰大，"她心里暗想。"即使北方佬再来，再烧一次，也休想叫我们灰心丧气，从此站不起来。"

"思嘉你看，如果皮蒂姑妈要回亚特兰大，我们最好也回去陪她，"媚兰打断思嘉的思路，突然这样说。"不然，她一个人住在那里会吓死的。"

"可是，亲爱的，我现在怎么能离开这里呢？"思嘉有点不高兴地问。"如果你急于要去，就去好了。我不会阻拦你。"

"唔，我不是那个意思，亲爱的，"媚兰嚷道，脸色有点发急了。"瞧我多么粗心！当然你不能离开塔拉，并且——而且，我想，彼得大叔和厨娘也能照顾好姑妈的。"

"谁也不会阻拦你，"思嘉率直地又说了一遍。

"你知道我不愿意离开你嘛，"媚兰回答说。"何况我——我要是没有你，那简直会吓死了。"

"那就随你的便吧。而且，你也不用劝我回亚特兰大去。说不定他们刚刚盖好几间房子，谢尔曼就回来又把它烧了。"

"不会回来的，"弗兰克说，虽然他努力控制，他的脸还是沉下来了，"他已经穿过佐治亚到海滨去了。"

这时媚兰插嘴问道：

"你们在梅肯时有没有见过威尔克斯家的英迪亚和霍妮？她们是不是——她们有没有听到过关于艾希礼的消息？"

"唔，媚兰小姐，你知道如果有艾希礼的消息，我们早就从梅肯赶过来告诉你了，"弗兰克略带不满地说。"不，她们没有什么消息，不过——媚兰小姐，你不用着急。我知道你已经很久没收到艾希礼的信了，可是你不能指望一个关在牢狱里的人给你写信，你说对吗？并且北方佬监狱里的情况并不像咱们的那样坏。毕竟能吃饱，还有足够的药品和毯子。他们不像我们这样——我们连自己的肚子也填不饱，俘虏就更不行了。"

"唔，北方佬的东西倒真不少，"媚兰十分痛苦地大声说，"可他们就是不给俘虏嘛。肯尼迪先生，你知道他们是不给的。你这样说，只不过想叫我心里舒服些罢了。你知道我们的小伙子在那边冻得要死，饿得要命，并且生病也没有药吃就死了。北方佬是那么恨我们呀。啊，要是我能够把北方佬从这地球上通通消灭掉，那才好呢！啊，我知道艾希礼已经——"

"不许这样说！"思嘉惊叫道，她的心都跳到喉咙里了。只要没有人说艾希礼已经死了，她心里就总怀有一线希望，可是她觉得要是她听到别人说出那个可怕的字，艾希礼便真的会在这一瞬间死掉的。

"听我说，威尔克斯太太，你不必为你丈夫担心，"那个独眼大兵插进来安慰她。"我被北方佬俘虏过，后来才交换回来的。我在牢狱里时，他们尽给我吃那个地方的肥肉，还有烤鸡和热饼干——"

"我想你是在骗人吧，"媚兰略带笑容说，这时思嘉第一次看见她对一个男人露出一点兴奋的神情。

"要是你们都到客厅里来，我倒想给你们唱一支圣诞歌呢，"媚兰接着说，很高兴换个话题，"钢琴是北方佬没法带走的。它是不是走调走得厉害了，苏伦？"

"厉害着呢。"苏伦答道，一面含笑招呼弗兰克。

但是当他们一齐走出饭厅时，弗兰克故意落在后面，拉了拉思嘉的衣袖。

"我可以单独跟你谈谈吗？"

思嘉非常惊慌，生怕他问起她的那些牲畜，于是她鼓起勇气，要说一个恰当的谎话。

等到别的人都走开了，他们两人站在炉边，这时弗兰克那快乐的神色已经消失，思嘉发现他已挺苍老了。他的脸又干又黑，像塔拉草地上到处飘零的落叶；他那枯黄色的胡须稀疏散乱，有些已开始发白。他不断地搔着胡须，又假咳了几声，这才用一种烦恼不堪的神色开始说话。

"我很为你母亲感到难过，思嘉小姐。"

"请不要谈这个吧。"

"还有你爸——他这个样子，是从——"

"是的，他是——他有点失常，你看得出的。"

"他自然很舍不得她嘛。"

"唔，肯尼迪先生，请不要谈起——"

"对不起，思嘉小姐，"他神经质地挪动他的双脚。"事实是我要跟你爸商量一件事。"

"也许我能帮忙，肯尼迪先生。你看——我如今是这一家之主啊。"

"那好，我，"弗兰克刚要开口又神经质地搔起胡须来。"事实是——嗯，思嘉小姐，我在打算向他求苏伦小姐呢。"

"你的意思是说，"思嘉又惊又喜地喊道，"你还没有向我爸提出要苏伦吗？可你追求她已经好几年了！"

弗兰克的脸红了，他难为情地咧嘴笑了笑，羞涩而又怯懦。

"你看，我——我不知道她会不会同意呢。我比她大这么多，并且——有那么多亮丽的年轻小伙子在塔拉农场周围转悠——"

"哼"，思嘉心想，"他们是在围着我转呢，哪儿轮得到她呀！"

"我不知道她会不会同意。我还从没问过她，不过她一定明白我的感情。我——我想我应当征得奥哈拉先生的同意，把实情告诉他。不过思嘉小姐，我现在手头一个钱也没有。我以前是很有钱，可是如今我只剩下一匹马和身上这几件衣服了。你想，我入伍前卖掉了家里的地，把所有的钱都买了联盟的债券，这债券你知道，它们连印刷的纸张费都不值了。何况北方佬烧我姐姐的房子时连债券也烧掉了。我知道，我如今身无分文却要向苏伦小姐求婚，这太冒昧了，可是——可事情就是如此。我也曾想过，不知道这场战争打下去究竟会是什么样子。在我看来，它就如同世界的末日。我们对任何事情都没有把握，所以——所以我想，如果我们订了婚，那对我和她都将是很大的安慰，这种安慰是实实在在的。我要等到能养活她的时候才跟她结婚，思嘉小姐，可我不知道这还要多久。不过，如果真诚的爱情还有点价值的话，你就尽可以相信，苏伦小姐即使没有任何别的东西也会是富裕的了。"

他说最后几句话时，那态度是淳朴庄严的，这使思嘉尽管觉得有趣，却也深受感动。她不知道怎么世界上会有人爱苏伦。在她看来，她这妹妹是个自私自利的怪物，她怨天尤人，并且还有一种怪毛病你简直难以容忍，只好说是地地道道的执拗症了。

"怎么，肯尼迪先生，"她温和地说，"这很好嘛。我相信我是能替爸说话的。他一直很器重你，他一直在期待着苏伦跟你结婚呢。"

"他真的这样？"弗兰克赶忙追问，满面喜色了。

"当然是真的，"思嘉答道，同时忍住一声笑，因为她想起杰拉尔德时常隔着餐桌对苏伦大声吼叫："怎么样，小姐！你那火热的情郎还没有说什么吗？要不要我去问问他的意思呢？"

"我今天晚上就去问她，"肯尼迪说，这时他的脸在颤抖，他抓住思嘉的手使劲摇着："你真好，思嘉小姐。"

"我会叫她来找你。"思嘉微笑说，一面朝客厅走去。媚兰正要开始演奏。钢琴是走调得厉害，但有的和弦听起来仍然很美。媚兰放开嗓子领着大家高唱《听啊，报信的天使们在歌唱！》

思嘉站住了，这真是难以思议，当两次遭到战争洗劫，他们正生活在一个破败的乡村忍受饥饿时，竟唱起这支古老而甜美的圣诞赞美诗来了。她突然朝弗兰克回过头来。

"你说的世界末日，那是什么意思？"

"我坦白说吧，"他慢吞吞地回答，"不过我希望你不要拿我的话去吓唬她们。战争持续不了多久了。已没有新的兵源去补充部队，而逃兵却愈来愈多，多到了军队不承认的地步。你看，当人们知道自己的家人在挨饿受冻时，他们怎能安心作战呢？因此他们偷着跑回来设法帮助家人。不能责怪他们，可这削弱了军队呀。并且军队不能饿着肚子打仗，可粮食却没有了。我了解这些，因为我的任务就是征集军粮嘛。自从收复亚特兰大以来，我就一直在这整个地区跑来跑去，可弄到的食物还不够一只樫鸟吃的。这种情况几乎在任何一个地方同样存在。军队都在挨饿，铁路又早已被截断，根本没有新枪支，子弹也用完了，并且压根儿找不到皮革来做鞋……因此，你看，末日就差不多到了。"

不过，联盟前途的黯淡并没有引起思嘉心中多大的忧虑，更加严重的倒是缺乏粮食。她一直在想着打发波克赶着马和车子，带着那些金币和联邦钞票，出去到乡下收购粮食和做衣服的料子。但是，如果弗兰克说的这些话可靠——

不过梅肯并没有沦陷。那里会有粮食的。一旦等到征购队平平安安地上了路，她就要派波克到梅肯去，即使那匹马有可能被军队掳去，也要试一试。现在已不得不冒这个险了。

"好吧，我们今晚别谈那些不愉快的事了，肯尼迪先生，"思嘉说，"你过去，坐在我母亲的小房间里，我就叫苏伦去见你，这样你便可以——对，你们就好私下里谈谈了。"

弗兰克红着脸，微笑着，悄悄溜出饭厅，思嘉看着他走了。

"他眼下还不能娶她，这太可惜了，"她心中暗想。"否则就会少一个人吃饭呢。"

第二十九章

第二年 4 月，约翰斯顿将军在北卡罗来纳向北军投降，战争就此宣告结束。不过这个消息两星期后才传到塔拉。

春耕正繁忙，波克从梅肯带回的瓜菜和棉籽在赶着播种。并且波克外出回来以后就几乎什么活也不肯干了，他觉得自己安全地带回了满车的穿用物品，以及种子、家禽、火腿、腌肉和玉米面，便骄傲得了不得，整天吹嘘回塔拉的途中怎样历经艰险，走小道闯难关，还越过旧的铁路，绕过荆棘丛生的草丛，真是劳苦功高。他在路上耽搁了五个星期，这也是思嘉最为焦急不安的日子。不过他到家后，思嘉并没有责怪他，因为他这一趟跑得很成功，并且还剩下许多钱。她觉得他之因此能够剩下这许多钱，是因为那些家禽和大部分食品都不是花钱买的。至于波克本人，他认为既然沿路有的是无人看管的鸡笼和方便的熏腊室，他要是再花钱去买，那就太丢人了。

他们既然有一点吃的，便人人都忙着想过得像样些。每个人都有许多工作要做，似乎永远也忙不完。去年的干棉秆儿必须清除，好栽种新的；园子里的野草也得拔掉，才好种瓜菜籽；还得劈木柴，修理牲口棚圈和篱笆。波克设下的野兔网得每天巡看两次，河边的钓线也要经常去换钓饵。至于屋里，就得有人铺床、擦地板、做饭、洗碗、养猪、喂鸡、捡鸡蛋。那头母牛要挤奶，要赶到沼泽地去放牧，还得有个人整天看着它，以防有人把它赶走。甚至连小韦德也有自己的任务，他每天早晨装模作样地提着篮子出门，去捡小树枝和碎木片来生火。

投降的消息是方丹家的小伙子们带来的，因为战争一结束他们就回家了。

亚历克斯还有鞋穿，托尼却光着脚，骑着一头光背骡子。托尼在家里总是千方百计地占便宜。他们经历了四年日晒雨淋之后，已变得更黑更瘦也更结实，加上从战争中带回来的那脸乱蓬蓬的黑胡须，如今完全像个陌生人了。

他们在赶往米莫萨的途中，因急于回家，只在塔拉停留了一下，吻了吻几位姑娘，并告诉她们投降的消息。他们说一切都过去了，全部结束了，而且显得无所谓似的。他们唯一想知道的是米莫萨有没有被烧掉。他们从亚特兰大一路南来时，经过朋友们家原来的住宅处剩下的是一个又一个烟囱，便对于自己家里幸免的希望感到愈来愈渺茫了。他们听了姑娘们告诉的喜讯才放心地叹了口气，而且，当思嘉描述萨莉怎样骑马奔来通报北方佬到达的消息，以及她又怎样干净利落地越过篱笆而走时，都一齐拍着大腿笑起来。

"她真是个有胆量的姑娘，"托尼说，"可惜的是她命太苦，乔居然牺牲了。你们家里没有一点烟草呀，思嘉？"

"没有，只有兔儿烟，是爸放在玉米棒子里抽的。"

"我现在还不至于落到那个地步呢，"托尼说，"不过也可能以后会这样。"

"迪米蒂·芒罗好吗？"亚历克斯关心而又不好意思地问，这叫思嘉隐约地想起他是喜欢萨莉的妹妹的。

"唔，很好。她如今跟她姑妈住在费耶特维尔。你知道他们在洛夫乔伊的房子给烧掉了。她家里其余的人都在梅肯。"

"他这话的意思是——迪米蒂没有跟乡团里某位勇敢的上校结婚了？"托尼取笑说，亚历克斯回过头来生气地瞪着他。

"当然，她还没有结婚喽，"思嘉饶有兴味地回答说。

"要是她结婚了，也许还更好些呢。"亚历克斯沮丧地说。"你看这鬼世界——请原谅，思嘉。可是当你家里的黑人全都解放了，牲口也完了，身上已没有一个小钱，这时你怎么好开口要一个女孩子跟你结婚呀？"

"你知道迪米蒂是不会计较这些的。"思嘉说。

"那才会丢你祖宗三代的脸呢——唔，再一次请你原谅。我实在不该说这些粗话了，要不老太太会揍我的。我是说我不会要求任何姑娘嫁给一个叫花子。就算她不计较，可我自己还得计较呀！"

思嘉在前面走廊上跟两个小伙子说话，媚兰、苏伦和卡琳听到投降的消息后早已悄悄地溜进屋里。等到小伙子们穿过农场后面的田地回家去了，思嘉才听见几位姑娘一齐坐在爱伦办事房里沙发上哭了。一切都完了，她们所喜爱和期待的那个美丽的梦想，那个牺牲了她们的朋友、情侣和丈夫并使她们的家庭贫困的主义，已经完了。那个主义她们原来认为是决不会失败的，现在永远失败了。

不过这对于思嘉来说，没有什么好哭的。她听到消息的最初一瞬间曾经这样想：谢天谢地，那头母牛再也不会被偷走了！那匹马也安全了。我们能够把银器从井里捞出来分给每人一副刀叉了。我们再也用不着害怕，可以赶着车子到乡下四处寻找吃的了。

多么轻松啊！从此她再也用不着一听见马蹄声就害怕了。她再也用不着半夜醒来屏息静听，似乎院子里有马嚼子的格格声，马蹄践踏声，以及北方佬军官的口令声。最令人高兴的是塔拉安全了！从今以后，她永远不必站在草地上看着滚滚黑烟从她心爱的房子里冒出来，听见屋顶在烈火中哗啦一声倒塌了。

不过思嘉本来就厌恶战争，喜欢和平。她平日看见星条旗在旗杆上升起时从没有过什么激情，听见南部联盟的军歌也毫无肃然起敬的感觉。她之因此熬过了穷困和令人厌恶的护理工作，度过围城时期的恐惧和最后几个月的饥饿生涯，并不是因为有一种狂热的感情在支持着。

一切都过去了！那场本来似乎打不完的战争，那场不请自到和不受欢迎的战争，曾经把她的生活截成两段，中间裂痕分明，以致她很难记起前一段那些无忧无虑的日子了。思嘉·奥哈拉，那时全县的小伙子都拜倒在她的脚下，周围有百多个奴隶供她使唤，身后有塔拉农场的财产做靠山，溺爱她的双亲随时满足她心中的要求。那是个被宠坏了的无所顾忌的思嘉，她从来不知道世界上有什么达不到的愿望，除了有关艾希礼的事情以外。

不知什么时候，在过去四年曲折迂回的道路上，那个过去的思嘉不见了，留下来一个瞪着绿眼睛的女人，她锱铢必较，不惜亲手去做许多卑微的工作，因为对她来说，破产之后便一无所有，只剩下脚下这片毁灭不掉的红土地了。

如今她站在穿堂里听着姑娘们的哭泣，同时心里正忙着打自己的算盘。

"我们要种更多的棉花，比往年多得多。我要打发波克明天到梅肯去再买一些种子。现在北方佬再不会来烧了，我们的军队也不会烧。我的好上帝！今年秋天棉花会堆得天高呢！"

她走进那间小小的办事房，不去理睬坐在沙发上哭泣的几位姑娘，自己坐到写字台前，拿起笔来计算手头的余钱还能买多少棉籽。

"战争结束了，"她刚一想起就突然感到满怀兴奋，把手中的笔也放下了。战争既然结束，如艾希礼还活着，他便会回家来呀！她不知道媚兰为主义流泪的时候是否也想到了这一点。

"我们很快就会收到信——不，不是信。我们还收不到信呢。反正他会让我们知道的！"

可是日子一天天过去，艾希礼还是没有信息。南方的邮政还很不正常，乡下各个地区就压根儿没有。偶尔有个从亚特兰大来的过客捎来皮蒂姑妈的一张字条，她在伤心地恳求姑娘们回去。丝毫没有艾希礼的音信。

投降以后，思嘉和苏伦之间一直存在的关于那匹马的争论眼看要爆发了。既然已经没有来自北方佬的危险，苏伦就想去拜访邻居。她很寂寞，所以渴望去看看朋友们，即使没有别的理由，就去看看县里别的人家也像塔拉一样衰败，自己心里也好受些。可是思嘉态度很强硬。那匹马是干活用的，如果苏伦一定要去访邻会友，她可以步行嘛。

直到去年，苏伦从小还不曾走过上百码的路程，如今叫她步行外出，这可有点为难了。所以她待在家里整天抱怨，有时哭闹，动不动就说："哼，要是母亲还在就好了！"这时思嘉便照她常说的给她一记耳光，打得她尖叫着倒在床上不起来，同时引起全家一阵莫大的惊慌。不过从那以后，苏伦倒是哭得少了，至少在思嘉面前是这样。

在投降后的头一个月里思嘉已经赶着马和车子把全县的朋友和邻居拜访了一遍，发现他们那里的情况实在不妙，因而动摇了她的信心，虽然自己并不完全承认。

方丹家光景算是最好的，不过这也是跟别的处境很惨的邻居相比较而言。方丹老太太自从犯了心脏病以来，至今还没有完全康复。老方丹大夫被截去一只胳臂，也还在慢慢康复。亚历克斯和托尼在犁耙等农活方面都几乎变成新手了。思嘉去拜访时他们倚在篱笆上跟她握手，而且取笑她那辆破车，不过他们的黑眼睛里满是忧伤，因为他们取笑她时也等于在取笑他们自己。她提出要向他们买些玉米种，他们表示答应，接着就谈起农场上的问题来了。他们有十二只鸡、两头母牛、五头猪和从前线带回来的那匹骡子。有一头猪刚刚死了，他们正担心那几头也保不住。听见他们这样认真地谈猪，思嘉不由得笑了，不过这一次也是苦笑。这两位以前的花花公子除了品评最时髦的领结之外，是从来不认真对待生活的！

在米莫萨，人们都很欢迎她，而且坚持要送给她玉米种，而不是卖给她。她把一张联邦钞票放在桌上，但他们不论如何也不肯接受，这就充分显示出方丹这一家人的火暴脾气。思嘉只得收下玉米，然后偷偷将一美元塞到萨莉手里。八个月以来，她已经完全变成另一个人了。那时她虽然面黄肌瘦，但显得还比较轻松活泼。可现在，似乎联盟军投降的消息把她的整个希望都毁灭了似的。

"思嘉，"她抓住钱小声说，"你说那一切都有什么好处呢？我们当初为什么打这场仗呀？啊，我的亲爱的乔！啊，我那可怜的娃娃！"

"我不明白我们究竟为什么打的，我也不去管它，"思嘉说。"并且我对这些毫无兴趣。战争是男人的事，目前我关心的是一个好的棉花收成。好吧，拿这一美元给小乔买件衣服。他实在很需要呢。我不想白要你们的玉米，虽然亚历克斯和托尼都那样客气。"

两个小伙子跟着她来到车旁，扶她上了车。他们虽穿得破破烂烂，但仍然很有礼貌，显出了方丹家特有的那种愉快轻松的神气。不过，思嘉毕竟看见了他们那贫困的光景，在驶离米莫萨时心情未免有些凄凉。

凯德·卡尔弗特家在松花村，思嘉以前曾常去那里跳舞。当思嘉走上台阶时，她发现凯德的脸色像死人一样难看。他非常消瘦，不断咳嗽，躺在一把安乐椅里晒太阳，膝上盖着一条围巾，但是他一见思嘉脸色就开朗了。他试着站起来迎接她，说只是受了一点凉，觉得胸中发闷。原来他是在雨地里睡得太多，才得了这个病。不过很快会好起来，那时他就能参加劳动了。

凯瑟琳·卡尔弗特听见外面有人说话，便走出门来，一下看见思嘉那双绿眼睛，同时思嘉也立即从她的神色中看出了绝望的心情。凯德可能还不知道，但凯瑟琳已经知道了。松花村显得很凌乱，到处长满了野草，房屋已相当破败，也很不整洁。凯瑟琳本人也很消瘦，紧张。

他们兄妹二人，以及他们的北方佬继母和四个异母小妹妹，还有那位北方佬监工希尔顿一起住在这幢寂静而又经常发出古怪响声的旧房子里。思嘉对于希尔顿从来没有好感，现在就更不喜欢他了。因为他走上前来跟她打招呼时，居然没一点尊敬的样子。他从前也有既卑躬屈膝又鲁莽无礼的两面态度，但自从卡尔弗特先生和雷福德在战争中牺牲以后，他就只剩下无礼了。小卡尔弗特太太一向不懂得怎样迫使黑人奴仆守规矩讲礼貌，对于一个白人就更没办法了。

"希尔顿先生很好，他留下来跟我们一起度过了这段苦日子，"卡尔弗特太太很感动似的说，一面向她旁边那位沉默的继女瞟了一眼。"真好啊。我想你大概听说了，谢尔曼在这里时他两次救出了我们的房子。我敢说要是没有他，我们真不知怎么过，一个钱没有，凯德又——"

这时凯德苍白的脸变红了，凯瑟琳也垂下了眼睛紧闭着嘴。思嘉知道，他们一想到自己居然得依靠这个北方佬就压不住满腔怒火，可又无可奈何。卡尔弗特太太急得要哭，她不知怎的又说了错话。她总是说错话。她简直不理解这些南方人，虽然在佐治亚生活了二十年了。

思嘉拜访过这几家之后，不想到塔尔顿家去了。既然那四个小伙子都不在了，房子也给烧毁了，一家人挤在监工的小屋里，她还有什么心情去看呢。不过苏伦和卡琳都要求去，媚兰也说要是不去拜访一下，那是不合邻居情谊的。于是，在一个星期天她们一起动身前往。

这可是最惨的一家了。

她们赶车经那住宅的废墟时，看见比阿特里斯·塔尔顿穿着破骑马服，臂下夹着一条马鞭，坐在牧场周围的篱笆顶上，一双忧郁的眼睛茫然地凝望着远方。她旁边蹲着一个罗圈腿的小个子黑人，他本来是替她驯马的，现在也像他的女主人那样显得闷闷不乐。围场里以前有许多奔跑的马驹和母马，可如今空荡荡的，只有塔尔顿先生在停战后骑回家来的那匹骡子了。

"现在我的那些宝贝儿全都完了，我真不知怎么办呢!"塔尔顿太太说，一面从篱笆上爬下来。如果是不认识的人听了这话，准以为她是在说她死去的四个儿子，可是塔拉农场的姑娘们都很清楚，她心中只有她的马。"我那些亮丽的马都死光了。可是这里只剩下一头该死的骡子了。"她气恼地瞧着那只瘦弱的畜生。"想起我那些纯种的宝贝，看看眼前这头骡子，真觉得是莫大的侮辱啊! 骡子是一种杂交的变态动物，本来是不该饲养的。"

吉姆·塔尔顿流了满脸胡须，模样完全变了，他从监工房里走出来欢迎这几位姑娘，亲切地吻了吻她们。他那四个穿着补丁衣裳的红头发女儿也跟着出来，她们差一点被那十几只猎狗绊倒了，因为猎狗一听到陌生的声音便狂叫着向门外奔来。他们一家勉强装出一副欢乐神情，这比米莫萨村的痛苦和松花村的死气沉沉更使思嘉觉得不好受。

塔尔顿家的人执意要留几位姑娘吃午饭，说他们最近很少有客人来，而且要听听外面的消息。思嘉本不想在这里逗留，因为这里的气氛使她感到压抑，可是媚兰和她的两个妹妹却希望多待一会，结果四个人都留下来吃饭了。

饭菜尽管简便些，不过都吃得有说有笑。塔尔顿的姑娘们谈到补衣服的窍门时，似乎在说最有趣的笑话。媚兰中途接上去，绘声绘色地谈塔拉农场经历的种种苦难，不过说得轻松而有风趣。她的这种本领是出人意料的，叫思嘉惊叹不已。思嘉自己几乎什么也不说。屋子里没有那四个出色的塔尔顿小伙子，便显得冷冷清清没什么意思。而且，如果她都觉得冷清，那么塔尔顿家又会有什么样的感觉呢？

卡琳在整个午餐席上很少说话。她一吃完就溜到塔尔顿太太身旁，向她低声嘀咕什么。塔尔顿太太的脸色顿时变了，清脆的笑声也随之消失，她只伸出一只胳臂搂住卡琳纤细的腰身。同时站起来身来。她们一走，思嘉便觉得这屋里再也待不下去，便也跟着离开。她们沿着那条穿过花园的小道走去，思嘉明明看见她们是朝坟地那边去了。可现在她也不好再回屋去，那样显得太失礼。不过谁知道当塔尔顿太太正竭力克制着，装出坚强的样子，卡琳为什么偏要把她拉出来，一起去看小伙子们的坟墓呢？

在柏树下砖砌的墓框里有两块新的石碑，它们还很新，连雨水也没有把它们溅上一点红泥。

"我们在上个星期才把这碑立起来，"塔尔顿太太骄傲地说。"是塔尔顿先生到梅肯去用车接回来的。"

墓碑！这得花多少钱呀！思嘉突然不像起初那样为那几位塔尔顿小伙子感到悲伤了。并且每块墓碑上都刻了好几行字。字刻得多就费钱。看来这家人一定是发疯了！何况把三个小伙子的遗体拉回家来，也费了不少钱呢。至于博伊德，他们却始终没有找到他一丝踪影。

在布伦特和斯图尔特的坟墓之间有一块石碑，上面刻的是："他们活着时是可爱而愉快的，并且至死也没有分离。"

另一块石碑上刻着博伊德和汤姆的名字，还有几行拉丁文，但是思嘉一点也看不懂。

所有这些花在墓碑上的钱都白费了！可不，他们全是些傻瓜！她心里非常生气，似乎是她自己的钱被浪费掉了似的。

卡琳的眼睛亮得出奇。

"我看这很好，"她指着第一块墓碑小声说。

卡琳当然会觉得这好的。因为她对任何伤感的事物都会动心。

"是的，"塔尔顿太太说，她的声音很温柔，"我们觉得这很合适——他们几乎是在同一个时刻死的，斯图尔特先走一步，紧接着是布伦特，他拿起他丢下的那面旗帜。"

姑娘们赶着车回塔拉，思嘉一声不响，琢磨着她在那几家看到的情形，而且不由自主地回忆这个县以前的繁荣景象。那时家家宾客盈门，金钱满柜，下房区住满了黑人，整整齐齐的棉花地里白花花的一片，多喜人啊！

"再过一年，这些田地里就到处长起小松树来了，"她心里暗想，一面眺望着四周的树林，感到不寒而栗。"没有黑人，我们就只能养活自己不至于饿死。谁也不可能没有黑人就把一个大农场经营起来，因为大片大片的田地无人耕种，很快又成为新的林地了。谁也种不了那么多棉花，那我们怎么办呢？城里人不管怎样总有办法。他们一直是这样过的。可是我们乡下人就会倒退一百年，像当初的拓荒者一样，只能住小木屋，凭着一双手种很少几英亩土地——勉勉强强活下去。

"不——"她倔强起来，"塔拉不会那样。即使我得亲自扶犁，也决不能那样。整个地区，整个的州，都可以倒退回去成为林地，可是我不能让塔拉倒退。并且我也不打算把钱花在墓碑上，或把时间用来为战争的失败而哭泣。我们总能想办法的。我知道，只要不是所有的人都死光了，我们总有办法。失掉黑人并不是件什么了不得的事。最糟糕的是男人们死了，年轻人死了。"这时她又想起塔尔顿四兄弟、乔·方丹、雷福德·卡尔弗特和芒罗弟兄，以及她在伤亡名单中看到的所有费耶特维尔和琼斯博罗的小伙子们。"只要还有足够多的男人留下来，我们就有办法，不过——"

她忽然想起也许她还得再结婚呢。当然，她不想再结婚了。还有谁要娶她呀？这个想法真可怕。

"媚兰，"她说，"你看南方的姑娘们将来会怎么样？"

"你这话是什么意思？"

"我说的意思是：没有人会娶她们了。你看，媚兰，所有的小伙子都死了，整个南方成千上万的姑娘就会一辈子当老姑娘了。"

"并且永远也不会有孩子，"媚兰说，在她看来这是最重要的事。

这种想法显然对苏伦并不新鲜，她如今坐在车子后部突然哭起来。从圣诞节以来她还没有听到过弗兰克·肯尼迪的消息。她不清楚究竟是因为邮路不畅通的缘故呢，还是他仅仅是在玩弄她的感情，如今早已把她忘了。或许，他是在战争最后几天牺牲了吧！后一种可能比忘记她要好得多，因为一种牺牲了的爱情至少还有点庄严的意味。要是成为一个被遗弃的未婚妻，那就毫无意思了。

"啊，看在上帝分上，求你别哭了好吗？"思嘉不耐烦地说。

"唔，你们可以这么说，"苏伦还在抽泣，"因为你们都结过婚并且有了孩子，人人都知道有人娶过你们。可是瞧我这样子！并且你们这样坏，竟在我控制不住自己时公然取笑我，说我会成为老处女。你们真太可恶了。"

"啊，你别闹了！你知道我就看不惯那种成天吵闹的人。你很清楚那个黄胡子老头并没有死，他会回来娶你的。他没有什么头脑。不过要是我的话，我就宁愿当一辈子老姑娘也不嫁给他。"

车后边总算清静了一会儿。卡琳在安慰姐姐，心不在焉地拍着她的肩背，因为她自己的心思也到了遥远的地方，似乎布伦特·塔尔蹲坐在身边跟她一起沿着那条老路在奔驰似的。这时她情绪高涨，眼睛发亮。

"哎，咱们的亮丽小伙子们都没了，南方会怎么样啊？"媚兰伤心地说。"如果他们今天还活着，那我们就可以充分利用他们的勇气、智慧了。思嘉，我们这些有孩子的人都得把孩子抚养大，让他们接替那些已经去世的，成为像他们一样勇敢的男子汉。"

"再也不会有像他们那样的人了，"卡琳低声说。"没有人能接替他们。"

这以后，她们就一路默默地赶车回家了。

不久后的一天，凯瑟琳·卡尔弗特在日落时分来到塔拉。她是骑着一匹瘦骡子来的。而凯瑟琳也几乎跟它一样憔悴。她那褪色的方格布衣裳是以前仆人穿的那种式样，一顶遮阳帽只用绳子系在下巴底下。她一直来到前面走廊口，也没下马，这时正在看落日的思嘉和媚兰才走下台阶去迎接她。凯瑟琳苍白、冷峻而脆弱，似乎一说话她的脸就会破裂似的。不过她的腰背笔直，她向她们点头招呼时脑袋也仍然高昂着。

思嘉突然想起威尔克斯家举办大野宴那天，她和凯瑟琳一起低声议论瑞德·巴特勒的情形。那天凯瑟琳是多么亮丽和活泼啊。可如今那位亮丽姑娘的一点影子也没有了，剩下的是个骑在骡背上的僵直身躯。

"我不下马了，谢谢你们，"她说。"我只是来告诉你们一声，我要结婚了。"

"跟谁结婚?"

"凯茜,多伟大呀!"

"什么时候?"

"明天,"凯瑟琳平静地说,她的声音有些奇怪,脸上的笑容所以也立即不见了。"我是来告诉你们,我明天要结婚了,在琼斯博罗——可我不想邀请你们大家。"

她们默默地琢磨着这句话的意思,莫名其妙地抬头望着她。后来媚兰才开口了。

"那是我们认识的人吧,亲爱的?"

"是的,"凯瑟琳简单地说。"是希尔顿先生。"

思嘉甚至连"啊"一声也说不出来了,凯瑟琳突然低下头来看着媚兰,小声而粗鲁地说:"媚兰,你要是哭,我可受不了。我会死的。"

媚兰一句话也不说,只轻轻拍着凯瑟琳在鞍镫上的脚。她的头低低地垂着。

"也用不着拍我!这同样让我受不了。"

媚兰把手放下,但仍然没有抬头。

"好,我得走了。我只是来告诉你们一声。"她那苍白而脆弱的脸又板起来,她提起缰绳。

"凯德怎么样?"思嘉赶紧问。她完全呆了,不知说什么好,好不容易才想起这个问题,用来打破尴尬的沉默局面。

"他快死了,"凯瑟琳依旧简单地回答,口气中没有一点感情似的。"只要我能安顿好,他就会放心而平静地死去,用不着担心他死后谁来照顾我。你看,我那位继母和她的孩子们明天就要回北方定居。好,我得走了。"

媚兰抬头一看,正碰着凯瑟琳的眼光。媚兰泪珠莹莹,眼睛里充满了理解的深情,凯瑟琳面对此情此景,像个强忍着不哭的勇敢男孩,只撇了撇嘴唇装出微笑的样子。这些对于思嘉来说都是很难理解的，她还在费心琢磨凯瑟琳·卡尔弗特要嫁给监工这一事实——凯瑟琳，一个富裕农场主的女儿；凯瑟琳，仅次于她思嘉，比全县任何别的姑娘都有更多的情郎呢！

凯瑟琳俯下身子和媚兰亲吻了。然后凯瑟琳狠狠地抖动缰绳，那匹老骡子向前走去。

媚兰望着她的背影，眼泪哗哗地从脸上淌下来。思嘉瞪大眼睛看着她，仍然莫名其妙。

"媚兰，你看她是不是疯了？你知道她是不会爱他的。"

"爱他？啊，思嘉，这样的事请千万提也别提了！啊，可怜的凯瑟琳！可怜的凯德！"

"胡说八道！"思嘉喝道。媚兰对于任何事情都比她看得清楚，这是很叫她受不了的。她觉得凯瑟琳的情况主要是令人惊讶，而并非是什么可悲的事。当然，要跟一个北方穷白人结婚，想起来也着实很不愉快，不过一个姑娘毕竟不能单独守着农场过日子；她总得有个丈夫帮着经营才好嘛。

"媚兰，就像我前天说的那样。已经没什么人让姑娘们挑选的了，可她们总得嫁人呢。"

"啊，她们也不一定非要嫁人呀！当老姑娘也没什么丢人的。看看皮蒂姑妈。啊，我还宁愿凯瑟琳死了呢！我知道凯德就会宁愿她死的。那么一来，卡尔弗特家就全完了。只要想一想，他们的孩子会成为什么样的人！啊，思嘉，叫波克赶快备马，你火速去追上她，让她回来跟我们一起住！"

"哎哟，我的天！"思嘉喊道，她对于媚兰这样随意地把塔拉农场当人情的态度大为震惊。思嘉可绝对不想要在家里多养活一口人了。她正要这样说，但是一看见媚兰害怕的脸色便打住了。

"她不会来的，媚兰，"她改口说。"你知道她不会来。她为人那么高傲，还以为这是一种施舍呢。"

　　"这倒是真的，倒是真的！"媚兰惶惑地说，她眼看着凯瑟琳背后那团红尘在一路远去，渐渐消失了。

　　"你跟我们在一起已经好几个月了，"思嘉心里暗想，"可你从来没考虑过你是在靠别人养活。我想你永远也不会意识到这一点。你是个没有被战争改造过的人，所以思想行为一如既往——似乎我们仍然非常富足，有的是粮食，用不着精打细算，多来几个客人也没关系。可是我下半辈子得把你这个包袱背下去了。但是，我可不能把凯瑟琳也背上！"

第三十章

战争结束后第一个炎热的夏天，塔拉的隔离状态突然被打破了。从那以后好几个月里，有些衣衫褴褛、满脸胡须、走坏了脚又往往是饿着肚子的人，源源不断地翻过红土山坡来到塔拉农场，在屋前阴凉的台阶上休息，既要吃的又要在那里过夜。他们都是些复员回家的联盟军士兵。

回家去啊！回家去啊！这是士兵心中唯一的想法。有些人沉默忧郁，也有的比较快活，觉得一切都已过去，现在支持他们活下去的只有回家一事了。很少有人表示怨恨，他们都把怨恨留给自己的女人和老人了。他们已英勇地战斗过，但结果被打败了，现在很想平安地待下来，好好种地过日子。

回家去啊！回家去啊！他们别的什么也不谈，既不谈打仗也不谈受伤，既不谈坐牢也不谈今后。至于以后，那就是另一回事了。

不论是年老的和年轻的，健谈的还是沉默的，富农和森林地带憔悴的穷白人，他们全都有两种共同的东西，即虱子和痢疾。联盟军士兵对于受虱子折磨早已习惯了，他们已经毫不介意，甚至在妇女面前也旁若无人地搔起痒来。至于痢疾——那似乎对谁也不放过，从小兵到将军一视同仁。为时四年的半饥半饱状态，使每个在亚特兰大停留的士兵要么是刚在逐渐康复，要么还病得厉害。

"他们联盟军部队里就没一个肚子好的，"嬷嬷一面流着汗在炉子上煎黑莓根汤药，一面这样苛刻地评论。黑莓根是爱伦生前拿来治这种病的主要药方，嬷嬷当然学会了。

所有的人，嬷嬷都给他们吃这个药方，也不问他们的肠胃情况究竟是怎样；所有的人都乖乖地皱着眉头吃她给的这种黑汤。

在住宿方面，嬷嬷的态度也很坚决。凡是身上有虱子的士兵都不许进入塔拉农场。她把他们赶到后面茂密的灌木林里，给他们一盆水和一块肥皂，叫他们脱下军服，好好洗浴一番，这时她用一口大锅把他们的衣服煮起来，直到把虱子彻底消灭为止。等到每天都有士兵到达的时候，嬷嬷就提出抗议，反对让他们使用卧室。她总是害怕有个把虱子逃过了她的惩处。思嘉知道跟她争论也没用，便把那间铺了厚天鹅绒地毯的客厅改作宿舍。嬷嬷认为让这些大兵睡在爱伦亲手编织的地毯上简直是一种亵渎行为，便叫着反对，可是思嘉仍很坚决。他们总得有个地方睡嘛。

她们向每个士兵都急切地打听艾希礼的消息。苏伦也强忍着常常探询肯尼迪先生的情况。可是这些士兵谁也没听说过他们，同时也不想谈失踪的事。只要他们自己还活着就够了，至于那成千上万无名的坟塚，谁还有兴致去管呢。

每当打听没有结果的时候，全家都支持媚兰不要灰心丧气。当然，艾希礼没有死在狱中。如果他真的死了，北方佬监狱里的牧师会写信来的。他当然快要回来了，不过是他所在的监狱离这里远着呢。坐火车也得走上几天呢，如果艾希礼也像这些人是步行的话……那他干吗不写信呢？唔，亲爱的，你知道现今的邮政是个什么情况——丢三落四的。不过也许——也许他在回家的路上死了呢。要是那样，媚兰，也一定会有北方佬女人写信告诉我们嘛！……不过你别哭，媚兰，艾希礼会回来的。因为要走很远的路，并且可能——可能他是没有弄到靴子穿呢。"

于是想到艾希礼在光脚走路，思嘉也快哭了。让别的士兵穿着破衣烂衫，用麻布袋和破毡条裹着脚，一瘸一拐去走路吧，但艾希礼可不行：他应当骑一匹风驰电掣的快马，穿着整洁的军装，蹬着雪亮的靴子，帽子上插着羽毛，威风凛凛地赶回家来。她要是想到艾希礼会沦落到像这些士兵一样的境遇，那是她把自己大大地贬低了。

6月间的一个下午，塔拉农场所有的人都聚在后面的走廊上，急切地看着波克将第一个半熟的西瓜切开，这时他们忽然听见屋前车道有马蹄的声音。普里茜没精打采地动身去开门。

媚兰和卡琳在小声嘀咕，说是个士兵也应当分给一份西瓜，可思嘉在苏伦和嬷嬷的支持下示意波克快去把西瓜藏起来。

"我的上帝！思嘉小姐！媚兰小姐！快出来看呀！"

"那会是谁呢？"思嘉惊叫道，一面从台阶上跳起来直往外跑，媚兰紧跟着她，别的人也随即一拥而出。

一定是艾希礼，她想。

"是彼得大叔呢！皮蒂帕特小姐家的彼得大叔呢！"

他们一齐向前面走廊上奔去，看见皮蒂姑妈家那个头发花白的高个子老暴君正从一匹尾巴细长的老马背上爬下来，老马背上还捆着一块褥子当马鞍。他那张宽宽的黑脸上，既有习惯的庄严也有看见老朋友时的欢乐。

人人都跑下台阶去欢迎他，不分黑人白人都争先跟他握手，提出问题，但是媚兰的声音比谁都大。

"姑妈没生病吧，是吗？"

"没有，太太。只是有点不舒服，感谢上帝！"彼得回答说，先是严厉地看了媚兰一眼，接着看看思嘉，这样她们便忽然感到内疚。"她不怎么舒服，可是她对你们两位年轻小姐很生气，并且认真说起来，俺也有气呢！"

"怎么，彼得大叔！究竟是什么——"

"你们都别想为你们自己辩护。皮蒂小姐不是给你们写过信，叫你们回去吗？俺看见她边写边哭，可你们总是回信说这个老种植园事情太忙，回不去！"

"不过，彼得大叔——"

"你们怎能把皮蒂小姐一个人丢开不管，让她担惊受怕呢？她从没有单独生活过，从梅肯回来后就一直挪着两只小脚走来走去。她叫俺来老实告诉你们，她真不明白你们为什么在她最困难的时候把她给抛弃了。"

"好，别说了！"嬷嬷尖刻地说，她在旁边听人家把塔拉叫作"老种植园"，心中有气。"难道俺就没有困难的时候了？俺这里就不需要思嘉小姐和媚兰小姐了？皮蒂小姐要是真的需要，怎么不去请求她哥哥帮助呢？"

彼得大叔狠狠地瞪了她一眼。

"我们已经多年不跟亨利先生打交道了，何况我们现在已老得走不动了。"他回过头来看着几位姑娘，她们正强忍着笑呢。"你们这些年轻小姐们应当感到羞耻，把可怜的皮蒂小姐单独丢在那里。她的朋友死了一半，另一半住在梅肯，加上亚特兰大到处都是北方佬大兵和新放出来的下流黑人。"

两位姑娘硬着头皮忍受着彼得大叔的责备，可是一想到皮蒂姑妈会打发彼得来责备她们，并要把她们带回亚特兰大去，便觉得有点太可笑，实在克制不住了。她们不由笑得前俯后仰。自然，波克、迪尔茜和嬷嬷听见这位对他们亲爱的塔拉妄加诽谤的人受到了轻视，也乐得大声哄笑了一阵。苏伦和卡琳也在格格地笑着，连杰拉尔德的脸上也微露笑容了。人人都笑，只有彼得除外，他感到万分难堪，两只笨大的八字脚交替挪动着，不知该怎样摆好。

"你怎么了，黑老头儿？"嬷嬷咧着嘴问。"难道你老得连自己的女主人也保护不好了？"

彼得深感自己受了侮辱。

"俺老了？不，太太！俺还能跟往常一样保护皮蒂小姐呢。俺逃难时不是一路护送她到梅肯了吗？北方佬打到梅肯时，不是俺保护着她吗？不是俺弄到了这匹老马把她带回亚特兰大，而且一路保护着她和她爸的银器吗？"彼得挺着身子，理直气壮地为自己辩护。"俺不是谈什么保护。俺谈的是态度怎么样。"

"谁的态度呢？"

"俺谈的是有些人采取的态度，眼见皮蒂小姐独个儿住在那里。"彼得继续说，他的话中听起来很明显，在他心目中皮蒂帕特还是个十六岁的丰满迷人的小姐呢，所以她得有人保护着不受别人的议论。

听到这里，思嘉和媚兰笑得支持不住，便一齐坐到了台阶上。后来媚兰才把欢乐的眼泪拭掉，开口说话。

"可怜的彼得大叔啊！我笑了你了。对不起。请饶恕我吧。思嘉小姐和我目前还回不去。也许9月间收过棉花以后我能走成。姑妈打发你老远跑来，难道就是要让这把瘦骨头把我们带回去呀？"

彼得被她这样一问，下巴骨立即耷拉下来，那张皱巴巴的黑脸上也露出又抱歉又狼狈的神情。

"媚兰小姐，俺已经老了，俺一时间竟忘了她打发俺干什么来了。俺给你带了封信来。皮蒂小姐不信任邮局或任何别的人，专门叫俺来送，并且——

"一封信？给我？谁的？"

"皮蒂小姐，她对我说，'你，彼得，轻轻地告诉媚兰小姐，'——"

媚兰从台阶上站起身来，一只手放在胸口。

"艾希礼！艾希礼！他死了！"

"没有，太太！没有，太太！"彼得叫嚷着，他大声叫道，一面在破上衣胸前的口袋里摸索着。"他活着呢！这就是他寄来的信。他快要回来了。——我的上帝！搀住她，嬷嬷！让我——"

"不许你碰她，你这老笨蛋！"嬷嬷怒冲冲地吼着，一面挣扎着扶住媚兰。"你这个假正经的黑猴子！还说轻轻地告诉她呢！波克，你抱住她的脚。卡琳，托住她的头。咱们把她放到客厅里的沙发上去。"

除思嘉以外，所有的人都在围着晕倒的媚兰手忙脚乱，七嘴八舌地大声嚷嚷，有的跑去打水，有的跑去拿枕头，一时间剩下思嘉和彼得大叔两人在人行道上没人管了。思嘉像生了根似的站在原来的地方，她是听到彼得谈起艾希礼时一下子跳过来的，可现在也给吓得动弹不了，只瞪大眼睛望着彼得手里那封颤动的信发呆。彼得那张面孔显得非常可怜，像个受了母亲责骂的孩子似的。他那庄严的神气已经彻底消失了。

思嘉一时说不出话来，也挪不动脚，她在心里喊叫："他没有死！他快回来了！"可是这消息给她带来的既不是喜悦也不是激动，而是一种目瞪口呆的麻木状态。这时彼得大叔说话了，他的声音似乎自远方传来，既带有哀愁又给人以安慰。

"我们的一个亲戚威利·伯尔先生从梅肯给皮蒂小姐带回了这封信。威利先生跟艾希礼先生住在同一个牢房里。威利先生弄到一匹马。可艾希礼先生是走路，因此——"

思嘉从他手里把信抢过来。虽然信封上写的收信人是媚兰，是皮蒂小姐的手笔，不过她毫不犹疑地便把它拆开了。信封里装着一张折叠信笺，被带信人弄得脏糊糊的并且有点破了。开头艾希礼是这样写的："佐治亚亚特兰大萨拉·简·汉密尔顿小姐转，或琼斯博罗'十二橡树'村，乔治·艾希礼·威尔克斯太太收。"

她用颤抖的手指把信笺打开，默默地读道：

"亲爱的，我就要回到你身边来了——"

眼泪开始无声地往下流，她没法再读下去。她只觉得心在膨胀，顿时高兴得无法克制自己了。于是她把那封信贴在胸口，迅速跳上台阶，径直来到爱伦的办事房里。这时塔拉农场所有的人都还拥挤在客厅里为不省人事的媚兰忙碌着呢。思嘉可不管这些，她把门关好，锁上，猛地倒在那张下榻的旧沙发里，哭着，笑着吻着那封信

"亲爱的，我就要回到你身边来了，"她悄悄地念着。

人们都清醒的知道，除非艾希礼长了翅膀，否则他要从伊利诺斯回到佐治亚就得走好几个星期，甚至几个月，不过大家还是天天盼望，只要一有军人在塔拉的林荫道上出现，心就禁不住激动起来。似乎每一个破衣烂衫的人都可能是艾希礼。即使不是艾希礼，说不定也知道一点艾希礼的消息，或者带来了皮蒂姑妈写的一封有关他的信。他们每次一听到脚步声就向前面走廊上奔去。只要看到有一个穿军服的人影，每个人都飞跑过去。收到那封信以后的一个月中，农田里的活儿已几乎陷于停顿状态。因为谁都不愿意在艾希礼到家时自己不在屋里。思嘉是最不愿意碰上这种情况的人，既然自己这样不安心工作，她也就无法坚持要别人认真劳动了。

但是一个一个星期过去，艾希礼还是没有回来，也再没有什么消息，于是塔拉农场又恢复了原先的样子。渴望的心情也只能如此了。不过思嘉心里担心艾希礼在路上出了什么事。罗克艾兰离这里那么远，他可能获释出狱时身体非常虚弱或者有病呢。并且他身边无钱，所走过的地方又全是些敌视联盟的地方。要是她知道他如今在哪里，她倒愿意把她手头所有的钱通通寄去，哪怕让全家的人都饿肚子也罢，只要他能够坐火车赶快回来就行了。

"亲爱的，我就要回到你身边来了。"

在她刚看到这句话时引起的喜悦中，它似乎只意味着他就要回到她身边

来了。可如今比较理智而冷静地想一想，才发现他原来是说要回到媚兰身边来。媚兰最近总是在屋子里到处走动，高兴地唱个不停。有时思嘉怀恨地想起，为什么媚兰在亚特兰大生孩子时竟没有死呀？要是死了，事情就完全不同了！那样她就可以过一段时间以后嫁给艾希礼，将小博也作为一个很好的前娘儿子抚养起来。每当想到这些，她也并不急于向上帝祈祷，告诉他她不是这个意思，她对上帝已不再害怕了。

士兵还陆陆续续地来，一般都是饿肚子的。思嘉绝望地觉得这比经受一次蝗灾还可怕。这时她又恨起那种好客的习惯来，那是富裕时代流行起来的，它规定对任何一个旅客，不分贵贱都得留下住一晚，以尽可能体面的方式连人带马好好地招待一番。

这些士兵没完没了地经过，她的心肠便渐渐硬了。他们吃的是塔拉农场养家的粮食，是思嘉辛辛苦苦种下的蔬菜，以及她从远处买来的食品。这些东西得来如此不易，并且那个北方佬皮夹里的钱也是会用完的。如今只剩下少数的联邦钞票和那两个金币了。她干吗要养活这群饿鬼呢？战争已经结束。他们再也没有保卫她的安全的作用了。所以，她向波克发出命令，凡是家里有士兵，伙食必须尽量节俭一些。这个命令一执行，她便发现媚兰说服波克在她的盘子里只盛上少量的食品，剩下的大部分口粮全给了士兵，可媚兰自从生了孩子以来身体还一直很虚弱呢。

"你不能再这样了，媚兰，"思嘉责骂她。"你自己还有病在身，如果你躺倒了，那时我们还得服侍你。让这些人挨饿去吧。他们经受得起。他们已经熬了四年，再多熬一会也没关系的。"

媚兰回头看着她，脸上第一次流露出公然表示激动的神情。

"啊，思嘉，请不要责怪我！让我这样做吧。你不知道这多么使我高兴。每次我给一个挨饿的人吃一部分我的饭，我就想也许在路上什么地方有个女人把她的午餐分给了我的艾希礼一份，帮助他早日回家来。"

思嘉一声不响地走开了。从那以后，媚兰注意到家里有客人时餐桌上的食品丰富多了，即使思嘉时常要抱怨。

有时那些士兵病得走不动了，思嘉便让他们躺在床上，也不怎么去照顾。因为每留下一个病人就是添一张要你给饭吃的嘴。还得有人去护理他，这就意味着少一个劳动力。有个脸上刚刚开始长出浅色茸毛的小伙子，被一个到费耶特维尔去的骑兵扔在前面走廊上。骑兵发现他昏迷不醒地躺在大路边，便把他横放在马鞍上带到最近的塔拉农场。姑娘们认为他必定是谢尔曼逼近米列奇维尔时从军事学校征调出来的一个学生，可是结果谁也没弄清楚，他没有苏醒就死了，并且从他的口袋里也找不出什么线索来。

那个小伙子长相很好，显然是个上等人家的子弟，并且是南部什么地方的人，那儿一定有位妇女在守望着各条大路，等待着他回家来，就像思嘉和媚兰怀着急不可耐的心情注视着每一个来到她们屋前的男人那样。她们把这个小伙子埋葬在她们家墓地里，紧靠着奥哈拉的三个孩子。当波克往墓穴填土时，媚兰忍不住放声大哭，心想不知艾希礼现在怎样呢？

还有一个士兵叫威尔·本廷，也是在昏迷中由一个同伙放在马鞍上带来的。威尔得了肺炎，病情严重，姑娘们把他抬到床上时，担心他很快就会死去的。

他显然是个山地穷白人，就像她们刚埋葬的那个小伙子显然是个农场主的儿子一样。至于姑娘们怎么会知道这个，那就很难说了。她们很清楚，就像她们分得清纯种马和劣等马一样，他绝不是她们这个阶层的人。当然，这并不妨碍他们去尽力挽救他。

在经受了北方佬监狱一年的折磨之后，又拐着一条安装得很糟的木制假腿走那了那么远，他已经非常疲惫，几乎没有一点力气来跟疾病做斗争了。所以他好几天躺在床上呻吟。他始终没有叫过母亲、妻子、姐妹或情人一声，这一点是很叫卡琳迷惑不解的。

"一个男人总该是有亲人的嘛," 她说。"可他让你感觉到似乎他在这世界上什么亲人也没有了。"

别看他那么瘦,他还真有股韧劲呢,经过细心护理,他居然活过来了。终于有一天,他那双浅蓝色的眼睛已能认出周围的人来,看得见卡琳坐在他身旁祈祷,早晨的阳光照着她金黄的头发。

"我到底不是在做梦了," 他用平淡而单调的声音说。"我但愿没有给你带来过多的麻烦才好,女士。"

他恢复得很慢,长期静静地躺在那里望着窗外的木兰树,很少去打扰别人。卡琳喜欢他平静自在的默默无言的神态。她愿意整个炎热的下午都守在他身边,一声不响地给他搧扇子。

卡琳近来似乎没有什么话要说的。她时常祈祷,每次思嘉不敲门走进她房里,都发现她跪在床边。思嘉一见这情景就要生气,她觉得祈祷的时代早已过去。对于思嘉来说,宗教只不过是讨价还价而已。她为了得到恩赐便答应要规规矩矩做人。可是在她看来上帝已经一次又一次地背约,她就觉得自己对他也不存在任何义务了。所以,每当她发现卡琳本来应当午睡或缝补衣服时却跪在那里祈祷,便觉得她是逃避自己的责任了。

有一天下午,威尔·本廷坐在椅子里,思嘉对他谈起了这件事。令人惊讶的是他居然平淡地说: "让她去吧,思嘉小姐。这会使她觉得心里舒服呢。"

"心里舒服?"

"是的,她在为你妈和他祈祷嘛"。

" '他' 是谁?"

他那双淡蓝色的眼睛平静地看着她。他似乎对什么事情也不会惊讶或兴奋似的。也许他见过的意外之事太多,再也不会大惊小怪了。

"她的情人,那个名叫布伦特什么的人,在葛底斯堡牺牲的那个小伙子。"

"是她的情人?" 思嘉简单地重复。"她的情人,废话!他和他哥哥都是我的情人呢。"

"是的,她对我说过。似乎全县大多数的小伙子都是你的。不过,这没关系,他被你拒绝以后便成了她的情人,因为他最后一次回家休假时他们就订婚了。她还说他是她唯一喜欢过的小伙子,所以她为他祈祷便觉得心里舒服。"

"哼,胡说八道!" 思嘉说,隐隐感到心里有些妒忌。

她好奇地瞧着这个消瘦的青年人,他那皮包骨头的肩膀耷拉着,头发淡红,眼神平静而坚定。看来他已经了解到她家里连她自己也懒得去发现的情况了。看来这就是卡琳整天痴痴地发呆和频频祈祷的原因。不过,这很快就会过去的。许多女孩子对自己的情人乃至丈夫的伤悼到时候就都过去了。她自己当然早已把查尔斯忘却了。她也对威尔讲了这些,可他听了直摇头。

"卡琳小姐可不是你那种人," 他断然说。

威尔很高兴人家跟他谈话,尽管他自己没有多少话好说,但却是一个很会理解别人的听者。思嘉对他谈了许多问题,诸如除草、锄地和播种,以及怎样养猪喂牛,等等,他也对此提出自己的意见,因为他以前在南佐治亚也经营过一个小小的农场,并且曾经拥有两个黑人。他知道现在他的奴隶已经被解放,农场也已杂草丛生,甚至可能长出小松树来了。他的唯一的姐姐多年前便跟着丈夫搬到了得克萨斯,所以他成了孤单一人。不过所有这些,跟他在弗吉尼亚失掉的那条腿比起来,都不算是使他感到伤心的事了。

是的,思嘉最近过的是一段困难的日子,她整天听着几个黑人嘟嘟囔囔,看着苏伦时骂时哭,杰拉尔德又没完没了地问爱伦在哪里,这时有了威尔在身边,便感到非常宽慰了。她可以将一切都对他讲,她甚至对他说了自己杀死那个北方佬的事。

事实上全家所有的人都喜欢到威尔的房里去坐坐，谈谈自己心中的烦恼——连嬷嬷也是这样，她本来不理他，理由是他出身门第不高，又只有两个奴隶，可现在她改变态度了。

等到他能够在屋里到处走动了，他便着手编制橡树皮篮子，去修补被北方佬损坏的家具。他手很巧，会用刀子削刻东西，给韦德做了几个玩具，那也是这孩子仅有的几个玩具，所以韦德整天在他身边。屋子里只要有了他，人人都觉得安全了，人们出去工作时便经常把韦德和两个婴儿留在他那里，所以他能像嬷嬷那样熟练地照看他们。

"你们待我真好，思嘉小姐，"他说，"我只是个过路人，跟你们毫无关系。我给你们带来许多麻烦和苦恼，所以只要你们愿意，我倒想留在这里帮助你们做点事情，直到我能稍稍报答你们的恩情为止。我永远不可能全部报答，因为对于救命之恩是谁也偿还不了的。"

这样，他就留下来了，而且自然而然地塔拉农场的很大一部分负担从思嘉肩头转移到了他那瘦骨嶙峋的肩膀上。

9月摘棉花的时节到了，在初秋午后的愉快阳光下，威尔·本廷坐在前面台阶上思嘉的身边，用平淡而疲弱的声音不断地谈起轧棉花的事，说费耶特维尔附近那家新的轧棉厂收费太高了。不过他那天在费耶特维尔听说，如果能把马和车子借给厂主使用两个星期，收费就可以减少四分之一。他还没有答应这笔交易，想跟思嘉商量后再说。

思嘉看着这个靠在廊柱上、嘴里嚼着干草的瘦个子。的确，威尔是上帝专门造就的一个人才，他使得思嘉时常想，如果没有他，塔拉农场不可能闯得过那几个月呢？他从来不多说话，从来不显示自己的才能，也从不显得对周围正在进行的事情有很多兴趣，可是他却了解塔拉每个人的每一件事。并且一旦他一直在工作。他一声不响地、耐心地、胜任地工作着。虽然他只有一条腿，他却比波克干得还快。这在思嘉看来，简直是不可思议的事。当母牛犯胃痛，或者那匹马得了怪病时，威尔便整夜守着它们，救治它们。思嘉一旦发现他还是个精明的生意人，便更加敬重他了。因为他早晨运一两筐苹果、甘薯或别的农产品出去，便能带回来种子、布匹、面粉和其他生活必需品，这些她知道自己决不能做到，虽然她也可以称得上是个会做买卖的人了。

他渐渐成了一个家庭成员了，晚上就睡在杰拉尔德卧室旁边那间小梳妆室里的帆布床上。他闭口不谈要离开塔拉，思嘉也生怕他走了。有时她想，如果威尔还是个有抱负的男子，他就会回去。不过即使有这种看法，她还是希望他永远留在这里。有个男子汉在家里，真方便多了。

她还觉得，要是卡琳还有一点点眼光，她就能看出威尔对她是感兴趣的。如果威尔向她提出要娶卡琳，她就会对他感激不尽了。当然，在战前威尔肯定没有这个资格。他虽然不是个穷白人，但也根本不属于农场主阶级。他只不过是个普通的山地人，文化程度不高，说话时常有文法错误，也不怎么懂得奥哈拉家族在上流社会的那些礼貌。实际上思嘉怀疑他究竟能不能算个上等人。媚兰却说任何人，只要能像威尔这样心地善良，又很尊重和体贴别人，他就是上等人家庭出身的了。思嘉知道，要是爱伦还在，决不会让女儿竟要嫁给这么一个男人。不过思嘉如今已为现实所迫，那么这种事也就用不着去烦恼了。现在男人可不容易找到呢。可女孩子总得嫁人，塔拉也得有个男人来帮助管理才行。只是卡琳仍一味沉溺在她的《祈祷书》里，对待威尔也和对待波克一样亲切，似乎理所当然地犹如兄妹似的。

"如果卡琳还有一点感激我的意思，知道我一直是爱护她的，她就得跟他结婚，好把他留在这里。"思嘉暗暗地想。"可是，不，她偏要整天像失魂丧魄似的想那个傻男孩，虽然他未必就认真地喜爱过她。"

这样，威尔仍留在塔拉，她也不明白是什么缘故，只是发现他对她采取的那种讲求实际的坦率态度既令人高兴也很有好处。他对杰拉尔德十分恭顺，不过他事实上是把思嘉看作一家之主，凡事都听她的吩咐。

她赞成他的主意，把马租出去，虽然这样全家就暂时没有交通工具了。苏伦对此尤为不高兴。她的最大喜悦是在威尔赶车出门办事时跟他一起到琼斯博罗和费耶特维尔去玩。她似乎是全家最受宠爱的一个人，喜欢拜访老朋友，听县里人所有的传闻，而且觉得自己成了以前塔拉的奥哈拉小姐了。

思嘉心想，我们的亮丽小姐要有两个星期不能出外闲逛了，这么一来，我们也只得对她的抱怨和叫骂忍一忍了。

媚兰跟大家一起坐在前廊上，怀中抱着婴儿；后来又在地板上铺了条旧毯子，让小博在上面爬。自从读了艾希礼的信以后，媚兰每天不是兴高采烈地唱歌就是急不可待地盼望。她显得更加苍白而消瘦了。她毫无怨言地做着自己分内的工作，可是经常生病。老方丹大夫诊断她有妇科病，而且提出了与米德大夫相一致的看法，说她根本就不该生小博。他还坦率地指出，她不能再生孩子了。

"我今天在费耶特维尔拾到一样可爱的小东西，"威尔说，"我想你们女士们看到会高兴的，便把它带回来了。"他从后面裤袋里摸出一个印花布小包，接着又从小包里掏出一张联盟政府的钞票来。

"我可不觉得联盟政府的钞票很可爱，"思嘉简单地说，因为她一见联盟的钱就气极了。"我们刚刚从爸的衣箱里找到了三千美元这样的钱，嬷嬷就跟在后面要拿去糊墙上的破洞，免得自己受风着凉呢。我想我也会那样做的。这种票子就这点用处了。"

媚兰面带苦笑说。"别那样吧，思嘉。把票子留给韦德。有一天他会引为骄傲的。"

威尔容忍地说，"不过媚兰小姐，我所理解的和你刚才关于韦德的话是一致的。贴在这张钞票背面的是一首诗。我知道思嘉小姐对于诗没有多大兴趣，不过我想这一首可能会使她喜欢。"

钞票的背面贴着一块粗糙的褐色包装纸，用淡淡的自制墨水写了几行字。威尔清了清嗓子，缓慢而艰涩地念起来。

"题目是《写在一张联盟钞票上》，"他说。

如今在这人世间已毫无用处，
　　在最困难的时期更是等于零——
它作为一个灭亡了的国家的证物，
　　朋友，请你保存好并出示于人。

出示给那些人，他们还愿意倾听
　　这玩意儿所说的那些爱国志士
曾经梦想的关于一个在风暴中诞生
　　但后来毁灭了的自由国家的故事。

"啊，多美呀！多么动人呀！"媚兰喊起来。"思嘉，你不要把钞票给嬷嬷拿去糊墙壁了。它可不仅仅是一张纸——就像诗里说的，而是'一个灭亡了的国家的证物'呢！"

"啊，媚兰，你别伤感了！纸就是纸，并且我们正缺纸用，嬷嬷又常常抱怨阁楼上有一些墙缝，我都快听得厌烦死了。我想等韦德长大以后，我会有大量的联邦钞票给他，而不是这些联盟的废纸了。"

当她们争论时，威尔一直在拿那张票子逗着小博在毯子上爬。可突然他抬起头来，用手遮着阳光向车道那边凝望。

"那边似乎有人来了，"他在阳光中眨巴着眼睛说。"又是个大兵。"

思嘉朝他观看的方向看去，看见一个熟悉的人影，他穿着一身破旧的蓝色灰色混杂的军服，疲乏地低着脑袋，慢吞吞拖着两条沉重的腿走来。

"我还以为不会再有大兵来了，"思嘉说。"但愿这不是个饿鬼才好。"

"他肯定是饿了。"威尔简单地说。

媚兰站起身来。

"我想还是去告诉迪尔茜，叫她另外再准备一份饭吧，"她说，"还要警告嬷嬷，不要急急忙忙让这可怜虫脱下衣服和——"

她说到这里突然停住了，思嘉回过头来看着她，媚兰纤瘦的手，紧紧地抓住喉咙，似乎那里疼极了似的，思嘉看见，她那白皙的皮肤下青筋在急促地跳动。她的脸色更苍白，那双褐色的眼睛也惊人地瞪大了。

她快要晕倒了，思嘉心想，便连忙跳起来抓住她的胳膊。

可是一刹那间媚兰就把她的手甩开，跑下台阶。她朝碎石道上飞跑而去，像只小鸟似的轻盈而迅速，那条褪色的裙子在背后随风飘起，两只胳臂直挺挺地伸着。这时，思嘉明白了，她像挨了当头一棒。那个人仰起一张长满了肮脏的金黄胡须的脸，站在那里望着房子，似乎累得再也挪不动一步了，这时思嘉才晕头转向地靠在走廊里的一根柱子上。她的心脏忽而猛跳，忽而停止不动，眼看着媚兰哭着投入那个肮脏士兵的怀抱，他也俯下头来吻她。思嘉满怀狂喜地向前跑了两步，但威尔拉住她的裙子，把她拦住了。

"不要去破坏这个场景，"他悄悄地说。

"放开我，你这傻瓜！放开我！这是艾希礼呢！"

他没有松手。

"毕竟他是她的丈夫嘛，是不是？"威尔冷静地问。这时思嘉低下头，心中又高兴又冒火，但却又无能为力，她从他宁静的眼睛深处看到了理解和怜悯。

第三十一章

1866年1月一个严寒的下午，思嘉·奥哈拉坐在母亲的那个小书房给皮蒂姑妈写信，详细解释为什么她自己、媚兰或艾希礼都不能回到亚特兰大去陪伴她。这已是她写的第十封这样的信了，她很不耐烦，知道皮蒂姑妈肯定一读完开头几句就会把信放下，然后又一次来信诉苦："可是我真害怕独自一个人呀！"

她的手冻僵了，只好停下来使劲搓搓，同时将双脚深深裹入旧棉絮里。她的拖鞋后跟已经磨掉了，只得用碎毡片垫起来。毡片只能使她的脚避免踩在冰冷的地面上，但已没有多少保暖作用。那天早晨，威尔把马牵到琼斯博罗钉蹄铁去了。思嘉暗想这世道越来越奇怪了，马还有鞋穿，而人却像院子里的狗那样光着脚。

她拿起笔继续写信，但这时威尔正从后门进来，她听到他那条木腿在地板上梆梆地响。他进来了，两只耳朵冻得通红，淡红色的头发乱蓬蓬的，站在那里俯视着她，嘴角浮现着一丝幽默的笑意。

"思嘉小姐，你究竟攒了多少钱呀？"他问。

"难道你贪图我的钱要同我结婚吗，威尔？"她粗鲁地反问他。

"不，小姐，我只是问问。"

思嘉觉得出了什么事。

"我手头有十个金元，"她说。"这是那个北方佬留下的最后一点钱了。"

"唔，小姐，这不够。"

"不够什么？"

"不够交纳税金，"他答道，一面摇摇晃晃地走到壁炉前面，弯下腰伸手烤火。

"税金？"她简单地重复了一遍。"我的上帝，威尔！我们已经交过税了呀！"

"是的，小姐。不过他们说你交得不够。这是刚才我在琼斯博罗那边听到的。"

"可是，威尔，我不明白。你究竟在说什么？"

"思嘉小姐，我的确很怕再给你添烦恼，因为你已经够苦的了，可是我又不得不告诉你。他们说你还得付更多的税金。他们把塔拉的税额提高得吓人。"

"但是我们已经付过一次了，他们就不能让我们交更多的税金。"

"思嘉小姐，你从来不到琼斯博罗去，我也高兴你这样。那真不是一位夫人该去的地方。那里近来有不少的流氓，共和党和提包党人在当政，他们会叫你气炸的。而且，还经常发生黑鬼把白人从人行道上推下去的事，以及——"

"可这同我们交纳税金有什么关系呢？"

"我正要说呢，思嘉小姐。由于某种原因，那些无赖对塔拉的税金很不满意，似乎那是个年产上千包棉花的地方。我听到这消息，赶快跑到那些酒吧间附近去听听人们的谈论。然后我发现，有人希望在你付不出这些额外税金时，州府将公开拍卖塔拉，于是他便可低价买下来。谁都明白你交不起这么高的税款。我还不知道究竟是谁在打这个坏主意。我调查不出来。不过我想，希尔顿那家伙，那个娶了凯瑟琳小姐的人，他准是知道的，因为我正要向他探听，他便尴尬地笑了。"

威尔在沙发上坐下，抚摩着他的半截腿。这条残腿每到天气寒冷就非常疼痛，而那半截木头又嵌得不好，很不舒服。思嘉愣愣地望着他，他谈到塔拉这个要命的消息时，态度居然那么轻松随便。拍卖？那么他们大家往哪儿去呢？并且塔拉会属于另外一个人！不，这无法想象！

她专心致志于塔拉的生产，所以不大关心外面发生的事。既然有威尔和艾希礼去料理她在琼斯博罗和费耶特维尔的事务，她就很少离开农场。甚至像她在战争爆发前不爱听谈论战争一样，她如今对于威尔和艾希礼在晚餐后有关重建的闲谈也不怎么注意了。

当然喽，她听说过那些倚仗共和党大谋私利的南方败类，以及那些提包党人。后者是些南方一投降就像蝗虫般拥来的北方佬，他们把自己的全部财产装在一个提包里带来了。她也听说有些被解放的黑人变得傲慢无礼。这最后一点她难以置信，因为她有生以来还从没见过一个傲慢的黑人呢。

但是，有许多事情是威尔和艾希礼合谋向她隐瞒了。战争灾害之后，紧接着就是重建时期的更大灾害，只不过他们两人商量好了，在家里不提那些可怕的具体情况。

她听艾希礼说过，南部现在被当作一个被征服的省份对待，而征服者所采取的主要政策便是报复。而思嘉对于这一切都不放在心上，她只知道，如今最要紧的是拼命工作。

思嘉并不明白竞争的一切规律都已改变，诚实刻苦的劳动不再能得到公正的报酬了。佐治亚州如今几乎处于军法管制之下。北方佬士兵镇守着整个地区。

由联邦政府组织起来的"自由人局"，专门管理那些懒惰而激动的前黑奴，局里出钱供养着他们，任其游手好闲，而且毒化他们的思想，使之反对以前的主人。杰拉尔德家从前的监工乔纳斯·威尔克森负责设在塔拉的分局，他的助手是凯瑟琳·卡尔弗特的丈夫希尔顿。他们两人到处散布谣言，说南方人和民主党人想要让黑人重新沦为奴隶，而黑人要想逃避这一厄运只能依靠这个局以及共和党给他们提供的保护。

威尔克森和希尔顿进一步告诉黑人们，他们并不亚于白人，而且很快就要允许白人与黑人通婚了，而他们以前的主子们的财产也将被分给他们，每个黑人都将分到四十英亩地和一头骡子。

"自由人局"有士兵撑腰，几乎是为所欲为。人们动辄被捕，甚至对该局官员态度冷淡也会构成罪名。威尔克森和希尔顿有权干涉思嘉所经营的任何买卖，而且对她的一切物品规定价格。

幸喜思嘉很少同这两个人有来往，因为威尔在其中巧妙地周旋着。不过现在出现一个这么大问题，大到他自己无法处理了。这就是那笔额外规定的税金和丧失塔拉农场的危险，这些事不能不让思嘉知道——并且得立即知道。

她瞪着两眼望着他。

"啊，该死的北方佬！"她嚷道。"他们狠揍了我们，让我们成了乞丐，难道这还不够，还要放任流氓来侮辱我们吗？"

战争结束了，和平已经到来，但是北方佬仍然大模大样地掠夺她，仍然叫她挨饿，仍然把她赶出家门。而她竟那样傻，竟以为熬过这段苦日子，只要能够坚持到春天，就一切都好了。可威尔带来的这个令人绝望的消息，无疑要将她彻底压垮。

"唔，威尔，我还满以为战争结束后我们的困难也就到头了呢！"

"不会的，"威尔扬起他那张瘦削的面孔，镇定地注视着她。"我们的困难还刚刚开头呢。"

"他们要我们再付多少额外税金呢？"

"三百美元。"

一时间她被吓得张口结舌了。三百美元！这听起来就像三百万美元一样。

"那么，"她慌乱地喃喃着，"那么，——那么，那么我们不论如何得筹集三百美元。"

思嘉见威尔默不出声，便又说道："威尔，谁都知道塔拉是多么好的一个农场。实在没办法，我们可以用它抵押到一笔钱，够付税金就行了。"

"思嘉小姐，你有时说起话来真有点傻乎乎的。请问，谁有钱来押贷这个农场呢？除了那些想要从你手里夺走塔拉的提包党，还有谁呀？你看，每个人都有土地。每个人的土地都是贫瘠的。你的土地押不出去。"

"我还有从那个北方佬身上取下的钻石耳坠呢，我们可以把它卖掉。"

"思嘉小姐，现在谁还有钱买耳坠呢？人们连买腌肉的钱也没有，别说什么首饰了。你手里有那十个金元，那么我敢打赌，这已经超过大多数人的存款了。"

他们又沉默下来。思嘉感到面前是一堵坚硬而冷酷的石壁。怎么竟有那么多石壁来让她撞啊。

"我们怎么办呢，思嘉小姐？"

"我不知道，"她茫然地说，她突然感到如此疲乏，连骨头都酸疼了。她在这里拼命工作，挣扎，然而每一番挣扎的结果都似乎是失败在等待着嘲弄她。

"我不知怎么办好，"她说。"但是千万别让爸知道了。那会要了他的命。"

"我不会。"

"你告诉过别人吗？"

"没有，我赶快来找你了。"

是的，她想，不论有什么坏消息总是找到她，而她对此感到烦透了。

"威尔克斯先生在哪里？说不定他能出些主意。"

威尔用温和的眼光看着她，这使她感到，就像从艾希礼回家的头一天起那样，他心里什么都明白。

"他在下面果园里劈栅栏呢。不过他赚到的钱决不会比我们更多一些。"

"要是我想同他谈谈这件事，难道不行吗？"她突然高叫起来同时踢开那块裹着双脚的棉絮，站起身来。

威尔不表示反对："最好披上你的围巾，思嘉小姐。外面怪冷的。"

可是她没戴围巾便出去了，她需要见到艾希礼，把她遇到的麻烦告诉他。这可是很紧迫的事，不容再等了。

要是他是独自一个在那里，那该多好啊！自从他回来以后，她一直不曾私下同他谈过半句话。他常常同家人在一起，媚兰总是在他身边，不时地摸摸他的袖子。那副亲昵的样子曾惹起思嘉的满腔妒火。如今她决计独自去见他。这一次不会有人妨碍她同他单独谈话了。

她匆匆忙忙穿过果园，潮湿的草打湿了她的双脚。她听见艾希礼劈栅栏时斧子震响的声音。要把北方佬烧光的那些篱笆重新修复，是一桩艰苦而费时的劳役。一切工作都是艰苦费时的，她感到既厌倦又恼火。假如艾希礼是她的丈夫，那么她去找他，把自己的头靠在他的肩膀上嚷着操着，将身上的重负都推给他，叫他用肩膀承担住一切，那该多好啊。

她绕过一丛石榴树，便看见他倚着斧把，用手背擦拭额头。他身上穿的是一条破烂的粗布裤子和一件杰拉尔德的旧衬衫，这件衬衫以前只有开庭日和参加野宴时才穿的，如今却皱巴巴的，并且穿在艾希礼身上显然是太短了。他把上衣挂在树枝上，他流了许多汗，她走过来时，他正站着休息。

眼见艾希礼衣衫褴褛，手持利斧，她心中顿时涌起一股怜爱和怨天之情，激动得难以自禁。她不忍心看她那温文尔雅、心地纯良的艾希礼竟穿一身破衣烂衫，流着臭汗。他的手天生不是来劳动的，他的身体也只能穿戴绫罗。上帝是叫他坐在豪华舒适的大厅之中，同宾客们高谈阔论，或者弹琴写诗。

她能容忍让自己的孩子用麻布袋作围裙，小姐们穿着肮脏的旧布衣裳，让威尔比大田里的苦力更辛苦，可就是不忍心让艾希礼受这种委屈。他太文雅了，对于她来说太宝贵了，他决不能过这样的生活。她宁愿自己去劈木头，也不愿意看见他干这种活时自己心里难受。

"人们说亚伯·林肯就是劈栅栏出身的呢，"当她走上前来时艾希礼轻轻笑着说。"我也可能像他一样呢！"

她皱起眉头。他总是在困难面前这样轻松地说话，而在她看来那都是些严重的问题，因此有时候她几乎被他的话激怒了。

她直截了当把事情告诉了他，期待着他提供一些有益之见。可是他什么也没说。

"怎么，"她终于说，"难道你不觉得我们必须弄到那笔钱吗？"

"当然，"他说，"可上哪儿弄呢？"

"我问你呀，"她答道，有点恼了。即使他帮不上忙，可连句宽慰的话也没有，哪怕说一声"唔，我很抱歉"也行啊。

他微微一笑。

"我回来好几个月，只听说过一个人是真正有钱的，那就是瑞德·巴特勒，"他说。

原来上星期皮蒂帕特姑妈来了信，说瑞德带着一辆马车和两匹骏马以及满袋满袋的美钞回到了亚特兰大。不过她怀疑这些东西是来路不正的。

"让我们别谈他了，"思嘉打断他的话头。"只要世界上有一个下流坯，那就是他。可是，我们大家会怎么样呢？"

艾希礼放下斧子，朝前望去，他的眼光似乎伸向很远很远她望不见的地方。

"我担心的不仅是我们自己，并且是整个南部的每一个人，大家都会怎么样呢，"他这样说。

她觉得要喊出来："让南部的每个人见鬼去吧！问题是我们现在怎么办？"但是她强忍着。那种厌倦的感觉又回到她心头，并且比以前更强烈了，艾希礼竟一点忙也帮不了。

"最后究竟会怎么样，只要看看历史上每当一种文明遭到毁灭时所发生的情况就知道了。那些有头脑有勇气的人可以渡过这种浩劫，而那些没有头脑和勇气的就将被淘汰掉。"

"看在苍天面上，艾希礼·威尔克斯！请你不要站在这里胡扯了，这次是我们要被淘汰呢！"

她的疲惫感好像稍稍渗入他的心灵，将他从遥远的思想中唤回来，因而他亲切地捧起她的双手，把她的手翻转过来，审视手上的老茧。

"这是我见过的最美的一双手，"他一面说，一面轻轻亲吻两只手心。"这双手很美，因为这双手很坚强，每个老茧都是一枚纪念章，思嘉。这双手是为我们大家，为了父亲，那些女孩子们，媚兰，那婴儿，那些黑人，以及我，而磨出老茧来的。亲爱的，你肯定在想，'这里站着一个不切实际的傻瓜在空谈废话，而活着的人却面临危机。'是吗？"

她点点头，但愿他握着她的双手永远不放开，可是他却把她的双手放下了。

"你急匆匆跑到我这里来，是希望我帮助你。可是我没这能耐。"

他用凄苦的眼光望着那把斧子和那堆木头。

"我的家和全部财产都已经烟消云散了，我过去从来不明白那财产是归我所有的。我在这个世界上没有任何用处，因为我所属于的那个世界已经消亡。我无力帮助你，思嘉，只能尽力当个笨拙的农夫，可这样做并不能帮你什么。我永远也报答不了你为我和我们一家所做的牺牲，出自你仁慈心肠的牺牲。我愈来愈深切地感觉到这一点，我愈来愈清楚地看到自己多么无能，我不配接受给予我的所有恩惠。我这种可恨的逃避现实的习性，使得我愈来愈难以面对现实了。你明白我的意思吗？"

她点点头。她并不非常理解他，可是她认真地听着他的每一句话，这是他头一次向她倾诉自己心中的想法。

"不愿意正视赤裸裸的现实，这是我的不幸。直到战争爆发，生活对于我

从来就谈不上真实。而我却甘愿如此。我不喜欢太清晰的事物。我喜欢它们
稍稍模糊些，有点朦胧。"

说到这里他停顿下来，淡淡地一笑，同时也微微颤抖。

"换句话说，思嘉，我是个懦夫。"

对于其他话，她还不明白，可是最后一句却是她听得懂的。她知道这不
是真话。他身上没有懦弱的成分。他每一个细胞都说明他家历代祖先的勇敢
英俊，并且他在这次战争中的事迹是思嘉所深知的。

"不，实际上不是这样！难道一个懦夫会在战场上爬上大炮去鼓舞士兵战
斗吗？难道将军会亲自给媚兰写信谈一个懦夫的事迹吗？还有——"

"那不是勇敢，"他不屑地说。"战争好比香槟酒，它像影响英雄的头脑
那样也能迅速影响懦夫。在战场上，你不是勇敢，就是死亡，因此傻瓜也会
勇敢起来的。我现在讲的是另一码事。我的这种怯懦，比起胆小鬼害怕作战
要糟糕得多。"

他的话说得缓慢而又颇为吃力，似乎无比痛心，要是别人说这样的话，

思嘉准会轻蔑地把它当作假意谦虚或者希图得到赞扬而不予理睬。可是艾希礼似乎真是这样想的，他的眼睛里流露出躲躲闪闪的神色。寒风吹拂着她又湿又冷的双脚，她瑟瑟颤抖起来，艾希礼的话在她心中激起了恐怖。

"不过，艾希礼，你究竟害怕什么呢？"

"唔，我说不清。一些用言语说出来就会显得非常可笑的东西。我害怕生活突然变得太现实了，我不能忍受过去生活中的美从此丧失。思嘉，在战前，生活是美的，它富有魅力，像古希腊艺术那样完美、完整和谐。对于我，生活在'十二橡树'村是真正美好的。我爱那种生活，我就是它的一部分。可是现在它已经完了，而我与这种新的生活格格不入，所以我感到害怕。我也回避你，思嘉。你太有活力，太现实了，而我却宁愿与影子和梦想为伍。"

"可是——可是——媚兰呢？"

"媚兰是个最轻柔的梦，是我的梦想的一部分。假如战争没有发生，我会悠闲舒适地度过我的一生，幸福地长眠在'十二橡树'村。可是战争一来，生活的真面目显露出来了。我第一次投身于行动时——我知道那是布尔溪战役——我看到那些童年伙伴们被炮弹击得粉碎，濒死的马匹厉声嘶叫，这使我第一次领略到残酷和恐怖的感觉。

"我一生都不愿意去与人们打交道，所以只有很少几位朋友。可战争使我明白，我曾经生活的那个世界，其中都是些梦想人物，而战争告诉我真实的人是什么样的，不过我不知道怎样同这些人相处。我怕是永远也学不会。现在我知道，为了养活我的妻子儿女，我必须在那些我所厌恶的众人中间开辟自己的生路。至于你，思嘉，你是抓住双角和生活扭打，征服它。可是我还能怎样去适应生活呢？我就害怕这一点。"

当他用低沉洪亮的声音，用一种令人难以理解的感情独自诉说时，思嘉竭力想了解它们的意思，但她始终不明白究竟是怎么回事。

"思嘉，我在监狱里时曾经这样想：战争结束后，我要回到旧的生活和旧的梦想中去。但是，思嘉，已经回不去了。而当前我们大家面临的是比战争还要坏、比监狱还要坏——对我来说比死亡还要坏的局面……因此，你看，思嘉，我害怕极了。"

"但是，艾希礼，"她开口说，带着困惑的神情，"如果你担心我们会挨饿，那么——啊，艾希礼，我们会有办法的！我知道我们会的！"

他那双灰色的晶莹的大眼睛凝视着她的脸，流露着钦佩的神色，但是很快，目光又突然显得茫然了，这时她的心猛地一沉，意识到他并不是在说什么挨饿的问题。他们经常像是用不同的语言在交谈的两个人。然而她是那么深深地爱他，她就一直在渴望着他的那份爱啊！

"挨饿是不好受的，"他说。"我清楚，因为我挨过饿，可是我并不觉得可怕。我觉得可怕的是，在没有了我们已经丧失的那种美好生活时，还得面对生活。"

思嘉绝望地思索着，想也许媚兰会懂得他的意思。他不害怕她所怕的那些事物，不害怕肚子饿，不害怕寒风刺骨，也不害怕失去塔拉。而他感受到的恐惧，却是她所无法想象的。因为在她看来，除了饥饿和寒冷，以及丧失家园，还有什么可怕的呢？

"啊！"她失望地轻喊了一声。听到这样的声调时，艾希礼惨然一笑，好像在表示歉意。

"原谅我说这些，思嘉。我无法使你理解，因为你不明白恐惧的含义。你有一颗狮子的心，我十分妒忌你，你永远也不会害怕面对现实，你永远也不需要像我这样逃避现实。"

"逃避?！"

原来艾希礼也像她一样对斗争厌倦了，因此他要逃避。她想到这里便呼吸紧迫起来。

"啊，艾希礼，"她嚷道，"你错了。我也想逃避呀。我对这一切厌倦极了!"

他困惑地扬起眉头，思嘉却把一只滚热而殷切的手放在他的臂膀上了。

"听我说，"她连忙滔滔不绝地说起来。"告诉你，我厌倦了，厌倦到极点了，再也忍受不下去了。我曾经为吃的用的拼命挣扎过，我拼命拔草，锄地，摘棉花，甚至扶犁，直到累得倒下去为止。我告诉你，艾希礼，南方已经死了！它已经完了！艾希礼，让我们逃走吧！"

他严厉地瞥了她一眼，然后略略低下头来逼视她那已经红得发烧的脸庞。

"是的，让我们逃走——丢下他们！我实在懒得替他们干下去了。有人会照顾他们的。总会有人照顾他们的。啊，艾希礼，让我们逃走，你和我。我们可以到墨西哥去——墨西哥军队需要军官，在那里我们会幸福的。我会替你做事，艾希礼，什么事我都会替你做。我知道你并不爱媚兰——"

这时艾希礼一怔，要插嘴说话，脸上无比惊诧，可是她滔滔不绝的谈势把他的话头打断了。

"那天你曾告诉我你更加爱我——啊，你记得的！并且我知道你不会改变！我敢说你没有改变！并且你刚才还说她不过是个梦罢了——啊，艾希礼，我们逃走吧。我一定会使你快活的。不论如何，"她又恶狠狠地补充说，"媚兰可不能——方丹大夫说过她再也不能给你生孩子了，而我还能给你——"

他用双手紧紧抓住她的肩头，痛得她无法再继续说下去，并且她已累得喘不过气来了。

"我们应当忘记在'十二橡树'村的那一天。"

"难道我会忘记吗？难道你已经忘记了？你能老老实实说你不爱我吗？"

他深深地吸了口气，然后说。

"不，我不爱你。"

"那是撒谎。"

"即使是撒谎，"艾希礼的声音平静得可怕，"那也是不容怀疑的事。"

"你的意思是——"

"难道你认为我可以丢下媚兰和婴儿自己跑掉，就算我恨他们两个人？难道我能让媚兰心碎？让他们娘俩靠别人的施舍过活？思嘉，你疯了？你是不能丢下你父亲和那些女孩子的。你对他们负有责任，就像我对媚兰和小博负有责任一样，所以不管你是否厌倦，你还得为他们负责。"

"我可以丢下他们——我厌恶他们——对他们不耐烦——"

他朝她俯过身去，这时她紧张得连心脏都要停止跳动了，她以为他要拥抱她呢。但是，不，他只拍拍她的臂膀，像抚慰一个小孩那样说起来。

"我知道你厌倦了，累了。所以你才说出这样的话来，你已经肩负起三个男人的重担。不过我会帮助你的——我不会永远这样笨拙下去——"

"你要帮助我只有一个办法，"她阴郁地说，"那就是带我离开这里，让我们去开始新生活，寻找自己的幸福。这里已经没有什么值得我们留恋的了。"

"没有什么，"他平静地说，"除了名誉——什么也没有了。"

她怀着几经顿挫的热望瞧着他，他高傲的头，瘦长挺直的身躯充分体现出高贵和尊严的气质，即使一身烂衣裳也掩盖不了。她望着他的眼睛，他的眼睛像灰色天空下的山中湖泊那么辽远。

她从他的眼睛里看出一种对于她的放荡梦想和狂热欲望的恐惧。

一股伤心和疲惫弥漫了她的全身，她双手捧着头大哭起来了。他从没见过她这样伤心大哭，从没想到像她那样性格刚强的女人居然也哭得这么伤心，这时他心中涌起怜爱和悔恨之情，连忙凑近她，把她抱在怀里，亲切地抚慰着，把她的头紧紧贴在自己胸口上，低声说："亲爱的！我的勇敢可爱的人儿——别这样！你千万不要哭呀！"

艾希礼抱着哭泣的思嘉，感到她苗条身躯有一股狂热和魅力，那双仰视着他的碧绿眼睛中洋溢着热烈而温柔的光辉。突然，那个快要忘怀了的柔和的春天，一个舒适而散漫的春天，那种无忧无虑的日子，如今又回来了。他只看见凑过来的两片樱唇那么鲜红，那么动人地颤抖，他吻了她。

她感到自己的身体似乎融化到他的身体中去了，他们合而为一地站着，他如饥似渴地紧紧吻着她，好像永远也吻不够。

后来他突然放开她，她感到自己已无法站住，她抬起那双燃烧着爱欲和胜利之火的眼睛望着他。

"你是爱我的！你是爱我的！告诉我！"

他的两手仍然搭在她肩上，她觉得他的手还在颤抖。她热烈地向他凑过去，可是他稍稍退却，没有让她贴近，同时用那双亲切却又苦苦挣扎的眼睛看着她。

"不要！不要这样！"他说。

她快活而热情地微笑着，她已经忘记了一切，只记得他的热烈的拥吻。

他突然抓住她用力摇着，摇得她满头黑发散乱下来，似乎怀着对她，和对他自己的满腔怒火在摇着她。

"我们不能这样！"他说。"我们决不能这样！"

她被他的行动吓坏了。她竭力挣脱开来，然后瞪着眼睛看他。他的额上渗出密密的汗珠，他紧握双拳，好像在经受巨大的痛苦。他直望着她的脸，那双灰色的眼睛似乎要把她刺穿。

"这都是我的错，并且永远不会再发生了，因为我要带着媚兰和婴儿离开这里。"

"离开？"她痛苦地嚷道："啊，不！"

"是的，真的！做了这种事我怎么能留下来？并且这种事以后还可能发生——"

"但是，艾希礼，你不能走。你为什么要走呢？你是爱我的——"

"你还要我这样说吗？好，我就说，我爱你。"

他忽然鲁莽地向她凑过去，吓得她直朝后退。

"我爱你，爱你的勇敢，爱你的顽强，爱你的情火，爱你的冷酷无情。我爱你到什么程度？爱到我刚才几乎败坏了你和我自己，爱到几乎忘掉了我那世界上最好的妻子——爱到我在这泥地里就能对你放肆，把你当作一个——"

她在一团混乱思绪中挣扎，感到痛楚，感到心寒。

他们彼此相视，默默无语。突然思嘉打了个寒噤，她似乎做了一次疲劳的长途旅行后回来，看见依旧是冬天，赤裸裸的田野分外凄凉，她自己更觉得寒冷了。她也看见艾希礼苍老而冷漠的面孔，那张她如此熟悉和亲爱的面孔，如今也回来了，那面孔也是一幅寒冬景象，而且由于伤痛和悔恨而显得越发萧瑟。

"没有什么好说的了，"她终于说。"我是说，一切都完了。没有什么还值得奋斗的了。你走了，塔拉也就完了。"

他注视着她，过了好一会，然后弯下腰从地上挖起一小块红泥土。

"可是，还有些东西留着呢，"他说着，脸上又浮现出微笑的影子，"有些你更爱的东西，虽然你并没有意识到。你还拥有塔拉呢。"

他拿起她柔软的手，把那块润湿的泥土塞到她手里，把她的手指并拢。她朝那块红泥土看了片刻，觉得毫无意义。她看着他，模糊地意识到他身上有一种精神的完整性，是她那双热情的手所无法分裂的，并且不论怎么样都办不到的。

即使你把他杀了，他也决不会丢下媚兰。即使他至死热爱着思嘉，他也决不会同她苟合，而且将竭力与她保持一定的距离。殷勤好客、忠诚名誉，这些字眼对他来说永远有着最大的意义。

泥土在她手里是冷冰冰的。她又一次看着它。

"对了，"她说，"我还拥有这个呢。"

"你不必走，"她明白地说。"我不会让你们大家挨饿的，就算是我讨好你也罢。刚才那样的事再也不会发生了。"

她转身走去，一面把她的头发绾成一个发髻贴在颈后。艾希礼目送她那瘦小的身躯向前走去。这一姿势牢牢映在他的心上，比她所说过的任何话都更加深刻。

第三十二章

思嘉走上屋前的台阶时，她手里还抓着那团红泥。她小心地避免看见嬷嬷或任何别的人，她觉得再也不敢同别人见面或交谈了。她没有什么难为情、失望或痛苦的感觉，只觉得两腿发软，心里非常空虚。她用力捏紧那团泥土，同时一遍又一遍地说："我还有这个呢。是的，我还有这个。"

她没有什么别的东西了；除了这块红土地，除了这块她几分钟前还想随手丢掉的土地，她什么也没有了。现在，这土地又显得可爱起来。她想如果此刻已经和艾希礼一起离开，义无反顾地丢下家庭和朋友，这些可爱的红色山冈和沟渠，以及黑黝黝的松林，都会令她时时牵挂。她的心思一定会如饥似渴地想回到它们身边来，直到她临终那一天为止。即使艾希礼也难于填补塔拉被挖走而留下的空白。艾希礼是多么聪明又多么清楚地了解她呀！他只要把一团湿土塞到她手里，她头脑就清醒了。

她正在穿堂里准备关门，这时她听到了马蹄声，便转过身去看马车道上的动静。

但是马车驶近时，她大为惊讶。那是一辆新马车，漆得锃亮，鞍辔也是新的，镶着闪闪发光的铜片。这无疑是生客。凡是她认识的人中没有一个能买得起这样显赫而簇新的马车。

这时马车在屋前停下，乔纳斯·威尔克森跳下车来。思嘉看见他们家这位前监工居然坐着这么亮丽的马车，穿着这么精致的大衣，不觉惊讶万分。威尔曾说过，自从他在"自由人局"谋到新的差使，他显得很阔绰，赚了许多钱。

威尔克森从那辆亮丽的马车上下来，然后又搀扶一个鲜艳的妇人下了车。思嘉一眼便觉得那衣服颜色亮得刺眼，庸俗到了极点，不过她还是很有兴趣地细细打量了一番。很久了，她没见过什么时髦的衣着。嗯！今年不怎么兴宽阔的裙箍了，她心里想，同时打量着那件红色花纹的长衣。多小巧的帽子！无边帽准是不时兴了。帽带呢？不是系在下巴底下，而是系在背后那束高耸的发卷下面。

那女人下了马车，一双眼睛立即朝房子望去。思嘉发现她扑满了白粉的兔儿脸很眼熟。

"呀，原来是埃米·斯莱特里！"她嚷道，因为非常惊异，不觉提高了嗓门。

"是的，是我！"埃米说，含一丝傲慢的微笑扬起头来，开始走上台阶。

埃米·斯莱特里！这个下流的娼妇，爱伦给她的婴儿施过洗礼，可她却把伤寒症传染给爱伦，送了她的命。这个浓妆艳抹、粗俗而肮脏的白人渣滓，如今却昂首阔步、得意扬扬地走上塔拉的台阶，似乎她是这儿的主人。思嘉想起爱伦来，一股暴怒震撼着她。

"滚下台阶，你这贱货！"她大声喝道。"从这里滚开！滚开！"

"不许你用这种态度对我妻子说话，"乔纳斯说。

"妻子？"思嘉轻蔑地笑起来，这大大刺伤了对方。"你早该讨她做老婆了。你害死我母亲以后，是谁替你后来的孩子们施洗礼的呢？"

埃米"啊"了一声便连忙转身下台阶，但乔纳斯一把拉住她的胳臂，不让她逃跑。

"我们是来拜访的——友好的拜访嘛，"他咆哮说，"想同老朋友谈一桩小事情——"

"朋友？"思嘉的声音厉害得像抽了一鞭子。"我们什么时候跟你们这种人交过朋友？斯莱特里家当初靠我们的施舍过活，后来却以害死我母亲当作回报——而你——你——我爸因为你跟埃米养了私生子才把你开除了，这一点你很清楚。什么朋友？滚开吧。"

这时乔纳斯也气得浑身发抖，他那张松弛的胖脸涨得发紫，活像一只愤怒的土耳其火鸡。

"你神气什么？可是，我对你一清二楚。你连双鞋也没有，打赤脚了。我知道你父亲已经成了白痴——"

"从这里给我滚开！"

"哼，你神气不了多久了。我知道，你已经完蛋了。你连税金也付不起，我到这儿来是想买你的这个地方——给你个公道的价钱。埃米希望住在这里。等你们因为交不起税金被赶走的时候，便会明白我是什么人了。到那个时候，我要买下这块地方，通通买下来——连家具带一切——那时我要舒舒服服住在里面。"

原来，一心想塔拉的人就是乔纳斯·威尔克森——乔纳斯和埃米，他们要报复。思嘉的全部神经充满仇恨，她巴不得此刻手里握着一支枪呢。

"不等你们的脚迈进门槛，我就要把这所房子全都拆掉，把它烧光，然后遍地撒上盐，"她高声喊道。"我叫你滚出去！给我滚开！"

她关起门来，将背靠在门上，感到害怕起来，甚至比谢尔曼的军队住进这所房子里的那天还怕得厉害。这些卑鄙的家伙将会向他们的狐朋狗党吹嘘，他们把骄傲的奥哈拉家赶出去了，说不定他们还会把黑人带进来吃饭睡觉。

一想到塔拉有可能遭受这样的侮辱，思嘉就几乎要透不过气来了。她竭力镇静下来，设想一条出路，愤怒与恐惧震撼着她。出路一定会有的，一定能借到钱。于是艾希礼开玩笑的话又回到她的耳边：

"只有一个人，瑞德·巴特勒……他有钱。"

瑞德·巴特勒。她匆匆走进客厅，随手把门关上。她现在需要时间来安静地想一想。

"我要从巴特勒那里弄到钱。我可以把钻石耳环卖给他，要不就向他借钱，用耳环作抵押，将来有了钱再还给他。"

一时间，她大大轻松了。她可以交纳税金，并在乔纳斯·威尔克森面前放声大笑。可是紧跟着，更严酷的事实使她忧愁起来。

"我不光是今年要交纳税金，还有明年和以后每一年呢。要是我这次交了，他们下次会将税额提得更高，直到我交不起为止。棉田来一次丰收，他们就会狠狠地抽它的税，到头来我一无所得，或者干脆将棉花没收，说它是联邦政府的。北方佬和那帮恶棍已经把我逼得没法活下去了。我得一辈子担惊受怕，拼命挣钱，直到累死。就说借三百美元来交税款，这也只是一时之策。我需要的是永远跳出这个圈套，好让我每晚安心睡觉，用不着一天天地担忧。

她想起瑞德，想起他那在黝黑皮肤衬托下闪光的雪白牙齿，以及那双一直在抚慰她的黑眼睛。她记起，他那只炙热的手曾握住她的胳臂，一面说："我想要你超过任何一个女人——我等你比任何一个女人都等待得更久了。"

"我要跟他结婚，"她冷静地想道。"我就再也用不着为钱操心了。"

多么幸福啊，永远也不必再为钱操心，塔拉永远平安无事，并且全家不愁吃穿，她自己也无须再这样苦苦挣扎了！

她感到自己很老了。艰苦而恐惧的生活耗尽了她的全部感情。如果她的感觉能力还没有完全枯竭，那么她一定会反对头脑中的这个想法，因为这世界上没有第二个人像瑞德那样叫她憎恨的了。但是她已经没有考虑什么感情，她是十分实际的。

"那天夜里当他在路上把我们甩掉的时候，我对他说过些可怕的话，不过我可以让他忘掉，"她这样自信地想着，显然相信自己仍旧是迷人的。"我要让他觉得我曾经一直爱他，而那天晚上不过是心烦意乱又非常害怕而已。唔，男人总是自命不凡的，只要你奉承他，他总会相信……我决不能让巴特勒意识到我们已陷入困境，要先征服他再说。嗯，决不能让他知道！反正他也无法知道，因为连皮蒂姑妈也不了解真实情况呢。而等到我们结婚以后，他便不得不帮助我们了。他总不能让自己妻子家的人饿肚子呀。"

等到同他结了婚以后，一股凉飕飕的感觉，充满了她的全身。她又一次记起在皮蒂姑妈家的走廊上那个夜晚，他恶狠狠地笑起来说："亲爱的，我是不准备结婚的呀！"

也许他是不准备结婚。也许，虽然她那样迷人和狡黠，他还是不会同她结婚。也许——啊，多可怕的想法！——也许他完全把她忘了，而且正在讨好别的女人。

"我想要你超过以前我想要的任何一个女人。……"

思嘉狠狠地握着拳头，几乎把指甲掐到手心肉里去了。就算他把我忘掉了，我也要叫他重新记起来。我要叫他再一次想要我。"

而且，如果他不愿意娶她而只是仍然想要她，那也有办法拿到钱的。毕竟，他曾经有一次要求她当他的情妇嘛。

她竭力要同那三条最能束缚她灵魂的绳子进行一次迅速地决战——那就是对爱伦的怀念、她的宗教信条，以及对艾希礼的爱。她知道自己的想法对位于她那位远在天国的母亲来说必然是丑恶的。

但所有这些都在她无情的冷酷和绝望的心情面前让步了。原先她还是个娇惯的、自私而不谙世故的少女，浑身的青春活力，满怀热忱，热爱生活。如今，走到了现在，那个少女时代已经一去无踪了。饥饿和劳累，恐惧和紧张，早已驱走了她的全部温暖、青春和柔情。

本来她一直希望战争结束后生活会渐渐好起来，她又一直希望艾希礼的归来会给生活带回某种意义。如今这两个希望都已成了破灭的泡影。而乔纳斯·威尔克森在塔拉的出现更使她明白了，战争远没有结束，最剧烈的战斗，最残酷的报复，还刚刚开始呢。

和平令她失望了，艾希礼令她失望了。她现在已经成为方丹老太太所不赞成的那种人，成为一个饱历艰险因而什么都不怕的女人。不论是生活或者母亲，或者爱情，或者社会舆论，一概不在乎了。只有饥饿和饥饿的梦魇才是她觉得可怕的。

她一经横下心来将那些束缚摆脱时，她便感到浑身轻松自在了。她已经做出决定，而且一点也不害怕了。

只要能够引诱瑞德跟她结婚，便一切都好了。可是万一——办不到呢——那也没有什么，她同样能拿到那笔钱。她有那么一会儿竟好奇地想起当情妇会是什么样的滋味。思嘉对于男人生活中的隐蔽一面毫无所知，也无法去了解会发生些什么。她还说不准要不要有个孩子呢。

"我现在不去想它，以后再去想吧，"今晚她就告诉家里人，她要到亚特兰大去借钱，他们只需知道这一点就行，等到以后他们发现真相时，那也没办法了。

一想到行动，她就昂起头挺起胸来。她清楚，这桩事不会是轻而易举的。上一次，那是瑞德在讨好她，而她自己是掌权人。可如今她成了乞丐，是个什么也没有的乞丐了。

"可是我决不像乞丐求他。我要像个施恩的王后那样到他那里去。他万万不会知道了。"

她走到那块高高的壁镜前，昂起头来端详自己。她好像看见了一个陌生人，似乎一年来她头一次看见自己。这个陌生人呀！瘦削，脸颊下陷。这就是思嘉吗？思嘉有着一个亮丽迷人的、容光焕发的脸蛋呀！可是这张脸一点不亮丽，也丝毫没有魅力了。这是张苍白憔悴的脸，那双曾经无限迷人的翠绿眼睛，在苍白皮肤的衬托下，给人以骇异的感觉。她脸上呈现出一种艰辛而窘迫的神态。她想："我的容貌已引不起他的兴趣了。"于是她又绝望了。

她低头看看自己的衣裙，把补过的衣褶摊在手里看着。瑞德喜欢女人穿着好，穿得时髦。她怀着渴望的心情想起那件带荷叶边的绿衣裳和他送的那顶有羽毛装饰的绿色帽子，这些赢得了他的连声赞赏。她还怀着羡慕甚至忌恨的心情想起埃米·斯莱特里那件俗气的红格衣服，但是又新又时髦，准能惹人注意。而现在，她多么需要惹人注意啊！尤其是瑞德·巴特勒的注意！要是他看见她穿着破旧的衣服，他便会明白了。可是万万不能让他明白呀。

她居然以为凭着她这细瘦的脖子，馋猫般的眼睛，破旧的衣裙，就可以到亚特兰大去拿住人家，这多么愚蠢啊！要是她在自己最美、穿着最亮丽的时候还没能赢得他的求爱，那么如今又丑又邋遢，她怎么还敢这样奢望呢？他是亚特兰大最有钱的人，肯定对那里所有的亮丽妇女，好的坏的都挑拣过了。好吧，她泄气地想，我只具有大多数亮丽女人所没有的东西，那就是义无反顾的决心。不过，要是我有一件亮丽衣服——

在塔拉可没有什么亮丽衣服，甚至连一件没有补过两次的衣服也没有。

"就这样吧，"她心里嘀咕着，遗憾地俯视着地板。整个那间愈来愈暗的房子都使她丧气，这时她走到窗前，关好窗户，把头倚在天鹅绒窗帘上，两眼远远向苍苍的柏树林望去。

那苔绿色的窗帘轻拂着她的脸，非常柔软，她欣慰地把脸贴在上面轻轻摩擦。忽然她像只猫似的瞪着眼睛呆呆地看着它。

一分钟后，她将那张沉重的大理石面桌子推到窗下，"哗啦"一下，她把窗帘扯了下来。

这时，客厅的门忽地开了，嬷嬷那张宽宽的黑脸出现在门口，流露出热切的好奇和深深的疑惑。

"你动爱伦小姐的窗帘干什么？"嬷嬷问。

思嘉盯着嬷嬷，这双眼睛使她想起从前幸福的年月，对于那些年月，嬷嬷如今只有惋叹了。

"嬷嬷，快到阁楼上去把那只装衣服样子的箱子取下来，"她嚷着，轻轻推了她一把。"我要做一件新衣裳。"

嬷嬷恐惧地感到有什么可疑的事要发生了。她连忙把几块窗帘一把抢过来，紧紧抱住，似乎那是神圣不可侵犯的。

"你不能用爱伦小姐的窗帘来做新衣服，你居然打这个主意。只要俺还有一口气，你就休想。"

一时间，思嘉恼怒的脸色又变为微笑。嬷嬷明白思嘉姑娘只不过用微笑争取她，而这件事她是决不会让步的。

"嬷嬷，别小气了。我要到亚特兰大去借钱，总得有件新衣裳呀。"

"你用不着穿什么新衣裳。别的太太们也没有穿新衣裳。她们都穿旧的，并且很体面呢。爱伦小姐的孩子只要高兴也可以穿破衣裳，这没有什么，并且人家会尊敬她，就像她穿了绫罗绸缎一样。"

"告诉你吧，嬷嬷，皮蒂姑妈写信来，说范妮·埃尔辛小姐星期六结婚，我得去参加婚礼。因此我得有件新衣裳啊。"

"俺看你身上穿的这件衣裳和新娘子的结婚礼服一样亮丽了。皮蒂小姐不是来信说过，埃尔辛一家也穷得很嘛。"

"可是我也得有件新衣裳才行呀！嬷嬷，你还不清楚我们多么需要钱用。那笔税金——"

"是的，俺知道税金的事，不过——"

"你知道？"

"是呀，上帝也给了俺耳朵，不是吗？难道俺就听不见？尤其是威尔先生，他从来就不关门。"

"好吧，既然你听见了，我想你一定知道乔纳斯·威尔克森和埃米——"

"是的，"嬷嬷说，眼里流露着潜藏的怒火。

"那么，你就别固执了，嬷嬷。我必须到亚特兰大去弄钱来交税金，我得弄到一笔钱呀，我只好这样了。"她一只手握拳打另一只手的手心。"否则，到时候我们通通被赶走了，你还用得着为母亲的窗帘这种小事跟我争吵吗？"

嬷嬷用责备的眼光死死盯住思嘉："你准备换上新衣裳去向他借钱，那个人究竟是谁呀？"

"那个嘛，"思嘉刚一开口又打住了，接着支支吾吾地说："那是我自己的事。"

嬷嬷狠狠地盯着思嘉，就像被她看穿了那样。她似乎看透了思嘉的心思，这时思嘉无可奈何地垂着头，对自己的行为感到羞愧。

"原来你需要穿一件簇新的亮丽衣裳去借钱。可这种事俺觉得不对头。你又不直说究竟钱从哪儿来的。"

"我什么也不想说，"思嘉厌烦地说。"那是我自己的事。你到底给不给我那块帘子，帮我做件衣裳？"

"那好呀，"嬷嬷轻声说，"俺来帮你做。俺说可以把那帘子的缎子衬里做条裙子，上面的花边可以拆下来镶短裤边。"

她把那块天鹅绒窗帘递给思嘉，脸上掠过一丝狡狯的笑容。

"媚兰小姐同你一起去吗，思嘉姑娘？"

"不，"思嘉简捷地回答说，"我一个人去。"

"这是你自己的想法喽，"嬷嬷断然说，"不过俺要跟你一起去，还让你穿上那件新衣裳。是的，姑娘，一路上我会寸步不离的。"

思嘉又摆出笑脸拍了拍嬷嬷的肩膀。

"好嬷嬷，你那么好心要跟我一起去，一路上照顾我，可是这里没有你，他们怎么活呀？你知道你简直就是塔拉的管家了。"

"哼"嬷嬷说，"别给我迷魂汤喝了，思嘉姑娘。俺是知道你的。俺说过俺要跟你去，俺就去定了。要是你一个人到遍地都是北方佬和黑人的地方去，爱伦小姐在坟墓里也躺不住了。"

"我会住到皮蒂姑妈家去的，"思嘉拼命找借口为自己辩解。

"皮蒂帕特小姐是个好人，她自以为什么都懂，可实际什么也不懂，"嬷嬷说着，便转过身走出去，装出一副威严的样子。

晚餐后，收拾完餐具，思嘉和嬷嬷把衣服样子铺在饭厅桌子上，这时苏伦和卡琳忙着拆窗帘的缎子衬里，媚兰用干净刷子刷天鹅绒窗帘上的尘土。杰拉尔德、威尔和艾希礼在房间里一面抽烟，一面笑嘻嘻地看着妇女们在忙活。思嘉愉快的兴奋之情感染了大家。她脸上泛着红晕，眼睛闪耀着光辉，老是笑个不停。她的笑声使大家都笑起来了，因为他们已好几个月没听到她真正笑过了。女孩子们都兴奋得像在准备一次舞会，她们拆呀，剪呀，缝呀，似乎在给自己做一件晚礼服似的。

思嘉是要到亚特兰大去借钱。当有人问起谁能借给她这笔钱时，她说："别管闲事。"这样狡猾的答复把大家都逗乐了，她们纷纷开玩笑，问她的那位百万富翁朋友究竟是谁呢。

"一定是瑞德·巴特勒船长，"媚兰略带揶揄的口气说，这个荒谬的设想又引起大家一阵嬉笑，因为他们知道思嘉最恨巴特勒，每回谈到他都骂他是"下流坯"。

但是思嘉对媚兰的揶揄并没有反驳。而同样在取笑的艾希礼一看到嬷嬷匆匆地对思嘉丢了个防范的眼色，便突然不笑了。

苏伦被这欢乐的气氛感动得慷慨起来，拿出她那件尽管旧了但还相当亮丽的爱尔兰花边护肩来，卡琳也坚持要思嘉穿她的便鞋，那可能是塔拉最好的一双鞋了。

思嘉瞧着那些飞针走线的手指，听着那些欢快的笑声，内心暗暗感到悲痛和耻辱。

"他们压根儿没有想到正在发生什么样的事情。他们还以为，他们谁也不会碰到真正可怕的事。多么愚蠢的人啊！他们永远也不会明白！他们还会这样想下去，生活下去，而且习惯这样的生活。媚兰可以穿得破破烂烂，可以摘棉花，甚至帮我杀人，但她不会改变，她还是那个羞怯而高尚的威尔克斯太太，那个十全十美的贵妇人！艾希礼能够面对死亡和战争，能够受伤，蹲监狱，然后回家过这种糟糕的生活，可他同战前那个文雅的绅士仍然一模一样。至于苏伦和卡琳——她们还以为这一切都是暂时的呢，以为这局面很快就会好转。他们是不想改变的，也许他们不能变。我才是唯一改变了的人。"

有好一会大家没说话，威尔嚼着烟草，那张和善的面孔显得十分安静。

"这番到亚特兰大去，"他终于慢吞吞地说，"我可不赞成。一点也不赞成。"

艾希礼迅速看了看威尔，然后将眼光移往别处。他什么也没说，不知道威尔是否也有他心中那种可怕的疑虑。周围空气中有某种艾希礼说不清楚的不祥之兆。可是他没有能力挽救思嘉，使她逃脱这一不祥的境地。那天夜里她没有正眼看过艾希礼一眼，她那种严厉而活泼的快乐神气简直吓人。他感到揪心，无法用言语形容。他没有权利问她什么。他紧握双拳。凡是有关她的事情，他都无权过问；当天下午他已经把这种权利彻底丧失了，永远丧失了。他不能帮助她。谁也无法帮助她。不过，他想起嬷嬷那种冷峻的表情，便稍稍感到欣慰了。嬷嬷会照顾思嘉的，不论思嘉愿意与否，她都会这样。

"这些都怪我，"他懊丧地想。"是我把她逼到了这个地步。"

他清楚地记起那天下午她是怎样挺起胸脯从他身边走开的，记得她倔强地昂起头来的模样。他知道，她在任何情况下都能勇敢地面对生活，用她坚韧的精神去克服任何困难，她勇往直前，即使发现失败已不可避免，也继续战斗下去。

他在阴暗的客厅里注视着威尔，心想他从没见过像思嘉·奥哈拉身上所拥有的这种勇敢，她要穿戴用她母亲的天鹅绒窗帘和公鸡尾毛做的衣帽，去征服世界了。

第三十三章

第二天早晨，思嘉和嬷嬷迎着呼啸的寒风在亚特兰大下了火车，火车站在全城大火中毁了。她环顾车站周围，想找到一位老朋友或旧相识的马车，好央求人家把她们带到皮蒂姑妈那儿去，可是谁也不认识。

车站上只有几辆溅满了泥污的四轮单座马车，其中一辆里面坐着一个穿着很讲究的妇人和一个军官。思嘉一见那身制服便狠狠地抽了一口气，这又使她想起残酷的战争。

车站周围一片空荡荡的景象使她想起那时她身穿丧服、抱着刚生下不久的小韦德、满怀厌倦地来到了亚特兰大。她记得这个地方当时拥挤不堪，到处是货车、客车和运送伤员的车辆，车夫们的咒骂声和叹息声，人们迎接朋友的招呼声汇成一片喧嚣。

思嘉和嬷嬷只好沿着狭窄的人行道朝桃树街走去，一路上思嘉觉得惊恐和悲伤，因为亚特兰大已经如此荒凉，同她记忆中的情景大不一样了。那高雅的亚特兰大饭店只剩下一个空壳和焦黑的断垣残壁了。那些存放军需品的库房还没有重建起来，它们长方形屋基在灰暗的天空下看来分外凄凉。由于两旁都没有了建筑物的遮挡，同时车库已经消失，所以火车道上的铁轨便赤裸裸地露出来了。

她们拐了个弯走进桃树街时，她朝五点镇望去，不禁高声惊叫起来。城镇已被大火夷为平地，它显得如此陌生，似乎她从没见过似的。曾经那么熟悉的城镇，如今竟是这样陌生，她伤心得要哭了。

周围是大片大片的空地，荒榛枯草中是一堆堆烧焦的断砖碎瓦。她也偶尔高兴地看见一两家熟悉的店铺，那是在炮火中幸存下来并修复了的。当然，街道两旁新建筑物也正在修建起来，不能不令人鼓舞。这些建筑物也是成百上千的，有些还是三层楼房呢！到处都在兴建新房子。她在大街上朝前望去，想要让自己的脑子适应这新的亚特兰大。她耳边是一片欢快的锯子声和榔头声，眼前是一个又一个高耸的脚手架，人们扛着砖头在梯子上攀登。她朝前望去，望着这条自己那么喜爱的大街，眼睛不觉有点湿润了。

她心想："他们把你放火烧了，他们把你夷为平地，可是他们无法把你打垮。他们打不垮你。你重新生长起来，变得像你过去那样巨大，那样豪壮！"

她沿着桃树街往前走，后面跟着蹒跚的嬷嬷。一路上人仍像战争紧张时期那么拥挤，这复苏的城镇仍然是一片仓皇喧扰的气氛，街上到处是游手好闲的黑人，有的斜倚着墙壁，有的坐在路边石上，天真好奇地观看着过往的车辆。大街上一片乌黑。

"尽是些刚放出来的自由黑鬼！"嬷嬷打鼻子里哼了一声。"他们一辈子都没个体面样儿。还有那一脸的流氓相。"

思嘉也这样想，因为他们总是无礼地盯着她。不过她一看到那些穿蓝军服的大兵，便吓得把这些黑人忘记了。城里到处是北方佬士兵，有的骑着马，有的步行，有的坐在军车里，晃晃悠悠的，从酒吧间出出进进。

一辆轿式马车迎面驶来，思嘉急切地站到路边看是否认识车上的人。马车来到身边，这时思嘉正准备抛出一个微笑，可是当轿车窗口探出一个女人的头——一个戴着高贵的毛皮帽的红得耀眼的头时，她几乎失声喊叫起来。双方都认出来了，脸上都露出惊异的神情，思嘉更不由得后退了一步。是贝尔·沃特琳！真奇怪，在亚特兰大她首先看到的那张熟悉面孔偏偏是贝尔的！

"那是谁呀？"嬷嬷猜疑地问。"她认识你却不向你鞠躬。俺可一辈子也没见过这样颜色的头发。那似乎——嗯，我看是染过的！"

"是染过，"思嘉不屑地回答了一声，加快了脚步。

"你认识一个染了发的女人？俺问你，她到底是谁？"

"她是城里的坏女人，"思嘉简单回答说。"我向你保证，我不认识她，你别问了。"

"我的天哪，"嬷嬷轻轻叹了一口气，用满怀好奇的眼光望着那辆驶去的马车，惊讶地连下颚都快掉下来了。自从二十年前她同爱伦离开萨凡纳以来，还不曾见过妓女，所以她很遗憾刚才没有仔细地看看。

"她穿得这么亮丽，还有这么好的一辆马车和一个车夫，"她喃喃地自言自语。"俺不懂上帝安的什么心，让那些坏女人享福，而俺们好人倒要饿肚子，打赤脚。"

"上帝早就不管咱们了，"思嘉粗鲁地说。"可是你也不用对我说，母亲听了我这话会在坟墓里翻来覆去睡不着。"

她本该觉得自己高于贝尔，但是做不到。如果她的计划能顺利进行，她就会和贝尔处于同样的地位并受到同一个男人的资助了。她虽然对自己的决定一点也不后悔，但这件事实质上还是使她感到困窘的。

她们经过米德大夫的住宅，可是住宅只剩下两个石级和一条走道，上面什么也没有了。埃尔辛家的砖房仍兀立在那里，并且新盖了二层楼和一个新的屋顶。邦内尔家修补得很难看，上面用粗木板当瓦片盖了个屋顶，一副破烂相。

皮蒂姑妈家的新石板屋顶和红色砖墙，终于在前面出现了，这时思嘉的心也怦怦地跳起来。上帝多么仁慈啊，竟没有让这所房子全被毁掉！彼得大叔正从前院走出来，胳臂上挎着一只篮子，他看见思嘉和嬷嬷一路艰难地走来，黝黑的脸庞上漾开了一丝爽朗又不敢轻信似的微笑。

思嘉暗想，"我要狠狠地吻这个老黑傻瓜，我多么高兴看到他呀！"她随即愉快地喊道："彼得，真的是我呀！"

那天晚上，皮蒂姑妈家的晚餐桌上摆着玉米粥和干豌豆，思嘉一面吃一面暗暗发誓，一旦她又有了钱，便决不让这两样东西再次出现在她的餐桌上。而且，不论付出什么样的代价，她也要多捞些钱，比交纳塔拉的税金还要多的钱。总之，有一天她会得到许多钱，即使犯杀人罪也在所不惜。

在饭厅的淡黄灯光下，思嘉问皮蒂的经济状况怎样，她希望事情能出乎她的意料，查尔斯家能够借给她所需要的那笔钱。皮蒂立即伤心地谈起自己所有的苦处来了。她连自己的农场、城里的财产和钱到哪里去了也不知道，只发现一切都没了。除了她现在住的这所房子外，一切都已化为乌有。亨利兄弟每月给她一点点钱作生活费，而且，虽然要他的钱是非常寒碜的，她也只好这样做了。

"亨利兄弟说他肩上的负担重，租税又高，他真不知怎样维持下去。不过，当然喽，他也许是在撒谎，而手头还有一大笔钱，只是不想多给我一点罢了。"

思嘉知道亨利叔叔说的不是谎话。

"当然，他没有什么钱了，"思嘉冷峻地心想。"好吧，除了瑞德，再没有别的人了。我只好这么办。我必须这么办。不过，我现在用不着想它……我得让她自己谈起瑞德，然后我再乘机提出叫她邀请他明天到这里来。"

她满脸笑容地紧紧握住皮蒂姑妈那双胖乎乎的手。

"好姑妈，"她说，"我们别再谈那些烦恼事了。让我们把这些事抛到脑后，谈些开心的话题吧。你告诉我老朋友们的新闻吧。梅里韦瑟太太怎么样了？还有梅贝尔呢？我听说梅贝尔的小克留尔安然回家了。可是埃尔辛家和米德大夫夫妇呢？"

皮蒂帕特一转换话题就高兴了，她那张娃娃脸已不再在泪痕下伤心抽搐。她一桩桩地报道老邻居的近况，他们在干什么、吃什么、穿什么、想什么。

米德大夫夫妇的家是在北方佬放火烧城时毁掉的，后来费尔和达西相继牺牲，他们便没有心思再重建了。米德太太说她再也不想建立家庭，因为没有孙儿住在一起还算个什么家呢。他们感到非常孤单，只得去和埃尔辛一家住在一起，后者总算把自己房子的毁坏部分修复了。惠廷夫妇也在那里占有一个房间。

"可是，他们这么多人怎么挤得下呀？"思嘉大声问。"有埃尔辛太太，有范妮，还有休——"

"埃尔辛太太和范妮睡在客厅里，休睡在阁楼上，"皮蒂解释说，她是了解所有朋友们的家务安排的。"亲爱的，我本不想告诉你这些事，可是，可是，"皮蒂压低声音，"埃尔辛太太就是在开旅店嘛！你说可怕不可怕？"

"我想这没什么。"思嘉冷冷地说。"我倒宁愿去年在塔拉有这样一批房客，而不是免费寄宿。要是这样，我们现在也不会这样穷了。"

"思嘉，你怎么说出这种话来了？你母亲在坟墓里想起要向住在塔拉的亲友们收费，会辗转不安的！当然，埃尔辛太太这样做也是迫不得已的，因为单靠她揽点缝纫活，范妮画画瓷器，休叫卖柴火，是活不下去的。想想吧，小小的休竟卖起柴火来了！他一心要当个出色的律师呢。眼看着我们的孩子竟落到这个地步，我真想哭呢。"

思嘉想起烈日下那一行行的棉花，她弓着身子那种腰酸背痛的感觉。她记起自己用一双毫无经验的、满是血泡的手扶着犁把时的滋味。于是她觉得休·埃尔辛也并不是特别值得同情的。皮蒂是个多么天真的老傻瓜呀，而且，虽然周围是一片废墟，她还住得真不错呢！

"要是他不高兴卖柴火，干吗不当律师呢？难道在亚特兰大就没有律师的事了？"

"啊，亲爱的，那倒不是！律师的事还多着呢。这些日子，每个人都在控告别人。由于什么都烧光了，界线也消失了，谁也说不清自己的地界在哪里。不过打官司也打不起，因为大家都没有钱了。所以休只好一心一意卖自己的柴火……啊，我差点忘了！范妮·埃尔辛明天晚上要结婚了。当然，你应当去。我真希望你除了这身穿着还另外有件衣服。并不是说这一件不好看，亲爱的，可是——嗯，它显得有点旧了。啊，你有件亮丽的长袍？我真高兴，这将是亚特兰大沦陷以来头一次举行的真正的婚礼呢。婚礼上将有蛋糕，有酒，然后是跳舞会，虽然我不明白埃尔辛家哪来的钱，因为他们本来是够穷的。"

"范妮嫁给谁呀？我想达拉斯·麦克卢尔在葛底斯堡牺牲之后——"

"乖乖，你可不能批评范妮。不是每个人都像你对查尔斯那样忠于死者呀。让我想想……他姓珀金斯，珀金斯？珀金森！对了。斯巴达人。门第很好，可还是一样——嗯，我知道不该说的，可不明白范妮怎么会让自己去嫁给他的！"

"他喝酒？还是——"

"不，亲爱的。他的品性完美无缺，不过你瞧，他下身受了伤，被一颗开花弹打的，打坏了两腿——把它们——把它们，唉，我不愿意说，总之是使他只能叉开两腿走路了。这叫他行走起来十分难看——嗯，可真不体面呢。我不明白她为什么要嫁给他。"

"姑娘们总得嫁人嘛！"

"说真的，这倒不一定，"皮蒂皱皱眉头，表示异议。"我就从没想过。"

"你看，亲爱的，我不是说你呀！谁都知道你多么惹人爱慕，并且至今还是这样。要不，老法官卡尔顿还经常向你飞媚眼呢，以致我——"

皮蒂格格地笑着，情绪渐渐好起来。"不论怎么说，范妮挺讨人喜欢，她本该嫁一个更好的人，并且我不信她对于达拉斯·麦克卢尔的牺牲会不再伤心了。不过她跟你不一样，亲爱的。你对心爱的查理忠贞不渝，如果你想再嫁，可能嫁过多次了。媚兰和我时常谈起你为查理守节多么坚贞，尽管别人在背地里说你简直是个没心肝的风流女子。"

思嘉对于这些话漠然置之，只一心要诱导皮蒂从一个朋友谈到另一个朋友，并且始终迫不及待地将谈话绕到瑞德身上。

皮蒂姑妈很高兴喋喋不休地说下去，她说在亚特兰大，最糟糕的是共和党向穷人头脑里灌输选举思想。

"亲爱的，他们要让黑人投票选举呢！你说世界上还有比这更荒唐的事吗？当然喽，像彼得大叔这样有教养的人是决不会参加选举的。可是，光这种想法本身就把黑人搞得昏昏沉沉了。何况他们中间有些人是那么粗野无礼。天黑以后走在大街上是有生命危险的，甚至大白天他们也会把姑娘们推搡到路边的泥泞里去。而且，如果有位绅士胆敢表示抗议，他们就逮捕他，以致——亲爱的，我告诉过你没有？巴特勒船长已经进监狱了。"

"瑞德·巴特勒？"

"是的，千真万确！"皮蒂已激动得两颊发红，腰也挺得笔直了。"他就是因为杀了一个黑人立即被抓起来的。说不定要判处绞刑呢！想想吧，巴特勒船长判处绞刑！"

思嘉顿时像个泄了气的皮球，喘不上气来了，只是呆呆地望着这位胖老太太。

"他们还没有找到充分的证据，不过的确有人杀了这个侮辱白人妇女的黑鬼。北方佬感到非常恼火，因为最近有许多气势汹汹的黑人被杀了。现在他们在巴特勒船长身上找不到证据，可是正如米德大夫说的，他们总得搞出一个样板。巴特勒船长上星期还到过这里，给我带来了一只怪可爱的鹌鹑呢。他还问起你，说他担心围城时期得罪过你，你大概永远也不会原谅他的。"

"他得在监狱里待多久？"

"谁知道呢。也许一直要关到执行绞刑那天吧。不过，也可能他们最终落实不了他的杀人罪。"皮蒂悄悄地说，"不过休·埃尔辛告诉我，他认为他们不至于绞死巴特勒船长，因为北方佬觉得他知道那笔钱的下落，他们正在想办法让他说出来。"

"那笔钱?"

"你不知道呀?亲爱的,你是给埋在塔拉了,不是吗?巴特勒船长回来时城里都轰动了,他驾着亮丽的马车,口袋里装满了钞票,可我们大家正愁着没东西吃呢!这真叫每个人都气炸了,一个老投机商竟有这么多的钱,而我们大家却穷得要命。每个人都急于要知道他是怎样弄到这么多钱的,可是谁也没勇气去问他——就我敢问,但他只笑着说:'不是老老实实挣的,你放心好了。'你看要从他嘴里掏点正经的东西多不容易呀!"

"不过,当然了,他的钱是跑封锁线捞到的——"

"当然,可是每个人,包括北方佬在内,都相信他得到了藏在某个地方,属于联盟政府所有的成百万的金元。"

"成百万的——金元?"

"是啊,北方佬以杀害黑人的罪名逮捕巴特勒船长,肯定是想迫使他将钱的下落告诉他们。你看,我们联盟政府的全部资金现在都归北方佬所有了。可是巴特勒船长声称他什么也不知道……亲爱的,你怎么了,怎么这副样子!你有点头晕?我谈这些叫你厌烦了吗?我知道他曾经是你的一位求爱者,可是我以为你早已把他撇到一边了呢。就人品而论,我从没喜欢过他,这么个无赖汉——"

"他算不上是我的朋友,"思嘉加重语气说。"围城期间,你到梅肯去了以后,我跟他大吵了一番。可现在——现在他在什么地方?"

"就在那边公共广场附近的消防站呢!"

"在消防站?"

皮蒂姑妈咯咯一笑。

"是啊,他在消防站。现在北方佬把那里当成一间监狱了。我说,思嘉,昨天我听到有关巴特勒船长的一桩最有意思的事。你清楚他这个人一直那么爱臭美——一个十足的纨绔子弟——而他们把他关在消防站里，禁止他洗澡，可他坚持每天一定要洗一次澡，最后他们唯有把他放出来，广场上有个长长的饮马槽，一个团都在同一盆水里洗澡呢。他们说他可以在那里洗，他说，绝不，说他宁可留着自己南方人的污垢，而决不沾上北方佬的污垢——"

思嘉见她兴致益然，不住的絮叨，但她一句话也没听进去。她心里只有两个念头：瑞德拥有比她想象的还要多的家产，她几乎没有想到瑞德要被判处绞刑，她实在太需要钱了，太紧急，甚至没功夫去考虑他的命运了。当然要是在他蹲监狱时能想办法跟他结婚，而他紧跟着被处决，那么，那成百万的金元就全是她的，归她一人所有。要是没办法结婚呢，那么，或者她只要答应在他获释后嫁给他，或者答应——啊，怎么样都行！——她便能从他那里拿到一笔贷款。再说，假使他们把他绞死，她就永远不用偿还了。

一想到在北方佬政府的好意干预下她要成为寡妇，她的想象力马上燃烧起来。成百万的金元呢！她可以把塔拉修复好，雇用很多工人种棉花。她可以买许多亮丽衣服和她想吃的所有东西，还有苏伦和卡琳也是一样。韦德会有足够的营养品把他那瘦弱的身子吃得胖胖的，衣服穿得暖暖的，还要请家庭教师，以后上大学……再不会衣不蔽体长大成人，成为一个如同山区穷汉那样的笨蛋。那时也能雇一个医生照顾爸爸了。至于艾希礼——她可以替他做任何事

皮蒂姑妈此刻猛然用探询的口气说："是这样吗，思嘉？"思嘉突然从梦想中醒过来，看见嬷嬷站在门道里，两手藏在围裙底下，眼里流露着机警逼人的神色。她不知嬷嬷站在那里多长时间了，从她那双老眼里的神色看上去，好像一切都明白了呢。

"思嘉姑娘好像是累了。俺说她最好去睡吧。"

"我是累了，"思嘉说，一边站起身来，"恐怕我还着了点凉呢。皮蒂姑妈，一旦我明天要躲着休息一天，不随你去看望邻居，你不会在乎吧？"

思嘉昂扬的思绪猛然低落下去，她脸色发白，身子微颤。

"你的两手冰凉，老天。你赶紧躺下，我给你熬点热茶，好叫你发点汗。"

嬷嬷催促思嘉爬上黑暗的楼梯，一边喃喃地抱怨手凉啦，鞋太单薄啦，等等，这时思嘉倒显得温和和心满意足了。要是她可以平息嬷嬷的猜忌并让她明天不待在家里，那就太好了。那时她就能到北方佬监狱里去看望瑞德了。

第三十四章

翌日清晨，太阳凄凄惨惨地，狂风大作，刮得玻璃窗发出吱吱嘎嘎的响声，在房屋四周隐隐地呼啸着。思嘉念了一句不长的祈祷，感谢昨天晚上的雨已经停了，不然她的天鹅绒衣服和新帽子就全完了。现在她可以不时看见太阳在短暂地露脸了，她的兴致激昂起来。她在床上差不多躺不住了，一心等待皮蒂姑妈、嬷嬷和彼得大叔出门到邦内尔太太家去。最终，大门砰的一声关了，只留下她一人在家里。此刻她从床上一跃而起，连忙把新衣裳取下来。

经过一夜休息，她再次感觉头脑空明、精气神十足了，于是她开始从内心深处吸取勇气。她还得和一个男人在智力上进行一场无情的搏斗，这叫她精神倍受鼓舞。长期以来经历过的数不尽挫折和斗争，她明白自己终于遇到了一个沉着冷静、难以打翻的敌手，想到此处她充满了激情和自信。

她戴上那顶装有美丽羽饰的帽子，穿好新裙子，跑到皮蒂姑妈房里，在穿衣镜前修饰装饰起来。她显得漂亮极了！那几支公鸡毛让她显得活泼，而暗绿色天鹅绒帽子更让她的眼睛格外增辉，差不多成了翡翠色了。衣裳也相当出色，显得如此富丽、大方，而又十分脱俗！可以再次穿上一件满意的衣裳，简直太好了！清楚自己显得风姿绰约，这叫人十分激动。她打开皮蒂姑妈的衣橱，取下一件宽幅绒布的外套，那是皮蒂姑妈只在礼拜日才穿的薄薄的秋大衣，把它穿在身上。她把从塔拉带来的那副钻石耳环伶俐地戴在耳朵上，耳环发出快活的叮当声，叫人听着相当满意，以致她想同瑞德在一起时一定要记得不时摇头才好。跳跃着的耳环总是能吸引男人并给予一个姑娘天真活泼的神气的。

太难堪了，她没有手套！女人不戴手套就很难叫人觉得是位上流社会的太太，可是思嘉自从离开亚特兰大以来就再没有戴过。在塔拉艰苦的日子里，她的手被磨得非常粗糙了。好吧，这已无法补救。她想用皮蒂姑妈那个海豹皮手筒，好将自己的手藏在里面。思嘉觉得如此一来她那身漂亮的打扮就算毫无瑕疵了。现在任何人见了她也不会怀疑她正在贫穷中挣扎呢。

最重要的是不要让瑞德产生怀疑。决不能叫他想起她这次来访别有所图，而非出于对他的好感。

她踮着脚尖走下楼梯，走出房子，沿着贝克街匆忙前行。

她终于到了广场，可以看见市政大厅的圆屋顶。她仔细看看四周，发现没有人留意她，便使劲捏了捏两颊，让面颊泛起健康的红晕，又紧咬嘴唇，直到嘴唇痛得涨红了。她整了整头上的帽子，把头发往后抿整齐，然后打量广场。那幢两层楼的红砖市政厅是城镇被毁坏时幸存下来的，它在灰沉沉的天宇下显得荒凉而又凌乱。它的四周遍布着一排排肮脏的军营棚屋。北方佬士兵在四处溜达，思嘉举棋不定地瞧着他们，开始的勇气有点动摇了，她怎能在这座敌人军营中找到瑞德呢？

她朝大街前边的消防站看去，有两个哨兵分别在房子的两旁来来回回。瑞德就在那里面。可是她该对那些北方佬如何说呢？她两肩向后一靠，挺起胸来。既然她有胆量杀死一个北方佬，她就不应该连对另一个北方佬说话也感到害怕啊！

她小心翼翼走过去，一个哨兵把她拦住。

"怎么回事，太太？"他带有中西部口音，但还是客气和文明的。

"我要到里面去看一个人——他是个犯人。"

"这个嘛，我不清楚，"哨兵说，一边抓抓脑袋。"这里的规定很严格呢，并且——"他说到这里停住了，一面注视着思嘉。"怎么，太太，你别哭呀！你到那边总部去问问那些当官的。我敢保证他们会让你去看他的。"

思嘉本来不准备哭，这时便朝他笑了。他回过头来对另一个正在缓缓踱步的哨兵喊道："喂，比尔，你来一下。"

后一个哨兵是个大块头，穿着一件蓝上衣，露出一脸讨厌的黑络腮胡。

"你带这位太太到总部去。"

思嘉向他道谢，然后跟着哨兵走了。

"请当心，别在这些垫脚石上扭伤了脚，"哨兵说着，搀住她的臂膀。"你最好把衣裳撩起一点，免得溅上泥污。"

从络腮胡中发出的声音同样带有浓重的鼻音，但也是温和愉快的。他搀扶着她的手既坚定又有礼貌。怎么，北方佬并不全是坏人嘛！

"这么大冷天，一位太太出门可不容易呀，"身边这位士兵温情地说，"你走了很远一程路吧？"

"唔，是的，从城镇对面一直走过来的呢！"她答道，由于哨兵说话和气使她感觉暖和起来。

"这天气可不是让太太们外出的呀，"哨兵好像带点责备地说，"很容易生病啊。喏，这就是哨兵指挥部，太太——你有什么事？"

"这房子——是你们的总部?"思嘉抬头望着这所可爱的面对广场的老住宅,几乎要哭了。她曾参加过在这里举行的多少晚会啊。它本来是个那么愉快亮丽的地方,可如今——屋顶上飘扬着一面合众国的旗帜。

她走上台阶,一路抚摩着那些损坏了的白栏杆,然后推开前门。大厅黑暗而凄冷,像个坟墓似的。一个冻得瑟瑟发抖的哨兵倚在门上。

"我要见队长,"她说。

他把门拉开,让她进去,这时她的心脏紧张地跳着,她的脸颊涨得通红。她看见一张铺满了文件的长桌和一群穿铜纽扣蓝制服的军官。

她咽了一口气,觉得自己能说出话来了。她可不能让这些北方佬小瞧她呀。她一定要在他们面前显露出她最亮丽最大方的样子。

"谁是队长?"

"我就是,"一个敞开紧身上衣的胖子回答说。

"我要看一个犯人,他叫瑞德·巴特勒船长。"

"又是巴特勒!这人可真是交际广阔,"队长笑着说,从嘴上摘下一支咬碎了的雪茄。"你是亲属,太太?"

"是的——是——他的妹妹。"

他又笑起来。

"他的姐妹可真多呀,昨天还刚来过一个呢!"

思嘉脸红了。同瑞德·巴特勒厮混的一个贱货,很可能就是那个沃特琳。而这些北方佬把她当作又一个那样的人了,这是无法容忍的。即使是为了塔拉的命运,她也决不能蒙受这样的侮辱。她转身向门口走去,愤怒地去抓门把手,这时另一个军官很快走到她身旁。他是个刚刮过脸、眼神显得愉快而和气的青年人。

"等等,太太。你想在火炉边暖和的地方坐坐吗?我可以去给你想点办法。你叫什么名字?昨天来的那位——女士,他可是拒绝会见她呢。"

她在挪过来的椅子上坐下，瞪着眼睛看着那位很尴尬的胖队长，报了自己的名字。伶俐的青年军官匆匆穿上外套出去了，她乐得把双脚伸到火炉边取暖，这时才发现脚已冻得多么厉害，如果事先在那只便鞋里塞进一块硬纸片，那该多好呀。过了一会，门外传来一阵低声细语，她听见瑞德的笑声。门一打开，瑞德出现了，他没戴帽子，只随便披上了一个披肩。他显得很脏，没有刮脸，也没系领结，但看来情绪还挺不错，一见思嘉便眨着那双黑眼睛乐开了。

"思嘉！"

他拉起她的双手，并像往常那样热烈、充满活力和激动地紧紧握住不放。在她还没明白过来，他已经低下头吻她的两颊。他觉得她的身子在惊惶地回避他，但他紧紧抱住她的双肩说："我乖乖的小妹妹！"接着便咧开大嘴笑嘻嘻地瞧着她，好像在欣赏她无法抗拒他的爱抚时的窘相。真是十足的流氓！监狱也没能改变他一丝一毫。

胖队长边吸雪茄边对那个快活的军官咕哝什么。

"这不合乎规定了。他应当在消防站里会面。你是知道规定的。"

"唔，算了吧，亨利！在那里这位太太会冻僵的。"

"唔，好了，好了，那是你的责任。"

"我向你们保证，先生们，"瑞德朝他们转过身去，但仍然紧紧抱住思嘉的双肩，"我妹妹并没有带锯子和锉刀来帮助我逃跑！"

他们全都笑了，就在这时思嘉迅速地向周围看了看。天哪，难道她得当着六个北方佬军官的面同瑞德说话吗？那个好心的军官看见她焦灼的眼神，便将一扇门推开，几个人一同出去了，并随手把门带上。

"要是你们愿意，就坐在这间整整齐齐的屋里谈吧，"年轻的队长说。"可是别想逃出去！哨兵就在外面。"

"思嘉，你看我就是这么个危险人物，"瑞德说。"谢谢你，队长。你这样做真是太开恩了。"

他随随便便鞠了一躬，拉着思嘉的胳臂让她站起来，把她推进那个昏暗而整齐的房间。

巴特勒把门关上，急忙向她走来，俯身瞧着她。她懂得他的意图，便连忙把头扭开。

"难道现在还不能真正吻你？"

"吻前额，像个好哥哥那样，"她故作正经回答说。

"不，谢谢你。"他的眼光搜索着她的嘴唇，并在她的嘴唇上停留了片刻。"不过你能来看我，这就太好了，思嘉！自从我入狱以后，你还是头一个来看我的正经人，狱中生活是很叫人珍重朋友的。你什么时候到城里来的？"

"昨天下午。"

"于是今天你一早就跑出来了？哎哟哟，亲爱的，你真太好了。"他微笑着俯视她，这一真诚愉快的表情是她以前从没见过的。思嘉内心激动地微笑着，低下头来，好像觉得不好意思。

"当然了，我立即就来了，皮蒂姑妈昨晚跟我说起你的情况，我就——我简直一夜都睡不着。瑞德，我心里难过极了！"

"思嘉！"

他的声调很温柔，但有点震颤。她仰起头来直视着他黝黑的脸，没有看到她所熟悉的那种嘲弄的神色。在他咄咄逼人的目光下，她的眼光又一次垂下来，看来事情进行得比她希望的还要好。

"能再一次看见你并听到你说这样的话，这监狱也就不算白蹲了。他们通报你的名字时，我还真不敢相信自己的耳朵呢。你瞧，那天晚上我得罪了你，从那以后，我从没想到你还会宽恕我。不过，我可以把你这次来看我当作你对我的原谅吗？"

她感到怒火在迅速上升。即使是现在，她一想起那天晚上就气极了。不过她还得将怒火压下去，把头一扬，那双耳环也丁丁地跳跃起来。

"不，我没有宽恕你，"她撅着小嘴说。

"又一个希望也破灭了。在我把自己奉献给国家，光着脚在富兰克林雪地里战斗，而且所以而得了一场严重的痢疾之后，又一个希望破灭了！"

"我不要听你的那些——劳苦，"她说，仍旧撅着小嘴，但从她那对向上翘的眼角给了他一个微笑。"我还是觉得那天晚上你太狠心了，我不宽恕你。在一种什么意外事故都可能碰到的情况下，你竟把我孤零零的抛下不管！"

"可是你并没遇到什么意外呀！因此，你看，我对你的信心已经证明是正确的了。我料定你准能平平安安回到家里，也料定你一路上决不会碰到北方佬的！"

"瑞德，你怎么居然做出这种事来——居然在最后一分钟入伍，那时你明明知道我们就要完蛋了？并且你说过只有白痴才会自己站出来当枪靶子的呀！"

"思嘉，饶恕我吧！我每回想到这一点我就羞愧得无地自容呢。"

"好，你已经因为你对待我的那种方式而感到羞愧，我很高兴。"

"你错了。我遗憾地告诉你，我的良心并没有因为丢下你而感到内疚。至于入伍的事——那时我想的是穿上高统靴和白麻布军装以及佩带两支决斗用的手枪参加军队。等到靴子穿破了，也没有外套和任何东西可以吃的时候，在雪地里行军挨冻……我不知道自己为什么竟没有逃走。那是一种最单纯的疯狂行动，但这是一个人的血气使然。南方人永远也忍受不了一桩事业的失败。不过请不要问我什么理由了。只要得到了宽恕就够了。"

"你没有得到宽恕。我觉得你是只猎犬。"不过她说最后这个字眼时带有爱抚的口气，听起来像是在说"宝贝儿"了。

"别撒谎，你已经宽恕我了。一般年轻的太太们，如果仅仅出于慈善心肠，是不敢闯过北方佬岗哨来看一个犯人的，何况还整整齐齐地穿着天鹅绒长袍，戴着羽饰软帽和海豹皮手筒呢。思嘉，你多亮丽呀！感谢上帝，你总算没穿着破衣烂衫或者丧服到这里来！看来你日子过得不错啊。转过身去，亲爱的，让我好好瞧瞧。"

他果然注意到她的衣裳了。他理应看重这些东西，否则就不是瑞德了。她不禁兴奋地笑起来，连连旋转起来，同时两臂张开，裙箍高高飘起，露出带饰带的裤腿。他那双黑眼睛贪婪地从头到脚品味着她，这眼光毫不遗漏地遍身搜索着，这一贯厚颜无耻的赤裸裸的目光使她浑身起鸡皮疙瘩，难受极了。

"你十分精神，非常非常整洁。简直叫人馋涎欲滴呢！要不是因为外面有北方佬——不过亲爱的，你非常安全。坐下吧。我不想趁机占你的便宜了，像上次见到你时那样。"他露出假装悔恨的表情拍拍自己的脸颊。"老实说，思嘉，你不觉得那天晚上你有点自私吗？想想我为你做的一切，冒着生命危险——偷来一匹马——并且是那么好的一匹马呀！然后奋不顾身地上前线去保卫我们光荣的事业！可是所有这些劳苦给我换来什么呢？是一些恶言恶语和十分凶狠的一记耳光。"

"难道你的劳苦一定要得到报酬吗？"

"噢，那当然喽！你要知道，我就是个自私自利的坏家伙。我每付出一点代价，总是希望得到报酬的。"

这话使她感到恐惧，不过她还是振作起精神，又一次将耳环摇得丁丁地响起来。

"唔，你也的确并不太坏，瑞德。你只是喜欢夸耀罢了。"

"嘿，你倒真的变了！"他笑着说。"你怎么变成基督徒了？我通过皮蒂帕特小姐追踪你，可是她没有告诉我你变得更富有女性的温柔了。说说你自己吧，思嘉。我们分手以后你都干了些什么？"

可是旧恨宿怨此刻还在她心中翻腾，所以她很想说些刻薄话。不过她还是装出满脸笑容，一副逗人怜爱的模样。他拉了把椅子过来紧靠她身旁坐下，她也就凑过去，漫不经心地把一只手轻轻地搁在他的臂膀上。

"唔，谢谢你，我过得还蛮不错，如今塔拉渐渐好起来了。当然，也过了一段艰苦日子，不过他们毕竟没有把房子烧毁，而黑人们把牲口赶到沼泽地，大部分保全下来了。就在今年秋天我们收了二十包棉花。不错，这跟塔拉原先的收获比起来实在算不了什么，但我们下地的人手不多呀。爸说，当然，来年会干得更好些。不过，瑞德，如今在乡下可真没意思呢！你想想，没有舞会，也没有野宴，人们谈论的唯一话题就是日子艰难！天哪，我厌烦死了！最后，到上个星期，我实在受不了了，爸劝我应当做一次旅行，好好享受一番。因此我就到这里来了，想做几件衣裳，然后再到查尔斯顿去看看姨妈。要能再参加舞会，那才带劲呢。"

瞧，思嘉得意地想，我就这样轻巧而有分寸地把事情交代过去了！既不说得太富裕也一点不寒酸。

"你穿上跳舞服就是美，亲爱的，这一点可惜你自己也很明白。我想你去舞会的真正理由是你厌倦了那些乡下情人，现在想到远处找个新鲜的吧。"

思嘉感到值得庆幸的是，瑞德在国外待了好几个月，最近才回到亚特兰大。否则他便决不会说出这么可笑的话来。她略略想了想那些乡下情人们，不是在战争中死去了，就是在大田里干苦力活呢！但是她立刻故意咯咯地笑起来，似乎表示他的确猜对了似的。

"唔，瞧你说的，"她略带辩驳地笑道。

"你是个没心肝的家伙，思嘉，不过这也许正是你的魅力所在呢。"他照例微笑着，可是她知道他是在恭维她。"因为，当然喽，你明白自己有着比天赋条件更多的魅力。我时常纳闷你究竟有什么特点，竟叫我这样永远记得你。因为我认识那么多女人，她们比你还要亮丽，还要机灵，并且恐怕品性上更正直，更和善。可是，不知为什么，我却老记着你。尽管很久没听到你的消息，并且周围有许多亮丽太太，可是我照样时刻想你，惦记着你。"

他果然没有忘记她呀！这样一来事情就好办多了。如今她只要把话题引到他自己身上，她就可以向他暗示她也从没有忘记他，然后——

她轻轻捏了捏他的胳臂，同时又露出笑靥来。

"唔，瑞德，看你说的，简直是在戏弄我这个乡下姑娘了！我心里非常清楚，自从你丢开我以后，你压根儿就没再想起过我。你周围有的是亮丽的法国和英国姑娘，你哪能经常想念我了。不过我不是专门跑来听你谈这些废话的。我来——我来——是因为——"

"因为什么？"

"唔，瑞德，我真是为你发愁！为你担惊受怕？他们什么时候才让你离开这个鬼地方呀？"

他马上按住她的手，紧紧握住，压在他的胳臂上。

"我很感激你为我担忧。至于我什么时候才能出去，这就很难说了。大概他们要把绳索放得更长一点吧。"

"他们不会真的绞死你吧？"

"他们会的，如果能再得到一点证据。"

"啊，瑞德！"她把手放在胸口喊了一声。

"你会伤心吗？如果你伤心极了，我就会在遗嘱里提到你。"

他那双黑眼睛在无情地嘲笑她，同时他捏紧了她的手。

他的遗嘱啊！她生怕泄漏了自己的心事，连忙将眼睛向下看，可是来不及了，他的眼神已经闪出了好奇的光辉。

"按照北方佬的意思，我应当好好地立个遗嘱。现在人们对我的钱很有兴趣。好像外面在流传这样的谣言，说我携带联盟政府那批神秘的黄金出逃了。"

"那么——是这样吗？"

"这完全是瞎扯嘛！你跟我一样很清楚，联盟政府只有一台印刷机而没有制造货币的工厂。"

"那么你的钱都是从哪儿来的呢？做投机生意吗？皮蒂姑妈说——"

"你倒真会盘问啊！"

该死的家伙！他当然是有那笔钱的。她十分激动，要想把话说得温和些已经很难了。

"瑞德，我对你目前的处境非常不安。难道你觉得没有获释的机会吗？"

"我的箴言是'绝望也没有用'。"

"这是什么意思？"

"意思是'也许有'，我的迷人的小傻瓜。"

她扬起浓密的睫毛向他看了一眼，随即又垂下来。

"啊，像你这么个机灵人是不会被绞死的！我相信你会想出个聪明的办法来击败他们，获得释放的！等到那时候——"

"到那时候怎么样？"他亲切地问，向她靠得更近些。

"那么，我——"她装出一副娇羞的神态，好像说不下去了。她脸上的红晕不难做到，因为她已经喘不过气来，心也像打鼓似的怦怦地跳。"瑞德，我很抱歉，我对你——我那天晚上对你说的——你知道——在拉夫雷迪。那时我——啊，我多么害怕和着急，"她眼睛向下，看见他那只褐色的手把她的手腕抓得更紧了。"因此——那时我想我永远永远也不饶恕你！可是等到昨天皮蒂姑妈告诉我说，说他们可能会绞死你——这把我突然吓倒了，因此我——我——"她抬起头来，用迫切祈求的目光注视着他，她的目光中含着揪心的痛苦。"啊，瑞德，要是他们把你绞死了，我也不要活了！我受不了！你瞧，我——"这时，她再也经受不住他眼中那炽热的光辉，她的眼睑才又扇动着落下来。

再过一会我就要哭了，她怀着又惊愕又激动的惶惑心情暗自想到。我应当让自己哭出来吗？那会不会显得更加自然些？

他急忙说："哎哟，思嘉，你可不能那样想——"说着便狠狠地将她的手捏了一把，她痛得似乎骨头都要碎了。

她紧闭双眼，想挤出几滴眼泪来，但又把脸微微仰起来好叫他便于亲吻。此刻，他的嘴唇眼看就要贴到她的嘴唇上来了。可是他并没吻她。失望之情在她心头油然而生，于是她把眼睛微微睁开，偷偷看了他一眼。他那黑茸茸的头正向她的双手凑过来，只见他拿起一只手，轻轻吻了一下，然后举起另一只手，放到他的脸颊上贴了一会。她本来准备承受一番狂暴劲儿的，现在这一温柔亲昵的举动反而使她不知所措了。

她赶快垂下眼睛，免得他忽然抬起头来看见她的表情。她知道她浑身洋溢的那股胜利之情肯定会表现在她的眼睛里。他立刻就要向她求婚了——或者至少会说他爱她，然后……正当她偷偷观察他时，他把她的手翻过来，手心朝上，正准备要吻它，可是他突然紧张地吸了一口气。她也低下头去看自己的手心，似乎一年中头一次看它似的，这时她吓得浑身都凉了。这是一个陌生人的手心，绝不是思嘉·奥哈拉那柔软、白皙、带有小涡和柔弱无力的纤手。这只手由于劳动和日晒粗糙发黑了，而且布满了斑点。指甲已经损坏和变形，手心里结了厚厚的茧子，拇指上的血泡还没有完全好呢。上个月因溅上烫油而留下的那个微红的伤疤是多么丑陋刺眼啊！她怀着恐怖的心情看着它，随即不加思索地把手握紧了。

这时他仍然没有抬起头来。她仍然看不见他的脸。他毫不留情地把她的拳头掰开，凝视着它，然后把她的另一只手也拿起来，把双手合在一起，默默地捧着，俯视着。

"看着我，"他最后抬起头来说，但声音非常冷静。"放下那副假装正经的样子吧。"

她别别扭扭地看着他的眼睛，满脸反抗和烦乱的神色。他的黑眉毛扬起

来，眼里闪着奕奕的光辉。

"你就这样在塔拉过得很好是吗？种棉花赚了那么多钱，能够旅行了。你用自己的双手在干什么——耕地？"

她试着把手挣脱出来，可是他拉住不放，一面用拇指抚摩着那些茧子。

"这可不是一位太太的手呀！"他说罢就把她的双手放到她的膝上。

"啊，住嘴！"她高声喊道，觉得顿时得到解脱，可以发泄自己的愤怒了。"我用自己的双手在干什么，谁管得着！"

"瞧我多么傻呀，"她恼火地想。"我应当把皮蒂姑妈的手套借来或者偷到手呀！可是我没有注意自己的手那么难看。当然，他是会注意的。看来一切都完了。啊，怎么恰好在这节骨眼上偏偏发生这种事呀！"

"你的手我当然管不着，"瑞德冷冷地说，一面将身子挪回来，懒懒的靠到椅背上，他的脸上好像毫无表情。

看来他要变得不好对付了。

"我看你也太鲁莽了，竟那样说我的这双手。只不过上星期我没戴手套骑马，把手弄——"

"骑马，见鬼去吧！"他平板地说。"你明明是用这双手在劳动，像个黑鬼一样在劳动。不是吗？为什么要骗我说在塔拉一切都好呢？”

“现在，瑞德——”

“我看还是打开天窗说亮话吧。你这次来究竟要干什么？我几乎被你虚情假意的媚态迷住了，还以为你真的关心我，替我着急呢。”

“啊，我就是为你着急呀！真的！”

“不，你没有。我怎么样，你是不会在乎的。这明明写在你的脸上，就像艰苦的劳动写在你手上一样。你是对我有所求，并且十分急迫，才不得不装出这副样子。你干吗不坦率地说呢？那样你会有更多的机会得到满足，因为，如果说女人有什么品性让我赞赏的话，那就是坦率了。可是你，却像个妓女晃荡着丁丁响的耳坠子，噘着嘴，嬉笑着讨好一位嫖客似的。”

他讲最后几句话时仍然那样平板，可是这些话对于思嘉俨然像鞭子一样噼啪作响，这使她伤心地看到她的引诱失败了。要是他大发脾气，斥责她，像别的男人那样，她还能够对付。然而他可怕的平静声调却把她吓蒙了，使她根本不知道该怎么办。

“我看我的记忆力出毛病了。我本来应当记得你这个人跟我一样，做任何事情都有一个隐秘的动机。现在让我猜猜，你究竟打的什么主意，汉密尔顿太太？你不会糊涂到认为我会向你求婚吧？”

她的脸顿时涨得通红，可是她没有回答。

“那你不该忘记我常常讲的那句话，就是说，我是不准备结婚的。”

她还是一言不发，这时他忽然粗暴地问：

“你没有忘记吧？回答我。”

“没有忘记，”她无可奈何地答道。

“思嘉，你可真是个赌徒！”他讥讪地说。“你想碰碰运气，以为我蹲在监狱里，不能同女人亲近了，便会急不可耐地把你一手抓过来啦。”

“可你正是这样做的呀，”思嘉愤愤地想道，“要不是因为我的这两只手——"

"好，现在我们谈清楚了。就看你敢不敢老实对我说究竟为什么要引诱我？"他的声音里有一种温和的、甚至是挑逗人的语调，这又给了她勇气。也许并没有全完蛋呢？当然，她已经把结婚的希望给毁了，不过，那也没什么，如果能机灵些并利用他的同情心和记忆，她也许还能借到一笔钱。于是她装出一副稚气的想要和解的样子来。

"唔，瑞德，你能给我很大的帮助——只要你为人温和一点就好了。"

"为人温和——这是我最乐意不过的了。"

"瑞德，讲点老交情，我要你帮个忙。"

"看来这位手心粗硬的太太终于要谈谈自己的使命了。你到底要什么呢，钱吗？"

他问得这么直截了当，使她原先设想用委婉动情的迂回手法一笔勾销了。

"别那么小气吧，瑞德，"她娇声娇气说。"我的确需要一笔钱。我要你借给我三百美元。"

"到底说真话了。讲的是爱情，要的是金钱。多么地地道道的女性呀！这钱要得很急吗？"

"唔，是——嗯，也不那么急，不过我要用。"

"三百美元。这是一大笔钱呢。你拿它干什么？"

"交塔拉的税金。"

"你原来是要借钱。好吧，既然你跟我讲生意经，我也就跟你讲生意经了。你给我什么作抵押呢？"

"什么——什么？"

"抵押。作为担保。我当然不想把这笔钱白白丢掉。"他的口气很圆滑，甚至有讨好的意思，可是她没在意。也许到头来一切都蛮不错呢。

"拿我的耳环。"

"我不喜欢耳环。"

"我愿意用塔拉作抵押。"

"我要个农场干什么?"

"喏,你可以——你可以——那是个上好的种植园呢。你决不会吃亏的。我一定拿明年的棉花来偿还你。"

"我倒觉得不怎么可靠。"他往椅背上一靠,把两只手插进衣袋里。"棉花价格一天天下跌。时世那么艰难,钱又那么紧。"

"啊,瑞德,你这不是逗我玩吗!你明明有几百万的家当嘛。"

他打量着她,眼里流露出一丝温暖而捉摸不定的恶意。

"看来一切都顺利,你并不非常需要那笔钱喽。那好,我心里也很高兴。我总是盼望老朋友们万事如意。"

"啊,瑞德,看在上帝的面上……"她开始着急起来,勇气和自制都忘了。

"请你把声音放低些。我想你不至于要让北方佬听到你的话吧。"

"瑞德,别这么说!我愿意把一切都告诉你。这笔钱我的确要得很急。我——我说一切顺利,这是在撒谎。一切都糟得不能再糟了。我爸已经——精神恍惚了。从我妈死后,他就变得古怪起来,什么都做不了,他完全像个孩子了。并且我们没有一个会干田间活的人去种棉花,可需要养活的人却很多,一共十三个。何况税金——高得很呢。瑞德,我把什么都告诉你。过去一年多,我们差点儿饿死呢。啊,你不知道!你也不可能知道呀!我们一直不够吃,白天黑夜的挨饿,太可怕啦!并且我们没有衣裳,孩子们常常挨冻,生病,还有——"

"那你这身亮丽衣着又是从哪里弄到的?"

"这是用母亲的窗帘改做的,"她答道,因为心里着急,也顾不上体面了。"挨饿受冻我能忍受得住,可如今税金提高了,并且必须立即交钱。但是除了一个五美元的金币，我什么也没有。要是我交不出，我就会——我们就会失掉塔拉，而我们是万万不能失掉它的！我决不放走它！"

"你干吗不一开始就说清楚，却来折磨我这颗敏感的心——经常一碰到亮丽女人就要发软的心呢？不，思嘉，不要哭。你除了这一着外什么手段都采用过了，可这一着我恐怕经受不住呢。当我发现你所需要的是我的钱而不是我这个有魅力的人时，失望和痛苦便把我的感情撕碎了。"

她想起来，每当他嘲讽别人时，总是说一些有关自己的大实话，于是她便赶快抬起头来看着他。难道他的感情真正被伤害了？他真的爱她吗？当他看她的手时，他是准备求婚的要求了吗？要是他真的有意于她，或许她还能使他温驯下来。然而他的黑眼睛紧盯她时不是用一种爱人般的神态，而是在轻轻地嬉笑呢。

"我不稀罕你的抵押品。我不是什么种植园主。你还有什么别的东西吗？"

好，他终于谈到正题上来了。该摊牌了！她深深地吸了一口气，勇敢地面对着他的目光。

"我——我还有我自己。"

"是吗？"

"你还记得围城时在皮蒂姑妈家走廊上的那个夜晚，你说过——那时你说过你是要我的。"

他在椅子上漫不经心地向后一靠，注视着她那张紧张的脸，同时露出一种莫测高深的表情。似乎有什么在他眼睛后面闪烁，可是他一声不响。

"你说过——你说你从来没有像想要我这样想要过任何一个女人。如果你还想要我，你就能得到我了。瑞德，干什么我都行，你说好了。不过看在上帝面上，你得给我开张支票！我说话算数。我发誓决不食言。如果你愿意，我可以立个字据。"

他古怪地看着她，仍然难以捉摸，她巴不得他能说点什么，不论说什么都好啊！她觉得自己脸上发烧了。

"我得马上要这笔钱呢，瑞德。他们会把我们赶走的，而且——"

"别急嘛。你怎么会认为我还要你呢？你怎么会认为你值三百美元呢？大部分女人都不会要价那么高呀。"

她的脸顿时通红，心里感到莫大的侮辱。

"你为什么要这样？为什么不放弃那个农场，住到皮蒂帕特小姐家去呢？那幢房子你有一半嘛。"

"天哪！"她叫道。"难道你是傻瓜？我不能放弃塔拉，它是我们的家嘛。我决不放弃。只要我还有一口气就决不！"

"爱尔兰人真是不好对付，"他说着，一面向后靠在椅子上躺平，把两只手从衣袋里抽出来。"他们对许多没什么意思的东西，譬如，土地，看得那么重。其实这块地和那块地没什么不一样嘛。现在，思嘉，让我把这件事说个明白吧。你是到这里来做交易的了。我愿意给你三百美元，你呢，做我的情妇。"

"好。"

"不过，我以前厚着脸皮向你提出同样的要求时，你却把我拒之门外。并且还用许多非常恶毒的话骂我，并捎带声明你不愿意养'一窝小崽子'。不，亲爱的，我不是在揭疮疤。我只是想知道你的古怪心理。你不愿意为自己享乐做这种事，但为了不饿肚子却愿意做了。这就证明了我的一向观点，即一切所谓的品德都只不过是个代价问题罢了。"

"唔，瑞德，你说吧！要是你想侮辱我，你就继续说下去吧，不过得把钱给我。"

现在她平静了一些。出于本性，瑞德自然要尽可能折磨她，侮辱她，对她以往的轻视进行报复。好吧，她能够忍受，什么都能忍受。为了塔拉，这一切都是值得的。有一会儿,她想象着在仲夏天气,午后的天空碧蓝的,她昏昏欲睡地躺在塔拉草地上浓密的苜蓿里,仰望飘浮的朵朵白云,吸着白色花丛中飘来的缕缕清香,静听着蜜蜂愉快而忙碌地在耳旁嗡嗡不已。这一切完全值得你付出代价,还不止值得呢!

她抬起头来。

"你准备把钱给我吗?"

他那模样似乎正自得其乐似的,但语气中却带着残忍的意味。

"不,我不准备给。"

这句话出人意料,一时间她的心情又被搅乱了。

"我不能把钱给你,即使我想给也办不到。我身上一分钱也没有,在亚特兰大一个美元也没有。是的,我有些钱,但不在这里。我也不准备告诉你钱有多少,在什么地方。"

她的脸色很难看,都发青了,那张扭歪的嘴和杰拉尔德激怒得要杀人时一模一样。她忽地站起来,怪叫了一声,这使得隔壁房间里的嗡嗡声都突然停止了。瑞德也迅猛得像头豹子,一下跳到她身边,用一只手狠狠捂住她的嘴,另一只紧抱住她的腰。她拼命想咬他的手,踢他的脚,尖叫着发泄她的愤怒、绝望和那被伤害了的自尊心。她的心就要爆炸了。他那么紧、那么粗暴地将她抱住,使她疼痛不堪,而那只捂在她嘴上的手已残忍地卡进了她的两颚之间。他的眼光严峻而炙热,他把她完全举了起来,将她高高地紧压在他的胸脯上,抱着她在椅子上坐下,任凭她挣扎。

"乖乖,看在上帝面上,别嚷嚷了!再嚷,他们马上就会进来。难道你要北方佬看见你这副模样吗?"

她已什么都不顾了,只是火烧火燎,一心要杀死他,不过这时她浑身感到一阵晕眩。他把她的嘴捂住,她都不能呼吸了。随后他的声音渐渐减弱了,模糊了,眼前一片迷雾愈来愈浓,直到她再也看不见他——也看不见任何别的东西了。

当她轻轻扭动身子，渐渐恢复知觉时，她感到浑身彻骨地疲倦、虚弱和迷惑不解。瑞德正轻轻拍打她的手腕，一双黑亮的眼睛焦急地察看着她的脸色。那个好心的年轻队长正动手将一杯白兰地灌进她嘴里。

"我想——我准是晕过去了，"她说完觉得自己的声音似乎是从很远的地方传来的，便不由得害怕了。

"把这杯酒喝下去吧，"瑞德说，端过酒杯送到她嘴边。这时她想起来了，但只能无力地瞪着他，她已疲乏得连发火的力气也没有了。

"请看在我的面上，喝吧。"

她喝了一口便呛得咳嗽起来。

"我看她已经好些了，先生们，非常感谢你们，"瑞德说。"她一听说我将要被处决，就受不了啦。"

穿蓝制服的军官们在地上跺着脚，显得很尴尬。他们干咳了几声，清了清嗓子，便出去了。只有那个年轻队长还待在门口。

"还有什么事需要我做吗？"

"没有了，谢谢你。"

他走出去，随手把门关上。

"再喝一点，"瑞德说。

"不了。"

"喝了吧。"

她又喝了一大口，热流开始向全身灌注，力气也缓缓地回到身上。她推开酒杯，想站起来，可是他又把她按了回去。

"放开我，我要走了。"

"现在还不行。再过一会儿。你还会晕倒的。"

"我宁愿晕倒在路上也不要跟你待在这里。"

"反正都一样，我总不能让你晕倒在路上呀。"

"让我走。我恨你。"

听她这么一说，他脸上又露出一丝笑意。

"这话才像你说的。你一定感觉好些了。"

她轻松地躺了一会。她太疲乏了，已经疲乏得不想去恨谁，以致对一切都不怎么在乎了。失败像铅块一般沉沉地压着她。她孤注一掷，结果输个精光！连自尊心也没有了。这是她最后一线希望的破灭。这就是塔拉的下场。她靠在椅背上躺了好一会，闭着眼睛，静听着身边瑞德沉重的呼吸。

"现在你好些了。"

"当然，我完全好了。瑞德·巴特勒，你太可恨，如果说我见过流氓的话，你就是个最大的流氓，我一开口你就明明知道我要说什么，同时也打定主意不给我钱。可是你还让我一直说下去。你本来可以不要我说了——"

"不要你说，白白放弃机会不听你说故事吗？不大可能。我在这里太缺少可供消遣的玩意了。我还真的从没听过这么令人满意的故事呢！"他忽然又像往常那样嘲讽地大笑起来。她一听这笑声便跳起来，抓起她的帽子。

他猛地抓住她的肩膀。

"再等会儿。你觉得完全好了可以谈正经话了吗？"

"让我走！"

"我看你是完全好了。那么，请你告诉我，我是你火中唯一的一块铁吗？"他的眼光犀利而警觉，审视着她脸上的每一丝表情变化。

"你这是什么意思？"

"我是不是你玩弄这把戏的唯一对象？"

"这有什么关系呢？"

"比你所意识到的关系要大得多。你的钓丝上还有没有别的男人？告诉我！"

"没有。"

"我不信。我不能想象你就没有五六个后备对象保留在那里。一定有人会站出来和你达成协议的。我对这一点有把握，所以要给你一个小小的忠告。"

"我不需要你的忠告。"

"可我还是要给你。目前也只有我能给你忠告了。听着，因为这是个好的忠告。当你想从一个男人身上取得什么的时候，可千万不要像对我这样直统统地说出来。要巧妙一些，更带诱惑性一些，那样效果才会好。你自己是很懂得这一点的，并且很精通，可就在刚才，当你把你的——你借钱的——抵——押——品提供给我时，你却显得像铁钉一样生硬，真令人不舒服。它激不起男人胸中的热情。这玩意不能用来操纵男人，亲爱的。看来你快要把早年受的恋爱训练忘得一干二净了。"

"我的行为用不着你来教训，"她说，一面疲惫地戴上帽子。她不明白他怎能在自己脖子上套着绞索和面对她的可怜处境时还这么开心地说笑。她没有注意到他的两手捏着拳头插在衣袋里，好像对自己的无能为力在竭力挣扎。

"振作起来吧，"他说，一面看着她把帽带系好。"你可以来观看我的绞刑，这会使你舒服的。那样一来，我们之间的旧账——包括这一次在内，就一笔勾销了。我还准备在遗嘱里提到你呢。"

"谢谢你，不过他们也许迟迟不给你行刑，到时候再交纳税金也就晚了，"她说这话时突然发出一声与他针锋相对的狞笑。

第三十五章

她从消防站走出来时正在下雨，天空是阴沉沉的一片浅灰色。

她一路艰难地走着，白兰地的热劲渐渐消退了。寒风吹得她瑟瑟发抖。冰冷的雨点迎面向她打来。雨水很快淋湿了皮蒂姑妈那件薄薄的外套，黏糊糊地贴着她的身子。她知道那件鹅绒新衣也快完了，至于帽子上的羽毛已水淋淋地耷拉下来。人行道上的砖块多已损坏，并且大段大段的路面上已完全没有砖了。这些地方泥泞不堪，她的便鞋陷在里面就被粘住，有时一拔脚鞋就掉了。而她弯下腰去用手提鞋时，衣服的前襟便落在泥里。后来，她甚至懒得绕过泥坑，而随意踏到里面，撩着沉重的衣裙径直走过去。她能感觉到那湿透了的裙子和裤腿冰冷地纠缠在脚踝上，可是她已不再去关心这套衣裳的命运了，虽然在它身上她曾经押了那么大一笔赌注。她只觉得凄冷、沮丧和绝望。

她怎么好在说过那些大话之后就这样回去见大伙呢？她怎能告诉他们，说他们都得流浪他乡呢？她怎能丢下那一切，丢下那些红色的田地、高大的松树、寂静的坟地呢？那坟地上的柏林深处还躺着她的母亲爱伦呀！

她在溜滑的道路上吃力地走着，心中又燃起了对瑞德的仇恨之火。这个无赖！她巴不得他们把他绞死。其实要是他愿意，他是完全可以替她弄到那笔钱的。啊，绞刑还太便宜了他呢！感谢上帝，他现在已经看不见她，看不见她浑身湿透、披头散发、牙关打战的模样！她一定非常难看，而他见了准会哈哈大笑的！

她一路上遇到的一些黑人都对她露齿而笑，他们还相互嬉笑着看她在泥

泞中的狼狈相。他们竟敢笑话她，这些黑猴儿！他们竟敢对她这位塔拉农场的思嘉·奥哈拉小姐龇牙咧嘴！她恨不得把他们全都痛打一顿，打得他们的脊背鲜血淋漓。

她听到背后马蹄蹚水的声音，一辆四轮马车缓缓地驶过来，她回过头去观看，要是赶车的是个白人便决定求他带上一程。当马车来到近旁时，她在雨雾中尽管看得不太清楚，但看得见驾车的人从高高的防雨布后面探出头来，露出一张熟悉的脸。那人不好意思地轻轻咳了一声，随即用一种熟悉的声音惊喜地喊道："啊，那不会是思嘉小姐吧？"

"啊，肯尼迪先生！"她喊着，蹚过街道，俯身靠在泥泞的车轮上，也不顾那件外套了。"我遇见谁也没像现在这样高兴呢！"

他一听她说得这么亲热就高兴得脸都红了。随即轻快地跳下来，热情地同她握了握手，掀起那块防雨布，扶她爬上车去。

"思嘉小姐，你一个人跑到这里干什么来了？你不知道这里很危险吗？并且你浑身湿透了，赶快拿这条毯子把脚裹起来。"

当他像只咯咯叫的母鸡忙着照料她时，她一动不动，乐得享受他的殷勤好意。有这么一个男人，就算是弗兰克·肯尼迪这么个婆婆妈妈的男人也好，在身边忙个不停，疼爱地责怪她，那有多美呀！在刚刚受过瑞德的冷遇之后，便尤其感到舒服了。而且，在她远离家乡时看到一张同乡人的面孔，更是多么可喜的事呀！她注意到他穿得很好，马车也是新的。那匹马年轻膘壮，可是弗兰克似乎更老了。他很瘦，脸色憔悴，一双发黄多泪的眼睛深陷在面部松弛的皱褶里。他那把枯黄色的胡子显得比以前少了，上面沾着烟叶汁，并且有点蓬乱。

"看到你很高兴，"弗兰克热情地说。"我不知道你到城里来了。上星期我还见到皮蒂帕特小姐，可她没有说起你要到这里来。有没有——嗯——有没有别人从塔拉跟你一道来？"

他在想苏伦呢，这可笑的老傻瓜！

"没有，"她说，一面用那条暖和的旧毛毯把身子裹好，并试着将它拉上来围住脖子。"我一个人来的，事先也没有通知皮蒂姑妈。"

他对马吆喝了一声，车轮便开始转动，慢慢地在街道上行驶起来。

"塔拉的人都好吧？"

"唔，是的，都还可以。"

她得想出点事情说说才好，可是还真不容易。她的心情沮丧得像铅一般沉重，所以她只想裹着暖和的毯子。

"肯尼迪先生，我真没想到会遇见你呢！我太不应该了，没有同老朋友们保持联系，不过我并不知道你到了亚特兰大。有人跟我说过你是在马里塔嘛。"

"我在马里塔做买卖，做过不少买卖呢，"他说。"苏伦小姐没有告诉你我已经在亚特兰大落脚了吗？她没有对你说起过我开店的事？"

她模糊地记得苏伦唠叨过这事，可是她向来就不注意苏伦口里的话。她只要知道弗兰克还活着和他总有一天会把苏伦领走就足够了。

"不，她一句也没说，"她撒了个谎。"你开了个铺子？看你多能干呀！"

思嘉的一句恭维话使他高兴了。

“是的，我开了个铺子，而且我觉还蛮不错。人们说我是个天生的买卖人呢。”他开心地笑着，他那好像忍不住的格格笑声，思嘉一听就讨厌。

她心想：看这个自命不凡的老傻瓜！

“唔，你不论干什么都会成功的，肯尼迪先生。不过你怎么居然会开起店来了呢？记得前年圣诞节你说过你手里一分钱也没有嘛。”

他刺耳地假咳了几声，又搔了搔胡子，流露出一丝羞涩不安的微笑。

“唔，说来话长，思嘉小姐。”

真是谢天谢地！她心想。就让他不停地唠叨下去，不到家不罢休。于是她高声嚷道：“你就说吧！”

“你记得我们上次到塔拉搜集军需品的时候吧？对了，我后来就投身于真正的战争了，因为我没有别的差使好干。于是我便跟着骑兵打了一阵子，直到肩膀上挨了一颗小小的子弹。”

他显得很骄傲，这时思嘉说：“多可怕呀！”

“唔，那没有什么，只不过皮肉受了点伤罢了，”他好像不大赞成思嘉这么大惊小怪。“后来我被送进南边一家医院，等到我快要好起来时，不料北方佬的突击队冲过来了。于是我们只好尽快地撤出去。乖乖，乖乖，多么悲惨的一幅景象呀！堆置在铁路旁边长达半英里的物资全都被烧掉了。我们空着手逃出来了。”

“多可怕呀！”

“是的，就是这样。可怕呀！那时我们的人已回到亚特兰大来了。因为那是战争结束前不久的事，所以——好了，有许多的瓷器、帆布床、床垫、毯子等等没有人来认领。我可以肯定都是北方佬的东西。”

“唔，”思嘉心不在焉地应着。她现在已渐渐暖和过来，有点瞌睡了。

“我至今也不明白我到底做得对不对，”他带点发牢骚的口气说。“据我看来，这批物资对北方佬毫无用处。我觉得它应当属于联盟政府或属于联盟政府的人。你明白我的意思吗？”

"唔。"

"我很高兴你也这样想，思嘉小姐。不知怎的，我良心上总有点过意不去。只要我做了点什么亏心事，我就抬不起头来。你认为我做得对吗？"

"当然对，"她说，但不明白究竟这个老傻瓜刚才都说了些什么。良心上有点不自在？一个人到了弗兰克这个年纪，应当早就学会不去介意那些小事了。

"听你这么一说我就高兴了。宣布投降以后，我有大约十块银圆，其他就什么都没有了。我用这十块钱在五点镇旁边一家旧铺子上盖了个屋顶，然后将那些医院设备搬进去做起买卖来。谁都需要床、瓷器和床垫的，我便把它们卖便宜一点，因为这些东西本来也可能属于别人的嘛。不过我用卖得的钱又买来更多的东西。这样一来，生意就好起来了。我想只要继续兴旺下去，我是会从中赚到许多钱的。"

一谈到"钱"这个字，她的心思就一清二楚地回到他身上来了。

"你说你赚了钱是吗？"

他发现她有兴趣，显然来劲了。除苏伦之外，还很少有女人向他表示过超乎敷衍的殷勤呢。如今得到像思嘉这样一位他曾经倾慕过的美人来倾听他的话，真是莫大的荣幸了。

"我还不是百万富翁呢，思嘉小姐；不过我今年赚了一千美元。当然，其中的五百美元已用在进新货、修理店铺和交纳税金上。我只是净挣了五百美元，明年我应当能净赚两千美元。这笔钱我也完全用得着的，因为，思嘉小姐，我手头还有一桩活儿准备干呢。"

思嘉一谈起钱就兴致勃勃了。她垂下那两扇浓密的睫毛微微地觑着他，同时挪动身子向他靠近了一点。

"你这话是什么意思，肯尼迪先生？"

他笑笑，抖了抖手中的缰绳。

"我想，尽谈这些生意经会叫你厌烦的，思嘉小姐。像你这样一位美人儿，是用不着懂生意上的事的。"

看这老傻瓜。

"唔，我知道我对做生意一窍不通，可是我挺感兴趣呀！请你只管讲下去吧，我不懂的地方你可以解释嘛！"

"好吧，告诉你，我另一桩要办的事是个锯木厂。"

"什么？"

"一个锯木料和刨木板的厂子。我还没有把它买到手，可是正准备买。一个名叫约翰逊的人有这么个厂子，他急于要卖掉它。他眼下需要一笔钱，因此想卖给我，同时他可以留下来替我经营，工资按周支付。这一带只剩下很少几家锯木厂，其余的都叫北方佬给毁了。现在谁要是有这么一家，谁就等于有了一个金矿，因为近来卖木材随自己要价，要多少算多少呢。北方佬在这里烧掉了那么多的房子，如今人们没地方住，发疯似的一个劲儿盖房。他们弄不到木料。人们还在大量拥进亚特兰大，他们全是从乡下来的，因为没有了黑人，已无法从事农业；还有就是那些北方佬和提包党人，他们也会涌进来。我告诉你，亚特兰大很快就会成为一个大城市。人们需要木料盖房子，因此我想尽快买下这家锯木厂——尽快。到明年这时候，我手头便会松多了。我——我想你是知道我为什么这样辛苦着挣钱的，难道不是吗？"

他脸红了，又呵呵地笑起来。他在想苏伦呢，思嘉只觉得讨厌。

她考虑了一会，想问他借三百美元，但又觉得不行，便打消了这个念头。因为他会支支吾吾，会找到借口，总之是不会借给她的。他辛辛苦苦挣了这点钱，到春天便可以同苏伦结婚了，可是如果钱被借走了，他就不得不再推迟婚期。并且即使他答应借笔钱给她，她知道苏伦也决不会允许的。苏伦愈来愈明白她已成了个老姑娘，她不论如何也不会容许任何人再来推迟她的婚期了。

这个成天愁眉苦脸的姑娘，她怎么会使得这个老傻瓜急于要与她结婚呢？苏伦不配有这么个心爱的丈夫，也不配做一个商店和一家锯木厂的老板娘。

一旦她有了点钱，她就会摆起令人作呕的架子而决不会为塔拉拿出一分钱来的。苏伦决不会的！她只会拿那笔钱图自己的舒服。

思嘉想起苏伦安乐的未来和自己与塔拉悲惨的命运，不禁怒火中烧，觉得人生太不公平了。她想她快要丧失所有的一切了，而苏伦呢——突然之间，她心里萌发了一个念头。

苏伦不配得到弗兰克，以及他的商店和锯木厂！

苏伦不配享有它们。思嘉要把它们据为己有。她想起塔拉，也想起乔纳斯·威尔克森，他恶毒得像条毒蛇，站在屋前台阶上，这时她就像溺水的人抓住了最后一根稻草。瑞德叫她失望了，但上帝给她送来了弗兰克。

"可是，我能得到他吗？"她紧握十指，茫然地向雨中凝望。"我能够让他忘掉苏伦向我求婚吗？既然我能够让瑞德也几乎向我求婚了，我想我是能得到弗兰克的！"她侧过脸来，朝他浑身上下打量了一眼。"他的确不怎么亮丽，牙齿难看，呼吸中有股臭味，并且老得可以当我父亲了——"她这样冷冷地思忖着。"此外，他还有些神经质，胆小懦弱，婆婆妈妈，这些我看来是一个男人的最糟糕的品性了。不过他至少是个上等人，我想我可以凑合着同他生活，比同瑞德过得还好些。他会由我操纵。不管怎样，一个穷得像乞丐的人是没有权利挑选的。"

他是苏伦的未婚夫，这一点并没有使她良心不安。要知道，正是道德上的彻底破产促使她到亚特兰大来找瑞德的，事到如今，把她妹妹的情人据为己有也不过是小事一桩，不值得伤神多想了。

既然有了新的希望，她又直直地坐好了，也忘记双脚又湿又冷的难受劲儿了。她眯着眼睛坚定地望着弗兰克，以致他感到有点儿惊恐，她也赶紧把眼光移开，因为记得瑞德刚说过："这样的眼睛是不会激起男人胸中的热情的。"

"怎么了，思嘉小姐？你觉得冷吗？"

"是的，"她无力地答道。"你不会介意——"她胆怯地支吾着。"要是我把手放进你的外套口袋里，你不会介意吧？天这么冷，我的皮手筒又湿透了。"

"唔——唔——当然不会了！怎么你连手套也没有戴！真是，真是，看我这老糊涂，一路上只顾自己高兴地闲聊，聊得都昏头昏脑了！也没想到你在挨冻，需要马上烤烤火呢！快，萨利！顺便说说，思嘉小姐，我老是忙着谈自己的事，也没问问你在这鬼天气跑到这里来干什么？"

"我刚才到北方佬总部去了，"她不加思索地答道。他听了大吃一惊，两道灰黄的眉毛直竖起来。

"可是，思嘉小姐！那些大兵——唔——"

"圣母马利亚，让我想出个好的谎言来吧，"她急忙暗暗地祈祷。对于弗兰克来说，是万万不能让他怀疑她见过瑞德了。弗兰克认为瑞德是个最卑劣的无赖，一个规矩女人连跟他说话也是很不正经的。

"我去那儿——我去那儿看看是不是——是不是有什么军官要买我的针线活儿。我的绣花手艺蛮不错呀。"

他惊慌得往座位上沉重地一靠，厌恶之情与惶惑的感觉在他脑子里翻腾起来。

"你到北方佬那里去——可是思嘉小姐！你不应当去的。你看——你看……肯定你父亲不知道！一定的，皮蒂帕特小姐——"

"啊，要是你告诉皮蒂姑妈我就完了！"她焦急地哭起来了。要哭是容易的，因为她身上又冷，心里又难受，可是哭的效果却惊人的好。弗兰克感到很难为情又毫无办法，他不断发出啧啧的声音，叨念着"天哪，天哪！"，同时做出无可奈何的手势。他心里忽然冒出个大胆的念头，想把她的头搂过来，抚慰她，拍拍她，可是他从来没有对任何一个女人这样做过，也不懂该怎样做。思嘉·奥哈拉，一位那么亮丽的年轻太太，正想把自己的针线活儿兜售给北方佬呢。他的心燃烧起来了。

她继续啜泣着，间或说一两句话，这便让弗兰克起想塔拉的景况一定很不妙了。奥哈拉先生仍处于"精神严重失常"的状态，家中又没有足够的粮食吃。因此她才跑到亚特兰大来想挣点钱维持自己和孩子的生活。弗兰克嗫嚅了一会儿，突然发觉她的头已经靠在他肩上了。他也不大明白它是什么时候靠过来的。思嘉无力地靠在他的胸脯上嘤嘤地哭泣着，这对他来说可是一种又兴奋又新奇的感觉。他小心翼翼地拍着她的肩膀，起初还是怯生生的，后来越来越胆大起来，拍得也更起劲了。这是个多么可怜、可爱而又温柔的小家伙呀。她居然凭自己的针线活儿挣钱，又显得多么勇敢而幼稚可笑！不过，同北方佬打交道就不太好了。

"我不会告诉皮蒂帕特小姐，可是你得答应我，思嘉小姐，你再也不做这种事了。只要想想你是你父亲的女儿——"

她那翠绿的眼睛无可奈何地望着他。

"可是，肯尼迪先生，我没有别的办法。我得照顾我那可怜的孩子，可现在谁也不来管我们了。"

"你是一个勇敢可爱的女人，"他毫不含糊地说。"不过，我不想让你做这种事。要不你的家庭会羞死的！"

"那么我做什么好呢？"她那双泪盈盈的眼睛仰望着他。

"唔，眼下我也不知道。不过我会想些办法的。"

"啊，我就知道你会的！你真能干——弗兰克。"

她以前从没称呼过他的名字，第一次这么叫他，他听得又高兴又惊讶。这可怜的姑娘大概是糊涂了，连自己说漏了嘴也没有发觉。他对她感到非常亲切和满怀爱护。要是他能替苏伦的姐姐做点事情，他一定会乐意的。他掏出一条红色大手帕递给她，她接过来擦了擦眼睛，然后对他嫣然一笑。

"你看我这个可笑的小傻瓜，"她用抱歉的口吻说，"请不要见怪才好。"

"你才不是小傻瓜呢。你是个非常勇敢可爱的女人，把一副沉重的担子挑在自己肩上。我想皮蒂帕特小姐对你不会有多少帮助，我听说她的大部分财产已经丧失，而亨利·汉密尔顿先生自己的景况也很差。我但愿自己有个家可以接待你。思嘉小姐，等到苏伦小姐和我结了婚，我们家永远欢迎你，韦德也可以带来。"

她听了这话装成一副吃惊和难为情的样子，张开嘴像马上要说话似的，可是又闭上了。

"到春天我就要当你妹夫了，别假装你还不知道似的，"他用一种神经质的快乐口吻说。接着，发现她眼里满是泪水，惊恐地问："怎么了，苏伦小姐没有生病吧，难道她病了？"

"啊，没有！没有！"

"一定出什么事了。快说吧。"

"啊，我不能！我不知道！我还以为她已经告诉你了呢——啊，真丢人！"

"思嘉小姐，怎么回事呀！"

"唔，弗兰克，我这话本来不想说的，不过我以为，当然喽，你知道——我以为她写了信给你——"

"写信给我说什么？"他急得哆嗦起来。

"啊，对一个你这样的好人竟做出这种事！"

"她做了什么呀？"

"她真的没告诉你？唔，我猜想她是太不好意思了。她应该感到羞耻嘛！啊，我偏偏有这么一个丢人的妹妹！"

现在，弗兰克连提问的勇气也没有了。他坐在那里呆呆地望着她，脸色发灰。

"她下个月就要同托尼·方丹结婚了。唔，我真抱歉呀，弗兰克。这件事要由我来告诉你，真不是滋味。她实在等得难受了，生怕自己会当老姑娘呢。"

弗兰克搀扶思嘉下车时，嬷嬷正站在屋前走廊上，她那张皱巴巴的黑脸上流露着气恼和忧虑的神色。她匆匆地瞥了弗兰克一眼，等到发现是谁时才愉快起来，同时掺杂着一丝歉疚的意思。她蹒跚着向弗兰克走来欢迎他，但当他要同她握手时，她却咧开嘴大笑着行起鞠躬礼来了。

"能在这里看到家里人真不错啊，"她说。"你好呀，弗兰克先生？我的天，你阔起来啦！要是俺知道思嘉姑娘是跟你出去了，俺也不会担心了。俺知道她得有人照顾着。俺回来一发现她出门了，俺就慌了神。心想她在这城里一个人乱跑，可大街上到处是刚放出来的下流黑鬼呢。怎么，宝贝儿，你也不告诉我一声就出去了？并且你还在感冒呀！"

思嘉狡黠地向弗兰克眨了眨眼睛。虽然刚刚听到的那个消息正使他苦恼不堪，他还是微微一笑，知道应该保持沉默。

"你快去给我找几件干衣服来，嬷嬷，"她说。"还弄点热茶。"

"天哪，你的新衣裳完了，"嬷嬷嘟哝着。"俺得花时间把它烘干刷净，还得参加今天晚上的婚礼呢。"

她进屋去了，这时思嘉紧挨着弗兰克悄悄说："今天晚上来吃饭吧，我们太孤单了，然后我们一起去参加婚礼。你当我们的护送人吧！还有，请不要在皮蒂姑妈面前说起——说起苏伦的事。她会难过的，而且，要是她知道我妹妹——，我也受不了呀。"

"唔，我不会！我不会！"弗兰克急忙说，他一想起来就胆战心惊呢。

"今天你对我太好了，帮了我那么大的忙。现在我又勇敢起来了。"分手时她用力捏了捏他的手，同时用那热烈的眼睛牢牢地盯住他。

这时，正好在门口等候着的嬷嬷难以捉摸地看了她一眼，跟着她呼哧呼哧地到楼上卧室里去。她一声不响地替思嘉脱下湿衣服，然后俯身瞧着她，用一种抱歉的口气说："乖乖，你怎么不告诉自己的嬷嬷你究竟在干什么呢？要不，俺就不会这么大老远跟着你到这亚特兰大来了。俺年纪也大了，身子也胖，没法儿这样到处跑了呀。"

"你这话是什么意思？"

"宝贝，你骗不了俺。俺了解你。俺刚才看见了弗兰克先生的脸色，也看了你的脸色，俺对你的心思就一清二楚了。俺还听见你对他讲的悄悄话，关于苏伦小姐的。俺要是早知道你是来找弗兰克先生，俺就不跟着你来了。"

"好吧，"思嘉简单地说，便在毯子底下蜷缩起来，"你以为我是来找谁呀？"

"孩子，俺不知道，俺只记得皮蒂帕特小姐写信给媚兰小姐说过，那个流氓巴特勒有许多钱，并且俺也忘不了俺听到的那些话。不过弗兰克先生嘛，他是个上等人，尽管长相并不怎么好。"

思嘉严厉地瞥了她一眼，嬷嬷也毫不示弱地回瞪了她一眼，似乎是说一切我都知道。

"那么，你打算怎么样呢，告诉苏伦吗？"

"俺要想一切办法帮助你，使得弗兰克先生更加高兴，"嬷嬷说。

趁嬷嬷在房间里忙着收拾时，思嘉静静地躺了一会，她觉得现在满可以放心了，她们之间已用不着再躲躲藏藏。嬷嬷已经明白，一声不响了。思嘉发现嬷嬷是个比她更不妥协的现实主义者。那双机警的老眼睛看人看事既深刻又清楚，有着如同原始人和孩子般的直率，凡她心爱的事物情况危急时，便能挺身而出，决不为良心所阻挠。思嘉是她的宝贝孩子，凡是这个宝贝孩子所想要的，即使是别人的，她也一定要帮助她去得到。至于苏伦和弗兰克·肯尼迪，她根本就不放在心上，最多只暗中冷冷地笑笑罢了。

思嘉感觉到了无言的支持，她力气恢复了，在一种难以控制的激情之下她不禁想大笑起来。还没有被击倒呢，她愉快地想。

"把镜子给我，嬷嬷，"她说。

思嘉瞧着自己。

"我苍白得像个鬼了，"她说，"头发乱得像马尾巴。"

"你的确不那么精神了。"

"唔……外面雨下得很大吗？"

"可不，在下瓢泼大雨呢。"

"不管怎么样，你得给我上街跑一趟。"

"有什么等不及的事要办呀？"

"我要一瓶科隆香水，"思嘉说，一面仔细打量着镜子里的自己，"你给我洗洗头发，用科隆水漂清。还得给我买一缸橘子籽汁，好用来把头发抿得服帖些。"

"你不必往头上洒什么香水，像个妖妇那样。只要我还有一口气，你就休想。"

"啊，不，我就是要嘛。快从我的钱包里拿出那五美元的金币来。到街上去。还有——对了，嬷嬷，你顺便给我买盒胭脂带回来。"

"买盒什么？"嬷嬷怀疑地问她。

思嘉对嬷嬷的那双怀疑的眼睛故意不加理睬。

"你不用管。只说要买擦脸的胭脂就是了。"

"胭脂！"嬷嬷一字一顿地说。"擦脸的！好吧，别看你长这么大了，俺不能揍你！俺可从没丢过这种脸呢。你发昏了！爱伦小姐这会儿正在坟墓里为你难过呢！把你的脸擦得像个——"

"天哪！"思嘉忍不住嚷起来，她急了，用力把毯子掀掉。"你给我马上滚回塔拉去！"

"除非俺自己愿意走，否则你休想叫俺回塔拉去。俺是自由的，"嬷嬷也怒气冲冲地说。"可是我的天！你多像你爸呀！上床躺下——俺可不去给你买什么颜料呀！那不羞死人了吗？思嘉小姐，你那么可爱，长得那么亮丽，用不着擦什么了。宝贝，除了坏女人，谁也不擦那种东西的。"

"可是你看她们擦了不是显得更亮丽吗？"

"我的天，你听她说的！宝贝，别说这种丢人的话了。把湿袜子脱下来。快上床去躺下。我就走。说不定能找到一家没人认识俺的铺子呢。"

那天晚上在埃尔辛太太家，范妮举行了婚礼。思嘉兴致勃勃地观看欢快的场面，又一次亲临舞会，可真叫人兴奋啊。她挽着弗兰克的臂膀进屋时，在场的每一个人都拥上前来惊喜地叫着欢迎她，吻她，同她握手，说他们多么想念她，而且叫她再不要回塔拉去了。甚至连梅里韦瑟太太、惠廷太太、米德太太，以及别的在战争后期曾对她异常厌恶的寡妇们，也似乎忘记了她的轻率行为和她们对她的反感，而只记得她们共同受到的磨难，以及她是皮蒂的侄媳和查尔斯的遗孀。她们吻她，含着眼泪谈到她母亲的去世，并详细询问家里的情况。每个人都问到媚兰和艾希礼，请她说说究竟为什么他们没有回到亚特兰大来。

思嘉虽然见大家都欢迎她而高兴，但内心总有些惴惴不安，因为她那天鹅绒衣裳从膝部以下仍旧是湿的，并且边上还有泥污。思嘉生怕有人注意到她这副邋遢相，那就知道她原来只有这一件亮丽衣裳。她稍感欣慰的是，在场许多客人的衣裳比她的这件还差得多，那都是些旧衣裳，并且是补过的。她的衣裳虽然湿了，但至少是簇新的——除了范妮那件白缎子结婚礼服，她这件可以说是晚会上唯一的一件新衣裳了。

思嘉记得皮蒂姑妈告诉她的埃尔辛家的经济状况，不知道他们哪里来的这许多钱，竟买得起缎子衣服，而且举行一个这么阔气的晚会，也许是借了债，才举行了范妮的这个奢华的婚礼，太奢侈了。

不过她很快就把反感摆脱掉了。再说这又不是花她的钱，何必破坏自己今晚的兴致呀！

她发现新郎原来是个熟人，是从斯巴达来的托米·韦尔伯恩，她在医院护理过他。那时他是个六英尺多高的英俊小伙子，如今看上去像个小老头了，由于臀部受伤成了驼背。他走起路来很吃力，如皮蒂姑妈所形容的，叉开两腿一瘸一拐的，样子很难看。他现在当起承包商来了，手下有一支爱尔兰劳工队伍，他们正在建造一个新的饭店。思嘉心想像他这副模样怎么能干如此繁重的行当，不过她没有问，只又一次辛酸地意识到：一旦为生活所迫，什么事都是做得到的。

休·埃尔辛还有那个小猴儿似的雷内·皮卡德也来了。休没有什么改变，仍是那个瘦弱和神经过敏的孩子。可是雷内从上次休假回来同梅贝尔·梅里韦瑟结婚以后，模样已变了不少。虽然他有时开怀大笑，他脸上仍然隐约地流露出某种严峻的表情。

"真美啊！"他说着，一面亲吻思嘉的手并赞赏他脸上的胭脂。"还是那样亮丽呀。你还记得吗？我永远也忘不了义卖会时你那只结婚戒指丢到我篮子里的情形。嘿！那才叫勇敢呢！不过我可真没想到你会等了那么久才得到另一只戒指呀！"

他狡黠地眨着眼睛，用胳臂肘碰了碰休的肋部。

"我也没想到你会卖起馅饼来了，雷内·皮卡德，"她反唇相讥。雷内倒并不因为有人当面揭他这不光彩的职业而感到羞耻，反而显得高兴，而且拍着休的肩膀放声大笑起来。

"说着对！"他大声喊道。"不过，这是岳母梅里韦瑟太太叫我干的。我雷内·皮卡德本来是要拉小提琴，养赛马过一辈子的呀！可是如今我推着馅饼车也高兴着呢！岳母大人能让你干任何事情。"

好吧！思嘉心想。虽然他的家族曾经拥有广袤的土地，在新奥尔良还有一幢大厦，现在他竟高兴推着车子卖馅饼！

"给我们时间吧！"雷内喊道。"到时候我会成为南部的馅饼大王哩！我的宝贝休将成为火柴大王，而你，我的托米，你会拥有爱尔兰奴隶而不是黑奴了。多大的变化——多大的玩笑啊！还有，思嘉小姐和媚兰小姐，你们怎么样呢？难道你们还挤牛奶，摘棉花？"

"真是，不！"思嘉冷静地说，她不能理解雷内这种逆来顺受的态度。"我们让黑人干这种活儿。"

乐队奏完开场曲以后立即转入《老丹·塔克》的乐曲，这时托米请她跳舞。

"你想跳吗，思嘉？我不敢请你，不过休或者雷内——"

"不，谢谢。我还在为母亲守孝呢，"思嘉婉谢道，"我要坐在这里，一次也不跳。"

她从人群中找到了弗兰克·肯尼迪，并招呼他走过来。

"我想到那边坐坐，如果你给拿点吃的来，我们可以在那里好好聊聊。"她对弗兰克这样说。

他连忙去给她拿一杯葡萄酒和一片薄饼来，这时思嘉在客厅尽头坐下，仔细摆弄着她的裙子，将那些最显眼的脏点遮掩起来。看到这么多人又听到了音乐，她感到激动，就把早晨她在瑞德那里发生的丢人的事，忘得一干二净了。今晚她感到浑身是劲，满怀希望，两眼熠熠生辉。

她观看着那些跳舞的人，回想她在战时头一次到亚特兰大来时这间客厅多么华丽。那时候这些硬木地板像玻璃似的发亮，头顶上空枝形吊灯的千百个小巧的彩色棱镜，散出无数道光辉。墙上挂的那些古老画像庄严优雅。红木沙发柔软舒适。

如今头顶上的枝形吊灯不亮了，它歪歪斜斜地垂挂在那里。客厅里只点着一盏油灯和几支蜡烛，全仗着那个宽大火炉里的火苗照明，火光映照出灰暗的旧地板已经磨损和破裂了。墙上那个大的裂口则使人记起这所房子上落过一发炮弹，把房顶和二层楼的一些部分炸毁了。那张摆着糕点和酒瓶的沉重的老红木餐桌，好些地方已被划破了，损坏的桌腿也说明是粗陋地修理过的。

她从前非常喜爱的那张沙发所在的地方，如今摆的是一张硬硬的木条凳。她坐在条凳上，尽量装得优雅些。能重新跳舞是多么惬意呀！不过，她同弗兰克坐在这里，会比紧张的旋舞有更大的收获。她可以着迷地倾听他谈话，而且逗引他进入更加想入非非的境地。

可是音乐的确很动人。

在塔拉农场过了那一段阴沉而劳累的生活以后，能再一次听到音乐和舞步声，看到熟悉亲切的面孔在一起欢笑，互相戏谑，说俏皮话，挑逗，挖苦，调情，的确是幸福的事。这使人觉得像是死而复生，又似乎是从前的好日子重新回到了自己身边。要是她能够闭住眼睛，看不见那些翻改过的旧衣服、补过的马靴和修补过的便鞋，她便几乎会觉得一切如旧，什么变化也不曾发生了。可是她瞧着，突然又凄凉而惊恐地发觉一切都完全变了，似乎这些熟悉的人影也都是鬼魂似的。

他们看起来还和过去一样，但实际上完全不同了。这是怎么回事呢？仅仅是五年时光的流逝吗？不！有些东西已经从他们身上、从他们的生活中消失。五年前，有一种安全感在身边，它是那么轻柔，以致他们一点也不觉得。如今它一去不复返了，连同它一起消失的还有往日洋溢在每个人心里的那种兴奋之情，那种欢乐和激动的感觉，也就是他们的生活方式的传统魅力。

他们的面貌没有多大变化，态度则根本没有变。这种历久不衰的庄严，这种不随时间消亡的慷慨，仍然牢牢地附在他们身上，并且将终生不渝。虽然他们会怀着无尽的痛苦，一种深重得难以形容的痛苦，走向坟墓。他们是些说话温柔、强悍而疲倦的人，即使失败了也永不服输，被损害了也仍然屹立不屈。他们默默注视着自己心爱的国土，眼看着它遭到践踏。

图文珍藏版

他们所处的世界变了，可旧的习俗还在继续流行，也必须继续流行，因为习俗是唯一留下来的东西了。他们牢牢抓着他们最熟悉、最喜爱的东西，那种悠闲自在的风度、礼节。男人们忠于自己从小受到的教养，讲礼貌，谦和。

现在不论他们眼见了什么样的情景，要做多么卑下的事情，他们依然是高贵的太太和绅士，在流离失所——悲惨、凄凉、无聊时保持忠诚，相互关注，像钻石一般坚贞。往昔的岁月已经一去不返，但这些人仍会走自己的路，他们还是那么可爱、悠闲、坚定，决不会像北方佬那样为蝇头小利而奔走钻营，决不会放弃所有的昔日风尚。

思嘉很清楚，她自己也大大地变了，否则她就不会做出现在所做的一切事情。不过她的坚强与他们的有所区别，至于究竟是什么样的区别，她还说不清楚。也许就在于她能无所不为，而这些人却有许多事情是宁死也不做的。也许就在于他们尽管绝望，却仍然笑对生活，温顺地过日子，而思嘉却做不到这一点。

她无法漠视生活，她必须活下去。可是生活太残酷、太冷漠了，使得她想要微笑是不行的。对于那些朋友们的勇气以及不屈不挠的尊严，思嘉一点也看不到，她只看到一种对事物微笑观望不肯正视的愚蠢的倔强精神。

她凝望着跳得满脸兴奋的舞伴们，心想如果他们也像她那样在痛切地经受着残酷的折磨，那他们怎么能保持这种欢乐的神态和轻快的心情呢？说真的，他们为什么要装假呢？他们真叫她难以理解和心烦了。她可不能像他们那样。她不能用满不在乎的态度来观察这苦难的世界。

她突然恨起他们来了，因为他们能够以一种她无法做到的态度来对待他们所丧失的一切。她恨他们，恨这些面带笑容、脚步轻快的人。这些骄傲的傻瓜，他们从丧失的事物中打捞可怜的自尊心，似乎正因为丧失了才更显出那一份自豪似的。妇女们把自己装扮得像太太，尽管她们每天做着卑下的活儿，为衣食奔忙。全是些太太呢！可是她并不觉得自己是个太太，虽然她有天鹅绒衣裳和喷了香水的头发，可自从她同塔拉农场的红土地辛酸地打上交道之后，她那优美的风度就全被剥夺了。她觉得自己不再像一位太太，除非她的餐桌上摆满了银质的和水晶玻璃的餐具以及热腾腾的美味佳肴，她的马厩里有了自己的骏马和马车，她的农场里由黑人而不是白人摘棉花。

"啊，这就是区别！"她长叹一声愤怒地想道。"他们虽然穷，但仍然觉得自己是太太。这些笨蛋像不明白，没有钱还算什么太太呀！"

然而她也隐约地认识到他们尽管愚蠢，可他们的态度还是对的。爱伦如果还活着也会这样想，这使她非常不安。她知道她应当像这些人一样，可是她不行。

人们对北方佬嗤之以鼻，因为北方佬的高雅是以财富而不是以教养为基础的。然而就在此刻，她仍不能不认为北方佬在这件事上是对的。要做太太就得有钱。她知道，要是爱伦从女儿嘴里听到这样的话，她准会昏过去的。贫困，不会被爱伦看作羞耻。可是思嘉感到羞耻，她因为穷了，沦落到了不择手段、吝啬和干黑人干的活儿，因此觉得羞耻呀！

她恼怒地耸了耸肩膀。这些自大的傻瓜并不像她那样努力地向前看，不会冒着丧名受辱的危险去夺回失掉的东西。去肆无忌惮地捞取金钱，对于他们来说是有点太降格了。时世艰难，你如果想征服它，就得进行艰苦无情的斗争。但思嘉知道这些人的家庭传统会阻止他们这样去做斗争。

但是她不会一辈子穷下去的。她不会坐下来等待什么奇迹出现。她要闯进生活中去，从那里攫取她所能取得的东西。她父亲本是个穷苦的移民小伙子，终于挣到了塔拉那片广大的土地。凡是他所做的，他的女儿也能做到。他们那些人是从过去汲取勇气，可她则是从未来汲取勇气啊。如今，弗兰克·肯尼迪就是她的未来。至少，他拥有一个店铺，还有现金。只要能同他结婚，弄到那笔钱，她就可以使塔拉再支撑一年了。一年以后——弗兰克肯定会买下那个锯木厂，在如今，在很少有人竞争的时候，谁能办起一家木材厂谁就会有一个金矿呢。

这时，从思嘉内心深处冒出了瑞德说过的那些话。

在一种文明崩溃的时候也像在它兴起时一样，有大量的金钱好捞的。

"这就是他预见到的崩溃，"她想，"并且他是对的。现在还有许多许多的钱让每一个吃苦耐劳的人去赚——或者去攫取呢。"

她看见弗兰克向她走过来，手里端着一杯黑莓酒和一碟糕饼，她这才勉强露出一副笑脸。她可从没想过是否值得为了塔拉同弗兰克结婚。她知道这是值得的，因此主意一定便没有再去想它了。

她朝他微笑着，知道自己脸上的红晕比任何酒瓶里的东西都更加迷人。她把裙子挪动了一下，让他坐在身旁。然后懒懒的挥动手帕，让他能闻到香水淡淡的芳香。她为自己喷洒了这种香水而感到骄傲，因为其他女人谁也没有，并且弗兰克已经注意到了。出于一时冲动，他还在她耳边悄悄说过她红润、芬芳得像朵玫瑰花呢。

要是他不这么胆小就好了！他就像一只怯懦的棕色老野兔。实际上，他对女人还不了解，不会去猜想她打算干什么勾当。这是她的幸运，但这并没有使她更尊敬他。

第三十六章

两个星期之后，经过一场旋风式的求婚，思嘉与弗兰克·肯尼迪结婚了。她红着脸告诉对方，他那种求婚方式使她没有一点喘息的机会来拒绝他的热情。

其实，在这两个星期里思嘉一直因为他反应迟钝而急得咬牙切齿，整夜在房里辗转不得安眠，又担心苏伦那边会寄什么不合时宜的信。她感谢老天爷，幸亏妹妹是个最不爱写信的懒人，只高兴收到别人的信，而不喜欢给别人写信。她最近收到过一封威尔的短信，说乔纳斯·威尔克森又到塔拉去过一次。交纳额外税金的期限愈来愈近了。看到一天天就这样溜过去，她简直急得走投无路。

但是她将自己的感情掩饰得如此周密，将自己的角色扮演得如此出色，以致弗兰克丝毫未起疑心，他只看见了一位亮丽而孤弱无助的年轻寡妇。每天晚上她在皮蒂帕特小姐的客厅里接待他，带着钦佩之情认真听他谈论将来的经营计划。她对他表示深切的同情和浓厚的兴趣，这就足以医治苏伦给他带去的创伤了。他对苏伦的行为感到痛心和惶惑，而他的虚荣心，更是极大地受到了伤害。他不能写信给苏伦，责备她不忠实，他不愿意，也感到害怕。

小巧玲珑的汉密尔顿太太就是这样一位双颊红润的亮丽女子，她神色忧愁，但他一逗她，他又马上发出小银铃般欢快的甜蜜笑声了。她身上那件干干净净的绿色长袍，衬托着她苗条的身段，更显得纤腰楚楚，而且，她身上飘出的淡淡清香多么迷人啊！这样一个娇小亮丽的女子竟会如此孤苦伶仃，这简直是人世间的耻辱。目前既没有丈夫、兄弟，也没有父亲来保护她。弗兰克觉得这一切对于她来说实在太残酷了，思嘉也默默地完全同意他的看法。

他每天晚上都来看她，因为皮蒂家的气氛令人愉快和宽慰。嬷嬷总是对他微笑，而这种微笑是只给有身份的人的。皮蒂拿咖啡加白兰地招待他，还不断奉承他，思嘉则全神贯注地倾听他的每一句话。有时下午他外出做生意，便赶着马车带思嘉同去。这样的旅行特别愉快，因为她提出那么多愚蠢的问题——"真是个女人家，"他得意地自言自语道。他想到思嘉对生意经如此一窍不通，便忍不住大笑起来，她也笑着说："当然喽，你不能指望我这样一个傻女人会懂得你们男人的事呀！"

思嘉让他在他那枯寂的生活中第一次感到自己成了个堂堂男子，可以保护那些孤弱无助的蠢女人。

终于，他们站在一起举行婚礼了，这时弗兰克拉着她那表示信任的小手，思嘉的眼睫毛轻轻垂下。可是他仍然不明白这一切究竟是怎么发生的，他只知道这是他有生以来第一遭完成了一件罗曼蒂克和令人兴奋的大事。他弗兰克·肯尼迪居然使这个美人儿倾倒，投入他有力的怀抱里了。

他们的婚礼没有请一个亲友参加。证婚人是从大街上叫来的陌生人。思嘉坚持这样做，他也就让步了，虽然有点勉强，因为他原来希望他在琼斯博罗的妹妹和妹夫能来参加。要是能在皮蒂小姐的客厅里举行个小小的招待会，请一些朋友来喝喝酒祝贺新娘，那就再好不过了。但思嘉甚至连皮蒂小姐参加也不同意。

"只要我们两个人，弗兰克，就像私奔那样，"她紧紧抓住他的臂膀央求道。"我一直就想跟人逃到外面去结婚，亲爱的。为了我，你就这样做吧！"

正是这种讨人喜欢的话，以及她那浅绿眼睛里的晶莹泪珠，终于把他征服了。毕竟，男人总得对他的新娘做出某种让步吧，尤其是关于结婚仪式。

这样，在他还没来得及弄清是怎么回事之前，他便结婚了。

弗兰克给了她那三百美元，起初还有点不太情愿，因为这意味着他购买锯木厂的希望落空了。不过,他总不能眼看着她的一家人被撵出去呀,并且一看到她兴高采烈的模样,他的失望情绪就一下子烟消云散了。过去还从来没有一个女人对弗兰克表示过感激,所以他觉得这笔钱毕竟是花得很值的。

思嘉打发嬷嬷立即去塔拉,叫她完成三个使命:一是将钱交给威尔,二是宣布她的婚事,三是将韦德带回亚特兰大。两天以后她接到威尔的一个便条,威尔在便条最后祝她幸福,这是一种简单的礼节性祝贺,不带丝毫个人的情感。她知道威尔理解她所做的一切,他既不会责怪也不会对她加以赞许。但是艾希礼会怎么想呢?她狂热地猜想着。不久以前就在塔拉果园里我还和他说过那样的话,可如今,他会怎样看我啊?

她还收到一封苏伦的来信,措辞激烈,公然辱骂,信上还有泪痕,总之是一封恶毒而且对她的品质作了真实写照的信,这封信使她终生难忘,并且永远也不会原谅写这封信的人。不过塔拉已平安无事了,这给她带来的快乐是连苏伦的那些话也无法冲淡的。

但她要认识到如今她的家是在亚特兰大而不是在塔拉,还是很不容易的。在她拼命为那笔税金奔走时,除了塔拉的命运之外,她没有想过什么别的。甚至在结婚的那一刻,她也没有想到过她所付出的代价竟是使自己永远离开家了。现在木已成舟,她才明白过来,感到心中的思家之痛。但事已至此,她已达成了这笔交易,并且她对弗兰克挽救了塔拉如此感激,不免对他也产生了感情,同时下定决心不让他对娶她为妻感到懊悔。

亚特兰大那些爱管闲事的女人全都知道弗兰克·肯尼迪同苏伦之间有一种"默契"已经好几年了。事实上,他曾经羞答答地说过他准备明年春天结婚。所以他和思嘉结婚的事一经宣布,便引得大家纷纷议论、猜测和深表怀疑。梅里韦瑟太太从来就爱刨根问底,她竟直截了当地质问弗兰克,究竟为什么跟一位姑娘订了婚却娶了她的姐姐。可是对于思嘉,梅里韦瑟太太这个精明能干的人竟也不敢当面去问。这些天来,思嘉倒是显得够娴静和温顺的,但她眼里含着一种自鸣得意的神情,叫人看了恼火。不过她天性好斗,谁又犯得上去惹她呢!

她知道亚特兰大人都在背后议论她,但她并不在乎。毕竟,嫁男人是没有什么不道德的,反正塔拉已经平安无事,谁爱议论就议论好了。她可还有许多别的事情要动脑子呢。最要紧的是得让弗兰克明白他必须赚更多的钱。此外,她心里还老挂念着那个锯木厂。现在木材如此昂贵,谁有了锯木厂谁就可以发财。她暗暗发愁,因为弗兰克的钱付了塔拉的税金就没法买那个锯木厂了。她下定决心要让弗兰克的那爿小店尽量多赚钱,快赚钱,这样他便可以在别人还没来得及抢走那个锯木厂之前将它买下来。她看准了这是一笔好买卖。

如果她是男人,她一定要把店抵押出去,用这笔钱来买锯木厂。但是婚后第二天她轻描淡写地暗示这一想法时,他只微微一笑,叫她那可爱的小脑袋瓜不必操心。她居然还知道什么叫抵押呢,这叫他有点惊讶。起初他还觉得很有趣,但是就在新婚后不久,这种乐趣便很快消失了,随之而来的是某种震惊。有一次他无意中告诉她"有些人"欠了他的钱,但目前还不出来,而他当然不会去逼这些老朋友和绅士们。但从那以后思嘉一次又一次问起这件事,弗兰克才后悔当初不该对她说了。她还做出一副迷人的孩子气,说只是出于好奇,想知道究竟哪些人欠了他的钱,一共欠了多少。弗兰克对这件事总是躲躲闪闪,再也不想多谈。

弗兰克逐渐明白过来,这可爱的小脑袋瓜比他的算计功夫要精得多,这令他焦虑不安。他发现她能用心算的方法很快将一长串数字加起来,而他对三位以上的数字都得用笔才算得出来。还不只此,连分数的算法对她来说也毫不困难,这着实让他大吃一惊,在他看来,一个女人懂得分数和生意这类事情是有失体面的。现在他不再跟她谈生意上的事情了,而在婚前他是很高兴这样做的,因为那个时候他以为她什么都不懂,向她解释是一种愉快。现在看到她对这一切了如指掌,这种表里不一便激起了他作为男子汉的那种义愤。再加上他发现这个女人如此有头脑,就觉得自己的幻想破灭了。

弗兰克究竟在婚后什么时候才明白思嘉嫁给他而采取的欺骗手段，这一点谁也不清楚。他一想到苏伦将永远不明真相，永远以为他无情无义地抛弃了她，就深感不安，并且他也处于一种十分尴尬的处境了。但他又无法洗刷自己，因为一个男人总不好说自己被一个女人搞昏了头吧，再说一个有身份的男人总不能到处宣传自己的妻子用谎话让他上了圈套吧。

思嘉已经是他的妻子了，妻子有权利要求自己的丈夫忠诚。再说，他也不能让自己相信她是随随便便嫁给他的，对他没有感情。他那男性的虚荣心不允许他这样想。他宁愿相信思嘉是突然爱上了他，结果便撒了个谎把他骗到手。但这一切都是令人费解的。他知道，对于一个年轻、亮丽、精明的女人来说，他没有什么吸引力，不过弗兰克毕竟是个有身份的人，他只好将这些疑团放在心里。思嘉已经是他的妻子了，他总不能向她提出这些可笑的问题去侮辱她，何况那也无济于事啊！

弗兰克并不是特别想挽回什么，因为他的婚姻也可算美满的了。思嘉那么美那么动人，他认为她完美无缺——除了她太任性。他很快发现只要依着她，生活便可以过得很快乐，只要依着她，她就像孩子那样高兴，老是笑呀，说些傻气的笑话呀，坐在他膝头上，捋他的胡须，直到他觉得自己年轻了二十岁。她还会表现得出人意料地温柔和细致，晚上他回家时，她已经把他的拖鞋烘在火炉边，还大惊小怪地抱怨他脚湿了，担心他又要感冒。她总是记得他喜欢吃鸡胗，咖啡里要放三匙糖。是的，同思嘉在一起，生活是非常甜蜜和舒适的——只不过凡事都得依着她。

婚后两个星期，弗兰克传染上流行性感冒，米德大夫让他卧床休息。

可是病拖着不见好，弗兰克眼看日子一天天过去，愈来愈担心起他那爿店来。现在店由一个站柜台的店员在管理，每天晚上到家里来向他汇报，但弗兰克还是不放心。他很烦躁，而思嘉却一直在等待这样一个机会，这时便把冰凉的手放在他额头上试探着说："现在，亲爱的，你老这样烦躁，我可也受不了啦。还是让我去城里看看怎样了吧。"

她终于去了，临走前把他劝好了。他有气无力地提出反对时，她还微笑。在她新婚的这三个星期里，她一直急切地想看看他的账本，好查明他的财产状况。他病倒了，真是幸运！

那爿店就在五点镇附近，新修的屋顶在那些熏黑的旧砖墙的衬托下，显得分外耀眼。从人行道直到街边搭着个板篷，板篷挡住了大部分冬天的阳光，店里又脏又暗，只是从两侧的小窗透进一丝亮光。地板上撒满了沾着烂泥的木屑，并且到处是尘土和脏物。店里的前头一部分整齐些，阴暗处立着一些很高的货架，堆满了色彩鲜艳的布匹、瓷器、烹饪器皿和零碎日用品等。但是隔板后面，便都是乱七八糟的了。

隔板后面没有地板，杂乱地堆放着各种东西。在半明半暗中，她看到有成箱成袋的货物，以及犁头、马具和廉价的松木棺材。黑暗处还摆着些旧家具，从廉价的桉木到桃花心木和红木的旧家具。还有一些破旧但名贵的织锦椅垫和马鬃椅垫。地上还乱扔着一些瓷便壶、碗碟和高尔夫球棒；四壁周围还有几个很深的贮藏箱，里面很暗，她点起蜡烛才看清楚里面装着一些种子、铁钉、螺钉和木工用具。

"我原以为弗兰克这样婆婆妈妈的人，一定会把事情搞得更有条理，"她想，一面用手帕擦擦她那双弄脏了的手。"这地方简直是个猪圈。你看他是怎么开店的呀！只要把这些东西上的灰尘掸掉，把它们摆到前面去让人们看得见，不就可以卖得快多了吗？"

既然他的货物是这个样子，他的账目肯定更不用说了！

她想现在就得去看看他的账本，于是端起灯到店铺的前面去了。站柜台的店员很不乐意地把厚厚的账本递给她。显然他虽然年轻，却同弗兰克一样，认为女人是不该参与生意的。但思嘉用尖刻的话镇住他，打发他出去吃午饭。这时她感到舒坦多了，她坐在靠近炉子的一张破椅子上，盘起一条腿，将账本摊开。

她慢慢地翻着账本，仔细审视弗兰克写得歪歪扭扭的人名和数字。正如她所预料的那样，她看到了弗兰克缺乏头脑的证据，因而皱起了眉头。人家欠他的债款至少有五百美元，有些已经拖欠了好几个月，而那些欠债人的名字她都很熟悉，其中有梅里韦瑟家和埃尔辛家的。她一直还以为这笔欠账为数不多。想不到竟是这么大一笔啊！

"要是他们真还不出钱来，为什么还照样买东西呢？"她恼怒地想道。"要是他知道他们还不起钱，又为什么还给他们东西呢？只要他叫他们还钱，其中许多人是还得起的。埃尔辛家既然有钱给范妮买新缎子礼服，办得起奢侈的婚礼，肯定也还得起钱。弗兰克就是心太软了，人们利用了他这一点。嗨，只要他将这笔钱的一半收回来，便可以买下那家锯木厂。"

她又想："弗兰克居然还想去经营锯木厂呢！真是见鬼了。要是他把这个店都开得像个慈善机构，他还有什么希望在锯木厂上赚钱呀？嗨，要是让我来经营这爿店，准会比他强多了。由我来经营一个锯木厂，也一定能胜过他。虽然我对木材生意还一窍不通呢！"

她静静地坐在那里，膝头上摊着那本厚厚的账簿，惊异得微微张着嘴，心想在塔拉那艰苦的日子里，她干过一个男人干的活儿，并且干得很出色呢。她一直受到教育，认为一个女人是不能单独干成事的，可是在威尔到来之前，她没有任何男人的帮助，不也把农场管起来了吗？那么，那么，她心里嘟哝着，我就相信女人没有男人帮忙也能够做成世上所有的事情——除了怀孩子，并且天晓得，任何神志正常的女人，只要可能，谁会愿意怀孩子呀。

一想到自己和男人同样能干，她便突然感到洋洋得意，并且迫切想证实这一点，想象男人一样来为自己挣钱。挣来的钱将是她自己的，用不着再去向任何男人乞求。

"但愿我有足够的钱，自己来买下那家锯木厂，"她大声说着，叹了一口气。"我一定要使厂子兴旺起来。连一块木片也不赊给人家。"

接着她又叹起气来，她没有什么地方可以去弄钱，所以这个主意是办不到的。而弗兰克只要把人家欠的钱收回来便可以买下锯木厂。

她从账本后面撕下一页，开始抄那些欠债人的名单。她一回家就得向弗兰克提出这件事，要他处理。她要让他明白，即使是老朋友，即使逼他们还账确实有点不好意思，但不论如何也得还了。这也许会让弗兰克为难，因为他胆子小，并且他的面皮嫩，竟宁可不要钱也不愿去讨债呢。

她想象得出当她把这个想法向弗兰克摊牌时，他会怎样悲叹。是呀，她耸了耸肩膀，随他去悲叹好了。我得告诉他，他可以为了友谊而甘愿继续受穷，可我不愿意。要是弗兰克没有这点勇气，他将永远一事无成！他必须赚钱。

她正强打精神、咬紧牙关赶忙抄写时，店堂的前门忽然推开了，一阵冷风随着刮进来。一位高个子男人迈着轻快脚步走进阴暗的店里，她抬头一看，原来是瑞德·巴特勒。

他穿着亮丽的新衣服和大衣，一件时髦的披肩在他那厚实的肩膀上往后飘着。他摘下那顶高帽子，将手放在胸前有皱褶的洁白衬衫上，深深鞠了一躬。他那一口雪白的牙齿在那张褐色的面孔衬托下显得分外触目，他那双大胆的眼睛又在她身上肆无忌惮地搜索着。

"我亲爱的肯尼迪太太，"他边说边朝她走去，"我最亲爱的肯尼迪太太！"接着便欢快地放声大笑起来。

起先她像是看见鬼似的吓一大跳，随后急忙放下那只盘着的腿，挺起腰来，冷冷地白了他一眼。

"你来干什么？"

"我去看过皮蒂帕特小姐，听说你结婚了，因此我匆匆赶来向你道喜。"

回想起那次在他那儿受到的侮辱，她顿时羞得满脸通红。

"我真没想到你居然狗胆包天还敢来见我！"她喊道。

"正好相反！你怎么还敢见我呢？"

"哎哟，你真是最最——"

"让我们吹休战号好不好？"他向她咧嘴一笑，这种一闪即逝的微笑显得那么轻率，并没有对他自己的行为感到羞愧，或对她的行为表示谴责。她也不禁报之一笑，但那是很不自在的苦笑。

"他们没绞死你，真令人遗憾！"

"恐怕很多人都这么想。来，思嘉，放轻松些吧。我想你一定已经有充分的时间忘掉我那个——嗯——我开的那个小小的玩笑了吧。"

"玩笑？哼！我是决不会忘掉的！"

"唔，会的，你会忘掉的。你只是装出一副气势汹汹的样子罢了，因为我觉得只有这样才是正当体面的。我可以坐下来吗？"

"不行。"

他在她身边的一把椅子上坐下来，又咧嘴一笑。

"我听说你连两星期也不肯等我呢，"他讥讽地叹了口气。"女人真是反复无常啊！"

他见她不回答，又继续说下去。

"告诉我，思嘉，作为朋友——最熟悉和最知心的朋友，请你告诉我，你如果等到我出狱，是不是更明智一些？难道跟弗兰克·肯尼迪这老头儿结婚，比跟我发生不正当的关系，更有诱惑力吗？"

"别胡说八道了。"

"你能否满足我的好奇心，回答一个我想了许久的问题？你嫁给一个你根本不爱、甚至连一点感情也没有的男人，难道就没有一点女性的厌恶感，没有内心深处的顾虑吗？"

"瑞德！"

"我有我自己的答案。虽然小时候人们向我灌输过许多美好的想法，说女人都是脆弱、温柔而敏感的，但我总觉得女人具有一种男人无法相比的韧性和耐心。"

"你说什么呢？"她冷冷地说。为了急于改变话题，她问道："你是怎么出狱的呢？"

"唔，这个嘛，"他摆出一副逍遥自在的神气回答说。"没多大麻烦，他们是今天早晨让我出来的。我对一个在华盛顿联邦政府机构中担任高级职务的朋友搞了一点巧妙的讹诈。他是个杰出人物———一位坚强的联邦爱国人士，以前我经常从他那里为南部联盟购买军械和有裙箍的女裙。当我那令人苦恼的困境通过正当途径让他注意到时，他立即利用他的权势，这样我便被放了出来。权势就是一切，权能解决一切问题，至于有罪无罪，那只不过是个理论上的问题罢了。"

"我敢发誓，你绝不是无罪的。"

"对，反正现在我已经逃出罗网，可以坦率地向你承认我有罪了。我确实杀了那个黑鬼。他对一位贵妇人傲慢无礼，我身为一个南方上等人，除了杀掉他还能干什么？既然我在向你坦白，我还得承认在某家酒吧间里我还和一位北方佬骑兵斗了几句嘴，并把他毙了。这事已经过去很久了，还没有人指控我。"

他对自己的杀人勾当如此津津乐道，吓得思嘉毛骨悚然。她想谴责他，但是突然想起埋在塔拉农场葡萄藤下面的那个北方佬。这个北方佬犹如被她踩死的一只蚂蚁，她早已不放在心上了。不过，既然如此，她又怎能说他呢。

"而且，既然我已经对你说了那么多，我还得再告诉你一件绝密的事，我确实有那笔钱，安全地存在利物浦的一家银行里。"

"那笔钱？"

"是的，就是北方佬最想打听的那笔钱。思嘉，你上次向我借钱时，我没有给你，那可不是小气呀。因为如果我开了张支票给你，他们就会追查它的来源，那时恐怕你连一个子儿也拿不到的。我只能不动声色，我知道那笔钱是相当安全的。因为即使他们找到了这笔钱，而且从我手里拿走了，那么我就会把战争期间卖给我枪弹器械的北方佬爱国人士一个个都点出名来。那时丑事便会声张出去，但他们中间有些人已在华盛顿身居要职了。事实上，正是我威胁要透露他们的秘密，这才让我出了狱呢。我——"

"你的意思是你——你真的有南部联盟的金子？"

"不是全部。天哪，不是！我只捞到了将近五十万。思嘉，你想想，五十万美元，只要当时你克制住你那火暴性子，不匆匆忙忙再结婚的话！"

五十万美元。一想到那么多的钱，她就觉得心上一阵剧痛。她根本没有理解他嘲笑她的话，甚至连听都没有听见。很难相信这苦难和贫穷的世界上会有这么多钱。这么多的钱，但是为别人所占有，别人轻而易举地拿到了却并不需要它。而她，她却只有一个又老又病的丈夫和这爿肮脏而微不足道的小店。像瑞德·巴特勒这样一个流氓居然那么富有，她却几乎两手空空，这真是不公平呀。她恨他，恨他穿着像个花花公子坐在这里奚落她。

"我想你自以为保留这笔南部联盟的钱是正当的吧。得了，这明明白白就是偷，并且你自己也很清楚。凭良心说，我是决不会要的。"

"哎哟，今天的葡萄可真酸呀！"他皱起眉头喊道。"不过，我究竟是从谁手里偷来的呢？"

她没作声。说到底，他所干的也无非是弗兰克干的那一套，不过后者的规模小一点罢了。

"这笔钱的一半是我靠正当手段赚来的，"他接着说，"是靠诚实的联邦爱国人士的帮助正当赚来的。现在已不存在什么南部联盟了——尽管你从不了解，只是听别人谈起而已。那么，这笔钱我又该给谁呢？难道拿去给北方佬政府吗？让人们把我当贼看待，我真气死了。"

他从口袋里拿出一个皮夹子，抽出一根长长的雪茄，津津有味地闻了闻，装出一副焦急的模样瞧着她，好像等待她回答。

"该死的，他总是抢先我一步，"她想。"他的主张我听起来总是不对，可我却总也指不出到底错在哪里。"

"你可以把这笔钱分发给那些真正需要钱的人嘛，"她一本正经地说，"南部联盟是没有了，但还有许多联盟的人和他们的家属正在挨饿呢。"

他把头朝后一仰，粗鲁地放声大笑起来。

"你装出这副伪善样子，真是再迷人而又可笑不过了，"他坦然地高兴地嚷道。"思嘉，你总得说老实话。不能撒谎。来吧，还是坦率些吧。你对于已经不复存在的南部联盟从来也不在乎，更不会去关心那些挨饿的联盟人。要是我把所有的钱都给他们，你准会尖叫起来抗议的，除非我首先把最大的一份给你。"

"我可不要你的钱！"她尽量装出一副冷漠严肃的样子说。

"哎哟，你真的不要吗？我看你现在急得手都痒了。只要我拿出一个二角五分的银币来给你看，你就会扑过来抢的。"

"如果你到这里来就是为了侮辱我和取笑我穷的话，那你就请便吧，"她一边抗议，一边挪开膝头上那本厚厚的账簿，以便站起来使她更有力些。但他抢先站起来，凑到她跟前，笑着将她推回椅子上去。

"你一听到实话便发火，这个坏脾气什么时候才能改呀？你讲人家的大实话可一点也不客气，为什么人家讲一点有关你的，你就不许了呢？我不是在侮辱你。我认为贪得无厌是一种十分好的品德。"

她非常不明白"贪得无厌"是什么意思。

"我到这里来，不是想嘲笑你穷，而只是想来祝贺你婚姻幸福和长寿。顺便问一下，苏伦对你的偷窃行为又怎么想呢？"

"我的什么？"

"你公然偷走了她的弗兰克。"

"我并没有——"

"好吧，我们不必躲躲闪闪了。她到底怎么说的？"

"她没说什么，"思嘉说。他一听便眉飞色舞起来，指出她在撒谎。

"她可真是宽宏大量呀。现在让我来听听你诉穷吧。当然我有权了解，因为不久前你还到监狱来找过我。弗兰克有没有你想要的那么多钱呀？"

他丝毫不掩饰自己的放肆。他说的话是带刺的，但都是些带刺的大实话。

他了解她所做的一切，以及她为什么要这样做，但并不所以而看不起她。而且，尽管他提出的问题一针见血，很讨厌，但似乎还是出于一片友好的关心。他是她唯一可以彼此讲老实话的人。这对她是一种宽慰，因为她很久不向别人倾吐自己的心事了。因为要是她把心里说出来，恐怕谁听了都会大惊失色的。而跟瑞德谈心，就好比穿了一双太紧的舞鞋之后换上一双旧拖鞋那样，让人感到又轻松又舒坦。

"你弄到交税的钱了没有？可别告诉我在塔拉还有挨饿的危险。"说这话时，他的声调有点不一样了。

她抬起头来看他那双黑眼睛，看见他脸上的一种表情，它使她先是感到吃惊和惶惑，接着便微微一笑，这种甜蜜而迷人的微笑是近来她脸上难得出现的。他可真是个任性的坏蛋，但有时又显得多么好啊。她明白了，他之因此来看她的真实原因并不是要嘲弄她，而是想弄清楚她是否弄到了她急需的那笔钱。她现在才明白他为什么一出监便急急忙忙赶来找她，尽管装出一副从容不迫的样子。实际上，只要她仍然需要钱，他便会借给她的。不过，虽然如此，他还是会折磨她，侮辱她，不承认他自己的好心肠。他真是个叫人捉摸不透的家伙。难道他真对她有意，比他自己所乐于承认的还要有意些？或者他怀有某种别的意图？谁知道呢？有时他尽做些这样的怪事。

"不，"她说。"我们已经不会有挨饿的危险了。我——我弄到钱了。"

"但绝不是没有经过一番斗争就弄到手的，我敢保证。你是千方百计地克制自己直到戴上了结婚戒指为止吧？"

她拼命忍着才没有笑出来，因为她的行为竟被他这样一语道破了，但她还是按捺不住露出了一点酒窝。他又坐下来，称心如意地伸开那两只长腿。

"好了，谈谈你的困境吧。弗兰克这个畜生是不是用他的美好前景方面让你上当了？这样欺骗一个孤弱女子，真该结结实实揍他一顿。来，思嘉，把一切都告诉我吧。你对我是不应该保守秘密的。说真的，连你最糟糕的秘密我都知道呢。"

"唔，瑞德，你真是个最坏的——唔，我不知该怎么说才好！不，他倒不完全是欺骗我，不过——"她突然变得很乐意表白自己了。"瑞德，只要弗兰克能把人家欠他的钱收回来，我就什么也不用担心了。不过，瑞德，你知道有五十来个人欠他的钱呢，可他却不肯去催账，他就这样脸皮薄，他总说上等人不能对别的上等人干这种事。因此我们也许还得等好几个月，也许永远拿不到这些钱了。"

"唔，你要这些钱干什么用呀？难道你非得收回这些钱才够吃用吗？"

"那倒不是，不过，唉，事实上我目前就需要这点钱呢。"一想起那个锯木厂，她的两眼就发亮了。也许——

"要钱干什么？还要付更多的税？"

"这事跟你有什么关系？"

"有关系。因为你正要笼络我借给你钱呀。唔，我了解你这套迂回战术，并且我会借给你的，也不需要你不久前提供的那迷人的抵押品，我亲爱的肯尼迪太太。当然，你要是坚持提供，那也未尝不可。"

"你真是个最粗鄙的——"

"根本不是。我只是想让你放心。我知道你会在这一点上担心的，当然也不担心得厉害。但是有一点，我是愿意借给你钱的。不过我得了解你打算怎么花这笔钱，我想我是有这个权利的。要是拿去给你自己买件亮丽的大衣或买辆马车，那我同意。不过，要是给艾希礼·威尔克斯买两条长裤，那我恐怕就得拒绝了。"

她突然大发雷霆，结结巴巴地说不出话来。

"艾希礼·威尔克斯从来没有向我要过一个子儿，即使他快饿死了，我也没法让他接受我的一个子儿呢！你根本不了解他，他有多自重，多骄傲！当然你不可能了解他，像你这样一个——"

"让我们别骂人吧。我也可以拿出一些骂人的话来回敬你，与你不相上下。你忘了我一直在通过皮蒂帕特小姐了解你的情况，这位好心的老小姐只要遇到一个同情者是无话不谈的。我知道艾希礼从罗克艾兰回家之后一直住在塔拉，我也知道你甚至还容忍他的妻子守在他身边。这对你一定是个严峻的考验吧。"

"艾希礼是——"

"唔，是的，"他毫不在意地摆摆手说。"艾希礼实在是太崇高了，像我这种人又哪能理解他呢。但是，他为什么不带着家眷自己出外去找工作，不再住在塔拉呢？当然，这只不过是我突然想到的，不过，要是你让塔拉还帮着养活他，那我是一个子儿也不借给你的。在男人当中，那些让女人来养活的人是最不光彩的。"

"你怎么敢说出这样的话来？他一直像个干农活的苦力一样在劳动呢！"她虽然十分生气，但一想起艾希礼辛苦劈栅栏时的情景，便不由得一阵心酸。

"我敢说，他所值的黄金和他的体重一样多。在制造肥料方面，肯定是把好手，并且——"

"他是——"

"唔，是的，我知道，他确实尽了自己最大的努力，不过我不能想象他会给你多大帮助。你休想让一个威尔克斯家的人成为干农活的能手——或者别的有用人才。他们这样的家族纯粹是摆设。现在，消消气吧，别介意我对那位骄傲而尊贵的艾希礼说了这些粗鲁话。我真奇怪你这样一个精明实际的女人居然也会抱着这些幻想不放。你到底要多少钱，打算干什么用呢？"

她不回答，于是他又重复说。

"你到底打算干什么用？看看你能不能做到跟我讲实话。讲实话和撒谎是会同样有效的。往往，比撒谎好。因为如果你对我撒谎，肯定有一天我会发现，想想那该有多难为情。思嘉，你要牢牢记住这一点，除了撒谎以外，我可以忍受你的一切——你对我的厌恶、你的脾气、你的泼妇作风，就是不许撒谎。好，你到底要钱干什么呢？"

瑞德对艾希礼的攻击使思嘉非常恼火，她不惜付出任何代价去啐他一口。她几乎就要这样做了，可是那只理智而冷静的手赶快拉住了她。她勉强压住火气，设法装出一副文雅庄重的表情。他往后仰靠在椅背上，将两条腿伸到炉边。

"要是世界上有一桩事情比任何别的事情都会使我更快活的话，"他说，"那就莫过于看到你的思想斗争了。我指的是道德和金钱之类的实际东西之间的斗争。当然，我知道你天性中实际的那一面总是赢的。不过我也要守在你身边，看看你那更好的一面是否有一天也会取胜。要是这一天果然来到，那我就得卷起铺盖永远离开亚特兰大了。好，我们还是言归正传吧。你到底要多少，干什么用？"

"我也不大清楚到底需要多少，"她绷着脸说。"不过我想买一家锯木厂——并且我想我能挺便宜地买下来。另外，我还需要两辆货车和两头骡子。骡子要好的，还要一匹马和一辆马车给我自己用。"

"一家锯木厂？"

"是的，要是你肯借钱给我，我可以把一半的盈利给你。"

"我要个锯木厂有什么用呀？"

"赚钱呀！我们可以赚多多的钱。或者我可以给你的借款付利息——让我们看看，合适的利息是多少？"

"百分之五十算是相当好的了。"

"五十——啊，你是在开玩笑吧！不许笑，你这个鬼家伙。我可是一本正经的。"

"我正是在笑你的一本正经。我怀疑除了我还会有谁能明白，你那张骗人的可爱面孔背后那个脑袋瓜里，究竟在转些什么念头？"

"得了！谁管这个？听着，瑞德，你看看这是不是一笔好买卖。弗兰克告诉我有家锯木厂在桃树街要卖掉。他急着要现金，因此愿意廉价出售。现在这一带没有多少锯木厂，而人们盖房子的那股劲儿——嗨，我们就可以高价卖木材了。要是有钱，弗兰克自己就把它买下了。我猜想他原来是打算用那笔给我付税金的钱买这家厂子的。"

"可怜的弗兰克！一旦你告诉他正是你从他鼻子底下抢着把这个厂子买下来他会怎么说呢？你又如何向他解释你借的钱呢？"

思嘉没有考虑过这一点，她一心想的是这个木材厂可以赚多少钱。

"嗯，我不告诉他就是了。"

"他总该知道你的钱不是在地上捡到的吧。"

"那我就告诉他吧——嗨，真是，我就告诉他，我把我的钻石耳环卖给你了。并且我也的确准备给你呢。这就算是我的抵——抵什么品吧。"

"我可不要你的耳环作抵押。"

"我也不要，我不喜欢这副耳环。其实，它们也并不真是我的。"

"那是谁的呢？"

"这是一个死人给我留下的，现在完全可以算我的了。拿去吧，我并不需要。我宁可把耳环换成现钱。"

"天哪！"他不耐烦地嚷道。"你除了钱还想过别的没有？"

"没想过，"她坦白地回答说，一面用她那双尖利的绿眼睛盯着他。"要是你也经历过我那一段，你也就不会再想别的了。我发现钱是世界上最重要的东西。并且上帝可以替我作证,我决不打算再受穷了。"

她记起那火辣辣的太阳,她又饿又累晕倒在"十二橡树"村的土地上,那时在她心里不断重复一句话:"我决不再挨饿了,我决不再挨饿了。"

"总有一天我会有钱的,会有许许多多钱,我想吃什么就吃什么。到那时,我的餐桌上不会再有玉米粥和干豌豆了。我会有亮丽的衣服,全都是绸子的——"

"全都是?"

"全都是,"她简单地回答,对他的挖苦之意甚至不屑脸红。"我要有许许多多钱,北方佬永远休想将塔拉从我手中抢走。我还要给塔拉盖新房子和一个新仓库,还要买些耕地和好骡子,种上无边无际的棉花。还有我的全部家人,他们也决不会再挨饿了。我说到做到,每句话都算数。你是无法理解的,因为你是这样自私自利,你也从来不曾挨过冻,穿过破衣裳,为了免于挨饿而不得不折断自己的脊梁骨!"

他温和地说:"不过,我可在联盟军部队里待过八个月的呀。我不知道还有什么地方比在那里更能体会挨饿的滋味了。"

"部队!呸!你从来也没摘过棉花,除过谷草。你从来——不许你笑我!"

她嗓门一粗,他的手便又放到了她的手上。

"我不是在笑你。我只是笑你的外表和内心有多么不同。我在回忆我第一次在威尔克斯家的野宴上遇见你的情景。那时你穿着一件绿衣裳,一双小小的绿便鞋,身边围着一大群男人,多么快乐、得意呀。我敢担保当时你连一块美元合多少美分也不知道。当时你的脑袋瓜里一门心思想的就是去诱惑艾希礼——"

她把手猛地从他手底下抽开。

"瑞德,要是我们还想相处下去的话,请你一定不要再谈论艾希礼·威尔克斯了。我们总是为他争论不休,因为你压根儿不理解他。"

"我想你对他是深深了解的吧，"瑞德不怀好意地说。"不过，思嘉，要是我借给你钱，我得保留谈论艾希礼的权利，我爱怎么说他，便怎么说。我可以放弃利息，但决不放弃刚才那种权利。还有不少关于他的事情我想知道呢。"

"我没有必要同你讨论他，"她简单地答道。

"唔，可是你必须这样做！你看，我掌握着钱口袋的绳子呢。等到你有了钱的时候，你也可以同样去对待别人嘛……显然你对他还是有意的——"

"我没有，"

"唔，从你这样急于维护他的模样来看，事情就更明显了。你——"

"我不能容忍让我的朋友受人讥讽。"

"那好，咱们暂时先不谈这个吧。他现在对你还有意吗？或者他已经把你忘了？或者他已经懂得欣赏自己那个非常珍贵的妻子了？"

一提到媚兰，思嘉的呼吸便开始急促起来，几乎忍不住要吐露全部真情，告诉他艾希礼只是为了保全面子才同媚兰在一起的。但话到嘴边又憋回去了。

"唔，那么说，他还没有充分感受到威尔克斯太太的好处了？甚至监狱里的艰苦生活也没有消磨他对你的热情？"

"我看没有必要谈论这个。"

"我要谈，"瑞德说。他说话的声音里有种低调，思嘉没有理解，但也不想听了。"而且，老实说，我就是要谈，而且等着你回答。那么，他还爱着你了？"

"唔，就算是又怎么样？"思嘉生气地嚷道。"我不愿意跟你谈论他，因为你根本不了解他，也不理解他的那种爱。你所知道的爱只是那种——嗯，就像你跟沃特琳一类女人搞的那一种嘛。"

"唔，"瑞德的口气显得温和了。"那么说，我就只能有淫欲了？"

"唔，你自己明白就是这么回事。"

"我倒是对这种纯洁的爱情很有兴趣——"

"瑞德,别这样讨厌了。要是你以为我们之间有过什么不正当的关系,就……"

"唔,这我倒从来没有想过,真的。正是因为这样,我才对这一切感兴趣呢。但是为什么你们之间就不曾有过一点不正当的关系呢?"

"要是你以为艾希礼会——"

"啊,照此说来,那是艾希礼而不是你在为这种纯洁的爱情而斗争了。说真的,思嘉,你不该这样轻易地出卖自己。"

思嘉惶惑而又气愤地窥视着他平静而不可捉摸的面孔。

"我们不要再谈这件事了,好吗?我也不要你的钱,你给我滚吧!"

"唔,不,你是要我的钱的。而且,既然已经谈到这里,怎么又不谈了呢?讨论一首圣洁的情诗肯定不会有什么害处。这样说,艾希礼爱的是你的心,你的灵魂,你那高尚的品德喽?"

思嘉听了他这番话痛苦极了。当然,艾希礼所爱的正是她的这些东西。正因为此,她才觉得生活还能忍受下去。她了解艾希礼很欣赏那些深藏在她心底、唯独他看得见的美好东西,但是他只能对她保持着一种遥远的爱。

"这使我想起了童年的理想,以为这种纯洁的爱在这猥亵的世界里是可以存在的,"他继续说。"这样说来,他对你的爱就没有一点点肉体的因素了?要是你长得丑,没有这雪白的皮肤,他也会爱你吗?要是你没有那么一双让男人神魂颠倒的绿色眼睛,他也会爱你吗?还有你那屁股一扭一扭,对任何九十岁以下的男人都带诱惑性的浪劲呢?还有你那两片嘴唇——唔,我可决不能让自己的淫欲去冒犯呀!难道艾希礼对于这一切都看不见?还是说他看见了,但居然无动于衷呢?"

思嘉不由得又想起那天在果园里的情景:艾希礼两臂哆嗦着将她紧紧搂在怀里,狂热地吻着她,好像永远不离开了。想到这里她不禁一阵脸红,而脸红是逃不过瑞德的眼睛的。

"这样,我就明白了,"他说,带着一点近似愤怒的激动。"原来他爱你,仅仅是因为你的心呢。"

他怎敢用他那龌龊的手指来搜刮秘密，使她生活中唯一美好而神圣的东西也显得卑贱了。如今他正在冷静而坚决地突破她的最后一道防线，眼看就要得到他想知道的东西了。

"是的，他就是！"她大喊。

"我亲爱的，他恐怕连你有没有心都不知道呢。要是吸引他的果真是你的心，他就不必对你严加防范。总而言之，他尽可以心安理得地不去管它，因为一个男人不妨爱慕一个女人的心灵，与此同时保持上等人的身份，而且仍然忠实于自己的妻子。不过，对于艾希礼来说，他既要保全威尔克斯家的名誉，又对你的肉体那样垂涎欲滴，那一定是很困难的。"

"你总是这样卑鄙地来想别人！"

"唔，我从来不曾否认过我是贪图你的肉体的，我对名誉这类东西倒是毫不在乎。凡是我想要的东西，只要能到手我就拿，我用不着跟魔鬼或天使去搏斗。看你给艾希礼建造了一个多么快乐的地狱啊！我简直要可怜他了。"

"我替他建造了一个地狱？"

"是的，就是你！你的存在对于他是一种难以抗拒的诱惑，但是他跟他家族里的大多数人一样，为了保全名誉，不论多深的爱情都可以抛弃。照我看来，现在这个可怜虫既没有爱情也没有名誉来宽慰他自己了！"

"他是有爱情的！……我的意思是，他爱着我！"

"他真的爱你吗？请你回答我这个问题，然后我们今天的讨论也就结束了，你可以拿到钱，哪怕你扔到阴沟里我也不管了。"

瑞德站起身来，将他抽了一半的雪茄扔进痰盂里，他的动作放肆，而又有点阴险而可怕。"要是他真爱你，他怎么会让你跑到亚特兰大来弄这笔税金呢？如果我让一个我所爱的人来干这种事，我便——"

"他不知道呀！他没想到我——"

"难道你没想到过他应该知道吗？"他的声音里分明带有好不容易才压住

的火气。"要像你说的那样，他真爱你，他就应该知道你在绝望的时候会干出什么事来。他哪怕把你杀了也不该让你跑到这里来找——不找别人偏偏来找我，真是天晓得！"

"不过，他真的不知道呀！"

"要是没人告诉他他就猜不出来，那就说明他对你和你那可贵的心根本不了解。"

他多么不公平啊！似乎艾希礼应该会猜别人的心思似的，似乎艾希礼如果知道了便能阻止她似的。但是她突然觉得艾希礼真是能够阻止她的，只要他在果园里给她一丁点儿暗示，说总有一天情况会好转，她便决不会想来找瑞德了。在她临上火车的时候，他只消说一句温存的话，哪怕只表示一点惜别的爱抚之意，也会使她回心转意的。可是他只谈到了名誉。难道艾希礼真的不知道她的心思吗！她赶快甩掉这个不忠的想法。当然，他没有怀疑她。艾希礼决不会怀疑她居然会做这种不道德的事情。艾希礼那么高尚，决不会这样来想别人。瑞德只不过想尽力破坏她的爱情罢了。他正在想方设法要毁掉她最珍重的东西。总有一天，她恶狠狠地想道，她的店站住了脚，厂子经营得令人满意，她手里有了钱，那时她就得让瑞德·巴特勒为他曾经给她的苦恼和屈辱付出代价。

瑞德站在她跟前有点逗乐地俯视着她。

"这一切到底与你有什么相干呢？"她问。"这是我的事，是艾希礼的事可不是你的事。"

他耸了耸肩膀。

"不过，思嘉，我对你的忍耐力抱有深深的赞赏，并且我真不愿意看到你被过多的重担压得粉碎。就说塔拉吧，它本身就是一副需要由男子汉来挑的重担。你那位有病的父亲，他永远不会帮你什么忙了。还有那些姑娘和黑人。现在你又有了个丈夫，或许还要加上皮蒂帕特小姐。即使艾希礼和他的一家不要你照管，你的担子已经够重的了。"

"他不用我照管。他帮忙——"

"啊，天哪，"他不耐烦地说，"我们别再谈这个了。他帮不了你什么。他现在靠你，将来还得靠你，或者靠别人，直到他死。我已经很腻烦，不想把他当作一个话题来谈了……你到底要多少钱？"

她真想把他狠狠地骂一顿，他给了她种种的侮辱，迫使她将心中最珍贵的东西和盘托出，并放肆地践踏它们。经过这一切之后，他居然以为她还会要他的钱呢！

但是她还是克制住自己没有骂出来。要是能够傲然拒绝他的钱，让他滚出去，那该有多好呀！但是，只有真正富有的人才能这样痛痛快快地想干什么就干什么呢。只要她还穷，她就还得忍受这样的场面。不过，等到她有了钱，她决不忍受自己不高兴的任何事情，也决不做她不愿意做的任何事情。

想到这里，她高兴得那双绿眼闪出了光芒，嘴上也浮现出一丝丝笑影。瑞德也微微一笑。

"你真可爱，思嘉，"他说。"尤其在你动什么坏脑筋的时候。只要能看看你那个酒窝，我就愿意给你买十三头骡子，如果你要的话。"

前门打开了，站柜台的店员走了进来，一边用牙签剔牙。思嘉站起身来，披上围巾，戴好帽子。她已经打定主意了。

"你今天下午忙吗？能不能现在就跟我去一趟？"她问。

"到哪里去？"

"我要你赶车带我到那家锯木厂去。我答应过弗兰克,不单独赶车出城。"

"冒雨去锯木厂?"

"是的,我现在就要把锯木厂买下来,省得你变卦。"

他突然哈哈大笑,笑得那么响,把站在柜台后面的店员吓了一跳,好奇地看着他。

"你难道忘了你又结婚了吗?叫大家看见肯尼迪太太同流氓巴特勒一起赶车出城,那可够你受了。要知道我是上等人家不接待的人呀。你难道不顾自己的名声了?"

"名声,胡说八道!我得赶在你变卦之前,而且趁弗兰克还没有发现我打算买,就把这个厂子给买下来。别慢慢吞吞了,瑞德,一点小雨有什么关系呢?让我们快走吧。"

那个锯木厂!弗兰克每一想起它便要叹息一番,怨自己当初不该向她提起。她将自己的耳环卖给了巴特勒船长(不卖别人偏偏卖给他!)并且不跟自己的丈夫商量便把厂子买了下来,这已经很不对了,更何况她还不把厂子交给丈夫去经营。这真不妙,她根本就不信任丈夫的判断力。

弗兰克同他所认识的所有男人一样,认为一个妻子总应该尊重丈夫,应该全面接受丈夫的意见,而不自作主张。他本来可以容许女人自行其是。女人就是这样一些有趣的小家伙嘛,对她的小爱好迁就一点不会有什么坏处。弗兰克生来温和文雅,对妻子不会过分苛求。他会欣然满足一个娇小人儿的傻念头,最多只怜惜地责怪她愚蠢和奢侈。可是现在思嘉决心要干的那些事情,他却觉得太不可思议了。

譬如说,那家锯木厂吧。当她带着甜蜜的微笑说她自己准备经营这个厂子时,他确实吓坏了。"我自己做木材生意。"她自己去做生意!这简直难以想象。在亚特兰大,没有一个女人做生意的。事实上,弗兰克从来也没听说过女人做生意的事。如果在艰难时期女人不幸要被迫赚点钱来贴补家用,她们也总是悄悄地干点女人干的事情——如梅里韦瑟太太烤馅饼卖，埃尔辛太太和范妮画瓷器，做针线活或者像米德太太到学校教书，邦内尔太太教音乐。这些太太们在挣钱，但她们都像女人留在家里干活。可是，身为一个女人，冒险跑进粗野的男人世界，同他们在生意上竞争，同他们厮混在一起，受人侮辱和议论……尤其是当她有一个能够养活她的丈夫，无须被迫这样做的时候！

弗兰克原先以为她只是逗逗他，或者跟他开个玩笑，一个不太得体的玩笑，但很快他便发现她真的在这样做，她果然将锯木厂经营起来了。她比他起得还早，赶车去桃树街，常常要到他锁上店门吃完晚饭后很久才回家来。赶车到锯木厂去要跑很远一段路，只有彼得大叔在护送她。弗兰克没法陪她去，因为那片店占去了他全部的时间，但他说出自己的反对意见时，她只简单地说："要是我不对约翰逊那个狡猾的家伙保持警惕，他就会偷卖我的木料，然后把钱装进自己的腰包。什么时候我能找到一个好人来替我经营这个厂，我就不必常常跑来跑去了。到时候，我可以把时间花在城里卖木料了。"

在城里卖木料！那可是最糟糕的了。她确实时常从厂里腾出一天时间来兜售木料，每逢那时，弗兰克就只好躲在店堂后面的黑屋里，生怕碰见什么熟人。他的妻子居然在卖木料呀！

人们对思嘉纷纷议论起来。说不定也在议论他呢，说他居然允许自己的妻子干这种行当。弗兰克在柜台上遇到一些顾客，听他们说"我刚才看到肯尼迪太太在……"，这时他真害臊啊！大家都在说她干了些什么。大家都在谈论建造新旅馆的地方所发生的事情。原来当托米·韦尔伯恩正在从另一个人手里买木料时，思嘉恰好赶车经过那里。她立即从车上跳下来，当着那些正干粗活的爱尔兰工人的面直截了当地告诉托米他上当了。她说她的木料质量更好又便宜，为了证实这一点，她列出一连串数字，当即给他作了估算。她让自己插足于一群陌生的干粗活的工人中间，这就够丢脸的了，更糟的是一个女人居然敢在大庭广众中显示她那样善于算计。当托米接受了她的估算并给了她订单以后，思嘉仍不赶快离开，却继续到处闲逛，同爱尔兰工头、一个名声很坏、凶狠的矮个子男人约翰尼·加勒格尔说话。仅这件事就在城里被议论了好几个星期呢。

最重要的是，她果然赚了钱，而任何男人都不会因自己的老婆在这样丢脸的事情中取得成功而感到高兴。她也从来没有拿出钱来交给丈夫。大部分的钱都寄到塔拉去了，并且她没完没了地给威尔·本廷写信，告诉他该如何花这些钱。她还告诉弗兰克，等塔拉的修缮工作完成之后，她准备将钱作为有抵押的贷款放出去生利了。

"唉！唉！"弗兰克每当想起这一点便感叹不已。女人根本就不应该懂得什么叫抵押嘛。

这些天来思嘉满脑子都是计划，但对于弗兰克来说，越来越糟了。她甚至提出要建造一家酒馆。弗兰克强烈反对这个主意。因为当酒馆的房东是一种不名誉的买卖，几乎跟出租房子开妓院一样不名誉。至于究竟为什么，他也说不出个道理来，所以思嘉说他胡说八道。

"酒馆很容易就能租出去，亨利叔叔这样说过，"她告诉他。"租酒馆的人总是按时交租金，并且弗兰克，你听我说，我们可以用卖不出去的劣质木料建一家造价低廉的酒馆，取得可观的租金，靠这些租金和厂里赚来的钱，再加上从抵押贷款中挣得的钱，我便可以再买几个锯木厂。"

"宝贝儿，你可不需要那么多的锯木厂！"弗兰克吓得大喊起来。"你该做的是卖掉你已经有的那个厂。它已经把你累得要死。"

思嘉全然不理会他所暗示的她该卖掉厂子的话。

弗兰克不仅对他妻子的观点和计划感到吃惊，同时对他们婚后几个月来她的巨大变化也大为诧异。她已经不再是当初那个温柔甜蜜而富于女性的人了。在向她求婚的短短一段时间里，他曾经认为她的羞怯和娇弱，比任何一个女人都更富有女性魅力。现在她却男性化了。尽管她仍有粉红色的双颊、酒窝和迷人的微笑，但她说起话来，做起事来活像个男人。她说话的声音尖刻果断，她遇事果断，没有一点点女孩子犹豫不决的样儿。她一旦知道自己需要什么，就像个男人似的似的直截了当地去追求，而不像女人那样躲躲闪闪。

弗兰克并不是没见过这种泼辣的女人。亚特兰大像所有南部城市一样，也有一些有钱的贵妇人，她们是谁也碰不得的。矮胖的梅里韦瑟太太的威风，埃尔辛太太的专横傲慢，都凶悍可怕呢。不过，不论这些太太们为了实现自己的心愿采取了什么样的手段，她们的手段毕竟还是女人的手段。她们始终对男人的意见毕恭毕敬，且不管是否真正听他们的。她们讲究这种礼貌，显得听男人的话，这才是要紧的。可是思嘉只听她自己的；至于别人的话根本不听。她办起事来跟男人一模一样，这就难怪全城的人都在议论她了。

"而且，"弗兰克苦恼地想，"或许还在议论我，居然容忍她这么不守女人的本分。"

此外，还有巴特勒那个男人。他常常到皮蒂姑妈家来，这是最最丢脸的事。弗兰克一直讨厌瑞德，他瞧不起瑞德，是由于瑞德在战争时期做投机生意捞钱，并且没有参军。弗兰克最最瞧不起他的是他抓住南部联盟的金子不放。但是，不管弗兰克愿不愿意，瑞德仍是皮蒂姑妈家的一位常客。

表面上他是来看望皮蒂姑妈，而皮蒂小姐觉察不出什么，相信这是真的，因而洋洋自得。不过弗兰克感到很不舒服，认为吸引他来的并不是皮蒂小姐。小韦德尽管对大多数人都害怕，偏偏十分喜欢他，甚至叫他"瑞德伯伯，"这使弗兰克非常恼火。弗兰克不由得回忆起战争年代瑞德在思嘉身边献过殷勤，那时人们对他们便有过议论，现在人们的议论可能更厉害了。邀请他和思嘉吃饭或参加宴会的事情渐渐少了，来拜访他们的人也愈来愈少了。思嘉对她的邻居们大多不喜欢，就是她所喜欢的那几个人也没时间去看望，所以对很少有客人来访一事她并没有在意。但弗兰克却敏锐地感觉到了。

弗兰克一辈子受着一句话的支配："邻居们会怎么说呢?"如今他的妻子因无视礼节而引起了议论纷纷，他对此却毫无办法。他觉得人人都在非难思嘉，也都瞧不起他。可是如果他不允许她做，跟她争论，那么一阵暴风雨就会劈头盖脸泼来了。

"唉，唉，"他无可奈何地想，"她比我见过的任何女人都容易发疯，并且疯得持久！"

即使有时一切都很顺当，可令人吃惊的是，这位在屋里哼着歌儿、充满深情又显得很调皮的妻子，会突然摇身一变成为一个狂怒的人。只要他说一声："宝贝儿，如果我是你的话，我就不会——"暴风雨便马上降临了。

只要她那双黑眉突如其来地皱起来，弗兰克便哆嗦起来。思嘉具有鞑靼人的脾气和野猫的凶劲儿，一发作起来她就什么都不顾了。在这种情况下，家里总是笼罩着阴云。弗兰克很早去店里，而且待到很晚才回家。皮蒂就像兔子找地洞躲起来似的钻进自己的卧室。只有嬷嬷能沉住气，忍受思嘉的脾气，因为嬷嬷同杰拉尔德·奥哈拉和他的火暴性子打交道多年，已经锻炼出来了。

思嘉也并非存心暴躁，其实她也很想成为弗兰克的好妻子，因为她喜欢他，并且对他为挽救塔拉非常感激。但是看到他那副样子，她实在忍无可忍。

她绝不可能尊重一个受她欺压的男人，可他在不论什么时候，总是表现得那么胆怯迟疑，这种态度她是无法容忍的。她本来也可以不理会这个，甚至高高兴兴过日子，可是还有许多事说明弗兰克既不善于做生意又不愿意让她成为一个好生意人，这就又要常常使她生气了。

正如她所预料到的，弗兰克一直拖着不肯去收别人赊欠的账，直到思嘉催了又催，他才带着歉意马马虎虎地去问了问。这最后向她证明，肯尼迪家永远只能维持一种勉勉强强的生活，除非她决定亲自去挣钱。她现在才明白弗兰克只要能在他那爿肮脏的小店里混混，就心满意足了。他好像还没有意识到，他们的根基还如此单薄，生活还得不到保障。

弗兰克在战前那些太平日子里或许能做一个好商人，至于现在，她觉得他古板得令人讨厌，他顽固地想按老办法行事，而这些老办法早已跟旧时代同时消失了。残酷无情的新时代所需要的是侵略性，而这正是他根本不具备的。思嘉自己倒具有这种侵略性，也想施展它，不管弗兰克是否喜欢。他们需要钱，她正在挣钱，但这是一项艰苦的工作。

由于她缺乏经验，经营一个新厂可不是容易的事。现在的竞争比原先激烈了，所以她每天夜里回家总是筋疲力尽，心事重重，并且烦恼不堪。在这种情况下，每当弗兰克带着歉意地干咳一声说："宝贝儿，我可不会干这种事"，或者"宝贝儿，我要是你，就决不会干那件事"，这时思嘉只能按捺住自己的火气，不过她常常是按捺不住的。要是他自己没有勇气闯出去挣钱回来，他为什么还要找她的碴儿呢？并且他又那么可笑！在这样的年头，即使她干得不像个女人，又有什么关系？何况这个女人不是正成功地赚了钱吗？并且这些钱又是他们——她自己、这个家和塔拉，还有弗兰克——所十分需要的！

弗兰克需要休息和安静。他所虔诚服役的那场战争损坏了他的健康，断送了他的财产，使他成了一个老头儿。对于所有这些，他全不后悔。经过这四年战争之后，他对生活只求平安无事，和和气气。但不久他便发现在家里要得到安宁是需要付出代价的，那就是要让思嘉随心所欲。有时他在寒冷的黄昏从外面回来，思嘉微笑着替他开门，在他的耳朵、鼻子或其他什么地方吻一下，或者晚上在暖和的被窝里感觉到她的头偎在他肩膀上，那时他认为这个代价还是很值得的。只要思嘉能随心所欲，生活便可以过得满愉快。不过他所得到的安宁是空的，徒有其表而已，因为他付出的代价是放弃了婚后生活中他认为理当享受的一切。

"一个女人总得更多地关心自己的家和家里人，不该像个男人那样在外面闲荡，"他想道。"现在要是她有一个孩子——"

一想到孩子他就微笑了，并且他常常在想孩子呢。可思嘉却直截了当地宣称她不要孩子。弗兰克知道许多女人说不要孩子，只不过是一时愚蠢和害怕罢了。要是思嘉有了孩子，她一定会爱他的，一定会像其他女人一样心甘情愿在家里抱娃娃了。到那个时候她便只好卖掉那锯木厂，他的问题也就全解决了。所有的女人都要有了孩子以后才觉得愉快，而弗兰克知道思嘉现在是不愉快的。尽管他对女人一无所知，但思嘉有时觉得不愉快这一点，他还不至于看不见。

有时他半夜醒来，听到身边有蒙着枕头的轻轻啜泣声。他头一次醒来感觉到她抽泣时，曾惊恐地问过她："宝贝儿，怎么回事呀，"可是她生气的一声斥责："唔，别管我！"他就这样给顶了回去，从此再也不吭声了。

不错，有了孩子能使她愉快起来，并且会使她的脑子摆脱那些乱七八糟的傻事。有时弗兰克独自叹息，觉得自己抓到了一只热带鸟，它一身光焰，色彩斑斓，但对于他来说，只要有只鹪鹩也就行了。实际上那会更好一些。

第三十七章

　　四月一个夜晚，外面下着暴雨，托尼·方丹从琼斯博罗骑着一匹汗水淋漓、累得半死的马重重地敲门，将弗兰克和思嘉从睡梦中惊醒，吓得心惊肉跳。思嘉再一次敏锐地感觉到重建时期的全部含义是什么，并且更全面地理解了威尔说"我们的麻烦还刚刚开始"的意思，同时也懂得了艾希礼说的那些凄凉的话是多么正确——他当时说："面对我们大家的是比战争还要坏、比监狱还要坏——比死亡还要坏的局面呢。"

　　托尼在黑夜里冒着大雨跑来，几分钟之后又重新消失在黑夜里。但就在这短短的时间里，他拉开了一场新恐怖剧的帷幕，而思嘉绝望地感到这帷幕永远也不会再落下来了。

　　在那个狂风暴雨的夜晚，来人把门敲打得如此紧急，思嘉披着围巾站在平台上往下一看，瞥见了托尼那张黝黑阴郁的面孔，但托尼立即上前把弗兰克手里的蜡烛吹灭了。她赶快摸黑下楼，紧握着他那双冰冷潮湿的手，听他轻轻地说："他们在追我——我要到得克萨斯去——我的马快死了——我也快饿死了。艾希礼说你们会——别点蜡烛呀！不要把黑人弄醒了……我希望不给你们带来什么麻烦。"

　　直到厨房里的百叶窗被放下来，所有的帘子也全都拉到了底之后，托尼这才允许点上一支蜡烛，向弗兰克急急忙忙叙说事情的经过，思嘉则在一旁奔忙着为他张罗吃的。

　　他没有穿大衣，浑身都湿透了，帽子也没戴。不过，当他一口吞下思嘉端来的威士忌之后，那双飞舞的小眼睛又流露出方丹家小伙子们的欢快劲儿。

"该死的杂种，不中用的家伙，"托尼咒骂着，一面伸出杯子想再喝一杯。"我已经筋疲力尽了，不过要是我不赶快离开这里，我就完了，不过这也值得。老天爷作证，真是如此！我现在得赶紧到得克萨斯去，在那里藏身。艾希礼在琼斯博罗跟我在一起，是他叫我来找你们的。弗兰克，我得另外找一匹马，还要一点钱。我这马快要死了，并且身上一个子儿也没带。不过家里也真没有多少钱了。"

说着说着他笑起来，贪馋地吃着涂了厚厚一层冻黄油的凉玉米面包和凉萝卜叶子。

"你可以把我的马骑去，"弗兰克平静地说。"我手头只有十块钱，不过，要是你能等到明天早晨——"

"啊，地狱着了火，我等不及了！"托尼加重语气但仍很高兴地说。"或许他们就在我后面。我是急急忙忙动身的。要不是艾希礼把我拉出来，让我赶快上马，我会像个傻瓜似的还待在那里，说不定现在已经被绞死了。艾希礼可真是个好人。"

这么说，艾希礼也卷进了这个可怕的莫名其妙的事件中去了。思嘉浑身发冷，心快蹦到喉咙里了。北方佬现在抓到了艾希礼没有？为什么弗兰克不问个究竟？为什么他如此平淡，好像是理所当然的呢？她忍不住开口提问了。

"是什么事情——是谁——"

"是你父亲过去的监工——那个该死的乔纳斯·威尔克森。"

"是你把——他死了吗？"

"天哪，思嘉·奥哈拉！"托尼生气地说。"要是我打算宰了谁，你不会以为我只拿刀子刮他一下就满意了吧？不，天哪，我将他碎尸万段了。"

"好，"弗兰克漫不经心地说。"我向来就讨厌那个家伙。"

思嘉朝他看了看。这可不像她所了解的那个温顺的弗兰克，那个可以随便欺侮、只会胆小地捋胡子的人。他此刻显得那么干脆、冷静，在紧急情况面前一句废话也不说了。他成了一个男子汉，托尼也是个男子汉，而这种暴乱场合正是他们男子汉显身手的时候，可没有女人的份儿呢。

"不过艾希礼——他有没有——"

"没有。他想杀那个家伙，但我说这是我的权利，因为萨莉是我的弟媳。最后他明白了这个道理。他同我一起去琼斯博罗，怕万一威尔克森先伤了我。不过我并不认为艾希礼会受到牵连的。但愿如此。给我在这玉米面上涂点果酱好吗？能不能再给我包点东西留在路上吃？"

"要是你不把一切情况都告诉我，我可要大声嚷嚷了。"

"等我走了以后，你想嚷嚷就请便吧。趁弗兰克给我备马的这会儿功夫，我把事情讲给你听吧。那个该死的——威尔克森早就惹了不少麻烦。你知道，他在你的税金问题上做了些手脚。这只不过是他卑鄙无耻的一个方面罢了。最可恶的是他不断煽动那些黑人。现在北方佬又在谈论要让黑人参加选举，可他们却不让我们选举。该死的，这是我们的国家呀！不是北方佬的！天哪，思嘉，这实在无法忍受，也不能忍受了！我们得起来干，即使这意味着另一场战争也在所不惜。不久我们便会有黑人法官，黑人议员——全是些从树林里蹦出来的黑猴子——"

"请你——快点告诉我吧！你到底干了什么？"

"让我再吃口玉米面包吧。是这样，威尔克森成天同那些傻黑鬼搞鬼，他竟胆敢——"托尼急急地说，"说黑人有权跟——白种女人——"

"唔，托尼，不会吧！"

"天哪，就是这样！你似乎很难过，这我并不奇怪。不过，地狱着了火，思嘉，这对你来说，不会是新闻了。他们在亚特兰大这里也正在对黑鬼这样说呢。"

"这我——我可不知道。"

"唔，肯定是弗兰克不让你知道。不管怎样，在这之后我们大家认为得在夜里私下去拜访拜访威尔克森先生，教训他一顿，可是还没等我们去——你记得那个叫尤斯蒂斯的黑鬼吗，就是过去一直在我们家当工头的那个人？"

"记得。"

"就是那个尤斯蒂斯，今天萨莉正在厨房做饭的时候，他跑到厨房门口——我不知道他说了些什么，反正他说了些话，接着我听见萨莉尖叫起来，我跑到厨房里去，只见他站在那里，喝得烂醉像个浪荡子。"

"说下去吧。"

"我用枪把他打死了，母亲急忙赶来照顾萨莉，我便骑上马动身到琼斯博罗去找威尔克森。要不是他，那该死的傻黑鬼是绝不敢这样的。经过塔拉时，我遇见了艾希礼，当然他便跟我一起去了。他说让他来干掉威尔克森，因为他早想对他进行报复了。不过我说不行，因为萨莉是我弟媳，因此这是我的事。他还一路上跟我争论不休。等我们到了城里，天哪，思嘉你看，我竟没带手枪！我把它丢在马房里了。把我给气疯了——"

他停下来，咬了一口硬面包，这时思嘉在哆嗦。方丹家族中那种狂暴性格在本县历史上早就闻名了。

"因此我不得不用刀子来对付他，我在酒吧间找到了他，把他抓到一个角落里，艾希礼把别的人挡住。我首先向他说明来意，然后才将刀子猛戳过去，还没等我明白过来事情便完了，"托尼一边想着，一边说。"然后艾希礼让我上马，叫我到你们这里来。艾希礼在紧要关头是个好样的。他一直保持着清醒的头脑。"

弗兰克拿着自己的大衣进来了，随手把大衣递给了托尼。这是他唯一的一件厚大衣，但思嘉没有表示异议。

"不过，托尼，家里需要你呢。的确，要是你回去解释一下——"思嘉说。

"弗兰克，你真是娶了个傻老婆呀，"托尼一面挣扎着把大衣穿上，一面咧着嘴笑笑。"思嘉，亲我一下吧。弗兰克，你可别在意，我也许和你从此永别了。得克萨斯离这里远着呢。我又不敢写信，因此请告诉我家里人，到目前为止，我还平安无事。"

思嘉让他亲了一下，两个男人便一齐走出去，进入倾盆大雨之中。接着，思嘉突然听到一阵马蹄溅水的声音，托尼走了。

现在她明白重建运动究竟意味着什么了。许多最近她很少想到的事情现在一下子涌上心头，便形成一幅令人害怕的景象了。

黑人爬到了上层，他们背后有北方佬的刺刀保护着。思嘉可能被人杀死，被人强奸，对于这种事谁也没有办法。要是有人替她报仇，这个人便会被北方佬绞死，也无须经过法官和陪审团的审判。那些对法律一窍不通的北方佬军官们，只需草草审判一下，便可以把绞索套到南方人的脖子上了。

"我们怎么办呢?"她绞着双手，处在一种恐惧无依的极端痛苦之中。"那些魔鬼会绞死像托尼这样好的小伙子，就因为他为了保护自己的家人而杀死了一个黑醉鬼和一个恶棍无赖，对这些魔鬼我们有什么办法呀?"

"实在无法忍受!"托尼曾经大声呐喊过，他是对的。实在是无法忍受。不过不忍受又怎么办呢?她开始浑身哆嗦，而且有生以来第一次清楚地看到孤弱无助的思嘉·奥哈拉并不是世界上唯一要紧的事了。成千上万像她一样的女人遍布南方，她们都吓怕了，都是些孤弱无助的人。还有成千上万的男人，他们本来已放下了武器，现在又将武器拿起来，准备随时冒生命危险去保护这些女人。

托尼脸上有着某种在弗兰克脸上也有的表情，一种她最近在亚特兰大许多男人脸上也看见了的表情。这种表情同投降后从战场上回来的男人脸上那种厌倦而无可奈何的表情完全不一样。当时那些只想回家，别的什么也不管。可现在他们又在关心某些事情了，麻木的神经恢复了知觉，原来的锐气又在燃烧。他们正怀着一种冷酷无情的痛苦在重新关心国家和同胞。像托尼一样，他们也在思索:"实在无法忍受!"

她见过多少南方的男人，他们说话温和，但勇敢而坚韧不屈。就在短短的片刻之前，从那两个男人的面孔中，她看到了某种使她受到鼓舞而又害怕的东西——那是难以形容的愤怒，无法阻挡的决心。

　　她第一次感到自己同周围的人密切相连，感到他们的忧虑、痛苦和决心已融为一体了。的确，实在无法忍受！南方是如此美好的一个地方，决不容许轻易放弃；南方是如此可爱，决不容许那些北方佬来加以践踏；南方是如此珍贵的家乡，决不容许将它交给那些沉醉在威士忌和自由之中的野蛮黑人。

　　当弗兰克淋得浑身湿透，咳嗽着进来时，她才猛地一跃而起。

　　"唔，弗兰克，像这种日子，到底还要熬多久呀？"

　　"只要北方佬还恨我们，我们就得过下去，宝贝儿。"

　　"难道就一点办法也没有了吗？"

　　弗兰克用疲倦的手捋了捋湿胡子。"我们正在想办法呢。"

　　"什么办法？"

　　"干吗不等干出点样子再谈呢？也许得花好多年的时间。或许——或许南方将永远是这个样子了。"

　　"唔，不会的。"

　　"宝贝儿，去睡吧。你一定着凉了。你在发抖。"

　　"这一切什么时候才能结束呀？"

　　弗兰克耐心地向她解释，她怎么能听得懂呢。她非常感激地想起乔纳斯·威尔克森永远不会再去威胁塔拉了。她还在想托尼。

　　"啊，可怜的方丹这一家！"她大声喊道。"托尼干吗不理智一点——等到半夜再干，那样就没人知道是谁干的了。春耕的时候他要能帮上忙，比在得克萨斯要强得多了。"

　　弗兰克伸出臂膀搂住她。通常他总是战战兢兢地搂她，似乎害怕会被她不耐烦地推开，不过今夜他的眼睛好像在遥望着远处，竟无所畏惧地把她的腰紧紧搂住了。

　　"现在有比耕种更重要的事情要做呀，宝贝儿。教训这些黑鬼，给那些无赖狠狠痛击一下，这就是我们要做的事情之一。只要像托尼这样的好青年还在，我想我们就不用过多地为南方担忧。让我们去睡吧。"

"不过，弗兰克——"

"我们只要团结在一起，对北方佬寸步不让，我们总有一天会胜利的。别让你那可爱的小脑袋瓜为这事烦恼了，宝贝儿。让男人们去操心吧。或许那一天不会在我们这一代实现，但肯定总有一天会来到的。当北方佬看到我们难以压服的力量，他们会感到腻烦，不再纠缠我们。到那时候，我们便可以在一个世界里生活，养育我们的子女了。"

她想起韦德，还有好几天来悄悄藏在她心头的那个秘密。不，她可不愿意让她的孩子们在仇恨和不安、暴力和痛苦、贫穷、苦难和一片混乱之中成长。她决不希望她的孩子知道这一切。她需要一个安定的、井井有条的世界，可以让她朝前看，深信孩子们面前有一个平平安安的未来。她需要一个让她的孩子们只知道宽厚、温暖和丰衣足食的世界。

她突然告诉弗兰克，她快要有孩子了。

托尼逃走以后的几个星期里，皮蒂姑妈家屡遭北方佬大兵的搜查。他们随时闯进屋里来，在各个房间穿来穿去，见人便盘问，翻箱倒柜，甚至连床底下也要看看。军方当局听说有人曾劝托尼到皮蒂小姐家去，所以他们肯定他还藏在那里或附近。

思嘉正在怀孕初期，感到很不舒服，心情也很不好，一方面十分憎恨那些穿蓝军服的大兵闯入她的私室，顺手牵羊拿走一些小玩意儿，一方面也非常害怕托尼的事会最终毁了他们大家。监狱里关满了人，他们几乎是无缘无故便被抓进去的。她知道哪怕一丁点的真相被查出来，不仅她和弗兰克，就连无辜的皮蒂也得去坐牢。

现在亚特兰大还盛传一种谣言，说凡是触犯军法者都要没收财产，思嘉听了更是吓得发抖，生怕她和弗兰克不仅会失去自由，还会失去房子、店铺和锯木厂。

她埋怨托尼给他们带来了麻烦。托尼怎能对自己的朋友做出这样的事来？艾希礼又怎么会叫托尼到他们这里来呢？她再也不愿帮助谁了，如果将会使北方佬一窝蜂似的拥来向她勒索的话。是的，她会将需要她帮助的人都拒之门外，当然艾希礼除外。托尼来过之后的几个星期里，只要外面路上有一点动静，她便会惊醒，生怕是艾希礼由于帮了托尼的忙也在设法逃跑，到得克萨斯去。她不知道艾希礼目前的情况如何，因为他们不敢往塔拉写信谈论托尼半夜来访的事。他们的信可能会被北方佬截取，给农场带来麻烦。但是几个星期过去了。他们没有听到什么坏消息，艾希礼没有被牵连上。最后，北方佬也不再来打扰他们了。

但是，即使如此，思嘉也没有从托尼带来的恐惧中摆脱出来。这种恐惧比围城时的炮弹所引起的震惊更为厉害。好像托尼在那个暴风雨之夜的出现一下子把她眼前的屏障搬走了，迫使她看到了自己的生活的不牢靠。

1866年早春，思嘉环顾周围，明白了自己和整个南方面临着什么样的前途。她可以精心筹划和设计未来，也可以比奴隶更加卖力地干活，她可以克服种种艰难困苦。然而，不论她做出多大的努力和牺牲，也不论她有多大的能耐，她那付出了巨大代价才创立的一个小小开端却可能随时被毁灭或夺走。

佐治亚州到处有重兵驻守，各个城市北方佬部队的指挥官们有着绝对的权力，对于当地居民甚至操有生杀之权。他们可以凭一点点理由或者无缘无故地将市民送进监狱，夺走他们的财产，将他们绞死。

报界的言论自由完全被剥夺了。民事法庭勉强还存在，但完全由军方左右，军方可以并且确实在干预裁决，因此那些不幸被捕的市民实际上全凭军事当局摆布了。

黑人尽管现在还没有获得选举权，但北方已决定他们应该有选举权，同时决定他们的选票必须倾向于北方。

过去的奴隶如今都作威作福起来，加上北方佬的帮忙，那些最低贱无知的黑人都爬到了上层。有些好心的黑人藐视自由，他们也同自己的白人主子一起在吃大苦。许许多多管家的高等黑人，现在还留在白人主子家，干过去下等黑人干的体力活。许多干田间活的忠心奴隶也拒绝接受这种新的自由。

　　黑人们被北方佬的鬼话搞得头昏眼花，自由成了一顿永远吃不完的野餐，一场游荡、盗窃和傲慢无礼的狂欢。农村里的黑人拥进了城市，使得农业地区没有劳动力种庄稼了。亚特兰大挤满了农村来的黑人，并且还在大批大批地继续拥来。他们都是些又懒又危险的分子，拥挤在肮脏的小木屋里，相互传染着天花、伤寒和肺病。

　　没人管的黑人孩子们像丧家之犬在城里四处乱跑，直到好心肠的白人将他们领回自己厨房去养活为止。被儿女抛弃了的老黑人，在这喧闹的城市里感到惊慌失措，坐在路边哭着喊道："天哪，这种自由我可受够了！"

　　这是一幅令人触目惊心的景象：半个民族正企图用刺刀强迫另外半个民族接受黑人的统治，而这些黑人中许多从非洲丛林中跑出来还不到一代人的时间呢。必须给黑人以选举权，而他们原先的主人却大多得不到这种权利。南方必须被压服；剥夺南方白人的选举权正是压服南方的一种办法。

　　在这些令人不安的日子里，思嘉日日日夜夜被恐惧折磨着。目无法纪的黑人和北方佬大兵的威胁，无时无刻不在惊吓着她的心。财产被没收的危险常常存在，甚至在睡梦中也所以而惊醒，她还担心会有更可怕的事情发生呢。她经常为自己和朋友们以及整个南方的无能为力感到沮丧，因此这些天来她总是在想托尼·方丹说过的那些话，托尼当时非常激动地说："天哪，思嘉，这实在无法忍受，也不能忍受了！"

　　尽管经历过战争、大火和重建运动，亚特兰大现在又成了一个繁华的城市。在许多方面，这个地方很像南部联盟初期那个热闹的年轻都会。唯一使人不舒服的是拥挤在大街上的士兵穿上了一种讨厌的制服，钱掌握在一些不该有钱的人手里，黑人在享着清福，而他们原先的主人却在挣扎，在挨饿。

　　在这表面现象背后是苦难和恐惧，但从一切外观来看仍是一个正在废墟中破土而出的繁荣城市，一个喧闹扰攘的城市。亚特兰大好像不管世界变得如何，总是匆匆忙忙的。不过，在当前这个时期，亚特兰大比过去或将来任何时候都更缺乏教养和更北方佬化。各种各样的人从四面八方蜂拥而来，大街上从早到晚都熙熙攘攘。

战争确立了亚特兰大在南方事务中的重要地位，这个不太引人注目的城市现在已经变得远近闻名了。亚特兰大又成了一个广阔地区的活动中心。

这座城市一片喧嚷，大大开放，一点也不掩饰其缺陷和罪恶。酒馆兴旺起来，有时一个街区便有两三家。入夜之后，大街上到处都是醉汉，有黑人也有白人，在人行道上左跌右撞。暴徒、小偷和娼妓鬼鬼祟祟地躲在阴暗的大街上。赌场是最兴旺的地方，几乎没有一夜不发生开枪、动刀子或打架的事。正派的市民极为愤慨地发现在亚特兰大有着一个很大并且繁荣的红灯区。通宵达旦地传出刺耳的钢琴声，以及粗鲁的歌声和笑声，还不时被尖叫声和枪声所打断。娼妓越来越胆大，竟敢厚着脸皮招徕过往的行人。每到星期日下午，红灯区鸨母们的亮丽马车在大街上招摇过市，里面全是些打扮得十分时髦的姑娘，她们会探出头来呼吸新鲜空气。

在这些鸨母中，贝尔·沃特琳是最臭名昭著的一个。她开了一家自己的妓院，那幢亮丽的两层大楼特别醒目。她的这家妓院楼下有个长长的酒吧间，墙上雅致地挂着油画，传说楼上配备着最上等的豪华家具，沉甸甸的花边窗帘和进口的金框镜子。这家妓院所养的十二个年轻姑娘都十分标致，并且举止文静。至少警察很少光顾贝尔的妓院。

大家都知道贝尔这类女人不可能有那么多钱来盖这样豪华的房子，她一定有后台，一个有钱的后台老板。瑞德·巴特勒从来没有考虑到体面而隐瞒他和贝尔的关系，所以显然这个后台不是别人就是他。

同那些弹痕累累、用旧木片和熏黑的砖瓦片修补的房屋相对照的是提包党人和发战争财的人新建的亮丽住宅，有阁楼、三角墙和塔楼，还有宽广的草坪。那些新建的住宅里，夜夜灯火辉煌，音乐声和舞步声从窗帘后阵阵飘出。穿着昂贵的妇女们在长长的阳台上散步，由一些穿晚礼服的男子殷勤地在一边伺候着。香槟酒的瓶塞噼噼啪啪地纷纷打开。深红色的火腿、蒸鸭、肥鹅肝酱，各种罕见的水果，满满地摆了一桌子。

　　而在那些破旧的老房子里，人们过着饥寒交迫的生活——越是出身高贵而勇敢的人，日子过得越苦；他们做出对物质需求毫不在乎的傲态，但内心无比紧张。

　　豪门大宅里有的是华灯、美酒、小提琴、舞蹈、锦缎、呢绒，而就在它周围的那些破屋里，人们却在饥寒交迫中慢慢地死亡。征服者尽情地专横傲慢和狂欢，可留给被征服者的便只有痛苦和仇恨了。

第三十八章

思嘉亲眼看见这种种情形，心中无比忧虑。她知道随时都可能大难临头。不过现在，她可承受不起前功尽弃的损失——现在一个婴儿即将出世，锯木厂开始赚钱，塔拉还得维持，直到秋天收了棉花为止。啊，要是她失去一切怎么办！她有时实在担心得不耐烦了，觉得如果真完了还不如自杀算了。

在1866年春天那一片破坏和混乱之中，思嘉将全部精力放在锯木厂上，一心一意要让它赚钱。在亚特兰大，钱有的是。盖新房的浪潮正在给她以所需的机会，她知道只要她不蹲监狱。

总得平安地到六月呀！思嘉知道到了六月她就得在皮蒂姑妈家待着休息，直到孩子生下来为止。没有哪个女人怀了孕还在公开场合出现的。弗兰克和皮蒂早就求她不要再露面，不要给她自己以及他们丢丑，而她也答应他们到六月就不再工作了。

总得要到六月呀！在六月以前，她必须使锯木厂稳稳地站住脚跟，这才能够放心离开一段。她希望一天能有更多的小时，而且争分夺秒地拼命弄钱，弄更多的钱。

由于她不断唠唠叨叨责骂胆小的弗兰克，她斗店总算渐渐有了点起色，连一些老账他也收了。不过思嘉还是将希望寄托在那家锯木厂上。当今的亚特兰大迅猛地生长着，对建筑材料的需求已经远远超过了可以供应的数量。木材、砖瓦和石头的价格在猛涨，思嘉经营的那家锯木厂从早忙到晚，不得停歇。

每天她花费一部分时间在锯木厂里，但大部分时间她坐着车在城里转悠，同那些建筑师、承包商和木匠周旋，诱骗他们答应买她的木材，并且只买她的木材。

她坐在一辆轻便马车里，旁边是一位神情严肃、但不以为然的老黑人车夫。她把那条膝毯拉得高高的围着她的肚皮，那双戴手套的小手紧紧抱住膝盖。她总是穿一身体面的服装出去做生意，并在双颊上抹上淡淡一点胭脂，再轻轻洒一点科隆香水，这就使她显得非常迷人，只要不从车里下来显出自己的体形就行了。实际上也很少需要她下车。因为她一微笑打个招呼，人们就会迅速跑过来，并且常常光着脑袋冒雨站在车旁同她谈生意。

她当然并不是唯一做木材生意的人，但是她并不害怕竞争。她对自己的精明颇为自豪，深信跟别人不相上下，她是杰拉尔德的亲生女儿，父亲遗传给她的那种狡猾的经商本能现在已磨炼得更精了。

最初，其他生意人都嘲笑她，不过现在他们不再嘲笑了。实际上正由于她是女流之辈，事情往往好办，因为她做出一副毫无办法和恳求的样子，人们一看心便软了。不论在什么情况下，她可以毫不费力地就能给人一种印象，觉得她是个勇敢而又怯懦的上等女人，只是环境所迫才落到了如此令人可怜的地步；这样一个孤弱娇小的女子，要是顾客不买她的木材，她说不定会饿死呢。不过，一旦她那贵妇人式的风度无法奏效时，她便会变成一个冷酷无情的生意人，为了招徕一个新顾客而不惜亏本，用比竞争者更低的价格出售木材。只要她认定不会被人发觉，她会将次等木料按上等的价格出卖。并且她会做出一副不太情愿揭露事实真相的样子，叹着气告诉一位可能与她成交的顾客，说她的竞争者们的木材价格太高，而且都是些烂木头，到处是节孔。

思嘉头一次这样撒谎时还觉得有点难为情，事后也有些内疚——难为情是因为谎言居然可以如此轻松地脱口而出，内疚是由于她突然想起了母亲。

爱伦对于一个撒谎和损人利己的女儿会怎样训诫，那是很明显的。思嘉一想象母亲脸上的神情，便禁不住畏缩起来。但是很快这个形象便模糊不清，被一种冷酷无情、不讲道德和贪婪的冲动所遮掩，这种冲动萌发于塔拉那些贫困的日子，如今在不稳定的生活中又大大加强了。她叹息自己已经不是爱伦所希望她成为的那种人了，同时耸了耸肩。

从此，做生意时她就再也没有想起过爱伦，也再没有对自己不光彩的手段后悔过了。她知道用谎言去损害人家，对她自己来说是绝对安全的。这是南方的骑士制度保护了她。南方的上等女人可以用谎言去损害一位绅士，而南方的绅士却无法用谎言来损害一个上等女人，也不能说这个上等女人是撒谎者。其他做木材生意的人只能在心里窝火，在家时激动地声称，但愿上帝保佑能让肯尼迪太太变成男人，哪怕五分钟也好。

还有一位开木厂的穷白人，他公开说她是个专爱说谎的人和诈骗犯。但这丝毫没有用，反而害了他自己，因为大家都感到吃惊，怎么一个穷白人居然能对一个出身名门的上等女人说这种话呢。思嘉听到那个穷白人的指责时，先是默默忍着，后来便渐渐将注意力转向这个人和他的顾客了。她无情地以比他更低的售价来抢对方的生意，并且暗暗心疼地抛出一批优质木材来证明自己的诚实，结果那个人很快就破产了。于是她便出价将对方的木厂高高兴兴地买了过来，使得弗兰克也惊恐不已。

一旦木厂到了手，便碰到一个伤脑筋的问题——到哪里去找一个可以信赖的人来经管呢？不过找个合适的人还是容易的。现在大家都穷得要命，街上到处都是没有工作的人，他们中间有些人曾经很富裕，可现在失业了。

一天下午，思嘉的马车追上了雷内·皮卡德的馅饼车，看见瘸子托米·韦尔伯恩也坐在雷内的车上，于是她就跟他俩打招呼。

"雷内，你看，你愿意来我这里干活吗？经营一家木厂可比赶一辆馅饼车要体面多了。我想你大概觉得不太好意思吧？"

"我吗，我看倒没有什么不好意思的，"雷内咧嘴笑笑说。"什么算体面呢？我倒一向是体面的，直到这场战争将我像黑人一样解放了。我再也不用像过去那么高贵和空虚无聊了。我自由得像只小鸟了。我喜欢我的馅饼车。我喜欢我的骡子。我喜欢亲爱的北方佬，他们好心地买我岳母的馅饼。不，我的思嘉，我一定会成为馅饼大王的。这是我命中注定了的！就像拿破仑一样，我听天由命。"他兴奋地挥舞起他的鞭子。

"但是你父母把你养大，不是让你来卖馅饼的，就像把托米养大不是来管那帮粗野的爱尔兰泥瓦匠一样。而我那里的工作可要——"

"那我想你的父母准是把你养大好经营木厂的吧，"托米插嘴说，嘴角抽搐了一下。"是的，我看见那个小小的思嘉坐在母亲膝头上，咬着舌头在背课文：'要是劣质木料能卖好价钱，可千万别卖好木料呀。'"

雷内一听大笑起来，他那双小眯缝眼高兴地飞舞起来，他用力捶了一下托米的驼背。

"不要乱扯，"思嘉冷冷地说，她听不出托米的话里有多少幽默。"当然我父母养大了我，可不是叫我来开木厂的。"

"我并没有放肆的意思。不过你是在开木厂呀，不管你父母养你时是不是就想让你干这一行，并且你也确实干得很好。得了，依你看，我们中间谁都不是在干原先理想中的那一行，不过我想我们照样都还干得不错呢。如果生活不能完全如意便坐下来哭鼻子，那才是可怜虫，才是一个可怜的民族，思嘉，你为什么不去找个精明能干的提包党人来替你干活呀？树林里有的是！"

"我可不要提包党人。提包党人不管什么东西，都会给你偷走。我要找的是一个好人，一个好人家出身的人，又精明能干又忠厚老实，还要——"

"你的要求倒还不算太高。不过按你出的工钱，你是找不到这样好的人的。你说的那种人，除非是手脚动不了。现在全都找到了工作。他们也许并不想干目前的活，不过他们毕竟全都在干着呢。他们情愿干些自己的事情，也不愿意去替女人干活呢。"

"只要你了解底细，便会发现男人并没有多少头脑，难道不是吗？"

"也许这样，不过他们还是很有自尊心的，"托米冷静地说。

"自尊心！我看自尊心的味道好得很，尤其在外皮剥落时放点蛋白糖霜，味道就更好了，"思嘉刻薄地说。

两个男人有点勉强地大笑起来，但思嘉好像觉得他们是作为男性在联合起来反对她。她想想托米的话是对的，男人们全都很忙，忙着干事情，干得很辛苦。也许他们干的并不是自己愿意干的事，可是他们毕竟是在干了。对于男人来说，这个世道太艰难，不能有更多的选择。他们正在打一场新的战争，一场更加艰苦的战争。他们现在又关心起生活来了。

"思嘉，"托米尴尬地说，"我刚才对你无礼了，实在不愿意再求你帮忙，不过我还是得求你，也许这对你也有好处。我的内弟，休·埃尔辛在卖柴火，干得不太顺利，因为除了北方佬，现在谁都自己出来捡柴火了。埃尔辛一家的日子过得十分艰难，我尽管尽力帮忙，但你知道我还得养范妮，还有母亲和两个寡姐在斯巴达要我照顾。休这个人很好，你要的正是一个好人，并且你知道的，他又是好人家出身，人很忠厚老实。"

"不过——嗯，休没有什么魄力，要不然他的柴火生意是会成功的。"

托米耸了耸肩膀。

"你的眼光可真够厉害的，思嘉，"他说。"不过，你可以再考虑一下，我想，他的忠厚老实和吃苦耐劳会弥补他的魄力不足，并且绰绰有余呢。"

思嘉在全城寻觅了很久没有成功，最后她终于决定，让休·埃尔辛来干。休在战争时期是位干劲很大、足智多谋的军官，但是打了四年仗之后，他的智谋似乎已经彻底干涸，如今面对和平时期的现实，像孩子般糊涂起来了。近来他挑着柴火到处叫卖时，眼睛里流露出一种灰心丧气的神色，看来他不是思嘉所希望雇到的那种人。

"他很笨，"思嘉心想。"他对做生意，一窍不通，我敢打赌他连二加二等于多少都不会。并且我怀疑他也学不会了。不过，他至少是个老实人，不会欺骗我。"

这些日子思嘉自己并不怎么老实，不过她越是不看重自己的老实，便越发看重别人的老实了。

"可惜的是约翰尼·加勒格尔正同托米·韦尔伯恩合伙在盖房子，"她想。"他才是我所需要的那种人，硬得像钉子，滑得像条蛇，要是给他的报酬合适，他也会老老实实的。或许等那家旅馆盖好之后，我便可以把他弄过来了。在这之前，我只好让休和约翰逊先生凑合对付着。要是我让休负责新厂，让约翰逊先生留在老厂里，我自己待在城里管推销，锯木和运输的事由他们去办。查尔斯留给我的那块地可以分一半盖个木料堆置场。然后用另一半地建一个酒馆。不管弗兰克怎样激动，只要拿到了足够的钱，我马上就要建酒馆的。要是弗兰克的面皮不那么嫩就好了。啊，天哪，偏偏我在这个时候要生孩子，很快我的肚子就要大得不能出门了。哦，天哪，我怎么就要生孩子了呢？"

现在弗兰克渐渐赚得更多了，不过弗兰克总爱感冒生病，常常一连几天无法起床，说不定他会成为一个废人。她不能过多地指望弗兰克。除了她自己，谁也不能指望。

她每月挣的钱，一半寄到塔拉交给了威尔，一部分还瑞德的债，其余的便自己存起来。没有哪个守财奴比她数钱数得更勤，也没有哪个守财奴比她更害怕失去这些钱。她不肯把钱存到银行里去，因为怕银行可能要倒闭，或者被北方佬没收。因此她把钱尽量带在自己身边，塞在自己的紧身衣内，将一小叠一小叠的钞票藏在屋子周围，放在壁炉的砖缝里，放在废物袋内，夹在《圣经》的书页中。随着时间的流逝，她的脾气越来越暴躁，因为每省下一块钱，到了灾难临头时，就可能会多丢掉一块钱啊。

弗兰克、皮蒂和仆人们对于她那种随时随地都可能爆发的怒火都极为体贴地容忍着，将她的坏脾气归咎于怀孕，而从没意识到真正的原因。弗兰克知道对于怀孕的妇女得迁就，因此他抑制着自尊心，任凭她经管木厂，任凭她在这时候继续在城里到处乱跑，绝口不说什么。她的行为不断使他感到很难以为情，不过他梦想再忍耐一段时间就到头了。只要孩子一下地，思嘉又会成为当年他追求过的那个富于女性美的可爱姑娘了。但是不管他如何姑息迁就，她还是没完没了地大发脾气，所以他觉得她像是鬼迷心窍了。

究竟什么东西迷住了她的心窍，什么东西使她变得像个疯子，谁也不明白。实际上，她要在自己不得不闭门静养之前赶快将她的事情安排好，赶快尽可能多攒些钱以防万一，赶快打下一个坚实的金钱基础来防御北方佬日益高涨的仇恨。正是金钱迷住了她的心窍。要说有时她也想到孩子："死亡，纳税，生孩子！这三件事，哪一件也不容你自己挑选！"

当思嘉作为一个女人开始经营木厂时，亚特兰大人普遍感到震惊，大家断定她这个人是什么事都做得出来的。她做生意使用的酷辣手段令人骇异，而且，她怀了孕还照样在大街上到处奔跑。不论哪个正派的白人或黑人妇女，只要一有了身孕，便几乎不再出家门，所以梅里韦瑟太太愤慨地说，从思嘉的所作所为来看，她大概是想把孩子生在大街上了！

最令人气愤的是思嘉不仅同北方佬做买卖，并且处处显得她是真正喜欢这样做呢！

梅里韦瑟太太和许多别的南方人也在同北方佬做生意，但不同的是他们并不喜欢，并且明白地表示不喜欢。可思嘉却的确喜欢。她在北方佬军官家里同他们的妻子喝过茶呢！事实上她什么事都干过，只差没邀请他们到自己家里来了，并且全城的人都在猜想，要是没有皮蒂姑妈和弗兰克，她准会请他们去的。

思嘉知道全城人都在议论她，但她并不在乎，也顾不上去计较。她对北方佬的恨还是那样厉害，不过她能够把这种仇恨掩饰起来。她很清楚，如果想赚钱，便只能从北方佬那里去赚，并且她也明白，用微笑和好言好语去巴结他们，准能把他们的生意拉到她的木厂来。

等到有一天，她有钱了，并且把她的钱藏到了北方佬无法找到的地方，到那时她便可以说出她对他们的真实看法，告诉他们她恨他们，厌恶他们，瞧不起他们。那多好！但是在那之前，她还得同他们融洽相处。

她发现，同北方佬军官做朋友十分容易。他们在亚特兰大就像一个寂寞的流亡者，他们渴望与女性有礼貌地交往，因为在这个城市里，正派女人对他们毫不理睬，只有妓女和黑人妇女才跟他们说话和气。但是思嘉显然是个上等女人，一个门第高贵的上等女人，只要她嫣然一笑，那双碧绿的眼睛滴溜一转，他们就浑身激动了。

往往，思嘉坐在车里对他们说话，向他们露出两个酒窝，实际上对他们厌恶极了，恨不得劈脸骂他们一顿。不过她还是克制住自己，并且发现将北方佬随意玩弄玩弄，一点也不比跟南方男子逗乐要难。她所扮演的角色是一位在患难中的文雅温柔的南方贵妇人。她具有庄重而娴雅的风度，可以使她的受骗者与她保持适当的距离，不过她那和蔼的态度仍叫北方佬军官一想起她便心里暖洋洋的。

这种暖意是十分有利的——也正是思嘉想要得到的。许多驻防的军官由于不知道自己在亚特兰大要待多久，于是把妻子和家眷都接来了，他们便要自己盖房子，而且很高兴从这位和气的肯尼迪太太那里买木料，因为她温柔又有礼貌。

因此，正因为她长得又亮丽又迷人，而有时又显得可怜无助，他们便都乐意光顾她的木材厂以及弗兰克的店铺，觉得他们应该帮助这位勇敢但显然丈夫无能的小妇人。思嘉注视着她事业的进展，觉得不仅目前她在赚北方佬的钱，并且将来还得靠这帮人庇护呢。

同北方佬军官的关系保持在适中的水平上，这比她预料的要容易些，因为他们全都很怕南方的上等女人。不过思嘉很快便发现这些军官的妻子引起了一个她没有料到的问题。这些军官的妻子一心想见她，她们对南方和南方妇女怀有一种强烈的好奇心。往往，思嘉在一家北方佬门前同这家的男人谈论木料和屋顶板时，这个男人的妻子便会跑出来搭讪，并坚持要她进屋喝杯茶。思嘉虽然心里不愿意，但很少拒绝，因为她总希望有个机会建议她们去光顾弗兰克的店铺。在那儿她的自我克制能力多次受到严重考验，因为她们常常提出涉及私人的问题，并且对南方的一切都表现出一种沾沾自喜和好意屈就的态度。

北方佬妇女问起南方人家养的用来追逐逃跑奴隶的那种猎狗。她们还想看看农场主用来在奴隶脸上打烙印的烙铁和用来打死奴隶的凶狠的鞭子。她们对于纳奴隶为妾的问题也有着极大的兴趣，实在十分庸俗和没有教养。

听到这类带有偏见的无知言论，亚特兰大不论哪一个女人都会气得要命。但思嘉却默默忍着，她因此忍得住，是因为她们在她内心引起的鄙视多于愤怒。她们毕竟是北方佬。干不出什么好事也说不出什么好话来。所以，她们轻慢的话语只不过从她心上轻轻擦过，引起一种轻蔑和讥笑，直到后来发生了一件叫她怒不可遏的事情为止。

有一天下午，她同彼得大叔赶车回家，经过一所住着三家北方佬军官的房子，这些军官正在用思嘉的木料盖自己的住宅。她的车经过时，他们的妻子正好都站在门口，她们向她挥手，请她把车停下来。她们出来，跑到她的马车旁边同她打招呼。那又一次使她觉得，对于北方佬，除了他们不同的声调之外，几乎什么都可以原谅了。

"我正想见你呢，肯尼迪太太，"一个来自缅因州的瘦高个女人说。"我想从你那里了解一点关于这个愚昧城市的情况。"

思嘉怀着鄙视吞下了这种对亚特兰大的侮辱，勉强装出一副笑容。

"要我告诉你些什么呢？"

"我的保姆布里奇特回北方去了。她说她在这里一天也待不下去了。请告诉我，怎样才能再找到一个保姆。我不知道到哪里去找呀。"

"这并不难，"思嘉说着，笑起来。"如果你能找到一个刚从农村来的还没有被"自由人局"宠坏的黑人，你就会有一个最好的仆人了。你就站在你家门口，询问每一个经过这里的黑女人，我保证——"

那三个女人气得大声嚷嚷起来。

"你以为我会放心将我的孩子交给一个黑鬼吗？"缅因州的女人喊道。"我要一个爱尔兰的好姑娘。"

"我怕你在亚特兰大是找不到爱尔兰仆人了，"思嘉冷冷地回答说。"我从未见过一个白种仆人，我家也不想要，而且，"她忍不住略带讥讽地说，"我可以向你保证，黑人并不会吃人，倒是很值得信赖的。"

"天哪，这可不行！我家里可不能用黑人。怎么能用黑人呀！"

"我连看都不要看，怎么还能信任他们呢，至于让他们带我的孩子……"

思嘉想起嬷嬷那双亲切而粗糙的手，那双伺候爱伦、她自己和韦德的手。这帮陌生人对于黑人的手能知道什么，他们哪能体会黑人的手的可贵，那么令人鼓舞，那么聪敏地懂得怎样去抚慰人、体贴人和逗爱人，她想到这里轻轻地笑了笑。

"真奇怪，你们会这样想。不正是你们大家把他们解放了吗？"

"天哪，可不是我呀，亲爱的，"缅因州女人笑着说。"上个月我来南方之前，还从没见过一个黑人呢，并且也不想再见了。他们让我浑身起鸡皮疙瘩。我可不能信任他们中间的任何一个人……"

思嘉早就感觉到彼得大叔在急促地喘气了，他坐得笔直，两眼牢牢盯着马耳朵。这时那个女人偏偏故意大笑起来，指着彼得大叔给她的同伴看。

"瞧那个老黑鬼，像只癞蛤蟆似的，气得鼓鼓的，"她格格地笑着。"我敢断定他就是你家的一个老宝贝吧，是吗？你们南方人根本不懂得怎样对待黑鬼。你们把他们都宠坏了。"

彼得倒抽了一口气，眉头皱得更紧了，但两眼仍直勾勾地朝前看。他这一生还从没有被一个白人叫过'黑鬼'。至于被看作'难以信任'和称为'老宝贝'，对于他这个汉密尔顿家多年来的庄严柱石更是莫大的侮辱。

思嘉虽然没有看见但却感觉得到，由于自尊心受到强烈伤害的那个黑下巴开始在颤动，她不禁浑身震怒。这些女人贬低过南方的军队，漫骂过戴维斯总统，而且诬陷南方人虐待和残杀奴隶，这些思嘉都带着默默地轻蔑忍下来了。只要有利可图，她还能忍受对她个人品德和诚实的种种侮辱。但是听到他们用愚蠢的话语伤害这个忠实的老黑奴，她就像一包火药被点着了似的。她朝彼得腰带上挂着的那支大马枪盯了一会，两只手痒痒地想去摸它。杀了她们，这些傲慢无知、气焰嚣张的征服者。但是她咬紧牙关，直到两颊的肌肉都鼓出来了。是的，总有一天。天哪，一定！不过现在还没到时候呢。

"彼得大叔是我们自己家里人，"她的声音颤抖了。"再见。咱们走吧，彼得。"

彼得突然朝马背上抽了一鞭，把马吓得往前一跳，马车便颠簸着离开了。思嘉听见那个缅因州女人困惑不解地说："她家里人？不见得是她的亲戚吧？他黑得很厉害呢。"

该死的家伙！她们应当从地球上被清除出去。等到我有钱了，我一定要往她们脸上啐唾沫。我一定要——

她朝彼得瞅了一眼，有颗泪珠正从他鼻梁上淌下来，这使她的眼睛也酸痛了，就似乎看见有人毫无理智地虐待了一个孩子一样。这些女人伤害了彼得大叔——这个同老汉密尔顿上校一起参加过墨西哥战争的彼得，他曾经将临死的主人抱在自己怀里，后来又将媚兰和查尔斯抚养成人，接着又伺候不中用而愚蠢的皮蒂帕特小姐，逃难时保护她，投降之后又弄了一匹马，将她从梅肯带回家来——就是这样一位彼得呀！而她们居然说她们决不信赖黑鬼！

"彼得，"她把手放在他那瘦削的肩膀上，声音在发颤。"你要哭，我可替你难为情了。你理她们干什么呢？她们只不过是些该死的北方佬罢了！"

"她们当着俺的面说这种话，似乎俺是头骡子，不懂她们的话——似乎俺是个非洲人，听不懂她们说些什么，"彼得说着，用鼻子响亮地哼了一声。"她们还叫我黑鬼，可从来也没有哪个白人这样叫过我。她们说我是老宝贝，说黑鬼不能信赖！我不能信赖吗？老上校临死的时候跟我说，'你，彼得，请你照看我的孩子吧。好好照顾你那年轻的皮蒂帕特小姐，'他说，'因为她像个蚂蚱一样没头脑。'这些年来俺就一直好好照顾她——"

"除了天使，谁也不能比你更会安慰体贴人了，"思嘉安慰他说。"没有你，我们就无法活呢。"

"是的，姑娘，谢谢你的好意。这些事情我知道，你知道，但他们这些北方佬可不知道。他们为什么跑来管我们的事呢，思嘉小姐？他们根本就不了解咱们这些支持南部联盟的人。"

思嘉没有说话，那股没有发泄出来的怒火仍然在心里燃烧。两人默默地赶车回家。

思嘉想：北方佬是些怎样该死的人啊！这些女人好像觉得彼得是黑人，他就没有耳朵能听。她们不懂得对待这些黑人应该亲切一些，把他们当作孩子，教导他们，夸奖他们，疼爱他们，责骂他们。她们根本不了解这些黑人和他们主人之间的亲密关系。但是他们居然发动一场战争来解放他们，既然解放了他们，他们又不愿和黑人打交道，只一味利用他们来恐吓南方人。他们并不喜欢黑人，不信任他们，也不理解他们，然而他们却不断地在大喊大叫，说南方人不知道如何同黑人相处。

不信任黑人！思嘉信任他们远远超过大多数白人。黑人身上有忠诚、耐劳和仁爱的品德，这些是任何严峻的形势也无法使之破裂，金钱也无法买到的。她想起北方佬入侵时仍然留在塔拉的那几个忠心耿耿的黑人。他们可以逃走，或者参加军队去过闲荡的生活，可是他们却留下来了。她想起迪尔茜在棉花地里努力干苦活；想起波克冒着生命危险去偷鸡给全家吃，想起嬷嬷陪伴她到亚特兰大来，不让她做错事。她还想起一些邻居家的仆人，他们保护那些男人不在家的女主人，护送她们逃过战争的恐怖，看护受伤的人，掩埋死者，安慰生者。并且即使现在，"自由人局"向他们许了各种各样迷人的诺言，可他们还是牢牢跟着他们的白人主子，并且比过去更加辛苦。但是，所有这些事情北方佬都不理解，并且永远也不会理解。

"不过，是他们解放了你们呢，"思嘉大声对彼得说。

"不，小姐！他们没有解放俺。俺也不要让这帮废物来解放，"彼得生气地说。"我还是属于皮蒂小姐。要是俺死了，她也得把俺埋在汉密尔顿家的坟地里，因为俺是属于这里的呀……俺要是告诉皮蒂小姐，你怎样让北方佬女人侮辱了我，她准会十分生气的。"

"我可没有这样干呀!"思嘉吃惊地喊道。

"你就是干了嘛,思嘉小姐,"彼得说着,你和俺都不应该去跟北方佬打交道,让他们可以侮辱俺。要是你不跟她们说话,她们就不会有机会侮辱俺了。而且,你也没替俺责备她们呀。"

"我还是责备她们了呀!"思嘉说,显然被彼得的批评刺痛了。"我不是告诉她们你是我们家自己人吗?"

"这不算责备,只是事实罢了,"彼得说。"思嘉小姐,你不应该跟这些北方佬打交道,没有哪家的小姐像你这样。"

彼得的批评,使思嘉觉得伤心,她感到恼火,恨不得使劲摇晃这个老黑奴。彼得说的倒是真话,不过她恨这些话出自一个黑人,并且是自家黑奴之口,连自家仆人都不尊敬你,这对于一个南方人来说简直是奇耻大辱。

"一个老宝贝呢!"彼得嘟囔着说。"皮蒂小姐听了这种话就决不会再让俺给你赶车了,肯定不会,小姐!"

"皮蒂姑妈还会让你照样给我赶车,"她厉声道。"因此,别再提这事了。"

"俺想俺的背快出毛病了,"彼得阴郁地说。"俺的背现在就痛得要命,都直不起来了。只要俺的背一痛,小姐就不会让俺再赶车了……思嘉小姐,要是咱自家人都不同意你的做法,就算那些北方佬和白人混蛋喜欢你,那也不会有什么好处呢。"

这句话把思嘉当前的处境概括得好极了,她听了一下子陷入一种无比愤怒的沉默中。是的,征服者们确实都对她表示赞许,但她的家人和邻居却反对她。全城的人都在纷纷议论她。而现在连彼得也对她那样反感,甚至不愿跟她一起出现在大庭广众之中了。这真是一个致命的打击啊。

在这之前,她对人家的议论是不在乎的,不但不在乎,并且瞧不起。但彼得的话在她心中点起了愤恨的怒火,使她突然对邻居如同对北方佬一样厌恶起来。

"他们管我干什么呢？"她想道。"他们以为我喜欢跟北方佬交往，喜欢像干农活的黑奴一样卖苦力吧。他们这样做，只不过使我处境更艰难罢了。但是，不论他们怎样想，我都不管，我才不让自己去管呢。不过有一天——有一天——"

啊，总会有一天的！等到她的生活又有了保障的那一天。她会像贵妇人那样娇弱，躲在家里，那样一来，人人都会夸奖她了。啊，如果她又有了钱，她会多么了不起啊！到那个时候，她会让自己变得像爱伦那样和蔼可亲，处处为别人着想，处处都娴雅有礼了。她不会再成天担惊受怕，因为生活平静而悠闲呢。她将有时间跟她的孩子们一起玩耍，听他们念课文。那些上等女人会来拜访她，她会叫仆人给她们送上茶水和可口的三明治，以及蛋糕，等等，同她们悠闲地聊天，愉快地消磨时光。对于那些遭遇不幸的人，她会和蔼可亲地对待他们，她会给穷人送去一篮篮的食物，给病人送去羹汤和果冻。她会像她母亲那样成为一个真正南方式的上等女人。那时候，大家都会像爱爱伦那样爱她。会赞扬她温柔无私，会称她为慷慨的夫人。

她对未来的种种想象感到很有乐趣，虽然她心里明白自己并没有真正想要变得慷慨无私或和蔼可亲，但不会有什么问题的，她所希图的只是具有这些品德的好名声。

有一天！但不是现在。现在不行，不管人家怎么说她。现在还不是成为一个伟大女性的时候。

彼得说对了，皮蒂姑妈真的激动起来。而彼得的背也一夜之间痛到确实无法再赶车了。从此思嘉只好自己一个人赶车，她手心上的茧子又重新磨起来了。

就这样，春天的几个月过去了，温润芳菲的五月天气随之而来。这几个星期思嘉一直被繁重的工作和忧虑所包围。肚子愈来愈大，行动愈来愈不方便。家里人则愈来愈体贴，而且替她焦急，也不明白究竟是什么在驱使她这样干。在这些焦虑不安和奋力挣扎的日子里，只有一个人是可以让她依靠而且够理解她的，那就是瑞德·巴特勒。说也奇怪，偏偏是他，他这个人飘忽不定，而且像一个刚从地狱出来的魔鬼一样邪恶倔强呢。但是他同情她，而这一点是她从哪儿都得不到并且也从不指望的。

瑞德常常出城，神秘地去新奥尔良，可从来不说去干什么。思嘉总带点醋意，觉得肯定同某个女人——或者一些女人有关。但自从彼得大叔拒绝替她赶车之后，瑞德留在亚特兰大的时间便愈来愈长了。

在城里，他大部分时间是在一家名叫"时代少女"的酒馆楼上赌博，或者在贝尔·沃特琳的酒吧间里跟那帮有钱的北方佬和提包党人亲切交谈赚钱的计划，这使城里人对他比对他那班密友更加厌恶。他现在已不去皮蒂家拜访了，这也许是为了尊重弗兰克和皮蒂的感情。因为思嘉现在的处境很微妙，男人的拜访会使弗兰克和皮蒂受不了。不过她几乎每天都会偶然遇见他，他总是勒住缰绳跟她谈一会儿话，有时将马拴在她的马车背后，替她赶着车。这些天来，她虽然不承认但实际上是比过去更容易疲劳了，所以很乐意他这样做，心里还暗暗感激他。尽管他每次都在他们回城之前便离开她，可是城里人还是知道了他们在暗中相会。

图文珍藏版

她有时猜想，他们的这些相遇难道完全是偶然的吗？几个星期过去了，随着城里黑人闹事的紧张气氛不断加剧，他们相遇的次数也愈来愈多了。不过为什么他偏偏在目前她模样最难看的时候来找她呢？如果说从前他曾有过不良企图的话，那么现在他肯定没有，并且连以前究竟有没有，她现在也开始怀疑了。他已经好几个月没有嘲讽地提到他们在北方佬监狱中那令人尴尬的场面了，他也再没有提起艾希礼以及她爱他的事，更没有再说什么没有教养的粗话。最后她认定，瑞德是因为除了赌博没有什么别的可干，并且在亚特兰大又没有知己，所以找她无非就是为了找个伴而已。

且不管瑞德的理由是什么，反正思嘉发现自己还是很欢迎他的。他总是全神贯注地听她发牢骚。他听说她赚钱了，便鼓掌喝彩，而弗兰克听了只会溺爱地微微一笑，皮蒂更是茫然，"哎呀"一声就完事。她很清楚瑞德一定常常在帮她揽生意，因为他很熟悉或认识所有阔绰的北方佬和提包党人。但是，他却始终否认自己帮了忙。她了解他的为人，并且从来也不信任他，不过只要看见他骑着那匹大黑马过来，她便会高兴得打起精神，有点情不自禁。等到他跳进她的马车，从她手里接过缰绳，对她说几句俏皮话，她更觉得自己既年轻又快活，而且娇柔动人，虽然满怀忧虑，肚子一天天大起来，也全不在意了。她对他几乎可以什么都说，不用顾虑或隐瞒。并且她也从来没有哪次觉得无话可说，像跟弗兰克在一起的时候那样——或者，坦白地说，甚至像跟艾希礼在一起似的。总之，有一个像瑞德这样的朋友，很使她感到欣慰，何况目前他又对她规规矩矩。这十分令人宽慰，因为近来她的朋友实在太少了。

"瑞德，为什么这个城里的人都这样卑鄙下流地议论我呢？"她暴躁地这样问他。"其实我只不过管我自己的事，从没干过什么坏事，并且——"

"要说你没干过什么坏事，那只是因为你还没有机会罢了，也许他们模模糊糊地也意识到了这一点。"

"唔，请你严肃一点吧！他们都把我气疯了。我不过是想弄点钱嘛，并且——"

"就因为你所干的跟所有其他的女人所干的不一样，并且你又取得一点小小的成就。正像我以前告诉过你的，这就是在任何一个社会都不能宽恕的罪恶。只要你跟别人不一样，你就该死！思嘉，就因为你的木厂办得成功，这对于每一个没有成功的男人来说，便是一种耻辱。你要记住，一个有教养的女性应该待在家里，应该对这个复杂而残酷的世界一无所知才好。"

"但如果我一直待在自己家里，我根本就没有地方可待了。"

"总的说来，就是你应该高雅而自豪地去饿肚子。"

"嘿，胡说八道！你就看看梅里韦瑟太太吧。她卖馅饼给北方佬，这可比开木厂更糟呢。埃尔辛太太在给人家缝缝补补，招些房客。至于范妮，她是在瓷器上画些谁也不要看的难看东西，可是为了帮助她谁都去买，并且——"

"不过你没有看到问题的点子上，我的宝贝儿。她们的事业都干得不好，因此没有触犯那些南方男人强烈的自尊心。这些男人还会说：'可怜而又可爱的傻娘们，她们干得多苦呀！不过那也好，就让她们去觉得自己有用吧。'再说，你提到的那些太太可并不觉得干活是一种享受。她们总让大家知道，一旦有男人来解放她们，让她们摆脱这种不适合女人的劳动，她们就不会再干了。所以大家都为她们感到难过。可是你呢，你显然是喜欢干这些，并且显然不想让任何男人来管你的事，因此也就没人会为你感到难过了。就为这一点，亚特兰大人也决不会原谅你。因为替别人难过是非常令人高兴的呀。"

"有时我真希望你能严肃一点。"

"有一句东方的格言：'虽然狗在狂吠，大篷车继续前进。'让他们叫去吧，思嘉。我想不论什么东西也无法阻挡你这辆大篷车的。"

"我只是想赚点钱，他们凭什么要管呢?"

"思嘉，你可不能什么都想要呀！你要么不守妇道只管赚钱，到处受人家的冷笑，要么就自命清高，受穷挨饿，赢得许多朋友。不过你已经做出自己的选择了。"

"我可不愿受穷，"她马上说。"不过，这是正确的选择吧，你说呢？"

"如果你最需要的是钱。"

"是的，我爱钱胜过世界上任何别的东西。"

"那么你就只有这个唯一的选择了。不过这一选择，理所当然地附带着一种惩罚，那就是寂寞。"

这话使她沉默了片刻。那倒是真的。确实是有点寂寞——因为缺乏女性朋友而感到寂寞。在战争年代，她情绪低落时可以去找爱伦。自从爱伦去世之后，一直总还有媚兰做伴，尽管她和媚兰除了在塔拉一起干苦活以外没有什么共同之处。可现在一个同伴也没有了。而皮蒂姑妈除了闲聊以外，对人生是没有什么想法的。

"我想——我想，"她开始犹豫地说，"就跟女人的关系而言，我始终是寂寞的。但亚特兰大的女人之因此讨厌我，也不仅仅因为我在努力工作，反正她们就是不喜欢我。除了我母亲，没有哪个女人真正喜欢过我，就连我那些妹妹也一样。我真不知道为什么，不过即使在战前，甚至在我跟查理结婚之前，女人们对我所做的一切好像都不赞成——"

"你忘了威尔克斯太太了吧，"瑞德的眼睛恶意地闪了一下。"她总是完全赞成你嘛。我敢说，除了杀人，你不论干什么她都会赞成的。"

思嘉冷酷地想道："她甚至也赞成杀人呢，"接着便轻蔑地笑起来。

"啊，媚兰！她忽然想起，但紧接着就悲叹道："只有媚兰是唯一赞成我的女人，不过那也不是我的什么光荣，因为她根本没有见识。要是她真有点见识——"她有点发窘，没有说下去了。

"要是她真有点见识，就会看到有些事情她是无法赞同的，"瑞德替她把话说完。"好了，你当然比我更清楚。"

"啊，你这臭德行！"

"对于你这种不公平的粗鲁劲儿，我理应不予理睬，不过就算了吧，让我还是言归正传。我看你得自己打定主意，要是你与众不同，你就得与世隔绝，不仅与你的同龄人，并且还得与你的父辈那一代，以及你下一代，全都隔绝。他们不会理解你，不论你干什么，他们都会表示愤慨。不过你的祖父母或许会为你感到骄傲，或许会说：'这个女儿跟她父亲一模一样呢，'同时你的孙子辈也会羡慕地叹息：'我们的老祖母准是个非常泼辣的人物呢！'他们都想学你。"

思嘉给逗得大笑起来。

"有时候你的悟性还真不错！我的外祖母罗毕拉德就是这样的。外祖母像冰一样冷酷，但是她嫁了三次人，引起那些情敌为她决斗过无数次，她抹胭脂，穿领口低得吓人的衣服，并且——嗯——不怎么喜欢穿内衣。"

"因此你十分佩服她，虽然你有时还尽量想学你的母亲！我有个祖父，是巴特勒家族的，他是个海盗。"

"真的吗！是让俘虏蒙着眼走船板的那种海盗？"

"我敢说如果那样能弄到钱，他是会让人蒙着眼走船板的。总之，他搞到好多钱，后来留给我父亲一大笔遗产。不过家里人总是小心地称他为'船长'。在我出生之前很久，他在一家酒馆跟人吵架时被打死了。不用说，他的死对于后辈倒是一大解脱，因为他一天到晚喝得醉醺醺的，酒一落肚便忘记自己的身份，一味诉说过去的经历，把他的儿女们都吓坏了。不过我很钦佩他，并且竭力想更多地模仿他而不是我自己的父亲，我父亲是位和蔼可亲的绅士，有许多体面的习惯和虔诚的格言。我保证你的孩子们不会赞成你，思嘉，就像梅里韦瑟太太和埃尔辛太太现在不赞成你这样。你的孩子们或许会是些吃不了苦，缺乏男子汉气质的人，因为一般吃过苦的人的子女往往是这样。并且更糟的是，你跟所有的母亲一样，大概已下定决心不让他们去经历苦难了。这可全错了。吃苦要么使人成材，要么把人毁掉。因此你就得等待你的孙子辈来赞同你了。"

"我不知道我们的孙子辈会是什么样子呢！"

"你这个'我们'是不是暗示我和你会有共同的孙子辈呀？去你的吧，

肯尼迪太太!"

思嘉立刻意识到自己说漏了嘴,脸涨得通红。叫她难为情还因为她突然想到了自己这愈来愈粗的腰身。他俩从没提到她怀孕的事,因为她跟瑞德在一起时总是把膝毯一直盖到腋窝底下,即使天气很暖和也是这样;她安慰自己,觉得这样一盖人家就看不出来。现在发现他已经知道,便突然恼羞成怒,受不了了。

"你替我滚下车去,你这个下流坏,"她声音颤抖地说。

"我才不会做这种事情,"他心平气和地回答。"等你还没到家天就要黑了,附近又来了一帮新的黑人,就住在泉水附近的帐篷和棚屋里,听说都是些下流的黑鬼。"

"你滚吧!"她喊叫着,使劲去夺他手里的缰绳,可突然觉得一阵恶心。瑞德立刻勒住马,递给她两条干净的手帕,又相当熟练地把她的脑袋托起来。当这阵发晕呕吐过去之后,她便双手捧住头,羞愧地哭起来。她不仅在一个男人面前呕吐——这件事尴尬得可怕,足以把一个女人吓坏了——并且这样一来,她怀孕这一丢脸的事也就明明白白了。她觉得自己再也没有勇气正面看他了。并且这件事偏偏发生在他跟前,在这个从来不尊重妇女的瑞德跟前呀!她一边哭,一边准备听他说出一些粗鲁打趣的话来。

"别傻了,"他平静地说。"你要是觉得难为情而哭,那才傻呢。来吧,思嘉,别耍小孩脾气了。你该知道,我又不是瞎子,早已看出你怀孕了。"

她万分惊恐地"啊"了一声,然后用两手紧紧捂住绯红的面孔。"怀孕"这个字把她吓坏了。弗兰克每次提到她怀孕时总是难为情地用"你那状况"来表示。她父亲杰拉尔德在不得不提起这类事情时也往往微妙地用"坐房"这样的字眼来代替,而女人则体面地把怀孕说成"在困境中"。

"你要是以为我不知道,你可真是个小孩子了,虽然你总用膝毯把自己捂得严严的,当然,我早就知道了。要不然你想我为什么老是———"

他突然打住不说了,于是两人都沉默着。他提起缰绳,朝马吆喝了一声,然后继续心平气和地说下去。随着他那慢条斯理的声调，她面孔上的红晕也逐渐消退了。

"我没想到你这样容易激动，思嘉。我原以为你是个有理智的人，我失望了。难道你心中还有羞怯之感？我恐怕向你提起这件事情我就不能算是上等人了，其实，我也知道我不是上等人，就凭我在孕妇面前竟不觉得困窘这一点来看，也可以说明我觉得完全可以把她们当作正常人看待。为什么，就不能看她们的腰围，但却偷偷向那里瞥一两眼——我以为这才是最不礼貌的呢！我干吗要来这一套呀？这很正常嘛。欧洲人就比我们文明多了，他们是要给那些快做母亲的道喜的。虽然我不想建议我们也那样做，不过那比我们这种回避的态度毕竟要明智些。这是一种正常情况，女人应该为此感到骄傲，而不需要躲在屋里不出门似乎犯了罪似的。"

"骄傲！"思嘉压低嗓门喊道。"骄傲——呸！"

"难道你不觉得有个孩子值得骄傲吗？"

"啊，天啊，决不！——我恨孩子！"

"你指——恨弗兰克的孩子？"

"不——不管谁的孩子都恨。"

她对自己的再次漏嘴感到懊丧，但他还是轻松地继续谈着，似乎根本没有注意到似的。

"那么我们就不一样了，我喜欢孩子。"

"你喜欢？"她抬起头来喊道，对他的话感到吃惊，竟忘了自己刚才的难堪，"你多会撒谎呀！"

"我喜欢小婴儿，也喜欢小孩子，要等到他们开始长大，变得像大人那样想问题和撒谎骗人之后，才不喜欢了。这你不应该奇怪，因为你知道我很喜欢韦德，尽管他还不是个很理想的孩子。"

思嘉想这倒是真的，并突然感到惊异起来。他确实似乎很愿意跟韦德玩儿，而且常常送他礼物呢。

"既然我们已经把这个可怕的话题说出来了，那么我现在就把几个星期以来我一直想跟你说的话说出来吧。有两件事情。第一，你单独赶车是很危险的。你知道这一点，并且大家肯定也不停地对你说。即使你个人并不在乎，你也得考虑考虑后果呀。由于你的固执，你会给自己惹出事来，因为那时本城一些豪侠的男人便不得不去杀死几个黑人替你报仇。这就会招致北方佬的凶暴惩罚，有些人也许会被绞死。我这样说是有依据的，因为我一直跟北方佬关系很好。说起来很不好意思，他们待我就像自己人一样。"

"瑞德，你真的——难道真的是为了保护我，你才——"

"是的，我亲爱的，是我那大肆宣扬的骑士精神在促使我保护你。"他那双黑眼睛里的讥讽神色开始闪烁，脸上那副一本正经的表情消失了。"还为什么呢？因为我深深地爱着你，肯尼迪太太。是的，我一直在默默地如饥似渴地想占有你，站得远远地崇拜你；不过我同艾希礼先生一样，是个高尚的人，我把这一切向你隐瞒了下来。因为，唉，你是弗兰克的妻子，为了名誉，我不能把这些说出来。不过，就连威尔克斯先生那爱名誉的人，有时也免不了要露馅儿，因此现在我也在露馅，把自己的心底的情感向你透露，还有我那———"

"啊，看在上帝面上，闭嘴吧！"思嘉打断他说，因为每当他故意把她弄得像个自高自大的傻瓜时，她总是非常气恼，并且也不愿意把艾希礼和他的名誉挂在嘴边谈下去了。于是她说："你还要告诉我什么呀？"

"怎么，当我正在袒露一颗热爱着、但却悲伤的心时，你却不想听了？好吧，另一件事是这样的。"他眼里的嘲讽神气又消失了，脸变得阴郁而平静。

"这匹马你得小心。这匹马脾气太倔，它的嘴像铁一样硬了，你赶起来一定很累吧，是吗？嗨，要是它想脱缰逃跑，你根本无法制止它。并且如果你被翻到阴沟里，那可能使你和孩子都活不成了。你得给它戴上一副最重的马嚼子，要不然就让我给你换一匹口比较嫩、比较驯服的马来。"

她抬起头来朝他那张没有表情但温和的面孔看了看，突然之间火气全消了。他这么好心，连对她的马都想得如此周到，这不免引起她一阵感激之情，心想为什么他不能总是这样呢？

"这匹马的确很难赶，"她温柔地表示同意说。"由于得使劲拉它，我的胳臂整夜疼得不行。你说怎样对付它好，就照你的办吧，瑞德。"

他的两眼恶作剧地闪烁着。

"这话听起来倒满甜，很有点像女人呢，肯尼迪太太。这完全不像你平时那种专横的腔调了。是的，只要对付得好，是可以使你成为一个乖乖地依靠男人的妇女的。"

她的脸一沉，又发起脾气来了。

"这次你非给我滚不行，要不我可用马鞭抽你了。我真不知道为什么我就能容忍你——为什么总对你那么好。你一点礼貌也没有，不讲道德，简直就是个——算了，你滚吧。我就是这个意思。"

他爬下车来，从车背后解开他那匹马，然后站在黄昏的马路上向她挑逗地一笑，这时思嘉也不由得朝他咧咧嘴，才赶着马走了。

是的，他很粗鲁，又很狡猾，他不是一个你能完全放心打交道的人。你永远也说不准你放在他手里的那把钝刀子，什么时候你稍不注意就会变成最锋利的武器。但是，虽然如此，他毕竟很有刺激性，就像——是的，就像偷偷地喝上一杯白兰地！

这几个月以来，思嘉已经懂得了白兰地的好处了。每天傍晚回家，被雨水淋得湿透了，并且由于在车上颠簸，浑身觉得酸痛，这时除了那个瓶子之外，便没有任何东西能使她舒服的了。

思嘉发现晚餐之前喝一杯纯白兰地大有好处，为什么人们竟那样可笑，不许妇女喝酒，而男人却可以随心所欲地喝个酩酊大醉呢？有时弗兰克直打呼噜，她又睡不着觉，翻来覆去地担心受穷、害怕北方佬、怀念塔拉和惦记艾希礼，要不是那个白兰地酒瓶，她恐怕早已发疯了。只要那股愉快而熟悉的暖流悄悄流进她的血管，无数烦恼便开始消失。

但是有几个夜晚，甚至连白兰地也镇不住她心头的疼痛，这种疼痛甚至比害怕失去木厂还强烈，那是因渴望见到塔拉而引起的。她是爱亚特兰大的，但是——啊，它又怎比得上塔拉那种亲切的安宁和幽静的田园，那些红土地，以及那片苍苍的松林啊！哦，回到塔拉去，哪怕生活再艰苦也好！回到艾希礼身边，只要看得见他，听得到他说话，知道他还爱自己，这就足够了。媚兰每次来信都说他们很好，威尔寄来的每一封短笺都汇报棉花种植和生长情况，这使她越来越思念塔拉。

我六月份要回家去。六月以后我在这里什么也干不成了。我可以回家住上两个月。她想着想着情绪便好起来了。果然，她六月回到了家里，但不是如她想象的那样，而是六月初威尔来信说她父亲杰拉尔德去世了。

第三十九章

火车很晚才到达琼斯博罗。思嘉走下车来,六月的黄昏显得格外长,深蓝的暮色已经笼罩着大地。

车站在战争中烧毁了,还没重建。现在这里只有一个木棚,其他什么也没有,思嘉在棚子下面走了一会儿,在一只空木桶上坐下。她顺着马路张望,看威尔·本廷来了没有。威尔应该到这里来接她。他应该知道:收到他那封简短的信,得知父亲杰拉尔德去世的消息,她必然会乘最早的一班火车赶回来的。

她走得非常仓促,小旅行包里只有一件睡衣,一把牙刷,连换洗的内衣也没有带。她没有时间去买丧服,向米德太太借了一件黑色连衣裙,但是太瘦,她穿着很不舒服。她尽管为父亲去世感到难过,但也没有忘记自己的模样,她低头看了看自己的身子,觉得很不好看。身段已经全然没有了,脸和脚腕子也都肿了。在此以前,对于自己的样子,她并不非常在意,可是现在,她马上就要见到艾希礼了,就在意起来了。她尽管处于悲痛之中,然而一想到和他见面,而她怀的又是另外一个男人的孩子,就感到无限伤心。她是爱他的,他也爱她,此时此刻她意识到这个不受欢迎的孩子成了不忠于爱情的罪证。她那苗条的腰身和轻盈的脚步都已消失,不论她多么不希望他看到这一点,她现在也完全无法回避了。

她焦躁不安地跺起脚来,威尔怎么不来接她呀。

她的喉咙感到一阵哽咽,自从噩耗传来,她不时地有这种感觉,但是哭没有任何用处,只会弄得她心烦意乱,并且还消耗体力。唉,威尔、媚兰、还有那些姑娘们，为什么就不写信告诉她父亲病了呢？她会马上回塔拉来照顾他的，必要的话，还可以从亚特兰大请个医生来嘛。这些傻瓜们，他们都是傻瓜。难道他们离开了她就什么事也不会办了吗？她不可能同时待在两个地方呀，并且她在亚特兰大也为他们尽心尽力了。

思嘉坐在木桶上东张西望，还不见威尔来接她，感到坐立不安。这时她突然听见身后有脚步声，转身一看，只见亚历克斯·方丹扛着一口袋燕麦，越过铁路，朝一辆马车走去。

"天哪！这不是思嘉吗？"他喊道："随即撂下口袋，跑过来，握住思嘉的手，他那痛苦的小脸露出愉快的神情"看到你，我真高兴。我看见威尔在钉马掌呢。火车晚点了，他以为能来得及。我跑去叫他吧！"

"好吧，亚历克斯，"她说，她尽管很难过，却也微微露出笑容。见到一个老乡，她觉得好受多了。

"唉——唉——思嘉"他仍然握着她的手，吞吞吐吐地继续说，"我为你父亲感到十分难过。"

"谢谢，"她答道，但她并不希望有人提起这件事，因为他这么一说，父亲的音容笑貌就历历如在眼前。

"如果我能使你得到安慰，我可以告诉你，思嘉，我们这儿的人都为他而感到自豪，"亚历克斯一面说，一面松开了手。"他——嗯，我们知道他死得像个战士，是在战斗中死去的。"

他这话是什么意思，思嘉感到莫名其妙。一谈到父亲，她就想哭，而她是不能在这里哭的。要哭，也要等到坐上车，和威尔上了路，没有生人看见的时候再哭。威尔看见没有关系，因为他就像自己的哥哥一样。

"亚历克斯，我不想谈这件事，"她一句话把人家顶了回去。

"思嘉，这没关系，"亚历克斯说，这时他一股怒气涌上心头，涨得满脸通红。"她要是我的姐妹，我就——哎，思嘉，对任何一个女人，我都没有说过一句粗鲁的话，可是，老实说，我真是觉得应当拿皮鞭教训教训苏伦。"

他在胡扯什么呀？思嘉一点也不明白。苏伦怎么了？

"可惜呀，人人对她都是这样看。只有威尔不责怪她，当然还有媚兰小姐，她是个大好人，在她眼里谁都是好人。"

"我刚才说了，我不想谈这件事，"思嘉冷冰冰地说，可是亚历克斯不知趣，以为知道她为什么这样不客气，这就使得思嘉更为恼火。她不愿意从一个外人那里听到自己家里的事，不希望这个外人看出她对自己家中的事毫不知情。威尔怎么不把所有的细节都写信告诉她呢？

思嘉希望亚历克斯不要那样盯着看她。她感到亚历克斯觉察到她已经怀孕了，这使她很难为情。亚历克斯则在昏暗的暮色中一面看着她一面想，她似乎是怀孕了。不过，她现在气色好多了，至少看上去好像一天能吃上三顿像样的饭了。过去那恐惧不安的目光，现在坚定了。她现在有一种威严、自信、果敢的神气，弗兰克这个老家伙一定和她生活得很愉快。不过她脸上那温柔甜美的表情没有了，她仰着头讨好男人的神态，过去他比谁都熟悉，现在也完全消失了。

"你和弗兰克帮了托尼的忙，我还没谢谢你呢？"亚历克斯说。"是你帮了忙吧？你可太好了，我有了托尼的消息，他在得克萨斯平平安安的。我没敢写信问你，不过你和弗兰克是不是借给他钱了？我愿意归还——"

"唔，亚历克斯，快别说了。不谈这个，"思嘉说。钱对她说来竟然无关紧要了。

亚历克斯停顿了片刻，接着说："我去把威尔找来。明天我们都来参加葬礼。"

亚历克斯扛起那口袋燕麦，转身要走。就在这当儿，一辆马车吱嘎吱嘎朝他们驶来。威尔大喊道："对不起，思嘉，我来晚了。"

威尔笨手笨脚地下了车，迈着沉重的步子走到思嘉面前，鞠了个躬，吻了吻她。他从未吻过她，每次喊她，也总要加上"小姐"二字。所以，威尔这样欢迎她，尽管意外，却使她感到温暖，感到十分高兴。上了车，她低头一看，发现这还是她逃离亚特兰大时的那辆快要散架的旧车。这么长时间，居然没有散架呢？一定是威尔十分注意维修。现在看到这辆车，她感到不舒服，并且不由地又回想起那天晚上逃离亚特兰大的情景。她想，就是不吃不穿，也得买辆新车，把这辆旧的烧掉。

他们离开村子，走上通往塔拉的红土路。乡间的夜幕悄悄地降临，笼罩着周围的一切。那湿润的红土那么好闻，那么熟悉，让人感到亲切。突然有一群燕子扑打着翅膀，从他们头顶上轻盈地掠过，还不时地有受惊的兔子穿过大路，白色的尾巴摇动着，像是一个鸭绒的粉扑。从耕种的土地中间穿过，她高兴地看到田里的棉花长势良好，还有那绿色的灌木在红土里茁壮成长。这一切多么美呀！

"思嘉，等一会我再告诉你关于奥哈拉先生的情况，在回到家以前，我要把所有的情况都告诉你。不过，有一件事我想先问问你，你现在大概是一家之主了吧。"

"什么事，威尔？"

他扭过头来，温和而冷静地盯着她看了一会儿。

"我要求你同意我和苏伦结婚。"

思嘉紧紧地抓住坐垫，异常吃惊，几乎向后倒下。和苏伦结婚！自从她把弗兰克·肯尼迪抢走以后，就从来没有想到有谁会愿意和苏伦结婚。有谁会要苏伦呢？

"哎哟，威尔！"

"这么说，你不介意喽？"

"介意？不，我不介意，可是——威尔，你真叫我奇怪！你和苏伦结婚，威尔，我一直以为你喜欢卡琳呢。"

威尔两眼盯着马，抖了抖缰绳，思嘉觉得他轻轻地叹了一口气。

"也许是的，"他说。

"怎么，她不愿意你吗？"

"我从来没有问过她。"

"哎呀，威尔，你真傻。你就问问她嘛。她比两个苏伦都要强！"

"思嘉，在塔拉发生的多少事情你都不知道。近几个月来，你哪里有心思来关心我们呀。"

"我不关心，是吧？"思嘉发起火来。"你以为我在亚特兰大干什么呢？到处参加舞会吗？我不是每个月给你们寄钱吗？我不是交了税，修了屋顶，买了新犁耙，还买了骡子吗？我不是——"

"你先别发火，使你的性子，"他心平气和地打断她的话。"要说你做的事情，我比谁都清楚，够两个男人干的。"

她的情绪稍微平静一点之后，她问道，"那你是什么意思？"

"这个，你让我们有安身之处，让我们有饭吃，这我不否认。"可是大家在想些什么，你就不大关心。我不责怪你，思嘉，你一向是这样。人们心里的事，你从来不怎么感兴趣。我想告诉你，我压根儿就没问过卡琳，她就似乎是我的一个小妹妹，我估计她有什么事都会对我说，不对别人说。可是她始终忘不了那个死了的情人，永远也忘不了。我也不妨告诉你，她正想上查尔斯顿，去做修女呢。"

"你开玩笑吧？"

"这个，我料到你会大吃一惊的，思嘉，我只想求你不要说她，不要笑她，也不要阻拦她。让她去吧。她就这么一点要求，她的心碎了。"

"我的天哪！心碎的人多了，也没见谁去当修女。就拿我来说吧，我送掉了一个丈夫。"

"可是你的心没有碎，"威尔心平气和的一面说，一面从脚下捡起一根草棍，放到嘴里，慢慢咀嚼起来。这句话使她泄了气。她一向是这样，如果别人说的话是真的，不论多么难以接受，她也会老老实实地承认。她沉默了一会儿，心里盘算着，要是卡琳当了修女，会怎么样呢？

"你答应我，不要说她了。"

"那好吧，"思嘉说罢，看了看威尔，觉得对他有了进一步的了解，同时也感到惊讶。威尔爱过卡琳，现在还很爱她，可是他竟然要和苏伦给婚。

"可是这苏伦是怎么回事？你不是不喜欢她吗？"

"唔，我也不是完全不喜欢她，"他一面说，一面把草棍从嘴里拿出来盯着，"苏伦并不像你想的那么坏，思嘉。我想我们俩会好好过日子的。苏伦差就差在她需要一个丈夫，生上一帮孩子，女人都是这样。"

马车摇摇晃晃地向前驶去。有几分钟，两人坐在那里不吭声，思嘉的心里不停地琢磨。问题肯定没有这样简单，一定还有更深一层、更重要的原因，否则温和亲切的威尔是不会想和苏伦这样一个爱唠叨的女人结婚的。

"威尔，你没有把真正的原因告诉我。你要是觉得我是一家之主，我就有权问清楚。"

"你说得对"，威尔说，"我想你会理解的。我不能离开塔拉，这里就是我的家，思嘉，是我唯一的真正的家。我爱这里的一草一木，我为它出过力，深深地爱上了它。你要是在某件东西上出过力，你就会对它有感情。你明白我的意思吗？"

思嘉明白他的意思。

"我是这么想的。你爸爸去世了，卡琳再当了修女，这里就只剩下我和苏伦了。我要是不和她结婚，就不能在这里住下去的。人们会说闲话呀。"

"不过——不过，威尔，那里还有媚兰和艾希礼呀——"

一提起艾希礼这个名字，威尔就转过脸来深沉地看着思嘉，她又一次感到威尔对她和艾希礼的事很清楚，很理解。

"他们很快就要走了。"

"走？上哪儿去？塔拉是你的家，也是他们的家。"

"不，这里不是他们的家。艾希礼正是所以而烦恼。他不觉得这里是他的家，也不觉得自己是在挣钱养活自己。他农活干得不好，他自己也知道。他很努力，可是他天生不是干农活的料，这你我都是很清楚的。你要是叫他劈柴火，他会把自己的脚丫子劈掉。你要是叫他下地扶犁，他还不如小博扶得直。这倒不是他的过错，他天生就不是干这个的。可他觉得自己是个男子汉，住在塔拉，靠一个女人施舍过日子，又无法报答，因此很烦恼。"

"施舍？他真的说过——"

"没有，他从来没有说过。你是了解艾希礼的。但是我看得出来。昨天晚上，我对他说我向苏伦求婚，苏伦同意了。艾希礼说，这样他就松一口气了。因为他说他住在塔拉，总觉得像条狗似的。现在既然我要和苏伦结婚，他说他就准备离开塔拉，到别处找工作去了。"

"找工作？什么工作？到哪里去找工作？"

"我也不知道他究竟要干什么，不过他说要到北方去。他在纽约有个朋友，是个北方佬，给他写信，让他到那里一家银行去工作。"

"啊，不行！"思嘉出自肺腑地喊了一声。威尔一听，又扭过头来看了她一眼。

"也许他还是到北方去的好。"

"不，不！不会的。"

思嘉思绪万千。她想，不论如何也不能让艾希礼到北方去。艾希礼要是走了，就真的可能永远见不着他了。尽管过去几个月没有见到他，但是她没有一天不想念他，一想到他能在塔拉好好地住着，就感到高兴。她每次给威尔寄钱，都意识到这可以使艾希礼生活宽裕些，所以觉得愉快。他当然不是个好庄稼汉。她认为他生来就是干大事的，为他感到自豪。他生来就高人一等，就该住大房子，骑好马，念诗，使唤黑奴。艾希礼生来就不是种地劈柴的。难怪他要离开塔拉了。

但是她不能让他离开佐治亚。甚至，她可以逼着弗兰克在店里给他安排个工作，辞退那个站柜台的伙计。可是，不能这样，因为艾希礼怎么能做买卖呢？啊，绝对不行！一定会有个合适的工作——对呀，当然可以把他安插在她的木材厂里！她想到这里，如释重负，不禁露出了笑容。但是艾希礼会不会接受她的好意呢？他会不会认为这也是一种施舍呢？她一定要想个办法，使艾希礼觉得是他在帮她的忙。她可以辞掉约翰逊，让艾希礼去管老厂，让休管新厂。她要向艾希礼解释，就说弗兰克身体不好，店里的活儿也太重，帮不了她的忙，她还可以以怀孕为理由，非请他帮忙不可。

思嘉不论如何也得让艾希礼明白，眼下非帮她一把不可。他要是肯把木材厂接过去，她宁愿将利润分一半给他。只要能把他留在身边，只要能看见他愉快的笑容，只要有机会看到他眼神里无意中流露出的爱慕之情，她是什么都在所不惜的。

"我能在亚特兰大给他找个事做，"她说。

"那就是你们俩的事了，"威尔说，随即又把草棍放到嘴里去了。"驾！我还得求你一件事，然后才能说你爸爸的事。那就是请你不要责怪苏伦。祸，她已经闯下了，你就是把她的头发全揪光，也不能让奥哈拉先生复活了。"

"我刚才就想问你。这苏伦到底是怎么回事？亚历克斯说得含含糊糊，说应该用鞭子抽她一顿。她到底做了什么？"

"是啊，大家都对她很气愤。今天下午在琼斯博罗，谁见了我都说要宰了她。现在你得答应我，不去责怪她。奥哈拉先生的遗体还在客厅里，今天晚上我不希望发生争吵。"

"他不希望发生争吵！"思嘉心里想，感到有些生气。"听他的口气，似乎塔拉是他的了。"

接着她又想到父亲杰拉尔德还停在客厅里，于是突然哭起来，抽抽搭搭地，好伤心啊。威尔伸出一只胳臂把她搂过来，使她感到舒服一些，什么也没说。

他们慢慢地颠簸前行，路也越来越黑。思嘉把头靠在威尔的肩膀上。她忘记了近两年来父亲的情况："一位糊涂的老人呆呆地看着门口，等待一个永远不会再来的女人。他曾经是一位精力充沛的老人，留着鬈曲的白色长发，声音洪亮，性格开朗，对人总是慷慨大方。小时候，她觉得父亲是世界上最好的人。这位爽朗的父亲带她骑马，让她坐在前面，骑着马跳篱笆。她淘气的时候，就把她按住，打她的屁股。可她要是一哭，父亲也跟着哭，然后给她两毛五分钱一个的硬币，她就不哭了。她记得父亲从查尔斯顿和亚特兰大回家来，带回许多礼物，可从来没有一件合适的。唉，现在他去和母亲做伴去了。

"你怎么不写信告诉我他病了呢？我很快就能赶回来——"

"他没有生病，连一分钟也没病过。来，亲爱的，给你手绢，我详细地给你说一说。"

她用他的大手帕擤鼻涕，然后又偎在威尔的怀里。威尔真好！遇上什么事都不着急。

"思嘉，你听着，是这么回事。你一直给我们寄钱来，我们交了税，买了那头骡子、种子什么的，还买了几头猪，一群鸡。媚兰小姐养鸡养得不错，确实养得好。媚兰小姐，她可真是个好人。这么说吧，我们买了这些东西之后，就剩不下多少钱买衣服了，不过大家都没有抱怨，只是苏伦不同。

"媚兰小姐和卡琳小姐待在家里，都穿自己的旧衣服，也觉得很好。可是苏伦，没有新衣服，她是受不了的。她每次不得不穿着旧衣服跟我去琼斯博罗，或者更远一点，都觉得难受得要命。特别是有些北方来的冒险家太太，打扮得花枝招展，到处扭来扭去。可我们本地的妇女就不同，她们穿着破旧的衣服进城，表示不在乎，并且引以为荣。苏伦可不是这样。她还说要一辆大马车呢，她说你就有一辆。"

"那也不是大马车，而是一辆旧的敞篷车，"思嘉气愤地说。

"唉，不管是什么车吧。我还要告诉你，苏伦对于你和弗兰克·肯尼迪结婚始终耿耿于怀，我也觉得这不能怪她。你知道，这是一种卑鄙的伎俩，姐妹之间可不该这样。"

思嘉从他肩膀上抬起来，气得像一条响尾蛇，准备咬人。

"卑鄙的伎俩，是吧？你说得真文雅。可他喜欢我，不喜欢她，叫我有什么办法？"

"你是个聪明的女子，思嘉，我想你有办法让他喜欢你的，女孩子都会干这个。不过我觉得你恐怕是花言巧语把他骗到手的。在你认为必要的时候，你会是很迷人的。可是不管怎么说，他是苏伦的情人呀。就在你去亚特兰大之前一个星期，她收到过他一封信，说等他再赚一点钱就结婚。她给我看过这封信，因此我知道。"

思嘉默不作声，因为她知道他说的是事实，她想不出有什么可以反驳。别人说说也就罢了，可是威尔这样说，她是万万没有料到的。她用谎言欺骗了弗兰克，从来没有觉得良心上不安。她觉得一个女孩子要是连自己的情人都保不住，那只能怪她自己。

"威尔，说句公道话，"她说。"要是苏伦和他结了婚，你觉得她会为塔拉，或者为我们哪一个人，花一分钱吗？"

"我刚才说了，你认为必要的时候，你会是十分迷人的，"威尔一面说，一面转过脸来朝她微微一笑。"是啊，那可能就不能指望从弗兰克这个老家伙那里得到一分钱了。不过你的确使了卑鄙的伎俩，这是事实。但是不管怎么说，从那以后，苏伦就像一只大黄蜂，我认为她倒也不见得就多么爱弗兰克那个老家伙，只是她的虚荣心受到了伤害。她老说你穿亮丽衣服，坐大马车，住在亚特兰大，而她却埋没在塔拉这个地方了。你知道，她的确爱出去会客，参加宴会，还爱穿亮丽衣服。这我不恨她。女人就是这样。"

"大约一个月以前，我带她到琼斯博罗去，让她去看朋友，我办我的事，回来的时候，她乖得像只小耗子，可我看得出来，她心里十分激动，简直要炸开了。我也没有怎么注意。大约有一个星期，她在家里跑来跑去，就那么激动，但不怎么说话。她去看过凯瑟琳·卡尔弗特小姐，那可怜的孩子还不如死了好，嫁给了那个叫希尔顿的北方佬，他是个窝囊废。你知道，他把房子抵押出去却弄不回来了，现在非离开这里不可。"

"我根本不知道，也不想知道。我只想了解爸爸的情况。"

"我这就告诉你，"威尔耐心地说。"她回来以后就对我们说，我们误解了希尔顿，她还管他叫希尔顿先生，还说他是个很能干的人。后来她就老在下午带着你爸爸出去散步。好多次，我看见他们俩坐在墓地周围的矮墙上，她一个劲地跟他说话还做着各种手势。老先生呆呆地看着她，显出莫名其妙的样子，并且不断地摇头。你是知道的，思嘉。他的脑子越来越不清醒，连他自已在哪儿，我们是什么人，他也弄不大清楚了。有一次，我见她指了指你母亲的坟，老先生就哭起来了。她回到家里，又高兴，又激动，我就狠狠地训了她一顿，还满凶呢。我说：'苏伦小姐，你干吗要折磨你那可怜的老爸爸，让他又想起你妈呢？平时他不大记得起你妈已经死了，你这不是故意刺激他吗？'她倒好，把头一扬，笑了笑，说：'你别多管闲事。到时候你们就都高兴了。'媚兰小姐昨天晚上对我说，苏伦曾把她的计划告诉她了，但是她当时以为苏伦只是说着玩的。她没有告诉我们任何人，是因为那个想法使她感到十分不安。"

"什么想法？你能不能直截了当地说？回家的路都走了一半了，我关心的是我爸爸。"

"我正在说呢，"威尔说。"既然快到家了，咱们就在这里停一会儿，说完了再走吧。"

他一拉缰绳，马就停住了。这是麦金托什家的地界，隐隐约约可以看出几根阴森森的大烟囱还在寂静的废墟上矗立着。她心里责怪威尔，怎么把车停在这样一个地方。

"简而言之，她的想法就是让北方佬赔偿，赔他们烧掉的棉花，赔他们赶走的牲口，赔他们拆毁的篱笆和马厩。"

"让北方佬来赔？"

"你没听说吗？同情联邦的南方人，财产受到破坏的，只要提出申请，北方政府一律赔偿。"

"我当然听说过，"思嘉说。"但这和我们有什么关系？"

图文珍藏版

"依苏伦看来，关系大着呢。那一天，我带她去琼斯博罗，她碰上了麦金托什太太。她们闲聊的时候，苏伦自然注意到麦金托什太太穿得讲究，并且自然要问一问。麦金托什太太就很神气地对她说，她丈夫如何向联邦政府提出申请，要求赔偿一位联邦同情者的财产损失，他这位忠诚的联邦同情者从来没有给南部联盟任何形式的帮助和支持。"

"他们从来不给任何人帮助和支持，"思嘉厉声说，"这帮混蛋"。

"不管怎么样，政府给了他们——唔，我不记得是几万几千块钱了。反正是相当大的一笔钱。这给了苏伦很大的启发，她琢磨了一个星期，没有对我们说，因为她知道我们会反对她。可是她又非得找个人说说不可。因此她就去找凯瑟琳小姐，而那个混蛋希尔顿就给她出了一些主意。他说你爸爸不是在这个国家出生的，也没参加打仗，也没有儿子参加打仗，他又没有在南部联盟任职。他说，如果把这些情况加以引申，就完全可以说奥哈拉先生是联邦的一个忠诚的同情者。他出了一大堆这样的馊主意，她回来以后就开始对奥哈拉先生做工作。思嘉，我敢保证你爸爸有一半时间不知道她在说些什么。她也正是想利用这一点，让他去立下誓言，而他根本不知道这是怎么回事。"

"让爸爸去立下誓言!"思嘉嚷道。

"近几个月以来，他的神智越来越不清楚，她也正要利用这种情况。你要知道，我们谁也没有怀疑会有这样的事。我们光知道她在搞什么名堂，但是没想到她竟然会利用你那死去的妈妈来责备你爸爸，说他明明可以从北方佬那里弄到十五万块钱，而非要让自己的女儿们吃苦。"

"十五万块钱，"思嘉自言自语，她刚才听说要立誓言而产生的恐惧消失了。

这可是一大笔钱呢!并且要得到这笔钱只需轻轻松松签署一份效忠于美国政府的誓词，说明自己一向支持政府，从未帮助或支持过南部联盟。十五万块钱!撒这么一个小谎就得这么一大笔钱!唉，她怎能责怪苏伦呢!天哪!难道这就是为什么亚历克斯说要用皮鞭抽她吗?这就是为什么当地人说要宰了她吗？傻瓜，这些傻瓜。她要是有这么些钱，干什么不行呢！任何人有了这笔钱，干什么不行呢！撒这么个小谎有什么关系吗？不管怎么说，从北方佬那里拿多少钱都是合理的，怎么拿都行。

"昨天中午前后，苏伦就用这辆车送你爸进城去了，也没跟任何人说。媚兰小姐了解一点情况，但是她却希望苏伦能够由于某种原因而改变主意，因此也没对我们说。她根本想不出苏伦怎么能做这样的事。"

"今天我才了解清楚。希尔顿在城里同那些投靠北方的人和共和党人挺熟，苏伦和他们商量好了，如果他们马虎了事，承认奥哈拉先生是忠于联邦的人，再说明一下他是爱尔兰人，没有参军打仗等等，最后在推荐书上签个字，就把得到的钱分给他们一些。你爸爸只需要宣个誓，在宣誓书上签个字，宣誓书就寄到华盛顿去了。

他们稀里呼噜很快就把誓词念完了，你爸爸也没说什么，一切进行得很顺利，接着苏伦就让他签字。可就在这时候，他似乎突然醒悟了，便摇了摇头。我想他也不见得知道这是怎么回事，但他就是不愿意干。这样一来，苏伦可就急了，她的劲儿都白费了。于是他就领他出了办事处，上了马车，在街上来回地跑，一边对他说你妈在九泉之下哭着指责他，指责他明明可以让孩子们过得好好的，却让她们受苦了。听人家说，你爸爸坐在车上，像个孩子似的号啕大哭，他一听到你母亲的名字就这样。这情景城里的人都看见了，亚历克斯·方丹凑上去问怎么了，被苏伦抢白了一顿，差点儿把人家气疯了。

"不知她哪儿来的鬼点子，下午弄了瓶白兰地，又陪奥哈拉先生来到办事处，然后就拿酒灌他，思嘉，一年来我们在塔拉就没有烈性酒，奥哈拉先生受不了，真喝醉了。苏伦连哄带骗，过了两三个钟头，他终于屈服了。他说，好吧，让他签什么，就签什么。他们把誓词又拿出来了，他刚拿起笔来要写，苏伦犯了个大错。她说：'这样一来，斯莱特里家和麦金托什家就没法对我们神气了！'你知道，思嘉，斯莱特里因为北方佬烧了他家一所小破房子，要求赔偿一大笔钱，埃米的丈夫已经给他办通了。

图文珍藏版

"听说苏伦一提这两个人的名字，你爸爸直起腰来，抖一抖肩膀，用敏锐的眼光盯着她。他突然不糊涂了，他说：'斯莱特里和麦金托什，他们也签过这东西吗？'苏伦顿时紧张了。结结巴巴地一会儿说签了，一会儿又说没签。他就扯着嗓子喊：'你得说清楚，那个该死的坏分子，那个该死的白人穷小子，他们也签过这种东西吗？'希尔顿那家伙顺口说：'是的，先生，他们都签了，得到了一大笔钱，您也能得到一大笔钱。'

"老先生听了就大发雷霆。亚历克斯·方丹说，他在离办事处老远的一家酒馆里就听见他嚷了。他带着很重的爱尔兰口音说：'你以为塔拉的奥哈拉家的人能和那该死的混蛋，和那该死的白人穷小子，干一样的坏事吗？'他说完把那誓词一下撕成两半，朝苏伦脸上扔去。还嚷了一声：'你不是我的女儿！'就一溜烟儿跑掉了。

"亚历克斯说看见他像头牛一样冲到街上。他说，自从你妈死后，老先生这是头一次恢复了原先的模样。他说，他醉得摇摇晃晃，还扯着嗓子骂。亚历克斯的马就在街上，你爸爸爬上去，也不问一声谁的马，就骑着跑了，扬起的尘土能把你给呛死。他一边跑，一边还在骂呢。

"快到天黑的时候，我和艾希礼坐在门前的台阶上，望着那条大路，心里十分着急。媚兰小姐趴在床上大哭，什么也不说。突然我们听见路那头有马蹄声，还有人大喊大叫。艾希礼说：'真怪呀！听着像奥哈拉先生，原先他骑马来看我们的时候就是这样的。'

"接着我们就看见他在草场的那头，顺着山坡拼命往上跑，同时高声唱起歌来，歌声嘹亮，远远地我们就听见了。我还从不知道你爸爸有这么一副好嗓子。他唱的是《矮背马车上的佩格》，一边唱，一边用帽子打那匹马，那马就疯了似的猛跑。等他跑到草场的这一头，他应该勒住缰绳，可是他没有勒，看来他是要跳过篱笆。我们一看，都吓坏了，连忙跳起来。接着就听见他喊：'来，爱伦，看我跳这个篱笆！'可是那马跑到篱笆前，屁股一抬就站住了，它不肯跳，可是你爸爸就从马头上面折了过去。他一点罪也没受。等我们跑到那

里，他已经死了，大概是把颈脖子摔断了。"

威尔等了一会儿，以为她会说点什么，可是她默不出声。于是他又抓起了缰绳。"驾！快跑。"

第四十章

这一夜，思嘉睡得很少。天亮以后，太阳刚从东边小山上后面升起，她就从破床上起身，坐在窗口一张凳子上，往窗外看去，看见了打谷场，果园，还有棉花地。一切都是那样清新、湿润、宁静、碧绿。每当她看见那棉花地，她那颗痛苦的心就感到一定的安慰。尽管塔拉的主人已经故去，但看得出这里是有人爱护的，是有人精心照料的。园子里种着一行行的玉米、又黄又亮的南瓜、豆子、萝卜，没有一点杂草，四周是橡树枝条的篱笆，整整齐齐。果园里一行行果树下面雏菊茂盛地生长。绿叶遮掩下的苹果和粉红桃子，在闪烁的阳光下看得格外清楚，再往远处，弯曲成行的棉花在清晨金色的天空下呈现出一片绿色，纹丝不动。成群的鸡鸭正悠闲地漫步向田里走去。

思嘉知道这一切都要归功于威尔，心里充满了热切的感激之情，她尽管对艾希礼是一片忠心，也不认为艾希礼能为这兴旺景象作了多少贡献。眼下农场只有两匹马，远没有昔日那样气派。当年草场上到处是高大的骡子和骏马，棉花地和玉米地一望无际。不过现有的这些人也还是不错的，并且会越来越好呢。

思嘉想到塔拉差一点就变成一片荒野，心里不由一阵后怕。幸亏她和威尔两个人干得不错。他们顶住了北方佬的侵犯，也顶住了大自然的掠夺。最使她感到宽慰的是威尔已经告诉她，等到秋天棉花收进来以后，她就不必再寄钱了。她知道，要是没有她的帮助，威尔会过得很艰难的，但她佩服并且敬重他那种独立的精神。过去他只是一个雇工，思嘉给的钱他都是接受的，可是现在他就要当思嘉的妹夫了，要成为一家之主了，他就想靠自己努力了。

的确可以说，威尔是上帝为她安排的。

头一天晚上，波克就把墓穴挖好了，紧挨着爱伦的墓。思嘉站在他的身后，躲在一棵矮小的雪松下面一小片树荫里，六月的清晨，灼热的阳光晒在她身上，呈现出无数的斑点。她两眼望着别处，尽量不去看面前那红土墓穴。吉姆·塔尔顿、小休·芒罗、亚历克斯·方丹和麦克雷老头儿最小的孙子，他们四个人用块橡木板抬着杰拉尔德的棺木从房子里出来，沿着小路歪歪斜斜地慢慢走来。后面跟着一大群邻居和朋友，穿着破旧的衣服，默默地往前走。当他们来到花园里的小路上时，波克伤心地哭起来。思嘉看到波克的头发，几个月前她去亚特兰大时还是乌黑发亮的，现在却已花白了，心里不禁感到惊讶。

思嘉感到有些疲倦。昨天晚上她把眼泪都哭干了，因此现在她能平静地站在那里。苏伦在她身后掉眼泪，哭声使她难以忍受，要不是拼命忍住，真会转身在那发肿的脸上给她一记耳光。无论是有意还是无意，父亲的死是苏伦造成的。那天早晨，没有一个人和苏伦说话，也没有人同情她，大家都默默地与思嘉亲吻，与她握手，悄悄地对卡琳甚至对波克说些安慰的话，看见苏伦，却像没这么个人似的。

他们认为，苏伦的过错还不仅仅是杀害了自己的父亲，她还曾设法使父亲背叛南方。在当地那种严厉封闭的社会里，这样做就等于背叛他们大家的荣誉。她试图向北方政府要钱，这就和北方佬，以及投靠北方的南方人站到一起去了，而这样的人比北方军的大兵还要可恨。她出身于一个历史悠久的坚决支持联盟的家庭，出身于一个农场主的家庭，却投靠了敌人，从而给各家各户都带来了耻辱。

送葬的人一方面因为气愤而激动，一方面因为悲伤而沉闷，有三个人尤其激愤。一个是麦克雷老头儿，许多年来，他同杰拉尔德就是最要好的朋友。另一个是方丹老太太，她喜欢杰拉尔德，因为他是爱伦的丈夫。还有一个是塔尔顿太太，她对杰拉尔德格外亲近些，她经常说，当地只有杰拉尔德一人能分得出公马和阉马。

这三个人怒容满面，艾希礼和威尔一看这情况，感到有些紧张，就来到爱伦生前的小书房里商量对策。

"他们要责骂苏伦，"威尔果断地说，一面说，一面把一根稻草咬成两段。"他们自以为有理由责骂她，也许他们是有道理的。不过这一点，我管不着。可是，艾希礼，不论他们该说不该说，我们都不能赞成，因为我们是家中管事的男人。可这样一来，就会出麻烦。能不能想个法子，别让麦克雷老头讲话，他聋得像个木头桩子，他要是开了口，谁也别想阻拦他。你知道，方丹老太太要是唠叨起来，那肯定会没个完的。至于塔尔顿太太，你没看见吗，她每次见到苏伦，红眼珠子不停地转。她现在什么都听不进去，到了急不可耐的地步。他们要是敢说些什么，我们就非得顶他们不可，现在我们这里的麻烦事已够多的了。"

艾希礼叹了口气，他十分担心，对于邻居们的脾气，他比威尔更了解。并且他知道，战前邻居之间的争吵，甚至互相开枪，多半是因为送葬者要对着死者的灵柩讲几句话这种习俗而引起的。送葬者一般都是赞美死者，但有时说话者的本意是要表示极大的尊敬，而死者的亲属过于敏感，却产生了误会，所以棺材刚埋好，马上就出现了麻烦。

"真没办法，威尔，"艾希礼一面抓着头发，一面说。"既不能把方丹老太太和麦克雷老头儿打倒在地，也不能捂住塔尔顿太太的嘴不让她说话。他们起码也会说苏伦是个杀人犯，是奸细。这种对着死者说话的习俗真是要命，太野蛮了。"

"你听我说，艾希礼，"威尔慢条斯理地说。"我今天决不让任何人责骂苏伦，不管他怎样想。你等着看我的吧。你念完了经书，做完了祈祷，说'谁想讲几句话吗'，这时你就看我的吧，我会头一个出来讲话。"

思嘉呢，她看着那几个人抬着棺材进了小门，来到墓地，心情十分沉重，觉得父亲这一入土,意味着她与往昔无忧无虑的幸福生活之间的纽带又少了一条。

艾希礼、媚兰和威尔依次来到墓地,站在奥哈拉家三姐妹的身后,比较亲近的邻居挤了进来,其他人站在砖墙外面。思嘉见这么多人来送葬有些惊讶,也很感动,在很不便利的情况下,来的人就算很多了,总共大约有五六十人,有些人是远道而来的。

左邻右舍是全体出动了。方丹老太太面容憔悴,脸色发黄,像是一只掉了毛的老鸟,倚着手杖在那里站着。在她身后是萨利·芒罗·方丹和年轻的方丹小姐。她们恳求老太太,甚至拽她的裙子,想让她坐在矮墙上,可老太太就是不肯坐,凯瑟琳·卡尔弗特·希尔顿独自一人站在那里,这倒也合适,因为眼前这场悲剧,她丈夫是有责任的。她戴着一顶褪了色的遮阳帽,低着头。思嘉看见凯瑟琳的细纱长裙上斑斑油渍,手上长了黑斑,也不干净,指甲盖底下满是泥,这使思嘉感到惊讶。现在的凯瑟琳已经失去了上流社会的风度,她穷了。不仅如此,她肯定在贫困潦倒、无精打采、邋邋遢遢、无可奈何地混日子。

"她不定哪一天就会嚼烟末了,说不定她已经嚼上了。"思嘉想到这里,感到很不安,"我的天哪!真是今非昔比啊!"

"我就是能干,"思嘉这样想。她又想到南方投降以后,她和凯瑟琳是在同样的条件下干起来的,都是一个脑袋两只手,心里不禁一阵欣慰。

"我干得不错,"她一面想,一面仰起脸来,露出了微笑。

她这微笑只笑了一半便收起来了,因为她注意到塔尔顿太太正瞪着大眼盯住她,塔尔顿太太眼圈都哭红了,她用责备的目光瞪了思嘉一眼以后,又把目光转到苏伦身上,她那极度愤怒的眼神说明苏伦要倒霉了。

过了一会儿,艾希礼站出来,开始读祈祷文,所有的人都低着头听他用深沉而洪亮的声音缓慢地读那简短而庄重的经文。

艾希礼念完以后,睁大他那双悲哀的灰色的眼睛,环顾四周,然后他与威尔交换个眼色，就说："有谁想讲几句话吗？"

塔尔顿太太的嘴唇动了动，显得很紧张，可是没等她来得及开口，威尔就吃力地迈步向前，站在棺材前面讲起话来。

"朋友们，"他用平静的语调说，"我头一个出来讲话，也许你们会觉得我太狂妄了，因为我是大约一年前才认识奥哈拉先生的，而你们认识他已经二十年，或者二十多年了。但是我也有一条理由：他要是能多活上个把月，我就可以叫他爸爸了。"

人群里一阵惊讶。这些人都是很有教养的人，不会悄悄地说话。但他们的脚不停地挪动，眼睛转向卡琳。卡琳低着头站在那里。谁都知道威尔在默默地爱着卡琳。威尔看到大家都往卡琳那边看，便若无其事地继续说下去。

"因为我即将与苏伦小姐结婚，只等牧师从亚特兰大前来主持婚礼，因此我想我是有权第一个讲话的。"

威尔的话还未说完，人群里就出现了一阵轻微的骚动，发出了清晰但是愤怒的声音。这声音里既包含着愤怒，也包含着失望。大家都喜欢威尔，都尊敬他，因为他为塔拉出了大力。大家也都知道他爱卡琳，所以当他们听到他要和最受人鄙视的苏伦结婚的消息时，感到难以接受。善良的威尔怎么会和那个卑鄙可恶的小人苏伦·奥哈拉结婚呢？

气氛非常紧张。塔尔顿太太两眼射出了愤怒的目光，嘴唇动了动，似乎要说什么，却没有说出声来。在一片寂静之中，只听见麦克雷老头高声恳求孙子告诉他刚才威尔说了什么。威尔面对众人，脸色依然温和，但他那双浅蓝色的坚定的眼睛却似乎在说，谁也无权对他未来的妻子说三道四。霎时间人们难以决定，他们既疼爱威尔，又鄙视苏伦。后来还是威尔胜利了。他继续讲下去。

"奥哈拉先生风华正茂的时候你们就认识他了，而我不认识他。我只知道他是位善良的老先生，不过有点糊涂，我从你们那里了解到他过去的所作所为。我想说的是：奥哈拉先生是一位爱尔兰战士，是南方的一位高尚的人，是最忠于联盟的一个人。这三种品质集中在一个人身上，是难能可贵的，以后恐怕不会有很多像他这样的人了，因为产生像他这样的人的时代已经过去了。他是在国外出生的，但是他比我们所有送葬的人更具有佐治亚人的特质。他和我们过同样的生活，热爱这一片土地，说真的，他和那些战死的士兵一样，是为我们的事业而死的，他是我们当中的一员，他有我们的优点，也有我们的缺点，有我们的长处，也有我们的短处。他的一个优点就是一旦他下定决心，那就什么也无法阻拦他，什么人也吓不倒他。任何来自外界的东西都不能把他怎么样。"

"当时英国政府要绞死他，他并不害怕。他离开家，逃亡到这里。他刚来美国的时候很穷，可是他毫不畏惧，他找到了工作，挣到了钱。这个地方本是一片荒野，可是他毫不畏惧，他在荒野之中开出了一个大农场。战争爆发以后，他的钱越来越少了，可是他不怕再过穷日子。北方佬来到塔拉以后，有可能烧他的房子，或把他杀死，可是他依然毫无惧色，他就直挺挺地站在那里，寸步不让。因此我说他具有我们的优点。任何来自外界的力量也不能把我们怎么样。"

"不过他也有我们的缺点。他是可以从内部攻破的。我的意思是说，尽管整个世界都不能把他打倒，他的心却能做到这一点。奥哈拉太太去世了，他的心也死了，他被攻破了。后来我们看到的奥哈拉先生已经不是原来的奥哈拉先生了。"

威尔说到这里停顿下来，扫视了一下周围的人们。他们站在烈日之下，似乎入了神，固定在地上了。无论他们对苏伦多么愤恨，这时也都忘得一干二净。威尔的目光在思嘉身上停了片刻，眼角微微眨了眨，以给她一些安慰。思嘉一直在努力抑制自己的泪水，这时的确感到了安慰。威尔的话句句在理。而思嘉听到在理的话，总感到增加了力量，得到了安慰。

"我希望大家不要因为最后的事而对死者有所轻视。你们人家，还有我，也都和他一样。我们也有同样的短处，同样的弱点。任何人都不能把他怎么样，也不能把我们怎么样。不论是北方佬，还是从北方来的冒险家；不论是艰苦的生活，还是严重的饥荒，都不能把我们怎么样。但是我们心中的弱点却能在瞬间把我们毁掉。不一定要失去亲人才触动我们的感情，像奥哈拉先生那样。人好比一部机器，都有一个发条，而这发条又各人不同，我想，如果谁身上的发条断了，他就如同死去。在当今的世界上已没有他的位置，他还是死了更快活……因此我说你们大家现在不必为奥哈拉先生感到悲伤。现在他的躯体去与他的心会合了，我们没有理由为他感到悲伤了，如果还感到悲伤，就太自私了。我爱他就像爱自己的父亲，因此才这样说……如果大家不介意，咱们就讲到这里。亲属都十分难过，别再增加他们的痛苦了。"

威尔说完这话，转向塔尔顿太太，放低了声音说："夫人，能不能请您扶着思嘉回屋里去？让她在太阳底下站这么长时间不合适。方丹老太太看上去精神也不大好。"

话题突然从颂扬死者转到思嘉身上，使她感到十分惊讶。大家都把目光向她投来，她很难为情，脸立时就红了。她难为情而又气愤地瞪了威尔一眼，威尔不动声色地看着她，她只好屈服了。

威尔的眼神似乎在说："请吧！我是有意这样做的。"

他已经成了这个家的主人了。思嘉不想大闹一番，就无可奈何地朝塔尔顿太太走去。由于威尔故意把塔尔顿太太的注意力从苏伦身上引开，引到生育问题上来，而这又正是她一向最感兴趣的问题，所以她就挽起了思嘉的胳臂。

"到屋里去吧，我的宝贝儿。"

她一面说，一面露出十分关心的样子，思嘉也就由她挽着走，人们给她让出一条通路来。大家低声向她表示同情，有人还伸出手来拍拍她，表示慰问。她走到方丹老太太跟前时，老太太也伸出一只干瘦的手，说："孩子，我扶着你进去吧。"

她们慢慢穿过人群，她们沿着树荫下面的小路向房子走去。塔尔顿太太过于热心，使劲托着思嘉的胳膊肘，几乎使思嘉的脚不着地了。

等她们走远了，别人听不见了，思嘉激动地说："威尔为什么这样说？这简直等于说：'你们看哪！她要生孩子了！'"

"怎么，难道你不真是要生孩子吗？"塔尔顿太太说。"威尔那样做是对的。你现在不该在大太阳底下站着。你要是晒得晕倒了，就会流产的。"

"威尔并不是担心她流产，"方丹老太太一面吃力地穿过前院朝房前的台阶走去，一面气喘吁吁地说。老太太心眼多，对刚才的情况看得明白，所以脸上带着笑容。"威尔干得真不错。你要知道，他既不希望你也不希望我再待下去了。他不愿意我们说些什么，就把我们打发走……还不仅仅如此，他还不愿意让思嘉听见土块落在棺材上的声音。他这样做是对的。思嘉，你要记住，你只要没听见往棺材上盖土的声音，死去的人对你说来就还没有死。可是你一旦听见那声音………那可是世界上最可怕的一种声音，因为它意味着终结。威尔知道你是你父亲的宠儿，你已经够伤心的了，他不想让你受更多的罪。"

"是的"，思嘉答道。她一面搀着老太太上台阶，一面暗自惊讶，老太太一大把年纪了，说得还真有点道理。

"威尔说得对，你用不着难过。你爸爸离开你妈爱伦就没法生活，现在他去了，他也就幸福了。我也一样，等我去跟我那老头子做伴的时候就好了。"

她讲得轻松，自然，似乎老伴依然活着，一会儿就可以见面似的。老太太的确很老了，经历的事也太多了，因此她是不会怕死的。

"不过，您也可以独立生活呀，"思嘉说。

老太太愉快地看了她一眼，说：

"是呀，不过有时候心里很不舒服呢。"

"哎，老太太，"塔尔顿太太插话说，"你别对思嘉说这些了，她已经够难过的了。她从外地赶回来，心里这么难过，天气又这么热，会让她流产的，你还在这里说什么痛苦啊，悲伤啊。"

"活见鬼！"思嘉厌烦地说。"我才不难过呢。我也不是那种动不动就会流产的笨蛋。"

"那可难说，"塔尔顿太太神气十足地说。"我的头胎就流产了，就因为我看见一只公牛的犄角刺进一个黑奴的身体。你还记得我那匹枣红马吧？它叫乃利，那么健壮的马，可是它容易紧张。"

"快别说了，比阿特里斯，"老太太说。"思嘉不会流产的。咱们在过道里坐一会儿吧，这里凉快，有风。比阿特里斯，你上厨房去看看有没有牛奶，要不就看看有没有酒，我现在可以喝上一杯了。咱们就坐在这儿，等他们来告别以后再走。"

塔尔顿太太打量了思嘉一番，用十分肯定的语气说，"思嘉该上床去歇着了。"似乎她十分在行，连预产期是几点几分都能计算出来。

思嘉往后靠在椅背上，过道的屋顶很高，又很阴凉，思嘉在太阳底下晒了一阵之后，感觉特别凉爽。思嘉顺着过道看去就能看到客厅，壁炉上方悬挂的祖母罗毕拉德的肖像。这幅肖像尽管有刺刀破坏的痕迹，但那高挽的头发，那半袒的胸脯和那冷漠高傲的神态，依然不变，使她感到精神振奋。

方丹老太太问："威尔说要娶苏伦，这是真的吗？"

"是真的，"思嘉两眼盯着老太太说。她记得过去最怕这位老太太。可现在她长大了，老太太要是再来瞎掺和，她就会立刻对老太太说见鬼去吧。

"他完全可以找一个更好的嘛，"老太太坦率地说。

"是吗？"思嘉顶了她一句。

"别神气了，小姐，"老太太尖刻地说。"我也不想说你那宝贝妹妹的坏话，我刚才要不是从坟地里走开，肯定是会说些什么的。现在这里男人少，威尔满可以从一大堆女孩子里随便挑。"

"他准备娶苏伦，就这么定了。"

"苏伦能捞到他，真是走运。"

"塔拉能捞到他，才叫是走运呢。"

"你很喜欢这个地方，是不是？"

"是的。"

"那你就只图有个男人来照看塔拉，竟不考虑等级而让苏伦下嫁吗？"

"等级？"思嘉说，她对老太太的想法感到惊讶。"什么等级？现在还讲什么等级，女孩子只要能找到一个丈夫来照顾她就行了。"

"这个问题得好好说说呢，"老太太说。"有人会说你有道理。有人会说你这是模糊了界限，而这界限是丝毫模糊不得的。威尔不论如何也不能算是上等人，而你们家却是上等人啊。"

老太太敏锐的目光落到思嘉的祖母罗毕拉德的肖像上去了。

这时思嘉想到威尔，他身材瘦削，相貌一般，性情温和，总在嚼一根草棍儿，看上去无精打采，南方的穷苦人大都这样。他没有有钱有势血统高贵的祖先。威尔也没上过大学。实际上他最多不过念过四年书。不过他诚实可靠，踏实肯干，虽然他的确不是上等人。

"看来你是同意让威尔到你们家来了？"

"是的，"思嘉正颜厉色地答道。老太太要是再敢说什么，她就会扑过去。

没想到老太太却说："你吻我一下吧。"她一面说，一面微笑，"我从来没有像现在这样喜欢你，思嘉。你从小就固执，硬得像个山核桃。我一向不喜欢固执的女人，不过我的确喜欢你处事的方法，对于你无法改变的事，即使你不赞成，也不大吵大闹。你好比一个好猎手，做起事来干净利落。"

思嘉笑了笑，感到莫名其妙。但既然老太太把布满皱纹的脸凑了过来，她便顺从地轻轻吻了一下。

"你让苏伦嫁给一个穷光蛋，尽管这里人人喜欢威尔，可还是会有许多人要议论的。他们会异口同声说威尔是个好人，同时又说奥哈拉家的小姐屈尊下嫁不应该。不过这些话你也不必介意。"

"我对于别人说些什么，从来不介意。"

"这我倒也有所耳闻"，老太太有点尖酸刻薄地说，"无论人们说些什么，你别介意就是了。这门亲事说不定是很美满的。当然喽，威尔以后仍然是一副穷光蛋的样子，结婚以后，他的语法也不会有什么进步。他即使赚上许多钱，也不可能像你父亲那样，为塔拉增添光彩。穷光蛋是没有多少光彩的。不过威尔是个正直的人，他知道应该怎么办。世上没有什么东西能拿我们怎么样，可是我们要是老想恢复失去的东西，老想着过去，就会毁了我们的现在和未来。对苏伦来说，对塔拉来说，威尔的确是不错的。"

"这么说来，您是赞成我让他娶苏伦了？"

"不，"老太太用疲倦而痛苦的声音说，但语气仍然坚定。"赞成穷光蛋和名门世家通婚？不可能！我怎么能赞成让下等人和上等人结婚呢？说起来，尽管穷光蛋也是善良的，可靠的，诚实的，不过——"

"可是您刚才还说这门婚事也许是很美满的呀！"思嘉惊愕地说。

"唔，我认为苏伦嫁给威尔也挺不错，其实她嫁给任何人都挺好，因为她十分需要有一个丈夫。上哪儿去找呢？你又上哪儿找这样一个好管家，来照料塔拉呢？不过这不等于说我喜欢这样，你不也一样吗？"

"可我是喜欢眼下这种状况的，"思嘉一面想，一面琢磨老太太的意思。"威尔娶苏伦，我很高兴。她为什么认为我会不愿意呢？她凭想象就忖度别人的心思，她总是这样。"

老太太扇着大扇子，兴致勃勃地接着说："我和你一样，也不赞成这桩婚事，不过我是讲究实际的，你也一样。碰上不愉快的事，喊叫哭闹是无济于事的。这样来对付生活中的挫折是不行的。我有一句格言，那就是：'不要哭叫只要笑，时机自然会来到。'许多难关，我们都是这样渡过的，一面笑，一面等待时机，我们渡过了无数难关。"

说到这里，老太太把头一摇，思嘉觉得她就像一只老鹦鹉。

我们对无法回避的事总是低头的。遇到困难，我们向无法回避的事情低头，从不大吵大闹，我们干活，而且微笑着，这样来等待时机。"

老太太说罢，咯咯地笑起来。可是思嘉似乎还大理解她这番话，不知说什么好。

"你没看见，"老太太继续说，"我们的人倒了还会爬起来，可还有许多人就不是这样了。就拿凯瑟琳·卡尔弗特来说吧。你看她成了什么样子。再来看看麦克雷一家，穷困潦倒，不知道干什么好，什么也不会干，一天到晚就知道唉声叹气，惋惜过去的好日子。再来看看——哎，除了我们家的亚历克斯和萨莉，除了你和吉姆·塔尔顿，还有另外几个人，别的人都倒下了，他们身上缺乏重新站起来的勇气。"

"你忘了威尔克斯一家了。"

"不，我没有忘记，不过为了礼貌起见，就不提他们了，因为艾希礼是你们家的客人呀。不过，那个英迪亚，听说她完全成了一个干瘪的老太婆。因为斯图尔特·塔尔顿被打死了，她成天一副寡妇的神气，既不想把他忘掉，也不想再嫁人。那可怜的霍妮想找个男人都快想疯了，呆头呆脑像只老母鸡。至于艾希礼，瞧他那副样子！"

"艾希礼可是个好人。"思嘉顶了她一句。

"我可没说他不是好人，可他好比四脚朝天的乌龟，一点办法也没有。要是威尔克斯一家人能顺利渡过眼前这难关，他们靠的是媚兰，而不是艾希礼。"

"媚兰！我的天！老太太，您在说什么？我了解媚兰，她弱不禁风，胆小怕事，连对鹅吆喝一声都不敢。"

"为什么要对鹅吆喝呢？我总觉得那是浪费时间。媚兰也许不敢对鹅吆喝，可是不论什么东西只要威胁到她可爱的艾希礼，她的儿子，或者她对文明行为的信仰，哪怕是整个世界，哪怕是北方佬的政府，她都敢冲着它大声吆喝。她和你不同，也和我不同，思嘉。你母亲要是还活着，她也会这样的。媚兰使我想起你母亲年轻的时候……她也许能使威尔克斯一家顺利地渡过难关。"

"唔，媚兰是个好心的小傻瓜。可是你对艾希礼太不公平了。他——"

"哎哟！艾希礼就会看书，别的什么都不会干。碰上眼前这种难关，他是没有力量摆脱的。我听说，他在本地农活干得最差。你只要把他和我们家的亚历克斯比一比就行了。没打仗的时候，亚历克斯是个闲得发慌的花花公子，一心就想弄条新领带，要不就喝得烂醉，或者朝人乱开枪。可他现在怎么样了呢？他学会了种地，他种棉花是这一带最棒的。小姐，的确是这样，比塔拉的棉花好多了。养猪，养鸡，他也都很在行。别看他脾气不好，他可是个好小伙子啊。他知道怎么样等待时机，随机应变。等这艰苦的时期一过，你就等着瞧吧，我那亚历克斯马上就会阔起来，和他父亲和祖父一样有钱。而艾希礼呢——"

思嘉听她这样瞧不起艾希礼，感到很难过。

"我觉得这都是些胡扯，"她冷淡地说。

"怕不见得吧，"老太太一面说，一面两眼使劲盯着她。"别看我们待在乡下，你干了些什么，我们都听到了。时代变了，你也跟着变了。你讨好北方佬，讨好穷白人，还讨好从北方来的冒险家，从他们身上赚钱。我听说你还装得一本正经，就这么干下去吧。把他们的钱都刮出来，一个子儿也别剩。等你刮够了，就把他们一脚踢开，因为他们没什么用处了。"

思嘉两眼看着她，紧皱着双眉，揣摩她这番话的意思，而且对老太太把艾希礼说成四脚朝天的乌龟仍然余怒未消。

"我觉得您这样说艾希礼是不对的，"她突如其来说。

"思嘉，你好糊涂啊。"

"那是您个人的看法，"思嘉粗鲁地说，恨不得上去给她一记耳光。

"要是说起算计钱，你是够精明的，不过那是男人的精明。而你作为女人却一点也不精明。和人打交道，你可不能算精明。"

思嘉一听这话，顿时怒气冲冲，两只手不停地攥拳头。

"我把你惹火了，是不是？"老太太笑着问。"我是故意的。"

"啊，是吗？请问为什么呢？"

"理由很多呀。"

老太太往后一仰，靠在椅背上。这时思嘉突然意识到老太太很累，并且已经十分衰老。两只鸡爪般的手交叉着搭在扇子上，黄得像蜡，和死人的手一样。思嘉一转念，怒气全消。她往前凑了凑，双手抓起老太太的一只手。

"你可真会装蒜，"思嘉说。"你唠叨个没完，其实没有一句真话。你不停地说，是不让我想我爸爸，是不是？"

这时，塔尔顿太太顺着过道走来，手里端着两杯牛奶。她笨手笨脚的，两杯奶都洒出来了。

"我一直跑到冷藏室才弄到这两杯奶，"她说。"快喝了吧，他们马上就从坟地到这儿来。思嘉，你真要让苏伦嫁给威尔吗？我倒不是说她们不般配，可你要知道，他可是个穷光蛋呀，并且——"

思嘉和老太太互相递了个眼色。老太太的眼神里有讥讽的意思，思嘉的眼神里也同样。

第四十一章

　　最后一个送葬者告别了。思嘉走进母亲爱伦过去的书房，从发黄的故纸堆里取出一件发亮的东西，这是她前一天晚上藏在这里的。她听见波克在饭厅里一面摆桌子，一面抽抽搭搭地哭，就叫他过来。

　　"波克，"她正颜厉色地说，"你可不能再哭了。"

　　"是，小姐。俺不哭了，每次俺都忍不住，一想起杰拉尔德老爷——"

　　"那你就别想。你一哭，我就受不了。你看，"说到这里，她停顿了一下，口气温和了，"你还不明白吗？我受不了你哭。是因为我知道你一向爱护老爷。去擤擤鼻子，波克。我要送你一件礼物。"

　　波克一面大声擤鼻子，一面流露出有些感兴趣的目光。

　　"那天晚上，你去偷人家的鸡，让人家开枪打伤了，你还记得吗？"

　　"哎呀，思嘉小姐！俺从来没有——"

　　"好了，别撒谎了。我说过我要给你一只表，奖励你的忠诚，你还记得吗？"

　　"是，小姐，俺还记得。不过俺想您已经忘了。"

　　"没有，我没忘，现在就给你。"

　　思嘉伸出手来给他看一只沉甸甸的金表，上面刻着很多花纹，一根链子垂下来，链子上也有一些装饰品。

　　"哎呀，思嘉小姐！"波克说。"这是杰拉尔德老爷的表！俺看见老爷看这只表，不知看了多少次。"

　　"不错，是爸爸的表，波克，现在我把它送给你了，拿去吧。"

"唔，俺不要，小姐，"波克往后退缩，显出战战兢兢的样子。"这是白人老爷们用的表，是杰拉尔德老爷的。思嘉小姐，您怎么能把它送给俺呢？这只表应该属于小少爷韦德·汉普顿。"

"现在这只表属于你了。韦德·汉普顿为我爸爸干过什么？爸爸生病的时候，他照顾过他吗？给他洗过澡，换过衣裳，刮过脸吗？北方佬来的时候，陪他在一起吗？为他偷过东西吗？你别这么傻，波克。要是说谁配得到一只表，那就只有你了。我知道，爸爸要是在世，也会同意的。拿去吧。"

说罢，她抓起波克一只手，把表放在了他的手心里。波克怀着崇敬的心情看着这只表，脸上慢慢愉快起来。

"给俺了，真的，思嘉小姐？"

"是的，真给你了！"

"那么——谢谢您，小姐。"

"愿不愿让我拿到亚特兰大去刻上几个字呀？"

"刻字？"波克用怀疑的语气问。

"就是在后面用刀刻几个字，比如——比如'勤劳忠实的好仆人波克——奥哈拉全家赠'这类的话。"

"不用了，谢谢您，小姐。不用刻字了。"波克后退了一步，手里紧紧握着那只表。

思嘉的嘴角露出一丝微笑。

"你怎么了，波克？你不相信我还会把它给你吗？"

"小姐，俺相信您——不过，唔，也许您会改变主意的。"

"不会的。"

"那您也许会把它卖了。俺估计它值好多钱呢。"

"你以为我会把我爸的表卖掉吗？"

"是呀，小姐，如果您需要钱的话。"

"你居然说出这样的话，应该揍你一顿。波克。我都想把表收回来了。"

"不，小姐，您不会的！"悲伤了一整天的波克这时终于笑了笑。"俺了解您——不过，思嘉小姐——"

"说下去，波克。"

"你对待黑人这么多好心，只要拿一半去对待白人，俺想人们对您也会好一些的。"

"人们对我已够好的了，"思嘉说。"你去找一下艾希礼先生，让他马上到这里来。"

艾希礼坐在爱伦书桌前的小椅子上。思嘉跟他谈起木材厂的事，利钱对半分。他却对思嘉看也不看，一声不吭，坐在那里，低着头看自己的两只手。这双手尽管干重活，却依然纤细，对一个庄稼汉来说，这双手是保护得够好的。

他低头不语，思嘉感到有些焦虑，于是就竭力说明这个木材厂的前景多么诱人，她甚至把她迷人的微笑和眼神的魅力都使出来了，可惜这也是白费力，因为他连眼皮也不抬，他要是看她一眼就好了！艾希礼一直坐着不说话，她渐渐也没话好说了。他那瘦削的肩膀给人以坚定正直的感觉，思嘉不禁为之一惊。他一定不会拒绝吧！他有什么理由拒绝呢？

"艾希礼，"她刚一开口又停下来。她本来不想把怀孕当作一条理由说出来，怕被艾希礼看见她肚子鼓鼓的丑样子，可是她见其他理由都没有用，就决定把这件事说出来。

"你一定要到亚特兰大来。我需要你帮忙，因为我管不了厂里的事了。可能要等好几个月呢，因为——你看——唔，因为……"

"快别说了，看在老天爷分上！"他粗鲁地说。

他站起来，向窗口走去，背对着思嘉。

"难道——难道这就是你不肯看我的原因吗？"思嘉无可奈何地问。"我知道我的样子——"

艾希礼猛地转过身来，他那灰色的眼睛喷射出强烈的感情，使思嘉紧张得情不自禁地把两手提到了嗓子眼儿。

"快别说你的模样了，"他异常激动地说。"你知道，我一向觉得你很亮丽。"

思嘉听到这话，感到无限的喜悦，顿时眼睛里充满了泪水。

"你真好，肯说这样的话。让你看到我这副样子，实在难为情。"

"你难为情？你有什么难为情的？应该是我难为情。当初要不是我那么蠢，你现在也不会这样为难了，你也决不会嫁给弗兰克了。去年冬天，我不该让你离开塔拉的，我怎么这么蠢啊！我应该了解你——知道你当时是走投无路，实在是走投无路，因此你——我应该——我应该——"他脸上现出异常痛苦的神色。

思嘉的心跳得十分猛烈。艾希礼当时没有和她一起出逃，现在后悔了。

"我当时起码也可以抢劫甚至杀人，替你弄到税款，因为你像收留乞丐一样收留了我们。唉，都是我把事情全给弄糟了。"

思嘉十分失望，她的心一阵紧缩，喜悦的心情也平静了一些，因为她并不想听艾希礼说这样的话。

"我当时反正是要走的，"她有些疲倦。"再说，我也不会让你去做那样的事。现在这一切已经过去了。"

"是的，已经过去了，"他痛苦地慢慢地说。"你不会让我去做任何不光彩的事，可是你却嫁给了一个你并不爱的男人——还要为他生孩子，为的是让我们一家不至于饿死。我无能，你照应了我，你太好了。"

他心灵上尚未愈合的创伤还在发痛。他的话使思嘉眼里流露出愧色。艾希礼很快就意识到这一点，脸色变得温和了。

"你大概以为我是在责怪你吧？天晓得，思嘉，我可没有责怪你呀。你是最勇敢的一个女人。我只是在责怪自己呢。"

他又转身去看窗外。思嘉默默地等了半天，希望艾希礼的情绪能变好一些，希望他再说一些她喜欢听的话。她已很久没见他了，她一直沉浸在美好的回忆之中。他还在爱她，这是很明显的，他的一举一动，他的痛苦自责的话，他由于她为弗兰克生孩子而产生的不满，都可以说明这一点。她很想听他亲口倾诉他的爱，很想鼓励鼓励他，但是她又不敢。她记得去年冬天的情景，她尽管很难过，但是她知道，要想能把艾希礼留在身边，她必须遵守她说过的那些话。她只要说一句表示情欲的话，那就一切全完了。艾希礼就一定会去纽约的，那就完了。

"唔，艾希礼，你别责怪自己了！怎么会是你的错呢？还是到亚特兰来帮帮我吧，好吗？"

"不行。"

"可是，艾希礼，"由于痛苦和失望，她的声音都变了。"可是我一直都在指望着你呢。我十分需要你，弗兰克帮不了我。他忙着照应商店，你要是不帮我，我真不知上哪儿去找人！在亚特兰大，有本事的人都在忙着干自己的事，没事的人呢，又都没能耐，还有——"

"说也无用，思嘉。"

"你宁可到纽约去和北方佬在一起，也不到亚特兰大来，是不是？"

"谁告诉你的？"他转过身来看着思嘉，很不高兴，额头皱了起来。

"威尔。"

"是的，我已经决定了。有个老朋友，战前和我十分友好，在他父亲的银行里给我找了个差使。这样比较好，思嘉，我对你没什么用，我不懂木材业务。"

"可是银行业务你更不懂，更难学！并且我可以原谅你没有经验，北方佬可不会轻易原谅你的。"

艾希礼一愣，思嘉马上意识到这话说得不好。艾希礼转身又往窗外看了。

"我不需要谁来原谅我。我要凭本事养活自己和家人。到现在为止，我这一辈子都干了些什么呢？我得做些事，要不就完了，不过那也是我自己的过错。我在你的牢笼里待的时间太长了。"

"木材厂赚的钱，我愿意和你对半分，艾希礼！你是在自己劳动呀，因为——因为那是你自己的买卖呢。"

"那也一样。对半分，也不是我挣来的，而是你送给我的。你送我的东西已经太多了，思嘉——我自己，媚兰，还有我们的孩子，我们吃的，住的，甚至身上的衣服，都是你送的。可是我还没报答过你呢。"

"哎，你是给过的。威尔就不可能——"

"我现在劈柴已经劈得不错了。"

"艾希礼！"她绝望地喊道。艾希礼那讥讽的语气使她两眼充满了泪水。"我离开的这一段时间，你怎么了？你现在说话这样严肃，这样辛酸！过去你并不是这样啊！"

"出了什么事？一件很重要的事，思嘉。投降以后，我一直住在这里，处于一种假死的状态之中，只要有东西吃，有床睡，就行了。但是你去亚特兰大，是肩负着一个男人的重任去的，我觉得自己不仅比男人差得远，甚至比女人也差得远。我有这样的想法无法摆脱，我要努力摆脱这种想法。有些人在战争结束的时候，情况还不如我，可是他们现在已渐渐好转了。因此我要上纽约去。"

"可是，我不明白！你要是想找工作，亚特兰大和纽约不是一样吗？并且我的木材厂——"

"不，思嘉。这是我最后一次机会了。我要到北方去。我要是去亚特兰大给你干活，那我就彻底完了。"

"完了——完了——完了"这个字眼儿就像丧钟一样在她心中回荡，使她惊恐。她立刻朝他望去，看见他明亮的灰眼睛睁得大大的正在看着她，而且透过她看到了一种命运，而这是她既看不到，也无法理解的。

"我的意思是，我要是到亚特兰大去继续接受你的帮助，我就把自立的希望永远葬送了。"

"噢，"她马上松了一口气，"原来是这个原因！"

"是啊，就为了这个，"他又笑笑，"就为了我作为一个男人的骄傲，为了我的自尊心，还有一点，为我的永不泯灭的灵魂。"

"不过，"她又开始了一个新的劝说回合，"你可以逐渐把木材厂从我这里买过去，它以后就是属于你的了，然后——"

"思嘉，"他用严厉的口气打断他，"我告诉你，不行！我还有别的原因呢。"

"什么原因？"

"你自己清楚。"

"噢！没关系的，"她连忙解释好让他放心。"你知道，去年冬天，我答应过你的，我会履行我的诺言，并且——"

"这么说，你有更强的控制力，但我可不一定。我本不该提这件事，不过我得让你明白。思嘉，这件事我不想再谈了，已经了结了。威尔和苏伦结婚以后，我就到纽约去了。"

他两眼睁得大大的，发出强烈的光芒，望了思嘉一眼，就匆匆地朝门口走去。思嘉痛苦地望着他的身影，这次谈话结束了，她失败了。经过这一天的劳累和悲伤，加上无比的失望，她突然感到软弱无力，一下子垮了，她大叫一声："哎，艾希礼！"接着就倒在破旧的沙发上，号啕大哭起来。

她听见了他犹豫不定的脚步声，听见他无可奈何地一遍一遍唤她的名字。接着她又听见一阵急促的脚步声从厨房传过来，媚兰来到屋里，她睁着两只大眼睛，显出十分吃惊的样子。

"思嘉……不是孩子……？"

思嘉趴在软垫上，又大喊起来。

"艾希礼——他真坏！坏透了——真可恨！"

"唉，艾希礼，你怎么了？"媚兰蹲在沙发旁边，把思嘉搂在怀里。"你对她说什么了？你怎么回事呢？这会使她早产的。来，亲爱的，把头靠在我的肩膀上。出了什么事呀？"

"艾希礼——他真——真顽固，真可恨！"

"艾希礼，你怎么了！害得她这样伤心，也不看看她那情况，并且奥哈拉先生又是刚刚下葬。"

"你别朝他发火！"思嘉自相矛盾地喊。她突然把头从媚兰肩上抬起来。满脸都是眼泪。"他爱怎么干就可以怎么干！"

"媚兰，让我解释一下，"艾希礼说，他的脸色煞白。"思嘉好心要在亚特兰大给我安排一个工作，在她的一家木材厂里当经理——"

"当经理！"思嘉气愤地说。"我说赚的钱和他对半分，他——"

"可是，我已经安排好了，我们要到北方去，她——"

"哎呀，"思嘉一边说，一边又哭起来。"我一直求他，我多么需要他——我找不到人来管理这个木材厂——我又要生孩子了——可他就是不肯！因此现在——现在我只好卖掉这个木材厂，肯定卖不上好价钱，这样我就要赔钱，我估计我们还得挨饿，可他毫不关心。他坏透了！"

她说完了，就把头搭在媚兰瘦小的肩上，这时她又有了一线希望，她意识到媚兰会助她一臂之力。她感到媚兰十分气愤，因为任何人，哪怕是自己亲爱的丈夫，只要把思嘉惹哭了，都会使她气愤的。媚兰立刻责怪起艾希礼来，这可是她平生第一次。

"艾希礼，你怎么能不听思嘉的呢？她为了我们多么辛苦啊！这样我们显得多么忘恩负义呀！她现在怀着孩子，有什么办法——你怎么这样不懂事。咱们需要帮助的时候，人家帮了咱们，现在人家需要帮助，你却不理睬了！"

思嘉偷眼看了看艾希礼，见他脸上带着惊异和犹豫不决的神情，同时，思嘉也为媚兰激烈的言辞感到惊讶。

"媚兰……"他刚想说话，又两手一摊，无可奈何地停下来。

"艾希礼，你犹豫什么？想一想她为我们——为我，做过多少事吧！我生小博的时候，要不是她，我早就死在亚特兰大了。并且她——是的，她还杀了一个北方佬，为了保护我们。这件事你知道吗？为了我们，她杀过一个人。

你和威尔还没回来的时候，她像黑奴一样，干呀，干呀，就为了我们这两张嘴。每当我想起她犁地、摘棉花的情景，我就——啊，亲爱的!" 说到这里，她又飞奔到思嘉身旁，怀着无限忠诚的心情，吻起思嘉散乱的头发来。"现在她头一回要求我们为她做点事——"

"这些你就不必说了。"

"艾希礼，除此之外，你还该想到，在亚特兰大和自己人生活在一起，而不必和北方佬生活在一起，在那儿有皮蒂姑妈和亨利叔叔，还有我们那么多朋友，小博可以和许多小朋友玩，还可以去上学。要是到北方去，我们就不能让他去学校，和北方佬的孩子混在一起，和小黑鬼同班上课，那我们就得请家庭教师，可我们又怎么负担得起呢——"

"媚兰，"艾希礼极其平静地问，"你真的这么想去亚特兰大吗? 可我们商量的时候，你可没说什么呀。你从来没表示——"

"噢，咱们商量去纽约的时候，我觉得你在亚特兰大找不到事做，并且我也不便多嘴。丈夫到哪里，做妻子的跟去就是了。现在既然思嘉这么需要我们，那咱就回家吧! 回家!" 她紧紧地搂着思嘉，用兴奋的语调说。"这样我就又可以看到五点镇和桃树街了，我多么怀念这些地方啊! 也许我们还能够有一个自己的小家庭。尽管小，尽管简陋，都没关系，那可是我们自己的家呀!"

她眼睛里射出了兴奋、喜悦的光芒，而那两个人则目不转睛地看着她，艾希礼显得不知所措，思嘉则又惊讶又羞愧。她从来没想到媚兰这样留恋亚特兰大，盼着回去，盼着有一个自己的家。媚兰在塔拉显得心满意足，她说她想家，的确使思嘉感到吃惊。

"思嘉，你为我们考虑得这么周到，你真太好了。你知道我多么想家呀。"

媚兰总是称赞别人良好的动机，其实别人未必有此动机，思嘉遇到这种情况总极为惭愧和不快，她感到无法正眼看艾希礼和媚兰了。

"我们可以有自己的一所小房子。你看我们结婚已经五年了，却还没有一个自己的家。"

"我们可以一起住在皮蒂姑妈家里。那里也是你们的家，"思嘉含含糊糊地说。她两眼往下看，以免流露出获得初步胜利的心情，因为她意识到情况在好转。

"谢谢你，亲爱的，不必了。那样会太拥挤的，我们还是自己弄一所房子吧——喂，艾希礼，你说呢！"

"思嘉，"艾希礼用十分平淡的语气说，"看着我。"

思嘉吃了一惊，抬起头来，看见那双灰眼睛充满了痛苦与无可奈何的神情。

"思嘉，我去亚特兰大……我对付不了你们俩。"

他说完以后，转身出去了。思嘉心中的喜悦被一种恐惧心理抵消了，艾希礼刚才说话的神情，和先前他说要是去亚特兰大就彻底完了的神情一模一样。

苏伦和威尔结了婚，卡琳到查尔斯顿进了修道院，随后艾希礼和媚兰就带着小博来到亚特兰大。迪尔茜也跟他们来了，给他们做饭，看孩子。普里茜和波克暂时留在塔拉，等将来威尔另外找到黑人帮他干农活儿的时候，他们也要到城里来的。

艾希礼在艾维街找到一所破旧的小砖房，就在这里安了家。这所房子就在皮蒂姑妈的房子后面，两家的院子只隔一道水蜡树篱笆。回到亚特兰大的头一天早晨，媚兰就忽笑忽哭，搂着思嘉和皮蒂姑妈不放。她说，离开亲人的时间太长了，住得再近也不嫌近。

房子原来是两层的，围城时上面一层被毁坏了。房主回来后也无钱修复，只好给残存的这一层加了个平顶。这样一来，这所房子就又矮又宽，很不成比例。不过这所房子下面还有一个很大的地窖，这地方看上去简陋残破，但有两棵秀丽的大橡树为它遮阴，台阶旁还有一棵挺拔的玉兰，开满了白色的花朵。草地上，有一簇簇的玫瑰，又发出了不少新枝。还有粉色、白色的紫薇争芳斗艳，似乎它们头顶上不曾发生战乱，北方佬的战马也不曾恣意啃过它们。

在思嘉看来，没有比这再难看的房子了，可是媚兰觉得就连"十二橡树"村那样庄严的建筑也不及这所房子好看。这是他们的家，她和艾希礼和小博总算在自己的家里团聚了。

英迪亚·威尔克斯从1864年就和霍妮一起住在梅肯，现在也搬到她哥哥这里来住了，房子不大，因此有些拥挤，但是艾希礼和媚兰还是欢迎她的。时代变了，钱也不多，可是什么也改变不了南方的老规矩：对于亲属中生活困难或未婚的女子，家家都是热烈欢迎的。

霍妮嫁人了，并且据英迪亚说，嫁了个不怎么样的人。他红脸膛儿，大嗓门，一天到晚傻乐。英迪亚不赞成这门婚事，所以她们在一起就不愉快。当她一听说艾希礼有了自己的家，她就搬了出来，免得别扭。

其实霍妮的丈夫倒也是个正经人，还颇有些财产，不过英迪亚觉得他是个野蛮的粗人，她搬出来，感到高兴，说不定霍妮的丈夫也同样感到高兴，因为近来英迪亚很难伺候。

英迪亚已经完全是一副老处女的样子了，她二十五岁，所以也就不再追求美貌了。她那暗淡无光的眼睛傲视世上的一切事物，她那薄薄的嘴唇总是闭得紧紧的，显得很傲慢。人们差不多都拿她当寡妇看待，大家都知道，斯图尔特·塔尔顿要不是战死了，准会和她结婚，所以都把她看作虽未结婚却是有主的女人，对她非常尊重。

艾维街上这幢小屋共有六间房，很快就布置起来，但十分简陋，用的是弗兰克店里最便宜的松木和橡木家具，因为艾希礼身无分文，只好赊账，除了最便宜的必需品以外，一概不要。这使弗兰克感到尴尬，因为他很喜欢艾希礼，同样也使得思嘉颇为难受。思嘉和弗兰克本来愿意免费把店里最精致的红木家具和雕花黄檀木家具给他们用，但威尔克斯夫妇坚持不肯收。所以他们家难看得要命，并且没有家具的。思嘉见他们既无地毯，又无窗帘，很过意不去。但艾希礼对周围的情况好像毫不在意。媚兰呢，这是他们结婚以后头一次有了自己的家，十分高兴，甚至感到很骄傲。

媚兰表面上很幸福，身体却很不好。生小博就把她的身体搞垮了，后来在塔拉又过于劳累，使得她更加虚弱。她十分瘦，身上的小骨头似乎要扎透她那白皙的皮肤似的。她的脸又瘦又苍白，两道柔软的眉毛，弯弯的，细细的，在没有血色的皮肤上显得特别黑。在她那张小脸上，两只眼睛太大，谈不上亮丽，不过那眼神还和少女一样无忧无虑，没有改变。战乱和无休止的痛苦与劳累都没有影响她那恬静的眼神。这是一个乐观女人的眼睛，任何狂风暴雨都不能打乱她内心的平静。

思嘉不知道她这双眼睛是怎样保养的，她一看见，就感到羡慕。思嘉知道自己的眼睛有时就像饿猫一样。

这座小小的住宅总是宾客盈门。媚兰从小就讨人喜欢，大家听说她回来了，都来看望她。每个人都给她带来了礼物。有装饰品，画片，一两把银汤匙，麻布枕套，餐巾，碎呢地毯等。这些小东西都是他们设法保存下来没有被北方佬抢走的，因此十分珍贵，不过他们说这些东西自己不大用得着，因此一定请她收下。

有些老年人来看她，这些人曾和她父亲一起在墨西哥打过仗。她母亲的老朋友也聚集到她这里来。因为她一向对长辈十分尊敬，而眼下年轻人又都忘了规矩，为所欲为，因此长辈们可以从她这里得到安慰。她的同辈人，那些年轻的妻子、母亲和寡妇也非常喜欢她，因为她们都吃过苦，受过罪。年轻人也上她这里来，因为在她家里可以痛快地玩儿，可以见到老朋友，因此当然要来。

媚兰待人和蔼，又不爱出风头，在她周围很快就聚集了一伙人，有年轻的，有年老的，他们是残存的战前亚特兰大的社会精华，他们的钱袋空空的，但他们为自己的家族感到自豪，维护旧制度最坚决。亚特兰大经过战乱已经四分五裂，整个社会对当前的变化不知所措，这样一个社会似乎看到媚兰是一个坚强的核心，亚特兰大可以由此而得到重生。

媚兰不仅年轻，但她又具有一切美好的品质：有勇气，不抱怨，开朗，热情，慈爱，还有最重要的一条，遵守旧的传统。媚兰不肯改变，甚至不肯承认有必要改变。在她家里，昔日的光景似乎又重新出现，大家都兴致勃勃，以鄙视的眼光看着那些北方来的冒险家过骄奢淫逸的生活。

人们从媚兰那年轻的脸上可以看出，她对过去的一切是忠贞不渝的。这时人们会暂时忘掉那些使人愤怒、使人害怕、使人心碎的败类。他们有些人，由于贫穷，走投无路，投靠了敌人，加入了共和党，接受了胜利者给他们的工作。有些年轻人当过兵，而现在却没有勇气面对现实，他们学着瑞德·巴特勒的样子，和北方来的冒险家勾结起来，以极不光彩的手段赚钱。

败类之中最坏的要算亚特兰大有些名门大户的女儿们了。这些女孩子是在投降以后长大的，对于那次战争只有一些微弱的印象，而没有长辈感受的痛苦。她们既没有失去丈夫，也没有失去情人，她们已不记得过去那种富裕豪华的生活。而许多北方来的军官又那么英俊，衣着那么讲究，性情那么随和。他们举办盛大的舞会，他们的马也亮丽，并且他们对南方的姑娘们简直是崇拜得很呢！他们把南方的姑娘们当作女王来看待，小心翼翼地避免伤害她们的自尊心，这就使得姑娘们心里暗暗想，为什么不能和他们来往呢？

他们比城里那帮年轻人可帅多了，城里的年轻人穿得破破烂烂，态度又严肃又认真。所以发生过好多起和北方军军官私奔的事，那些家庭感到非常痛心。有些兄弟和姐妹互不理睬，有些父母也不肯再提起女儿的名字。那些以"不屈服"为座右铭的人想起这些事情就痛心疾首，但他们一看到媚兰温柔而又刚毅的面孔，就心下释然。老人们都说，她为城里的姑娘们树立了榜样，她是她们的楷模。

媚兰没有想到自己竟逐渐成了社会的重要人物。她只觉得大家对她很好，到家里来看她，让她参加她们的缝纫组、舞蹈俱乐部、音乐社团等。亚特兰大一向热爱音乐，现在日子越来越艰苦，气氛越来越紧张，人们反倒对音乐的兴趣越来越大，因为一听音乐，他们就忘掉了街上那些趾高气扬的黑人，忘掉了那些穿蓝军装的驻军。

媚兰成了新成立的周末乐团的负责人，这使她感到很不好意思，连她自己也不知道自己是怎么当上这个负责人的，可能就是因为她会弹钢琴，能伴奏。

实际情况是这样的：媚兰巧妙地把妇女竖琴乐队、男声合唱团、女青年曼陀林与吉他乐队都合并到周末乐团里，这样一来，亚特兰大就能听到很像样的音乐了。于是梅里韦瑟太太就对米德太太和惠廷太太说一定要让媚兰负责乐团。

媚兰还当上了阵亡将士公墓装修协会的秘书和联盟赈济孤寡缝纫会的秘书。这两个组织开了一次会，会上争论的问题是要不要为联盟战士墓旁的联邦战士墓清除杂草。缝纫组赞成清除杂草，美化协会的女士们却坚决反对。

米德太太代表后一种意见。她说："为北方佬的坟拔草？我会把所有的北方佬都挖出来，扔到垃圾堆上去。"

一听这话，双方都激动地站了起来，各抒己见，谁也不听谁的。

不知怎的，媚兰站到了这伙人的中心，并且还以她那素来温柔的声音压住了那一片争吵声。她壮着胆向这群愤怒的人说话，心里十分害怕，心都提到嗓子眼儿了，声音也发颤，但是她不停地喊："女士们，请听我说！"后来人们渐渐安静下来。

"我想说的是——我的意思是——我已经想了很久——我们不但应该把杂草除掉，还应该把鲜花种在——我——我不管你们是怎么想的，反正我每次往亲爱的查理墓上放鲜花的时候，总要在附近一个北方佬的墓上也放一些。否则那看上去太凄凉了！"

人们一听这话，立刻骚动起来，比刚才嚷得更厉害了，不过这次两个组织的意见是一致的。

"往北方佬的墓上放鲜花！媚兰，你这是干什么！""他们杀死了查理！""他们还差一点把你也杀了！""那些北方佬连刚出生的小博也不肯放过。他们甚至想把塔拉的房子烧掉，让你无家可归呢！"

媚兰靠在椅背上，勉强支撑着，她从来没受过这么多严厉的指责，这压力几乎要把她压垮了。

"啊，朋友们！"她用乞求的语气说。"听我把话说完！我知道我没有资格谈论这个问题，因为我的亲人之中就死了查理，并且我还知道他埋在那里。但是今天在座的有许多人，他们的儿子、丈夫、兄弟埋在什么地方都不知道，并且——"

她激动得讲不下去，屋里一片沉寂。

米德太太愤怒的目光忧郁了。她曾想把达西的尸体运回来，但是谁也不知道达西埋在哪里了，只知道是在敌人的地区里，埋在一条匆匆忙忙挖的沟里了。阿伦太太的嘴唇也颤抖了。她的丈夫和兄弟在北方的骑兵冲过来时，就在河边倒下了，埋在何处，她不知道。还有一些人从伤亡名单上看到这样的字样："失踪——据信已阵亡"，从此就再也没有消息了。

在一片寂静之中，媚兰的声音慢慢坚定起来。

"他们的坟墓在北方，正如有些北方人的坟墓在我们这里，要是有个北方妇女说要把坟挖开，那有多么可怕——"

米德太太轻轻地惊叫了一声。

"可是如果一个善良的北方妇女——我觉得总有些北方妇女是善良的。要是她们为我们的人清除墓上的杂草，摆上鲜花，尽管是敌人，也这样做，那该有多好呀。如果查理死在北方，我会得到安慰，要是——我不管你们各位对我怎么看，"说到这里，她的声音又颤抖起来。"我要退出你们这两个俱乐部，我要——北方人的坟墓，凡是我能找到的，我就要把杂草清除干净，还要种上花。谁也不能阻拦我！"

媚兰怀着毫无畏惧的神情说完这番话以后，就哭起来了，踉踉跄跄地朝门口走去。

　　大家听了媚兰的话，都哭起来，和她拥抱，就这样，媚兰当上了这两个组织的秘书。

　　媚兰还是孤儿院管理委员会的委员，她还征集图书，赠给刚成立的青年读书会。塞斯庇安一家每月利用业余时间演出一场话剧，他们也要媚兰帮忙。媚兰胆小，不敢站到台前去讲话，但是她会做衣服，她能用粗布制作演戏的服装。

　　夏末的夜晚，她那灯光昏暗的小屋总是坐满了人，还有些人坐在门前的台阶上，或靠在栏杆上，要不他们就坐在纸箱子上或下面的草坪上。有时客人们坐在草地上品茶，媚兰也只能够用茶水招待他们，思嘉看到这种情况，心里不禁纳闷，媚兰让人家看这副穷相，也不嫌寒碜。思嘉要是不把房子布置得和战前一样亮丽，并且不能给客人喝好酒、冷饮，吃火腿、野味，她就不愿意招待客人，更不会招待媚兰请的那样有名气的客人。

　　佐治亚州的著名英雄戈登将军常常带家里人一起到这里来。瑞安神父是联盟的著名诗人，他每次路过亚特兰大，也一定要到这里来。前南部联盟副总统亚历克斯·斯蒂芬斯，每次到亚特兰大也要来。人们一听说他在媚兰家

图文珍藏版

里，就纷纷赶来，把屋子挤得满满的，一坐就是几个小时，倾听这位体弱的人洪亮的声音。每一位要人来到亚特兰大，都要到威尔克斯家做客，并且经常在这里过夜。这就使这所简陋的小屋显得愈加拥挤，结果英迪亚不得不在小博的小屋里打地铺，迪尔茜跑到皮蒂姑妈那里去借鸡蛋来准备早点。尽管如此，媚兰还是热心款待客人，像大公馆一样。

媚兰根本没意识到，人们聚集在她周围，似乎聚集在受人拥护的军旗周围。所以，有一天，米德大夫的举动使她又惊讶，又羞愧。那天，米德大夫在媚兰家度过了一个愉快的夜晚，他说：

"亲爱的媚兰小姐，到你家来做客，我总感到特别荣幸和愉快，因为你——还有和你一样的许多妇女——是一个核心，维系着我们大家，维系着我们现在的一切。他们夺去了我们男子的精华，也夺去了我们年轻女子的笑声。他们损害了我们的健康，毁灭了我们的生活；他们破坏了我们的繁荣，使我们倒退了五十年；他们给我们造成了沉重的负担，使我们的娃娃们不能上学，使我们的老人们不能安度晚年。然而我们要重建家园，因为我们有你们这样的核心做基础。只要我们有你们这样的核心，什么都没关系。"

后来思嘉的身子越来越重，不过在这之前，她和弗兰克常常到媚兰的门廊上参加聚会。思嘉总是坐在光线暗的地方，躲在阴影里，可以尽情地欣赏艾希礼的面庞而不被人发觉。

实际上是艾希礼把她吸引来的，因为人们谈话的内容使她厌烦，使她难过。老是那一套——首先，妇女们抱怨艰苦的生活。谈完了艰苦的生活，妇女就要谈黑人越来越放肆无礼，北方来的冒险家令人气愤，北方士兵更令人无法忍受。

"他们怎么不谈点别的呢？"思嘉暗自寻思。"除了内战，什么都不会谈了。大概一直到死，他们也不会谈别的了。"

她环顾四周，看见小孩子躺在父亲的怀里，睁着大眼睛，听大人讲战争期间的故事。

"这些孩子将来长大了恐怕也只会谈论内战，不会谈别的。他们会认为打北方佬很了不起，很光荣，哪怕是瞎着回来，瘸着回来，甚至根本回不来。他们都愿意记住这场战争，谈论这场战争。我可不愿意。我连想都不愿意想。要是能忘，我就要把它忘得一干二净——啊，要是能把它忘得一干二净有多好啊！"

媚兰说起在塔拉发生的事情，把思嘉描绘成一个英雄，说她勇敢地对付侵略者，怎样保住了查理的战刀，怎样勇敢地扑灭了大火。思嘉一面听，一面起鸡皮疙瘩。对于这些事，她既不感兴趣，也不感到骄傲。她根本不愿意再提了。

"唉，他们为什么不能忘掉这些事呢？为什么非得往后看，而不往前看呢？我们打那场战争是不明智的。还是赶快把它忘掉的好。"

现在思嘉常常见到艾希礼，但从没有机会单独见他。他每天从木材厂下班回家，总是先到思嘉这里来报告一天的工作情况，但往往弗兰克和皮蒂在场，有时更糟糕，连媚兰和英迪亚也在场。她只能问问和生意有关的问题，出几个主意，然后就说："谢谢你来一趟。明儿见。"

思嘉心里想，要是没有怀孩子就好了，有这天赐良机，她就可以每天早上和他一起到木材厂去，路上经过那清静的小树林，他们可以想象战前那悠闲的日子了。

不过她决不会要他再表白爱情，决不再提爱情的事。但是，如果有机会他们俩单独在一起，说不定他会摘下他那个假面具。自从来到亚特兰大，他一直是那副一本正经的样子。说不定他还能回到老样子，成为他们彼此表露爱情之前的艾希礼。即使他们不能成为情人，也可以重新做朋友，借他的友谊之光来温暖自己冷漠的心。

"我要是赶快把孩子生下来就好了，"她焦急地盘算着，"到那时候，我们就可以天天一起赶着车去上班，可以一路上聊天——"

她恨不得赶快把孩子生下来，还不仅仅因为她强烈地希望和他在一起，并且木材厂也需要她照料。她不直接管事，交给休和艾希礼来经营，从那时起，两个厂子一直是亏损。

休尽管很努力，却不称职。他不会做生意，更不会对付工人，谁都能狠狠地压他的价。要是有个精明的顾客坚持说木材质量不高，休就会觉得，作为一个正人君子，只能表示歉意，低价出售。休卖了一千英尺的地板料，思嘉知道售价后，气得大哭了一场。此外，他也不善于对付工人。黑人要求每天开工钱，领了工钱就去喝酒，经常喝得酩酊大醉，第二天早上就不来上工。遇到这种情况，休就不得不另外找人，造成误工。因为这些困难，休一连数日未能进城去推销木材。

钱就这样从休的手上流走了。他这么笨，思嘉自己又无能为力，所以急得不得了。她打算等她生完孩子，一上班，就把休辞掉，另找一个人，谁都会比他强。她也不用自由的黑人了，自由的黑人说走就走，靠他们怎么能干活呢？

因为有工人没来上工，休前来报告，思嘉大骂了他一通，随后对丈夫说："弗兰克，我想好了，我要雇几个囚犯来干活。不久以前，我和约翰尼·加勒格尔谈了谈，他说，可以从别人手里转雇几个，用不了多少钱，供他们吃饭也很便宜。他还说，对他们爱怎么使唤就怎么使唤。约翰尼·加勒格尔和托米的合同一到期，我就把他雇来经营休管的那个厂。"

用囚犯干活！弗兰克惊异得瞠目结舌。这是思嘉提出的异想天开的计划中最坏的一个，甚至比开一个酒馆的想法还要糟糕。

思嘉竟然想雇犯人干活！弗兰克知道，如果思嘉这样做，他就永远抬不起头来了。这比她拥有木材厂而且亲自经营要坏得多，比她做过的任何事情都坏得多。过去他表示反对，还总要问这样一个问题："别人会怎么说呢？"不过这次——这次就不光是害怕别人的指责了，他觉得这是和贩卖人口、卖淫一样坏，如果他允许思嘉做这件事，将是他灵魂中的一项罪孽。

弗兰克鼓起了勇气制止思嘉，不让她干，言词之强烈使得思嘉吃了一惊，不吭声了。最后，为了平息他的不同寻常的怒气，思嘉赔着笑脸说她并不想真干。只是说的气话。可是她暗中仍在盘算这件事，并且想干。雇用犯人干活，这能解决她最大的一个难题，不过弗兰克如此强烈地反对——

她叹了一口气。哪怕两个木材厂有一个在赚钱，她也能顶得住。可是艾希礼并不比休高明。

起初，艾希礼没有很快把厂子管好，没有比思嘉经营多赚一倍的钱，使得思嘉感到惊讶，又失望。他很精明，又读过很多书，完全能经营好，赚到很多钱。但是他并不比休经营得好。他没有经验，处理不当，完全没有商业头脑，不肯进行激烈的讨价还价，在这些方面，他和休是一样的。

爱情使得思嘉很快原谅了艾希礼，她认为这两个人是不同的。休就是笨，没有办法，而艾希礼则只是业务生疏。不过她还是觉得艾希礼不能像她那样迅速做出判断，出一个合适的价。有时她甚至怀疑他什么时候才能学会辨认地板和窗台板。并且他自己是个正人君子，他就觉得和他打交道的那些无耻之徒也都是可以信赖的。有好几次，若不是思嘉巧妙地进行干预，就得赔钱了。此外，他要是喜欢某一个人——并且他喜欢的人还真不少——他就把木材赊给他们，从来也想不起要查一查，看这些人有没有能力还钱。在这一方面，他和弗兰克一样不灵。

但是思嘉觉得，他总能做得很好的。在他学的过程中，思嘉以母亲般的慈爱原谅他，而且耐心等待他加以改正。每天晚上他无精打采地到思嘉这里来，她总是孜孜不倦地给他出主意，既不伤他的自尊心，又对他有帮助。尽管她这样鼓励他，安慰他，但他眼睛里总有一种莫名其妙的呆滞的眼神。她感到不可理解，并且害怕。他变了，和以前大不一样了。要是她能单独见一见他，说不定就能找出其中的奥秘。

这种情况使她睡不好觉。她为艾希礼担心，一方面是因为她知道艾希礼不愉快，另一方面因为她知道他这种不愉快的心情无助于他成为一个好商人。

让休和艾希礼这样两个没有商业头脑的人来经营她的木材厂，简直是受罪。为了度过这最艰难的几个月，她曾下了那么大的力气，制订了周密的计划。可现在眼看着竞争的对手把最好的顾客都抢走了，实在感到痛心。唉，她要是能马上开始工作就好了！由她亲自来照顾艾希礼，他就肯定能干好。约翰尼·加勒格尔管另外那个木材厂，她来主持销售，这样情况就好了。至于休，就让他赶车送货。他也就能干点这个。

当然，加勒格尔尽管很能干，却非常狡猾，可是——不用他，又用谁呢？为什么找不到既能干又诚实的人呢？现在如果有这么一个人能为她承担休的工作，她就用不着这么操心了，但是——

托米·韦尔伯恩尽管腰部有伤，却成了城里生意最好的包工头，人们说他赚钱像造钱一样。梅里韦瑟太太和雷内也干得不错，在繁华地段开了个面包房。西蒙斯家的几个男孩子也忙得很，他们经营那个砖窑，工人一天三班倒。

所有思嘉认识的能干的年轻人，包括大夫、律师、店主，都一样，原先那种垂头丧气的样子一扫而光，大家都忙着赚钱，谁也顾不上帮她。清闲的只有像休这样的人，像艾希礼这样的人。

又要做生意，又要生孩子，真是乱作一团了。

"我决不再要孩子了，"她下定了决心。"我可不能像别的女人那样，一年生一个。天哪！一生孩子，一年就有半年不能去木材厂。现在我看明白了，木材厂我一天不去都不行。我要直截了当告诉弗兰克，我不再要孩子了。"

弗兰克是希望多要孩子的，但是思嘉有办法对付他。她下定决心，这是最后一个孩子了。木材厂重要得多。

第四十二章

思嘉生了一个女儿，小家伙不大，头上光秃秃的，她长得像弗兰克，真是可笑。父亲特别疼爱她，只有他才觉得女儿挺好看。不过邻居们出自好心，都说小的时候丑，长大了就亮丽了，小孩子都是这样。女儿取名爱拉·洛雷纳，爱拉是为了纪念爱伦，洛雷纳是当时女孩子最流行的名字。

这孩子出生的时候亚特兰大气氛紧张，人心惶惶，觉得大难临头。一个黑人夸耀说他强奸了一个白种女人，于是就被抓起来了。但是还没来得及开庭审判，三 K 党就冲进监狱，悄悄把他绞死了。三 K 党这样做，是为了使这个尚未暴露姓名的不幸的女人不必到公开的法庭上去。这个女人的父兄就是把她杀了，也不会让她去宣扬自己的耻辱。军事当局为这件事大发雷霆。

军队到处抓人，声言不惜把亚特兰大所有的白人男子全都关进监狱，也要把三 K 党消灭干净。黑人也很不满，抱怨说要放火烧白人的房子进行报复。谣言满天飞，老百姓关门闭户，待在家中，男人们也不敢出门，怕妻子儿女留在家里无人保护。

思嘉身体虚弱，卧床休养，默默地感谢上帝，艾希礼头脑清楚，没有参加三 K 党，弗兰克年纪太大，并且没有精神，肯定也没有参加。否则老担心北方佬会把他们抓起来，那有多么可怕呀！现在的情况就够糟的了。

气氛非常紧张，在这种气氛下，思嘉很快恢复了体力。她那充沛的精力曾帮她在塔拉渡过难关，现在又帮助了她。生下女儿不到两周，她就能坐起来，还责怪女儿不爱动。又过了一个星期她就下地了，她还说非要去照料厂子不可。厂子没有人管，因为休和艾希礼都不敢整天去上班了。

然而她遭到了沉重的打击。

弗兰克刚刚做父亲，十分得意，鼓足了勇气禁止思嘉外出，因为外面情况很危险。他把她的马和车放在车房里，并且发了话，除了他本人以外，谁也不准动用。更糟糕的是在思嘉卧床的时候，弗兰克和嬷嬷在家里耐心搜寻，把她藏的钱都找出来了，并且在银行里存在了他的名下，所以思嘉现在连车也没法雇了。

思嘉对弗兰克和嬷嬷大发雷霆，接着又软下来，苦苦哀求，最后她像一个发狂的孩子，整整哭了一上午。却只听见人家说："哎呀，宝贝儿！别耍小孩子脾气呀！"或者说："思嘉小姐呀，你要是再哭啊，你的奶就要就酸了，孩子吃了是要肚子疼的哟！"

思嘉气呼呼地跑出去，穿过后院，跑到媚兰家里，扯着嗓子诉说委屈，声言就是走着也要到木材厂去。她要告诉亚特兰大所有的人，她嫁给了一个坏蛋，她可不能像个小孩子，让人家耍着玩儿。她要带上一支手枪，谁威胁她，就打死谁。反正已经打死过一个人了，她想——的确很想——再打死一个。她要——

媚兰本来连自家大门口都不敢出，听她要这样干，简直吓坏了。

"哎呀，你可不能去冒这个险呀！你要是有个三长两短，我也就活不成了。你千万——"

"我偏去！我偏去！我走着——"

媚兰看着她，发现她不是在撒泼。思嘉脸上那种天不怕地不怕、决心要干的表情，和她父亲杰拉尔德·奥哈拉拿定主意时的表情一模一样。媚兰对这种表情是很熟悉的。她伸出胳臂搂住思嘉的腰，搂得紧紧的。

"都是我不好，没有你那么勇敢，这几天艾希礼该到厂里去，我也没让他去。唉，亲爱的，我真糊涂！亲爱的，我会告诉艾希礼，我一点也不害怕，我可以过来和你和皮蒂姑妈做伴，让他去上班——"

思嘉自己也知道，艾希礼是无法独自应付局面的，因此她就大声说：

"不！他要是老惦记着你，去上班又有什么用？真可恨！就连彼得大叔都不肯和我一起出去。可是我不在乎！我要一步一步走着去，总能找几个黑鬼干活儿——"

"不行，不行！你可不能这样。你会出事的。听说现在黑鬼到处作恶。让我想一想——亲爱的，答应我你今天什么事情也不做，让我想个法子。回家去躺会儿吧，你的脸色很不好。你要答应我。"

思嘉由于生气，这时已经没有什么力气，也就只有也这样了。她无精打采地表示同意，然后就回家去了。家里人想与她和好，都被她顶了回去。

那天下午，一个陌生人穿过媚兰家的矮树篱笆，一拐一拐地走进皮蒂姑妈的后院。显然他就是嬷嬷和迪尔茜所说的那种"无业游民"，媚兰小姐在街上碰见就把他们接到家里，让他们住在地窖里。

媚兰这所房子有三间地下室，现在迪尔茜住着一间，另外两间住的是破衣烂衫的过路人。除了媚兰，谁也不知道他们从哪儿来，到哪儿去，她的确是在街上碰见他们的。不过既然那些重要人物和不那么重要的人物能到她这里来，不幸的人们也就可以来，吃点东西，睡一觉，带上点吃的，再赶路。到这里住宿的，一般都是过去南部联盟的兵，他们粗鲁，没有文化，无家可归。他们也没有亲人，到处流浪，寻求工作。

在这里过夜的还经常有些可怜的农村妇女，带着一大群默不作声的孩子。这些妇女在战争中失去了丈夫，丢掉了农场，正在到处寻找失散的亲人。令人吃惊的是附近有时也有外国人，他们不会讲或者只能讲一点英语，他们以为南方的钱好挣，跑到这里来了。

那陌生人走进后院时，思嘉正坐在侧面的回廊上，怀里抱着小女儿晒太阳。思嘉一看见他就想："是的，他一定是媚兰的那帮瘸腿狗。他还真是个瘸子呢！"

这个人装着一条假腿，走起路来一拐一拐的。他是一个又高又瘦的老人，头发已经脱落，头皮红得发亮，看上去很脏，灰白胡子长得可以塞进腰带。

他满脸皱纹，面无表情，看上去六十开外，但身体还不显得衰老。此人其貌不扬，尽管装了假腿，走起路来却很快。

他上了台阶，朝思嘉走来，思嘉发现他鼻音很重，因而断定他是在山里长大的。他尽管衣服又脏又破，却有一种沉静高傲的神气，决不容许别人冒犯。他的鼻子又窄又高，两道眉毛又粗又弯，耳朵上长了很多毛。一道眉毛下边是一个空洞，脸上有一条很长的伤疤，另一只眼睛很小，冷淡而无光。在他的腰带上挂着一支沉甸甸的手枪，很显眼，破靴子的口上还露着一把单刃猎刀的刀柄。

他冷冰冰地回敬了思嘉一眼，这才开始说话。他那只独眼中有一种鄙视的眼光，但不是鄙视思嘉个人，而是针对整个女性。

"威尔克斯小姐让我来给你干活，"他简短地说。他说起话来断断续续，很费劲。"我叫阿尔奇。"

"对不起，我没有活儿给你干，阿尔奇先生！"

"我看是有活干的。威尔克斯小姐听说你要像个傻瓜似的到处乱跑，十分担心，因此派我来给你赶车。"

"是吗？"思嘉说。这人如此无礼，媚兰多管闲事，都使她很生气。

他那只独眼怀着敌意与思嘉的眼光相遇，但这敌意并不是因为她。"是啊，男人要保护自家女人，女人就不该找麻烦。你要是非出去不可，我就给你赶车。我恨那些黑鬼，也恨北方佬。"

"不是我愿意给女人赶车。可是威尔克斯小姐待我好哇。她让我住在她的地窖里。是她让我来给你赶车的。"

"不过——"思嘉无可奈何地说，但她刚开口又停住了，对这个人端详起来。过了一会儿，她脸上露出了笑容。这个老家伙她并不喜欢，不过有了他，事情就好办了。有他赶车，思嘉就可以进城去，到木材厂去，或者去找顾客。并且有他做保镖，就不用担心安全问题了。一看他那副模样，谁也不会说什么闲话。

"就这样吧，"她说。"不过我得同我丈夫商量一下"。

弗兰克和阿尔奇谈了谈，也就勉强同意了。他原来希望思嘉做了母亲以后能有所改变，现在他失望了，并且有些伤心。但一转念，又觉得阿尔奇来得很巧。

对于这样一种安排，起初整个亚特兰大都感到吃惊。阿尔奇和思嘉在一起很不相称。一个是面貌凶恶的脏老头子，拖着一条假腿。一个是衣着整洁的亮丽少妇，双眉紧蹙，若有所思。他们二人不停地在城里城外到处奔波，彼此很少说话，显然是互相嫌弃。他们在一起，是出于各自的需要，他需要钱，而她需要有人保护。城里的女人都说，至少这比她在光天化日之下和那个巴特勒驾着车到处跑要强得多。她们都在纳闷，不知道瑞德·巴特勒这些日子到哪里去了。三个月以前，他突然消失了。就连思嘉也不知道他到哪里去了。

阿尔奇是个沉默寡言的人。每天早上从媚兰的地窖里出来，就坐在皮蒂姑妈房前的台阶上，一面嚼烟叶，啐唾沫，一面等候思嘉。思嘉一出来，彼得便把她的马车赶出来，彼得大叔很怕阿尔奇。就连嬷嬷也怕他，不敢在他面前出声。他恨黑人，那些黑人也知道，并且怕他。除了原来的手枪和猎刀以外，他又增加了一把手枪。

有一次，思嘉出于好奇心，问他为什么仇恨黑人。平时不管问他什么问题，他总是回答说，"这不干你的事。"

可这一次，他这样回答："我恨他们，我们山里人都恨他们。我们从来就不喜欢他们。这场战争就是他们闹出来的。就冲这个，我也恨他们。"

"可是你也参加打仗了。"

"那是一个男人应该干的。我恨那些北方佬比恨黑人更厉害。不过我最恨的是好说话的女人。"

阿尔奇露骨地说这样无礼的话，使得思嘉在一旁生闷气，恨不得把他甩掉。但是离开他又怎么行呢？

世界经典文库

世界二十大名著

飘

图文珍藏版

过了不久，人们对于思嘉和她的保镖也就看惯了，看惯了以后，妇女们就开始羡慕她行动自由。自从三K党绞死人以后，妇女们出不了门了，即便是进城买东西，也必得六七个人结伴而行。但是这些女人生来爱交往，这样一来，她们成天坐立不安，所以就把面子摞在一旁，来找思嘉，求她把阿尔奇借给她们用用。思嘉倒也大方，只要自己不用，总是让他去为女友效力。

阿尔奇很快就成了亚特兰大专营保镖行业的人，妇女们都来雇用他。几乎每天早上吃早饭的时候都有条子送来，上面写道："今天下午如果您不用阿尔奇，请让我用一下，我要到公墓去献花。"或者说："我得去买一顶帽子。"还有的说："我需要到彼得斯大街去一趟，因爷爷身体不好，不能陪我去。能不能让阿尔奇——"

姑娘，太太，寡妇，他都去给她们赶车，对她们都表现出明显的鄙视态度。很明显，除了媚兰之外，他不喜欢女人，和对黑人和北方佬的态度一样。妇女们一开始对他的无礼感到吃惊，不过到后来也就习惯了，再加上他沉默寡言，大家甚至把他和他赶的马同样看待，忘记了他是一个人。

思嘉渐渐发觉，自从阿尔奇来了之后，弗兰克经常晚上出去。他说店里的账目需要结，现在生意好，上班时间顾不上结账。有时他说朋友生病了，需要去照料一下。另外还有一个民主党人的组织，每星期三晚上聚会，弗兰克从未缺席，显然他是很喜欢参加这些聚会的，因为他总是待到最后，待到很晚。

艾希礼有时也出去照料病人，他也参加民主党人的集会，并且往往是和弗兰克同一天晚上出去。每逢这种时候，阿尔奇就护送皮蒂、思嘉、韦德和小爱拉到媚兰家去，两家在一起度过这个夜晚。几个女人做针线活儿，阿尔奇就直挺挺地躺在客厅里的沙发上打呼噜。她们尽管心疼那精致的沙发，可是她们谁也没有勇气说他。有一次，他说幸亏他一躺下就睡着，否则一帮女人像一群母鸡似的唠叨，会使他发疯的。大家一听，更不敢说他了。

有时思嘉也纳闷，阿尔奇究竟是什么人。她只知道，听他的口音，他是北方的山里人，当过兵，受过伤，丢了一只眼睛、一条腿。有一天，她大骂休·埃尔辛，使得阿尔奇和盘托出了自己的经历。

有一天早上，这个老头儿送思嘉到休经管的木材厂去。思嘉发现厂子没开工，黑人都不在，休垂头丧气地在树底下坐着。一看这情形，思嘉非常恼火，便毫不客气地向休发作起来，因为她刚弄到一份购买大宗木材的订单，并且要得很急。这份订单是她费了好大的力气，还搭上自己的姿色，争了半天才弄到手的，而木材厂现在却不开工。

"送我到那个厂子去，"她向阿尔奇吩咐道。"我要让威尔克斯先生把手上的活儿停下来，先把这批木材赶出来。我从来没见过休·埃尔辛这样的蠢货！等约翰尼·加勒格尔把商店盖好，我就把他赶走。我要把加勒格尔找来，再雇上几个犯人，他会让他们干活儿的，他——"

阿尔奇一听这话，回过头来充满敌意地看着她，接着他用沙哑的声音带着冷酷的怒气说：

"你什么时候雇犯人，我什么时候走。"

思嘉吃了一惊，说："哎呀！为什么？"

"我知道雇犯人是怎么回事。其实就是谋杀犯人。买人像买骡子一样，他们的待遇连骡子都不如，挨打，挨饿，还要遭杀害。有谁过问呢？政府不管。政府已经把钱拿到手了。雇犯人的，他们也不管。他们只想花最少的钱管他们饭，让他们干最重的活儿。见鬼去吧，太太。我历来看不起女人，现在就更看不起女人了。"

"这和你有什么关系？"

"有，"他的答话非常简单。他停顿了一下又接着说，"我当犯人当了将近四十年。"

思嘉倒抽了一口冷气。他之因此不肯谈自己的经历，原因就在这里。他说话不流畅，对世界冷酷、仇恨，原因也在这里。四十年啊！他入狱的时候一定还年轻。四十年啊！他一定是判的无期徒刑，而判无期徒刑的人——

"是不是因为——杀人?"

"是的,"他直截了当地答道,同时抖了抖缰绳。"杀了老婆。"

思嘉吓得直哆嗦。

胡子遮盖着的嘴唇似乎动了动,似乎他在讥笑思嘉的害怕。"你要是怕我杀你,感到害怕,那你可以放心,太太,我是不会杀你的。我没有理由杀死任何一个女人。"

"你杀了你的老婆?"

"她和我兄弟乱搞,他跑了,我就把她杀了。放荡的女人就该杀。"

"可是——你是怎么出来的呢?跑出来的吗?还是赦免了?"

"也可以说是赦免,"他紧紧地皱了皱那两道灰色的浓眉。

"1864 年,谢尔曼打到这里时,我在米莱吉维尔监狱,四十年来我一直关在那里。狱长把我们这些犯人都召集起来,对我们说,北方佬来了,他们杀人,放火。"

"那是为什么?你曾经——你是不是认识几个北方佬?"

"不是,太太。不过我听别人谈起他们,他们放走我们的黑奴,烧了我们的房子,杀了我们的牲畜。狱长说,军队急着招兵,我们要是去打仗,打完仗就可以释放——要是还能活着的话。"

他停下来,呼哧呼哧地喘了喘气。

"说起来,真有意思。他们把我关起来,是因为我杀了人。现在他们把我放了。是因为让我去杀更多的人。重新得到自由,手里还拿着枪,可真美呀!我们出来以后打得不错,杀了不少人,我们自己也死了一些。但没听说有一个人开小差。投降以后,就把我们都放了。我丢了一条腿,丢了一只眼,不过我不后悔。"

"噢,"思嘉有气无力地说。

一时间思嘉觉得这个老头儿傻得可怜。政府夺去了他四十年的光阴,他却还为它而战。佐治亚州剥夺了他的青春和中年,而他却把一条腿和一只眼奉献给了佐治亚州。这使她想起瑞德，她记得他说他在这个社会里受排挤，决不会为它而战。但是到了最后的紧急关头，他还是为这个社会而战了。这和阿尔奇的情况是一样的。在思嘉看来，所有南方人，不论地位高下，都是重感情的傻瓜，他们重视毫无意义的言论，却不关心自己的皮肉。

思嘉看了看阿尔奇那双粗糙的老手，那两支手枪和短刀，不禁又产生了一阵恐惧之感。

"我——我很高兴，你能对我说这些，阿尔奇。我——我不会告诉别人的。威尔克斯太太和其他一些妇女要是知道了，会感到十分惊讶的。"

"威尔克斯太太是知道的。她让我在地窖里住下的第一个晚上，我就告诉她了。你难道认为像她这样好的女人，我能不告诉她，就让她收容我吗？"

"神明保佑我们！"思嘉十分惊讶地说。

媚兰明明知道这是个杀人犯，并且杀过女人，却没有把他撵走。她还把自己的儿子托付给他，把自己的姑妈、嫂子和朋友也托付给他。她是一个最胆小的女人，可单独和这样一个人待在家里，竟然不觉得害怕。

"威尔克斯太太是一个很有头脑的女人。她对我很放心。她觉得骗子总要骗人，小偷总要偷东西，但是谁要是杀了人，他一辈子也不会再杀人了。她还认为不管谁为联盟打过仗，就把过去干的坏事抵消了。威尔克斯太太的确是一个有头脑的女人……我对你明说了吧，你哪一天去雇犯人，我就哪一天离开你。"

思嘉没有立刻回答，但她心想：

"对我说来，你快滚吧，你这个杀人犯！"

媚兰怎么能这么——这么——。她不该收留这个无赖，又不告诉朋友们实话。这么说，在军队里服役就能抵消过去的罪孽了！思嘉暗地里咒骂那些北方佬，要不是他们，怎么会出现这种情况，闹得一个女人不得不让一个杀人犯来当她的保镖。

傍晚回家的路上，思嘉突然发现时代少女酒馆门前聚着一伙人。艾希礼骑在马上，脸上的神情严肃而紧张。西蒙斯家兄弟几个也在。休·埃尔辛在那里招手。梅里韦瑟爷爷卖馅饼的货车停在这群人的中间，思嘉来到近处，看到托米·韦尔伯恩和亨利·汉密尔顿叔叔也挤在梅里韦瑟爷爷的座位上。

思嘉来到这伙人跟前，尽管她不怎么敏感，心里也觉得一阵害怕和紧张。

大家回过头看着她，微笑着向她致意，但是他们的眼睛都闪烁着非常兴奋的目光。

"是好事，也是坏事，"亨利叔叔大声说，"全在你怎么看了。依我看，州议会肯定会这样做。"

一听是州议会，思嘉松了一口气。她对州议会没有多少兴趣，觉得与她无关。

"怎么了？"

"他们坚决拒绝批准修正案，"梅里韦瑟爷爷说，满怀骄傲的样子。"那些北方佬，这一下子够他们瞧的。"

"啊！修正案？"思嘉问，尽量显得挺明白的样子，其实她一窍不通。

"就是让黑人参加选举的修正案呀，"艾希礼解释道。"修正案提交州议会，他们拒绝批准。"

"我为州议会感到骄傲，为他们的勇敢感到骄傲！"亨利叔叔喊道。"只要我们顶住，北方佬是没有办法逼我们就范的。"

"他们能这样做，也一定会这样做的。"艾希礼尽管语气镇定，但却不无忧虑。"不过，我们今后的日子就要困难得多了。"

"不，艾希礼，肯定不会！日子再难也不会比现在更难了！"

"会的，情况会更糟，会比现在更糟。假如我们有一个黑人州议会怎么办？假如我们有一个黑人州长怎么办？"

思嘉逐渐开了窍，害怕得要命，眼睛越睁越大。

"我一直在想，怎么样才对佐治亚最有利，"艾希礼一本正经地分析道。

"最明智的做法究竟是像州议会这样对着干，使北方佬他们把全部军队开过来，然后把黑人选举权强加在我们头上。还是忍气吞声，先顺从他们，轻易地把这件事对付过去。我们毫无办法，只能任凭人家摆布。说不定我们还是老老实实的好。"

他的话，思嘉没听明白多少。

"要当激进派，投共和党的票了吧，艾希礼？"梅里韦瑟爷爷毫不客气地讥讽说。

接着是一阵沉默，气氛紧张。

艾希礼强压着心中的怒火。但是还没等他说话，亨利叔叔就朝爷爷开了火。

"你——你胡说——对不起，你发昏了，怎么这样对艾希礼说话？"

"艾希礼用不着你来替他辩护，"爷爷冷漠地说。"他说话像个投靠了北方佬的南方人。屈服？见鬼去吧！对不起，思嘉。"

"我不相信退出联邦能解决问题，"艾希礼生气地说。"但是佐治亚退出的时候，我是支持它的。我不相信战争能解决问题，可是战争爆发后，我也参加了战斗。现在我不认为把北方佬搞得更加疯狂会有什么用处。但是，既然州议会决定这么干，我愿意支持州议会。我——"

"阿尔奇，"亨利叔叔突然说，"送思嘉小姐回家去吧。这不是女人的事。"

他们顺着桃树街走回去，思嘉的心吓得怦怦直跳。州议会干了这样的蠢事，会不会影响她的安全呢？会不会惹火了北方佬，没收她那两个木材厂呢？

思嘉雇来了十个犯人，一个木材厂各五个。阿尔奇说到做到，马上就不干了。媚兰出面说情，弗兰克答应给他涨工钱，也都没有用，他宁愿护送媚兰、皮蒂、英迪亚和她们的朋友到城里去，就是不护送思嘉。要是思嘉和太太小姐们一起坐车，他也不赶。真是令人尴尬呀，这个老无赖竟然如此评判她的所作所为。

弗兰克劝她不要这样。艾希礼起初坚持不用犯人，后来违心地接受了，因为思嘉流着泪苦苦哀求，并且答应情况好转以后就雇自由的黑人。邻居都公开表示反对，弄得弗兰克、皮蒂、媚兰都抬不起头来。就连彼得和嬷嬷都说，用犯人干活，不会有好结果的。

据她了解，好像只有加勒格尔赞成雇用犯人。他轻轻点了点了头，说十分高明，思嘉看了看这个小个子骑手，只见他两腿弯曲，身体健壮，一副厉害的面孔严肃而认真，心中想道："谁要是拿自己的马给他骑，那就是不疼自己的马。"

但是她把一伙犯人交给他，却一点也不心疼。

"这伙人，让我随意使唤吗？"他问。他的眼睛冷冰冰的，似乎两个灰色的玻璃球。

"当然。我只要求你把厂子管好，我什么时候要木材，什么时候有，我要多少，就有多少。"

"我跟你干，"约翰尼简捷地说。"我去通知韦伯恩先生，我不跟他干了。"

思嘉舒了一口气，精神振作起来。他办事干练，沉默寡言。弗兰克看不起他，指责他说"爱尔兰穷小子就知道赚钱"。然而正因为如此，思嘉器重他。她知道，假如一个爱尔兰人决心做出点成绩来，他就是一个比别人强的人才。

约翰尼接管了木材厂以后，第一个星期就使思嘉很满意，因为他让五个犯人干的活比休让十个自由黑人干的还要多。这且不说，他还使得思嘉更清闲了，一年来她还没这么清闲过，这是因为约翰尼不愿意让她到厂里去，并且是毫不客气地说的：

"你在那头管卖货，我在这头管生产，"他简捷地说。"犯人营不是女人待的地方。我的任务是发货，对不对？那就得了！我不喜欢像威尔克斯先生那样成天有人盯着。他需要有人盯着，我不需要。"

所以思嘉虽非常不情愿，却不常去了，怕去得太勤，他就不干了，那可就糟了。但他说艾希礼需要有人盯着，思嘉听了很不愉快，但确实有些道理，只是她不承认罢了。艾希礼使用犯人和使用自由劳力相比，变化不大，他似乎因为使用犯人而感到羞愧，近日来更没有什么话对她说了。

思嘉对于艾希礼身上的变化惴惴不安。他那光亮的头发里出现了灰发，由于劳累，身材不那么挺拔了，他也很少露出笑容。他不再是她一见钟情的英俊的艾希礼了。似乎有一种深重的痛苦在暗中折磨他，而他又总是沉默不语，思嘉不但迷惑不解，并且感到心疼，她恨不得一把把他拉过来，让他把头靠在自己的肩膀上，轻轻抚摸着他那花白的头发对他说："你有什么烦恼，告诉我，我来解决。我能帮你处理好的。"

然而他严肃、冷淡，始终和她离得远远的。

第四十三章

十二月里，难得有这么一天，太阳暖烘烘的。思嘉抱着孩子来到侧面的回廊上，坐在摇椅上晒太阳。她穿一件新的绿色薄长裙，镶着波浪式的黑色花边，戴一顶新的网眼便帽。这都是皮蒂姑妈给她做的。几个月以来一直那么难看，现在又亮丽来了，多开心呀！

她坐在摇椅上，一面摇着孩子，一面哼小曲儿，忽然听见后街上传来马蹄声，她好奇地向外望去，只见瑞德·巴特勒正骑着马朝她家走来。

他离开亚特兰大有好几个月了。他走的时候，杰拉尔德刚刚去世，爱拉·洛雷纳还没有出生。思嘉曾经想念过他，但是现在她真想躲开，不见他。实际上，她一看见他那黑脸膛，心里就内疚慌乱。有一件事涉及艾希礼，一直使她心里不安，并且她不愿意与瑞德讨论这件事，但是她知道，无论她多么不想说，瑞德是一定会说的。

他在大门外停下来，翻身轻轻地下了马。

"他就差一副大耳坠子和衔在嘴里的短刀了，"思嘉想。"唉，就像个海盗，只要我有办法，今天怎么也不能让他把我给杀了。"

他沿着小路走过来，思嘉向他露出一副甜蜜可爱的笑脸。她正好穿着一件新衣服，戴着一顶亮丽的帽子，显得那么美丽，真是幸运呢！他很快地打量了她一番，这时思嘉知道，他也认为她是很动人的。

"刚生的孩子！哎呀，思嘉，真没想到哇！"他一边说，一边笑了，同时弯腰掀开毯子，看了看爱拉·洛雷纳难看的小脸。

思嘉脸红了："瑞德，你好吗？你离开很长时间了呢。"

"的确是这样。思嘉，让我抱抱他吧。唔，我知道怎么抱孩子，我有许多稀奇古怪的才能。他的确很像弗兰克，就是没有胡子，不过到时候会长的。"

"还是别长吧。这是个女孩儿。"

"是个女孩儿？那太好了。男孩子都讨人嫌，你可别再生男孩儿了，思嘉。"

思嘉本来想回敬他一句，说不论男女都不想再生了，可是话到嘴边，她又收住了。她笑了笑，在脑子里到处搜寻合适的话题。

"这次出去，一切都好吗，瑞德？你这次到哪里？"

"唔，到了古巴——新奥尔良——还有一些别的地方。哎呀，思嘉，快把孩子接过去吧。"

思嘉把孩子接过来，放在腿上，瑞德懒洋洋地坐在栏杆上，从一个银盒子里取出一根雪茄。

"你老上新奥尔良去，"她说。她噘了噘嘴又接着说："你去那儿干什么？"

"我这个人工作勤奋呢，思嘉，我可能是为了公事而去的吧。"

"工作勤奋！"她不客气地笑起来。"你一辈子都没工作过，你太懒了。你就会贿赂北方来的冒险家，让他们偷盗，好处和你对半分。"

他把头往后一仰，大笑起来。

"你也多么想那么干呀！"

"你这个想法——"思嘉开始有些恼火。

"也许有朝一日你赚足了钱以后，就能拼命行贿。说不定你靠那些雇来的犯人能发大财呢。"

"啊！"思嘉说，感到心烦意乱。"你怎么这么快就知道了？"

"我昨天晚上就到了这里，在时代少女酒馆过的夜。那里什么消息都有。大家都说你雇了一伙犯人，让那个小恶棍加勒格尔看管着，要把他们累死。"

"这不是真的，"她气愤地说。"他不会把他们累死的。我可以保证。"

"你能保证吗？"

"当然能。你怎么会提出这样的问题？"

"唔，请原谅，肯尼迪太太！对于你的动机我一向没法说什么。然而约翰尼·加勒格尔是个冷酷的无赖，我没见过第二个像他这样的人。最好盯着他点。"

"你走你的阳关道，我过我的独木桥，"思嘉气愤地说。"犯人的事，我不想多谈了。人人都反对，可雇用犯人是我自己的事——你还没告诉我你去新奥尔良干什么呢，你老往那里跑，大家都说——"说到这里，她住了口。

"大家都说什么？"

"说——说你在那里有个情人。说你要结婚了。是吗，瑞德？"

她很久以来就心存疑问，因此现在她按捺不住，就直截了当地问了。她一想到瑞德要结婚，就有一种莫名其妙的妒忌。

他平静的眼神顿时警觉起来，他迎着思嘉的视线，盯着她看，看得她脸红起来了。

"这对你有什么关系吗？"

"怎么说呢，我不愿意失去你的友情啊，"思嘉一本正经地说。

他突然大笑一声，接着说："思嘉，你看着我。"

她勉强抬起头来。脸更红了。

"如果我结婚，那是因为我没有别的办法把那个女人弄到手。迄今为止，我还没发现一个女人我非娶她不可。"

他这样一说，她倒真糊涂了，并且有些难为情。瑞德注视着她的眼神，脸上渐渐显出了一副奸笑。

"不过你这么坦率地问我，我还是满足你的好奇心吧。我到新奥尔良去，不是为了什么情人，而是为了一个孩子，一个小男孩儿。"

"一个小男孩儿！"这奇怪的消息使她吃了一惊，她倒明白了。

"是的，我是他的监护人。要对他负责。他在新奥尔良上学。我常去看他。"

"给他带礼物吗？"她问。这时她才意识到为什么他总知道韦德喜欢什么礼物。

"是的，"他有些不耐烦，简单回答说。

"他长得好看吗？"

"太好看了，不过这对他并没有什么好处。"

"他乖吗？"

"不乖。可淘气了。我真希望从来就没这么个孩子。男孩子都讨人嫌。你还有什么要问的吗？"

他显出生气的样子，脸色不快，似乎后悔不该说似的。

"你要是不想说，我也就不问了，"她高傲地说，其实她很想再问一问。"不过我实在看不出你怎么能当监护人，"说完了，大笑起来，想借此来刺他一下。

"你当然看不出。你的视野很有限嘛。"

他没有说下去，抽着烟沉默了。

"这件事你如果不对别人说，我会很感激你的，"他最后说。"不过我觉得要求一个女人保守秘密不太容易。"

"我是能保守秘密的，"她说，感到自尊心受到了伤害。

"你能吗？了解到朋友的真实情况当然是很好的。思嘉，对不起，我刚才失礼了，不过你非要刨根问底，也只好怪你自己了。对我笑一笑，咱们愉快地待一会儿吧，下面我就要提出一个令人不快的话题了。"

"哎呀！"她心想，"现在他要谈艾希礼和木材厂的事了。"于是她赶快做出一副笑脸，露出酒窝，想借以惹他高兴。"瑞德，你还去过什么地方？总不会一直待在新奥尔良吧，是不是？"

"对。最近这一个月，我在查尔斯顿。我父亲去世了。"

"唔，真遗憾。"

"不必遗憾。对于他的死，我敢说，他不遗憾，我也不遗憾。"

"瑞德，你怎么这样说话，太可怕了！"

"我要是明明不遗憾，却要硬装作遗憾的样子，岂不更可怕吗？我们两个人一向互无好感。我不记得老头子什么时候赞成过我。我太像我爷爷了，而他对我爷爷也是从不赞成。我长大以后，他由不赞成渐渐变成了不折不扣的厌恶，我承认，我也无法改变他对我的态度。最后他把我赶出家门，我身上没有一分钱。我没有饿死，充分发挥了打扑克的本事，靠赌博，日子过得很不错。但我父亲认为这是对他的莫大侮辱。巴特勒家出了赌徒，他无法忍受，因此我第一次回家，他不许我母亲见我。战争期间，我在查尔斯顿外面跑封锁线的时候，母亲撒了个谎，才溜出来看了看我。这自然不会增加我对他的好感。"

"唔，我不知道这些。'

"我父亲，人们说他是一位善良的老先生，很老派的，也就是说，他既无知，又顽固，并且容不得人。他把我抛弃，说我死了。大家都佩服他。'假如你的右眼使你犯罪，把他挖出来。' 我就是他的右眼，他的长子，他把我挖掉了。"

说到这里，他微微一笑，在回忆这段往事时，他两眼一动不动。

"唉，这一切我都可以原谅，但是一想到战后他是怎样对待我母亲和我妹妹的，我就不能宽恕他。她们生活没有着落，农场的房子烧掉了。她们住的两间房是连黑人都不住的。我给母亲寄钱去，可父亲又把钱退回来。有几次我回到查尔斯顿，偷偷把钱塞给我妹妹。可是父亲总能发现，对她大发雷霆，闹得她活不下去，真可怜啊！钱还是退回来了。我不知道她们是怎么生活的。我弟弟尽力帮助，但又没有多少钱，另外就是靠朋友接济。你姨妈尤拉莉一直对她们很好。你知道，她和我母亲最要好。我的天哪！我母亲到了靠人周济的地步！"

思嘉很少见他这样真诚，他脸上露出对父亲的痛恨，和对母亲的怜恤。

"尤拉莉姨妈！可是天知道，瑞德，除了我给她的钱以外，她还有什么呢？"

"噢，原来是这样！你可太没教养了，我的宝贝儿，竟然当着我的面吹嘘这件事来寒碜我。我非把钱还给你不可！"

"那好极了，"思嘉说。她突然一撇嘴笑了，瑞德也朝她笑了。

"唔，思嘉，怎么一提到钱，你就眉开眼笑？"

"真讨厌！我刚才并不是有意谈起尤拉莉姨妈，使你感到难堪。不过说实话，她以为我钱多，因此老写信来要钱。天晓得，就算不接济她，我的开销也已经够多了。你父亲是怎么死的？"

"慢慢饿死的，我想是这样——我也希望是这样。他罪有应得。他想让母亲与罗斯玛丽和他一起饿死。现在他死了，我就可以帮助她们了。我给她们买了一所房子，还有用人伺候她们。当然她们不能说钱是我给的。"

"那是为什么？"

"亲爱的，你难道不了解查尔斯顿吗！要是让人家知道这是用了我这个赌徒投机商的钱，她们的社会地位就无法维持了。她们对外都说是父亲留下了一大笔人寿保险金。这样一来，他的名声可就更大了……事实上，他成了为家庭殉难的人。他要是在九泉之下知道母亲和罗斯玛丽都过上了好日子，他生前的劲儿都白费了。因而不能安眠，那就好了……他是想死的，很愿意死，因此我对他的死，可以说，感到遗憾。"

"为什么？"

"唔，实际上他那种人永远也不可能适应新的时代，没完没了地念叨过去的好日子。"

"瑞德，老年人都是这样吗？"她想到自己的父亲杰拉尔德。

"天哪！不是的。有的老人感到自己又年轻了，这是因为他们又有用了，并且感到时代需要他们。新的时代给老年人提供了机会，他们喜欢这个新时代。但是许多人，许多年轻人与我父亲和你父亲一样，他们无法适应，也不想适应。既然说到这里，我就要和你讨论一个不愉快的问题了，思嘉。"

瑞德突然转移话题，使得思嘉慌乱起来，她结结巴巴地说："什么——什么——"

"我了解你的为人，因此并不指望你说实话。不过我当时信任你，真是太傻了。"

"我不明白你的意思。"

"我想你是明白的。不论如何，你看上去心里有鬼。我刚才来的时候，有人跟我打招呼，原来是艾希礼·威尔克斯太太。我停下来，和她聊了一会儿。"

"真的吗？"

"真的。我们谈得很愉快。她说她一直想告诉我，她认为我在最后时刻为了联盟去作战，是多么勇敢的行为啊。"

"全是胡扯！媚兰是个糊涂虫。由于你的勇敢行为，那天晚上她差一点死了。"

"如果死了，我想她会认为自己是为了高尚的事业而牺牲的。我问她在亚特兰大干什么，她说他们现在搬到这里来住了，还说你待他们很好，让威尔克斯先生与你合伙经营木材厂了。"

"那又怎么了？"思嘉简捷地问。

"我借钱给你时，做过一条规定，你也是同意了的，那就是不能用这家木材厂来养活艾希礼·威尔克斯。"

"你真可恶，你的钱我已经还了，现在这个厂归我所有，我要怎么办就可以怎么办。"

"你能不能告诉我，你还账的钱是怎么来的？"

"当然是卖木材赚的。"

"你是利用我借给你创业的钱赚来的。你拿我的钱用来养活艾希礼了。你这个女人完全不讲信用，如果你现在还不起债，我就会来逼债，你要是还不起，我就把你拿去拍卖，那才有意思呢。"

他的话尽管不重，眼里却冒着怒火。

"你为什么这么恨艾希礼？你准是妒忌他吧。"

她这话一说就后悔了，因为瑞德仰天大笑，弄得她满脸通红。

"你不但不讲信用，并且还自负得可笑，"他说。"你以为你这大美人儿可以没完没了的美下去，是不是？你老觉得自己是最亮丽的小姑娘，男人见了没有不爱的。"

"不对！"她又气又急地说。"可我就是不明白你为什么恨艾希礼。我只能想到这个原因。"

"你再想想吧，小妖精，你错了。至于我对艾希礼，我既不喜欢他，也不恨他。实际上，我对他和他这一类的人只感到怜悯。"

"怜悯？"

是的，还有一点鄙视。你现在尽可以叫唤。说像我这样的流氓，一千个也顶不上他一个，怎么敢如此狂妄，竟然对他表示怜悯或鄙视呢。等你发完了火，我再向你说清楚，如果你有兴趣的话。"

"唔，我没有兴趣。"

"我还是告诉你吧，因为我不忍心让你继续你的美梦，以为我是在妒忌他。我怜悯他，是因为他早就应该死去了，但他还活在这个世界上；我鄙视他，是因为他的世界已经完了，但他无所适从。"

"照你那样说，南方所有的正经人就都该死了！"

"我想艾希礼之类的人是宁可死了的。死了就可以在坟头上竖一块方方正正的碑，上面写着：'联盟战士为南国而战死长眠于此'。"

"为什么！"

"我是说，一了百了，他们死了就不会有那些烦恼了，那些烦恼是无法解决的。此外，他们的家庭会世世代代为他们自豪。我听说死人都是很幸福的。你觉得艾希礼·威尔克斯幸福吗？"

"那当然——"她没有说下去，她想起了最近看到的艾希礼的眼神。

"难道他，还有休·埃尔辛，还有米德大夫，他们幸福吗？他们比我父亲或你父亲幸福吗？"

"唉，也许他们不太幸福，因为他们都失去了自己的钱财。"

他笑了。

"不是因为失去了钱财，我的宝贝儿。是因为失去了他们自己的世界——他们从小就生活的那个世界。他们似乎鱼离开了水。思嘉呀，看你那副傻样子！你想，现在艾希礼的家没有了，农场被没收了。至于文雅的绅士，现在一分钱能买二十个。在这种情况下，艾希礼·威尔克斯可以做什么呢？他是能用脑子，还是能用手干活呢？我敢打赌，自从让他经管木材厂以来，你的钱是越赔越多了。"

"不对！"

"太好了！哪天有空，让我看看你的账本好吗？"

"你见鬼去吧，用不着你看什么账本。你可以走了，随你的便吧。"

"我的宝贝儿，当初你急需用钱，我借给你，可我们有一个协议，规定这笔钱怎么用，你违反了这个协议。请你记住，可爱的小骗子，有朝一日你还会向我借钱的。你会让我资助你，利息低得难以想象，这样你就可以再买几家木材厂，再买几头骡子，再开几家酒馆。到那时候，你就别想借到一个钱。"

"用钱的时候，我会到银行去借。谢谢你，"她冷淡地说，但已经气得不得了。

"是吗？那你就试试看吧。我在银行里有很多的股份。"

"还有别的银行嘛——"

"银行倒是不少。不过我只要想点办法，你就别想借到一分钱。你要是想用钱，去找北方来的放高利贷的吧。"

"我会很高兴去找他们的。"

"你可以很高兴地去找他们，但是一听他们要的利息，你就会不高兴的。我的小宝贝儿，你要知道，生意人之间，搞鬼是要受罚的。你应该规规矩矩地跟我打交道。"

"你不是个好心人吗？有钱有势，何必跟艾希礼和我这样有困难的人过不去呢？"

"不要把你和他扯在一起，你没有什么困难。什么也难不住你。但是他有困难，并且解脱不了，除非他一辈子都有一个强有力的人支持他，保护他。我决不希望有人拿我的钱来帮助这样一个人。"

"你就曾帮过我的忙，当时我有困难，并且——"

"你是个冒险家，亲爱的，是个很有意思的冒险家。因为你没有依赖家中的男人，没有为过去而天天流泪。你出来大干了一场，你的财产现在有了牢固的基础，不仅有从死者的钱包里偷来的钱，还有从联盟偷来的钱。你的成就包括杀人，抢别人的丈夫，说谎骗人，坑人的交易，还有各种阴谋诡计。真是令人佩服。这说明你是一个精力充沛、意志坚强的人，是一个很会赚钱的冒险家。能帮助那些精明肯干的人，是件很愉快的事。我宁愿借一万块钱给那位老妇人梅里韦瑟太太，甚至不用立字据。她是从一篮子馅饼起家的，现在呢？开了一家面包房，有五六个伙计，上了年纪的爷爷高高兴兴地送货。那个法国血统的懒懒的年轻人雷内，现在也干得很起劲，并且喜欢这份工作……还有那可怜的托米·韦尔伯恩，他的身体相当于半个人，却干着两个人的活儿，并且干得真不错——唉，我不说了，再说你就烦了。"

"我已经烦了，烦得要发疯了，"她冷冰冰地说了这么一句，故意让他生气，改变话题，不再谈这件与艾希礼有关的倒霉事。而他却只笑了笑，并不理会她。

"像他们这样的人是值得帮助的。而艾希礼·威尔克斯——呸！在我们这样一个动荡的世界里，他这种人是无用的，是没有价值的。每逢这个世界变化的时候，首先消失的就是他这样的人。他们没有资格继续生存下去，因为他们不斗争——也不知道怎样斗争。天翻地覆，这不是第一次，也不是最后一次。一旦发生天翻地覆的大事变，个人的一切转眼间全都失去，人人平等。然后白手起家，大家都重新开始。所谓白手起家，就是说除了脑子和手之外，什么也没有。但有些人，比如艾希礼，脑子既不好使，手也没有劲，或者说，尽管脑子好使手有劲，却顾虑重重，不会利用。就这样他们被淘汰了，他们也应该被淘汰。除掉这样的人，世界会更美好。但总有少数坚强的人能够挺过来，过些时候，人们就恢复到原来的状况。"

"你也过过穷日子！你刚才还说你父亲把你赶出家门的时候，你身无分文，"思嘉气愤地说。"你该理解并且同情艾希礼才对呀！"

"我是理解他的，"瑞德说，"但如果说我同情他，那就见鬼了。南方投降以后，艾希礼的财产比我被赶出家门的时候多得多。他至少有朋友肯收留他，而我是个被社会彻底唾弃的人。但是艾希礼又做了些什么呢？"

"你要是拿他和你相比，你这个高傲自负的家伙，他和你不一样，他不愿意像你那样把两手弄脏，和北方佬、冒险家和投靠北方的人一块儿去赚钱。他是一个高尚、正直的人。

"可是他并没有因为高尚、正直而拒绝一个女人给他的帮助，给他的钱。"

"他不这样又怎么办呢？"

"我怎么能说呢？我只知道我自己，我被赶出家门以后干了什么，现在干什么。我只知道另外有些男人干了什么。我们发现在旧文明的废墟上有许多机会，于是我们就充分利用这个机会，有的光明磊落，有的见不得人。艾希礼之流在这个世界上也有同样的机会，却不加以利用。他们就是不会想办法，思嘉，而只有会想办法的人才有活下去的资格。"

瑞德说了些什么，思嘉根本听不进去。她回想起那天冷风吹过塔拉的果园，艾希礼面对着她，两眼望着远处，他似乎谈到了世界的末日。当时她不理解他的意思，现在她明白了，感到十分吃惊，同时也感到疲倦。

"唉，艾希礼说过——"

"他说过什么？"

"在塔拉的时候，他有一天谈到——谈到诸神的末日，谈到世界的末日，以及诸如此类的傻话。噢，对了，他还说过强者通过，弱者被淘汰。"

"这么说，他是清楚的，这样他就更难以忍受了。他们大部分人不太清楚，他们一辈子都弄不明白，失去的幻影消失到哪里去了。但艾希礼和他们不同，他是清楚的，他知道自己被淘汰了。"

"不对，他没有被淘汰！只要我还有一口气，就不能让他被淘汰。"

瑞德静静地看着思嘉，他那棕色的脸腔是舒展的。

"思嘉，你是怎么使他到亚特兰大来为你经营这个木材厂的？他难道没有极力推辞？"

"当然没有，"她回答道，做出很生气的样子。"我说我需要他帮忙，因为当时经管木材厂的那个家伙，我信不过他。弗兰克自己又顾不上帮我，并且我也快要——快要生这个小爱拉了。他是很愿意来给我帮忙的。"

"拿做母亲当借口可真不错！原来你是这样说服他的，这个可怜虫，你用他的责任心把他拴住，和用链子把那些犯人拴住是一样的。我祝你们二人幸福。不过刚才我已说过了，今后不管你耍什么见不得人的鬼把戏，也别想再从我这里得到一分钱。你这个两面三刀的女人。"

思嘉很生气，又十分失望，十分痛苦。她已经盘算了很久，想再向瑞德借钱在城里买一块地，再开一家木材厂。

"我用不着你的钱，"她说。"我靠约翰尼·加勒格尔那个厂赚钱，赚了很多钱。我还有作抵押的钱，并且我们的店做黑人生意，也很赚钱。"

"是啊，我听说了！你可真聪明，专门找那些生活艰难的人，孤儿寡妇，愚昧无知的人，从他们身上捞钱。你要是非捞不可，思嘉，为什么不去找那些有钱有势的人，而非找这些软弱的穷人呢？自从罗宾汉到现在，劫富济贫才是最高尚的行为！"

"因为穷人的钱好捞，捞起来也安全。"思嘉直截了当地说。

他悄悄地笑起来，笑得肩膀都抖动了。

"思嘉，你是一个很坦率的流氓！"

流氓！这话使她伤心。她激动地对自己说，我不是流氓，至少不想当流氓。她想当一个有地位的女人。她突然回想起多年前，母亲在走来走去，层层的裙子沙沙作响，随身的香囊散发着清香，两只小手不知疲倦地为别人操劳，赢得了人们的爱戴、尊敬和怀念。想到这里，她心里突然感到一阵难受。

"你要是存心想折磨我，那是白搭，"她说，脸上显得有些疲倦。"我知道我近来没有保持应有的谨慎。也没有做到宽厚、和气。可是，瑞德，我没有法子呀。不这样又怎么办呢？那个北方佬闯进塔拉的时候，我要是手软一点，会怎么样呢？我和韦德，整个塔拉，我们所有的人，会怎么样呢？还有乔纳斯·威尔克森来抢占塔拉的时候，我要是宽厚、谨慎会怎么样呢？也许我是个流氓，瑞德，但我不会永远当流氓的。可是这些年来，甚至现在，不这样又能怎样呢？我有什么别的出路呢？我生存已经不易，哪里还顾得上那些无关紧要的东西，比如仪态端庄，以及——以及诸如此类的东西。"

"自尊心、体面、真诚、纯洁、宽厚，"他和颜悦色地为她一一列举。"思嘉，你做得对呀！这些东西是不重要的。可是看一看你周围的朋友吧，或者宁愿仪容整齐的覆没。"

"他们是一群傻瓜，"她气冲冲地说。"等我有了很多钱，我也会像你说的那样好好做人。我会做一个老实人。到那时候我能做老实人了。"

"现在你也做得起——但是你不愿意做。恐怕等你有能力把你扔掉的体面、纯洁与宽厚打捞上来的时候，你会发现它们已经在海里发生了很大的变化，但我想它们不会变得更充实，更好……"

他突然站起来，拿起帽子。

"你要走吗？"

"是的。你不觉得轻松吗？你要是还有良心的话，我走以后，你就好好问问自己的良心吧。"

说到这里，他停下来，低头看了看孩子，伸出一个手指让孩子来抓。

"我想弗兰克一定高兴得很吧？"

"当然，当然。"

"我想他一定为孩子做了很多安排？"

"哎呀，他总是对孩子胡思乱想。"

"那就告诉他，"瑞德突然停下来，脸上有一种奇怪的表情，"告诉他如果他想实现他对孩子的那些安排，他就最好晚上多待在家里，而不要像现在这样。"

"你这是什么意思？"

"没有什么别的意思。告诉他待在家里。"

"你这个坏蛋！你怎么敢说可怜的弗兰克会——"

"哎呀，我的天哪！"瑞德放声大笑起来。"我不是说他去玩女人去了！弗兰克！啊，我的天哪！"

他一边笑，一边走下台阶。

第四十四章

　　三月里的一天下午，天气很冷，风刮得很大，思嘉正赶车沿着迪凯特街到约翰尼·加勒格尔的木材厂去。近来独自一人赶车外出是很危险的，这一点她也知道。现在比过去任何时候都危险，这是因为对黑人完全失去了控制。正如艾希礼预言的那样，自从州议会拒绝批准那修正案以来，更是倒了霉。州议会断然拒绝，似乎给了北方佬一记耳光。北方佬一怒之下把黑人选举权强加于佐治亚州，为了达到这个目的，他们宣布佐治亚州发生了叛乱，宣布在这里实行最严厉的戒严。佐治亚作为一个州已经消失了，和佛罗里达州和亚拉巴马州排在一起，编为第三军事区，受一位联邦将军管辖。

　　如果说在此以前生活不安全，人心惶惶，现在就更严重了。面对着黑人统治，前景暗淡，没有希望。至于黑人，他们明白新近又获得了重要地位，由于他们知道有北方佬撑腰，他们的暴行愈演愈烈，谁也奈何不了。

　　在这个混乱、恐怖的时期，思嘉感到害怕了，但虽然害怕，却很坚定，她仍旧独自一人赶着车来来往往，把弗兰克的手枪带在身上以备不时之需。

　　再往前走不远有一条小路，穿过一片光秃秃的小树林通到沟底，这里便是黑人聚集的棚户区。思嘉吆喝了一声，让马快点跑。这是亚特兰大城内城外名声最坏的一个地方，不仅有黑人，还有一些最下层的穷白人。后面的树林里有一个造酒的作坊，用玉米生产劣质威士忌。到了晚上，沟底的小屋里就传出醉鬼的嚎叫声和咒骂声。

　　就连北方佬也承认这是个危险、肮脏的地方，应当加以铲除，可是他们并不采取行动。这是个必经之地。男人路过这里时都把手枪套解开，正派女人即便丈夫保护下也不愿意。

过去只要有阿尔奇在思嘉身边,她就没有什么害怕。可是自从她不得不自己驾车以来,不知出了多少次令人不快或不安的事。她每次驾车从那里经过,有些浪荡女人就要出来捣乱。她没有办法,只好置之不理,自己生闷气。回家以后,她也不敢说,因为邻居们会得意地笑话她:"啊,你还指望有什么好事吗?"而家里人就又要拼命劝说,让她不要再去。

谢天谢地,今天路边倒没有衣衫褴褛喝醉了的女人。她熟练地把缰绳在马背上一抖,马儿加快了速度,拐了一个小弯,继续向前跑去。

她刚想松一口气,突然一个身材高大的黑人悄悄地从一棵大橡树后面溜了出来。她尽管受了一惊,但还没有糊涂。霎时间,她把马停住,一把抓起弗兰克的手枪。

"你要干什么?"她尽了最大的努力,厉声喝道。那黑人又缩到大树后面,从他的声音可以听得出,他是很害怕的。

"哎呀,思嘉小姐,别开枪,俺是大个子萨姆呀!"

大个子萨姆!一时间她不明白他的话。萨姆本来在塔拉当工头,围城的日子里她还最后见过他一面。他怎么……

"出来让我看看你!"

那个人犹犹豫豫地从大树后面出来,是个邋里邋遢的大个子,光着脚,下身是斜纹布裤子,上身是蓝色的联邦制服,他穿着又短又瘦。思嘉认出来了,这的确是萨姆,就把手枪放回原处,脸上也露出了愉快的笑容。

"啊,萨姆!见到你,我真高兴!"

萨姆连忙冲到马车旁,两眼兴奋得乱转,洁白的牙齿闪闪发光,两只黑手像腿一样大,紧紧地攥住思嘉伸给他的手。他那红舌头不停地翻动着,他高兴得整个身子左右扭动。

"我的老天爷,能再见到家里的人,可真太好了!"他说,一面使劲攥着思嘉的手。"您怎么也这么坏,使起枪来了,思嘉小姐?"

"这年头儿，坏人太多啊，萨姆，我不得不使枪啊。你到底在这个鬼地方干什么，你是个体面的黑人呀？怎么不到城里去找我呢？"

"思嘉小姐，俺不住在这儿，只是在这里待一阵子。俺才不住在这个地方哩。一辈子没见过这么懒的黑人。俺不知道您就在亚特兰大，俺还以为您在塔拉呢。俺想一有机会就回塔拉去。"

"自从围城以后，你就一直待在亚特兰大吗？"

"没有，小姐！俺还到别处去过。"这时他松了手。"您还记得最后一次见到俺吗？"

思嘉回想起来，那是围城前的一天，天气很热，她和瑞德坐在马车里，萨姆带着一群人排着队穿过尘土飞扬的大街。

"唉，俺拼命挖壕沟，装沙袋，一直干到联盟军离开亚特兰大。带领俺们的队长被打死了，没人说怎么办，俺就躲到林子里去了。俺想回塔拉去，可又听说塔拉全烧光了。另外，俺想回也回不去，怕叫巡逻队抓去，咱没有通行证呀。后来北方佬来了，有个军官是个上校，他看中了俺，叫俺去给他喂马，擦靴子。

"是啊，小姐，俺那时候可神气了，成了跟班的，和波克一样。可俺本来是个庄稼汉呀。俺没告诉上校俺是个庄稼汉，您知道，思嘉小姐，北方佬糊涂得很，他们分不清楚！就这样，俺跟着上校到了萨凡纳。天哪，思嘉小姐，那一路上，真可怕，抢啊，烧啊——思嘉小姐，他们咋没烧塔拉？"

"他们是放了火，可我们把火扑灭了。"

"噢，那就好了。塔拉是俺的家，俺还想回去呢。仗打完了以后，上校对俺说'萨姆，跟我回北方去吧。我多给你工钱。'当时俺和其他黑人一样，想尝一尝这自由的味道再回家，因此就跟着上校到了北方。俺们去了华盛顿，去了纽约，后来还到了波士顿，上校的家在那里。是啊，小姐，我这个黑人到的地方还不少呢！思嘉小姐，北方佬的大街上，车呀，马呀，多得很呢！俺老怕叫车压着哩！"

"你喜欢北方吗，萨姆？"

"也喜欢——也不喜欢。那个上校是个大好人，他了解黑人。他太太就不一样。他太太头一次见到俺，称俺'先生'。她老这么叫俺，俺很不舒服。后来上校让她叫俺'萨姆'，她才叫我'萨姆'。可是所有的北方人，头一次见到俺，都叫俺'奥哈拉先生'。他们还请俺和他们坐在一起，似乎俺和他们是一样的人。不过俺从来没和白人坐在一起过，现在太老了，也学不会了。他们待俺就像待他们自己人一样，思嘉小姐。可是他们心里并不喜欢俺——他们不喜欢黑人。他们怕俺，因为俺个儿大。他们还老问俺猎狗怎么追俺，俺怎么挨打。可是天知道，思嘉小姐，俺从没挨过打呀！您知道杰拉尔德老爷从来不让人打俺这样一个值钱的黑人。

俺把这些告诉他们，还对他们说太太对待黑人多么好。俺得肺炎的时候，她照料俺一个星期，可他们都不信。思嘉小姐，俺想念太太，想念塔拉。后来俺实在受不了，一天晚上就溜出来，上了一辆货车，一直坐到亚特兰大。您要是给俺买张票，俺马上就回塔拉去。俺愿意回去看看太太，看看老爷。俺愿意有个人让俺按时吃得饱饱的，告诉俺干什么，不干什么，生了病还照顾俺。俺要是再得了肺炎怎么办？那北方佬的太太会照料俺吗？她才不会呢。她可以称俺'奥哈拉先生'，但是她不会照顾俺的。可是太太，俺要是病了，她会照顾俺的——思嘉小姐，您怎么了？"

"爸爸和母亲都死了，萨姆。"

"死了？思嘉小姐，您瞎说吧。您可不该这样对待俺呀！"

"不是开玩笑，是真的。母亲是在谢尔曼的军队开到塔拉的时候死的。爸爸——他是去年六月去世的。唉，萨姆，别哭啊。不要哭了！你要再哭，我也要哭了！萨姆，别哭！我实在受不了。现在咱们不谈这个了，以后再详细给你说……苏伦小姐在塔拉，她嫁了一个好丈夫，威尔·本廷先生。卡琳小姐，她在一个——"思嘉没有说下去。她对这个哭哭啼啼的大汉，怎么能把修道院说清楚呢。"她现在住在查尔斯顿。不过波克和普里茜都还在塔拉……

来，萨姆，擦擦鼻子。你真想回家去吗？"

"是的，可这个家不像俺想象的那样有太太在——"

"萨姆，留在亚特兰大，给我干活儿吧？我需要一个赶车的。现在到处坏人这么多，我十分需要这么一个人。"

"是啊。您需要。俺一直想对您说，您一个人赶着车到处跑可不行呀，思嘉小姐。您不知道现在有些黑人有多坏呀，您这样可不安全呢。俺在棚户区只待了两天，已经听见他们议论您了。昨天您经过这里，那些下贱的黑人女人冲着您大叫。当时俺就认出您来了，可您的车跑得太快，我没追上。不过俺让那些人掉了一层皮，真的。您没注意她们今天就没出来吗？"

"我注意到了，这真得谢谢你，萨姆。怎么样，给我赶车好吗？"

"思嘉小姐，谢谢您的好意。不过俺想俺还是回塔拉去吧。"

萨姆低下头，他那露着的大拇脚指头在地上划来划去，显得有些紧张。

"告诉我为什么。我多给你工钱。你一定要留在我这里。"

他那张黑黑的大脸膛傻乎乎的，和孩子的脸一样容易看出内心在想什么。他抬头看了看思嘉，脸上露出恐惧的神情。他走到近处，靠在马车边上，悄悄地说："思嘉小姐，俺非离开亚特兰大不可。俺一定要到塔拉去，俺到了那里，他们就找不着俺了。俺——俺杀了一个人。"

"一个黑人？"

"不，是一个白人。是一个北方佬大兵。他们正在找俺。因此俺才待在棚户区。"

"怎么回事？"

"他喝醉了，朝俺说了些什么，俺受不了，就掐住他的脖子——俺并不想掐死他，思嘉小姐，可俺的手特别有劲，不一会儿，他就死了。俺吓坏了，因此就躲到这里来了。昨天看见您从这里经过，俺就说："上帝保佑，这不是思嘉小姐吗！她照顾过俺，她不会让北方佬把俺抓走的。她一定会送俺回塔拉。'"

"你说他们在追你？他们知道是你干的吗？"

"是的，俺这么大个子，他们不会弄错的。俺想俺大概是亚特兰大最高的黑人了。昨天晚上他们已经到这里来找过俺了。有一个黑人姑娘，她把俺藏在树林里一个洞里了，他们才没找到。"思嘉皱着眉头坐了一会儿。她一点也没有因为萨姆杀了人而感到震惊，或者伤心，而是因为不能用他赶车感到失望。有萨姆这样身材高大的黑人当保镖多好啊。她总得想法把他平平安安地送到塔拉去，这个黑人很有用，把他绞死可太可惜了。是呀，他是塔拉用过的最好的工头了！思嘉根本没想到他已经自由了。在她心目中，他仍然是属于她的，和波克、嬷嬷、彼得、厨娘、普里茜一样。他仍然是"我们这个家庭中的一员"，所以必须受到保护。

"我今天晚上就送你回塔拉去，"她最后说。"萨姆，现在我还要往前面赶路，不过天黑以前我还要回到这里。你就在这里等我回来。你要去的地方，谁也别告诉。你要是有帽子，就拿来遮一遮脸。"

"俺没有帽子呀！"

"那就给你两毛五分钱，从这里的黑人那里买一顶，然后到这里来等我。"

"好吧，小姐。"现在又有人告诉他做什么了，他松了一口气，脸上也显得精神了。

思嘉一边赶路一边想。威尔肯定欢迎这样好的一个庄稼汉到塔拉来。波克干地里活儿一直干得不大好，将来也不会干得特别好。有了萨姆，波克就可以到亚特兰大来，和迪尔茜待在一起，这是父亲去世的时候她答应过的。

她赶到木材厂的时候，太阳已经快落了。约翰尼·加勒格尔站在一所破房子的门廊上，这房子就算是厨房吧。还有一所石头房子，是睡觉的地方，房前有一根大木头，上面坐着四个犯人，他们穿着囚服，浑身是汗，又脏又臭。他们拖着疲倦的脚步走动时，脚镣发出哗啦哗啦的响声。这几个人都带着一种消沉、绝望的神情。思嘉一眼就看出来他们十分瘦，健康状况很差。

可是就在不久以前，她把他们雇来的时候，他们都挺结实的呀。思嘉下了车，这些人连眼皮也不抬，只有约翰尼转过脸来，向思嘉打了个招呼，他那棕色的小脸盘儿硬得像核桃一样。

"我不喜欢他们这样，"她直截了当说。"看上去，他们身体不好。还有一个在哪里？"

"他说他有病，"约翰尼待理不理地说。"在里边躺着呢。"

"他有什么病？"

"多半是懒病。"

"我去看看他。"

"你别去，说不定他光着身子哩。我会照顾他的。他明天就可以上班。"

思嘉犹豫了一下。她看见一个犯人无力地抬起头来瞪了约翰尼一眼，一脸痛恨的神情，接着又低下头，两眼看地了。

"你用鞭子抽他们吗？"

"对不起，肯尼迪太太，现在谁在管这个厂子？是我。你说过，我可以随意使唤。你没有什么好指责我的，对不对？我比埃尔辛先生出的木材多一倍，难道不是吗？"

"的确是这样，"思嘉说，但她打了一个寒噤。

她觉得这个地方和这些丑陋的房子有一种可怕的气氛，而过去休·埃尔辛经管的时候，这种气氛是没有的。她还觉得这里有一种孤独、与世隔绝的感觉，这也使她不寒而栗。这些犯人和外界离得那么远，任凭约翰尼·加勒格尔摆布。他要是抽打他们，或虐待他们，她是无从知道的。犯人不敢向她诉苦，怕她走了以后会受到更重的惩罚。

"这些人看上去都很瘦啊。你让他们吃饱了吗？天知道，我在伙食上花的钱足可以把他们喂得像猪一样肥。上个月，光是面粉和猪肉就花了我三十块钱。晚饭你给他们吃什么？"

思嘉走到厨房前面，往里看了看。有一个黑白混血的胖女人正在一只生了锈的旧炉子前做饭，一见思嘉，轻轻地行了个礼，就又接着搅她煮的黑眼豆。思嘉知道他们在同居，但她并不想理会。她看得出来，除了豆子和玉米饼子之外，没有什么别的可吃的东西。

"还有什么别的给他们吃呢？"

"没有"。

"豆子里没搁点腌肉吗？"

"没有"。

"也没搁点炖咸肉吗？黑眼豆不搁咸肉可不好吃，吃了不长劲儿呀。为什么不搁点咸肉？"

世界经典文库

世界二十大名著

飘

"约翰尼先生说用不着。"

"你给我往里搁。你们的东西都放在哪里？"

那女人很害怕。思嘉过去一下子把食品橱的门打开。只见一桶打开的玉米面、一小口袋面粉、一磅咖啡、一点白糖、一加仑高粱饴，还有两只火腿。其中一只火腿在架子上，是最近才做熟的，只切掉了一两片。思嘉气冲冲地回过头看约翰尼，约翰尼也是满脸怒气，正在冷冰冰地看着她。

"我上星期派人送来的五袋白面呢？那一口袋糖和咖啡呢？我还派人送过五只火腿，十磅腌肉，还有好多甘薯和爱尔兰土豆。这些东西都到哪里去了？就算你一天给他们做五顿饭。也不至于一星期就都用光啊。你卖了！你准是卖了，你这个贼！把我送来的好东西卖了，把钱吞了，然后就给这些人吃干豆子、玉米饼子。他们怪不得这么瘦呢。你给我滚开！"

她怒气冲冲地从他身旁走过，来到门廊上。

"你，头上那个——对，就是你。给我过来！"

图文珍藏版

那人站起来，吃力地向她走来，脚镣哗啦哗啦地直响。她看了看他光着的脚脖子，磨得通红，甚至都磨破了。

"你最后一次吃火腿是什么时候？"

那人低着头。

"说话呀！"

那人还是站在那里不吭声，垂头丧气的样子。后来他终于抬起头来看了思嘉一眼，似乎在恳求她，接着又把头低下去了。

"不敢说，是不是？那好吧，你到食品柜去把架子上的火腿拿来。丽贝卡，把刀给他。拿过去你们都吃了。丽贝卡，给这几个人准备饼干和咖啡，多给他们点高粱饴，马上动手，我要亲眼看着你拿给他们。"

"那是约翰尼先生自己的面粉和咖啡，"丽贝卡低声说，害怕得不得了。

"约翰尼先生自己的，真可笑！叫你怎么办，你就怎么办。动手吧。约翰尼·加勒格尔，跟我来一下。"

她大步穿过那到处是垃圾的院子。她看见那些人一面撕火腿，一面拼命往嘴里塞，似乎害怕随时会有人抢走似的。

"你这个无耻的大流氓！"她怒不可遏地对约翰尼喊道。这时约翰尼站在车轮旁，耷拉着眼皮，帽子戴在后脑勺上。"我送来的东西，你如数还我钱吧。以后，吃的东西天天送，不按月送了。那你就没法跟我捣鬼了。"

"以后我就不在这里了，"约翰尼·加勒格尔说。

"你是说要走吗？"

这时思嘉很想说："滚就滚吧！"话都到了嘴边，冷静一想，还是得慎重。约翰尼要是一走，她可怎么办呢，她比休出木材多一倍呀。况且她手上还正有一项大宗订货，数量之大，从未有过，并且还要得很急。一定要把这批木材送到亚特兰大。约翰尼要是走了，谁来接着管这个厂呢？

"是的，我是要走。你是让我在这里负责的，你还说只要求我尽量多出木材。当时你没有说应该怎么样管这个厂，现在更不必多此一举。你不能责怪我不守信用。我为你赚了钱，挣了我那份薪水。有外快可捞，我也捞一些。可是你突然跑来插一杠子，问这，问那，当着众人的面让我威信扫地。这叫我以后怎么管理呢？这些人，打他们一顿有什么关系？这些懒骨头，打他们一顿还算便宜他们呢。他们吃不饱，又有什么关系？他们也不配有更好的待遇。咱们要么互不干涉，要么我今天晚上就走。"

他板着的面孔看上去比石头还要硬，思嘉进退两难了。他要是今天晚上就走，可怎么办呢？她不能整夜待在这里看着这些犯人啊。

思嘉这种进退两难的心情在她的眼神里流露出来，所以约翰尼的脸不像刚才绷得那么紧了，说话的语气也婉转一些了。

"天不早了，肯尼迪太太，您最好回家去吧。我们总不至于为了这点小事就闹翻了呀？这么办吧，您下个月扣我十块钱工资，这件事就算了结了。"

思嘉的眼睛不由得转向那帮可怜的人，他们还在那里狼吞虎咽地啃火腿，她还想到那个在破房子里躺着的病人。她得把约翰尼·加勒格尔弄走，他是个贼，是个惨无人道的人。谁知道她不在的时候他是怎样对待犯人的。可是另一方面，他又很能干，她需要一个能干的人。现在可不能让他走啊。他能替她赚钱呀。今后她一定要想办法让犯人吃上他们该吃的东西。

"我要扣你二十块钱。"她直截了当说。"明天早上我还要来跟你谈这件事。"

她随手抓起缰绳，但她知道这件事不会再谈了。她知道这件事就算了结了，并且她知道约翰尼对这一点也是清楚的。

思嘉赶着马车往家奔去。这时她的良心和她赚钱的欲望展开了激烈的搏斗。她知道自己不该把活人的性命交给那个铁石心肠的小个子，任凭他折磨，她明明知道此人惨无人道，却还让他管他们。可是，——可是话又说回来了，他们也不该犯罪呀。他们犯了法，受到不好的待遇是活该的。想到这里，她也就有点安心了，可是等她上了大路以后，犯人们那一张张无精打采的面孔又不断浮现在她的面前。

"唉，以后再想吧。"

思嘉来到棚户区前面大路拐弯的地方，这时太阳已经完全下去了，附近的树林黑黝黝的，冷风吹过黑暗的树林，枯枝断裂，发出咔嚓的声音。她一个人还从来没这么晚待在外面，所以，她感到很紧张。

大个子萨姆连影子也没有，思嘉停下来等他，不禁为他担起心来，他会不会被北方佬抓去了。过了一会儿，她听见有脚步声传来，松了一口气。

但是从大路拐弯的地方过来的不是萨姆。

来的是一个衣衫褴褛的大个子白人，和一个小个子黑人。她赶紧抖动缰绳，顺手抄起手枪。这马刚刚起步，因那白人伸手一拦，便又突然愣住了。

"太太，"那白人说，"给我一个两毛五的硬币吧。我饿坏了！"

"闪开，闪开！"她回答说，一面尽量保持镇定。"我没带钱。驾！驾！快跑！"

那人手疾眼快，一把抓住马笼头。

"抓住她！"他对那黑人喊道。"她的钱大概在胸口那儿！"

那黑人朝着马车跑来，脸上挂着淫荡的微笑，她对他开了枪。不过紧接着她的手被人紧紧抓住，几乎把手腕子折断，她的枪也被抢走了。那黑人突然出现在她身旁，因为靠得近，连那臭味儿都闻见了。那黑人想把她拉下车去，她用那只还能活动的手拼命挣扎，抓那人的脸，后来她觉得那人的大手摸到了她的喉咙，只听嘶的一声，她的紧身衣从领口到腰全给撕开了。接着那双黑手就在她胸口乱摸。她从来没有这么害怕、这么厌恶过，就疯了似的大喊大叫起来。

"堵住她的嘴！把她拉下来！"那白人喊道，于是那黑人便在思嘉脸上乱摸，摸到了她的嘴。她死命咬了那人的手，接着又喊叫起来。这时萨姆朝这个黑人冲过来，他才松开堵住她嘴的那只手，跳了下去。

"快跑哇，思嘉小姐！"萨姆喊道，一面还在与那个黑人交手。思嘉颤抖着，喊叫着，抓起缰绳和鞭子。那马一抽就跑起来，她感到轮子底下压着了一件柔软的有弹性的东西。原来是那白人，萨姆把他打倒以后，他就躺在那里了。

思嘉吓坏了，不停地抽那匹马，马跑得飞快。惊吓之中，思嘉觉得后面有飞快地脚步声。

这时一个声音从后面传来："思嘉小姐，停下！"

她战战兢兢地回头一看，是萨姆跟在后面，两条腿跑得飞快。思嘉停住车，萨姆赶到跟前，纵身跳到车上。他脸上，汗水和血往下淌，上气不接下气地问：

"您伤着了没有？他们伤着您了没有？"

思嘉一时说不出话来，只见萨姆的视线很快移动了一下，朝别处看去，这时她才意识到自己的紧身衣已被撕到了腰，光光的胸脯和内衣都露在外面。她吓得哆哆嗦嗦地把衣服拉拢在一起，低下头，抽抽搭搭地哭起来。

"把缰绳给我，"萨姆说着，就把缰绳从她手里抢了过去。"好马，快跑啊！"

鞭子一响，那马一惊，接着就狂奔起来。

"但愿我把那个黑鬼弄死了，不过我没来得及看清楚，"他气喘吁吁地说。"他要是伤害了您，思嘉小姐，我就非回去把他弄死不可。"

"不要——不要——快走吧，"她呜咽着说。

第四十五章

那天晚上，弗兰克把思嘉、皮蒂姑妈和孩子们安顿在媚兰家以后，就和艾希礼一起骑马出去了。思嘉几乎要大发雷霆了。在这样的一天晚上，他还出去参加政治集会，政治集会！就在这天晚上，她在外面受了欺侮，并且当时说不定还会出什么事，他怎么这样呢？可真没心肝，自私自利。还不止于此，当萨姆把哭着的她抱进屋来，他一直很平静，他这种平静简直能把人气疯了。她一面哭，一面诉说事情的经过，但他都始终很平静。只慢条斯理地问："宝贝儿，你是伤着了——还是光是受了惊？"

她又气又恼，说不出话来，萨姆就主动替她回答是受了点惊。

"他们没来得及再撕她的衣服，我就赶到了。"

"萨姆，你是个好孩子，我不会忘记你的好处。要是我能帮你做点什么——"

"是的，先生，您送我回塔拉去吧，越快越好！北方佬正在抓我呢。"

弗兰克听他这么说，也是很平静，并且也没多问，表情很像他在托尼来敲门的那天晚上，似乎这完全是男人的事，处理起来越少说话，越不动感情越好。

"你去上车吧。我叫彼得今天晚上送你，把你送到拉甫雷迪，你在树林子里躲一夜，明天一早坐火车去琼斯博罗。这样比较稳妥……啊，宝贝儿，别哭了。事情已经过去了，并且没有伤着你。皮蒂姑妈，请把溴盐拿来好吗？嬷嬷，去给思嘉小姐倒杯酒来。"

这时思嘉又大哭起来，这一次是生气而哭的。她需要得到他的安慰，需要他表示愤怒，说要为她报仇。她甚至希望他对她发火，但是别这样显得无所谓的样子，认为没什么。他心不在焉的，似乎在想什么事。原来这件重要的事就是去参加一次小小的政治集会。

思嘉听弗兰克说让她换衣服，要送她到媚兰家去待一晚上，她真不敢相信自己的耳朵。他应该知道她今天有多么痛苦，她受了刺激，极需躺在床上，盖上毯子，暖暖和和地休息休息，来一杯热甜酒压压惊。弗兰克要是真爱她，在这样一天的晚上，不论怎么样也不能离开她呀。他应该待在家里，握住她的手，一遍又一遍地对她说，她要是出了什么事，他也就活不成了。

每逢弗兰克和艾希礼一道外出，女眷们聚集在媚兰的小客厅里做针线活儿，气氛总是很宁静的。屋里炉火烧得很旺，使人感到温暖而愉快。四个女人就着灯光埋头做针线。育儿室的门开着，从里面传出韦德、爱拉和小博的轻微的呼吸声。阿尔奇坐在壁炉前的一张凳子上，背对着炉火，满嘴的烟叶把腮帮子撑得鼓鼓的，他在那里认真地削一块木头。

媚兰用略带气愤的口气没完没了地述说最近妇女竖琴乐队发火的事。

思嘉的心情依然很不平静，听媚兰这样滔滔不绝地讲，几乎要大喊："去他妈的妇女竖琴乐队！"她想谈谈她自己的可怕经历。她十分想详细说一说，让大家分担一下她的惊吓。她想告诉她们自己当时是多么勇敢。可是她每次提起这个话题，媚兰就巧妙地扯到别的无聊的事情上去。这就使得思嘉很不高兴，几乎到了难以容忍的地步。这些人怎么都和弗兰克一样坏呢！

她刚遭遇那么可怕的危险，这些人怎么居然这样坦然，这样无动于衷？

阿尔奇突然转身往火上吐了一大口嚼烟叶的唾沫，声音之大，使得英迪亚、媚兰和皮蒂都跳了起来，似乎方才响了一颗炸弹。

"至于这么大声吗？"英迪亚说。她因为吓了一跳，很不高兴，声音都有些嘶哑了。

阿尔奇愤怒地盯着她，不甘示弱。

"我看就得这样，"他顶了一句，又吐了一口。媚兰朝着英迪亚皱了皱眉。

"我就喜欢爸爸从来不嚼烟叶，"皮蒂姑妈也开口说话了。媚兰眉头皱得更厉害了，她回过头来说皮蒂。

"唔，别说了，姑妈。你真不会说话。"

"哎哟!"皮蒂把针线活儿往腿上一撂，嘴撅了起来。"我不知道你们这些人今天晚上犯了什么病。你和英迪亚还不如两根木头棍子好说话呢。"

谁也没理她。

"你的针脚太大了，"皮蒂得意地说。"全得拆下来重做。你是怎么了?"

媚兰仍然一声不吭。

她们出了什么事吗? 思嘉感到纳闷。似乎气氛与往常不同。思嘉偷偷地看另外几个人，碰巧英迪亚也在看她。她感到心里很不舒服，因为英迪亚长时间地盯着她，冷酷的眼神里不仅仅是痛恨与鄙视，还有更强烈的感情。

"看样子她以为我是罪魁祸首了，"思嘉愤怒地这样想。

媚兰没有再说什么，屋里鸦雀无声。在这一片沉寂中，思嘉听见外面起风了。她突然觉得这是一个很不愉快的夜晚，感到气氛紧张。阿尔奇带着一种警惕、等待的神色，竖着两只毛茸茸的耳朵，像只老山猫一样。媚兰和英迪亚也似乎是强忍着心中的不安，一听见路上有马蹄声，就要放下手中的活儿，抬起头来静听。

肯定是出事了，但她不知道究竟怎么了。在寂静之中，她几乎可以感觉得出英迪亚和媚兰思绪翻滚，焦虑不安。尽管她们装得若无其事，可她们忧心忡忡，好像料到要发生什么事。她们这种内心的不安也传给了思嘉，使得她也更加紧张起来。她手底下一乱，就把针扎到拇指上了，她又疼又烦躁，不由得轻轻叫了一声，把大家吓了一跳。她挤了挤，挤出了鲜红的一滴血。

"我太紧张，缝不下去了，"她大声说，随即把要补的衣服扔在地上。"我太紧张了，简直要喊叫。我要回家睡觉去。弗兰克真不该出去，他说啊，说啊，老说保护妇女，对付黑鬼和北方来的冒险家。可现在需要他保护了，他到哪儿去了呢？在家里照顾我吗？不是，他跟着一帮人不知跑到哪儿去了，这帮人也是光会说——"

思嘉怒气冲冲地看了看英迪亚，她停下，不说了。英迪亚呼吸急促，她那灰色眼睛正恶狠狠地盯着她，向她投来冷酷的目光。

"要是不太难为你，英迪亚，"思嘉讥讽地说，"你能告诉我为什么今天晚上老盯着我吗？难道我的脸发绿了，还是怎么了？"

"谈不上难为我，我很乐意说。"英迪亚说，眼里也闪出了光亮。"我不愿意听你贬低肯尼迪先生这样一个好人。你要知道——"

"英迪亚！"媚兰提醒她不要说下去，手攥得紧紧的。

"我想我对自己的丈夫比你更了解，"思嘉说。她从来没跟英迪亚吵过架，现在她就来劲儿了，恨不得大吵一番。媚兰和英迪亚互相看了看，英迪亚勉强把嘴闭上了。可是接着又说起来。

"你真让我恶心，思嘉·奥哈拉，你还要受到什么保护！有没有保护，你根本无所谓！否则这几个月你就不会那样东奔西走，招摇过市，惹得那些陌生的男人迷上你。今天下午的事也是你自作自受，要是有公理的话，这就算便宜你了。"

"英迪亚，别说了！"媚兰说。

"让她说下去，"思嘉说。"我很高兴听听。我早就知道她恨我，可是她虚伪，不肯承认。要是她觉得有人会迷上她，她可以一天到晚光着屁股在街上坐着。"

英迪亚一下子站起来，她受不了这样的侮辱，那瘦削的身子不停地发抖。

"我就是恨你，"她用颤抖而清楚的声音说。"过去我不说，并不是因为我虚伪。你一不懂礼貌，二缺乏教养。你——你——你处处破坏正派人的威信，弄得一个好丈夫抬不起头来，让北方佬和那些无赖笑话我们，污蔑我们，说我们没有教养。北方佬不知道你压根儿就和我们不是一类人。他们愚蠢，也没意识到你这个人没有教养。你到树林子里去乱蹿，惹得那些黑人和下流白人对你下了手，他们也就会对城里所有的正派女人下手的。你还给我们那些男人带来了生命危险，因为他们不得不——"

"英迪亚！我的上帝！"媚兰说。思嘉尽管生气，可对媚兰这样随便呼唤上帝还是吃惊。"你千万别说！她不知道啊，并且她——你千万别说！你答应过——"

"孩子们，别吵了！"皮蒂姑妈嘴唇颤抖着在一旁恳求。

"我不知道什么？"思嘉也站了起来，她气极了，直直地望着怒不可遏的英迪亚和在一旁苦苦哀求的媚兰。

"你们这帮蠢货！"阿尔奇突然用轻蔑的语气说，只见他把披着灰发的头一扬，猛地站了起来。"外面有人来了。不是威尔克斯先生。你们都别嚷嚷了！"

还是男人说话有人听，那几个女人站在那里，突然不吭声了，看着他向门口蹒跚走去。

"谁呀？"没等外边的人敲门，他就问。

"巴特勒船长。快开门。"

媚兰飞快地向门口扑去，阿尔奇的手还没摸到门把手，她就一下子把门打开了。瑞德·巴特勒站在门廊上，黑呢帽低低的压着眼睛，狂风把他的披肩吹得飞舞起来。这时候，他也顾不上客气了，既没摘帽子，也不和别人打招呼。只盯着媚兰一个人，直截了当地说起话来。

"他们在哪儿？快告诉我。这是生死攸关的事。"

思嘉和皮蒂姑妈都惊呆了，她俩面面相觑，不知道发生了什么事。英迪亚像一只老瘦猫，一下子蹿到了媚兰身边。

"别理他，"她急忙说。"他是奸细，他投靠了北方佬！"

瑞德连看都不屑于看她一眼。

"快说吧，威尔克斯太太！也许还来得及。"

媚兰似乎吓傻了，两眼直直地看着他的脸。

"这究竟是——"思嘉刚要说话,就被阿尔奇打断了。

"住嘴,"他厉声喝道。"媚兰小姐,你也闭嘴。你他妈的滚,你这个该死的投敌分子。"

"不要这样,阿尔奇,不要这样!"媚兰喊道。她一面说,一面把一只颤抖的手搭在瑞德的胳臂上,似乎是要保护他,怕阿尔奇动手。"出了什么事?你是——你是怎么知道的?"

瑞德黑黑的脸上显得很不耐烦。

"我的天哪,威尔克斯太太,他们从一开始就都受到怀疑了,只是他们干得巧妙,才拖到今天。我是怎么知道的?今天晚上我和两个喝醉酒的北方船长打扑克,是他们说出来的。北方佬知道今天晚上要出事,他们早就做了准备。那些傻瓜上了人家的圈套了。"

一时间,媚兰似乎被什么东西重重地打了一下,站立不稳,瑞德伸手搂住了她的腰,她才没有摔倒。

"别告诉他!不要上当!"英迪亚喊道,一面恶狠狠地看着瑞德。"你没听见他说吗,他刚才是和北方军官在一起呢。"

瑞德还是看也不看她。他的眼睛死死地盯着媚兰苍白的脸。

"告诉我,他们上哪里去了?"

思嘉看得一清二楚,瑞德板着脸,丝毫没有表情。但媚兰显然感到可以信赖他。于是她摆脱瑞德的胳臂,直了直她那瘦小的身子,用颤抖的声音轻轻地说:

"在迪凯特街旁边棚户区附近。他们在原先沙利文农场的地窖里碰头——就是烧得很厉害的那个农场。"

"谢谢。我马上赶去。北方佬要是来了,就说你们什么也不知道。"

他飞奔出去,消失在黑夜之中。

"北方佬要到这里来?"皮蒂姑妈惊慌地喊道,两脚一软瘫倒在沙发上,吓得连哭都不敢哭了。

"这究竟是怎么回事？快告诉我！你们要是不告诉我，我就要发疯了！"思嘉一把抓住媚兰拼命地摇，似乎使劲摇就能从她嘴里摇出答案来。

"什么意思？意思就是艾希礼和肯尼迪先生大概就要死在你手里了！"英迪亚尽管因为担心而痛苦万分，说话的声音里却带着讽刺的声调。"别摇媚兰了。她快晕过去了。"

"不会，我不会晕的，"媚兰小声说，一面伸手抓住椅子靠背。

"我的天哪！我真不明白！怎么会杀了艾希礼呢？请你们快告诉我吧——"

阿尔奇的声音像生锈的门轴发出的吱吱声，打断了思嘉的话。

"坐下，"他命令道。"拿起你们的针线活儿，就像什么事也没发生一样。说不定北方佬一直在监视这所房子呢。我叫你们都坐下，做活儿。"

她们都战战兢兢地照着做了，就连皮蒂姑妈也抓起一只袜子，哆里哆嗦地拿在手里，睁着大眼看周围的人，希望有人告诉她怎么了。

"艾希礼在哪里？他出什么事了，媚兰？"思嘉喊道。

"你丈夫呢？你就不关心他吗？"英迪亚的灰色眼睛喷射着疯狂的毒焰，使劲揉搓着正在缝补的那条旧毛巾。

"英迪亚，别说了！"媚兰恢复了讲话的声音，但从她那煞白的脸和痛苦的眼神中可以看出她是勉强支撑着。"思嘉，也许我们早就该告诉你，可是——可是你今天下午遭了那么大的罪，因此我们——因此弗兰克就说先别——况且你又一向是公开反对三 K 党——"

"三 K 党——"

她几乎尖声喊叫起来：

"三 K 党！艾希礼可不是三 K 党！弗兰克也不可能！哦，他答应过我呀！"

"肯尼迪先生当然是三 K 党，艾希礼也是，我们认识的男人，他们都是，"英迪亚大声说。"他们都是勇敢的男子汉，是白人，南方人，难道不是吗？你应当为他感到自豪，而不该让他偷偷地退出来。"

"你们一直都知道，而我却——"

"我们怕惹你烦恼，"媚兰伤心地说。

"这么说来，他们说去参加政治集会，而实际上是去干这个去了，是不是？唉，他可是答应过我呀！现在北方佬要来了，他们会没收我的木材厂，没收商店，还会把他关进监狱——唔，瑞德·巴特勒究竟是什么意思啊？"

英迪亚和媚兰呆呆地相互望着，两人都很害怕。思嘉站起来，把手里的活计扔到地上。

"你们要是不说，我就进城去问。我见人就问，非问个——"

"坐下"阿尔奇说，眼睛盯着思嘉。"我来告诉你。你今天下午出去乱跑，遇上麻烦。就因为这个，威尔克斯先生和肯尼迪先生还有另外那些男人今天晚上就都出去了，要宰了那两个混蛋。要是那个投敌分子说的是实话，那就是北方佬早已得到了消息，作了埋伏，我们的人就上了圈套。要是巴特勒说的不是实话，他就是个奸细，他要是真的告发了，我就把他弄死，即便我死也要杀了他。他们要是没出什么事，就都得赶快离开这里，到得克萨斯去，在那里销声匿迹，也许永远不能再回来。这都是你的过错，你的手上沾满了血啊。"

从媚兰的脸上可以看出，她现在已不再害怕，而是生起气来。她注意到思嘉脸上慢慢显出了恐怖的神色，就站起来，把手搭在思嘉肩膀上，正颜厉色地说：

"阿尔奇，你再说这样的话就给我出去。这不是她的过错。她只是做了——做了她认为应当做的事。我们的先生们也做了他们认为该做的事。我们的想法不同，做法不同，所以不能——不能拿我们自己的标准来衡量别人。你和英迪亚怎么能说出这么难听的话呢？说不定她丈夫和我丈夫都——都——"

"听！"阿尔奇轻轻打断了她的话。"都坐下。有马的声音。"

媚兰坐在一把椅子上，拿起艾希礼的一件衬衫，把头一低，无意识地把褶边撕成了碎条。

马越来越近，蹄声也越来越大。她们四个人心里很怕，却都低着头，一本正经地做针线。思嘉在心里狂吼："是我害了艾希礼！是我害了他！"在这疯狂的时刻，她连想也没想到她可能还害了弗兰克呢。她顾不上想别的，只有艾希礼的形象，他躺在北方佬骑兵的脚下，亮丽的头发沾满了血。

门口传来一阵粗暴急促的敲门声，思嘉看了看媚兰，发现她那紧张的小脸上有着平静的表情，和她刚才看到的瑞德·巴特勒脸上的无动于衷的表情完全一样。

"阿尔奇，开门去，"她平静地说。

阿尔奇把短刀往靴筒里一插，把腰带上的手枪解开了扣儿，一拐一拐地走到门口，把门开开。皮蒂姑妈一看门廊里挤着一个北方佬军队的队长和几个穿着蓝军装的士兵，就惊叫了一声，但其他人都没有说话。思嘉发现她认识这个军官，于是微微松了一口气。他是汤姆·贾弗里队长，是瑞德的朋友。她曾经把木材卖给他盖房子，知道他是个正派人。他也一下子认出了思嘉，于是摘下帽子，鞠了一个躬，感到有些不好意思。

"晚上好，肯尼迪太太。你们哪一位是威尔克斯太太呀？"

"我是，"媚兰答道，说着便站了起来，她尽管身材矮小，却十分庄重。"有什么事需要你们闯到我家里来？"

队长的眼睛很快地看了看屋里的人，在每个人的脸上都停了一下，接着又把屋里每个角落都扫视了一遍，似乎要看看屋里有没有男人的痕迹。

"如果可以的话，我想和威尔克斯先生和肯尼迪先生谈一谈。"

"他们不在，"媚兰说，声音不大。

"你能肯定吗？"

"威尔克斯太太的话，你就不必怀疑了，"阿尔奇说，他的胡子也翘了起来。

"对不起，威尔克斯太太。我不是不尊重您。如果您能做出保证，我就不搜查了。"

"我可以保证。不过你要是想查就请吧。他们进城到肯尼迪先生的店里开会去了。"

"他们没在店里。今天晚上没有会，"队长板着脸说。"我们要等在外面，直到他们回来。"

他微微鞠了一个躬就走了出去，随手把门也关上了。屋里的人听见外面有人以严厉的语气在下命令："包围这所房子。每个门窗站一个人。"接着是杂乱的脚步声。思嘉模模糊糊看见一张张凶狠的面孔在窗外望着她们，心里十分害怕。媚兰坐下来，顺手从桌上拿起一本书，书名是《悲惨世界》，过去联盟的战士最喜欢。

思嘉现在也不只想到艾希礼，也开始想到弗兰克了。他今天晚上显得特别镇静，是这个原因啊！他答应过她，说不和三K党发生任何关系。当时她就是怕会这样，断送她一年来取得的成果。她奋斗，她担忧，风里来雨里去，现在全都白费了。谁会想到弗兰克这个无精打采的老家伙会去参与三K党的莽撞行动呢？此时此刻，说不定他已经死了，或者被北方佬抓住了。还有艾希礼，也是一样。

艾希礼有被绞死的危险，说不定都已经死了，媚兰怎么还能平心静气地读书呢？

她回想起托尼·方丹那天晚上突然来到的情景。有人追赶他，他已经筋疲力尽，又没有钱。要是他没有及时来到他们家，拿到钱，换上一匹马，早就被绞死了。弗兰克和艾希礼要是现在还没死，他们的处境比托尼更糟。房子被军队包围了，他们要是回来拿钱，拿衣服，就肯定会被抓住。说不定这条街上所有的房子都有北方佬军队监视，那他们也就无法找朋友帮忙了。可是也说不定他们正连夜向得克萨斯飞跑呢。

但是瑞德——也许瑞德及时赶到，瑞德总是随身带着很多钱。他可以给他们一些钱，让他们渡过难关。不过这就怪了。瑞德为什么要自找麻烦，关心艾希礼的安全呢？他肯定是不喜欢他的，说过他鄙视他。那为什么？她又为艾希礼和弗兰克的安全而担起心来。

"哎，都是我不好！"她痛心地责备自己，"英迪亚和阿尔奇说的是对的。都是我不好。可他们怎么会糊涂到这种地步，去加入三K党呀！并且我从来也没想到我真会出什么事。我得维持那两个木材厂。我还得赚钱！现在看来，可能都保不住了。唉，还是我自己不好！"

外面有马蹄声，有歌声，模模糊糊听出来是人们最讨厌的一支歌，是歌颂谢尔曼的队伍的《横扫佐治亚》，而那唱歌的不是别人，而是瑞德·巴特勒。

瑞德刚刚唱完头一句，就有另外两个人的声音，也是醉汉的声音，跟着他嚷嚷起来。那两个人胡言乱语，说起话来结结巴巴，含糊不清。屋里的几个女人吓得面面相觑，因为她们听出来了，和瑞德吵吵嚷嚷的那两个醉汉就是艾希礼和休·埃尔辛。

前院小路上的喧闹声更大了。贾弗里队长在盘问他们，还有休的尖叫声搀杂着傻笑声。瑞德的声音深沉而急躁，艾希礼的声音很怪，很不自然，不断地喊："见鬼了！见鬼了！"

"这不可能是艾希礼！"思嘉暗自想道，她感到奇怪。"他是从来不喝醉的。还有瑞德——他是怎么回事？他要是醉了，就越来越安静，从不这样喊叫。"

媚兰站了起来，阿尔奇也跟着站了起来。他们听见队长喊道："这两个人被捕了。"阿尔奇马上抓住了枪把子。

"安静点，"媚兰坚定地低声说。"让我来。"

这时媚兰脸上的表情，和那天她手里无力地握着沉甸甸的战刀，站在高高的台阶上，看着下面那具北方佬尸体时的表情是一样的。一个温和、胆小的人会变得那样警觉，那样凶猛。她一把开开了前门。

"扶他进来吧，巴特勒船长，"她大声说道，并且十分不满，"你们又把他给灌醉了。扶他进来吧。"

在院子里，北方佬军队的队长在风中喊道："对不起，威尔克斯太太，你丈夫和埃尔辛先生被捕了。"

"被捕？为了什么？就因为他喝醉了酒？要是喝醉了都得被捕，整个北方驻军就得永远待在监狱里了。还是扶他进来吧，巴特勒船长——如果你自己还能走得了路的话。"

思嘉的脑子转得不够快，不明白眼前发生的一切。她知道瑞德和艾希礼并没有醉，她也知道媚兰也知道他们并没有醉。可是这个平时温和、文静的媚兰，现在为什么当着北方佬的面像泼妇一样大喊大叫，非说他们两个人醉得走不了路呢？

外面传来一阵争论声，夹杂着咒骂声，接着就是有人摇摇晃晃上台阶的声音。艾希礼出现了，他脸色苍白，耷拉着脑袋，头发乱蓬蓬的。休·埃尔辛和瑞德两个人自己也站不稳，却还在两边架着他，很明显，要是没有他们架着，他会瘫在地上的。北方佬军队的队长跟在他们后面，又怀疑又觉得有趣。

思嘉十分害怕，又迷惑不解，看了一眼媚兰，又回过头来看着那站不稳的艾希礼，她有点明白了。她刚要说："可他是不会喝醉的，"又把话咽下去了。她意识到自己是在看一场戏，一场性命攸关的戏。她只看懂了一部分，但她很识相，没有吭声。

"把他放在椅子上，"媚兰气愤地喊道。"你，巴特勒船长，给我马上离开这里！你今天又把他灌成这个样子，怎么还有脸到这里来！"

那两个人轻轻地把艾希礼放在一把椅子里，瑞德摇摇晃晃地顺手抓住了椅子背才勉强站稳，用痛苦的音调对那位队长说：

"就这样报答我呢，是不是？谁让我帮他躲过警察，还把他送回家来呢？一路上他还大嚷大叫，用手抓我的脸哩！"

"还有你，休·埃尔辛，我真替你难为情！你那可怜的母亲会怎么说呢？喝醉了，并且是和巴特勒船长一起喝的，而他是一个——一个喜欢北方佬的投敌分子啊！哎哟，威尔克斯先生，你都干了些什么呀？"

"媚兰，我没怎么醉，"艾希礼含含糊糊地说，说完了就往前一扑，抱着头趴在桌子上。

"阿尔奇，送他到他屋里，让他睡觉吧，往常不也是这样吗？"媚兰说。"皮蒂姑妈，请您赶快去给他铺床。啊——啊，"她突然大哭起来。"啊，他怎么能这样呢？他答应过我呀！"

队长出来拦住了他们。

"不要碰他。他被逮捕了！"

瑞德显然还站不太稳，他把一只手搭在队长胳臂上，费了好大的劲才把眼神集中起来。

"汤姆，怎么了？他没怎么醉。"

"见鬼去吧，"队长说。"他就是醉得躺在污水沟里，我也管不着。可是他和埃尔辛先生参与了三 K 党的行动，今天晚上袭击了棚户区，我要逮捕他们。他们杀了一个黑人，一个白人，罪魁祸首就是艾希礼先生。"

"今天晚上？"瑞德大笑起来。他笑得站不住就顺势坐在沙发上，两手抱着头。过了一会他能说得出话来了，就接着说："不会是今天晚上吧，汤姆。今天晚上我们在一起呀。他们没有开会，从八点钟起就跟我在一起。"

"跟你在一起，瑞德？可是——"那位队长皱起眉头，看看艾希礼在打呼噜，他的妻子在那里哭，一时不明白，就接着问："可是——你们在哪里呀？"

"我不想说，"瑞德一面说，一面醉醺醺地瞅了媚兰一眼。

"你还是说吧。"

"咱们到外面过道上去，我就告诉你。"

"你现在就得说。"

"当着太太们的面，我不好说。要不请太太们先出去一下——"

"我不，"媚兰嚷道，一面气得用手绢抹眼泪。"我有权知道，今天晚上我丈夫究竟在哪里。"

"在贝尔·沃特琳赌场，"瑞德说，脸上显出不太好意思的样子。"他在那里，还有休，还有弗兰克·肯尼迪，还有米德大夫——一大帮人呢。在那里开了个宴会，是个很大的宴会，有香槟，有姑娘——"

"在——在贝尔·沃特琳那里?"

媚兰痛苦地喊道，声音大得嘶哑了。大家吃了一惊，转过脸来看她。只见她用手捂着胸口，晕了过去。接着就是一阵忙乱，阿尔奇把她从地上抱起来，英迪亚到厨房去拿水，皮蒂姑妈和思嘉一面给她扇风，一面拍打她的手腕，休·埃尔辛则不停地喊："你全给抖搂出来了! 你这个混蛋!"

"马上全城就都知道了，"瑞德恶狠狠地说。"你该满意了吧，汤姆。明天亚特兰大就没有谁家的太太会跟她丈夫说话了。"

"瑞德，我不明白——"尽管开着门，冷风一个劲往这位队长身上吹，他还是满头大汗。"这样吧! 你起誓担保他们今晚是在——唔——在贝尔那里，可以吗?"

"妈的，可以，"瑞德不满地说。"你要是不信，就去问问贝尔。现在我来把威尔克斯太太送到她屋里去吧。阿尔奇，你把她给我，我能抱得动。皮蒂小姐，您拿着灯，带路。"

瑞德毫不费力地把媚兰纤弱的身子从阿尔奇怀里接过来。

"阿尔奇，你把威尔克斯先生也抱到床上去吧。"

皮蒂姑妈举着灯的手直哆嗦，不过她还算拿住了，朝着卧室一步步走去。阿尔奇嘟囔着用胳臂把艾希礼架了起来。

"可是——我得逮捕这两个人。"

瑞德在昏暗的过道里转过身来说:

"那就明天早上再来吧。他们这个样子，跑不了——我从来还不知道在赌场喝醉了酒就犯了法。汤姆，你听我说，有五十个见证人能证明他们是在贝尔那里的。"

"一个南方人要找五十个人证明他在某个地方，是找得着的，而他可能根本不在那里，"那位队长沮丧地说。"埃尔辛先生，你跟我走一趟。威尔克斯先生可以假释，如果有人——"

"我是威尔克斯先生的妹妹。我保证让他随传随到，"英迪亚冷冷地说。"请你们快走吧！折腾了一夜，够受的了。"

"我十分抱歉，"队长说着，"我只希望他们能证明的确是在沃特琳，唔——小姐——太太那里。请你转告你哥哥，他明天早上必须到宪兵司令那里听候审问。"

英迪亚冷冷地点了点头，把手放在门把上。队长退了出去，休·埃尔辛跟在后面，英迪亚砰的一声就把门关上了。思嘉两腿还在发抖，抓住艾希礼刚才坐过的椅子才勉强站住。低头一看，靠垫上红红地湿了一片。

"英迪亚，"她悄悄地说，"英迪亚，艾希礼——他受伤了。"

"笨蛋！你真以为他喝醉了吗？"

英迪亚拉下最后一个窗帘，就飞快地朝卧室跑去，思嘉紧跟在后面，心都提到了嗓子眼儿。只见艾希礼面色苍白，静静地躺在床上。媚兰刚才晕过，现在却异常敏捷地用绣花剪刀剪开他那沾满了血的衬衫。

"他死了吗？"门口那两个女人同声说。

"没有死。只是失血过多，晕过去了。是从肩膀上打进去的，"瑞德说。

"你为什么把他送回家来，你这个傻瓜？"英迪亚喊道。"让我进去！让我过去！你为什么把他送回家来让他们逮捕他？"

"他走不动了。也没有别的地方可去呀，威尔克斯小姐。再说——你愿意让他像托尼·方丹那样流落他乡吗？你愿意让他化名到得克萨斯去，一辈子不再回来吗？我们也许有可能让他们逃脱，只要贝尔——"

"让我过去！"

"不行，威尔克斯小姐。有件事你得赶紧去办。你得去请个大夫——不要米德大夫，他与此事有牵连。另外找个大夫。夜里一个人出去，你害怕吗？"

"不怕，"英迪亚回答说，她那灰色的眼睛闪闪发光。"我不害怕。"她说着就从走廊里的衣钩上取下媚兰的连帽披肩。"我去找迪安老大夫。"她压抑着心中的激动，尽量装得心里很平静的样子。"对不起，我刚才叫你奸细，叫你傻瓜。我不了解真相。你这样帮助艾希礼，我十分感激你——不过我还是看不起你。"

"我喜欢坦率——谢谢你的坦率。"瑞德向她鞠了一躬，嘴角往下一撇，露出愉快的微笑。"你赶快走吧，要走后门。回来的时候，如果发现周围有军队的迹象，就别进来了。"

英迪亚又痛苦地看了艾希礼一眼，披上披肩，轻轻地跑过走廊，到了后门，悄悄地消失在黑夜之中。

思嘉看见艾希礼睁开了眼，她的心怦怦地跳起来。媚兰从脸盆架上揪下一条叠好的毛巾，捂在他那流血的肩膀上，他虚弱地朝她笑了笑，让她放心。思嘉感到瑞德锐利的目光在拼命盯着她，也知道自己的心思都表现在脸上了，但她顾不上那么多了。艾希礼在流血，说不定还会死，并且是她这么热爱的人，身上打了个洞。她恨不得冲过去，跪在床边，把他搂在怀里。她捂着嘴看见媚兰又把一条毛巾放在他的肩上，使劲按，似乎能把流出来的血按回去，但是这条毛巾很快又红了。

"你放心，"瑞德说，声音里略带一点讥讽的语调。"他死不了。现在你去把灯接过来，给威尔克斯太太照着，我得让阿尔奇办事去。"

阿尔奇隔着灯看了瑞德一眼。

"我才不听你指使呢，"他顶了一句。

"你要听他吩咐，"媚兰严厉地喝道，"并且要立刻照办。巴特勒船长让你干什么，就干什么。思嘉，把灯接过来。"

思嘉走上前去，把灯接过来。艾希礼的眼睛又无力地闭上了，他的胸膛露在外面，起伏得很激烈。媚兰慌张的小手止也止不住，血还是不断从她手指缝里往外流。思嘉似乎听见阿尔奇咚咚地走到瑞德跟前，还听见瑞德很快地小声对他说了一些话，她的心思全都放在艾希礼身上了，只听见瑞德小声说："骑上我的马……在外面拴着……赶快去。"

阿尔奇含含糊糊地问了一个问题，瑞德回答说："原来的沙利文农场。袍子都塞到最大的那根烟囱里了。你找到以后，就烧掉。"

"嗯。"阿尔奇应了一声。

"还有两个——人在地窖里。你要尽量想办法把他们捆到马背上，送到贝尔家后面的空地上，就是她家和铁路之间那块空地。你可千万小心，要是让人看见，咱就都得一块儿被绞死。把他们放在空地上以后，还要把手枪放在他们身边——还是放在他们手里吧。来——把我的枪拿去。"

思嘉远远望去，只见瑞德把手伸到后襟底下，抽出两支左轮手枪。阿尔奇接过来，就别在了腰里。

"每支枪都要放一枪。让大家认为这是一场决斗，你明白吗?"

阿尔奇点点头，似乎他全明白了。一种敬佩的眼神不由得从他那冷漠的眼睛里流露出来。但思嘉还是不明白，过去这半个钟头就像一场噩梦，使她觉得今后什么事也弄不清楚了。然而看到瑞德在这可怕的局面中好像应付自如，她又放心了。

阿尔奇转身要走，又回过头来用他那只独眼询问地盯着瑞德的脸。

"他?"

"是的。"

阿尔奇嘟囔了一阵，又往地上啐了一口唾沫。

"糟了，"他说着就顺着过厅朝后门走去。

这段小声的对话使得思嘉又产生了新的恐惧和疑虑，似乎胸中出现了一个冰冷的水泡。

"弗兰克在哪里?"她喊道。

瑞德轻手轻脚走到床前，他这个大个子走起路来倒像猫一样轻巧。

"等会儿再说，"他说着，笑了笑。"把灯拿稳，思嘉。你不想把威尔克斯先生烧死吧。媚兰小姐——"

媚兰抬头看了看他，似乎一个听话的士兵在等待命令。

"对不起，我是想说，威尔克斯太太……"

"唔，巴特勒船长，不用说对不起。如果你去掉小姐二字，光叫我媚兰，我会感到很荣幸。我觉得你就像是我的——我的哥哥，或者——或者是我的表哥。你又宽厚，又能干。我怎么才能感谢你呢？"

"谢谢，"瑞德说，他感到一阵不好意思。"我不该这么冒昧，不过，媚兰小姐，"他用一种包含歉意的语调说，"很抱歉，我刚才不得不说威尔克斯先生在贝尔·沃特琳赌场。对不起。我只能这样说，因为我知道，我的话他们是会相信的，因为我在北方佬军队的军官中有那么多朋友呀。使我受宠若惊的是他们几乎拿我当自己人看待，因为他们知道我在本地人当中臭名昭著。你看，我今天晚上一开始就在贝尔的酒吧里打扑克。有十几个北方佬军队的军官能证实这一点。贝尔和她那些姑娘们更是可以扯谎，说威尔克斯先生和另外几个人整个晚上在她们楼上的。她们的话，北方佬是相信的，他们想不到这个行业里的女人也会极为忠诚，或者说有强烈的爱国心。我想，有了我这个投敌分子和十几个花花姑娘所做的保证，也许有希望能让他们几个人逃脱。"

瑞德说到最后几句话时，露出了一丝冷笑，但是他一看媚兰那充满感激之情的脸，他那冷笑的面孔也就消失了。

"巴特勒船长，你真能干！只要能救他们的命，即便你说他们今天晚上在地狱里待着，我也很高兴。因为我知道，其他一些重要的人也知道，我丈夫从来不到这种地方去！"

"不过——"瑞德感到不大好说，"事实上，他今天晚上的确去过贝尔那里。"

媚兰冷漠地望着他。

"我永远也不相信你这种谎话!"

"媚兰小姐,请听我解释。今天晚上我赶到沙利文旧址以后,发现威尔克斯先生受了伤,和他在一起的有休·埃尔辛、米德大夫,还有梅里韦瑟老人——"

"怎么还有这位老先生?"思嘉喊道。

"人老了也不见得就不傻。还有你那亨利叔叔——"

"哎哟,我的天哪!"皮蒂姑妈大喊一声。

"和军队一交锋,他们就四散奔逃,没走的就来到沙利文旧址,把袍子藏到烟囱里,也来看一看威尔克斯先生的伤势如何。要不是他受了伤,他们就都逃到得克萨斯去了。可是他不能骑马走长路。这就必须证明他们当时不在现场,而是在别的地方。所以我就带他们走后门来到贝尔·沃特琳那里。"

"噢,我明白了。我刚才说话冒失,请你原谅,巴特勒船长。现在我明白是有必要带他们到那里去的,不过——巴特勒船长,有人看见你们进去吧!"

"没人看见。我们是从后门进去的。这后门对着铁路,总是黑黑的,并且是锁着的。"

"那你们是怎么——"

"我有钥匙，"瑞德直截了当说。

等媚兰充分意识到这句话的含义时，她觉得很不好意思。

"我并不是有意追问什么，"她含含糊糊地说，那张苍白的脸也红起来。

"我不得不对一位太太说这样一件事，我感到遗憾。"

"看来这是真的喽！"思嘉心里这样想，同时感到一阵说不出的痛苦。"原来他的确是住在沃特琳那里！那所房子还是他的呢！"

"我见到贝尔，跟她说明了情况。我给了她一张名单，今晚出去活动的人都列在上面了，要求她和她那些姑娘们证明这些人今天晚上都在她们那里。后来我们出来的时候，为了引起人们注意，她把在那里维持秩序的两个打手找来，把我们拖下楼去，我们还在厮打，他们拖着我们穿过酒吧间，把我们推到大街上，说我们酒后胡闹，扰乱了秩序。"

瑞德回想起当时的情景，笑了笑，又接着说："米德大夫装醉装得不像。到那种地方，他觉得太有失体面。但是亨利叔叔和梅里韦瑟爷爷装得像极了。要是没他俩，这出戏就要大为逊色。梅里韦瑟先生演得最认真，恐怕把亨利叔叔的眼睛打青了。他——"

后门突然开了，英迪亚走了进来，后面跟着迪安老大夫。他那长长的白发乱蓬蓬的，旧皮包在披肩底下翘着。他微微点了点头，但没有跟在场的人说话，马上揭开了盖在伤口上的毛巾。

"稍高一点，没有伤着肺，"他说。"要是没有打断锁骨，问题就不大。多拿几条毛巾来，太太们，要是有棉花，也拿一点来，还要点白兰地。"

瑞德从思嘉手里把灯拿过来，放在桌上。媚兰和英迪亚跑来跑去，拿大夫要的东西。

"这里你插不上手，到客厅里去烤烤火吧。"瑞德说着，拉起思嘉的胳臂，把她拽走了。不论是他的动作，还是他的声音，都十分温和。"你这一天可真够呛，是不是？"

　　思嘉听凭瑞德拉着她来到客厅，她尽管就站在火很旺的炉前，却还是不住地发抖。她心中的疑团越来越大了。不仅是怀疑，几乎已经肯定了，多么可怕呀！她看了看面无表情的瑞德，问道：

　　"弗兰克在——贝尔·沃特琳那里吗？"

　　"不在。"

　　他的声音是呆板的。

　　"阿尔奇正在把他搬到贝尔家附近的空地去。他死了。一枪打在头上了。"

第四十六章

那天晚上，城北头没有几户人家睡了觉，因为三K党受打击和瑞德设计营救的消息很快就悄悄地传开了。

从外面看，每所房子都是黑的，静悄悄的，人们已经入睡。但在房子里面，人们正激动地小声交谈，一直谈到天亮。三K党的每一个成员都准备出逃，各家各户的马都备好了鞍，等在黑暗的马厩里，手枪都挂在腰带上，食品装在口袋里，放到了马背上。之因此没有出发，就是因为英迪亚悄悄地传来了消息："巴特勒船长说不要往外跑。路上有人监视。他已经和沃特琳那家伙安排好了——"在屋子里，人们窃窃私语："我为什么要相信那个该死的投靠北方佬的巴特勒呢？这可能是个圈套呀！"可又能听见女人恳求的声音："还是不要走吧！要是他救了艾希礼和休，他就能救我们每一个人。要是英迪亚和媚兰信任他——"于是他们半信半疑地留了下来，因为没有别的出路可供他们选择。

在这之前，军队曾到十几户人家去敲门查问，谁要是说不出当天晚上在什么地方，就把谁抓走。雷内·皮卡德和梅里韦瑟太太的一个侄子、西蒙斯家的哥儿几个、安迪·邦内尔，还有另外一些人，都在监狱里蹲了一夜。他们参加了这次倒霉的袭击，但是一开火，他们就和大家分开了，他们在往回跑的时候就被抓住了，所以他们不知道瑞德的计划。梅里韦瑟爷爷和亨利·汉密尔顿叔叔都直言不讳地说他们一晚上都在贝尔·沃特琳的赌场里。贾弗里队长听了很不高兴，说他们干这样的事年纪太大了，气得他们要揍他。

贝尔·沃特琳亲自回答了贾弗里队长的询问。队长还没来得及说明来意，她就嚷嚷起来。她说今天晚上已经关门了。刚才来了一帮打架斗殴的酒鬼，在这里打起来了，把这里弄得一塌糊涂，把她的几面极为精致的镜子也打碎了。姑娘们吓得要死，只好今晚暂停营业。不过假如贾弗里队长想喝点什么，酒吧间还开着——

贾弗里队长知道他手下的人都在一旁看笑话，便声色俱厉地说他既不要年轻姑娘，也不要喝什么酒，只问贝尔知不知道那些人的名字。贝尔说当然知道，他们都是她的常客。他们每星期三晚上都来，自称是周三民主派。至于他们的名字，贝尔一口气说出了十二个人，都是怀疑对象。贾弗里队长听了之后露出一脸的苦笑。

"这些该死的叛逆分子比我们的秘密警察组织得都好，"他说。"明天早晨你和你那些姑娘们到宪兵司令那里等候问话。"

"宪兵司令会不会让他们赔我的镜子呀？"

"他妈的镜子！去找瑞德·巴特勒，让他陪。这个地方不是他的吗？"

天还没有亮，城里过去参加过南部联盟的各家各户就什么都知道了，比如，弗兰克·肯尼迪和瘸子托米·韦尔伯恩被打死了，艾希礼把弗兰克尸体弄走的时候受了伤，等等。

因为思嘉与这次悲惨事件有关，城里的妇女知道她丈夫已经死了，大家也就不像原先那么恨她了。天亮以后，尸体被人发现，当局通知了她，但在此之前，她必须假装什么也不知道。弗兰克和托米，冰凉的手攥着手枪，躺在空地上的枯草丛里，身体慢慢僵硬了。北方佬会说他们是为了争夺贝尔的一个姑娘，酒后斗殴，互相射击而死的，这种事是很常见的。大家对托米的妻子范妮深表同情，她刚生完孩子。

天还没有亮，消息就传开了，说军事法庭当天就要进行调查。城里的人都一夜没睡，又等得心焦。他们知道，那些人的安全寄托在以下三件事上——第一，艾希礼·威尔克斯要能在法庭上站出来，似乎只感到酒后头痛，并没有什么更严重的痛苦。第二，贝尔·沃特琳保证这些人整个晚上都是待在她那里。第三，瑞德·巴特勒保证他一直和他们在一起。

对于最后这两点，大家都惴惴不安。贝尔·沃特琳！怎么能把自己男人的性命寄托在她这样一个女人身上呢？真让人受不了！过去有些太太们在街上看见她走过来，就赶紧神气活现地躲开她，也不知道她是否还记得这样的事，要是她还记得，可真叫人担心。男人们对于把自己的性命寄托在贝尔身上，倒不像太太们那样感到难为情，因为许多人认为贝尔这个人并不坏。使他们感到难受的是不得不把自己的性命和自由寄托在瑞德·巴特勒身上，他是一个投机商，又是一个投靠北方佬的人啊。一个贝尔，她是有名的浪荡女人，一个瑞德，他是全城最遭恨的人。怎么大家竟然要靠这样两个人来得到生命和自由呢？

还有一件事使得他们生气。他们知道北方佬和北方来的冒险家一定会耻笑他们。全城十二位最有名的公民都是贝尔·沃特琳赌场的常客！其中二人因为争夺一个下贱女子而开枪打死了。有的人也因为醉得一塌糊涂，连贝尔都忍受不了，把他们轰出来了。有几个人被逮捕了，因为大家明明都知道他们是在那里的，他们却不承认。

米德大夫因为瑞德硬把他和其他人推入这样的处境，冒犯了他的尊严，感到非常恼火。他对米德太太说，要不是怕牵连别人，他宁愿去自首，被绞死，也不愿意说他当时在贝尔那里。

"这是对你的侮辱啊，米德太太。"他气呼呼地说。

"反正大家都知道你并不在那里，因为——因为——"

"北方佬就不知道。我们要想保住性命，就得让他们相信这是真的。他们会笑话我们，我一想到有人会信以为真，并且还要笑，我就要气疯了。这对你是侮辱啊，因为——亲爱的，我对你一向是忠诚的。"

"这我知道，"米德太太在黑暗中微微一笑，把一只干瘦的手伸到大夫的手里。"但我宁愿这是真的，也不愿意让他们动你一根头发丝儿。"

"米德太太，你知道你在胡说些什么吗？"米德大夫喊道，他对于妻子这样讲究实际，感到惊讶。

"我当然知道。我失去了达西，我也失去了费尔，你是我唯一的亲人了。只要不失去你，你永远住在那里都行。"

"你疯了！你胡说些什么！"

"你这个老傻瓜，"米德太太温柔地说，同时把头靠在他的袖子上。

米德大夫气呼呼地沉默了一会儿，摸了摸太太的脸，接着又发作了。"让我接受巴特勒那个人的恩惠！那还不如被绞死。尽管他救了我的命，我对他也不能以礼相待。他傲慢，投机倒把，是个无耻之徒，想起来我就有气。让我去感谢他救命之恩吗，他又没有打过仗——"

"媚兰说，亚特兰大失陷以后，他也参加了军队。"

"骗人。不论哪个花言巧语的流氓的话，媚兰小姐都会相信。我不明白他为什么要这么做。我不想这么说，不过——唉，人们一直在议论他和肯尼迪太太。我看见他们一起赶着马车回来，这一年来，次数可就太多了。他一定是为了她才这么做的。"

"如果是为了思嘉，他就根本不会帮忙了。把弗兰克·肯尼迪绞死，他会很乐意。我想他是为了媚兰——"

"米德太太，你可不会是说她们两个人之间还有什么名堂吧！"

"你别瞎扯！不过自从他帮忙把艾希礼交换回来，她就莫名其妙地喜欢他。我也得为他说句公道话，他和媚兰在一起的时候，总是尽量显得和蔼、体贴，完全是另外一个人。从他对待媚兰的态度可以看出，他要是想做一个规矩人，他是能做到的。"

"哼！"

"大夫，"米德太太迟疑了一下，接着说："那里头什么样子？"

"你在说什么呀，米德太太？"

"贝尔那个地方，里边什么样子？有雕花玻璃吊灯吗？有长毛绒窗帘和镀金的大镜子吗？那些姑娘们——她们都不穿衣裳吗？"

大夫一听这话，吃惊不小，大喊一声，"我的天哪！"因为他从来没有想到一个贞洁的女人对那些女人会有这么强烈的好奇心。"你怎么好意思问这样的问题？你疯了吧！我得给你来一副镇静剂。"

"我不要镇静剂。我想知道。唉，亲爱的，我只有这么一个机会了解一下那里是个什么样子，你真可恶，不告诉我！"

"我什么也没看见。你听我说，我当时觉得实在难为情，根本顾不上看四周。"大夫郑重其事地说，他感到不安。"如果你允许的话，我要去睡一会儿了。"

"那你就去睡吧。"她回答说。她的语气里很失望。过一会儿，她又在黑暗中用愉快的声调说："我想多丽一定从梅里韦瑟爷爷那里都问出来了，她会告诉我的。"

"天哪！米德太太，你是说正经女人之间也谈这种事？——"

"睡你的觉去吧。"米德太太说。

第二天，雨雪交加。黄昏时分，雨雪停了，刮起了大风。媚兰裹着斗篷，莫名其妙地跟着一个陌生的黑人走到一辆马车前，车门开了，里面坐着一个女人。

"请你上来陪我坐一会儿吧，威尔克斯太太，"马车里传出了一种羞愧的声音。

"唔，这不是沃特琳——小姐——太太吗？"媚兰说。"我也正想见您呢！快进屋里去吧。"

"不行啊，威尔克斯太太，"贝尔·沃特琳说。"还是您上来陪我坐一会儿吧。"

于是媚兰上了车，车夫随即把门关上。她在贝尔身旁坐下，就伸手去拉贝尔的手。

"为了今天的事，我都不知道怎样谢你才好！我们大家都得好好地谢谢

"威尔克斯太太,您今天早上不该派人去给我送那封信。我倒不是不愿意收到您的信,是怕它落到北方佬手里。至于说您想登门去谢我——威尔克斯太太,您糊涂了?天一黑我就赶紧来告诉您,您可千万别这么干。"

"一位好心的女人救了我丈夫的命,我去登门道谢是应该的。"

"得了,威尔克斯太太!您还不明白吗!"

媚兰沉默了一会儿,她领会了这句话的含义,觉得有些不好意思。这个衣着朴实的亮丽女人,论仪表,论谈吐,都不大像她想象的坏女人,妓院鸨母的样子。

"今天您在宪兵司令那里表现得可真好,沃特琳太太。您,还有您的那些年轻姑娘们,是你们救了我们各家男人的命。"

"威尔克斯先生才真是表现得好呢。我不知道他怎么能站得住,并且平心静气地说话。昨天晚上我看见他那血哗哗地流。他没事吧,威尔克斯太太?"

"问题不大,谢谢您。大夫说只伤了点皮肉,不过血流得太多。今天早上,他是靠白兰地撑着呢,要不他也挺不了那么大工夫。"

"谢谢您,太太。不过我——我觉得巴特勒船长表现得也十分出色。"贝尔说,声音里流露出一丝得意。

"啊,他好极了!"媚兰热情地说。"北方佬没法不相信他的话。整个事情他都安排得那么好。我真不知道怎么感谢他,怎么感谢您才好!你们可真是善良厚道的人啊!"

"你太客气了,威尔克斯太太。这没什么。我——我希望我当时说威尔克斯先生常常到我这里来,没有使你难堪吧。您知道,他从来没有——"

"这我知道。你这样说,没有使我感到难堪。我一心感激您呢。"

"我敢说其他几位太太可不感激我,"贝尔突然恶狠狠地说。"我敢说,她们也不感激巴特勒船长。我敢说,她们现在反倒更恨他了。我敢说您会是唯一感谢我的人。就算她们的丈夫全都被绞死,我也不管。可是威尔克斯先生，我不能不管。您知道，我没有忘记战争期间你们对我是多么好啊，替我拿钱给了医院。全城没有谁家的太太像您对我这样好。人家对我好，我可不会忘记。我想到如果威尔克斯先生被绞死，您就成了寡妇，还带着一个孩子——您那孩子可是个好孩子，威尔克斯太太。我自己也有一个孩子，因此我——"

"是吗？他住在——唔——"

"不，他不在亚特兰大。他没到这里来过。他在上学。从他很小的时候起，我就再没见过他。"

"啊！"媚兰说。

贝尔又接着说："哎呀，威尔克斯太太，干我们这一行的，什么都知道。肯尼迪太太可不是个好人，其实是她杀了自己的丈夫，还杀了韦尔伯恩那个好小伙子，都是她惹出来的。她一个人在亚特兰大到处乱跑，勾引那些黑人和无赖。"

"她是我的嫂子，你可不能说她的坏话。"媚兰正颜厉色说。

"请您别对我这么冷淡，威尔克斯太太，我受不了啊，您刚才还对我那么和蔼可亲呢。我说了那样的话，感到很抱歉。可怜的肯尼迪先生死了，我也很难过。他是个好人。我去他那里买东西时，他对我很客气。不过肯尼迪太太——唉，她和您可不一样，威尔克斯太太。她是一个冷酷的女人，我没法不这样想……"

"您那样说肯尼迪太太可不对。现在她伤心极了。"

"也许是吧，"贝尔说，她显然是不相信。"哎呀，我该走了。要是有人认出我的车，就不好了。还有，威尔克斯太太，您要是在街上碰见我，您——您不必跟我说话。"

"跟您说话，我会觉得很光荣呀。得到您的帮助也是很光荣的。我希望——我希望我们以后有机会在一起再说说话。"

"不，"贝尔说。"那样不合适。再见。"

第四十七章

　　思嘉坐在卧室里。她随便吃了一点晚饭，只听见风不停地吹。屋里静得可怕。几个小时以前，弗兰克的尸体还停在客厅里。现在比那时更加寂静了。

　　现在屋里一片沉寂。自从弗兰克的尸体运回家来，韦德和小女儿就一直待在媚兰家里。现在她很想听到韦德跑来跑去的声音，很想听到爱拉格格的笑声了。

　　谁也没有来打搅她，以为她由于伤心，想独自待一会儿，但其实恰恰相反。如果只是感到伤心，那么她过去经历过许多伤心的事，这次也能够承受住。弗兰克的死使她感到强烈的空虚，她还感到恐惧、内疚，不安。她生平第一次为自己的所作所为感到悔恨，悔恨之中还有一些恐惧。

　　弗兰克是她杀死的，弗兰克肯定是她杀死的，就像她亲手扣了扳机一样。他曾经求过她，求她不要一个人到处乱跑，可是她不听，现在他死了，就是因为她太固执。上帝会因为这件事而惩罚她的。但是还有一件事使她不安，这件事对她是一种更大的压力，更为可怕。她看见那张宁静的脸上，有一种无可奈何的忧伤神情，这神情似乎在对她进行控诉。弗兰克明明是爱苏伦的，但却娶了她，上帝也会因为这件事而惩罚她。

　　也许思嘉可以申辩，说她是迫不得已才骗他的，因为那么多人的生活需要靠她来维持，但是现在说这些话也都晚了。事实明明白白地摆在那里，让她不敢正视。她是怀着一颗冷酷的心骗了他，利用了他。半年来，她本来是可以使他感到十分幸福的，然而却时常使他感到痛苦。上帝会惩罚她，因为她没有好好地对待他，上帝会惩罚她，因为她欺负他，气他，朝他发火，挖苦他，还由于她办工厂，开酒馆，雇犯人而使他没脸见人。

她使他感到很不愉快，这她自己也是知道的，但他忍受了一切而毫无怨言。她所做的唯一的一件使他真正高兴的事，就是给他生了小爱拉。可她自己也清楚，当时只要有办法，她是不会生这个爱拉的。

她哆哆嗦嗦，希望弗兰克还活着，她愿意好好地对待他，十分好地对待他，弥补这一切。

要是媚兰和她在一起，媚兰就会耐心温柔地安慰她，她也就不会那么害怕了，可是媚兰在家里照顾艾希礼呢。思嘉也曾想把皮蒂姑妈找来，但是她又犹豫了。皮蒂姑妈要是来了，也许会更糟，因为她对弗兰克的死悲痛不已。皮蒂姑妈觉得家里需要有个男人，弗兰克是再合适不过了。他在晚上为她认真地读报，说明当天发生的事情，而她呢，就为他补袜子。他每次得了感冒，她都特别尽心照顾，专门为他准备爱吃的东西。她是十分怀念他的，一边擦着红肿的眼睛，一边反复地说："他要是没有跟着三 K 党出去就好了！"

思嘉真希望有个人来安慰安慰她，使她镇静下来，别再害怕，别再心神不定。要是艾希礼——她不敢想下去。她不但杀了弗兰克，并且差点儿杀了艾希礼。要是艾希礼一旦知道她是怎样把弗兰克骗到手，然后对他又是多么不好，艾希礼就永远不会再爱她了。艾希礼这个人十分正直，真诚，并且厚道。如果他了解事情的全部真相，他会谅解她吗？哦，他一定会的，但是他决不会再爱她了。因此她决不能让他知道这一切。因为她需要继续得到他的爱。有了他的爱，她就有了力量的秘密源泉，如果失去了他的爱，她可怎么活呢？不过要是能把头靠在他的肩膀上，向他哭诉心中的烦恼，该是多么的舒心啊！

家中一片寂静，悲伤的气氛依然浓厚，这就使她愈加感到孤独，难以忍受。她悄悄站起来，把门关上一半，拉开衣橱最下面的抽屉，拿出米一瓶白兰地，这是她偷偷藏在那里的。她对着灯光一照，发现差不多已经喝了半瓶，从昨天晚上开始，怎么喝了这么多？她又倒出来不少，咕嘟咕嘟一口气喝了下去。天亮以前，她得把这个瓶子添满了水，放回酒柜里去。

白兰地一下肚，火辣辣的，真舒服。需要喝上一口的时候，白兰地比那些没滋没味的酒好多了。为什么女人就只能喝温和的酒，而不能喝烈性酒呢？

她又斟了一杯。今天晚上即使喝得有点醉也无妨，反正一会儿就该睡觉了。她真想就像父亲那样喝得酩酊大醉。喝醉了，就可以忘掉弗兰克那张消瘦忧伤的脸，否则老觉得他在谴责她毁了他的一生，最后还杀死了他。

她又喝了一杯，热辣辣的白兰地顺着嗓子灌下去，使得她浑身颤抖。现在她觉得身上很暖和，弗兰克仍在眼前晃动。都说喝了烈性酒可以忘却烦恼，真是一派胡言！除非醉得不省人事，否则她还是会看到弗兰克那张脸，脸上是他最后一次恳求她不要独自驾车外出时的表情：胆怯、责怪、抱歉。

这时有沉重的敲门声，这声音在寂静的房子里回荡。准是哪位邻居来安慰她们，或者是送来了牛奶冻。皮蒂姑妈是很欢迎的，她很愿意接待前来吊唁的人，和他们认真地沉痛地交谈。

忽然思嘉听见一个男人的声音压过了皮蒂姑妈那低沉的讲话声。这男人的声音洪亮，不紧不慢，她一下子就听出来了。这使她十分高兴，也松了一口气，不是别人，而是瑞德。这时在她的内心深处，她感到今晚只有他能够解除她的苦闷。

"我想她会见我的，"瑞德的声音传到楼上来。

"可是她已经睡下了，巴特勒船长，谁也不想见了。那可怜的孩子，她难过极了。她——"

"我想她是会见我的。请你告诉她，我明天就要走了，并且要离开一段时间。"

"可是——"皮蒂姑妈不知道说什么才好。

思嘉跑到过厅里。

"我马上就下来，瑞德，"她喊道。

她看到皮蒂姑妈仰头往上看，胖胖的脸上那两只眼睛瞪得圆圆的，流露出惊讶又生气的神情。"如果在丈夫出殡的这一天我行为不检点，就会闹得满城风雨，"思嘉一边这样想，一边跑回房去，理了理头发。她把黑色紧身衣的扣子一直扣到脖子底下，又把皮蒂姑妈给她的别针别在领口上。"我并不怎么好看，"她一面照镜子，一面想，"太苍白了，也过于惊慌。"她伸手想拿出胭脂，后来还是决定不拿了。她要是浓妆艳抹地走下楼去，那可怜的皮蒂姑妈可真是要生气了。她拿起香水瓶，往嘴里倒了一大口，漱了半天。

她赶紧下了楼，朝他们二人走去，这时他们还站着，因为皮蒂姑妈正为思嘉的举动而生气，没顾上请瑞德坐下。瑞德郑重其事地穿着一身黑衣服，衬衫上镶着褶边，并且是浆过的，一切举止都符合向失去亲人的人表示慰问的样子。一切都是那么周到，甚至有些可笑，但皮蒂姑妈并没有察觉。他这么晚前来打搅，一本正经地向思嘉表示了歉意。他还说因为急于在临走之前做许多重要事，以致未能前来参加葬礼，表示遗憾。

"他来干什么？"思嘉琢磨不透。"他这些话全是言不由衷的。"

"我并不愿意这么晚还来打扰，我有件生意上的事情需要和你商量，不能耽误。是我和肯尼迪先生正在筹划之中的一件事——"

"我不知道你们还有生意上的来往。"皮蒂姑妈说，弗兰克竟然有些事情瞒着她，简直让她生气。

"肯尼迪先生的兴趣广得很呢。"瑞德恭恭敬敬地说。"咱们上客厅里去好吗？"

"不！"思嘉大声说，她觉得那棺材还停在客厅里。她希望永远不再到那客厅里去。这次皮蒂姑妈还真识相，她说：

"到书房去好了。我得——我得上楼去拿针线活。哎呀，这个星期我都把这件事给忘了。我说——"

她一面说，一面上楼去，还回过头来瞪了他们一眼，不过思嘉和瑞德都没有看见。瑞德往旁边一闪，让思嘉先走，他也跟着进了书房。

"你和弗兰克筹划过什么事？"她直截了当地问。

他凑近了一点，小声说："什么也没有。我只是想让皮蒂小姐走开。"他停了一下，又低头看着她说："这可不好啊，思嘉。"

"什么不好？"

"香水呀！"

"我不明白你的意思。"

"你不会不明白。酒，你可喝得不少啊！"

"喝得不少又怎么样？你管得着吗？"

"就算是心情不好，说话也得客气点呀。不要一个人喝闷酒，思嘉。别人会发觉的，会毁了你的名声。再说，一个人喝闷酒也不是件好事。你怎么了，亲爱的？"

"我把门关上好吗？"

她知道，如果嬷嬷发现门关着的，她就会十分反感，然后没完没了地责备她。可是如果嬷嬷听见他们在谈论喝酒的事，那就更糟。于是她点了点头，瑞德就把折叠门拉上了。他回来坐在她身旁，一双黑眼睛机敏地看着她的脸，仔细端详。他全身的活力驱散了她脸上的哀愁，使她觉得这书房变得又可爱又舒适了，灯光也显得柔和而温暖。

"你怎么了，亲爱的？"

这种亲昵的称呼，谁也没有瑞德说得动听，即便是他在开玩笑，也是如此，不过现在看来，他并不是在开玩笑。她抬起她那双痛苦的眼睛看着他，好像从他那张坚毅的脸上得到了安慰。她不知道为什么会有这种感觉，因为他是一个捉摸不定没有感情的人。他常说，他们两个人极其相像，也许就是因为这个吧。有时候她会突然觉得所有熟悉的人都是陌生人，只有瑞德例外。

"不能告诉我吗？"他异常温柔地握住了她的手。"不只是因为弗兰克吧？你需要用钱吗？"

"钱？唔，不需要！啊，瑞德，我觉得十分害怕。"

"快别瞎说了，思嘉，你一辈子都没害怕过。"

"啊，瑞德，我的确是害怕！"

思嘉脱口而出。她是可以告诉他的，她什么事都可以告诉瑞德。他自己那么坏，是不可能指责她什么的。

"我是怕我会死，要进地狱。"

如果他大笑起来，她马上就会死。但是他没有笑。

"你很好嘛——并且说不定根本就没有什么地狱。"

"啊，有的，瑞德！你知道是有地狱的！"

"我知道，是有地狱，不过就在这个地球上，而不是在死后。死了以后，就什么都没有了，思嘉。你现在就在地狱里啊。"

"啊，瑞德，说这话是亵渎神灵的呀！"

"但是怪得很，可以使人得到安慰。告诉我，你为什么要进地狱？"

现在他是在戏弄她，她从他的眼神里就看得出，但是她不介意。他的手温暖而粗壮，抓在手里，可以得到安慰。

"瑞德，我不该嫁给弗兰克。我做错了，他是苏伦的情人，他爱苏伦而不爱我。可是我对他撒了谎，我说苏伦要嫁给托尼·方丹。唉，我怎么干出了这样的事呢？"

"啊，原来是这样！我还一直纳闷呢？"

"后来我又使得他很痛苦。我逼着他做他不愿意做的事，比如，让他逼人还债。我经营木材厂，开酒馆，雇犯人，也都使他十分伤心，弄得他抬不起头来。还有，瑞德，他是我杀死的。是我杀的。我不知道他加入了三K党。我做梦也没想到他有那么大的胆量。不过我应该想到这一点。是我杀死了他。"

"说下去吧。"

"说下去？就这些。还不够吗？我嫁给了他，我使他伤心，我杀死了他。啊，我的上帝！我怎么会干出这样的事。我对他扯了谎，嫁给了他。当时我觉得这样做，很有道理，可现在我明白了，我错了。瑞德，我对他很卑鄙，可我并不是一个卑鄙的人啊。我小的时候，母亲也不是这样教育我的。我母亲——"她说不下去，这一整天她都不愿意想起自己的母亲爱伦，现在她无法回避了。

"我经常想，不知你母亲是个什么样子。你好像很像你父亲。"

"我母亲——唔，瑞德，我这是第一次为母亲的死而感到高兴。她死了，看不见我了。她从来没有教育我做一个卑鄙的人。她对每一个人都是那么宽厚，那么善良。她一定宁愿让我饿死，也不让我做这么卑鄙的事。我多么想象母亲那样，可是我一点也不像她。不过我的确是希望像母亲那样，我不愿意像父亲那样。我爱父亲，可是他——太——太不为别人着想。瑞德，有时候我也想尽量对人好，好好地对待弗兰克，但我马上就又想起那场噩梦，吓得不得了。于是我就想跑出去，见钱就抢，不问这钱是不是应该属于我。"

眼泪哗哗地往下流，她使劲地握着他的手，指甲都掐到他的肉里去了。

"什么噩梦？"他的声音平静而温柔。

"唔——我忘了告诉你了。是这样的，我每次想好好待人，每次提醒自己不要只看见钱，到了睡觉的时候，就梦见又回到了塔拉，回到母亲刚去世，北方佬刚来过的情景。瑞德，你想象不出，我一想起来就浑身发抖。我又看见一切都被烧光了的情景，周围一片寂静，什么吃的也没有。瑞德，我在梦里又觉得饿了。"

"说下去。"

"我很饿，我爸爸，我妹妹，还有家里那些黑人也都很饿，他们老说：'饿。'我自己也饿得难受，可怕极了。我不断对自己说：'我要跑出去，就永远不会再挨饿了。'然后我看见白茫茫的一片雾。我就没命地跑起来，在雾里跑呀，跑呀，心都快跳出来了，后面还有什么东西在追我，我跑得喘不上气，心里还在想，只要跑到那里，就没事了。可是究竟往哪里跑，我自己也不知道。然后就醒了，吓得浑身发冷，生怕以后还得挨饿，就觉得即使把世界上的钱都给我，我也不会不怕再挨饿。这时候，如果弗兰克再来对我说些什么，我一急，就朝他发火。我想他不会明白怎么回事，我也没有办法使他明白。我一直在想，有朝一日我们有了钱，不用再担心挨饿了，我再补偿他吧。现在他死了，太晚了。唉，当时我觉得我是对的，其实是十分不对的。要是时间能倒流，我会采取完全不同的做法。"

"算了，"瑞德说，接着就挣脱她紧握着的手，从口袋里掏出一块干净手绢来。"擦擦脸吧。何苦这样把自己毁掉呢？"

她接过手绢，擦了擦脸上的泪，心中觉得轻松了许多，似乎把自己的一部分负担转移到了他那宽阔的肩上。他看上去是那样能干，沉着，就连他轻轻地一撇嘴，也可以给她安慰，似乎可以证明她的痛苦和困惑是不必要的。

"觉得好一点吗？咱们索性彻底谈一谈吧。你刚才说，要是时光倒流，你会采取完全不同的做法。可是你会吗？现在你想一想。你真会吗？"

"唔——"

"不会的。你还是要那样做的。你当时有别的办法吗？"

"没有。"

"那你悔恨什么呢？"

"我对他那么不好，可现在他死了。"

"他要是现在没死，你也不会对他更好的。你并不悔恨嫁给弗兰克，欺负他，并且使他早早死去，你悔恨，只是因为你怕进地狱。是吗？"

"唔——这倒把我说糊涂了。"

"你的道德观念是一笔糊涂账。你现在就像一个小偷，让人家当场抓住了。他悔恨，并不是因为他偷窃，他非常非常悔恨，因为他要蹲班房。"

"一个小偷——"

"哎呀，你不必抠字眼。换句话说，你要不是胡思乱想，觉得会进地狱，你就会觉得弗兰克死了更好。"

"啊，瑞德！"

"唔，我看你既然坦白，就索性都说出来吧。你为了三百块钱，就可以放弃了那颗比命还宝贵的宝石，你的——唔——你的良心就没觉得不安吗？"

那白兰地使得她头晕目眩，她有些沉不住气了。对他撒谎有什么用呢？他总是能够看透她。

"我当时并没怎么想上帝，也没有想地狱。后来我也想过，只觉得上帝是会谅解的。"

"可是你嫁给弗兰克，就不能指望上帝谅解吗？"

"瑞德，你明明不相信有上帝，为什么这样一个劲儿地说上帝呢？"

"可你是相信的，你相信上帝会生气。上帝为什么不谅解呢？现在塔拉还是属于你，那里没有住着北方来的冒险家，你觉得懊恼吗？你现在不挨饿，不穿破衣烂衫，你觉得懊恼吗？"

"唔，不觉得。"

"那好，当时你除了嫁给弗兰克，还有什么别的办法吗？"

"没有。"

"他并不一定非娶你不可，对不对？他很自由啊。他也不一定非得去做你逼他去做的事吧？"

"唔——"

"思嘉，你为什么要烦恼呢？过去的事如果能再来一遍，你还是会这样，他也还得和你结婚。你还是会碰上危险，他也非得替你报仇。当时他要是娶了你妹妹苏伦，她大概不至于使他送了命，不过她也许会使他感到更痛苦。情况不会更好些。"

"可是我能对他好一点呀！"

"也许是的——不过那得换一个人。你生来就是能欺负谁就欺负谁。强者总是欺负人，弱者总是受欺负。弗兰克没有用鞭子抽你，那是他的过错……思嘉，你真使我惊讶，到了你这年纪，良心也还会增长。像你这样的机会主义者是不应当这样的。"

"你刚才怎么说的？"

"我说的是见机会就利用的人。"

"不对吗？"

"人们都认为这不光彩，尤其是那些有机会而不加以利用的人。"

"唔，瑞德，你在开玩笑呢。我还以为你会待我好呢！"

"我是待你好啊。思嘉，亲爱的，你醉了，你的问题就出在这里。"

"你敢——"

"是的，我敢。不过我想换一个话题，省得你哭个没完。我有些有趣的消息告诉你，让你高高兴兴。其实，我今天晚上到这里来，就是为了把这消息告诉你，然后再走。"

"你要到哪里去？"

"到英国去，可能要去几个月。思嘉，把你的良心放在一边吧。我不想再讨论你的灵魂。你不想听我说点什么吗？"

"可是——"她有气无力地说，那白兰地逐渐缓解了悔恨的痛楚，瑞德的话虽有讥讽的口吻，却使人感到安慰。

"你有什么消息？"她吃力地问。把散乱的头发往后拢了拢。

"我的消息，"他笑着对她说，"就是：在我见过的女人当中，我最想要的还是你。现在弗兰克已经不在了，我想你也许愿意知道我的想法。"

思嘉猛地把手从他手里抽回来，接着站了起来。

"我——你这个最没有教养的人，非得在这个时候来胡说八道——我早就该知道你这个人本性难移。弗兰克还尸骨未寒呢。你要是个正经人——请你给我出——"

"轻点，要不皮蒂小姐马上就会下楼来。"他说。他没有站起来，只是伸出两只手，抓住了思嘉的拳头。"你恐怕误解了我的意思。"

"误解？我什么都没有误解。"她又把手抽回来，不让他握着。"你放开我，快滚吧。从来没见过你这样恶劣的人。我——"

"嘘，"他说。"我是向你求婚呀。我要是跪下，是不是你就相信了？"

她上气不接下气地"啊"了一声，便一屁股坐到了沙发上。

她张着嘴，两眼盯着他，心里想是不是那白兰地在作怪，她准是醉了，要不就是他疯了。不过看样子他没有疯。他很平静，似乎是在议论天气一样。

"我一直想得到你，思嘉，自从我第一次在'十二橡树'村看见你又摔花瓶，又咒骂，我觉得你不是个上等女人，我就想得到你。我想无论用什么办法我也要把你弄到手。但是因为你和弗兰克积攒了一点钱，我就知道你不会再被迫向我借钱了，因此我只好娶你了。"

"瑞德·巴特勒，你又在跟我开一个恶毒的玩笑吧？"

"我对你以诚相见，你反倒起了疑心。我不是开玩笑，思嘉，我说的是真心话。我承认这个时候来找你不合适，但是我有一个很好的理由。明天我就走了，并且要离开很长时间，我怕等我回来的时候，你又嫁给另外一个有钱的人了。因此我想你为什么不嫁给我呢，我也有钱呀。真的，思嘉，我不能一辈子老等着你，我希望在你更换丈夫的时候得到你。"

他说的倒是实话，这是肯定的。她琢磨他这番话的含义，感到唇干舌燥，一面咽唾沫，一面盯着他的眼睛，想从中看出一些什么。他眼中充满了笑意，但在深处也还蕴藏着一点别的东西，一种难以捉摸的东西。他坐在那里，若无其事的样子，可是她觉得他正机警地盯着她。

他真是在向她求婚呢，这真是不可思议。她曾经想过，如果他求婚的话，该怎样折磨他。她也曾想过，如果他提出这种要求，就羞辱他一番，让他知道她的厉害，她会从中感到快乐。现在他提出要求了，可她却把原来那些打算忘得一干二净，因为她和过去一样，从没能把他控制在手心里。实际上，他们的关系完全在他的控制之下，而她就像初次有人求婚的少女一样激动，脸也红了，话也说不出来了。

"我——我不再结婚了。"

"不。你生来就是要结婚的。那为什么不能和我结婚呢？"

"可是，瑞德，我——我并不爱你。"

"这没什么。我记得你头两次结婚也没有多少爱情呀。"

"唔，你怎么能这么说？你知道我是喜欢弗兰克的。"

他什么也没说。

"我喜欢他！我喜欢他！"

"我们就不要争了。我走了以后，你考虑考虑吧。"

"瑞德，我不喜欢老拖着。我现在就答复你吧。我不久就要回塔拉去，英迪亚·威尔克斯留在这里陪着皮蒂姑妈。我回去要住很长时间，并且——我——我也不想再结婚了。"

"别胡说了。为什么呢？"

"唉，你就别问了。我就是不愿意结婚。"

"可是，傻孩子，你从来就没有真正结过婚。你怎么会知道结婚的乐趣呢？我认为你运气不好——一次是赌气，一次是为了钱。你想没想过为了寻求乐趣而结婚呢？"

"乐趣！净说傻话。结婚没有什么乐趣可言。"

"没有？为什么没有？"

她渐渐恢复了平静。

"结婚只对男人有乐趣。而对于一个女人来说，无非是有口饭吃，有一大堆活儿要干，还要忍受男人的胡闹——还得每年生个孩子。"

瑞德一听这话大笑起来，在寂静的黑夜里，回声特别大，思嘉听见厨房有人开门的声音。

"嘘！嬷嬷的耳朵和山猫一样尖，况且，现在这么大笑，也不像话呀。快别笑了，真是这样，什么乐趣！全是胡扯！"

"我说你是运气不好，你的话也证明这一点。你先嫁了一个孩子，又嫁了一个老头儿。为什么不嫁一个名声不好而又善于对付女人的亮丽的年轻男人呢？那是很有乐趣的。"

"你这个人又粗野，又自负。我觉得我们扯得太远了。真是——真是粗俗得很。"

"也很有趣，是不是？我敢说，你从来没跟一个男人谈论过婚姻关系，甚至和查尔斯和弗兰克也没谈论过。"

她朝他皱了皱眉，瑞德知道的事太多了。他对女人了解得这么透彻，他是怎么知道的，思嘉感到纳闷。真是不正经。

"你别皱眉。说个日子吧，思嘉。考虑到你的名声，我并不要求马上结婚。我们可以等上一段像样的时间。顺便问一下，一段'像样的时间'是多长时间？"

"我还没答应嫁给你呢。在这个时候议论这件事是很不像话的。"

"我已经告诉你我为什么现在来找你谈这件事。我明天就要走，而我又是那么热烈地爱着你，我再也无法控制自己的感情了。"

突然间，瑞德从沙发上往下一溜，跪在了地上，一只手轻轻地放在胸口上，滔滔不绝地说起来：

"对不起，因为我感情奔放，使您受惊了，亲爱的思嘉——我的意思是亲爱的肯尼迪太太。您不会没注意到，许久以来，我心中对您的友情已经发展成更深的感情，更加美丽，更加纯洁，更加神圣。我能告诉您那是一种什么感情吗？啊！是爱情，是它给了我勇气。"

"快起来，"她央求说。"看你那样儿。要是嬷嬷进来看见你这个样子怎么办？"

"她头一次看见我这样文雅，会吃惊，甚至不敢相信呢。"瑞德一面说，一面轻巧地站起来。"我说，思嘉，你不是小孩子、小学生了，不要用正经不正经之类无聊的话来搪塞我了。答应我，等我回来的时候就和我结婚，你要是不答应，我就对天起誓，不走了。我要每天晚上在你窗前弹着吉他，扯着嗓子唱，出你的洋相，到那个时候，你为了保全面子，就非跟我结婚不可了。"

"瑞德，我谁也不嫁。"

"谁也不嫁？你没有说出真正的原因。不会是因为像女孩子那样胆怯。那么究竟是什么原因呢？"

思嘉突然想起了艾希礼，似乎他就站在身旁，他那光亮的头发，忧伤的眼睛，庄重的神情，和瑞德迥然不同。她之因此不想再结婚，也许就是为了他，尽管她对瑞德并不反感，并且有时还的确也很喜欢他。但她觉得自己是属于艾希礼的，永远永远属于他。过去没有属于查尔斯，也没有属于弗兰克，今后也不会属于瑞德。她的全身心，她所做的一切，她所追求的一切，她所得到的一切，全是属于艾希礼的，因为她爱他。艾希礼和塔拉，她是属于他们的。在她的内心深处，她有一种欲望：把自己留给他，尽管她明明知道永远也不可能。

思嘉没有意识到自己脸上的表情。她刚才陷入沉思的时候，脸上异常温柔，这是瑞德从来没有见过的一种表情。他看看她那双绿眼睛睁得大大的，流露出迷茫的神情，再看看她那温柔的弯曲的嘴唇。他突然把嘴一撇，急不可耐地大声说：

"思嘉·奥哈拉，你可真傻！"

她还没有完全清醒过来，他的两只胳臂已经紧紧搂住了她，他在黑暗中搂她搂得那么紧。她又感到一阵无力，只有顺从，一股暖流上来，使她浑身发软。艾希礼·威尔克斯那沉静的面孔模糊了，逐渐消失了。他使她把头往后一仰，靠在他的胳臂上，便吻起她来。先是轻轻地吻，越来越热烈，使她紧紧地贴在他身上，似乎整个大地在摇晃，只有他是坚实可靠的。他顽强地用嘴分开了她那发抖的双唇，使她浑身猛烈地颤动，激发出一种她从未体会过的感觉。她感到头昏眼花，天旋地转的时候，她意识到自己已在用热吻向他回报了。

"行了，行了，我都头晕了！"她小声说，一面无力地挣扎着，想把头扭开。

"我就是要让你头晕。非让你头晕不可。这些年来，你早就该有这种感觉了。你碰上的那些傻瓜，谁也没有这样吻过你吧。是不是？你那宝贝查尔斯，弗兰克，还有那个笨蛋艾希礼——"

"快别说了——"

"我说你那个笨蛋艾希礼。这些正人君子——关于女人，他们了解什么？他们了解你吗？而我是了解你的。"

他的嘴唇又落在她的嘴唇上，她没有反抗就依从了他，她连扭头的力气也没有了，况且她无意回避，她的心跳得厉害，震动着全身。他是那么有力，使她感到害怕，而她自己是那么软弱无力。他要是再不停下来，她就要头晕了。他要是停下来就好了——他要是永远不停下来就好了。

"你就说声好吧！"他的嘴向下对着她的嘴，"说声好吧，他妈的，要不——"

她还没来得及思索，一个"好"字已轻轻地脱口而出。她似乎是不由自主地说出了这个字。可是这个字一经说出，她就突然平静下来，头也不晕了，白兰地带来的醉意也不那么浓了。她本来无意答应和他结婚，却答应了。她不知道这一切是怎么发生的，不过她并不懊悔。

他一听她说出这个"好"字，倒抽了一口气，低头似乎又要吻她，她闭着眼，等待他的亲吻。可是他突然收住了，这使她有些失望，因为她觉得他的亲吻有一种异样的感觉，使人兴奋。

他又开始说话了，语调十分平静。

"你说话算数吗？不会收回你的诺言吧？"

"不会。"

"是不是我的热情使得你——那话是怎么说的？——'飘飘然'了？"

她无法回答，因为她不知说什么好，她也不敢看他的眼睛。他把一只手放在她下巴底下，托起她的脸。

"我对你说过，你对我怎么样都行，只要不说谎。现在我要你说实话。你究竟是为什么说'好'的？"

她仍然不知说什么好，她两眼朝下看着，显得难为情的样子，同时抿着嘴笑了笑。

"你看着我。是不是为了我的钱？"

"啊，瑞德！你怎么这么说？"

"抬起头来，别给我来甜言蜜语。我不是查尔斯，也不是弗兰克，不是本地的傻小子，你只要眨眨眼就上当。究竟是不是为了我的钱？"

"唔——是，但不全是。"

"不全是？"

他并没有感到不快。

"是啊，"她无可奈何地说，"钱是有用的，你知道，瑞德，可惜弗兰克并没有留下多少钱。不过，瑞德，你知道，我们是能够相处的。在我见过的所有男人之中，只有你能够让女人说真话。你不把我当傻瓜，不让我说瞎话，有你这么个丈夫是幸福的——何况——何况我挺喜欢你的。"

"喜欢我？"

"嗯，"她焦躁不安地说，"我要是说爱你爱得发疯了，那是瞎说，再说，那也骗不了你。"

"有时候我觉得你也过于认真了，我的小乖乖。难道你不觉得即便是瞎说，你也应当说一声'瑞德，我爱你'？言不由衷也没关系。"

他究竟是怎么回事？她想不透，觉得糊涂了。他的神气似乎很奇怪，很殷切，很伤心，又带有讽刺的意味。他把手从她身上抽回去，深深地插到裤子口袋里。

"即使丢了丈夫，我也要说真话，"她暗自下定了决心，她的情绪又激动起来了，只要瑞德一刺激她，她就会这样。

"瑞德，那是一句谎话呀，我们为什么也要那样呢？我刚才说了，我喜欢你，这你是知道的。有一次你对我说你并不爱我，可是我们有很多共同之处。

我们都是流氓，这是你自己说的——"

"天哪！"他轻轻地自言自语，把脸转向一边。"真是自作自受！"

"你说什么？"

"没什么，"他看了看她，笑起来，但那笑声并不愉快。"说个日子吧，亲爱的，"说罢，他又笑起来，还弯腰吻了她的双手。看到他不再心烦，她松了一口气，也露出了笑容。

他抓着她的手，抚摩了一会儿，又朝她笑了笑。

"你在小说里有没有看到过这样的情节：妻子对丈夫没有感情，后来才爱上了自己的丈夫？"

"你知道我从来不看小说，"她说。为了迎合他那轻松愉快的心情，她接着说："况且我记得有一次你说过夫妻相爱是最要不得的。"

"我他妈的对你说的话太多了，"他马上顶了她一句，就站起来了。

"你不要骂人呀。"

"这你可得适应一下，并且要学着骂。你得适应我所有的坏习惯。你说——你说喜欢我，并且还想用你那亮丽的小爪子抓我的钱，那就得付出代价，这只是代价的一部分。"

"你不必因为我没有撒谎，没让你神气，就朝我发火。你也并不爱我，对不对？我为什么一定要爱你呢？"

"是的，亲爱的，你不爱我，我也同样不爱你。就算我爱你，我也不会告诉你。愿上帝帮助那个真正爱你的人吧，你会使他伤心的，亲爱的，好比一只任性的小猫，到处乱抓。"

说到这里，他一把把她拉起来，又吻起来。他的嘴唇滑到她的脖子底下，最后贴在她的胸前，他是那么用力，又那么持久，她感到烫得慌。她用两手挣扎着把他推开，又气愤，又不好意思。

"你不能这样！你怎么敢这么放肆！"

"你的心突突直跳哩，"他讥讽地说。"我冒昧地说一句，我觉得如果只是喜欢的话，心也不至于跳得这么厉害吧。你也不必生气。你这羞羞答答的样子完全是装出来的。直说吧，要我从英国给你带点什么回来？戒指？要什么样的？"

作为一个女人，她想把装模作样地生气这场戏再拖长一点，同时她又对瑞德说的最后这句产生了很大兴趣，她犹像了一下，说：

"唔——钻石戒指——瑞德，一定要买个特大的。"

"这样你就可以在穷朋友面前炫耀说：'看，这是什么！'是不是？好吧，我一定给你买个特大的，让你那些不怎么富裕的朋友只能互相安慰，悄悄地说：看她戴那么大的钻石戒指，真俗气。"

他突然站起来朝门口走去，她跟在后面，不知所措。

"怎么了？你上哪里去？"

"回去收拾行李。"

"唔，可是——"

"可是什么？"

"没有什么。祝你旅途愉快。"

"谢谢。"

他打开房门，来到过厅里。思嘉跟在后面，不知怎么办才好，感到有些失望，没想到就这样草草收场。他顺手穿上大衣，拿起了手套和帽子。

"我会给你写信的。你要是改变主意，就来信告诉我。"

"你就不——"

"怎么？"他急着要走，好像有些不耐烦了。

"你就不亲亲我，表示告别吗？"她小声说，怕别人听见。

"一个晚上，亲了你那么多次，还不够吗？"他反问道，并低头朝她笑了笑。"想一想你这样一个懂事的有教养的年轻女子——我刚才说了，是有乐趣的，你看，是不是？"

"啊，你真坏！"她大声嚷嚷起来，也顾不上怕嬷嬷听见了。"你永远不回来，我也不在乎。"

她转身朝楼梯走去，想他肯定会伸出温暖的手，拉住她的胳臂，不让她走。但是他却打开前门，进来一股冷风。

"可是我一定要回来，"他说完就走了出去。

瑞德从英国带回来的戒指的确很大，大得都过分了。她是喜欢华丽贵重的首饰，不过她似乎觉得大家都说这只戒指很俗气，也确实俗气，因此她有些不安。当中是一颗大钻石，周围有一圈绿宝石。这戒指盖住了整整一节手指，似乎重重地压在手上。思嘉怀疑瑞德是费了很大力气定做了这只戒指，并且不怀好意，故意做得这么扎眼。

瑞德回到亚特兰大并把戒指戴在思嘉手上之前，思嘉没有把这件事告诉任何人，连家里人也没告诉。她把订婚的消息一宣布，顿时引起了轩然大波，人们议论纷纷。三K党事件之后，瑞德和思嘉就成了全城最不受欢迎的人。

他们订婚的消息就像炸弹一样炸开来，来得突然，并且威力无比，全城为之震动，就连最宽容的女人也直言不讳，谈起来十分激动。弗兰克死了刚刚一年，她就又嫁人了，弗兰克还是她杀死的呢！她嫁的这个名叫巴特勒的男人开着一家妓院，还勾结北方佬和北方来的冒险家合伙干各种见不得人的勾当。他们俩，要是单独说来，大家还勉强可以忍受，但是这样肆无忌惮地结合在一起，实在让人受不了。

思嘉知道全城都对她不满，但是她不知道人们的气愤到了什么程度。后来梅里韦瑟太太在大家的催促下自告奋勇出来对她进行规劝。

"因为你母亲去世了，皮蒂小姐又没结过婚，不好跟你谈这件事，因此我觉得有责任提醒你。思嘉，巴特勒船长这个人，良家妇女就不应该嫁给他，他是个——"

"他救了梅里韦瑟爷爷的命，还救了你的侄儿呢。"

梅里韦瑟太太一听这话，就气得说不出话来。

"他只是在我们身上要了一个鬼花招呀，思嘉，让我们在北方佬面前出丑，"梅里韦瑟太太接着说。"他是个大流氓，这咱们都是知道的。他一向是个流氓，现在大家恨死他了。正经人决计不会接待他的。"

"不接待他？那我就要奇怪了，梅里韦瑟太太。战争期间，他也是你家常客呀。他还送给梅贝尔一件白缎子结婚礼服，对不对？要不就是我记错了。"

"那时候情况不同，那都是为了事业，是完全正当的。你千万不要嫁给这样一个人，他不但自己没有参军打仗，还挖苦讽刺那些参军的人，你说是不是？"

"他也是参过军的。他在军队里待了八个月。参加过最后一次战役，在富兰克林打过仗，是跟着约翰斯顿将军投降的。"

"我可没听说过，"梅里韦瑟太太说，看样子她不相信有这样的事。"可是他没受过伤。"她得意地补了这么一句。

"很多人都没有受伤呀。"

"像个样子的人都受伤了，我没听说过谁没受伤。"

这句话可把思嘉惹火了。

"你认识的那些人都是傻瓜，下雨不避，子弹不躲。现在请你听着，梅里韦瑟太太，你也可以转告所有那些爱管闲事的朋友。我要跟巴特勒船长结婚，就算他为北方佬打过仗，我也要跟他结婚。"

这位尊贵的妇人气呼呼地走了出去，帽子一翘一翘的。这时思嘉意识到这个人已经不再是一个对她不满的朋友，而成了她的敌人。但她毫不介意。不论梅里韦瑟太太说什么，或做什么事，对她说来都无所谓。谁说什么，她都不在乎——只是嬷嬷的话例外。

世界经典文库

世界二十大名著

飘

图文珍藏版

皮蒂姑妈一听说他们要结婚就晕倒了，思嘉熬了过来。艾希礼听到消息，似乎一下子老了许多，向她祝贺的时候，连看都不正眼看她，她也挺住了。波琳姨妈和尤拉莉姨妈从查尔斯顿来信，使她哭笑不得，她们全都吓坏了，连忙阻止这门婚事，说这不但有损于她自己的社会地位，还会危及她们的声望。媚兰忧愁然而诚心诚意地对她说："巴特勒船长当然要比许多人想象的好得多。他又厚道，又能干，这才救出了艾希礼。他也为联盟战斗过。不过，思嘉，最好不要这么仓促，你说是不是？"思嘉对媚兰这番话一笑置之。

任何人的话她都不在乎，但是嬷嬷的话不同，因为嬷嬷的话使她十分生气，十分伤心。

嬷嬷说："你做的很多事，爱伦小姐要是知道，会伤心的。我也很难过。不过这件事你做得最不像话。嫁给一个下流坯！我就叫他下流坯！你不必说他什么出身名门，那也没有用。上等人家出来的下流坯，也还是下流坯。思嘉小姐，我看着你从霍妮小姐手里把查尔斯先生抢过来，可是你并不爱他。我还看着你从亲妹妹手里把弗兰克先生抢过来。你干了很多事，我尽管不赞成，但都没吭声，比方说，把坏木头当好木头卖，说同行的坏话，一个人赶着车到处乱跑，招惹那些黑人，让弗兰克先生送了命，你还虐待犯人，差点把他们饿死。这些事我都没吭声，就连爱伦小姐在九泉之下也会责怪我说："嬷嬷，嬷嬷！你怎么不好好照看我的孩子呀！'好吧，那些事都算了，可这件事，我不赞成，思嘉小姐。你不能嫁给一个下流坯。只要我还有一口气，就不能让你这样干。"

"我爱嫁谁就嫁谁。"思嘉无动于衷说。"我看你是忘了自己是谁吧，嬷嬷！"

"是啊，我早该对你说了。我要是不对你说这些话，谁会对你说这些话呢？"

"我一直在考虑，嬷嬷，我觉得你最好回塔拉去吧。我给你一点钱，还有——"

嬷嬷摆出一副很神气的样子。

"我有我的自由，思嘉小姐。我要是不想去，你不论让我上哪儿，我也不去。让我回塔拉，你得跟我一块儿去。我不能丢下爱伦小姐的孩子不管，说什么我也不走。我也不能丢下爱伦小姐的外孙，让那个下流坯做继父，来抚养他们。我反正待在这里，不走。"

"我不能让你留在这里满口胡话地侮辱巴特勒船长。我已经决定嫁给他，没有什么可说了。"

"要说的很多。"嬷嬷慢条斯理地顶了她一句。

"我从来不想对爱伦小姐家的人说这样的话。可是，思嘉小姐，你听着。你完全是一头骡子，尽管配了一套马笼头，驾到一辆亮丽的马车上，可是骡子还是骡子，骗不了人。你穿着绸子衣裳，开着木材厂，开着商店，又有钱，还摆出一副小姐模样，很像一匹好马，可你终究是头骡子。那个巴特勒，家庭出身好，打扮得像赛马一样亮丽，可他和你一样，也是一头套着马笼头的骡子。"

嬷嬷目不转睛地盯着女主人。思嘉听到这样恶意的辱骂，气得浑身发抖，说不出话来。

"你要是非嫁给他，你就嫁吧，可是，你别忘了，思嘉小姐，我是不会走的。我要在这里待下去，看个究竟。"

嬷嬷没等思嘉答话，一转身就走了。

后来他们在新奥尔良度蜜月的时候，思嘉把嬷嬷的话告诉了瑞德。瑞德一听嬷嬷说的骡子套着马笼头，便大笑起来，弄得思嘉又惊讶，又气愤。

"我从来没听见有人用如此简洁的语言说明如此深刻的道理，"他说。"嬷嬷是个很有头脑的老人，这样的人不多，我希望能得到她的尊敬和谅解。不过我既然是头骡子，恐怕永远也得不到她的尊敬和谅解了。婚礼之后，我兴致勃勃地给她一个十块钱的金币，可是她不要，很少见到有人在金钱面前不发软的。她瞪了我一眼，谢了谢我，说她不需要我的钱。"

"她干吗要那么激动呢？他们为什么要像一群老母鸡似的朝我咯咯乱叫呢？我和谁结婚，结几次婚，完全是我自己的事。我从来不爱管闲事，可有些人为什么老爱管别人的闲事呢？"

"我的小乖乖，世人什么都可以原谅，就是不能原谅特立独行的人。你常说不论人家怎么议论你，你都不在乎。可是你在小事上都经常受人指责，在这件大事上，你怎么能指望躲过人们的非议呢？你早就知道，嫁给我这样的坏人，是要招人议论的。如果我出身卑贱，一文不名，别人可能没什么好说。可是我这个坏人又有钱，又干得红火——这当然就不可饶恕了。"

"我希望你能认真一点。"

"我现在就很认真。好人要是看见坏人像芝麻开花一样兴旺发达，心里就不舒服，历来如此。你也不必烦恼，思嘉，我记得有一次你对我说，你之因此要很多钱，主要是为了能对任何人说见鬼去吧。现在你的机会来了。"

"可我那时主要是想对你说见鬼去吧，"思嘉一面说，一面笑了。

"你现在不想对我说吗？"

"不像以前那么想说了。"

"你什么时候想说，就说吧，只要能让你高兴就行。"

"我并不感到特别高兴。"思嘉说，低头随便亲了他一下。他那黑色的眼睛朝她脸上闪了一闪，笑了笑，说：

"忘掉亚特兰大吧！忘掉那些老猫吧！我带你来新奥尔良，是为了让你高兴的，我一定要使你感到高兴。"

第四十八章

　　思嘉在新奥尔良的确过得很愉快，从战前最后一个春天到现在，她从来没有这么愉快过。新奥尔良是一个奇异的热闹地方，思嘉就像一个囚犯突然获释一样，玩得痛快极了。瑞德带她去的地方，是她从未见过的繁华地区。她所见到的人，看上去都十分有钱。瑞德介绍她认识了十几位妇女，她们长相亮丽，穿着高贵，两手细嫩，遇见什么事都快乐地大笑，从来不谈无聊的正经事，也不谈艰难困苦的生活。她见到的男人——多么令人兴奋呀！他们与亚特兰大的男人真不同——都争着和她跳舞，不遗余力地向她献殷勤，似乎她是舞会上的年轻皇后一样。

　　这些男人和瑞德一样，脸上带着固执、鲁莽的神情。他们的眼睛始终很机警，似乎一直生活在危险之中，不敢疏忽大意。他们好像无所谓过去，也没有未来。思嘉有时想问问他们来新奥尔良之前是干什么的，或在什么地方，他们总是很有礼貌地把话题岔开。这很奇怪，因为在亚特兰大，任何一个新来的体面人都急于把自己的经历讲一讲，炫耀一下自己的家庭。

　　他们都是沉默寡言的人，说起话来字斟句酌，十分谨慎。有时瑞德单独和他们在一起，思嘉听见他们断断续续的谈话，但她听不明白，只能听出零零碎碎的几个字，什么古巴和纳索，什么淘金热，非法侵占他人的采矿权，走私军火，海盗等等。

　　不过他们都文质彬彬，衣着考究，并且显然对她非常殷勤。对她来说，重要的是他们都是瑞德的朋友，有宽敞的住房，华丽的马车。他们带着她和瑞德去兜风，请他们吃晚饭，为他们举行晚会。思嘉觉得十分开心。她把自己的这种心情告诉瑞德时，瑞德觉得很有意思。

"我想你肯定是会这样的。"他一面说，一面笑。

"为什么不这样呢？"她和往常一样，一听见他笑，就起疑心。

"他们都是二流人物，是流氓，是恶棍。他们都是冒险家，北方来的贵族老爷。"

"我才不信呢！你在开玩笑吧。他们都是最老实的人……"

"最老实的人都在挨饿呢。"瑞德说。"他们规规矩矩地住在茅草棚里，要是我去看他们，他们可能不会理睬我。亲爱的，你知道战争期间我在这里干过一些见不得人的勾当，这些人记性特别好，不会把我忘掉。思嘉，你时时刻刻使我感到高兴。你总是喜欢那些令人讨厌的人，不该喜欢的事。"

"可他们都是你的朋友啊！"

"唔，不过我喜欢流氓。我小时候就赌博，因此我对这样的人是了解的。可是，他们究竟是些什么人，我是看得很清楚的。然而你——"他又笑了起来，"你没有识别人的本能，下等人，上等人，你是分辨不清的。我觉得你接触过的上等人只有你母亲和媚兰小姐，可是她们似乎都没给你留下什么印象。"

"媚兰！哎，她难看得要命，穿的衣裳也那么俗气，并且也没有头脑。"

"太太，你还是不要妒忌吧。美貌不能使人高尚，衣着不能使人尊贵。"

"唔，真的吗？那你就等着瞧吧，瑞德·巴特勒，我要做个样子给你看看。现在我有了——我们有了钱，我要成为你从未见过的最尊贵的女性。"

"我十分乐意。"他说。

思嘉会见的这些人固然使她兴奋，瑞德给她买的衣服则更加使她兴奋。衣服的颜色、质料、款式都是他亲自挑选的。用圆箍撑起来的大裙子已经不时兴了，流行的式样十分新颖，裙子从前面向后在腰垫处收拢，腰垫上装饰着亮丽的花环、蝴蝶结，还有波浪形的花边。那可爱的小帽子简直就不像帽子，而是一个扁平的小玩意儿，斜着搭在一只眼上，上面别着花呀，果呀，走起路来羽毛就活泼地跳跃起来。还有修道院里做得精细的内衣，实在可爱，并且买了那么多套。还有一件件睡衣、睡袍、衬裙，都是用最细的亚麻布做的，上面绣着华丽的图案，纳着细碎的小褶。还有瑞德给她买的缎子拖鞋，后跟有三寸高，玻璃大鞋襻闪闪发光，长筒丝袜就有十几双，没有一双是棉统的。真阔气呀！

她毫无节制地花钱给家里人买礼物。给韦德买了一只圣比纳种的长毛小狗，因为他一直想要这样一条狗。给小博买了一只小波斯猫，给小爱拉买了一只珊瑚手镯。给皮蒂姑妈买的是一大串项链，上面挂着许多月长石坠子。给媚兰和艾希礼买的是一套《莎士比亚全集》。她给彼得大叔买了一套很像样的制服，包括一顶车夫戴的真丝高帽子，外带一把刷子。给迪尔茜和厨娘买的是衣料。她给住在塔拉的人也都买了昂贵的礼物。

"可是你给嬷嬷买了什么呢？"瑞德在旅馆里把小狗小猫都赶到梳妆室里，一面看着这一大堆礼物，一面问。

"什么也没买。她太可恨。她说咱们是骡子，干吗要给她礼物？"

"人家说的又没错，你何必怀恨在心呢，我的小宝贝儿？你一定得给嬷嬷一件礼物。你要是不给她礼物，就会伤她的心——像她那样的心是很可贵的，怎么能刺伤呢？"

"我什么也不给她买，她不配。"

"那我就给她买一件吧。我记得我的奶妈常说，她升天的时候想穿一条府绸裙子，上帝一看会以为是用天使的翅膀做的。我就给嬷嬷买块红府绸，让她做一条亮丽的裙子吧。"

"她不会接受你的礼物的。她宁可去死，也不会穿的。"

"尽管如此。不过我还是要做个姿态嘛。"

新奥尔良的商店里物品丰富，使人眼花缭乱，和瑞德一起买东西令人兴奋。和他一起下馆子，也令人兴奋，甚至更加令人兴奋，因为他知道点什么菜，也知道菜应该怎么做。新奥尔良的葡萄酒、露酒和香槟，对她说来都那么好，喝下去感到心旷神怡。这且不说，还有瑞德点的那些菜呢，新奥尔良的菜肴最有名。思嘉想到在塔拉挨饿的苦日子，又想到不久以前拮据的生活，吃起这些丰盛的菜肴来，觉得老也吃不够。有法式烩虾仁、醉鸽、酥脆的牡蛎馅饼、蘑菇杂碎烩鸡肝、橙汁烤鱼，等等。她的胃口总是特别好，因为她只要一想到在塔拉没完没了地吃花生、豆子和白薯，就想尽量多吃一些法式的菜肴。

"你每次吃饭就像吃最后一顿饭似的，"瑞德说。"不要刮盘子呀，思嘉。厨房里肯定还有呢，只要叫侍者去拿就行了。并且你要是老这么大吃大嚼，你就会胖得跟古巴女人一样，到那时候，我可就要和你离婚了。"

她于是朝他吐了吐舌头，接着又要了一份点心。这点心上面是厚厚的一层巧克力，中间夹了一层糖。

想花多少钱，就花多少钱，根本不必算计，惦记着存钱纳税，或者买骡子，这可真痛快。朋友都是心情愉快的人，很阔气，不像亚特兰大的人那个穷酸样儿，真是痛快。穿着窸窸窣窣的锦缎衣裳，显出腰身，露着脖子胳臂，胸脯也露着不小的一块，并且还知道男人们垂涎欲滴，真是痛快。想吃什么，就吃什么，没有人指责你缺乏大家闺秀的风度，真是痛快。香槟酒，想喝多少喝多少，也真是痛快。她头一次喝醉的时候，坐着敞篷马车，穿过新奥尔良的大街小巷回旅馆去，一路上高唱《美丽的蓝旗》。第二天醒来以后，头疼得像要裂开一样，想起头一天晚上大出洋相，感到很不好意思。她以前连女人微醉也没见过。她只见过一个女人，就是那个沃特琳，在亚特兰大失陷的那一天喝得酩酊大醉。她喝醉了感到十分难为情，简直没有脸见瑞德，但他觉得这件事很有意思。不论她干什么事，他都觉得很有意思，似乎她是一只性情活泼的小猫。

和他一道出去，也是一件令人兴奋的事，因为他长得亮丽。过去她从来没有考虑过他的相貌。在亚特兰大，人们光看他的品德上的缺点，没有注意过他的相貌。可是在新奥尔良，她发现别的女人老拿眼睛盯着他，他弯腰吻她们的手，她们那么激动。她意识到她丈夫很有吸引力，这使她突然感到和他在一起非常光彩。

"唔，我们两口子都很亮丽。"思嘉想道，心里乐滋滋的。

是的，的确是像瑞德所说的那样，结婚是有很多的乐趣的。她觉得自己像个孩子，每天都会有新的发现。

首先，她发现和瑞德结婚，与先前那两次结婚，有很大的不同。他们都尊重她，怕她发脾气；他们都向她乞求恩惠。瑞德则并不怕他，并且她经常觉得瑞德也不怎么尊重她。他想干什么，就干什么。思嘉并不爱他，但和他生活在一起确实很有意思。

"我想这大概是因为他并不真爱我吧。"她心里想，但对这种情况也是满意的。"我还真不希望他完全放纵自己的感情。"

她和瑞德结合之后，了解到他许多新的情况，她原来还以为自己对他十分了解呢。她了解到他的声音可能一会儿温柔得像一块糖，一会儿又变成尖利的咒骂声。他可以一本正经地赞扬英雄的、光荣的事迹，可马上又说一些玩世不恭的下流故事。他可以是一个热诚的、温柔的恋人，一转眼又成了挖苦人的恶魔，把她那火药一般的脾气揭开盖子，点上火，引起爆炸，从中取乐。她了解到他的奉承话总有两层截然相反的含义，就连他表现出来的最温柔的感情也是值得怀疑的。实际上，她待在新奥尔良的两个星期里，她了解他各方面的情况，就是没有了解他究竟是个什么样的人。

有时他早上不用女佣人，亲自用托盘把早点给她送到房里，一点一点地喂她，似乎她是个孩子。可是，有时候他早上突然把她身上盖的东西全掀开，挠她的脚，粗暴地把她从酣睡中惊醒。有时候他很认真地倾听她述说生意中的事，称赞她有头脑。有时候他又把那些不是很正当的做法叫作捡便宜，叫作巧取豪夺。他带她去看戏，却悄悄地对她说也许上帝不赞成她到这种娱乐场所来，惹得她心烦意乱。他带她到教堂去，却又小声对她说有趣的下流话，然后又责怪她发笑。他鼓励她有什么说什么，不拘束。

他想让她玩儿，而她几乎已经忘了怎么玩了。生活一直是那么严峻，那么艰难。于是就带着她一起玩。但是他不是像小孩子那样玩了；他是一个成年人，他的一举一动，她都是不会忘记的。女人看到童心未泯的男人做出滑稽可笑的动作就不免要发笑，而思嘉是不能凭着女人的优越感看不起瑞德，朝他发笑的。

她一想到这种情况，就觉得不愉快。要是能比瑞德高出一筹就好了。她所认识的别的男人，她都可以用半带鄙视的口吻说："简直是个孩子！"比如她父亲，比如好开玩笑、喜欢恶作剧的塔尔顿孪生兄弟，方丹家爱耍小孩子脾气的年轻人，查尔斯，弗兰克，以及所有追求过她的人——，艾希礼除外。只有艾希礼和瑞德是她无法理解无法控制的人，因为他们是成年人，身上没有孩子气。

她并不了解瑞德，也不想多费心思。但他有时候确实使她迷惑不解。比如他有时偷偷看她，那眼神很怪。她突然一转身，经常发现他在看她，眼中流露出机警、殷切与等待的神情。

"你为什么这样盯着我？"有一次她不高兴地问。"似乎一只猫盯着耗子洞！"

但是他只要立刻换上一副模样，笑一笑，过一会儿，她就忘了。他这个人反复无常，不必为他多费心思，生活也过得挺愉快——可是一想到艾希礼就不同了。

瑞德弄得她很忙，顾不上想艾希礼。白天，她脑子里几乎就没有艾希礼，可是到了晚上，她就想起艾希礼来了。她迷迷糊糊地躺在瑞德怀里，月光洒落在床上，在这种情况下，她经常想，如果是艾希礼的胳臂这样紧紧地搂着她，该有多好呀！如果是艾希礼把她的黑发从自己脸上撩开，拢在下巴底下，该有多好呀！

有一次，她这样想着，轻轻叹了一口气，扭头朝窗口看去。过了一会儿，在寂静之中听见瑞德的声音："上帝该把你永远打入地狱，你这个小妖精！"

说罢，他就起来，穿上衣服，走了出去。思嘉十分吃惊，拦也拦不住，问他也不理。第二天早晨，她正在吃早饭，他又回来了。头发乱蓬蓬的，喝得醉醺醺的，不满的情绪依然很重，他既不道歉，也没有说明干什么去了。

思嘉什么也没问，对他非常冷淡。妻子受了委屈，这样做也是很自然的。她吃完饭之后，就出去买东西去了。等她回来时，他已经走了，到吃晚饭的时候才回来。

这顿饭吃得很沉闷，思嘉一直耐着性子，因为这是她在新奥尔良吃的最后一顿晚饭了，她想好好享受一下龙虾的美味。可是瑞德老盯着她，使她吃不痛快。不过她还是吃了一只大龙虾，还喝了好多香槟。也许是各种原因加在一起，当天晚上她又做起了过去常做的噩梦。她醒来，出了一身冷汗，抽抽搭搭地哭起来。她梦见自己又回到了塔拉，而塔拉一片荒凉。母亲去世了。世界上没有人可以依赖。一个可怕的东西在追她，她跑啊，跑啊，心都快炸开了，就这样在茫茫大雾之中一边跑，一边喊，模模糊糊地想在茫茫的雾里找到一个地方躲藏起来。

她醒来，发现瑞德正弯着腰看她。他什么话也没说，就把她抱起来搂在怀里，似乎搂着孩子一样，搂得紧紧的。

"唔，端德，我刚才又冷，又饿，又累。我在雾里跑啊，跑啊。"

"又是以前做过的梦吗？"

"嗯，是的！"

他轻轻地把她放在床上，在黑暗之中摸索着点上一支蜡烛。在烛光下，他的眼睛带着血丝，他的脸上纹路清晰，没有任何表情。他穿着衬衫，敞着怀，棕色的胸膛露在外面，思嘉还在发抖，心里想，这个胸膛可是真坚强。她悄悄地说："抱抱我吧，瑞德。"

"亲爱的！"他马上一边说，一边把她抱起来，坐在一把大椅子上，把她紧紧搂在怀里。

"唔，瑞德，挨饿真可怕呀！"

"晚饭吃了七道菜，包括一只大龙虾，还要梦见挨饿，一定是十分可怕的。"他笑了笑。

"唔，瑞德，我使劲跑啊，跑啊，找我要找的什么东西，就是找不着。躲在雾里，看不见。我知道，我要是能找到它。我就永远也不会受冻挨饿了。"

"你是在找一个人，还是在找一样东西？"

"我也不知道。我没好好想过。瑞德，你认为我还会做这样的梦吗？"

"不会了，"他说着，捋了捋她的头发。"不会的。习惯了安定的生活，吃得饱，穿得暖，就不会再作那样的梦了。思嘉，我一定会让你过安定的生活。"

"瑞德，你真好。"

"感谢您的照顾，太太。思嘉，你每天早上起来的时候就对自己说：'我永远不会再挨饿了，我永远不会再有麻烦了，只要瑞德和我在一起，只要美国政府能维持下去。'"

"美国政府？"她吃惊地问，随着就坐起来，脸上的泪珠还没有干。

"过去联盟的钱现在已经变成了贞洁的女人，我用一大部分买了公债了。"

"我的老天爷！"思嘉喊道，刚才的噩梦也全然忘记了。"你的意思是说你把钱借给了北方佬吗？"

"利息相当高啊。"

"百分之百的利息也不行。你一定要马上卖掉。让北方佬用你的钱，亏你想得出。"

"那我这钱该怎么花呢？"他笑着问，这时他发现她已经不像刚才那样吓得睁着大眼睛了。

"你可以到五点镇去买地皮呀。我敢说，你那些钱能把整个五点镇买下来。"

"谢谢你，可是我不想要五点镇。冒险家的政府真正控制了佐治亚，很难说会发生什么事。我愿意买公债，公债可以藏起来。"

"你认为——"她问，因为她想起自己的木材厂和商店，脸都白了。

"我不知道。你不必这么害怕，思嘉。新上任的亮丽州长是我的朋友。现在时局太不稳定，我不想把很多钱投放在房地产上。"

"既然谈到房地产，思嘉，"他说："我打算盖一所房子。你可以强迫弗兰克住在皮蒂小姐的房子里，我可不干。一天听他嚷嚷三回，我的神经受不了。还有，彼得大叔就是把我杀了，也不会让我住进神圣的汉密尔顿家的房子。咱们回到亚特兰大以后，先住在民族饭店的新婚套间里，等咱们的房子盖好了就搬过去。咱们离开亚特兰大之前，我就在跟他们讨价还价，准备买下桃树街上那一大片空地，就是莱顿家旁边那块空地。你一定知道我说的地方。"

"啊，瑞德，太好了。我多么想有一所自己的房子呀。我要一所特大的。"

"咱们总算有了一致的看法。盖一所白灰墙、铁花栏杆的房子，和这里的法式建筑一样，好不好？"

"唔，不好，瑞德。不要新奥尔良这种老式的房子。我要最新式的，我看到过一个图样，在——让我想一想——在我看的一份《哈泼斯周报》上。"

"噢，"他一面说，一面捋了捋小胡子。

"十分好看。屋顶两头各有一个尖塔，是用彩色木瓦板盖的。尖塔上的窗户镶着红蓝玻璃。看上去可时髦了！"

"我想回廊上还有锯齿形的栏杆吧？"

"是啊。"

"回廊屋顶的边上还有木头做的云形花饰垂下来，是不是？"

"是的。你一定见过这样的房子。"

"我是见过。你真的要这样一所房子吗？"

"啊，是呀！"

"我原来希望你和我结婚之后，能提高你的格调。你为什么不喜欢法式房子？"

"实话对你说吧，看上去俗气的，过时的，我都不喜欢。里面我要用红纸糊墙。用红天鹅绒做门帘。啊，我要高级的胡桃木家具，还要华丽的厚地毯，还要——啊，瑞德，人人看了咱们的家，都会羡慕得脸色发青的。"

"有必要让大家都羡慕咱们吗？你要是高兴，当然可以让他们羡慕得脸色发青。不过，思嘉，你想过没有，现在大家都这么艰难，咱们布置房子这样摆阔气，能算是格调高吗？"

"我就要这样，"她固执地说。"过去他们对我那么刻薄，现在我也不愿意让他们心里舒服。我们要开豪华的宴会，让全城的人后悔当时不该说那样难听的话。"

"可是谁会来参加我们的宴会呢?"

"人人都会来的。"

"那可不一定。"

"唔,你这是说什么呀!只要有钱,大家就一定喜欢你。"

"南方人可不是这样。有钱的投机商要想进入上等人家的客厅,比骆驼穿针眼还要难。至于投靠北方的人——我是说我和你,我的宝贝儿——如果不受到唾弃,就算走运了。不过你要是想试一试,我可以支持你,亲爱的,我会为你所做的努力感到高兴。既然现在谈到钱,那就让我把话说清楚。家里过日子,买穿戴,你要多少钱,我就给你多少钱。你要是喜欢首饰,也可以买,但是要由我来挑选,你的格调太低,我的宝贝儿。给韦德,给爱拉,想买什么,你就买什么。要是威尔·本廷种棉花种得好,我也愿意资助。这可以说是很公平了吧?"

"当然,当然。你是很慷慨的。"

"不过请你仔细听明白。一分钱也不能花在你那商店上,一分钱也不能花在你那劈柴厂上。"

"唔,"思嘉说,脸也沉下来。蜜月期间,她一直在想着这个问题,要一千块钱,再买五十英尺地,扩大木材厂。

"我记得你老吹嘘,说自己是个开明的人。我做生意,别人有些什么议论,你全不在意,谁知你和所有的男人都一样,就怕人家说我当家。"

"咱们巴特勒家谁当家,那是任何人都不会有什么疑问的。"瑞德慢条斯理地说。"傻瓜们说些什么,我毫不介意。其实,我缺乏教养,现在有个能干的老婆,也是件值得骄傲的事。我当然让你继续经营你的商店和木材厂,给你的孩子们留着吧。等韦德长大以后,他会觉得不愿意让继父养活他,他就可以接过去,接着经营。但是不论是商店,还是木材厂,我一分钱都不给。"

"为什么?"

"因为我不想资助艾希礼·威尔克斯。"

　　"你又来了，是不是？"

　　"不是。是你要问，我就告诉你。还有，不要以为你可以在账目上耍花招，蒙骗我，说你买衣服花多少钱，家里的开销要多少钱，结果却把钱拿去替艾希礼买骡子，或者再买一个木材厂。我要监督审查你的各项开支，什么东西多少钱，我是十分清楚的。唔，不要以为我是在侮辱你。我非这样做不可，我对你是不会放松的。实际上，凡是涉及塔拉和艾希礼的地方，我都不会对你放松。尤其是艾希礼一定要划在界线以外。我正在缓缓地驾驭着你，我的宝贝儿。"

第四十九章

　　埃尔辛太太竖起耳朵听见媚兰的脚步声逐渐消失在厨房里，她就回过头来悄悄地对在场的几位太太说起话来。

　　"就我个人而言，我现在不想，永远也不想去拜访思嘉。"她说，脸上高傲的神气显得特别冷酷。

　　联盟赈济孤寡缝纫会的其他成员一听这话，都连忙放下手中的活计，凑得更近了。这几位太太早就想议论议论思嘉和瑞德，但是因为媚兰在场，不便开口。就在两天以前，这对夫妇从新奥尔良回来了，就住在民族饭店的新婚套间里。

　　"休说出于礼貌也应该去拜访一下，因为巴特勒船长救过他的命。"埃尔辛太太继续说。"可怜的范妮也同意，说她也要去拜访。我对她说；'范妮，要不是思嘉，托米现在也还活得好好的。你要是去拜访。岂不是对死者的侮辱吗？'范妮没有头脑，竟然说：'妈，我不是去拜访思嘉，而是去拜访巴特勒船长。他为救托米尽了力，没有救成，总不是他的过错呀。'"

　　"年轻人就是糊涂！"梅里韦瑟太太说。"还要去拜访，真是的！"她曾劝思嘉不要和瑞德结婚，思嘉对她态度粗暴，她每当想起这件事，就气得她那宽厚的胸脯一起一伏。"我们家的梅贝尔也一样地糊涂。她说要和雷内一块儿去拜访，因为多亏巴特勒船长出力，雷内才没有被绞死。我说要不是思嘉出去乱跑，雷内根本就没有危险。梅里韦瑟爷爷也要去拜访，他老糊涂了，竟然说即便我不感激，他也要感激那个大流氓。我敢说，自从梅里韦瑟爷爷到沃特琳这狗东西那里去了一趟之后，就干起丢人现眼的事来了。思嘉真是作孽，竟然嫁给这样一个人。"

邦内尔太太叹了一口气。她是个皮肤黝黑的胖女人，总是笑眯眯的。

"他们只去拜访一次，为了礼貌嘛，多丽。我不想责怪他们。听说那天晚上参加活动的人都想去，我觉得倒也是应该的。不过我总难以想象思嘉是她母亲的孩子。我在萨凡纳和她母亲爱伦·罗毕拉德是同学，没有比她更可爱的姑娘了，我跟她也很要好。她想嫁给堂兄菲利普·罗毕拉德，她父亲要是不反对就好了。可是后来爱伦就不得不和奥哈拉老头儿逃走，结了婚，生了思嘉这么一个女儿。看在爱伦的份上，我也得去拜访他们一次，真的。"

"婆婆妈妈的，全是胡扯！"梅里韦瑟太太气呼呼地说。"丈夫刚死一年就又嫁了人，这样的女人，你也要去拜访吗？这个女人——"

"肯尼迪先生实际上也是她杀害的。"英迪亚插言说。她的语调冷淡而尖刻。"肯尼迪先生还没死的时候，我就总觉得她和巴特勒关系不一般。"

几位太太一听这话，特别是听一位老处女说这样一件事，都感到十分惊讶。这时，媚兰在门口出现了。媚兰的脸色一变，她们不但惊愕，并且害怕了。她气得满脸通红，温柔的眼睛冒起火来，过去谁也没有见媚兰生过气，大家都认为她是一个最温柔最随和的女人。

"你怎么敢说这样的话，英迪亚？"她用颤抖的声音小声说。"你这样妒忌，真可耻！"

英迪亚的脸色变得煞白，头倒还抬得高高的。

"我说的话，决不收回。"她的话很简短，但心绪是极不平静的。

并且她怀疑思嘉已经设法使艾希礼落入了她的罗网。她想："关于艾希礼和你那宝贝思嘉，我有许多话要对你说。"不过现在还不该说出来，时机还不成熟。她还没有真凭实据，只是怀疑而已。

"我说的话，决不收回，"她又重复说。

"那么，值得庆幸的是你不再和我们一起过日子了。"媚兰说，语气十分冷淡。

英迪亚一听这话，马上站起来，脸涨得通红。

"媚兰，你——你是我的嫂子——不会为了这件小事和我争吵吧——"

"思嘉还是我的嫂子呢。"媚兰说，她和英迪亚互相对视，似乎陌生人一样。"并且对我比亲姊妹还要亲。我从她那里得到的好处，我永远也忘不了。围城的时候，她一直陪着我，而她本来是可以回家去的，当时就连皮蒂姑妈都跑到梅肯去了。北方佬眼看就要进亚特兰大了，她还为我接生，并且不辞劳苦地把我和小博送到塔拉，她当时也不是不可以把我丢在医院里，让北方佬把我抓去。她照料我，给我喂饭，而她自己又累又饿。因为我身体不好，又有病，我睡的是塔拉最好的床垫。后来我能走路了，仅有的一双像样的鞋也给我穿了。她为我做的这一切，英迪亚，你忘得了，我可忘不了。后来艾希礼回来了，生着病，心灰意懒，无家可归，身上一个钱也没有，她收留了他。后来我们觉得非去北方不可，而又舍不得离开佐治亚，这时候又是思嘉让他经营木材厂，巴特勒船长还救过艾希礼的命，这也是他的一片好心，他又不欠艾希礼什么情分。因此我感激他们，既感激思嘉，又感激巴特勒船长。而你，英迪亚！你怎么能忘了思嘉对我和艾希礼的好处呢？你怎么能把你哥哥的生命看得无足轻重，反而恶言中伤救过他命的人呢？你就是在巴特勒船长和思嘉面前下跪，也不为过呀。"

"得了，媚兰，"梅里韦瑟太太用尖酸的语调说，这时她的心情已经平静下来。"别这样对英迪亚说话呀。"

"你说思嘉的那番话，我也听见了。"媚兰说，她转过身来对付这位胖老太太了。"还有你，埃尔辛太太。你们那些可爱的脑袋瓜里是怎么想的，我不管，因为那是你们的事。但是你们在我家里这样议论她，让我听见了，我就得管。可是你们怎么会有那样可怕的想法呢，并且还说出来？难道你们的丈夫就那么不值得爱护，对于救了他们的人，对于冒着生命危险救了他们的人，你们就一点也不心怀感激吗？他冒着自己的生命危险救了你们家里的人。他救了你公公，梅里韦瑟太太，还救了你女婿和两个侄儿。邦内尔太太，他救了你的兄弟。埃尔辛太太，他还救了你的儿子和女婿。你们这帮忘恩负义的人！我要求你们每一个人道歉。"

埃尔辛太太直直地站起来，嘴唇紧闭，显出坚决的样子。

"没想到你这么没有教养，媚兰——我决不道歉。英迪亚说得对，思嘉是个轻浮放荡的女人。我不会忘记她在战争期间的所作所为。也不会忘记她有了几个钱之后，做起事来有多么下贱——"

"可你真正不会忘记的是，"媚兰打断她的话，握起两只小拳头插在腰间，说，"她不让休管木材厂了，因为他太无能。"

"媚兰！"大家一起喊了出来。

埃尔辛太太转过身来说："媚兰，"她的语气变得温和了，"亲爱的，这件事真让我伤心呀。我是你母亲最要好的朋友，是我帮着米德大夫把你接到这个世界上来的。我把你当自己的孩子一样。要是为了什么要紧的事，你这样说倒也罢了。可是我们说的是思嘉·奥哈拉这样一个女人，她会坑害你，就像对待我们一样——"

等这位老妇人说完，媚兰的脸色反而显得坚定了。

"请各位注意，"她说，"如果谁不去拜访思嘉，谁就永远不要再来看我。"

大家一听这话，顿时嚷嚷起来。埃尔辛太太把针线筐子往地上一扔，大喊起来：

"这我不干！"她说。"这我不干。你发昏了，媚兰，不过我不责怪你。我们仍然是朋友，不能让这件事影响咱们的关系。"

她说着说着哭起来。不知怎的，媚兰也在她怀里哭起来了，不过她还抽抽搭搭地说她刚才的话是当真的。另外几位妇女也放声大哭，梅里韦瑟太太一边痛哭，一边把埃尔辛太太和媚兰都搂起来了。皮蒂姑妈原来只是呆呆地在一旁看着，这时晕在地上了。就在这一片混乱之中，只有一个人脸色沉静。英迪亚·威尔克斯趁着无人注意，溜走了。

瑞德早就说那些顽固派是不会认输的，他还真说对了。有些人来拜访他们，但是很明显，后来就很少来了。并且他们从来不邀请瑞德·巴特勒夫妇到他们家里去做客。

瑞德说，这些人要不是怕冒犯媚兰，是不会来看望他们的。他为什么会这么想，思嘉也不知道，只觉得这个想法很愚蠢，因为媚兰怎么可能影响埃尔辛太太和梅里韦瑟太太这样的人呢？他们来过一次就再也不来了，思嘉并不怎么在意。其实，他们房子里经常挤满了客人，长期住在亚特兰大的本地人管他们叫"外来户"。

这些"外来户"，他们和瑞德和思嘉一样，也是因为自己的房子还没有盖好。他们很活跃，很有钱，衣服考究，花钱很阔气，至于钱的来历，就不清楚了。

瑞德告诉思嘉，他们所要干的和秃鹰对快死的动物所要干的没有区别。他们从远处闻到死亡的气味，就不约而同聚到这里来，准备饱餐一顿。

瑞德认识的投靠北方的人和北方来的冒险家，他们的太太们成群结队地来拜访。思嘉觉得和她们在一起很愉快，大家都穿着亮丽的衣服，从不谈论那次战争，也不谈论艰苦的生活，谈话内容限于时髦衣服，风流韵事，和怎样打惠斯特桥牌。思嘉从来没有打过牌，但没有多久她就打得很不错了。

只要她待在饭店里，总有一帮牌友聚集在她那里。不过近来她忙着盖新房，顾不上招待客人了。她想把社交活动推迟一段时间，等到房子盖好以后，她就成了亚特兰大最大的一所住宅的女主人，就可以主持最盛大的宴会了。

天气温暖，她一天天看着她那红石头灰木瓦板的住宅不断增高，十分壮观，比桃树街上任何其他住宅都要引人注目。她把商店和木材厂全忘了，成天盯着那座房子，一会儿跟木匠争吵，一会儿和石匠顶嘴，催促承包人尽快完工。

州长的官邸，栏杆和屋檐上都镶着锯齿状的花边，但是思嘉的住宅装饰着更复杂亮丽的云形花样，使州长的官邸大为逊色。实际上思嘉的住宅在各方面都超过了州长的官邸，超过全城任何一所房子。它圆顶多，塔楼多，尖塔多，阳台多，避雷针多，彩色玻璃窗更是多得多。

房子四周有回廊，四面各有一溜台阶，与地面相通。院子宽大，绿草如茵。还有几张铁凳，一座铁制凉亭。院子里还有两只铁兽，一只是牡鹿，一只是大狗。这个新家这样大，这样华丽，为了追求时髦，室内光线昏暗，韦德和爱拉搬进来之后不大适应，唯有院子里这两只铁兽使他们感到高兴。

房子里的陈设完全是按照思嘉的意思布置的。满屋里都铺着厚厚的红地毯，门上挂着红色天鹅绒门帘。黑色胡桃木家具闪闪发亮，样子也是最新式的，刻满了花纹。墙上到处挂着镶着镀金框子的大镜子小镜子，和贝尔·沃特琳那里的镜子一样多。墙上糊着华丽的深色壁纸，天花板很高，但屋里总是很暗，因为绛紫色的长毛绒窗帘，几乎把阳光全都遮住了。

总而言之，这所房子使人看了都惊叹不已。思嘉踏在柔软的地毯上，或躺在羽绒床上，就像掉进安乐窝里一样，想起塔拉，那冰凉的地板，那稻草铺的床铺，就心满意足得无以复加了。她觉得这是她见过的最亮丽、陈设最讲究的一所房子，但是瑞德却说像噩梦。不过只要她喜欢，就让她尽情地住在这里吧。

"一个陌生人，只要一看这所房子，就会知道它是用不义之财盖起来的，"瑞德说。"你知道，思嘉，常言说得好：斜路上来的钱，去路不正。这所房子说明了这个道理。只有投机商才会盖这样的房子。"

但是思嘉完全沉浸在骄傲和幸福之中，想象着在新居里怎样招待客人，听了瑞德的话，只是顽皮地拧了一下他的耳朵，说："别胡扯了！你还有什么好说的？"

蜜月期间，和住在民族饭店的大部分时间里，他们在一起很融洽。可是他们刚搬进新居，思嘉刚交了几个新朋友，他们就开始激烈的争吵了。每次争吵的时间都不长，因为瑞德对她的激烈言词总是采取冷漠的态度，冷不防，给她一下子。她吵啊，嚷啊，瑞德则不这样。他只用毫不含糊的言辞评论她和她的活动，以及她的房子，她的新朋友。他有些意见不同一般，她不能置之不理，也不能当作开玩笑。

比如他对待嬷嬷的态度，嬷嬷寸步不让，始终认为瑞德是披着马鞍的骡子。她对瑞德很客气，但很冷淡。她总是称他"巴特勒船长"，从来不称他"瑞德先生"。瑞德送给她红裙子，她毫不感谢，并且也不穿那条裙子。她尽量不让他看见爱拉和韦德，尽管韦德很喜欢瑞德叔叔，瑞德显然也很喜欢这孩子。可是瑞德不但没有辞退嬷嬷，反而对她极为尊重，比对思嘉新近结交的太太小姐们客气很多。实际上，比对思嘉本人还要客气。他总要得到嬷嬷的允许，才带着韦德去骑马，总要先征求她的意见，才给爱拉买娃娃。而嬷嬷对他却不怎么客气。

思嘉觉得瑞德应该给嬷嬷一些颜色看，这样才符合一家之主的身份，而瑞德只是笑一笑，说嬷嬷才是真正的一家之主。

还有一次，他把思嘉惹火了。因为他说："我的钱没有给你带来什么好处，它肯定还没有把你变成一匹马，是不是，我可爱的小骡子？"

这句话引起了一场激烈的口角，他们吵了好几天。思嘉绷着脸，不说话，显然是希望瑞德向她赔礼道歉。这样过了四天之后，瑞德到新奥尔良去了，把韦德也带去了。他一直待到思嘉的怒气消了才回来，不过瑞德不肯屈服，依然使她很难受。

瑞德从新奥尔良回来时，心平气和，思嘉也就尽量强压着怒火。她现在只希望快活，因为她满脑子想的都是如何在新居里大宴宾客。那将是一次规模盛大的晚宴，要用棕榈树装点起来，还要请一支管弦乐队，四周的回廊全要用帆布遮起来，各种精美的点心使她想一想都要流口水。她在亚特兰大所有认识的人她都要请，包括所有的老朋友和新朋友。准备这次宴会，使她感到兴奋。她感到快活，在她考虑怎样举办这次宴会的时候，她感到几年来从未有过的快活。

啊，有钱可真好！开宴会可以不计算花销！买最贵的家具、衣服和食品，根本不用考虑钱！可以把数额相当大的支票寄给查尔斯顿的波琳姨妈和尤拉莉姨妈，寄给塔拉的威尔，多么开心呀！啊，那些妒忌人的糊涂虫竟然说钱无所谓！瑞德还说钱没给她带来什么好处，真叫人不可理解！

思嘉向所有的朋友发出了请帖，老朋友，新朋友，比较熟的，不太熟的、甚至她讨厌的人，都请到了。就连梅里韦瑟太太，她上民族饭店去拜访思嘉的时候简直可以说是粗暴无礼，还有埃尔辛太太，她的态度冷若冰霜，也都请了。她还邀请了米德太太和惠廷太太，尽管她明明知道她们不喜欢她，也明明知道她们参加这样体面的聚会，没有像样的衣服可穿，会感到尴尬。

到了那天晚上，大厅里和帆布遮起来的回廊上挤满了客人。他们喝着她用香槟配制的香甜饮料，吃着她的小馅饼和奶油牡蛎，随着乐队演奏的乐曲跳舞。乐队前面整整齐齐地摆着一排棕榈和橡皮树。但是那些老朋友，除了媚兰和艾希礼、皮蒂姑妈、亨利叔叔、米德大夫夫妇，梅里韦瑟爷爷之外，别人都没有来。

思嘉看到这个情况，既惊讶，又气愤，觉得这次豪华的宴会完全失败了。多么排场的"大聚会"呀！她精心安排了这么长的时间，想让大家看一看，可是老朋友只来了那么几个，老对头则一个也没来。天亮的时候，客人都走完了，她恨不得人哭人闹一番，可是又怕瑞德哈哈大笑，因为他尽管没有说，那双黑眼睛却流露出这样的意思："我早就告诉你了嘛！"因此她只好强压住怒火，装作无所谓的样子。

第二天早上，她就对着媚兰大肆发作起来。

"你真让我下不来台，媚兰·威尔克斯，你还让艾希礼和那些人一块让我下不来台，唉，我看见你了！我正要把布洛克州长带过来，介绍给你们，你就像兔子一样跑掉了。"

"我想他不会——我想他不可能真来参加，"媚兰不高兴地回答说。"尽管大家都说——"

"大家？这么说来，大家都在背后议论我，是不是？"思嘉气愤地嚷道。"你是不是说，你要是事先知道州长要来，你也根本就不来参加了？"

"是的，"媚兰两眼看着地板，低声说。"亲爱的，在那种情况下，我是不能来的。"

"你可真行啊！原来你也让我下不来台呀！"

"唔，别这么说，"媚兰十分难过地说。"我不是有意伤你的心。你就是我的姐姐，亲爱的，是我的亲兄弟查理的妻子，我——"

她怯生生地把一只手搭在思嘉胳臂上。可是思嘉一下子把它甩开了，恨不得大发雷霆。但是媚兰并不示弱。她两眼盯着思嘉那双愤怒的绿眼睛，瘦削的肩膀挺了挺，顿时显出一副庄重的神气。

"对不起，让你伤心了，亲爱的。但是布洛克，或者任何一个共和党人，或者任何投靠北方的人，我都不能见。我在你家里不见他们，在别处也不见他们。即使我不得不——我不得不——即使我不得不显得粗暴无理没有教养我也不见他。"

"你是在指责我的朋友们吗？"

"不，亲爱的。不过他们是你的朋友，不是我的朋友。"

"你是指责我不该把州长请到家里来吗？"

媚兰无法回避了，但她仍旧盯着思嘉的眼睛，毫不动摇。

“亲爱的，你做什么事情，都有你自己的道理。我喜欢你，信赖你，我是不会指责你的。谁要是指责你，让我听见，我就不答应。不过，思嘉呀！”突然间，媚兰激动起来，滔滔不绝，声音不大，却包含着无法消除的恨。"这些人是怎样对待我们的，难道你忘了吗？亲爱的查理死了，艾希礼的身子垮了，'十二橡树'村烧了，难道你忘了吗？唔，思嘉，你打死的那个家伙，他手里就捧着你母亲的针线盒，你总不会忘记吧！谢尔曼的队伍开到塔拉，把咱们的内衣都偷走了，他们还想把房子烧掉，你也不会忘记吧！思嘉呀，这些人抢劫我们，折磨我们，还让我们挨饿受冻，你就是把这些人请来参加你的宴会了！就是这些人，他们使得那些黑鬼对我们为非作歹，他们抢走了我们的财物，不让我们参加选举。我忘不了，也不想忘掉这一切。我不会让我的小博忘记这一切，我还要教我的孙子痛恨这些人。思嘉，你怎么能忘记呢？”

媚兰说到这里，停下来喘一口气，媚兰感情强烈，声音颤抖，使她感到吃惊，把她的怒气也驱散了。

"你以为我是傻瓜吗？"她不耐烦地问。"我当然记得！可是这都是过去的事了，媚兰。我们要尽量利用现有的条件，现在我就是在这么干。布洛克州长，还有一些共和党人，如果我们善于跟他们打交道，是能够给我们很大帮助的。"

媚兰斩钉截铁地说："我从不愿意让他们帮助。我也不想尽量利用现有的什么条件，如果这指的是北方佬。"

"我的天哪，媚兰，干吗要赌气呀？"

"啊！"媚兰说，显得有些过意不去的样子。"看我说了些什么！思嘉，我并不想使你伤心，也不想指责你。各人有各人的想法，人人都有权坚持自己的想法。你听我说，亲爱的，我是爱你的，并且你也知道我爱你。你是爱我的，是不是？我没有让你恨我吧？思嘉，咱们俩要是有什么矛盾，我可受不了——咱们毕竟是同舟共济，一起过来的呀！说声没关系吧。"

"快别胡说了，媚兰，你真是小题大做。"思嘉不满地说，但是媚兰轻轻地用手搂住了她的腰，她没有再甩掉。

首次宴会之后，一连几个星期，思嘉感到要对大家的看法装作根本无所谓的样子是很困难的，除了媚兰、皮蒂姑妈、亨利叔叔和艾希礼之外，谁都不来看她，也不邀请她去参加他们的聚会，这使她十分难过。

她当时还没有意识到，她和过去的生活，昔日的朋友之间的脆弱联系，她已经一下子切断了，永远切断了。即便媚兰在帮助她，也无济于事了。即使思嘉想再像以前那样生活，和老朋友打交道，现在已完全不可能了。全城都对她板起了面孔，和花岗石一样硬。人们对布洛克政权的恨，也转移到了她的身上，这是一种十分冷酷的恨。

思嘉痛苦了一阵子之后，便收起了她那假装无所谓的样子。她这个人从来不对他人的态度做过多地考虑，也不因一件事的失败而长期闷闷不乐。没有多久，其他人对她的看法，她就置之不顾了。至少媚兰带着艾希礼还会来看她，而艾希礼才是最重要的一个人。亚特兰大还有一些别的人是愿意来参加她的宴会的，他们心情愉快得多，衣服也亮丽得多。

现在和思嘉交往的有各式各样不同的人。盖勒特夫妇曾在十几个州里居住过，每次都是因为欺骗勾当被发觉而仓促离开的。康宁顿夫妇在离这里很远的某一个州里曾和"自由人局"有联系，从黑人身上赚了很多钱。迪尔夫妇曾把"硬纸板"鞋卖给联盟政府，战争的最后一年不得不到欧洲去躲了起来。卡拉汉夫妇靠开赌场起了家，现在正利用州政府的钱修建一条并不存在的铁路，来进行更大规模的赌博。巴特夫妇战争期间曾在北方某大城市开过一家最大的妓院，现在也在北方冒险家的社交界进进出出。

现在和思嘉来往密切的就是这样一些人，但也还有另外一些人，他们有文化，有修养，出生于很好的家庭，还颇有些资产，他们从北方来到亚特兰大，因为他们看到在这重建与发展的时期，在这里赚钱是源源不断的。北方有钱的人家把年轻的儿子送到南方，让他们在这里开拓。许多北方的军官退役之后就在他们浴血奋战攻下的这座城市里定居了。

在政治上，共和党人掌权，亚特兰大进入了一个浪费和讲排场的时期，表面的文雅遮掩不住下面的庸俗与罪恶。富人和穷人之间的差距，从来没有像现在这么明显和巨大，居高位者对那些可怜的人毫不关心。他们自己的一切都是最好的：最好的学校，最好的住宅，最好的衣服，最好的娱乐。至于新近陷于贫困的亚特兰大人，他们可以挨饿，或者一头栽倒在大街上，刚刚富起来的共和党人是无动于衷的。

在这庸俗的浪潮中，思嘉处于领先的地位，兴高采烈。她刚结了婚，打扮得花枝招展，又有瑞德的钱做坚强的后盾。当时的情况是最合乎她的口味的：人人都夸张地炫耀自己，妇女的衣着都过于华丽，家里的陈设都过于讲究，珠宝太多了，马匹太多了，食品太多了，威士忌太多了。思嘉有时也静下心来想一想，她知道如果用母亲爱伦的标准来衡量，那么她新近结交的这些女人都不是什么正经人。但是自从很久以前，她在塔拉站在客厅里，决心做瑞德的情妇以来，就已将那一套标准弃之不顾了，因此现在也就不怎么觉得良心上过不去了。

严格说来，这些新朋友也许根本算不上先生和女士，但是他们和瑞德在新奥尔良交的朋友一样，都很有意思。这些人比她原先那些性情压抑、常去教堂、喜欢读莎士比亚的朋友，有趣得多。她很久没有感到乐趣了，现在生活安定了，她想跳舞，想玩，想放荡，想大吃大喝，想穿绸缎，想睡在柔软的羽毛床上，或坐在舒适的沙发上。这一切，她都做到了。瑞德让她由着性子干，觉得很有趣。她现在也摆脱了束缚，于是她就要实行她过去经常抱有的一种奢望了，就是：想干什么，就干什么，谁不赞成，就叫他见鬼去。

思嘉完全陶醉了，她的心情与赌徒、骗子、彬彬有礼的女冒险家一样。她真是想说什么，就说什么，想干什么，就干什么，她那傲慢的态度几乎膨胀得无边无际了。

思嘉对北方驻军的军官及其家属极为粗暴、傲慢。流入亚特兰大的各式各样的人，唯有军人，她是既不接待，也不欢迎，她甚至故意显得对他们不礼貌。蓝军装意味着什么，永远意味着恐怖气氛，逃难的可怕经历，意味着掠夺，焚烧，意味着极度穷困的生活和在塔拉的艰辛劳动。

瑞德有一次漫不经心地对她说，现在在他们家聚会的男客，大部分人不久以前还穿着这身蓝军装呢。思嘉却反驳道，北方佬只要不穿军装，就不像是北方佬了。"你真固执得可爱，"瑞德耸了耸肩膀，显出无可奈何的样子。

思嘉讨厌驻军穿的笔挺的淡蓝军装，喜欢怠慢他们。她这种态度实在使驻军的家属感到惊愕。驻军军官的太太们看见活跃的巴特勒太太把红头发的丑陋的布里奇特·费莱厄蒂一类的女人都当作挚友，却故意怠慢她们，自然是感到迷惑不解的。

　　然而谁都不得不忍气吞声，并且心甘情愿。对她们来说，思嘉不仅代表着财富与风度，并且体现着旧的家庭，旧的传统。而她们正殷切地希望和这些旧的事物结合在一起。实际上她们所向往的那些旧家庭恨不得思嘉滚开，但是新兴的达官贵人的太太们对于这一点是全然不知的。旧的社会集团鄙视她们，而她们一心想打入那个高雅、古典的社会集团。

　　因为她们本人不是真正上流社会的女士，所以对于思嘉虚假的外表，看不清楚，思嘉自己也看不清楚。她们在思嘉面前忍气吞声。

　　她们没有根基，对自己也没有信心，所以特别希望显得文雅，不敢发火，也不敢顶嘴，生怕没有大家风度。不管付出什么代价，她们也要像个女士的样子。她们装出一副娇嫩谦恭与天真的模样。听听她们说的话，你会觉得她们与罪恶的下层社会既无联系，也不了解，红头发的布里奇特·弗莱厄莱皮肤白皙，娇嫩怕晒，操着柔和的爱尔兰口音，谁也想不到她曾盗走父亲暗中收藏的财物，来到美国，在纽约一家饭店里做女招待。看一看西尔维亚（原先叫萨迪·贝尔）·康宁顿和玛米·巴特那副多愁善感的样子，谁也不会想到前者在父亲的酒店楼上长大的，有时帮着照看酒吧，谁也不会想到后者据说本是她丈夫开的妓院里的一个姑娘。现在她们都成了娇滴滴的风雨不愁的宝贝儿了。

　　那些男人尽管会赚钱，却没有任何文雅的举止言谈。他们在思嘉的宴会上喝酒喝得很凶，实在太凶了，经常不得不临时留下来过夜。他们喝酒，和思嘉小时候那些人喝酒的样子可大不相同。他们满脸发胀，反应迟钝，丑态毕露，脏话连篇。

　　思嘉心里看不起这些人，可是她又喜欢和他们在一起。

　　思嘉让人难以忍受，瑞德就更甚了。因为瑞德把他们看透了。他甚至就在自己家里，也总揭他们的短，弄得他们无话可说。关于自己如何赚钱，他认为是没有什么见不得人的。所以他假装认为别人怎样发迹，也没有什么见不得人的，于是他只要有机会就要说。可是大家一致认为，为了面子，还是不说为好。

不定什么时候瑞德就会举着一杯香甜饮料和蔼地说："拉尔夫，我要是不糊涂，就该像你那样，把金矿股票卖给寡妇和孤儿，你那个办法多保险。"或者说："哎呀，比尔，你又买了两匹新马呀！是不是又卖了几千块钱的并不存在的铁路工程的债券？干得不错，伙计！"或者说："祝贺你，阿莫斯，祝贺你和州政府签了合同，你贿赂了多少人，才把合同拿到手。"

总而言之，太太们觉得瑞德庸俗得让人无法忍受，对他非常讨厌。先生们在他背后管他叫猪猡，杂种。过去亚特兰大不喜欢他，他没有想办法讨好他们；现在亚特兰大依然不喜欢他，他也依然没有想办法讨好他们。他自行其是，感到很快乐。对思嘉来说，他依然是个谜，不过她已不再为解这个谜而伤脑筋了。她确信，他对什么都不满意，将来也不会满意；他对任何东西都无所谓。他讥笑她的一言一行，又鼓励她任意挥霍，待人傲慢，他讽刺她华而不实，虚装门面，但他为她付所有的账单。

第五十章

瑞德一向是举止圆滑稳重，就连他们最亲密的时候也是如此。但是思嘉始终不能消除那种由来已久的感觉，觉得他总是偷偷地观察她。如果她猛一回头，就能看见那种揣测、等待的神情，这神情表现出一种几乎难以忍受的耐性，而思嘉对这种耐性是无法理解的。

和他一起生活，有时是很愉快的，尽管他有个怪毛病，不许别人在他面前说谎、装模作样或夸夸其谈。他耐心地听她说各种琐事。他有充沛的精力来参加她喜欢举行的舞会和宴会。她发现，只要她老老实实地说，她要什么他都给，她问什么他都说。可是如果她拐弯抹角，耍女人爱耍的手腕，想得到什么东西，他就什么也不给。他能看透她的心思，并且粗鲁地笑她。

瑞德总是对她采取漠不关心的态度。思嘉想到这一点，往往觉得纳闷，不明白他为什么和她结婚。他肯定是不爱她的，他说她这所心爱的房子是一座可怕的建筑，还说宁愿住在饭店里，也不愿住在家里。他与查理和弗兰克也不一样，从来没有表示愿意要个孩子。有一次，她挑逗他，问他为什么和她结婚，他两眼流露出喜悦的目光，答道："我和你结婚，是要把你当作一件心爱的东西留在身边，我的宝贝儿。"这话使得思嘉恼火极了。

他和思嘉结婚，完全是因为他想占有她。而靠别的办法，他是不可能得到她的。他向她求婚的那天晚上，他就已经如实地招认了。他想占有她，就像过去想占有贝尔·沃特琳一样。这种联系着实令人不快，也完全是一种侮辱。但是思嘉已经学会对任何不愉快的事耸耸肩，算了。不管怎么说，他们已经做成了交易，并且就她来说，她是心满意足的。

然而有一天下午，思嘉因为不舒服，去看米德大夫，了解到一件令人不快的事，这件事可不能耸耸肩膀就算了。黄昏时分，她气冲冲地来到卧室里，两眼真是冒着怒火，对瑞德说，她怀孕了。

瑞德身穿绸浴衣，正懒洋洋地坐着吸烟，一听这话，马上扭过头去聚精会神地看着她的脸，不过一言不发，只静静地望着她，等她说下去。但是她却说不出话来。

"我不想再要孩子了，这你也知道。我从来就不想要孩子。每当我高高兴兴的时候，就得生孩子。唉，别光坐在那儿笑哇！你也是不要孩子的呀！我的天哪！"

他稍稍地板起面孔，两眼显得有些茫然。

"唔，不能把他送给媚兰小姐吗？你不是说她还想再要一个孩子吗？"

"哦，我非把你宰了不可！这个孩子，我不要，告诉你说，我不要！"

"不要？你再说下去。"

"有办法。我知道，女人要是不想要孩子，就可以不生孩子。是有办法的——"

瑞德一下子站起来，抓住她的手腕子，脸上露出惊恐的神情。

"思嘉，你这个傻瓜，快说实话！你做了没有？"

"还没有，不过我要去的。我的腰身刚刚细了一点，我也正想享受一番，你想再一次把我的身材弄得那么难看吗？"

"你怎么会有这个想法？是谁告诉你的？"

"玛米·巴特——她——"

"你生一个孩子也罢，生二十个孩子也罢，我都不管，可是如果你要死，我就得管。"

"要死？我？"

"是的，会死的。一个女人做这样的事，要冒多大危险，玛米·巴特大概没有告诉你吧？"

"没有，"思嘉吞吞吐吐地说。"她光说这样就行了。"

"天哪！我非杀了她不可！"瑞德喊道，他的脸气得通红。他低头看了看思嘉泪流满面，气也就渐渐消了。他突然把她搂在怀里，紧紧地搂着她，似乎怕她跑掉似的。

"你听着，我的小乖乖，我不能让你拿性命当儿戏，你听见了吗？我也并不想要孩子，但是我能养活他们。我不想再听你胡言乱语了，你要是敢去试一试——思嘉，有一次，我亲眼看着一个女孩子这样死去了。她不过是个———唉，她可是个好人。这样死，是很痛苦的。我——"

"瑞德，"她喊道。瑞德的激动，使思嘉很惊讶，顿时忘了自己的痛苦。她从来没有见他这样激动过。"那是在什么地方？那个人是谁——"

"在新奥尔良——唉，那是很多年以前的事了。当时我很年轻，容易冲动。"他突然低下头，把嘴唇贴在她的头发上。"思嘉，即使今后九个月我不得不把你拴在我的手腕子上，你也得把这个孩子生下来。"

她在他腿上坐了起来，坦率地用好奇的眼光盯着他。在她的注视之下，瑞德的脸突然舒展了。平静了，似乎有一种魔力在起作用。

"我对于你有这么重要吗？"她一边问，一边把眼皮耷拉下来。

瑞德冷静地看了她一眼，似乎估量这个问题里面有多少卖弄风情的成分。弄清了她的真实用意之后，便随口答道：

"是呀！你看，我在你身上花了这么多钱，我可不能白花呀。"

思嘉生了一个女孩，媚兰从思嘉屋里出来时，尽管累极了，却高兴得流出了眼泪。瑞德在走廊站着，周围有好些雪茄烟的烟头，把那上好的地毯都烧出洞来了。

"现在你可以进去了，巴特勒船长。"媚兰说，她感到有些难为情。

瑞德连忙进到屋里，媚兰瞥见他弯腰去看嬷嬷怀里那个光着屁股的婴儿。

"啊！真好啊！"她想。"可怜的巴特勒船长操了多大的心啊！在这段时间里，他一滴酒都没喝。他多好啊！有多少男人，到孩子生下来的时候，都喝得酩酊大醉了。我想他现在一定很想喝杯酒。要不要提醒他一下？算了，那就显得太冒失了。"

她缩在椅子里，觉得舒服一些。近来她一直腰痛，这会儿痛得像要断了。看，思嘉多么幸运啊，生孩子的时候，巴特勒船长就在门外等着。她生小博的那个可怕的日子，要是艾希礼在身边，她就不会受那么大的罪了。屋里那个小女孩如果是她的，而不是思嘉的，那该多好啊！"唉，我怎么这么坏呢，"她又责怪起自己来。"思嘉一向待我这么好，我竟想要她的孩子。主啊，饶恕我吧！我并不是真的想要思嘉的孩子，而是——而是十分希望自己再生一个孩子呀！"

媚兰把一个小靠垫塞在腰下，盘算自己生一个女儿。可是米德大夫坚持说对于她太危险，尽管她本人很愿意冒生命的危险再生一个，艾希礼却是说什么也不干。生一个女儿，艾希礼多么希望有个女儿呀！

女儿！天哪！她慌忙坐起来。"我忘了告诉巴特勒船长，是个女儿呀！他当然盼望一个男孩，唉，多么可怕啊！"

媚兰知道，对女人来说，男孩女孩都一样喜欢，但是对男人来说，尤其是像巴特勒船长这样性格坚毅的人，生个女孩对他肯定是个打击，是对他那刚强性格的惩罚。媚兰只能生一个孩子，上帝竟然就让她生了个男孩，她是多么感激啊。她心里想，如果她是那可怕的巴特勒船长的妻子，她就宁可心满意足地在产床上死去，也不能头一胎给他生个女儿呀。

不过这时候嬷嬷趔趔趄趄地笑着从屋里走出来了。

"俺刚才给孩子洗澡的时候，"嬷嬷说，"俺向瑞德先生道歉了，因为不是个男孩。可是，媚兰呀，你猜他说什么，他说：'快别说了，嬷嬷！谁要男孩呀？男孩没意思，男孩只会添麻烦，女孩才有意思哩。要是有人拿一打男孩来换我这个小宝贝，我也不换。'接着他就想把那光溜溜的女孩儿从俺手里抢过去，俺在他手腕儿上给了他一巴掌，说；'老实点，瑞德先生！俺要等着瞧，等你什么时候得了儿子欢天喜地，看俺笑话你。'他笑着摇了摇头说：'嬷嬷，你好糊涂呀！男孩一点用也没有。我不就是个例子吗？'是啊，媚兰小姐，在这件事情上，他还真像个上等人，"嬷嬷说完了，显出很满意的样子。媚兰注意到了，瑞德这个做法已经在很大程度上改变了嬷嬷对他的看法。"也许俺以前错怪了瑞德先生。今天对俺来说是个喜庆的日子，媚兰小姐。俺为罗毕拉德家照看了三代女孩儿了，今天可真是个喜庆的日子呀！"

"哦，是啊，的确是个喜庆的日子，嬷嬷。孩子出生的日子是最高兴的日子！"

然而并不是每一个人都感到高兴。韦德·汉普顿挨了骂之后，只好在饭厅里消磨时间，可怜极了。那一天清早，嬷嬷突然把他叫醒，急忙给他穿上衣服，把他和爱拉一起送到皮蒂姑妈家。他光听说是因为母亲病了，怕他吵得母亲不得安生。韦德心里开始感到害怕。母亲死了怎么办？他亲眼看见过灵车从小朋友家里开出来，还听见小朋友哭呢。母亲要是死了怎么办？韦德尽管很怕母亲，可是也很爱她。

到了中午，韦德趁没人注意，尽快往家赶，心里害怕，跑得特别快。他想瑞德伯伯，或者媚兰姑妈，或者嬷嬷一定会把真实情况告诉他。他听见了母亲的叫声，他便抽抽搭搭地哭起来。他知道母亲快死了。

最后嬷嬷从前面的楼梯上下来，一看见他，就斥责起来。嬷嬷一向是给他撑腰的，现在她一皱眉，韦德就吓得发抖了。

"没见过像你这么淘气的孩子，"她说。"俺不是把你送到皮蒂姑奶奶那儿去了吗？"

"母亲是不是要——她会死吗？"

"怎么这么讨厌！死？俺的老天爷，死不了。男孩子就是讨人嫌。走开吧，走开吧！"

可是韦德并没有走开，他在过道里躲在门帘后面。男孩子讨人嫌，这话很刺耳，因为他一贯是努力做好孩子的。又过了半个钟头，媚兰姑妈匆匆走

下楼来，面色苍色，十分疲倦。她在帘子后面看见了韦德那张可怜的小脸，大吃一惊。平时媚兰姑妈对他总是十分耐心，

但是今天早上她说："韦德，你可真淘气呀！怎么不待在皮蒂姑奶奶那儿？"

"我母亲是不是要死了？"

"哎呀，不会的，韦德。傻孩子。"接着又和蔼地说："米德大夫刚才给你妈送来了一个亮丽的小娃娃，是个很好看的小妹妹，你可以哄着她玩。乖乖的，今天晚上就能看见她。现在出去玩吧，别嚷。"

韦德悄悄地走进安静的饭厅，今天的天气这么好，大人们的举动为什么这么怪？他在窗台上坐下来，看见阳光底下盒子里种着一棵秋海棠，就咬了一小口。谁知它那么辣，辣得他直流眼泪，哭起来。母亲快死了，谁也不关心他，所有的人都围一个新来的孩子转——并且还是个女孩。韦德对小孩不感兴趣，对女孩尤其不感兴趣。

过了好半天，米德大夫和瑞德伯伯才走下楼来。大夫走了以后，瑞德伯伯赶紧来到饭厅里，拿起酒瓶，倒了一大杯，这时他看见了韦德，笑了。韦德从来没见他这样笑过，没见他这样高兴过，于是他朝瑞德伯伯跑了过去。

"你有了一个小妹妹，"瑞德紧紧地握着他的手说。"你知道吗，你从来没见过这么亮丽的小妹妹。怎么，你干吗哭哇？"

"母亲——"

"你母亲正在吃东西，有鸡，有米饭，有肉汤，有咖啡。"过一会儿，我还要让你看看小妹妹呢。"

"瑞德伯伯，"他说，"是不是大家都喜欢女孩儿，不喜欢男孩子儿？"

瑞德放下酒杯，认真地看了看韦德那张天真的小脸，马上就明白了。

"不对，不能这么说，"他严肃地回答说，似乎在认真地思考。"只不过女孩子比男孩子麻烦，大家总爱对麻烦事多的操心更多一些。"

"嬷嬷刚才就说男孩儿讨人嫌。"

"哦，嬷嬷刚才心情不好，他其实不是那个意思。"

"瑞德伯伯，你本来是不是很想要个男孩儿，不想要女孩儿呢？"韦德满怀希望地问。

"不是，"瑞德简洁地答。他看着韦德轻轻地低下头去，就接着说"你看，我已经有一个男孩了，还要男孩儿干什么？"

"有了？"韦德一听，张着大嘴惊讶问。"在哪儿？"

"就在这里呀！"瑞德一面说，一面把韦德抱起来，放在膝上。"我有你这个男孩儿就够了，孩子。"

这时韦德知道还是有人要他的。心里踏实了，高兴得几乎想哭了。

"你就是我的男孩儿，是不是？"

"能做两个人的男孩儿吗？"韦德忧愁地问，他一方面忠于从未见过面的生身父亲，一方面又爱这个体贴地抱着他的人，两种感情在激烈地斗争着。

"是的，"瑞德斩钉截铁地说。"就好比你既是你母亲的孩子，也是媚兰姑妈的孩子。"

韦德琢磨了一下，觉得很有道理，就放心地笑了笑，不好意思在瑞德怀里扭动起来。

"你知道小孩儿的心思吗，瑞德伯伯？"

瑞德那黑黑的面孔顿时严肃起来，嘴唇绷得紧紧的。

"是的，"他用痛苦的声音说，"我知道小孩儿的心思。"

这时韦德又害怕起来，不光是害怕，并且还有些忌妒。瑞德伯伯心里想的不是他，而是另外一个人。

"你没有别的小男孩儿吧，有吗？"

瑞德把他推开，让他站在地上。

"我要喝杯酒，你也喝一杯，韦德，这是你第一次喝酒，咱们庆贺你这个新来的小妹妹。"

"你没有别的———"韦德说了一半，意识到要和成年人一起喝酒了，感到一阵兴奋,便没有再追问下去。

"哦,我不能喝,瑞德伯伯!我答应过媚兰姑妈,大学毕业以前不喝酒,她说如果我做到了,她到时候给我一只表。"

"我再给你配上一条链子——你要是喜欢,就把我现在用的这条给你。"瑞德说着,又笑了起来。"媚兰姑妈说得很对。不过她指的是烈性酒,不是果子酒。孩子,你要像有风度的人那样喝酒,眼前就是一个最好的学习机会。"

瑞德很熟练地用玻璃瓶里的白水把葡萄酒冲淡,冲得只微微有点红色的时候,才把杯子递给韦德。就在这个时候,嬷嬷走进来了。她换上了最好的衣服,围裙和头巾也是新换的,整整齐齐。她一扭一扭地蹒跚而行,裙子发出丝绸摩擦的窸窣声。她露着牙床,笑得很开心。

"你大喜了,瑞德先生!"她说。

"我看你是想喝罗姆酒,而不是红葡萄酒吧,"瑞德说着就伸手到酒柜里,拿出一个矮瓶子。"我的女儿很亮丽啊,是不是,嬷嬷?"

"当然,"嬷嬷答道,一面高兴地把酒接过来。

"你还见过比她亮丽的吗?"

"哦,思嘉小姐生下来和她差不多亮丽,不过还差一点呢。"

"再喝一杯,嬷嬷,还有,嬷嬷,"说到这里,他的语调变得严厉起来,可是他的眼睛一眨一眨的,"那窸窸窣窣的是什么声音?"

"天哪!瑞德先生,不是别的,是俺的红绸子衬裙呀!"嬷嬷一面格格地笑,一面扭来扭去。

"是你的衬裙!我不相信。让我看看。把裙子撩起来。"

"瑞德先生,你真坏!就是——哦,天哪!"

嬷嬷轻轻地叫了一声,往后退了退,小心翼翼地把裙子提起了一些,露出了红绸衬裙的褶边。

"放了这么长时间你才穿哪,"瑞德低声说,但他的黑眼睛却流露出活泼的笑意。

"是呀，放的时间太长了。"

瑞德随后说的话，韦德就听不明白了。

"不再说套着马笼头的骡子了吧？"

"瑞德先生，思嘉小姐真坏，怎么都告诉你了！你不会抓着这件事不放，来责怪俺这个黑老婆子吧？"

"不会，我不会的，我只想问问清楚。再来一杯吧，嬷嬷。把这瓶酒全喝了吧。喝呀，韦德。给我们祝酒吧。"

"为妹妹干杯。"韦德大声说，接着就一饮而尽。这杯酒呛得他又咳嗽，又打嗝儿，两个大人笑了一阵，连忙在他背上轻轻拍打起来。

瑞德有了这个女儿以后，谁见到他都觉得他的举止很怪。谁能想到他这样一个人居然会不知羞耻地当众炫耀做父亲的光彩，其实头胎生女儿，没有生儿子，本不是什么光彩的事。

他做父亲的新鲜感很长时间没有消退。这使得有些女人暗中羡慕，因为她们的丈夫认为生儿育女是理所当然的事，瑞德不论在街上遇见什么人，就没完没了地详细对人家说女儿的事，开头也不先说一句客气话："我知道人人都觉得自己的孩子好，不过——"他认为自己的女儿出众，自非一般人的孩子可比，并且逢人便说。一个新来的女仆让孩子吃了一点肥肉，引起了一次剧烈的肚子疼，瑞德连忙请来了米德大夫，还请了另外两位大夫。人们费了很大的劲，才拦住他，没有用鞭子抽那个可怜的女仆。这个女仆被辞退了，随后又来了几个，最长也只待过一个礼拜。瑞德定下的苛刻条件，她们谁也满足不了。

来来去去的这些女仆，嬷嬷也都不喜欢，因为她忌妒任何新来的黑人，她认为没有理由说她不能照顾这个孩子，同时照顾韦德和爱拉。但是嬷嬷年纪大了，这是明摆着的事。瑞德只好对嬷嬷说，像他这种地位的人不能只雇一个女仆，不体面呀。他想再雇两个人干重活，让她当头儿。嬷嬷听了这话挺高兴，再来几个用人，不仅为瑞德增加光彩，也为她自己增加光彩。于是瑞德就派人到塔拉去接普里茜。此外，彼得大叔推荐他一个侄孙女，名叫卢儿。

思嘉发现瑞德过多地注意这个孩子，他当着客人的面炫耀自己的女儿，使思嘉感到不快，也觉得难为情。一个男人喜欢自己的孩子，本是件好事，但是她觉得瑞德毫不掩饰地表露这样的感情，缺乏男子汉的气概。他应该像别的男人那样，随便一点，自然一点。

"你在当众出丑啊，"她不满地说，"我不明白这是为什么？"

"不明白？哦，你是不会明白的。这道理就在于：她是第一个完全属于我的人。"

"她也是属于我的呀！"

"不，你还有两个孩子。她是属于我的。"

"好家伙！"思嘉说。"这孩子是我生的，不是吗？这且不说，亲爱的，我也是属于你的呀！"

瑞德从孩子那黑黑的头发上面看过去，看了她一眼，不自然地笑了。

"是吗，亲爱的？"

到了下午，瑞德给心爱的女儿取了个亮丽的名字：邦妮·布卢·巴特勒，意思是美丽、蔚蓝。

第五十一章

思嘉终于又能自由地出去活动了。她让卢儿帮她穿胸衣。然后用皮尺量了量腰身。二十英寸！她气恼地大声嚷嚷起来，她的腰身竟然和皮蒂姑妈一样粗，和嬷嬷一样粗了。

"再拉紧点，卢儿。看能不能紧到十八英寸半。"

"再拉，绳子就断了，"卢儿说。"你的腰粗了，思嘉小姐，一点办法也没有。"

"办法是有的，"她想，"我再也不生孩子了。"

当然，邦妮很亮丽，这使她很骄傲，瑞德也很喜欢这个孩子，可是她再也不想生孩子了。可是瑞德那么愚蠢，说不定明年又想要个儿子了，尽管他说过如果她生了儿子，就把他淹死。唉，她不想再给他生男孩儿，也不想再给他生女孩儿了。一个女人生过三个孩子，也就足够了。

思嘉要了马车，到木材厂去了。她走着走着，兴致来了，把腰身的事也就忘了，因为马上就能见到艾希礼，还能和他一起看账呢。要是运气好，也许能单独见他。邦妮出生以前，她就很久没有见艾希礼了。她怀孕时，肚子那么大，她不愿意让他看见。她一直很怀念过去每天和他见面，尽管当时总有人在场。当然，现在她不需要再干下去了，她可以把两个木材厂卖掉，把钱拿去投资，以备韦德和爱拉将来使用。不过那样一来，就意味着她将没有什么机会见到艾希礼了，除非在正式的社交场合，在周围有许多人的情况下见面。和艾希礼在一起工作，这是她最大的乐趣。

她赶着车来到木材厂，高兴地看到木材堆得多么高，顾客多么多，他们正站在一堆堆木材之间，和休·埃尔辛谈话呢。那里有六套骡子，六辆车，黑人车夫正在装车。"六套车呀，"她自豪地想。"这都是我自己一手搞起来的呀。"

艾希礼再次和她相见，感到很高兴，眼睛里流露出愉快的神情。他搀着她下了马车，进了办事房，拿她当女王一样看待。

但是她一看他的账目，和约翰尼·加勒格尔一比，她那愉快的心情就遮上了一层阴影。艾希礼勉强收支相抵，约翰尼却赚了一大笔钱。思嘉克制着自己，什么也没说，但她脸上的表情，艾希礼是看得清楚的。

"思嘉，我很抱歉。我没有什么可说的，只是不想再用犯人了，希望你能同意我雇自由黑人。这样干，我相信会更好一些。"

"雇黑人！给他们开工钱，我们就得破产。犯人多便宜呀！如果约翰尼使用犯人能赚这么多钱——"

艾希礼的眼睛远远地望去，他眼里看见的东西，思嘉是看不见的，他眼中愉快的光芒消失了。

"我不能像约翰尼·加勒格尔那样使唤犯人。我不能逼着人干活。"

"见鬼去吧！约翰尼干得可好了！艾希礼，你就是心肠太软。约翰尼对我说，每次有人装病不干活，你就给他一天假。上帝呀！艾希礼，这可不是赚钱的法子呀。不论生什么病，只要不是腿断了，抽上两鞭子，就治好了——"

"思嘉！思嘉！快别说了！听你这样说话，我受不了。"艾希礼喊道，打断了她的话。"难道你就没有想到他们是人——他们生病，吃不饱，很痛苦，并且——啊，亲爱的，我真不忍心看着他把你变成一个残暴的人，你过去是多么温柔啊——"

"你说谁把我怎么样了？"

"我应当说，尽管我没有权利说，但我非说不可。就是你那个——瑞德·巴特勒。他碰过的东西，都要中他的毒。你也中了他的毒，你过去是那么温柔，大方，和蔼，尽管有些急躁。他毒害了你，使你的心肠变硬了，使你变得残暴了。"

"唔，"思嘉喘着气说，她本来感到内疚，现在又产生了喜悦之情，因为艾希礼对她感情这么深，到现在还觉得她温柔。幸好他全然归罪于瑞德，其实这事和瑞德毫不相干，本来就是这样。不过在瑞德身上再添一个污点，也没什么。

"告诉你，我实在受不了，我不愿意看着你美好的一切被他糟蹋，我不愿意知道你的美貌和魅力要由这样一个人来支配——我一想到他和你接触，我——"

"他是想要吻我吧！"思嘉兴奋地想。"这就不怪我了！"她朝着他往前凑了凑。但是他突然往后退缩，似乎意识到自己说得太多了——有些话，他是不该说的。

"我十分真诚地向你道歉，思嘉。我——谁也没有权利对着一个人的妻子批评她丈夫。我没有借口，只是——只是——"他说不下去了，他的脸在抽搐。思嘉屏住呼吸，等他说下去。

回家的路上，思嘉坐在马车上，思绪翻滚。他爱她！一想到她躺在瑞德怀里，他就怒火中烧，这是思嘉没有料到的。艾希礼还说瑞德拥抱她是糟蹋了她，把她变成了残暴的人！好吧，为了他，她完全可以不让瑞德拥抱她嘛。她心里想，如果他们两个人尽管都和别人结了婚，却能在肉体上互相保持忠诚，多么美好，多么风流啊。这个想法盘桓在她的脑子里久久不去，她也感到十分愉快。同时这也就意味着她不必再生孩子了。

回到家，她上楼去，打开育儿室的门一看，只见瑞德坐在邦妮的小床边，爱拉坐在他腿上，韦德正从口袋里掏东西给他看。瑞德这样喜欢他们，实在幸运，有些继父对前夫的孩子是十分讨厌的。

"我有话跟你说。"她说，接着就到他们自己的卧室里去了。最好还是趁现在她不想再要孩子的决心坚定，趁艾希礼对她的爱还在给她力量，把这件事了结了吧。

瑞德走进卧室，随手把门关上。思嘉突然对他说："瑞德，我已经决定不再要孩子了。"

如果说他对思嘉突然说这样的话感到惊讶，可他丝毫没有表现出来，他慢慢走到一把椅子跟前坐下，往后仰着。

"我的宝贝儿，我记得对你说过，你生一个孩子，还是生二十个孩子，对我说来都无所谓。"

"我觉得三个已经够了。我不想一年生一个。"

"三个好像是够多了。"

"你很清楚——"她刚要讲，又觉得难为情，脸都红了。"你明白我的意思吗？"

"我明白。但你也应该知道，如果你不让我实行结婚赋予我的权利，我是可以和你离婚的"

"你这个人真不像话，怎么会想到这样的事？"谈话没有按照她预计的那样进行，她很恼火，嚷起来。"你要是有一点尊重女性的意思，你就会——你就会体贴人，就像——唔，就看看艾希礼·威尔克斯吧。媚兰是不能再生孩子了，他——"

"艾希礼，他可是个正人君子呀，"瑞德说，奇怪地看着她，"请你说下去。"

思嘉一下子憋住了，她要说的话已经说完了，也没有什么别的可说了。

"你今天下午到木材厂去了吧，是不是？"

"到那儿去，和这件事有什么关系？"

瑞德轻轻地站起来，走到她面前，把手放在她下巴颏下面，抬起她的脸。

"你真是个孩子！你已经和三个男人在一起生活过了，可是对男人的脾气却还是一无所知。"

他顽皮地在她脸上拧了一把，竖着一道浓眉，低着头冷冷地对她端详了老半天。

"思嘉，你要明白。如果你和你的床对我还有什么魅力的话，你不论是枷锁，还是恳求，都无法拦住我。我不论做什么事都不会难为情，因为我是和你订了契约的——我一直遵守这个契约，而你却想毁约了。得了，去保持你的贞节吧，亲爱的。"

"你的意思是不是，"思嘉气愤地喊道，"你不管——"

"你对我厌倦了，是不是？唉，男人比女人更容易厌倦。你就保持圣洁吧，思嘉。这不会给我造成任何困难。没有关系，"他耸了耸肩膀，笑了。"世界上到处都有床，并且大部分的床上都睡满了女人。"

"难道你真是要——"

"我的小天真儿！不过，那是当然的喽。我从来不认为贞节是一种美德。"

"我每天晚上都要把门锁上！"

"何必费事呢？我要是想得到你，什么锁也没有用。"

他转过身来，似乎觉得这个题目已经讨论完了，接着就出去。思嘉听见他又回到育儿室去了，还听见孩子们喊着欢迎他。她突然坐下来，她的目的达到了，这是她的愿望，也是艾希礼的愿望。但是她并不感到高兴，她的虚荣心受到了伤害，她本人也受到了侮辱，因为她觉得瑞德并不很看重这件事，也根本不需要她，并且把她和别处床上的女人同样看待了。

她希望想出一个巧妙的办法能够告诉艾希礼，她和瑞德实际上已经不再是夫妻了。但是现在是不可能的。现在好像是乱作一团了，她又有点后悔，觉得不该提起这件事。过去她和瑞德躺在床上说着有趣的话，他那雪茄烟的红光在黑暗中一闪一闪的。过去她梦见自己在寒冷的雾里奔跑，惊醒之后，瑞德把她搂在怀里，给她安慰。她怀念这一切，却又不可能再出现了。

她突然感到十分难过，把头靠在椅子扶手上，哭起来。

第五十二章

一个雨天的下午，邦妮刚刚过了她的周岁生日，韦德闷闷不乐地在起居室里走来走去。他身体不好，尽管八岁了，但个儿很小，文静得到了羞怯的地步，除非别人跟他说话，否则是从来不开口的。他一个人显然很无聊，又没什么好玩的事。爱拉正在一个角落里摆弄她的玩具娃娃，思嘉坐在写字台前算账，而瑞德则躺在地板上，用两个手指捏着表链逗邦妮。

韦德翻出几本书来，但每次拿起一本又立即啪地放下，还不时深深地叹气，他的唉声叹气惹得思嘉恼怒地转过身来。

"天哪，韦德！你到外面玩去吧。"

"外面在下雨呢。"

"那么，找点什么事做吧。你坐立不安的快把我烦死了。去告诉波克，让他套车送你到小博家玩去。"

"他不在家。"韦德叹气说，"他去参加拉乌尔·皮卡德的生日宴会去了。"

拉乌尔是梅贝尔和雷内·皮卡德生的小儿子。

"那么，你高兴去看谁就去看谁吧。快去告诉波克。"

"谁都不在家，"韦德回答。"人人都去参加那个宴会了。"

瑞德将身子坐起来，说："那你为什么没去参加宴会呢，儿子？"

韦德走近他，脚在地板上擦来擦去，显出伤心的样子来。

"我没接到邀请，先生。"

瑞德轻轻地站起身来。

"放下这些该死的数字吧，思嘉。为什么韦德没有被邀请去参加那个宴会呢？"

"看在老天面上，瑞德！别来打搅我了。艾希礼把这些账目搞得一团糟——唔，那个宴会？唔，我看人家不请韦德也没有什么，即使请了他，我还不让他去呢。"

瑞德若有所思地观察着韦德那张小脸，发现这孩子在畏缩地往后退。

"到这里来，儿子，"他边说，边把孩子拉过来。"你想去参加那个宴会吗？"

"不，先生，"韦德勇敢地说，但同时他的头低下去了。

"嗯。告诉我，韦德，你去参加小乔·惠廷或者弗兰克·邦内尔，或者——唔，别的小朋友的生日宴会吗？"

"不，先生，许多宴会我都没有接到邀请呢。"

"韦德，你撒谎！"思嘉转过身来喊道。"你上星期就参加了三次，巴特家孩子们的宴会，盖勒特家的宴会和亨登家的宴会。"

"你这是骡子身上配了一套马笼头，把什么都拉到一起来了。"瑞德激烈地说道，接着他的声音渐渐温和了，又问韦德："你在那些宴会上感到高兴吗？你只管说。"

"不，先生。"

"为什么不呢？"

"我——我不知道，先生。嬷嬷——嬷嬷说他们是坏白人。"

"我要剥她的皮，这个嬷嬷！"思嘉跳起来大声喊道。"至于你嘛，韦德，你怎么这样说你母亲的朋友——"

"孩子说的是真话，嬷嬷也是这样。"瑞德说，"不过，当然喽，你从来都不会认识到真理的，即使你在大路上碰到了……别难过，儿子。你别再想宴会了。给。"他从口袋里掏出一张钞票给他，"去告诉波克，套上马车带你到街上去玩。给你自己买些糖果——买多多的，不要怕吃得肚子痛了。"

韦德开心了，把钞票塞进口袋，然后焦急地望着母亲，希望得到她的同意。可是思嘉正皱着眉头在看瑞德，发现他眼睛里有一种近乎恐惧的神色——恐惧和自责的神色。

韦德从继父的慷慨中得到了鼓励，羞涩地走到他跟前。

"瑞德伯伯，我可以问你一件事吗？"

"当然。"瑞德的神情有点不安，但又似乎心不在焉似的。"什么事，韦德？"

"瑞德伯伯，你是不是——你在战争中打过仗吗？"

瑞德的眼睛机警地往后一缩，尽管还是那么犀利，不过声音有点随便了。

"你干吗问这个呀，儿子？"

"嗯，乔·惠廷说你没有打过，弗兰克·邦内尔也这样说。"

"哎，"瑞德说，"那你对他们怎么说的呢？"

韦德显得不高兴了。

"我——我说——我说我不知道。"接着赶忙补充，"不过我并不在乎，并且我揍了他们。你打过仗吗，瑞德伯伯？"

"打过，"瑞德说，突然显得厉害起来。"我参加过战争。我在军队里待了八个月，约翰斯顿投降时我还在他的部队里。"

韦德骄傲得扭摆起来，但是思嘉笑了。

"我还认为你会对自己的战争史感到羞耻呢，"她说。"你不是让我不要对别人说吗？"

"嘘！"他阻止她。"韦德，你现在满意了吧？"

"啊，是的，先生！我本来就知道你参加了战争。我知道你不是胆小鬼。不过——你为什么没有跟别的小朋友的父亲在一起呀？"

"因为别的孩子的父亲都是些傻瓜，他们给编到步兵队里去了。我是西点军校的学生，因此编在炮兵队里，是在正规的炮兵队，韦德，进炮兵队的人可不简单呢，韦德。"

"我说准是那样，"韦德说，高兴得脸发亮了。"你受过伤吗，瑞德伯伯？"

瑞德迟疑着。

"把你的痢疾讲给他听听吧，"思嘉挖苦道。

瑞德把他的衬衣和汗衫从裤腰带里拉出来。

"过来，韦德，我给你看我受伤的地方。"

韦德兴奋地走上前去，一道长长的隆起的伤疤一直伸到腹部底下。那是他在加利福尼亚金矿区跟别人打架动刀子留下来的纪念。但是韦德不知道，他呼吸紧张，心里非常高兴。

"我猜你大概跟我父亲一样勇敢，瑞德伯伯。"

"差不多，但也不全一样。"瑞德说，一面把衬衣塞进裤腰里。"好了，现在带着那一块钱出去玩吧，以后再有哪个孩子说我没打过仗，就给我狠狠揍他。"

韦德乐得蹦蹦跳跳地出去了，一路喊叫着波克，同时瑞德又把邦妮抱起来。

"你干吗撒这些谎呢，我的英勇的大兵少爷？"思嘉问。

"一个男孩子需要为他父亲——或者继父感到骄傲嘛。我不能让他在别的孩子面前觉得不光彩。孩子，真是些残酷的小家伙呀。"

"啊，胡说八道！"

瑞德慢悠悠地说："我从没想过韦德会那样苦恼。不过将来邦妮不会碰到这种情况了。"

"什么情况？"

"你以为我会让邦妮为她父亲感到羞耻吗？会让她一个人待着不能去参加小朋友的聚会吗？你以为我会让她像韦德那样，不是由于自己的过错而是由于父母的过错，受到委屈吗？"

"唔，孩子们的宴会嘛！"

"年轻姑娘们最初的社交活动就是从小时候的宴会中培养出来的呀。我不会让我女儿完全置身于亚特兰大上流社会之外，关在家里成长。我不会因为她在这里不受欢迎，而送她到北方去的。我也不会因为没有哪个体面的南方家庭要她——因为她母亲是个傻瓜，她父亲是个无赖，而眼看着她被迫嫁给一个北方佬或一个外国人的。"

这时韦德已经回来，站在门口，在很感兴趣而又迷惑地听着。

"邦妮可以跟小博结婚嘛，瑞德伯伯。"

瑞德转过身去看这个小孩，脸上的怒气全消了，他看上去在严肃地考虑孩子的话，这是他对待孩子的一贯态度。

"真的，韦德，邦妮可以嫁给博·威尔克斯，可是你又跟谁结婚呢?"

"唔，我不跟谁。"韦德自信地说，他十分得意能同大人平等地谈话，瑞德从不责备他，反而常常鼓励他。"我将来要上哈佛大学，学当律师，像我父亲那样，做一个像他那样勇敢的军人。"

"我但愿媚兰闭住她那张嘴才好。"思嘉喊道。"韦德，你将来不要上哈佛大学，那是一家北方佬学校，我不希望你到北方佬学校去念书。你将来上佐治亚大学，毕业后给我经营那个店铺。至于说你父亲是个勇敢的军人嘛——"

"嘘，"瑞德不让她说下去，因为他注意到韦德说起他那位从未见过的父亲时，眼睛里闪烁出光辉。"韦德，你长大了要成为一个像你父亲那样勇敢的人，因为他是个英雄。我会高兴看到你去哈佛大学，学当律师。好，现在去叫波克，让他带你上街去吧。"

"谢谢你了，请让我来管教自己的孩子吧。"思嘉等韦德一出门便嚷嚷起来。

"让你去管教才完了呢! 你已经把韦德和爱拉全给耽误完了，可是我决不让你那样对待邦妮! 邦妮将来要成为一个小公主，世界上所有的人都喜欢她。我的上帝，你以为我会让她长大后跟现在家里这些来来往往的下流坏打交道吗?"

"对于你来说，他们已经够好的了——"

"对于你才他妈的太好了，我的小宝贝儿。可是对邦妮不行。你以为我会让她跟一个你整天厮混的那帮流浪汉结婚吗？损人利己的爱尔兰人，北方佬，坏白人，提包党暴发户。啊！我的出自巴特勒血统和罗毕拉德门第的邦妮——"

"还有奥哈拉家族——"

"奥哈拉家族曾经有可能成为爱尔兰的王室，可是你父亲最多不过是个精明的爱尔兰农人罢了，你也好不了多少——不过嘛，我也有错。我像一只从地狱里飞出来的蝙蝠似的混过了前半生，任意妄为，觉得一切都无所谓。可是邦妮不是这样。天哪，我以前多么愚蠢！邦妮在查尔斯顿不会受到欢迎，很明显，要是我们不赶快采取行动，她在这里也会站不住脚的。"

"唔，瑞德，你把问题看得那么严重，真好玩！我们有了这么多钱——"

"让这些钱见鬼去吧！用我们全部的钱也买不到我要给她的东西呀！我宁愿让邦妮被邀请到皮卡德的破房子里或埃尔辛太太家那破房子里去啃干面包，也不会让她去当共和党人舞会上的明星。思嘉，你也太傻了。你应当为孩子们在社会上准备一个位置，你甚至连自己原来有的位置也没有保住。可是事到如今，要你纠正自己的为人处世之道也实在太难了。你太热衷于赚钱，太喜欢欺负人了。"

"我觉得整个这件事就是小题大做。"思嘉冷冷地说，一面把手里的账本翻得哗哗响。

"只有威尔克斯太太才有可能帮助我们，可你偏偏疏远她，侮辱她。唔，求求你不要在我面前说她贫穷和褴褛了，其实只有她才是亚特兰大一切精华的灵魂和核心呢。感谢上帝把她给了我们。她会给我帮助的。"

"那你打算怎么办呢？"

"怎么办？我要向这个城市里每一位保守派的女头目做工作，尤其是梅里韦瑟太太、埃尔辛太太、惠廷太太和米德太太。哪怕我必须爬到那些恨我的胖老猫面前去，我也愿意。我愿意乖乖地忍受她们的冷落和嘲讽，忏悔我过去的恶行。我愿意给她们那些该死的慈善事业捐款，愿意到她们的鬼教堂里去做礼拜。而且，如果万不得已，我愿意加入他妈的那个三K党，并且我会毫不犹豫地提醒那些我曾经救过的人，叫他们记住还欠着我一笔债呢。至于你，太太，请你发发善心，不要在我背后拆台，对于那些我尽力讨好的人不要取消她们赎取抵押品的权利，不要卖烂木头给她们，或者在别的方面侮辱她们。还有，千万不要再让布洛克州长进我们的家门了。你听见了没有？你交往的那一帮亮丽的盗贼、流氓也不许再来了。你要是不顾我的要求仍邀请他们，那我就只好使你陷入尴尬的境地了。"

思嘉一直在忍痛听着他的话，这时挖苦地笑了。

"这么一来，那个赌棍和投机家马上就要成为正人君子了！我看，你要改邪归正的话，最好还是先把贝尔·沃特琳的房子卖掉吧。"

思嘉这句话只是瞎说的，因为她至今不敢肯定那所房子就是瑞德的。他突然大笑起来，似乎猜着思嘉的心思了。

"多谢你的建议了。"

要是瑞德事先已经尝试过的话，他就不会选择现在这样困难的时刻来改邪归正了。现在恰好是共和党人和参加共和党的南部白人名声最坏，提包党政权已经腐败到极点的时候。而自从投降以来，瑞德的名字已经跟北方佬、共和党人和参加共和党的南方白人难分难解地连在一起了。

共和党人和他们的同盟者依靠黑人的投票牢牢地确立了自己的统治，如今正在恣意蹂躏那个手中无权仍顽强反抗的少数党。

黑人坐在州议会，大部分时间都在吃花生或不停地把穿不惯的新鞋子穿了又脱，脱了又穿。他们中间没有几个识字，他们刚从棉花田和竹丛中出来，可是手中却掌握着投票表决有关税收、公债和其他许多事情的权力。

州议会所在地被一大群投机家、承包竞争者以及其各种无赖水泄不通地包围了，其中有许多正在无耻地成为阔佬。

债券成百万地发行，而其中大部分是非法的，骗人的，但照发不误。

在佐治亚州形成了一股巧取豪夺的风气，高级官员公开偷窃，而许多人对此采取冷漠的态度，这些令人想起来不寒而栗。但事实上不论你抗议也罢、抵制也罢，都是毫无用处的。

亚特兰大人诅咒布洛克以及那帮拥护他的南方白人和共和党人，他们痛恨那些同他们勾搭在一起的家伙，瑞德就是其中之一。可是如今，他突然转过身来要抵制那股他不久前还混在里面的潮流了，而且奋力拼搏，逆潮流而上。

他缓缓地巧妙地进行他的活动，不让人们觉得他一夜之间判若两人从而产生怀疑。他不再同北方佬官员和拥护他们的南方白人以及共和党人在一起公开出现了。他开始出席民主党的集会，而且故意张扬地投民主党人的票。他戒掉了高赌注的牌戏，喝酒也有节制了。即使他有时还到贝尔·沃特琳那里去，也是在晚上偷偷去的。

他带着韦德去做礼拜，但去得比较晚，当他踮着脚尖轻轻走进去时，几乎全场的人都惊讶得站起来了。思嘉已多年没进教堂的门了，因为宗教也像爱伦的其他许多教导一样，早已被她抛弃得一干二净。大家都觉得思嘉疏忽了对孩子的宗教教育，所以对于瑞德，由于他在设法纠正这一点，便比较有好感了。

瑞德只要注意不恶毒地讥讽人，而且不让他那双黑眼睛恶意地嘲弄别人，他就显得又严肃又可爱的。他已经多年不注意这样做，可是现在却注意起来，做出严肃可爱的模样，甚至连背心也只穿颜色朴实的了。对于那些受过他救命之恩的人来说，瑞德要同他们建立友好关系并不困难。要是瑞德的态度不是那么倨傲的话，他们早就向他表示谢意了。现在休·埃尔辛、雷内、西蒙斯兄弟、安迪·邦内尔和其他许多人都觉得他可亲而又谦虚，不愿意突出自己，并且当他们谈到他的恩惠时还显得很难为情呢。

"那不算什么。"他说，"要是你们处在我的地位上，你们也都会这样做的。"

他向圣公会教堂修复基金会慷慨捐献，而且给了"阵亡将士公墓装修协会"一笔颇大但又适当的捐款。他请出埃尔辛太太来经办这一捐赠，并不好意思地请求她保密，尽管他明明知道这只会促使她到处宣扬。

"我不懂，怎么你也来捐钱哪。"她刻薄地说。

瑞德以适当冷静的态度告诉她，他是回想起以前在军队里的人，那些比他更勇敢可是不如他幸运的人，他们至今还躺在默默无闻的坟墓里。埃尔辛太太听得把胖胖的下颚张开了。梅里韦瑟太太曾告诉过她，思嘉说过巴特勒船长参加过军队，可是她当然不相信，实际上谁也没有相信过嘛。

"你参加过军队吗？你是哪个连——哪个团的？"

瑞德回答了。

"唔，炮兵队！我认识的人要么在骑兵队，要么在步兵。"那么，这说明——"她突然打住了，不知怎么说好。

"我本来想参加步兵，"他说，"可是他们发现我是西点军校出身的——虽然我没有毕业，埃尔辛太太，他们便把我编在炮兵队，正规的炮兵队，不是民兵里的。在那最后的战役中他们十分需要有专门知识的人呢。你知道损失多重，死了多少炮兵队的人呀！在炮兵队是相当寂寞的。一个人也不认识。我想在我整个的服役期间我没见过一个亚特兰大人。"

"嗯！"埃尔辛太太心里有点迷乱了。如果他真的参加过军队，那么她就错了。她曾经讲过他许多坏话，说他是胆小鬼，现在想起来都感到很内疚。"嗯！那你怎么从不对别人说这些事呢？你似乎觉得进了军队很可耻似的。"

瑞德勇敢地直视着她的眼睛，脸上毫无表情。

"埃尔辛太太，"他诚恳地说，"请你相信我，我对自己为南部联盟服务而感到的骄傲，胜过对于我所做的一切呢。我觉得——我觉得——"

"好吧，可是你为什么要瞒着大家呀？"

"我不好意思说，想到——想到我过去的一些行为。"

埃尔辛太太把他的捐款和这次谈话详详细细地对梅里韦瑟太太说了。

"而且，多丽，我向你保证，他说到后来，眼泪都快流出来了呢！真的，眼泪！那时我自己也差一点哭了！"

"一派胡言！"梅里韦瑟太太根本不相信。"我既不相信他参加过军队，也不相信他会流眼泪。并且我很快就能查出来，如果他真参加过炮兵部队，因为当时指挥那个部队的卡尔顿上校是我姑婆的女婿，我可以写信去问他。"

她给卡尔顿上校去了信，结果叫她大为狼狈的是，回信中明确无误地称赞瑞德在那里服役的表现，说他是一个天生的炮兵，一个勇敢的军人，一位吃苦耐劳的上等人，他非常谦逊，连提供给他职位时也拒不接受。

"好啊！"梅里韦瑟太太说，一面把信交给埃尔辛太太看。"你就这样毫不费力地把我击倒了！不过，反正一样，他是个支持共和党的无赖，我就是不喜欢他！"

"不知为什么，"埃尔辛太太犹疑不定地说，"不知为什么，我觉得他没有那么坏。一个为南部联盟战斗过的人是不会坏到哪里去的。思嘉才坏呢，你知道吗？多丽，我真的相信，他——嗯，他为思嘉感到羞耻，不过作为一个上等人不太好意思说出口就是了。"

"羞耻！呸！他们两个完全是同样的货色。你怎么会有这种可笑的想法呢？"

"这并不可笑嘛，"埃尔辛太太生气地说，"昨天，在倾盆大雨中，他带着那三个孩子，连那个小婴儿也在内，坐着他那辆马车在桃树街上跑来跑去，还让我搭他的车回家了呢。我问他：'巴特勒船长，大雨天带着这三个孩子出门，发疯了吗？你干吗不赶快带他们回家呀？'他一言不发，只是显得很难为情似的。不过嬷嬷倒说话了：'家里挤满了下流白人了。孩子们在雨里比在家里能呼吸更好的空气呢！'"

"他怎么说？"

"他还能说什么呀？他只是对嬷嬷皱了皱眉头，就不再理会了。你知道思嘉昨天下午举办了一次桥牌会，所有那些下贱的女人全去了。我猜他是不愿意让她们吻他的孩子呢。"

"好吧！"梅里韦瑟太太有点动摇，可还是有一些坚持。不过到了下一个星期，她就终于投降了。

瑞德如今在银行里有一张办公桌了。他究竟在那里干些什么，银行里那些莫名其妙的职员也不清楚。但是不久，他们便忘记自己曾经对他的反感了，因为他又文静又和气，还真正懂得办银行和投资的事。不管怎样，他整天坐在办公桌前，一副很认真的模样，因为他希望同那些有工作并且勤奋工作的有声望的市民建立彼此平等的关系。

梅里韦瑟太太一心想扩充她的面包店，想以她的房子作担保向银行借贷两千美元，可是银行拒绝了，因为她的房子已经作了两处抵押。这位壮实的老太太气冲冲地走出银行，这时瑞德把她拦住，向她问明了情况，然后抱歉地说："这一定是发生了误会，梅里韦瑟太太，怎么连你也得找担保了。要不，我借钱给你，只要你一句话就行！任何一位太太，只要她开办了像你开创起来的事业，就是世界上最好的担保了。银行正是要借钱给你这样的人嘛。好，请就在我这椅子上稍坐，我立即给你去办。"

他回来时温和地微笑着，说事情已全都办好了，只请她签个字就行了。

梅里韦瑟太太心里又气恼又羞辱，想不到居然要从一个她厌恶和不信任的人手中接受恩惠！所以她虽然口头表示谢意，但心里没有什么好感。

不过瑞德并没有注意到这一点。他把她送到门口，然后谦恭地说："梅里韦瑟太太，我一向钦佩你知识丰富，但不知你能不能传授我一点？"

她点点头，那帽子上的羽毛在一个劲儿颤动。

"你家梅贝尔小时候吮她的大拇指时，你是怎么办的呢？"

"什么？"

"我家的邦妮吮大拇指，我怎么也制止不住她。"

"你应当制止她，"梅里韦瑟太太坚决地说。"否则会弄坏她嘴巴的模样的。"

"我知道！我知道！她的嘴长得很美。可是我不知道怎么办呀。"

"那，思嘉总该知道嘛，"梅里韦瑟太太直率地说。"她养过两个孩子呢。"

瑞德低下头来看着自己的鞋，长叹了一声。

"我已经试过，在她的指甲底下放点肥皂。"他说，没有理会她对思嘉的指责。

"肥皂！哼！肥皂根本没用。我从前给梅贝尔在大拇指上放奎宁，我说，巴特勒船长，她很快就不再吮大拇指了。"

"奎宁！我可真没想过呢！感谢你不尽了，梅里韦瑟太太。这件事真叫我伤脑筋呀。"

他对她微微一笑，显得那么高兴，那么感激，这使得梅里韦瑟太太一时有点糊涂了，不过她向他告别也笑了一笑。她不愿意承认自己看错了这个人，但她还是认为一个人只要是爱他的孩子便不会没有优点。思嘉居然对邦妮这样一个可爱的小家伙不感兴趣，这多叫人伤心啊！一个男人得设法亲自抚育一个小女孩，这也够可怜的了！瑞德很清楚地知道他做的这件事多么感人，至于是否会损坏思嘉的名声，他可不管了。

自从那孩子学会了走路以后，瑞德便常常将她带在身边到处走动，有时坐马车，有时骑马。每天下午他从银行回到家里，便带她去街上散步，牵着她的手，自己放慢脚步让她蹒跚行走，一路上耐心地回答她提出的无数问题。傍晚时候，人们经常能看到邦妮这样一个满头黑色鬈发和眼睛蓝得发亮的小姑娘，都觉得她亮丽可爱，忍不住要跟她说说话。瑞德从来不打搅这种谈话，只悄悄地站在一旁，流露出做父亲的骄傲和喜悦之情。

亚特兰大人的记性尤其好，他们对事物颇多疑忌，很不容易改变习惯和已形成的看法。可是邦妮身上综合了思嘉和瑞德两人各自最可爱的地方，所以瑞德就把她作为一个小小的楔子，用来打进亚特兰大人冷酷的墙壁中。

邦妮一天天迅速成长，她越发显出作为杰拉尔德·奥哈拉的外孙女的本色来了。她的两条腿又粗又短，一双大眼睛呈现出美丽的天蓝色，而那个小小的正方形下颚更说明了她的倔强。她像杰拉尔德那样很容易发脾气，发作起来便突然大叫大嚷，而一旦她的愿望得到满足就压根儿忘了。只要她父亲在身边，她的愿望总是很快就得到满足的，他姑息迁就她，因为她处处讨他喜欢。

她同韦德和爱拉一起睡在育儿室里，两周岁之前经常很快就能睡着。后来，也不知为什么，只要嬷嬷一拿着灯走出房间她就开始哭。接着就发展到深夜醒来，恐怖地尖声叫喊，这不但把别的两个孩子惊醒，并且闹得全家惶惶不安。有一次不得不把米德大夫请来，他诊断说是做噩梦，瑞德听了还很不满意。不论谁问她，得到的回答只有一个词儿："黑。"

思嘉给这孩子闹得不耐烦了，便主张打她一顿。她不想迁就她，在育儿室通宵点灯，那会使得韦德和爱拉不能睡觉。瑞德也很苦恼，但仍然很耐心，希望从女儿嘴里得到更多的解释；他说如果要打一顿的话，那就由他来动手，并且是打思嘉。

这个问题的最终解决办法是将邦妮从育儿室搬到瑞德住的那间房里。她那张小床摆在瑞德的大床旁边，桌上有一盏带罩的灯，通宵点着。这件事一传出去，全城都窃窃私语起来，不管怎么样，一个女孩子睡在父亲房里，总有点不怎么合适嘛，哪怕这姑娘还只有两岁呢。这种闲言使思嘉压力很大。第一，它毋庸置疑地证实她跟丈夫分房睡的。第二，人人都认为如果孩子不敢一个人单独睡，那就得跟她母亲在一起。

"你是只要她不大声喊叫就从不醒来的，并且醒来后可能还打她呢。"瑞德不满地说。

思嘉对于瑞德那么关心邦妮的夜哭症感到很恼火，但是她觉得能让邦妮再搬回育儿室去。所有的孩子都是害怕黑暗的，决不能迁就。瑞德的处理办法让她这个当妈的显得很尴尬，这似乎是由于她把他关在门外而给她的报复呢。

自从那天晚上她说她不要再生孩子以来，他一直没有迈过她的门槛，甚至连门把手也没有扭过。从那以后，一直到他由于邦妮害怕而开始留在家里为止，很少在家吃晚饭。有时他整夜不归，使得思嘉睡不着，不知道他究竟到哪里去了。她记得他说过："亲爱的，我还有别的床好去睡呢！"虽然她一想起这句话就心痛，可是也毫无办法。她不能说什么，因为一说就会突然引起争吵。是的，他让邦妮在房里——在他房里——点着灯睡觉，只不过是一种报复她罢了。

有一天，瑞德遇见一个老朋友，他们彼此有谈不完的话。所以下午他没有回来带邦妮出去散步，也没回来吃晚饭。邦妮整个下午都在窗口焦急地盼望着，渴望在父亲面前展览一大堆被弄死了的甲虫和蟑螂，到晚上最后不得不连哭带骂地被卢儿抱上床去睡觉了。

不知是卢儿忘记点灯呢，还是灯自己熄了，等到瑞德终于回来。他远远地便听见全家闹翻了天，邦妮的尖叫声特别刺耳。原来邦妮在黑暗中醒来，她叫父亲，可是他不在，于是她想象中所有那些可怕的妖魔鬼怪都一齐来抓她。不论思嘉怎样抚慰，不论仆人们端来多少灯，都无法让她安静，而瑞德三步并两步地奔上楼来时，也吓得像见了鬼。

最后瑞德总算把她抱到怀里，他问她怎么回事，她边喘，边抽泣着，从中只能听清楚"黑"这个词儿，于是他愤怒地回过头来厉声质问。

"是谁把灯吹灭了？谁把她单独留在黑屋子里？普里茜，我要剥掉你的皮，你——"

"啊，上帝，瑞德先生！那不是俺呀！是卢儿呢！"

"天知道，瑞德先生，俺——"

"住嘴！你明明知道我的命令。我要——给我滚！别再回来了。思嘉，给她点钱，打发她走，在我下楼之前就走。现在，你们都给我出去，都出去！"

几个黑人都溜了，那个倒霉的卢儿还一路用围裙捂着脸伤心地哭泣。但思嘉留在那里，看到自己心爱的孩子在瑞德怀里渐渐安静下来，而刚才她抱着时却哭得那么可怜，这滋味是不好受的。同样，看到那两条小小的胳臂抱着他的脖子，听到她哽咽地述说她是怎么受惊的，而她思嘉刚才从她嘴里却什么也没掏出来，这叫她多么尴尬呀！

"这么说，它是坐在你胸口上了，"瑞德温柔地说。"它是个很大的家伙吗？"

"啊，是的！大极了。还有爪子呢。"

"哎，还有爪子。现在好了。我整晚坐在这里，只要它回来就用枪打它。"瑞德的声音又温柔又亲切，邦妮听着听着就不抽泣了，开始用一种只有他懂得的语言详细描述那个大怪物。瑞德跟她讨论着，似乎是真的似的，这使思嘉又烦躁起来了。

"看在老天面上，瑞德——"

但是他摆摆手叫她别作声。后来邦妮终于睡着了，他把她放在床上，盖好被子。

"我要去活剥那个黑鬼的皮，"他低声说。"这也怪你。你干吗不上来看看是不是点了灯呢？"

"别傻了，瑞德，"她悄悄地说。"她养成了这个习惯，就是因为你迁就她。孩子都怕黑，可是他们慢慢就克服了。韦德本来也怕，但我没有姑息他。你只要让她哭一两个晚上——"

"让她哭！"顷刻间思嘉以为他要动手打她了。"你要么是个笨蛋，要么是个最没人性的女人。"

"我可不要她长大以后变得又神经质又胆小。"

"胆小？见鬼去吧！她身上连一点胆小的影子也没有。只不过你自己毫无想象力，所以才不能理解那些有想象力的人——尤其是一个孩子——的痛苦。要是一个有爪子有角的东西来坐在你胸口上，你会叫它滚开去吧，是吗？你会拼命叫呢！你好不好回想一下，太太，我曾经听见你像只烫坏的猫似的狂叫着醒来，仅仅因为你梦见在雾里奔跑而已。并且这种事不久以前还发生过呀！"

思嘉被堵回去了，因为她从来不喜欢去回想那个梦。

"你这样做是姑息她，并且——"

"并且我打算继续姑息下去。只要我这样做，她就会逐渐克服它，把它忘了。"

"那么，"思嘉刻薄地说，"你如果打算当保姆，你就得想办法改变一下习惯，晚上早点回家，也不要再喝酒了。"

"我一定早早回来，不过我高兴时还会喝得烂醉的。"

从那以后他的确回来得早了，经常在邦妮上床睡觉以前很久就到了家里。

他坐在她身旁，拉着她的手，直到她瞌睡得渐渐松手为止。那时他才踮着脚尖悄悄下楼，让灯光明亮地点在那里，门也半开着，好让他听得见她的动静。

他每次回家都没有喝醉，不过这绝不是因为思嘉。几个月来他一直在大量饮酒，并且有一天晚上他呼吸中的威士忌酒气还特别强烈。他把邦妮抱起来，把她一下扛到肩上，然后问她："吻你亲爱的爸爸吗？"

她耸起她那个翘翘的鼻子，扭摆着要下地来。

"不，"她坦率地说。"脏"。

"我怎么了？"

"有股臭味。艾希礼叔叔没有臭味。"

"唔，那我该死。"他悔恨地说，一面把她放在地上。"我还从没想到家里居然会有个提倡戒酒的人呢！"

不过从那以后，他就限制自己晚饭后只喝一杯葡萄酒了。邦妮被允许喝他杯子里剩下的那一点，她一点也不觉得葡萄酒有什么臭味。

他看起来更加健康，也更加快活了，又像是战争早期激动过亚特兰大人的那个勇敢的年轻冒险家了。

每当他骑着马、鞍前带着小姑娘从旁边走过时，那些原先厌恶他的人现在都对他露出了微笑。那些以前一直提防他的妇女，如今也停下来跟他交谈，称赞邦妮几句。甚至有几位最古板的老太太都觉得，一个能像他这样细心地商讨孩子的问题的男人，是不可能坏到哪里去的。

第五十三章

那天是艾希礼的生日，媚兰在晚上举行了一个事先保密的招待会。其实也就对艾希礼一个人保密，别的人都是知道了的。亚特兰大所有优秀的人物都受到邀请，也都准备来。戈登将军和他一家亲切地表示接受，亚历山大·斯蒂芬斯也答应只要他那糟糕的健康状况允许便一定出席。甚至连鲍勃·图姆斯，这个给南部联盟到处惹事的人，也说要来的。

那天整个上午，思嘉、媚兰、英迪亚和皮蒂姑妈在那座小房子里忙个不停，挂上干净窗帘，擦拭银器，给地板打蜡，烧菜，以及调制和品尝点心，等等。思嘉从没见过媚兰这样兴奋和愉快。

"你瞧，亲爱的，艾希礼一直没有做过生日，自从——自从，你还记得在'十二橡树'村举办的那次大野宴吗？嗯，从那以后，他就没做过生日了。他工作那么辛苦，晚上回来时十分疲乏，一定不会想到今天是他的生日。那么，吃完晚饭后看见那么多人涌进门来，他不给吓坏才怪呢！"

阿尔奇整个上午都坐在那里观望大家忙着准备，感到很有兴趣。他从来不知道大城市里的人是怎样办宴会或招待会的，这一次算是长了见识。

"哎哟，灯笼！"媚兰喊道。"糟糕，糟糕！这怎么办呢？它们得挂在灌木林和树上，里面插上小蜡烛，等到客人快来了就点上。思嘉，你能不能在我们吃晚饭时打发波克下去办这件事？"

"威尔克斯太太，你是最精明的了，可是你容易一时糊涂。"阿尔奇说。"至于说到那个傻黑鬼波克，我看他还是不要去弄那些小玩意儿好。他会把它们一下子烧掉的。它们——可真亮丽呢，让我来替你挂吧，等你和威尔克斯先生吃饭的时候。"

"啊，阿尔奇，你真好！"媚兰那双天真的眼睛又感激又信赖地向他瞧着。"我真不知道要是没有你可怎么办。你看你能不能现在就去把蜡烛插在里面，免得临时来不及呢？"

"好吧，我看可以。"阿尔奇有点粗声粗气地说，接着便笨拙地向地下室走去了。

"对他最好就是给他说好听的，否则你怎么也不行呢。"媚兰看见那个满脸胡子的老头下了地下室的阶梯，才格格地笑着说。"我一直就在打算要让阿尔奇去挂那些灯笼，可是如果你要请他做事，他偏不去。"

"媚兰，我不愿意让这个老鬼待在我屋里。"思嘉气恼地说。她恨阿尔奇就像阿尔奇恨她一样，两个人不说话。除非是在媚兰家里，否则他一见思嘉就要跑开；而且，甚至在媚兰家里他也用猜疑和冷淡的眼光盯着她。"他会给你惹麻烦的，请记住我这句话吧。"

"唔，他其实也没有什么恶意，只要你奉承他，显得你是依靠他的，就行了。"媚兰说。"并且他那样忠于艾希礼和小博，因此有他在身边，就觉得安全了。"

"你的意思是他很忠于你了，媚兰。"英迪亚插嘴说，她那冷漠的面孔露出一丝丝温暖的微笑，同时深情地看着自己的嫂子。"我相信你是这老恶棍第一个喜爱的人，自从他老婆——噢——自从他老婆死了以后。我想他会巴不得有什么人来侮辱你，他会把他们杀了，显示他对你的尊敬呢。"

"哎哟，瞧你乱说什么，英迪亚！"媚兰说着，脸就红了。"他认为我笨得很，这你是知道的。"

"嗯，据我看，这个臭老头子究竟心里怎么想，也没有多大意思。"思嘉很不耐烦地说。"我现在得去吃中饭了，然后要到店里去一下，给伙计们发放工钱，再去看看木料场，付钱给车夫和休·埃尔辛。"

"唔，你要到木料场去？"媚兰问。"艾希礼傍晚时候要到场里去看休呢。

你能不能把他留到五点钟再放他走？要不然他回来早了，一定会看见我们还在做蛋糕什么的，那样就根本谈不上叫他吃惊了。"

思嘉暗自一笑，情绪又好起来。

"好吧，我会的。"她说。

当她这样说时，她发现英迪亚那双大眼睛正犀利地盯着她。她想：每次我一说到艾希礼，她都这样古怪地看我。

"那好，你尽可能把他留到五点以后，"媚兰说。"然后英迪亚赶车去把他带上……思嘉，今晚你得早点来呀。你一分钟也不许耽误啊。"

那天下午思嘉动身到店里和木料场去之前，特别注意打扮了一下自己，穿了一件暗绿的可以闪闪变色的塔夫绸长衣，它在灯光下会变成淡紫色；还戴了一顶浅绿色的新帽子，周围装饰着深绿色羽毛。要是瑞德赞成她把头发剪成刘海式的，并在额前烫成鬈发，戴上这顶帽子还会更好看呢！可是他宣布，只要她把额发弄成刘海，他就要把她的头发全剃光。近来他态度那样蛮横，说不定真会干呢。

那天下午天气很好，阳光灿烂，但并不怎么热。温暖的微风沙沙地吹拂着路两旁的树木，使思嘉帽子上的羽毛也跳起舞来。她的心也在跳舞，就像每一次去见艾希礼时那样。要想单独会见艾希礼，可不是件容易的事。可是你想，媚兰居然请她把他留住呢！这太有意思了！

她赶到店里时心情非常愉快，立即给威利和别的几个店员付了钱，甚至没有问一下当天营业的情况。

到木料场去时，她沿途停了十来次车跟那些打扮得很讲究的提包党太太们说话，还有些男人也穿过大街上的红色尘土跑来，手里拿着帽子向她表示敬意。这是个很可爱的下午，她很高兴，也显得很美。到达木料场时比原先打算的晚了一点，休和运输队的车夫已经坐在一堆木头上等候她了。

"艾希礼来了吗？"

"来了，他在办事房里。"休回答说，"他是想——我的意思是他在查看账本呢。"

"唔，今天他不用费心了。"她说，随即又放低声音接着说："媚兰打发我来把他留住，等招待会准备好了才让他回去呢。"

休微笑起来，因为他也要去参加招待会，他喜欢参加宴会。她给运输队和休付了钱，然后匆匆离开他们向办事房走去，那态度分明显出她不愿意他们留在这里。艾希礼在门口碰到她，他站在午后的阳光下，头发闪闪发亮，嘴唇上流露出一丝几乎要露出牙齿来的微笑。

"怎么，思嘉，你这时候跑来干什么？你干吗没在我家里帮媚兰准备那个秘而不宣的招待会呢？"

"怎么了，艾希礼·威尔克斯？"思嘉惊讶地喊道。"本来是不想让你知道这件事的呀。要是你居然一点也不吃惊，媚兰会大失所望呢。"

"唔，我不会泄露的。我将是亚特兰大最感到惊讶的一个。"艾希礼眉开眼笑地说。

"那么，是谁这么缺德告诉你了呢？"

"实际上媚兰把所有的人都请上了。梅里韦瑟爷爷向我提出警告。他说有一次梅里韦瑟太太给他举行意外宴会，可结果最吃惊的人却是她自己，因为梅里韦瑟爷爷一直在暗暗地使用威士忌治他的风湿症，那天晚上喝得烂醉，根本起不来床了——就这样，凡是那些为他们举行过意外宴会的人都告诉我了。"

"这些人真缺德啊！"思嘉骂了一句，但又不得不笑起来。

他仍然是以前她在"十二橡树"村认识的那个艾希礼的模样，那时他也是这样笑的。今天空气是这么柔和，太阳这么温煦，艾希礼这么愉快，谈起话来又显得如此轻松，所以思嘉也有点欣喜若狂了。她突然觉得自己又变成了一个十六岁的姑娘，那么快活，并且紧张和激动。她简直想把帽子扯下来，把它抛到空中。接着她想象如果她真的这样做的活，艾希礼会多么吃惊，于是她放声大笑，笑得眼泪都快流出来了。艾希礼也跟着仰头而笑，似乎在欣赏她的笑声似的，他还以为思嘉是对那些泄密的人的诡谲手法感到有趣呢。

"进来吧，思嘉。我正在查账呢。"

她走进阳光炽热的小房间，坐在写字台前的椅子上。艾希礼跟着坐在一张粗木桌子的角上，两条长腿悬着随意摇摆。

"艾希礼，咱们今天下午别管什么账本了吧！我腻烦透了。我只要戴上一顶新帽子，就觉得我熟悉的那些数字全都从脑子里跑掉了。"

"既然帽子这样亮丽，数字跑掉也是应该的嘛。"他说。"思嘉，你越来越美了！"

他从桌子上滑下来，笑着拉住她的双手，把她的双臂展开，好打量她的衣裳。"你真亮丽！我想你是永远也不会老的！"

这一整个愉快的下午她都在渴望着他那双温暖的手和那双柔和的眼睛，以及他的一句情意深长的话。这是自从塔拉果园里那寒冷的一天以来，他们头一次完全单独在一起，头一次自由自在地拉着手。

真奇怪，怎么跟他拉着手她不觉得激动呀？以前，只要他一接近便会使她浑身哆嗦。可现在她只感到一种温暖的友谊和满足之情。他的手没有给她传来炽热的感觉，她只觉得心情愉快而宁静了，这使她莫名其妙，甚至有点惊惶不安。他仍旧是她的艾希礼，仍旧是她的亮丽英俊的心上人，她爱他胜过爱自己。那么为什么——

不过，她把这想法抛到了脑后。既然她能跟他在一起，就算没有什么激情，那也就足够了。当她想起他们之间所有那些心照不宣的感情时，便觉得这种情形实在不可思议。他那双清澈明亮的眼睛凝视着她，似乎洞察她的一切隐情，同时用她喜欢的那种神态微笑着，似乎他们之间只有欢愉。现在他们的两双眼睛之间已毫无隔阂，毫无疏远困惑的迹象了。于是她笑起来。

"唔，艾希礼，我很快就老了，要老掉牙了。"

"哎，这是非常明显的事嘛！不，思嘉，在我看来，你到六十岁也还是一样的。我会永远记住我们举办大野宴那天你的那副模样，那时你坐在一棵橡树底下，周围有十多个小伙子围着呢。我甚至还能说出你当时的打扮，穿着一件带小绿花的白衣裳，肩上披着白色的网织围巾。你脚上穿的是带黑色的饰边的小小的绿便鞋，头上戴一顶意大利麦辫大草帽，上面还有长长的绿色飘带。我心里还经常记得那身打扮，在俘虏营里境况极其困苦时，我经常把往事拿出来一桩桩温习着，一个细节都不放过——"

说到这里他突然停住，脸上那热切的光辉也消失了，他轻轻地放下她的手。

"从那天以后，我们已走了很长一段路程，我们两人都是这样，是吗，思嘉？我们跑了许多从没想到要跑的路。你跑得很快，很利落，而我呢，又慢又勉强。"

他重新坐在桌上，瞧着她，脸上又恢复了一丝笑容。但这不是那种愉快的微笑了，这是一丝凄凉的笑意。

"是的，你跑得很快，把我拴在你的车轮上拖着走。思嘉，我有时怀着一种客观的好奇心，设想假如没有你我会变成了什么样子呢。"

思嘉赶快过来为他辩护，不让他贬损自己，尤其因为她这时偏偏想起了瑞德在这同一个问题上说的那些话。

"可是艾希礼，我从没替你做过什么事。就是没有我，你也会完全一样的，总有一天你会成为富人，成为一个你应当成为的那种伟大人物。"

"不，思嘉，我身上根本没有那种伟大的种子。我想要不是由于你，我会早就无声无息了——就像可怜的凯瑟琳·卡尔弗特和其他许多曾经有过名气的人那样。"

"唔，艾希礼，不要这样说，你这样说太叫人伤心了。"

"不，我并不伤心。我再也不伤心了。以前——以前我伤心过。可如今我只是——"

"我不要听你说那样的话，艾希礼，"她愤愤地说。"你的话听起来就像是瑞德说的。"

艾希礼微微一笑。

"思嘉，你也曾想过瑞德和我是基本相同的一种人吗？"

"啊，没有！你这么文雅，这么正直，而瑞德——"她停下来，不知道怎么说好。

"但实际是那样。我们出身于同样的家庭，受到同样的教育，养成了同样的想法。不过在人生道路上某个地方我们分道扬镳了。但我们的想法仍然相同，只不过做出的反应不一样而已。举例说，我们谁都不主张战争，可是我参加了军队，打过仗，而他一直在嘲笑打仗的人。我们两人都知道这场战争是完全错误的，我们两人都知道这是一场必然要输的战争。可是我愿意去打这场必败的仗，而他却不是这样。有时我觉得他是对的，可是，又觉得——"

"唔，艾希礼，你什么时候才放弃从两个方面去看问题呢？"她问，但是她并没有不耐烦。"要是从两个方面去看，就得不出什么结果了。"

"这也对，不过——思嘉，你究竟要得到什么结果呀？我可是从来也不想得到什么结果的。我只要我自己自由自在地做人。"

"你只要自己自由自在地做人？"她笑着说，略略有点悲伤。"我最大的苦恼就是不能让自己自由自在地生活！至于说我要得到什么结果，那么我想我已经得到了。我要成为富人，要安全，还有——"

"但是，思嘉，你有没有想过我这个人是不考虑富不富的呢？"

没有，她从没想过有什么人是不要做富人的。

"那么，你要的是什么呢？"

"我现在不清楚，我曾经是知道的。最重要的是让我逍遥自在，那些我不喜欢的人不要来折磨我，不要强迫我去做我不想做的事。也许——我希望旧时代重新回来，可是它已经一去不复返了。我时常怀念它，也怀念那个正在我眼前崩溃的世界。"

思嘉紧紧地闭着嘴，一声不吭。他的声调唤起了她对往昔的记忆，使得她感到心痛，因为她是会怀念的。

"我更喜欢现在这样的日子。"她说"现在是令人兴奋的，一切都显得有了光彩。而旧时代是非常暗淡的。"

"我更喜欢现在这样的日子。"她的声音有点颤抖。

他从桌子上滑下来，轻轻地笑着，表示不怎么相信她的话。他一只手托着她的下巴，让她仰起脸来看着他。

"哎，思嘉，是的，现在生活显得有了光彩——某种光彩，可这正是它的毛病所在。旧时代没有光彩，可它有一种迷人之处，有一种美，一种缓缓进行的魅力。"

她的思绪在向两个方向牵引，她不觉低下头来。她说话的声音，他的手，都在轻轻地打开她那些永远锁上了的东西。那里面藏着旧时的美，而现在她心里正苦苦渴望着重新见到它。不过她也知道，不论是什么样的美都必须深藏起来，因为谁也不能肩负着痛苦的记忆向前走啊。

他的手从她下巴上放下来，然后他把她的一只手拉过来，轻轻地握在自己的两只手里。

"你还记不记得。"他说，他那声音的魅力使得周围一切忽然隐退，岁月也纷纷后退了，他们在一个过去已久的春天里，一起骑着马在村间缓缓而行。他说话时那只轻轻握住她的手便捏得紧了，同时声音中也带着一点悲凉味。她还能听见他们在山茱萸树下行进，听见她自己纵情的笑声，看见太阳照得他的头发金光闪闪，而且注意到他骑在马背上那高傲的英姿。他的声音里有音乐，有他们在那白房子里跳舞时小提琴和班卓琴的演奏声。老朋友们成群结队地回来了，似乎他们并没有死，仍然在笑着，闹着。还有喝了白兰地面孔红红的杰拉尔德。以及柔声细语一片芬芳的爱伦。所有这一切都笼罩着一种安全感。

他的声音停顿了，这时他们长久而安静地相互注视着，彼此之间有的是那个他们曾经共享过而后来丧失了的阳光灿烂的青春。

"现在我明白你不能高兴起来的原因了，"思嘉黯然地想道。"以前我一直不理解。"

她看看艾希礼，他已经不再那么年轻亮丽了。他正低着头心不在焉地看着他握着的那只手，思嘉看见他那本来光亮的头发已经成了苍老的灰色的，就像月亮照在死水上那样的银灰色。那种炫亮的美突然消失得无影无踪，同样也从她心里消失了，而那悲凉的回忆的美已苦得像胆汁一样了。

"我不该回顾过去啊！"她绝望地想着。"当我说我决不回顾时是完全对的，那太折磨人了，它撕扯你的心，使你除了回顾，别的什么也做不成。这就是艾希礼的毛病所在。他再也无法向前看。他看不见现在，他害怕未来，因此他才回顾过去呢。以前我一直不了解他。我以前一直不了解艾希礼。唔，艾希礼，我的心爱的人，你不该往回看啊！那有什么好处呢？当你回顾过去的幸福，就会这样痛苦、伤心、这样遗憾！"

她站起身来，但一只手还握在他的手里，她得走了。她不能待在这里回想过去，看他这张疲倦、悲伤和苍白的脸了。

"从那些日子以来，我们已走了很长一段路程呢，艾希礼。"她说，设法使自己的声音镇定些，不颤抖。"那时候我们有许多美好的理想，不是吗？"

接着她冲口而出，"唔，艾希礼，可是没有哪件事情是像我们所期待的那样啊!"

他说："生活并没有义务要给予我们期待的东西呢。我们应当随遇而安，只要不糟糕透顶就感激不尽了。"

思嘉想起自己所走过的漫长道路，感到心里一阵阵疼痛，觉得实在太疲倦了。她心中涌现出过去那思嘉·奥哈拉来，那是个爱捉弄情人、爱穿亮丽衣服的女孩子，打算到时机成熟时做一个像爱伦那样的伟大女性。

泪珠沿着两颊潸潸而下，她站在那里默默地看着他，像个惊慌失措的孩子似的。他也一言不发，只轻轻地把她搂在自己怀中，让她的头紧紧靠着他的肩膀，然后歪着头把脸贴在她的面颊上。她陶醉在他温暖的怀抱里，眼泪渐渐干了。啊。就让他这样拥抱着，没有激情，也不觉得紧张，像一个亲爱的朋友，那也很好啊。

她听见外面有脚步声，但没有在意，以为是运输队的人回家了。她一时还站在那里，静听着艾希礼的心缓缓搏动。接着，艾希礼突然挣扎着要摆脱她，她仰起头来惊慌地注视着他的脸，可是艾希礼正越过她的肩膀看着门口呢。

她回过头去，发现门口站着英迪亚，她脸色煞白，两只本来暗淡的眼睛像要迸出火花似的；还有阿尔奇像一只恶狠狠的独眼鹦鹉。他们后面还站着埃尔辛太太。

她究竟是怎样跑出去的，她自己再也记不起来了。

正当四月日落时分，家里静悄悄的，似乎一个人也没有。仆人们都外出参加一个葬礼去了，几个孩子在后院里玩。媚兰呢——

媚兰! 思嘉上楼到自己房里时想起她，顿时浑身都凉了。媚兰一定会听到这件事。英迪亚准要兴高采烈地跟她说的，她既不考虑是否会伤害艾希礼或媚兰，只要这样做能够损害思嘉就行! 埃尔辛太太也会谈论，虽然实际上她什么也没有瞧见。不过，她照样会谈的。这个消息到吃晚饭时便会传遍全城。而到明天一早，就会人人、甚至连黑人在内都知道了。在今晚的招待会上，女人们会三三两两聚在角落里，谨慎而又幸灾乐祸地低声谈论这件事。思嘉·巴特勒从她那有钱有势社会地位上一跤摔下来了！于是这故事会愈传愈奇，那是没有办法阻止的。它不会仅仅停留在事实的真相上，会被传得不堪入耳。可实际上那完全是清白无辜的、是友爱的举动！我只是作为朋友与他拥抱的呀！

　　然而，谁也不会相信这一点。她连一个替她辩护的朋友也没有，没有一个声音会出来说："我不相信她会干这种事。"她把那班老朋友得罪得太久了，现在已找不出一个对她好的人来。都巴不得有机会来辱骂她呢。

　　唔，所有中伤、轻蔑、窃笑，以及全城的人可能说的一切，只要她必须忍受，她都忍受得住——可是媚兰不行啊！唔，媚兰不行！她不知道自己为什么那么怕媚兰知道。她一想到当英迪亚告诉媚兰，说她撞见了艾希礼在拥抱思嘉，媚兰眼睛里会出现什么样的神色时，她就忍不住落泪。媚兰得知以后会怎么样呢？离开艾希礼？还有，艾希礼又会怎么对待我呀？思嘉狂乱地想着，早已泪流满面，唔，艾希礼会羞死的，会恨我给他带来了这场大祸。这时她突然不流泪了，一种死一般地恐惧笼罩着她的心。要是瑞德知道了，他会怎么办？

　　也许他永远不会知道。有句嘲弄人的古话："老婆都跑了，丈夫最后才知道。"也许不会有人向他透露这个消息吧。得有足够的胆量才敢去跟瑞德谈这种事呢，因为瑞德是有名的莽汉，他总是先开枪再问情由。她又记起了阿尔奇在木场办事房时的那副脸孔，那双冷酷、阴险、残忍的眼睛里充满着对她和一切妇女的仇恨。不论艾希礼怎样劝阻，他还是会去告诉瑞德。

　　思嘉脱了衣服，躺到床上，但愿她能够锁着门，永远永远躲在这个安全的角落里，再也不要见任何人了。她打算说她有点头痛，不想去参加招待会了。

　　天黑时她听见仆人们回来了。时间慢慢过去，最后她听见瑞德上楼来了。

她紧张地支撑着自己，鼓足勇气来迎接他，可是他走进自己房里去了。她松了口气，他还没有听说呢。她必须竭力提起精神来告诉他，她身体实在不舒服，不能去参加那个招待会。她静静地躺在床上，在黑暗中浑身哆嗦。

过了很久，瑞德过来敲她的门，她尽力控制住自己的声音，说："进来。"

"难道我真的被邀请进入圣殿里了？"他边问边把门推开。房里是黑暗的，她看不出他的脸。他进来，把门关上。

"你已经准备好去参加宴会了吧？"

"我真遗憾，现在正头痛呢。"多奇怪，她的声音听起来竟那么自然！幸好这房间很暗。"我怕我去不成了。你去吧，瑞德，而且替我向媚兰表示歉意。"

经过相当久的一段沉默，他才慢吞吞地、尖利地说起话来。

"好一个懦弱卑怯的小娼妇！"

他知道了！她躺在那里发抖，说不出话来。他在黑暗中，划一根火柴，房里便猛地亮了，他向床边走过来，俯视着她。她发现他已穿上了晚礼服。

"起来，"他简单地说。"我们去参加招待会。你得赶快准备。"

"唔，瑞德，我不能去。你看——"

"我看得见的。起来。"

"瑞德，是不是阿尔奇竟敢——"

"阿尔奇敢。阿尔奇是个勇敢的人。"

"他撒谎，你得把他宰了——"

"我从来不杀说真话的人。起来。"

她坐起身来，紧紧抱住她的披肩不放。两只眼睛慌张地望着他。

"我不想去，瑞德。我不能去，在这——在这次误会澄清以前。"

"你要是今天晚上不露面，你这一辈子就休想在这个城市露面了。我可以忍受自己的老婆当娼妇，可不能忍受一个胆小鬼。你今晚一定得去，哪怕每个人都恶狠狠地刺你，哪怕威尔克斯太太叫我们从她家滚出去。"

"瑞德，请让我解释一下。"

"我不要听。没时间了。穿上你的衣服吧。"

"他们误会了——英迪亚和埃尔辛太太，还有阿尔奇。他们那样恨我，英迪亚恨我到这种程度，居然宁愿诬蔑她哥哥也要让我出丑。你只要让我解释一下——"

"不用解释，你一定得去，"他说。"哪怕我只能搊着你的脖子往前拖，或者一路上踢你那迷人的屁股。"

他眼里闪着冷峻的光芒，一手把她搊了起来，接着他拾起那件胸衣朝她扔过去。

"把它穿上。我来给你束腰。不，我让嬷嬷来给你帮忙，也不要你把门锁上。像个胆小鬼偷偷地待在这里。"

"我不是胆小鬼，"她大喊大叫，被刺痛得恐惧都忘了。"我——"

"唔，你是个胆小鬼。不为你自己，就为邦妮着想，你今天晚上也得去。你怎么能再糟蹋她的前途呢？把胸衣穿上，赶快。"

瑞德在她的壁橱里一件件打量那些衣服，他摸索着取出她那件新的淡绿色水绸衣裳，它的领口开得很低，衣襟分披着挂在背后一个很大的腰垫上面，腰垫饰着一束粉红色丝绒玫瑰花。

"穿这件，"他说着，便把衣服扔在床上，一边向她走来。"用不着那种庄重的主妇式的紫灰色和淡紫色。你的旗帜必须牢牢钉在桅杆上，否则显然你会把它扯下来的。多搽点胭脂，我相信法利赛人抓到的那个通奸的女人绝不会是灰溜溜的。转过身来。"

他抓住她胸衣上的带子使劲猛勒，痛得她大叫起来。

"痛吗？是不是？"他不在意地笑着说，可她看也不敢看他一眼。"只可惜这带子没有套在你脖子上。"

媚兰家的每个窗口都灯火辉煌，在街上远远便听得见那里的音乐声。走近前门时，里面笑语欢腾的声浪早已在耳边回荡了。屋里挤满了欢乐的来宾。他们有的拥到了走廊上，有的坐在挂着灯笼显得有点阴暗的院子里。

"我不能进去——我不能。"思嘉心里想，她坐在马车里简直透不过气了。"我不能。我不想进去。我要跳出去逃走，逃到什么地方，逃回塔拉去。瑞德干吗强迫我到这里来呀？人们会怎么样呢？媚兰会怎么样呢？哦，我不敢面对她。我要逃走。"

瑞德似乎看出了她的心思，他紧紧抓住她的胳臂，紧得胳臂都要发紫了，这只有一个放肆的陌生人才干得出来。

"瑞德，求求你了，让我回家，而且解释一下吧。"

"你有的是时间去解释，可只有一个晚上能在这竞技场上当牺牲品。下车吧，我的宝贝儿，让我看看那些狮子怎样吃你。下车。"

她不知怎的下了车。抓住她的那只胳臂像坚石一样硬而稳固，这给了她一些勇气。老天爷作证，她能够面对他们，她也愿意面对他们，他们不就是一群妒忌她的嚎叫乱抓的猫吗？她倒要让他们瞧瞧。至于他们心里怎么想，她才不在意呢。只是媚兰——只是媚兰。

他们到了走廊上，瑞德把帽子拿在手里，一路不断地向左右两边鞠躬问好，声音冷静而亲切。思嘉觉得人群像咆哮的海潮一般向她涌上来，会不会人人都来伤害她呢？嗯，见他妈的鬼。要来就来吧！她将下巴翘得高高的，眼睛微微眯起来，落落大方地微笑着。

她还没来得及向周围的人打招呼，便有个人挤出人群向她走来。这时周围突然是一片古怪的安静，它把思嘉的心一下子揪住了。接着就看见媚兰挪着细碎的步子匆匆走来，匆匆赶到门口来迎接思嘉。她那副窄窄的肩膀摆得平平正正，挺着胸脯，小小的腮帮子愤愤地咬得紧紧的，就似乎除了思嘉没有别的客人在场似的。她走到思嘉身边，伸出一条胳臂搂住她的腰。

"多亮丽的衣服呀，亲爱的。"她轻柔而清晰地说。"你愿意当我的帮手吗？英迪亚今晚不能来帮忙我呢。你跟我一起来招待客人吧？"

第五十四章

　　思嘉安全地回到家里以后，便扑通一声倒在床上，也不顾身上的丝绸衣裳了。她站在媚兰和艾希礼中间迎接客人。多可怕啊！她宁愿再一次面对谢尔曼的军队也不要重复这种场面了！过了一会，她从床上爬起来，一面脱衣服，一面在地板上神经质地走来走去。

　　紧张过后的反应渐渐出现，她开始发抖。

　　瑞德没等招待会结束便用马车把她单独送回来了，她很庆幸获得了暂时的解脱。今天晚上她没有勇气面对他，自己那么羞愧、害怕、发抖。可是他去哪里了呢？说不定到那个妖精住的地方去了。这是头一次，思嘉觉得这世界上幸好还有贝尔·沃特琳这样一个人。很高兴让自己的丈夫待在一个婊子家里，这是极不正当的，不过她没有办法啊。她几乎还愿意让他死了呢，如果那意味着她今天晚上可以不用再见到他的话。

　　明天——嗯，明天就是另一天了。明天她要想出一个理由。明天她就不会吓得浑身哆嗦了。明天她就不会时刻为艾希礼那受伤的自尊和他的耻辱所困扰了。现在他会由于她连累了他而恨她吗，她心爱的可敬的艾希礼？现在他肯定恨她了——虽然他们两人的事都由媚兰用她那副瘦小的肩膀愤然担当起来了。媚兰用她口气中所表现的爱和坦诚的信任挽救了他们两个人，当她在那光亮的地板上走来，面对那些好奇的、恶毒的、心怀敌意的众人，公然伸出胳臂挽住思嘉的时候，媚兰多么干净利落地制止了他们的诋毁。她在那可怕的晚会上始终站在思嘉身边呢！所以人们只表现得稍稍有点冷淡，有点惶惑不解，可还是很客气的。

唔，整个这件可耻的事都是躲在媚兰的裙裾后面，使那些恨她的人，想用唾沫把她淹死的人，都没有得逞！哦，是媚兰的盲目信任庇护了她——不是别人，偏偏就是媚兰呢！想到这里，思嘉打了一个寒噤。她必须喝点酒，镇静下来。她在睡衣外面围上一条披肩，匆匆出来走进黑暗的门厅里，她的拖鞋发出响亮的啪嗒啪嗒声。她忽然发现餐厅门底下露出一线亮光。她一时大为惊讶，心跳都停止了。难道是瑞德回来了？他可能是悄悄地从厨房的门进来的。如果是瑞德，她想还是蹑手蹑脚回到卧室里去，白兰地就算了。只有那样，她才用不着见他。

她正弯着腰脱拖鞋，好不声不响赶忙回到房里去，这时饭厅的门突然打开了，瑞德站在那里，他的侧影在半明半暗的烛光前映出来，在那里微微摇摆着。

"请下来陪陪我吧，巴特勒夫人，"他的声音稍稍有点重浊。

他喝醉了，并且在显示这一点，可是她以前从没见他醉过。她迟疑着，什么话也不说，于是他举起胳臂做一个命令的姿势。

"下来，你这该死的！"他厉声喝道。

"他一定是很醉了。"她心里更慌了，往常他是喝得越多举止越文雅。可能他更爱嘲弄人，言语更加犀利。

"我可决不能让他知道我怕见他呀。"她心里想，一面用披肩把脖子围得更紧，将鞋跟拖得啪啪直响，走下楼梯。

他让开路，从门里给她深深鞠躬，那嘲弄的神气真叫她害怕。她发现他没穿上外衣，衬衣敞开，露出胸脯上那片浓厚的黑毛。他的头发很乱，一双充血的眼睛细细地眯着。桌子点着一支蜡烛，烛光使房间布满了不少奇形怪状的黑影，使得那些笨重的柜子像是静静蹲伏着的野兽似的。

"坐下。"他冷冷地说，一面跟着她往里走。

这时她心里产生了一种新的恐惧，这种恐惧使得原先那种不敢面对他的害怕显得微不足道了。他的神态，说话的语调，一举一动，都似乎是个陌生人。多年来她一直认为，对瑞德来说，什么都是无所谓的，他把生活中的一切，包括她在内，都看作玩乐和取笑的对象。可是如今，她隔着桌子面对着他，才怀着沉重的心情认识到，终于有桩事情使他要认真对待，并且要十分认真地对待了。

"你没有理由不能在临睡前喝一杯。我这个人如此没有教养，因此你再随便些也没有关系，"他说。"要不要我给你倒一杯?"

"我不想喝酒，"她生硬地说。"我听到有声音，便来——"

"你什么也没听见。你要是知道我在家里，你就不会下来了。我一直坐在这里，听你在楼上不安地踱来踱去。你一定是十分想喝。喝吧。"

"我不——"

他哗哗地倒了一大杯。

"喝吧，"他把那杯酒塞到她手里。"你浑身都在哆嗦呢。唔，别装模作样了，我知道你经常在暗地里喝，我也知道你能喝多少。有时候真想告诉你不要东躲西藏了，要喝就公开喝吧。你以为如果你爱喝白兰地，我会管你吗?"

她端起酒杯，在心里暗暗诅咒他，他把她看着一清二楚，对她的心思了如指掌。

"我说，把它喝了吧。"

她举起酒杯，把酒猛地倒在嘴里，一口吞下去，随即手腕一转杯底朝天，也没考虑这动作显得多么熟练而不雅观。瑞德聚精会神地看着她的整个姿势，不禁咧嘴微微一笑。

"现在坐下，让我们在家里关起门来，愉快地谈谈我们刚才出席的那个招待会。"

"你喝醉了，"她冷冷地说，"我也要上床睡觉去了。"

"我的确很醉了，但是我想喝得更醉一些，一直喝到天亮。不过你不要去睡——暂时还不要去。坐下。"

他的声音仍然冷静而缓慢，但是她能感觉到尽力抑制着的那股凶暴劲儿，那股像抽鞭子一样残忍的劲儿。她正犹豫不定，但他站在身旁紧紧抓住她的胳臂，他将她的胳臂轻轻扭了一下，她痛得暗暗叫了一声，赶快坐下。现在她害怕了，似乎有生以来还不曾这样害怕过。他俯身瞧着她，她发现他的那张脸黑里透红，一双眼睛闪着吓人的光芒。眼睛深处更有一种她无法理解的东西，一种比愤怒更深沉、比痛苦更强烈的东西。他长久地俯视着她，然后猛地转过身来，在她对面的椅子上坐下，又给自己倒了一杯酒。

他慢慢地饮着，冷静地瞧着她，她感到神经很紧张，竭力控制自己不要发抖，有时候他脸上的表情没有任何变化，可突然笑了，不过眼睛一直紧紧盯住她不放，这时她可无法克制自己的哆嗦了。

"那真是一出有趣的喜剧，今天晚上，是不是？"

她不出声，竭力镇住浑身的哆嗦。

"一出愉快的喜剧，演员都表演得很精彩。全村的人都聚在一起向那个犯错误的女人投石子，可她那受辱的丈夫却像个正人君子似的支持他的老婆，同时那个受辱的妻子也以基督精神站出来，用自己纯洁无瑕的名誉遮住了整个丑闻，至于那个情夫嘛——"

"唔，请你——"

"我看不必了，今晚没有这个必要，因为太有趣了。我说那位情夫像个该死的笨蛋，他恨不得自己死了好。你觉得怎么样，我的亲爱的，一个你痛恨的女人居然这样友好地支持你，把你的罪过从头到尾给盖住了？坐下。"

她坐下。

"我想，你并不会所以就对她更好些的。你还在猜想她究竟知不知道你跟艾希礼的事——猜想如果她知道怎么还会这样呢——难道她仅仅是为了自己的面子？你还认为她这样做，使你逃避了惩罚，也未免太傻了，可是——"

"我不要听——"

"不对，你是要听的，我要告诉你这些，是让你别总一个人在那儿自寻烦恼。媚兰小姐是个傻瓜，但不是你因此为的那种傻瓜。事情很明显，已经有人告诉她了，不过她并不相信。并且即使她亲眼看见，她也不会信的。她这个人太高尚了，以致想象不出她所爱的人身上会有什么卑鄙之处。我不知道艾希礼对她说了什么样的谎话——不论多么笨拙的谎话都行，因为她既爱艾希礼也爱你。我实在看不出为什么她爱你，可她就是爱。让它成为你良心上的一个十字架吧！"

"如果你不是这样烂醉和肆意侮辱人，我愿意向你解释一切。"思嘉说，一面设法恢复一点尊严。"可是现在——"

"我对你的解释没有兴趣，我比你更了解事情的真相。你可当心点，只要你敢从椅子里再站起来一次——

"比起今晚的喜剧来，我觉得更有趣的倒是这样一个事实，即你一方面认为我太坏，贞洁地拒绝了我跟你同床的要求，另一方面却在心里热恋着艾希礼。'在心里热恋。'这可是个绝妙的说法，是不是？

"我太粗俗，配不上你这样高雅的人，而你又不想再要孩子，因此我被撵出来了。这叫我多么难过呀，叫我多伤心呀，亲爱的！所以我便出外寻欢作乐去了，让你一个人去欣赏自己的高雅吧。于是你就去追踪长期忍受痛苦和折磨的威尔克斯先生。这个该死的家伙，也不知犯了什么毛病？他既不能在感情上对他的妻子专一，又不愿在肉体上对她不忠实。他干吗不实现自己的愿望呢？你又不会反对给他生孩子，你会——把他的孩子当作是我的吧？"

她大叫一声跳起来，他也从座位上霍地站起，一面温和地笑着，笑得她浑身发麻。他用那双褐色的大手把她按到椅子里，然后俯身看她。

"请当心我这双手，亲爱的。"他说，一面将两只手放在她眼前晃动着。"我能用它们毫不费力地把你撕成碎片，并且只要能把艾希礼从你心中挖出来，我就会那样干的，不过那办不到。因此，我要用我的两只手一边一个夹住你的脑袋，使劲一挤，将你的头盖骨像个西瓜一样轧碎，把艾希礼一笔勾销了。"

说着，他的两只手果然放到她的脑袋两旁，在披散的头发下，使劲抚摩着，把她的脸抬起来仰朝着他，她注视着那张陌生的脸，一个喝得醉醺醺的、凶狠的陌生人的脸。她是从来不缺乏那种本能的血气之勇的，面临危险使她挺直了脊梁，眯细眼睛，随时投入战斗。

"你这个愚蠢的醉鬼。"她说，"把手放下。"

叫她吃惊的是他果真把手放下了，然后坐到桌子边上，又给自己斟了一杯酒。

"我一向佩服你的勇气，亲爱的。特别是现在，当你被逼到悬崖的时候。"

她拉着披肩把身子裹紧一些，心想，要是现在能够回到卧室里，把门锁起来，一个人躲在里面，该多好啊。她不慌不忙地站起身来，虽然两个膝盖在哆嗦，又将披肩围着大腿裹紧，然后把头发拢到脑后。

"我并不觉得走投无路了，"她尖刻地说，"你永远也休想逼我就范，瑞德·巴特勒，或企图把我吓倒，你不过是只喝醉了的野兽，你跟坏女人鬼混得太久，便把谁都看成坏人，别的什么也不理解了。你既不了解艾希礼，也不了解我，你在污秽的地方待惯了，除了脏事什么也不懂，你是在妒忌那些你无法理解的东西。明天见。"

她从容地转过身，向门口走去，这时一阵大笑使她收住了脚步，她回头一看，只见他摇摇晃晃向她走过来。天哪，但愿他不要那样可怕地大笑啊！他一步步向她逼近，她一步步后退，最后发现背靠着墙壁了。

"别笑了。"

"我是为你难过呢。"

"难过——为我？"

"是的，老天爷作证，我为你难过，亲爱的，我的亮丽的小傻瓜。你受不了了。是不是？你既经不起笑也经不起怜悯，对吗？"

他止住笑声，将身子沉重地靠在她肩膀上，她感到肩都痛了。他的面容也发生了变化，并且凑得那么近。

"妒忌，我妒忌?"他说。"可怎么不呢？唔，是的，我妒忌艾希礼·威尔克斯。怎么不呢？唔，你不要说话，不用解释了。我知道你在肉体上是对我忠实的。你想说的就是这个吧？哦，你看，我了解艾希礼的为人和他的教养。他是正直的，是个上等人。我们不是上等人，不是吗？这就是我们能够像翠绿的月桂树一般茂盛的缘故呢。"

"让我走。我不许你这样肆意侮辱人。"

"我不是在侮辱你，我是在赞扬你肉体上的贞操。它一点也没有愚弄过我。思嘉，你以为男人都那么傻吗？你把对手的力量和智慧估计得太低是绝不会有好处的。而我并不是个傻瓜，难道你不认为我知道你是躺在我的怀里却把我当作艾希礼·威尔克斯吗？"

她耷拉着脸显然流露出恐惧和惊愕的神色。

"那是件愉快的事情。实际上不如说是精神上的愉快。似乎是三个人睡在一起。"他摇晃着她的肩膀，那么轻轻地，一面打着嗝儿，嘲弄地微笑着。

"唔，是的，你对我忠实，因为艾希礼不会要你。不过，该死的，我才不妒忌艾希礼占有你的肉体呢。我知道肉体没多大意思——尤其是女人的肉体。但是，对于他占有你的感情和你那可爱的、冷酷的、不知廉耻的、顽固的心，我倒确实有些妒忌。他并不要你的心，那傻瓜，可我也不要你的肉体。花不了多少钱就能买到女人。不过，我的确想要你的情感和心，可是我却永远得不到它们，就像你永远得不到艾希礼的心一样。这就是我为你难过的原因。"

虽然她觉得害怕和迷惑不解，但他的讥诮仍深深地刺痛了她。

"难过——为我？"

"是的，因为你真像个孩子，思嘉。一个孩子哭喊着要月亮。可是假如他果真有了月亮，又有什么用呢？同样，你拿艾希礼干什么用呢？是的，我为你难过——看到你用双手把幸福抛掉，同时又伸出手去追求那永远也不会使你快乐的东西。如果我死了，如果媚兰死了，你得到了你那个宝贵的体面的情人，你以为你跟他在一起就会快乐了吗？呸，不会的！你会永远不可能了解他，永远不了解他心里在想些什么，永远不懂得他的为人，就好比你不懂音乐、诗歌、书籍或除了金钱以外的任何东西一样。而我们呢，我亲爱的知心的妻子，我们却能在一起极其愉快，要是你给了我们半个机会的话，因为我们俩是非常相似的。我们俩都是无赖，想要什么就能得到什么。我们本来可以快快活活过日子，因为我爱你，也了解你，思嘉，彻头彻尾了解，这绝不是艾希礼所能做到的。而他呢，如果他真正了解你，就会瞧不起你了……可是不，你却偏要一辈子痴心梦想地追求一个你无法了解的男人。至于我，亲爱的，我会继续追求婊子，而且，我敢说，我们俩本可以结成世界上少有的一对幸福配偶呢。"

他突然把她放开，然后歪歪倒倒地退回到桌旁去拿酒瓶。思嘉呆呆地站了一会儿，种种纷乱的想法在她脑子里涌现，可是她一个也没有抓住，更来不及仔细考虑。瑞德说过他爱她。他真的爱她吗？或者只是醉后胡言？或者又是一个可怕的玩笑？而艾希礼——那个月亮——哭着要的那个月亮。她迅速跑进黑暗的门厅，似乎逃避恶魔似的，唔，但愿她能够回到自己房里！这时她的拖鞋都快掉了，她停下来想把拖鞋甩掉，瑞德已来到她身旁。他那灼热的呼吸对着她的脸袭来，他双手粗暴地伸进她的披肩底下，紧贴着赤裸的肌肤，把她抱住了。

"你把我撵走却跑去追求他。今天晚上不论如何不行了。我床上只许有两个人。"

他猛地将她抱起来，随即上楼。她的头被紧紧地压在他胸脯上，听得见他心脏的怦怦急跳。她被夹痛了。大声喊叫，可声音似乎给闷住了似的，显得非常惊恐。上楼梯时，周围一片漆黑，他一步步走上去，她吓得快要疯了。他成了一个疯狂的陌生人。她发出尖叫，但声音被他的身子捂住了。这时他突然在楼梯顶停住脚，迅速将她翻过身来，然后低着头吻她，那么狂热、那么尽情地吻她，把她心上的一切都抹拭得干干净净，只剩下压在她嘴唇上的

那两片嘴唇。他在不停地发抖，似乎站在狂风中似的，而他的嘴唇到处移动，从她的嘴上移到那披肩从她身上掉落下来的地方，在她柔润的肌肤上。他嘴里在喃喃自语，但她听不见，因为他的嘴唇正在唤起她以前从没有过的感情。她陷入了一片迷惘，他也是一片迷惘，而在这以前什么也没有，只有迷惘和他那紧贴着她的嘴唇。她想说话，可是他的嘴又压下来了。突然她感到一阵从没过的狂奋的刺激；这是喜悦和恐惧、疯狂和兴奋，是对强大的胳臂、粗暴的嘴唇以及来得过于迅速地命运的屈服。她有生以来头一次遇到了一个比她更强有力的人，一个她既不能给以威胁也不能压服的人，一个正在威胁她和压服她的人。她的两只胳臂已抱住他的脖子，她的嘴唇已在他的嘴唇下颤抖，他们又在向那片朦胧黑暗中上升，上升，那是一片柔软的、涡旋着的、包容一切的黑暗呢。

第二天早晨她醒来时，他已经走了，要不是她旁边那个揉皱的枕头，她还以为昨晚发生的一切只是个放荡而荒谬的梦呢。她回想起来不禁脸上热辣辣的。

这几年来她跟瑞德在一起生活，一起睡，一起吃，一起吵架，还为他生了个亮丽的女儿——可是，她并不了解他。昨晚那个把她在黑暗中抱上楼来的人完全是一个陌生人，她做梦也没想过有这样一个人存在。而现在，即使她想去恨他，想生他的气，她也做不到了。他在一个狂乱的夜晚征服了她，挫伤了她，虐待了她，而她对此却非常得意呢。

唔，她应当感到羞耻，一想起那个狂热的、漩涡般的销魂时刻就胆寒畏缩！一个上等女人，一个真正的上等女人，经历了这样一个狂欢夜晚以后再也抬不起头来了。可是，比羞耻心更强的是想起那种狂欢、那种令人销魂和为之屈服的陶醉的感觉。她有生以来头一次感到自己有了活力。

瑞德爱她！至少他说过他爱她，而现在她怎么还能怀疑这一点呢？他爱她，这个对她冷淡的野蛮的陌生人居然爱她。这显得多么古怪，多么难以理解和不可置信啊！对于这一发现，她压根儿不清楚自己是怎样想的，不过有个念头一出现她就突然放声大笑起来：他爱她，她终于占有他了。她本来已忘记了，她早先就曾渴望着引诱他来爱她，以便举起鞭子驯服这个傲慢的家伙。如今这个渴望又出现了，它给她带来了巨大的满足。昨晚他把她置于自己的支配之下，可这样一来她却找到了他身上的弱点。他的嘲弄长期以来折磨着她，可现在她掌握了他。

她想到还要在大白天与他相见，便陷入了一片神经紧张和局促不安之中，当然其中也有兴奋和喜悦的心情。

"我像个新娘一样紧张呢。"她想，想到这里她不由得愚蠢地笑了。

但是瑞德没有回家吃午饭，晚餐时也没有回来，一夜过去了，那是一个漫长的夜，她睁着眼睛直到天明。可是他没有来。第二天也过去了，他还是毫无消息，她又失望又担心，急得要发疯似的。她从银行经过，发现他也不在那里。

她不好意思去问朋友们。又不能到仆人们中间去打听。这两天嬷嬷显得不寻常地沉默，她偷偷地观察思嘉，但什么也不说。到第二天晚上过后，思嘉下决心去报警，也许他出了意外，也许他从马背上摔下来，躺在哪条沟里不能动弹了。也许——唔，多可怕的想法——也许他死了！

第二天早晨她吃完早点，正在自己房里戴帽子，她忽然听到楼梯上迅疾的脚步声。她松了一口气往床上一倒，瑞德就进来了。他新理了发，刮了脸，也没有喝醉，可他的眼睛是血红的，脸由于喝酒有一点浮肿。他神气十足地向她挥着手说："唔，好啊。"

谁能一声不响地在外面过了两天之后，进门就这样"唔，好啊"呢？在他们度过的那么一个令人难忘的晚上之后，他怎么能这样若无其事呢？他不能这样，除非——除非那样一个夜晚对他来说是很寻常的！她一时说不出话来，她曾经打算在他面前表现的那些优美姿态和动人的微笑全都给忘了。他甚至没有走过来给她一个吻，只是站在那里望着她，咧着嘴微微一笑，手里拿着一支点燃的雪茄。

"哪儿——你到哪儿去了？"

"你难道不知道？我相信全城的人都知道了。也许他们全知道，只有你例外。你知道有句古老的格言：丈夫都跑了，老婆最后才知道嘛。"

"你这是什么意思？"

"贝尔，我还能到哪里去呢？我想你没有为我担心吧。"

"你离开我就去——"

"喂，喂，思嘉！别装糊涂说自己受骗了。你早就知道贝尔的事。"

"你一离开我，就到她那里去，并且在那以后——在那以后——"

"唔，在那以后。"他做了一个毫不在意的手势。"我会忘记我的那些做法，我对我的行为表示抱歉。那时我喝得烂醉，你也知道，同时又被你那迷人的魅力弄得神魂颠倒了——还要我一一细说吗？"

她明白了，想倒在床上痛哭一场，他没有变，一点也没有变，而她上当了，愚蠢得可笑的傻瓜，居然以为他真的爱她呢。只不过是他醉后开的一个可恶的玩笑。他醉了酒便拿她来发泄一下，就像他在贝尔那里拿任何一个女人来发泄一样。现在他又回来侮辱她，嘲弄她，叫她痛苦、伤心。她吞下眼泪，想重新振作起来，千万不能让他知道她这几天的想法啊！她赶快抬起头来望着他，只见他眼里又流露出以前那种令她困惑的警觉神色，那么犀利，那么热切，似乎在等待她的下一句话。难道他在希望她犯傻上当，大叫大嚷，再给他一些嘲笑的资料？她那两道翘翘的眉毛猛地紧锁起来，显出一副冷冰冰的生气模样。

"我自然怀疑过你们的关系了。"

"仅仅是怀疑？你干吗不问问我，好满足你的好奇心？我全都会告诉你的。自从你和艾希礼决定让我俩分房睡以来，我就一直跟她同居着呢。"

"你居然还有脸站在这里向你的妻子夸耀，说——"

"唔，请饶了我，别给我上什么道德课了。你只要我付清那些账单，就不论我做些什么都无所谓了。你也明白我近来不怎么规矩嘛。至于说你是我的妻子——那么，自从生下邦妮以后你就并不像个妻子了，你说对吗？思嘉，你已经变成一个可怜的投资对象了，贝尔还比你强呢。"

"投资对象？你的意思是你给她——"

"准确地说应该是'在事业上扶植她'。贝尔是个精干的女人，我希望她长进，而她唯一需要的是钱，用来开一家自己的妓院。你应当知道，一个女人手里有了钱会出现什么奇迹。瞧瞧你自己吧。"

"你拿我去比———"

"好了，你们俩都是精明的女生意人，并且干得都不错。当然，贝尔还比你略胜一等，因为她心地善良，品性也好——"

"你滚出去好吗？"

他懒洋洋地向门口挪动，一道横眉滑稽地竖了起来。他怎能这样侮辱她啊,她气愤而痛苦地想道。他是特意来伤害和贬损她的。

"赶快给我滚,永远也不要进来了。以前我就这样说过,可是你没有一点上等人的骨气。从今以后我要把这门锁上了。"

"不用操心了。"

"我就是要锁。经过那天晚上,——醉成那个模样,那么讨厌——"

"你看,亲爱的!并不那么讨厌嘛,真是!"

"滚出去!"

"别生气呀。我就走。我答应再也不来打扰你了。那是最后一次。并且我正想告诉你。要是我这种不名誉的行为实在使你忍受不了。我们就去办离婚吧。只是邦妮要给我,别的我不争。"

"我可不想办离婚来玷辱家门呢。"

"要是媚兰死了,你很快就会玷辱的,你说不会吗?我一想到那时候你会多么急于甩掉我,我的头就晕了。"

"你走不走?"

"好,我就走,我回来就是要告诉你这件事。我要到查尔斯顿和新奥尔良去,还有——唔,对,我要逛一大圈。我今天就走。"

"啊!"

并且我要把邦妮带在身边,让那个傻女孩普里茜把她的小衣服收拾一下。我想把普里茜也带去。"

"你永远也休想把我的孩子带走。"

"也是我的孩子嘛,巴特勒太太。我想你不会反对让我带她到查尔斯顿去看看她的祖母吧?"

"她的祖母,去你的!你以为我会让你把孩子从这里带走?你每晚都喝得烂醉,很可能还会带她到像贝尔那样的地方去——"

他把手里的雪茄狠狠往地上一掷,雪茄在地毯上嘶嘶冒起烟来,一股烧焦的羊毛味直冲鼻子。他不管这些,立刻走过来站到思嘉跟前,气得脸都发青了。

"你如果是个男人，我就先把你的脖子拧断再说。现在我只警告你闭上臭嘴。她是我的女儿！至于你，你把你做母亲假装虔诚的架势摆给你自己去看吧。不是吗？作为一个母亲，你还不如一只猫呢！你为孩子们做过些什么？韦德和爱拉看见你就吓得要死，要没有媚兰，他们连什么是爱和亲密都不知道呢。可是邦妮，我的邦妮！你以为我不能比你照料得好些吗？你以为我会让你去威胁她，损害她的心灵，像你对韦德和爱拉那样吗？见鬼去吧，我决不会的！快替她收拾好，让我一个小时后便能起身，否则我警告你，那后果会比前两天那个晚上要严重得多。我经常觉得，用马鞭子结结实实抽你一顿，对你会大有好处。"

他没等她说话便转过身去，迅速走出了她的房间。她听见他向孩子们的游艺室走去，那里传来一片热烈高兴的儿童尖叫声，她听出邦妮的声调比爱拉还要高。

"爹爹，你上哪儿去了？"

"去找张兔子皮来包我的小邦妮。给你亲爹爹一个最甜的吻吧，邦妮——还有你，爱拉。"

图文珍藏版

第五十五章

"亲爱的，我不要你做任何解释，也不想听你说什么。"媚兰坚决地说，用一只小手轻轻地捂住思嘉的嘴唇，叫她不要说了。"你要是认为在你我之间还需要什么解释，那便是对你自己以及艾希礼和我的侮辱了。不是吗，我们三人一起在这世界上共同战斗了这么多年，如果什么闲言碎语就能使我们之间发生隔阂，互不信任，想起来都不好意思呢。难道你觉得我会相信你和我的艾希礼，嗨！这怎么想得出来呀！难道你还不明白这世界上我比谁都更加了解你？你以为我竟会把你替我们所做的种种了不起的无私的事情忘在脑后吗？你以为我不记得你几乎光着脚、握着两只满是血泡的手，跟在北方佬的那匹马后面犁地，就为了让婴儿和我能吃上饭——的情景，现在我难道竟相信那些无耻谣言吗？我不要听你的任何解释，思嘉·奥哈拉。一句也不听！"

"可是——"思嘉想要说什么又打住了。

就在一个小时之前，瑞德带着邦妮和普里茜离开了这个城市，这样一来思嘉便不仅又羞又恼，并且感到寂寞了。再加上她的内疚以及媚兰给她的庇护，这个负担她实在承受不起了。要是媚兰听信了英迪亚和阿尔奇的话，在招待会上侮辱了她，或者只冷淡地招呼了她，那她就可以昂起头来，使用种种可能的武器给予回击。可如今，一想起媚兰挺身而出毅然保护她不受社会舆论的攻击，她就觉得自己只能老老实实地认罪了。是的，应当把所有的一切不加掩饰地大胆说出来。

她愿意承认，是的，承认一切，一言一行，以及那很少几次的爱抚。也许所以上帝就会减轻她的痛苦，给予她安宁。但是由于她的忏悔，媚兰脸上会出现十分可怕的神色,从钟爱和信任变为怀疑恐惧和厌恶。她极为痛苦地想到,那样媚兰就会了解到她身上所有的卑下、鄙陋、两面派、不忠实和虚伪的品质啊!

但是,她刚刚迫不及待地说出"媚兰,我一定要解释一下那天的事——"时,媚兰就厉声阻止了她。思嘉羞愧地注视着那双温柔而宽容的眼睛,心里一沉,明白自己已永远也得不到忏悔后的平静和安宁了。媚兰一句话就永远截断了她采取行动的途径。她以生平很少有过的一种成熟感情认识到,只有最彻底的自私自利才能解除内心痛苦的负担。她因媚兰的仗义庇护而欠了她一笔大债,如今这笔债只能用沉默来偿还了。如果勉强让媚兰知道她的丈夫对她不忠,她的心爱的朋友无耻地背叛了她,从而让她终生痛苦,那将是多么残忍的一种偿还啊!

"我不能告诉她,"她伤心地想,"决不能,哪怕我的良心把我折磨死。"

是的,它会成为她终生的十字架,让这种痛苦深埋在她心中,让她以后每看见媚兰亲切的眼色和手势都深感不安。

思嘉绝望地想:"我已经背上了许多沉重的负担,但看来这是最沉重最令人苦恼的一个了。"

"亲爱的,我听人家对你的批评都听腻了,"媚兰说,"而这一次是他们捞到的最后一根稻草。这完全是由于他们妒忌你,因为你那么精明能干。在许许多多男人都失败了的情况下,你却做出了这么好的成绩。我不是说你做过什么有违妇道或者妇女不该做的事,像许多人所说的那样。因为你并没有做,人们不了解你,他们容忍不了一个能干的女人。可是你的精明能干,你的成功,并没有给他们以那样的权力,任凭他们来说你和艾希礼——真是天知道啊!"

思嘉凝视着媚兰,被她这种从没有过的怒气吓住了。

"他们这些人——阿尔奇、英迪亚、埃尔辛太太居然拿他们捏造的那些下流谎话来对我说呢!他们怎么敢这样呀?当然,埃尔辛太太没有到这里来,

807

她没有那个胆量。可是她也一贯恨你，亲爱的，因为你比范妮更有名气了。而且，她对于你不让休再管那个木厂也很不高兴呢。不过你把他撤了完全是对的，他游手好闲、什么事也不干、一点用处也没有！""关于阿尔奇，这要怪我自己，我不该庇护这个老恶棍。人人都那样劝过我，可是我不听。他不喜欢你，亲爱的，是由于那些罪犯的缘故，可他是什么人，竟敢来批评你了？一个杀人犯，还是杀死过一名妇女的杀人犯！虽然我那样好好待他，他还是跑来告诉我——要是艾希礼把他毙了，我也不会怜悯他的。现在我可以告诉你，我把他大大奚落了一番之后，就打发他走了！他已经离开这个城市了。"

"至于英迪亚那个坏东西！亲爱的，我知道她妒忌你，恨你，因为你比她亮丽得多，又有那么多追求你的人。因此对于她这个行为，不可能有任何别的解释……我已经告诉她从今以后不要再跨进这个家的门槛，我而且表示只要我听到她再说那么一句废话，我就要——我就要当众骂她撒谎！"

媚兰没有继续说下去，但脸上的怒气突然消失，接着来的是满面愁容。媚兰有佐治亚人所特有的那种忠于家族的观念，一想起这可能引起家庭矛盾她就痛苦极了。她犹豫了一会儿，不过思嘉是最亲爱的，她心里首先考虑的是思嘉，于是她继续忠实地说下去：

"亲爱的，她一贯妒忌你，还因为我是最爱你的。以后她再也不会到这里来了，我也决不到任何一个接待她的人家去。艾希礼赞成我的想法，不过他还是很伤心的，怎么他的妹妹居然也说出这样一个——"

一提到艾希礼的名字，思嘉那过于紧张的神经再也控制不住，她立刻哭起来。难道她就只能永远让他伤心下去了？她只想使他快乐、安全，可不知为什么却似乎每一次都是伤害他似的。她破坏了他的生活，损伤了他的骄傲和自尊，打破了他内心的平静。现在她又离间了他和妹妹之间的关系。为了保全她思嘉的名誉和媚兰的幸福，英迪亚只能被牺牲，被迫承担撒谎的罪名，成为一个妒忌心很重的老处女。

思嘉知道艾希礼把名誉看得比生命还重，他现在一定觉得万分痛苦。他也和思嘉一样，被迫接受了媚兰的庇护。思嘉一方面懂得这样做的必要性，并且明白他落到这个地步主要应当归咎于她。不过她想如果艾希礼把阿尔奇毙了，而且向媚兰和公众承认这一切，她会更加敬佩他的。她记起瑞德说过的一些轻视和揶揄的话，便思忖艾希礼是不是真的在其中扮演了不够丈夫气的角色，这样一来，她一直仰望的那个完美辉煌的形象便开始不知不觉地蒙上了一层阴影。同时，笼罩在她身上的耻辱和罪过的阴影也在渐渐地向他扩展。她下决心要打退这种可怕的想法，可结果反而使她哭得更伤心了。

"别这样！别这样！"媚兰大声喊道，把思嘉的头移过来靠在她的肩上，"我本来根本不该谈这件事让你伤心的。我知道你一定会感到十分难过。今后我决不再提了。让它就这样了结，像根本没有发生过一样。"

媚兰说到做到。她再也没有向思嘉或艾希礼提过这件事，也决不跟任何人谈论，她保持一种冷漠无关的态度。瑞德神秘地离开这个城市了，整个城市处于一种疯狂议论、煽动的状态，她从不饶恕那些恶意诽谤思嘉的人，不论是她的老朋友还是亲属。

她那样坚决地站在思嘉一边。她让思嘉照样每天早晨到店里和木料场去，并且由她陪着去。赶车外出时她还坐在思嘉身旁。她还带思嘉下午出去进行正式的拜访，亲切地鼓励她进入那些已两年多没有去过的人家。

她们一家最可怜的就是皮蒂姑妈了。皮蒂没有过多的奢望，只希望舒舒服服地在亲人们相互友好的气氛中平平安安地过日子。

英迪亚本来跟皮蒂姑妈住在一起，如果英迪亚要走了，可怜的皮蒂怎么办呢？她不能一个人过活呀！那时她只能叫一个陌生人来跟她做伴，要不就得和思嘉一起住。可是皮蒂姑妈隐约感到，巴特勒船长不怎么喜欢她。那么，她就只好住到媚兰家里去，晚上和小博住在一起。

皮蒂不大喜欢英迪亚，英迪亚那个又冷淡又固执的模样以及她的偏激态度使她害怕。不过英迪亚仍容许皮蒂保持自己的舒适生活，而皮蒂又主要是从个人舒服而不是道德观点来考虑问题的，因此英迪亚仍跟她住在一起。

不过英迪亚既然住在那里，媚兰和思嘉就把这看成是皮蒂对英迪亚的庇护。思嘉断然拒绝继续在经济上支援皮蒂。艾希礼每星期都给英迪亚送钱去，但英迪亚每次都骄傲地、不声不响地把钱退回，皮蒂姑妈对此感到又惊讶又惋惜。她们要不是亨利叔叔的帮助，将愈来愈可悲了。可是接受亨利叔叔的资助，皮蒂觉得挺可耻呢。

皮蒂在这个世界上除了她自己以外是最爱媚兰的，可现在媚兰对她保持一种冷冷的客气态度，像对待陌生人一样了。她虽然就住在皮蒂家的后院里，以前每天要出出进进走十几次，可现在一次也不来了。皮蒂主动去看望她，向她哭诉自己怎样爱她和忠实于她，但媚兰始终拒绝谈具体的事情，也从来不回访。

皮蒂很清楚她得过思嘉多大的恩惠——几乎是依靠她活过来的。的确，在战后那个极端困难的时期，思嘉维持了她的家庭，给她吃的穿的。让她能够在亚特兰大抬起头来做人。思嘉结婚搬走以后，对她依旧非常慷慨。那个既令人害怕又逗人喜爱的巴特勒船长，每次跟思嘉一起来拜访过以后，皮蒂总会发现桌上有个塞满了钞票的簇新钱包，或者用绣花手绢包着一些金币偷偷地放在她的针线盒里。瑞德总是声称他什么都不知道，而且以一种不怎么高明的手法断言她一定有个秘密的爱慕者，通常认为就是那位满脸胡须的梅里韦瑟爷爷，在干这件事。

最后，有些人彻底相信了思嘉的清白无辜，但这不是由于她自己，而是由于媚兰始终坚信这一点。另一些人思想上有所保留，但因为他们爱媚兰，希望保持对她的爱，便对思嘉采取了较有礼貌的态度。思嘉心里明白，要不是媚兰的坚决保护和迅速行动，全城居民都会板着面孔反对她，她早已成为一个被社会遗弃的人了。

第五十六章

瑞德走了已经三个月了，一直杳无音信。她不知道他在什么地方，也不知要多久才能回来。其实，他究竟还回不回来，她也不知道。在这几个月里她照样做自己的生意，表面看上去还很神气，可心里却懊丧得很。她觉得身体不怎么舒服。但她每天都到店里去，似乎对两个厂子很感兴趣似的。实际上那家店铺已开始叫她生厌，虽然营业额比上年提高了两倍，利润源源而来，她却觉得没有多大意思，对伙计们的态度也越来越严厉和粗暴了。约翰尼·加勒格尔负责的木厂生意兴隆，但约翰尼的所作所为没有一点叫她高兴。

她从来不到艾希礼负责的那个厂里去，她知道他在回避她，也知道，由于媚兰执意邀请她常常到他家去，对他会是一种折磨。他们从不单独说话，可她却很想问问他。她想知道他现在是不是恨她，以及他究竟对媚兰说了些什么。但是他始终与她保持一定的距离，并恳求她不要说话。他那苍老憔悴和流露着悔恨之情的脸色更加重了她的精神负担，同时他的大厂每周都要亏本，这也成了她心中一个有苦难言的疙瘩。

他脸上那种无可奈何的神色，她看了觉得厌烦。她不知道他怎样才能改善这个局面，但认为他应当努力想些办法的。要是瑞德，他就会采取措施了。瑞德总是能想出办法来，哪怕是不正当的办法，在这一点上她虽然心中不乐意但其实是十分佩服的。

如今，既然她对瑞德的怒火已经消失，她便开始想念他，并且由于无音信，想念也越发深切了。如今，从瑞德留下的那一堆混合着狂喜、愤怒、伤心和屈辱的紊乱情绪中，愁苦已渐渐冒出头来。她想念他，很想再听听他讲的那些尖刻动人、叫她开怀大乐的故事，再看看他那咧嘴大笑的模样，乃至那些深深刺痛她的嘲弄。最叫她难受的是她不能在他面前絮叨了。

没有他和邦妮在身边，思嘉觉得非常寂寞。她以前没有想到，会这样惦记着小邦妮。现在她记起瑞德上次责备她对待韦德和爱拉的那些恶言恶语，便试着对这两个孩子好来填补内心的空虚。但没有用。瑞德的话和孩子们对她的态度使她不得不面对一个惊人而可怕的事实：她没有赢得他们的信任和感情。而现在，要不是太晚就是她缺乏耐心和本事，反正她已无法深入他们那幼小而隐秘的心灵了。

爱拉！思嘉发现她是个弱智儿童，并且的确是的，这就叫人犯愁了。她无法把注意力集中起来，就像小鸟不能停在一个枝头上似的。即使思嘉给她讲故事时，爱拉也常常胡思乱想，用一些与故事毫无关系的问题来打断，可是还没等思嘉开口去回答，她已经把问题完全忘了。至于韦德——也许他真的怕她，太奇怪了，并且伤了她的自尊心。自己的亲生儿子，她的唯一的男孩子，竟会这样怕她呢？有时她试着逗引他来谈话，他也只用查尔斯那样柔和的褐色眉眼盯着她，同时很难为情地挪动着两只小脚，显得非常难受。可是他跟媚兰在一起时，却滔滔不绝地说个不停，而且把口袋里的一切，从钓鱼用的虫子到破旧的钓线，都掏出来给她看了。

媚兰对小孩子很有办法，她自己的小博就是亚特兰大最有规矩最可爱的孩子。思嘉跟他相处得比跟自己的孩子还要好，因为小博对于大人们的关心没有什么神经过敏的地方，每次看见她都会乖乖地爬到她膝头上来。他长得多亮丽啊，跟艾希礼一模一样！要是韦德长得像小博就好了。当然，媚兰之因此能那样尽心照顾他，主要是因为她只有一个孩子，并且不用整天操心和工作。至少思嘉是这样为自己辩解的，不过她又不得不承认媚兰特别爱孩子，她巴不得生上一打呢。因此她那用不完的满怀钟爱也同样倾注在韦德和邻居家的孩子们身上了。

"至少邦妮还爱我，也愿意跟我玩呢。"她心里想。可是凭良心说，她还是得承认，邦妮爱瑞德比爱她不知深过多少倍。并且说不定她再也见不到邦妮了。

当米德大夫说她又怀孕了时，她吓得发呆了，并且立刻她就想起了那个狂乱的夜晚，而且立即满脸通红，很不好意思。原来就在那神魂颠倒的片刻——一个孩子给怀上了。这时她最先的感觉是高兴又要添一个孩子。要是个男孩可好呀！一个亮丽的男孩，而不是像韦德那样的小家伙。她会多么爱他啊！那时她既有工夫去专心照料一个婴儿，又有钱去安排他的锦绣前程，这才真正高兴呢！她心中产生了一个冲动，要写封信告诉瑞德，由他母亲从查尔斯顿转去。他现在必须回来了！要是到婴儿生下以后他才回家，那她永远也解释不清了！可是，如果她写信去，他就会以为她是想他了，就会暗暗笑起来。不，决不能让他觉得她在想他或者需要他啊！

她很高兴自己终于把这个冲动压下去了，这时恰巧查尔斯顿的波琳姨妈来信了，传来瑞德的消息，好像他正在那里看望他母亲。得知他至今还在这片国土上，思嘉放心了，信中充满了对邦妮的夸奖。

"多亮丽的一个小姑娘！将来长大了，准会成为人人爱慕的美人儿呢。不过我想你一定知道，谁要是向她求爱，就得同瑞德来一次搏斗，因为我从没见过这样钟爱女儿的父亲。嗯，亲爱的，我想跟你说几句心里话。在我没有见到巴特勒船长之前，我一直觉得你们的婚姻是极不匹配的。事实上，尤拉莉和我都对于是否应当接待他犹疑不决——不过，毕竟那个可爱的孩子是我们的姨外孙女嘛。这样，他就来了，我们一见便又惊又喜，十分的欣喜，而且发现听信那些流言蜚语实在是错误。你看他那么逗人喜欢，长得也很亮丽，又庄重又有礼貌。何况还那么爱你和孩子呢。"

他们事先没有一点儿消息就回来了。到家的第一个音信是行李卸在前厅地板上的声音和邦妮的高声喊叫："妈妈！"

思嘉急忙从自己房里出来，走至楼梯顶，看见女儿正伸着两条短腿使劲

飘

图文珍藏版

要踏上梯级。胸前抱着一只驯顺的毛色带条纹的小猫。

"奶奶给我的。"她兴奋地叫道,一面抓住小猫的颈背把它提起来。

思嘉一面将她抱在怀里,忙不迭地吻她,同时庆幸有这孩子在场,就免得她跟瑞德单独见面感到尴尬了。他仰起头来看见了她,便像往常那样恭恭敬敬地摘下帽子,鞠了一躬。她一瞥见他那双黑眼睛,心就怦怦跳起来了。不管他是什么人,也不管他干了些什么,只要回家了她就高兴。

"嬷嬷在哪里?"邦妮问,一面扭着身子想挣脱思嘉的怀抱,她只得把她放下地来。

又要以正常的若无其事的态度招呼瑞德,又得向他透露怀孩子的事,这可比她预先设想的要困难得多。他上楼梯时她看着他那黝黑而冷漠的脸,那样难以捉摸和毫无表情。不,她得过些时候再告诉他,她不能现在就说出来。不过,这样的消息应该首先让丈夫知道,因为做丈夫的是最爱听这种消息的。可是她觉得他听了也未必高兴。

她站在楼梯顶上,靠着栏杆,不知他会不会吻她。他没有,只是说:"你的脸色有点苍白呢,巴特勒太太。是不是没胭脂了?"

一句想念她的话也不说,哪怕是虚情假意的也没有。至少在嬷嬷面前应当吻她一下嘛。他站在楼梯顶上她的身旁,用眼睛漫不经心地打量她。

"你这憔悴样儿是不是因为想念我呢?"他嘴上微笑着问她,但眼里并没有笑意。

看来这就是他的态度了,他还会像以前那样恨她的。她突然觉得她怀着的那个孩子已成为令人作呕的一个负担,而不再是令她高兴的血肉了。而这个漫不经心地拿着宽边巴拿马帽子的男人则是她的死对头,是她的一切麻烦的起因。她回答时眼睛里充满了怨恨,这种怨恨是显而易见也不会忽略的,同时他脸上的笑容也消失了。

"如果我脸色苍白,那是你的过错,但不是像你所幻想的那样是因为想念你。那是因为——"唔,她太性急了便冲口而出,也不顾仆人们会不会听见。

"那是因我又要有个孩子了！"

他猛地吸了口气，两眼迅速地打量着她。接着他向前迈了一步，好像要把手放在她的胳臂上，但她把身子一扭，避开了，在她那怨恨的眼光下，他的脸又板了起来。

"真的！"他冷冷地说。"那么，谁有幸当这个父亲呢？是艾希礼吗？"

她狠狠抓住楼梯栏杆上的柱子，直到那个木雕狮子的耳朵把她的手心扎痛了。她万万没想到他居然会这样来侮辱她。当然，他这是在开玩笑，但玩笑怎么能开到如此难以容忍的程度！她真想用她那些尖尖的指甲掐进他的眼睛里，把那里面的古怪光芒抓出来。

"你这该死的家伙！"她的声音气恼得咻咻发抖，"你——你明明知道是你的。而我也和你一样根本不想要它。没有——没有哪个女人愿意跟你这下流坯生孩子。我但愿——啊，上帝，我但愿这是其他什么人的而不是你的孩子呢！"

她发现他那黝黑的面容突然变了，某种无法理解的情感，连同愤怒一起，使它一阵痉挛，像被狠狠地刺痛了似的。

"瞧！"她心里得意地想。"瞧！我到底把他刺痛了！"

可是那个不动声色的神情又回到了他脸上。

"高兴点吧，"他说，一面转过身去开始上楼，"当心你可能会流产呢。"

她顿时一阵头晕，想起怀孩子的滋味，没完没了的恶心的呕吐呀，痛苦的等待呀，大腹便便的丑态呀，长时间的阵痛呀，等等。这些都是男人永远也体会不到的。可他这么残忍地开玩笑，她想狠狠地抓他一把。只有看见他那张黑脸上有一道道的血痕，才能稍解这心头的怨气。她像猫似的偷偷跟着他追上去，但是他忽然轻轻一闪避到一旁。她站在新打过蜡的最高一级阶梯边上，当她俯身举起手时，觉得自己站不住了，便猛地去抓那根栏杆柱子，可是没有抓住。顿时一阵头晕眼花，便骨碌碌地滚下去，直跌到楼梯脚下。

这是思嘉有生以来头一次病倒，此外就是生过几次孩子，不过那似乎不算什么。那时她可没有像现在这样觉得又孤寂又害怕，又虚弱又痛苦，并且惶惑不安。她知道自己的病情比人们说的要严重，心想可能是要死了。她呼吸时，那根折断的肋骨便痛得像刀扎似的；她的脸也破了，头也摔痛了，似乎整个身子在被魔鬼用火热的钳子揪，用钝刀子割一般；有时偶尔疼痛停一下，便觉得浑身瘫软，自己也没了着落，直到疼痛又恢复为止。不，生孩子不是这样的。那时候，在韦德、爱拉和邦妮生下来之前两个小时，她还能开心地吃东西呢。可现在，只要一想起吃的，除了凉水以外，便恶心想吐。

怀一个孩子多么容易，可是没生下来就失掉了，多么令人痛苦啊！她这样疲乏，恐惧和死亡围绕着她。死亡就在身边，但她没有力量去面对它，并把它打回去，因此她十分害怕。她需要一个强有力的人站在她身边，拉着她的手，替她把死亡驱走。

在痛苦中，怒气已经消散了，如今她需要瑞德。可是他不在，而她又不能自己去请他啊！

她记得起来的是在那阴暗的过厅里，在楼梯脚下，瑞德怎样把她抱起来，他那张脸吓得煞白，除了极大的恐惧外什么表情也没有，他那粗重的声音在呼唤嬷嬷。接着，她模模糊糊地记得，她被抬上楼去。后来，她感到越来越疼，房子里满是低低的嘈杂声。后来，像一道炫目的光线在眼前一闪似的，她突然意识到了死亡和恐惧，这使她拼命喊叫，呼唤，可这喊叫也只是一声低语罢了。

然而，就是这声可怜的低语立即唤起了黑暗中床边的一个声音，那是她所呼唤的亲切的声音，她用轻柔的语调答道："我在这里，亲爱的。我一直守在这里呢。"

当媚兰拿起她的手轻轻地贴在自己冰凉的面颊上时，死亡和恐惧便悄悄隐退了。她似乎看见媚兰正要生孩子，而北方佬就要来了。城里烧得满天通红，她必须赶快，赶快离开。可是媚兰要生孩子，她不能走呀，必须跟她一

起留下，直到孩子生下来为止，并且她得非常坚强，因为媚兰需要她的力量来帮助呢。媚兰痛得那么厉害，有些火热的钳子在揪她，钝刀子在割她，一阵阵的疼痛又回来了。她必须抓住媚兰的手。

但是，毕竟有米德大夫在这里，他来了，虽然火车站那边的士兵很需要他，因为她听见他说："她在说胡话呢。巴特勒船长哪里去了？"

那天夜里一片漆黑，接着又亮了。有时是她在生孩子，有时又是媚兰在大声呼唤。媚兰一直安静地守在身边，她的手冰凉。每次思嘉睁开眼睛，问一声"媚兰呢？"她都会听到媚兰的声音轻轻地响在耳边。她不时想低声说："瑞德——我要瑞德。"同时像在梦中似的记起瑞德并不要她。她要瑞德，可是瑞德却不要她。

有一回她说："媚兰呢？"答话的是嬷嬷："是俺呢，孩子，"一面把一块冷毛巾放到她额头上。这时她烦躁地反复喊道："媚兰——媚兰，"可媚兰很久也没有来。因为媚兰正坐在瑞德的床边，而瑞德喝醉了，在地板上斜躺着，把头伏在媚兰的膝上痛哭。

媚兰每次从思嘉房里出来，都看见瑞德坐在床上，房门开着，他房里显

世界经典文库

世界二十大名著

飘

得很凌乱，到处是香烟头和没有碰过的一碟碟食品。床上也乱糟糟的，被子没有铺好，他就整天坐在上面。他没有刮脸，并且突然消瘦了，只是拼命抽烟，抽个不停。他看见她时从不问什么。她往往也只在门口站一会儿，告诉他："很遗憾，她显得更坏了。"要不，她就安慰他两句。

她很可怜他，为他难过。人们怎么会说他那么卑鄙的一些坏话呢？——说他冷酷无情，狂暴，对思嘉不忠实，等等，可是她却眼看他在迅速地消瘦下去，脸上流露出极大的痛苦！她尽管疲惫不堪，还是在设法对他更亲切一些。他多么像一个在等待宣判的罪犯——多么像一个突然发现周围全是敌人的孩子。不过在媚兰眼里，谁都像个孩子。

但是，当她终于高兴地跑去告诉他思嘉好些了时，她看见瑞德床边的桌上放着半瓶威士忌酒，满屋子弥漫着刺鼻的烟酒味。他抬起头来，用呆滞的眼光望着她，虽然拼命咬紧牙关，脸仍在不断颤抖。

"她死了？"

"唔，不。她好多了。"

他说："啊，我的上帝。"随即用双手紧紧抱着头。她怜悯地守着他，看见他那副宽阔的肩膀在抖动，似乎打寒战似的。接着，她的怜悯渐渐变为恐惧，因为他哭起来了。媚兰从没见男人哭过，尤其是瑞德这样的男人，他那么温和，那么喜爱嘲弄，又那么自信。

他喉咙里发出的那种可怕的哽咽声把媚兰吓住了。她觉得他是喝醉了。不过当他抬起头来时，她看了一下他的眼睛，便轻轻把门关好，然后来到他跟前。她从没有看见男人哭过，但是她安抚过许多哭泣的孩子。她把一只温柔的手放在他肩上，这时他突然双手抱住了她的裙裾，他却坐在地板上，头枕在她膝上，双臂和双手发疯似的紧紧抓住她，使她痛得快受不了。

她轻轻抚摸着他那满头黑发的头，安慰地说："好了！好了！她慢慢就好起来了。"

他听了以后，抓得更紧了，同时急切而嘶哑地对媚兰说起话来。他似乎是有生以来头一次诉说真情，把自己无情地暴露在媚兰面前，而媚兰开始时对这些一点也不理解，纯粹是一副母亲对孩子的态度。他断断续续地说着，把头深深地埋在她的膝头上，一面狠狠拉扯着她的裙裾。他的话时而模糊时而清晰，尽是严苛而痛心的忏悔和自责，有一些她从没听到过的隐情，使她听了羞涩得脸上热烘烘的，同时又对他的谦卑之情深为感动。

她轻轻拍着他的头，就像哄小博似的，一面说："别说了！巴特勒船长！你不能跟我说这些事！别说了！"但是他仍在滔滔不绝地倾诉着，同时紧紧抓住她的衣裳，似乎那就是他生命的最后一点希望。

他坦白自己做了不少坏事，但媚兰一点不了解。他喃喃地说着贝尔·沃特琳的名字，接着狠狠地摇晃着媚兰大声喊道："我杀死了思嘉，我把她害死了。你不明白。她本来是不要这个孩子的，而且——"

"你给我住嘴！你疯了！不要孩子？每个女人都要——"

"不！不！你要孩子的。可她不要。不要我的孩子——"

"你别说了！"

"你不了解。她不要孩子，是我害她怀上的。这个——这个孩子——都是我的罪过呀。我们很久不同床了——"

"别说了，巴特勒船长！这样不好——"

"我喝醉了，头脑不清了，就存心想伤害她——因为她伤害了我。我要，可是她不要我，她从来都不要我。她从来没有，但我努力过——我尽了最大的努力——"

"啊，求求你了！"

"可是我并不知道这个孩子的事，直到前几天——她跌下来的时候。她一直不知道我在哪里，不能写信告诉我——不过她即使知道，也不会写信给我的。我告诉你——我告诉你，我本来会马上回家的——只要我知道了——也不管她愿不愿意要我回来……"

"啊，是的，我知道你会回来！"

"上帝，这几个星期我都疯了，又疯又醉！她告诉我的时候，就在那儿楼梯上——你知道我说了些什么？我笑着说：'高兴点吧。当心你可能会流产呢。'而她——"

媚兰突然脸色苍白，两只眼睛瞪得大大的，惊慌慌地俯视着在她膝头上痛苦地扭动着的黑脑袋。

是不是因为他听说而且相信了关于思嘉和艾希礼的那个荒谬的谎言，从而产生了嫉妒心呢？的确，自从那个丑闻传出以后，他立刻就离开了这座城市。不过——不，那不可能。他不可能听信那些捕风捉影的闲言碎语，他为人理智。

不，绝不可能是那样的。肯定是因为他喝醉了酒，精神过于紧张，结果心理失控，像个精神错乱的人一样，便说出些狂言乱语来。也许他说的那些事情有的是真的，不过决不会全都真实。唔，至少那最后一件事不会是真的，一定的！没有哪个男人会对他所热爱的女人说这种话，而这个男人又是那样热爱思嘉的。媚兰从不知道什么叫邪恶和残忍，现在算是碰见了，才发现它们真是不可想象和难以置信的。

"好了！好了！"她细声细气地说。"现在别说了。我懂了。"

他陡地抬起头来，用那双布满血丝的眼睛绝望地仰望着她，一面狠狠地甩开她的手。

"不，你不可能了解我！因为你——因为你太善良了，无法了解。你不相信我，但这些全是真的，我就是一条狗。你知道我为什么那样做吗？我发疯了，妒忌得发疯。她一向不喜欢我，但我觉得我是能够使她喜欢的。但她就是不喜欢。她不爱我，她从没爱过。她爱——"

他那热烈的醉醺醺的眼光跟她的眼睛一接触，他便把话收住了，但嘴还张着，似乎刚刚明白过来他是在对谁说话似的。她紧张得脸色发白，但眼光依然镇定而温柔，充满怜悯和不敢置信的神色。那里面包含着明智和宁静，而那褐色瞳仁深处的天真仁爱之情更使他大为震动，把他脑子里的醉意一扫而光。他渐渐转入喃喃自语,眼睛开始回避着不再看她,他显然在艰难地慢慢清醒过来了。

"我是个坏蛋,"他嘟哝着,一面疲倦地把脑袋重新埋在她的膝头上。"不过我还没有坏到那么坏。如果我以前告诉过你些什么,你是不会相信的,是吗?你太好了,因此不会相信我这样的混蛋。"

"不,我不相信你的话。"媚兰安慰他,同时又轻轻抚摸他的头发。"她会慢慢好起来的。好了,巴特勒船长!别哭了!她会慢慢好起来的。"

第五十七章

一个月以后，瑞德把思嘉送上到琼斯博罗去的火车，那时她身体还没完全恢复，显得憔悴而又消瘦。韦德和爱拉跟她一起，他们默默地看着母亲安静而苍白的脸。他们紧挨着普里茜，因为连他们那幼小的心灵也感觉得到，母亲和继父之间的关系中有着某种可怕的东西。

思嘉虽然虚弱，但还是决定回塔拉去。她觉得在亚特兰大再待下去，哪怕一天也会闷死的，因为她的心被迫整天在种种无益思索中转来转去，实在累极了。她身上有病，精神疲惫不堪，像在梦魇中迷惘恍惚找不到方向的孩子。

正如她曾经在入侵的敌军面前逃离亚特兰大那样，她如今又在逃避它，而且又一次使用了自卫的办法："我现在不去想它，否则我会受不了的。明天到了塔拉再去想吧。明天就是另一天了。"似乎只要回到家乡那宁静的棉花地里，她的一切烦恼便会烟消云散。

瑞德望着火车驶出车站，直到看不见了为止。他脸上始终是一片苦苦思索的表情。他叹了口气，跨上马沿着艾维街向媚兰家跑去。

那是个温暖的早晨，媚兰坐在葡萄藤下缝补袜子。她看见瑞德来了，心里不由一阵惊慌，不知道怎么办好。自从他喝得烂醉那一天以来，她一直没有单独跟他见面。艾希礼曾经说过，男人往往记不起酒醉后说过的话和做过的事，因此媚兰衷心希望巴特勒船长把那天的事情通通忘掉。她觉得她宁死也不愿意知道他还记得他的那些倾诉。他沿着便道走过来时，她感到很胆怯，非常尴尬，脸上也泛起一片红晕。

她站起身来迎接他，像往常那样惊讶地发现，这么魁梧的男人走起路来竟如此轻捷。

"思嘉走了？"

"走了。塔拉对她会有好处的。"他微笑说。"她一接触大地母亲就会变得更加有力。让思嘉过久地离开她所爱的那片红土地，那是不行的。那些茂密的棉树比米德大夫的滋补药品对她更有效呢。"

"你要不要坐坐？"媚兰说，两只手在微微颤抖。他的身材那么高大魁伟，似乎在放射力量和旺盛的生机，使她感到自己更瘦小更软弱了。他显得那么黝黑而强大，她看着都有些胆怯。这样强壮而粗野的一个男人，居然曾经服服帖帖地伏在自己脚边，现在看来好像是永远不可能了。而且，她当时还把那个满头黑发的脑袋抱在膝上呢！

"唔，天哪！"她想起来很难过，不觉脸又红了。

"媚兰小姐，"他轻轻地说，"我在这里使你不安了吧？你是不是希望我走开？请坦白说吧。"

"唔，他还记得！"她心想。"并且他还知道我不好意思呢！"

她抬头望着他，似乎要恳求他似的，但突然她的尴尬和惶惑消失了，因为他的眼光是那么宁静、温和，显得那么通情达理，以致她惊讶自己怎么会愚蠢得慌张了。他的面容看来很疲倦，还有点悲伤的神色。她怎么居然以为他那么缺乏教养，会把两人都希望忘却的事情重提起来啊？

"可怜的人，他为思嘉伤心成这样了。"她暗暗想，一面装出笑脸对他说："你请坐，巴特勒船长。"

他沉重地坐下来，看着她把缝补的东西重新拿起来。

"媚兰小姐，我是来请求你帮个大忙，"他撇着两只嘴角微微一笑，"而且在一个骗局里帮我个忙，这个骗局我知道你会有点害怕的。"

"一个——骗局？"

"是啊。说真的，我是来跟你谈一桩生意。"

　　"唔，天哪。那你就最好去找威尔克斯先生。我对生意一窍不通，可比不上思嘉那样精明呢。"

　　"我是怕思嘉太精明了，反而对她自己不利，"他说，"因此我才要跟你谈这件事。你知道她——她病得太厉害了。她从塔拉回来以后，又会拼命为那家店铺和几个厂子奔忙的，所以我恨不得让它们哪个晚上给炸掉才好。我实在担心她的健康啊，媚兰小姐。"

　　"是的，她干得也实在太费力气了。你一定得让她照顾自己的身体。"

　　他笑了。

　　"你知道她多么固执。我从没开口跟她说过这事呢。她就像个任性的孩子，她不愿意让我帮助她——不愿意任何人去帮助她。我曾经设法劝说她卖掉那几个厂子里的股份，但是她不同意。所以，媚兰小姐，我才跟你商量来了。我知道思嘉只愿意把那几个厂子里的股份卖给威尔克斯先生，别人她舍不得，因此我要威尔克斯先生去买过来。"

　　"唔，我的天！那倒是不错的，不过——"媚兰突然打住，咬着嘴唇不说了。不能对着瑞德谈家里的经济状况嘛。也不知怎么的，不论艾希礼从那家木厂挣了多少，他们似乎总是不够用。她不明白钱都用到哪去了。艾希礼给她的钱只足够日常花销，可是一旦遇到需要特殊开支时就紧张了。并且她的医药费花去不少，还有艾希礼从纽约订购的书籍和家具也是要付钱的。此外，还要给那些住宿在地下室里的流浪儿童提供吃穿。何况艾希礼这个人很讲义气，凡是曾经参加过联盟军的人只要向他借钱，他是从来不想拒绝的。并且——

　　"媚兰小姐，我可以把你们所需的那笔钱先借给你们。"瑞德说。

　　"你能那样就太好了，不过我们可能永远也还不起呢。"

　　"我不要你们还。别生我的气啊，媚兰小姐！请听我把话说完。只要我知道，思嘉用不着每天起早贪黑，赶车跑那么远的路到厂里去，那就是给我最大的报偿了。那家店铺会够她忙个没完的，也够她开心的了……难道你还不明白吗?"

"唔——明白——"媚兰犹豫不定说。

"你不是想给你孩子买匹小马吗?还要让他将来上大学,上哈佛去,参加大旅游到欧洲去?"

"唔,当然了!"媚兰喊道,一提起小博她就喜笑颜开了。"我要让他什么都有,不过——是呀,在眼下人人都这么艰难的时候——"

"总有一天威尔克斯先生会靠那几个厂子赚起一大笔钱的。"瑞德说。"我很希望看到小博得到他应有的那些优越条件呢。"

"唔,巴特勒船长,你这人真狡猾!"她微笑着大声说。"你是在利用一个母亲的自豪心理嘛!我都把你看得明明白白了。"

"我希望不是这样。"瑞德说,他眼睛里流露出快乐的光辉。"现在说,你究竟同不同意我借给你这笔钱?"

"可是,这个骗局怎么回事呢?"

"我们俩要合伙同谋,骗过思嘉和威尔克斯先生两个人。"

"啊,我的天!我可不能这样!"

"要是思嘉知道了我在背着她搞鬼,哪怕全是为她好——,那你是知道她的脾气的!我还担心威尔克斯先生会拒绝这笔钱。因此他们两人谁都不知道这笔钱是从哪里来的。"

"唔,我倒是相信威尔克斯先生不会拒绝,如果他明白事情的缘由的话。他是十分爱护思嘉的嘛。"

"是的,我也相信他很爱护她,"瑞德圆滑地说。"不过他还是会拒绝的。你知道他们家的人是何等的傲慢啊。"

"啊,我的天!"媚兰痛苦地喊道。"我但愿——说真的,巴特勒船长,我不能欺骗我自己的丈夫。"

"即使为了帮助思嘉也不行吗?"瑞德显得很伤心。"可她是十分爱你的呢!"

媚兰眼睛里闪烁着泪花。

"你知道，我为了她可以做世界上任何事情。我永远永远也报答不了她对我的帮助的一半。你知道。"

"是的，"他直率地说，"我知道她都为你做过些什么。那你能不能告诉威尔克斯先生，说这笔钱是某一位亲属在遗嘱中留给你的？"

"唔，巴特勒船长，我没有一位亲属留下过一个钱给我呢！"

"那么，要是我通过邮局把钱寄给威尔克斯先生而不让他知道谁寄的，你能不能关照用这笔钱去买那几个木厂，而不至——嗯，随便用在那些缺钱花的联盟军退伍军人身上呢？"

起初她对他最后两句话不太高兴，似乎那是在批评艾希礼，可是看见他真挚的笑容，也就回报他以微笑了。

"我当然能。"

"那就这样定了？让我们能严守秘密好吗？"

"可是我从没对我丈夫保守过什么秘密呀！"

"我完全相信这一点，媚兰小姐。"

她望着他，觉得她一向对他的看法有多么正确，而其他那么多人全错了。人们说过他残忍，爱嘲弄人，没有教养，甚至不诚实。虽然现在有不少公正的人承认他们以前错了。好啊！她可是从一开始就知道他是个好人呢。她并没有受到过他什么特别的待遇，只有和善的态度，周到的考虑，绝对的尊敬，以及多么深切的理解啊！而且，他那么热爱思嘉！他以这种迂回妥当的办法来减轻思嘉肩上的一个重负，这是多么可爱的行为啊！

在一时感情冲动之下，她说："思嘉有一个对她这样体贴的好丈夫，真是幸运啊！"

"你这样想吗？我怕她不会同意呢。而且，我也要对你好，媚兰小姐。我现在给予你的比给予思嘉的还要多呢。"

"我？"她莫名其妙地问。"唔，你是说给小博的吧？"

他拿起帽子，站起来。他默默地站了一会，俯视着媚兰那张朴素的脸，一双黑眼睛显得非常认真。这样一张毫不庸俗的脸，说明她在世间是从不设防的。

"不，不是小博。我是想给你某种比小博更重要的东西，不知你能不能想象出来。"

"不，我想象不出。"她又一次深深困惑了。"对于我来说，这世界上再没有比小博更珍贵的东西了，除了艾——除了威尔克斯先生。"

瑞德一声不响地俯视着她，他那黝黑的脸孔显得很平静。

"你还想替我做事，这实在是太感谢了，巴特勒船长，不过说真的，我已经这么幸运。我拥有世界上任何女人所希望的一切呢。"

"那太好了，"瑞德说，脸色阴沉下来。"我很想看到你好好保住它们。"

思嘉从塔拉回来时，她脸上的病容已经消失，两颊丰满而红润，那双绿眼睛也重新活泼明亮起来。瑞德带着邦妮在火车站接她，还有韦德和爱拉，这时她响亮地笑着，似乎又恼火又开心，而这是几个星期以来的头一次呢。瑞德的帽檐上插着两根抖动的鸡毛，邦妮身上那件长袍已撕破了好几处，脸颊上画有两条青紫色的对角线，鬓发里插着一根有她身材一半长的孔雀翎儿。他们显然正在玩一场印第安人的游戏，恰好火车到了，便中途停止，所以瑞德脸上还带着一种古怪的无可奈何的表情，而嬷嬷则显得又沮丧又生气，深怪邦妮没有把装束改变一下，就这样来接自己的母亲了。

"好一个破烂的流浪儿！"思嘉连气带笑地说，一面亲吻孩子，随即又转过脸去让瑞德亲她。车站上人太多了，否则她决不让他来这一下呢。虽然她对邦妮的模样觉得怪难为情的，可还是注意到了，周围的人几乎在微笑着观赏着这父女俩的打扮，这种微笑毫无讥讽之意，而是出于真诚的乐趣和好感。人人都知道思嘉的这个最小的女儿已完全把她骄傲的父亲制服了，这一点正是亚特兰大最感兴趣和大为赞赏的。瑞德对孩子的溺爱远近闻名，这逐渐恢复了他在公众舆论中的地位。

在回家的路上，思嘉滔滔不绝地谈着县里的消息。天气又热又干，使得棉花飞快成长，几乎听得见它在拼命往上蹿似的。不过威尔说，今年秋天棉价会往下落。苏伦又要生孩子了——她对这一点详加解释，只要不要让孩子们听懂——爱拉把苏伦的大女儿咬了一口，表现了罕见的勇气。不过，思嘉指出，那也是小苏西自讨的，她跟她母亲一样惹人讨厌呢。可是苏伦发火了，和思嘉大吵了一架，就像过去那样。韦德打死了一条水蛇，全是他一个人打的。塔尔顿太太养了一匹母马和一只马驹，高兴得像个百万富翁似的。谁也不知道凯瑟琳和她那不中用的丈夫到哪里去了。而亚历克斯正准备跟他兄弟的寡妇萨莉结婚呢！

思嘉谈得眉飞色舞，不过还有许多事她瞒着没说，那是些令她伤心的事情。现在，一个接一个的农场荒废成为林地了，那些寂无人烟的废墟周围和原来种植棉花的肥沃的田地里悄悄长满了小小的橡树和松树以及大片大片的扫帚草。原有的地如今只有百分之一还在种植。他们的马车就像是穿行在荒野中似的。

"这个地区即使还有恢复的一天，那也得五十年以后了。"威尔曾经说过。

不，思嘉不愿意去回想那一片荒凉景象。在亚特兰大这繁荣热闹场面的对比下，想起来就更叫人伤心了。

"这里有什么事情吗？"她回到家里，便开始询问。她一路上连续不断地说着话，生怕现在要静默了。自她从楼梯上跌下去以后，她还没有跟瑞德单独说过话，并且现在也不怎么想同他单独在一起。她不知道他近来对她是怎么想的。在她养病的那段时期，他是极其温和的，不过那只是一种陌生人的温和而已。那时他总是周到地预先设想到她需要什么，使孩子们不去打扰，并替她照管店铺和木厂。可是他从没说过："我很抱歉。"唔，也许他根本不感到歉疚呢，也许他仍然觉得那个没有出生的孩子不是他的呢。她怎么知道他那副温柔的黑面孔背后心里究竟在想什么呢？不过他毕竟表现了一种要谦恭有礼的意向，这在他们结婚以来还是头一次。思嘉快快不乐地想，就似乎他们之间根本没发生什么事似的。

"一切都好吧？"她重复问："店铺要的新瓦运来了吗？骡子换了没有？看在老天爷面上，瑞德，把你帽子上的羽毛拿下来吧。你这样子多傻气，而且你要是忘记拿掉，你就很可能戴着它们上街了。"

"不，"邦妮说，一面把她父亲的帽子拿过来，她像要保护它似的。

"一切都很好，"瑞德回答说。"邦妮跟我过得很开心，不过自从你走了以后她的头发似乎一直没梳过呢。别去啃那些羽毛，宝贝儿，它们可能很脏呀。是的，瓦已经铺好了，骡子也换得很合算。至于新闻，可真的什么也没有。一切都沉闷得很。"

接着，似乎事后才想起似的，他又补充说："昨天晚上那位可敬的艾希礼来了。他想知道我是不是认为你会把你的木厂和你在他那个厂子里占的股份卖给他。"

思嘉正在摇椅上前后摇晃，手里挥舞着一把火鸡毛扇子，她听了这话立即停住了。

"卖给他？艾希礼哪来的钱呀？你知道他们家从来是没有多余的钱的。他挣得多快媚兰就花得多快呢。"

瑞德耸了耸肩。"我一向还以为她很节俭呢，不过我并不如你那么了解威尔克斯家的底细呢。"

这是一句带刺儿的话，看来瑞德的老毛病还没有改掉，思嘉有点恼了。

"你走开吧，亲爱的，"她对邦妮说。"让妈跟爹谈谈。"

"不，"邦妮坚决地说，同时爬到瑞德的膝头上。

思嘉对孩子皱了皱眉头，邦妮也回敬她一个怒容，那神气与杰拉尔德·奥哈拉一模一样，使得思嘉忍不住笑了。

"让她留下吧，"瑞德惬意地说。"至于他从哪里弄来的这笔钱，那似乎是他在罗克艾兰护理过的一个病人寄来的。这使我恢复了对人性的信念，知恩图报的人还是有的。"

"那个人是谁？是我们认识的吗？"

"信上没有署名，是从华盛顿寄来的。艾希礼也想不出究竟是谁。不过艾希礼的无私品质已经举世闻名，他做了那么多的好事，我不能希望他全都记得呀。"

"他想把我的股份买过去？"

"对了。不过我告诉他你是不会卖的。"

"我倒希望你能让我自己来管自己的事情。"

"可是，你不会放弃那两个厂子。我对他说，他跟我一样清楚，你要是不对每个人的事都插一手是活不下去的。那么如果你把股份全卖给了他，你就不能再叫他去管好他自己的事了。"

"你竟敢在他面前这样说我吗？"

"这是真的嘛，是不是？我相信他也同意我的话，不过，当然，他这个人太有礼貌了，是不会直截了当这样说的。"

"你这是瞎说！我愿意卖给他。"思嘉愤愤地喊道。

直到这个时刻为止，她从来没有起过要卖掉那两个厂子的念头。她有好几个理由要保留它们，经济价值只是其中最小的一个。还因为这两个木厂是她的成就的具体证明，而她的成就是在无人帮助和困难重重的情况下取得的，因为她为它们和自己感到骄傲。不过最重要的是，由于它们是她与艾希礼联系的唯一途径，她决不能把它们卖掉。如果卖掉了它们，那就意味着她很难见到艾希礼，并且可能永远不能单独见到了。可是她必须单独见到他呀。她再也不能这样下去了，整天思忖着他对她的感情，琢磨着自从媚兰举行招待会以来，他的爱是不是在羞辱中消失了。而在经营那两家厂子时她能有许多好机会跟他交谈，也不致让人疑心。而且，只要有时间，她知道她能够重新点燃他心中的爱情。可是，她如果卖掉这两家厂子——

不，她不卖，但是，她一想到瑞德已经那么真实而坦率地把她暴露在艾希礼面前，便觉得再考虑一下，于是立即下了决心。艾希礼应当得到那两个厂子，并且价钱应当相当低。让他明白她的慷慨。

"我愿意卖！"她愤愤地嚷道。"现在，你觉得怎样？"

瑞德眼睛里隐隐流露出得意的神色，一面弯腰给邦妮系鞋带。

"我想你会后悔的。"他说。

其实她已经在懊悔自己的任性、轻率了。如果不是对瑞德而是对别人说的，她还可以厚着脸皮不认账。她怎么就这样脱口而出呢？她满脸怒容地看看瑞德，只见他正用往常那种锐利的眼光望着。他看见她的怒容，便突然露出雪白的牙齿大笑起来。思嘉模糊地感到是瑞德把她引进圈套了。

"你跟这件事有什么关系吧？"她冷不及防地问他。

"我？"他竖起眉头假装吃惊地反问。"你应当对我更清楚嘛。我这个人只要能躲开是从来不到处做好事的。"

那天晚上她把两家木厂和她在里面所占的全部股份卖给了艾希礼。在这笔买卖中她没有损失什么，因为艾希礼拒绝了她的低价，而是以她曾经可以获得的最高价买下来。她在契据上签了字，于是这两家厂子便一去不复返了。接着，媚兰递给艾希礼和瑞德每人一小杯葡萄酒，祝贺他们。思嘉感到自己若有所失，就像卖掉了她的一个孩子似的。

那两家厂子是她心爱的宝贝，她的骄傲，她的辛勤果实。她是以一个小小的锯木厂惨淡经营起家的。那时亚特兰大刚刚挣扎着从废墟中站起来，她面临着穷困的威胁。在那么艰苦的条件下，她拼命奋斗，毫无惧色，苦心筹划，将两个厂子经营发展起来。而今，这已是两家很不错的木厂，还有两个木料厂，十多支骡队，还有一批罪犯劳工廉价供她役使。这时候向它们告别，就像是将她生活中的一个部分永远关闭，这个部分虽然又痛苦又严峻，但回想起来却叫她无限留恋，并从中得到最大的满足。

她苦心经营的事业，现在却把它卖掉了，而最使她不安的是恐怕没有她帮忙，艾希礼会丧失这一切——她好不容易才建立起来的一切。

"啊，该死的瑞德！"她心中暗暗咒骂，一面观察着他，越发相信他是幕后策划者了。至于他是为什么和怎样策划的，她可还不清楚。他此刻正在同艾希礼谈话，她一听立即警觉起来。

"我想你会马上把那些犯人打发回去吧？"他说。

把犯人打发回去？怎么会想起要把他们打发走呀？瑞德明明知道这两个木厂子的钱就是靠这些廉价的犯人挣来的。

"是的，他们将立即被送回去。"艾希礼回答说，他显然在回避思嘉惊惶失色的眼光。

"你是不是疯了？"她大声嚷道。"那你上哪儿去找什么样的劳力去？"

"我要用自由黑人。"艾希礼说。

"自由黑人！胡扯！你知道他们的工钱很高，并且北方佬常常盯着你，看你是不是每天给他们吃三顿鸡肉，是不是给他们盖鸭绒被子睡觉。并且如果你在一个懒黑鬼身上打两下，催他动作快一些，你就会听到北方佬大嚷大叫，闹翻了天，让你在监狱里蹲一辈子。要知道，只有犯人才是——"

媚兰低着头很不安。艾希礼显得很不高兴，但毫无让步的意思。他沉默了一会，然后跟瑞德交换了一个眼色，似乎从中得到了理解和鼓励，但同时也被思嘉看出来了。

"我不想用犯人，思嘉。"他平静地说。

"那好吧，先生！"她气冲冲地说。"可是为什么不呢？你害怕人家议论你吗？"

艾希礼抬起头来。

"只要我做得对，就从来不怕人家议论。可我从来不认为使用犯人劳力是正当的。"

"但是为什么——"

"我不能从别人的超负荷劳动和痛苦中赚钱啊。"

"但是你从前有过奴隶呢!"

"可他们并不痛苦。而且,如果不是战争已经把他们解放了,我原来也准备在父亲死后让他们自由的。可是这件事却不一样,思嘉。这种制度引起的弊病实在太多,也许你不了解,可我是了解的。我知道得很清楚,约翰尼·加勒格尔在他的工棚里至少杀过一个人。可能更多——多也罢,少也罢,谁关心一个犯人的死活呢?我还知道,他强迫那些病得很重的人去劳动。就说这是迷信吧,我还是相信从别人痛苦中赚来的钱,永远不能带来幸福的。"

"那么,你一定以为我的钱全是肮脏的了。"思嘉嚷着,她发火了。"因为我使用犯人,还有一家酒馆的产权,并且——"她忽然停顿下来。威尔克斯夫妇看上去很难为情,瑞德却咧嘴嘻嘻笑着。思嘉气得在心里大骂:这个人真该死!他见我又在插手别人的事了,可能艾希礼也这样想呢。我恨不得把他们两人的头放在一起轧碎!她于是抑制着满腔怒火,想做出一副若无其事的样子来,但是装不出来。

"当然,这不关我的事,"她说。

"思嘉,你可别以为我是在批评你!我不是这个意思。每个人对事物的看法都不一样,对你适用的东西不一定适合于我。"

她突然希望同他单独在一起,好让她能够大声喊出:"我愿意用你对事物的看法来看待事物!请你说说你的意思,让我心里明白,而且学你那样做呢?"

可是媚兰在场,好像对这个可怕的场面非常不安,而瑞德却在一旁懒洋洋地咧着嘴笑她。她只好以尽可能冷静和容忍的口气说:"当然,这是你自己的事业,艾希礼,所以用不着我来说什么。不过,我必须说,我对于你的这种态度和那番议论是很不理解的。"

唔,要是他们两人单独在一起,她就不会被迫说出这些冷冰冰的话了,这些话会使他很不高兴呢!

"我得罪了你，思嘉，可我并不想这样。你一定得理解我，原谅我。我说的那些话里没有什么值得猜测的地方。我仅仅是说，用某些手段弄到的钱是很少能带来幸福的。"

"但是你错了！"她喊道，再也克制不住自己。"你看我！你知道我的钱是怎么来的。你知道我挣到这些钱以前是怎样活下来的？你还记得那年冬天在塔拉，天气那么冷，我们只好剪下地毯来做毡鞋，我们饿得难受，并且时常担心小博和韦德的教育。你记得——"

"我记得，"艾希礼不耐烦地说，"不过我宁愿忘掉。"

"那你瞧瞧我们现在！你有了一个美满的家庭和一个美好的未来。而且，谁有比我更体面的住宅，更亮丽的衣服和更出色的马匹呢？谁也举行不起更豪华的招待会，同时我的孩子们也应有尽有。那么，我是怎么弄来这么多钱办这些事呢？从树上掉下来的吗？不，先生！犯人和酒馆租金和——"

"请不要忘了还杀死过一个北方佬，"瑞德轻轻地提醒道。"他的确给过你起家的本钱呢。"

思嘉陡地转向他，咒骂的话已到了嘴边。

"并且那笔钱还使你十分幸福，对吗，亲爱的？"他恶狠狠地装出甜蜜的口吻问她。

思嘉一时语塞，眼睛迅速转向其他三个人，似乎向他们求援。这时媚兰难过得快要哭了，艾希礼也变了脸色，准备打退堂鼓，只有瑞德仍然拈着雪茄，不动声色，很有兴趣地打量着她。她大声喊起来："那当然喽，它是使我很快活！"

可是，不知怎的，她说不下去了。

第五十八章

自从思嘉生了那场病以后，她觉得瑞德的态度大幅度发生了变化，她也说不准自己是不是喜欢。他变得清醒了，安静了，有时还一副心神不定的神气。他现在时常回家吃晚饭，对仆人更和气，对韦德和爱拉也更亲热了。他绝口不提过去的事，不论是愉快的或不愉快的，而经常以沉默的态度让思嘉也不要提起。思嘉也乐得清静，相安无事总是愉快的，因此生活过得非常顺畅，至少表面上是如此。从她养病期间开始，瑞德就对她保持一种疏远的殷勤态度，现在还是这样。他不再用柔和而略带嘲弄的口气对她说话，也不用辛辣的讽刺折磨她了。她现在才明白，虽然他过去用恶言恶语激怒她，毕竟是由于关心她的所作所为。可如今他是否还关心她呢？他显得那么客气而淡漠。而她却很怀念他以前的那种样子，即使叫你感到别扭也好，她怀念过去那种吵吵嚷嚷的日子。

现在他很能使她高兴了，几乎像个彬彬有礼的客人似的。但是正如他过去整天盯着思嘉一刻也不放松那样，现在整天盯着邦妮了。有时思嘉辛酸地觉得，只要他把倾注在邦妮身上的心血和怜爱分一半给他，生活就会美好多了。有时听到人家说："巴特勒船长多么宠爱那个孩子呀！"她就万分感慨，连笑都笑不出来了。可是，她要是不笑，人们就会觉得奇怪，而思嘉甚至对自己也不敢承认她会妒忌自己的亲生女儿呢。思嘉一贯是要在周围每个人心目中占据第一位的，但现在很明显，瑞德和邦妮已经在彼此的心中互占第一位了。

瑞德有时一连几夜回来得很晚，但回来时并没有喝醉。她经常听见他轻轻地吹着口哨经过她那关着的房门。有时他在深夜带着几个人一道回来,然后坐在饭厅里饮酒谈笑。现在他邀请来家的人中已没有提包党人,没有拥护共和党的南部白人,也没有共和党分子了。思嘉经常蹑手蹑脚到楼道栏杆边去偷听他们谈话,而且时常惊异地听到雷内·皮卡德、休·埃尔辛、安迪·邦内尔以及西蒙斯兄弟的声音。梅里韦瑟爷爷和亨利叔叔也经常在内。有一次她还大为吃惊地听见米德大夫的声音。这些人本来是最痛恨瑞德呢!

这一群人在思嘉心目中永远跟弗兰克的死紧紧相连在一起。近来瑞德回家很晚,这叫她更加想起三K党作案和弗兰克丧命以前好几次的情景。她惊惶地记起,瑞德曾说过他甚至愿意参加该死的三K党来挤进上流社会呢,假使现在瑞德真的也像弗兰克那样——

有天夜里很晚了,他还没有回来,她紧张得实在受不了了。等到听见他在开房门的锁时,她披上围巾,在楼梯顶上碰见了他。他一见她站在那里,那茫然沉思的面容就变了。

"瑞德,我一定要知道!瑞德,我一定要知道,你是不是——是不是因为三K党——因此才这么晚回来?你是不是加入——"

在耀眼的汽灯下,他好奇地望着她,接着便忍不住笑了。

"你已经远远落在时代后面了,"他说。"现在亚特兰大已经没有三K党了。"

"没有三K党?你这是在说假话骗我吧?"

"亲爱的,我几时想骗过你?不,真的没有三K党了。我们认为它不但作用不大,反而带来祸害,因为那只能引起北方佬常常骚扰不休。

"瑞德,"她突然问,"你跟三K党的解散有没有关系呢?"

他看了她好一会,两只眼睛又机警地飞舞起来。

"亲爱的,有关系呢。艾希礼·威尔克斯和我负有主要责任。"

"艾希礼——和你?"

"是的,按照一般而确切的说法是这样,因为政治这东西是能够把完全不同的两个人紧密结合在一起的。艾希礼和我谁也不怎么喜欢彼此结为同伙，不过——艾希礼从来不相信三K党，因为他反对一切暴力。而我不相信它，则是觉得它的办法实在太愚蠢，达不到我们的目的。在艾希礼和我两人之间有一种默契，那就是说服那些狂热分子，只要我们耐心地观察，等待机会，我们就会取得比三K党更大的成绩。"

"你不是说那些小伙子们实际上接受了你的忠告，而你——"

"我如今是个颇有地位的民主党人，正在不惜流尽最后一滴血来拯救我们这个心爱的州，恢复它原有的地位呢！我的忠告又是个很好的忠告，他们接受了。我在别的政治问题上的忠告也同样是好的。"

"我想你大概还会参与选举的吧？"她用讽刺的口气问。

他用嘲弄的眼光盯着她，接着便没有什么表情了。"这次选举谁胜谁负，与我毫不相干，重要的是让人人都知道我参与其中，为它出过力气，花过钱。这一点被大家记住了，将来对邦妮是大有好处的。"

"我听见你那样虔诚地说成了民主党时，我差一点给吓住了，可现在我发现你对民主党人并不比对任何别的东西更有诚意呢。"

"这并不是什么改变心肠，仅仅是换一张皮罢了。你可以把豹子身上的斑点刮掉，可它仍然是豹子，跟原来完全一样。"

这时邦妮惊醒了，她睡意蒙眬而又急切地喊着："爹爹！"于是瑞德绕过思嘉，赶忙跑过去了。

"瑞德，等一等。我想要告诉你，你以后去参加那些政治集会时，不要再带邦妮一起去啊。让一个小女孩到那种地方去，太不像样了！并且你自己也会叫人笑话的。"

他猛地朝她转过身来，面孔板得紧紧的。

"一个小女孩坐在父亲膝上，而父亲在跟朋友们谈话，你怎么会认为这不像样了呢？你可以觉得好笑，但实际上一点也不可笑。人们会永远记住，当我在帮助把共和党人赶出这个州时，邦妮就坐在我膝上呢。人们会记住——"

他那板着的面孔放松了，两只眼睛又恶意地飞舞起来。"你知不知道，当人们问她最喜欢谁时，她回答说："爹爹和民主党人"，又问最恨谁呢，她说："白人渣滓"。感谢上帝，人们就是能牢牢地记得这种事！"

思嘉气得厉声喊道："我想你一定会告诉她我就是白人渣滓了！"

"爹爹，"邦妮又在呼唤，并且显得有点生气了。这时瑞德嬉笑着，他穿过门厅飞快向女儿走去。

那年十月布洛克州长宣告辞职，逃离了佐治亚。他滥用公款和贪污浪费达到了严重的程度，以致压得他终于垮台了。公众的愤怒如此强烈，连他自己的党也几乎分崩离析，民主党人在立法机构中占据了多数。

这个消息使亚特兰大全城为之欢腾。人们聚集在街头，男人们笑嘻嘻地相互握手道贺，妇女们彼此亲吻着，哭叫着。

差不多渡过难关了！重建时期眼看就要过去了！尽管代理州长仍是个共和党人，但是选举到十二月间就要举行。

那时又是一番欢喜和兴奋，并且是一种比较清醒的衷心喜悦。人们也会感到骄傲，觉得佐治亚又重新回到自己手中了。

1871年的圣诞节是佐治亚人近十年来最愉快的一个圣诞节，思嘉环顾周围，感到自己很孤寂。她不能不看到，本来在亚特兰大最令人厌恶的瑞德，由于及时地放弃了共和党的那套邪说，又付出了不少的时间、金钱和精力帮助佐治亚打回来，现在已成为最受欢迎的英雄人物了。他骑着马在大街上走过，一路上微笑着举帽致意，而浑身天蓝色的邦妮横坐在他胸前，这时人人都微笑答礼，热情问候，并钟爱地瞧着那个亮丽可爱的小姑娘。至于她，思嘉呢——

838

第五十九章

　　大家都感到，邦妮·巴特勒越来越野了，有必要严加管教，然而她又是人人喜爱的宠儿，谁都不忍心去严格约束她。她是在跟父亲一起旅行那几个月里开始放纵起来的。

　　一旦孩子在外任性了一段时间，再加上后来思嘉生病去了塔拉，更没有对她进行管教，似乎从此就再也管不住她了。等到邦妮长大了些，思嘉再试着去约束她，以免她太任性、太娇惯，可是效果很不好。瑞德经常护着她，不管她的要求多么荒唐，行为多么乖僻。他鼓励她随意说话，把她当大人看待，总是非常认真地倾听她的意见，而且装作听从似的。结果，邦妮常常随意干扰大人的事，动不动就驳斥父亲，使他下不了台。但是瑞德只不过笑笑而已，连思嘉要打她一下手心以示警诫，他也不允许。

　　"如果她不是这样一个可爱的宝贝儿，她也就吃不开了。"思嘉郁郁不乐地想，明白她的孩子和她自己一样倔强。"她崇拜瑞德，要是他愿意的话，是完全可以让她变好的。"

　　可是瑞德没有努力要教育孩子学好的意思。她做什么都是对的，她要月亮就给月亮，如果他能去摘下来的话。他对她的美貌，她的鬈发，她的酒窝，她的优美姿势，无不由衷感到骄傲。他爱她的淘气，爱她高兴的模样，以及她用以表示爱他的那种奇特而美妙的样子。虽然她有些娇惯和任性，但她毕竟是那么可爱，他怎么忍心去约束她呢！他是她心目中的上帝，是她那小小世界的中心，邦妮对他实在太宝贵了，他决不冒丧失这一地位的危险去训斥她。

她整天就像影子似的紧跟着他。早晨，他还不想起来时她就把他叫醒；吃饭时坐在他旁边，轮换地吃着他和她自己碟子里的东西；骑马出门时坐在他面前的鞍头上；晚上睡觉时只让瑞德给脱衣服，把她抱到他旁边的小床上去。

思嘉眼看女儿用一双小手牢牢地控制着父亲，心里又高兴又感动。谁能想到像瑞德这样一个男人，做起父亲来偏偏会如此严肃认真呢？不过，有时候思嘉还真是心怀妒忌，痛苦不堪，因为邦妮刚刚四岁，却比她更加了解瑞德，更能驾驭他了。

邦妮满四岁后，嬷嬷便开始唠叨，抱怨一个小姑娘不该骑着马，"横坐在她爸前面，衣裳被风撩得高高的"。瑞德对于这一批评颇为重视，因为嬷嬷提出的有关教育女孩子的意见，他一般都十分注意倾听，结果他为她买了一匹褐色的小马驹，它有光滑的长鬃和尾巴，连同一副小小的带有银饰的马鞍，这匹小马驹的名字就叫"巴特勒先生"。邦妮的占有欲得到了满足，唯一遗憾的是她还不会像她父亲那样跨骑在马鞍上。瑞德向她解释，说明侧骑在女鞍上比跨骑还要难得多，她便感到高兴并且很快就学会了。瑞德对她骑马的姿势和灵巧的手腕是十分得意的。

"等着瞧吧，到她可以打猎的时候，准保是世界上最好的猎手呢。"瑞德夸口说。"那时我要带她到弗吉尼亚去，那里才是真正打猎的地方。还有肯塔基，骑马就得到那里去。"

等到要给她做骑马服了，照例又得由她自己挑选颜色，并且她照例又挑上了天蓝色的。

"不过，宝贝儿！还是不要用这种蓝丝绒吧！蓝丝绒是我参加社交活动时穿的呢，"思嘉笑着说。"小姑娘最好穿黑府绸的。"这时她看见那两道小小的黑眉已经皱起来了，便赶紧说："瑞德，看在上帝面上，你劝劝她，告诉她那种料子对她不合适，并且容易脏呀！"

"唔，就让她做蓝丝绒的吧。要是弄脏了，我们就给她再做一件。"瑞德轻松地说。

这样，邦妮便有了一件蓝丝绒骑马服，衣襟直垂到小马的肋部；还做了一顶黑色的帽子，上面插着根红羽毛。每当风和日丽，父女俩便骑马在桃树街上并辔而行，瑞德勒着缰绳让他那匹大黑马缓缓地配合那只小马慢慢溜达。有时他们一直跑到城郊的僻静道路上，把孩子们和鸡呀、狗呀吓得到处乱窜。邦妮用马鞭抽打着她的"巴特勒先生"，满头鬈发迎风飘舞，瑞德则紧紧地勒着他的马，让她觉得她的"巴特勒先生"赢得了这场赛跑。

后来瑞德确信她的坐势已很稳当，她的手腕已灵巧有力，并且她一点也不胆怯了，便决定让她学习跳栏，当然那高度只能是小马的腿长所能达到的。为此，他在后面场院里设置了一个栏架，并以每天二十五美分的工钱雇用彼得大叔的侄子沃什来教"巴特勒先生"跳栏。

直到瑞德最后认定小马已训练得很好，跳得不错了。可以让邦妮自己去试试，这孩子才兴奋起来。她第一次试跳即欣然成功，从此便觉得跟父亲一起骑马外出没有什么意思了。思嘉看着这父女俩那么兴高采烈，不禁觉得好笑。邦妮对这项游戏兴致极高，毫不厌倦。

过了一个星期，邦妮要求将栏杆升高些，升到离地一英尺半。

"那得等到你六岁的时候，"瑞德说。"那时你能跳得更高了，我还要给你买匹大一些的马，'巴特勒先生'的腿不够长呢。"

"够长。我已经跳过媚兰姑姑家的玫瑰丛了，那高得很呢！"

"不，你得等等。"瑞德说，这回他挺坚定，可是这坚定经不住她不停地恳求和怒吼。

"唔，好吧，"有天早晨他笑着说，同时把那根窄窄的白色横杆挪高一些。"你要是掉下来，可别哭鼻子骂我呀！"

"妈！"邦妮抬起头来朝思嘉尖叫着。"妈！快看呀！爹爹说我能跳啦！"

思嘉正在梳头，听见女儿喊叫便走到窗口，微笑着俯视这个兴奋的小家伙，她穿着那件沾满了尘土的天蓝色骑马服，模样可真怪。

"我真的得给她另做一件了,"她心里想。"虽然天知道我怎样才能说服她丢掉这件脏的啊。"

"妈,你看!"

"我在看着呢,亲爱的。"思嘉微笑着说。

瑞德将孩子举起来,让她骑在小马上,这时思嘉瞧着她那挺直的腰背和昂起的头,顿时从心底涌起一股强烈的自豪感,不禁大声喊道:

"你亮丽极了,我的宝贝儿!"

"你也一样呢。"邦妮慷慨地回赞她一句,一面用脚跟在"巴特勒先生"的肋上狠狠一蹬,便向凉亭那边冲过去了。

"妈,你瞧我这一下吧!"她大喊一声,一面抽着鞭子。

瞧我这一下吧!

这句话在思嘉心灵的深处隐隐发出回响,似乎带有不祥的意味。那是什么呀?难道她记不起来了?她俯视着她的小女儿那么轻盈地坐在飞奔的小马上,这时一丝凄冷陡然掠过她的胸坎。邦妮猛冲过来,她那波翻浪涌般的鬈发在头上飘动着,天蓝色的眼睛闪闪发亮。

"这像爸的眼睛,爱尔兰人的蓝眼睛,"思嘉心想,"并且她不论哪个方面都像他呢。"

她一想起杰拉尔德,那正在苦苦搜索的记忆便令人心悸地像夏日闪电般霍然出现,把一整幅乡村景色照得雪亮了。她听见一个爱尔兰嗓音在歌唱,听见从塔拉草坡上疾驰而来的马蹄声,听见一个跟她的孩子很相像的鲁莽的呼喊声:"爱伦,瞧我这一下吧!"

"不!"她大声喊道:"不!唔,邦妮,你别跳了!"

正当她探身窗口时,一种可怕的木杆折裂声,瑞德的狂吼声,以及一堆轻盈美丽的蓝丝绒和飞奔的马蹄猝然坍倒在地上的声响,便同时传进她的耳朵。然后,"巴特勒先生"挣扎着爬起来,驮着一个空马鞍迅速地跑开了。

邦妮死后第三个晚上,嬷嬷蹒跚着慢慢走上媚兰家厨房的台阶。她全身穿黑,那双模糊的老眼里布满了血丝,眼圈也红了,整个笨重的身躯上无处不流露出痛苦的神情。

不一会儿,媚兰来到了厨房里,她手里还拿着餐巾,满脸焦急的神色。

"思嘉小姐不是——"

"思嘉小姐倒是平静了,跟平常一样。"嬷嬷沮丧地说。"俺本来不想打搅你吃晚饭,媚兰小姐。可是俺等不及了,俺要把心里的话跟你说说呢。"

"晚饭可以等一会儿再吃嘛,"媚兰说。"嬷嬷,跟我来吧。"

嬷嬷蹒跚着跟在她后面。这时艾希礼已端坐在餐桌上首,小博在他旁边,思嘉的两个孩子也坐在桌上,他们正把汤匙弄得叮叮当当乱响。饭厅里充满着韦德和爱拉的欢快的声音,媚兰姑姑一向很和气,现在尤其是这样。小妹妹的死对他们似乎没有什么影响。邦妮从她的小马上摔下来,母亲哭了很久,媚兰姑姑就把她们带回家来,跟小博一起在后院玩耍,想吃时便一起吃茶点饼干。

媚兰领着嬷嬷走进那间四壁全是书籍的起居室,关好门。

"我准备吃过晚饭就过去的,"她说。"既然巴特勒船长的母亲已经来了,我想明天早晨就会下葬了吧。"

"下葬吗,正是这个问题呀,"嬷嬷说。"媚兰小姐,我们都没办法了,俺来就是求你帮忙呢。"

"思嘉小姐病倒了吗?"媚兰焦急地问。"自从邦妮——以来,我就很少看见她呢,她整天关在房子里。而巴特勒船长却出门去——"

泪水突然从嬷嬷那张黑脸上滚滚而下。

"你一定得去帮帮我们呀,媚兰小姐。俺已经尽了最大力气了,可没有用。"

"思嘉小姐——"

嬷嬷挺直了腰板。

"媚兰小姐,你和俺一样了解思嘉小姐嘛。那孩子到了只得忍住的时候,她总是能忍住的，这件事伤透了她的心，可她经得住。俺可是为了瑞德先生才来的呀。"

"我每次到那里，都很想见到他，可他要么进城去了，要么就锁在自己房里，快告诉我，嬷嬷，你知道，只要我做得到，我什么都会做的。"

嬷嬷用手背擦了擦鼻子。

"俺说思嘉小姐不论碰到什么事都经得住，因为她经受得多了。可是瑞德先生呢，媚兰小姐，就是为了他，俺才来找你。"

"不过——"

"媚兰小姐，今儿晚上你一定得跟我一起回去呀。"嬷嬷的口气十分迫切。"瑞德先生会听你的话呢。他一向是尊重你的意见的。"

"唔，嬷嬷，到底是怎么回事呀？你指的是什么呢？"

嬷嬷挺起胸来。

"媚兰小姐，瑞德先生已经——已经疯了。他不让我们把小姑娘抬走呢。"

"疯了？啊，嬷嬷，不会的！"

"俺没有撒谎，千真万确。他不会让我们埋那孩子。他刚才亲口对俺说的，还没超过一个钟头呢。"

"可是他不能——他不是——"

"因此俺才说他疯了嘛。"

"但是为什么——"

"媚兰小姐，俺把一切都告诉你。俺不该告诉任何人，不过俺把一切都告诉你吧。你知道他十分疼爱那个孩子。俺从没见过有谁像他这样喜爱孩子的。米德大夫一说她的脖子摔断了，他就吓得完全疯了。他随即拿起枪跑出去，把那可怜的小马驹给毙了。老天爷，俺还以为他要自杀呢！那时思嘉小姐晕过去了。瑞德先生始终痴呆地紧抱着那孩子，甚至不让俺去洗那小脸上的血污。后来思嘉小姐醒过来了，俺才，谢天谢地，放心了！俺想，他们俩会互相安慰了吧。"

嬷嬷又开始在流泪。

"可是她醒过来后，到那房里一看，发现他抱着邦妮坐在那里，便说：'还我的女儿，她是你害死的！'"

"啊，不！她不能这样说啊！"

"是呀，小姐，她就是那样说的。她说：'是你害死了她。'俺真替瑞德先生难过，俺也哭了，因为他那模样实在可怜。俺说：'把那孩子交给她嬷嬷吧。俺不忍心让俺的小小姐再这样下去呀。'俺把孩子从他怀里抱过来，将她放到她自己房里，给她洗脸。这时俺听见他们在说话，那些话叫俺听了，血都凉了。思嘉小姐骂他是杀人犯，因为他让孩子去跳那么高的栏给摔死了，而他说思嘉小姐从来不关心邦妮小姐和她的另外两个孩子……"

"别说了，嬷嬷！什么也别说了。你不该给我讲这些事的！"媚兰喊道。嬷嬷描绘的那幅情景，叫她害怕得心直发紧。

"后来瑞德先生亲自把孩子弄到了殡葬处，随即又带回来放在他房里她自己的床上。等到思嘉小姐说最好装殓起来停在客厅里时，我看瑞德先生简直要揍她了。他说：'她应该留在我房里。'同时他回过头来吩咐俺：'嬷嬷，你留在这里看着她，等我回来。'接着他就骑马出门了，傍晚时候才回来，他喝得醉醺醺的，不过还像平常那样勉强支持着。他一进门，对思嘉小姐和皮蒂小姐以及在场的太太们一句话也没说，就飞快地奔上楼去，打开他的房门，然后大声叫俺。俺也飞快跑到楼上，只见他正站在床边，但因为屋里太黑，百叶窗也关了，俺几乎看不清楚。"

"这时他气冲冲地说：'把百叶窗打开，这里太黑了。'俺马上打开窗子，发现他正瞧着俺，而且，天哪，媚兰小姐，他那模样多可怕呀，吓得俺都打战了。接着他说：'拿灯来，多拿些灯来！把它们全都点上。难道你不知道邦妮小姐怕黑吗？'"

媚兰那双惊恐的眼睛跟嬷嬷的眼睛相互看了看，嬷嬷不祥地点点头。

"他就是这样说的。'邦妮小姐怕黑'。"

嬷嬷又哆嗦起来了。

"我给他拿来一打蜡烛,他说了一声:'出去!'然后他把门反锁起来,坐在里面陪着小小姐,连思嘉小姐来敲门叫他,他也不开。就这样过了两天。他根本不提下葬的事,从早晨锁好门骑马进城去,到傍晚才喝醉酒回来,又把自己关在房里,不吃也不睡。现在他母亲老巴特勒夫人从查尔斯顿赶到这里参加葬礼来了,苏伦小姐和威尔先生也从塔拉赶来了,可是瑞德先生对他们一声不吭。唔,媚兰小姐,这真可怕呀!并且越来越糟,别人也会说闲话呢!"

"这样,到今天傍晚,"嬷嬷说着又停顿一下,用手擦了擦鼻子。"今天傍晚,他进来时,思嘉小姐对他说:'葬礼定在明天上午举行。'他说:'你要敢这样,我就宰了你。'"

"啊,他一定是疯了!"

"是的,小姐。接着他们谈话的声音低了些,我没有全听清楚,只听见他又在说邦妮小姐怕黑,而坟墓里黑极了。过了一会儿,思嘉小姐说,'你倒好,把孩子害死了,倒装起好心来了。'他说:'你真的不能宽恕我吗?'她说:'不能。全城的人都在唾骂你。你整天酗酒,而且,你要是以为我不知道你在哪里鬼混,那你就太愚蠢了。你又到那个贱货家去了,到贝尔沃特琳那里去了。'"

"啊,嬷嬷,不会的!"

"可这是真的,小姐。她就是这样说的。而且,媚兰小姐,是真的。并且他也并不否认。他说:'是呀,太太,我正是去那儿了,你也用不着伤心,因为你无所谓嘛。走出这个地狱般的家,那个下流地方就是避难的天堂呢。何况贝尔是世界上心肠最好的人,她可不会指责我说我害死了自己的孩子呢。'"

"啊,"媚兰伤心得喊了一声。

她自己的生活是那么愉快，那么安宁，周围的人都相互爱护，充满着彼此间的亲切关怀，所以她对嬷嬷所说的一切难以理解，也无法相信。不过她心里隐隐记得一桩事情，就是瑞德把头伏在她膝上哭泣那天谈起过贝尔·沃特琳。可是他爱思嘉，她敢肯定。并且当然，思嘉也是爱他的。他们之间发生了什么事呢？夫妻之间怎么能这样毫不留情地相互残杀呢？

嬷嬷继续伤心地说下去。

"过了一会，思嘉小姐从房里出来，她的脸色煞白，她看见俺站在那里，便说：'嬷嬷，葬礼明天举行。'说罢就像个幽灵似的走了。可是俺心里怦怦直跳，因为思嘉小姐是说到做到的。可瑞德先生也是说一不二的呀，并且他说过她要是那样干，他就要宰了她呢。俺再也忍不住了，媚兰小姐，有件事是俺错了，是俺让小小姐在黑暗中受了惊呢。"

"唔，嬷嬷，可是这不要紧——现在不要紧了。"

"要紧着呢，小姐。麻烦就在这儿这里呀。俺想最好还是坦白告诉瑞德先生，哪怕他把俺杀了。俺良心上过不去呀！因此俺哆哆嗦嗦对他说：'瑞德先生，俺有件事要承认。'他像个疯子似的猛地转过身来大叫：'出去！'天哪，俺还从来没这样怕过呢！不过俺还是说：'求求您了，瑞德先生，请允许我告诉您。俺这个该死的老东西。是俺让小小姐在黑暗中受惊了呢。'他一声不吭，然后俺又说：'俺不是存心的。不过，瑞德先生，那孩子很不小心，她什么也不怕。她经常等别人睡着了溜下床来，光着脚在屋里到处走动。这叫俺很着急，生怕她不小心害了自己，因此俺对她说黑暗里有鬼和妖怪呢。'

"他听我说完，倒显得很和气，走过来把手放在俺的臂膀上，说：'她真勇敢，你说是吗？除在黑暗，她什么也不怕。'这时俺哭了起来，他便说：'好了，嬷嬷，'他用手拍着俺。'好了，嬷嬷，别哭了。我很高兴你告诉了我。我知道你爱邦妮小姐，既然你爱她，就不要紧了。最重要的是一个人的心啊。'好了，他这样和气，俺就胆大了，鼓起勇气说：'瑞德先生，安葬的事怎么样呢？'那时他像个野人一样瞪大眼睛望着俺说：'我的天，你也不懂啊！既然我的孩子那么害怕黑暗，我还会把她送到黑暗里去吗？现在我就听得见她平常在黑暗中醒来时大哭的声音呢。我不会让她受惊的。'媚兰小姐，那时俺就明白他是疯了。他真是疯了。他就那样把俺推出门外，嘴里嚷着：'给我滚吧！'

"俺下楼来，一路想着他说的不要安葬，可思嘉小姐说明天上午举行葬礼，他又说要毙了她的。这样俺就想到了你，媚兰小姐。你一定得去帮帮我们。"

"唔！嬷嬷，我不能冒冒失失闯去呀！"

"要是你不能，有谁还能有办法呢？"

"可是我有什么办法呢，嬷嬷？"

"媚兰小姐，俺也说不明白。不过只有你能帮上忙了。你可以跟瑞德先生谈谈，兴许他会听你的话。他很敬重你呢，媚兰小姐，俺听他说过不止一次两次，说你是他所认识的最伟大的女性呢。"

"可是——"

媚兰站起来，不知怎么办好，一想到要面对瑞德心里就发怵。一想到要跟一个悲痛得发疯的男人去商量问题，她浑身都凉了。一想到要进入那间照得通亮、里面躺着一个她那么喜爱的小姑娘的房子，她悲痛极了。她怎么办呢？她能向瑞德说些什么呢？她犹豫不决地站在那里，忽然从关着的门里传来她的孩子的欢笑声，她猛地像一把刀子扎进心坎似的想起他如果死了呢。要是她的小博躺在楼上，小小的身躯凉了，僵了，他的笑声突然停止了呢？

"啊，"她惊恐地大叫一声，在心里把孩子紧紧抱住。她一下子懂得瑞德的感情了。如果小博死了，她怎能把他抛开，让他孤零零地沦落在黑暗中，任凭风吹雨打啊！

"啊，可怜的、可怜的巴特勒船长啊！"她喊道。"我现在就去看他，马上就去。"

她急忙回到饭厅，对艾希礼轻轻说了几句，然后紧紧搂了孩子一下，激动地吻了吻他的金色鬈发，这把孩子吓了一跳。

她帽子也没戴，餐巾还拿在手里，便走出家门。

媚兰放慢步子来到瑞德的门前站住了。她犹豫了半晌，似乎想逃走似的。然后她鼓起勇气，像个初次上阵的小兵，在门上敲了敲，并轻轻叫道："请开门，巴特勒船长，我是威尔克斯太太。我要看看邦妮。"

门很快开了，嬷嬷畏缩着退到后面，同时看见瑞德那衬托在明亮的烛光背景中的巨大黑影。他摇摇晃晃地站在那里，喷出来一股威士忌酒气。他低头看了看媚兰，挽起她的胳臂把她带进屋里，然后把门关上了。

嬷嬷侧着身子偷偷挪动到门旁一把椅子跟前，费劲地将自己那胖身子塞在里面。她静静地坐着，默默地哭泣和祈祷着，不时撩起衣襟来擦眼泪。她竭力侧耳细听，但听不清，只听到一些低低的断断续续的嗡嗡声。

过了相当长一个时候，房门嘎的一声开了，媚兰那苍白而紧张的脸探了出来。

"请给我拿壶咖啡来，快一点，还要些三明治。"

一旦形势紧迫，嬷嬷就像个十六岁的活泼黑人那样敏捷的。媚兰把门开了一道缝，将盘子接过去了。于是，嬷嬷又侧耳细听了很久，但除了银餐具碰着瓷器的声音以及媚兰那模模糊糊的轻柔语调外，仍然什么也听不清楚。后来她听见床架嘎吱一声响，显然是瑞德沉重的身躯倒在床上了，接着是靴子掉在地板上的声音。又过了一会，媚兰才出现在门口。媚兰显得很疲倦，眼睫毛上还闪着莹莹的泪光，不过脸色已平静了。

"快去告诉思嘉小姐，巴特勒船长愿意明天上午举行邦妮的葬礼。"她低声说。

"谢天谢地！"嬷嬷兴奋地喊道。"你究竟是怎么—"

"别这么大声说，他快要睡着了。还有，嬷嬷，告诉思嘉小姐，今晚我要整夜守在这里。你再给我去拿些咖啡，拿到这里来。"

"送到这房里来？"

"是的，我答应了巴特勒船长，他要是睡觉，我就整夜陪在那孩子身边。现在去告诉思嘉小姐吧，省得她再担心了。"

嬷嬷动身向穿堂那头走去，那笨重的身躯震撼着地板，但她心里轻松得唱起歌来了。

"媚兰小姐是怎样把事情办成的呢？俺看天使们都站在她那一边了。俺要告诉思嘉小姐明天办葬礼的事，可俺想想最好把媚兰小姐守着小小姐过夜的事先瞒着。思嘉小姐不会喜欢她这样做呢。"

第六十章

这世界似乎有一片阴沉可怕的迷雾弥漫于一切事物之中，也偷偷地把思嘉包围起来。邦妮死后初期的悲痛现在已渐渐减轻，那个惨重的损失她可以默默地忍受了。可是目前这种对于未来灾难的恐惧感却持续着，压得她透不过气来。

她从未经历过类似的恐惧。目前困扰她的恐惧不是属于痛苦、饥饿或失去爱情。那些恐惧从来没有像这次非同寻常的感觉一样，使她无力支撑——这种折磨人的恐惧跟她从前在恶梦中的感觉，是极为相似的。

她回想起瑞德以前经常用笑声把她从恐惧中解脱出来。她回想起他那宽阔的褐色胸膛和强壮的臂膀曾给过她多少安慰。她向他投去祈求的眼光，而这是她几个星期以来她头一次真正看见了他。她发现了他身上的变化，不觉大吃一惊。他现在不笑了，也不会来安慰她了。

邦妮死后，有个时候她对他过于恼怒，沉浸在自己的悲痛中，所以很少意识到他也在痛苦地追忆，甚至比她更痛苦得多呢。在整个这段时期，他们只不过客客气气地见面和交谈，就像两个陌生人在一家饭店里相遇，住在同一幢房子里，在同一张餐桌上吃饭，但是从来没有谈过什么。

现在她感到害怕和孤单了，可是她发现他对她保持着一定的距离，似乎不愿意同她深谈。现在她的怒气已渐渐平息，她想告诉他，她并不把邦妮的死归罪于他。她想伏在他怀里痛哭，告诉他她也曾将孩子的马术引为骄傲，并对她过分溺爱了。现在她愿意老老实实地承认，她那样残酷地谴责他，只是由于自己心里难受，想用刺伤他的办法来减轻自己的痛苦。然而，他那双黑眼睛总是茫然地望着她，不给她以开口的机会。而表示道歉的行动一旦拖下来，便越拖越难办，最后简直不可能了。

她不明白怎么会这样。瑞德是她丈夫，他俩之间就是密不可分的，他们同床共枕，生了一个共同钟爱的孩子，并且很快又一起将这个孩子埋葬了。只有在那个孩子的父亲的怀中，在记忆和悲哀的相互交替中，她才能找到安慰，虽然这悲哀起初可能伤人，但毕竟有助于创伤的愈合啊！可是现在，从他们之间的情况来看，她宁愿投入一个陌生人的怀抱中去呢。

他很少待在家里。当他们坐下一起吃晚饭时，他经常是先从外面喝醉酒回来的。他喝酒时不再像以前那样越喝越文雅，酒兴上来了便爱开玩笑，说些逗趣而刻薄的话，使她听得忘神，哈哈大笑。如今他忧郁地喝闷酒，等到夜色深沉便突然酩酊大醉了。有时候，一大早她就听见他骑马跑进后院，去敲仆人住房的门，好让波克把他弄到床上去。把他弄到床上去呢！以前瑞德总是不动声色地将别人灌醉，让他们喝得昏天黑地，然后把他们弄上床去的呀！

他从前穿戴那么讲究，可现在显得邋遢起来了。连波克要他在晚餐前换件衬衫，也得大吵半天。

他时常干脆不回家，或者公然捎来一句话说要在外面过夜。当然，他可能是喝醉了，在某家酒馆的楼上躺着打鼾呢，但是在这种情况下，思嘉总认为他是在贝尔·沃特琳那里。有一次，她在一家商店里看见了贝尔，她已经是个又粗又胖的女人了，以前那些优美的风姿已无影无踪。不过，虽然她涂了那么多脂粉，穿着俗丽的衣裳，她还是显得胸乳丰满，几乎有母亲般的风度。贝尔并不像别的轻浮女人那样在上等妇女面前就低眉俯首或怒目敌视，她却跟思嘉相对凝望，用一种关心和近乎怜悯的眼光打量她，使得思嘉脸都红了。

可是她现在既不能骂他，不能向他发火，不能要求他忠诚或出他的丑，同时她也不能因为曾经为邦妮的死谴责过他而向他道歉。现在她心头只是一种莫名其妙的冷漠和难以排遣的忧郁，这种忧郁之深沉是她以前从没有体会过的。她感到孤单，前所未有的孤单。她觉得又孤单又害怕，并且除了媚兰以外，没有一个人是她可以去求援的。因为现在连嬷嬷也回塔拉去了，她永远不会回来了。

嬷嬷走前没有做任何解释，她向思嘉要路费时只瞪着一双疲惫衰老的眼睛伤心地瞧着她。思嘉流着眼泪恳求她留下来，她回答说："俺似乎听到爱伦小姐在对俺说：'嬷嬷，回来吧。你的事已经做完了。'因此俺要回去。"

瑞德听见了那次谈话，他给了嬷嬷路费，并拍了拍她的臂膀。

"你是对的，嬷嬷。爱伦小姐是对的。你在这里的事已经做完了。回去吧。你需要什么随时告诉我。"看见思嘉又想来插嘴时，他便呵斥说："别说了，你这笨蛋！让她走！现在，人家为什么还要留在这里呢？"

他说这话时，眼睛里迸发着凶悍的光芒，吓得思嘉不敢作声了。

她后来怀着孤立无助的心情跑去找米德大夫，问道："大夫，你看他可不可能是发疯了？"

"不是，"大夫说，"不过他喝酒太多，再这样下去会害死他自己的。思嘉，他爱那孩子呢，他喝酒就是为了要忘记她。现在，小姐，我给你的忠告是尽快跟他再生一个孩子。"

"哼！"思嘉怨愤地想。说说容易，做起来可难哪！她倒是很乐意再生一个孩子，生几个孩子，只要他们能够把瑞德眼睛里那种恐怖的神色消除掉，把她心中那个痛苦的空隙填补起来。一个像瑞德那样黝黑英俊的男孩，或者再来个小女孩，都行呀。唔，再来个女孩吧，一个亮丽、活泼、任性、爱笑的小女孩，多好啊！可是瑞德似乎并不想再要孩子了。至少他从不到她卧室里来，虽然现在她已不再锁门，并且经常把门半开着。他似乎没有任何兴趣。除了威士忌和那个红头发的女人以外，他对什么都不感兴趣了。

他原来是那么聪明，令人高兴的，可现在变得严酷了；原来他说话是犀利中带点幽默的，可现在只剩下残忍了。自从邦妮死后，许多曾经因他跟女儿在一起时那么彬彬有礼而深受感动、并转而尊重他的妇女，都很愿意安慰安慰他。她们在街上叫住他，对他表示同情或是隔着篱栏跟他说话，说她们很理解他的心情。可现在既然邦妮死了，那个让他讲究礼貌的原因就不存在了，他的礼貌也就消失了。他简慢而粗暴地对待那些太太们，并毫不客气地打断她们的善意慰问。

奇怪的是太太们并不所以生他的气。她们很理解。每到黄昏时分他骑马回家时，他醉得快要坐不稳了，这时太太们就说"真可怜呀！"而且对他表示亲切和关怀。她们很替他难过，因为他伤心地回到家里，却只能受到思嘉那样冷漠无情的接待。

大家都知道思嘉为人多么冷酷，多么无情。大家看见她轻轻松松就从丧失邦妮的悲痛中恢复过来了，都极为惊骇。他们从不了解，也不想去了解，她那平静外表背后那番痛苦的挣扎。瑞德受到全城人的深切同情，而他对此既不明白也不在乎。思嘉为全城人所厌恶，但她却生平第一次感到需要老朋友们的关切了。

如今，除了皮蒂姑妈、媚兰和艾希礼外，她的老朋友们谁也不理睬她。只有那些新朋友才坐着锃亮的马车来拜访她，急切地向她表示同情，热烈地谈论其他新朋友的事来排遣她的忧愁。但她对后者根本不感兴趣。这些人都是陌生人，没有一个例外！她们不了解她。她们永远也不会了解她。她们对于她以前的艰苦生活，可以说一无所知。这些天知道从哪里冒出来的人，她们好像永远生活在表面，没有关于战争、饥饿和打仗的共同记忆，没有扎进同样的红土地中的共同根基。

现在她觉得孤单了，甚至很想跟梅贝尔或范妮，埃尔辛太太或惠廷太太，甚至那位可畏的老斗士梅里韦瑟太太，在一起聊天。因为她们了解她。她们了解战争、恐怖和焚城的大火，见过亲人过早地死去，挨过饿，受过冻，后来她们从废墟中建造了自己的幸福生活。

是的，那会叫人高兴的。现在她明白了，为什么两个为联盟打过仗的人碰到一起，会谈得那样津津有味，那样自豪，那样对过去怀念不已，饱含深情。那些日子是考验人们思想感情的日子，可他们熬过来了。啊，她多么希望同那些跟她自己一样的人在一起啊——那些跟她经历过同样苦难的人，他们知道这历程有多么艰苦，可是它却成了你的一个伟大部分啊！

但是，不知怎的，这些人都离开了她。她明白这是她自己的过错。她从来没有关心过她们，直到现在才想起——直到邦妮已经死了，她自己觉得又孤单又害怕，抬头只看见雪亮的餐桌对面那个黝黑的神情恍惚的陌生人，他在她的眼光下开始崩溃了。

第六十一章

思嘉是在马里塔时收到瑞德的加急电报的。她搭上了去亚特兰大的火车，除了一个手提网兜没带任何行李，把韦德和爱拉留在旅馆里由普里茜照看着。

亚特兰大离马里塔只有二十英里，可是火车在多雨的初秋缓慢地爬行着。思嘉被瑞德的电报吓慌了。

瑞德的电报是这样的：

"威尔克斯太太病重速归。"

火车驶进亚特兰大时，暮色已浓，加上一片蒙蒙细雨，城市显得朦胧而哀伤。瑞德带着一辆马车在车站等候她。她一看他的脸色，更惊慌了。

"她没有——"她惊叫道。

"没有。她还活着。"瑞德搀扶着她上了马车。"去威尔克斯太太家，越快越好，"他这样吩咐车夫。

"她怎么了？我没听说她生病嘛。上星期还好好的。她遇到什么意外了吗？唔，瑞德，没有那么严重吧？"

"她快死了，"瑞德说，声音也毫无感情："她要见你。"

"媚兰不会的！啊，媚兰不会的！她究竟怎么了呀？"

"她小产了。"

"小—产，可是，瑞德，她——"思嘉给吓得说不出话。这个消息，使她连气都喘不过来了。

"你不知道她怀孕了吗？"

她还来不及摇头。

"哎，是的。我看你不会知道。她不会告诉任何人的。她要叫人家大吃一惊呢。不过我知道。"

"你知道？她绝不会告诉你的！"

"她没有必要告诉我。不过我猜出来了。最近两个月来她显得特别高兴，我就猜这不可能是别的缘故。"

"可是瑞德，大夫曾说过，如果再生孩子就要她的命了！"

"现在就要她的命了。"瑞德说。

"不过，瑞德，她不见得会死的！我——我都没有——"

"她的抵抗力不如你，她一向是没有什么抵抗力的。除了一颗好心以外，她什么也没有。"

马车在小小的平房前嘎的一声停住，瑞德扶她下了车。她胆战心惊，一种突如其来的可怕的孤独感袭上心头，她紧紧抓住瑞德的臂膀。

"你也进去吧，瑞德？"

"不，"他说了一声便回到马车里去了。

她奔上屋前的台阶，穿过走廊，把门推开。艾希礼、皮蒂姑妈和英迪亚坐在昏黄的灯光下。思嘉心想："英迪亚在这里干什么呢？媚兰说过永远也不见她嘛。"那三个人一见到她便站起身来，皮蒂姑妈紧紧咬着嘴唇不让它们颤抖；英迪亚瞪大眼睛注视着她，因为悲伤而不是恨。艾希礼目光呆滞，像个梦游人似的向她走来，伸出一只手握住她的胳臂，又像个梦游人似的对她说话。

"她要见你，"他说，"她要见你。"

"我现在就去看她可以吗？"她回头看看媚兰的卧室，卧室门是关着的。

"不。米德大夫在里面。我很高兴你回来了，思嘉。"

"我是尽快赶回来的。"思嘉将帽子和外衣脱了。"火车——她不是真的——告诉我，她好些了，是不是？艾希礼？你说呀！别愣着嘛！她不见得真的——"

"她一直要见你呢。"艾希礼说，凝视着她的眼睛。思嘉从他的眼神里找到了答案。顿时间，她的心停止了跳动，接着是一种古怪的恐惧，比焦急和悲哀更强大的恐惧，弥漫了她的全身。这不可能是真的，她热切地想，试着把恐惧挡回去。大夫有时也会做出错误的诊断呢。我不相信这是真的。

"我决不相信！"她大声喊道，一面注视着面前那三张悲哀的面孔，"并且媚兰为什么没告诉我呢？如果我已经知道，就不会到马里塔去了。"

艾希礼的眼神似乎忽然清醒过来，感到很痛苦似的。

"她没有告诉任何人，思嘉，特别是没有告诉你。她怕你会责备她。她要等三个月——要到她认为已经安稳和有把握了的时候才说出来，叫大家全都大吃一惊。并且她是十分高兴的。你知道她对婴儿的那种态度——她多么希望有个小女孩。何况一切都很顺利，直到——后来，无缘无故地——"

媚兰的房门悄悄地开了，米德大夫从里面静静地走出来，随手把门带上。他在那里站立了一会，那把灰色胡子垂在胸前，眼睛望着那四个吓呆了的人。他的眼光最后落到思嘉身上，他眼中充满了悲伤，同时也有厌恶和轻蔑之情，这使她惊慌的心里顿时涌起满怀内疚。

"你毕竟还是来了。"他说。

她还没来得及回答，艾希礼便要向那关着的门走去。

"你先等会儿，"大夫说。"她要跟思嘉说话呢。"

"大夫，让我进去看她一眼吧。"英迪亚拉着他的衣袖说。她的声音虽然听起来很平淡，但那么诚恳。"我今天一早就来了，一直等着，哪怕一分钟也行。"

"等会儿吧，英迪亚小姐，"他简单地说。

皮蒂也怯生生地开口了："我请你，米德大夫——"

"皮蒂小姐，你明白你又会尖叫的，会晕过去的。"

皮蒂挺了挺她那胖胖的小个儿，向大夫瞥了一眼。她的眼睛是干的，但充满了庄严的神色。

"好吧，亲爱的，都请稍等一等，"大夫显得和气些了。"来吧，思嘉。"

他们轻轻地走过穿堂，向那关着的门走去，一路上大夫的手紧紧抓住思嘉的肩膀。

"我说，小姐，"他低声说，"不要激动，也不要作临终时的忏悔，否则，凭上帝起誓，我会扭断你的脖子！你不要这样呆呆地望着我。你懂得我的意思，我要让媚兰小姐平平静静地死去，你不能只顾减轻自己良心上的负担，告诉她关于艾希礼的什么事。我从没伤害过一个女人，可是如果你此刻说了些什么——那后果就得由你自己负了。"

他没等她回答就把门打开，将她推进屋里，然后又关上门。那个小小的房间里陈设着简陋的黑胡桃木家具，灯上罩着报纸，处于一种半明半暗的状态。它狭小而整洁，像间女学生的宿舍，里面摆着一张低背的小床，一顶朴实的网帐高高卷起，地板上铺着的那条破地毯早已褪色，但却刷得干干净净。这一切，跟思嘉卧室里的奢侈装饰，是多么不一样啊！

媚兰躺在床上，被子底下单薄的形体就像是个小女孩似的。两条黑黑的发辫垂在面颊两旁，阖着的眼睛深陷在一对紫色的圆圈里。思嘉见她这模样，倚着门框呆呆地站在那里，动弹不了了。虽然屋里阴暗，她还是看得清媚兰那张蜡黄的脸，她的脸干枯得没有一点血色，鼻子周围全皱缩了。在此以前，思嘉还一直希望是米德大夫诊断错了呢。可现在她明白了，她曾在医院里见过那么多这样的面孔，她当然知道这预示着什么了。

媚兰快要死了，可是思嘉心里拒不承认。媚兰是不会死的。死？怎么可能？当思嘉正需要她、那么需要她的时候，她怎么能死呢？以前她从没想到自己会那么需要媚兰呢。现在她才清醒地明白，她一向依靠媚兰，哪怕就在她依靠自己的时候，但是她以前并不清楚。现在媚兰快死了，思嘉才知道，没有她，自己是过不下去的。现在，她踮着脚尖向那个静静的身影走去，内心惶恐万状，她才知道媚兰一向是她的慰藉和力量啊！

"我要留住她！我决不让她走！"她一面想，一面提着裙子在床边颓然坐下，她立即抓起媚兰一只搁在床单上的软弱的手，发觉它已经冰凉，便又吓住了。

"我来了，媚兰。"她说。

媚兰的眼睛睁开一条缝，接着，似乎发现真是思嘉而感到很满意似的，又阖上眼，停了一会，她微弱地吸了一口气轻轻地说：

"答应我吗？"

"啊，什么都答应！"

"小博——照顾他。"

思嘉点点头，感到喉咙被堵住了，同时紧紧捏了一下握着的那只手表示同意。

"我把他交给你了。"她脸上流露出一丝微微的笑容。"我从前已经把他交给过你一次——记得吗？——那时他还没出生。"

她记不记得？她难道会忘记那个时候？她记得那样清清楚楚，她像那可怕的一天又回来了。她能感到那九月中午的闷热，感到对北方佬的恐惧，听得见部队撤退时的沉重脚步声，记起了媚兰恳求她带走婴儿时的声音——还记得那天她恨透了媚兰，希望她死掉呢。

"是我害死了她。"她怀着一种迷信的恐惧这样想。"我以前时常巴望她死，上帝都听见了，所以现在要惩罚我了。"

"啊，媚兰，别这样说了！你知道你是会闯过这一——"

"不。请答应我。"

思嘉忍不住要哽咽了。

"你知道我答应了。我会待他当作自己的孩子一样看待。"

"上大学？"媚兰用微弱的声音说。

"唔，是的！上大学，到哈佛去，到欧洲去，只要他愿意，什么都行——还有——还有一匹小马驹——学音乐——唔，媚兰，你试试看！你使一把劲呀！"

又没声息了，媚兰正在挣扎着竭力往下说。

"艾希礼，"她说，"艾希礼和你——"她的声音颤抖着，说不出来了。

听到艾希礼的名字，思嘉的心突然停止跳动，僵冷得像岩石似的。原来媚兰一向就知道啊。思嘉把头伏在床单上，一阵被抑制的抽泣狠狠扼住她的喉咙。媚兰知道的。思嘉用不着害羞了。她没有任何别的感觉，只觉得万分痛恨，恨自己多年来始终在伤害这个最和善的女人。媚兰早已知道——可是，她仍然继续做她的忠实朋友。唔，要是她能够把那些生活重新过一遍，她就决不做那种事，对艾希礼连看都不会看一眼的！

"上帝啊，"她心里急忙祈祷，"求求你了，让她活下去吧！我一定要报答她。我要对她很好，很好。我这一辈子决不再跟艾希礼说一句话了，只要你让她好好活下去啊！"

"艾希礼，"媚兰气息奄奄地说，一面将手指伸到思嘉的头上。她像个婴儿似的拉了拉思嘉的头发。思嘉懂得这是什么意思，知道媚兰是要她抬起头来，但是她不能，她无法面对媚兰的眼睛，并从中看出她知道了那件事。

"艾希礼，"媚兰又一次低声说，思嘉极力克制着自己。她此刻的心情难过到了极点，她的灵魂在颤抖，但她终于抬起头来了。

她看见的仍是那一双熟悉的黑黑的亲切的眼睛，虽然因虚弱已经深陷而模糊了，还有那张在痛苦中无力地挣扎着要说话的温柔的嘴。没有责备，也没有指责和恐惧的意思——只有焦急，恨自己没有力气说话了。

思嘉一时间惊惶失措，接着，当她把媚兰的手握得更紧时，一阵对上帝的感激之情涌上心头，她第一次在心中谦卑而无私地祈祷起来。

"感谢上帝。我知道我是不配的，但我还是要感激您没有让她知道啊！"

"关于艾希礼有什么要说的吗，媚兰？"

"你会——照顾他吗？"

"唔，会的。"

"他感冒——很容易感冒。"

又停了一会。

"照顾——他的事业——明白吗?"

"唔,明白。我会的。"

她做出一次很大的努力。

"艾希礼不——不能干。"

只有死亡才迫使媚兰说出了一句对他的批评。

"照顾他,思嘉——不过——千万别让他知道。"

"我会照顾他和他的事业,也决不让他知道。我只用适当的方式向他建议。"

媚兰尽力露出一丝隐隐的微笑,这是欣慰的微笑,这时她的目光和思嘉的目光又一次相遇了。她们彼此交换的这一瞥眼光便完成了任务的交接,那就是说,保护艾希礼不被这过于残酷的世界伤害的义务从一个女人转移到另一女人身上了。同时,为了维护艾希礼的男性自尊心,保证决不让他知道这件事。

现在媚兰脸上已没有那种痛苦挣扎的神色了,似乎在得到思嘉的许诺之后她又恢复了平静。

"你真聪明能干——真勇敢———一向待我那么好——"

思嘉听了这些话,觉得喉咙里一阵堵得慌,忍不住要哽咽了,于是她用手拼命捂住自己的嘴。她几乎要像孩子似的大喊大叫,痛痛快快地说:"我是个魔鬼!我一向是伤害你的!我从没替你做过什么事情!那都是为了艾希礼呀!"

她陡地站起身来,使劲咬住自己的大拇指,想控制住自己。这时瑞德的话又回响在耳边:"她是爱你的。让这成为你良心上的一个十字架吧。"如今这十字架沉重得令她无力背负了。她曾经千方百计想把艾希礼从媚兰身边夺走。现在,终生盲目信任她的媚兰又在临终前把同样的爱和信任寄托到她身上,这更加深了她的罪孽。不,她不能说。她必须让她平平静静地死去,没有挣扎，没有眼泪，也没有悔憾。

门稍稍开了，米德大夫站在门口急迫地招呼她。思嘉朝床头俯下身去，强忍着眼泪，把媚兰的手拿起来轻轻贴在自己的面颊上。

"晚安。"她说，那声音比她自己所担心的要坚定些。

"答应我——"媚兰低声说，声音更加柔和了。

"我什么都答应，亲爱的。"

"巴特勒船长——要好好待他。他——那样爱你。"

"瑞德？"思嘉迷惑莫解，觉得这句话对她毫无意义。

"是的，是这样，"她机械地说，又轻轻吻了吻那只手，然后把它放在床单上。

"叫小姐太太们赶快进来吧，"思嘉跨出门槛时米德大夫低声说。

艾希礼不知到哪里去了。思嘉将头无力地靠在墙壁上，像个躲在角落里的顽皮孩子。

在关着的门里，媚兰快要去世了，连同她一起消失的还有多年以来思嘉没有意识到的她一直依靠着的那个力量。为什么，啊，为什么她以前没有明白她是多么喜爱和多么需要媚兰呢？可是谁会想到这个又瘦小又平凡的媚兰竟是一座坚强的高塔啊？媚兰，她在陌生人面前羞怯得不敢大声说话，她害怕老太太们的非难；媚兰，她连赶走一只鹅都不敢呢！可是——

思嘉回想起许多年前塔拉那个寂静而炎热的中午，那时一个穿蓝衣的北军的尸体侧躺在楼道底下，缕缕灰色的烟还在他头上缭绕，媚兰站在楼梯顶上，手里拿着查尔斯的军刀。思嘉记得那时候她曾想过："多没用！媚兰连那刀子也举不起来呢！"可是现在她懂了，如果必要，媚兰会奔下楼梯把那个北方佬杀掉——或者自己被杀死。

是的，那天媚兰站在那里，小手里拿着一把军刀，准备为她而厮杀。而现在，当她悲痛地回顾过去时，她发现原来媚兰时常手持利剑站在她身边，不声不响像她的卫士一样，爱护她，以盲目而热烈的忠诚为她战斗，与北方佬、战火、饥饿、贫困、舆论乃至自己的亲人战斗。

思嘉明白那把宝剑，那把曾经寒光闪闪地保护她不受世人欺凌的宝剑，如今已永远入鞘。

"媚兰是我有过的唯一女友，"她绝望地想，"除了母亲以外，她是唯一真正爱我的女人。她也像母亲那样。凡是认识她的人都跟她亲近。"

突然，她觉得那关着的门里躺着的似乎就是她母亲，她是第二次在告别这个世界。她知道失去了那个软弱、文雅而善良的人的非凡力量，她是那么难以勇敢地面对生活的。

她站在穿堂里，又犹豫又害怕。屋里静极了，这寂静像一阵凄冷的细雨渗透她的全身。艾希礼！艾希礼到哪里去了？

她跑到起居室去找他，但是他不在那里。他一定得找到他。她发现了媚兰的力量和她自己对这个力量的强烈依赖，不过艾希礼还在呢。艾希礼，这个强壮聪明而且善安慰人的人，他还在呢。艾希礼和他的爱能给她以力量，她可以用来弥补自己的软弱，他有胆量，可以驱除她的恐惧，他有安闲自在的态度，可以冲淡她的忧愁。

她想，"他一定在他自己房里，"于是她踮着脚尖走过去，轻轻敲他的门。里面没有声息，她便把门推开了。艾希礼站在梳妆台前面，对着一双媚兰修补过的手套出神。他先拿起一只，深深地注视着它。然后他把手套那么轻轻地放下，好像它是玻璃做的，随即把另一只拿起来。

她用颤抖的声音喊道："艾希礼！"他慢慢地转过身来看着她。他那灰色的眼睛睁得大大的，显得毫无遮掩。那里面的恐惧与思嘉的不相上下，并且更加孤弱无助，还有一种深沉得她从没见过的惶惑与迷惘之感。她看到他的脸，浑身感到的那种恐怖反而加深了。她向他走去。

"我害怕，"她说。"唔，艾希礼，请扶住我，我害怕极了！"

他一动不动，只注视着，双手紧紧地抓着那只手套。她将一只手放在他胳臂上，低声说："那是什么？"

他的眼睛仔细地打量着她，似乎拼命要从她身上搜索出什么东西似的。最后他开口说话，但声音似乎不是他自己的了。

"我正需要你，"他说。"我正要去寻找你——像个需要安慰的孩子一样——可是我找到的是个孩子，他比我更害怕，并且急着找我来了。"

"你不可能害怕，"她喊道。"你从来没有害怕过。可是我——你一向那么坚强。"

"如果说我一向很坚强，那是因为有媚兰在背后支持我，"他说，声音有点哑了，一面俯视手套，"并且——并且——我本有的力量也全要跟她一起消失了。"

他那低沉的声音中有那么一种痛感绝望的语调，使得她不觉倒退了两步。他们两人都不说话，这时她才觉得有生以来头一次真正了解他了。

"怎么——"她慢吞吞地说，"怎么，艾希礼，你爱她，是不是？"

他似乎费了很大力气才说出话来。

"她是我曾经有过的唯一的梦想，唯一活着、呼吸着、在现实面前没有消失过的梦想。"

"全是梦想！"她心里暗忖着，那种容易恼怒的脾气又要发作了。"他念念不忘的就是梦，从来不谈实际！"

她沉重而痛苦地说："你这个傻瓜，艾希礼。你怎么看不出她比我要好上一百万倍呢？"

"思嘉，求求你了！只要你知道我忍受了多少痛苦，自从大夫——"

"忍受了多少痛苦！难道你不认为——唔，艾希礼，你许多年前就应当知道你爱的是她而不是我！你怎么不知道呢？要是知道了，一切就会完全不一样了，你早就应当明白，不要用你那些关于名誉和牺牲一类的话来敷衍我，让我一直迷恋你而不知悔改。你要是早就告诉了我，我就会——虽然我会十分伤心，但我还是能挺得住的。可是你一直等到现在，等到媚兰快死的时候，才发现这个事实，可现在已经晚了，什么办法也没有了。唔，艾希礼，男人应当是懂的——但是女人不懂啊！你早该看得清清楚楚，你始终在爱她，而我呢，你要我只不过像——像瑞德要沃特琳那个女人一样！"

艾希礼听了她这几句话，不由得浑身颤抖起来，但是他直视着她，祈求她不要再说下去，给他一点安慰。他脸上的每一丝表情都承认她的话是真的，连他那两个肩膀往下耷拉的沮丧模样也表现出他的自责比思嘉的任何批评都要严厉得多。他默默地站在她面前，手里仍然抓着那只手套，似乎那是一只温柔的手似的，而思嘉也沉默了，她的怒气已经平息，只剩下一种略带轻视的怜悯。她的良心在责备她，她是在踢一个被打垮了的毫无防卫能力的人呢——并且她刚答应媚兰要照顾他啊！

"我刚刚答应过媚兰，就立即对他说这些刺伤人的话，而这是没有必要说的。他已经明白了，而且很难过。"思嘉凄凉地思忖着。"他是个还没长大的孩子。他简直就是个孩子，正为失去她而非常痛苦，非常害怕。媚兰知道事情会怎么样的——媚兰对他的了解比我深得多，因此她才同时要求我照顾他和小博呢。艾希礼怎么能经受得住啊？我倒是经得住。我什么都经受得住。我还得经受许多许多呢。可是他不行——他没有她就什么都经受不住了。"

"饶恕我吧，亲爱的，"她亲切地说，一面伸出她的两臂。"我明白你忍受着巨大的痛苦。但是请记住，她什么也不知道——她甚至从来不曾起过疑心——上帝对我们真好啊。"

他迅速走过来，张开两臂盲目地把她抱住。她踮起脚尖将自己暖烘烘的面颊温存地贴在他脸上，同时用一只手温柔地抚摩他的头发。

"别哭，亲爱的。她希望你勇敢些。她希望马上看到你，你得坚强一点才好，决不能让她看出你哭过，那会使她难过的。"

他紧紧抱住她，使她呼吸都困难了，同时他哽咽着在她耳边絮语。

"我怎么办啊？没有她，我可活不成了！"

"我也活不成呢。"她心里想，这时她似乎看见了后半生没有媚兰的情景，便陡地打了一个寒噤。但是她牢牢地克制住自己。艾希礼依靠她，媚兰也依靠她。记得有一次，在塔拉的月光下，她喝醉了，已非常疲惫，那时她想过："担子要是由肩强膀壮的人去挑的。"好吧，她的肩膀是强壮的，而艾希礼的却不是。她挺起胸膛，准备义不容辞地挑起这副重担，同时以一种异常的镇静吻了吻艾希礼泪湿的脸颊，这次的吻已经没有狂热，也没有渴望和激情，而只有凉凉的温柔罢了。

"我们总会有办法的，"她说。

媚兰的房门猛地打开了，米德大夫急切地喊道：

"艾希礼！快！"

"我的上帝！她完了！"思嘉心想。"但愿艾希礼来得及啊！不过也许——"

"快！"她高声喊道，一面推了他一把，因为他依旧呆呆地站着不动。"快！"

她拉开门，把他推出门去。艾希礼被她的话猛然惊醒，手里还紧抓着那只手套。她听见他急促的脚步一路响去，接着是隐约的关门声。

她又喊了一声"我的上帝！"一面慢慢向床边走去，坐在床上，然后低下头来，用两只手捧住头。她突然感到疲倦，一种无以复加的疲倦。她觉得自己已筋疲力尽，感情枯竭，没有悲伤和悔恨，没有恐惧和惊异了。她疲倦，她的心迟钝而机械地跳动着，就像壁炉架上那座时钟似的。

从那感觉迟钝近乎麻木的状态中，她渐渐明晰了，艾希礼并不爱她，从来没有真心爱过她，但认识到这一点她并不感到痛苦。这本来应该是十分痛苦的，她本该感到凄凉，伤心，发出绝望的号叫，因为她长期幻想着他的爱在生活，它支持着她闯过无数艰难险阻。不过，事实就在眼前，他不爱她，而她也并不在乎。她不在乎，因为她已经不爱他了。她不爱他，因此不论他怎么样，都不会使她伤心了。

她在床上躺下来，脑袋疲惫地搁在枕头上。

　　"除了在我的想象中，他从来就没有真实地存在过，"她疲惫地想。"我爱的是一个我自己想象的东西，那个东西就像媚兰一样死了。我缝制了一套美丽的衣服，深深地爱上了它。后来艾希礼骑着马跑来，他显得那么亮丽，那么与众不同，我便把那套衣服给他穿上，也不管是否合适，我不想看清楚他究竟怎么样。我一直爱着那套美丽的衣服——而根本不是他这个人。"

　　现在她可以追忆到许多年前，看见她自己穿一件绿底白花的细布衣裳站在塔拉的阳光下，被那位骑在马上的金发闪闪的青年吸引住了。如今她能清楚地看出，他只不过是她自己心中的一个幻影，并不比她从杰拉尔德手里骗到的那副海蓝宝石耳坠更珍贵。那副耳坠她也曾热烈地向往过，可是一得到，它们就没什么可贵的了。艾希礼也是这样，假使她在那些遥远的日子里最初就拒绝跟他结婚而满足了自己的虚荣心，他早就没有什么价值了。假如她曾经征服了他，看见过他也像别的男孩子那样热恋着她，那么，她那一度狂热的迷恋也就会消失，就好比一片迷雾在太阳出现和轻风吹来时很快飘散一样。

　　"我以前多傻啊！"她懊恼地想。"如今就得付出代价了。我以前常常盼望的事现在已经发生。我盼望媚兰早死，让我有机会得到他。现在媚兰果真死了，我可以得到他了，可是我也不想要他了。跟他结婚！哪怕把他放在银盘子里送过来，我也不要呢！不过，下半辈子我得把他这个负担挑到底了。只要我还活着，我就得照顾他，不让他饿肚子，也不让别人伤害他的感情。他会像我的另一个孩子似的，整天牵着我的裙子转。我失掉了爱侣，却新添了个孩子。而且，要不是我答应了媚兰，我就——即使今后再也看不见他，我也无所谓呢。"

第六十二章

思嘉听见外面有低语声，只见几个吓怕了的黑人站在后面穿堂里，迪尔茜吃力地抱着沉甸甸的睡着了的小博，彼得大叔在痛哭，厨娘在用围裙擦她那宽阔的泪淋淋的脸。三个人一齐瞧着她，默默地询问他们该做些什么。她抬头向穿堂那边的起居室望去，只见英迪亚和皮蒂姑妈一声不响地站在那里，两人手拉着手，也跟那些黑人一样似乎在恳求她，期待她发布指示。

"唔，思嘉——"皮蒂姑妈开口说，她那丰满的娃娃嘴颤抖着。

"别说话，否则我会尖叫起来。"思嘉说。她由于神经过度紧张，声音已变得尖利，同时把两只手狠狠地叉在腰上。"我叫你们谁也不要吭声。"

听了她话里的命令语气，那些人不由得倒退了一步，脸上流露出无可奈何的尴尬神色。"我可决不能在她们面前哭呀。"她心里想。"我不能哭，否则她们也要哭了，那时黑人们也会尖叫，就乱成一团了。我必须尽力克制自己，还有许多事要做呢。艾希礼不会做这些事情，皮蒂和英迪亚也不行。我必须去做。啊，多繁重的担子！怎么我老是碰到这种事，并且都是别人的事呀！"

她看看英迪亚和皮蒂的尴尬脸色，感到十分痛悔。媚兰是不会喜欢她这样粗暴地对待那些爱她的人的。

"我很抱歉刚才发火了，"她有点勉强地说。"这就是说，我——我刚才态度不好，很抱歉，姑妈。我要到外面走廊上去一会儿。我得一个人想想。等我回来后我们再——"

她拍拍皮蒂姑妈便向前门走去，因为知道如果再留在这间屋里她就克制不住自己。她必须单独待一会儿。她得哭一场，否则心就要炸了。

她来到黑暗的走廊，并随手把门关上。清凉而潮湿的晚风吹拂着她的面孔。整个世界都寂静无声。除了偶尔有檐头滴水的声音。

她将头靠在一根廊柱上，想痛哭一场，但是没有眼泪。这场灾难实在太深重，不是眼泪所能表现的了，她的身子在颤抖。

"我现在无法回到屋里去同他们谈话。"她想。"今晚我无法面对艾希礼并安慰他了。今晚不行！明天早晨我将一早过来安排这里的事。但是今天晚上不行。我没有办法。我得回家了。"

她家离这里只有五个街区。她迅速走下屋前黑暗的台阶，没穿外衣，没戴帽子，就进入夜雾中去了。她绕过拐弯处，向通往桃树街的一片小丘走去。天湿地滑，一片静悄悄，连她的脚步也悄无声息，像在梦中一样。

她爬上山坡时，眼泪严严实实地堵住胸口，可是流不出来，同时一种虚幻的感觉袭上心头，她觉得曾经到过这黑暗凄凉的地方，——并且不止一次，是许多次。"这是多么可笑的事啊。"她不安地想，一面加快脚步。她的神经在跟她开玩呢。可是这种感觉延续着，并且悄悄地扩展到她的整个意识之中。她疑惑不解地望望周围，这种感觉更强了，显得又古怪又熟悉，于是她机警地抬起头来，"是我太疲乏的缘故吧。"她宽慰自己。"夜是这么怪诞，雾气迷蒙。我以前从没见过这样浓密的雾，除非——除非！"

突然她明白了，顿时害怕起来。她明白了。在无数次的噩梦中，她就是在这样的雾里逃跑，穿过一个鬼魂出没的茫茫无边的地域，那里大雾弥漫，聚居着一群幽灵和鬼影。现在她是不是又在做梦了，还是那个梦变成了现实呢？

有一会儿，她离开了现实，完全迷失了。她似乎坠入了那个噩梦中，比以前哪一次都可怕，她的心也开始奔突起来。她又站在死亡与寂静当中，就像她有一次在塔拉那样。世界上的一切都消失了，生活成了一片废墟，她心里一片惶恐，好比一股冷风扫过似的。迷雾中的恐怖和迷雾本身把她抓住了，于是她开始逃跑。犹如以前无数次在梦中跑过一样，她如今被一种无名的恐惧追逐着，盲目地向不知什么地方飞跑，在灰蒙蒙的雾中寻找那个不知在哪儿的安全地方。

她沿着那条阴暗的大街一路跑去，低着头，心怦怦直跳，迎着湿冷的夜风，顶着狰狞的树影。在哪儿呢？在这又静又湿的荒地里，一定有个避难所！她气喘吁吁地跑上那一片小丘。

接着，她眼前出现了灯光，一长列灯光，它们尽管只隐隐约约地闪烁，但是真实的。她的噩梦里可从来没有过灯光，只有灰蒙蒙的迷雾。于是她的心全寄托在那些灯光上了。灯光意味着安全、人和现实。她突然站住脚，握紧拳头，奋力把自己从惊惶中拖出来，同时仔细凝望着那些灯，它们分明告诉她这是亚特兰大的桃树街，而不是睡梦中那个鬼魂出没的阴暗世界。

"跑呀，跑呀，就像发疯了！"她心里暗想，吓得发抖的身子略略镇定了一些，但心脏还在怦怦地跳，很不好受。"可是我在向哪里跑呀？"

现在她的呼吸渐渐缓缓和下来，她一手撑着腰，一边顺着桃树街向前眺望。那边山顶上就是她自己的家了。那里似乎每个窗口都亮着灯似的，灯光在向浓雾挑战，不让迷雾淹没它们的光辉呢。家啊！这是真的！她感激地、向往地望着远处那幢房子模糊而庞大的姿影，心情显得略略镇静了。

家啊！这就是她要去的地方，就是她一路奔跑着寻找的地方。回到瑞德身边去呀！

明白了这一点，她就好比摆脱掉了身上的锁链，以及常常在梦中碰到的那种恐惧。那天晚上，当她疲惫不堪地抵达塔拉时，她发现安全没有了，所有的力量，所有的智慧，所有的亲爱温柔之情，所有的理解——所有体现在爱伦身上、曾经是她童年时代的堡垒的东西，都一下子全没有了。从那天晚上以后，尽管已经安全了，但她在梦中仍是一个受惊的孩子，仍常常在寻找那个失去了的世界中的失去的安全。

如今她认识了她在梦中寻找的那个避难所，那个常常在雾中隐藏着的温暖安全的地方。那不是艾希礼——唔，从来不是艾希礼！他身上的温暖太少了，他那里的安全太弱了。那是瑞德——瑞德有强壮的臂膀可以拥抱她，有宽阔的胸膛给她疲倦的脑袋当枕头，有嘲讽的笑声使她正视事物。并且还有全面的理解力，因为他跟她一样，讲求实际，不会被不切实际的观念如荣誉、牺牲或对人性的过分信任所蒙蔽。并且他爱她呢！她怎么没有了解到，虽然他经常嘲骂她，但却是爱她的呀？媚兰看到了这一点，临死时还说过："要好好待瑞德。"

许多年来，她一直倚靠在瑞德的爱这堵坚实的石壁上，而且把这看作是理所当然的，就像对媚兰的爱那样。同时还洋洋得意地认为完全是凭借自己

的力量呢。而且，就像当天下午她明白了媚兰始终站在她身边，此刻她懂得瑞德也悄悄地站在背后，爱着她，理解着她，随时帮助她。在那次义卖会上，瑞德看出了她不甘寂寞的心情，把她领出来跳苏格兰舞；瑞德帮助她摆脱了服丧的束缚，瑞德在亚特兰大陷落那天晚上护送她逃出炮火连天的困境，瑞

德借给她钱让她重新起家，瑞德听见她从那个噩梦中吓得哭醒时给她以安慰——怎么，一个男人要不是对一个女人爱得发疯，他能够做出这样的事来吗？

树上的雨水落在她身上，但她一点也不觉得。雾气在她周围缭绕，她也毫不注意。因为她在想瑞德，想象他那张黝黑的脸，他那雪白的牙齿和机警的眼睛，兴奋得浑身哆嗦呢。

"我爱他。"她思忖着，毫不迟疑地承认这个事实，就像小孩接受一件礼品似的："我不知道我爱他有多久了，但这是真的。并且要不是艾希礼，我早就明白这一点了。由于艾希礼遮住了视线，我一直没能看清这个世界呢。"

她爱他，爱这个流氓，爱这个无赖，没有犹豫，也不顾名声——至少是艾希礼所信奉的那种名声。"让艾希礼的名声见鬼去吧！"她心里想。"从一开始，当他不断跑来看我的时候，虽然那时他已经知道他家里准备让他娶媚兰了。瑞德却一直在支持着我，即使在媚兰举行招待会那个可怕的晚上，那时他本该把我掐死的。即使在亚特兰大陷落那天晚上他中途丢下我的时候，那是因为他知道我已经安全了，他知道我总会闯出去的。即使在北方佬营地里当我向他借钱时，他似乎要我用身子做担保似的，其实他只是逗着我玩罢了。他一直在爱着我，可是我却待他那么坏。我屡次伤害他的感情，而他又那样自尊，从不表现出来，后来邦妮死了——唔，我怎么能那样呀？"

她挺身站起来，深情地望着山冈上的那幢房子。半个钟头以前她还想过，除了金钱以外，她已经丧失了世界上的一切，那些使她希望活下去的一切，包括爱伦、杰拉尔德、邦妮、嬷嬷、媚兰和艾希礼。她终于在失掉了他们大家之后，才明白过来她是爱瑞德的——爱他，因为他坚强，无所顾忌，热情而粗俗，跟她自己一样。

"我要把一切毫无保留地都告诉他。"她心里想。"他会理解的。他总是理解的。我要告诉他我以前多么愚蠢，现在又多么爱他，而且要报答他的一切。"

她突然觉得又坚强又愉快了。她不害怕周围的黑暗和浓雾了，并且她在心里歌唱着，相信自己从今以后再也不会害怕它们了。今后，不论有什么样的浓雾在她周围缭绕，她都能找到自己的避难所了。她把裙子提到膝盖上，开始飞快地奔跑起来，不过这一次不是因恐惧而奔跑，而是因为前面有瑞德张开双臂站在那里呢。

第六十三章

前门微微开着，思嘉气喘吁吁快步走进房子，在枝形吊灯的彩色灯管下伫立了一会。虽然那么明亮，屋子里还是静悄悄的。这不是人们睡后那种安适的宁静，而是那种惊醒而又疲乏了的带有不祥之兆的沉默。她一眼就看出瑞德不在客厅里，也不在藏书室，不禁心里一沉。也许他出门去了——跟贝尔在一起，或者在他每次没回家吃晚饭时常去的某个地方？这倒是她不曾预料到的。

她正要上楼去找他，这时发现饭厅的门关了。她一看见这扇关着的门便觉得羞愧，心都有点发紧了，因为记起这年夏天有许多晚上瑞德一个人坐在里面喝酒，一直要喝得烂醉才由波克进来强迫他上楼去睡。这是她的过错，但她会彻底改的。

她把饭厅的门轻轻打开一道缝，向里面望去。他果然坐在桌旁，歪在他的椅子里，面前放着一满瓶酒，瓶塞还没打开。感谢上帝，他清醒着呢！她拉开门，努力克制自己才没有立即向他奔过去。

他严肃地看着她，那双黑眼睛显得很疲倦，平常那种活泼的光芒已经消失了。虽然她这时头发蓬乱地披散着，由于气喘吁吁，胸脯在紧张地起伏，并且裙子从膝部以下沾满了泥污，神情非常狼狈，可是他一点也不惊异，也不问她什么，更不像往常那样咧开嘴角嘲笑她。他歪着身子坐在椅子里，衣服被那粗壮的腰身撑着，显得又皱又邋遢，他那美好的体态已经被糟蹋，一张刚健的脸变粗糙了。饮酒和放荡影响了他那英俊的外貌。他抬头望着她站在那里，一只手放在胸口上，显得非常平静，几乎是一种客气的态度，而这是使她害怕的。

"进来坐下，"他说。"她死了吗？"

她点点头，犹豫地向他走去，心里有点惊疑莫定。他没有起身，只用脚将一把椅子往后挪了挪，她便机械地在那里坐下。她很希望他不要这么快就谈起媚兰。现在，她已迫不及待地渴望喊出"我爱你"这几个字，似乎只剩下今天晚上，只剩下这个时刻，让她来向瑞德表白自己的心事了。然而，他脸上却露出那样一种表情，它阻止她，叫她突然不好意思启口，在媚兰尸骨未寒的时候便谈起爱来。

"好吧，愿上帝让她安息。"他沉痛地说。"她是我所认识的唯一完美的好人。"

"啊，瑞德！"她痛心地喊道，因为他的话使她立即记起媚兰替她做过的每一件事。"你为什么不跟我一起进去呢？那情景真可怕——我真需要你啊！"

"我也会受不了的。"他简单地说了一句，随即便沉默了。过了一会，他才勉强轻轻地说："一个十分伟大的女性！"

他那忧郁的目光越过她向前凝望，眼睛里流露的神情，跟亚特兰大陷落那天晚上她在火光中看见的完全一样，那时他告诉她，他要跟那些部队一起走了——这是一个彻底了解自己的人出其不意的举动。他突然从他自己身上发现以为自己不具备的忠诚和激情，并对这一发现微微自嘲。

他那双忧郁的眼睛越过她的肩头看着前方，似乎看见媚兰默默地穿过房间向门口走去。他的表情中没有悲哀，没有痛苦，只有一种对于自己的沉思和惊异，只有一种从童年时代便死去了的激情的喷发。这时他又说了一遍："一个十分伟大的女性！"

思嘉浑身颤抖，心里那股热情，那种暖洋洋的感觉，以及鼓舞着她飞跑的那个美丽的设想，都顿时消失了。她只能大致体会到瑞德在心中给世界上他唯一佩服的媚兰送别时的感情，所以她又产生了一种可怕的丧亡之感，心中仍倍觉凄凉。她不能完全理解或分析瑞德的感情，不过她自己也似乎能感觉到。她从瑞德眼里看到的不是一个女人的死亡，而是一篇伟人传的结束——它记载着那些温雅谦让然而刚强正直的女人，她们是战时南方的基石，而战败以后她们又张开骄傲和温暖的双臂欢迎南方的归来。

他的眼睛回过来看着她，他的声音也变得轻松而冷静了。

"那么她死了。这样一来，你倒是好办了，不是吗？"

"唔，你怎么能说这种话。"她大声说，显然被刺痛了，眼泪马上就要流出来了。"你知道我多么爱她呀！"

"不，我不能说我知道，这太出人意料，当然你还是值得称赞的，因为你一向喜爱那些坏白人，不过最后终于认识她的好处了。"

"你怎么能这样刻薄地说我呢？我当然以前就尊重她！你却不是这样。你以前不像我这样理解她呀！你这种人是不会理解她的——她有多好——"

"真的吗？不见得吧。"

"她关心所有的人，除了她自己——噢，她最后的一句话是说的你呢。"

他回头看着她，眼睛里闪着真诚的光辉。

"她说什么？"

"唔，现在先不谈吧，瑞德。"

"告诉我。"

他的声音比较冷静，但是他狠狠抓住她的手腕，叫她痛极了。他的手捏得实在太紧了。

"她说——她说——'要好好待巴特勒船长——他那么爱你。'"

他注视着她，一面放下她的手腕。他的眼皮沉重地垂下来，脸上只剩下一片黝黑了。接着他猛地站起来，走到窗前，把帘子拉起来，默默地向外面凝望，似乎外面除了浓雾之外还有迷人的幻景。

"她还说了别的吗？"他头也不回地问。

"她要求我照顾小博，我说我会的，像照顾自己的孩子一样。"

"还有呢?"

"她说——艾希礼——她要求我也照顾艾希礼。"

他沉默了一会,然后轻轻地笑了。

"得到了前妻的允许,这就很方便了,不是吗?"

"你这是什么意思?"

他转过身来,这时她尽管惶惑不安,但他脸上并没有嘲笑的神色,他脸上同样也没有一点感兴趣的样子,就像人们最后看完一个无趣味的喜剧时那样。

"我想我的意思已经够明白了。媚兰小姐死了。你一定有了充分的理由跟我离婚,而这样做对你来说对名誉也没有多大损害。你已经没有剩下多少信仰和道德良心。那么——艾希礼和你的那些梦想,都随着媚兰小姐的祝福而成为现实了。"

"离婚,"她喊道。"不!不!"她一时不知怎么说好,便跳起来跑去抓住他的胳臂。"唔,你完全弄错了,大错特错了!我根本不想离婚——我——"她找不出别的话来说,便只得打住了。

他伸手托起她的下巴,轻轻地把她的脸抬起来对着灯光,然后认真地盯着她的眼睛看了一会。她仰望着他,似乎全部感情都灌注在眼睛里,嘴唇哆嗦着说不出话来。她也真不知怎么说才好。她也正从他脸上寻找一种激情和希望与喜悦的光辉。现在,他必然知道她爱他了嘛!但是她焦急搜索的眼睛所找到的仍是那张使她失望的毫无表情的面孔。他将她的下巴放下来,然后转身回到他的椅子旁,又瘫软地坐在里面,茫然若失地仰望着她。

她跟着走回到他的椅子旁,绞扭着两只手站在他面前。

"你想错了。"她又开始说,一面思量着该怎么说。"瑞德,今晚我一明白过来,便一路跑回来告诉你。唔,亲爱的,我——"

"你累了,"他说,仍然打量着她。"你最好还是去睡吧。"

"可是我得告诉你呀!"

"思嘉，"他沉重而缓慢地说，"我不想听你——什么也不想听。"

"可是你还不知道我要说什么呢。"

"我的宝贝儿，那不明明摆在你脸上吗？大概有什么事，什么人，让你懂得了，那位不幸的威尔克斯先生是个死海里的果子，太大了，连你也啃不动呢。这么一来，我就在你面前就显得新鲜可爱起来，似乎有点味道了。"他轻轻叹了一口气。"你讲这些是没什么用的。"

她惊诧得倒抽了一口冷气。的确，他经常很容易就看透了她。原先她是很恼火这一点的，不过这一回，经过最初的震惊以后，她反而感到高兴和放心了。当然，他会为她的长期冷淡感到痛心的，他对她这个突然的转变会怀疑的。她还得亲切地讨他的欢心，热烈地爱他，才能使他相信，并且这样做也会很有乐趣呢！

"亲爱的，我要把一切都告诉你。"她说，一面把两只手放在他那椅子的扶手上，俯身凑近他。"我以前全错了，真是个大傻瓜——"

"思嘉，别这样了。别对我这样低声下气。我受不了。最好我们相互都留下一点尊严，一点沉默的思索，作为我们这几年结婚生活的纪念。免了我们这最后一幕吧。"

她猛地挺起身来。免了我们这最后一幕？他这"最后一幕"是什么意思？最后？这是他们的头一幕，是他们的开端呢。

"不过我要告诉你。"她赶忙追着说，似乎生怕他用手捂住她的嘴不让她说下去似的。"唔，瑞德，我多么爱你，亲爱的！我本来应当多年以来一直爱你的，可我是这样一个傻瓜，以前不懂得这一点。瑞德，你必须相信我呀！"

他瞧着面前的她，过了好一会儿，一直把她的心看透了。她发现他的眼神里有了相信的意思，但似乎没有多少兴趣。哦，他是不是又要折磨她，要用她自己的罪孽来报复她？

"唔，我相信你。"他终于这样说。"但是艾希礼·威尔克斯先生怎么办？"

"艾希礼!"她说,同时做了个不耐烦的手势。"我——我并不相信这么多年来我对他有过什么兴趣。那是——唔,那是我从小沾染上的一种癖性。瑞德,要是我知道了他实际上是这样的人,我就连想都不会想到要爱上他了。他是这么一个毫无作为的精神苍白的人,虽然他常常喋喋不休地谈什么真理、名誉和——"

"不,"瑞德说。"如果你真想看清他实际上是怎样一个人,你就得老老实实去看。他是个上等人,只不过被他所不能适应的这个世界欺骗了,可是他还按照过去那个世界的规律在徒劳地挣扎呢。"

"唔,瑞德,我们不要谈他了吧!现在他还有什么意思呢?你难道不乐意想知道——我是说,我现在——"

他那疲倦的眼睛看了她一眼,这使她像个初恋的姑娘似的觉得很难为情,便没有往下说了。要是他让她感到轻松一些,那该多好啊!他要是伸出双臂,让她能倒进他的怀里,将头靠在他的胸脯上,该多好啊!要是她的嘴唇能贴在他的嘴唇上,就用不着这些吞吞吐吐的话了。但是她看着他时才明白,他并不是在故意回避她,他似乎精力和感情都已枯竭,似乎她所说的话对他已毫无意义了。

"乐意?"他说。"要是从前我听到你说这些话,我是会感谢上帝的。可时到如今,这已无关紧要了。"

"无关紧要吗?你这是说的什么?当然,这无关紧要吗?瑞德,你是关心我的,不是吗?你一定关心。媚兰说过你是关心的呢。"

"嗯,就她所知道的来说,她是对的。不过,思嘉,你想过没有,即使一种最坚贞不渝的爱也会被消磨掉的。"

她看着他,小嘴张得圆圆的,无言以对。

"我的爱已经消磨尽了。"他继续说,"被艾希礼·威尔克斯和你那股疯狂的固执劲儿消磨尽了。你固执得像只牛头犬,抓住你自己想要的东西不放……我的爱就这样年复一年地被消磨尽了。"

"可爱情是消磨不了的呀！"

"你对艾希礼的爱才是这样。"

"可是我从没真正爱过艾希礼呢！"

"那么，你真是扮演得太像了——一直到今天晚上为止。思嘉，我并不是责备你，谴责你。现在已经用不着那样做了。因此请不要在我面前为自己辩护和表白。如果你能静听我讲几分钟，不来打断，我愿意作些解释。不过，天知道，我看已经没有解释的必要了。事情不是明摆着的嘛。"

她坐下来，刺目的煤气灯光照在她那苍白惶惑的脸上。她注视着那双她非常熟悉但又从不理解的眼睛，静听他用平静的声调说些她起初听不懂的话。他用这种态度对她说话还是头一次。

"你有没有想过，我是怀着一个男人对一个女人的爱所能达到的最高程度在爱你的，爱了那么多年才最后得到你。战争期间我曾准备离开，想忘掉你，可是我做不到，只好常常回来。战争结束后，我冒着被捕的危险就是为了回来找你。我对弗兰克·肯尼迪那么忌恨，要不是他后来死了，我想我很可能会把他杀掉。我爱你，但是我又不能让你知道。思嘉，你对那些爱你的人总是很残忍的。你接受他们的爱，把这份爱作为鞭子举在他们头上。"

但是所有这些话中，对她有意义的只有他爱她这一点。她从他的口气中隐约感受到了一点热情，便又觉得欢喜和兴奋了。她屏息静气地坐在那里倾听着，等待着。

"我跟你结婚时知道你并不爱我。我了解艾希礼的事，这一点你也清楚。不过我那时很傻，满以为能叫你爱我呢。你就笑吧，如果高兴的话，可那时我真想照顾你，宠爱你，凡你想要的东西都给你。我要跟你结婚，保护你，让你随心所欲，就像我对邦妮那样。思嘉，你也的确奋斗了一番。我比谁都清楚你经历了哪些艰难，所以我要让你休息一下，让我来为你奋斗。我要你去玩，像个孩子似的——何况你本来就是个孩子，一个勇敢的、时常担惊受怕的、倔强的孩子。我想你至今还是个孩子。只有一个孩子才会这样顽固。

881

这样感觉迟钝。"

他的声音平静而疲倦,她曾经有一次听见过这样一种声音,那是在她生活中另一个危机的时刻。可是在什么地方呢?

是艾希礼,在塔拉农场寒风凛冽的果园里,用一种疲倦而冷静的声音谈论人生,那最后的口气比绝望的痛苦还要严重呢。正像那时艾希礼的声音曾使她对一些无法理解的事物害怕得不寒而栗那样,现在瑞德的声音使她的心直往下沉。他的声音,他的态度,比他所说的话本身更令她不安。她感到事情有些不妙,十分不妙。那究竟是什么问题,她还不清楚,只得绝望地听着,凝望着他黝黑的面孔。

"事情很明显,我们俩是天生的一对。我明明是你的朋友中唯一既了解你的底细又还能爱你的人——我知道你为人冷酷、贪婪和无所顾忌,跟我一样。我爱你,我决定冒这个险。我想艾希礼会从你心中渐渐消失的。可是,"他耸了耸肩膀,"我用尽了一切办法都毫无结果。而我还是很爱你,思嘉。只要你给我机会,我就会像一个男人爱一个女人时能尽量做到的那样,亲切而温柔地爱你。但是我不能让你知道这一点,因为你知道了便会认为我软弱可欺,用我的爱来折磨我。而且,艾希礼又始终在那里。这逼得我快要发疯了。我不能每天晚上跟你面对面坐着吃饭,因为知道你心里希望坐在我这个座位上的是艾希礼。同样,在晚上我也无法抱着你睡觉——不过,现在已经没有关系了。现在我才觉得奇怪,干吗要那样自讨苦吃呢。总之,那么一来,我就只好到贝尔那里去了。在那里可以得到某种卑下的安慰,因为总算是跟一个女人在一起,而她又那样衷心地爱你,尊敬你,把你当作一个很好的上等人——尽管她是个没有文化的妓女。这使我的虚荣心得到宽慰。而你却从来不会安慰人呢,亲爱的。"

"唔,瑞德……"思嘉一听到贝尔的名字便恼火了,忍不住要插嘴,但瑞德摆摆手制止了她,自己继续说下去。

"然后,到那天晚上,我把你抱上楼去——当时我想——我希望——我怀着那么大的希望，以致第二天早晨我连见都不敢见你，生怕你实际上并不爱我。我十分担心你会嘲笑我，因此跑到外面喝醉了。我回来时还浑身哆嗦呢，那时只要你哪怕出来迎接我一下，给我一点点表示，我想我是会跪下去吻你的脚的，可是你并没有那样做。"

"唔，不过瑞德，那时我的确很想要你，可是你却那么执拗！我真想要你啊！我想——是的，当我一明白自己爱你时，就应当是那样的呀。至于艾希礼——从那以后我就再没有对艾希礼感到有什么乐趣了。可是那时你真拗，因此我——"

"唔，好了。"瑞德说。"看来我们是抱着彼此相反的看法了，是不是？不过现在已经没有关系。我只是告诉你，免得你老是纳闷，不知是怎么一回事。你那次害病，完全怪我，我站在你的房门口，希望你叫我，可是你却没有叫，于是我觉得自己太傻了，反正一切都完了。"

他停了停，眼睛越过她看着更远的地方，就像艾希礼时常做的那样。而她只能默默无言地看着他那张沉思的脸。

"不过，那时候邦妮还在，我觉得事情毕竟还有希望。我喜欢把邦妮当作你，似乎你又成了一个没有被战争和贫困折磨的小姑娘。她真像你，那么任性，那么勇敢快乐，兴致勃勃，我可以宠爱她，娇惯她——就像我宠爱你一样。可是她有一点跟你不同——她爱我。于是我很庆幸能够把你所不要的爱拿来给她……等到她一走，就把一切都带走了。"

思嘉突然觉得很为他难过，难过得连她自己的悲伤，恐惧，全都忘了。这是她有生以来第一次替别人感到难过而不轻视这个人，因为这是她第一次真正了解另一个人呢。她能够了解他的精明狡诈——跟她自己的那么相像，以及他因为害怕拒绝而不肯承认自己的爱那样一种顽固的自尊心。

"哎，亲爱的，"她走上前说，希望他会伸出双臂把她拉过去抱在膝上。"亲爱的，我实在对不起你，但是我会全部补偿你的！我们会过得很愉快，因为我们已经彼此了解，并且——瑞德——看着我，瑞德！我们还可以——还可以再要孩子——不像邦妮，而是——"

"不，谢谢你了。"瑞德说，"我不想拿自己的心去做第三次冒险了。"

"瑞德，别说这样的话嘛！唔，我怎么说才能让你了解呢？我已经告诉你我多么对不起——"

"亲爱的，你真是个孩子。你以为只要说一声'对不起'，多年来的过错和伤害就能弥补，就能从心上抹掉，毒液就能从创口排除干净……把我这块手帕拿去，思嘉。在你一生不论哪个危急关头，我从没见过你有一条手帕呢。"

她接过手帕。一切都很明显，他是不会拥抱她的。她开始清楚地意识到，他所说的关于爱她的话，实际上毫无意义，已经是陈年的故事了。他用一种近乎亲切的态度看着她，眼里流露出沉思的神色。

"你多大年纪了，亲爱的？你从来不肯告诉我。"

"二十八，"她阴沉地回答，因手帕捂在嘴上显得闷声闷气的。

"这年纪不算大嘛。你得到整个世界却丢掉了灵魂时，还很年轻呢，是不是。自从我认识你以来，你一直想要的是两样东西。一是要艾希礼，二是钱，好任意践踏这个世界。好，你现在已经够富裕了，可以对这个世界呼来唤去，并且也得到了艾希礼，如果你还要他的话。可是如今看来，似乎这一切还不够吧。"

她觉得害怕，她在想："我的灵魂其实就是瑞德，可是我快要失掉他了。而一旦失掉他，别的东西就无关紧要了。不，不论是朋友或金钱——或任何东西，都无关紧要。只要有他，我哪怕受穷也可以。不，我不在乎再一次挨冻，挨饿，但是，他不可能真是那个意思——啊，他绝不可能！"

于是，她擦擦眼睛，万分着急地说：

"瑞德，既然你曾经那样爱过我，你总该给我留下点什么吧？"

"还有两样东西留下来，那是你最憎恨的两样东西——怜悯和一种奇怪的慈悲心。"

怜悯！慈悲！"啊，我的天哪，"她绝望地想，什么都行，除了怜悯和慈悲。每当她对别人怀有这两种感情时，必然有轻视相随。难道他也轻视她了？只要不是这样，什么都心甘情愿呢。哪怕是战争时期那种冷冷的嘲讽，哪怕是促使他那天夜里抱她上楼的疯狂劲儿，抓伤她身体的那些粗暴的手指，或者，她现在才明白是掩藏着热爱的那种拖长声调的带刺的话——不论什么都比轻视好多了。什么都行，就是不能有这种慈悲心，可是它明明在他脸上流露出来！

"那么——那么你的意思是我已经彻底把它毁了——你再也不爱我了？"

"是这样。"

"可是——可是我爱你呢，"她执拗地说，似乎是个孩子，她仍然觉得只要说出自己的希望就能实现似的。

"那就是你的不幸了。"

她连忙抬起头来，看看这句冷酷无情的话有没有玩笑的意味，但是没有。他是在简单地说明一个事实。不过这个事实她还是不愿意相信——不能相信。她用那双翘翘的眼睛望着他，眼里燃烧着绝望而固执的神情，同时她那柔润的脸颊忽然板起来，使得一个像杰拉尔德那样顽强的下颚格外突出了。

"别犯傻了，瑞德！我能使——"

他扬起一只手装出惊吓的样子，两道黑眉也耸成新月形，完全是过去那个讽刺人的模样。

"别显得这样坚决吧，思嘉！你会吓着我的。我看你是在盘算着把你对艾希礼的狂热感情转移到我身上来，而我害怕丧失我的意志自由和平静呢。不，思嘉，我不愿意像倒霉的艾希礼那样。况且，我马上就要走了。"

她的下颚在颤抖了，她赶忙咬紧牙关让它镇定下来。要走？不，不论如何不能走！没有他生活怎么过呢？他不能走。可是，怎样才能把他拦住呢？她无力改变他那颗冰凉的心，也驳不回那些冷漠无情的话呀！

"我就要走了。你从马里塔回来的时候我就打算告诉你的。"

"你要遗弃我？"

"用不着装扮成一副弃妇的模样嘛，思嘉。这角色对你很不合适。那么我看，你是不想离婚甚至分居了？好吧，那我就尽可能多回来走走，省得别人说闲话。"

"什么闲话！"她恶狠狠地说。"我要的是你。要走就带我一起走！"

"不行。"他说，口气非常坚决，似乎毫无商量的余地。霎时间她几乎要像个孩子似的号啕大哭了。她几乎要倒在地上，蹬着脚跟叫骂起来了。好在她毕竟还有一点自尊心和常识，才总算克制住自己。她想，如果我那样做，他只会嘲笑，或者干脆袖手旁观。我决不能哭闹；我也决不乞求。我决不做任何叫他轻视的事，他得尊重我，即使——即使他不爱我。

她抬起下巴，强作镇静地问：

"你要到哪里去？"

他回答时眼中隐隐流露出赞许的光彩。

"也许去英国——或者巴黎。但也可能先到查尔斯顿，想办法同我家里的人和解一下。"

"可是你恨他们呢！我听你时常嘲笑他们，而且——"

他耸耸肩膀。

"我还在嘲笑——不过我已经流浪得够了，思嘉。我都四十五岁了——一个人到了这个年龄，就会开始珍惜他年轻时轻易抛弃的那些东西。如家庭的团结，名誉和安定，我并不是在改悔，我对于自己做过的事从不悔恨。我已经好好享受过一阵子——那么美好的日子，现在已有点厌烦，想改变一下了。不，我从没打算要改变自己身上的瑕疵以外的东西。不过，我也想学学那些烦琐但在社会上普遍受尊敬的东西——不过我的宝贝儿，那就是绅士们生活中那种安逸尊严的风度，以及旧时代温文尔雅的美德。我以前过日子的时候，并不懂得这些东西中潜在的魅力呢——"

思嘉再一次回想塔垃农场果园里的情景，那天艾希礼眼中的神色跟现在瑞德眼中的完全一样。艾希礼说的那些话如今清清楚楚就在她耳边。她记起了艾希礼话中的只言片语，便引用道："它富有魅力——像古希腊艺术那样，是圆满的、完整的和匀称的。"

瑞德尖利的问她："你怎么说这个？这正是我的意思呢。"

"这是——这是艾希礼从前谈到旧时代的时候说过的。"

他耸了耸肩，眼睛里的光辉消失了。

"总是艾希礼，"他说完沉默了片刻，然后才接下去。

"思嘉，等到你四十五岁的时候，你也许会懂得我这些话的意思。不过我还有点怀疑，我想你是会永远只注意外表不重视实质的。反正我活不到那个时候，看不见你究竟怎样了。而且，我也不想等那么久呢。我要到旧的城镇和乡村里去寻找，那里一定还残留着旧时代的某些风貌。我现在颇有这种怀旧的伤感情绪。亚特兰大对我来说实在太生涩太新颖了。"

"你别说了，"思嘉突然喊道。他说的那些话她几乎没有听见。

他只好打住，困惑不解地望着她。

"那么，你懂得我的意思了，是吗？"他边问边站起身来。

她把两只手伸到他面前，手心朝上，这是一个古老的祈求姿势，同时她的满腔感情也完全流露在她脸上了。

"不，"她喊道。"我唯一懂得的是你不爱我，而且你要走！唔，亲爱的，你要是走了，我怎么办呢？"

他犹豫了一会，似乎在琢磨究竟一个善意的谎言是不是终久比说实话更合乎人情。然后他耸了耸肩膀。

"思嘉，我从来不是那样的人，不能耐心地拾起一些碎片，把它们黏合在一起，然后对自己说这个东西跟新的完全一样。一样东西破碎了就是破碎了——我宁愿记住它最好时的模样，而不想努力去修补，然后终生看着那些破碎了的地方。也许，假使我还年轻一点——"他叹了一口气。"可是我已经这么大年纪了，不能相信那种纯属感情的说法，说一切可以从头开始。我这么大年纪了，不能终生背着谎言的负担在貌似体面的幻灭中过日子。我不能跟你生活在一起同时又对你撒谎，并且我决不能欺骗自己。就是现在，我也不能对你说假话啊！我是很想关心你今后的情况的，可是我不能那样做。"

他暗暗抽了一口气，然后轻快而温柔地说：

"亲爱的，我一切都不管了。"

她默默地望着他上楼，感到喉咙里痛得厉害，似乎要窒息死了。他的脚步声渐渐消失，她觉得这世界上对她关系重大的最后一个人也不复存在了。她现在才明白，任何力量都已无法使那个冷酷的头脑改变了。她现在才明白，他的每一句话都是极其认真的，虽然有些话说得那么轻松。她清楚这些，是因为她感受到了他身上那种坚贞不屈、立场坚定的品质——所有这些品质她都从艾希礼身上努力寻找过，但一无所获。

她对她所爱过的两个男人没有一丝了解，因此到头来和两个男人失之交臂。此刻她才模糊认清了，假使她原来了解艾希礼，她肯定不会爱他的；而假使她了解了瑞德，她就不管怎样都不会失掉他了。她陷入了没有希望的迷惘之中，不知道这世界上到底有没有一个人是她真正了解的而又真正倾心爱的。

现在她心里是一片模模糊糊的麻木，这种麻木会马上变为伤痛，就如同肌肉被外科医生的手术刀猛然切开时，最开始一瞬间是没有感觉的，接着才开始感到剧痛。

"我现在忽视它的存在。"她暗自琢磨，准备使用那个老法宝。"眼下我要是去想，那就会伤心得要死呢。还是明天再琢磨吧。"

"可是，"她的心在喊叫，它丢开那个法宝，开始痛起来了，"我绝不能叫他走！肯定会有法子的！"

"我现在不去想他，"她接着说，说得非常响，尝试把痛苦推往脑后，或找个什么东西来把它挡住。"我要——怎么，我要回塔拉去，明天就走。"这样，她的精神又微微振作起来了。

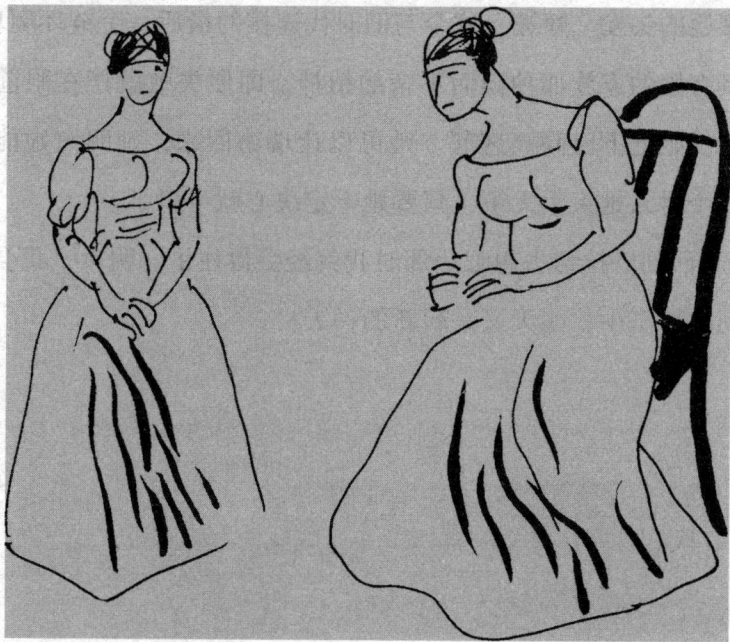

她原来怀着害怕失败的心情回到塔拉去过，在它的保护下恢复了，又信心十足地武装起来，重新投入战斗。只要她以前做过的，无论如何——请上帝保佑，她有能力再来一次！至于怎么做，她还不明白。她现在不打算琢磨这些。她唯一需要的是有个温暖的空间来恢复痛苦的伤口，有个安静的地方来舔她的伤口，有个避难所来准备承受下一个战役。她一想起塔拉就好像有一只轻柔而冷静的手在缓缓抚摩她的心一样。她看见那幢雪白发亮的房子在秋天转红的树叶掩映中向她招手欢迎，她感觉得到乡下黄昏时的宁静气氛笼罩在她四周，感觉到落在广袤的绿白相映的棉花田里的露水，看得见连绵起伏的丘陵上那些光秃秃的红土地和生机勃勃的松林。

她从这幅图景中感到了鼓舞，内心感到宽慰，因此心头的伤痛和悔恨也相应减轻了一些。她站了一会，追忆着一些微小的东西，如通向塔拉的那条苍翠的林荫路，那一排排与白粉墙相衬映的茉莉花丛，还有在窗口飘拂着的帷帷。嬷嬷肯定在那里。她急切地想见嬷嬷了，就好比她不大的时候需要她一般，需要她那宽阔的胸膛，让她好把自己的头伏在上面，需要她那粗糙的大手来抚摩她的头发。嬷嬷，这个与旧时代连接的最后一个链环啊！

思嘉具有她的家族那种锲而不舍的精神，即便失败就摆在眼前。现在就凭这种精神，她把下巴高高翘起。她可以让瑞德回来，她明白她能做到。世界上没有哪个男人她束手无策，只要她下定决心就可以了。

"我明天回到塔拉再去想吧。那时我就经受得住了。明天，我会有一个计划把他弄回来。至少，明天又是崭新的一天！"